HEYNE
JUBILÄUMS
REIHE

**In derselben Reihe
erschienen außerdem als Heyne-Taschenbücher:**

Spannung · Band 50/1
Thriller · Band 50/6
Heiteres · Band 50/7
Liebe · Band 50/8
Unheimliches · Band 50/9
Action · Band 50/13
Agenten · Band 50/18
Klinik · Band 50/19
Horror · Band 50/21
*Das endgültige Buch der Sprüche
und Graffiti* · Band 50/26
*Amerikanische Erzähler des
20. Jahrhunderts* · Band 50/27
Hochspannung · Band 50/28
Sinnlichkeit · Band 50/31
Schocker · Band 50/33
Noch mehr Witze · Band 50/34
Zukunftsabenteuer · Band 50/37
Super-Thriller · Band 50/38
*Das Buch der Sprüche und
Graffiti* · Band 50/39
Lust · Band 50/40
Mord · Band 50/42
*Englische Erzähler des
20. Jahrhunderts* · Band 50/43
Der Versicherungs-Ratgeber ·
Band 50/45
Top Secret · Band 50/46
Beschwingt & heiter · Band 50/47
Superhorror · Band 50/48
Frauen · Band 50/49
Sex · Band 50/50

*Deutsche Erzähler des
19. Jahrhunderts* · Band 50/52
Sehnsucht · Band 50/53
Ratgeber Versicherung ·
Band 50/54
Begierde · Band 50/56
Körner, Sprossen, Keime ·
Band 50/57
Horror Pur · Band 50/58
Glück muß man haben · Band 50/59
Schweizer Erzähler · Band 50/60
Leidenschaft · Band 50/61
Männerwitze · Band 50/62
Super-Spannung · Band 50/63
Russische Erzähler · Band 50/64
Zauber der Leidenschaft ·
Band 50/65
Super-Sex · Band 50/67
Ärzte · Band 50/68
Immer fröhlich immer heiter ·
Band 50/69
Ratgeber Auto · Band 50/70
Alptraum · Band 50/71
Bürosprüche · Band 50/72
Louisiana · Band 50/74
Ratgeber Karriere · Band 50/75
Samurai · Band 50/76
Obession · Band 50/77
Das Böse · Band 50/78
*Ratgeber Bauen und
Wohnen* · Band 50/79
Ekstase · Band 50/81

HEYNE JUBILÄUMS REIHE

GRAUEN PUR

Drei eiskalte Horror-Romane – ungekürzt!

**WILHELM HEYNE VERLAG
MÜNCHEN**

HEYNE JUBILÄUMSBÄNDE
Nr. 50/84

QUELLENHINWEIS

John Saul, BLINDE RACHE/Comes the Blind Fury
Copyright © 1980 by John Saul
Copyright © der deutschen Übersetzung 1986
by Wilhelm Heyne Verlag GmbH & Co. KG, München
Aus dem Amerikanischen übersetzt von Rolf Jurkeit
(Der Titel erschien bereits in der Allgemeinen Reihe mit der Bd.-Nr. 01/6636)

John Shirley, KINDER DER HÖLLE/Cellars
Copyright © 1982 by John Shirley
Copyright © der deutschen Übersetzung 1984
by Wilhelm Heyne Verlag GmbH & Co. KG, München
Aus dem Amerikanischen übersetzt von Marilyn Wilde
(Der Titel erschien bereits in der Reihe »Unheimliche Bücher« mit der Bd.-Nr. 11/9)

John Farris, DER UNGELADENE GAST/The Uninvited
Copyright © 1982 by John Farris
Copyright © der deutschen Übersetzung 1984
by Wilhelm Heyne Verlag GmbH & Co. KG, München
Aus dem Amerikanischen übersetzt von Götz Pommer
(Der Titel erschien bereits in der Reihe »Unheimliche Bücher« mit der Bd.-Nr. 11/17)

Copyright © dieser Ausgabe 1993 by Wilhelm Heyne Verlag GmbH & Co. KG, München
Printed in Germany 1993
Umschlagillustration: Vito de Vito/Agentur Schlück, Garbsen
Umschlaggestaltung: Atelier Ingrid Schütz, München
Satz: (1717) IBV Satz- und Datentechnik GmbH, Berlin
Druck und Bindung: Elsnerdruck, Berlin

ISBN 3-453-06984-6

Inhalt

JOHN SAUL
Blinde Rache

Seite 7

JOHN SHIRLEY
Kinder der Hölle

Seite 317

JOHN FARRIS
Der ungeladene Gast

Seite 531

JOHN SAUL

Blinde Rache

· PROLOG

Sorgsamen Schritts, jedoch ohne Zögern ging sie den Weg entlang. Sie war ihn schon oft gegangen, und inzwischen sagte ihr der Instinkt, wann sie sich nach links, wann nach rechts wenden mußte und wann sie in der Mitte des Pfads zu bleiben hatte. Aus der Entfernung hätte man die Gestalt im schwarzen Kleid mit der in die Stirn gedrückten Haube eher für eine alte Frau als für ein zwölfjähriges Mädchen gehalten. Der Stock, mit dem sie den Weg ertastete, trug zu diesem Eindruck bei.

Nur das Gesicht war jung. Der Ausdruck war heiter und gelöst. Es war ein Antlitz ohne Falten, und die Augen, die nicht sehen konnten, waren wie Fenster, die dem Mädchen Einblick in ein Reich gaben, dessen Geheimnisse den anderen Menschen verborgen blieben.

Sie war ein einsames Kind. Die Blindheit war wie eine Schranke, die sie von den anderen Kindern trennte. Sie lebte in einer Welt der Düsternis, und sie wußte, daß es aus dieser Welt kein Entrinnen gab. Sie hatte das Übel, als es über sie kam, hingenommen, wie sie alle Heimsuchungen hinnahm, mit Demut und ohne Aufbegehren. Gottes Ratschluß war unerforschlich, aber seine Weisheit stand außer Zweifel.

Blind zu sein – zu Anfang war das sehr schwer gewesen. Aber sie war noch so jung, daß sie sich bald an die Behinderung gewöhnt hatte, und inzwischen kam es ihr fast natürlich vor, daß sie nicht mehr sehen konnte. Nur noch Erinnerungen an Bilder und Farben blieben. Sie vergaß, daß sie einst von ihrem Gesichtssinn abhängig gewesen war. Zugleich schärften sich die anderen Sinne. Sie hörte jetzt Dinge, die andere nicht hören konnten. Wenn die Brise von der See herüberstrich, nahm sie Gerüche wahr, die andere nicht riechen konnten. Sie konnte Pflanzen und Bäume erkennen, indem sie sie berührte und ihren Duft einsog.

Der Weg, den sie heute ging, war ihr Lieblingspfad. Er führte am Steilufer entlang, tief unten schäumte das Meer. Den höhergelegenen Teil des Weges kannte sie so gut, daß sie hier fast auf ihren Stock verzichten konnte. Sie kam oft hierher, weil die Stelle nur wenige hundert Meter vom Haus ihrer Eltern entfernt lag. Sie zählte ihre Schritte und achtete darauf, daß sie alle gleich lang waren. Es gab keine Überraschungen auf diesem Weg, aber das Mädchen benutzte den Stock trotzdem, und er tanzte wie ein weißer Finger vor ihr her, auf der Suche nach Hindernissen, die ihr gefährlich werden konnten.

Das Rauschen des Ozeans schwang zu ihr herauf. Das schwarzgekleidete Mädchen verharrte, wandte ihr Gesicht seewärts, nahm das Kreischen der Möwen in sich auf. In ihrer Erinnerung erstand das Bild dieser Vögel wie ein ferner Nebel. Und dann vernahm sie ein Geräusch, das auf diese Entfernung nur sie hören konnte.

Das Lachen von Kindern.

Sie hatte das Geräusch heute schon einmal gehört. Sie wußte, was es zu bedeuten hatte.

Es bedeutete, daß ihre Schulkameraden keinen Gefallen mehr an ihren Spielen fanden. Statt dessen würden sich die Kinder jetzt mit dem blinden Mädchen beschäftigen.

So war es immer im Herbst. Im Sommer, während der Ferien, kümmerten sich die Kinder nicht um sie, zumal das Mädchen dann meist am Strand und an der Steilküste, in der Nähe des Elternhauses, blieb. Im September dann, wenn die Schule wieder begann, war sie das Geschöpf, das begafft werden mußte, das Mädchen, das man durch den Kakao zog.

Und auch das Mädchen, das man hänselte.

Am ersten Schultag nach den Ferien wurde sie von den anderen Kindern mit neugierig-hämischem Geflüster empfangen. Sie betrat das Schulgebäude, ertastete die Stufen mit dem Stock, ging langsam den Flur entlang, öffnete die Tür des Klassenzimmers, befühlte die Bänke. Und dann kam der furchtbare Moment, wo die Lehrerin fragte, wo sie gern sitzen wollte. Das Mädchen hätte soviel darum gegeben, wenn man sie behandelte wie alle anderen; aber nein, sie wurde an eine besondere Stelle im Klassenzimmer plaziert. Sie war anders.

Am ersten Tag nach den Ferien begann das Martyrium. Es dauerte immer nur ein oder zwei Wochen, dann verloren die Klassenkameraden das Interesse an dem grausamen Spiel. Aber dann war der Schaden bereits angerichtet. Den Rest des Jahres überließ man sie sich selbst. Sie ging ihren Weg zur Schule allein, und sie kehrte allein ins Elternhaus zurück.

Es gab Zeiten im Jahr, wo das Mädchen eine Gefährtin hatte. So etwas kam vor, wenn eine Klassenkameradin sich das Bein oder den Arm brach. Wenn die Verletzte im Bett lag, um die Verletzung auszuheilen, brauchte sie Gesellschaft, sie brauchte jemanden, der ihr zuhörte. Dann war das blinde Mädchen gerade recht. Aber wenn der Bruch geheilt war, ging auch die Freundschaft zu Ende. Das Mädchen war wieder allein.

Als sie das Lachen hörte, erinnerte sie sich an das Geflüster, dessen Zeuge sie vor einigen Tagen geworden war. Man würde ihr einen Knüppel auf den Weg legen, dann würde sich ja herausstellen, ob sie das Hindernis erahnte oder nicht.

Sie versuchte, das spöttische Geplänkel zu überhören und sich auf das beruhigende Rauschen der Wogen zu konzentrieren, aber das Lachen wurde immer lauter. Schließlich wandte sie sich um.

»Laßt mich in Ruhe«, sagte sie mit sanfter Stimme. »Bitte.«

Die Kinder gaben keine Antwort. Sie hörte nur, daß ein Mädchen zu ihrer Rechten zu kichern begann. Die Kinder werden jetzt weggehen, dachte sie und wandte sich gen Süden, wo sie das Haus ihrer Eltern wußte. Aber dann war vor ihr auf dem Weg eine Stimme zu vernehmen.

»Paß auf! Vor dir liegt ein Felsbrocken!«

Das Mädchen blieb stehen und tastete den Boden mit der Stockspitze ab. Sie fand keinen Stein und tat einen Schritt nach vorn. Wieder suchte sie den Boden ab. Nichts. Sie war auf einen schlechten Scherz hereingefallen.

Sie ging weiter, aber wieder kam die Stimme aus der Schwärze, rief ihr zu, daß sie stolpern würde, und wieder tastete das schwarzgekleidete Mädchen den Weg nach Steinen ab.

Als ihr Stock ins Leere stieß, brachen die Kinder in prustendes Gelächter aus. Es war ein hartes Lachen, das ihr angst machte.

Es waren vier Kinder, eines stand vor ihr auf dem Weg, eines hinter ihr, die anderen beiden links und rechts, damit sie nicht seitlich ausweichen konnte. Auf der einen Seite lag das Meer, auf der anderen Seite das Feld, über das man zur Straße gelangte.

Sie wartete ab und rührte sich nicht.

»Du kannst da nicht ewig stehenbleiben«, sagte eine Stimme. »Früher oder später mußt du weitergehen, und wenn du weitergehst, wirst du über die Klippen in den Abgrund stürzen.«

»Laßt mich in Ruhe«, sagte das Mädchen. »Bitte, laßt mich ganz einfach in Ruhe!«

Sie wollte einen Schritt nach vorn tun, aber die warnende Stimme war ganz nahe, lockend und spottend zugleich.

»Nicht nach vorn, das ist der falsche Weg.«

Es war der richtige Weg, das Mädchen war ganz sicher. Aber dann kamen ihr Zweifel. Sie war blind. Wie konnte sie sicher sein, daß ihr Gedächtnis sie nicht trog? Durfte sie sich darauf verlassen, daß vor ihr fester Boden war? Sie war verwirrt. Sie hatte Angst.

Das Meer. Wenn sie wußte, auf welcher Seite das Meer war, dann konnte sie bestimmen, in welcher Richtung das Haus ihrer Eltern lag. Sie drehte den Kopf und lauschte. Wenn der Wind ging, war es leicht, die Richtung zu bestimmen. Aber es war windstill. Das Rauschen des Meeres schien von allen Seiten zu kommen, vermischt mit dem albernen Lachen der Kinder.

Sie mußte es versuchen. Wenn sie hier stehenblieb und den Kindern zuhörte, würde das Spiel immer so weitergehen.

Ich werde mich nicht mehr um die Stimmen kümmern.

Ich werde einfach nicht mehr zuhören, wenn sie mich verspotten.

Sie beschrieb einen weiten Bogen mit ihrem Stock. Ihre Finger registrierten den ebenen Weg und die Unebenheiten, wo das Feld begann.

Sie war jetzt entschlossen weiterzugehen. Sie tat den ersten Schritt.

Sofort waren wieder die Schreie der Kinder zu hören.

»Nicht in diese Richtung! Du wirst über die Klippen stürzen.«

»Was macht das schon, wenn sie über die Klippen stürzt? Sie kann's ja nicht mal sehen, wie's dann weitergeht!«

»Leg ihr etwas in den Weg! Ich will sehen, ob sie's bemerkt!«

Das Mädchen achtete nicht mehr auf die Kinder, stetigen Schrittes ging sie den Weg entlang, indem sie den Boden mit dem Stock abtastete. Die körperlosen Stimmen waren ebenso schnell wie sie, verhöhnten sie, versuchten sie herauszufordern. Sie zwang sich zu schweigen. Die Kinder, so hoffte sie, würden bald aufgeben, noch zehn oder zwanzig Schritte, dann würden die Quälgeister hinter ihr zurückbleiben.

Und dann kam die Stimme eines Jungen, scharf wie ein Messer. »Du solltest um diese Zeit besser nicht nach Hause gehen. Deine Mutter ist nicht allein.«

Wie vom Schlag gerührt blieb das Mädchen stehen. Die Bewegung des Stockes erstarb.

»Sag so etwas nicht.« Das Mädchen sprach ruhig und leise. »Sag so etwas nie wieder.«

Das Lachen der Kinder verebbte, und das Mädchen fragte sich, ob sie weggegangen waren.

Sie waren nicht weggegangen. In das Lachen, das sich jetzt erhob, mischte sich Haß.

»Willst du dir die Hure bei der Arbeit ansehen?«

»Lauf schnell nach Hause, deine Mutter zeigt dir, wie man's macht.«

»Meine Mutter hat gesagt, deine Mutter gehört aus dem Dorf gejagt!«

»Mein Vater sagt, wenn er das nächste Mal zwei Dollar übrig hat, geht er damit zu deiner Mutter!«

»Hört auf!« weinte das Mädchen. »Sagt so etwas nicht! Es ist nicht wahr! Es ist wirklich nicht wahr!« Plötzlich hob sie ihren Stock, hielt den Griff mit beiden Händen, schlug in die Luft, wo sie die Kinder vermutete.

»Deine Mutter ist eine Hure!«

»Und dein Vater weiß es!«

»Dein Vater kassiert das Geld von den Männern!«

»Wenn ich groß bin, kann ich dann auch zu deiner Mutter gehen?«

Das Mädchen stolperte in die Richtung, aus der die Stimmen kamen, das schwarze Gewand wirbelte um sie herum, und die Bänder an ihrer Haube wurden zu Schlangen, sie hieb mit dem Stock um sich, ohne jemanden zu treffen. Sie geriet ins Stolpern, fing sich. Die Stimmen gellten in ihren Ohren.

Die Kinder kümmerte es jetzt nicht mehr, daß sie blind war. Sie sprachen nicht mehr von ihr, sie sprachen von den Sünden der Mutter.

Sie logen.

Sie *wußte*, daß die Kinder logen. Ihre Mutter tat so etwas nicht. Warum sagten die Kinder so etwas? Warum? Warum haßten sie ihre Schulkameradin so sehr? Warum haßten sie ihre Mutter und ihren Vater?

Der Stock peitschte die Luft, während die Kinder sich mit ein paar Sprüngen aus der Reichweite des Mädchens brachten. Das schwarzgekleidete Mädchen schlug ins Nichts. Das Mädchen war hilflos. Fliehen konnte sie nicht.

Sie begann zurückzuweichen, die Kinder folgten ihr.

Der Grund war eben, das Mädchen wußte, daß sie wieder auf dem Weg angelangt war. Sie wollte den Weg zurückgehen, um die Quälgeister abzuschütteln. Aber wo war vorne, wo ging es zurück?

Die vier Kinder schlossen den Kreis enger, ihr Spott wurde beißend und gemein, das Lachen abfällig und schmutzig. Die Kinder genossen das Spiel.

Das Mädchen tat einen Schritt nach hinten, und dann stieß ihr Fuß an einen Widerstand. Ein Felsblock. Sie wollte das Gestein mit dem Fuß abtasten, als der Felsen nachgab. Sie setzte den Fuß in die Lücke.

Dort war nichts mehr.

Kein Halt. Nur Leere.

Zu spät begriff sie, was geschehen war.

Sie rang nach Gleichgewicht, der Ausdruck des Entsetzens trat auf ihre Züge.

Ihr Stock fuhr durch die Luft wie das Schwert eines Derwischs.

Als sie das Gleichgewicht verlor, begann der Fall. Sie ließ den Stock los, der Stock rollte auf den Weg. Die Kinder sahen sich an, dann starrten sie auf den Stock, der vor ihnen lag. Und dann tat das älteste Kind einen Schritt nach vorn, hob den Stock auf und warf ihn in die See. Das Mädchen war verschwunden...

Sie wußte, was ihr bevorstand. Sie wußte, daß sie dem Tod nicht mehr entrinnen konnte. Die Zeit verstrich jetzt sehr langsam. Sie hörte, wie das Rauschen der Brandung näher und näher kam.

Ich werde sterben, dachte sie. Warum? Was habe ich getan? Was hat meine Mutter getan? Meine Mutter ist unschuldig. Ich bin unschuldig. Es ist unrecht, was die Kinder getan haben.

Das Rauschen kam nicht mehr vom Meer, es kam von den Lippen der Kinder. Sie hörte den Spott, und sie spürte den Haß. Echo und Erinnerung waren wie zwei Dolche, die ihr das Herz durchbohrten.

Zum ersten Mal in ihrem Leben verspürte sie Wut. Was geschehen war, war falsch. Alles war falsch. Daß sie blind war, war falsch. Daß sie den Kindern zugehört hatte, war falsch.

Richtig wäre, wenn ich sehen könnte.
Wenn ich mich wehren könnte.
Wenn ich alles ins Gute verkehren könnte.
Wenn ich mich rächen könnte.

Ihre Wut schwoll an, während sie ins Meer hineintaumelte, und als die Wogen sich über ihr schlossen, vergaß sie den Spott der Kinder und alles, was man ihr angetan hatte. Es war ihr egal, daß sie sterben würde.

Für das Mädchen gab es nur noch Wut.
Wut und Haß...

ERSTES BUCH

Paradise Point

Erstes Kapitel

Eine helle Augustsonne leuchtete über Paradise Point, als die Pendletons das Dorf in ihrem Wagen durchquerten. Sie sahen den Ort mit neuen Augen. Immer schon war ihnen Paradise Point als bemerkenswert hübsches Dorf erschienen, aber jetzt war diese kleine Ansiedlung ihre Heimat, und June Pendleton, deren hellblaue Augen vor Erwartungsfreude strahlten, ertappte sich beim Nachdenken über die Frage, wo zwischen den alten Häusern sich wohl der Supermarkt und der Drugstore versteckte, während sie bei früheren Besuchen eigentlich nur auf die sorgfältig restaurierten Fassaden des Gasthauses und der Geschäfte geachtet hatte, die hufeisenförmig um den Dorfplatz angeordnet waren.

Paradise Point war eine treffende Bezeichnung für den winzigen Ort. Dem flüchtigen Besucher mußte es scheinen, als sei das Dorf einzig und allein darum errichtet worden, damit die wildromantische Landschaft dieser Küstenstrecke über ein architektonisches I-Tüpfelchen verfügte. Das Dorf lag hoch über dem Atlantik, auf den Klippen, die sich um eine Bucht gruppierten. Die Bucht war so klein, daß sie nur als zeitweiliger Ankerplatz für Boote dienen konnte, sie war durch die vorgelagerten Felsen vor den Brechern der See geschützt. Die Steilküste gabelte sich an dieser Stelle in zwei weit aufs Meer hinausgreifende Arme, die von dichtem Wald gesäumt wurden. Eine schmale Einfahrt verband die Bucht mit der offenen See. Der Durchlaß hieß *Devil's Passage*, und seit die Gegend besiedelt war, hatte es Hütten, Häuser und Menschen auf der zerklüfteten Landzunge gegeben, die in das unendliche Blau hinausreichte.

Der Ort in der jetzigen Form bestand seit fast zweihundert Jahren, und alle, die dort lebten, waren sich darüber einig, daß es ein Dorf geblieben war. Es gab keine nennenswerte Industrie, auch keine Fischfangflotte, nur ein Dutzend Höfe, deren Äcker den Wäldern abgetrotzt waren. Und trotzdem hatte Paradise Point überlebt, wie auch andere kleine Dörfer an der Küste überlebten; es lebte von den Touristen, die jeden Sommer kamen, um in die Schönheit dieses Felsennestes einzutauchen. Nach Paradise Island kamen die Menschen, die vor dem Getriebe der Welt flüchteten. Zu den ständigen Bewohnern zählten ein paar Künstler und Kunsthandwerker, die vom Verkauf ihrer Produkte ihr Leben fristeten. Gestickte Decken wurden verkauft, Mokassins, Töpfergut, Skulpturen und Gemälde. Kaum ein Tourist, der nicht ein solches Andenken im Kofferraum oder auf dem Rücksitz seines Autos liegen hatte, wenn er nach ein oder zwei verträumten Wochen wieder aus Paradise Point abreiste. Für viele war die Ansammlung von Häuschen auf dem Kliff nur eine Erinnerung, nur wenigen war das Glück beschieden, ständig hier zu leben.

Dr. Calvin Pendleton und seine Frau June gehörten zu den Glücklichen. Jedenfalls freuten sie sich, daß sie jetzt zur festen Einwohnerschaft des Dorfes zählten, sie und ihre Tochter Michelle, die auf dem Rücksitz des Wagens saß.

Es war kein Plan, den sie von langer Hand vorbereitet hatten. Vor ein paar Monaten noch hätte sich wohl keiner der drei vorstellen können, anderswo als in Boston zu leben. Paradise Point, ein paar Autostunden nordöstlich der Stadt gelegen, war für die Pendletons nichts als ein bezaubernder Ausflugsort gewesen, wo man an einem freien Nachmittag hinfahren konnte. Dort konnte Cal sich ausruhen, June konnte ihre Staffelei aufbauen und malen, und Michelle konnte durch die Wälder springen und am Strand entlanglaufen. Wenn es dunkel wurde, fuhren sie nach Boston zurück, um an ihr wohlgeordnetes Leben anzuknüpfen.

Nur daß diese Ordnung inzwischen erschüttert worden war.

Cal hatte den Dorfplatz umrundet und bog in die Straße ab, die aus dem Dorf hinaus zu den Klippen führte. An dieser Straße lag auch das Haus, das sie beziehen würden. Cal fielen die Leute auf, die am Straßenrand standen und winkten, und die strahlenden Gesichter dieser Menschen.

»Sieht so aus, als hätten sie uns erwartet«, sagte er. June setzte sich auf dem Beifahrersitz zurecht. Sie empfand jede Bewegung als schwere Anstrengung. Es waren nur noch wenige Wochen bis zur Niederkunft, und die Schwangerschaft, so schien es ihr, wollte und wollte kein Ende nehmen.

»Welch ein Unterschied zur Großstadt, wo alles so unpersönlich zugeht«, sagte sie. »Fehlt nur noch, daß Dr. Carson ein Willkommenskomitee zusammengestellt hat.«

»Was ist ein Willkommenskomitee?« fragte Michelle vom Rücksitz. Michelle war zwölf. Im scharfen Kontrast zu ihren Eltern, die beide blauäugig und blond waren, hatte sie schwarze Haare und einen dunklen Teint. Die dunkelbraunen Augen waren leicht schräg gestellt, was ihr ein lausbubenhaftes Aussehen verlieh. Sie saß vorgebeugt, die Arme auf den Lehnen der Vordersitze verankert, das glänzende Haar floß ihr wie ein schwarzer Wasserfall über die Schultern. Gierig sog sie die Eindrücke von Paradise Point in sich auf. Es war alles ganz anders als in Boston. Es war wundervoll.

June versuchte sich zu ihrer Tochter umzudrehen, aber das gelang ihr nicht. Stöhnend ließ sie sich wieder auf den Sitz sinken. Ohnehin würde es schwierig sein, einer Zwölfjährigen die Sitte mit den Begrüßungskomitees in den kleinen Orten zu erklären. Statt dessen würde sie ihr den Unterschied zwischen Boston und Paradise Point an einem anderen Beispiel vor Augen führen. Als der Wagen an der Schule vorbeikam, ergriff June ihre Tochter bei der Hand.

»Sieht ganz anders aus als die Harrison School, findest du nicht?«

Michelle starrte auf das mit weißen Schindeln verkleidete Gebäude, das von einer großen Spielwiese umgeben war, und dann malte sich auf ihrer elfenhaften Stirn die freudige Überraschung ab, die sie empfand. »Ich habe immer gedacht, ein Schulhof muß gepflastert sein«, staunte sie. »Und Bäume gibt's auch. Man kann unter den Bäumen sitzen und sein Mittagessen einnehmen!«

Zwei Häuserblocks weiter verlangsamte Cal die Fahrt des Wagens. »Ob ich rasch reingehe und Dr. Carson begrüße?«

»Ist das Dr. Carsons Klinik?« fragte Michelle. Die Art, wie sie es sagte, ließ ahnen, daß sie nicht sehr beeindruckt war.

»Ein bißchen kleiner als das Krankenhaus in Boston«, sagte Cal. Und fügte kaum hörbar hinzu: »Aber vielleicht ist es genau das Richtige für mich.«

June warf ihrem Mann einen raschen Blick zu, dann drückte sie ihm mit einer Geste der Ermutigung die Hand. »Nicht vielleicht, Cal. Ganz bestimmt!« Der Wagen war zum Stillstand gekommen, und die drei Pendletons betrachteten das einstöckige Gebäude von der Größe eines Einfamilienhauses, das Sitz der *Paradise Point Clinic* war. Der Name ›Dr. Josiah Carson‹ war auf der verwitterten Fassade kaum noch zu erkennen. Dafür waren die neu aufgemalten Lettern ›Dr. Calvin Pendleton‹ um so deutlicher zu lesen.

»Ich könnte rasch reingehen und ihm sagen, daß wir angekommen sind«, schlug Cal vor. Er wollte schon aussteigen, als June einen Einwand vorbrachte.

»Kannst du das nicht später machen? Der Möbelwagen steht sicher schon vor dem Haus, wir haben noch soviel zu tun! Dr. Carson hat sicher Verständnis, wenn du dich erst morgen bei ihm meldest.«

Sie hat recht, dachte Cal, trotzdem spürte er so etwas wie ein Schuldgefühl, als er weiterfuhr. Er hatte Dr. Carson so viel zu verdanken. Er schloß die Wagentür und legte den Gang ein. Die Klinik blieb hinter ihnen zurück, und wenig später wurden auch die anderen Häuser im Rückspiegel vom Grün verschluckt. Das Dorf war zu Ende. Sie fuhren auf der Straße entlang, die parallel zur Bucht verlief.

June lehnte sich zurück. Wie gut, daß sie heute nicht mit Dr. Carson sprechen mußte! Der alte Arzt hatte einen Einfluß auf ihr Leben bekommen, den sie nicht recht verstand und dem sie mißtraute. Zwischen ihrem Mann und Dr. Josiah Carson war eine Bindung entstanden, die von Tag zu Tag stärker wurde. June hatte oft darüber nachgegrübelt, was die tiefere Ursache für diese Bindung war, ohne Ergebnis. Alles, was sie wußte, war: es hatte irgendwie mit dem Jungen zu tun.

Mit dem Jungen, der ums Leben gekommen war.

Dr. Carson... Sie verdrängte den Gedanken an den merkwürdigen Alten. Sie würde jetzt die Eindrücke von Paradise Point auf sich einwirken lassen.

Es war eine hübsche Fahrt, landeinwärts dichte Wälder, zur See hin Grasland bis zu den Felsen, hinter denen sich die Steilküste verbarg.

»Ist das unser Haus?« fragte Michelle. Vor dem Horizont erhob sich die dunkle Silhouette eines Hauses mit tiefgefächerten Mansarden.

»Das ist unser Haus«, sagte June. »Wie gefällt es dir?«

»Von außen sieht's großartig aus. Wenn's drinnen genauso schön ist...«

Cal lachte still in sich hinein. »Es ist drinnen genauso schön wie draußen, Michelle. Du wirst es mögen.«

Während der Wagen näher an das Haus heranrollte, das der Vater zum neuen Heim der Familie bestimmt hatte, betrachtete Michelle die Landschaft. Alles sah so wunderschön aus – aber auch merkwürdig und fremdartig. So groß, so weit. Sie konnte sich nicht vorstellen, wie man mit soviel Platz fertig werden konnte. In der Stadt waren sie von den Nachbarn nur durch eine Wand getrennt gewesen, hier waren es fünfhundert Schritte bis zum nächsten Haus. Der Weg führte an einem Friedhof entlang. Ein richtiger, echter Friedhof, altmodisch und verlassen, mit überwucherten Gräbern und schiefstehenden Kreuzen. Als sie an der niedrigen Friedhofsmauer entlangfuhren, machte Michelle ihre Mutter auf die Kreuze und Gräber aufmerksam. June sah interessiert hinaus. Ob er Näheres über diesen Friedhof wüßte, fragte sie ihren Mann. Der zuckte die Achseln.

»Josiah hat mir erzählt, es ist der Familienfriedhof seiner Sippe, aber heutzutage wird dort niemand mehr beerdigt. Er selbst jedenfalls wird sich nicht dort begraben lassen. Sagt, er will in Florida beigesetzt werden. Er weint Paradise Point keine Träne nach.«

June mußte lachen. »Das sagt er jetzt. Aber warte ab, bis er in Florida ist. Ich wette, er kommt reumütig wieder nach Paradise Point zurück.«

»Du meinst, dann würde er mir die Praxis und das Haus wieder abkaufen? Nein, ich glaube, er freut sich drauf, daß er hier wegkommt.« Er dachte nach. Dann: »Der Unfall hat ihm seelisch mehr zugesetzt, als er sich anmerken läßt.«

Das Lachen wich aus Junes Stimme. »Der Unfall hat uns allen einen Schock versetzt«, sagte sie leise. »Und wir kannten den Jungen nicht einmal. Und jetzt sind wir hier in Paradise Point. Seltsam, nicht?«

Cal antwortete ihr nicht.

Ihr neues Haus – Dr. Josiah Carsons altes Haus.

Ihr neues Leben – Dr. Josiahs früheres Leben.

Wovor flieht er? dachte Cal. Und wovor fliehen wir?

Sie waren vor dem Haus angekommen, Cal brachte den Wagen zum Stehen. Michelle war als erste draußen, sie starrte wie verzückt die mit viktorianischen Ornamenten verzierte Fassade des Hauses an. Daß die Farbe abblätterte und daß die Bretter an vielen Stellen gesprungen waren, sah sie nicht. Sie fand das Haus unheimlich und faszinierend zugleich.

»Es ist wie ein Haus aus einem Traum«, flüsterte sie. »Werden wir wirklich da einziehen?«

Cal legte ihr den Arm um die Schultern und zog sie an sich. »Gefällt's dir, Prinzessin?«

»Ob's mir gefällt? Wem würde so ein Haus denn *nicht* gefallen! Ich finde, es sieht aus wie die Häuser im Märchenbuch.«

»Ich weiß schon«, sagte June. »Es erinnert dich an die Geschichten von Charles Addams.« Sie stieß die Wagentür auf und stieg aus. Sie blickte zum Giebel des dreistöckigen Hauses hoch und schüttelte nachdenklich den Kopf. »Ich werde das Gefühl nicht los, daß auf dem Dachboden Fledermäuse sind.«

Michelle sah ihre Mutter von der Seite an. »Wenn du das Haus nicht magst, warum habt ihr es dann überhaupt gekauft?«

»Ich habe nicht gesagt, daß ich das Haus nicht mag«, beeilte sich June zu versichern. »Ich liebe es sogar heiß und innig. Aber du wirst zugeben, von einem Apartmenthaus in Boston hierher aufs Land umziehen, das ist ein ziemlicher Wechsel.« Sie schwieg ein paar Herzschläge lang. Und dann: »Ich hoffe, wir haben die richtige Entscheidung getroffen.«

»Das Haus ist richtig«, sagte Michelle. »Genau richtig.« Sie ließ ihre Eltern neben dem Auto stehen, huschte die Stufen zur Veranda hoch und verschwand in der Haustür. Cal nahm seine Frau bei der Hand.

»Ich denke, wir werden uns schnell dran gewöhnen«, sagte er. »Alles wird gut.« Es war das erste Mal, daß einer der beiden im Gespräch die Ängste eingestand, die er vor dem neuen Haus empfand. »Gehen wir rein und schauen uns um.«

Sie hatten das Haus samt den Möbeln gekauft. Nach einer kurzen Beratung waren sie übereingekommen, sie würden gar nicht erst versuchen, diese Sachen zu Geld zu machen. Statt dessen hatten sie die Möbel aus ihrer Bostoner Wohnung verkauft. Die bisherigen Möbel waren einfach und zweckmäßig gewesen, modern und schmucklos, und natürlich hatte June, mit dem Auge der Künstlerin sofort gesehen, daß so nüchterne Möbel nicht zu den hohen

Decken eines Hauses aus der Viktorianischen Epoche paßten. Wenn man in einem Dorf ein neues Leben begann, dann lag es doch nur nahe, wenn man auch seinen Geschmack bezüglich der Inneneinrichtung änderte. Fand June, und Cal stimmte ihr zu. Und jetzt erkundeten sie das Haus, durchschritten die Räume und fragten sich, ohne die Frage auszusprechen, wie lange sie wohl brauchen würden, bis sie sich an die neue Umgebung gewöhnt hätten.

Das Wohnzimmer lag hinter einem kleinen Vorraum. Hier, im größten Zimmer, standen die Umzugspakete aufgestapelt. June war ganz entmutigt, als sie die vielen Pakete sah, aber Cal, der ihre Gedanken las, sagte ihr, daß er und Michelle das Auspacken und Einräumen übernehmen würden, sie brauchte nur dabeizustehen und die Anweisungen geben, wo die Sachen hin sollten. June lächelte, als er das sagte, und dann überschritten sie die Schwelle zum Speisezimmer.

»Wie um alles in der Welt werden wir diese vielen Glasvitrinen füllen?« stöhnte June. Sie erwartete keine Antwort auf ihren Stoßseufzer.

»Mit Porzellan natürlich«, sagte Cal wohlgelaunt. »Es heißt doch, ein leerer Schrank zieht die Gegenstände an. Man beginnt einzukaufen und kauft solange, bis alle Schränke voll sind. Wir werden jetzt herausfinden, ob das stimmt.« Er deutete mit dem Kinn auf die zwölf Stühle, die um den großen Eßtisch standen. »Müssen wir hier essen?« Er sagte es so traurig, daß June in Lachen ausbrach.

»Ich weiß schon, wie wir's machen. Wir wandeln die Geschirr- und Wäschekammer in ein Eßzimmer um.« Sie nahm ihn am Arm. Sie durchschritten die Schwingtür. Cal schüttelte den Kopf.

»Wenn man sich vorstellt, mit wieviel Raum die Leute früher gelebt haben. Das ist ja geradezu obszön.« Der Geschirr- und Wäscheraum dieses Hauses war größer als das Speisezimmer in ihrer Bostoner Wohnung.

»Und noch obszöner wird es, wenn man bedenkt, daß dieses Haus für einen Pfarrer errichtet wurde«, sagte June.

Cal gab sich erstaunt. »Woher weißt du das?«

»Von Dr. Carson natürlich. Vom wem denn sonst?« Noch bevor Cal etwas antworten konnte, war June in die Küche vorgegangen. Schon nach einem einzigen Blick wußte sie, das war der Raum, wo sich das tägliche Leben der Familie abspielen würde, nicht im Wohnzimmer.

Es war ein großer Raum mit einer offenen Feuerstelle, die eine ganze Wand einnahm. Es gab zwei große Herde und einen begehbaren Kühlschrank, der seit Jahren nicht mehr benutzt worden war. Als Dr. Carson das Ehepaar durch das Haus führte, hatte er den Vorschlag gemacht, die Installationen des begehbaren Kühlschranks zu entfernen und den Raum anderweitig zu nutzen, aber Cal hatte dem widersprochen, seiner Meinung nach war das der ideale Weinkeller. Der Raum war gut isoliert, und wenn es überhaupt Argumente gegen seine Nutzung gab, dann die Kosten – es war sicher sehr teuer, einen so großen Raum zu kühlen.

June durchquerte die Küche und drehte den Wasserhahn über dem Spülstein auf. Die Leitungen erzitterten, ein Fauchen und Spucken war zu hören, und dann ergoß sich ein dicker Strahl klaren, unchlorierten Wassers auf Junes gespreizte Finger.

»Wunderbar«, murmelte sie. Ihr Blick glitt zum Fenster. Sie sah in den Garten hinaus, ein Lächeln trat auf ihre Züge.

Etwa fünfzehn Meter vom Küchenfenster entfernt befand sich ein flaches Gebäude aus Ziegelsteinen. Das Dach war mit Schiefer gedeckt, und Dr. Carson hatte dem Ehepaar beim Rundgang erklärt, daß dieses Gebäude früher einmal als Gerätehaus für den Gärtner benutzt worden war. Das hatte den Ausschlag gegeben. June fand, das frühere Gerätehaus könnte leicht in ein Malstudio umgewandelt werden, dort würde sie endlich einen eigenen Stil entwickeln, nachdem sie in Boston mit dem Malen nicht recht vorangekommen war.

Er sah sie lächeln, und er wußte, warum.

Er wischte sich das Haar aus der Stirn. »Halten wir einmal fest: die Geschirr- und Wäschekammer wird zum Speisezimmer, das Gerätehaus wird zum Malstudio. Aus der Scheune könnte ich eine Hobbywerkstatt für mich machen, aus dem vorderen Salon eine Sauna und aus der Bibliothek ein Sprechzimmer. Und wenn wir mit diesen Arbeiten fertig sind...«

»Du hast mit diesen Arbeiten nichts zu tun«, unterbrach ihn June. Die Begeisterung leuchtete in ihren Augen. »Ich verspreche dir, was im Gerätehaus umzumodeln ist, das mache ich selbst, und die Umgestaltung des Geschirr- und Wäscheraums, die geht auch auf meine Kappe. Du brauchst nur beim Auspacken zu helfen, und dann kannst du deine Karriere als Landarzt beginnen.«

»Versprochen?«

»Versprochen«, sagte June. Sie kam in seine Arme und schmiegte sich an ihn. »Jetzt wird alles gut, das spüre ich. Ich bin ganz sicher.« Sie wünschte, sie wäre so sicher gewesen, wie sie sich gab.

Cal küßte seine Frau, dann ließ er seine Hand auf der Wölbung ihres Leibes ruhen. Er spürte, wie sich das Kind bewegte. »Gehen wir gleich nach oben«, sagte er. »Wir müssen festlegen, welchen Raum wir zum Kinderzimmer machen. Das Baby macht mir einen recht ungeduldigen Eindruck.«

»Ich habe noch mindestens sechs Wochen bis zur Niederkunft«, erwiderte June. Aber sie folgte dann ganz gern ihrem Mann, der die Treppe hinaufgegangen war. Sie würden bestimmen, welches der Zimmer sie in ein Kinderzimmer verwandeln würden. Da ist es wieder, dieses Wort, dachte sie.

Die *Wandlung*. Wir erleben ein Jahr der Wandlung.

Im ersten Stock angekommen, stießen sie auf Michelle, die am Fenster des Eckschlafzimmers stand und auf die Bucht hinaussah. Über das Blau hinweg ging der Blick auf den türkisfarbenen Wasserarm, den die Einheimischen *Devil's Passage* nannten, und weiter auf den Ozean. Im Nordosten war Paradise Point zu erkennen, die drei Kirchturmspitzen, dazwischen die Häuser, die sich vor den Gewalten des Meeres zu verstecken schienen. June und Cal traten zu ihrer Tochter, ein paar Sekunden lang stand die kleine Familie aneinandergeschmiegt und bewunderte die Welt, die jetzt *ihre* Welt war. Sie waren einander nahe wie lange nicht mehr. Es war June, die als erste aus der Trance in die Wirklichkeit zurückkehrte.

»Vater und ich haben gedacht, dieses Zimmer würde sich gut als Kinderzimmer eignen«, sagte sie zögernd. Michelle schien aus einem Traum aufzuwachen, sie drehte sich um und sah ihre Eltern an.

»Nein«, sagte sie, »diesen Raum möchte ich. Bitte.«

»Für dich gibt es einen viel größeren Raum auf der anderen Seite«, sagte June. »Das Zimmer ist doch viel zu klein für dich.«

»Es genügt, wenn mein Bett und ein Stuhl hineinpaßt«, sagte Michelle, und dann verlegte sie sich aufs Betteln. »Bitte, bitte, ich möchte dieses Zimmer. Ich stelle mir schon vor, wie ich immer am Fenster sitze und auf das Meer hinausschaue.«

June und Cal wechselten einen Blick der Unsicherheit, keinem von beiden fiel ein vernünftiges Argument ein, um die Bitte der

Tochter abzuschmettern. Michelle ging zum Schrank, öffnete die Türen, und damit war die Sache entschieden. Sie standen da und sahen ihr zu, wie sie sich in den Schrank hineinbeugte und etwas aufhob.

»Ich *wußte*, daß etwas drin war«, sagte sie triumphierend. »Schaut mal!«

Michelle hielt ihnen eine Puppe entgegen. Der Kopf aus Porzellan war mit einer dicken Staubschicht bedeckt, und das Haar der Puppe war fast so dunkel wie das des Mädchens, es war von einer kleinen Haube bedeckt. Das Kleidchen war grau und fadenscheinig, es mußte einmal mit Rüschen bestickt gewesen sein, aber davon war jetzt nur noch der Zwirn zu sehen, der die Applikatur gehalten hatte. Die Puppe trug ein Paar winzige Lackschuhe. June und Cal staunten das merkwürdige Gebilde an.

»Wem die Puppe wohl einst gehört hat?« sagte June.

»Ich wette, die liegt schon seit Jahrhunderten in diesem Schrank«, sagte Michelle. »Sie hat ganz sicher einem kleinen Mädchen gehört, und dies hier war das Zimmer des Mädchens. Darf ich die Puppe behalten? Bitte!«

»Die Puppe oder das Zimmer«, sagte Cal, »eins von beiden.«

»Die Puppe *und* das Zimmer«, bettelte Michelle. Sie war zuversichtlich, daß die Eltern ihren Bitten nachgeben würden.

»Ich sehe keinen Grund, warum wir ihr den Raum nicht geben sollten«, sagte Cal zu June gewandt. »Es ist sowieso besser, wenn das Zimmer für das Kleine neben unserem Schlafzimmer liegt. Ich denke, wir funktionieren das bisherige Ankleidezimmer für diesen Zweck um.« Er schien amüsiert, aber er sagte nicht, warum. Er nahm Michelle die Puppe ab und inspizierte sie sorgfältig. »Die Puppe ähnelt dir«, sagte er. »Dunkle Haare – wie du. Braune Augen – wie du. Zerrissene Kleider – wie du.«

Michelle riß ihm die Puppe aus der Hand und streckte ihm die Zunge heraus. »Daß ich zerrissene Kleider tragen muß, das ist deine Schuld. Wenn du dir keine Tochter leisten kannst, hättest du mich im Waisenhaus lassen sollen!«

»Aber Michelle!« June war ganz entsetzt. »Was erzählst du denn da! Du kommst doch gar nicht aus einem Waisenhaus...«

Erst als ihr Mann und ihre Tochter in Lachen ausbrachen, dämmerte June, daß es als Scherz gemeint war. Sie bequemte sich zu einem Schmunzeln. Plötzlich machte das Kind in ihrem Bauch eine

Bewegung, und Junes Gedanken eilten ein paar Wochen voraus. Wie alles wohl werden würde, wenn das Baby geboren war? Michelle war als Einzelkind aufgewachsen. Wie würde sie auf den Zuwachs in der Familie reagieren? Würde sie sich bedroht fühlen? June fiel ein, was sie über Eifersucht unter Geschwistern gelesen hatte. War es möglich, daß Michelle das Baby hassen würde? June zwang sich, an etwas anderes zu denken. Ihr Blick ging durch das Fenster aufs Meer, folgte den Möwen im Flug, wurde von der Sonne angezogen. Die Sonne, dachte sie. Ich werde mir soviel Sonne wie möglich gönnen. Schließlich schien die Sonne nicht das ganze Jahr. Bald kam der Herbst, dann der Winter. Aber vorläufig war es noch warm. Einer Eingebung folgend, ließ June ihren Mann und ihre Tochter bei dem Stapel mit Umzugskartons zurück und ging in den Garten hinaus, um ihr künftiges Malstudio zu erkunden.

Sie hatten so schnell gearbeitet, wie sie nur konnten, und trotzdem wollte der Berg mit Kartons nicht schrumpfen.
»Was hältst du von einer Pause, Prinzessin?« schlug Cal vor. »Im Kühlschrank sind jede Menge Cola.« Es brauchte nicht viel, um Michelle zu einer Unterbrechung der Auspackerei zu bewegen. Sie ging voran durch das Wohnzimmer, durch den Wäsche- und Vorratsraum bis in die Küche, ihr Vater folgte ihr. Sie ließ sich auf einen Stuhl sinken und lächelte.
»Die Räume sind auf einen Butler zugeschnitten. Zum Beispiel dieser große Vorratsraum. Hatte dieser Dr. Carson denn einen Butler?«
»Ich glaube nicht«, antwortete Cal. Er hebelte gekonnt die Kronkorken von den Flaschen und gab Michelle eine Cola. »Soviel ich weiß, hat er ganz allein in dem Haus gelebt.«
Michelle machte große Augen. »Wirklich? Das stelle ich mir aber unheimlich vor.«
»Ich sehe schon, das Haus hat's dir angetan«, pflaumte Cal. Seiner Tochter gefiel es, wenn er so sprach. Ihr Lächeln war breiter, gemütlicher geworden.
»Du meinst wohl, ich hätte Angst. Hab' ich gar nicht. Allerdings, wenn heute nacht ein Gespenst über die Schwelle gekrochen kommt, könnte sich das natürlich ändern.« Sie sah zum Fenster und verstummte.

»Denkst du an was besonderes, Prinzessin?« fragte Cal.

Michelle nickte, dann sah sie ihren Vater mit einem Ernst an, der ihn verwunderte. Es waren die Augen einer Frau.

»Ich bin froh, daß wir hierhergezogen sind«, sagte sie nach einer Pause. »Ich will, daß du glücklich wirst, Daddy.«

»Ich bin doch gar nicht unglücklich gewesen«, verteidigte er sich, aber Michelle ließ ihn nicht einmal aussprechen.

»Natürlich bist du unglücklich gewesen«, sagte sie. »Glaubst du, ich hätte das nicht gemerkt? Eine Zeitlang habe ich gedacht, du wärst böse mit mir, weil du so oft im Krankenhaus übernachtet hast...«

»Ich hatte soviel zu tun, und deshalb...«

Wieder unterbrach sie ihn. »Aber dann bist du wieder nach Hause gekommen und warst immer noch unglücklich. Erst als der Umzug nach Paradise beschlossene Sache war, habe ich dich wieder lächeln sehen. Hat's dir in Boston nicht gefallen?«

»Es lag nicht an Boston«, sagte Cal. Er war unschlüssig, wie er die Zusammenhänge seiner Tochter erklären könnte. Das Bild des Jungen erstand in seiner Erinnerung, aber Cal wischte den Gedanken fort. »Es lag an mir, glaube ich. Ich... ich weiß selbst nicht genau, was den Ausschlag gegeben hat.« Er strahlte sie an. »Wahrscheinlich wollte ich endlich mal die Menschen kennenlernen, die ich behandle.«

Michelle dachte nach, und dann nickte sie. »Ich glaube, ich weiß was du meinst, Daddy. Das *General Hospital* in Boston war irgendwie schlimm.«

»Schlimm? Was verstehst du unter schlimm?«

Michelle suchte nach den rechten Worten. »Ich weiß nicht, aber wenn ich im Krankenhaus nach dir gefragt habe, wußten sie nie, wer du bist. Und sie wußten auch nie, daß ich deine Tochter bin, und Mutter haben sie auch nicht erkannt. Das schnoddrige Mädchen im Empfang hat uns immer gefragt, warum wir zu dir wollen. Man sollte doch meinen, daß sie nach soviel Jahren wußte, wer wir sind...« Ihr Redefluß versiegte. Sie sah ihren Vater fragend an. Ob er verstand, was sie meinte. Cal nickte.

»Das ist es, was mich an Boston so gestört hat«, sagte er und war erleichtert, daß er ihr nicht die Wahrheit zu gestehen brauchte. »Genau, wie du sagst. Und mit den Patienten, die ich in diesem großen Krankenhaus betreute, war's das gleiche, die kannten mich auch nicht wieder, weil sie so viele Ärzte zu sehen bekamen, und wenn ich einen Patienten nach drei Tagen wieder zu behandeln hatte, habe ich ihn auch nicht mehr erkannt. Ich finde, wenn ich schon Arzt bin, dann will ich wenigstens wissen, wen ich heile.« Er brachte ein Lächeln auf seine Lippen und sah sie an. Er beschloß, das Thema zu wechseln. »Und du? Tut's dir leid?«

»Was soll mir denn leid tun?« fragte Michelle.

»Daß wir von Boston weggezogen sind. Daß du deine Freundinnen nicht mehr hast. Daß du die Schule wechseln mußt. Alles, worüber sich Mädchen in deinem Alter normalerweise ärgern.«

Michelle nahm einen Schluck aus dem Glas, dann warf sie einen Blick in die Runde. »Die Harrison-Schule war ja wirklich nichts Großartiges«, sagte sie. »Die Schule in Paradise Point ist viel schöner.«

»Und viel kleiner.«

»Und vermutlich gibt's hier auch keine Kinder, die nachts ins Klassenzimmer gehen und wie die Vandalen hausen«, fügte Michelle hinzu. »Und was meine Freundinnen angeht, ich hätte mich nächstes Jahr sowieso nach neuen Freundschaften umsehen müssen, oder?«

Cal war überrascht. »Warum sagst du das?«

Michelle starrte schuldbewußt in ihr Glas. »Ich habe gehört, wie du dich mit Mutter drüber unterhalten hast. Hattet ihr wirklich vor, mich in ein Internat zu stecken?«

»Das war nur so eine Überlegung«, sagte er gedehnt, aber dann sah er den Blick in ihren Augen. Es hatte keinen Zweck, wenn er jetzt log. »Wir haben gedacht, es ist das Beste für dich«, sagte er. »In der Harrison-Schule ging es zuletzt ja sehr wild zu. Du hast uns gesagt, daß ihr da gar nicht mehr richtig lernt, daß alles drunter und drüber geht. Und außerdem hatten wir für dich nicht an ein richtiges Internat gedacht, sondern an eine Privatschule, wo du jeden Abend nach Hause gekommen wärst. Du hättest nach wie vor bei uns geschlafen, verstehst du.«

»Da gefällt mir die Schule hier schon besser«, sagte Michelle. »Ich werde neue Freundschaften schließen, und damit erledigt sich auch das Problem eines Schulwechsels im nächsten Jahr. Oder etwa nicht?« Plötzlich war Angst in ihrer Stimme. Cal fühlte sich von dem Wunsch durchströmt, ihr diese Angst zu nehmen.

»Mach dir keine Sorgen, wenn du dich hier einmal eingewöhnt

hast, gibt es kein Hin und Her mehr. Es wäre für mich sogar sehr wichtig, daß du hier gut zurechtkommst, ich weiß nämlich nicht, von was ich die Gebühren für eine Privatschule bezahlen soll, nachdem ich in Paradise Point weniger verdienen werde als in Boston. Weißt du, Prinzessin, ich wünsche mir von Herzen, daß du hier glücklich wirst.«

Michelle begann zu lächeln, und plötzlich war der Ernst verflogen, der ihr Gespräch überschattet hatte. »Ganz sicher werde ich hier glücklich, Daddy. Ich glaube, meine Freundinnen aus Boston würden mich beneiden, wenn sie sehen könnten, wie wir hier leben. Wir haben das Meer und den Wald und das wunderschöne Haus. Mehr kann ich mir doch gar nicht wünschen.«

In einem jähen Gefühlsausbruch schlang Michelle ihrem Vater die Arme um den Hals. Sie küßte ihn.

»Ich liebe dich so sehr, Daddy. Ich liebe dich wirklich.«

»Und ich liebe dich auch, Prinzessin«, sagte Cal. In seinen Augen schimmerten Tränen. »Ich liebe dich auch.« Er löste sich aus ihrer Umarmung und stand auf. »Komm, wir gehen und machen mit dem Auspacken weiter, bevor deine Mutter es mit der Wut zu tun kriegt und uns *beide* ins Waisenhaus zurückschickt!«

»Ich hab's gefunden!« triumphierte Michelle. Sie hatte einen großen Karton aus dem Stapel hervorgezerrt. Auf allen vier Seiten prangten Aufkleber mit der Aufschrift ›Michelle Pendleton‹. Sie stemmte die Arme in die Seiten. »Bitte, Daddy, hilfst du mir mit, den Karton raufzuschleppen? Alles, was ich habe, ist in diesem Karton. Alles! Können wir den nicht vor den anderen Sachen auspacken? Ich meine, wir wissen ja sowieso nicht, wo Mutter das ganze Zeug eingeräumt haben will, da macht es doch nichts, wenn ich erst meine Sachen auspacke und alles in meinen Schrank einsortiere. Hilfst du mir? Bitte!«

Cal war einverstanden. Er half ihr, den schweren Karton in das Eckzimmer zu bringen, das Michelle sich ausbedungen hatte.

»Kann ich dir beim Auspacken helfen?« bot er an. Michelle schüttelte lebhaft den Kopf. »Damit du siehst, was alles drin ist? Kommt nicht in Frage. Du würdest die Hälfte davon in den Müll werfen, fürchte ich.« In Gedanken sah sie ihn den Stapel mit alten Filmillustrierten durchblättern, die sie eingepackt hatte. Das war nicht eben der Lesestoff, den ihre Eltern schätzten. Und dann waren da auch die ganzen Andenken an die Kindheit, von denen sie sich nicht hatte trennen mögen. »Aber was ich gesagt habe, bleibt ein Geheimnis, wage ja nicht, mich an Mutter zu verraten.« Es war ein gutes Gefühl, den Vater zum Komplizen zu gewinnen, und es war wichtig, die Schätze aus ihrer frühen Jugend vor einem unrühmlichen Ende im Abfalleimer zu bewahren.

Michelle wartete, bis Cal ihr Zimmer verlassen hatte, dann schlitzte sie den Karton auf und begann ihre Sachen auszupacken. Sie legte zunächst alles aufs Bett, dann sortierte sie ihre geheimnisumwitterten Schätze in die Schränke ein.

Das meiste war altes Spielzeug, und erst als sie alles in den Tiefen der Regalbretter verstaut hatte, fiel ihr Blick auf die Puppe, die sie vor ein paar Stunden im Schrank gefunden und auf den Fenstersims gelegt hatte. Sie ging zum Fenster, ergriff die Puppe und hielt sie in Augenhöhe.

»Ich muß mir einen Namen für dich einfallen lassen«, sagte sie laut. »Einen altmodischen Namen. So altmodisch wie du.« Sie dachte nach, und dann lächelte sie.

»Amanda!« sagte sie. »Das ist der richtige Name für dich. Ich werde dich Amanda nennen. Abgekürzt Mandy.«

Vergnügt und zufrieden, daß sie einen Namen für ihre Puppe gefunden hatte, legte Michelle das Spielzeug auf den Fenstersims zurück. Sie verließ das Zimmer und ging nach unten, um ihrem Vater beim Auspacken zu helfen.

Als die Schatten im Eckzimmer länger wurden, sah es so aus, als hätte die Puppe ihren Blick aus dem Fenster gerichtet. Die blinden Glasaugen betrachteten den Schuppen im Garten.

Zweites Kapitel

Der Schuppen war so dauerhaft und solide gebaut, daß June sich fragte, was der Erbauer damit im Sinn gehabt hatte. Zum vierten Mal durchstreifte sie jetzt das kleine Gebäude, und es schien ihr, daß dieses nicht nur als Werkstatt und Abstellraum geplant gewesen war, dazu waren die Fenster, die den Blick auf den Ozean freigaben, zu sorgfältig angeordnet. Die Eichenbohlen des Fußbodens lagen makellos gefügt, obwohl sie ein Jahrhundert alt sein mußten.

Die Proportionen der Werkstatt deuteten auf eine Vollkommenheit des Geschmacks, die man bei der Errichtung wohl nicht beobachtet hätte, wären die Räume nur für den Gärtner bestimmt gewesen. Nein, entschied June, wer diese Werkstatt bauen ließ, hatte vorgehabt, sie selbst zu benutzen. Wahrscheinlich hatte sich der ursprüngliche Besitzer des Anwesens ein Studio bauen lassen. Aus den Fenstern ging der Blick nach Norden auf die See und auf die Steilküste, unterhalb der Fenster verlief ein herrlich gearbeitetes Regal über die ganze Länge, mit Facheinteilungen und Schatullen. An einem Ende befand sich ein großer Spülstein. Die Ziegelsteinwände waren seit Jahrzehnten nicht gesäubert worden, aber man konnte noch erkennen, daß sie einmal weiß getüncht gewesen waren. Die Rahmen der Türen und Fenster waren grün gestrichen, die Farbe blätterte ab, trotzdem war noch zu sehen, daß der Farbton an das Grün vor dem Haus angepaßt worden war. An einem Ende des Raums stand ein großer Schrank. June verspürte eine Hemmung, den Schrank zu öffnen. Was wohl hinter den beiden Flügeltüren verborgen war? Reliquien, dachte sie, und ein wohliger Schauer durchrieselte sie. Reliquien der Vergangenheit, die auf ihre Entdeckung warteten.

Sie ließ sich auf einen Stuhl sinken. Unwillkürlich begann sie die Tage zu zählen, die noch bis zur Niederkunft fehlten.

Ich bin siebenunddreißig Jahre alt, dachte sie. Albern, mit siebenunddreißig noch ein Kind zur Welt zu bringen. Und gefährlich, für Mutter und Kind. *Ich muß aufpassen.* Sie wiederholte den Gedanken, aber plötzlich gewann ein anderes Gefühl die Oberhand, der Drang, die Werkstatt aufzuräumen und von Schmutz und Staub zu säubern.

Sie stand auf, ohne einen Gedanken an die Anstrengung zu verschwenden, die ihr die Bewegung bereitete. Wie war es möglich, daß in einem Raum, der seit so vielen Jahren nicht benutzt worden war, soviel Unrat herumlag?

Sie entdeckte eine leere Mülltonne, die in der Ecke stand. Minuten später hatte sie die Tonne mit aufgelesenem Abfall gefüllt. Ob ich in die Tonne steige und den Müll festtrete?

Sie verwarf den Gedanken. Wenn Cal sie erwischte, wie sie in die Mülltonne kletterte, würde er ein Donnerwetter über sie niedergehen lassen, weil sie in ihrem Zustand solche Kunststücke riskierte. Es sah ihr ganz ähnlich, wenn sie sich dabei ein Bein brach und eine

Fehlgeburt erlitt. Sie hatte viel zuviel Arbeit, um sich dieser Gefahr auszusetzen. Und so stopfte sie den Müll, so gut es ging, in die Tonne, drückte und schob, bis schier nichts mehr hineingehen wollte. Dann sah sie sich nach Besen und Schrubber um. Sie würde den Boden säubern.

Sie öffnete den Schrank. Statt der vermuteten Schätze fand sie einen Besen, einen Eimer und einen Mop. Sie öffnete das Fenster einen Spalt, um frische Luft hereinzulassen. Dann begann sie den Schmutz zusammenzufegen.

Sie hatte die Hälfte der Fläche gesäubert, als der Besen an dem rauhen Untergrund hängenblieb. Sie drückte fester auf, um die Dreckkruste zu lösen. Als ihr das nicht gelang, betrachtete sie das Hindernis näher.

Es war ein Fleck, der ein oder zwei Quadratmeter des Fußbodens bedeckte. Was immer es für eine Flüssigkeit gewesen war, man hatte das damals nicht aufgewischt, sondern eintrocknen lassen. Mit der Zeit hatte sich Staub auf dem Fleck angesammelt. Die ganze Schicht war jetzt fast so dick wie der kleine Finger, mit dem Besen war dagegen nichts auszurichten.

June stand auf und holte sich den Mop. Ob die Wasserleitung zum Schuppen wohl noch funktionierte? Noch bevor sie den Hahn öffnen konnte, erschienen Cal und Michelle im Türrahmen.

Cal warf einen Blick in die Runde, dann schüttelte er den Kopf. »Ich dachte, du wolltest dir den Schuppen nur ansehen und Pläne für die Umgestaltung machen.«

»Ich konnte der Versuchung nicht widerstehen«, sagte June voller Reue. »Es ist so ein hübscher Raum, aber so durcheinander, so schmutzig. Ich bring's nicht übers Herz, das so zu lassen.«

Michelle ließ das Durcheinander im Schuppen auf sich einwirken. Sie hatte die Arme verschränkt, so als sei ihr unvermittelt kalt geworden. Sie stand immer noch an der Tür. Ein Anflug von Ekel zeichnete sich auf ihrem Gesicht ab. »Das ist ja ein schauriger Raum. Wozu ist der denn früher benutzt worden?«

»Als Gartenhaus«, erklärte ihr die Mutter. »Hier hat der Gärtner seine Geräte aufbewahrt. Außerdem wurden hier die Sämlinge eingetopft und dergleichen.« Sie zögerte, als sei ihr etwas eingefallen. »Ich habe allerdings das merkwürdige Gefühl, daß der Schuppen noch für ganz andere Zwecke benutzt worden ist.«

Cal sah sie erstaunt an. »Hast du Detektiv gespielt?«

»Überhaupt nicht«, sagte June. »Aber sieh dich doch einmal hier um. Der Fußboden ist aus massiver Eiche. Und dann die feingezimmerten Regale und Fächer! Ich kann mir nicht vorstellen, daß sie für einen Gärtner so einen Aufwand getrieben haben.«

Cal schmunzelte. »Bis vor fünfzig Jahren war das so«, sagte er. »Da wurde alles noch für die Ewigkeit gebaut.«

June schüttelte den Kopf. »Ich weiß nicht. Ich finde, es ist viel zu fein für ein Gartenhaus, wo man nur Geräte und Blumentöpfe aufbewahren will. Es muß etwas dahinterstecken...«

»Was ist das?« fragte Michelle. Sie deutete auf den Fleck, mit dessen Entfernung June beschäftigt gewesen war, als die beiden den Schuppen betraten.

»Ich wollte, ich wüßte es. Ich nehme an, irgend jemand hat hier Farbe verschüttet. Ich wollte den Fleck gerade wegmachen.«

Michelle ging zu dem Fleck, kniete sich hin und betrachtete die dunkle Schicht aus der Nähe. Sie streckte die Hand danach aus, aber kurz bevor die Fingerspitzen den Boden erreichten, zog sie die Hand wieder zurück.

»Das sieht ja aus wie Blut«, sagte sie. Sie stand auf und sah ihre Eltern an. »Ich wette, hier ist jemand ermordet worden.«

»Ermordet?« June erschrak. »Wie in aller Welt kommst du auf so einen furchtbaren Gedanken?«

Michelle kümmerte sich nicht um ihre Mutter, der das Entsetzen ins Gesicht geschrieben stand. »Schau mal, Daddy. Sieht das nicht aus wie Blut?«

Cal trat zu Michelle, ein Lächeln spielte um seine Lippen. Er kniete nieder und untersuchte den Flecken mit aller Sorgfalt. Als er aufstand, war sein Lächeln verschwunden. »Ohne Zweifel Blut«, sagte er feierlich. »Mit hundertprozentiger Sicherheit.« Und dann konnte er sich das Lachen nicht länger verkneifen. »Es kann natürlich auch Farbe sein oder verschmierte Tonerde oder weiß Gott was. Aber wenn du Blut vorziehst, Michelle, einverstanden, es ist Blut.«

»Das ist ja ekelhaft, was ihr da sagt.« June war bemüht, den schrecklichen Gedanken aus ihren Gedanken zu verbannen. »Es ist ein wunderschöner Raum, ich werde diesen Raum zu meinem Studio machen, und jetzt erzähl' mir bitte nicht, daß sich hier die fürchterlichsten Dinge ereignet haben, ich glaube dir sowieso nicht!«

Michelle zuckte die Schultern, sie schaute ein weiteres Mal in die

Runde, dann schüttelte sie den Kopf. »Also diesen Schuppen überlasse ich dir gerne, Mutter, ich hasse diesen Raum.« Sie war schon zur Tür unterwegs. »Ich gehe zum Strand runter, okay?«

»Wieviel Uhr ist es?« fragte June. Ihre Stimme klang ängstlich.

»Es dauert noch Stunden, bis es dunkel wird«, beruhigte Cal seine Frau. Er wandte sich zu Michelle. »Aber sei vorsichtig, Prinzessin. Hüte dich vor einem Sturz. Jedenfalls möchte ich nicht, daß du dir gleich am ersten Tag das Bein brichst. Ich brauche zahlende Patienten, nicht solche, die ich für einen Kuß gesund machen muß.«

Als Michelle den Pfad entlangging, der zur Bucht hinunterführte, klangen ihr die Worte des Vaters in den Ohren. Hüte dich vor einem Sturz. Warum sagte er das? Wie kam er auf die Idee, daß sie stürzen könnte? Sie hatte zeit ihres Lebens keinen Unfall erlitten. Und dann dämmerte es ihr. Der Junge. Ihr Vater dachte immer noch an den Jungen. Aber am Sturz jenes Jungen trug ihr Vater überhaupt keine Schuld. Und selbst wenn: sie, Michelle, hatte mit der ganzen Angelegenheit nichts zu tun. Vergnügt ging sie auf dem abschüssigen Weg weiter.

Cal wartete, bis Michelle außer Sicht war, dann schloß er seine Frau in die Arme und küßte sie. Als er sie freigab, traf ihn ein überraschter Blick.

»Was hat das zu bedeuten?«

»Nichts und alles«, sagte Cal. »Ich freue mich, daß wir hier wohnen, ich freue mich, daß ich mit dir verheiratet bin, ich freue mich über unsere Tochter Michelle, und ich freue mich auf das Baby, das du mir schenken wirst, ob es nun ein Junge oder ein Mädchen wird.« Er strich ihr zärtlich über den Bauch. »Aber einen Wunsch habe ich an dich. Du mußt jetzt sehr vorsichtig sein mit allem, was du tust. Ich möchte nicht, daß dir oder dem Baby irgend etwas zustößt.«

»Ich bin doch ganz brav«, verteidigte sich June. »Der Beweis ist, daß ich im Hinblick auf die guten Sitten freiwillig darauf verzichtet habe, in die Mülltonne zu steigen und den Abfall festzustampfen.«

Cal stöhnte auf. »Und jetzt soll ich dich wohl noch loben.«

»Vor allem sollst du dir keine Sorgen um mich machen. Mir geht's gut und dem Baby ebenfalls. Wenn ich mir überhaupt wegen irgendwas Sorgen mache, dann wegen Michelle.«

»Wegen Michelle?«

June nickte. »Weil ich nicht weiß, wie sie es verkraften wird, wenn sie plötzlich nicht mehr die einzige ist. Ich meine, bisher kümmerten wir uns nur um sie, glaubst du nicht, daß sie das Baby irgendwie als Konkurrenz empfindet?«

»Bei jedem anderen Kind würde ich eine solche Reaktion für möglich halten«, sagte Cal nachdenklich. »Aber nicht bei Michelle. Sie ist das angepaßteste Kind, das ich kenne, es ist ja schon fast widerlich. Ich vermute, genetische Einflüsse sind der Grund dafür; an der Erziehung, die sie bei uns genossen hat, kann's jedenfalls nicht liegen.«

»Hör doch auf damit«, protestierte June. Sie sprach mit einem ernsten Unterton. »Du bist zu hart gegen dich selbst. So warst du immer.« Und dann war das Lächeln ganz aus ihrem Gesicht verschwunden. Ihre Stimme klang ganz ruhig. »Ich habe nur Angst, daß Michelle sich als Adoptivkind bedroht fühlt, wenn ein *richtiges* Kind dazukommt. Eine solche Reaktion wäre ja nicht ungewöhnlich.«

Cal setzte sich schwerfällig auf einen Stuhl. Er verschränkte die Arme, wie er es tat, wenn er sich mit einem Patienten unterhielt.

»Jetzt hör einmal gut zu«, sagte er. »Michelle schafft das spielend, wie alles andere auch. Mein Gott, schau doch nur, wie sie den Wegzug aus Boston verkraftet hat. Jedes andere Kind hätte Zeter und Mordio geschrien, hätte gedroht, von zu Hause wegzulaufen was auch immer. Michelle hat nichts dergleichen getan. Für sie ist das ein wunderschönes Abenteuer.«

»Und?«

»Und so wird sie auch reagieren, wenn das Baby auf die Welt kommt. Das Kleine wird für sie ein neues Mitglied der Familie sein, um das sie sich kümmern und mit dem sie Spaß haben kann. Sie ist genau in dem Alter, wo Mädchen gern Babysitter spielen. Wenn ich Michelle richtig beurteile, dann wird sie dir die Mutterpflichten abnehmen, so daß du dich ganz ums Malen kümmern kannst.«

June lächelte, sein Trost tat ihr gut. »Ich behalte mir das Recht vor, mich selbst um mein Kind zu kümmern. Michelle kann warten, bis sie selbst eins hat.«

Plötzlich fiel ihr Blick auf den dunklen Fleck am Boden. Sie runzelte die Stirn. »Was ist das, Cal?«

»Blut«, sagte er fröhlich. »Michelle hat völlig recht, es ist Blut.«

»Jetzt mach doch keine Witze, Cal«, sagte June. »Es ist kein Blut, und du *weißt*, daß es keines ist.«

»Warum fragst du dann?«

»Ich will nur wissen, was es ist, damit ich das richtige Mittel zum Wegmachen verwenden kann«, sagte June.

»Ich mach' dir einen Vorschlag«, sagte Cal. »Ich nehme einen Spachtel und versuche das Zeug wegzuschaben, und wenn's nicht weggeht, nehmen wir Terpentin. Wahrscheinlich ist es bloß Farbe, dann kriegen wir's mit Terpentin problemlos weg.«

»Hast du einen Spachtel?« fragte June zaghaft.

»Bei mir? Natürlich nicht. Der Spachtel ist beim Werkzeug. Allerdings müßte ich erst einmal wissen, in welchem Karton.«

»Gehen wir das Werkzeug suchen«, sagte June entschlossen.

»Jetzt?«

»Jetzt gleich.«

Es war wohl das beste, wenn er seiner schwangeren Frau den Willen tat. Sie ging voran, er folgte ihr über den Rasen ins Haus. Und dann standen sie vor dem Berg Umzugskartons. Cal war sicher, June würde jetzt aufgeben, das Unterfangen, aus diesem Stapel den Karton mit dem Werkzeug herauszufischen, schien ihm hoffnungslos, aber June überflog die Pakete mit einem Blick, dann deutete sie auf das dritte von rechts.

»Das da«, sagte sie.

»Woher weißt du, daß dort das Werkzeug drin ist?« Cal war ganz verdattert. Auf dem Aufkleber war nur ›Verschiedenes‹ notiert.

»Verlaß dich auf mich«, sagte June voller Sanftheit.

Cal wuchtete das Paket in den Gang. Er riß den Klebstreifen ab. Die Werkzeugkiste kam zum Vorschein.

»Unglaublich!«

»Präzisionsarbeit«, sagte June. »Und jetzt komm!«

Sie gingen in den Schuppen zurück. June ließ sich auf dem Stuhl nieder, Cal bearbeitete den häßlichen Flecken mit dem Spachtel. Nach ein paar Minuten sah er von seiner Arbeit auf.

»Ich weiß nicht«, sagte er.

»Geht's nicht weg?« fragte June.

»Oh, doch, es geht weg«, sagte Cal. »Ich bin mir nur nicht im klaren, was es eigentlich ist.«

»Was willst du damit sagen?« June war vom Stuhl aufgestanden, sie kniete sich neben ihren Mann. Von dem Fleck war kaum noch

etwas zu sehen, statt dessen lag da ein kleiner Berg bräunlichen Staubs. Sie streckte die Hand danach aus, zögerte, nahm etwas von dem Staub zwischen die Finger und prüfte die Konsistenz.
»Was ist das?« fragte sie.
»Könnte Farbe sein«, sagte er schleppend. »Aber es sieht mehr nach geronnenem Blut aus.«
Ihre Blicke trafen sich.
»Michelle hat vielleicht doch recht gehabt«, sagte er. Er stand auf und half June auf die Beine.
»Was immer es ist«, fügte er hinzu, »dieser Fleck ist schon viele Jahre da. Wir haben damit nichts zu tun. Wenn man ein paarmal tüchtig drüberscheuert, sieht man überhaupt nichts mehr, und dann können wir die ganze Sache vergessen.«
Aber als sie den Schuppen verließen, drehte sich June um und warf einen Blick zurück auf das rostbraune Häuflein Staub.
Wenn ich doch nur so zuversichtlich wie Cal sein könnte, dachte sie. Anders als er zweifelte sie daran, ob sie die Sache mit dem Fleck je würde vergessen können.

Michelle war auf dem Weg stehengeblieben. Wieweit es wohl noch zum Strand war? Ein paar hundert Schritte, schätzte sie. Sie spielte mit dem Gedanken, eine Abkürzung zu suchen. Aber nein, diesmal noch nicht, sie würde auf dem Weg bleiben. Sie hatte immer noch Gelegenheit, eine Abkürzung zwischen den Felsen und den Büschen auszukundschaften.
Der Weg war leicht zu gehen, er führte im Zickzack den steilen Hang hinunter, ein Pfad, der offensichtlich seit vielen Jahren benutzt wurde und dementsprechend ausgetreten war. Hie und da gab es Engstellen, wo die Winterstürme den Boden fortgetragen hatten. Ein paar Felsbrocken lagen auf dem Weg, Michelle stieß sie über den Rand und sah ihnen nach, wie sie in immer schnellerem Fall auf die Klippen hinabstürzten. Noch bevor sie aufkamen, verschwanden sie aus ihrem Blickfeld, und wenig später hörte sie den Aufprall.
Der Pfad endete kurz vor der Linie, die von der Flut zurückgelassen worden war. Jetzt war Ebbe, ein Strandstreifen, von Felsen eingerahmt, war zu sehen, aus dem Sand ragten in unregelmäßigen Abständen Granitblöcke hervor. Wie die Backen einer Zange reichte die Felsküste auf beiden Seiten ins Meer hinaus, dazwi-

schen öffnete sich der Durchlaß, den die Leute *Devil's Passage* nannten. Die See, gefangen in der kleinen Bucht, kochte und schäumte, und wo sie ruhiger war, bildeten sich Muster an der Oberfläche, die selbst einem Menschen wie Michelle, der wenig vom Meer verstand, Gefahr signalisierten. Das Mädchen ging in nördlicher Richtung. Sie würde herausfinden, ob man über den Strand zum Fuße des Kliffs gelangen konnte, auf dem Paradise Point stand. Das würde dann ihr Schulweg sein – den Strand entlang, den Hang hinauf und quer durchs Dorf. Viel schöner als der Schulweg in Boston!

Sie war vielleicht fünfhundert Meter gegangen, als sie merkte, daß sie nicht allein am Strand war. Jemand stand über einen Tümpel gebeugt, den die Flut in einer Granitpfanne zwischen den Felsen zurückgelassen hatte. Die Gestalt stand mit dem Rücken zu Michelle. Mit gemischten Gefühlen ging das Mädchen näher. Ob sie mit diesem Menschen sprechen oder einfach weitergehen sollte? Vielleicht war es am besten, wenn sie zum Haus ihrer Eltern zurücklief. Noch bevor sie einen Entschluß fassen konnte, richtete sich die Gestalt auf und winkte ihr zu.

»*Hi!*« Die Stimme klang freundlich. Es war ein Junge, ähnlich alt wie Michelle, mit dunklen Locken und auffallend blauen Augen. Der Junge strahlte sie an. Zögernd winkte sie zurück. »Hello!«

Er kam über die Felsen zu ihr gesprungen.

»Bist du das Mädchen, das im Haus von Dr. Carson eingezogen ist?« fragte er.

Michelle nickte. »Aber es ist jetzt unser Haus«, verbesserte sie ihn. »Wir haben das Haus Dr. Carson abgekauft.«

»Aha«, sagte der Junge. »Ich bin Jeff Benson. Mein Haus ist da oben.« Er deutete die Steilküste hinauf. Michelle verrenkte sich den Hals, aber sie konnte kein Haus entdecken.

»Man kann's nicht sehen von hier«, erklärte Jeff. »Es steht etwas zurück vom Kliff. Meine Mutter sagt, das Kliff fällt früher oder später ins Meer, aber ich glaube das nicht. Wie heißt du?«

»Michelle.«

»Und wie ist dein Rufname?«

Sie sah ihn verwundert an. »Michelle. Wie sollen mich die Leute denn sonst rufen?«

Jeff hob die Schultern. »Keine Ahnung. Ich hab' nur gedacht, weil es so ein komischer Name ist. Hört sich sehr nach Boston an. Kommst du aus Boston?«

»Ganz recht«, sagte Michelle.

Jeff betrachtete sie mit unverhohlener Neugier, dann zuckte er ein weiteres Mal die Schultern, die Sache mit dem Namen war damit für ihn erledigt. »Wolltest du dir die Tümpel ansehen?«

»Ich wollte mir alles ansehen«, sagte sie. »Was ist in den Tümpeln?«

»Alles mögliche«, sagte Jeff voller Eifer. »Und jetzt bei Ebbe, kommt man zu den besten hin! Hast du solche Tümpel schon mal gesehen?«

Michelle schüttelte den Kopf. »Nur welche am Strand«, sagte sie. »Wo ich mit meinen Eltern Picknick gemacht habe, da gab es auch welche.«

»Die Tümpel am Strand taugen nichts«, sagte Jeff verächtlich. »Wenn da je was Gutes drin war, haben sie's schon rausgefischt. Aber hier, zwischen den Felsen, das ist schon etwas anders. Komm, ich zeig's dir.«

Er führte Michelle über die Klippen. Ab und zu blieb er stehen, um auf sie zu warten. »Du solltest Tennisschuhe tragen«, sagte er. »Die geben mehr Halt auf den Felsen.«

»Ich wußte nicht, daß es auf den Steinen so glatt ist«, sagte Michelle. Ihr war plötzlich unbehaglich zumute, aber sie wußte nicht, warum. Und dann standen sie am Rande eines großen Tümpels. Jeff kniete sich hin, und Michelle tat es ihm gleich. Sie starrten in das flache Wasser.

Die Oberfläche des Tümpels lag still, und das Wasser war so klar, daß es Michelle vorkam, als blickte sie durch ein Fenster in eine andere Welt. Am Boden des Tümpels krochen seltsame Kreaturen herum – es gab Seesterne und Seeigel, Seeanemonen wedelten mit ihren Fangarmen, und Einsiedlerkrebse huschten umher, das geborgte Gehäuse auf dem Rücken. Einer Eingebung folgend, packte Michelle ins Wasser und hob einen Einsiedlerkrebs hoch.

Die winzigen Zangen versuchten ihren Finger zu packen, und als das ohne Erfolg blieb, zog sich der Krebs in sein Gehäuse zurück, nur ein dünner Tastarm blieb draußen.

»Du mußt ihn auf die flache Hand legen, so daß er dich nicht sehen kann«, erklärte ihr Jeff. »Wetten, daß er nach ein paar Minuten wieder hervorkommt?«

Michelle tat wie geheißen. Nach einer Weile kam der Krebs aus seinem Gehäuse, die Beine voran.

»Es kitzelt«, sagte Michelle, unwillkürlich schloß sie die Hand. Als sie die Finger wieder öffnete, hatte sich das Tier erneut in sein Gehäuse zurückgezogen.

»Laß ihn auf eine der Seeanemonen fallen«, sagte Jeff.

Michelle gehorchte. Sie sah, wie sich die Fangarme des pflanzenähnlichen Lebewesens um den verzweifelt krabbelnden Krebs schlossen. Einen Augenblick später war von dem Gehäuse und dem Krebs nichts mehr zu sehen.

»Was passiert jetzt mit dem Krebs?« fragte Michelle.

»Die Seeanemone frißt ihn mitsamt dem Gehäuse, und dann scheidet sie das Gehäuse wieder aus.«

»Du meinst, ich habe ihn getötet?« fragte Michelle entsetzt.

»Der wäre sowieso von irgendeinem Tier gefressen worden«, sagte Jeff. »Solange du nichts aus dem Tümpel fortträgst oder irgend etwas reintust, was nicht reingehört, ist alles in Ordnung.«

Es war das erste Mal, daß Michelle über solche Dinge nachdachte. Was Jeff sagte, machte Sinn. Es gab Dinge, die in den Tümpel hineingehörten, und solche, die *nicht* hineingehörten. Und daß man aufpassen mußte, wenn man verschiedene Dinge zusammenbrachte. Jawohl, das machte Sinn.

Die beiden gingen um den Tümpel herum und betrachteten die merkwürdige Welt, die sich da vor ihnen auftat. Jeff löste einen Seeigel vom Felsen und zeigte Michelle die winzigen Saugnäpfe, die dem Tier als Füße dienten. Er zeigte ihr auch das häßliche fünfeckige Maul in der Mitte des Magens.

»Woher weißt du das alles?« fragte Michelle schließlich.

»Ich bin hier aufgewachsen«, sagte Jeff. Er zögerte. »Und außerdem will ich Meeresbiologe werden, wenn ich einmal groß bin. Was willst du werden?«

»Ich weiß noch nicht«, sagte Michelle. »Ich habe noch nie drüber nachgedacht.«

»Dein Vater ist Arzt, nicht?« fragte Jeff.

»Woher weißt du das?«

»Jeder hier weiß das«, sagte Jeff und lächelte freundlich. »Paradise Point ist sehr klein. Jeder weiß alles über jeden.«

»Junge, du kannst dir gar nicht vorstellen, wie das in Boston ist«, sagte Michelle. »Dort weiß niemand was über niemanden. Furchtbar. Wir haben die Stadt gehaßt.«

»Seid ihr deshalb nach Paradise Point gezogen?«

»Ich glaube, ja«, sagte Michelle zögernd. »Jedenfalls war das einer der Gründe.« Unvermittelt spürte sie den Wunsch, das Thema zu wechseln. »Ist in unserem Haus jemand ermordet worden?«

Jeff sah sie an, als traute er seinen Ohren nicht. Mit einer merkwürdig raschen Bewegung stand er auf. Er schüttelte den Kopf. »Nicht, daß ich wüßte«, sagte er. Er wandte sich um und ging, den Felsen ausweichend, den Strand entlang. Michelle machte keine Anstalten, ihm zu folgen. Er blieb stehen.

»Komm!« rief er. »Die Flut ist bald da, es wird gefährlich!«

Als Michelle aufstand, überkam sie etwas wie Schwindel. Es war ein merkwürdiges Gefühl. Dichter Nebel schien vor ihren Augen hochzuwallen. Rasch ließ sie sich auf die Knie fallen.

Jeff stand da, einige Schritte entfernt, und starrte sie an.

»Ist dir nicht gut?« rief er.

Michelle erhob sich diesmal langsamer. »Ich bin wohl nur zu schnell aufgestanden. Mir ist irgendwie schwindlig geworden. Plötzlich war mir schwarz vor Augen.«

»Es wird jetzt bald dunkel«, sagte Jeff. »Wir gehen besser zum Kliff hoch.« Er machte ein paar Schritte in nördlicher Richtung, und Michelle fragte ihn, wo er hin wollte.

»Nach Hause«, erwiderte Jeff. »Es gibt einen Pfad vom Meer bis zu unserem Haus, genau wie bei euch.« Er machte eine kleine Pause, und dann fragte er sie, ob sie mit ihm kommen wollte.

»Besser nicht«, sagte Michelle. »Ich habe meinen Eltern gesagt, ich bleibe nicht lange weg.«

»Okay«, sagte Jeff. »Bis dann.«

»Bis dann«, echote Michelle. Sie wandte sich um und ging den Strand entlang. Als sie am Beginn des Weges angelangt war, der zu ihrem Haus hochführte, blieb sie stehen und sah zurück. Jeff Benson war verschwunden, der Strand war menschenleer. Der Nebel begann das Kliff einzuhüllen.

Drittes Kapitel

»Nächste Woche modeln wir den Wäscheraum um.«

In Junes Stimme schwang eine Entschlossenheit mit, die Cal klarmachen sollte, daß die Schonzeit vorüber war. Zwei Wochen wohnten sie jetzt in diesem Haus. Cal hatte sich an die neue Umgebung gewöhnt. Seine Neigung, die beabsichtigten Änderungen durchzuführen, war von Tag zu Tag geringer geworden. Inzwischen hatte er sich sogar mit dem höhlenähnlichen Speisezimmer angefreundet. Freilich, der lange Tisch hatte etwas Unpersönliches an sich, so daß sich die Familie jeweils an ein Ende dieses Tisches setzte, und zwar an jenes, das der Küchentür am nächsten lag. Nur Michelle war von der Größe dieses Raums beeindruckt. June hatte etwas gesagt, und die Tochter warf einen Blick in die Runde.

»Ich mag das Speisezimmer«, verkündete sie. »Ich stelle mir vor, wir tafeln im Saal einer Burg, und gleich kommen die Diener, um die Speisen aufzutragen.«

»Auf den Tag kannst du lange warten«, sagte Cal. »Wenn es mit der Praxis so weitergeht, wirst du dich als Dienstmädchen in anderen Häusern verdingen müssen. Das Geld ist dann bitte bei mir abzugeben, ich kann's dringend gebrauchen.« Er zwinkerte seiner Tochter zu, sie zwinkerte zurück.

»Es werden schon bessere Tage kommen«, sagte June, aber der Ton ihrer Stimme verriet, daß sie nicht so recht an diese besseren Tage glaubte. »Du kannst in einem solchen Ort nicht erwarten, Cal, daß die Patienten vom ersten Tag an zu dir strömen.« Enttäuschung mischte sich in ihre Stimme. Sie sah ihrem Mann in die Augen. »Die Leute kommen so lange nicht zu dir, wie Dr. Carson noch hier ist.« Sie legte ihre Gabel auf den Tisch. »Ich wünschte mir so sehr, er würde endlich den ganzen Kram aufgeben und verschwinden. Wann wird er dir die Praxis ganz übergeben?«

»Ich hoffe, daß er noch recht lang hierbleibt«, erwiderte Cal. Er las in ihrem Gesicht, wie besorgt sie war. »Schau doch nicht so traurig – er nimmt ja kein Geld mehr aus der Praxis, wenn du das meinst. Er sagt, die Praxis gehört jetzt mir. Offiziell ist er pensioniert. Er sagt, er will nur noch etwas nach dem Rechten sehen. Und ich bin Gott dankbar, daß Dr. Carson so denkt. Ohne ihn hätte ich den Laden wahrscheinlich schon zumachen müssen!«

»Das ist doch Unsinn«, protestierte June, aber Cal hob die Hand und gebot ihr zu schweigen.

»Es ist, wie ich sage, June. Du hättest gestern dabei sein müssen, als Mrs. Parsons in die Praxis kam. Ich dachte natürlich, ich hätte eine ganz normale Patientin vor mir. Ich wollte sie schon untersuchen, aber da hat Josiah mich im letzten Augenblick gestoppt, sonst hätte sie wohl im Unterrock vor mir gestanden. Es hat sich dann herausgestellt, sie wollte gar nicht untersucht werden. Sie war nur in die Praxis gekommen, um sich etwas auszusprechen. Ein Schwatz, nicht mehr. Josiah hat sich das alles angehört, hat bedeutsam mit der Zunge geschnalzt, und dann hat er ihr gesagt, wenn sie nächste Woche noch Beschwerden hat, soll sie wiederkommen, dann würde er sie untersuchen.«

»Was für Beschwerden hat sie denn?« fragte Michelle.

»Der Frau fehlt gar nichts. Sie liest Bücher und Zeitschriften, wo die verschiedenen Krankheiten beschrieben sind, und dann möchte sie sich mit jemandem über diese Krankheiten unterhalten. Sie hat das Gefühl, es ist nicht recht, wenn sie nur so in die Praxis kommt, also behauptet sie, unter der einen oder anderen Krankheit zu leiden.«

»So etwas nennt man einen Hypochonder«, war Junes Kommentar.

»Das habe ich auch erst gedacht, aber Josiah sagt, sie ist kein Hypochonder. Weißt du, sie fühlt die Symptome nicht wirklich. Sie behauptet nur, sie fühlte sie. Und dann«, fuhr Cal fort, »beschreibt diese Mrs. Parsons nicht nur ihre eigenen Symptome, sie spricht auch über die Krankheitssymptome anderer Personen. Josiah sagt, es gibt in Paradise Point mindestens drei Patienten, die ihr Leben der Tatsache verdanken, daß Mrs. Parsons so geschwätzig ist. Sie hat Josiah Dinge gesagt, die den Betroffenen nie über die Lippen gegangen wären.«

»Und wie macht er das dann? Lauert er den Kranken auf und schleift sie in die Praxis?«

Cal lachte stillvergnügt in sich hinein. »Das gerade nicht. Aber er sucht die Betreffenden auf und führt eine Art Vorsorgeuntersuchung durch. Wie es scheint, hat Mrs. P. einen Röntgenblick, wenn es um die Erkennung von Herzrisikopatienten geht.«

»Klingt nicht sehr professionell«, murmelte June.

Cal zuckte die Achseln. »Bis vor einer Woche hätte ich dir recht gegeben, aber inzwischen bin ich unsicher geworden.« Er nahm sein Glas Chablis und trank einen Schluck. »Ich frage mich, wie viele Patienten des General Hospital von Boston noch am Leben sein würden, wenn es dort eine Mrs. Parsons gäbe, die sich die Leute kritisch ansieht. Statt dessen haben wir uns dort immer nur mit den konkreten Beschwerden der Patienten befaßt. Josiah sagt, es gibt viele Leute, die mit ihren Beschwerden nicht zu einem Arzt gehen. Sie hoffen, die Sache würde schon von selbst besser werden – und dann sterben sie.«

»Das hört sich ja schaurig an«, sagte Michelle, die eine Gänsehaut bekommen hatte.

»Das ist auch schaurig«, sagte Cal. »Aber hier draußen kommen dergleichen Todesfälle nicht so oft vor, Josiah findet rechtzeitig heraus, wer bedroht ist und was ihm fehlt. So kann er dem Schlimmsten vorbeugen. Josiah schwört Stein und Bein auf die Präventivmedizin.«

»Was ist dieser Mann eigentlich? Ein Hexendoktor?« Es war so dahingesagt, aber trotzdem war herauszuhören, daß sie Cals Lobgesänge auf den älteren Arzt herzlich leid war. *Josiah sagt!* Was immer Dr. Carson sagte, für Cal war es ein Evangelium. Und jetzt ließ er die Frage, die sie ihm gestellt hatte, unbeantwortet. Er hatte sich Michelle zugewandt und wollte etwas sagen, als die Türglocke ging. June war erleichtert, weil die Störung zugleich die Chance eröffnete, das unerquickliche Gespräch über Dr. Josiah Carson zu beenden. Sie stand auf und ging zur Haustür. Sie öffnete. Vor ihr stand die große hagere Gestalt Dr. Carsons. Seine weiße Mähne stand wie ein Strahlenkranz gegen die Düsternis des Abends. June erschrak, aber sie fing sich schnell. »Wenn man vom Teufel spricht...«

Dr. Carson bedachte sie mit einem milden Lächeln. »Ich hoffe, ich störe Sie nicht beim Abendessen, aber es ist dringend.« Er trat ins Foyer des Hauses und schloß die Haustür.

Noch bevor June etwas sagen konnte, kam Cal dazu. »Josiah! Was führt Sie zu mir?«

»Ich bin unterwegs zu einem Hausbesuch. Ich hätte Sie vielleicht vorher anrufen sollen, aber ich saß schon im Wagen, als mir das einfiel. Möchten Sie mitkommen?«

»Es ist doch kein Notfall, oder?« sagte June.

»Nun, jedenfalls nichts, wozu wir den Krankenwagen kommen lassen müßten. Ich bezweifle, ob es überhaupt etwas Ernsthaftes ist. Die Kranke heißt Sally Carstairs. Sie klagt über Schmerzen im Arm, die Mutter hat mich angerufen und gebeten, nach ihr zu schauen. Und da ist mir etwas eingefallen.« Sein Blick wanderte durch den Raum. »Ist Michelle nicht da?«

In Cals Antwort klang die Neugier durch. »Michelle?«

»Sally Carstairs ist im gleichen Alter wie Michelle, und wenn Michelle mitkäme, dann bewirkt das für die Kranke wahrscheinlich mehr, als Sie oder ich für sie tun können. Wenn ein Kind einen neuen Freund bekommt, vergißt es seinen Schmerz.«

Die beiden Ärzte wechselten einen Blick. Es war nur eine kleine Geste, aber June fiel es auf. Es sah aus, als ob Dr. Carson eine Frage gestellt hätte, und Cal hatte die Frage beantwortet. Das alles ohne Worte. Es war dieses stillschweigende Einverständnis zwischen den beiden Männern, was June so beunruhigte. Und dann kam Michelle ins Foyer. Damit war die Frage, ob sie mitgehen würde, eigentlich schon entschieden.

»Möchtest du auf einen Hausbesuch mitkommen?« June hörte, wie Dr. Carson mit ihrer Tochter sprach.

»Darf ich das wirklich?« Michelles Blick wanderte von der Mutter zum Vater. Ihre Augen glänzten.

»Dr. Carson meint, es wäre für eine seiner Patientinnen ganz gut, wenn du mitkämst.«

»Zu wem fahren wir denn?« fragte Michelle.

»Zu Sally Carstairs. Sie ist in deinem Alter, und sie hat Schmerzen im Arm. Dr. Carson wird dich als wandelndes Schmerzmittel einsetzen.«

Michelle warf ihrer Mutter einen Blick zu, mit dem sie um die Erlaubnis heischte, mitfahren zu dürfen. June zögerte.

»Ist das Mädchen denn nicht... krank?«

»Sally?« sagte Dr. Carson. »Wo denken Sie hin, sie hat Schmerzen im Arm, das ist alles. Aber wenn Sie wünschen, daß Michelle hierbleibt...«

»Nein, nein, nehmen Sie sie ruhig mit. Es ist Zeit, daß sie eine gleichaltrige Freundin kennenlernt. Wir sind jetzt schon zwei Wochen hier, und sie kennt niemanden außer diesen Jeff Benson.«

»Der ein sehr lieber Junge ist«, fügte Cal hinzu.

»Ich habe nicht behauptet, er sei nicht nett, ich meine nur, ein Mädchen braucht auch Freundinnen.«

Michelle lief zum Treppenhaus. »Ich bin gleich zurück.« Sie verschwand. Als sie wiederkam, hielt sie ihren grünen Bücherbeutel an sich gepreßt.

»Was hast du da drin?« fragte Dr. Carson.

»Eine Puppe«, erklärte Michelle. »Eine Puppe, die ich in meinem Schrank gefunden habe. Ich möchte sie Sally gern zeigen.«

»Hier?« fragte Dr. Carson erstaunt. »Du hast die Puppe hier im Haus gefunden?«

»Ja. Sie ist schon sehr alt.« Michelles Stirn umwölkte sich. Sie warf Dr. Carson einen ängstlichen Blick zu. »Ich hoffe, ich habe nichts an mich genommen, was Ihrer Familie gehört.«

»Nun, ich weiß nicht«, erwiderte Dr. Carson. »Zeig mir die Puppe doch einmal.«

»Interessant«, sagte er. »Ich vermute, sie hat einmal jemandem in meiner Familie gehört. Aber es ist das erste Mal, daß ich sie sehe.«

»Wenn Sie die Puppe haben möchten, ich gebe sie Ihnen«, sagte Michelle, und ihr Gesicht verriet die Angst, daß er das Angebot annehmen könnte.

»Was in aller Welt soll ich mit einer Puppe anfangen?« erwiderte Dr. Carson. »Behalte die Puppe, ich hoffe, du hast viel Spaß damit. Und laß sie immer im Haus.«

Junes Frage klang scharf und direkt. »Sie soll die Puppe immer im Haus lassen? Warum?«

Sie hätte schwören mögen, daß er mit seiner Antwort zögerte. Seiner Stimme allerdings war nichts anzumerken. »Weil es ein wunderschönes Stück ist, eine Antiquität. Michelle will doch sicher nicht, daß der Puppe etwas zustößt, oder?«

»Ich glaube, das würde ihr das Herz brechen«, sagte Cal. »Bring die Puppe auf dein Zimmer zurück, Kleines, und dann fahren wir. Josiah, würden Sie voranfahren?«

»Einverstanden. Ich geh' schon raus und warte im Wagen.« Er verabschiedete sich von June und verließ das Haus.

Cal ging zu June und schloß sie in die Arme. »Sei schön brav und tu nichts, was du nicht tun sollst. Nicht daß dann mitten in der Nacht die Wehen anfangen.«

»Keine Sorge. Ich wasche nur noch ab, dann lege ich mich auf die Couch und lese ein gutes Buch.« Cal hatte die Schwelle der Haustür passiert, als Michelle die Treppe heruntergepoltert kam. »Seid vorsichtig«, sagte June unvermittelt. Cal wandte sich um.

»Vorsichtig? Was soll denn schon passieren?«

»Ich weiß nicht«, gab June zur Antwort. »Aber seid beide vorsichtig, ja?«

Sie blieb in der Haustür stehen und sah den beiden nach. Als Cal und Michelle um die Hausecke verschwunden waren, kehrte sie ins Speisezimmer zurück und begann den Tisch abzuräumen. Als sie mit dem Abräumen fertig war, wußte sie auch, was sie die ganze Zeit so bedrückt hatte.

Dr. Carson.

June Pendleton mochte ihn nicht. Aber sie wußte nicht, was sich hinter dieser Abneigung verbarg.

Dr. Carson fuhr zügig, er kannte sich bestens aus in Paradise Point. Er dachte über seinen jungen Kollegen nach. Wie Dr. Pendleton wohl reagieren würde, wenn er Sally Carstairs untersuchte? Er wußte, Cal hatte es seit jenem Ereignis im Frühjahr vermieden, Kinder zu behandeln. Heute abend nun würde sich herausstellen, wie tief die Wunden gingen, die das Vorkommnis bei ihm hinterlassen hatte. Ob Cal in Panik geraten würde? Ob die Erinnerung an die Sache in Boston ihm die Hände lähmen würde? Oder hatte dieser Mann in den Monaten nachher sein Selbstvertrauen wiedergewonnen? Josiah würde bald eine Antwort auf diese Frage bekommen. Er parkte seinen Wagen vor dem Haus der Carstairs und wartete, bis Cal in die Lücke hinter ihm eingebogen war.

Sie betraten das Haus. Fred und Bertha Carstairs, ein Paar Anfang Vierzig, saßen sichtlich nervös am Küchentisch. Dr. Carson übernahm die Formalitäten der Vorstellung. Dann rieb er sich unruhig die Hände.

»Auf in den Kampf«, sagte er. »Michelle, du bleibst zunächst einmal in der Küche und leistest Mrs. Carstairs Gesellschaft. Nur für den Fall, daß wir Sally den Arm abnehmen müssen.« Ohne die Antwort des Mädchens abzuwarten, drehte er sich um. Er führte Cal in das Schlafzimmer, das sich im hinteren Bereich der Wohnung befand.

Sally Carstairs saß im Bett, sie balancierte ein Buch auf dem Schoß. Der rechte Arm lag kraftlos auf der Bettdecke. Als sie Dr. Carson eintreten sah, lächelte sie.

»Ich komme mir blöd vor«, begann sie.

»Du warst schon blöd, als ich dich von deiner Mutter abgenabelt habe«, sagte Dr. Carson mit undurchdringlicher Miene. »Warum solltest du nach soviel Jahren plötzlich intelligent geworden sein?«

Sally nahm die Pflaumerei so auf, wie sie gemeint war. Sie wandte sich zu Cal. »Sind Sie Dr. Pendleton?«

Cal nickte, er wäre nicht fähig gewesen, eine richtige Antwort zu geben. Sein Blick verschwamm. Plötzlich hatte Sally Carstairs das Gesicht eines Jungen. Der Junge war so alt wie sie, wand sich vor Schmerzen wie sie. Cal spürte, wie sich sein Magen umdrehte. Er kämpfte die Panik nieder, die von ihm Besitz ergreifen wollte. Er zwang sich zur Ruhe, konzentrierte sich auf das Mädchen, das vor ihm im Bett saß.

»Vielleicht können Sie Onkel Joe beibringen, wie man Patienten behandelt«, pflaumte sie. »Sobald er das weiß, kann er in Pension gehen.«

»Erst einmal werde ich dir beibringen, wie man sich gegenüber einem verdienten Landarzt benimmt, junges Fräulein«, sagte Dr. Carson. »Und nun erzähl mir mal, wie's passiert ist.«

Das Lächeln wich aus Sallys Gesicht. Sie saß da, in Gedanken versunken. »Genau weiß ich das nicht mehr. Ich bin im Garten ausgerutscht und habe gespürt, wie ich mit dem Arm auf einen Stein fiel.«

»Sehen wir uns den Arm einmal an«, sagte Dr. Carson. Er rollte ihr mit seinen großen Händen den Ärmel des Pyjamas hoch und unterzog den Arm einer sorgfältigen Prüfung. Von einer Verletzung war nichts zu entdecken. »Das muß aber ein kleiner Stein gewesen sein, auf den du gefallen bist«, sagte er.

»Deshalb komme ich mir ja so blöde vor«, sagte Sally. »Wo ich ausgerutscht bin, gab's überhaupt keinen Stein. Dort war nur Rasen.«

Dr. Carson trat beiseite, und Cal beugte sich vor, um den Arm des Mädchens zu untersuchen. Er tastete Muskeln und Sehnen ab und fühlte Dr. Carsons Blick auf sich gerichtet.

»Tut es hier weh?« Sally nickte. »Und hier?«

Sally nickte wieder.

Cal tastete den ganzen Arm ab, Zentimeter um Zentimeter. Vom Ellenbogen bis zur Schulter hatte das Mädchen Berührungsschmerz.

Er richtete sich auf und zwang sich, Dr. Carson anzusehen. »Es könnte sich um eine Zerrung handeln«, sagte er langsam.

Dr. Carson ließ sich nicht anmerken, was er von dieser Diagnose hielt. Er rollte Sally den Ärmel des Pyjamas herunter. »Tut's denn sehr weh?« erkundigte er sich.

Sally machte ein finsteres Gesicht. »Na ja«, sagte sie, »ich werde nicht dran sterben, aber es tut immerhin so weh, daß ich mit dem Arm nichts machen kann.«

Dr. Carson lächelte ihr zu. Er drückte ihr die Hand. »Ich sag' dir was, Dr. Pendleton und ich gehen jetzt zu deinen Eltern, aber wir haben dir eine Überraschung mitgebracht.«

Sally war gespannt. »Was denn?«

»Du müßtest eigentlich fragen: Wer? Dr. Pendleton hat seine Assistentin mitgebracht, sie ist zufällig genau in deinem Alter.« Er ging zur Tür, um Michelle zu rufen.

Wenig später überquerte Michelle die Schwelle. Schon nach einem Schritt blieb sie stehen. Sie sah Sally mit scheuem Blick an. Cal machte die beiden Mädchen miteinander bekannt, dann verließen die beiden Ärzte den Raum.

»Hi«, sagte Michelle, noch etwas unsicher.

»Hi«, antwortete Sally. Schweigen. Und dann: »Du kannst dich aufs Bett setzen, wenn du magst.«

Michelle ging auf das Bett zu. Als sie die Hälfte des Weges zurückgelegt hatte, blieb sie wie angewurzelt stehen. Sie starrte auf das Fensterkreuz.

»Was ist?« fragte Sally.

Michelle schüttelte nachdenklich den Kopf. »Ich weiß nicht. Ich meine, ich hätte da draußen was gesehen.«

Sally wollte sich so hinsetzen, daß sie zum Fenster sehen konnte, aber der Schmerz im Arm hinderte sie daran. »Was hast du denn gesehen?«

»Ich weiß nicht.« Sie zuckte die Schultern. »Es war wie ein Schatten.«

»Dann war's die Ulme. Vor der Ulme hab' ich mich auch schon oft erschrocken.« Sally klopfte mit der flachen Hand aufs Bett. Michelle nahm auf der Bettkante, am Fußende des Bettes, Platz, aber ihr Blick blieb auf das Fenster gerichtet.

»Du mußt wohl deiner Mutter ähnlich sehen«, sagte Sally.

»Wie bitte?« Michelle wußte nichts Rechtes anzufangen mit Sallys Bemerkung. Sie löste ihren Blick vom Fenster und sah dem Mädchen in die Augen.

»Ich habe gesagt, du mußt wohl deiner Mutter ähnlich sehen. Deinem Vater ähnelst du jedenfalls kein bißchen.«

»Meiner Mutter bin ich auch nicht ähnlich«, sagte Michelle. »Ich bin ein Adoptivkind.«

Sallys Mund klappte auf. »Wirklich?« Sie war so verblüfft, daß Michelle beinahe in Lachen ausgebrochen wäre.

»Ist ja nichts dabei.«

»Ich finde schon, daß es etwas besonders ist«, sagte Sally. »Ich find's hübsch.«

»Warum?«

»Na ja, ich meine, als Adoptivkind kannst du ja alles mögliche sein, nicht? Wer waren denn deine richtigen Eltern?«

Michelle hatte diese Art von Gespräch auf der Schule in Boston recht oft führen müssen, sie hatte nie verstanden, warum die Freundinnen sich so sehr für das Thema interessierten. Für sie waren Cal und June Pendleton ihre Eltern, und damit hatte es sich. Aber es würde wohl etwas schwierig sein, Sally das alles zu erklären. Sie beschloß, das Thema zu wechseln.

»Was ist mit deinem Arm passiert?«

Sally vergaß das Problem mit Michelles Eltern. Sie blickte angewidert nach oben. »Ich bin ausgerutscht, und meine Eltern machen ein Drama daraus.«

»Tut der Arm denn nicht weh?« fragte Michelle.

»Ein bißchen schon«, gab Sally zu. Sie war entschlossen, sich den Schmerz nicht merken zu lassen. »Bist du wirklich die Assistentin deines Vaters?«

Michelle schüttelte den Kopf. »Dr. Carson kam bei uns vorbeigefahren und hat meinen Vater abgeholt, und da hat er ihm gesagt, er soll mich mitnehmen. Ich freu' mich, daß ich mitgekommen bin.«

»Ich freu' mich auch, daß du da bist«, sagte Sally. »Ich finde, da hat Onkel Joe eine gute Idee gehabt.«

»Ist er dein Onkel?«

»Nein. Aber wir Kinder nennen ihn alle Onkel Joe, weil er die meisten von uns entbunden hat.« Es gab eine Pause, und dann sah Sally scheu zu Michelle hinüber. »Könnte ich dich mal zu Hause besuchen?«

»Aber sicher. Bist du noch nie in dem Haus gewesen?«

Sally schüttelte den Kopf. »Onkel Joe hat nie jemanden in sein Haus eingeladen. Das war eine sehr merkwürdige Sache, Onkel Joe und sein Haus, dauernd hat er davon gesprochen, daß er's abreißen lassen will, aber dazu ist es irgendwie nie gekommen. Nach dem, was im Frühjahr passiert ist, waren wir alle sicher, daß er das Haus abbrechen lassen würde. Aber das weißt du ja sicher alles.«

»Was soll ich wissen?« fragte Michelle.

Sally machte große Augen. »Hat's dir wirklich niemand erzählt? Ich meine das mit Alan Hanley?«

Alan Hanley. Das war der Name des Jungen, den sie in Boston ins General Hospital eingeliefert hatten. »Was ist mit diesem Alan Hanley?«

»Onkel Joe hat ihn für Dachdeckerarbeiten angeheuert. Ein paar Schieferplatten sollten erneuert werden oder etwas in der Art. Glaube ich. Und dann ist der Junge vom Dach gefallen. Sie haben ihn nach Boston ins Krankenhaus gebracht, aber er ist trotzdem gestorben.«

»Ich weiß«, sagte Michelle leise. Dann: »Er ist von *unserem* Haus gefallen, sagst du?«

Sally nickte.

»Das haben sie mir verschwiegen.«

»Den Kindern sagt man ja nie etwas«, fand Sally. »Aber irgendwie finden wir dann doch alles heraus.« Sie war begierig, zum eigentlichen Thema zurückzukehren. »Wie sieht das Haus innen aus?«

Michelle tat ihr Bestes, um Sally eine genaue Beschreibung des Hauses zu geben, Sally hörte ihr fasziniert zu. Als Michelle endete, ließ sich Sally in die Kissen sinken und seufzte.

»Das Haus ist genauso, wie ich es mir immer vorgestellt habe. Ich glaube, es gibt auf der ganzen Welt kein romantischeres Haus.«

»Da hast du recht«, sagte Michelle. »Ich stelle mir immer vor, es gehört mir ganz allein, und ich wohne allein dort, und...« Ihre Stimme erstarb. Ihr Gesicht überzog sich mit Schamröte.

»Und was dann?« bohrte Sally. »Hast du dort Affären mit Jungen?«

Michelle senkte schuldbewußt den Blick. »Ist das nicht furchtbar, sich solche Dinge vorzustellen?«

»Ich weiß nicht. Ich tu' das gleiche.«

»Wirklich? Welchen Jungen stellst du dir denn vor?«

»Jeff Benson«, sagte Sally ohne Zögern. »Er wohnt bei euch in der Nachbarschaft. Das nächste Haus.«

»Ich weiß«, sagte Michelle. »Ich habe Jeff Benson gleich am Tag unserer Ankunft kennengelernt, am Strand. Er ist nett, findest du nicht auch?« Und dann kam ihr ein Gedanke. »Ist er dein Freund?«

Sally schüttelte den Kopf. »Ich mag ihn gern, aber er hat eine an-

dere Freundin. Das Mädchen heißt Susan Peterson. Jedenfalls behauptet sie, sie sei seine Freundin.«
»Wer ist Susan Peterson?«
»Eines der Mädchen in der Schule. Sehr hochnäsig. Meint, sie wär' was besonderes.« Sally dachte nach. Dann: »Du, ich hab' eine Idee.« Sie senkte ihre Stimme zum Flüsterton. Michelle rückte zur Mitte des Betts, um sie besser verstehen zu können. Die beiden begannen zu kichern, als Sally die Einzelheiten ihres Plans darlegte. Als Bertha Carstairs eine halbe Stunde später den Raum betrat, tauschten die Mädchen einen Blick stillen Einverständnisses aus.
»Habt ihr beide auch nichts ausgeheckt?« fragte Bertha.
»Wir haben uns nur unterhalten, Mutti«, sagte Sally betont unschuldig. »Darf ich Michelle morgen besuchen?«
Nun, da hatte Bertha ihre Zweifel. »Es kommt ganz darauf an, wie's mit deinem Arm weitergeht. Der Arzt sagt, du hast dir vielleicht eine Zerrung zugezogen, und...«
»Ich bin sicher, das ist morgen schon besser«, fiel Sally ihrer Mutter ins Wort. »Es tut überhaupt nicht mehr weh. Wirklich nicht.« Sie sprach in einem bittenden Tonfall. Aber Bertha Carstairs war entschlossen, sich nicht erpressen zu lassen.
»Vorhin hat sich das noch ganz anders angehört«, sagte sie streng. »Ich mußte sogar den Arzt rufen.«
»Es ist eben besser geworden«, verkündete Sally.
»Warten wir ab, wie du dich morgen fühlst.« Sie wandte sich zu Michelle. »Dein Vater sagt, es ist Zeit nach Hause zu fahren.«
Michelle stand auf. Sie verabschiedete sich von Sally und ging in die Küche, wo sie ihren Vater vorfand.
»Hast du dich gut mit meiner kleinen Patientin unterhalten?«
Michelle nickte. »Wenn's Sally morgen besser geht, will sie uns daheim besuchen kommen.«
»Na wunderbar«, sagte Cal. Er sah Dr. Carson an. »Sehen wir uns morgen früh?« Der alte Arzt nickte, und gleich darauf verließen Cal und Michelle das Haus der Familie Carstair. Als Cal die Wagentür öffnete, überkam ihn ein merkwürdiges Gefühl. Er warf einen Blick zurück auf die Haustür. Dort stand Dr. Carson, ein schwarzer Schatten vor dem erleuchteten Flur. Cal konnte seine Augen nicht erkennen, aber er wußte, daß der Alte ihn anstarrte. Er fühlte sich durchbohrt von diesen Blicken, abgetastet und überprüft. Ein kalter Schauder fuhr ihm über den Rücken. Rasch bestieg er seinen

Wagen und ließ die Tür hinter sich ins Schloß fallen. Er startete den Motor. Plötzlich verspürte er das Bedürfnis, Michelle zu berühren. Er legte ihr die Hand auf die Schulter. »Sei nicht enttäuscht, wenn Sally morgen nicht kommt«, sagte er freundlich.

»Warum sagst du das?« Michelles Antlitz spiegelte die Sorge wider, die sie um die neue Freundin empfand. »Ist sie denn wirklich krank?«

»Ich weiß es nicht«, antwortete Cal. »Weder Dr. Carson noch ich sind zu einem klaren Befund gekommen.«

»Vielleicht ist es eine Zerrung, so war ja auch deine Vermutung«, sagte Michelle.

»Dann hätte sie entweder Schmerzen im Ellenbogen oder in der Schulter. Aber bei ihr ist der Schmerz irgendwo *zwischen* den Gelenken, nicht *in* den Gelenken.«

»Und was wirst du tun?«

»Ich will bis morgen abwarten«, sagte Cal. »Wenn's ihr morgen nicht besser geht, und ich glaube nicht, daß sich ihr Zustand bis morgen deutlich bessert, werde ich den Arm röntgen. Es wäre denkbar, daß ein Haarriß zum Vorschein kommt.« Er gab Gas, der Wagen setzte sich in Bewegung. Michelle drehte sich um und blickte zum Haus zurück.

Ganz in der Nähe des Hauses war eine Bewegung zu erkennen, wie von einem vorüberhuschenden Schatten. Das Gefühl, das sie in Sallys Zimmer gehabt hatte, kehrte zurück. Das Gefühl, daß dort etwas war. Nichts, was man sehen oder hören konnte. Aber spüren konnte sie es. Und sie war sicher, es war nicht die Ulme, von der Sally gesprochen hatte.

»Daddy! Halt an!«

Cal stieg auf die Bremse und brachte den Wagen zum Stehen. »Was ist denn?«

Michelles Blick war immer noch auf das Haus der Familie Carstair gerichtet. Cal sah in die gleiche Richtung, aber er konnte in der Dunkelheit nichts erkennen.

»Was ist denn?« wiederholte er.

»Ich bin nicht sicher«, sagte Michelle, »aber ich glaube, ich habe da was gesehen.«

»Was denn?«

»Ich weiß es nicht«, sagte Michelle zögernd. »Ich glaube, da war jemand...«

»Wo?«

»Am Fenster. An Sallys Fenster. Ich glaube jedenfalls, es war Sallys Fenster.«

Cal fuhr rechts ran und stellte den Motor ab. »Bleib im Wagen, ich werde nachsehen.« Er stieg aus, warf die Tür zu und hatte eine paar Schritte in Richtung auf das Haus gemacht, als er stehenblieb. Er kehrte zum Wagen zurück.

»Prinzessin, schließ von innen ab, bitte. Du bleibst im Wagen, hörst du?«

Michelles Blick verriet Befremden. »Mein Gott, Daddy, wir sind hier in Paradise Point, nicht in Boston.«

»Aber du hast gesagt, du hast was gesehen.«

»Also gut«, sagte Michelle. Widerstrebend befolgte sie seine Anweisung. Sie beugte sich über den Fahrersitz und verriegelte die Fahrertür, dann drückte sie den Sicherungsknopf der Beifahrertür hinunter.

Cal tippte an die Scheibe und deutete nach hinten.

Michelle zog ihm eine Fratze, dann reckte sie sich, bis sie die Sicherungsknöpfe der beiden Fondtüren erreicht und niedergedrückt hatte.

Jetzt erst wagte es Cal, zum Haus der Familie Carstair zu gehen und den Hof zu inspizieren, der das Haus umgab.

Ein paar Sekunden später war er zurück. Michelle öffnete ihm bereitwillig die Tür.

»Was war's denn?«

»Nichts. Du hast wahrscheinlich nur einen Schatten gesehen.«

Er startete den Motor, die Heimfahrt begann. Michelle saß ruhig neben Cal. Nach einer Weile fragte er sie, ob irgend etwas nicht in Ordnung sei.

»Es ist alles okay«, sagte Michelle. »Ich habe nur über Sally nachgedacht. Mir wär's wichtig, daß sie mich morgen zu Hause besuchen kommt.«

»Wie ich schon gesagt habe, Prinzessin, darauf würde ich mich an deiner Stelle nicht so sehr verlassen.« Cal legte den Arm um seine Tochter und drückte sie liebevoll. »Dir gefällt's hier auf dem Land, oder?« fragte er.

»Sehr gut sogar«, sagte Michelle leise.

Sie kuschelte sich an ihn. Der merkwürdige Schatten, den sie an Sallys Fenster hatte vorüberhuschen sehen, war vergessen.

Und mir gefällt's *ebenfalls* auf dem Land, dachte Cal. Es ist wunderschön hier. Der Hausbesuch war ganz gut verlaufen. Zwar hatte Cal nicht viel gemacht, aber er hatte wenigstens nichts falsch gemacht. Und das, sinnierte er, war schon mal ein Schritt in die richtige Richtung.

Am Morgen darauf kam Sally Carstairs zu Besuch. Sie stand auf einmal vor der Haustür der Familie Pendleton. Sie erklärte, der Schmerz im Arm sei über Nacht verschwunden. Cal ließ es sich nicht nehmen, den Arm des Mädchens trotzdem zu untersuchen. Danach unterzog er Sally einem kurzen Verhör.

»Und du sagst, der Arm tut überhaupt nicht mehr weh?«
»Der Arm ist wieder gut, Herr Doktor«, versicherte ihm Sally.
»Wirklich.«
»Na schön«, seufzte Cal. »Dann geh und spiel.« Nachdem das Mädchen den Raum verlassen hatte, begab er sich ans Telefon.
»Josiah? Haben Sie heute schon mit Bertha Carstairs telefoniert?«
»Nein, ich wollte sie gerade anrufen.«
»Das brauchen Sie nicht mehr«, sagte Cal. »Sally ist bei mir, ihr geht's bestens. Der Schmerz im Arm ist weg.«
»Das ist ja schön«, sagte Dr. Carson.
»Es ist schön, aber es macht keinen Sinn«, sagte Cal. »Wenn es eine Prellung war, eine Zerrung oder ein Bruch, müßte das Mädchen noch Schmerzen haben. Ich finde keine Erklärung dafür, daß sie von einem auf den anderen Tag schmerzfrei ist.«

Ein langes Schweigen am anderen Ende. Als Cal schon dachte, Dr. Carson hätte aufgelegt, vernahm er die Stimme des alten Arztes.

»Für manche Dinge gibt es keine Erklärung, Cal«, sagte er ruhig. »Sie werden diese Wahrheit hinnehmen müssen. *Für manche Dinge gibt es keine Erklärung.*«

Viertes Kapitel

Michelles Augen waren wie zwei Schwämme, die begierig alle Einzelheiten der Schule von Paradise Point in sich einsogen. Sie stand vor dem Gebäude und wartete auf Sally Carstairs. Diese Schule war so ganz anders als Harrison School, von der Michelle vor allem die trübe Farbe in Erinnerung geblieben war. Hier gab es keine Schmiereien an den Korridorwänden, und die Abfallbehälter waren nicht mit Ketten befestigt, statt dessen waren sie lose, in praktischen Abständen, auf dem Flur verteilt. Michelle ging den hellerleuchteten Korridor entlang und bewunderte die makellos weißen, mit Grün verzierten Wände. Um sie herum ein Strom von fröhlich schnatternden Kindern – Schüler, die sich auf den Beginn des neuen Schuljahres freuen. Sie entdeckte Sally inmitten einer Gruppe von Mädchen und winkte ihr zu. Sally winkte zurück, sie bedeutete Michelle, zu ihr zu kommen.

»Hierher«, rief Sally. »Wir sind in Fräulein Hatchers Klassenzimmer!«

Michelle spürte die neugierigen Blicke auf sich, als sie sich zu Sally durchdrängte, aber die Gesichter der Mitschüler waren freundlich, von der Feindseligkeit, die wie eine dunkle Wolke über der Schule in Boston gehangen hatte, war hier nichts zu bemerken. Als Michelle bei Sally ankam, war sie zuversichtlich, daß hier alles gut gehen würde.

»Also«, sagte Sally, »du weißt ja, was du zu tun hast, oder?«

Michelle nickte. »Gut«, sagte Sally, »dann laß uns reingehen. Jeff ist schon drin, aber Susan habe ich noch nicht gesehen – sie kommt *immer* zu spät.« Sie wollte ins Klassenzimmer gehen, aber Michelle hielt sie zurück.

»Wie ist Fräulein Hatcher?«

Sally sah sie an, sie amüsierte sich über die plötzliche Unsicherheit, die sich in Michelles Zügen abzeichnete.

»Die ist ganz in Ordnung. Nach außen hin tut sie wie eine Lehrerin von der alten Sorte, dabei hat sie einen Freund und alles. Und bei ihr darf man sich aussuchen, wo man sitzen will. Jetzt komm!«

Sally führte Michelle ins Klassenzimmer. Sie blieben wie geplant vor der ersten Bankreihe stehen. Jeff Benson hatte einen Platz in der Mitte der ersten Reihe eingenommen. Sally tat sehr unschuldig, sie ließ sich links neben Jeff nieder, Michelle nahm den Sitz zu seiner Rechten ein. Jeff begrüßte die beiden Mädchen, dann begann er ein Gespräch mit Sally. Michelle betrachtete verstohlen ihre neue Lehrerin.

Corinne Hatcher sah aus wie der Inbegriff einer Kleinstadtlehrerin. Das hellbraune Haar trug sie in einen festen Nackenknoten geschlungen. Um ihren Hals hing eine Kette, an der eine Brille baumelte. Michelle wußte es noch nicht, aber niemand hatte je gesehen, wie Fräulein Hatcher die Brille auch benutzte. Ihr fiel auf, daß sich hinter der altjüngferlichen Erscheinung von Fräulein Hatcher ein Geheimnis versteckte. Das Gesicht war hübsch, der Blick aus den Augen warm. Michelle begann zu verstehen, warum die Schülerinnen und Schüler diese Frau so gern hatten.

Corinne Hatcher hatte an ihrem Pult Platz genommen. Sie hatte sehr wohl bemerkt, daß Michelle sie voller Neugier betrachtete, aber sie zeigte keine Reaktion. Es war wohl am besten, wenn man dieser neuen Schülerin nicht zuviel Aufmerksamkeit zuwandte. Statt dessen beobachtete Fräulein Hatcher das Mädchen, das links neben Jeff Benson saß. Was diese Sally wohl wieder im Schilde führte? Offensichtlich hatte sie sich schon mit dem neuen Mädchen, von dem Fräulein Hatcher nicht viel mehr als den Namen wußte, angefreundet. Aber wenn es so war, warum saßen die beiden Mädchen dann nicht nebeneinander?

Erst als Susan Peterson das Klassenzimmer betrat, verstand Corinne, was gespielt wurde. Susan kam bis zur ersten Bankreihe vor, ihr Blick war auf Jeff Benson gerichtet. Michelle und Sally tauschten einen Blick aus, Sally nickte, und dann begannen die beiden Mädchen zu kichern. Als Susan das Kichern hörte, blieb sie stehen. Erst jetzt bemerkte sie, daß die Plätze links und rechts von Jeff besetzt waren, und sie verstand auch, daß dies kein Zufall war. Susan schoß einen feindseligen Blick auf Sally ab, strafte das neue Mädchen in der Klasse mit schweigender Verachtung und nahm in der Bank unmittelbar hinter Jeff Platz.

Und Michelle, der Susans Wut nicht verborgen geblieben war, begann zu bereuen, daß sie sich auf Sallys Plan eingelassen hatte. Es hatte sich ganz lustig angehört, man würde Susan daran hindern, sich zu ihrem Schwarm zu setzen, aber jetzt wo der Plan durchgeführt war, wußte Michelle, sie hatte einen Fehler gemacht. Und Susan sah auch nicht so aus, als ob sie die ihr zugefügte Niederlage je vergessen würde. Michelle begann darüber nachzudenken, wie sie alles wiedergutmachen konnte.

Als die Glocke schrillte, stand Corinne Hatcher auf und ließ ihren Blick über die Klasse schweifen.

»Wir haben dieses Jahr eine neue Schülerin«, sagte sie. »Michelle, würdest du bitte aufstehen?« Sie lächelte Michelle ermun-

ternd zu. Das Mädchen war rot geworden. Zögernd stand sie auf. »Michelle kommt aus Boston«, fuhr Corinne fort. »Ich könnte mir vorstellen, daß ihr unsere Schule sehr merkwürdig vorkommt.«
»Die Schule ist nett«, sagte Michelle. »Ganz anders als die Schulen in Boston.«
»Sind die Schulen in Boston denn *nicht* nett?« flachste Sally.
Michelle spürte, wie die Röte ihre Wangen durchflutete. »Das wollte ich damit nicht sagen...«, begann sie zögernd. Ihr Ton wurde bittend. »Fräulein Hatcher, ich wollte nicht sagen, daß ich in Boston nicht gern in die Schule gegangen bin...«
»Das weiß ich«, sagte Corinne. »Und jetzt setz dich, die Schüler und Schülerinnen dieser Klasse werden dir jetzt einer nach dem anderen sagen, wie sie heißen.«
Dankbar ließ sich Michelle in ihre Bank sinken. Sie lehnte sich vor und warf Sally einen Blick zu, den diese mit einem schalkhaften Lächeln beantwortete. Dann gewann Michelles Sinn für Humor die Oberhand, sie begann zu kichern. Ihre Heiterkeit war dann wie weggewischt, als sie die Stimme hinter sich hörte.
»Mein Name ist Susan Peterson«, sagte die Stimme. Michelle wandte sich um und sah Susans feindseligen Blick auf sich gerichtet. Wieder errötete sie, und dann richtete sie ihren Blick nach vorn, auf das Pult der Lehrerin. Sie war jetzt sicher, daß sie sich in Susan eine Feindin gemacht hatte. Warum auch hatte sie sich in Sallys Pläne einspannen lassen?
Aber ich hatte dabei doch gar nichts Böses im Sinn, redete sie sich ein. Sie versuchte sich auf das zu konzentrieren, was Fräulein Hatcher sagte, aber während der ersten Unterrichtsstunde mußte sie immer an Susan Petersons böse Blicke denken. Als die Glocke zur großen Pause läutete, stand Michelle auf. Zögernd ging sie zum Pult vor.
»Fräulein Hatcher?« Corinne sah von ihrer Mappe auf und lächelte sie an.
»Was möchtest du denn?« fragte sie. Michelles sorgenvoller Gesichtsausdruck gab ihr Rätsel auf.
»Ich dachte... ich wollte fragen, ob ich mich umsetzen darf.«
»Jetzt schon? Du sitzt doch erst seit zwei Stunden an deinem Platz.«
»Ich weiß«, sagte Michelle. Voller Verlegenheit wetzte sie die Sohle ihres Schuhs am Fußboden. Sie rang nach den rechten Worten, und dann sprudelte sie die ganze Geschichte hervor.

»Es sollte ja nur ein Scherz sein. Ich meine, Sally hat mir erzählt, daß Susan Peterson in Jeff Benson verknallt ist, und sie hat gesagt es wäre vielleicht ganz lustig, wenn wir die Plätze links und rechts von Jeff blockieren, so daß Susan sich nicht neben ihn setzen kann. Und ich hab' mitgemacht...« Michelle war den Tränen nahe. »Ich wollte nicht, daß Susan auf mich böse ist, ich meine, ich kenne sie ja gar nicht... und... und...« Sie verstummte.

»Ist schon gut«, tröstete Corinne das Mädchen. »So was kommt vor, besonders wenn man wie du neu in der Klasse ist. Geh jetzt raus, und wenn du zurückkommst, werde ich euch alle umsetzen.« Sie machte eine Pause. Dann: »Neben wem möchtest du denn gerne sitzen?«

»Nun ja, neben Sally. Oder neben Jeff. Das sind die einzigen, die ich kenne.«

»Ich will sehen, was ich tun kann«, sagte Corinne. »Und jetzt geh, es sind nur noch zehn Minuten Pause.«

Michelle war nicht sicher, ob es richtig war, daß sie mit der Lehrerin gesprochen hatte. Sie ging auf den Schulhof hinaus, wo sie Sally Carstairs, Susan Peterson und Jeff Benson antraf. Die drei standen unter einem großen Ahornbaum und schienen wegen irgend etwas zu streiten. Michelle zwang sich zu der Gruppe hinzugehen. Sie war nicht überrascht, als die drei bei ihrer Annäherung zu reden aufhörten. Sally lächelte ihr zu und sagte etwas zu ihr, aber Susan Peterson wandte sich ab und ging zu einer anderen Gruppe von Schülern hinüber.

»Ist Susan böse auf mich?« fragte Michelle ängstlich. Sally zuckte die Achseln.

»Und wenn? Sie wird schon drüber wegkommen.« Bevor Michelle noch etwas dazu sagen konnte, wechselte Sally das Thema. »Ist Fräulein Hatcher nicht nett? Und warte erst einmal, bis du ihren Freund gesehen hast. Der sieht so gut aus, daß man's mit Worten gar nicht beschreiben kann.«

»Wer ist ihr Freund?«

»Mr. Hartwick, der Schulpsychologe«, sagte Sally. »Er kommt nur einmal pro Woche in die Schule, aber er wohnt im Ort. Seine Tochter geht in die sechste Klasse. Sie heißt Lisa und ist ein fürchterliches Geschöpf.«

Michelle achtete nicht auf den Kommentar, den Sally über Lisa abgab, sie interessierte der Vater viel mehr als die Tochter. Sie mußte an die vielen Tests denken, die sie und ihre Klassenkameraden in Boston jedes Jahr über sich ergehen ließen. »Gibt es hier denn auch diese Psychotests?« fragte sie. »Muß jeder Schüler einen Test machen?«

»Nein«, gab Jeff ihr zur Antwort. »Mr. Hartwick testet nur die Schüler, die irgendwie Probleme haben. Er unterhält sich dann mit ihnen. Meine Mutter hat mir erzählt, früher wurde man zum Rektor gerufen, wenn was nicht stimmte. Heute ist das anders, man muß zu Mr. Hartwick. Meine Mutter sagt, es war besser, als man zum Rektor gerufen wurde und Dresche bekam.« Er machte eine Gebärde, mit der er für jedermann hinlänglich klarstellte, daß die Angelegenheit ihm völlig gleichgültig war.

Als wenige Minuten später die Glocke das Ende der Pause ankündigte, hatte Michelle ihre Verlegenheit schon fast überwunden. Das Gefühl kehrte zurück, als sie Fräulein Hatcher einen Sitzplan hochhalten sah. Die Bänke der Schüler waren eingezeichnet, noch ohne Namen. Raunen erhob sich, und dann gebot Corinne Ruhe.

»Ich möchte in dieser Klasse etwas Neues ausprobieren«, sagte sie ruhig. »Meine Meinung ist nämlich, daß Schüler und Schülerinnen in der siebten Klasse reif genug sind, um selbst zu entscheiden, neben wem sie sitzen.« Michelle wand sich in ihrer Bank, sie war sicher, daß alle in der Klasse ihr die Schuld geben würden für das, was Fräulein Hatcher vorhatte. »Damit es fair zugeht, werde ich jetzt Zettel an euch austeilen. Jeder soll auf seinen Zettel notieren, neben wem er gern sitzen möchte. Ich bin zuversichtlich, daß wir eine Lösung finden, die alle zufriedenstellt.«

Michelle konnte sich nicht länger beherrschen, sie blickte über die Schulter. Ein selbstgefälliges Lächeln stand in Susan Petersons Mundwinkeln.

Corinne teilte die Zettel aus. Minutenlang herrschte Stille im Klassenzimmer. Corinne sammelte die Zettel wieder ein und sah sie flüchtig durch. Dann begann sie die Namen auf den Sitzplan einzutragen. Die Schüler flüsterten.

Und dann begann das Bäumchenwechseldich. Als alles vorüber war, fand sich Michelle zwischen Sally und Jeff wieder. Susan saß auf der anderen Seite von Jeff. Michelle sandte Fräulein Hatcher in Gedanken eine Dankesbotschaft.

Als die Glocke das Ende des Unterrichts ankündigte, verließ Tim Hartwick den Raum, der ihm für seine Tätigkeit in der Paradise Point School zur Verfügung gestellt worden war. Er blieb an die Flurwand gelehnt stehen und sah den Kindern zu, die an ihm vorbei in den warmen Nachsommertag hinausliefen. Er brauchte nicht lange, dann hatte er das Mädchen entdeckt, nach dem er Ausschau hielt. Michelle Pendleton lief mit Sally Carstairs den Korridor entlang. Als sie an Tim Hartwick vorbeikamen, traf ihn ein scheuer Blick aus fragenden Augen. Die beiden Mädchen gingen auf den Rasen hinaus. Er sah, wie Michelle ihrer Begleiterin etwas zuflüsterte.

Ein nachdenklicher Ausdruck stand in Tims Gesicht, als er in sein Büro zurückkehrte. Er nahm die Mappe, die auf seinem Schreibtisch lag, und sortierte sie in die Ablage ein. Er verließ das Büro, schloß hinter sich ab und schlenderte zu Corinne Hatchers Klassenzimmer hinüber.

»Und so stehen wir denn am Beginn eines neuen Schuljahres«, frotzelte er. »Junge Menschen sind in unsere Hände gegeben, wir sind es, die ihre Zukunft...«

»Hör auf«, lachte Corinne, »das ist ja furchtbar. Hilf mir lieber aufräumen, damit ich hier wegkann.«

Tim wollte nach vorne gehen, als er den Sitzplan bemerkte, den Corinne an die Tafel geheftet hatte. Er blieb stehen.

»Was ist das denn?« fragte er mit leisem Spott. »Ein Sitzplan in einer Klasse, die von Corinne Hatcher betreut wird? Und ich dachte, ich hätte es mit einer Vorkämpferin für die Freiheit zu tun. Wieder eine Illusion, die ich begraben muß.«

Corinne quittierte den Spott mit einem Seufzer. »Es hat heute ein Problem gegeben. Ich habe eine neue Schülerin in der Klasse, und es sah ganz so aus, als wäre die mit dem falschen Bein auf den Wagen gesprungen. Ich habe dann versucht, die Sache auszubügeln, bevor das Problem außer Kontrolle gerät.« Sie erzählte ihm, was passiert war.

»Ich habe das Mädchen vorhin gesehen«, sagte er, als sie mit ihrem Bericht fertig war.

»Wirklich?« Corinne schichtete die Papiere auf ihrem Pult zu einem sauberen Stapel zusammen. »Hübsches Mädchen, findest du nicht? Und intelligent scheint sie auch zu sein. Ein freundliches, auskömmliches Geschöpf. Eigentlich ganz anders, als ich mir eine

Schülerin aus Boston vorgestellt habe.« Plötzlich umwölkte sich ihre Stirn. Sie musterte Tim mit einem neugierigen Blick. »Wie meinst du das, du hast sie gesehen? Woher weißt du denn, wie sie aussieht?«

»Als ich heute früh ins Büro kam, lag ihre Mappe auf meinem Schreibtisch. Michelle Pendleton. Möchtest du dir die Unterlagen mal ansehen?«

»Ganz sicher nicht«, erwiderte Corinne. »Ich sehe mir nie die Vorgeschichte eines Schülers an, es sei denn, es besteht ein aktueller Anlaß dazu.«

Sie hatte gedacht, er würde das Thema jetzt fallenlassen, aber das tat er nicht.

»Den Unterlagen zufolge ist das Mädchen so brav, daß man direkt mißtrauisch wird«, sagte er. »Kein einziger Tadel ist eingetragen.«

Corinne fragte sich, worauf er eigentlich hinauswollte.

»Was findest du daran so besonderes? Ich kann dir eine ganze Reihe Schüler nennen, in deren Unterlagen keine negativen Vermerke sind.«

Tim nickte. »Hier in Paradise Point ist das nichts Besonderes, da hast du recht. Aber das Mädchen kommt aus Boston. Wenn ich mir die Akte so ansehe, komme ich zu dem Schluß sie hat gar nicht verstanden, in welcher Umgebung sie da war.« Er machte eine kurze Pause. Dann: »Wußtest du, daß sie ein Adoptivkind ist?«

Corinne stieß die Schublade in ihrem Pult zu. »Müßte ich das denn wissen?« Worauf wollte er hinaus?

»Nicht unbedingt. Aber sie *ist* ein Adoptivkind, und sie *weiß*, daß sie eines ist.«

»Ist es ungewöhnlich, wenn ein Adoptivkind weiß, daß es ein Adoptivkind ist?«

»Ja. Und was *wirklich* ungewöhnlich ist: Es scheint ihr überhaupt nichts auszumachen! Aus der Beurteilung der bisherigen Lehrer geht hervor, daß sie sich mit der Tatsache abgefunden hat.«

»Gut für sie, daß es so ist«, sagte Corinne. Sie gab sich keine Mühe, die Verstimmung zu verbergen, die sie wegen seiner Bemerkungen empfand. Was sollte das Ganze? Sie bekam die Antwort schneller, als sie es erwartet hatte.

»Ich finde, du solltest ein besonders gutes Augenmerk auf das Mädchen haben«, sagte Tim. Noch bevor sie ihrem Protest Ausdruck geben konnte, fuhr er fort. »Ich behaupte nicht, daß es mit diesem Mädchen an unserer Schule Schwierigkeiten geben wird. Aber es gibt einen Unterschied zwischen Paradise Point und Boston. Soviel ich weiß, ist Michelle das einzige Adoptivkind, das wir hier haben.«

»Ich verstehe«, sagte Corinne. Plötzlich war ihr alles klar. »Du meinst, sie wird Probleme mit den anderen Kindern haben.«

»Genau«, sagte Tim. »Du weißt, wie Kinder sich aufführen, wenn ein Kind *anders* ist. Wenn sie's drauf anlegen, können sie Michelle das Leben zur Hölle machen.«

»Ich hoffe nicht, daß es sich so entwickelt«, sagte Corinne sanft. Sie wußte, woran Tim in diesem Augenblick dachte. Seine Gedanken waren bei seiner Tochter. Lisa war elf, aber zwischen ihr und Michelle gab es sehr große Unterschiede, man konnte die beiden unmöglich in einen Topf werfen.

Tim glaubte, daß Lisas Probleme von der Tatsache herrührten, daß sie ›anders‹ war. Fünf Jahre zuvor hatte das Mädchen die Mutter verloren, das war es, was Lisa von den anderen Schülerinnen unterschied. Corinne war gerne bereit zuzugeben, daß Lisas Schwierigkeiten zum Teil auf dem Verlust der Mutter beruhten. Das Mädchen hatte das nur sehr schwer verwunden, noch schwerer als Tim.

Sie war sechs gewesen, zu jung um zu verstehen, was eigentlich vorging. Bis zum Schluß hatte sie nicht glauben wollen, daß ihre Mutter sterben würde. Als das Unvermeidliche geschah, war der Schmerz so groß, daß sie ihn nicht verarbeiten konnte.

Sie hatte dann ihrem Vater die Schuld für den Tod der Mutter gegeben, und der unglückliche Tim hatte damit begonnen, das Kind nach Strich und Faden zu verwöhnen. Aus Lisa, die mit sechs Jahren ein lebendiges, glückliches Mädchen gewesen war, wurde eine übelgelaunte Elfjährige, die sich bei jeder Gelegenheit querstellte, ein Wesen, das sich in sein Schneckenhaus zurückzog.

»Mußt du heute nachmittag zu Hause bleiben?« fragte Corinne vorsichtig. Sie hoffte, daß er ihre Gedanken nicht erriet. Eigentlich war es eine unverdächtige Frage.

Es war, als sei Lisa von Corinnes Gedanken herbeigezaubert worden. Sie betrat das Klassenzimmer und schoß der Lehrerin einen kurzen Blick voller Argwohn und Feindseligkeit zu. Corinne zwang sich zu einem Lächeln, aber der ablehnende Ausdruck im

Gesicht des Kindes blieb. Lisas dunkle Augen waren hinter ihrer Ponyfrisur verborgen. Mit einer raschen Geste wandte sie sich ihrem Vater zu. Was sie dann sagte, hörte sich in Corinnes Ohren nicht wie eine Bitte, sondern wie ein Ultimatum an.

»Alison Adams hat mich zu sich nach Hause eingeladen, ich esse bei ihr zu Mittag. Ist das okay?«

Tim zog die Stirn kraus, aber dann stimmte er Lisas Plan zu. Mit einem Lächeln der Befriedigung auf den Lippen, verließ Lisa das Klassenzimmer. Als sie weg war, bekam Tim Gewissensbisse.

»Das war's dann wohl«, sagte er. »Den Rest des Tages habe ich frei.« Er hatte den Nachmittag mit seiner Tochter verbringen wollen. Es war keine Bitterkeit in seiner Stimme, wohl aber Traurigkeit. Er sah an Corinnes Miene, daß sie die Art, wie er sich von der Kleinen manipulieren ließ, mißbilligte. »Immerhin hat sie mir Bescheid gesagt, daß sie bei der Freundin ißt«, verteidigte er sich. Und dann schüttelte er den Kopf. »Ich mag ein guter Psychologe sein«, sagte er, »aber als Vater bin ich, glaube ich, nicht so gut.«

Corinne ging nicht ein auf die Bemerkung. Lisas Abneigung gegen sie war der Grund dafür, daß sie und Tim nicht schon längst geheiratet hatten. Es war Lisa, die das Tun und Lassen von Tim bestimmte, und die Kleine genoß die Situation. »Ich habe ein paar Steaks gekauft«, sagte Corinne mit fröhlicher Stimme. Sie packte Tim beim Arm und schob ihn zur Tür des Klassenzimmers. »Wenn du heute abend rüberkommen willst, ich würde mich freuen. Gehen wir.«

Sie hatten das Schulgebäude hinter sich gelassen. Sie tauchten in den weichen sonnigen Nachmittag ein, Corinne sog den Duft ein, der von der Brise herangetragen wurde, und freute sich über die Eichen und Ahornbäume, deren Grün im lauen Windhauch erzitterte.

»Ich liebe diesen Ort«, sagte sie. »Wirklich!«

»Ich liebe diesen Ort«, sagte Michelle. Sie wußte nicht, daß sie damit den Ausspruch ihrer Lehrerin wiederholte. Sally Carstairs und Jeff Benson verdrehten die Augen in komischer Verzweiflung.

»Es ist ein Ort unter der Glasglocke«, maulte Jeff. »Hier passiert nie etwas.«

»Wo möchtest du denn statt dessen wohnen?« begehrte Michelle zu wissen.

»In Wood's Hole«, antwortete Jeff ohne Zögern.

»In Wood's Hole?« wunderte sich Sally. »Was ist das denn für ein Ort?«

»Dort würde ich gern zur Schule gehen«, sagte Jeff ruhig. »Und zwar im Institut für Meereskunde.«

»Wie langweilig«, sagte Sally. »Wahrscheinlich ist der Ort genauso schlimm wie Paradise Point. Ich sage euch, ich kann's kaum erwarten, bis ich hier wegkomme.«

»Du hast kaum Chancen, je hier wegzukommen«, frotzelte Jeff. »Du wirst wahrscheinlich hier sterben, wie die anderen.«

»Das werde ich nicht«, sagte Sally trotzig. »Du wirst es noch erleben, daß ich aus Paradise Point weggehe. Wart's nur ab.«

Die drei gingen am oberen Rand der Steilküste entlang. Als das Haus der Familie Benson in Sicht kam, wandte sich Michelle zu Jeff und fragte ihn, ob er nicht zu ihr kommen wollte.

Jeff hatte seine Mutter erblickt, die vor der Haustür stand. Sein Blick strich über den alten Friedhof und blieb auf dem Dach des Pendleton-Hauses haften, das sich als düsterer Fleck vom Grün der Bäume abhob. Ihm fiel ein, was ihm seine Mutter über den Friedhof und über das Haus erzählt hatte. »Ich kann schlecht mit zu dir kommen«, sagte er zu Michelle. »Ich habe meiner Mutter versprochen, daß ich ihr heute den Rasen mähe.«

»Schade«, sagte Michelle. »Nie kommst du zu mir nach Hause.«

»Ich komme schon noch zu dir«, versprach Jeff. »Aber nicht heute. Heute geht's nicht, weil... ich habe keine Zeit.«

Sally zwinkerte Michelle zu, und dann versetzte sie ihr einen leichten Rippenstoß.

»Was ist denn, Jeff?« sagte sie unschuldsvoll. »Hast du Angst vor dem Friedhof?«

»Nein, ich habe keine Angst vor dem Friedhof«, herrschte Jeff sie an. Sie waren vor seinem Haus angekommen. Jeff wollte die Einfahrt hinaufgehen. Was Sally dann sagte, veranlaßte ihn stehenzubleiben, obwohl Sally ihre Worte an Michelle richtete.

»Auf dem Friedhof gibt's einen Geist, mußt du wissen. Und Jeff hat Angst vor dem Geist.«

»Ein Geist auf dem Friedhof? Davon wußte ich ja gar nichts«, sagte Michelle.

»Es stimmt ja auch gar nicht«, sagte Jeff, zu ihr gewandt. »Ich bin hier geboren und aufgewachsen. Wenn's hier einen Geist gäbe, müßte ich es wissen. Ich habe keinen Geist gesehen, also gibt es keinen.«

»Wenn du sagst, daß es so ist, braucht es doch nicht so zu sein«, widersprach Sally.

»Und nur wenn du sagst, es gebe hier einen Geist, deshalb gibt es noch keinen Geist«, konterte Jeff. »Bis morgen.« Er machte auf dem Absatz kehrt und ging die Einfahrt zu seinem Haus hinauf. Michelle rief ihm einen Abschiedsgruß nach, er drehte sich um und winkte ihr zu. Als er im Haus verschwunden war, setzten die beiden Mädchen ihren Weg fort. Sie hatten die Straße verlassen, weil Sally das so wollte. Sie gingen am Kliff entlang. Plötzlich blieb Sally stehen, sie ergriff Michelles Arm und deutete mit der freien Hand nach vorn.

»Da ist der Friedhof! Gehen wir rein!«

Michelle betrachtete den kleinen, von Unkraut erstickten Gottesacker. Bisher hatte sie den Friedhof immer nur vom Auto aus gesehen.

»Ich weiß nicht recht«, sagte sie. Beklommen musterte sie die überwucherten Gräber.

»Komm schon«, drängte Sally die Freundin. »Gehen wir hinein!« Sie ging auf die Stelle zu, wo der niedrige Lattenzaun, der den Friedhof umgab, am Boden lag.

Michelle wollte ihr folgen, plötzlich bekam sie es mit der Angst zu tun. »Wir sollten besser nicht reingehen«, rief sie ihrer Freundin nach.

»Warum denn nicht? Vielleicht sehen wir den Geist!«

»Es gibt keine Geister«, sagte Michelle. »Aber ich hab' das Gefühl, es ist besser, wenn wir draußen bleiben. Wer liegt eigentlich begraben auf diesem Friedhof?«

»Ziemlich viele Menschen. Die meisten sind Verwandte von Onkel Joe. Alle Carsons, die es überhaupt gibt, sind hier beerdigt, außer die letzte Generation, die ist in der Stadt beigesetzt worden. Komm jetzt, und sieh dir die Grabsteine an, die sind wirklich hübsch.«

»Nicht jetzt.« Michelle dachte über ein Thema nach, mit dem sie Sally ablenken konnte. Sie wußte nicht, warum, aber der Friedhof machte ihr angst. »Ich habe Hunger. Gehen wir zu mir nach Hause und essen etwas. Wir können dann immer noch zum Friedhof gehen, wenn wir wollen.«

Sally war nur schwer zu bewegen, den Plan aufzugeben. Schließlich lenkte sie ein. Die beiden Mädchen gingen den Pfad entlang. Ein lastendes Schweigen war zwischen ihnen. Es war dann Michelle, die den Bann brach.

»Gibt's wirklich einen Geist auf dem Friedhof?«

»Ich weiß es nicht«, antwortete Sally. »Einige Leute sagen, es gibt einen Geist, und andere sagen, es gibt keinen.«

»Und wer soll dieser Geist sein?«

»Ein Mädchen, das vor vielen Jahren hier gelebt hat.«

»Und was ist mit diesem Mädchen? Warum spukt sie?«

»Ich weiß es nicht. Niemand weiß es. Ich bin nicht einmal sicher, ob sie wirklich auf dem Friedhof herumspukt oder nicht.«

»Hast du den Geist denn nie gesehen?«

»Nein«, sagte Sally nach einem winzigen Zögern. Eine Sekunde später war Michelle nicht mehr sicher, ob sie überhaupt gezögert hatte.

Wenige Minuten nach diesem Wortwechsel betraten die beiden Mädchen die große Küche, sie kamen durch den Hintereingang. June stand mit aufgekrempelten Armen vor dem Küchentisch, sie knetete Teig für ein Brot. »Habt ihr beiden Hunger?« fragte sie.

»Hm, ja.«

»Im Glas sind noch süße Kekse, im Kühlschrank ist Milch. Aber wascht euch erst die Hände. Du natürlich auch, Michelle.« June wandte sich wieder ihrem Teig zu. Den Blick, den Michelle ihrer Freundin Sally zuwarf, bekam sie nicht mehr mit, jenen Augenaufschlag voll stummer Verzweiflung über die Mutter, die sie mit ihren Hinweisen daran erinnert hatte, daß sie noch ein kleines Mädchen war. Obwohl den beiden das Gebot, sich die Hände zu waschen, gegen den Strich ging, dachte keines der Mädchen ernsthaft an die Möglichkeit, die Weisung zu mißachten. June hörte, wie der Wasserhahn aufgedreht wurde, das Wasser plätscherte in den Ausguß.

»Wir gehen dann rauf«, sagte Michelle. Sie hatte zwei Gläser mit Milch gefüllt und einen Berg Kekse auf den Teller gelegt.

»Paßt auf, daß nachher nicht alles voller Krümel ist«, sagte June. Sie stand mit dem Rücken zu den beiden, aber sie wußte, was ihre Tochter und das andere Mädchen jetzt für ein Gesicht zogen.

Sie gingen die Treppe hinauf. »Ist deine Mutter auch so?« fragte Michelle.

»Schlimmer«, sagte Sally. »Meine läßt mich noch wie ein Kind in der Küche essen.«

»Was soll man machen«, seufzte Michelle. Sie führte Sally in ihr Zimmer hinauf und schloß die Tür. Sally warf sich aufs Bett.

»Das Haus ist wunderbar«, rief sie aus. »Ich liebe diesen Raum und die Möbel und...« Sie verstummte. Ihr Blick war auf die Puppe gefallen, die auf dem Fenstersitz lag.

»Was ist das für eine Puppe?« flüsterte sie. »Ist die neu im Haus? Ich hab' sie hier noch nie gesehen.«

»Sie war schon da, als du mich das erste Mal besucht hast«, antwortete Michelle. Sally erhob sich vom Bett und durchquerte den Raum.

»Michelle, diese Puppe sieht *antik* aus!«

»Das ist sie wohl auch«, sagte Michelle. »Ich habe sie im Schrank gefunden, als wir einzogen. Sie lag hinten im Fach, ganz versteckt.«

Sally nahm die Puppe hoch und betrachtete sie sorgfältig.

»Sie ist wunderschön«, sagte sie leise. »Wie heißt sie?«

»Amanda.«

Sallys Augen weiteten sich.

»Amanda? Warum hast du sie Amanda getauft?«

»Ich weiß nicht. Ich dachte nur, ich müßte ihr einen altmodischen Namen geben, und da ist mir Amanda eingefallen.«

»Das ist ja unheimlich«, sagte Sally. Sie hatte eine Gänsehaut bekommen. »So heißt der Geist.«

»Was?« fragte Michelle. Sie verstand plötzlich gar nichts mehr.

»Amanda heißt der Geist«, wiederholte Sally. »Der Name steht auf einem der Grabsteine. Komm, ich zeig's dir.«

Fünftes Kapitel

Sally ging voran. Sie schritten über den zusammengebrochenen Lattenzaun hinweg.

Es war ein kleiner Friedhof, vielleicht fünfzehn mal fünfzehn Meter, mit Gräbern, um die sich niemand mehr zu kümmern schien. Viele Grabsteine waren umgefallen oder umgestoßen worden. Jene, die noch standen, sahen so wackelig aus, als bedürfte es nur noch eines einzigen Sturms, um sie zu stürzen. In der Mitte des Friedhofs stand eine vom Blitz geschwärzte Eiche. Der Baum war seit vielen Jahrzehnten tot, Stamm und Äste standen wie ein Skelett vor dem Hintergrund des Himmels. Es war ein furchterregender Ort. Michelle stand da wie gelähmt.

»Paß auf, daß du nicht auf einen Nagel trittst«, sagte Sally. »Im hohen Gras liegen Latten.«

»Hält denn niemand mehr diesen Friedhof in Ordnung?« fragte Michelle. »Die Friedhöfe in Boston sehen ganz anders aus.«

»Ich glaube, um den hier kümmert sich niemand mehr«, antwortete Sally. »Onkel Joe hat gesagt, er würde sich hier nicht beerdigen lassen, und überhaupt nähmen die Gräber soviel Land in Beschlag, das anders viel besser genutzt werden könnte. Eine Zeitlang hatte er sogar Pläne, die Grabsteine fortzuschaffen und das Gelände als Ödland zu belassen.«

Michelle warf einen Blick in die Runde. »Das hätte auch nicht viel Unterschied gemacht«, bemerkte sie. »Es sieht grauslich aus hier.«

Sally stieg über die Kletterpflanzen und Unkrautstauden hinweg. »Warte nur, bis du den Stein da drüben siehst.«

Sie wollte ihre Freundin zu einem Grab am Ende des überwucherten Weges führen, als Michelle stehenblieb. Einer der Grabsteine am Wegesrand stand so schräg, daß es schon beängstigend wirkte. Es war die Inschrift auf diesem Stein, die Michelles Aufmerksamkeit gefesselt hatte. Sie trat näher und las die Worte ein zweites Mal.

LOUISE CARSON – Geboren A. D. 1850
Gestorben in Sünde A. D. 1890

»Sally?«

Sally Carstairs war vorausgegangen, sie blieb stehen und sah sich nach ihrer Freundin um.

»Hast du so was schon mal gesehen?« Michelle deutete auf den Stein. Sally konnte die Inschrift aus der Entfernung nicht erkennen, aber sie ahnte, warum ihre Freundin sie zurückrief. Sekunden später stand sie neben Michelle. Die beiden Mädchen starrten die merkwürdige Inschrift an.

»Was bedeutet das?« fragte Michelle.

»Woher soll ich das wissen?«

»Weiß denn sonst niemand über die Inschrift Bescheid?«

»Ich jedenfalls nicht, ich schwör's dir«, sagte Sally. »Ich hab' meine Mutter mal gefragt, aber die wußte es auch nicht.« Was auch immer die Inschrift bedeutet, diese Frau ist jetzt schon hundert Jahre tot.

»Ich finde das gruselig«, sagte Michelle. »*Gestorben in Sünde.* Das klingt so... puritanisch!«

»Was hast du erwartet? Wir sind hier in Neuengland!«

»Aber wer war die Frau denn?«

»Vermutlich eine von Onkel Joes Ahnen. Die Carsons sind alles Vorfahren von Onkel Joe.« Sie ergriff Michelle beim Arm und zog sie weiter. »Komm jetzt, das Grab, das ich dir zeigen will, ist da hinten.«

Widerstrebend ließ sich Michelle von dem seltsamen Grabstein fortziehen. In Gedanken wiederholte sie den Wortlaut der Inschrift. Was hatte das zu bedeuten? Hatte die Inschrift überhaupt eine Bedeutung? Und dann blieb Sally stehen. Sie deutete nach vorn.

»Dort«, flüsterte sie Michelle zu, »sieh dir das einmal an.«

Michelle folgte Sallys Blick und starrte auf das Dornengesträuch. Zuerst konnte sie nichts erkennen. Dann, als sie sich vorbeugte, sah sie die kleine Steinplatte, die von Sträuchern überwuchert war. Sie kniete sich hin und schob die Zweige zur Seite, dann reinigte sie den Stein von der Erde.

Es war ein einfacher Granitstein, ohne Verzierungen, mit den Spuren fortgeschrittener Verwitterung. Die Inschrift bestand aus einem einzigen Wort:

AMANDA

Michelle wagte kaum noch Luft zu holen, so aufgeregt war sie. Sie betrachtete den Stein aus nächster Nähe. Wie sie vermutete, mußte es neben dem Namen noch andere Worte geben. Aber sie hatte sich getäuscht.

»Das verstehe ich nicht«, flüsterte sie. »Hier fehlt das Geburtsjahr, es fehlt das Todesjahr und der Familienname. Wer war diese Amanda?« Michelle starrte Sally an, diese kniete sich zu ihr.

»Sie war ein blindes Mädchen«, sagte Sally. Sie bemühte sich leise zu sprechen. »Sie muß wohl eine Carson gewesen sein. Ich glaube, sie hat vor langer Zeit hier gelebt. Meine Mutter sagt, sie ist vom Kliff gefallen.«

»Warum steht dann nicht ihr Familienname auf dem Stein? Warum ist hier nicht vermerkt, wann sie geboren ist und wann sie gestorben ist?« Michelle war fasziniert von dem merkwürdigen Stein, ihre Augen waren auf die Inschrift geheftet.

»Weil sie nicht hier begraben ist«, wisperte Sally. »Ihre Leiche wurde nie gefunden. Sie muß von der Flut ins Meer hinausgetragen worden sein oder so. Meine Mutter sagt, der Grabstein wurde vorläufig aufgestellt. Man hoffte, daß die Leiche wieder angeschwemmt wurde, so daß man sie begraben konnte. Aber sie haben sie nie gefunden, und deshalb hat sie auch keinen richtigen Stein bekommen.«

Michelle erschauderte. »Man wird die Leiche nie mehr finden«, sagte sie.

»Ich weiß. Deshalb sagen die Leute ja auch, daß ihr Geist auf dem Friedhof herumspukt. Es heißt, sie wird so lange herumgeistern, bis die Leiche begraben wird, und da man die Leiche nie finden wird...«

Sallys Stimme verlor sich im Rauschen der Zweige. Michelle versuchte das von Sally Erfahrene gedanklich einzuordnen. Unwillkürlich streckte sie die Hand nach dem Grabstein aus. Sie ließ die Finger auf der kühlen Oberfläche ruhen, dann zog sie die Hand wieder weg und stand auf.

»Es gibt keine Geister«, sagte sie. »Komm, wir gehen nach Hause.«

Zielstrebig ging sie auf die Lücke im Zaun zu. Als sie merkte, daß Sally ihr nicht folgte, blieb sie stehen und blickte zurück. Die Freundin kniete vor dem merkwürdigen Gedenkstein. Als Michelle sie beim Namen rief, stand sie auf und eilte zu ihr. Erst als sie den Friedhof verlassen hatten, fand Sally die Sprache wieder.

»Du mußt zugeben, daß es sonderbar ist.«

»Was ist sonderbar?« sagte Michelle. Sie ließ durchklingen, daß ihr das Thema nicht behagte.

»Daß du die Puppe auf ihren Namen getauft hast. Ich meine, es wäre ja denkbar, daß es *ihre* Puppe war und daß die Puppe all die Jahre lang im Schrank gelegen und auf dich gewartet hat.«

»Sag doch nicht solche Dummheiten«, konterte Michelle. Sie wollte nicht zugeben, daß sie gerade den gleichen Gedanken gehabt hatte. »Ich hätte der Puppe ja auch irgendeinen anderen Namen geben können.«

»Aber du *hast* ihr nicht irgendeinen anderen Namen gegeben«, bohrte Sally weiter. »Du hast sie Amanda getauft, und dafür gibt's einen Grund.«

»Das war nur Zufall. Außerdem, Jeff lebt hier von Kind auf an, wenn's hier einen Geist gäbe, dann hätte er ihn sicher gesehen.«

»Vielleicht hat er ihn gesehen«, sagte Sally nachdenklich. »Vielleicht ist das der Grund, warum er nicht in euer Haus kommen will.«

»Er kommt nicht in unser Haus, weil er zuviel zu tun hat«, sagte Michelle rasch. »Er muß seiner Mutter helfen.« Es kam heftiger heraus, als sie beabsichtigt hatte. Sie spürte, wie der Ärger sich ihrer Gedanken bemächtigte. Warum sagte Sally so etwas? »Können wir nicht über etwas anderes sprechen?« schlug sie vor.

Sally sah sie verwundert an, schließlich grinste sie. »Einverstanden. Mir ist selbst etwas ungemütlich bei dem Thema.«

Michelle war erleichtert, daß ihre Freundin für ihren Wunsch Verständnis zeigte. Sie zwickte Sally freundschaftlich in den Arm.

»Autsch!« schrie Sally und zuckte zurück.

Der Arm, dachte Michelle. Ihr Arm tut wieder weh, wie letzte Woche. Dabei ist sie heute gar nicht hingefallen. Die Gänsehaut kroch Michelle den Rücken hoch, aber sie ließ sich nichts anmerken.

»Es tut mir leid«, sagte sie. Vorsichtig strich sie Sally über die Schulter. »Ich dachte, dein Arm wäre besser.«

»Das habe ich auch gedacht«, erwiderte Sally. Sie warf einen Blick zurück auf den Friedhof. »Aber da habe ich mich wohl getäuscht.« Sie hatte plötzlich das Gefühl fliehen zu müssen. »Laß uns zu dir nach Hause gehen«, sagte sie. »Ich bekomme es hier mit der Angst zu tun.«

Die beiden Mädchen eilten auf das alte Haus zu, dessen Silhouette sich über dem Kliff erhob. Als sie vor der Hintertür angekommen waren, drehte Michelle sich um. Es war kühl geworden. Über dem Meer stieg der Nebel hoch. Michelle öffnete die Tür. Sie ließ Sally vorgehen. Sie folgte ihr in einigen Schritten Abstand.

»Daddy?«

Die Familie Pendleton hatte es sich im ehemaligen Salon gemütlich gemacht, das Zimmer lag nach vorne heraus, es war zum bevorzugten Aufenthaltsraum der Familie geworden, weil das eigentliche Wohnzimmer wegen seiner großen Abmessungen und seiner höhlenartigen Atmosphäre als ungemütlich empfunden wurde. Cal saß in seinem hohen Lieblingssessel, seine Füße ruhten auf einer Ottomane. Michelle hatte sich, ganz in seiner Nähe, bäuchlings auf den Boden gelegt, sie las in einem Buch. Sie stützte sich mit den Ellenbogen ab, ihr Kinn war in die Hände gebettet, es war eine Stellung, die Cal Rätsel aufgab. Wieso tat ihr bei dieser Stellung der Nacken nicht weh? Junge Menschen sind eben elastischer, war seine Schlußfolgerung. June hatte sich ihren beängstigend steifen Stuhl vor den offenen Kamin gerückt, sie strickte eifrig an einem Pullover für das Baby. Sie benutzte abwechselnd blaue und rosa Wolle, sie war eine Frau, die auf sicher ging.

»Hm?« brummte Cal, ohne den Blick von der Ärztezeitschrift zu heben.

»Glaubst du an Geister, Daddy?«

Cal ließ die Zeitschrift sinken. Er sah zu seiner Frau hinüber, die zu stricken aufgehört hatte. Dann wandte er sich seiner Tochter zu. Ein Lächeln stahl sich in seine Züge.

»Ob ich was?«

»Ob du an Geister glaubst.«

Cals Lächeln verschwand. Ihm war klargeworden, daß Michelles Frage ernst gemeint war. Er klappte die Zeitschrift zu. Merkwürdig, daß seine Tochter ihm solche Fragen stellte.

»Haben wir das nicht vor fünf Jahren alles schon einmal durchgesprochen?« sagte er. »Damals habe ich dir erklärt, was es mit dem Weihnachtsmann auf sich hat und mit dem Osterhasen.«

»Glaubst du an Geister, ja oder nein?«

»Wovon sprichst du eigentlich?« sagte June, zu ihrer Tochter gewandt.

Michelle kam sich töricht vor. Hier, in der warmen, gemütlichen Stube, schienen die Gedanken, die sie den ganzen Nachmittag gequält hatten, so unsinnig, so albern. Sie hätte gar nicht davon anfangen sollen. Sie überlegte, was sie jetzt sagen sollte. Sie beschloß, ihren Eltern von dem Erlebten zu berichten.

»Kennt ihr den alten Friedhof zwischen unserem Haus und dem Haus der Familie Benson?« begann sie. »Sally ist mit mir reingegangen.«

»Sag bloß, dir ist auf dem Friedhof ein Geist erschienen«, rief Cal.

»Mir ist kein Geist erschienen«, sagte Michelle ärgerlich. »Aber es gibt einen merkwürdigen Grabstein auf diesem Friedhof. Auf dem Stein steht der Name meiner Puppe eingemeißelt.«

»Amanda?« sagte June. »Das ist wirklich merkwürdig.«

Michelle nickte. »Und Sally sagt, in dem Grab liegt niemand. Sie sagt, Amanda war ein blindes Mädchen, das vor vielen, vielen Jahren vom Kliff stürzte.« Sie zögerte, aber Cal spürte, daß sie etwas sagen wollte.

»Was hat Sally sonst noch erzählt?«

»Daß Amandas Geist in der Gegend herumspukt«, sagte Michelle ruhig. »Zumindest glauben das die Kinder.«

»Aber du doch nicht«, sagte Cal.

»Nein...«, sagte Michelle, aber der Klang ihrer Stimme verriet, wie unsicher sie war.

»Glaub mir, Prinzessin«, sagte Cal, »es gibt keine Geister, es gibt auch keine Gespenster, keine Untoten und keine anderen Schattenwesen, und wenn du meinen Rat willst, laß dir solch einen Unsinn von niemandem einreden.«

»Aber es ist doch merkwürdig, daß ich die Puppe Amanda getauft habe«, widersprach ihm Michelle. »Sally glaubt sogar, die Puppe hat dem blinden Mädchen gehört...«

»Es ist nur ein Zufall, daß du der Puppe diesen Namen gegeben hast.« June nahm ihr Strickzeug wieder hoch und ließ die Nadeln klappern. »So etwas kommt sehr oft vor, das ist genau der Stoff, aus dem dann Geistergeschichten gewoben werden. Ein merkwürdiges Vorkommnis, purer Zufall natürlich, und die Leute wollen nicht wahrhaben, daß es Zufall war. Sie suchen eine übernatürliche Erklärung für ganz alltägliche Zusammenhänge. Sie nennen es Glück, Geister, Schicksal, was auch immer.« Michelle schien keineswegs überzeugt von den Worten ihrer Mutter. June legte ihr Strickzeug zur Seite.

»Also gut«, sagte sie. »Wie bist du auf den Namen für die Puppe gekommen?«

»Ich wollte einen altmodischen Namen«, begann Michelle. »Und deshalb...«

»Du wolltest einen altmodischen Namen«, sagte June, »und damit scheidet schon einmal eine große Anzahl Namen aus. Deiner zum Beispiel und meiner und alle modernen Vornamen. Es bleiben die Namen, die aus der Mode sind, wie Agatha, Sophie, Prudence und...«

»Die sind doch häßlich«, protestierte Michelle.

»Womit die Liste der Namen, die überhaupt in Frage kommen, noch weiter zusammenschrumpft«, argumentierte June. »Du wolltest einen Namen, der altmodisch, aber nicht häßlich ist, und wenn du beim A beginnst, was völlig normal ist, dann stößt du als erstes...«

»Dann stoße ich als erstes auf Amanda«, vollendete Michelle den Satz. Sie grinste. »Und ich habe geglaubt, der Name ist mir nur so eingefallen.«

»Er *ist* dir ja auch eingefallen«, sagte June. »Der menschliche Geist schaltet sehr schnell, und die Überlegungen, die wir vorher angestellt haben, sind dir durch den Kopf gegangen, ohne daß es dir bewußt wurde. So entstehen Geistergeschichten – reiner Zufall! Und jetzt ins Bett mit dir, sonst schläfst du morgen während des Unterrichts ein.«

Michelle stand auf und ging zu ihrem Vater. Sie legte ihm die Arme um den Hals und liebkoste ihn.

»Manchmal bin ich wirklich dumm, nicht?« sagte sie.

»Du bist nicht dümmer als wir Erwachsenen, Prinzessin.« Er gab ihr einen Kuß, und dann versetzte er ihr einen liebevollen Klaps auf den Hintern. »Ins Bett mit dir.«

Er hörte, wie sie die Treppe hinaufging. Als die Tritte verklungen waren, wandte er sich seiner Frau zu.

»Wie schaffst du das?« fragte er voller Bewunderung.

»Was?« June schien geistesabwesend.

»Dir logische Erklärungen auszudenken für Dinge, die überhaupt nicht logisch sind.«

»Dazu muß man Talent haben«, sagte June wohlgelaunt. »Auf dich konnte ich das Problem ja wohl nicht abwälzen. Du hättest die ganze Nacht gebraucht, um dir was Passendes auszudenken, und zum Schluß hätten wir alle drei an Geister geglaubt.«

Sie erhob sich aus ihrem Stuhl, ging zum Kamin und schob die flackernden Scheite auseinander. Cal hatte das Licht ausgemacht. Hand in Hand stiegen sie die Stufen zum ersten Stock hinauf.

Michelle lag im Bett und lauschte in die Nacht hinein. Die Brandung war zu hören, das Zirpen der letzten Grillen jenes Sommers und das sanfte Rascheln des Windes in den Bäumen. Michelle dachte über die Worte ihrer Mutter nach. Es schien logisch, was Mutter gesagt hatte. Und doch... Die Erklärung hatte Lücken. Da war noch etwas, worauf Mutter nicht zu sprechen gekommen war. Ich bin albern, dachte sie. Mutter hat alles gesagt, was zu sagen war. Der Wind und das Meer lullten Michelle in den Schlaf. Bevor sie in einen Traum hinüberglitt, verstärkte sich das Gefühl, daß es eine Lücke in den Erklärungen ihrer Mutter gab.

Ein dunkles Geheimnis.

Ich hätte meine Puppe nicht Amanda nennen dürfen...

Die Geräusche der Nacht waren erstorben, als Michelle aufwachte. Sie lag reglos im Bett und lauschte. Schweigen umgab sie, Schweigen so dick wie Watte.

Und dann fühlte sie es. Ein Wesen beobachtete sie.

Ein Wesen, das sich mit ihr im Zimmer befand.

Am liebsten hätte sie sich die Decke über den Kopf gezogen, um sich vor dem Wesen zu verbergen. Aber sie spürte, das durfte sie nicht tun.

Sie mußte das Wesen ansehen.

Langsam setzte sie sich auf. Mit schreckensgeweiteten Augen starrte sie in die Ecke.

Dort, am Fenster.

Das Wesen stand in der Ecke des Zimmers. Ein schwarzer Schatten. Das Wesen sah sie an.

Der Schatten kam auf Michelle zu.

Die Gestalt hatte die Mitte des Zimmers erreicht und trat ins Mondlicht.

Es war ein Mädchen, etwa so alt wie Michelle.

Michelle verstand nicht, warum die Angst plötzlich von ihr abfiel. Auf einmal empfand sie nur noch Neugier. Wer war das Mädchen? Was wollte sie von ihr?

Das Mädchen kam so nahe, daß Michelle ihre Kleidung betrachten konnte. Sie war merkwürdig angezogen. Das Kleid war schwarz, es reichte fast bis zum Boden. Die Puffärmel endeten in engen Manschetten. Den Kopf bedeckte eine schwarze Haube.

Gebannt sah Michelle die Gestalt näher schweben, und dann wandte das Mädchen den Kopf. Michelle konnte das vom Mondlicht überflossene Gesicht erkennen.

Die Züge waren weich, die Lippen fein geschwungen. Das Mädchen hatte eine Stubsnase.

Dann sah sie die Augen.

Die Pupillen waren von milchigem Weiß, sie schimmerten im Licht des Mondes. Das Mädchen schien Michelle nicht zu erkennen, obwohl ihr Blick auf sie gerichtet war.

Das Mädchen hob den Arm und deutete auf Michelle.

Die Furcht kehrte zurück und gewann alsbald die Oberhand. Michelle stieß einen Schrei aus.

Schreiend wachte sie auf.

Entsetzt starrte sie in die Mitte des Zimmers, wo sich eine Sekunde vorher die merkwürdige schwarze Gestalt befunden hatte.

Das Mädchen war verschwunden.

Die Geräusche der Nacht waren wieder da, der stetige Rhythmus der Brandung, das Wispern der Bäume.

Die Tür öffnete sich. Michelles Vater betrat den Raum.

»Prinzessin, was ist denn? Was hast du denn?« Er setzte sich zu ihr aufs Bett und nahm sie in die Arme, um sie zu trösten.

»Ich hatte einen Alptraum, Daddy«, stammelte Michelle. »Es war furchtbar, Daddy. Es war alles wie in der Wirklichkeit. Jemand war bei mir, hier im Raum...«

»Aber nein, Kleines«, versuchte Cal sie zu beschwichtigen. »Niemand ist hier im Haus außer dir und mir und Mutter. Es war nur ein Traum, mein Liebling.«

Er blieb bei ihr, sprach mit ihr und beruhigte sie. Erst kurz vor Morgengrauen erhob er sich von der Bettkante. Er küßte sie auf die Stirn und sagte ihr, daß sie jetzt schlafen müßte. Er ging hinaus und ließ die Tür einen Spalt offen.

Michelle lag, ohne sich zu rühren, in ihrem Bett. Sie versuchte, den furchtbaren Traum zu vergessen. Sie versuchte einzuschlafen. Als der Schlaf nicht kommen wollte, stand sie auf und ging zum Fenster. Sie nahm die Puppe, die auf dem Fensterbrett lag, und drückte sie an sich. Sie nahm auf dem Fenstersitz Platz und starrte in die Nacht hinaus. Als die Nebel sich hoben, vermeinte Michelle eine Gestalt zu erkennen, auf der Nordseite des Kliffs, in der Nähe des alten Friedhofs.

Als sie das nächste Mal hinsah, war die Gestalt fort, der Wind wirbelte den Nebel auf und trieb die Fetzen auf die Felsen.

Michelle ging zu ihrem Bett zurück, sie hielt die antike Puppe an sich gepreßt. Sie legte sich nieder. Erst als der Morgen graute, schlief sie ein.

Die Puppe lag neben ihr auf dem Kissen, die blinden Augen starrten zur Zimmerdecke auf.

Cal war, nachdem er Michelle verlassen hatte, nicht wieder ins Bett gegangen. Er zog sich den Morgenmantel über, holte sich seine Pfeife samt dem Tabak und ging die Treppe hinunter.

Ziellos durchstreifte er das Haus. Schließlich suchte er sich einen Sessel in dem kleinen Besuchszimmer im ersten Stock, es war ein Zimmer, das nach vorne ging. Er stopfte sich eine Pfeife, entzündete den Tabak, legte die Beine hoch und ließ seinen Gedanken freien Lauf.

Er war wieder in Boston. Es war die Nacht, als der Junge starb. Die Nacht, die sein Leben verändert hatte.

Jetzt konnte er sich nicht einmal mehr an den Namen des Jungen erinnern. Er konnte nicht, oder er wollte nicht.

Darin bestand das Problem. Es gab so viele Namen, an die er sich nicht erinnern konnte. Die Namen jener, die gestorben waren.

Wie viele Menschen hatten sterben müssen, weil er gefehlt hatte?

Der Junge aus Paradise Point war einer der Menschen, für deren Tod er verantwortlich war. Bei ihm war sich Cal seiner Schuld ganz sicher. Aber es gab mehr. Wie viele? Wie viele auch immer, es würde keine neuen Opfer geben.

Der Junge.

Der Name war Alan Hanley. Cal konnte sich sehr gut an den Tag erinnern, als sie Alan Hanley ins *Boston General* gebracht hatten.

Es war am Spätnachmittag gewesen. Alan Hanley war bewußtlos gewesen. Er war von einem Krankenwagen eingeliefert worden. Dr. Carson hatte während der Fahrt neben dem Bewußtlosen gesessen. Der Junge hatte Verletzungen erlitten, als er vom Dach fiel.

Inzwischen kannte Cal das Haus, von dessen Dach der Junge gefallen war. Damals waren ihm die näheren Umstände des Unglücks ziemlich gleichgültig gewesen.

Dr. Carson hatte getan, was in seiner Macht stand. Als er begriff, daß die Verletzungen des Jungen in der *Paradise Point Clinic* nicht behandelt werden konnten, hatte er ihn mit dem Krankenwagen nach Boston bringen lassen.

Dort hatte Dr. Calvin Pendleton die Behandlung des Verletzten übernommen.

Zuerst schien alles so klar. Ein paar Knochen waren gebrochen, außerdem Verdacht auf Schädelbruch. Dann hatte Cal den Jungen auf innere Verletzungen untersucht. Er war zu dem Schluß gekommen, daß sich im Gehirn des Verletzten ein Blutpfropfen bildete, der den Blutkreislauf zum Erliegen bringen würde. Höchste Eile war geboten. Dr. Pendleton hatte den Jungen operiert, in Dr. Carsons Beisein.

Alan Hanley starb auf dem Operationstisch.

Es stellte sich heraus, daß es keinen Blutspfropfen gab. Die Operation wäre nicht notwendig gewesen.

Der Tod des Jungen hatte Cal tief erschüttert, mehr als alle bisherigen Ereignisse in seinem Leben.

Es war nicht seine erste Fehldiagnose, das wußte er. Fast alle Ärzte stellten dann und wann Fehldiagnosen. Aber für Dr. Calvin Pendleton war der Tod des Alan Hanley ein Wendepunkt.

Seit jenem Abend wurde er von dem Gedanken verfolgt, daß er wieder eine Fehldiagnose stellen konnte. Wieder würde ein junger Mensch sterben, weil er, der Arzt, versagt hatte.

Die Kollegen redeten ihm gut zu, sie sagten, er nähme das alles viel zu ernst. Aber das half nichts, der Tod des Jungen verfolgte ihn wie ein Gespenst.

Und dann hatte sich Cal einen Tag freigenommen. Er war nach Paradise Point hinausgefahren, um mit Dr. Carson zu sprechen. Sie würden über Alan Hanley sprechen...

Dr. Carson hatte ihn recht kühl begrüßt, so kühl, daß sich in Cal der Eindruck verfestigte, er hätte die Fahrt umsonst unternommen. Es war klar, daß Dr. Carson ihm die Schuld an Alans Tod anlastete, das sah Cal schon in den blauen Augen des Alten, der ihn mit durchdringendem Blick musterte. Im Gespräch dann wandelte sich seine Überzeugung. Der Alte sagte ihm einzigartige Dinge. Dinge, die er – dessen war Cal sicher – noch niemandem auf der Welt erzählt hatte.

»Haben Sie je alleine gelebt?« fragte Dr. Carson unvermittelt. Noch bevor Cal etwas antworten konnte, sprach der Alte weiter. »Ich lebe seit vielen Jahren allein. Ich betreue die Patienten in Paradise Point. Ich lebe sehr zurückgezogen. Dieses Prinzip hätte ich nicht verletzen dürfen. Ich hätte niemanden mit der Reparatur beauftragen dürfen. Ich hätte es selbst machen müssen. Aber ich bin alt, und deshalb dachte ich... Nun, es kommt wohl nicht darauf an, was ich dachte.«

Cal rutschte auf seinem Sessel hin und her. Es war ihm schleierhaft, warum ihm der Alte das erzählte. »Was ist an jenem Tag passiert?« fragte er. »Ich meine, bevor Sie Alan Hanley nach Boston gebracht haben.«

»Das ist schwer zu sagen«, antwortete Dr. Carson. Er sprach sehr leise. »Das Dach war kaputt, schon seit einiger Zeit. Ein paar Schieferplatten mußten neu verlegt werden, ich wollte das ursprünglich selbst machen, aber dann änderte ich meinen Entschluß. Hab' gedacht, es ist besser, wenn das jemand Jüngerer macht.« Er senkte die Stimme zum Flüsterton. »Aber Alan war *zu* jung für diese Arbeit. Ich hätte es wissen müssen. Vielleicht habe ich es auch gewußt. Er war erst zwölf... Jedenfalls habe ich ihn aufs Dach klettern lassen.«

»Und was ist dann passiert?«

Dr. Carson starrte ihn aus leeren Augen an, das Gesicht war unendlich müde.

»Was ist im Operationsraum passiert?« kam seine Gegenfrage.

Cal wand sich auf seinem Sessel. »Ich weiß es nicht. Es sah zunächst alles ganz problemlos aus. Aber dann ist er gestorben. Ich weiß nicht, was passiert ist.«

Dr. Carson nickte. »Auf dem Dach war's ganz ähnlich. Ich habe den Jungen bei der Arbeit beobachtet, es sah ganz problemlos aus. Und dann ist er vom Dach gefallen.« Schweigen. Dann: »Wie schade, daß Sie ihm nicht das Leben retten konnten.«

Cal wäre am liebsten in den Boden versunken. Zu seiner Überraschung begann Dr. Carson zu lächeln.

»Es war nicht Ihre Schuld«, sagte er. »Es war nicht Ihre Schuld, und es war nicht meine Schuld. Aber man kann wohl sagen, es war *unsere* Schuld. Es gibt jetzt ein unsichtbares Band zwischen Ihnen und mir. Was schlagen Sie vor, Dr. Pendleton? Was sollen wir tun?«

Cal wußte nicht, was er antworten sollte. Was Dr. Carson sagte, hatte ihn völlig verwirrt.

Aber dann schien es ihm, als brächte der Alte Verständnis auf für die schwarzen Gedanken, die Cal seit Alans Tod plagten. Dr. Carson hatte einen Vorschlag gemacht. Wie es denn wäre, wenn Cal seine Praxis in Boston aufgäbe.

»Und dann?« hatte Cal gefragt.

»Sie könnten hierherziehen, nach Paradise Point. Sie könnten die kleine, problemlose Praxis eines müden alten Mannes übernehmen. Sie könnten dem Druck und den Zwängen des Boston General entfliehen. Als der Junge starb, ist Ihnen die Angst in die Glieder gefahren, Dr. Pendleton...«

»Nennen Sie mich ruhig Cal.«

»Also gut. Cal. Sie haben Angst, bei allem, was Sie jetzt tun. Sie haben einen Fehler gemacht, und Sie werden weitere Fehler machen. Wenn Sie im Boston General weiterarbeiten, sind die Fehler vorprogrammiert. Nicht mehr der Verstand führt Ihnen die Hand, wenn Sie operieren, sondern die Angst. Wenn Sie aber nach Paradise Point kommen, ist alles anders. Ich kann Ihnen helfen. Und Sie können mir helfen. Ich will weg von Paradise Point. Ich will weg aus meiner Praxis, und ich will weg aus meinem Haus. Ich werde Ihnen beides verkaufen. Glauben Sie mir, ich verkaufe Ihnen etwas Gutes.«

Cal erschien das Angebot ganz logisch. Und interessant. Eine kleine Arztpraxis in einem Ort, wo nicht viel passierte.

Wo nicht viel passierte, konnte nicht viel schiefgehen.

Die Gefahr neuer Fehldiagnosen war auf ein Minimum beschränkt.

Hier würde er genügend Zeit für jeden Patienten haben. Er würde mit der nötigen Sorgfalt arbeiten können.

In Paradise Point gab es niemanden, der ihn durchschaute. Niemand wußte, daß er das Vertrauen in seine ärztlichen Fähigkeiten verloren hatte. Niemand außer Dr. Josiah Carson, und der verstand ihn, sympathisierte mit ihm.

Und so waren sie nach Paradise Point umgezogen, den anfänglichen Widerständen Junes zum Trotz. Cal erinnerte sich an ihren Kommentar, nachdem er ihr seinen Plan dargelegt hatte.

»Aber warum das Haus? Ich kann verstehen, daß er uns seine Praxis verkaufen will, aber warum besteht er darauf, daß wir auch das Haus kaufen? Es ist zu groß für uns. Wir können die vielen Zimmer doch gar nicht nutzen!«

»Ich weiß nicht, warum er uns das Haus verkauft«, hatte Cal geantwortet. »Ich weiß nur, daß er's sehr billig hergibt. Wir können uns glücklich schätzen, daß wir's für den Preis kriegen.«

»Aber das ergibt doch keinen Sinn«, sagte June. »Ich finde die

Idee sogar irgendwie krankhaft. Ich bin sicher, er will das Haus nur los sein, weil dort die Sache mit Alan Hanley passiert ist! Warum will er uns unbedingt das Haus aufschwatzen? Ich weiß jetzt schon, was passieren wird. Wenn wir erst einmal in dem Haus wohnen, wirst *du* ständig an den armen Jungen denken. Der Plan ist verrückt, Cal. Der Mann will etwas von dir! Ich weiß nicht, was dahintersteckt, aber eines Tages wirst du dich an meine Worte erinnern. Etwas wird passieren.«

Bis heute *war* nicht viel passiert.

Sally Carstairs und ihr Arm. Eine merkwürdige Erkrankung, gewiß. Aber die Sache war ausgestanden.

Und jetzt die Alpträume seiner Tochter.

Sechstes Kapitel

June stand vor ihrer Staffelei, sie versuchte sich auf das Malen zu konzentrieren. Was nicht einfach war. Es war nicht das Bild, was ihr Sorgen machte. Im Gegenteil – sie war mit dem Erreichten sogar ganz zufrieden. Auf der Leinwand erstand das Abbild des Kliffs, dahinter das Meer. Abstrakt aber trotzdem noch zu erkennen. Der Blick aus dem Studio. Nein, das Malen war nicht das Problem.

Das Problem war Michelle. Zwar wußte June noch nicht genau, warum sie sich solche Sorgen wegen des Mädchens machte. Der Alptraum gestern nacht war nicht der erste gewesen. Michelle hatte böse Träume, alle Menschen träumten manchmal schlecht, daran war nichts Besonderes. Aber als Cal in jener Nacht zu June ins Bett zurückkehrte und ihr von Michelles Alptraum berichtete, hatte sie ein ungutes Gefühl beschlichen. Mit schweren, traurigen Gedanken war sie wieder eingeschlafen, und die Traurigkeit war immer noch da, auch jetzt beim Malen.

Mit einem Seufzer legte June den Pinsel aus der Hand. Sie ließ sich in ihren Lieblingssessel sinken.

Ihr Blick wanderte durch das Studio. Sie war recht zufrieden mit dem, was sie aus dem Raum gemacht hatte. Das ganze Gerümpel war fortgeräumt worden. Die Wände waren abgeschrubbt und frisch gestrichen worden, auch der grüne Rand war erneuert worden, er sah jetzt wieder so hell und fröhlich aus, wie er wohl ursprünglich gewesen war. Ihre Materialien fürs Malen hatte June fein säuberlich in die Schränke eingeräumt. In einem der Schränke hatte sie ein Gestell befestigt, das die auf Rahmen gespannten Leinwände aufnahm, die Bilder standen dort senkrecht und voneinander getrennt, wie es sein mußte. Jetzt mußte sie nur noch aufhören, sich Sorgen zu machen. Jetzt mußte sie nur noch malen.

Sie war aufgestanden und an die Staffelei zurückgekehrt. Sie hatte den Pinsel ergriffen, als sie einen Schatten am Fenster vorüberhuschen sah. Sekunden später war ein leises Klopfen an der Tür zu hören.

»Hallo?« Es war die Stimme einer Frau, so leise, so zögerlich, daß sich June nicht gewundert hätte, wenn die unbekannte Besucherin, noch bevor ihr geöffnet wurde, wieder weggelaufen wäre.

Sie wollte zur Tür gehen, aber im letzten Augenblick besann sie sich anders. »Herein«, sagte sie. »Es ist nicht abgeschlossen.«

Nach einer kurzen Pause ging die Tür auf. Die Frau, die das Studio betrat, war von kleiner Gestalt, sie trug das Haar in einem Knoten. Sie hatte eine geblümte Schürze umgebunden. Zögernden Schrittes kam sie näher.

»Störe ich Sie bei der Arbeit?« fragte sie. Sie war stehengeblieben und wollte zur Tür zurückgehen. »Entschuldigen Sie bitte, aber das wollte ich nicht.«

»Das macht doch nichts«, sagte June. »Ich war sowieso nicht sehr fleißig. Ich war in meine Tagträume versunken.«

Ein merkwürdiger Ausdruck überschattete das Gesicht der Besucherin, fast schien es June, als ob die Frau an ihrer Bemerkung Anstoß genommen hätte. Eine Sekunde später wieder das alte Mienenspiel.

»Ich bin Constance Benson«, sagte die Frau. »Jeffs Mutter. Wir sind Ihre Nachbarn.«

»Aber natürlich«, sagte June und lächelte warmherzig. »Ich hätte mich eigentlich bei Ihnen sehen lassen müssen, aber...« Ihr Blick senkte sich auf die pralle Wölbung ihres Leibes. »Nun, ich fürchte, das ist keine gültige Entschuldigung. Ich mache es eben falsch. Ich sollte jeden Tag ein paar Meilen gehen, statt dessen sitze ich hier herum und hänge meinen Tagträumen nach. Na ja, in drei Wochen ist es überstanden, dann müßte das Baby dasein. Möchten Sie sich nicht setzen?« Sie deutete auf das Sofa, das sie vom Dachboden des Hauses hatte herunterschaffen lassen, aber Mrs. Benson machte keine Anstalten, auf dem Sofa Platz zu nehmen, statt dessen sah sie sich mit unverhohlener Neugier in dem Studio um.

»Sie haben den Raum ja völlig verwandelt«, sagte sie anerkennend.

»Nur aufgeräumt und frisch gestrichen«, sagte June. Dann fiel ihr auf, daß Mrs. Benson den Fleck auf dem Fußboden anstarrte. »Den Fleck da muß ich noch wegmachen«, sagte sie entschuldigend.

»Das brauchen Sie gar nicht erst zu versuchen«, sagte Constance Benson. »Sie sind nicht der erste, der diesen Fleck weghaben will, und Sie werden nicht der letzte sein.«

»Ich verstehe nicht recht«, sagte June.

»Der Fleck wird dasein, solange dieses Gebäude steht«, verkündete Mrs. Benson feierlich.

»Aber der Fleck ist doch schon fast weg«, widersprach ihr June. »Mein Mann hat das meiste weggekratzt, und der Rest wird beim nächsten nassen Aufwischen verschwinden.«

Constance Benson wiegte den Kopf. »Ich weiß nicht. Vielleicht jetzt, wo die Carsons nicht mehr im Haus wohnen...« Sie verstummte, aber der düstere Ausdruck in ihrem Gesicht blieb.

»Ich verstehe nicht, was das soll«, sagte June. Sie war unsicher geworden. »Was ist das denn für ein Fleck? Ist es Blut?«

»Könnte sein«, sagte Constance Benson. »Aber wer kann das schon sagen, nach soviel Jahren. Der einzige, der Ihnen diese Frage beantworten kann, ist wohl Doc Carson.«

»Ich verstehe«, sagte June, obwohl sie schier gar nichts mehr verstand. »Dann spreche ich also am besten mit ihm darüber, oder?«

»Eigentlich bin ich ja wegen der beiden Mädchen zu Ihnen gekommen«, sagte Mrs. Benson. Ihr Blick war jetzt ganz fest auf June gerichtet, etwas Anklagendes lag in ihrer Miene, und June fragte sich, ob Michelle und Sally irgend etwas ausgeheckt hatten. Vielleicht waren sie Mrs. Benson in die Quere gekommen.

»Sie meinen vermutlich meine Tochter Michelle und Sally Carstairs.« In Junes Gesicht stand die Sorge geschrieben. Mrs. Benson brachte die Andeutung eines Lächelns auf ihre Züge, es war das erste Mal während dieser Unterhaltung, daß sie so etwas wie menschliche Wärme ausstrahlte. Plötzlich schien sie June fast hübsch.

»Keine Angst«, sagte sie hastig. »Die beiden haben nichts ausgefressen. Ich bin nur gekommen, um Sie auf eine Gefahr aufmerksam zu machen.«

»Eine Gefahr?« June stand mit offenem Mund da.

»Ich meine den Friedhof«, sagte Constance Benson. »Sie kennen doch den alten Friedhof auf halbem Weg zwischen Ihrem Haus und meinem.«

June nickte.

»Ich habe die Mädchen dort gestern nachmittag spielen sehen«, sagte Mrs. Benson. »So hübsche Mädchen, beide.«

»Danke.«

»Ich wollte eigentlich zu den beiden hingehen und mit ihnen reden, aber dann habe ich gesehen, wie sie den Friedhof wieder verlassen haben, und da habe ich gedacht, das hat schließlich auch bis heute Zeit.«

»Was hat bis heute Zeit?« kam Junes ungeduldige Frage.

»Ich wollte Ihnen sagen, daß es gefährlich ist, wenn Ihre Tochter dort spielt. Sehr gefährlich.«

June starrte Mrs. Benson an. Das ging ein bißchen zu weit, fand sie. Offensichtlich hatte sie mit Constance Benson die Wichtigtuerin des Ortes vor sich. Für Jeff, den Sohn, mußte das ganz schön hart sein. June konnte sich vorstellen, daß Constance Benson an allem, was Jeff tat, etwas auszusetzen fand. Was sie, June, betraf, so war es wohl am besten, wenn sie die Frau ignorierte. »Nun, ich gebe zu, ein Friedhof ist vielleicht nicht der Ort, den man sich gerade als Spielplatz aussuchen sollte«, sagte sie. »Aber gefährlich ist es wohl auch nicht...«

»Die Gefahr geht nicht von den Gräbern aus, die sich dort befinden«, sagte Constance, ihre Antwort kam eine Spur zu rasch. »Der Ort ist gefährlich, weil der Grund unsicher ist.«

»Ich denke, der Friedhof steht auf Granit«, sagte June. Sie sprach sehr sanft, weil sie sich auf keinen Fall anmerken lassen wollte, daß sie von der Angst der Frau angesteckt worden war.

»Mag schon sein, daß der Grund Granit ist«, sagte Constance unsicher. »Ich verstehe nicht viel von diesen Dingen, wissen Sie. Ich weiß nur, daß jener Teil des Kliffs demnächst ins Meer stürzen wird. Es wäre ja nicht schön, wenn sich dann gerade spielende Kinder auf dem Friedhof befinden.«

Junes Stimme klang ganz kühl. »Ich verstehe. Nun, ich werde den beiden Mädchen sagen, daß sie dort nicht mehr spielen sollen. Möchten Sie eine Tasse Kaffee? Es ist noch welcher in der Kanne.«

»Nein, danke, wirklich nicht.« Constance warf einen Blick auf die Uhr an ihrem Handgelenk. »Ich muß jetzt in meine Küche zurück. Ich bin am Eindosen, wissen Sie.« Die Art, wie sie es sagte, stellte klar, daß Mrs. Benson ihrer Gesprächspartnerin keinerlei Wissen um die Geheimnisse des Eindosens zutraute, wobei sie zugleich den Vorwurf durchscheinen ließ, daß jemand wie Mrs. Pendleton eigentlich über Eindosen Bescheid zu wissen hatte.

»Sehr schön«, sagte June. »Kommen Sie mich bald wieder besuchen, und bringen Sie das nächste Mal mehr Zeit mit. Vielleicht komme ich auch mal auf einen Sprung zu Ihnen rüber.«

»Das wäre aber nett.« Die beiden Frauen standen jetzt vor der Tür des Studios. Constance starrte das Haus an. »Hübsches Haus, nicht?« sagte sie. Und fügte, bevor June etwas antworten konnte, hinzu: »Ich hab's nie gemocht.« Ohne sich von June zu verabschieden, machte sie kehrt und begab sich auf den Weg, der zu ihrem Haus zurückführte.

June sah ihr nach. Als ein paar Minuten verstrichen waren, schloß sie die Tür ihres Studios von außen. Sie hatte das bestimmte Gefühl, daß sie heute nicht mehr malen würde.

Die warme Mittagssonne schien auf das Schulgebäude herab. Michelle saß im Schatten eines großen Ahornbaums und verzehrte ihre Mittagsmahlzeit. Sally war da, Jeff und Susan und noch ein paar Klassenkameraden. Michelle hatte sich alle Mühe gegeben, mit Susan Freundschaft zu schließen, aber die gab sich spröde. Sie schenkte Michelle überhaupt keine Beachtung. Wenn sie mit Sally sprach, dann nur um Michelle herunterzumachen. Sally bewahrte bei alledem ihr sonniges Gemüt, sie ließ sich nicht merken, ob ihr das ruppige Benehmen der Freundin überhaupt aufgefallen war.

»Ich finde, wir sollten mal ein richtiges Picknick veranstalten«, sagte Sally. »Der Sommer ist fast zu Ende, in einem Monat wird's schon zu kalt sein für so was.«

»Es ist schon jetzt zu kalt.« Susan Peterson sprach mit einem hochmütigen Tonfall, der Michelle auf die Nerven ging. Merkwürdigerweise schienen die anderen ihre Art als normal zu empfinden. »Meine Mutter sagt, nach Labour Day macht man kein Picknick mehr.«

»Aber das Wetter ist doch noch sehr schön«, sagte Sally. »Warum treffen wir uns dieses Wochenende nicht zu einem Picknick?«

»Wo?« fragte Jeff. Wenn das Picknick am Strand stattfand, würde er mitmachen. Es war, als ob Michelle seine Gedanken gelesen hätte.

»Was haltet ihr von der Bucht zwischen Jeffs Haus und meinem Haus?« sagte sie. »Der Strand ist dort sehr felsig, aber der Vorteil ist, es ist sehr einsam, und außerdem ist es wunderschön dort. Und wenn es regnet, können wir schnell ins Haus laufen.«

»Meinst du etwa die Stelle unterhalb vom Friedhof?« fragte Sally. »Ich finde die Gegend schaurig, und dann gibt's da ja auch ein Gespenst.«

»Dort gibt's kein Gespenst«, protestierte Jeff.

»Vielleicht doch«, warf Michelle ein. Plötzlich war sie der Mittelpunkt der Gruppe. Sogar Susan Peterson wandte sich ihr zu. »Ich habe vergangene Nacht von dem Gespenst geträumt«, fuhr Michelle fort, und dann schilderte sie ihren Zuhörern den merkwürdigen Traum in den wildesten Farben. Jetzt bei Tageslicht, war jede Furcht von ihr abgefallen. Statt dessen war da das Bedürfnis, sich ihren neuen Freunden mitzuteilen. Sie war so gefangengenommen von der eigenen Schilderung des Traums, daß sie gar nicht auf die Blicke achtete, die sich ihre Zuhörer zuwarfen. Als sie endete, herrschte Schweigen. Jeff Benson kaute an seinem Sandwich herum, als sei das die wichtigste Aufgabe auf der Welt, und die anderen Kinder starrten Michelle an. Sie erschrak. Vielleicht war es ein Fehler gewesen, daß sie so offenherzig von ihrem Alptraum berichtet hatte.

»Es war ja auch nur ein Traum«, versuchte sie den Eindruck ihrer Erzählung abzuschwächen.

»Bist du sicher, daß es nur ein Traum war?« sagte Sally. »Bist du sicher, daß du nicht die ganze Zeit wach warst?«

»Natürlich bin ich sicher«, sagte Michelle. »Es war ein Traum.« Und dann sah sie den Argwohn, der sich in die Gesichter geschlichen hatte. »Was habt ihr denn alle?«

»Nichts«, sagte Susan Peterson beiläufig. »Außer daß Amanda Carson, als sie vom Kliff stürzte, ein schwarzes Kleid und eine schwarze Haube trug, genau wie das Mädchen, das dir im Traum erschienen ist.«

»Woher weißt du das?« begehrte Michelle zu wissen.

»Jeder weiß das«, sagte Susan selbstzufrieden. »Amanda Carson trug *nur* schwarze Kleider, ihr ganzes Leben lang. Ich weiß es von meiner Großmutter, und die weiß es von ihrer Mutter. Meine Urgroßmutter hat Amanda Carson noch persönlich gekannt.« Susans Augen leuchteten wie im Triumph. Sie sah Michelle herausfordernd an. Wieder senkte sich Schweigen über die Gruppe. Michelle wußte nicht, was sie von alledem zu halten hatte. Hatte Susan die Wahrheit gesagt, oder machten sie sich alle über sie und ihre Träume lustig? Ihr Blick irrte von einem zum anderen. Sally war die einzige, die ihr offen in die Augen sah, aber als Michelle ihr bedeutete, daß sie Hilfe erwartete, zuckte sie nur mit den Schultern. Jeff Benson kaute weiter auf seinem Sandwich herum, er vermied es Michelle anzusehen.

»Es war nur ein Traum!« schrie Michelle. Sie raffte ihre Sachen zusammen und stand auf. »Es war wirklich nur ein Traum, und wenn ich gewußt hätte, daß ihr die Sache so aufbauscht, hätte ich euch gar nichts davon erzählt.«

Bevor einer ihrer Klassenkameraden etwas sagen konnte, war Michelle davongestapft. Am anderen Ende des Rasenplatzes gab es eine Gruppe jüngerer Kinder, die sich mit Seilspringen vergnügten. Ihnen schloß Michelle sich an.

»Ich frage mich, was mit diesem Mädchen los ist«, sagte Susan Peterson, nachdem sie sich vergewissert hatte, daß Michelle außer Hörweite war. Die Blicke der Klassenkameraden richteten sich auf Susan.

»Wie meinst du das, was mit ihr los ist?« fragte Sally Carstairs. »Gar nichts ist mit ihr los!«

»Mit dem Mädchen stimmt was nicht«, sagte Susan, und es klang durch, daß sie über den Widerspruch ärgerlich war. »Dich hat sie gestern doch verpetzt, oder? Warum glaubst du wohl, warum Fräulein Hatcher die Sitzordnung geändert hat? Weil Michelle ihr gepetzt hat, was du gemacht hast.«

»Na und?« konterte Sally. »Wenn sie gepetzt hat, dann doch nur, weil sie nicht wollte, daß du weiterhin böse auf sie bist.«

»Ich finde sie hinterlistig«, sagte Susan. »Ich finde, wir sollten sie ganz links liegenlassen.«

»Das ist gemein.«

»Das ist gar nicht gemein! Das Mädchen ist merkwürdig.«

»Was?«

Susan sprach im Flüsterton weiter. »Ich habe sie vorige Woche mit ihren Eltern zusammen gesehen. Die Eltern sind beide blond, und jeder weiß, daß blonde Eltern kein dunkelhaariges Kind haben können.«

»Ach, das meinst du«, amüsierte sich Sally. »Wenn's dich interessiert: sie ist Adoptivkind. Sie hat's mir selbst erzählt. Was ist so besonderes daran, wenn jemand ein Adoptivkind ist?«

Susans Augen waren zu Schlitzen geworden. »Jetzt ist mir alles klar.«

»*Was* ist dir klar?« fragte Sally.

»Du weißt ganz genau, was ich meine. Niemand weiß, woher sie kommt, und meine Mutter sagt, wenn man von jemandem die Familie nicht kennt, dann kennt man ihn nicht.«

»Aber ich kenne doch ihre Familie«, sagte Sally. »Die Mutter ist sehr nett, und der Vater hat meinen Arm behandelt, zusammen mit Onkel Joe.«

»Ich meine ihre *richtige* Familie«, sagte Susan. Sie maß Sally mit einem verächtlichen Blick. »Dr. Pendleton ist nicht Michelles Vater. Weiß der Teufel, wer ihr Vater ist!«

»Ich mag Michelle«, sagte Sally trotzig. Susan strafte sie mit einem feindseligen Blick.

»Natürlich magst du sie. Dein Vater ist ja auch nur Hausmeister.« Susan Petersons Vater war Inhaber der Paradise Point Bank, und Susan ließ keinen Tag vergehen, ohne ihre Freundinnen daran zu erinnern.

Sally Carstairs fühlte sich verletzt von Susans Grobheit, sie flüchtete sich in Schweigen. Es war nicht fair von Susan, daß sie Michelle ausschloß, nur weil die ein adoptiertes Kind war. Aber Sally fiel nicht ein, was sie dagegen tun konnte. Schließlich kannte sie Susan Peterson von Kind auf, während sie Michelle gerade erst kennengelernt hatte. *Ich werde jetzt gar nichts mehr sagen*, beschloß Sally. *Aber ich werde Michelle die Freundschaft bewahren.*

Das Mittagessen war vorüber. June legte die schmutzigen Teller in den Spülstein. Sie würde in ihr Malstudio zurückgehen und versuchen, die Skizze für das Bild fertig zu machen.

Sie verließ das Haus. Als sie zum Studio hinüberging, glitt ihr

Blick unwillkürlich nach Norden. Ihr fiel ein, was Constance Benson gesagt hatte. Und dann kam ihr ein erschreckender Gedanke.

Wenn Constance Benson so sicher war, daß jener Teil des Kliffs bald ins Meer stürzen würde, warum hatte sie June dann nicht den Rat gegeben, Michelle auch vom Strand fernzuhalten? Warum ließ sie ihren eigenen Sohn am Strand spielen? Sich unter einem wackeligen Felsengebirge aufzuhalten, war mindestens so gefährlich wie obendrauf zu stehen.

Mit plötzlicher Entschlossenheit machte sie sich auf den Weg zum alten Friedhof. Während sie den Pfad entlangeilte, kam ihr ein anderer Gedanke. Wenn das Kliff ins Meer zu stürzen drohte, warum benutzte Mrs. Benson den Weg und nicht die sichere Straße? June beschleunigte ihren Schritt.

Dann stand sie vor dem vermoderten Zaun des Gottesackers. Der Friedhof würde ein wunderschönes Gemälde abgeben. Sie würde schwere Blau- und Grautöne benutzen, der Himmel mußte aussehen wie Blei, und den Zaun würde sie ein bißchen älter, ein bißchen kaputter darstellen, als er eigentlich war. Ein gutes Motiv war der tote Baum, an dem die Schlingpflanzen emporkletterten. Wenn das Bild richtig gemalt wurde, war es ein Anblick zum Fürchten. Inzwischen konnte June gar nicht mehr verstehen, warum Michelle und Sally freiwillig auf diesen Friedhof gegangen waren.

Die Neugier, dachte sie. Die beiden sind ihrer Neugier erlegen.

Die gleiche Neugier zwang June Pendleton, den Pfad zu verlassen und über den zusammengebrochenen Zaun hinwegzugehen.

Die alten Grabsteine mit den ehrwürdigen Inschriften und den merkwürdigen Namen faszinierten sie. Es war wie eine Allee steinerner Zeugen, von denen jeder eine Geschichte erzählte. Auf den Grabplatten war die Geschichte der Carsons eingemeißelt. Bald hatte June vergessen, was Mrs. Benson ihr über die Beschaffenheit des Kliffs gesagt hatte. Nur noch die Gräber und die Inschriften waren wichtig.

Sie war vor Louise Carsons Grabstein angekommen.

GESTORBEN IN SÜNDE A. D. 1880

Was um Himmels willen hatte das zu bedeuten? Wäre als Todesjahr 1680 eingemeißelt gewesen, so hätte sich als Erklärung angeboten, daß die Frau als Hexe verbrannt worden war. Aber eine Hexe im

Jahre 1880? Eines war sicher: Louise Carson hatte kein glückliches Ende gefunden.

June stand vor dem Grab und starrte auf die Inschrift. Sie verspürte Mitleid mit der Frau, deren Sarg vor einem Jahrhundert in diese Erde hinabgesenkt worden war. Wahrscheinlich hat sie ganz einfach im falschen Jahrhundert gelebt, dachte sie. Ein Jahrhundert zu früh. *Gestorben in Sünde.*

So umschrieb man den Tod eines gefallenen Mädchens.

June mußte über sich selbst lächeln. Wie kam sie nur auf so altmodische Worte! *Gefallen.* Wie grausam, wie herzlos das klang.

Ohne über das Für und Wider nachzudenken, kniete sie nieder und rupfte das Unkraut aus dem Beet. Die Wurzeln saßen tief, sie mußte sich anstrengen.

Das Beet vor Louise Carsons Grabstein war beinahe zur Gänze gesäubert, als ein jäher Schmerz sie durchzuckte.

Es war nur ein Stich, aber ihm folgte eine starke Wehe.

Mein Gott, dachte sie, *das ist doch nicht möglich.*

Sie kam auf die Beine und wankte zu dem toten Baum. Sie lehnte sich an den Stamm.

Ich muß nach Hause gehen. – Aber das Haus war zu weit.

Als die nächste Wehe kam, wandte June den Kopf. Die Straße. Aber dort war niemand.

Das Haus von Mrs. Benson. Vielleicht gelang es ihr, bis zum Haus von Mrs. Benson zu kommen. Sobald die Wehe nachließ, würde sie losgehen.

June setzte sich auf den Boden. Nach einer Zeit, die ihr wie eine Ewigkeit vorkam, löste sich die Spannung ihrer Muskeln. Der Schmerz verebbte. Sie versuchte aufzustehen.

»Bleiben Sie, wo Sie sind«, rief eine Stimme. June drehte sich um und erkannte Constance Benson, die den Weg entlanggeeilt kam. June sandte ein Dankgebet zum Himmel, sie ließ sich wieder auf den Boden sinken.

Sie lag auf Louise Carsons Grab und betete, daß ihr erstes Kind nicht hier, nicht auf dem Friedhof zur Welt kommen würde.

Und dann war Constance Benson da, kniete neben ihr, ergriff ihre Hand. June lehnte sich zurück. Die nächste Wehe kam, groß und stark wie eine Woge. June spürte, wie die Fruchtblase barst. *Lieber Gott*, betete sie. *Laß es nicht hier geschehen.*

Nicht auf einem Friedhof.

Siebentes Kapitel

Der Zeiger rückte auf zehn nach drei, die Glocke ertönte. Michelle nahm ihre Bücher, stopfte sie in die grüne Segeltuchtasche und huschte zur Tür des Klassenzimmers.

»Michelle!« Es war Sally Carstairs. Michelle versuchte, ihrem Blick auszuweichen, aber die andere ergriff sie beim Arm und hielt sie fest.

»Sei doch nicht so böse auf mich«, sagte Sally. »Niemand wollte dich beleidigen, am allerwenigsten ich.«

Mißtrauisch sah Michelle ihre Freundin an. Als sie die Traurigkeit in ihren Augen bemerkte, schmolz ihr Widerstand.

»Ich verstehe nicht, warum ihr mir alle etwas einreden wollt, was nicht stimmt«, sagte sie. »Ihr wollt mir einreden, daß ich etwas gesehen habe, was ich *nicht* gesehen habe. Ich habe geschlafen, ich hatte einen Alptraum, und das ist auch schon alles.«

»Laß uns in den Flur rausgehen«, sagte Sally. Ihr Blick wanderte zu Fräulein Hatcher, die noch am Pult saß. Michelle verstand, sie folgte ihrer Freundin in den Schulflur.

»Nun?«

Sally hielt den Blick niedergeschlagen. Sie trat von einem Bein auf das andere. Als sie sprach, geschah es so leise, daß Michelle sie nur mit äußerster Anstrengung verstehen konnte. »Vielleicht hast du wirklich nur einen Alptraum gehabt. Vielleicht auch nicht. Ich habe Amanda nämlich auch gesehen, und ich glaube, Susan Peterson auch.«

»Was? Willst du damit sagen, ihr beide habt den gleichen Traum gehabt wie ich?«

»Ich weiß nicht«, sagte Sally verlegen. »Aber ich habe Amanda gesehen, und das war kein Traum. Erinnerst du dich noch an den Tag, als ich Schmerzen am Arm hatte?«

Michelle nickte. Wie hätte sie das vergessen können? Das war schließlich der gleiche Tag, als auch sie etwas gesehen hatte. Sally hatte die Erscheinung mit dem Schatten der Ulme erklärt.

»Warum hast du mir das nicht schon früher gesagt?« fragte Michelle verärgert.

»Weil ich sicher war, daß du mir nicht glauben würdest«, sagte Sally. Es klang wie eine Bitte um Entschuldigung. »Jedenfalls habe ich das Mädchen gesehen. Ich war im Garten unseres Hauses, und plötzlich spürte ich, wie jemand meinen Arm berührte. Als ich mich umdrehte, bin ich ausgeglitten und hingefallen.«

»Aber was hast du *gesehen?*« bedrängte Michelle ihre Freundin. Sie hatte keinen Zweifel mehr daran, daß Sallys Mitteilungen von äußerster Wichtigkeit waren.

»Ich bin nicht ganz sicher«, erwiderte Sally. »Es war etwas Schwarzes. Ich habe es nur kurz sehen können. Als ich am Boden lag und aufschaute, war das Mädchen nicht mehr da.«

Michelle schwieg. In ihrer Erinnerung erstand der Abend, als sie und ihr Vater das Haus der Familie Carstair verließen. Sie, Michelle, hatte sich umgedreht und zum Haus zurückgeschaut.

Am Fenster war ein Schatten gewesen. Etwas Schwarzes. Bevor sie Sally sagen konnte, was sie an jenem Abend gesehen hatte, erschien Jeff Benson am Ende des Flurs. Er winkte Michelle aufgeregt zu.

»Michelle! Michelle! Meine Mutter ist draußen im Wagen, sie will dich sprechen!«

»Aber ich...«

Jeff schnitt ihr das Wort ab. »Komm sofort raus! Es ist wegen deiner Mutter...«

Sie hörte nicht mehr, was er weiter sagte, sie ließ Sally stehen und rannte den Flur entlang.

»Was ist passiert?« keuchte sie, als sie am Portal ankam.

Jeff nahm sie am Arm und führte sie zum Wagen seiner Mutter. Es war ein betagtes Gefährt, das da am Bordstein parkte. Der Motor lief. Constance Benson saß hinter dem Steuer.

»Was ist los?« stammelte Michelle und kletterte schnell in den Wagen.

»Es ist wegen deiner Mutter«, sagte Mrs. Benson knapp. Sie legte den Gang ein. Es krachte vernehmlich. »Sie ist in der Klinik. Die Wehen haben eingesetzt.«

Michelle schnappte nach Luft. »Aber das Baby sollte doch erst in drei Wochen kommen. Was ist passiert?«

Constance Benson ließ die Frage ohne Antwort verklingen. Sie gab die Kupplung frei und trat das Gas durch. Auf der Fahrt zur Klinik nagte sie an ihrer Unterlippe. Sie schien sich ganz auf die Straße zu konzentrieren.

Michelle saß wie auf heißen Kohlen. Sie hielt eine Zeitschrift auf den Knien, aber die Zeilen verschwammen ihr vor den Augen. Ihr Blick wanderte zur Tür. Früher oder später würde ihr Vater durch diese Tür kommen. Es war, als hätte sie die Klinke mit der Kraft ihrer Gedanken niedergedrückt. Die Tür schwang auf, Cal trat ein. Er strahlte.

»Meinen Glückwunsch, Prinzessin«, sagte er. »Du hast eine Schwester bekommen.«

Michelle sprang auf. Sie lief auf ihn zu und schlang ihm die Arme um den Hals.

»Wie geht's Mutter? Ist sie wohlauf? Wie kommt es, daß...«

»Mutter geht's gut«, sagte Cal und drückte seine Tochter an sich. »Und dem Baby ebenfalls. Was nun das Tempo der Geburt angeht – für deine Mutter und deine kleine Schwester scheinen andere Gesetze zu gelten als für andere Menschen. Dr. Carson sagt, das war die schnellste Entbindung, die er je durchgeführt hat.« Cal achtete darauf, daß alles unbesorgt klang. Dabei machte er sich Sorgen. Die Geburt war zu schnell gegangen. Abnorm schnell. Und es war unklar, warum die Wehen so plötzlich und so früh eingesetzt hatten. Dann hörte er Michelle, die etwas gefragt hatte, er verdrängte den Gedanken an die Ungereimtheiten der Niederkunft.

»Eine Schwester? Ich habe wirklich eine Schwester?«

Cal nickte.

»Kann ich sie sehen? Gleich jetzt? Bitte!« Sie klimperte mit den Augen. Cal zog sie an sich.

»In ein paar Minuten«, versprach er ihr. »Im Augenblick ist die Kleine noch nicht so, daß man sie herzeigen kann. Willst du denn gar nicht wissen, was passiert ist?« Er drückte Michelle auf einen Stuhl und setzte sich neben sie. »Deine Schwester wäre beinahe auf einem Friedhof zur Welt gekommen«, sagte er. Michelle sah ihn verständnislos an. Das Lächeln gefror ihm in den Mundwinkeln.

»Deine Mutter hatte beschlossen, einen Spaziergang zu machen«, sagte er. »Sie befand sich auf dem alten Friedhof, als die Wehen einsetzten.«

»Auf dem Friedhof?« flüsterte Michelle. Die Vorahnung von Unheil beschlich sie. »Was wollte sie denn da?«

»Nur Gott weiß es«, sagte Cal trocken. »Du kennst ja deine Mutter. Es ist schwer vorherzusagen, was sie tut.«

Michelle wandte sich zu Mrs. Benson. »Aber wo war meine Mutter denn, als Sie sie gefunden haben? An welcher Stelle des Friedhofs?«

Constance Benson zögerte. Es widerstrebte ihr, Michelle zu sagen, wo sie June gefunden hatte. Andererseits, warum daraus ein Geheimnis machen? »Sie lag auf Louise Carsons Grab«, sagte sie ruhig.

»Sie lag auf einem Grab?« echote Michelle. Wie entsetzlich! dachte sie. Sie tastete nach der Hand ihres Vaters. »Ist das Baby denn gesund? Ich meine, es ist doch ein böses Vorzeichen, wenn ein Kind auf einem Grab geboren wird.«

Cal erwiderte den Druck ihrer Hand, dann legte er seinen schützenden Arm um sie.

»Was sagst du denn da für Dummheiten! Deine Schwester ist nicht auf irgendeinem Grab zur Welt gekommen, sondern hier, in der Klinik.« Er stand auf und hielt Michelle die Hand hin. »Komm, wir sehen uns die beiden an.« Ohne Constance Benson eines Wortes zu würdigen, verließ er mit seiner Tochter den Empfangsraum der Klinik.

»O Mami, das Baby ist wunderschön«, hauchte Michelle. Sie stand über das Bett gebeugt und betrachtete das winzige Gesicht des Säuglings, der in Junes Armen lag. Das Kleine öffnete ein Auge, wie um Michelle zu antworten, dann glitt das Lid wieder zu.

June sah zu Michelle auf und lächelte. »Was meinst du, sollen wir sie behalten?«

Michelle beantwortete den Scherz mit einem lebhaften Nicken. »Wir behalten sie, und wir nennen sie Jennifer, wie es geplant ist.«

»Oder aber wir lassen sie auf den Namen Louise taufen, zum Andenken an den Ort, wo sie Mami in Angst und Schrecken versetzt hat«, sagte Cal.

»Nein, danke.« June sprach leise, aber ihre Stimme war klar und fest. »In unserer Familie wird es keine Carsons geben.« Sie wechselte einen raschen Blick mit Cal. Er war es dann, der zuerst in eine andere Richtung sah.

»Mutter«, sagte Michelle nachdenklich, »was hast du eigentlich auf dem Friedhof gemacht?«

June gab ihrer Stimme eine fröhliche Note, obwohl ihr nicht lustig zumute war. »Warum sollte ich denn nicht dorthin gehen? Dein Vater hat gesagt, ich muß jeden Tag einen ordentlichen Spaziergang machen. Ich bin am Friedhof vorbeigekommen, und dann hab' ich mir gedacht, geh doch einfach mal rein.« Sie konnte an den Mienen ablesen, daß weder ihr Mann noch ihre Tochter sich mit dieser Erklärung zufriedengeben würden. »Es gab noch einen Grund. Constance Benson hat gesagt, es ist gefährlich, auf den Friedhof zu gehen, ich wollte selbst einmal nachsehen, was es damit auf sich hat. Sie hat gesagt, der Felsen, auf dem der Friedhof steht, stürzt nächstens ins Meer.«

»Mir scheint, die Frau hat nichts als Flausen im Kopf«, sagte Cal. Er schmunzelte. »Genau wie das Fräulein hier.« Er beugte sich über das Bett und streichelte der kleinen Jennifer die Brauen. Das Baby schlug die Augen auf, starrte seinen Vater an und begann zu plärren.

»Wann kommt meine Schwester nach Hause?« fragte Michelle. Sie hatte die Hand nach dem Baby ausgestreckt, aber sie wagte es nicht, das winzige Geschöpf zu berühren.

»Heute noch«, sagte June. »Ebenso wie ich.« Michelle machte große Augen.

»Heute noch? Ich habe gedacht... Ich meine...«

»Du meinst, ich soll in der Klinik bleiben? Hier habe ich nur eine Nachtschwester, die nach mir und dem Baby schaut. Zu Hause dagegen habe ich dich und Vater, die ich herumkommandieren kann.«

Michelle sah ihren Vater an. Der nickte.

»Es gibt keinen Grund, warum die beiden nicht gleich nach Hause kommen sollten.«

»Aber das Kinderzimmer ist doch noch gar nicht fertig«, sagte Michelle.

June strahlte ihre Tochter an. »Dreimal darfst du raten, wer's fertig machen wird«, sagte sie, und dann zählte sie die Dinge auf, die Michelle bereitzulegen hatte, bevor sie und das Neugeborene zu Hause eintrafen. Die Liste wurde so lang, daß Michelle sich in komischer Verzweiflung an ihren Vater wandte.

»Und ich dachte immer, eine Frau, die eben ein Kind geboren hat, ist schwach und müde!«

Cal lachte. »So ist deine Mutter nun mal. Sie findet, eine Geburt ist nichts, wozu sich eine Frau unbedingt ins Bett legen muß. Ich fürchte, wir werden sie festbinden müssen, wenn wir verhindern wollen, daß sie schon morgen früh im Garten herumläuft.«

June hielt die Arme ausgebreitet. Sie drückte ihre große Tochter an sich. »Jetzt gib mir einen Kuß, und dann gehst du raus zu Mrs. Benson, sie fährt dich nach Hause. Du kannst heute abend bei ihr essen, ich habe schon mit ihr gesprochen.«

»Aber wann denn?« wollte Michelle wissen.

»Auf dem Weg hierher«, sagte June stolz. »Und dann will ich dir noch etwas sagen. Ein Baby zu kriegen, ist halb so schwer, wie ich gedacht habe.« Sie gab Michelle frei.

Als das Mädchen den Raum verlassen hatte, legte sie den Säugling an die Brust. Sie tauschte einen Blick stillen Glücks mit ihrem Mann.

»Ist sie nun ein Engel, oder ist sie kein Engel?«

»Sie ist das schönste Mädchen auf der Welt«, sagte Cal.

»Sollen wir nicht besser bei dir bleiben?« bot Mrs. Benson an. Sie hatte den Wagen vor dem Haus der Familie Pendleton angehalten und starrte durch das Seitenfenster zu dem alten Gebäude hinüber, als könnte sie sich gar nicht vorstellen, daß sich ein Kind wie Michelle allein dort hineinwagen würde. Aber Michelle hatte die Wagentür bereits aufgestoßen, sie stieg aus.

»Danke, nein. Ich kann mich schon beschäftigen, bis meine Eltern nach Hause kommen. Meine Mutter hat mir ein paar Dinge aufgetragen, die ich im Kinderzimmer zurechtlegen muß.«

»Wir könnten dir dabei helfen«, sagte Mrs. Benson.

»Das ist wirklich nicht nötig«, kam Michelles Antwort. »Es sind ja nur Kleinigkeiten. Ich mache das gern.« Noch bevor Mrs. Benson etwas erwidern konnte, stellte Michelle die Frage, wann jene sie bei sich zum Abendessen erwartete.

Es war Jeff, der die Antwort gab. »Wir essen immer um sechs. Soll ich dich abholen kommen? Um diese Zeit ist es oft schon sehr neblig draußen.«

»Nicht nötig«, sagte Michelle, die sich über das Angebot ärgerte. Hielt er sie denn für ein Baby, das keinen Schritt allein gehen konnte? »Ich komme um sechs«, sagte sie. »Vielleicht auch schon etwas früher.« Sie winkte Jeff und seiner Mutter zu, dann lief sie die Einfahrt hoch und verschwand im Vordereingang des Hauses.

Michelle schloß die Haustür hinter sich und ging auf ihr Zimmer. Sie ließ ihren Bücherbeutel auf das Bett fallen. Sie zog sich den Pullover aus und legte ihn auf einen Stuhl. Dann ging sie zum Fenstersitz und nahm die Puppe auf.

»Wir haben eine Schwester bekommen, Amanda«, flüsterte sie. Mit dem Namen der Puppe kam die Erinnerung an den Traum und an das Gespräch mit den Freundinnen wieder. »Vielleicht sollte ich dir einen neuen Namen geben«, sagte sie zu der Puppe und schaute ihr tief in die blinden braunen Augen. Aber dann verwarf sie die Idee. »Nein! Ich habe dich Amanda getauft. Du *bist* Amanda, und dabei bleibt es. Hilfst du mir Jennys Zimmer aufräumen?«

Sie nahm die Puppe mit und ging den Flur entlang. Jennifers Zimmer war der Raum neben dem Schlafzimmer der Eltern. Michelle betrat das Kinderzimmer. Sie war unschlüssig, was sie zuerst tun sollte.

Das Zimmer war fertig eingerichtet. Es gab eine Krippe, eine Korbkindertrage und eine Wickelkommode mit Schubladen. Die Wände des Raumes waren frisch gestrichen worden, an den Fenstern hingen lustige, bunte Vorhänge. Auf dem einzigen Erwachsenenstuhl im Kinderzimmer saß ein Stofftier namens Kanga, dem das Baby Roo aus der Bauchfalte schaute. Michelle setzte Amanda neben Kanga und machte sich an die Arbeit.

Sie kam recht schnell weiter mit den Dingen, die ihr die Mutter aufgetragen hatte. Die rosa Decke (rosa, aber für alle Fälle mit einem blauen Rand versehen) fand sich genau an der Stelle, die Michelles Mutter bezeichnet hatte. Sie faltete die Decke sorgfältig zusammen und legte sie in die Korbkindertrage. Dann nahm sie ihre Puppe vom Stuhl und ging ins Elternschlafzimmer. Sie wechselte die Bettwäsche, damit alles schön frisch und einladend war, wenn ihre Mutter zurückkehrte.

Mehrere Male ging sie in Gedanken die Liste der Dinge durch, die June ihr aufgetragen hatte. Soweit sie sich erinnerte, war jetzt alles erledigt. Sie nahm Amanda und kehrte in ihr Zimmer zurück. Sie schüttelte die Schulbücher aus dem Beutel und betrachtete sie mit vorwurfsvollem Blick. Es war unfair, daß sie Schularbeiten machen sollte an dem Tag, wo sie eine kleine Schwester bekommen hatte. Fräulein Hatcher würde sicher Verständnis haben, wenn sie die Schularbeiten heute ausfallen ließ. Sie ging zum Fenstersitz und machte es sich bequem, die Puppe lag in ihrem Schoß.

Michelle sah aus dem Fenster, und dann gingen ihre Gedanken auf Wanderschaft. Wie es wohl bei ihrer eigenen Geburt zugegangen war? Hatte es da auch eine ältere Schwester gegeben, die das Kinderzimmer für sie herrichtete? Wahrscheinlich nicht. Wahrscheinlich war sie nicht einmal vom Krankenhaus in das Haus ihrer leiblichen Mutter heimgeholt worden. Erst die Pendletons hatten ihr ein Heim geboten.

Die Pendletons.

Für Michelle waren die beiden immer Mami und Daddy gewesen. Jetzt erst wurde ihr klar, daß die Pendletons nicht ihre *richtigen* Eltern waren. Es war eine Erkenntnis, die Michelle erschreckte.

Wie ihre richtige Mutter wohl aussah? Warum hatte sie das Neugeborene nicht behalten? Je länger Michelle über die Frage nachdachte, um so einsamer fühlte sie sich. Sie drückte ihre Puppe an sich und küßte sie. Inzwischen bereute sie, daß sie Mrs. Bensons Angebot, bis zum Eintreffen der Eltern bei ihr im Haus zu bleiben, abgeschlagen hatte.

»Ich bin dumm«, sagte sie und erschrak beim Ton ihrer eigenen Stimme. »Ich habe eine wundervolle Mutter und einen wundervollen Vater, und jetzt habe ich sogar eine Schwester. Wen interessiert es denn, wie meine richtige Mutter aussah?«

Mit einem entschlossenen Ruck stand sie vom Fenstersitz auf und ergriff eines der Schulbücher. Anstatt über traurige Dinge nachzudenken, würde sie das Kapitel lesen, das Fräulein Hatcher den Kindern als Lektüre aufgegeben hatte. Sie legte sich auf ihr Bett, klemmte sich Amanda unter den Arm und schlug die Seite auf, wo der Krieg von 1812 behandelt wurde.

Es war halb sechs, als Michelle ihre Schulbücher beiseiteschob. Sie verließ das Haus und ging den Weg am Kliff entlang. Es war noch hell, aber die Luft war kühl und feucht. Ihr Blick eilte den Füßen voraus. Noch bevor sie das Haus von Mrs. Benson erreichte, würde der Nebel von der See heraufwallen und den Weg einhüllen. Es war unangenehm, im Nebel zu gehen. Michelle blieb stehen, und dann war ihr Entschluß gefaßt, sie würde die landeinwärts verlaufende Straße benutzen, nicht den Weg am Kliff. Sie ging zu ihrem Haus zurück und nahm den Stichweg zur Straße. Die Baumwipfel über ihr schwankten und rauschten, und die Tupfen von Rot und Gold inmitten der Blätter gewannen den Kampf gegen das Grau, das mit dem Nebel über das Kliff emporstieg. Als Michelle auf der Höhe des alten Friedhofs angekommen war, warf sie einen Blick nach

Osten. Der Nebel war die Steilwand hochgekrochen und wälzte sich auf sie zu, das Licht der sinkenden Sonne brach sich in den Schwaden, ließ den wabernden Dunst rot aufglühen, wurde verschlungen vom kalten Grau der Wogen, die jenseits der Steilwand ans Ufer brandeten.

Michelle war stehengeblieben. Wie gebannt betrachtete sie die Nebelschwaden, die sich immer näher auf sie zuschoben. Sie sah, wie die weiße Wand den Friedhof erreichte, die milchige Flut umspülte die Kreuze, und dann war nur noch die verkrüppelte Eiche zu sehen. Nach einer Weile hatte das wallende Weiß auch die Krone der Eiche erreicht. Das Gerippe verblaßte.

Plötzlich bewegte sich etwas im Nebel.

Die Umrisse der Gestalt waren zunächst nicht klar zu erkennen. Ein dunkler Schatten vor grauem Hintergrund, nicht mehr.

Michelle verließ die Straße. Zögernd ging sie auf den Friedhof zu.

Der Schatten kam auf sie zugeschwebt, wurde dunkler und nahm Gestalt an.

Es war ein junges, schwarzgekleidetes Mädchen. Ein Mädchen, das eine Haube trug.

Das Mädchen, das Michelle im Traum gesehen hatte.

War es wirklich nur ein Traum gewesen?

Die Furcht umfing ihr Herz. Sie spürte die Kälte, die an ihr hochwallte.

Die merkwürdige Gestalt bewegte sich genauso schnell wie der Nebel. Sie kam immer näher. Michelle war stehengeblieben. Sie starrte das Mädchen an. Ob ich das nur träume?

Der Nebel hatte das schwarzgekleidete Mädchen eingehüllt. Ein paar Herzschläge lang blieb die Gestalt verschwunden. Dann fuhr der Wind in die Schwaden hinein, das Weiß klaffte auf.

Das Mädchen stand jetzt vollkommen still. Der Blick der leeren Augen war auf Michelle gerichtet, und Michelle erkannte das milchige Weiß der Pupillen wieder, das ihr in der vergangenen Nacht an dem Mädchen aufgefallen war.

Die schwarze Gestalt hob den Arm und winkte ihr zu.

Unwillkürlich tat Michelle einen Schritt vorwärts.

Die merkwürdige Vision verschwand.

Michelle zitterte vor Angst.

Der Nebel war jetzt an ihren Füßen angelangt. Das Weiß kroch ihre Beine hoch, weiche Fühler aus Dunst, Feuchtigkeit und Kühle.

Die Fühler winkten, wie vorher das Mädchen gewinkt hatte, eine sanfte, lockende Bewegung.

Michelle ging langsam rückwärts, der Nebel folgte ihr. Und dann berührten ihre Füße das Straßenpflaster, der Bann war gebrochen. Sekunden zuvor war ihr der Nebel noch wie ein Lebewesen erschienen. Jetzt war es nur noch Wasserdampf, der von der Brise aufs Land getrieben wurde.

Es war ein düsterer Septembertag. Die Schwärze des Abends war nahe, und Michelle rannte die Straße entlang, auf das Haus von Mrs. Benson zu, das ihr Schutz bieten würde.

»*Hi*«, sagte Jeff. Er hatte ihr die Tür geöffnet. »Ich wollte gerade losgehen und dich abholen. Du hattest gesagt, du kommst um sechs.«

»Aber es ist doch noch nicht sechs«, sagte Michelle. »Ich bin um halb sechs von zu Hause losgegangen, und bis hierher ist es doch nur ein paar Minuten.«

»Es ist jetzt halb sieben«, sagte Jeff und deutete auf die altmodische Standuhr, die den Flur des Hauses beherrschte. »Warum hast du so lange gebraucht? Warst du etwa noch auf dem Friedhof?«

Michelle beobachtete ihn aus den Augenwinkeln. Sie las Neugier, weiter nichts. Sie wollte ihm gerade von der Erscheinung des Mädchens berichten, als ihr das Gespräch einfiel, das sie mittags mit ihm und den Freundinnen geführt hatte. Sie änderte ihren Entschluß.

»Wahrscheinlich geht unsere Wanduhr falsch«, sagte sie. »Was gibt's zum Abendessen?«

»Schmorfleisch«, sagte Jeff. Er zog ein Gesicht und führte Michelle ins Wohnzimmer, wo sie von seiner Mutter erwartet wurden.

Constance Benson empfing Michelle mit mißtrauischen Blicken. »Wir haben uns schon Sorgen gemacht. Ich wollte gerade Jeff losschicken, um nachzusehen, wo du bleibst.«

»Es tut mir leid«, sagte Michelle. Sie ließ sich auf ihren Stuhl gleiten. »Ich glaube, unsere Uhr geht nach.«

»Entweder geht eure Uhr nach, oder du hast getrödelt«, sagte Mrs. Benson streng. »Ich finde es nicht gut, wenn ein Mädchen trödelt.«

»Der Nebel war schuld«, sagte Michelle. »Als der Nebel vom Meer kam, bin ich stehengeblieben und habe zugesehen.«

Michelle nahm sich von dem Schmorfleisch und begann zu essen. Sie bekam gar nicht mit, daß Jeff und seine Mutter sie erstaunt anstarrten.

Mrs. Bensons Blick wanderte zum Fenster. Nebel, dachte sie. Ich habe keinen Nebel gesehen.

Für Constance Benson war es ein herrlich klarer Abend.

Achtes Kapitel

Cal hob den Arm und griff nach Junes Hand. Er drückte sie, und June fühlte sich umfangen von seiner Liebe und Zärtlichkeit. Sie waren schon fast zu Hause. Cal fuhr langsam, wich den Schlaglöchern aus und seufzte erleichtert auf, als das Haus in Sicht kam. Er bog in die Einfahrt ein.

Er fuhr so nahe ans Haus heran, wie es ging. Er nahm seiner Frau das Baby aus den Armen. »Ich gehe vor und lege Jennifer in ihr Bettchen. Warte hier, ich bin gleich zurück.«

»Ich bin kein Krüppel«, sagte June. Sie wand sich aus dem Wagen und ging auf die Eingangstür des Hauses zu. »*Ein bißchen zittrig, aber auf den eigenen zwei Beinen. Na, woraus ist das?*«

»Aus *Wer hat Angst vor Virginia Woolf*. Aber es paßt nicht hierher. In dem Theaterstück sagt das ein Betrunkener.«

»Einen Drink könnte ich brauchen«, sagte June. »Aber das kommt wohl nicht in Frage.«

»Ganz recht«, sagte Cal, »das kommt nicht in Frage.« Er legte sich die kleine Jennifer in die Armbeuge und bot June den freien Arm. Die hängte sich dankbar ein.

»Ich gebe zu, das Baby zu bekommen war nicht ganz so leicht, wie ich behauptet habe. Ich freue mich auf das Bett.«

Sie gingen in das dunkle Haus hinein. June wartete am Fuß der Treppe. Cal ging hinauf und brachte Jennifer ins Kinderzimmer. Er kam recht schnell zurück. June stützte sich auf ihn, sie gingen die Stufen hinauf.

»Ich hoffe, ich brauche jetzt nicht die Sachen für das Baby zusammensuchen«, sagte sie, als sie oben ankamen. »Ist das Kinderzimmer okay?«

»Alles ist okay, du brauchst dich nur noch ins Bett zu legen. Michelle hat das Laken sogar schon aufgedeckt für dich, du brauchst wirklich nur noch reinzusteigen. Sie hat uns übrigens einen Zettel geschrieben. Wir sollen sie bei Mrs. Benson anrufen, sobald wir ankommen.«

»Als ob wir das nicht auch ohne Zettel getan hätten«, schmunzelte June. »Michelle, die Perfektionistin.«

Sie zog sich den Morgenmantel und das Nachthemd aus, das man ihr in der Klinik gegeben hatte. Bevor sie sich ihr Flanellhemd anzog, betrachtete sie ihre Nacktheit im Spiegel.

»Bist du sicher, das Kind ist schon auf der Welt, Cal? Ich sehe aus, als ob ich noch schwanger wäre.«

»Die Figur behältst du noch zwei oder drei Wochen«, sagte er. »Das ist völlig normal. Das Gewebe muß sich zurückbilden. Und jetzt ins Bett mit dir.«

»Zu Befehl, Sir«, sagte June. Der militärische Gruß gelang ihr nicht ganz, so schwach war sie. Sie schwang sich aufs Bett und ließ sich in die Kissen zurücksinken. »Sehr schön«, sagte sie. »Ich bin wieder daheim.« Sie lächelte ihrem Mann zu. »Holst du bitte Jennifer rein und gibst sie mir? Und dann sei so nett und ruf Michelle an, ich bin sicher, sie hat uns vorbeifahren gesehen.«

Cal brachte ihr das Baby, dann nahm er das Telefon ab. »Sie hat sogar die Nummer von Mrs. Benson auf den Zettel geschrieben«, sagte er.

»Es hätte mich gewundert, wenn sie das vergessen hätte.« June öffnete ihr Nachthemd und legte das Baby an die Brust. Gierig begann Jennifer zu saugen.

»Mrs. Benson, ist Michelle bei Ihnen?« Cals Blick blieb auf seine Frau und seine kleine Tochter gerichtet. Er war stolz. Er streichelte Jennifer über das Köpfchen, und dann ertönte Michelles Stimme in der Muschel.

»Daddy? Seid ihr schon zu Hause? Wie geht's Mutter?«

»Wir sind zu Hause, jawohl und deiner Mutter geht's gut, dem Baby geht's gut, und mir geht's gut. Du kannst nach Hause kommen, wann du willst, aber beeil dich, deine Schwester trinkt und wächst, und wenn du sie noch als Baby wiedersehen willst, mußt du in den nächsten zehn Minuten hier sein.«

Michelle schwieg. Als sie sich wieder meldete, klang eine Unsicherheit in ihrer Stimme mit, die Cal nicht an ihr kannte.

»Daddy, würdest du mich bitte mit dem Wagen abholen?«

Cals Gesicht verfinsterte sich. June, überrascht von der Veränderung, sah ihn neugierig an.

»Ich soll dich abholen? Aber es sind doch nur ein paar hundert Schritte...«

»Bitte«, sagte Michelle. »Nur dies eine Mal.«

»Warte einen Moment«, sagte er. Er hielt die Muschel zu und wandte sich an June.

»Sie will, daß ich sie abhole. Ich versteh' das nicht.«

June zuckte die Schultern. »Wenn sie das sagt, hol sie ab.«

»Ich weiß nicht... dich so allein lassen...«

»Mir fehlt nichts. In fünf Minuten bist du ja wieder da. Was kann schon sein? Ich bleibe im Bett und gebe Jennifer die Brust.«

Cal zog seine Hand von der Sprechmuschel. »Also gut, Prinzessin. In ein paar Minuten bin ich da. Hältst du dich bereit?«

»Wenn du ankommst, stehe ich an der Tür«, antwortete Michelle. Ihre Stimme klang jetzt fester und selbstbewußter.

Cal verabschiedete sich von ihr und legte den Hörer auf die Gabel zurück. »Ich verstehe das nicht, sie ist doch sonst so selbständig, und auf einmal möchte sie, daß ich sie abhole, obwohl es doch gerade fünfhundert Schritte sind.«

»Mich überrascht das nicht«, sagte June in sanftem Ton. »Es ist dunkel, und der Weg geht am Friedhof vorbei. Außerdem hat sich heute alles um das Baby gedreht, sie war völlig abgemeldet. Ich vermute, daß sie ganz einfach etwas auf sich aufmerksam machen will. Mein Gott, Cal, das Kind ist zwölf. Ich glaube, manchmal vergessen wir das.«

»Aber sie ist ganz verändert, June! Sie weiß, daß hier im Haus alles mögliche zu tun ist, und...«

»Was zu tun war, hat sie schon getan«, sagte June. »Und jetzt fahr los und hol sie ab. Du könntest schon wieder hier sein, wenn du nicht soviel reden würdest.«

Cal zog sich den Mantel an. Er küßte seine Frau und das Baby, dann verließ er das Haus.

Cal wollte gerade auf die Hupe drücken, als sich die Haustür öffnete. Michelle kam aus Mrs. Bensons Haus. Sekunden später saß sie neben ihm.

»Danke, daß du mich abholst«, sagte sie, als ihr Vater den Gang einlegte.

Cal musterte sie mit unverhohlener Neugier. »Seit wann hast du Angst im Dunkeln?«

Michelle drückte sich ins hinterste Eck des Beifahrersitzes. Sie schwieg. Cal tat seine Bemerkung leid. »Es ist nicht schlimm«, sagte er rasch, »ich hol' dich ja gern ab, und deine Mutter gibt dem Baby die Brust, die kommt für fünf Minuten auch ohne mich aus. Alles ist in bester Ordnung, verstehst du. Aber sag mir trotzdem: Vor was hast du Angst?«

Michelles Zorn war verflogen. Sie rückte näher zu ihrem Vater. »Ich weiß nicht«, druckste sie herum. Sie würde ihm nichts von der Gestalt erzählen, die ihr im Nebel erschienen war. »Ich glaube, es ist nur, weil ich Angst habe, im Dunkeln am Friedhof vorbeizugehen.«

»Hat Jeff dir Gespenstergeschichten erzählt?« erkundigte sich Cal. Michelle schüttelte den Kopf.

»Jeff glaubt nicht an Gespenster. Jedenfalls sagt er das.« Sie ließ durchklingen, daß es möglicherweise einen Unterschied gab zwischen dem, was Jeff sagte, und dem, was er dachte. »Aber heute abend ist es so dunkel, daß ich den Weg nicht allein gehen wollte. Es tut mir leid.«

»Aber das macht doch nichts.«

Den Rest der Fahrt schwiegen sie.

»Du warst ja recht fleißig heute nachmittag.«

June hatte die schlafende Kleine in ihrer Armbeuge liegen und sprach mit Michelle. Sie bedeutete ihr, zum Bett zu kommen und sich auf die Kante zu setzen. »Das hast du wunderbar gemacht. Du warst sicher den ganzen Nachmittag damit beschäftigt.«

»Es ging ganz schnell«, wiegelte Michelle ab. Sie hatte nur noch Augen für das Baby. »Wie klein es ist!«

»Sie werden alle in dieser Größe geliefert«, pflaumte June. »Möchtest du sie mal halten?«

»Darf ich das?« Sie war ganz aufgeregt.

»Hier hast du sie.« June richtete sich auf und reichte ihrer Tochter den Säugling. Dann lehnte sie sich in ihre Kissen zurück. »Du mußt sie halten, wie man eine Puppe hält«, sagte sie. »Der Körper muß Halt finden in deiner Armbeuge.«

Michelle drückte das kleine Wesen an sich, der Kopf kam auf ihre Brust zu liegen. Jennifer öffnete die Augen, plötzlich machte sie ein Bäuerchen.

»Mache ich alles richtig so?«

»Du machst es völlig richtig. Wenn sie zu schreien anfängt, nehme ich sie wieder. Solange sie nicht schreit, ist alles in Ordnung.« Es war, als ob Jennifer die Worte ihrer Mutter bestätigen wollte. Sie schloß die Augen und schlief ein.

»Sag mir alles«, brach es aus Michelle hervor. Sie sah ihrer Mutter in die Augen.

»Da gibt's nicht viel zu berichten. Ich habe einen Spaziergang gemacht, und da haben die Wehen begonnen. Das ist schon alles.«

»*Auf dem Friedhof*«, sagte Michelle. »Die Wehen haben auf dem Friedhof begonnen. War dir das nicht unheimlich?«

»Warum denn?«

»Es war doch ein paar Wochen vor dem errechneten Termin. Was ist passiert?«

»Gar nichts ist passiert. Jenny hat sich entschlossen, ein bißchen früher zu kommen, das ist das ganze Geheimnis.«

Michelle dachte über die Worte ihrer Mutter nach. Schweigen hing im Raum. Als sie weitersprach, geschah es mit einem leisen Zögern. »Was hattest du denn an Louise Carsons Grab zu suchen, Mami?«

»An irgendeinem Grab mußte es schließlich passieren, oder? Ich sagte dir doch, ich war auf dem Friedhof, als die Wehen begannen.« June achtete darauf, ohne besonderen Nachdruck zu sprechen. Sie würde Michelle um so leichter überzeugen, je leiser sie sprach. Warum ist es mir so wichtig, meine Tochter zu überzeugen, dachte sie.

»Hast du die Inschrift auf dem Grabstein gesehen?« fragte Michelle.

»Natürlich habe ich die gesehen.«

»Und was bedeutet diese Inschrift?«

»Gar nichts«, sagte June. Sie streckte die Arme aus. Die kleine Jennifer war aufgewacht, sie hatte zu schreien begonnen. Widerstrebend gab Michelle ihrer Mutter das Baby zurück. »Ich gebe ihr nur zu trinken«, sagte June. »Dann kannst du sie wieder halten.«

Michelle stand auf. Sie war unschlüssig, ob sie im Raum bleiben sollte, während ihre Mutter das Baby säugte. »Würdest du etwas Tee aufsetzen?« sagte June. »Und sag deinem Vater bitte, er soll raufkommen, ja?«

June sah Michelle nach, die zur Tür ging. Dann war sie allein mit

Jennifer. Das Kind lag an ihrer Brust und trank. June versuchte sich zu entspannen, aber das gelang ihr nicht. Irgend etwas stimmte nicht mit Michelle. Sehr wahrscheinlich hatte es mit dem Friedhof zu tun? Was war mit dem Mädchen passiert?

Michelle lag wach im Bett. Sie lauschte in die Stille hinein. Es war so leise im Haus, daß sie Angst beschlich.
Und das war wohl auch der Grund, warum sie nicht schlafen konnte.
Die Stille.
Der Flur. Sie mußte den Flur entlanggehen. Am Ende des Korridors war Leben. Da waren die anderen. Da waren ihr Vater, ihre Mutter, ihre kleine Schwester. Alle waren dort, nur sie nicht.
Sie stand auf, zog sich ihren Morgenrock an und verließ ihr Zimmer.
Vor dem Schlafzimmer ihrer Eltern angekommen, blieb sie stehen. Sie lauschte eine Weile, dann drehte sie den Türknopf und trat ein.
»Mami?«
June wälzte sich auf die andere Seite. Sie öffnete die Augen und war überrascht, Michelle vor ihrem Bett stehen zu sehen. »Wieviel Uhr ist es?«
»Erst elf«, sagte Michelle kleinlaut. June setzte sich aufrecht. »Was ist los?«
»Ich kann nicht schlafen.«
»Du kannst nicht schlafen? Warum nicht?«
»Ich weiß nicht, Mami.« Michelle setzte sich zu ihrer Mutter auf die Bettkante. »Vielleicht habe ich zuviel Tee getrunken.«
June lächelte. »Das ist bei Kaffee, Kleines, nicht bei Tee.« Sie spürte, wie Cal neben ihr eine Bewegung machte. Das Baby begann zu schreien, und dann wachte Cal auf. Er knipste die Lampe an und sah Michelle auf dem Bett sitzen.
»Was tust du hier? Hast du das Baby aufgeweckt?«
June sah, daß Michelle den Tränen nahe war. »Das Baby schreit, weil es Hunger hat«, sagte sie geistesgegenwärtig. »Und Michelle ist hier, weil sie nicht schlafen kann. Sei doch so gut, Cal, und gib mir Jenny, und könntest du dann auch runtergehen und den Tee warmmachen? Michelle bleibt solange bei mir und sieht zu, wie ich Fräulein Nimmersatt stille.« Sie kniff Michelle ein Auge zu.

»Ich hole Jennifer«, bot sie an.

Cal war aufgestanden. Seufzend zog er sich seinen Morgenmantel über. Er ging hinaus, und sie hörten, wie er die Treppe hinunterstapfte. Er war kaum außer Hörweite, als June ihn in Schutz nahm. »Er hat das nicht so gemeint«, sagte sie. »Er ist nur aus dem Schlaf aufgestört worden, weißt du.«

»Ist schon gut«, sagte Michelle teilnahmslos. »Tut mir leid, daß ich euch gestört habe. Ich habe mich nur so einsam gefühlt.«

»Es ist ein großes Haus, das stimmt.« Sie sann über die eigenen Worte nach. »Vielleicht solltest du in ein Zimmer umziehen, das näher zu uns liegt«, schlug sie vor.

»Nein, nein«, sagte Michelle rasch. »Ich liebe mein Zimmer heiß und innig. Ich spüre irgendwie, daß ich dahingehöre. Seit ich Mandy gefunden habe...«

»Mandy? Ich denke, du hast sie Amanda getauft.«

»Mandy und Amanda, das ist dasselbe. Genau wie mich manche Freundinnen Mickey nennen. Mickey... Uff! Mandy, das klingt viel schöner.«

Cal kam zurück, er brachte ein Tablett, auf dem drei dampfende Tassen Tee standen. »Nicht, daß ihr euch an den nächtlichen Zimmerservice gewöhnt«, sagte er. »Wenn Jennifer was trinken will, bedeutet das nicht, daß die ganze Familie ein Picknick machen muß. Und du, kleines Fräulein, du mußt schon lange im Bett sein. Du mußt morgen früh aufstehen.«

»Das ist kein Problem«, sagte Michelle. »Ich habe mich nur so allein gefühlt.« Sie nahm einen Schluck aus ihrer Tasse, dann stand sie auf. »Bringst du mich zu Bett, Vater?«

Cal grinste. »Ich glaube, es ist jetzt ein paar Jahre her, daß ich dich noch schlafengelegt habe.«

»Nur diesmal«, bettelte Michelle.

Cal tauschte einen Blick mit seiner Frau. »Also gut«, sagte er. »Trink deinen Tee aus, dann geht's los.«

Michelle trank aus, gab ihrer Mutter einen Gutenachtkuß und folgte ihrem Vater den Flur entlang zu ihrem Zimmer.

Sie kletterte ins Bett, zog die Decke bis zum Kinn und bot ihrem Vater die Wange zum Kuß. Er beugte sich hinab und küßte sie.

»Du wirst sehen, du bist in Null Komma nichts eingeschlafen.« Er wollte gerade das Licht ausknipsen und zu seiner Frau zurückkehren, als Michelle ihn bat, ihr die Puppe zu holen.

»Sie ist auf dem Fenstersitz. Bist du so nett und gibst sie mir?«

Cal hob die antike Puppe hoch und betrachtete den Kopf aus Porzellan. »Sieht nicht sehr lebendig aus«, sagte er und gab die Puppe seiner Tochter. Sie steckte die Puppe unter die Bettdecke, nur den Kopf ließ sie herausschauen.

»Sie ist lebendiger, als du denkst«, sagte sie. Er lächelte ihr zu, dann löschte er das Licht. Er zog die Tür leise hinter sich zu und ging auf Zehenspitzen den Korridor entlang.

Wieder war Michelle allein. Stille umfing sie. Als die Dunkelheit immer bedrückender wurde, umschlang sie ihre Puppe.

»Es ist anders gekommen, als ich dachte«, flüsterte sie. »Ich habe mich so sehr auf Jenny gefreut, aber jetzt, wo sie da ist, freue ich mich gar nicht mehr. Die drei sind da hinten, und hier bin ich, allein. Mami kümmert sich nur noch um Jennifer. Was bleibt mir da noch?«

Dann kam ihr ein Gedanke.

›Du bleibst mir, Mandy. Ich werde mich um dich kümmern. Ich könnte...‹

Sie hielt die Puppe an sich gepreßt, die Tränen flossen ihr über die Wangen. ›Ich werde für dich sorgen, mein Kleines, so wie meine Mami für Jenny sorgt. Wie würde dir das gefallen? Ich werde deine Mutter sein, Amanda. Du bekommst alles von mir, was du willst. Dafür wirst du bei mir bleiben, das wirst du doch, oder? Ich will nie wieder einsam sein.‹

Weinend, die Puppe ans Herz gedrückt, glitt Michelle in den Schlaf hinüber.

Neuntes Kapitel

Es war Samstag. Michelle erwachte vom Zirpen der Vögel. Sie blieb in ihrem Bett liegen und schwelgte in dem Gedanken, daß dies ein Tag war, wo sie sich nicht zu beeilen brauchte. Es war einer jener Vormittage, wo es auf ein paar Minuten nicht ankam. Sie würde sich an den Sonnenstrahlen erfreuen, die in ihr Zimmer fielen. Heute war ein guter Tag.

Sie freute sich auf das Picknick in der kleinen Bucht.

Sie war zunächst unschlüssig gewesen, ob sie hingehen sollte zu diesem Picknick. Erst heute früh war die Entscheidung gefallen. Nach drei Tagen tat die Beleidigung, die Susan Peterson ihr zugefügt hatte, nicht mehr so weh. Sogar die Erinnerung an das schwarzgekleidete Mädchen, das ihr einmal im Traum und dann auf dem Friedhof erschien, war verblaßt. Seit Jennifer auf der Welt war, gab es so viele Dinge, über die Michelle nachzudenken hatte. Das schwarze Mädchen, das mit lockender Gebärde zwischen den Gräbern gestanden hatte, schien nicht mehr so wichtig.

Sie spürte die Sonne auf ihrem Gesicht. Ein fröhlicher Tag. Worüber habe ich mir die letzten Tage überhaupt Sorgen gemacht? Worüber und warum? Warum habe ich Sally Carstairs, als sie gestern anrief, gesagt, daß ich nicht zum Picknick komme? Natürlich gehe ich zum Picknick. Wenn Susan Peterson mich wieder ärgern will, werde ich einfach nicht hinhören.

Nachdem die Entscheidung getroffen war, stand Michelle auf. Sie zog sich ihre alten Jeans an, ein T-Shirt und ihre Tennisschuhe. Sie wollte den Raum verlassen, als ihr Blick auf die Puppe fiel. Amanda lag in den Kissen. Michelle hob sie auf und setzte sie auf den Fenstersitz.

»So«, sagte sie zärtlich. »Du kannst jetzt den ganzen Tag in der Sonne sitzen. Sei ein braves Mädchen.« Sie beugte sich vor und küßte sie Puppe auf die Wange. Es war eine Geste, die sie ihrer Mutter abgesehen hatte, genauso machte Mutter es, wenn sie die kleine Jennifer liebkoste. Sie verließ das Zimmer und zog die Tür hinter sich ins Schloß.

»Gute Idee, daß du deinem Vater helfen willst«, sagte June, als Michelle die Küche betrat. Sie stand am Herd, vor der Pfanne, in der die Spiegeleier brutzelten, und begutachtete die zerschlissenen Jeans ihrer Tochter. »Zünftig, zünftig.« Sie nickte ihr zu. Und dann: »Schau mich nicht so komisch an, ich gehe ja gleich ins Bett zurück. Frühstücken werde ich ja wohl noch dürfen. Ich muß mich etwas bewegen, weißt du, ich bin jetzt schon drei Tage im Bett, da wird man ganz verrückt!« Sie sah, daß Michelle ihr widersprechen wollte, und kam ihr zuvor. »Im Kühlschrank ist eine Kanne mit Orangensaft, bedien dich.«

Michelle öffnete den Kühlschrank und nahm die Kanne Saft heraus. »Bei was soll ich Daddy helfen?« fragte sie.

»Bei der Umgestaltung des Wäscheraums.«

»Aha.«

»Willst du ihm denn nicht helfen?« wunderte sich June. Normalerweise war Michelle kaum zu bremsen, wenn sich irgendeine Gelegenheit bot, etwas zusammen mit Cal zu tun. Jetzt aber sah es fast so aus, als wollte sie kneifen.

»Es ist nicht, daß ich Daddy nicht helfen will«, sagte Michelle zögernd. »Es ist nur... wir haben heute ein Picknick geplant.«

»Ein Picknick? Davon hast du uns ja gar nichts gesagt.«

»Ich war ja auch noch nicht sicher, ob ich hingehen würde. Ich hab' mich erst heute früh nach dem Aufstehen entschieden, daß ich mitmache. Ich darf doch hingehen, oder?«

»Natürlich darfst du hingehen«, sagte June. »Was sollst du denn zum Essen mitbringen?«

»Wo gibt's was zu essen?« fragte Cal. Er kam gerade die Kellertreppe herauf.

»Wir sind zu einem Picknick verabredet«, erklärte Michelle. »Ich und Sally und Jeff und noch ein paar andere aus der Klasse. So etwas wie der letzte Tag am Strand, verstehst du.«

»Bedeutet das, du wirst nicht mithelfen, wenn ich den Wäscheraum ummodele?«

»Stell dir einmal vor, du wärst ein Kind«, sagte June zu ihrem Mann. »Würdest du da ein Picknick sausen lassen, um deinem Vater beim Werkeln zu helfen?« Sie verteilte die Eier auf drei Teller und schob ihren Mann und Michelle ins Wohnzimmer. »Vielleicht nehme ich Jenny und komme auch zum Picknick.«

»Das geht nicht«, protestierte Michelle. »Nur Kinder nehmen teil.«

»Ich habe nur Spaß gemacht«, sagte June rasch. »Ich könnte dir ein paar gefüllte Eier zubereiten, die du deinen Freunden zum Picknick mitbringst, was hältst du davon?«

»O Mami, würdest du das wirklich tun?«

»Aber gern. Um wieviel Uhr steigt dein Picknick?«

»Wir treffen uns um zehn unten in der Bucht.«

»Na großartig«, sagte June. Sie schüttelte den Kopf. »Du hättest mir wirklich etwas früher Bescheid sagen können, Michelle! Jetzt bleibt mir ja kaum noch Zeit, die Eier zuzubereiten, und kalt werden sie bis dahin auch nicht mehr.«

»Du wirst überhaupt keine Eier für die Kinder machen«, sagt Cal zu June, und dann wandte er sich zu Michelle. »Ich habe deiner Mutter erlaubt aufzustehen, weil sie mir versprochen hat, daß sie gleich nach dem Frühstück wieder ins Bett geht. Wenn du gefüllte Eier zum Picknick mitnehmen willst, dann mußt du sie dir selbst zubereiten.«

»Aber ich weiß doch gar nicht, wie das geht.«

»Dann mußt du es eben lernen. Du bist jetzt schon ein großes Mädchen, und deine Mutter hat ein Baby, um das sie sich kümmern muß.« Als er das bestürzte Gesicht seiner Tochter sah, beschloß er nachzugeben. »Ich mach' dir einen Vorschlag. Nach dem Frühstück stecken wir deine Mutter ins Bett, du machst den Abwasch, und ich kümmere mich um die Eier fürs Picknick. Einverstanden?«

Michelles Miene hellte sich wieder auf. Alles war wieder gut. Und doch war alles anders, als sie es sich vorgestellt hatte. Sie begann abzuräumen. Jenny ist schuld, dachte sie. Seit Jenny auf der Welt ist, hat sich alles geändert.

Es gefiel ihr nicht. Es gefiel ihr ganz und gar nicht.

Michelle lief den steilen Weg hinab, der zur Bucht führte. Es war schon halb elf, sie würde die Letzte sein. Sie trug die Eier in einer Tasche bei sich, ihr Vater hatte sie zubereitet. Die Eier waren noch warm, genau wie ihre Mutter vorausgesagt hatte. Hoffentlich merkte das niemand.

Sie konnte die anderen schon sehen. Hundert Schritte weiter nördlich sprangen sie auf den Klippen herum, folgten den Wogen, die sich mit der Ebbe ins Meer zurückzogen. Jeff war der Anführer, die anderen folgten. Am Strand war nur noch ein Kind. Michelle erkannte Sally Carstairs an ihrem blonden Haar.

Als Michelle den Strand erreicht hatte, begann sie zu laufen. »He!« schrie sie. »He!« Sally sah auf und winkte ihr zu.

»Tut mir leid, daß ich zu spät komme. Mein Daddy ist erst jetzt mit den Eiern fertig geworden. Glaubst du, die andern werden was sagen, weil die Eier nicht richtig kalt sind?«

»Das ist doch nicht so wichtig. Ich hatte Angst, du kommst gar nicht mehr.«

Michelle warf Sally einen scheuen Blick zu. »Beinahe wäre ich ganz weggeblieben. Aber es ist so ein schöner Tag...« Sie verstummte. Sally folgte ihrem Blick und sah Susan Peterson, die neben Jeff auf einem Felsen niederkniete. »Um die mußt du dich gar nicht kümmern«, sagte Sally. »Wenn sie dich wieder ärgern will, achte gar nicht darauf. Sie versucht das bei jedem, nicht nur bei dir.«

»Woher weißt du, daß mir Susan so schwer im Magen liegt?«

Sally kniff die Augen zusammen. »Weil ich mich auch oft über dieses Mädchen ärgere. Weil ihr Vater die Bank hat, meint sie, sie muß sich groß aufspielen.«

»Magst du sie nicht leiden?«

»Ich weiß nicht«, sagte Sally gedankenverloren. »Darüber hab' ich mir noch nie den Kopf zerbrochen. Wir kennen uns eben von klein auf an, weißt du, sie ist immer meine Freundin gewesen.«

»Das ist schön«, sagte Michelle. Sie setzte sich auf die Wolldecke neben Sally und griff sich eine offene Dose Cola. »Kann ich einen Schluck davon haben?«

»Kannst du austrinken«, sagte Sally. »Ich mag nicht mehr. Warum hast du vorhin gesagt, das ist schön?«

»Sich immer schon gekannt zu haben, das ist schön. Ich habe niemanden, den ich immer schon gekannt habe.« Sie senkte ihre Stimme zum Flüsterton. »Manchmal frage ich mich, wer ich eigentlich bin.«

»Du bist Michelle Pendleton. Wer solltest du sonst sein?«

»Ich bin ein Adoptivkind«, sagte Michelle gedehnt.

»Na und? Du bist immer noch du selbst.«

Michelle verspürte plötzlich das Bedürfnis, das Thema zu wechseln. Sie stand auf. »Komm, wir gehen mal schauen, was die anderen gefunden haben.« Die Gruppe stand um Jeff geschart, der etwas in der Hand hielt.

Es war ein kleiner Tintenfisch, im Durchmesser nicht größer als ein Zeigefinger. Das Tier lag auf Jeffs Handfläche und rang hilflos seine Fangarme. Als Michelle und Sally näherkamen, hielt ihnen Jeff den Tintenfisch entgegen.

»Möchtet ihr ihn einmal halten?« Es war eine Herausforderung. Sally wich erschrocken zurück, aber Michelle streckte die Hand aus, zögernd zuerst, dann mit grimmiger Entschlossenheit. Sie strich dem Tintenfisch über die schlüpfrigen Fangarme.

»Er beißt nicht«, sagte Jeff und nickte ihr zu. Für Sally hatte er nur einen verächtlichen Blick.

Michelle ließ sich das kleine Wesen auf die Hand legen. Der Tintenfisch schlang einen seiner Arme um ihren Finger und begann sich zu drehen.

»Wird er nicht sterben an der Luft?« fragte Michelle.

»Nicht so schnell«, sagte Jeff. »Hat er sich festgesaugt bei dir?«

Michelle ergriff einen Tentakel und zupfte daran. Ihre Haut kitzelte, als sich die Saugnäpfe lösten.

»Igitt! Wie kannst du so was nur tun!« Das war Susan. Sie stand hinter Michelle, die Arme auf dem Rücken verschränkt, und wand sich vor Ekel. Michelle grinste und warf den Tintenfisch in ihre Richtung, Susan schrie auf und duckte sich. Das Tier fiel ins Wasser und verschwand, die einzige Spur war ein kleiner Wirbel im Sand.

»Tu so was nicht noch mal!« Susan maß Michelle mit feindseligen Blicken.

»Das war doch nur ein Tintenfischbaby«, lachte Michelle. »Du hast doch wohl keine Angst vor einem winzigen Tintenfisch!«

»Tintenfische sind eklig!« Susan wandte sich um und stapfte den Strand entlang. Michelle folgte ihr und versuchte sie zu beruhigen, aber die andere würdigte sie keines Blickes mehr. Michelle ließ sie gehen, und dann sah sie, daß sich die anderen Kinder Susan anschlossen, nur Sally Carstairs blieb zurück.

»Du solltest sie wirklich nicht mit Tintenfischen bewerfen«, sagte Sally leise. »Du machst sie damit fuchsteufelswild.«

»Tut mir leid«, erwiderte Michelle. »Aber es war doch nur ein Scherz. Kann sie denn keinen Spaß vertragen?«

»Nicht, wenn sie die Zielscheibe ist. Sie versteht nur Spaß, wenn's auf Kosten der anderen geht. Sie wird jetzt sicher versuchen, dich aufzuziehen.«

»Na und?« sagte Michelle. Plötzlich fühlte sie sich von Mut durchströmt. »Mir macht das nichts aus, ich bin schließlich keine Mimose.« Sie stellte sich auf die Zehen, um über die Klippen hinwegzusehen. »Komm, wir gehen zum Strand rüber, zu den anderen.«

Die Sonne stand hoch am Himmel. Die Kinder hatten sich über den Strand verteilt. Sie aßen die mitgebrachten Sandwiches und tranken von dem schier unerschöpflichen Vorrat an Coladosen. Michelle hatte sich zu Sally Carstairs gesetzt. Sie fühlte sich nicht sehr wohl in ihrer Haut, weil unweit von ihnen Susan Peterson mit Jeff Benson zusammensaß. Susan hatte seit dem Streit kein Wort mehr mit Michelle gewechselt, aber sie verfolgte Michelle mit ihren Blicken, als wollte sie Maß nehmen für eine geplante Kraftprobe.

Sie setzte die Coladose ab und schickte ein bösartiges Lächeln zu Michelle hinüber.

»Gibt's irgendwas Neues vom Gespenst?« fragte sie.

»Es gibt kein Gespenst«, sagte Michelle. Sie sprach so leise, daß ihre Stimme kaum zu verstehen war.

»Du hast aber doch gesagt, du hättest vor kurzem einen Geist gesehen.«

»Das war nur ein Traum«, sagte Michelle. »Nur ein Traum.«

»Wirklich? Bist du sicher?«

Michelle sah sie feindselig an. Susan hielt ihrem Blick stand, ohne mit der Wimper zu zucken. Michelle spürte, wie der Ärger in ihr zu kochen begann. *Warum ist das so?* dachte sie. *Warum benehme ich mich immer so, daß Susan böse auf mich wird?*

»Können wir nicht über irgend etwas anderes sprechen?« schlug sie vor.

»Ich möchte aber gern über dein Gespenst sprechen«, sagte Susan heiter.

»Ich finde es doof, über Gespenster zu sprechen«, sagte Sally Carstairs. »Ich fände es viel interessanter, wenn Michelle uns was über ihre kleine Schwester erzählt.«

Michelle bedankte sich bei Sally mit einem Lächeln. »Die Kleine ist wunderschön«, sagte sie. »Sie ist meiner Mutter wie aus dem Gesicht geschnitten.«

»Wie kannst du das sagen?« Susans Stimme war wie Eis. Ein gemeines Lächeln spielte um ihre Mundwinkel.

»Wie meinst du das?« fragte Michelle. »Jennifer sieht meiner Mutter wirklich sehr ähnlich, jeder sagt das.«

»Aber du weißt doch gar nicht, wer deine Mutter ist«, sagte Susan. »Du bist ein adoptiertes Kind.«

Die Mädchen, die in Hörweite saßen, sahen auf. Die Augen waren auf Michelle gerichtet. Alle waren neugierig, was sie Susan zur Antwort geben würde.

»Meine Eltern sind meine Eltern!«

»Aber die Pendletons *sind* doch gar nicht deine Eltern, Michelle.«

»Sie sind wohl meine Eltern«, sagte Michelle wütend. Sie stand auf und trat vor Susan hin. »Sie haben mich adoptiert, als ich noch ein kleines Baby war. Sie sind für mich wie richtige Eltern.«

»Das war vorher«, sagte Susan. Sie registrierte sorgfältig, wie Michelles Ärger anschwoll. Sie lächelte.

»Was soll das heißen: vorher?«

»Bevor sie ein eigenes Kind hatten. Weißt du, die Ehepaare adoptieren Kinder, weil sie kein eigenes haben. Aber jetzt haben deine Eltern eine richtige Tochter. Wozu brauchen sie dich jetzt noch?«

»Sag so etwas nicht, Susan«, schrie Michelle sie an. »Ich verbiete dir, so von meinen Eltern zu sprechen. Sie lieben mich genauso, wie deine Eltern dich lieben.«

»Ach wirklich?« Susans Stimme klang süß und einschmeichelnd. Was sie wirklich fühlte, konnte Michelle in ihren Augen lesen. »Wirklich, Michelle?«

»Was willst du damit sagen?« Kaum, daß der Ausruf ihre Lippen verlassen hatte, reute es Michelle, daß sie Susan auf den Leim gegangen war. Es wäre klüger gewesen, wenn sie das Mädchen gar nicht beachtet hätte. Jawohl, sie hätte aufstehen und weggehen müssen. Jetzt war es zu spät. Die Kinder waren auf den Streit zwischen Michelle und Susan aufmerksam geworden.

»Widmen deine Eltern dem Baby mehr Zeit oder dir? Haben sie das Baby lieber oder dich? Die Antwort ist: Sie lieben das Kleine mehr als dich. Das ist ja auch ganz normal. Jenny ist ihr richtiges Kind. Was bist du denn schon? Du bist doch nur ein Waisenkind, das sie zu sich genommen haben, als sie noch glaubten, daß sie keine eigenen Kinder haben könnten.«

»Das ist nicht wahr«, schrie Michelle. Aber sie spürte selbst, wie hohl, wie unsicher das klang. In einem Punkt hatte Susan recht. Seit Jenny auf der Welt war, benahmen sich ihre Eltern anders. Aber das war nur, weil die Kleine noch so hilflos war, sie brauchte eben mehr Liebe als ein großes Kind. Jedenfalls bedeutete es nicht, daß ihre Eltern sie, Michelle, weniger liebten als Jenny. Natürlich hatten sie ihre große Tochter noch genauso lieb. Ganz sicher sogar. *Ihre Eltern liebten sie!*

Plötzlich wünschte sich Michelle nach Hause. Am liebsten wäre sie jetzt bei ihrer Mutter und bei ihrem Vater gewesen. Sie war immer noch ihre Tochter. Ihre Eltern liebten sie immer noch. Natürlich! Michelle sprang auf. Sie ließ ihre Sachen am Strand zurück und rannte auf den Pfad zu.

Sally Carstairs wollte ihrer Freundin nachlaufen, aber Susan Peterson gebot ihr Einhalt.

»Laß sie doch laufen. Wenn sie keinen Spaß vertragen kann, was sollen wir dann überhaupt mit ihr anfangen?«

»Du bist gemein, Susan«, erklärte Sally. »Was du gemacht hast, ist gemein.«

»Ach ja?« Susans Stimme klang sorglos und locker. »Aber daß sie den Tintenfisch auf mich geworfen hat, das findest du ganz in Ordnung.«

»Sie konnte ja nicht wissen, daß du solche Angst vor Tintenfischen hast.«

»Und ob sie das wußte!« gab Susan zurück. »Und selbst wenn sie's nicht gewußt hätte, sie hätte es nicht tun dürfen. Sie hat angefangen, ich hab's ihr nur zurückgezahlt.«

Sally ließ sich wieder auf ihre Decke fallen. Sie wußte nicht, wie sie sich jetzt verhalten sollte. Am liebsten wäre sie hinter Michelle hergelaufen, um sie an den Strand zurückzuholen. Aber das hätte wohl wenig genützt. Susan würde weiter auf Michelle herumhakken, sie wußte jetzt ja, wie sie ihr weh tun konnte. Außerdem, wenn sie, Sally, zu Michelle hielt, würde Susan auch sie unter Beschuß nehmen. Sally wußte, daß sie dem nicht gewachsen war.

»Laufen kann sie ja ganz gut«, spottete Susan, und die Kinder lachten. Sally fuhr aus ihren Gedanken hoch. Sie konnte sehen, daß Michelle das Kliff erklommen hatte. Sie ging am Rande der Schlucht entlang. Sally schloß die Augen. Mochten die anderen Mädchen zusehen, wie Michelle am Abgrund entlangwandelte, sie hatte nicht das Herz dazu. Sie wußte, wenn sie hinsah, würde sie in Tränen ausbrechen. Und das wollte sie nicht. Nicht in Gegenwart von Susan.

Susans Worte dröhnten in Michelles Ohren. Sie rannte auf das Kliff zu, der Sand spritzte unter ihren Füßen.

Wozu brauchen sie dich jetzt noch?

Sie lieben das Kleine mehr als dich.

Lüge, dachte sie. Nichts als Lüge. Sie lief schneller, aber die Worte folgten ihr, der Wind wirbelte sie in ihre Ohren, und dann war ihr, als drängten sich zuckende Nattern in ihre Gehörgänge.

Sie hatte das Kliff erreicht und begann den Aufstieg.

Sie war außer Atem vom Laufen, der Ärger kochte in ihrem Herzen, und sie hörte das Blut pulsen.

Wie gern wäre sie jetzt stehengeblieben, um auszuruhen. Aber sie wußte, das durfte sie nicht.

Sie wußte, daß sie von den Mädchen beobachtet wurde. Sie

konnte sich vorstellen, was Susan sagen würde, süß, sanft und bösartig, wie es die Art dieses Mädchens war.

Mädchen, schaut doch nur, sie kann nicht einmal den steilen Weg hochgehen.

Sie zwang sich, zum Kliff hochzuschauen. Wie weit war es noch bis ganz oben? Wenn sie erst einmal den Weg erreicht hatte, der hinter dem Kliff verlief, war sie in Sicherheit, dort konnten sie die Spielgefährten nicht mehr sehen.

Noch weit.

Zu weit.

Und dann kam der Nebel. Zuerst war es nur ein grauer Schleier, der sich vor ihre Augen legte.

Schritt für Schritt stieg sie höher, sie biß die Zähne zusammen und zwang sich, einen Fuß vor den anderen zu setzen. Aus dem Schleier war ein kaltes, nasses Tuch geworden, das sie einhüllte. Auf einmal fühlte sie sich getrennt von der Welt. Allein. Die Plagegeister vom Strand waren nicht mehr zu sehen. Die Mädchen waren nicht mehr da. Die Eltern waren nicht mehr da.

Ich bin bald oben.

Es kann nicht mehr weit sein.

Es war wie in einem Alptraum, sie versuchte schneller zu gehen, aber die Füße gehorchten ihr nicht, etwas wie zäher Schlamm schien sich um ihre Knöchel zu legen und jede Bewegung zu ersticken. Michelle überkam die Panik.

Sie glitt aus.

Im ersten Augenblick war das fast gar nichts. Der rechte Fuß hatte einen losen Felsbrocken berührt. Sie spürte, wie der Grund nachgab, ihre Ferse wurde nach außen gedreht.

Plötzlich hatte sie keinen Halt mehr. Die Leere. Es war, als hätte sich der Pfad in nichts aufgelöst.

Der Fall durch den furchtbaren grauen Nebel begann.

Michelle stieß einen einzigen langen Schrei aus, dann schloß sich die feuchte Wolke um ihre Gestalt, und aus Grau wurde Schwarz...

»Dr. Pendleton! Dr. Pendleton!«

Cal erschrak. Er ließ den Hammer sinken und rannte in die Küche. Er war vor die Tür getreten, als Jeff Benson auf die Veranda gerannt kam.

»Was ist los?«

»Es ist wegen Michelle«, keuchte Jeff. »Wir waren am Strand, und Michelle wollte nach Hause, und da ist sie... ich meine, sie ist...« Er ließ sich auf der obersten Treppenstufe nieder und verschnaufte.

»Was ist passiert?« Cal stand vor dem Jungen. Er mußte sich zwingen, Jeff nicht anzuschreien. »Ist ihr etwas zugestoßen?«

Aus Jeffs Augen sprach die Verzweiflung.

»Sie ist den Pfad raufgegangen, Dr. Pendleton, wir haben es alle gesehen, und plötzlich ist sie ausgeglitten... kommen Sie schnell, Dr. Pendleton. Dr. Pendleton...«

Cal setzte sich in Bewegung, wie von Sinnen hastete er die Stufen der Veranda hinunter, überquerte den Rasen und lief bis zum Rand der Steilküste. Er beugte sich vor und spähte auf die Bucht hinab. Am Strand war eine Gruppe Kinder zu erkennen, Kinder, die eng zusammenstanden. Von Michelle war nichts zu sehen.

Mein Gott, gib, daß sie noch am Leben ist!

Er kletterte den steilen Pfad hinunter, vorsichtig erst, dann in wilder Hast, und jeder Schritt war lang wie eine Ewigkeit. Er konnte Jeff hören, irgendwo über ihm, aber was der Junge sagte, war nicht zu verstehen, Cal konnte nur noch an Michelle denken, er sah im Geiste ihren kleinen, geschmeidigen Körper, zerschmettert auf den Klippen, die den unteren Bereich des Kliffs vom Strandstreifen abgrenzten.

Dann hatte er den Strand erreicht. Er lief auf die Kinder zu, die ihn hilflos anstarrten, benutzte die Ellenbogen, um den Kreis aufzubrechen.

Cal kniete vor seiner Tochter nieder. Er strich ihr über die Stirn.

Was er sah, war nicht ihr Gesicht, er sah Alan Hanley, der sich im Todeskampf wand. Die Augen des sterbenden Jungen starrten ihn an. Die Schuld.

Schwindel umfing ihn. *Es war nicht seine Schuld. Nichts von dem, was geschehen war, war seine Schuld.* Warum aber fühlte er sich so schuldig, wenn ihn keine Verantwortung traf? Zu dem Gefühl der Schuld gesellte sich Zorn. Zorn auf die Kinder, die ihn mit ihren Blicken durchbohrten. Er kam sich wie ein Tölpel vor. Ausgetrickst, ausgelacht, bemitleidet. Und schuldig. Immer wieder schuldig.

Er hatte seine Finger um Michelles Handgelenk gelegt. Ihr Puls war zu spüren, ein stetiges Klopfen. Als er sich über sie beugte, schlug sie die Augen auf. Sie sah ihn an aus ihren schönen, braunen Augen. Er las die Angst und wischte ihr die Tränen fort.

»Daddy? Was ist mit mir?«

»Nichts ist, mein Kleines. Alles wird wieder gut.« Er wußte, daß er sie belog.

Er hob sie auf die Arme und erschrak, als sie zu stöhnen begann. Er sah, wie sie die Augen schloß.

Er trug sie den Pfad hinauf, mit starken Armen. Ihr Kopf ruhte an seiner Brust, sie schien zu schlafen.

Sie wird wieder genesen, dachte er. *Sie wird wieder gesund, ganz sicher.*

Während er den steilen Pfad erklomm, kehrten die Gedanken an Alan Hanley zurück.

Alan Hanley war gestürzt. Man hatte den Jungen zu ihm gebracht. Er hatte versagt. Alan Hanley war gestorben.

Und jetzt Michelle. Bei ihr durfte er nicht versagen. Nicht bei der Tochter. Er ging auf das Haus zu. Er wußte, daß alles zu spät war.

Er hatte schon versagt.

ZWEITES BUCH

Die Erscheinungen

Zehntes Kapitel

Die Düsternis war wie ein Lebewesen, das seine Arme um sie schlang. Sie spürte, wie das Lebewesen ihr die Gurgel zuschnürte.

Sie wollte den Angreifer zur Seite stoßen, mit ihm kämpfen, aber es war, als hätte sie in fließendes Wasser gegriffen. Sie schlug um sich, aber die Dunkelheit rann durch ihre Finger und legte sich um ihren Hals. Sie begann zu würgen.

Sie war allein, und die Düsternis würde sie ersticken.

Ein Lichtschimmer erschien inmitten der Schwärze. Sie war nicht mehr allein.

Etwas war dort, versuchte zu ihr vorzudringen. Ein Wesen, das inmitten der Finsternis nach ihr Ausschau hielt. Jemand, der ihr helfen würde.

Sie fühlte, wie das Wesen ihre Schläfen streifte. Der Kitzel trug sie an den Rand des Bewußtseins empor.

Und eine Stimme.

Eine sanfte Stimme in der Ferne.

Sie wollte der Stimme antworten, aber die Worte blieben ihr in der Kehle stecken.

Sie versuchte, das Wesen heranzuwünschen, versuchte, es an sich zu ziehen und festzuhalten.

Wieder die Stimme. Sie war jetzt klar zu verstehen, aber sie war immer noch fern.

»Hilf mir... bitte hilf mir...«

Das Wesen schrie um Hilfe. *Ich* brauche Hilfe, dachte sie, nicht *du*. Sie spürte, wie sie in die Schwärze des Nichts zurücksank. Wie hätte sie irgend jemandem auf der Welt helfen können? Was konnte sie tun?

Die Stimme verklang in der Ferne. Die Nacht hob sich.

Michelle schlug die Augen auf.

Sie lag ruhig da. Sie wußte nicht, wo sie war. Ihr Blick blieb auf der Zimmerdecke haften.

Sie betrachtete die Sprünge in der Farbe. Ob die vertrauten Muster auftauchen würden?

Jawohl, da war die Giraffe. Nun, es war keine *richtige* Giraffe, aber wenn man die Fantasie dazunahm, war es eine Giraffe. Links daneben müßte jetzt der Vogel auftauchen, dachte sie. Ein Flügel ausgestreckt, der andere gebrochen.

Sie bewegte die Augen. Sie lag in ihrem Bett. Dies war ihr Zimmer. Aber da stimmte etwas nicht. Sie war in der Bucht gewesen. Jetzt erinnerte sie sich. Sie hatten ein Picknick veranstaltet. Sally war am Strand gewesen und Jeff und Susan. Susan Peterson. Es gab noch andere Kinder, aber Susan war die einzige, an die sie sich ganz klar erinnerte. Der Morgen schwang zurück wie eine Woge, die der Sturm ans Land wirft. Susan hatte sie geneckt. Mehr als das. Susan hatte fürchterliche Dinge zu ihr gesagt. Susan hatte behauptet, ihre Eltern liebten sie nicht mehr.

Sie hatte beschlossen, nach Hause zu gehen. Sie befand sich auf dem steilen Pfad, und Susans Stimme war wie ein Echo, das die Erinnerung ans Gestade ihres Bewußtseins schleuderte.

Und dann? Und dann... nichts.

Nur daß sie jetzt zu Hause war. In ihrem Zimmer, in ihrem Bett.

Da war ein Traum gewesen. Da war...

Eine Stimme hatte nach ihr gerufen.

»Mami?« Ihre Stimme hallte wider, so laut, daß Michelle erschrak. Aber dann ging die Tür auf, und ihre Mutter stand vor ihr. Alles würde wieder gut werden.

»Michelle!« June beugte sich über ihre Tochter und küßte sie auf die Wange. »Michelle, bist du wach? So sag doch etwas.«

Michelle lag da, mit weitaufgerissenen Augen, und die Furcht lag wie eine Maske über Junes Antlitz.

»Was ist passiert? Warum liege ich im Bett?«

Michelle wollte sich aufrichten, als ein Schmerz sie durchzuckte. Sie stöhnte auf. June drückte sie mit einer behutsamen Geste in die Kissen zurück.

»Bleib ganz ruhig liegen«, sagte sie. »Ich hole deinen Vater.«

»Was ist passiert?« begehrte Michelle auf. »Sag mir, was los ist.«

»Du bist auf dem steilen Pfad ausgerutscht und gestürzt«, sagte June. »Beweg dich jetzt bitte nicht. Bleib still liegen, bis ich mit Vater zurückkomme, dann erzählen wir dir alles.«

June ging zur Tür. »Cal? Sie ist aufgewacht!« Sie wartete seine Antwort nicht ab. Sie kam zu Michelle zurück.

»Wie fühlst du dich denn, mein Liebling?«

»Ich... ich weiß nicht«, stammelte Michelle. »Mir ist so...« Sie suchte nach den richtigen Worten. »Mir ist schwindlig. Wer hat mich denn hierhergebracht?«

»Vater hat dich hergetragen«, sagte June. »Jeff Benson ist gekommen und hat ihm gesagt, daß du gestürzt bist, und dann...«

Cal erschien im Türrahmen. Sofort als sie ihn sah, wußte sie, daß etwas anders war als sonst. Es war die Art, wie er sie anblickte. Als ob sie etwas Schlimmes getan hätte. Dabei hatte sie doch nur einen Unfall gehabt. Wie konnte er auf sie böse sein, wenn sie einen Unfall gehabt hatte? »Daddy«, flüsterte sie. Das Echo des Wortes irrte durch den Raum. Cal trat einen Schritt zurück, aber dann kam er zu ihr, ergriff ihr Handgelenk und fühlte ihr den Puls. Er zwang sich zu einem Lächeln.

»Hast du große Schmerzen?« fragte er leise.

»Wenn ich still liege, nicht«, antwortete Michelle. Sie hätte ihn so gern umarmt. Sie sehnte sich danach, von ihm umfangen zu werden. Sie wollte ihn berühren. Aber sie wußte, das war nicht möglich.

»Nicht bewegen«, wies er sie an. »Bleib schön still liegen. Ich gebe dir etwas gegen die Schmerzen.«

»Wie ist es passiert?« fragte Michelle. »Wie tief bin ich gefallen?«

»Du mußt dir keine Sorgen machen«, sagte Cal ausweichend. »Du wirst wieder ganz gesund werden.«

Mit sorgsamer Geste schlug er das Laken zurück. Er tastete ihren Körper ab. Als er die linke Hüfte erreichte, schrie Michelle auf. Sofort lockerte Cal den Griff.

»Hol mir bitte die Tasche, Liebling«, sagte er zu June. Er hielt den Blick auf Michelle gerichtet. Er war darum besorgt, sich nicht den Verdacht anmerken zu lassen, der sich in ihm zu festigen begann. June war hinausgeeilt. Cal sprach im ruhigen Ton mit seiner Tochter. Er versuchte, ihre Ängste zu zerstreuen, ihre und seine eigenen.

»Du hast uns einen ganz schönen Schrecken eingejagt. Kannst du dich noch erinnern, was passiert ist?«

»Ich war auf dem Heimweg«, sagte Michelle. »Ich bin den steilen Weg hochgehastet, so schnell ich konnte, und dabei muß ich wohl ausgeglitten sein.«

Die Sorge umschattete seine Augen. Er neigte sich vor und suchte ihren Blick. »Aber warum wolltest du denn nach Hause gehen? War das Picknick denn schon zu Ende?«

»Nein, das nicht«, stotterte Michelle. »Ich... mir hat's nicht mehr gefallen am Strand. Die Kinder haben mich geärgert.«

»Sie haben dich geärgert? Mit was denn?«

Am liebsten hätte sie es hinausgeschrien. *Es ging um dich, Vater! Um dich und um Mutter! Es ging darum, daß ihr mich nicht mehr lieb habt!* Aber sie wagte es nicht, ihren Gedanken Ausdruck zu geben. Sie schüttelte den Kopf. »Ich kann mich nicht erinnern«, flüsterte sie. »Ich kann mich überhaupt nicht mehr erinnern.« Sie schloß die Augen und versuchte, Susans spöttische Stimme zu vergessen. Aber die Stimme blieb, bohrte wie ein spitzer Dolch in ihrem Gehirn herum, fast so schlimm wie der Schmerz, den sie verspürt hatte, als der Vater ihre Hüfte berührte.

June war zurückgekehrt, und Michelle schlug die Augen wieder auf, sie sah, wie ihr Vater eine Injektionsspritze aufzog. Er rieb ihr den Arm mit Alkohol ein.

»Das tut nicht weh«, sagte er und grinste. »Jedenfalls nicht so weh wie der Sturz.« Er setzte sich zu ihr und gab ihr die Spritze. Er stand auf. »Jetzt möchte ich, daß du schläfst. Die Spritze nimmt den Schmerz weg, du wirst sehen. Ich möchte, daß du ganz still liegst. Versuch zu schlafen.«

»Aber ich habe doch schon geschlafen«, widersprach ihm Michelle.

»Du bist bewußtlos gewesen«, sagte Cal, und für einen Augenblick vertrieb das Lächeln seine Sorgenfalten. »Eine Stunde Bewußtlosigkeit ist schon ganz schön, aber es ersetzt nicht den Schlaf. Mach jetzt ein Schläfchen, Kleines.« Er zwinkerte ihr zu, dann drehte er sich um und ging zur Tür.

»Vater!« Michelles Stimme kam klar und scharf. Wie angewurzelt blieb Cal stehen. Er sah sie mit fragendem Blick an. Michelle betrachtete ihn wie durch einen Schleier. »Vater«, sagte sie, und ihre Stimme war nur noch ein Flüstern, »liebst du mich sehr?«

Cal stand schweigend da. Nach ein paar Sekunden ging er zu seiner Tochter zurück, beugte sich über ihr Bett und küßte sie auf die Wangen. »Natürlich liebe ich dich, Prinzessin. Wieso denn nicht?« Michelle antwortete ihm mit einem Lächeln der Dankbarkeit. »Nur so«, sagte sie. »Ich wollte es nur mal hören.«

Als Cal den Raum verlassen hatte, setzte June sich zu ihrer Tochter auf die Bettkante. Sie ergriff Michelles Hand. »Wir haben dich beide von Herzen lieb«, sagte sie. »Gibt es irgendeinen Grund, warum du daran zweifelst?«

Michelle schüttelte den Kopf. Tränen standen in ihren Augen, als sie June ansah. Fast war es, als wollte sie ihrer Mutter eine Frage stellen, aber sie schwieg. June neigte sich zu ihr und küßte sie auf die Schläfe.

»Ich werde wieder ganz gesund werden, Mami«, sagte Michelle unvermittelt. »Das verspreche ich dir.«

»Natürlich wirst du wieder ganz gesund werden.« June stand auf und ordnete das Laken. »Kann ich dir irgend etwas holen?«

Michelle verneinte. Aber dann kam ihr plötzlich ein Gedanke. »Meine Puppe«, sagte sie. »Könntest du mir Mandy bringen? Sie ist auf dem Fenstersitz.«

June holte die Puppe und legte sie mit dem Kopf auf Michelles Kissen. Mit schmerzverzerrtem Gesicht drehte sich Michelle zur Seite. Sie deckte die Puppe sorgfältig zu und herzte sie wie ein Baby. Sie schloß die Augen.

June stand ein paar Schritte vom Bett entfernt und beobachtete ihre Tochter. Als sie sicher war, daß Michelle eingeschlafen war, ging sie auf Zehenspitzen zur Tür und verließ das Zimmer.

Cal saß am Küchentisch. Er starrte aus dem Fenster. Sein Blick war auf den Horizont gerichtet, ohne daß er die Linie zwischen Himmel und Erde wahrgenommen hätte.

Es würde genauso sein wie beim ersten Mal. Diesmal würde das Opfer seiner Unfähigkeit kein Fremder sein, sondern die eigene Tochter.

Im Unterschied zu damals würde er jetzt sein Gewissen nicht mit billigen Entschuldigungen beruhigen können. Jeder macht mal einen Fehler. Sprüche dieser Art paßten diesmal nicht.

Wie im Traum stand Cal auf. Er goß sich ein Glas Whisky ein.

June betrat die Küche in dem Augenblick, als er den ersten

Schluck genommen hatte. Es dauerte eine ganze Weile, bis er verstand, daß er nicht mehr allein im Raum war. Dann sprach er.

»Es ist meine Schuld.«

June ahnte, daß er von Alan Hanley sprach. Sie ahnte auch, daß es für Cal eine Verbindung zwischen Hanleys Tod und Michelles Unfall gab.

»Es ist nicht deine Schuld«, sagte sie. »Michelle hatte einen Unfall, und ob du's glaubst oder nicht, auch Hanleys Tod war die Folge eines Unfalls. Du hast Hanley nicht getötet, Cal, und du hast Michelle nicht vom Kliff hinabgestoßen.«

Er schien ihr nicht zuzuhören. »Ich hätte sie nicht heraufhragen dürfen.« Seine Stimme war stumpf, ohne Leben. »Ich hätte sie am Strand lassen und eine Trage besorgen müssen.«

Sie sah ihn aus großen Augen an. »Ich weiß gar nicht, was du da redest. So schwer ist sie doch gar nicht verletzt, Cal!« Sie wartete auf seine Antwort. Als er schwieg, kam die Angst zu ihr zurück. Es war das gleiche Gefühl, das sie befallen hatte, als Michelle aus der Bewußtlosigkeit erwachte. Sie spürte, wie sich eine scharfe Zange um ihren Magen legte. »Wie schwer sind die Verletzungen?« fragte sie und ärgerte sich über den schrillen Klang ihrer Stimme.

»Ich weiß es nicht.« Cals Blick war müde und leer. Er schenkte sich das zweite Glas ein, und dann starrte er die Flasche an, als sei ihm eben erst bewußt geworden, daß er Whisky trank. »Es ist nicht normal, daß sie so starke Schmerzen hat«, sagte er. »Eine Prellung, ja, Schmerzen hier und da, ja, aber kein stechender Schmerz, wenn sie sich bewegt. Das macht mir Sorgen.«

»Hat sie sich was gebrochen?«

»Soweit ich das beurteilen kann, nein.«

»Was ist dann die Ursache des stechenden Schmerzes?«

Cal ließ die flache Hand auf den Tisch niedersausen. »Ich weiß es nicht, verdammt noch mal! Ich weiß es nicht!«

June war ganz schwindlig geworden bei dem Wutausbruch ihres Mannes. Er schien einem Nervenzusammenbruch nahe. Sie beschloß die Ruhe zu bewahren.

»Hast du denn nicht wenigstens eine Vermutung, was der Grund für ihre Schmerzen sein könnte?« fragte sie, als sie sich wieder ganz unter Kontrolle hatte.

In seinen Augen leuchtete eine Wildheit, die June nie zuvor an ihm beobachtet hatte. Seine Hände zitterten. »Ich weiß es nicht, und ich habe auch Angst, die Frage zu beantworten. Sie kann alle möglichen Verletzungen davongetragen haben. Was immer es ist, es ist meine Schuld.«

»Das kannst du doch nicht sagen«, widersprach ihm June. »Wir wissen doch nicht einmal, ob sie ernsthaft verletzt ist.«

Er achtete nicht darauf, was sie sagte. »Ich hätte sie nicht hertragen dürfen. Ich hätte warten müssen.«

Er wollte sich gerade nachschenken, als an die Hintertür geklopft wurde. Sally Carstairs erschien auf der Schwelle.

»Darf ich reinkommen?«

»Sally!« sagte June erstaunt. Sie hatte geglaubt, das Picknick sei längst zu Ende. Sie warf Cal einen prüfenden Blick zu. Er schien sich soweit gefangen zu haben, daß sie ihre Aufmerksamkeit der jungen Besucherin zuwenden konnte. »Sind die anderen draußen? Komm rein.«

»Ich bin allein«, sagte Sally. Sie machte einen Schritt nach vorn. »Die anderen sind alle nach Hause gegangen.« Und dann, verlegen und unsicher: »Wie geht's Michelle?«

»Wird schon wieder in Ordnung kommen«, sagte June. Sie heuchelte Zuversicht. Sie goß Sally ein Glas Limonade ein und bot ihr einen Platz am Küchentisch an. »Sally«, sagte sie, als das Mädchen Platz genommen hatte, »was ist eigentlich am Strand passiert? Warum ist Michelle schon so früh nach Hause aufgebrochen?«

Sally wand sich auf ihrem Stuhl. Nach kurzem Nachdenken beschloß sie, die Wahrheit zu sagen.

»Die anderen haben sie gehänselt, deshalb ist sie gegangen. Vor allem Susan Peterson hat sie gehänselt.«

»Um was ging es denn?« fragte June neugierig.

»Es ging darum, daß sie ein Adoptivkind ist. Susan hat gesagt... sie hat gesagt...« Sally verstummte.

»Was hat sie gesagt? Daß wir Michelle jetzt nicht mehr liebhaben würden, wo wir Jennifer haben?«

Sally staunte. »Woher wissen Sie das?«

June setzte sich und sah Sally an. »Das ist in solchen Fällen das erste, was die Leute denken«, sagte sie ruhig. »Aber es ist nicht wahr. Wir haben jetzt zwei Töchter, und wir haben sie beide sehr lieb.«

Sally blickte gedankenverloren in ihr Glas. »Das weiß ich«, flüsterte sie. »Ich habe ja auch so was nicht gesagt. Wirklich nicht, Mrs. Pendleton.«

June spürte, wie der Kloß im Hals höher und höher stieg. Sie hätte in Tränen ausbrechen mögen. Aber sie wußte, daß sie sich keine Erleichterung verschaffen durfte. Nicht jetzt. Es war noch zu früh. Sie stand auf und versuchte die Fassung wiederzugewinnen. Sie zwang sich zu einem Lächeln.

»Komm uns morgen wieder besuchen«, sagte sie. »Ich bin sicher, Michelle ist morgen soweit, daß du mit ihr sprechen kannst.«

Sally Carstairs trank ihr Glas aus. Sie verabschiedete sich und ging.

June ließ sich auf den Stuhl sinken und starrte die Flasche an. Sie hätte sehr gern ein Glas getrunken, aber das wagte sie nicht. Wenn sie doch Cal nur klarmachen könnte, daß er an Michelles Unglück keinerlei Schuld trug! Sie sah, wie er sein Glas nachfüllte und wollte etwas sagen, als sie plötzlich das Gefühl hatte, daß jemand sie beobachtete. Sie fuhr herum.

Dr. Carson stand auf der Schwelle der Küchentür. Wie lange er wohl schon da war? June wußte es nicht. Er begrüßte sie mit einem Kopfnicken, dann kam er in die Mitte der Küche und trat zu Cal. Er legte ihm die Hand auf die Schulter.

»Wie ist es denn passiert?« fragte er.

Cal veränderte seinen Sitz. Es war, als sei er durch Dr. Carsons Berührung wieder zum Leben erweckt worden.

»Ich hab's schlimmer gemacht«, sagte er. Er sprach jetzt wie ein kleiner Junge. »Ich wollte ihr helfen, aber ich hab's schlimmer gemacht.«

June stand auf. »Sie hat Schmerzen, Dr. Carson«, sagte sie. Sie gab sich Mühe, damit ihre Stimme nicht anklägerisch klang. »Cal meint, sie dürfte nicht so starke Schmerzen haben.«

»Sie ist vom Kliff gestürzt«, sagte Dr. Carson knapp. »Natürlich hat sie Schmerzen.« Sein Blick glitt von June zu Cal. »Versuchen Sie, den Schmerz der Patientin in Alkohol zu ertränken, Cal?«

Cal ignorierte die Bemerkung. »Einen Teil der Verletzungen könnte ich ihr zugefügt haben, indem ich sie hinauftrug«, sagte er.

»Vielleicht. Vielleicht auch nicht. Ich werde mal hinaufgehen und mir das Mädchen ansehen. Und wie meinen Sie das, Cal? Wieso haben Sie ihr Verletzungen zugefügt?«

»Weil ich sie auf den Armen hinaufgetragen habe. Weil ich nicht auf die Trage gewartet habe.«

Dr. Carson nickte und wandte sich ab, aber bevor er im Dunkel des Flurs verschwand, gewahrte June auf seinen Zügen die Andeutung eines Lächelns.

Michelle lag wach und lauschte den Stimmen, die von unten zu ihr drangen. Vor einer Weile hatte sie Sallys Stimme erkannt. Der Mann, der jetzt sprach, war Dr. Carson.

Sie war froh, daß Sally nicht zu ihr gekommen war. Sie hoffte, daß Dr. Carson nicht zu ihr kommen würde. Sie wollte niemanden sehen.

Eigentlich wollte sie nie mehr einen Menschen sehen.

Die Tür ihres Zimmers wurde geöffnet, Dr. Carson trat ein. Er schloß die Tür hinter sich und kam an ihr Bett. Er beugte sich über sie.

»Wie ist es passiert?« fragte er. Michelle sah ihm in die Augen und schüttelte den Kopf. »Ich kann mich nicht erinnern.«

»Du kannst dich an überhaupt nichts mehr erinnern?«

»Sagen wir mal, an wenig. Ich...« Sie zögerte, aber dann sah sie, daß Dr. Carson lächelte, und er mußte sich nicht dazu zwingen wie ihr Vater, er lächelte wirklich. »Ich weiß nur noch, daß ich den Pfad raufgerannt bin, und plötzlich war ganz viel Nebel um mich, ich konnte nichts mehr sehen, und dann bin ich ausgeglitten, glaube ich.«

»Dann war also der Nebel schuld, nicht wahr?« Am Tag, als Alan Hanley vom Dach gestürzt war, hatte es ebenfalls Nebel gegeben, daran erinnerte sich Dr. Carson ganz deutlich. Der Nebel war ganz plötzlich gekommen, nachdem sich die Außentemperatur jäh abgekühlt hatte.

Michelle nickte.

»Dein Vater glaubt, er ist schuld an deinem Unglück. Glaubst du das auch?«

»Wieso sollte er daran schuld sein?«

»Ich weiß nicht.« Dr. Carsons Blick war auf die Puppe gefallen, die Michelle neben sich auf das Kopfkissen gelegt hatte. »Hat sie auch einen Namen?«

»Sie heißt Amanda. Oder Mandy.«

Dr. Carson dachte nach. Sie vermochte nicht zu ergründen, woran er dachte. Er schien zu lächeln. »Ich sag' dir, wie wir's machen, Michelle. Du bleibst im Bett, und Amanda versorgt dich. Einverstanden?« Er tätschelte ihr die Hand und stand auf. Sekunden später hatte er den Raum verlassen. Michelle war wieder allein.

Sie zog ihre Puppe an sich.

»Es ist jetzt sehr wichtig, daß du meine Freundin wirst, Mandy«, wisperte sie. »Schade, daß du kein richtiges Baby bist, dann könnte ich dir die Windeln wechseln, und wir könnten zusammen Doktor spielen, aber auch so verspreche ich dir, alles, was wir tun, werden wir von jetzt ab gemeinsam tun, ich weiß ja, daß du nie so böse Worte zu mir sagen wirst wie Susan, du liebst mich, und ich liebe dich, und jeder sorgt für den anderen.«

Sie stöhnte vor Schmerzen, als sie die Lage der Puppe veränderte. Sie legte sie so an ihre Brust, daß die Stirn der Puppe nur noch ein paar Fingerbreit von ihren Lippen entfernt war.

»Ich bin so stolz, daß du braune Augen hast«, sagte sie voller Zärtlichkeit. »Braune Augen – wie ich. Keine blauen Augen wie Mami und Daddy und Jenny, sondern braune. Ich bin sicher, meine richtige Mutter hatte braune Augen, und deine Mutter auch. Hat deine Mutter dich geliebt, Mandy?«

Sie verfiel in Schweigen. Sie lag still und lauschte in die Leere des Hauses hinein.

Dann überkam sie der Wunsch, Jennifer bei sich zu haben. Jennifer konnte noch nicht sprechen, aber sie war immerhin ein Lebewesen, ein Wesen aus Fleisch und Blut, das atmete und Laute von sich gab.

Das war das Problem mit Mandy. Sie war nicht lebendig. Was auch immer Michelle mit ihr tat, sie würde eine Puppe bleiben. Jetzt, wo sie von Schmerzen gepeinigt in ihrem Bett lag, hätte sie so gern ein Wesen besessen, das nur ihr gehörte.

Jemand, der sie nie verraten würde.

Langsam tat das injizierte Mittel seine Wirkung. Michelle sank in die Dunkelheit zurück, aus der sie gekommen war.

Die Nacht und die Stimme.

Die Stimme war wieder da, sie rief nach ihr.

Als sie eingeschlafen war, verschwand die Angst vor der Finsternis. Sie hatte jetzt nur noch ein Ziel. Sie wollte den Menschen finden, dem die Stimme gehörte. Das Ziel war auch erreicht, wenn der Mensch *sie* fand.

Elftes Kapitel

Das Leben im Hause Pendleton war vom Gefühl der Erwartung geprägt. Man wartete auf etwas Unvorhergesehenes, etwas Unbekanntes, auf eine Art Wunder, das die Dinge wieder zum Guten fügen würde. Es würde einen Knall geben, und dann würde alles wieder so sein wie früher. Seit zehn Tagin warteten sie schon auf diese Wende – seit Michelle aus dem Bostoner Krankenhaus nach Paradise Point zurückgebracht worden war. Sie war in einem Krankenwagen gekommen, mit großem Aufzug. Es war die Art von Show, die Michelle noch einen Monat zuvor von Herzen genossen hätte.

Jetzt ließ sie das ganze Theater kalt. Sie war eine andere geworden. Ein Unglücksfall? Michelle war sicher, es steckte mehr dahinter.

Zunächst einmal hatte sie sich geweigert, überhaupt das Bett zu verlassen. Als June, mit der Unterstützung der Ärzte, darauf bestanden hatte, daß sie Gehversuche machte, hatte man festgestellt, daß sie tatsächlich keinen Fuß mehr vor den anderen setzen konnte.

Sie war einer langen Reihe von Tests unterzogen worden. Die Ärzte fanden nichts. Ein paar längst verheilte Schrammen, sonst nichts.

Wie Michelle sagte, tat ihr die linke Hüfte weh. Das linke Bein war praktisch gelähmt.

Neue Tests. Das Gehirn wurde durchleuchtet, die Wirbelsäule wurde durchleuchtet, Kontrastmittel wurden in die Blutbahn gespritzt, das Rückgrat wurde angezapft, die Reflexe geprüft. Es waren soviel Tests, daß Michelle sich schließlich nur noch eines wünschte: daß man sie in Ruhe sterben ließ. Die Ursache der Lähmung blieb unklar. Man schickte Michelle zu einem Bewegungstherapeuten, der sie immerhin soweit brachte, daß sie mit dem Stock gehen konnte. Sie hatte starke Schmerzen, aber sie ging.

Vor zehn Tagen hatte der Bewegungstherapeut die Behandlung beendet. Michelle war nach Hause gebracht worden, und seitdem redete June sich ein, daß irgendwann alles besser werden würde.

Irgendwann würde Michelle wieder zu sich selbst zurückfinden. Irgendwann würde sie sich vom Schock der Krankenhausbehandlung erholen. Irgendwann würde sie ihre Behinderung mit dem gleichen Humor hinnehmen lernen, den sie früher, als es andere Probleme zu bewältigen galt, gezeigt hatte.

Man hatte Michelle in ihr Zimmer gebracht. Man hatte sie ins Bett gehoben und sie zugedeckt.

Michelle hatte nach ihrer Puppe gefragt. Man hatte ihr die Puppe ins Bett gelegt.

Seit zehn Tagen lag sie nun im Bett, die Puppe im Arm. Sie lag da und starrte an die Decke. Wenn man sie etwas fragte, gab sie Antwort. Sie bat um Hilfe, wenn sie zur Toilette gehen mußte. Sie saß klaglos im Stuhl, wenn June das Bett frisch bezog.

Die meiste Zeit schwieg sie. Sie lag da und sah in die Luft.

June war sicher, das hatte nicht nur mit dem Unfall zu tun. Auch die Schmerzen, die das Mädchen hatte, waren keine Erklärung. Auch die Behinderung nicht. Nein, etwas anderes steckte dahinter. June vermutete, daß es etwas mit Cal zu tun hatte.

Es war Samstag früh. June und Cal saßen beim Frühstück. Cal starrte in seine Tasse, sein Gesicht war ausdruckslos. June wußte, woran er dachte. Er dachte an Michelle, von der er behauptete, daß es ihr von Tag zu Tag besserging.

Begonnen hatte das Spiel an dem Tag, als Michelle aus Boston heimgebracht wurde. Cal hatte verkündet, daß mit dem Mädchen alles zum Besten stand. Seitdem hatte er keinen Tag verstreichen lassen, ohne auf die Besserung ihres Befindens hinzuweisen, und das, obwohl von einer Besserung nicht die Rede sein konnte.

June wußte, warum er das sagte. Cal war überzeugt, daß er die Schuld an Michelles Behinderung trug. Damit er sich keine Vorwürfe mehr zu machen brauchte, mußte es Michelle besser gehen. Und so bestand er darauf, daß es ihr besserging.

Aber dem war nicht so.

June betrachtete ihn über ihre Kaffeetasse hinweg. Plötzlich bekam sie es mit der Wut zu tun.

»Wann wirst du mit dieser Scharade ein Ende machen?« hörte sie sich sagen. Als er sich aufrichtete und sie aus zusammengekniffenen Augen ansah, wußte sie, daß sie einen Fehler gemacht hatte. Sie hatte die falschen Worte gewählt. »Würdest du mir bitte erklären, was du überhaupt meinst?«

»Ich spreche von dir und Michelle«, erwiderte June. »Ich spreche davon, daß du jeden Tag feststellst, ihr ginge es besser, dabei geht es ihr überhaupt nicht besser.«

»Michelle macht sehr gute Fortschritte.« Cal sprach leise, mit einem Unterton der Verzweiflung, der June nicht verborgen blieb.

»Wenn sie so gute Fortschritte macht, warum liegt sie dann Tag und Nacht im Bett?«

Cal war unruhig geworden. Er senkte den Blick. »Sie ist noch sehr schwach. Sie muß viel ruhen.«

»Was sie muß, ist aufstehen. Sie muß aus dem Bett heraus und gehen, auch wenn's etwas weh tut. Und was du mußt – du mußt aufhören, dir selbst etwas vorzumachen! Es ist jetzt nicht mehr wichtig, was passiert ist und wessen Schuld es ist. Tatsache ist, das Mädchen ist ein Krüppel und bleibt ein Krüppel, und sowohl du als auch sie selbst, ihr müßt dieser Tatsache ins Auge sehen, das Leben geht weiter!«

Cal war aufgestanden, die Wut tanzte in seinen Augen, und für den Bruchteil einer Sekunde hatte June Angst, er könnte sie schlagen. Aber er ging an ihr vorbei, ohne sie zu berühren.

»Wo willst du hin?«

Er war schon im Flur. Er blieb stehen und sah sie an.

»Ich fahre zu Dr. Carson. Ich habe mit ihm zu reden. Was dagegen?«

Sie *hatte* etwas dagegen. Sie hatte sogar sehr viel dagegen. Sie hätte es vorgezogen, wenn er daheim blieb, und sei es nur, um endlich den Wäscheraum fertig zu machen. Statt dessen verbrachte er immer mehr Zeit mit Dr. Carson. Er hängte sich an Dr. Carson wie eine Klette, und June wußte, sie konnte ihn mit nichts in der Welt davon abbringen.

»Wenn du mit ihm zu reden hast, dann fahr hin und rede mit ihm«, sagte sie. »Wann kommst du zurück?«

»Ich weiß nicht«, antwortete Cal. Sekunden später war der Knall der Haustür zu hören. Er war draußen, auf dem Weg zum Wagen.

June blieb allein am Kaffeetisch zurück. Was soll ich tun? Was *kann* ich tun? Und dann kam ihr die Idee. Sie würde mit Michelle sprechen. Sie würde die Wand zersprengen, mit der sich das Mädchen von der Außenwelt abschloß. Sie würde ihrer Tochter klarmachen, daß das Leben nicht zu Ende war, wenn jemand ein lahmes Bein hatte.

Sie wollte gerade aufstehen und zu Michelle hinaufgehen, als jemand an die Küchentür klopfte. June öffnete. Auf der Veranda standen Sally Carstairs und Jeff Benson.

»Wir kommen Michelle besuchen«, sagte Sally. Sie gab sich schüchtern. »Ich hoffe, wir stören nicht.«

June mußte lachen, die Spannung wich. Tag für Tag hatte sie gehofft, daß Michelles Freundinnen und auch Jeff, der Sohn der Nachbarin, zu Besuch kommen würden. Sie war drauf und dran gewesen, Mrs. Carstairs und Constance Benson anzurufen, aber dann war sie doch davor zurückgeschreckt. Besucher, die heranzitiert werden mußten, waren schlimmer als gar keine Besucher.

»Natürlich stört ihr nicht«, sagte sie. »Ihr hättet schon viel früher kommen sollen.«

Sie ließ die beiden am Küchentisch Platz nehmen, stellte jedem eine Zimtrolle hin und ging zu ihrer Tochter hinauf.

»Michelle?« Sie sprach leise, weil sie Michelle nicht im Schlaf erschrecken wollte. Als sie ans Bett trat, sah sie, daß sie sich umsonst Sorgen gemacht hatte. Das Mädchen war wach.

»Ja?«

»Du hast Besuch. Sally und Jeff sind da. Soll ich sie raufbringen?«

»Besser nicht«, sagte Michelle teilnahmslos.

»Warum nicht? Fühlst du dich nicht wohl?« June hatte versucht, den Ärger und die Enttäuschung aus ihrer Stimme zu verbannen. Es gelang ihr nicht. Michelle maß ihre Mutter mit einem durchdringenden Blick.

»Was wollen die beiden von mir?« fragte sie. Es klang ängstlich.

»Sie wollen dich besuchen. Es sind schließlich deine Freunde, oder nicht?«

»Na ja.«

»Ich bring' sie dann rauf.« Sie gab Michelle keine Zeit zu einer Erwiderung, sondern ging auf den Flur hinaus, um die Kinder hinaufzurufen. Wenig später schob sie die beiden in Michelles Zimmer hinein.

Michelle hatte Mühe, sich im Bett aufzurichten. Als Sally ihr helfen wollte, reagierte Michelle mit einem zornigen Blick.

»Ich kann das schon allein«, sagte sie. Es gelang ihr, sich aufzusetzen. Sie stöhnte vor Schmerzen.

»Bist du sehr krank?« fragte Sally. Erst jetzt wurde ihr die Schwere der Verletzungen bewußt, die ihre Freundin erlitten hatte.

»Ich werde bald wieder gesund sein«, sagte Michelle, und dann gab es eine Pause. »Aber es tut weh«, fügte Michelle hinzu. Sie warf den beiden einen anklagenden Blick zu.

June stand im Flur, die Tür war offen. Sie zögerte, den beiden ins Zimmer zu folgen. Vielleicht war es ein Fehler gewesen, Sally und Jeff zu Michelle zu lassen. Andererseits, das war eine Belastung, die Michelle ertragen lernen mußte. Sally und Jeff waren ihre Freunde. June machte kurzen Prozeß. Sie schloß die Tür und ging die Treppe hinunter. Sollten die Kinder allein miteinander fertig werden.

Ein betretenes Schweigen hing im Raum, nachdem June die Kinder allein gelassen hatte. Jeder wartete darauf, daß der andere zu sprechen beginnen würde. Jeff ging im Zimmer herum, er vermied es, Michelle anzusehen.

»Tot bin ich jedenfalls nicht«, sagte Michelle.

»Kannst du gehen?« fragte Sally.

Michelle nickte. »Ich kann gehen, aber es tut lausig weh. Und es sieht schlimm aus, ich hinke.«

»Das wird schon besser werden.« Sally nahm vorsichtig auf der Bettkante Platz, sie hatte Angst, ihrer Freundin weh zu tun.

Michelle schwieg.

Sally schossen die Tränen in die Augen. Es ist alles so ungerecht, dachte sie. Michelle hatte gar nichts verbrochen, und jetzt war sie auf einem Bein lahm. Wenn überhaupt, dann hätte Susan Peterson den Unfall haben müssen. »Es tut mir so leid«, sagte sie und zwang sich, laut und deutlich zu sprechen. »Niemand wollte, daß dir was passiert. Susan hat das alles nicht so gemeint, sie wollte dich nur etwas ärgern...«

»Ich bin ausgerutscht«, sagte Michelle. »Niemanden trifft irgendeine Schuld. Ich bin ausgerutscht, und du wirst sehen, daß es mir bald besser geht!« Sie wandte den Kopf. Aber sie war nicht schnell genug, Sally hatte die Tränen gesehen, die Michelle in den Augen standen.

»Bist du uns immer noch böse?« fragte Sally. »Weißt du, ich hasse Susan...«

Michelle schoß einen neugierigen Blick auf Sally ab. »Wenn du sie haßt, warum hast du ihr dann nicht den Mund verboten? Warum hast du mir nicht geholfen, als ich Hilfe brauchte?«

Jetzt flossen bei Michelle die Tränen, und auch Sally weinte. Jeff versuchte so zu tun, als ob es die Mädchen gar nicht gab. Er verfluchte sich, daß er überhaupt mitgekommen war. Er mochte es nicht, wenn Mädchen in seiner Gegenwart weinten. Er kam sich dabei immer wie ein Verbrecher vor. Er beschloß, ein neues Thema ins Gespräch einzubringen, um den Tränenfluß zu stoppen.

»Wann kommst du wieder zur Schule? Oder möchtest du, daß wir dir die Aufgaben ans Bett bringen?«

»Mir ist nicht nach Lernen zumute«, schnaubte Michelle.

»Aber dann fällst du ja unheimlich zurück.«

»Ich werde vielleicht überhaupt nicht mehr in die Schule zurückgehen.«

»Das mußt du aber«, sagte Jeff. »Jeder muß in die Schule gehen.«

»Vielleicht schicken mich meine Eltern in eine andere Schule.«

»Aber warum?« fragte Sally. Sie hatte zu weinen aufgehört.

»Weil ich ein Krüppel bin.«

»Aber du kannst doch gehen, das hast du selbst gesagt.«

»Ich hinke. Alle werden mich auslachen.«

»Niemand wird dich auslachen«, sagte Sally. »Das werden wir gar nicht erst zulassen, wie, Jeff?« Jeff nickte. Er war unschlüssig, ob er etwas sagen sollte.

»Susan Peterson wird sich über mich lustig machen«, sagte Michelle. Ihre Stimme war ausdruckslos.

Sally zog ein Gesicht. »Susan Peterson macht sich über Gott und die Welt lustig. Es kommt nicht darauf an, was sie sagt. Man darf sich nicht um sie kümmern, weißt du.«

»So wie sich beim Picknick niemand um das gekümmert hat, was Susan gesagt hat.« Aus Michelles Stimme klang jetzt die ganze Bitterkeit, die sich in ihr angestaut hatte. »Warum laßt ihr mich eigentlich nicht in Frieden?«

Sally war erschrocken und überrascht. Sie glitt vom Bett. »Es... es tut mir leid«, stammelte sie. Ihr Gesicht hatte sich bis zu den Ohren gerötet. »Wir wollten dir nur helfen...«

»Niemand kann mir helfen«, sagte Michelle mit bebender Stimme. »Nur ich selbst kann mir helfen.«

Sie wandte sich ab und schloß die Augen. Jeff und Sally starrten sie ein paar Sekunden lang an, dann schlurften sie zur Tür.

»Ich komme dich bald wieder besuchen«, sagte Sally zaghaft.

Aber Michelle schwieg, und so folgte Sally dem Jungen, der sich bereits auf der Treppe befand.

June stand unten und nahm die beiden in Empfang. Sie wußte sofort, daß etwas schiefgelaufen war.

»Hat sie mit euch gesprochen?«

»Mehr oder weniger.« Sally war verunsichert. June sah ihr an, daß sie mit den Tränen kämpfte. Sie nahm das Mädchen in den Arm und drückte sie an sich.

»Du brauchst dir wegen Michelle keine Sorgen zu machen«, sagte sie eindringlich. »Laß dir das nicht so nahegehen. Weißt du, es war für sie eine furchtbare Erfahrung. Sie hat große Schmerzen durchgestanden, aber sie wird wieder ganz gesund werden. Wir müssen nur etwas Geduld haben.«

Sally nickte, und dann schossen ihr die Tränen aus den Augen. Sie schluchzte und barg den Kopf an Junes Schulter.

»Mrs. Pendleton, mir kommt es so vor, als wäre es unsere Schuld. Nur unsere Schuld.«

June nahm ihren Kopf zwischen die Hände und sah sie an. »Es ist nicht deine Schuld, und es ist nicht Jeffs Schuld. Es ist niemandes Schuld, und ich bin sicher, daß auch Michelle niemanden beschuldigt.«

»Werden Sie Michelle wirklich auf eine andere Schule schicken?« Jeffs Frage kam völlig unvermittelt. June sah ihn verständnislos an.

»Auf eine andere Schule? Wie meinst du das?«

»Michelle hat gesagt, sie würde vielleicht auf eine andere Schule überwechseln. Ich glaube auf eine Schule für... Krüppel.« Er tat sich schwer, den Satz zu vollenden. Er haßte das Wort Krüppel.

»Stimmt das, Mrs. Pendleton?« fragte Sally. Aufmerksam betrachtete sie Junes Gesicht. Die ließ sich keine Regung anmerken.

»Nun, wir haben darüber gesprochen...«, log sie. Wie kam Michelle auf die Idee, daß sie auf eine Schule für Behinderte gehen sollte? Davon war zwischen den Eltern und ihr zu keinem Zeitpunkt die Rede gewesen.

»Ich hoffe, sie bleibt auf unserer Schule«, sagte Sally. »Niemand wird sie auslachen – wirklich nicht.«

»Eine andere Schule? Wie kommt ihr überhaupt auf die Idee!« June fragte sich, wie das Gespräch der Kinder in Michelles Zimmer wohl verlaufen war. Sie wußte, daß es unklug war, die beiden jetzt auszufragen. »Es wäre nett, wenn ihr in ein paar Tagen wieder zu Besuch kommt«, sagte sie und lächelte aufmunternd. »Ich bin sicher, bis dahin geht es Michelle schon viel besser.«

Sie sah den Kindern nach, wie sie vom Haus auf das Kliff zugingen. Sally und Jeff schienen in einer regen Unterhaltung begriffen. Als Jeff sich umwandte, winkte June ihm zu, aber er winkte nicht zurück. Sein Gesicht war der Spiegel seiner Schuld. Er wandte sich ab und ging weiter.

Junes Laune, die sich mit der Ankunft Sallys und Jeffs verbessert hatte, sank auf einen Tiefpunkt. Sie wollte gerade zu Michelle hinaufgehen, um mit ihr zu reden, als Jennifer zu plärren anfing. June erklomm die Treppe und ging den Flur entlang. Vor Michelles Tür angekommen, blieb sie stehen. In diesem Augenblick wurde Jennifers Geschrei so durchdringend, daß June ihren Entschluß änderte. Sie würde sich erst um das Baby kümmern. Danach würde sie ihre Unterredung mit Michelle haben. Es war wichtig, daß Klarheit geschaffen wurde.

Michelle lag mit offenen Augen da und träumte. Ihr Blick war auf die Zimmerdecke gerichtet. Sie lauschte der Stimme.

Die Stimme war näher gekommen, so nahe wie nie zuvor. Immer noch mußte Michelle sehr genau hinhören, wenn sie die Worte verstehen wollte. Aber inzwischen hatte sie ja schon Übung.

Es war eine angenehme, eine musikalische Stimme. Michelle glaubte zu wissen, wem die Stimme gehörte.

Sie gehörte dem Mädchen. Dem Mädchen im schwarzen Kleid, das ihr zuerst im Traum und dann auf dem Friedhof erschienen war. Das letzte Mal hatte sie die Erscheinung an dem Tag gesehen, als Jennifer geboren wurde.

Zu Beginn hatte das Mädchen nur um Hilfe gerufen. Inzwischen sprach sie mit Michelle über alles mögliche. Michelle lag in ihrem Bett und lauschte.

»*Sie sind nicht deine Freunde*«, sagte die Stimme im Schmeichelton. »*Niemand von ihnen ist dein Freund.*«

»Du darfst Sally nicht glauben. Sally ist Susans Freundin, und Susan haßt dich.«

»Alle hassen sie dich.«

»Sie haben dich gestoßen.«

»Sie haben dich das Kliff hinabgestoßen.«

»Sie wollen dich töten.«

»Aber ich werde nicht zulassen, daß sie dich töten.«

»Ich bin deine Freundin, und ich werde dich beschützen. Ich werde dir helfen.«

»Wir werden einander helfen...«

Die Stimme verebbte, und dann wurde das Klopfen an der Tür so laut, daß Michelle nicht mehr weiterträumen konnte. Die Tür ging auf. Michelles Mutter kam ins Zimmer, sie trug die kleine Jennifer an sich gedrückt. »Wie geht's dir denn, mein Kleines?«

»Ganz gut.«

»Hast du dich gefreut, daß Sally und Jeff gekommen sind?«

»Hm.«

»Deine Schwester möchte dir gern guten Tag sagen.«

Michelle starrte das Baby an. Ihre Miene blieb ausdruckslos.

»Was haben Sally und Jeff denn so zu erzählen gehabt?« June spürte, wie die Traurigkeit ihre Fühler nach ihr ausstreckte. Michelle gab sich gleichgültig bis feindselig, kaum daß sie die Fragen ihrer Mutter beantwortete.

»Nichts Besonderes. Die wollten nur rasch reinschauen.«

»Aber ihr habt doch miteinander gesprochen, oder?«

»Eigentlich nicht.«

Ein dumpfes Schweigen senkte sich über den Raum. June zupfte an Jennifers Tuch herum und zerbrach sich den Kopf, welche Taktik sie jetzt mit Michelle einschlagen sollte. Sie rang sich zu einem Entschluß durch.

»Es wird Zeit, daß du aufstehst«, sagte sie knapp. Diesmal zeigte Michelle sogar so etwas wie eine Reaktion. Ihre Augenlider begannen zu flattern. Sie schien von einer Welle der Angst überflutet zu werden. Sie zog sich die Decke hoch bis zum Hals.

»Aber ich kann nicht aufstehen...«, begann sie. June unterbrach sie.

»Natürlich kannst du aufstehen«, sagte sie sanft. »Du stehst doch jeden Tag auf. Es ist gut für dich, wenn du dich soviel wie möglich bewegst. Du mußt aus dem Bett raus und gehen. Je mehr du übst, um so früher kannst du wieder in die Schule.«

»Ich will nicht in die Schule zurück«, sagte Michelle. June hatte es gar nicht mitbekommen, aber ihre Tochter hatte sich aufgesetzt. Sie suchte den Blick ihrer Mutter. »Ich will nicht mehr in die gleiche Schule, dort hassen mich alle.«

»Sei doch nicht albern«, sagte June. »Wer sagt, daß dich dort alle hassen?«

Michelle schien zornig, ihre Augen irrten durch den Raum. Schließlich fand sie, was sie suchte. Die Puppe war an ihrem üblichen Platz, auf dem Fenstersitz.

»Mandy sagt das, Mami. Amanda hat's gesagt!«

June ließ vor Staunen den Mund offenstehen. Sie sah Michelle an und dann die Puppe. Das Mädchen glaubte wohl selbst nicht, was es da sagte! Undenkbar, daß Michelle an solche Märchen glaubte. Aber dann verstand June, was passiert war. Eine Fantasiegefährtin. Michelle bildete sich eine Freundin ein. Jemand, der ihr am Krankenlager Gesellschaft leistete. Aber es war etwas mehr als Einbildung. Da war die Puppe mit den großen, dunklen Glasaugen. Das tote Gebilde schien sie mit seinen Blicken durchbohren zu wollen. June stand auf.

»Ich verstehe«, sagte sie hohl. »Nun gut.« *Lieber Gott, was ist in das Mädchen gefahren?* dachte sie. *Was ist mit uns passiert?* Sie war bestrebt, sich die Verwirrung nicht anmerken zu lassen. Sie lächelte, um Michelle zu signalisieren, daß alles in Ordnung war.

»Wir sprechen später noch drüber.« Sie beugte sich über ihre Tochter und gab ihr einen leichten Kuß auf die Wange. Michelles einzige Reaktion auf die zärtliche Geste war Abwehr. Sie schob sich tiefer unter die Decke. Jetzt saß sie nicht mehr, sie lag. June betrachtete ihr Gesicht, das keinerlei Gemütsregung mehr zeigte. Hätte Michelle nicht mit offenen Augen dagelegen, June hätte geschworen, daß sie eingeschlafen war.

Sie drückte Jennifer an sich. Rückwärtsgehend verließ sie den Raum.

Cal kam im Laufe des Nachmittags zurück. Er verbrachte den Rest des Tages mit Lesen. Er spielte auch mit der kleinen Jennifer. Zu June sagte er nur ein paar Worte. Er ging an jenem Tag nicht mehr zu Michelle aufs Zimmer.

June hatte den Tisch für das Abendessen gedeckt. Sie wollte gerade ihren Mann zum Essen rufen, als ihr ein Gedanke kam. Ohne das Für und Wider abzuwägen, ging sie ins Wohnzimmer, wo Cal in seinem Sessel saß. Er hielt Jennifer auf den Knien.

»Ich werde Michelle zum Essen runterrufen«, sagte sie. Sie sah, wie er zusammenzuckte. Aber er hatte sich schnell wieder gefangen.

»Heute abend? Warum das denn?« Aus seiner Stimme sprach die

Bereitschaft, sich auf einen Streit einzulassen. Aber June dachte nicht daran zurückzustecken.

»Michelle ist zuviel sich selbst überlassen. Du gehst nie zu ihr...«

»Das ist nicht wahr«, protestierte er. Er wollte weitere Argumente zu seiner Verteidigung vorbringen, aber June fiel ihm ins Wort.

»Es ist mir egal, ob's wahr ist oder nicht. Tatsache ist, daß das Mädchen zuviel allein ist. Falls du's noch nicht gemerkt hast, sie ertrinkt in Selbstmitleid. Ich sehe mir das nicht länger mit an. Ich gehe jetzt rauf und sage ihr, sie soll sich etwas überziehen und zum Abendessen herunterkommen, ob sie will oder nicht.«

June hatte den Raum kaum verlassen, als Cal seine kleine Tochter in die Extrawiege legte, die ins Wohnzimmer gestellt worden war. Er goß sich einen Drink ein. Er war beim zweiten Glas angekommen, als June zurückkam. Sie bat ihn, in die Küche zu kommen, wo sie den Tisch gedeckt hatte, er brachte sein Glas mit.

Sie saßen da und schwiegen. Sie warteten auf Michelle. Das Tikken der Wanduhr war zu hören. Cal begann an seiner Serviette zu zupfen.

»Wie lange willst du noch warten?« fragte er.

»Bis Michelle herunterkommt.«

»Und was ist, wenn sie überhaupt nicht kommt?«

»Sie wird kommen«, sagte June mit Bestimmtheit. »Ich weiß, sie wird kommen.« Aber sie war nicht so sicher, wie sie sich gab.

Die Minuten vertropften. June mußte sich zwingen, am Tisch sitzenzubleiben. Am liebsten wäre sie aufgesprungen und zu Michelle aufs Zimmer gelaufen. Dann wieder kam ihr der Gedanke, daß es wohl am besten war, wenn sie aufgab. Und plötzlich fiel ihr ein, vielleicht *konnte* Michelle gar nicht herunterkommen. Sie stand auf und eilte in den Flur.

Am oberen Ende der Treppe stand Michelle. Das Mädchen hatte sich ihren Morgenrock übergezogen und den Gürtel fest verknotet. Sie hielt mit einer Hand das Treppengeländer umklammert, die andere Hand hielt den Stock. Sie tastete die oberste Stufe ab.

»Soll ich dir helfen?« bot June an. Michelle sah ihr in die Augen, dann schüttelte sie den Kopf.

»Ich kann das schon«, sagte sie. »Ich kann das allein.«

June spürte, wie die Spannung von ihr wich. Aber als Michelle weitersprach, kehrte die Angst zurück, die ihr jetzt schon seit Stunden den Atem benahm. Ihr war, als hätte sich ein unsichtbares Muskelgeflecht um ihren Hals gelegt. Die Schlinge wurde zugezogen.

»Mandy wird mir helfen«, sagte Michelle ruhig. »Sie hat mir versprochen, daß sie mir hilft.«

Sehr behutsam kam Michelle die Treppe herunter.

Zwölftes Kapitel

Die Morgensonne war ein Strom aus sprühender Helligkeit, der sich durch die Fenster ins Malstudio ergoß. Die Strahlen drangen in jeden Winkel des Raumes, und der blendende Widerschein des Herbstes zauberte eine neue Stimmung auf die Leinwand. June stand vor der Staffelei. Sie hatte das Gemälde ein paar Tage zuvor begonnen. Das Motiv war der Blick aus dem Studio, und das Bild strahlte eine schwermütige, traurige Stimmung aus mit seinen düsteren Blau- und Grautönen, es gab die Gefühle wieder, die June in den vergangenen Wochen beseelt hatten. Heute morgen aber, im hellen Licht der Sonne, wirkten die Farben frischer, June erinnerte es an das Schauspiel in der kleinen Bucht, wenn der böige Wind die Wogen aufwühlte. Sie gab etwas Weiß auf den Pinsel und fügte den Wogenkämmen auf ihrem Gemälde etwas Gischt hinzu.

In einer Ecke des Malstudios stand die Korbwiege mit Jennifer. Die Kleine gurgelte und gurrte im Schlaf, die winzigen Hände waren um die Bettdecke gekrampft. June verließ ihren Platz an der Staffelei, um Jenny zu bewundern. Sie lächelte. Als sie gerade an die Leinwand zurückkehren und weitermalen wollte, bemerkte sie eine Bewegung vor den Fenstern.

Sie legte Palette und Pinsel beiseite, ging zur Fensterfront und sah in den Garten hinaus.

Michelle kam auf das Gartenhäuschen zu. Sie stützte sich auf ihren Stock.

June stand da und kämpfte mit ihren Gefühlen. Am liebsten wäre sie losgerannt, um Michelle zu helfen.

Daß Michelle Schmerzen hatte, stand ihr ins Gesicht geschrieben. Über den feinen, ebenmäßigen Zügen lag eine Maske der Konzentration, jeder Schritt war Kampf und Schmerz, obwohl sich das rechte Bein leicht bewegen ließ. Das linke Bein wurde nachgezogen, es sah aus, als müßte Michelle den Fuß jedesmal aus einem zähen Sumpf herausziehen. Nur mit äußerster Willenskraft kam sie voran.

June fühlte die Tränen über die Wangen kullern. Welch ein Unterschied zwischen dem zerbrechlichen Geschöpf, das da auf sie zugehumpelt kam, und der robusten, wendigen Michelle, die sie vor ein paar Wochen noch beim Herumtollen beobachtet hatte.

Ich darf nicht weinen, dachte sie. Wenn Michelle die Situation ertragen kann, dann kann ich es auch. Auf eine merkwürdige Weise zog June Kraft aus dem Anblick des schmerzverkrümmten Körpers, der dem Gartenhaus immer näher kam. Plötzlich schämte sie sich. Es war nicht gut, daß sie ihre Tochter ohne deren Wissen betrachtete. Sie wandte sich wieder der Staffelei zu und setzte ihre Arbeit fort. Als Michelle Minuten später an der Tür erschien, mimte June Überraschung.

»Wen haben wir denn da!« rief sie aus. Sie hatte einen fröhlichen Ton angeschlagen, obwohl ihr auf einmal gar nicht mehr fröhlich zumute war. Sie tat einen Schritt auf Michelle zu. Die winkte ab.

»Ich hab's geschafft«, sagte sie triumphierend. Sie ließ sich auf den Stuhl sinken. June sah, wie ihr linkes Bein schlaff herabhing. Michelle seufzte, und dann bahnte sich jenes Lächeln einen Weg in ihre Züge, das June so an ihrer Tochter liebte. »Wenn ich mich noch etwas mehr angestrengt hätte, hätte ich's in der halben Zeit schaffen können.«

»Tut es noch fürchterlich weh?« fragte June. Sie ließ die Maske der Fröhlichkeit zerschellen. Michelle schien über die Antwort nachzudenken, die sie ihrer Mutter geben wollte, und June fragte sich, ob sie wohl die Wahrheit zu hören bekommen würde oder eine gefällige, nichtssagende Auskunft, wie man sie jemandem gibt, dem man nicht weh tun will.

»Die Schmerzen sind nicht mehr so schlimm wie gestern«, sagte Michelle.

»Ich weiß nicht, ob es richtig war, daß du den ganzen Weg...«

»Ich wollte mit dir reden, Mutter.« Michelles Miene hatte sich mit feierlichem Ernst überzogen. Sie verlagerte ihr Gewicht auf dem Stuhl. Es war nur eine kleine Bewegung, und doch war die Anstrengung so schmerzhaft, daß Michelle aufstöhnte. Sie wartete, bis der Schmerz verebbt war.

»Worüber?« fragte June. »Worüber willst du mit mir reden?«
»Ich... ich weiß nicht. Es ist wegen...« Ihre Augen wurden feucht. June trat zu ihr und legte ihr den Arm um den Hals.
»Was hast du denn, mein Liebling? Sprich doch, bitte.«
Michelle vergrub ihren Kopf am Busen der Mutter. Der kleine Körper wurde von Schluchzen geschüttelt, und bei jeder Bewegung durchzuckte das Mädchen ein Schmerz, der auf June überging. Minuten verstrichen. June hielt ihre Tochter an sich gedrückt. Sie wartete, bis Michelle sich beruhigt hatte.
»Ist es so schlimm?« fragte sie. »Hast du so große Schmerzen?« Wie gern hätte June die Qualen ihrer Tochter auf sich genommen.
»Es ist wegen Vater«, sagte Michelle in ihre Gedanken hinein.
»Wegen Vater? Was ist mit ihm?«
»Er ist so... verändert«, sagte Michelle. Sie sprach so leise, daß June sie nur mit großer Anstrengung verstehen konnte.
»Verändert? Inwiefern?« Noch bevor sie die Frage ausgesprochen hatte, wußte sie die Antwort.
»Es begann, als ich den Unfall hatte«, sagte Michelle. Wieder wurde ihr Körper von Schluchzen geschüttelt. »Er liebt mich nicht mehr«, heulte sie. »Seit ich vom Kliff gestürzt bin, liebt er mich nicht mehr!«
June wiegte das Mädchen in ihren Armen, versuchte sie zu trösten. »Aber mein Liebling, das stimmt doch nicht. Du weißt selbst, daß es nicht stimmt. Dein Vater hat dich lieb. Er hat dich sehr, sehr lieb.«
»Aber er benimmt sich nicht wie ein Vater, der seine Tochter lieb hat«, schluchzte Michelle. »Er... er spielt nicht mehr mit mir, er spricht nicht mehr mit mir, und wenn ich etwas zu ihm sage, geht er aus dem Zimmer.«
»Also wirklich... Das stimmt doch gar nicht«, sagte June. Aber sie wußte, daß Michelle die Wahrheit sagte. Sie hatte Angst gehabt vor dieser Aussprache mit ihrer Tochter. Sie wußte, daß Michelle früher oder später bemerken würde, wie sehr Cal sich verändert hatte, und natürlich würde die Tochter auch spüren, daß es mit ihr, mit Michelle, zu tun hatte. Das Mädchen in ihren Armen hatte zu zittern begonnen, obwohl es im Studio angenehm warm war.
»Es stimmt doch«, sagte Michelle. Die Stimme klang gedämpft, weil Michelles Lippen die Bluse ihrer Mutter berührten. »Heute vormittag habe ich ihn gebeten, daß er mich in die Praxis mitnimmt.

Ich wollte nur etwas im Wartezimmer sitzen und in den Zeitschriften lesen! Aber er hat's mir nicht erlaubt.«

»Ich bin sicher, das hat nichts damit zu tun, daß er dich nicht bei sich haben wollte«, log June. »Er hatte wahrscheinlich viel Arbeit in der Praxis, so daß er sich nicht um dich hätte kümmern können.«

»Er hat keine Zeit mehr für mich. Überhaupt keine Zeit mehr.«

June zog ihr Taschentuch hervor und trocknete Michelle die Tränen. »Ich mache dir einen Vorschlag«, sagte sie. »Ich werde heute abend mit ihm sprechen und ihm klarmachen, es ist sehr wichtig, daß du mal aus dem Haus kommst. Ich bin sicher, dann nimmt er dich morgen mit. Einverstanden?«

Michelle schneuzte sich ins Taschentuch. »Ja«, sagte sie leise. Sie richtete sich auf und versuchte ein Lächeln. »Er hat mich doch noch lieb, oder?«

»Natürlich hat er dich noch lieb«, versicherte June ihrer Tochter. »Ich bin sicher, mit Vater ist alles in Ordnung, du machst dir umsonst Sorgen. Und nun laß uns von etwas anderem reden.« Sie hoffte, daß ihr schnell genug ein neues Thema einfallen würde. »Von der Schule zum Beispiel. Findest du nicht, es ist Zeit, daß du wieder in die Schule gehst?«

Michelles Unsicherheit war nicht gespielt. »Ich will nicht wieder in die Schule in Paradise Point gehen. Die werden mich doch nur auslachen. Krüppel lachen sie immer aus, Mami.«

»In den ersten Tagen vielleicht«, räumte June ein. »Du mußt in diesem Fall einfach die andere Wange hinhalten. Kümmere dich nicht darum. Und außerdem bist du doch gar kein Krüppel. Du hinkst nur etwas, und bald ist auch das Hinken Vergangenheit, dann läufst du daher wie die anderen Kinder.«

»Ich hinke«, sagte Michelle ruhig. »Und ich werde den Rest meines Lebens hinken.«

»Das wirst du nicht«, widersprach ihr June. »Du wirst wieder ganz gesund werden. Alles wird sein wie vorher.«

Michelle schüttelte den Kopf. »Ich werde nicht wieder gesund, Mutter. Ich werde mich an die Behinderung gewöhnen, aber gesund werde ich nie wieder.« Unter Schmerzen stand sie auf. »Darf ich etwas spazierengehen?«

»Du willst spazierengehen?« sagte June voller Angst. »Wo denn?«

»Am Kliff entlang. Ich gehe nicht weit, ich versprech's dir.« Sie suchte den Blick ihrer Mutter. »Wenn ich wieder in die Schule gehen soll, muß ich gehen üben, oder?«

Michelle wollte wieder in die Schule gehen. Vor einer Minute hatte sie noch gesagt, sie wollte *nicht* in die Schule gehen. June war verwirrt. Sie nickte. »Natürlich. Aber sei vorsichtig, mein Liebling. Versuche nicht zum Strand runterzugehen, hörst du?«

»Ich werde nicht zum Strand runtergehen«, versprach Michelle. Sie wollte zur Tür gehen, als ihr Blick auf den Fleck am Boden fiel. »Ich dachte, der Fleck wäre weg.«

»Wir haben es mit allem möglichen versucht«, sagte June, »aber der Fleck geht nicht weg. Wenn ich nur wüßte, was es ist...«

»Warum fragst du nicht Dr. Carson? Der müßte das doch wissen.«

»Vielleicht spreche ich mit ihm«, sagte June. Dann: »Wie lange bleibst du weg, Michelle?«

»So lange wie nötig«, sagte Michelle. Auf ihren Stock gestützt humpelte sie ins Sonnenlicht hinaus.

Dr. Josiah Carson legte den Kopf in den Nacken. Er fuhr sich mit einer Hand durch die weiße Haarmähne, mit den Fingern der anderen Hand trommelte er auf der Schreibtischplatte. Wie immer wenn er allein war, dachte er über Alan Hanley nach. Alles war gut gewesen, bis Alan vom Dach fiel. War er wirklich *gefallen?*

Josiah war sich da nicht so sicher. So viele merkwürdige Dinge hatten sich in diesem Haus ereignet. So viele Menschen waren gestorben.

Seine Gedanken wanderten in die Vergangenheit. Das Leben mit Sarah, seiner Frau, war vollkommen gewesen. Wenigstens hatte es zu Beginn so ausgesehen. Sie hatten sich darauf gefreut, eine große Familie zu haben. Aber dann war alles anders gekommen. Sarah war bei der Geburt des ersten Kindes, einer Tochter, gestorben. Es hätte nicht passieren dürfen. Es gab keine begreifbare Ursache für diesen Tod. Sarah war eine gesunde Frau gewesen, die Schwangerschaft war völlig normal verlaufen, ohne Beschwerden, aber bei der Geburt der Tochter war die Mutter gestorben. Danach hatte Josiah seine ganze Liebe der neugeborenen Tochter zugewendet, die er Sarah getauft hatte.

Sarah war zwölf Jahre alt, als es geschah.

Eines Morgens war er in die Küche gekommen, er hatte den begehbaren Kühlschrank geöffnet.

Er hatte seine Tochter tot vorgefunden. Sie hielt eine Puppe in den Armen, die er nie zuvor gesehen hatte.

Warum war sie in den Kühlschrank gegangen? Josiah hatte auf diese Frage nie eine Antwort bekommen.

Er begrub die kleine Sarah, und er begrub die Puppe mit ihr.

Er war allein geblieben. Vierzig Jahre waren vergangen. Er hatte gehofft, daß das Unglück nicht aufs neue zuschlagen würde.

Aber dann war Alan Hanley vom Dach gestürzt.

Josiah war überzeugt, daß Alan nicht ausgerutscht war, wie alle anderen glaubten. Nein, es steckte etwas anderes dahinter. Der Beweis war die Puppe.

Die Puppe, die er mit seiner Tochter begraben hatte.

Die Puppe, die zum Vorschein kam, als er Alan aufhob.

Die Puppe, die Michelle Pendleton ihm gezeigt hatte.

Josiah hätte Alan gern gefragt, was es mit der Puppe auf sich hatte, aber der arme Junge hatte das Bewußtsein nicht mehr erlangt. Er war Dr. Pendleton unter den Händen gestorben. Cal hatte Alan getötet, jawohl.

Wenn Cal den Jungen nicht getötet hätte, dann hätte Josiah herausfinden können, was auf dem Dach passiert war. Er hätte erfahren, was Alan gedacht, gefühlt, gehört hatte. Er hätte herausgekriegt, was eigentlich in diesem Haus vorging, er hätte endlich gewußt, warum seine Frau und seine Tochter sterben mußten. Nun würde er es nie erfahren. Dr. Cal Pendleton hatte die große Chance zunichte gemacht.

Er würde sich rächen.

Die Vorbereitungen waren getroffen.

Es war ganz einfach gewesen. Der Schlüssel hieß Schuld. Cal fühlte sich schuldig an Alans Tod. Nachdem das feststand, war alles sehr leicht gegangen. Er hatte ihm die Praxis verkauft. Er hatte ihm das Haus verkauft. Der Plan war gut eingefädelt.

Cal wohnte in dem Haus. Die Puppe war zurückgekehrt. Cal saß in der Falle. Die Puppe war bei Cals Tochter.

Was immer geschehen würde, das Opfer würde kein Mitglied der Carsonsippe sein.

Das Opfer würde ein Pendleton sein.

Er vernahm Geräusche und fuhr aus seinen Gedanken hoch. Die

Geräusche kamen aus dem Sprechzimmer nebenan, wo Cal eine junge Patientin untersuchte. Das Mädchen hieß Lisa Hartwick.

Cal hatte Josiah gebeten, die Untersuchung des Mädchens zu übernehmen, aber der hatte sich geweigert. Schließlich war Dr. Pendleton der neue Arzt. Josiah wußte, daß Cal vor der Behandlung von Kindern zurückschreckte. Cal hatte das Gefühl, daß er bei der Behandlung von Kindern einen Fehler nach dem anderen begehen würde.

Dr. Carson konnte ihn gut verstehen. Lisa Hartwick stand im Sprechzimmer und sah Dr. Pendleton mißtrauisch an. Sie hatte die Augen zusammengekniffen. Die Ponyfransen hingen ihr tief in die Stirn. Als er sie anwies, den Mund zu öffnen, schmollte sie.

»Warum?«

»Damit ich dir in den Hals schauen kann«, sagte Cal. »Wenn du mich nicht reinschauen läßt, kann ich dir auch nicht sagen, warum dir der Hals weh tut.«

»Ich habe keine Halsschmerzen. Das habe ich meinem Vater nur gesagt, damit ich nicht in die Schule gehen mußte.«

Cal legte den Mundspiegel auf den Instrumententisch zurück. Ein Gefühl der Erleichterung durchflutete ihn. Bei der Behandlung dieses Kindes würde es keine gefährlichen Situationen geben. Allerdings, diese Lisa Hartwick war alles andere als sympathisch. Er empfand Widerwillen, wenn er sie nur ansah.

»Ich verstehe«, sagte er. »Gehst du nicht gerne in die Schule?«

»Nicht so besonders. Ich mag die hochnäsigen Kinder in diesem Ort nicht. Wenn man nicht hier geboren ist, behandeln sie einen wie den letzten Dreck.«

»Ich weiß nicht«, widersprach Cal. »Meine Tochter hat sich mit den Kindern in der Schule ganz gut angefreundet.«

»Das *glaubt* sie«, sagt Lisa. »Wie es wirklich ist, das wird sie feststellen, wenn sie wieder in die Schule kommt.« Sie sah Cal forschend an. »Stimmt es, daß sie nicht mehr gehen kann?«

Cals Gesicht überzog sich mit Röte. Seine Antwort kam schroff. »Sie kann sogar recht gut gehen. Sie hat kaum noch Beschwerden, innerhalb kürzester Zeit wird sie die ganze Sache vergessen haben. Es war nur ein leichter Sturz.« Er mußte lügen, er konnte nicht anders. Irgendwie erleichterte es ihn, wenn er den Menschen sagen konnte, Michelle würde wieder ganz gesund werden. Vielleicht, nur vielleicht, würde sie wirklich wieder ganz gesund werden.

»Ich habe aber ganz etwas anderes gehört«, sagte Lisa. Ihr Gesichtsausdruck wurde weich. Sie war jetzt ein kleines, verletzliches Geschöpf, nicht mehr die Lisa Hartwick, die auftrumpfend ins Sprechzimmer marschiert kam. »Ich habe übrigens das gleiche Problem wie Michelle«, sagte sie leise. »Ich habe auch keine Mutter mehr.«

Cal verstand nicht gleich, was sie meinte. Dann dämmerte es ihm. »Aber Michelle hat eine Mutter«, sagte er. »Wir haben sie adoptiert, als sie noch ein Baby war.«

»Aha«, sagte Lisa. Die Enttäuschung war ihr deutlich anzumerken.

»Ich glaube allerdings, daß ihr beide trotzdem ein paar Dinge gemeinsam habt«, fuhr Cal fort. »Ihr seid beide nicht in Paradise Point geboren, und ihr seid beide Waisen. Du bist Halbwaise, und Michelle war Vollwaise, als wir sie adoptierten. Weißt du, Lisa, ich würde mich freuen, wenn du Michelle einmal besuchen würdest...« Er ließ den Vorschlag im Raum verklingen, neugierig auf Lisas Echo.

»Vielleicht besuche ich sie«, sagte Lisa lustlos. »Vielleicht auch nicht.« Noch bevor Cal etwas antworten konnte, war sie aus dem Sprechzimmer geschlüpft.

Als Cal das gemeinsame Büro betrat, tat Dr. Carson, als wäre er in die Lektüre einer medizinischen Zeitschrift vertieft. Er wartete, bis Cal Platz genommen hatte, dann ließ er das Magazin sinken.

»Alles klar?« fragte er.

»Ein schwieriges Mädchen«, sagte Cal.

»Ein schwieriges Mädchen? Ein Satansbraten, würde ich sagen.«

»Sie hat's auch nicht leicht im Leben.«

»Niemand hat's leicht im Leben«, sagte Josiah scharf.

Cal zuckte zusammen. Er zwang sich, dem anderen in die Augen zu sehen. »Was wollen Sie damit sagen?«

»Legen Sie's aus, wie Sie wollen.«

Cal hatte das Gefühl, als hätte ihm jemand den Stecker herausgezogen. Mutlos ließ er sich auf einen Stuhl sinken. Sein Blick war ohne Leben.

»Ich weiß nicht mehr, was ich machen soll, Josiah. Ich kann Michelle nicht mehr in die Augen sehen. Ich kann nicht mehr mit ihr reden, ich kann sie nicht einmal mehr berühren. Ich muß immer an

Alan Hanley denken. Was habe ich damals falsch gemacht? Was habe ich bei Michelle falsch gemacht?«

»Wir alle machen Fehler«, sagte Dr. Carson. »Sie brauchen sich keine Vorwürfe zu machen, weil Sie in einer Streßsituation versagt haben. Wir müssen lernen, unsere Grenzen zu akzeptieren. Wir müssen damit leben, daß wir fehlbar sind.«

Er machte eine Pause. Er war neugierig, wie Cal reagieren würde. Vielleicht hatte er die Daumenschrauben zu schnell zugedreht. Aber nein, Cal sah ihn ganz freundlich an, er schien ihm sehr aufmerksam zuzuhören. Josiah lächelte. Er beschloß seine Taktik zu ändern. »Vielleicht bin ich an allem schuld. Was Michelle zugestoßen ist, dafür trage ich ganz sicher die Verantwortung. Wenn ich Ihnen nicht das verdammte Haus verkauft hätte...«

Cal starrte ihn erschrocken an. »Das verdammte Haus? Warum sagen Sie das, Josiah?«

Der andere setzte sich bequem. »Ich hätte den Ausdruck nicht benutzen dürfen, entschuldigen Sie. Es ist mir so herausgerutscht.«

Aber so leicht ließ Cal sich nicht abschütteln.

»Gibt es etwas mit dem Haus, was Sie mir noch nicht gesagt haben, Josiah?«

»Eigentlich nicht«, sagte Dr. Carson vorsichtig. »Ich habe nur allmählich den Eindruck, daß es ein Unglückshaus ist. Erst Alan Hanley, dann Michelle...« Cal war nicht sicher, ob er einen weiteren Namen genannt hatte, so undeutlich sprach er.

Cal kam sich betrogen vor. Er liebte das Haus, liebte es jeden Tag mehr, und er wollte nicht, daß irgend jemand etwas Schlechtes über das Haus sagte. »Es tut mir leid, daß Sie so denken, Josiah. Für mich ist es ein gutes Haus.«

Er zog sich seinen weißen Kittel aus. Er würde zum Mittagessen heimfahren. Er war schon an der Tür angelangt, als er den Entschluß faßte, dem alten Arzt ein Friedensangebot zu unterbreiten.

»Josiah?«

Dr. Carson sah ihn fragend an.

»Ich möchte, daß Sie eines wissen, Josiah. Ich bin Ihnen sehr dankbar für alles, was Sie für mich getan haben. Ich weiß nicht, wie ich das alles ohne Sie durchgestanden hätte. Ich schätze mich glücklich, daß ich einen Freund wie Sie habe.« Cal stand da und dachte über seine Worte nach. Als die Verlegenheit unerträglich wurde, eilte er hinaus.

Dr. Carson dachte über die drei Worte nach, die Cals Widerspruch ausgelöst hatten.

Das verdammte Haus.

Es ist wirklich ein verdammtes Haus, dachte er. Vor ihm erstand das Bild des Fleckes. Der Fleck auf dem Fußboden des Gartenhäuschens.

Der Fleck, den niemand hatte beseitigen können.

Der Fleck, der ihn ein ganzes Leben lang verfolgt hatte. Dr. Carson ahnte, daß es einen Zusammenhang gab zwischen dem Fleck und der Puppe.

Die Puppe würde den Pendletons als Geist erscheinen, würde sie verfolgen, würde sie quälen.

Die Jagd hatte begonnen.

Dr. Josiah Carson hätte nicht zu sagen vermocht, wer oder was in diesem Haus die Unglücksfälle auslöste. Er war nicht sicher, aber er hatte so seine Vermutungen. Und inzwischen zeichnete sich ab, daß seine Vermutungen korrekt waren. Michelle... Sie war nur ein Glied in der Kette. Es würde weitergehen, immer weiter...

Michelle war auf dem kleinen Friedhof angekommen. Sie betrachtete den Grabstein, auf dem nur ein einziges Wort stand.

AMANDA

Sie reinigte ihren Geist von allen störenden Gedanken. Ihr Kopf mußte frei sein, wenn die Stimme kam.

Es kam, wie sie erwartet hatte. Die Stimme war noch weit entfernt, aber sie näherte sich stetig.

Als die Stimme deutlicher wurde, verblaßte das Licht der Sonne. Vom Meer stieg Nebel auf. Das milchige Weiß umschloß die Gestalt des Mädchens.

Michelle hatte das Gefühl, sie sei allein auf der Welt.

Und dann war ihr, als sei sie von einer Hand berührt worden. Jemand hatte den Arm ausgestreckt und sie angefaßt. Sie war nicht mehr allein.

Sie wandte sich um. Hinter ihr stand das schwarze Mädchen. Ihr Kleid reichte fast bis auf die Erde. Sie trug eine Haube. Der

Blick der blinden Augen war auf Michelle gerichtet. Sie schien ihr zuzulächeln.

»Du bist Amanda«, flüsterte Michelle. Ihre Worte wurden vom Nebel verschluckt. Das Mädchen nickte.

»Ich habe dich erwartet«, sagte das schwarzgekleidete Mädchen. Die Stimme war sanft und melodisch. »Ich warte schon so lange auf dich. Wir werden gute Freunde sein, du und ich.«

»Ich... ich habe keine Freunde«, murmelte Michelle.

»Ich weiß. Mir geht es wie dir, ich habe auch keine Freunde. Aber jetzt haben wir einander, und alles wird gut.«

Michelle stand regungslos vor dem Grab und starrte die merkwürdige, vom Nebel umwallte Erscheinung an. Eine unbestimmte Angst umfing sie. Aber Amandas Worte waren Trost. Und sie sehnte sich nach einer Freundin.

Sie sprach kein Wort. Sie wußte, Amanda war ihre Freundin.

Dreizehntes Kapitel

»Bist du sicher, daß du zurechtkommst?«

»Wenn ich nicht mehr weiter weiß, werd' ich dich anrufen, oder Fräulein Hatcher wird dich anrufen, oder *irgend jemand* wird dich anrufen«, antwortete Michelle. Sie stieß die Wagentür auf, setzte den rechten Fuß auf den Bürgersteig, stützte ihren Stock auf und stieg aus. June sah, wie ihre Tochter zu schwanken begann. Nach ein paar Sekunden gewann Michelle das Gleichgewicht zurück, sie schlug die Wagentür zu. Ohne sich von ihrer Mutter zu verabschieden, humpelte sie auf das Schulgebäude zu. June blieb regungslos hinter dem Steuer sitzen. Sie sah ihrer Tochter nach, bis sie in der Schule verschwand.

Vorsichtig erklomm Michelle die Stufen, mit der Linken umfaßte sie das Geländer, die Rechte hielt den Stock. Sie setzte den rechten Fuß auf die nächsthöhere Stufe und zog den linken nach. Sie kam nur langsam voran. Als sie die sieben Stufen bewältigt hatte, drehte sie sich um und winkte ihrer Mutter zu. June war erleichtert. Sie legte den Gang ein und lenkte den Wagen auf die Fahrbahn. Während der Nachhausefahrt sandte sie ein Stoßgebet zum Himmel. Lieber Gott, mach, daß alles wieder gut wird. Sie freute sich auf den

Tag, den sie mit ihrem Baby verbringen konnte. Sie freute sich aufs Malen. Und sie hatte ein schlechtes Gewissen, weil sie sich freute.

Corinne Hatcher hatte bereits mit dem Unterricht begonnen, als die Tür aufging. Michelle erschien auf der Schwelle, auf ihren Stock gestützt. Der Gesichtsausdruck war unsicher. Ob dies überhaupt das richtige Klassenzimmer war? In den Bänken breitete sich Schweigen aus. Die Schülerinnen und Schüler reckten die Hälse.

Michelle beachtete sie nicht. Sie humpelte den Gang entlang. Ihr Ziel war der freie Platz in der ersten Reihe. Der Platz zwischen Sally und Jeff, der offensichtlich für sie freigehalten worden war. Sie setzte sich. Sie sah Fräulein Hatcher an und lächelte.

»Es tut mir leid, daß ich zu spät gekommen bin«, sagte sie scheu.

»Das macht nichts«, sagte Corinne. »Wir haben gerade erst angefangen. Ich freue mich, daß du wieder da bist.« Sie warf einen Blick in die Runde. »Kinder, wollt ihr Michelle nicht willkommen heißen?«

Gemurmel in den Bänken. Und dann sagte ein Kind nach dem anderen die Grußformel. Sally Carstairs gab Michelle sogar die Hand, aber Michelle zog ihre Hand gleich wieder zurück. Jeff sagte etwas, aber dann wurde er von Susan Peterson zurechtgewiesen, er verstummte. Als Michelle ihn ansah, wandte er sich ab. Ihr Gesicht überzog sich mit flammender Röte.

Der Unterricht begann, aber Michelle konnte sich nicht konzentrieren. Es war ein furchtbares Gefühl, sie war sich bewußt, daß nicht Fräulein Hatcher, sondern sie der Mittelpunkt war, alle starrten sie an, die Blicke waren wie Dolche in ihrem Rücken. Flüstern war zu hören. Die Mädchen sprachen gerade so leise, daß Michelle sie nicht verstehen konnte.

Fräulein Hatcher blieb die Unruhe in der Klasse nicht verborgen. Sie erwog, die Erörterung des Lehrstoffes abzubrechen und statt dessen mit den Schülern über den Unfall zu sprechen, den Michelle erlitten hatte, über den Unfall und die Folgen. Aber sie verwarf die Idee. Michelle würde zu sehr darunter leiden. Und so verstärkte sie ihre Bemühungen, die Kinder mit Aufgaben zu beschäftigen, so daß sich das allgemeine Interesse von der behinderten Mitschülerin abwenden würde. Corinne war erleichtert, als die Pausenglocke zu läuten begann. Die Kinder stürmten hinaus. Michelle wollte aufstehen, aber die Lehrerin gebot ihr sitzen zu bleiben.

Sie waren allein. Corinne nahm ihren Stuhl und stellte ihn vor Michelles Bank. Sie setzte sich.

»Na, das war doch gar nicht so schlimm, oder?« fragte sie. Sie war bemüht, im normalen Gesprächston zu bleiben. Michelle sah sie verständnislos an.

»Was war nicht so schlimm?«

»Die erste Schulstunde nach deinem Unfall.«

»Alles in Ordnung«, sagte Michelle. »Hatten Sie denn Probleme erwartet?« Sie sprach in einem herausfordernden Tonfall, der Corinne bestürzte. Es war, als wollte das Mädchen ein Gespräch über das Geflüster heraufbeschwören, das während des Unterrichts die Stimmung im Raum beherrscht hatte.

»Wie wäre es, wenn wir uns zusammen die letzten Kapitel im Lesebuch ansehen«, sagte Corinne. »Du hast einiges aufzuholen.« Sie war bereit, auf Michelle einzugehen. Wenn das Mädchen nicht über die Reaktion ihrer Mitschüler sprechen wollte, nun gut, dann würde sie dieses Thema aussparen.

»Ich arbeite das allein nach«, sagte Michelle. »Ich brauche keine Hilfe. Kann ich jetzt auf die Toilette gehen?«

Corinne starrte das Mädchen an, das sich so ruhig, so selbstsicher gab. Sie verstand das nicht. Michelle hätte eigentlich nervös sein müssen, unsicher und zögerlich. Sie hätte weinen müssen. Es war *unnatürlich*, daß sie in einer solchen Situation ganz einfach sagte, sie wolle jetzt auf die Toilette gehen. Corinne verdrängte die Fragen, die ihr auf der Zunge lagen. Wie schade, daß Tim Hartwick, der Schulpsychologe, heute keinen Dienst hatte. Corinne sah Michelle nach, die zur Tür unterwegs war. Corinne Hatcher machte sich Sorgen.

Michelle war froh, daß der Korridor menschenleer war. Sie würde von niemandem beobachtet werden, wie sie zur Mädchentoilette humpelte. Niemand würde sie anstarren, wenn sie mit der Spitze ihres Stocks die Dielenbretter abtastete.

Schade, daß ich mich nicht unsichtbar machen kann, dachte sie.

Die Kinder hatten sie ausgelacht. Es war gekommen, wie sie es befürchtet hatte. Sally hatte kaum ein Wort mit ihr gesprochen. Die anderen hatten geschwiegen.

Nun, sie dachte nicht daran, vor der Klasse zu kapitulieren.

Sie stieß die Tür zur Mädchentoilette auf und überquerte die

Schwelle. Sie trat vor den Spiegel, um ihr Gesicht zu betrachten. Ob man ihr ansah, welche Schmerzen sie ausstand?

Es war wichtig, daß niemand ihr die Schmerzen ansah. Niemand durfte erfahren, wie sehr sie litt. Niemand durfte wissen, was sie fühlte.

Wie zornig sie war.

Besonders auf Susan Peterson.

Susan hatte mit Jeff gesprochen.

Susan hatte etwas zu Jeff gesagt, und daraufhin hatte Jeff das Gespräch mit Michelle abgebrochen.

Amanda hatte recht. Diese Kinder waren nicht ihre Freunde. Nicht mehr. Michelle beugte sich über das Becken und wusch sich das Gesicht. Sie betrachtete noch einmal ihr Spiegelbild. »Es kommt nicht darauf an«, sagte sie laut. »Ich brauche die Kinder nicht. Amanda ist meine Freundin. *Zur Hölle mit allen anderen!*« Sie erschrak, als sie sich den Fluch aussprechen hörte. Sie machte einen Schritt rückwärts und kam ins Stolpern. Sie fing sich im Fallen, hielt sich am Rande des Waschbeckens fest. Sie gewann ihr Gleichgewicht zurück. Die Frustration kam über sie wie eine Woge aus Gift. Sie hätte weinen mögen, aber sie war entschlossen, sich keine Schwäche merken zu lassen. Sie würde nicht aufgeben. *Ich werde es ihnen zeigen,* schwor sie sich. *Allen werde ich es zeigen!*

Unter Schmerzen humpelte sie zum Klassenzimmer zurück.

Nach der Pause war alles anders. Das Flüstern hatte aufgehört. Die Kinder saßen über ihre Bücher gebeugt.

Hin und wieder blickte ein Mädchen verstohlen zu Michelle hinüber, und von Michelle irrten die Blicke zu Susan Peterson. Es war unklar, ob die Mädchen gemerkt hatten, daß jetzt alles anders war. Keine der Schülerinnen äußerte eine Gemütsregung, aus der sich Schlüsse ziehen ließen.

Keine außer Sally Carstairs. Sally war kreuzunglücklich. Alle paar Minuten sah sie von ihrem Schulbuch auf, sie blickte zu Michelle herüber, und dann starrte sie an Jeff Benson vorbei auf Susan Peterson. Die Blicke der beiden trafen sich, Susans Lippen wurden zu schmalen Strichen. Susan schüttelte den Kopf, und Sally errötete.

Als die Mittagspause begann, blieb Michelle allein im Klassenzimmer zurück, alle Kinder waren hinausgerannt, und auch Sally

Carstairs hatte sich mit abgewandtem Gesicht an ihr vorbeigedrängt. Michelle holte ihr Lunchpaket aus dem Bücherbeutel hervor. Sie stand auf und humpelte zur Tür.

»Möchtest du nicht hierbleiben und mit mir zu Mittag essen?« bot Corinne Hatcher ihr an.

Ein paar Sekunden lang zögerte Michelle, dann schüttelte sie den Kopf. »Ich esse draußen«, verkündete sie.

»Möchtest du wirklich draußen essen?« Corinne lächelte ihrer Schülerin freundlich zu.

Michelle nickte. »Ich werde draußen auf der obersten Stufe sitzen, wo ich alles sehen kann«, sagte sie. Sie hatte die Tür erreicht und blieb stehen. Sie wandte sich um und sah Corinne in die Augen. »Es ist wichtig, daß ich sehen kann. Wußten Sie, Fräulein Hatcher, daß das sehr wichtig ist?« Ohne die Antwort der Lehrerin abzuwarten, verließ Michelle das Klassenzimmer.

Michelle hatte auf der obersten Stufe der Treppe Platz genommen, das linke Bein hatte sie steif von sich gestreckt. Das rechte Bein war hochgezogen, so daß ihr Kinn auf dem Knie ruhte. Michelle ließ ihren Blick über das Schulgelände schweifen.

Sie entdeckte ihre Klassenkameraden im Schatten des großen Ahornbaumes. Susan und Jeff und Sally und die anderen. Sie standen in einer Gruppe zusammen und tuschelten.

Und Michelle wußte sofort, die Kinder sprachen über sie.

Susan Peterson tat sich durch besonderen Eifer hervor. Michelle konnte sehen, wie Susan sich vorbeugte und einem Mädchen etwas ins Ohr flüsterte. Sie konnte das Gesicht des anderen Mädchens nicht erkennen, auch nicht, als die beiden zu ihr herübersahen und kicherten.

Einmal sagte Susan etwas zu Sally, aber Sally schüttelte bloß den Kopf. Gleich darauf sah Sally in eine andere Richtung.

Michelle löste den Blick von der Gruppe. Es war sehr schwer, nicht mehr zu der Gruppe hinüberzusehen, aber sie schaffte es. Sie ließ den Blick über den Rasen wandern. Nahe beim rückwärtigen Zaun spielten Kinder der vierten Klasse Softball. Es ging so ähnlich wie Baseball, aber der Ball war etwas größer und etwas weicher. Michelles Gedanken färbten sich mit Neid, als sie die Kinder rennen sah. Früher hatte sie auch Softball gespielt. Sie war schneller gelaufen als alle anderen.

Früher.
Gegenüber, in der Nähe des Tors, saß Lisa Hartwick im Gras. Sie war allein. Einen Augenblick lang fühlte Michelle den Wunsch, Lisa möge zu ihr kommen und sich neben sie auf die Treppenstufen setzen, aber dann fiel ihr ein, die anderen Kinder mochten Lisa nicht. Zwar war es so, daß die Klassenkameraden schon jetzt nicht mehr mit ihr, mit Michelle, sprachen, aber wenn sie nett zu Lisa war, würde das alles nur noch schlimmer machen.

Am Fuße der Treppe spielten drei Mädchen. Die Mädchen waren vielleicht acht Jahre alt. Sie warfen Münzen. Sie merkten nicht, daß Michelle ihnen bei ihrem Spiel zusah. Michelle erinnerte sich an das Spiel, sie hatte das gespielt, als sie acht Jahre alt war. Sie war nie sehr geschickt gewesen bei diesem Spiel, irgendwie waren ihr die Münzen immer durch die Finger geglitten. Es war ein Spiel, bei dem man nicht zu rennen brauchte. Ein Spiel, bei dem Michelle trotz ihrer Behinderung hätte mitmachen können. Vielleicht konnte sie die Mädchen bitten, ob...

Die Glocke schrillte. Die Mittagspause war zu Ende.

Michelle stand auf und humpelte ins Gebäude zurück. Sie setzte ihren Stolz darein, das Klassenzimmer vor den anderen zu erreichen. Sie setzte sich in die hinterste Bankreihe. Sie saß jetzt so, daß die Schüler sich umdrehen mußten, wenn sie Michelle ansehen wollten.

Sie saß ihnen im Nacken.
Sie konnte sie beobachten.
Sie konnte feststellen, wer sie auslachte...

Es war zehn nach drei. Die Glocke schrillte. Der Unterricht war zu Ende. Corinne Hatcher gab Michelle das Zeichen zu warten. Sie bat sie, zu ihr ans Pult zu kommen. Das Klassenzimmer hatte sich geleert, es war still im Raum. »Ich möchte mich für die Klasse entschuldigen.«

Michelle stand vor dem Pult und sah Fräulein Hatcher an. Ihr Gesicht verriet keine Bewegung. Eine Maske aus Gleichgültigkeit.

»Sie möchten sich entschuldigen? Warum?«

»Weil sich die Kinder dir gegenüber so schlimm aufgeführt haben. Die haben sich wirklich ganz übel benommen.«

»So? Davon habe ich gar nichts gemerkt«, sagte Michelle teilnahmslos.

Corinne lehnte sich in ihrem Stuhl zurück. Sie klopfte mit dem Bleistift auf die Tischplatte. »Mir ist aufgefallen, daß du nicht mit den anderen gegessen hast.«

»Ich sagte Ihnen ja schon, daß ich oben auf der Treppe sitzen bleiben würde. Es fällt mir nicht sehr leicht, Stufen runterzugehen. Kann ich jetzt verschwinden? Ich habe einen weiten Heimweg.«

»Willst du etwa zu Fuß nach Hause gehen?« Corinne war entsetzt. Das Mädchen durfte nicht zu Fuß nach Hause gehen, der Weg war zu weit. Aber Michelle bejahte die Frage ganz eifrig.

»Das ist gut für mich«, sagte sie freundlich. Corinne fiel auf, daß Michelle jetzt, wo sich das Gespräch nicht mehr um die Klassenkameraden drehte, einen ganz entspannten Eindruck machte. »Außerdem gehe ich gern zu Fuß. Jetzt wo ich nicht mehr so schnell gehen kann wie früher, sehe ich Dinge, die ich früher nicht gesehen habe. Sie würden staunen, wenn Sie wüßten, was ich alles sehe.«

Corinne fiel ein, was Michelle beim Gespräch in der Mittagspause gesagt hatte. *Es ist wichtig, daß ich sehen kann.*

»Was siehst du denn?« fragte Corinne.

»Ach, alles mögliche. Blumen und Bäume und Felsen, solche Dinge eben.« Sie sprach im Flüsterton weiter. »Wenn man allein ist, schaut man sich das alles sehr aufmerksam an, wissen Sie?«

Corinne tat das Mädchen leid, und dieses Mitleid klang auch in ihrer Antwort durch. »Ich glaube dir, daß du viel siehst.« Sie stand auf und legte ihre Bücher auf dem Pult zusammen. Sie ging so langsam, daß Michelle mit ihr Schritt halten konnte. Sie verließen das Klassenzimmer. Corinne schloß ab.

Sie waren auf der Treppe angekommen, die vom Schulflur auf den Rasen hinunterführte. »Bist du sicher, daß ich dich nicht nach Hause fahren soll?« fragte Corinne.

»Nein, danke. Das ist wirklich nicht nötig, ich schaffe das schon.« Michelle machte einen zerstreuten Eindruck. Ihr Blick irrte über die Rasenfläche, als suchte sie jemanden.

»Wollte jemand mit dir gehen?«

»Nein, nein... ich dachte nur...« Michelle verstummte. Sie nahm die erste Stufe. »Bis morgen, Fräulein Hatcher.« Sie hatte sich umgedreht und sprach über die Schulter. Sie nahm die nächste Stufe. Als sie auf dem Rasen angekommen war, hing sie sich den Bücherbeutel über die Schulter. Sie humpelte auf den Bürgersteig zu.

Corinne Hatcher sah ihr nach, bis sie um die Ecke verschwand, dann ging sie zu ihrem geparkten Wagen.

Er hätte auf mich warten können, dachte Michelle. Ihre Gedanken waren auf einmal von Bitterkeit erfüllt.

Sie ging, so schnell sie konnte, aber nach ein paar Häuserblocks begann ihre Hüfte zu schmerzen, so daß sie das Tempo minderte.

Sie versuchte, die Erinnerung an Jeff Benson zu verdrängen, und doch war er bei jedem ihrer Schritte gegenwärtig. Wie schön war es gewesen, als er sie nach Hause begleitet hatte. Jetzt ging er wahrscheinlich mit Susan Peterson.

Die Häuser waren zu Ende. Michelle ging neben der gepflasterten Straße entlang. Der Weg neben der Straße war uneben. Es wäre leichter gewesen, wenn sie auf dem Asphalt ging, aber sie wußte, sie war nicht schnell genug, um einem Auto auszuweichen. Der Weg neben der Straße war sicherer.

Sie blieb alle paar Meter stehen, um auszuruhen und um sich die Gegend anzuschauen. Sie betrachtete alles, als sähe sie es zum ersten Mal oder zum letzten Mal. Ein paarmal stand sie regungslos da, mit geschlossenen Augen. Sie stellte sich vor, wie es sein würde, wenn sie blind wäre. Sie tastete mit dem Stock nach den Steinen und probierte aus, ob ihr Tastgefühl für die Orientierung genügte.

Der Versuch scheiterte, sie hatte keine Orientierung.

Blindsein, das ist ja entsetzlich, dachte sie. Blindsein, das wäre das Schlimmste auf der Welt.

Sie hatte die Hälfte des Heimwegs hinter sich gebracht, als jemand ihren Namen rief.

»Michelle! He, Michelle, so warte doch!«

Sie tat, als hätte sie nichts gehört. Gleichmütig humpelte sie weiter.

Wenig später hatte Jeff Benson sie eingeholt. »Warum bist du weitergelaufen?« fragte er. »Hast du denn nicht gehört, wie ich dich gerufen habe?«

»Doch.«

»Warum bist du dann nicht stehengeblieben?«

»Warum hast du nach der Klasse nicht auf mich gewartet?« konterte sie. »Warum bist du ohne mich losgerannt?«

»Ich hatte Susan versprochen, daß ich sie nach Hause bringe.«

»Aha. Und du hast gedacht, du kannst sie ruhig erst nach Hause bringen, mich holst du immer noch ein, so langsam wie ich gehe. Ist es so?«

Jeff war rot geworden. »Das habe ich nicht gesagt.«

»Du hättest dich nicht zu bemühen brauchen.« Schweigen war zwischen ihnen wie eine unsichtbare Wand. Michelle ging weiter, Jeff hielt Schritt. »Du brauchst nicht langsam zu gehen für mich«, sagte sie.

»Es macht mir nichts aus.«

Sie gingen weiter. Michelle wollte Jeff loswerden, und sie sagte ihm das auch.

»Wenn du da bist, komme ich mir vor wie eine Mißgeburt«, schrie sie ihn an. »Geh nach Hause, und laß mich in Frieden.«

Jeff blieb wie angewurzelt stehen. Er starrte sie an wie eine Erscheinung. Sein Mund klappte auf. Sie sah, wie er die Fäuste ballte. »Wenn das so ist, dann gehe ich wirklich«, sagte er gedehnt.

»Gut so!« Michelle spürte, wie sich ihre Augen mit Tränen füllten. Die Angst überkam sie. Angst, daß sie in seiner Gegenwart zu weinen beginnen würde. Aber dann wandte sich Jeff von ihr ab. Er begann zu laufen. Er rannte voraus, die Straße entlang. Nach ein paar Schritten drehte er sich um und winkte ihr zu, dann lief er weiter. Für Michelle war es wie ein Schlag ins Gesicht.

Jeff riß die Haustür auf und polterte den Flur entlang. Er rief nach seiner Mutter, um sie wissen zu lassen, daß er aus der Schule zurück war. Er warf seine Schulbücher auf das Tischchen und ging ins Wohnzimmer. Er setzte sich aufs Sofa und legte die Beine hoch. Mädchen! Etwas Schlimmeres gab's ja gar nicht!

Zuerst Susan Peterson, die ihm in den Ohren gehangen hatte, er sollte nicht mehr mit Michelle sprechen. Dann Michelle, die ihm erklärt hatte, daß sie keinen Wert auf seine Begleitung legte. Verrückt. Jawohl, die beiden waren richtig verrückt. Er hob den Kopf und spähte aus dem Fenster.

Da kam Michelle. Sie ging allein. Jeff beobachtete sie, wie sie draußen vorbeihumpelte. Er sah, wie sie vor dem kleinen Friedhof stehenblieb. Sie hatte eine plötzliche Bewegung gemacht, und dann war sie stehengeblieben. Sie starrte die Grabsteine an, obwohl es da gar nichts zu sehen gab. Jeff fand, der Friedhof sah aus wie immer, ein Gräberfeld voller Unkrautstauden, schiefstehende Grabsteine. Was fand Michelle an diesem Friedhof so interessant?

Als Michelle auf der Höhe des Friedhofs angelangt war, wurde die Sonne zu einer bleichen Scheibe. Nebel stieg auf. Michelle hatte sich daran gewöhnt, daß es hier oft neblig war, sie war nicht überrascht, als die feuchten Schwaden auf sie zuschwebten. Wenig später war sie von der Welt abgeschlossen. Sie war allein, aber sie wußte, daß sie nicht lange allein bleiben würde. Mit dem Nebel kam Amanda. Michelle freute sich über das Weiß, das an ihr hochkroch, und sie freute sich auf ihre Freundin. Und da war sie auch schon. Sie kam vom Friedhof. Sie lächelte. Sie winkte Michelle zu.

»*Hi*«, rief Michelle.

»Ich habe dich erwartet«, sagte Amanda und stieg über den zusammengebrochenen Zaun hinweg. »Ist es gekommen, wie ich gesagt habe? Haben sie sich so benommen, wie ich es dir prophezeit habe?«

»Ja.« Sie mußten beide lachen. Sie sprachen im Flüsterton miteinander.

»Also gut«, sagte Amanda schließlich. »Ich werde dich begleiten, und du wirst mir sagen, wie die Dinge aussehen.«

»Kannst du denn nicht sehen?«

Amandas milchweiße Pupillen fixierten die Freundin. »Ich kann nichts sehen«, sagte sie. »Außer du bist bei mir...« Michelle ergriff Amanda an der Hand. Sie gingen den Pfad, der zum Friedhof führte. Aus irgendeinem Grunde fiel Michelle das Gehen jetzt leichter als vorher, wo sie allein gewesen war. Ihre Hüfte tat nicht mehr so weh. Es ging so leicht, daß sie kaum noch hinkte.

Amanda führte ihre Freundin quer über den Friedhof, und dann gingen sie den Weg auf dem Kliff entlang. Wenig später kam Michelles Haus in Sicht. Sie wollte auf das Hauptgebäude zugehen, als Amanda an ihrer Hand zupfte.

»Nicht zum Haus«, sagte Amanda. Ihre Hand schloß sich um Michelles Finger. »Zum Gartenhäuschen. Was ich sehen will, ist im Gartenhäuschen.« Michelle zögerte, aber dann gewann die Neugier die Oberhand. Sie ließ sich von Amanda zu dem Studio führen, das ihre Mutter im Gartenhäuschen eingerichtet hatte.

An der Ecke des Häuschens angekommen, blieb Amanda stehen.

»Schau durchs Fenster«, flüsterte sie Michelle zu.

Michelle gehorchte. Sie ging zum Fenster und spähte hinein.

Der Nebel, der dick und grau im Garten wallte, schien auch in das Studio gefunden zu haben. Die Umrisse der Gegenstände blieben unklar.

Alles sah verändert aus. Falsch.

Die Staffelei ihrer Mutter stand an der üblichen Stelle, aber das Bild war nicht von ihrer Mutter gemalt, da war Michelle ganz sicher.

Michelle stand auf Zehenspitzen und starrte das Gemälde an, als sie einen Schatten bemerkte. Ihr Blick glitt zur Seite, in die nebelverhangene Düsternis hinein. Da waren Menschen im Malstudio. Michelle konnte die Gestalten nicht klar erkennen, weil die Schwaden ihre Sicht behinderten. Die Köpfe blieben im Dunkel.

Dann war eine Stimme zu hören.

Es war Amandas Stimme.

»Es ist wahr«, zischte Amanda ihr ins Ohr. »Sie ist eine Hure. Eine *Hure!*«

Michelles Augen weiteten sich, so erschrocken war sie über den Haß, der in der Stimme ihrer Freundin mitschwang. Sie versuchte ihre Hand aus Amandas Klammergriff zu befreien, aber das erwies sich als unmöglich.

»Nicht«, sagte Amanda. »Du darfst nicht weggehen! Ich muß es sehen!«

Ihre Züge waren wutverzerrt. Ihre Hand, die Michelles Finger umklammert hielt, war zu einer schmerzhaften Zange geworden.

Mit einer jähen Bewegung kam Michelle frei. Sie wich vor Amanda zurück. Das schwarzgekleidete Mädchen starrte sie aus blinden Augen an.

»Nicht«, bettelte sie. »Bitte nicht. Geh nicht weg. Laß mich sehen. Ich muß es sehen. Ich bin deine Freundin, und ich werde dir helfen. Willst du mir nicht auch helfen?«

Aber Michelle war schon zum Haus unterwegs. Der Nebel hob sich.

Als sie das Haus erreichte, hatten sich die milchigen Schwaden aufgelöst.

Sie hatte sehr langsam gehen müssen. Der Schmerz in der Hüfte war wie eine große, glühende Wunde.

Vierzehntes Kapitel

Michelle trat ein und knallte die Tür hinter sich ins Schloß. Sie warf ihren Bücherbeutel auf den Küchentisch und ging zum Kühlschrank. Es war ihr sehr unangenehm, daß ihre Mutter sie beobachtete. Es dauerte eine ganze Weile, bis sie ihre zitternden Hände unter Kontrolle gebracht hatte. Sie hatte sich ein Glas Milch eingeschüttet, als June zu sprechen begann.

»Michelle, ist alles in Ordnung?«

»Alles ist bestens«, erwiderte sie. Sie stellte den Milchkrug in den Kühlschrank zurück und strahlte ihre Mutter an.

June maß sie mit einem skeptischen Blick. Irgend etwas stimmte nicht mit dem Mädchen. Michelle sah verängstigt aus. Was konnte ihr Angst eingejagt haben? June hatte ihre Tochter das Grundstück betreten sehen. Michelle hatte einen Augenblick gezögert, dann war sie weitergegangen, zum Gartenhäuschen. Sie war am Fenster stehengeblieben und hatte einen Blick ins Studio geworfen. Als sie zum Haus gehumpelt kam, machte sie ein Gesicht, als hätte sie eine Erscheinung erblickt.

»Was hast du dir da angesehen?« fragte June.

»Was ich mir angesehen habe?« June war sicher, ihre Tochter sagte das nur, um Zeit zu gewinnen.

»Ich meine, was du im Studio gesehen hast. Ich habe mitbekommen, wie du vor dem Gartenhäuschen gestanden hast und durch das Fenster geschaut hast.«

»Aber du kannst doch nicht...« Michelle verstummte. Sie warf einen Blick aus dem Fenster.

Draußen schien die Sonne.

Der Nebel war fort.

»Nichts«, sagte Michelle. »Ich habe nichts gesehen. Ich habe nur durchs Fenster geschaut, weil ich dachte, du bist vielleicht im Studio.«

»Hm«, sagte June kühl. Dann: »Wie ist es denn in der Schule gegangen?«

»Ganz gut.« Michelle trank ihre Milch aus. Sie stand auf und zuckte zusammen, als die Hüfte zu schmerzen begann. Sie nahm ihren Bücherbeutel und ging auf die Verbindungstür zum Vorratsund Wäscheraum zu.

»Ich dachte, du wolltest Sally mitbringen, wenn du aus der Schule kommst«, sagte June.

»Das... das ging nicht«, log Michelle. »Sie kann nicht, sie hat was zu erledigen. Und außerdem wollte ich den Heimweg allein machen.«

»Heißt das, weder Sally noch Jeff haben dich herbegleitet?«

»Jeff ist ein kurzes Stück mit mir gegangen. Er hat zuerst Susan Peterson nach Hause gebracht, und dann hat er mich eingeholt.«

June sah ihrer Tochter prüfend in die Augen. Da war etwas, das Michelle ihr verschwieg. Das Gesicht war ohne Falsch. Und doch war June sicher, daß Michelle etwas verbarg, daß sie ihr etwas vorenthielt. »Ist wirklich auf dem Heimweg nichts passiert?« fragte sie mit Nachruck.

»Alles ist *bestens*, Mutter!« Es klang gereizt. June beschloß, das Thema fallenzulassen.

»Möchtest du mir beim Teigkneten helfen?«

Michelle dachte über das Angebot nach. Schließlich schüttelte sie den Kopf. »Ich habe ziemlich viel aufzuholen in der Schule. Ich mache mich jetzt über meine Bücher her. Ich gehe auf mein Zimmer, da lernt sich's besser.«

June ließ sie gehen. Sie knetete den Brotteig. Nach einer Weile wanderte ihr Blick durch das Fenster zum Malstudio. *Was war geschehen? Was hatte Michelle im Studio gesehen? Etwas hatte ihr angst gemacht.* June wischte sich die mit Teig verklebten Finger an der Schürze ab und ging in den Garten hinaus. Was immer Michelle gesehen hatte, es mußte sich noch im Studio befinden...

Michelle zog die Zimmertür hinter sich zu. Sie ließ sich auf das Bett sinken. Vielleicht hätte sie ihrer Mutter von den Menschen erzählen sollen, die sich im Studio befanden. Aber sie hatte eine Hemmung verspürt. Eine Stimme, die ihr zu schweigen gebot. Was sie gesehen hatte, würde ein Geheimnis bleiben. Ein Geheimnis, das sie nur mit Amanda teilte. Allerdings, das Erlebnis hatte ihr angst gemacht. Sie zitterte am ganzen Körper, wenn sie sich an den Anblick erinnerte.

Sie stand auf und ging zum Fenstersitz. Sie ergriff die Puppe und brachte sie in Augenhöhe. Sie schaute ihr in das Porzellangesicht.

»Was willst du, Amanda?« fragte sie zärtlich. »Was muß ich tun?«

»Ich möchte, daß du mir verschiedene Dinge zeigst«, flüsterte die Stimme ihr ins Ohr. »Du sollst mir die Dinge zeigen, und du sollst meine Freundin sein.«

»Aber was willst du denn sehen? Wie kann ich dir Dinge zeigen, wenn du mir nicht sagst, was du sehen willst?«

»Ich will Dinge sehen, die sich vor vielen Jahren ereignet haben. Dinge, die ich damals nicht sehen durfte... So lange schon habe ich auf dich gewartet, Michelle. Manchmal hatte ich fast schon die Hoffnung verloren, daß ich je sehen würde. Ich habe andere Menschen gebeten, mir die Dinge zu zeigen, aber sie haben versagt. Und dann kamst du...«

Von draußen kam ein Geräusch. Das Flüstern verstummte.

»Was ist das für ein Geräusch?« fragte die Stimme nach einer Weile.

»Das ist Jenny.« Das Geschrei kam aus dem Kinderzimmer und wurde immer lauter. Michelle lauschte. Ob ihre Mutter vielleicht die Treppe heraufkommen würde? Plötzlich ließ sich die Stimme wieder vernehmen.

»Zeig's mir!«

»Was denn? Das Baby?«

»Ich will es sehen.«

Jennifers Plärren war in ein Wimmern eingemündet. Michelle ging zur Tür.

»Mutter?« Sie erhielt keine Antwort.

»Mutter, Jenny weint!« Immer noch keine Antwort. Michelle ging den Flur entlang und blieb vor dem Kinderzimmer stehen. Sie war sicher, daß Amanda ihr gefolgt war. Obwohl sie das Mädchen nicht sehen konnte, so war ihre Gegenwart doch deutlich zu spüren. Ein angenehmes Gefühl, befand Michelle. Wirklich schön.

Sie öffnete die Tür zum Kinderzimmer, und sofort wurde das Geschrei des Kindes lauter. Michelle nahm die Kleine aus der Wiege und drückte sie an sich, wie sie es bei ihrer Mutter gesehen hatte.

»Ist sie nicht wunderschön?« sagte sie zu Amanda.

»Du mußt ihr etwas tun«, flüsterte Amanda.

»Ihr etwas tun? Warum?«

»Sie ist wie die anderen... sie ist nicht deine Freundin...«

»Sie ist meine Schwester«, widersprach Michelle. Aber sie war unsicher geworden.

»Nein, das ist sie nicht«, sagte Amanda. »Sie ist *ihre Tochter*, aber sie ist *nicht deine Schwester*. Die beiden lieben das kleine Mädchen, nicht dich!«

»Das ist nicht wahr.«

»Das ist wohl wahr. Du weißt ganz genau, daß es wahr ist. Du mußt ihr etwas tun.« Das Flüstern schien den Raum zu erfüllen, Michelle stand ganz unter seinem Bann.

Sie betrachtete das feingeschnittene Gesicht des Säuglings, und dann wurde ihr der Schmerz bewußt, der sich in den Zügen der Kleinen abmalte. Plötzlich verspürte sie das wahnwitzige Verlangen, den Säugling zu kneifen. Sie würde irgend etwas tun, um das Kind zum Schweigen zu bringen. Sie würde es bestrafen.

Ihre Muskeln strafften sich. Sie drückte Jenny an ihre Brust. Jennifers Weinen wurde zum Kreischen.

Michelle verstärkte den Druck. Die Schreie der Kleinen schienen fortzuschweben wie Nebelfetzen, zugleich war da Amandas Stimme, die von Herzschlag zu Herzschlag lauter wurde.

»So ist es richtig«, säuselte die Stimme. »Fester. Drück sie fester...«

Das kleine Geschöpf schrie aus Leibeskräften, es begann mit den Ärmchen zu fuchteln, und dann wurden die Schreie leiser.

»Fester«, flüsterte die Stimme.

June erschien im Türrahmen. »Michelle! Was ist denn los?« Michelle war es, als sei ein Schalter in ihrem Kopf betätigt worden. Die Stimme war verschwunden. Sie starrte ihre Mutter an, dann das Baby. Erst jetzt wurde ihr klar, daß sie dem Kleinen weh tat. Sie verringerte den Druck. Der Säugling hörte zu schreien auf, die bläuliche Tönung der Haut wurde von frischem Rot durchpulst. »Ich... ich hab' sie weinen gehört«, sagte Michelle. »Als du nicht raufkamst, bin ich zu ihr gegangen, um nach ihr zu sehen. Ich habe sie nur aus der Wiege gehoben und...«

June nahm die kleine Jenny, die wieder zu weinen begonnen hatte. Sie barg das Kind an ihrer Brust.

»Ich war draußen im Malstudio«, sagte sie. »Dort konnte ich sie nicht hören. Aber es ist gut.« Sie streichelte das Kind und schnalzte mit der Zunge. »Ich kümmere mich um sie«, sagte sie, zu Michelle gewandt. »Geh jetzt auf dein Zimmer, ja?«

Einen Augenblick lang zögerte Michelle. Sie wollte nicht auf ihr Zimmer zurückgehen. Sie wollte dableiben, bei ihrer Mutter, bei ihrer kleinen Schwester.

Aber dann erinnerte sie sich an die Worte, die Amanda gesagt hatte. Jennifer war nicht ihre Schwester. Und diese Frau war nicht ihre Mutter. Jedenfalls war sie nicht ihre *richtige* Mutter. Von widerstrebenden Gefühlen verfolgt verließ Michelle das Kinderzimmer und humpelte zu ihrem Zimmer zurück.

Sie lag auf dem Bett und wiegte die Puppe in ihren Armen. Ihr Blick war auf die Zimmerdecke gerichtet.

Alles hatte sich zu einem klaren Bild zusammengefügt... Amanda hatte recht.

Sie war allein.

Sie hatte nur Amanda.

Amanda war ihre Freundin.

»Ich liebe dich«, flüsterte sie der Puppe ins Ohr. »Ich liebe dich mehr als irgendeinen Menschen auf der Welt.«

Als Cal an jenem Nachmittag nach Hause kam, saß June am Küchentisch. Sie hielt die kleine Jennifer auf dem Schoß und sah auf das Meer hinaus. Er blieb im Türrahmen stehen, um die beiden zu betrachten. Der Widerschein der Sonne umgab Mutter und Kind mit einer goldenen Gloriole. Cal war überwältigt von der Schönheit des Anblicks. Mutter und Kind, *seine* Frau und *seine* Tochter, vor dem Hintergrund der Bucht, umspielt vom Licht des Gestirns. Als June dann ihren Kopf wandte, so daß er ihre Miene erkennen konnte, war es mit seiner Hochstimmung vorbei.

»Setz dich, Cal. Ich habe mit dir zu reden.« Er wußte sofort, daß es um Michelle ging, obwohl June keinerlei Andeutung in dieser Richtung gemacht hatte.

»Mit Michelle stimmt etwas nicht«, begann June. »Es hat nicht nur mit dem Bein zu tun. Irgend etwas ist heute passiert, Cal! Entweder während des Unterrichts oder nach der Schule. Michelle will nicht darüber sprechen, sie ist völlig verängstigt.«

»Nun, es war ihr erster Tag in der Schule, und...« June fiel ihm ins Wort.

»Es steckt etwas anderes dahinter. Ich war heute nachmittag im Studio und habe gemalt, da habe ich Jenny schreien gehört, und als ich ins Kinderzimmer kam, stand Michelle da, sie hielt das Kind in ihren Armen und machte ein ganz merkwürdiges Gesicht, sie sah ganz geistesabwesend aus, Cal, und dann habe ich gesehen, wie sie Jenny fest an sich gepreßt hat, als ob...« June verstummte. Die Erinnerung an die seltsame Szene war so lebhaft, als wäre es erst vor wenigen Minuten gewesen.

Cal dachte nach. Als er weitersprach, war ihm die Anspannung deutlich anzumerken.

»Was willst du damit sagen? Willst du etwa behaupten, Michelle entwickelt sich nicht normal?«

»Wir beide wissen, daß sich das Kind nicht normal entwickelt, Cal, und wenn wir nicht...« Diesmal war er es, der sie nicht zu Ende sprechen ließ.

»Sie ist gestürzt und sie hat sich bei diesem Sturz Prellungen zugezogen, und sie hat infolge dieser Verletzungen ein paar Tage Unterricht versäumt, aber das ist auch alles. Es geht ihr von Tag zu Tag besser.«

»Es geht ihr eben *nicht* besser. Du willst, daß es ihr besser geht, und deshalb bildest du dir ein, es wäre so, aber wenn du dich wirklich mit Michelle befassen würdest, dann hättest du längst gemerkt daß sie nicht mehr das lebensfrohe Geschöpf ist, das sie einmal war.« Unwillkürlich sprach sie lauter, eindringlicher. »Das Mädchen nimmt eine ungute Entwicklung, Cal. Sie verschließt sich vor uns, sie ist oft allein. Die meiste Zeit verbringt sie mit dieser verdammten Puppe, und ich frage mich, warum das so ist. Und was dich nun angeht, Cal, du wirst Michelle ab sofort mehr Zeit widmen. Wenn ich sie morgen zur Schule fahre, wirst du mit im Wagen sitzen, und wenn ich sie wieder aus der Schule abhole, ebenfalls, und abends wirst du dich nicht mehr in deine Zeitschriften vergraben, und du wirst auch nicht nur mit Jenny spielen, sondern dich um deine Tochter Michelle kümmern. Habe ich mich deutlich ausgedrückt?«

Cal war aufgestanden. Sein Gesicht war düster, der Blick brütend. »Ich führe mein Leben, wie es mir Spaß macht, damit du's nur weißt.«

»Es ist nicht nur dein Leben«, eiferte sich June. »Es ist auch mein Leben und Michelles Leben und Jennys Leben! Es tut mir leid, was du durchgemacht hast, du kannst mir glauben, daß ich dir gern helfen würde, aber du kannst Michelle deswegen nicht sich selbst überlassen. Sie ist ein junger Mensch, und sie braucht uns. Wir haben für sie dazusein, verstehst du? Auch du, nicht nur ich!«

Cal hatte ihr nicht bis zu Ende zugehört. Er hatte die Küche verlassen und lief durch den Flur ins Wohnzimmer, schloß die Tür hinter sich und goß sich einen Drink ein. Er versuchte zu vergessen, was seine Frau gesagt hatte. Ihre Beschuldigungen lasteten auf ihm wie ein Alp. Immer beschuldigte sie ihn.

Es gelang ihm nicht, den Eindruck ihrer Worte zu verdrängen. Es blieb wohl nur eine Möglichkeit. Er mußte ihr beweisen, daß sie im Unrecht war.

Er mußte ihr und sich selbst beweisen, daß alles in Ordnung war, daß es Michelle von Tag zu Tag besser ging. Er mußte beweisen, daß er im Recht war.

Es war am Abend jenes Tages, nach dem Abendessen, als Michelle im Wohnzimmer erschien. Sie hielt das Schachspiel unter dem Arm.

»Daddy?«

Cal hatte es sich in seinem Lieblingssessel gemütlich gemacht, er las in einer Zeitschrift. June saß ihm gegenüber, sie strickte. Cal zwang sich zu einem Lächeln. Er wandte sich seiner Tochter zu. »Ja?«

»Spielst du mit mir Schach?« Sie strahlte ihn an und schüttelte die Schachfiguren im Kasten.

Cal wollte gerade sagen, daß er keine Lust zum Schachspielen hatte, wollte irgendeine Entschuldigung erfinden, als June ihm einen warnenden Blick zuwarf. »Also gut«, sagte er lustlos. »Stell die Figuren auf, ich hole mir nur noch eben einen Drink.«

Michelle ließ sich vorsichtig auf dem Teppichboden nieder, das linke Bein von sich gestreckt. Sie öffnete das Kästchen und stellte die Figuren auf. Als ihr Vater zurückkehrte, hatte sie bereits den ersten Zug gemacht. Cal setzte sich zu ihr auf den Teppich.

Michelle saß da und wartete.

Cal schien die Figuren anzustarren. Aber nach einer Weile bekam Michelle Zweifel, ob er wirklich das Schachbrett anschaute.

»Du bist dran, Vater.«

»Ach ja. Entschuldige.« Mit einer automatischen Bewegung machte er den Gegenzug. Michelle wunderte sich. Kein sehr guter Zug. Zögernd bewegte sie die nächste Figur. Vater spielte wie jemand, der zum ersten Mal in seinem Leben ein Schachbrett sieht.

Cal betrachtete die Schachfiguren, sein Blick verriet Müdigkeit. Er nahm einen Schluck aus seinem Glas. Er saß da und rührte sich nicht, bis Michelle ihn an den nächsten Zug erinnerte. Als er die Figur bewegt hatte, traf ihn ein erstaunter Blick seiner Tochter.

Merkte er denn gar nicht, daß sie ihm eine Falle gestellt hatte? Sonst hatte er viel besser gespielt. Sie zog die Königin ein Feld vor.

June hatte ihr Strickzeug weggelegt. Sie stand auf und kam zu ihrem Mann und ihrer Tochter. Sie studierte die Konstellation auf dem Schachbrett und durchschaute recht bald den Plan ihrer Tochter. Sie zwinkerte ihr aufmunternd zu. Sie war sicher, daß Cal den Plan alsbald durch den richtigen Gegenzug vereiteln würde. Aber ihr Mann schien nichts gemerkt zu haben.

»Cal, du bist dran«, sagte June.

Er antwortete nicht.

»Ich glaube, das Spiel interessiert ihn nicht besonders«, sagte Michelle ruhig. Cal schien nicht zu hören, was seine Tochter sagte. Michelle sah vom Schachbrett auf. »Daddy, wenn du nicht willst, brauchst du nicht mit mir zu spielen.«

»Was?« Cal fuhr aus seinen Träumen hoch. Er griff nach einer Figur. Michelle war entschlossen, seinen Mangel an Konzentration zu ihrem Vorteil zu nutzen. Sie machte ihren Zug und war darauf gefaßt, daß er aus der Falle fliehen würde, die sie aufgebaut hatte. Er will mich nur in Sicherheit wiegen, dachte sie. Sobald er sie eingelullt hatte, würde er einen raffinierten Zug tun, dann würde das Spiel richtig anfangen. Sie freute sich auf den weiteren Verlauf des Kampfes.

Aber Cal trank sein Glas aus, er machte einen lustlosen Zug, und als Michelle ihre Königin vorrückte und ihm das Schachmatt ankündigte, zuckte er die Schultern. »Stell die Figuren wieder auf«, sagte er. »Wir machen noch ein Spiel.«

»Wozu denn?« sagte Michelle. In ihren Augen loderte der Zorn. »Es macht keinen Spaß, wenn du dich nicht etwas anstrengst!« Sie raffte die Figuren zusammen, steckte sie in das Kästchen zurück, ergriff das Schachbrett und verließ das Wohnzimmer. Sie hörten, wie sie die Treppe hinaufhumpelte.

»Ich muß dir zubilligen, daß du es zumindest versucht hast«, sagte June. »Du hast sie zwar nicht angesehen. Du hast auch auf nichts reagiert, was sie gesagt hat. Aber du hast dich mit ihr auf den Teppich gesetzt. Wie war das Gefühl, Cal?«

Cal antwortete ihr nicht.

Fünfzehntes Kapitel

Cal blieb nachdenklich am Steuer sitzen, als Michelle aus dem Auto gestiegen war. Er sah ihr nach, wie sie zum Schulgebäude ging und im Portal verschwand. Er sah, wie die anderen Kinder in das Schulgebäude strömten. Gesunde Mädchen und Jungen, die über den Rasen liefen und lachten.

Lachten sie ihn vielleicht aus?

Es gab Kinder, die zu ihm herübersahen. Sally Carstairs winkte ihm sogar zu. Die Kinder sahen in seine Richtung, und dann wandten sie sich ab und kicherten. Er bekam mit, wie sie zu tuscheln begannen. Sie schienen zu ahnen, daß er Angst vor ihnen hatte. Andererseits, wie konnten sie das denn ahnen? Sie waren doch nur Kinder, und er war der Arzt. Jemand, zu dem die Kinder aufzusehen hatten. Ein Mann, der Vertrauen und Bewunderung verdiente.

Schlecht, dachte er. Sehr schlecht. Er schämte sich. Er verdiente kein Vertrauen mehr, auch keine Bewunderung. Er hatte den Glauben an sich selbst verloren, und die Kinder spürten das. Kinder hatten einen feinen Instinkt, sie waren in der Lage, die Schwingungen in ihrer Umgebung aufzufangen. Babys, und wenn sie noch so sorgsam von ihrer Umwelt abgeschirmt wurden, reagierten auf Spannungen, die sich zwischen ihren Eltern entwickelten. Die Kinder, die jetzt in die Schule strömten, was dachten sie von ihm? War es nicht ein Hohn, daß er für die Gesundheit dieser Mädchen und Jungen verantwortlich war? Ahnten die Kinder, wer er wirklich war?

Wußten sie, daß er Angst vor ihnen empfand?

Wußten sie, daß die Angst im Begriff war, sich in Haß zu verwandeln?

Er war sicher, die Kinder wußten es.

Ein Auto bog auf den Parkplatz vor der Schule ein. Cal sah, wie Lisa Hartwick aus dem Auto ausstieg. Sie sah zu ihm herüber und winkte ihm zu, dann gesellte sie sich zu dem Pulk der Nachzügler, die gerade die Stufen zum Eingang des Gebäudes hocheilten. Cal schaltete die Zündung des Wagens ein und startete den Motor. Er wollte gerade losfahren, als er einen Mann erblickte, der ihm ein Zeichen machte. Das war wohl Lisas Vater. Cal ließ den Leerlauf eingeschaltet und beobachtete, wie der Mann auf ihn zukam.

»Sind Sie Dr. Pendleton?« Tim Hartwick stand auf der Beifahrerseite, er streckte die Hand durch die Öffnung. »Mein Name ist Tim Hartwick.«

Cal nickte. Er zwang sich zu einem Grinsen und schüttelte dem Mann die Hand. »Weiß schon Bescheid. Sie sind Lisas Vater, nicht wahr? Sie können stolz sein auf Ihre Tochter.«

»Auf eine Tochter, die krank spielt?«

»Das tun sie mehr oder weniger alle«, erwiderte Cal. »Sogar meine eigene Tochter ist ein paar Tage länger im Bett geblieben, als notwendig war.«

»Aber die hatte wenigstens einen Grund«, sagte Tim. »Lisa dagegen hat richtig gemogelt. Ich bin Ihnen dankbar, daß Sie ihr das nicht haben durchgehen lassen.«

»Nicht der Rede wert. Ihre Tochter war eigentlich ganz einsichtig. Als ich ihr in den Hals schauen wollte, hat sie mir die Wahrheit gestanden.«

»Wie geht es denn Michelle inzwischen?« Die Frage traf Cal unvorbereitet. Er zögerte mit der Antwort.

»Bestens. Wirklich bestens.«

Tim Hartwick zog die Stirne kraus. »Freut mich, das zu hören. Corinne, ich meine die Lehrerin, machte sich ja etwas Sorgen wegen Ihrer Tochter. Sie sagt, gestern war ein harter Tag für Michelle. Ich habe gedacht, es ist am besten, wenn ich mich einmal mit Ihrer Tochter über die Sache unterhalte.«

»Mit Michelle? Warum denn?«

»Nun, ich bin der Schulpsychologe, und wenn eines der Kinder ein Problem hat...«

»Ihr eigenes Kind hat ein Problem, Mr. Hartwick. Sie lügt, das haben Sie eben selbst zugegeben. Was Michelle angeht, der geht es gut. Sie hat keinerlei Probleme. Und jetzt entschuldigen Sie mich bitte, ich habe ein paar wichtige Termine wahrzunehmen.« Er wartete Hartwicks Antwort gar nicht erst ab. Er trat aufs Gas und fuhr los.

Tim Hartwick blieb in Gedanken versunken auf dem Gehsteig zurück und sah Cals Wagen nach. Der Mann steht unter großem Streß, sinnierte er. Zuviel Streß. Wenn es zutraf, daß Michelle Probleme hatte, dann wußte er, Tim Hartwick, worauf sich diese Probleme gründeten. Er nahm sich vor, mit Corinne über die Angelegenheit zu sprechen. Wenn nötig, würde er auch mit Michelles Mutter reden.

Der zweite Tag sollte noch schlimmer werden als der erste. Michelle kam sich wie ein Ausgestoßener vor, wie ein Freak. Als das Schlußleuten ertönte, atmete sie erleichtert auf. Gott sei Dank würden heute ihre Eltern kommen und sie abholen.

Langsam humpelte sie den Flur entlang. Als sie die vordere Treppe erreichte, war von ihren Klassenkameraden niemand mehr zu sehen. Michelle blieb stehen und warf einen Blick in die Runde.

Nur ein paar Schritte vom Schulgebäude entfernt spielte eine Gruppe Mädchen. Die dritte Klasse. Die Kinder hatten ein Springseil. Zwei Mädchen schwangen das Seil, eines hüpfte. Dahinter bildete sich eine kleine Schlange. Da Michelles Eltern noch nicht gekommen waren, setzte sie sich auf die oberste Stufe. Sie würde dem Spiel der Kinder zusehen. Plötzlich löste sich eines der Mädchen von der Gruppe und kam bis an die Treppe. Sie sah Michelle an.

»Möchtest du mitspielen?«

Michelle machte ein finsteres Gesicht. »Das geht nicht«, sagte sie.

»Warum nicht?«

»Ich kann nicht springen mit meinem Bein.«

Das kleine Mädchen schien über die erhaltene Information nachzudenken. Auf einmal lächelte sie.

»Du könntest ja das Seil halten, nicht? Dann käme jeder von uns öfter dran.«

Michelle erwog das Angebot. Das kleine Mädchen machte sich nicht über sie lustig, sie meinte es ehrlich. Michelle stand auf. »Einverstanden. Aber springen kann ich nicht, das sage ich dir gleich.«

»Niemand wird dich löchern, daß du springen sollst, ich versprech's dir. Ich heiße Annie. Annie Whitmore. Und wie heißt du?«

»Michelle.«

Annie wartete, bis Michelle die Stufen bewältigt hatte. »Hast du dir weh getan?«

»Ich bin vom Kliff gefallen«, sagte Michelle. Sie beobachtete sorgfältig, welchen Eindruck ihre Worte auf Annie machen würden, aber in den Augen des kleinen Mädchens stand Neugier, sonst nichts.

»Hat's weh getan?«

»Ich glaube, schon«, erwiderte Michelle. »Ich weiß es nicht mehr. Ich bin dann nämlich ohnmächtig geworden.«

Jetzt machte Annie große Augen. Sie fand die Story ausgesprochen aufregend. »Wirklich?« hauchte sie. »Was war das denn für ein Gefühl, als du ohnmächtig warst?«

Michelle konterte mit einem Grinsen. »Ich kann mich nicht erinnern, ich war richtig weggetreten, verstehst du.«

Und dann gingen sie zu der Gruppe, Annie lief voran, und Michelle humpelte hinter ihr her. Als sie bei der Gruppe ankam, stand Annie da und verkündete:

»Sie heißt Michelle, sie ist vom Kliff gefallen, und sie ist ohnmächtig geworden, und sie kann nicht Seilspringen, aber sie wird beim Seilhalten mitmachen, ist sie nicht nett?«

Die Mädchen sahen Michelle an. Einen Augenblick lang dachte sie, daß man sie jetzt auslachen würde.

Die Mädchen lachten sie nicht aus.

Sie schienen im Gegenteil der Meinung zu sein, daß sie zu beneiden war. Wenn jemand vom Kliff fiel und ohnmächtig wurde, war er zu beneiden, denn das war ja ein sehr aufregendes Erlebnis. Ein paar Minuten später stand Michelle da, ein Ende des Seils in der Hand, sie hatte sich an einen Baumstamm gelehnt, sie schwang das Seil und sang die Verse der kleinen Mädchen mit.

June dachte nicht daran, das Schweigen zu brechen. Ihr Mann saß am Steuer. Sie waren nach Paradise Point unterwegs, um ihre Tochter abzuholen. Sie spürte die Feindseligkeit, die von Cal ausging. Auch ohne daß er ein Wort sagte, ließ er sie fühlen, daß er sie für einen ausgemachten Narren hielt. Sie waren vor der Schule angekommen. Als er zu sprechen begann, schwang Triumph in seiner Stimme mit.

»Sieh dir das einmal an! Und du hast behauptet, unser Mädchen sondert sich ab!« Er spuckte die Worte aus wie Bissen einer bitteren Speise.

June folgte seinem Blick, und da war Michelle, sie stand an einen Baum gelehnt und schwang das Seil für die jüngeren Mädchen. Ein glückliches Lächeln lag auf ihrem Gesicht. Ihre Stimme, lauter als die anderen Kinder, war bis zum Wagen zu vernehmen.

Der Mann ist die Asche,
Krokodilledertasche,
Ruf den Arzt, und ruf die Schwester,
Krokodile bauen Nester.

June starrte auf die spielende Gruppe. Sie traute ihren Augen nicht. *Ich habe mich geirrt*, dachte sie. *Alles wird gut. Alles wird wieder gut.* Ich war überreizt, als ich die Dinge so pessimistisch beurteilte. Dort drüben spielte ihre Tochter, überstrahlt vom klaren Licht der Herbstsonne. Alles war normal.

Michelle hatte ihre Eltern bemerkt, sie winkte ihnen zu, und dann gab sie das Seil an Annie Whitmore weiter. Sie kam auf ihre Eltern zu. Als sie vor dem Wagen angekommen war, blieb sie stehen. Immer noch lächelte sie.

»*Hi!* Ihr habt ja ganz schön auf euch warten lassen, ich habe mir schon Sorgen gemacht.« Ihr Lächeln wurde breiter. »*Aber nicht sehr große Sorgen.*« Sie kletterte in den Fond des Wagens.

»Alles in Ordnung«, sagte Cal, zu seiner Frau gewandt. »Alles in bester Ordnung. Du brauchst keine Angst mehr zu haben.«

June hörte, wie er das sagte, aber die Zweifel blieben. Er hatte beherzt sprechen wollen, hatte ihr Sicherheit einflößen wollen, aber seine Stimme zitterte. Für June war es der Beweis, daß er log. Die Angst kehrte in Junes Herz zurück. Vielleicht hatte er ja recht. Vielleicht war Michelle *wirklich* auf dem Wege der Besserung. Aber Cal – war es nicht so, daß es Cal von Tag zu Tag schlechter ging?

Michelle wälzte sich im Schlaf auf die andere Seite. Sie stöhnte, und dann wachte sie auf.

Es war kein langsames Erwachen, wie es Menschen erleben, die ausgeschlafen sind. Es war nicht jener Zustand, wo man noch eine Weile darüber nachdenkt, ob man überhaupt schon wach ist. Michelle war sehr plötzlich aufgewacht, wie jemand, der im Schlaf von einem ungewöhnlichen Geräusch gestört wird.

Nur daß es überhaupt kein Geräusch gegeben hatte.

Sie lag reglos in ihrem Bett und lauschte.

Nur das Rauschen der Brandung war zu hören und dazwischen das Rascheln des Herbstlaubs in den Bäumen.

Und Amandas Stimme.

Für Michelle war es ein tröstlicher Klang. Sie zog die Bettdecke fester um sich und spitzte die Ohren.

»Komm mit mir«, flüsterte Mandy.

Und dann, dringlich: »Komm mit mir, wir gehen nach draußen.«

Michelle warf die Bettdecke zurück und stand auf. Sie ging zum Fenster und sah hinaus.

Es war fast Vollmond, das bleiche Licht spiegelte sich auf den Wogen. Michelle nahm die Szenerie in sich auf, und dann blieb ihr Blick auf dem Gartenhaus haften, auf den Fenstern des Malstudios. Das Gartenhaus sah klein und unwichtig aus. Und einsam. Eine Schachtel, die jemand an den Rand des Kliffs gestellt hatte. Noch während Michelle das Gartenhaus betrachtete, schob sich eine Wolke vor den Mond.

»Komm«, flüsterte Mandy. »Wir müssen nach draußen gehen.«

Michelle konnte richtig spüren, wie Mandy an ihr zupfte und zerrte. Sie zog sich ihren Morgenrock über, zog den Gürtel ganz fest zu und verknotete ihn. Sie verließ ihr Zimmer. Sie ging langsam. Sie lauschte Amandas Stimme.

Sie hatte ihren Stock im Zimmer zurückgelassen. Der Stock stand gegen das Bett gelehnt.

Michelle ging durch das dunkle Haus. Durch den Hinterausgang gelangte sie in den Garten. Sie überquerte den Rasen, von Mandys Stimme geleitet. Sie betrat das Studio ihrer Mutter.

Auf der Staffelei stand das Gemälde, das Seestück, an dem ihre Mutter schon so lange arbeitete. Es war düster im Raum. Michelle starrte das Bild an, und die Farben waren nur noch Grautöne, ein verblichenes, wehmütiges Grau, und der Gischt auf den Wogen leuchtete. Es war ein Bild, das Unheil verhieß.

Sie fühlte, wie sie von der Staffelei fortgedrängt wurde. Sie wurde zum Schrank geführt. »Was ist denn?« fragte sie leise.

Sie öffnete die Schranktür.

»Male ein Bild für mich«, hörte sie Amanda flüstern.

Michelle gehorchte. Sie nahm eine Leinwand von dem Stapel, der im Schrank stand, und trug sie zur Staffelei. Sie ergriff das Gemälde, das ihre Mutter angefertigt hatte, und stellte es in die Ecke. Dann hob sie die leere Leinwand auf die Staffelei.

»Was für ein Bild soll ich malen?« fragte sie.

Schweigen in der Düsternis. Dann kam Amandas Stimme, deutlicher als vorher.

»Male, was du mir gezeigt hast.«

Michelle ergriff ein Stück Holzkohle und begann zu skizzieren.

Sie spürte, daß Amanda hinter ihr stand. Amanda blickte ihr über die Schulter.

Die Skizze ging Michelle schnell von der Hand. Es war, als würde ihre Hand von einem unsichtbaren Wesen geführt.

Auf der Leinwand entstanden zwei Gestalten.

Zuerst entstand die Frau. Sie lag lasziv auf einem Sofa ausgestreckt, und das Sofa stand im Studio.

Dann entstand der Mann. Er war über der Frau und liebkoste sie.

Michelle spürte, wie die Erregung sie überkam. Ihr war, als flösse Energie von dem unsichtbaren Wesen auf sie über.

»Ja«, flüsterte Amanda. »Genauso war es... Jetzt kann ich es sehen. Es ist das erste Mal, daß ich es wirklich sehen kann...«

Eine Stunde verstrich. Michelle nahm die Leinwand von der Staffelei und stellte sie in den Schrank zurück. Sie holte das Bild, das ihre Mutter gemalt hatte, und plazierte es so auf die Staffelei, wie sie es vorgefunden hatte.

Als sie das Studio verließ, blieb keine Spur zurück, die von Michelles nächtlichem Besuch kündete, nur die Kohlezeichnung auf der Leinwand, und diese Leinwand war in den Tiefen des Schrankes verborgen.

Als Michelle am nächsten Morgen aufwachte, wunderte sie sich über die Müdigkeit in ihren Gliedern.

Sie hatte gut geschlafen.

Sie war sicher, daß sie gut geschlafen hatte.

Und doch fühlte sie sich müde. In der Hüfte pulste der Schmerz.

Sechzehntes Kapitel

June erschrak, als Michelle die Küche betrat. Michelle hinkte stärker denn je. Wie es schien, hatte sich das Leiden in aller Stille verschlimmert. In den Augen des Mädchens war eine Müdigkeit, die June angst machte.

»Wie fühlst du dich heute, Michelle?«

»Gut«, sagte Michelle. »Meine Hüfte schmerzt, das ist alles.«

»Dann solltest du vielleicht besser zu Hause bleiben«, schlug June vor.

»Ich gehe zur Schule, das ist schon in Ordnung. Daddy fährt mich hin, und wenn die Schmerzen heute nachmittag immer noch so schlimm sind, rufe ich zu Hause an, damit ihr mich abholen kommt. Einverstanden?«

»Aber wenn du zu schwach bist, um...«

»Ich bin okay«, sagte Michelle mit Nachdruck.

Cal sah von seiner Zeitung auf. Er schoß einen Blick in Junes Richtung ab. *Wenn sie sagt, daß sie okay ist, dann rede ihr bitte nicht ein, daß sie nicht okay ist.* Das war in etwa die Botschaft, die der Blick beinhaltete. June verstand. Sie wandte sich wieder der Pfanne mit dem Rührei zu. Michelle kam an den Küchentisch. Sie ließ sich auf den Stuhl nieder, der ihrem Vater gegenüberstand.

»Wann wirst du den Wäscheraum fertig machen, Vater?«

»Wenn ich Zeit dazu finde. Die Sache hat keine Eile.«

»Ich frage, weil ich dir gern helfen würde«, sagte Michelle.

»Mal sehen.« Cal hatte mit seiner Antwort alles offengelassen, aber Michelle spürte, daß er ihr Angebot am liebsten zurückgewiesen hätte. Sie wollte ihm sagen, daß sie mit einer Verzögerung der Entscheidung nicht einverstanden war, im letzten Augenblick entschied sie sich anders. Sie würde das Thema ganz unter den Tisch fallen lassen.

Aus dem Obergeschoß des Hauses war Jennys Geschrei zu vernehmen. June stand immer noch am Herd. Sie hob den Blick und deutete zur Treppe. »Michelle, könntest du vielleicht...«

Aber Cal war schon aufgesprungen. Er ging auf die Treppe zu. »Ich kümmere mich um die Kleine. Bin gleich zurück.«

June hatte bemerkt, daß Michelles Blick dem Vater folgte. Als das Mädchen sie ansah und Anstalten machte, ein Gespräch mit ihr zu beginnen, beugte sich June über ihre Pfanne. Es gab nichts, was sie in dieser Situation noch hätte tun können. Sie kam sich hilflos vor. Sie war der Lage, die entstanden war, nicht mehr gewachsen. Und sie war zornig, auf sich selbst und auf Cal.

»Hier ist unser vorlautes Mädchen«, sagte Cal. Er kam in die Küche, Jenny auf den Armen. Er nahm am Tisch Platz und ließ das Baby vorsichtig auf seinem Knie auf und niederhüpfen, indem er mit beiden Händen den Brustkorb umfaßte. Jenny quietschte vor Vergnügen.

»Kann ich sie halten?« bat Michelle.

Cal sah sie von der Seite an, schließlich schüttelte er den Kopf. »Sie ist bei mir ganz gut aufgehoben. Ist sie nicht wunderschön?«

Michelle war aufgestanden.

»Ich habe oben etwas vergessen«, verkündete sie. »Ruf mich

bitte, wenn du soweit bist, daß wir losfahren können, Vater.« Cal quittierte die Bemerkung mit einem geistesabwesenden Blick, er war voll und ganz von dem Baby in Anspruch genommen.

»Das war grausam«, sagte June, als Michelle die Küche verlassen hatte.

»Was war grausam?« Cal wunderte sich über den traurigen Ausdruck in Junes Augen. Was hatte er denn getan, daß sie ihn der Grausamkeit bezichtigte?

»Du hättest ihr Jenny geben können, wo sie schon darum gebeten hat.«

»Was sagst du da?« Cal schien ahnungslos. June gewann den Eindruck, daß er nicht den leisesten Schimmer hatte, wovon sie überhaupt sprach.

»Vergiß es«, sagte sie. Dann legte sie ihm und sich von dem Rührei auf.

Als sie an jenem Morgen nach Paradise Point hineinfuhren, sagte weder Cal noch Michelle ein einziges Wort. Ein gespanntes Schweigen herrschte im Wagen. Es war nicht mehr das stille Einverständnis, das die Beziehungen zwischen Vater und Tochter in Boston gekennzeichnet hatte. Es war, als hätte sich ein Abgrund zwischen ihnen aufgetan. Die Kluft wurde von Tag zu Tag größer, und keiner von beiden wußte, wie man sie überbrücken konnte.

Sally Carstairs versuchte vergeblich, Susan Petersons quäkende Stimme aus ihrer Wahrnehmung auszuschalten.

Sie saßen unter dem Ahornbaum und verzehrten den mitgebrachten Lunch. Susan redete und redete, die Sache begann Sally auf die Nerven zu gehen. Schon eine Viertelstunde ging das jetzt so.

»Man sollte denken, daß sie selbst genug Takt hätte, auf eine andere Schule zu gehen.« Alle wußten, wen Susan mit ›sie‹ meinte, denn ihr Blick war auf Michelle gerichtet, die auf der obersten Stufe der Treppe saß. »Ich meine, haben wir das denn nötig, uns ständig das Mädchen anzusehen, wie es da herumhinkt? Sie ist wirklich ein Freak, und ich finde, so etwas gehört auf die Sonderschule, wo der Lehrplan auf Schwachsinnige abgestellt ist.«

»Sie ist nicht schwachsinnig«, wandte Sally ein. »Sie hat nur ein lahmes Bein.«

»Wo ist da der Unterschied?« flötete Susan. »Ein Freak bleibt ein Freak.«

Sie sprach weiter, und jedes Wort, das sie sagte, troff von Bosheit. Sie zählte alle Argumente auf, die sich gegen ein Verbleiben Michelles in der Schule finden ließen. Ihr zufolge war es undenkbar, daß Michelle unter dem gleichen Dach unterrichtet wurde wie die anderen. Noch unvorstellbarer war, daß Michelle weiterhin die gleiche Klasse besuchen würde.

Sally versuchte den Klang der bohrenden Stimme aus ihren Gedanken zu verdrängen, aber gegen das Geräusch war nicht anzukommen, es war wie eine Schmeißfliege, die sich im Gehörgang festgesetzt hat, so daß der ganze Kopf von ihrem Summen erfüllt wird. Bei jedem dritten oder vierten Satz sah Susan auf und vergewisserte sich, ob Michelle auch alles verstanden hatte. Aber Michelle ließ nicht erkennen, ob sie die Schmähungen mitbekommen hatte. Sally machte das Gerede sehr wütend, sie wollte gerade aufstehen und zu Michelle hinübergehen, als die kleine Annie Whitmore am Fuße der Treppe erschien. Sally sah, wie das kleine Mädchen etwas sagte, und dann wurden die Schüler, die im Schatten des Ahornbaums saßen, Zeuge, wie Annie das große Mädchen an der Hand ergriff. Sie half ihr aufzustehen. Als die Schüler merkten, was da drüben vorging, verstummte Susans Redefluß. Sie sahen, wie das kleine Mädchen Michelle die Stufen hinunterführte. Die beiden gingen etwas abseits, zu einer Stelle, wo die Schülerinnen der dritten Klasse spielten. Wenig später begann das Seilspringen, Michelle hielt ein Ende des Seils in der Hand und Annie das andere. Die kleinen Mädchen hatten eine Schlange gebildet, eine nach der anderen sprang in die schwingende Schleife.

»Schaut sie euch an«, sagte Susan Peterson. »Ist sie nun zurückgeblieben oder nicht?« Die Mädchen, die ihr am nächsten saßen, kicherten.

Michelle wollte das Gelächter nicht hören. Erst einmal war es nicht sicher, ob die Mädchen dort drüben überhaupt lachten, und wenn, dann lachten sie vielleicht über jemand anderen, nicht über sie. Nach ein paar Versuchen gab sie die Selbsttäuschung auf. Sie konnte sehr genau spüren, daß sie die Zielscheibe war. Die Mädchen sahen zu ihr herüber, steckten die Köpfe zusammen, prusteten los. Sie fühlte, wie sich ihr Magen zusammenkrampfte. Ihre Hand schloß sich ganz fest um den Griff des Springseils. Sie zwang sich, auf Annie Whitmore zu achten, die im Rhythmus des Liedes vor ihr auf- und niederhüpfte.

Aber dann wurde das Gelächter drüben unter dem Ahornbaum lauter, so laut, daß Michelle es nicht länger ignorieren konnte. Ihr Zorn schwoll an wie eine Woge, bevor sie ans Land geworfen wird. Sie spürte, wie ihr das Blut in die Wangen schoß. Sie schloß die Augen. Vielleicht gelang es ihr, die Geräusche aus dem Bewußtsein zu verdrängen, wenn sie die lachenden, spottenden Münder nicht mehr sah.

Es begann, als sie die Augen wieder öffnete. Die Sonne, die vorher ein greller, leuchtender Ball gewesen war, hatte sich in einen grauen Nebelfleck verwandelt. Und dabei war es noch so früh am Tage, daß kein Nebel aufkommen konnte. Wenn es Nebel gab in Paradise Point, dann am späten Nachmittag...

Die Beschimpfungen, von Susan Peterson mit bösartigem Hohn vorgetragen, wurden lauter, durchdrangen den Nebel, fanden den Weg in ihr Ohr, quälten sie.

Schwing das Seil, dachte sie. Schwing das Seil, und tu, als ob nichts wäre.

Die Sicht wurde schlechter und schlechter, und es kam der Augenblick, wo Michelle nur noch das Springseil erkennen konnte. Sie beschleunigte den Rhythmus des Liedes, und zugleich bewegte sie das Seil schneller und schneller. Annie hatte gelächelt, als sie in das schwingende Seil hineinsprang, aber jetzt war das Lächeln fort, sie hüpfte schneller und versuchte, sich dem Rhythmus anzupassen, längst hatte sie den kleinen Zwischensprung aufgegeben, mit dem sie das Spiel zu verzieren pflegte, sie sah zu Michelle hinüber, unentschieden, ob sie im Spiel bleiben oder rausspringen sollte. Aber das Seil schwang jetzt so schnell, daß sie seiner Peitsche nicht mehr entrinnen konnte.

Das Seil traf sie am Knöchel. Annie schrie auf, sie geriet ins Stolpern und stürzte.

Der Schrei durchbohrte Michelle wie ein Dolch.

Er war so laut, daß er Susan Petersons Lachen übertönte. Er durchschnitt den Nebel, hell und scharf wie ein Blitz.

Michelle hatte das Seil fallengelassen, es lag wie eine tote Schlange zu ihren Füßen. Sie konnte sich nicht erinnern, wann sie den Griff losgelassen hatte, und sie verstand nicht recht, was überhaupt passiert war. Sie sah nur, daß Annie sich den schmerzenden Knöchel rieb. Vorwurfsvoll sah sie das größere Mädchen an.

»Warum hast du das getan? So schnell kann ich nicht springen, das kannst du dir doch denken.«

»Es tut mir leid«, sagte Michelle. Sie trat einen Schritt auf Annie zu, aber die wich vor ihr zurück. »Es war keine Absicht, wirklich nicht. Ich weiß auch nicht, warum ich so schnell gemacht habe. Hast du dir sehr weh getan?«

Sie half der Kleinen aufzustehen.

»Aua, das beißt!« heulte Annie. Am Knöchel war ein roter Striemen zu erkennen, der rasch anschwoll. Die Mädchen kamen zusammengelaufen, sie bildeten einen Kreis um Annie und Michelle.

Als Susan kam, brach Michelle aus dem Kreis aus, sie humpelte auf die Treppe zu und blieb erst stehen, als sie Sally Carstairs Stimme vernahm.

Sally war ihr gefolgt. »Michelle, was ist denn passiert?«

Michelle sah Sally in die Augen. Die Freundin schien nur neugierig, aber Michelle traute dem Frieden nicht, schließlich hatte Sally ja wenige Minuten zuvor noch mit Susan Peterson unter dem Ahornbaum gesessen.

»Nichts ist passiert«, sagte sie. »Ich habe das Seil zu schnell gedreht, und da hat es Annie an die Beine bekommen. Sie ist gestolpert und hingefallen.«

Sally beobachtete die Mimik der Freundin, sie fragte sich, ob Michelle wohl die Wahrheit sagte. Aber dann läutete die Glocke, die Mittagspause war zu Ende, und Sally beschloß, nicht weiter in Michelle zu dringen. »Gehen wir zusammen in die Klasse zurück?« bot sie an.

»Nein«, sagte Michelle mit verletzender Schärfe. »Laß mich zufrieden!« Beleidigt wandte sich Sally ab und eilte ins Schulgebäude. Als Michelle begriff, daß sie einen Fehler gemacht hatte, war alles zu spät, Sally war bereits in der Schule verschwunden. Langsam ging Michelle die Stufen hoch. Sie war erleichtert, daß die anderen Kinder an ihr vorbeiströmten, ohne ihr besondere Beachtung zu schenken, der Zwischenfall mit Annie schien vergessen.

»Ich habe gesehen, was du gemacht hast«, zischte Susan Peterson ihr ins Ohr.

Michelle erschrak so sehr, daß sie beinahe das Gleichgewicht verloren hätte, sie mußte sich am Geländer festhalten.

»Was?«

»Ich habe alles gesehen«, flüsterte Susan, der Haß glitzerte in ihren Augen. »Ich habe gesehen, daß du Annie absichtlich zu Fall gebracht hast, und ich werd's Fräulein Hatcher sagen. Du wirst aus der Schule verwiesen!« Ohne Michelles Antwort abzuwarten, rannte sie in das Schulgebäude hinein. Michelle war auf einmal allein. Sie drehte sich um und ließ den Blick über den Rasen schweifen, als könnte sie das Bild des springenden kleinen Mädchens zurückholen. Was geschehen war, blieb ihr ein Rätsel. Sie hatte es nicht mit Absicht getan, wirklich nicht. Aber es gab da eine Lücke, die Michelle angst machte. Sie konnte sich nicht erinnern, was passiert war, bevor Annie Whitmore den Schrei ausstieß. Seufzend brachte sie die letzten Stufen hinter sich. *Sie soll sterben,* dachte sie. *Susan Peterson soll sterben!* Sie war vor dem Portal angekommen, und dann vernahm sie, tief in ihrem Kopf, Amandas weiche, schmeichelnde Stimme.

»Ich werde sie töten«, flüsterte Amanda. »Wenn sie dich verpetzt, werde ich sie töten...«

June legte Jennifer in die Korbwiege und zog die Decke zurecht, so daß die Kleine gut zugedeckt war. Dann wandte sie sich der Staffelei zu. Sie betrachtete das Gemälde. Das Seestück war fast fertig. Zeit, daß sie ein neues Gemälde begann. Sie öffnete die Schranktür und zog an der Leine, die zum Lichtkontakt führte. Sie ergriff die erste auf Rahmen gespannte Leinwand und betrachtete sie prüfend. Das Format war ungeeignet. Sie nahm die nächste Leinwand und begann den Stapel zu sortieren. Sie stieß auf einen Rahmen, der die richtige Größe hatte und zog ihn heraus.

Erst auf halbem Weg zur Staffelei merkte sie, daß diese Leinwand schon eine Skizze trug.

Sie blieb stehen, um die Kohlezeichnung zu betrachten. Sie konnte sich nicht erinnern, wann sie diese Skizze gefertigt hatte, und doch mußte die Zeichnung von ihrer Hand stammen. Sie hob die Leinwand auf die Staffelei und stellte sie vor das Seestück.

Sie trat ein paar Schritte zurück.

Ein merkwürdiges Bild.

Die Zeichnung war gar nicht schlecht. Ein Akt. Ein Paar in inniger Umarmung.

Aber die Zeichnung war nicht von ihr.

Das war nicht ihr Stil.

Es war auch nicht die Art von Motiv, die sie zu zeichnen pflegte.

Über die Jahre hinweg hatte sie Dutzende von Skizzen mit Holzkohle auf Leinwand aufgebracht. Weil das Ergebnis ihr nicht gefiel, hatte sie die Skizzen wegsortiert. Irgendwann einmal würde sie das malen, oder aber sie würde die Skizze von der Leinwand entfernen. Bisher war es immer so, daß sie sich an die Motive erinnert hatte, wenn sie das Bild sah. Zumindest erkannte sie ihren Stil wieder.

Diesmal war es anders. Die Skizze war mit kühnen Strichen gefertigt. Auf gewisse Weise war die Zeichnung primitiver als das, was sie zu skizzieren pflegte. Und doch war es ein gutes Bild. Die Proportionen stimmten. Ein Bild, das Leben hatte. Die Figuren schienen sich zu bewegen. Wer hatte diese Skizze angefertigt?

Es muß von mir sein, dachte sie. Es gab ja gar keine andere Möglichkeit! Aber erinnern konnte sie sich nicht. Sie wollte die Leinwand reinigen und hatte sie zu diesem Zweck schon auf den Arbeitstisch gelegt, als sie es sich anders überlegte. Ein Gefühl der Beklommenheit überkam sie, als sie die Leinwand in den Schrank zurückstellte.

Michelle schichtete ihre Hefte und Bücher zu einem Stapel. Sie hielt den Blick auf den Fußboden gerichtet, während die Klassenkameraden auf den Flur hinausstürmten. Der Nachmittag in der Schule war eine Qual gewesen. Sie hatte sich der Pause entgegengesehnt. Sie war sich sicher gewesen, daß Fräulein Hatcher sie zu sich ans Pult bitten würde. Aber die Pause kam, ohne daß die Lehrerin sie nach vorn rief. Und jetzt war der Schultag zu Ende. Michelle stand auf, packte ihren Stock und humpelte auf die Tür zu.

»Michelle, würdest du noch einen Augenblick dableiben?«

Sie wandte sich um. Fräulein Hatcher saß hinter ihrem Pult. Sie sah nicht einmal ärgerlich aus. Nur besorgt.

»Michelle, was ist heute in der Mittagspause vorgefallen?«

»Sie meinen das mit Annie?«

Corinne Hatcher nickte. »Soweit ich informiert bin, hat sich Annie verletzt.« Die Stimme klang nicht ärgerlich. Nur besorgt. Michelle atmete auf.

»Ich glaube, ich war zu schnell beim Seilschwingen. Annie ist ins Stolpern gekommen und hingefallen, das Seil hat sie am Knöchel erwischt, aber sie hat mir gesagt, es ist nicht so schlimm.«

»Wie ist das denn passiert?« wollte Fräulein Hatcher wissen. Und Michelle fragte sich, welche Version Susan Peterson der Lehrerin erzählt hatte.

»Es ist einfach so passiert«, sagte Michelle. Sie war ratlos, wie hätte sie das Vorkommnis näher beschreiben sollen? »Ich habe wahrscheinlich nicht richtig aufgepaßt.« Sie verstummte und dachte nach. Nur zögernd wagte sie die Frage. »Was hat Susan denn gesagt?«

»Nicht viel. Eigentlich nur, daß Annie das Seil an den Knöchel bekommen hat.«

»Und sie hat außerdem gesagt, ich hätte es mit Absicht getan, oder?«

»Warum sollte sie so etwas denn behaupten?« entgegnete Corinne. Sie sagte das, obwohl Michelle mit ihrer Vermutung völlig richtig lag. Genau das hatte Susan Peterson vorgetragen.

»Mir hat sie gesagt, ich würde dafür von der Schule verwiesen.« Michelles Stimme zitterte. Das Mädchen war den Tränen nahe.

»Selbst wenn du das mit Absicht getan hättest, würde ich dich deshalb nicht von der Schule verweisen. Vielleicht würde ich dich hundertmal an die Tafel schreiben lassen: *Ich darf Annie Whitmore kein Bein stellen.* Aber nachdem es keine Absicht war, brauche ich dich ja wohl nicht zu bestrafen, oder?«

Michelle war so aufgeregt, daß sie kaum noch Luft bekam. »Bedeutet das, Sie glauben mir?«

»Natürlich glaube ich dir, mein Kind.« Die Spannung wich von Michelle. Alles würde wieder in ein gutes Fahrwasser kommen, Gott sei Dank. Sie sah Fräulein Hatcher flehentlich an.

»Fräulein Hatcher, warum hat Susan wohl gesagt, daß ich es mit Absicht getan habe?« fragte sie.

Weil sie eine bösartige, kleine Lügnerin ist, hätte Corinne am liebsten geantwortet. Aber sie beherrschte sich. »Es kommt vor, daß die Menschen bei dem gleichen Ereignis etwas Verschiedenes sehen«, sagte sie ruhig. »Jeder sieht etwas anderes, obwohl es doch nur eine Wahrheit gibt. Deshalb ist es so wichtig, daß man mehrere Zeugen hört. Sally Carstairs hat zum Beispiel gesagt, du hättest es *nicht* mit Absicht getan, dazu seist du gar nicht fähig. Sie sagt, das Ganze war einfach ein kleiner Unfall.«

Michelle nickte. »Das war es auch. Ich würde Annie nie etwas tun, ich habe sie nämlich sehr gern, und sie mich auch.«

»Jeder hier hat dich gern, Michelle.« Corinne legte ihr die Hand auf die Schulter. »Du mußt nur etwas Geduld haben und die Freunde an dich herankommen lassen. Du wirst sehen, alle mögen dich.«

Michelle vermied es, ihr in die Augen zu schauen. »Kann ich jetzt gehen?« fragte sie.

»Aber ja. Holt dich deine Mutter nicht ab?«

»Ich kann den Weg zu Fuß gehen.« Die Art, wie sie es sagte, machte Fräulein Hatcher klar, daß sie sehr stolz auf diese Fähigkeit war.

»Ich bin überzeugt, daß du den Weg zu Fuß gehen kannst«, sagte sie freundlich. Michelle war schon zur Tür unterwegs, als Corinne sie beim Namen rief.

»Michelle!« Das Mädchen blieb stehen, aber sie drehte sich nicht um. Sie hielt Corinne den Rücken zugewandt und wartete. »Michelle, was dir zugestoßen ist, war auch ein Unfall. Du mußt dich deswegen nicht grämen oder irgend jemandem die Schuld dafür aufbürden. Es war ein Unfall, genau wie das, was heute deiner kleinen Freundin Annie passiert ist.«

»Ich weiß«, sagte Michelle mit ausdrucksloser Stimme.

»Und die Kinder werden sich an dich gewöhnen. Die älteren brauchen etwas länger als die jüngeren, das ist alles. Irgendwann werden sie aufhören, dich zu necken.«

»Werden sie damit wirklich aufhören?« fragte Michelle. Sie wartete die Antwort nicht mehr ab, sondern humpelte aus dem Klassenzimmer.

Als sie die Treppe hinunterging, war auf dem Rasen kein Schüler mehr zu sehen. Sie hinkte die Straße entlang. Einerseits war sie froh, daß niemand sie beobachtete, andererseits war sie enttäuscht, weil niemand da war, mit dem sie sich unterhalten konnte. Sie hatte gehofft, daß Sally auf sie warten würde. Allerdings, warum sollte Sally das eigentlich tun? Warum sollte sie ihre Zeit an ein verkrüppeltes Mädchen verschwenden?

Michelle versuchte sich einzureden, daß Fräulein Hatchers Prognose richtig war. Die Klassenkameradinnen würden sich mit der Zeit daran gewöhnen, daß es ein behindertes Mädchen in der Klasse gab, das Thema würde an Interesse verlieren, und eines Tages würden die Mädchen über jemand anderen lachen, nicht mehr über sie. Sie ging weiter, die Hüfte schmerzte mit jedem Schritt. Der Schmerz wurde böse und beißend, und dann begriff Michelle, es gab keine Besserung für ihr Leiden. Im Gegenteil, die Behinderung würde immer schlimmer werden.

Sie war an der Wegkreuzung angekommen, wo die Straße zum Kliff abzweigte. Sie blieb stehen und lehnte sich auf ihren Stock. Sie sah auf das Meer hinaus, wo sich die Möwen schwerelos im Wind wiegten.

Wie sehr wünschte sie sich, selbst ein Vogel zu sein! Sie würde davonfliegen, würde sich auf die See hinausschwingen, würde sich von den Winden in die Ferne tragen lassen, weit, weit fort, wo sie keinen Menschen mehr sehen würde. Aber sie konnte nicht fliegen. Sie konnte nicht einmal richtig laufen. Nie wieder würde sie mit anderen Kindern um die Wette rennen können.

Sie zwang sich, weiterzugehen. Der Schmerz fraß sich in ihre Gelenke.

Als sie am Friedhof vorüberkam, vernahm sie die Stimme.

»Krüppel... Krüppel... Krüppel!«

Noch bevor sie sich umdrehte, wußte sie, wem die Stimme gehörte. Sie blieb stehen, und dann sah sie Susan Peterson in die Augen.

»Hör auf damit.«

»Warum sollte ich?« spottete Susan. »Was willst du mir denn tun? Krüppel!«

»Du hast hier auf dem Friedhof nichts verloren«, sagte Michelle. »Verschwinde!« Sie versuchte ihren Zorn unter Kontrolle zu behalten, jenes Gefühl, das ihr die Kehle zuschnürte.

»Ich kann gehen, wohin ich will, und ich kann tun, was ich will«, sagte Susan und weidete sich an Michelles Bestürzung. »*Ich bin nicht behindert wie gewisse andere Mädchen.*«

Die Worte gellten Michelle in den Ohren, wurden zu Stacheln, die ihr ins Fleisch drangen, und die Stacheln wurden zu Messern, die ihr ins Herz schnitten. Die Wut in ihr war ein brodelnder Sud aus Gift und Haß, und dann sah Michelle, wie der Nebel heranschwebte.

Mit dem Nebel kam Amanda.

Sie konnte Amanda spüren, noch bevor das Mädchen zu sprechen begann. Amanda war gegenwärtig, war um sie, stützte sie und umfing sie. Und dann begann Mandy zu flüstern.

»Du darfst nicht zulassen, daß sie solche Dinge zu dir sagt«, säuselte Mandy. »Bring sie zum Schweigen. Stopf ihr den frechen Mund!«

Michelle stolperte den Weg entlang, der in den Friedhof hineinführte. Die Unkrautschlingen legten sich um ihre Füße, und der Stock war plötzlich keine Hilfe mehr, er war nur noch hinderlich. Hilfe kam von Mandy, das Wesen ging an ihrer Seite, gab ihr Kraft und Mut, schob sie nach vorn.

Im Nebel war Susan Petersons Gesicht zu erkennen. Das Lächeln erstarb, und die Lippen waren trocken und weiß.

»Was hast du vor?« flüsterte Susan. »Komm mir nicht zu nahe!«

Aber Michelle schritt unaufhaltsam voran, zog mit bitterer Entschlossenheit ihr lahmes Bein hinter sich her, der Schmerz war vergessen, sie hieb mit dem Stock auf die Schlingpflanzen ein, die ihr den Weg versperrten, stieß die Steine zur Seite, sie achtete nicht auf Susans Worte, sie hatte nur noch ein Ohr für Mandys süße Einflüsterungen.

Susan taumelte zurück, als Michelle näher kam.

»Geh fort«, schrie sie. »Laß mich in Ruhe. *Du sollst mich in Ruhe lassen!*« Ihr Gesicht zerfloß zu einer Maske der Furcht. Plötzlich drehte sie sich um und suchte ihr Heil in der Flucht. Sie rannte in den Friedhof hinein, auf die Kreuze zu, wo die Nebel kreisten. Michelle war entschlossen, die Verfolgung aufzunehmen. Sie würde keine Gnade kennen, wenn...

»Bleib hier«, flüsterte Amanda ihr ins Ohr. »Du bleibst hier, das ist besser. Laß *mich* das machen. *Ich* will das machen...«

Und dann war Amanda verschwunden, Michelle blieb allein zurück, stand inmitten der von Büschen und Stauden überwucherten Gräber und bohrte die Spitze ihres Stocks in den weichen, dunklen Boden. Der Nebel umkreiste sie, eine feuchte, graue Wolke.

Der langgezogene Todesschrei klang erstickt, als hätte jemand Susan ein Tuch vor den Mund gehalten. Der Schrei wurde vom Nebel zu Michelle getragen, auf mächtigen, weichen Schwingen. Dann herrschte wieder Grabesstille.

Michelle wagte nicht, sich zu rühren. Sie stand da und lauschte in die Düsternis hinein. Als Amanda wieder zu sprechen begann, war es ihr, als ob die Stimme aus ihrem Inneren käme. Das merkwürdige Mädchen schien einen Weg in ihr Herz gefunden zu haben.

»Ich habe sie getötet«, flüsterte Mandy. »Ich habe dir versprochen, daß ich sie töten würde, und ich habe mein Versprechen erfüllt.«

Die Worte klangen wie ein langhallendes Echo in ihren Ohren. Michelle machte sich auf den Heimweg. Als sie das Haus ihrer Eltern erreichte, schien die Sonne. Der herbstliche Himmel war groß, klar und blau, und das einzige Geräusch an dieser Stelle der Küste war das Kreischen der Möwen.

Siebzehntes Kapitel

Der Tag in der Praxis war recht ruhig gewesen. Soeben hatte der letzte Patient das Sprechzimmer verlassen. Die beiden Männer waren unter vier Augen. Dr. Josiah Carson holte eine Flasche Bourbon aus seinem Schreibtisch. Er goß zwei Gläser voll. Er mochte das. Ein Glas Bourbon nach der Arbeit war eine gute Sache.

»Gibt's irgendwas Neues bei Ihnen daheim?« fragte er beiläufig.

»Wie meinen Sie das?« fragte Cal.

Du machst ganz auf cool, mein Junge, dachte Dr. Carson. Aber das wird dir nichts nützen. Die Angst hat sich festgekrallt in deinen Gehirnwindungen, ich sehe es in deinen Augen. Als er weitersprach, gab er seiner Stimme einen betont liebenswürdigen Klang. »Ich habe über Michelle nachgedacht«, sagte Dr. Carson. »Gibt es irgendwelche Anhaltspunkte, worauf die Lähmung zurückzuführen ist?«

Cal wollte ihm gerade antworten, als im Vorraum, in der Anmeldung, das Telefon zu läuten begann. Dr. Carson quittierte die Störung mit einem unterdrückten Fluch.

»Wie verhext! Kaum geht die Praxishilfe weg, schon ruft jemand an.« Als Dr. Carson keine Anstalten machte, den Ruf anzunehmen, beugte sich Cal über den Schreibtisch und nahm den Hörer ab.

»Praxis Dr. Pendleton«, meldete er sich.

»Ist Dr. Carson da?« Es war die Stimme einer aufgeregten Frau. Cal kannte die Stimme.

»Mrs. Benson, hier spricht Dr. Pendleton. Was kann ich für Sie tun?«

»Ich will Dr. Carson sprechen«, sagte Constance Benson zornig. »Ist er da, ja oder nein?«

Cal hielt die Muschel zu. Er gab Josiah den Hörer. »Mrs. Benson ist dran. Sie ist sehr aufgeregt, sie will ihr Anliegen mit Ihnen persönlich besprechen.«

Dr. Carson hatte den Hörer ergriffen. »Constance? Was ist denn los?«

Cal beobachtete aufmerksam das Gesicht des Arztes. Als sich Blässe über dessen Züge breitete, beschlich ihn die Angst. »Wir kommen sofort«, hörte er Dr. Carson sagen. »Unternehmen Sie nichts, Sie würden die Dinge nur noch schlimmer machen.« Er legte den Hörer auf und stand auf.

»Ist Jeff was passiert?« fragte Cal.

Dr. Carson schüttelte den Kopf. »Es geht um Susan Peterson. Rufen Sie sofort den Krankenwagen an, und dann fahren wir beide hin. Ich erkläre Ihnen unterwegs, was passiert ist.«

»Ich bete zu Gott, daß der Krankenwagen rechtzeitig eintrifft«, sagte Cal.

Sie hatten die letzten Häuser des Ortes hinter sich gelassen. Cal steuerte den Wagen die schmale Straße entlang. Die Reifen quietschten, als er in die Abzweigung zur Bucht einbog.

»Ich bezweifle, ob wir den Krankenwagen überhaupt noch brauchen werden«, gab Dr. Carson zur Antwort. Sein Gesicht war eine zerklüftete Landschaft aus Falten. »Wenn Constances Schilderung zutrifft, dann kommt jede Hilfe zu spät.«

»Was ist denn überhaupt passiert?« fragte Cal.

»Susan ist vom Kliff auf die Felsen hinabgestürzt. Constance behauptet, sie ist nicht eigentlich runtergefallen, sie ist in vollem Lauf über die Felskante hinausgerannt.«

»Hinausgerannt?« stotterte Cal. »Sie meinen, das Mädchen ist in den Abgrund gesprungen? Sind Sie sicher, daß Sie Mrs. Benson richtig verstanden haben?«

»Ich wiederhole nur, was sie gesagt hat. Sie sagt, Susan ist über die Felskante gerannt. Aber vielleicht habe ich es am Telefon auch nicht richtig mitgekriegt. Constance war nämlich sehr durcheinander.«

Noch bevor er Cal in allen Einzelheiten darlegen konnte, was Constance ihm mitgeteilt hatte, kam das Haus in Sicht. Mrs. Benson stand auf der Veranda. Ihr Gesicht war kreideweiß. Sie rang die Hände.

Die beiden Männer waren aus dem Wagen gesprungen.

»Sie liegt da unten, zwischen den Felsen«, rief Mrs. Benson. »Mein Gott, so beeilen Sie sich doch! Ich weiß nicht, ob... ob...« Sie verstummte, und ihr Gesicht wurde zu einem Spiegel der Hilflosigkeit. Dr. Carson ging auf sie zu. Er hatte Cal angewiesen, zum Strand hinunterzulaufen und sich um Susan Peterson zu kümmern.

»Hinter dem Haus führt ein steiler Pfad den Hang hinab«, rief er ihm zu. »Das ist der schnellste Weg zum Strand. Susan müßte ungefähr hundert Meter südlich vom Weg liegen.«

Cal ließ den Blick über das Kliff gleiten. Als er an den Grabkreuzen ankam, erschrak er. »Sie meinen, Susan liegt unterhalb vom Friedhof?« fragte er.

Dr. Carson nickte. »Und machen Sie sich auf das Schlimmste gefaßt, Cal. Das Kliff geht dort senkrecht in die Tiefe.«

Cal Pendleton hatte die Arzttasche ergriffen und rannte um das Haus herum. Er spürte, wie die Panik an ihm hochkroch. Er wehrte sich mit aller Kraft gegen das Gefühl. Wieder und wieder sprach er die Beschwörungsformel. *Sie ist schon tot. Ich kann nicht mehr versagen. Was auch immer ich mache, ist richtig. Sie ist schon tot.* Als die Worte sein Bewußtsein erreichten, klang die Angst ab.

Der Pfad, der von Mrs. Bensons Haus zum Strand hinunterführte, ähnelte dem Weg, der sein eigenes Grundstück mit dem Strand verband. Eine schmale, im Zickzack verlaufende Schneise zwischen Felsen und Büschen, steil abfallend und gefährlich. Laufend und rutschend taumelte er hinab, und seine Gedanken wanderten zu jenem Tag vor fünf Wochen zurück, als er zum Strand gerannt war, um seine bewußtlose Tochter zu bergen.

Nein, er würde den Fehler nicht wiederholen.

Diesmal würde er tun, was zu tun war. Er würde alles richtig machen.

Nur daß es eigentlich nichts gab, was ein Arzt bei einem Toten noch *richtig machen* konnte.

Er war auf dem Strand angekommen. Er rannte los. Er hatte vielleicht fünfzig Meter zurückgelegt, als er sie erblickte. Sie lag auf dem Rücken, reglos und starr.

Er wußte, daß er zu spät kam. Er ging langsamer.

Susan Peterson hatte sich beim Sturz das Genick gebrochen. Der Kopf war unnatürlich verdreht, die Augen standen offen. Panische

Furcht malte sich auf dem Antlitz des toten Mädchens ab. Arme und Beine waren grotesk verrenkt, sie erinnerten Cal an nutzlose Spielzeuge. Die Wellen griffen nach dem Leichnam, als seien sie begierig, das reglose Gebilde zu verschlingen, das vor einer Viertelstunde noch ein lebendiges zwölfjähriges Mädchen gewesen war.

Cal kniete nieder und ergriff Susans Handgelenk. Er preßte ihr das Stethoskop auf die Brust. Er wußte, es war eine sinnlose Anstrengung. Das Instrument würde ihm bestätigen, was er bereits wußte.

Er wollte das tote Mädchen auf seine Arme heben, als seine Muskeln erstarrten. Seine Gliedmaßen verweigerten ihm den Dienst, sie schienen sich nicht mehr zu kümmern um die Signale, die das Gehirn aussandte. Cal stand auf. Sein Blick war auf Susans Augen gerichtet. Im Geiste starrte er in Michelles reglose Pupillen.

Ich darf sie nicht aufheben, dachte er. *Wenn ich sie trage –, das könnte die Verletzungen verschlimmern.*

Das Mädchen war tot. Der Gedanke, daß er ihre Verletzungen durch seine Unachtsamkeit verschlimmern konnte, war irrational, und Cal *wußte*, daß der Gedanke irrational war. Aber er stand da, wie gelähmt. Er konnte sich nicht überwinden, die tote Susan Peterson auf die Arme zu nehmen und den steilen Weg hinaufzutragen, so wie er vor Wochen seine Tochter hinaufgetragen hatte. Von tiefer Scham erfüllt, ging Cal Pendleton zum Fuße des Kliffs zurück. Er überließ Susans Leichnam der steigenden Flut.

»Sie ist tot.«

Cal sagte das mit einer Teilnahmslosigkeit, als spräche er zu einem Menschen, der ihm seine Katze zum Einschläfern überlassen hatte.

»O mein Gott«, murmelte Constance Benson. Sie ließ sich in den Sessel sinken. »Wer spricht mit Estelle?«

»Das mache ich«, sagte Dr. Carson. Er sah Cal prüfend an. »Warum haben Sie die Leiche nicht raufgetragen?«

»Ich dachte, wir warten besser, bis der Krankenwagen kommt«, log Cal. Aber er wußte, daß er den erfahrenen Arzt nicht hinters Licht führen konnte. »Sie hat sich das Genick gebrochen«, fuhr er fort. »Es scheinen auch noch andere Brüche vorzuliegen.« Sein Blick wanderte zu Constance Benson. »Wie ist es passiert? Dr. Carson sagte mir, sie ist über die Felskante gerannt.« Er hatte gezögert, bevor er das Wort *gerannt* aussprach. Er vermochte sich nicht vorzustellen, daß Susan tatsächlich in den Abgrund gesprungen war.

Constance schien seine Frage nicht beantworten zu wollen. Sie sah Dr. Carson fragend an. Der nickte. »Es ist besser, Sie sagen es ihm, Constance.« Cal wurde von einem Gefühl namenloser Angst durchströmt. Noch bevor Mrs. Benson ihre Schilderung begann, war ihm klargeworden, daß sich hinter Susans Sturz ein furchtbares Geheimnis verbarg. Was die Frau ihm dann eröffnete, sollte alle seine Befürchtungen noch übertreffen.

»Ich war in der Küche beim Äpfelschälen«, sagte Constanze Benson. Sie hielt den Blick auf den Fußboden gerichtet, als müßte sie jeden Moment befürchten, von einem der beiden Ärzte in der Darlegung der Wahrheit unterbrochen zu werden. »Ich habe aus dem Fenster geschaut, so wie Sie jetzt aus dem Fenster schauen, und plötzlich sehe ich Susan Peterson auf dem Friedhof stehen. Ich weiß auch nicht, was das Mädchen da zu suchen hatte, ich habe Estelle ausdrücklich gesagt, sie soll ihre Tochter vom Friedhof fernhalten, und Ihrer Frau, Herr Dr. Pendleton, habe ich es ja auch gesagt, sie soll Michelle verbieten, auf den Friedhof zu gehen, aber auf mich hört ja niemand. Jetzt, wo das Kind in den Brunnen gefallen ist, wird man vermutlich mehr auf mich hören. Jedenfalls war ich beim Äpfelschälen, ich habe also nicht dauernd auf den Friedhof geachtet, und dann sah ich plötzlich, wie Michelle die Straße entlangkam. Wo der Weg zum Friedhof abbiegt, blieb sie stehen. Ich glaube, Susan hat etwas zu ihr gesagt, sie hat nämlich in Susans Richtung gestarrt.«

»Haben Sie denn nicht gehört, was Susan gesagt hat?« fragte Cal. Zum ersten Mal seit Beginn ihrer Schilderung hob Mrs. Benson den Blick.

»Nein, leider nicht. Das Küchenfenster war geschlossen, und es ist ja auch ein schönes Stück Weg von meinem Haus bis zum Friedhof. Aber die beiden haben miteinander gesprochen, das war deutlich zu erkennen. Susan hat Michelle wohl etwas zeigen wollen, denn Michelle ist zu ihr gegangen. Sie ist über den Zaun geklettert, ich habe auch gesehen, daß sie über die Schlingpflanzen gestolpert ist, und wie sie mit ihrem Bein über den Zaun gekommen ist, ist mir immer noch ein Rätsel, aber Tatsache ist, sie ist drübergeklettert. Susan war auf der anderen Seite, sie hat auf

Michelle gewartet, jedenfalls sah es so aus, und das ist eine Sache, die ich nun überhaupt nicht verstehe, nach dem was passiert ist.«

Sie hielt inne. Ihr war anzusehen, daß sie vergeblich versuchte, die losen Enden des Knäuels miteinander zu verbinden.

»Und was ist dann passiert?« drängte Cal.

»Etwas sehr Merkwürdiges«, sagte Constance nachdenklich, und dann richtete sie den Blick ihrer kalten Augen auf ihn. »Michelle hatte gerade etwas zu Susan gesagt, ich konnte natürlich nicht verstehen, *was* sie sagte, aber besonders liebenswürdig muß es wohl nicht gewesen sein, jedenfalls hat Susan sie mit Augen angestarrt, wie ich sie in meinem Leben nie wieder sehen möchte. Susan hat furchtbare Angst gehabt. Jawohl furchtbare Angst.«

In Cals Erinnerung erstand das Bild des toten Mädchens. Was Mrs. Benson sagte, entsprach seinen eigenen Beobachtungen. Susans Gesicht war eine Maske der Angst gewesen. Namenlose, durch nichts zu besänftigende Angst.

»Und dann begann Susan zu rennen«, hörte er Mrs. Benson sagen. »Sie ist gerannt, als sei der Teufel hinter ihr her. Sie ist über den Rand des Kliffs hinausgerannt.«

Constance Benson hatte die letzten Worte im Flüsterton gesagt. Der Klang hing im Raum wie ein unsichtbarer Schleier aus Eis.

»Ist sie wirklich über den Rand der Felsen hinausgerannt?« fragte Cal. Er kam sich dumm vor, weil er Mrs. Bensons Feststellungen wiederholte, aber er wollte einfach nicht glauben, was sie gesagt hatte. »Hat sie denn überhaupt gesehen, wohin sie lief? Ich kann mir das gar nicht vorstellen.«

»Sie hat genau gesehen, wohin sie lief«, sagte Constance Benson. »Sie hat den Abgrund vor sich gesehen, und sie ist einfach darauf zugerannt.«

»Mein Gott«, sagte Cal. Er schloß die Augen, um das Bild zu vertreiben. Vergeblich, das Bild blieb. Und dann fiel ihm ein, daß auch Michelle den Todessprung beobachtet haben mußte. Er öffnete die Augen. Als er Constance Benson ansah, war ein Anflug von Furcht in seinem Blick.

»Und Michelle, was hat sie währenddessen getan?«

Mrs. Bensons Züge wurden hart. Sie sah ihn an, verächtlich

und feindselig. »Nichts«, sagte sie. Es klang, als hätte sie ihn angespuckt.

»Wie meinen Sie das, nichts?« fragte Cal. Er ignorierte ihren beleidigenden Tonfall. »Sie muß doch irgend etwas gemacht haben.«

»Sie ist stehengeblieben, wo sie stand, mitten auf dem Friedhof. Es hat so ausgesehen, als hätte sie gar nicht mitbekommen, was geschehen war. Nach dem Schrei, den Susan ausstieß, blieb Michelle noch etwa eine Minute auf dem Friedhof, dann ist sie nach Hause gegangen.«

Cal stand wie angewurzelt in Mrs. Bensons Wohnzimmer. Alles in ihm sträubte sich, die Mitteilung der Frau aufzunehmen. »Ich glaube Ihnen nicht«, sagte er schließlich.

»Sie können mir glauben, oder Sie können's sein lassen«, sagte Constance Benson. »Aber ich schwöre bei Gott, daß ich die Wahrheit sage, die reine Wahrheit. Ihre Tochter hat sich benommen, als ob gar nichts passiert sei.«

Cal wandte sich zu Dr. Carson, irgendwie erwartete er in dieser Situation Hilfe von seinem Arztkollegen. Aber Dr. Carson war tief in Gedanken versunken. Nachdem Cal ihn mit seinem Namen angesprochen hatte, schien er wie aus einem Traum aufzutauchen. Er streckte die Hand aus und berührte Cals Oberarm. Als er sprach, veränderte sich seine Stimme auf seltsame Weise. Es hörte sich an, als entfernte er sich mit jedem Wort weiter von Cal und Mrs. Benson. »Sie gehen jetzt besser nach Hause, Cal«, sagte er. »Ich werde hier tun, was zu tun ist. Sie müssen sich jetzt um Michelle kümmern. Es wäre ja möglich, daß sie einen Schock erlitten hat.«

Cal nickte Zustimmung. Schweigend ging er zur Tür. Er blieb stehen, weil ihm plötzlich ein Gedanke gekommen war. Er wollte etwas sagen, aber als er den eisigen Ausdruck in Mrs. Bensons Augen gewahrte, änderte er seinen Entschluß. Er öffnete die Tür und war fort.

Dr. Josiah Carson und Constance Benson saßen da und schwiegen. Der Krankenwagen war eingetroffen. Als Dr. Carson sich bereits von Mrs. Benson verabschiedet hatte, erwachte sie zum Leben.

»Ich mag diesen Mann nicht«, sagte sie.

»Aber Constance, Sie kennen Dr. Pendleton doch kaum.«

»Ich muß sagen, ich habe auch keinerlei Interesse, ihn näher kennenzulernen. Ich glaube, der Mann hat einen Fehler gemacht, als er mit seiner Familie nach Paradise Point zog.« Sie umfing Dr. Carson mit einem Blick, der von offener Feindseligkeit nicht mehr weit entfernt war. »Und dann wollte ich Ihnen noch sagen, daß auch Sie einen Fehler gemacht haben, Dr. Carson. Sie hätten ihm das Haus nicht verkaufen dürfen. Sie hätten das Haus schon vor vielen Jahren abreißen lassen müssen.«

Dr. Carson wurde ernst. »Was Sie da sagen, ist unsinnig und albern, Constance, das wissen Sie wohl auch selbst. Das Haus ist doch nicht an den Dingen schuld, die sich dort ereignet haben.«

»Wirklich nicht?« Constance Benson wandte ihm den Rücken zu. Sie trat ans Fenster und sah zum Friedhof hinüber. Jenseits der Gräber war das viktorianische Haus der Familie Pendleton zu erkennen.

»Die Pendletons können dort nicht leben«, murmelte Constance. »Auch Sie konnten dort nicht mehr leben, nachdem Alan Hanley verunglückt war, vergessen Sie das nicht, Dr. Carson. Es ist sinnlos, dort ausharren zu wollen. Wenn ich June Pendleton wäre, ich würde auf der Stelle meine Sachen packen und mitsamt dem Baby verschwinden. Ich würde aus dem Haus fliehen, solange Flucht noch möglich ist.«

»Es tut mir leid, daß Sie so empfinden«, sagte Dr. Carson. Es klang steif und förmlich. »Ich bin ganz und gar nicht Ihrer Auffassung, das sollten Sie vielleicht wissen. Ich bin froh, daß Dr. Pendleton und seine Familie hergezogen sind, und ich hoffe, daß sie in Paradise Point bleiben, ungeachtet der Vorkommnisse, auf die Sie anspielen.« Er räusperte sich. »Ich werde jetzt Estelle und Henry Peterson vom Tod ihrer Tochter verständigen.« Er verließ den Raum, ohne sich von ihr zu verabschieden. Mrs. Benson blieb am Fenster stehen, ihr Blick war in eine unwirkliche Ferne gerichtet. Niemand hätte ihr anzusehen vermocht, was sie dachte.

Cal lief die Stufen zur vorderen Veranda hoch. Er öffnete die Tür, trat ein und schlug die Tür hinter sich zu.

»Cal, bist du's?« June schien überrascht zu sein, daß er so früh heimkehrte, ihre Stimme klang befremdet. Noch überraschter als June war Cal, als er sie im Wohnzimmer in ihrem Sessel vorfand. Sie stickte.

»Mein Gott«, herrschte er sie an. »Was tust du denn hier? Wie kannst du jetzt so ruhig herumsitzen? Wo ist Michelle?«

June sah ihn erstaunt an. Sie verstand nicht, warum er sich so aufregte.

»Wie du siehst, habe ich eine Stickarbeit begonnen, ich hoffe, du hast nichts dagegen.« Sie sprach zögernd und unsicher. »Warum sollte ich eigentlich nicht im Wohnzimmer sitzen? Michelle ist oben in ihrem Zimmer.«

»Ich kann's nicht glauben«, sagte Cal.

»Was kannst du nicht glauben? Cal, jetzt sag mir endlich, was überhaupt los ist!«

Er ließ sich in einen Sessel fallen. Er versuchte so etwas wie Ordnung in seine Gedanken zu bringen. Plötzlich paßten die Teile des Puzzlespiels überhaupt nicht mehr zusammen.

»Wann ist Michelle nach Hause gekommen?« fragte er nach einer langen Pause.

»Vor einer Dreiviertelstunde. Vielleicht ist sie auch schon eine Stunde hier, ich weiß es nicht.« June legte ihren Stickrahmen zur Seite. »Cal, ist irgendein Unglück passiert?«

»Ich kann's nicht glauben«, wiederholte er. »Ich kann es einfach nicht glauben.«

»*Was* kannst du nicht glauben?« verlangte June zu wissen. »Würdest du dich endlich einmal klar ausdrücken?«

»Hat dir Michelle denn nicht gesagt, was passiert ist?«

»Sie hat kaum gesprochen, als sie nach Hause kam«, erwiderte June. »Sie ist in die Küche gekommen, hat sich ein Glas Milch eingegossen, und dann hat sie gesagt, in der Schule ist alles okay, was ich ihr nicht abnehme. Danach ist sie raufgegangen in ihr Zimmer.«

»O Gott!« Cal kam sich vor wie in einem Alptraum. »*Michelle muß dir doch irgend etwas erzählt haben, June.* Sag mir bitte, was sie dir erzählt hat!«

»Cal, wenn du mir nicht endlich erklärst, was passiert ist, bekomme ich einen Tobsuchtsanfall.«

»Susan Peterson ist tot!«

June sah ihn an, als hätte er eine Bemerkung zum Wetter abgegeben. Dann begannen die Muskeln in ihrem Gesicht zu zucken. Als sie weitersprach, war ihre Stimme nur noch ein Wispern.

»Was sagst du da?«

»Ich glaube, ich habe mich unmißverständlich ausgedrückt. Susan Peterson ist tot, und Michelle war dabei, als es passierte. Hat sie dir *wirklich* nichts erzählt?« Und dann berichtete er ihr, was geschehen war und was er von Constance Benson erfahren hatte.

June saß wie gebannt da und hörte ihm zu. Mit jedem Wort, was er sagte, wuchs ihre Angst. Als Cal seine Schilderung der Ereignisse beendete, zitterte sie vor Furcht. Susan Peterson *konnte* nicht tot sein, das war ja völlig unmöglich, und ebenso unmöglich war, daß Michelle dabeigewesen war, als Susan Peterson starb. Wäre sie dabeigewesen, dann hätte sie ihrer Mutter von der Sache *erzählt*. *Ganz sicher* hätte sie der Mutter davon erzählt.

»Und Michelle hat wirklich nichts davon gesagt, als sie nach Hause kam?« vergewisserte er sich.

»Kein Wort«, sagte June. »Kein einziges Wort. Es ist unglaublich.«

»Ich finde es ebenso unglaublich wie du.« Cal stand auf. »Ich gehe jetzt wohl besser zu Michelle nach oben und rede mit ihr. Sie kann nicht einfach so tun, als wäre nichts passiert.«

Er war zur Tür unterwegs. June schloß sich ihm an.

»Ich möchte dabeisein, wenn du mit ihr sprichst. Das Mädchen ist sicher ganz durcheinander.«

Michelle lag auf ihrem Bett und las. Sie hielt die Puppe in ihrer Armbeuge. Als die Eltern an der Tür erschienen, musterte sie die beiden mit neugierigem Blick.

Cal kam gleich zur Sache. »Michelle, es ist besser, wenn du uns ganz offen sagst, was heute nachmittag passiert ist.«

Michelle sah ihn an und runzelte die Stirn. »Heute nachmittag ist nichts passiert. Ich bin von der Schule nach Hause gegangen, und jetzt bin ich hier.«

»Bist du unterwegs nicht in den Friedhof abgebogen? Hast du auf dem Nachhauseweg nicht mit Susan Peterson gesprochen?«

»Nur ganz kurz«, sagte Michelle. Ihr Gesichtsausdruck verriet, daß sie die ganze Sache nicht für erwähnenswert hielt. Cal wollte Michelle nach dem Inhalt ihrer Unterhaltung mit Susan befragen, aber June fiel ihm ins Wort.

Sie trat vor das Bett ihrer Tochter. »Als du nach Hause gekommen bist, hast du aber nichts davon gesagt, daß du unterwegs mit Susan gesprochen hast.« Sie vermied es sorgfältig, die Version zu verraten, die ihr Mann gegeben hatte. Aus irgendeinem Grunde schien es ihr wichtig, erst einmal Michelles eigene Darstellung zu hören.

»Wir waren nur ein oder zwei Minuten zusammen«, sagte Michelle. »Susan hat auf dem Friedhof rumgegammelt, und als ich sie gefragt habe, was sie da eigentlich macht, hat sie mich gehänselt. Sie... sie hat mich einen Krüppel geschimpft. Sie hat gesagt, ich bin *behindert*.«

»Und was hast du daraufhin getan?« fragte June vorsichtig. Sie hatte sich zu Michelle aufs Bett gesetzt. Sie hielt die Hand ihrer Tochter und drückte sie.

»Ich habe nichts getan. Ich wollte in den Friedhof reingehen, aber da ist Susan weggelaufen.«

»Sie ist weggelaufen? Wohin ist sie denn gelaufen?«

»Das weiß ich nicht. Sie ist im Nebel verschwunden.«

Junes Blick glitt zum Fenster. Auf dem Meer spiegelten sich die Strahlen der Sonne. Ein klarer, wolkenloser Tag. »Sie ist im Nebel verschwunden, sagst du? Aber heute hat's doch gar keinen Nebel gegeben.«

Michelle schien ratlos. Sie sah ihre Mutter an, dann den Vater. Ihr Vater schien sehr zornig auf sie zu sein. Warum eigentlich? Was hatte sie denn getan? Sie verstand gar nicht, was die Eltern von ihr wollten. Sie zuckte die Schultern. »Ich weiß nur, daß plötzlich Nebel aufgekommen ist. Ich ging auf den Friedhof zu, im gleichen Augenblick war der Nebel da, so dicht, daß ich gar nichts mehr sehen konnte. Susan ist in den Nebel hineingelaufen.«

»Hast du nichts gehört?« fragte June.

Michelle dachte nach. »Doch. Ich habe einen Schrei gehört. Ich glaube, Susan ist über irgendwas gestolpert.«

Mein Gott, dachte June. *Sie weiß es nicht. Sie weiß nicht, was mit Susan passiert ist.*

»Ich verstehe«, sagte sie leise. »Und als du Susans Schrei gehört hast, was hast du da getan?«

»Dann bin ich nach Hause gegangen.«

»Aber mein Liebling«, sagte June, »wenn der Nebel wirklich so dicht war, wie du sagst, wie konntest du denn da den Weg nach Hause finden?«

Michelle lächelte. »Das war ganz leicht«, sagte sie. »Mandy hat mich geführt. Mandy macht der Nebel nämlich überhaupt nichts aus.«

Nur mit äußerster Willensanstrengung gelang es June, ihre Tränen zurückzuhalten.

Achtzehntes Kapitel

June fand die Stimmung beim Abendessen schier unerträglich. Michelle saß ihr gegenüber und kaute, sie schien heiter und gelöst. Was wenige Stunden zuvor passiert war, schien sie nicht zu bekümmern. Cal hatte seit der Unterhaltung in Michelles Zimmer kein Wort mehr gesagt, sein Schweigen lag über dem Abendtisch wie ein unsichtbares Grabtuch. June betrachtete ihren Mann und Michelle aus den Augenwinkeln, auf der Suche nach Anzeichen, die dem Ganzen den Anschein von Normalität geben konnten.

Und da lag das Problem. June erkannte es, als sie nach dem Abendessen die Teller abräumte. Das Problem lag darin, daß trotz Susans Tod alles normal weiterging. Sie, June, war offensichtlich der einzige Mensch, dem das alles *nicht* normal vorkam. Sie legte die schmutzigen Teller ins Spülbecken. Sie begann an ihrem Verstand zu zweifeln. Zweimal wollte sie die Küche verlassen und ins Wohnzimmer gehen, beide Male entschied sie sich im letzten Augenblick anders. Schließlich war die Spannung so stark, daß sie es nicht mehr aushielt.

Sie betrat das Wohnzimmer, wo Cal in seinem Sessel saß. »Wir haben miteinander zu reden«, sagte sie. Von Michelle war nichts zu sehen, June vermutete, daß ihre Tochter sich in ihrem Zimmer aufhielt. Cal hielt die kleine Jennifer auf dem Schoß. Er sprach mit ihr. Als er June das Wohnzimmer betreten sah, wandte er den Blick von Jennifer zu ihr.

»Über was hätten wir denn zu reden?« Er starrte sie an, und June war es, als wüchse in diesem Augenblick eine Mauer zwischen ihm und ihr in die Höhe. Etwas wie Sorge schlich sich in seine Miene, die Falten um die Augen wurden tiefer. Als er weitersprach, klang seine Stimme kalt und reizbar. »Ich wüßte nicht, was es noch zu reden gäbe.«

June bewegte die Lippen, ohne daß ein Wort zu hören war. Schließlich fand sie ihre Stimme wieder. »Du weißt es nicht?« schrie sie. »*Du weißt es nicht?* Mein Gott, Cal, wir müssen unsere Tochter in Behandlung geben.« Was war mit Cal los? Verdrängte er etwa alles, was ihm irgendwie nicht in den Kram paßte? June war sicher, daß es sich so verhielt. Sie sah es ihm an den Augen an.

»Ich verstehe nicht, warum wir sie in Behandlung geben sollten. Sie hat doch nichts.«

Da lag der Hase im Pfeffer. Deshalb also hatte er so eisern geschwiegen, als Michelle ihre Version erzählte. Er sträubte sich, die schmerzhafte Wahrheit zur Kenntnis zu nehmen. Er schloß sich hermetisch von allem ab, was ihm unangenehm werden konnte. Und doch mußte sie einen Weg zu ihm finden, mußte ihm klarmachen, wie es um ihre Tochter stand. »Wie kannst du so etwas sagen?« warf sie ihm vor. Sie zwang sich, ruhig und beherrscht zu sprechen. »Heute ist Susan Peterson zu Tode gestürzt, Michelle war dabei, sie hat zugeschaut, und wenn sie nicht zugeschaut hat, dann *hätte* sie zuschauen müssen. Verstehst du denn nicht, was das bedeutet? Wenn sie wirklich nichts von dem mitbekommen hat, was da passiert ist, dann kommen mehr Probleme auf uns zu, als ich je für möglich hielt. Das Mädchen hat keine Freundinnen, Cal, sie hat auch keine Freunde, sie hat niemanden außer Mandy, und Mandy ist eine *Puppe*, verdammt noch mal, und jetzt das mit dem Nebel, sie sagt, Susan Peterson ist in den Nebel hineingelaufen, aber heute gab's keinen Nebel, Cal, den ganzen Tag hat die Sonne geschienen, ich hab's selbst gesehen, ich war ja die ganze Zeit hier. Cal, unsere Tochter ist dabei, ihr Augenlicht zu verlieren. Und da sagst du, sie hat nichts, wir brauchen sie nicht in Behandlung zu geben! Bist du denn blind?« June hielt inne. Sie hatte gemerkt, wie schrill, wie mißtönend ihre Stimme geworden war. Aber was machte das jetzt noch aus? Sie sah, daß Cals Augen kalt wie Eis waren, und sie wußte, was das bedeutete. Sie wußte, was er sagen würde, noch bevor er den Mund aufmachte.

»Ich habe das nicht gehört, June! Du willst mir irgendwie anhängen, ich hätte Michelle in den Wahnsinn getrieben. Nun, ich habe sie *nicht* in den Wahnsinn getrieben. Niemand hat sie in den Wahnsinn getrieben. Das Mädchen ist völlig normal. Heute nachmittag hat sie einen Schock erlitten. Sie verdrängt das. Sie kann sich an die Einzelheiten nicht mehr erinnern. Na und? Das ist völlig normal. Verstehst du mich? Es ist *normal!*«

June war so verblüfft, daß ihr keine unmittelbare Entgegnung einfiel. Sie ließ sich in ihren Sessel sinken und versuchte ihre Gedanken zu ordnen. Eigentlich hatte Cal recht. Es gab nichts, worüber sie noch miteinander reden konnten. Statt zu reden würde sie handeln.

»Jetzt hör mir einmal gut zu«, hörte sie Cal sagen. Seine Stimme war ruhig, und seine Argumente waren auf wahnwitzige Weise vernünftig. »Ich bin in der Bucht gewesen, wo es passiert ist, nicht du. Ich habe mit Mrs. Benson gesprochen, nicht du. Ich habe mir genau angehört, was sie zu sagen hatte, und ich habe mir auch angehört, was Michelle zu sagen hatte. Es kommt gar nicht so sehr darauf an, wem du glaubst, Mrs. Benson oder unserer eigenen Tochter. Die Versionen sind nämlich fast deckungsgleich. Mrs. Benson hat gar nicht behauptet, Michelle hätte irgend etwas getan. Sie hat nur gesagt, Michelle hätte *keine Reaktion* auf den Vorfall gezeigt. Und nun frage ich dich, wie hätte sie denn eine Reaktion zeigen *sollen*? Sie hatte doch einen Schock erlitten!«

Mit einer Hälfte ihrer Gedanken gab sie ihm recht. Die andere Hälfte wehrte sich im wütenden Protest. Cal verdrehte die Tatsachen. Er erzählte die Dinge so, daß sie sich schlüssig anhörten.

»Was ist mit dem Nebel?« fragte sie. »Michelle hat erzählt, auf dem Friedhof sei Nebel gewesen, aber es gab keinen Nebel. Verdammt noch mal, es *gab* keinen Nebel!«

»Ich habe nicht behauptet, daß es Nebel gab«, sagte Cal geduldig. »Wenn Michelle trotzdem Nebel gesehen hat, dann gibt es eine Erklärung dafür. Vielleicht hat sie gesehen, was Susan zugestoßen ist. Mrs. Benson behauptet zwar, Michelle hat auf das Ereignis überhaupt nicht reagiert. Vielleicht bestand ihre Reaktion darin, daß sie das Ereignis aus ihrem Bewußtsein verdrängte. Es wäre denkbar, daß sie den Nebel erfunden hat. Der Nebel erlaubt ihr, die Eindrücke auszufiltern, die sie nicht wahrnehmen will.«

»So wie du ja auch alle Eindrücke ausfilterst, die du nicht wahrnehmen willst!« Kaum war der Satz heraus, tat es June leid. Aber es gab keine Möglichkeit, die Worte zurückzuholen. Der Vorwurf, den June formuliert hatte, traf Cal wie ein Boxhieb. Er sank in seinem Sessel zusammen. Er hob das Baby empor, als könnte er es als Schild gegen Junes Angriffe benutzen.

»Es tut mir leid«, sagte June. »Ich hätte das nicht sagen sollen.«

»Warum denn nicht?« konterte Cal. »Du hast es gedacht, und du hast es ausgesprochen. Ich gehe jetzt schlafen. Es hat keinen Sinn, diese Diskussion weiterzuführen.«

June sah ihm nach, wie er aus dem Zimmer ging, sie machte keinen Versuch, ihn zurückzuhalten oder die Unterredung fortzusetzen. Sie saß da wie festgeleimt. Sie hörte, wie Cal die Stufen hinaufging, hörte seine Schritte leiser werden, als er sich dem Schlafzimmer näherte. Dann war Ruhe im Haus. June versuchte nachzudenken, sie versuchte ihre Gedanken auf Michelle zu konzentrieren. Sie mußte etwas unternehmen, um ihr Kind vor Schaden zu schützen. Sie war sich der Gefahren bewußt, die jetzt drohten. June hatte einen Entschluß gefaßt. Sie würde sich durch nichts auf der Welt mehr von diesem Entschluß abbringen lassen.

Für Estelle und Henry Peterson war die Zeit stehengeblieben. Es war kurz vor Mitternacht. Estelle saß ganz ruhig da, die Hände im Schoß. Sie schwieg. Auf ihrem Gesicht malte sich Verwunderung ab, und man hätte auch die Frage herauslesen können, wo eigentlich die Tochter blieb, warum Susan um diese Zeit noch nicht zu Hause war. Henry ging im Zimmer auf und ab. Sein Gesicht war vom Zorn gerötet, und seine Erregung wuchs von Minute zu Minute. Wenn es stimmte, daß Susan tot war, dann mußte es auch einen Schuldigen für diesen Tod geben.

»Erzähl mir das noch einmal, Constance«, sagte er zu der Frau, die ihm gegenübersaß. »Erzähl mir noch einmal, wie es passiert ist. Ich bin sicher, du hast was Wichtiges vergessen.«

Constance Benson hatte einen der besseren Stühle im Hause Peterson angewiesen bekommen. Der Stuhl war hart, und sie fühlte sich recht unglücklich. Sie beantwortete Henrys Aufforderung mit einem müden Kopfschütteln.

»Ich habe dir alles gesagt, was ich weiß, Henry. Es gibt wirklich nichts mehr, was ich dir berichten könnte.«

»Meine Tochter würde nicht über die Felskante eines Kliffs hinausrennen«, sagte Henry. Er sagte es, als könnte er mit recht viel Inbrunst das Mädchen wieder zum Leben erwecken. »Michelle muß sie in den Abgrund gestoßen haben, es ist gar nicht anders denkbar.«

Constance hielt den Blick auf ihre Hände gerichtet, was nichts daran änderte, daß sich die Hände hin und her wanden. Constance war nervös. Wie gern hätte sie Henry gesagt, was er zu hören wünschte. Aber das wäre eine Lüge gewesen.

»Sie hat Susan nicht hinuntergestoßen, Henry. Ich glaube, sie hat etwas zu ihr gesagt, aber das war auch alles. Ich habe nicht verstehen können, was sie sagte, ich war ja in der Küche. Michelle stand ziemlich weit weg von Susan. Es war... nun, sagen wir, es war alles ein bißchen merkwürdig.«

»Mir ist es ein bißchen *zu* merkwürdig«, grunzte Henry. Er goß sich aus der Whiskyflasche nach, trank aus und setzte sich seinen Hut auf. »Ich fahre jetzt zu Dr. Carson«, sagte er. »Der ist Arzt. Er müßte eigentlich wissen, was dahintersteckt.« Er stakste aus dem Raum. Der Knall der Haustür war zu hören, wenig später das Aufheulen eines Motors.

»O Gott«, seufzte Estelle. »Ich hoffe, er macht keine Dummheiten. Du kennst ihn ja. Oft streitet sich Susan mit ihm wegen Kleinigkeiten...« Sie verstummte, als ihr einfiel, daß sich Susan nie wieder mit ihrem Vater streiten würde, weder wegen Kleinigkeiten noch aus wichtigem Anlaß. Sie sah Constance Benson hilfeheischend an. »Oh, Constance, was sollen wir tun? Ich kann einfach nicht glauben, daß mein Kind tot ist. Ich habe das Gefühl, sie müßte jeden Augenblick durch die Tür kommen, und alles war nur ein Traum, ein schrecklicher Traum.«

Constance Benson stand von ihrem Stuhl auf und ging zum Sofa. Sie setzte sich neben Estelle und legte ihr den Arm um den Hals. Erst jetzt als sie Constances Arm um sich spürte, ließ Estelle ihren Tränen freien Lauf. Ihr Körper wurde von Schluchzen geschüttelt. Sie nahm ein Taschentuch und versuchte, sich die Tränen abzutrocknen.

»Wein dich nur aus«, sagte Constance. »Du darfst den Schmerz nicht in dich hineinfressen. Susan wäre auch gar nicht damit einverstanden, wenn du das tust. Und was Henry angeht, mach dir wegen dem keine Sorgen, der wird sich schon beruhigen. Er muß sich nur etwas aufspielen, so ist er eben.«

Estelle schneuzte sich und richtete sich auf. Sie versuchte Constance zuzulächeln, aber das Lächeln mißlang. »Bist du sicher, Constance, daß du uns alles erzählt hast, was du gesehen hast? Gab es vielleicht Sachen, die du in Gegenwart von Henry nicht gern sagen wolltest?«

Constance seufzte. »Ich wünschte, ich wüßte das Geheimnis, dem du nachjagst. Ich wünschte, ich hätte den Schlüssel des Rätsels in der Hand und könnte ihn dir geben. Aber dem ist nicht so. Ich weiß nur eines, ich habe allen immer wieder gesagt, laßt eure Kinder nicht auf diesem Friedhof spielen, der Friedhof ist gefährlich. Niemand hat mir geglaubt. Was passiert ist, weißt du selbst.«

Ihre Blicke trafen sich. Eine ganze Weile lang sahen sich die beiden an. Es war, als fände eine wortlose Verständigung zwischen den Frauen statt. Als Estelle dann etwas sagte, geschah es sehr leise.

»Es war doch diese Michelle Pendleton, nicht wahr? Susan hat mir erzählt, mit dem Mädchen stimmt was nicht.«

»Die Kleine ist ein Krüppel«, sagte Constance. »Sie ist vom Kliff gefallen.«

»Ich weiß«, sagte Estelle. »Ich weiß, daß sie vom Kliff gefallen ist. Ich meine etwas anderes. Susan hat gestern noch mit mir darüber gesprochen, ich habe vergessen, was sie sagte.«

»Ich weiß nicht, ob das jetzt noch wichtig ist«, sagte Constance. »Was wir jetzt tun müssen, wir müssen die anderen warnen. Die Eltern müssen ihre Kinder vom Friedhof fernhalten, und vor allen Dingen müssen sie die Kinder von Michelle Pendleton fernhalten. Ich weiß nicht, was dieses Pendleton-Mädchen verbrochen hat, aber ich bin sicher, sie hat etwas verbrochen.«

Estelle Peterson nickte Zustimmung.

Die Nachricht verbreitete sich in Paradise Point sehr schnell. Constance Benson hatte ihre Freundinnen angerufen, und diese wiederum hatten andere Freundinnen verständigt. In jener Nacht saßen die Familien in der Küche oder im Wohnzimmer zusammen, die Eltern sprachen mit ihren schläfrigen Kindern und warnten sie vor Michelle. Die älteren Kinder nickten, sie wußten sofort Bescheid.

Die jüngeren Kinder waren nicht so einsichtig. Sie verstanden nicht, was an Michelle so gefährlich war.

Constance Benson hatte bei Bertha Carstairs angerufen, um sie über Michelle aufzuklären. Bertha bedankte sich für den guten Rat, das Gespräch war recht kurz. Sie beendete es mit der Bitte an Constance, Estelle Peterson ihr Beileid zu übermitteln. Bertha legte auf und drehte sich zu ihrem Mann um. Der hob den Blick.

»Etwas spät, um andere Leute anzurufen, findest du nicht?« Er setzte sich im Bett auf. Er haßte es, mitten in der Nacht geweckt zu werden.

»Das war Constance Benson«, sagte Bertha sachlich. »Sie sagt, Michelle Pendleton hat was mit dem zu tun, was heute passiert ist.«

»Constance muß es ja wissen«, grunzte Fred schläfrig. Und dann malte sich in seinem Gesicht ein Anflug von Argwohn ab. »Was hat Michelle denn gemacht?«

»Das hat Constance nicht gesagt. Ich hatte den Eindruck, sie weiß es selbst nicht so genau. Sie hat nur gesagt, wir sollen mit Sally sprechen und sie davor warnen, mit Michelle zu verkehren.«

»Constance Benson könnte mich vor einem großen, bösen Bären warnen, und ich würde trotzdem in den Wald gehen«, sagte Fred. »Diese Frau jammert, sobald sie den Mund aufmacht, und jedesmal, wenn ich sie sehe, warnt sie mich vor dem Friedhof, ich weiß nicht, wieso sie sich auf dem Friedhof auskennt, sie verläßt doch kaum das Haus. Für ihren Jungen muß das Leben mit ihr ganz schön schwierig sein.«

»Das ist eine Sache, die hat er unmittelbar mit ihr auszumachen«, sagte Bertha. »Das geht uns nichts an.«

Bertha Carstairs wollte gerade das Licht ausknipsen, als an die Tür geklopft wurde. Sally kam ins Schlafzimmer der Eltern. Sie setzte sich auf die Bettkante. Sie war hellwach.

»Wer hat angerufen?« fragte sie.

»Mrs. Benson hat angerufen«, sagte Bertha. »Es war wegen Susan und Michelle.«

»Wegen Michelle? Was ist denn mit Michelle?«

»Weil Michelle dabei war, als die Sache mit Susan passiert ist, darum ging es wohl.« Sally nickte, aber ganz klar waren ihr die Zusammenhänge doch nicht.

»Es ist merkwürdig«, sagte sie. »Susan hat Michelle gehaßt. Ich wundere mich, daß sie mit ihr zusammengewesen ist, obwohl sie Michelle so sehr haßte. Hast du eine Idee, warum?«

Bertha Carstairs ignorierte die Frage. Statt zu antworten, stellte sie eine Gegenfrage. »Warum hat Susan denn Michelle so sehr gehaßt?«

Sally war es ungemütlich in ihrer Haut, aber dann beschloß sie, klaren Tisch zu machen. Es war besser, wenn sie einem Erwachsenen sagte, was sie fühlte und was sie wußte.

»Weil sie hinkt. Susan hat Michelle immer wie eine Mißgeburt behandelt. Sie hat sie verspottet, sie wäre ein zurückgebliebenes Kind.«

»O mein Gott«, murmelte Bertha. »Das ist ja fürchterlich. Die arme Michelle.«

»Und wir haben mitgemacht«, sagte Sally. Sie schämte sich. Sie kam sich klein und häßlich vor.

»Ihr habt mitgemacht? Willst du damit sagen, ihr habt Michelle auch verspottet?«

Sally schossen die Tränen in die Augen. Sie nickte. »Ich wollte nicht, wirklich nicht. Aber dann... Michelle hat mir gesagt, sie will mit mir nichts mehr zu tun haben, und Susan... Nun ja, mit Susan war das so, wer mit Michelle gut Freund war, der war ihr Feind. Und... ich kenne Susan schon seit so vielen Jahren.« Sie begann zu schluchzen. Bertha Carstairs zog ihre Tochter an sich, um sie zu trösten.

»Aber Kleines, jetzt wein doch nicht. Alles wird wieder gut.«

»Aber Susan ist *tot*«, heulte Sally. Ein Gedanke durchzuckte sie. Sie machte sich aus der Umarmung ihrer Mutter frei. »Hat Michelle sie etwa getötet?«

»Natürlich nicht«, sagte Bertha mit Nachdruck. »Ich bin sicher, es war ein Unfall.«

»Und was sagt Jeffs Mutter, was es war?« kam Sallys Frage.

»Sie sagt... sie sagt...« Bertha Carstairs war ins Stocken geraten. Sie sah hilfesuchend zu ihrem Mann hinüber.

»Jeffs Mutter hat gar nichts gesagt«, sprang Fred Carstairs ein. »Susan ist wahrscheinlich ausgerutscht, und dann ist sie abgestürzt genau wie Michelle vor ein paar Monaten, nur daß Michelle mehr Glück gehabt hat als Susan. Und wenn ihr mich fragt, dann ist es ganz schön schlimm, was Susan und die anderen Kinder mit Michelle aufgeführt haben. Du, Sally, wirst das Mädchen um Verzeihung bitten. Du wirst ihr sagen, daß du dich wieder mit ihr vertragen willst.«

»Aber das habe ich ihr doch schon gesagt.«

»Sag's ihr noch mal«, brummte Fred Carstairs. »Das Mädchen hat eine schlimme Zeit durchgemacht, und jetzt, wo Constance Benson überall herumtelefoniert, wird für Michelle alles noch viel schlimmer werden. Ich möchte nicht, daß jemand sagt, meine Tochter hat bei dem Kesseltreiben gegen Michelle Pendleton mitgemacht. Haben wir uns verstanden?«

Sally nickte. In gewisser Weise freute sie sich über die Anweisung, die ihr Vater ausgesprochen hatte. Er hatte genau das gesagt was sie hören wollte. Was aber, wenn Michelle die angebotene Verständigung ausschlug? Was dann?

Sally fand die ganze Sache sehr undurchsichtig. In jener Nacht lag sie noch lange wach.

Irgend etwas lief falsch.

Völlig falsch.

Aber ihr wollte nicht einfallen, was.

Die Pendletons waren in jener Nacht die einzige Familie in Paradise Point, die keinen Anruf bekam, und doch konnte Cal spüren, daß Unheil in der Luft lag. Jetzt fühlte er es ganz deutlich, es war ein Fehler gewesen, in diesen kleinen Ort zu ziehen. Jetzt steckte er bis zum Hals in Schulden, er arbeitete in einer Praxis, die kaum Geld abwarf. Da war außerdem das Baby, das seiner Frau viel Arbeit machte. Und da war Michelle, die den Rest des Lebens ein Krüppel bleiben würde.

Soweit die Ergebnisse des Umzugs. Aber Cal war zuversichtlich, er würde ein Problem nach dem anderen lösen. Im Laufe der Wochen hatte sich in Cal die Überzeugung gefestigt, er gehörte nach Paradise Point. Er hätte den Grund nicht benennen können, aber er gehörte hierher, an diesen Teil der Küste, in dieses Haus. Er wußte, daß er das Haus nicht aufgeben würde. Für nichts auf der Welt. Nicht einmal für seine Tochter.

Hinzu kam: Sie war ja gar nicht seine Tochter. Sie war ein adoptiertes Kind. Sie war keine richtige Pendleton.

Der Gedanke durchzuckte ihn wie ein Blitz. Sie ist nicht meine Tochter. Cal wälzte sich in seinem Bett. Er verspürte Schuldgefühle wegen des Gedankens. Und doch war es Tatsache. Sie war nicht seine Tochter.

Er hatte schon Probleme genug am Hals. Und jetzt gab es noch ein neues Problem, eines, das er einem Mädchen zu verdanken hatte, die nicht einmal seine Tochter war.

Er warf sich auf die andere Seite. Er versuchte auf andere Gedanken zu kommen.

Was auch immer.

Bilder erstanden vor seinem inneren Auge. Kinder und junge Menschen. Alan Hanley war da, Michelle war da, Susan Peterson ebenfalls. Gesichter. Schmerzverzerrte, von Furcht geprägte Gesichter, deren Züge ineinander verschwammen. Augen, die ihn anstarrten. Münder, die ihn beschuldigten.

Da war auch Sally Carstairs und Jeff Benson. Wenig später erschienen ihm die kleinen Mädchen, mit denen Michelle gespielt hatte. Wann war das gewesen? Gestern? War es wirklich erst gestern gewesen? Nun, es kam nicht so sehr auf den Zeitpunkt an. Die Kinder waren vollzählig. Sie sahen ihn an, mit fragendem Blick.

Werden Sie uns auch weh tun?

Der Schlaf kam, aber es war kein erholsamer Schlaf. Die Kinder waren da. Hilflose, bittende Kinder.

Kinder, die ihn anklagten.

In jener Nacht wuchs Cals Verwirrung, zugleich wuchs sein Zorn. Er war schließlich nicht schuld an dem, was vorgefallen war. Er war an nichts und gar nichts schuld. Warum klagten sie ihn dann an?

Es war eine ermüdende Nacht. Es waren die Gefühle, die ihn so ermüdeten.

Es war Vollmond. Als Michelle aufwachte, war das ganze Zimmer von geisterhaftem Licht erfüllt. Sie setzte sich auf. Sie war sicher, daß Amanda in der Nähe war.

»Mandy?« Sie flüsterte den Namen ihrer Freundin und lauschte. Die Antwort kam von weither. Es war Amandas Stimme, leise, aber deutlich zu verstehen.

»Komm heraus, Michelle. Komm heraus...«

Michelle glitt aus dem Bett und ging zum Fenster. Das Meer glänzte im Mondlicht, aber Michelle schenkte dem wunderbaren Schauspiel nicht viel Beachtung, sie spähte statt dessen in den Garten hinab, auf der Suche nach gewissen Schatten, die ihr verraten würden, wo Amanda sich verbarg.

Ein dunkles Feld bewegte sich über den Rasen.

Amanda. Sie blieb stehen. Der Kopf war zurückgelegt. Die Gestalt war vom Mondlicht umflossen. Sie winkte Michelle zu. Sie lockte.

Michelle zog sich ihren Bademantel über und verließ ihr Zimmer. Im Flur angekommen, verharrte sie. Sie lauschte in die Nacht hinein. Als sie kein Geräusch aus dem Schlafzimmer ihrer Eltern hörte, ging sie weiter. Sie eilte die Treppe hinab.

Draußen wurde sie von Amanda erwartet. Michelle konnte die Gegenwart ihrer Freundin spüren. Amanda würde sie führen.

Sie ging auf das Gartenhaus mit dem Studio zu.

Michelle öffnete die Tür. Sie verzichtete darauf, das Licht anzuschalten. Sie wußte genau, was Amanda wollte. Sie ging zum Schrank und nahm eine Leinwand heraus.

Sie stellte die Leinwand auf die Staffelei, ergriff ein Stück Zeichenkohle und verharrte in Wartestellung.

Michelle würde Amanda zeigen, was diese zu sehen begehrte. Sie würde in der Lage sein, alles zu malen, was Amanda sich wünschte.

Und dann begann sie ihr Werk.

Wieder zeichnete sie mit kühnen, schnellen Strichen, als würde ihr die Hand von einem kundigen Meister geführt. Während sie zeichnete, veränderten sich ihre Augen, eine milchige Schicht legte sich über ihre Pupillen. Amandas Augen, die blind und bleich gewesen waren, begannen zu glänzen. Sie schienen kreuz und quer durch den Raum zu huschen. Sie saugten die Bilder auf, die ihnen so lange vorenthalten worden waren.

Es dauerte nicht lange, bis eine fertige Zeichnung entstand. Sie war vom gleichen, mutigen Strich wie die Skizze, die Michelle in der Nacht zuvor gezeichnet hatte.

Nur daß diesmal zwei Mädchen abgebildet waren. Da war Susan Peterson, die schreiend, mit angstverzerrtem Gesicht in den Abgrund stürzte.

Oben auf dem Kliff stand ein schwarzgekleidetes Mädchen. Ein grausames Lächeln spielte um ihre Lippen. Sie trug eine Haube. Es war Mandy. Sie hielt die Arme ausgestreckt wie jemand, der einem Menschen einen Stoß gegeben hat.

Das schwarzgekleidete Mädchen triumphierte.

Michelle war mit ihrer Zeichnung fertig. Sie trat ein paar Schritte zurück.

Hinter ihr stand Amanda, sie konnte ihre Nähe fühlen. Sie spürte ihren Atem an der Schulter. Amanda hatte sich auf die Zehen gestellt, um das Bild zu betrachten.

»Ja«, flüsterte Amanda ihr ins Ohr. »Genauso war es.«

Widerstrebend stellte Michelle die Leinwand in den Schrank zurück. Amanda hatte sie angewiesen, diesen Rahmen in die hinterste Ecke zu plazieren, wo ihn so bald niemand finden würde.

Michelle richtete den Raum wieder so her, wie sie ihn vor gefunden hatte, dann ging sie zum Haus zurück.

Sie hatte den Rasen fast überquert, als sie wieder Amandas Flüstern vernahm.

»Die Menschen werden dich jetzt hassen. Alle werden sie dich hassen. Aber das macht nichts. Mich haben sie auch gehaßt. Mich haben sie auch verspottet. Verlaß dich auf mich, Michelle. Ich werde dich beschützen. Ich werde dafür sorgen, daß sie dich nicht mehr auslachen. Niemand mehr wird es wagen, dich auszulachen.«

Amanda tauchte ein in den milchigen Schein der Nacht...

DRITTES BUCH

Die Furie

Neunzehntes Kapitel

Der Tag war für alle eine Qual gewesen. Corinne Hatcher hatte mindestens sechzigmal auf die Uhr gesehen. Weder in den Pausen noch während der Schulstunden war Ruhe eingekehrt. Die Kinder hatten die Köpfe zusammengesteckt und getuschelt. Michelle Pendleton war der Mittelpunkt der Aufmerksamkeit gewesen. Die Mädchen hatten sie angestarrt wie ein Kalb mit zwei Köpfen. Nur wenn Fräulein Hatcher die eine oder andere dabei ertappte, hatte Michelle ein paar Sekunden Ruhe gehabt.

Corinne wußte, was alle wußten, nicht mehr, nicht weniger. Sie kannte die Gerüchte, die im Ort im Umlauf waren. Einige Mütter hatten sie in der Nacht nach Susans Todessturz angerufen, und aus allen Gesprächen war herauszuhören, die Frauen hatten ein sehr großes Interesse daran, daß die Lehrerin ›die Wahrheit‹ erfuhr. Hand in Hand mit der Verkündigung der Wahrheit ging der Wunsch, daß Michelle Pendleton unverzüglich von der Klasse ›getrennt‹ wurde, was immer sich die Mütter darunter vorstellten. Corinne war ganz verzweifelt gewesen, verzweifelt und ratlos. Sie hatte Dr. Carson angerufen, um von ihm ›die Wahrheit‹ zu erfahren. Nachdem das Gespräch mit ihm beendet war, hatte sie auf die Gabel gedrückt und den Hörer neben den Apparat gelegt.

Es war Nachmittag, die Uhr ging auf drei zu. Immer noch war sich Corinne unschlüssig, ob sie vor der Klasse das Thema Susan Peterson zur Sprache bringen sollte. Und dann, als nur noch wenige Minuten bis zum Schlußläuten blieben, hatte sie beschlossen, daß es bei ihrem derzeitigen Wissensstand sinnlos war, mit den Mädchen über die Sache zu sprechen. Zum einen gab es nichts, was sie der Klasse hätte sagen können, und zum anderen wollte sie das Thema nicht durchsprechen, wenn Michelle Pendleton dabei war.

Michelle.

Michelle war diesen Morgen erst kurz vor Beginn der Stunde in die Klasse gekommen. Sie hatte sich ohne viel Aufhebens in eine der hinteren Bänke gesetzt. Während des Unterrichts war sie die einzige gewesen, die sich auf den Stoff konzentriert hatte. Die anderen Schüler vertaten ihre Zeit mit Flüstern. Michelle saß ruhig – konnte man es stoisch nennen? – in ihrer Bank, sie schien nichts von der Unruhe wahrzunehmen, die sich in der Klasse ausbreitete. Corinne war beeindruckt, sie beschloß, sich an dem Mädchen ein Beispiel zu nehmen. Wenn Michelle über das Ganze hinwegging, als ob nichts geschehen wäre, dann konnte sie das auch. Susan Peterson hatte nichts mehr davon, wenn man die Sache an die große Glocke hängte. Und außerdem hatte Corinne die Hoffnung, die Kinder möchten das Interesse an dem ganzen Problem verlieren, wenn sie, die Lehrerin, das Thema ignorierte.

Sie war erleichtert, als die Schlußglocke zu schrillen begann. Sie sah den Kindern nach, die in den Flur hinausströmten. Keines der Mädchen, das fiel Corinne auf, hatte ein Wort zu Michelle gesagt. Sally Carstairs hatte gezögert, als sie an Michelle vorbeiging, aber dann hatte sie ihren Schritt wieder beschleunigt und war mit Jeff Benson in den Lärm des Korridors weggetaucht. Als sie mit Michelle allein war, belohnte Corinne das Mädchen mit einem Lächeln.

»Nun«, sagte sie fröhlich, »wie hat's dir heute gefallen?« Sie würde ihr Gelegenheit geben, über die Sache zu sprechen. Jetzt. Aber Michelle schien keine Lust zu haben, über die Sache zu sprechen.

»Ganz gut«, sagte sie lustlos. Sie war aufgestanden und ordnete ihre Bücher. Sie hängte sich den Beutel um die Schulter und hinkte zur Tür. Sie blieb stehen und lächelte Corinne zu. »Bis morgen«, sagte sie. Und dann war sie fort.

Als Michelle das Klassenzimmer verließ, hielt sie als erstes nach Sally Carstairs und Jeff Benson Ausschau. Sie fand die beiden am Ende des Korridors, sie waren in ein Gespräch vertieft.

Michelle wandte sich ab, sie würde den Hinterausgang benutzen. Sie ging über den Rasen. Wie schön, kein Mädchen aus ihrer Klasse war mehr zu sehen. Sie sah Annie Whitmore, die mit ihren Freundinnen spielte. Ein Hüpfspiel: Himmel und Hölle. Michelle sah der Gruppe eine Weile lang zu. Vielleicht hätte sie sogar mitspielen können, wenn sie auf dem gesunden Bein hüpfte. Sie konnte es ja einmal versuchen. Aber nur, wenn sie allein war.

Sie ging auf das rückwärtige Tor zu. Sie hatte die Schaukeln passiert, als ein Junge aus der zweiten Klasse ihr etwas zurief: »Gibst du mir einen Schubs?«

Michelle blieb stehen und betrachtete den Jungen.

Er war sieben, für sein Alter etwas zu klein. Er saß auf einer der Schaukeln und beobachtete voller Neid seine Freunde, deren Schaukeln hin und her schwangen. Sein Problem war offensichtlich, daß er den Boden nicht mit den Füßen erreichen konnte, er konnte sich nicht abstoßen. Er sah Michelle an aus seinen großen, braunen Puppenaugen.

»Bitte«, sagte er.

Michelle legte ihren Bücherbeutel auf den Rasen. Sie nahm hinter dem Jungen Aufstellung, was gar nicht so einfach war. »Wie heißt du?« fragte sie ihn. Sie gab ihm einen leichten Stoß.

»Billy Evans. Ich weiß, wer du bist. Du bist das Mädchen, das vom Kliff gefallen ist. Hat das weh getan?«

»Nicht besonders. Ich bin ohnmächtig geworden.«

Billy fand das ganz normal. »Aha«, sagte er. Und: »Mach fester.«

Michelle gab ihm noch einen Stoß, und dann schwang Billys Schaukel hin und her, er hielt die kurzen Beine in die Luft gestreckt und quietschte vor Vergnügen.

Sally Carstairs und Jeff Benson ging die Stufen hinunter. Sie hatten es nicht eilig. Es war, wie beide fanden, ein angenehmes Gefühl, das Zusammensein auszudehnen. Ein Band hatte sich zwischen Sally und Jeff gebildet. Sie hatten nie darüber gesprochen, und trotzdem war das Bewußtsein der Zusammengehörigkeit da. Hätte man die beiden dazu befragt, keiner hätte zugegeben, was er fühlte und dachte. Sie hatten den Rasenplatz erreicht, der das Schulgebäude umgab, und gingen auf das vordere Tor zu.

Sie sahen, wie ein Wagen vorfuhr. June stieg aus. Jedes der beiden Kinder murmelte einen Gruß, als sie an ihnen vorbeiging, aber June schien den Gruß nicht gehört zu haben. Sie sahen ihr nach, wie sie im Schulgebäude verschwand.

»Ich glaube es einfach nicht, daß Michelle mit der Sache zu tun hat«, sagte Sally unvermittelt. Sie hatten es bisher vermieden, über Michelle oder Susan zu sprechen, aber Jeff wußte sofort, was Sally meinte.

»Meine Mutter sagt, sie war dabei«, bemerkte Jeff.

»Aber das bedeutet nicht, daß sie Susan vom Kliff gestürzt hat«, konterte Sally.

»Sie hat Susan nicht gemocht, das ist einmal sicher.«

»Warum hätte sie Susan auch mögen sollen«, erwiderte Sally, und erstmals im Gespräch mit Jeff klang in ihrer Stimme so etwas wie Zorn durch. »Susan hat sie ganz gemein behandelt. Vom ersten Schultag an hat Susan sie gemein behandelt.«

Jeff stand da und scharrte mit den Füßen. Was Sally sagte, gefiel ihm nicht, und doch wußte er, daß sie die Wahrheit sagte.

»Es war ja nicht nur Susan, wir haben alle mitgemacht.«

»Eben. Wir *hätten* dabei nicht mitmachen sollen.«

Jeff musterte Sally mit einem Blick voller Entrüstung.

»Meinst du, wenn wir Michelle nicht so gehänselt hätten, wäre Susan noch am Leben?«

»Das habe ich nicht gesagt!« Aber im stillen fragte sich Sally, ob sie nicht eben das hatte sagen wollen. »Kann ich mit dir gehen?« bot sie an.

Jeff gab sich gleichgültig. »Wenn du willst, bitte. Aber du mußt dann allein nach Hause gehen.«

»Das macht doch nichts.« Sie gingen den Weg entlang. »Ich könnte auf dem Rückweg kurz bei Michelle reinschauen«, sagte Sally. Es klang unsicher, wie eine Frage.

Jeff blieb stehen und sah sie mißbilligend an.

»Meine Mutter sagt, wir sollen Michelle meiden. Das Mädchen ist gefährlich.« Er ging weiter, Sally folgte ihm.

»Aber das ist doch albern«, gab Sally zur Antwort. »Meine Eltern haben mir gesagt, ich soll mich mit ihr anfreunden.«

»Ich verstehe nicht, was du dir davon versprichst. Sie ist doch zu nichts mehr zu gebrauchen. Weißt du, sie hat sich bei dem Sturz ja nicht nur das Bein verletzt. Sie ist auch auf den Kopf gefallen!«

»Jeff Benson, hör sofort damit auf!« Sie hatte ihn angeschrien. »Du redest ja genauso daher wie Susan. Du hast doch gesehen, wie es Susan ergangen ist!«

Sein Blick wurde bohrend. Wieder war er stehengeblieben. »Du glaubst also doch, daß Michelle ihr was getan hat.« Sally biß sich auf die Lippen. Sie senkte den Blick.

»Du brauchst dich deswegen nicht zu schämen«, setzte Jeff nach. »Alle hier glauben, daß sie Susan was getan hat, nur daß niemand genau zu wissen scheint, *was* sie ihr getan hat.«

Sie waren beim Spielplatz angekommen. Als sie an den Büschen vorbeigingen, beschlich Sally das merkwürdige Gefühl, daß jemand sie beobachtete. Als sie sich umdrehte, erblickte sie Michelle. Das Mädchen stand hinter der Schaukel, und in der Schaukel saß der kleine Billy Evans. Das Kind lachte, es hatte Michelle gerade gebeten, der Schaukel einen stärkeren Stoß zu geben. Sally erschrak, als Michelle sie ansah. Für den Bruchteil einer Sekunde musterten sie sich aus ernsten Augen. Etwas in Michelles Miene verriet ihr, daß sie Jeffs Bemerkung mitbekommen hatte, und dann wurde der Blick so starr, daß Sally es mit der Angst zu tun bekam. Sie tastete nach Jeffs Hand und drückte sie.

»Komm schnell«, sagte sie, und ihre Stimme war nur noch ein Flüstern. *»Sie hat dich gehört.«*

Jeff reagierte mit allen Anzeichen des Unmuts. Er verstand überhaupt nicht, warum Sally plötzlich im Flüsterton sprach. Mit einer brüsken Bewegung wandte er sich um.

Er sah Michelles Augen auf sich gerichtet.

Seine erste Reaktion war, ich muß ihrem Blick standhalten. Er würde sie ansehen, bis sie aufgab. Aber das erwies sich als unmöglich. Michelle blickte ihn an, ohne mit der Wimper zu zucken, ihr Gesicht war zur Maske geworden. Jeff spürte, wie er die Kontrolle über die Situation verlor. Als er dann aufgab und den Blick senkte, versuchte er sich einzureden, daß es überhaupt nicht darauf ankam, wer bei einem solchen Zweikampf die Oberhand behielt.

»Gehen wir, Sally«, sagte er so laut, daß Michelle es hören mußte. »Was geht uns das an, daß Michelle mit den Wickelkindern spielt.« Er setzte sich in Bewegung, Sally blieb verwirrt zurück. Sie wollte ihm nachlaufen, aber ihre Füße waren wie festgenagelt. Sie dachte, ich muß mich irgendwie bei Michelle entschuldigen, aber ihr fiel nicht ein, in welche Worte sie die Entschuldigung kleiden konnte. Verlegen und bedrückt rannte sie weiter, es war wichtig, daß sie Jeff einholte.

Corinne Hatcher sah von den Testbögen auf, die sie zur Korrektur auf ihrem Pult ausgebreitet hatte. Ihr Lächeln machte dem Ausdruck der Besorgnis Platz, als sie June Pendleton im Türrahmen erkannte. Abgehärmt sah diese Frau aus, unsicher, unglücklich. Das Haar war vom Wind zerzaust, der Rock voller Sitzfalten. Corinne stand auf. Sie machte eine einladende Handbewegung.

»Geht's Ihnen nicht gut, Mrs. Pendleton?« Erst als der Satz schon gesagt war, fiel Corinne ein, daß sie mit einer solchen Begrüßung Junes Verwirrtheit nur vergrößern konnte. Die Frau indes schien an ihren Worten keinen Anstoß zu nehmen.

»Ich fürchte, ich sehe so durcheinander aus, wie ich mich fühle«, sagte sie. Sie versuchte zu lächeln, aber es wurde eine klägliche Grimasse daraus. »Ich... ich muß einfach mit jemandem reden, ich halte es nicht mehr aus.«

»Ich habe von der Sache mit Susan Peterson gehört«, sagte Corinne. »Für Michelle muß das ja furchtbar gewesen sein.«

June war so dankbar für das Verständnis, das aus den Worten der Lehrerin herausklang. Sie ließ sich in eine der engen Schulbänke gleiten. Sie hatte kaum die Sitzfläche berührt, als sie wieder aufstand, so unangenehm war ihr das Gefühl zwischen Tischkante und Rückenlehne eingeklemmt zu sein.

»Das ist mit ein Grund, warum ich gekommen bin«, sagte sie. »Ist Ihnen heute an Michelle etwas aufgefallen? Ich meine... hat sie sich anders benommen als sonst?«

»Ich fürchte, heute war überhaupt kein guter Tag«, erwiderte Corinne. »Für uns alle nicht. Die Kinder waren alle so... wie soll ich sagen... verängstigt. Ich glaube, das ist der richtige Ausdruck dafür. *Verängstigt.*«

»Haben Sie gehört, ob die Klassenkameraden irgend etwas zu Michelle gesagt haben?«

Corinne zögerte mit der Antwort. Sie rang sich zu der Erkenntnis durch, es gab keinen Grund, vor dieser Frau mit der Wahrheit hinter dem Berg zu halten. »Mrs. Pendleton, die Kinder haben überhaupt nicht mit Ihrer Tochter gesprochen. Kein einziges Wort haben sie mit ihr gesprochen.«

June hatte sofort verstanden. »Genau das habe ich befürchtet«, sagte sie. Es klang, als spräche sie zu sich selbst. »Fräulein Hatcher... ich weiß nicht mehr, was ich tun soll.«

June ließ sich wieder in die Bank sinken. Sie war auf einmal so müde, so entmutigt von der Situation, daß es ihr nicht mehr darauf ankam, was sie für eine Figur machte. Corinne stand auf und ging zu ihr. Sie gab ihr die Hand und zog sie hoch.

»Kommen Sie, wir gehen ins Lehrerzimmer und trinken eine Tasse Kaffee zusammen. Sie sehen zwar aus, als ob Sie jetzt einen Schnaps bräuchten, aber die Bestimmungen der Schule verbieten jeden Alkohol, daran muß man sich halten.« Sie lächelte. »Sind Sie einverstanden, wenn wir uns mit dem Vornamen anreden? Ich bin Corinne.«

June beantwortete das Angebot mit einem geistesabwesenden Nicken. Sie ließ sich von Fräulein Hatcher, von ›Corinne‹, den Flur entlang zum Lehrerzimmer führen.

»Und Sie glauben wirklich, daß Ihr Freund meiner Tochter helfen kann?« fragte June. Sie hatte Corinne erzählt, was am Vortag passiert war, und sie hatte ihr auch erklärt, wie unsinnig und wirr sie das alles fand. Zuerst war Michelle heimgekommen, als ob nichts wäre. Als Cal eintraf, hatte der Streit begonnen, ein richtiger Alptraum.

June breitete alle Einzelheiten aus, an die sie sich überhaupt erinnerte, sie sagte es so, wie es gewesen war, immer bemüht, der Lehrerin das Gespenstische der Situation begreiflich zu machen. Für sie, June, war das alles so unwirklich gewesen, sie war sich vorgekommen wie Alice im Wunderland, die merkwürdigsten Dinge geschahen, aber die Menschen, mit denen sie drüber sprach, fanden alles ganz normal. Bei alledem, so führte June aus, sei sie sehr im Zweifel gewesen, ob man sich über Michelle mehr Sorgen machen mußte oder über Cal. In der vergangenen Nacht dann war in ihr die Erkenntnis gereift, daß Michelle vorging.

Corinne hörte sich an, was June zu erzählen hatte, sie unterbrach sie nicht, sie stellte keine Fragen. Sie spürte, daß June diese Dinge erst einmal loswerden mußte. Die Gedanken dieser Frau waren ein einziges Chaos, und der Druck in ihrer Seele suchte sich ein Ventil, das Gespräch.

»Ich würde meinen, daß Tim in dieser Situation viel Gutes bewirken könnte«, sagte sie, nachdem June zu Ende war. Sie stand auf und ging zu dem kleinen Elektrokocher, wo die Kaffeekanne stand. Sie goß zwei Tassen nach. Sie kam zu June zurück und reichte ihr eine Tasse. Als sie weitersprach, fiel June der aufmunternde Tonfall auf.

»Vielleicht ist alles gar nicht so schlimm, wie es den Anschein hat.« Sie zögerte. Sie musterte ihr Gegenüber mit einem Blick, der Unsicherheit verriet. »Ich weiß, daß Ihnen das alles sehr bedrohlich erscheint, June, aber ich glaube, Sie machen sich mehr Sorgen als nötig.«

»Nein, nein, nein!« Junes Stimme klang heiser und verstört. Die Tränen standen ihr in den Augen. »Mein Gott, Corinne, Sie müßten Michelle einmal hören, wenn sie von ihrer Puppe spricht. Sie nennt sie Mandy, und das Kind glaubt, daß Mandy lebt! Ich schwöre es Ihnen, sie glaubt, die Puppe lebt!« Von June Pendleton ging eine Trostlosigkeit aus, die Corinne angst machte.

Sie ergriff die Hand der Frau. Sie nahm sich vor, Selbstvertrauen auszustrahlen, als sie weitersprach. »Ich verstehe, daß Sie das alles in Schrecken versetzt, aber alles wird wieder gut werden. Glauben Sie mir, alles wird wieder gut.« Es klang so ruhig und optimistisch, aber tief in ihrem Herzen spürte Corinne, daß weder sie noch June Pendleton je verstehen würden, was mit Michelle vorgegangen war. Es war ein Gefühl, das sie bis an den Rand der Panik trieb.

Michelle versuchte Jeffs Worte aus ihrer Erinnerung zu verdrängen. Sie sah Sally nach, die um die Ecke verschwand. So sehr sie sich bemühte, an etwas anderes zu denken, immer wieder kehrte Sallys Stimme zurück, ein spöttisches Echo, das in ihrem Kopf widerhallte und sie quälte. Von irgendwo her war Billy Evans' Kreischen zu hören, seine Bitte, sie möge doch der Schaukel noch einen Stoß geben. Michelle war es, als fänden die Laute durch eine dicke Nebelwand zu ihr.

Sie wartete, bis die Schaukel zum Stillstand gekommen war. Als Billy protestierte, sagte sie ihm, sie sei jetzt müde, ein anderes Mal würde sie ihn gern wieder schaukeln. Unter Schmerzen humpelte sie in den Schatten des Ahornbaums. Sie ließ sich im Gras nieder. Sie wollte abwarten, bis die Entfernung zu Jeff und Sally groß genug war. Erst wenn keine Gefahr mehr bestand, daß sie den beiden begegnete, erst dann würde sie den langen Heimweg antreten.

Sie streckte sich im Gras aus und schaute in das Blattwerk des Baums hinauf, wo sich die Farben des nahenden Herbstes in das Grün mischten. Auf einmal fand sie die Einsamkeit gar nicht mehr schlimm. Nicht daß sie die Menschen haßte. Was sie haßte, waren die Kinder, die sie verspotteten. Sie haßte sie um so mehr, als diese Kinder einst ihre Freunde gewesen waren.

Sally war eine Ausnahme. Michelle war sich nicht sicher, welche Haltung sie gegenüber Sally einnehmen sollte. Sally war besser als die anderen Kinder. Sie war warmherziger. Michelle beschloß, sich mit Amanda wegen Sally zu beraten. Vielleicht konnte sie sich wieder mit Sally vertragen, freilich nur, wenn Amanda einverstanden war. Michelle hätte sich so gern wieder mit Sally vertragen, sie mochte das Mädchen. Aber ob das möglich war, hing von Amanda ab...

Vom Fenster des Klassenzimmers aus beobachtete Corinne, wie June den Rasen überquerte. Sie vermeinte so etwas wie ein Zögern in Junes Schritten zu bemerken. Anscheinend scheute sich die Mutter, ihre Tochter zu wecken. Michelle lag im Schatten des Ahornbaums, und solange sie dort lag und schlief, war sie sicher vor dem Chaos, das Junes Gedanken beseelte. Aber dann sah Corinne, wie June vor Michelle niederkniete und sie wachrüttelte.

Michelle stand auf. Der Schmerz in ihrer Hüfte schien schlimmer geworden zu sein, das verriet der Gesichtsausdruck des Mädchens sogar auf die Entfernung, die Corinne von jenem Teil der Wiese trennte. Michelle war überrascht, als sie von ihrer Mutter geweckt wurde, aber sie war ihr auch dankbar. Sie ergriff die dargebotene Hand und ließ sich wegführen. Nach wenigen Schritten verschwanden die beiden aus Corinnes Sicht.

Corinne blieb am Fenster stehen. Der Rasen war jetzt menschenleer, aber immer noch sah sie das Bildnis des Mädchens vor sich, die gebeugten Schultern, das schlaff herabhängende Haar, das mutlose Gesicht eines Geschöpfes, das bei einem unerklärlichen Unfall zum Krüppel geworden war.

Der Tag, als Michelle springlebendig, mit einem fröhlichen Lachen, in die Klasse gekommen war, der Tag, als dieses Mädchen sein Leben in Paradise Point begann – Corinne kam es vor, als sei das schon unendlich lange her.

Dabei waren doch nur ein paar Wochen vergangen. Ein paar Wochen, die alles verändert hatten. War Paradise Point ein Paradies? Für manche Menschen vielleicht. Nicht für Michelle Pendleton.

Corinne hatte plötzlich keinen Zweifel mehr daran. Der Ort war kein Paradies für Michelle, er würde es auch nie sein.

Zwanzigstes Kapitel

Es war ein schöner klarer Tag. Die Sonne stand im Westen, als Corinne mit flinkem Schritt auf das Haus mit den Rosen zuging. Sie dachte über das Gespräch mit June Pendleton nach und war so tief in ihre Grübeleien vertieft, daß sie gar nicht auf den Weg und die Richtung achtete. Erst als das Haus mit den Kletterrosen vor ihr auftauchte, wurde ihr bewußt, daß die Klinik ihr Ziel war. Vor dem Haus angekommen, blieb sie stehen und betrachtete das Schild. Die Lettern ›Dr. Josiah Carson‹ waren verblichen. Deutlich zu erkennen war die neue Inschrift ›Dr. Calvin Pendleton‹. Das Schild zu sehen, stimmte Corinne traurig. Es dauerte eine Weile, bis sie den Grund verstand. Die alte und die neue Inschrift bedeuteten, daß die alte Ordnung der neuen weichen mußte. Dr. Carson war der Arzt in Paradise Point, seit Corinne denken konnte. Sie konnte sich gar nicht vorstellen, wie es sein würde, wenn er nicht mehr in Paradise Point war.

Sie betrat das Haus und begab sich ins Wartezimmer. Sie war erleichtert, als sie Marion Perkins in der Anmeldung erkannte.

Marion saß über den Karteikasten gebeugt. Auch wenn es eines Tages keinen Dr. Carson mehr gab, Marion Perkins würde noch da sein.

Die Arzthelferin hatte von ihrem Karteikasten aufgesehen, als die Glocke über der Tür zu bimmeln begann. »Corinne!« In ihrer Miene mischten sich Anteilnahme und Überraschung. »Ich hatte so ein Gefühl, daß Sie heute kommen würden. Es ist merkwürdig, daß Sie gerade jetzt kommen... Oder vielleicht ist es auch *nicht* merkwürdig nach dem, was vorgefallen ist. Heute sind schon eine ganze Reihe Leute hier gewesen. Alles wegen Susan Peterson.« Sie schnalzte bedauernd mit der Zunge. »Ist das nicht furchtbar? Wirklich, ein schmerzhafter Verlust für Henry und Estelle. Und dann vermuten die Leute auch noch, die kleine Michelle hat was mit der Sache zu tun.« Sie beugte sich vor. Ihre Stimme wurde zu einem vertraulichen Flüstern. »Ehrlich, einiges von dem, was die Leute gesagt haben, möchte ich am liebsten gar nicht wiederholen.«

»Dann tun Sie's nicht«, sagte Corinne. Sie entschärfte die Bemerkung durch ein freundliches Lächeln. »Ist Onkel Joe zu sprechen?«

Marion machte eine Geste, als bereute sie ihre Vertraulichkeit.

Sie griff nach dem Hörer des Gegensprechgerätes. »Ich melde Sie an.« Sie drückte auf den Knopf. »Dr. Joe? Eine Überraschung. Corinne Hatcher ist da und möchte Sie sprechen.«

Wenig später ging die Tür auf. Dr. Carson trat ein. Mit ausgebreiteten Armen kam er auf Corinne zu. Er lächelte, aber Corinne hatte den Eindruck, als ob sich etwas Wehmut in dieses Lächeln mischte. Worüber war er traurig? Sie wußte, daß er am Tod eines Patienten großen Anteil nahm. Besonders tief traf es ihn, wenn der Patient ein Kind gewesen war. Lange vor Corinnes Geburt war Dr. Carsons Tochter gestorben, und seit jenem Tag hatte dieser Arzt seine väterlichen Gefühle den Kindern in Paradise Point zugewandt. Und so verstand Corinne, daß er um Susan Peterson trauerte. Aber da war noch etwas, außer der Traurigkeit, die sich in seinen Augen spiegelte. Corinne konnte es nur sehr schwer identifizieren.

Er schloß sie in die Arme und drückte sie an sich. »Was führt Sie zu mir?« fragte er. »Fühlen Sie sich nicht wohl?«

Corinne machte sich aus seiner Umarmung frei. »Mir geht's gut, danke. Ich komme... na ja, ich komme eigentlich, weil ich mir um Ihr Wohlergehen Sorgen mache. Ich weiß ja, Sie nehmen es immer sehr schwer, wenn eines Ihrer Kinder stirbt.«

Dr. Carson nickte. »Das ist immer ein harter Schlag«, sagte er. Er deutete auf das Sprechzimmer. »Kommen Sie rein, Sie kriegen einen Drink.«

Dr. Carson ließ sie in einem Sessel Platz nehmen, dann schloß er die Tür. Er holte eine Flasche Bourbon aus dem Schreibtisch und goß zwei große Gläser voll. Er maß Corinne mit aufmerksamem Blick.

»Was gibt's denn, Corinne?« Er nahm einen Schluck. »Wollen Sie's mir nicht sagen?«

Corinne trank. Sie verzog das Gesicht und stellte das Glas auf den Tisch zurück. Ihre Blicke trafen sich.

»Ich komme wegen Michelle Pendleton«, sagte sie.

»Das überrascht mich nicht«, antwortete er. »Um die Wahrheit zu sagen, ich war sicher, daß Sie früher oder später bei mir auftauchen würden. Geht es Michelle schlechter?«

»Ich bin mir nicht sicher«, sagte Corinne. »Heute muß ein fürchterlicher Tag für das Mädchen gewesen sein. Kein Kind will mehr was mit ihr zu tun haben, das haben sie ihr deutlich gezeigt. Bis gestern habe ich noch geglaubt, es ist nur, weil sie hinkt. Aber nach dem, was ich heute vormittag erlebt habe... Sie wissen ja selbst, wie die Menschen in Paradise Point sind. Da werden Mitbürger für schuldig erklärt, die überhaupt keine Schuld auf sich geladen haben. Die Menschen hier scheinen nicht über die Fähigkeit zu verfügen, gewisse Dinge einfach zu vergessen.« Sie ergriff ihr Glas, nahm einen Schluck und stellte es wieder auf den Tisch zurück. »Onkel Joe«, sagte sie unvermittelt, »ist Michelle in Gefahr?«

»Es kommt darauf an, was Sie unter Gefahr verstehen. Sie spielen wahrscheinlich auf den Geisteszustand des Mädchens an, habe ich recht?«

Corinne rutschte in ihrem Sessel hin und her. »Ich weiß nicht, was mit Michelle los ist. Ich hatte gar nicht vor, deswegen zu Ihnen zu gehen, aber dann habe ich mich auf einmal vor Ihrem Haus wiedergefunden. Ich vermute, mein Unterbewußtsein hat mich zu Ihnen geführt, Onkel Joe.« Sie machte eine kleine Pause. Sie nahm das Glas und leerte es in einem Zug bis zur Hälfte. »Wußten Sie schon, daß Michelle sich eine Freundin einbildet?« sagte sie. Sie gab sich Mühe, die Frage beiläufig und bedeutungslos klingen zu lassen.

Dr. Carson runzelte die Stirn und sah Corinne an. »Sie bildet sich eine Freundin ein?« Er sagte es, als wüßte er gar nicht, wovon sie sprach. Dann: »Sie meinen, sie hat eine Fantasiegefährtin wie die meisten kleinen Kinder?«

»Genau«, sagte Corinne. »Angefangen hat es mit einer Puppe. Ich weiß nicht genau, was für eine Puppe, Mrs. Pendleton hat mir nur gesagt, daß die Puppe alt ist, sehr alt. Michelle hat sie im Schrank gefunden, als sie ihr Zimmer bezog.«

Dr. Carson schien verwundert. Er kratzte sich den Schädel. »Ich kenne die Puppe«, sagte er sanft. »Sie ist *wirklich* alt. Der Kopf ist aus Porzellan, und die Puppe trägt altmodische Kleider, unter anderem eine Haube, wie sie vor hundert Jahren Mode war. Michelle hatte die Puppe bei sich, als ich sie nach dem Unfall besucht habe. Wenn ich Sie richtig verstehe, Corinne, dann geht es jetzt darum, daß Michelle die Puppe für lebendig hält?«

Corinne bestätigte das mit einem knappen Nicken. »Es scheint so. Und jetzt raten Sie einmal, welchen Namen sie der Puppe gegeben hat.«

»Das brauche ich nicht zu raten. Michelle hat mir gesagt, daß sie die Puppe Amanda getauft hat.

»Amanda«, echote Corinne. »Sagt ihnen der Name nichts?« Sie leerte ihr Glas und hielt es ihm hin. »Bin ich erwachsen genug, daß ich ein zweites Glas eingegossen kriege?«

Dr. Carson schenkte ihr nach, dann füllte er sein eigenes Glas auf. »Nun... ich würde mir das so erklären, daß jemand ihr die alten Geschichten erzählt hat.«

Corinne schüttelte den Kopf. »Das habe ich auch gedacht, bis mir June sagte, sie hat die Puppe gleich am Tage ihrer Ankunft auf diesen Namen getauft, ohne mit jemand am Ort gesprochen zu haben.«

»Ich verstehe«, sagte Dr. Carson. »Dann war es also ein Zufall.«

»War es wirklich ein Zufall?« sagte Corinne leise. »Onkel Joe, wer war Amanda? Ich meine, hat diese Amanda wirklich gelebt, oder sind das nur Legenden?«

Dr. Carson lehnte sich in seinem Sessel zurück. Er hatte noch nie mit einem Menschen über Amanda gesprochen, und er war nicht gewillt, von diesem Prinzip abzugehen. Andererseits, das Gespräch über Amanda hatte bereits begonnen. Alles, was er tun konnte, war, dem Gespräch die richtige Richtung zu geben.

»Amanda war meine Großtante«, sagte er vorsichtig. »Aber...«

»Aber was?«

»Sie war blind. Sie ist in jungen Jahren vom Kliff abgestürzt. Das ist eigentlich alles, was man über sie weiß.« Er sprach zögernd, und der schleppende Tonfall bestärkte Corinne in dem Verdacht, daß er ihr etwas verbarg.

»Sie sagen das so, als ob Sie mehr über die Sache wissen.« Sie sah ihn prüfend an. Er antwortete ihr nicht. »Was steckt dahinter, Onkel Joe?«

»Sie meinen, ob ich an die Geistergeschichte glaube?«

»Nein, das meine ich nicht. Ich frage Sie: steckt mehr dahinter?«

»Ich weiß es nicht. Mein Großvater, Amandas Bruder, glaubte ganz fest, daß mehr dahintersteckte.«

Corinne saß da und schwieg.

Dr. Carson lehnte sich zurück. Er warf einen Blick aus dem Fenster.

Er sprach langsam, jedes Wort bedächtig abwiegend. »Wissen Sie, Corinne, als meine Vorfahren diesen Ort Paradise Point tauften, da hatten sie nicht die paradiesische Lage über dem Meer im Sinn, sondern das Jenseits, sagen wir besser: ihre Vorstellung vom

Jenseits. Sie haben Paradise Point als ein Paradies auf Erden verstanden.« Bei den letzten Worten hatte sich Ironie in seine Stimme gemischt, ein spöttischer Beiklang, der Corinne nicht verborgen blieb.

»Ich weiß, daß es unter Ihren Vorfahren Priester gab«, sagte sie.

Dr. Carson nickte. »Fundamentalisten von der ganz harten Sorte. Aber seit Lemuel Carson, der mein Urgroßvater war, hat es keine Priester mehr in unserer Familie gegeben.«

»Und was ist mit dieser Amanda passiert?«

»Ich muß da etwas weiter ausholen. Mein Großvater hat mir erzählt, das Problem nahm seinen Anfang, als Amanda erblindete. Der alte Lemuel glaubte, daß es sich bei der Erblindung um eine Art Gottesurteil handelte. Er hat das Mädchen vor aller Welt als Märtyrerin hingestellt. Er hatte sie angewiesen, immer schwarze Kleidung zu tragen. Das arme kleine Ding. Sie muß ein sehr trauriges Leben geführt haben, blind und von allen verlassen. Ich bin sicher, sie ist sehr einsam gewesen.«

»War sie allein, als sie vom Kliff stürzte?«

»Ich nehme das an. Mein Großvater hat nie darüber gesprochen. Er war überhaupt ein Mann, der wenig sprach. Ich hatte übrigens immer das Gefühl, daß ein Geheimnis dahintersteckt. Aber wie ich schon sagte, mein Großvater hat sich darüber nie ausgelassen, er war in diesem Punkt auch nicht besser als sein Vater. Der alte Lemuel, in seinem Paradies gab es keine süßen Früchte. Nur Schlangen...«

»Gibt es nicht immer noch Schlangen in diesem Paradies?« warf Corinne ein. Dr. Carson schien ihr nicht zuzuhören.

»Mittelpunkt des Geheimnisses scheint Lemuels Frau gewesen zu sein. Ich würde einmal sagen, daß sie nicht die treueste Frau der Welt war. Mein Großvater meinte, sie ist wahrscheinlich so geworden, weil sie Lemuels ständige Reden vom Höllenfeuer nicht mehr hören konnte.«

»Ihre Urgroßmutter hat also eine Affäre mit einem anderen Mann gehabt.«

Dr. Carson schmunzelte. »Jedenfalls ist sie eine recht unternehmungslustige Frau gewesen. Mein Großvater sagte mir, sie war sehr hübsch, und er sagte auch, sie hätte besser getan, wenn sie seinen Vater nie geheiratet hätte.«

»Louise Carson«, flüsterte Corinne. »Gestorben in Sünde.«

»Sie ist ermordet worden«, sagte Dr. Carson leise. Corinne starrte ihn erschrocken an. »Es ist in dem kleinen Gartenhaus passiert, das June Pendleton jetzt als Malstudio benutzt. Lemuel hat sie dort mit einem ihrer Liebhaber überrascht. Die beiden wurden wenig später tot aufgefunden. Erstochen.«

»Mein Gott.« Corinne erschauderte. Sie spürte, wie sich ihr der Magen umdrehte, und gleich darauf überkam sie ein Gefühl, als ob sie sich übergeben müßte.

»Die Leute in Paradise Point waren natürlich ganz sicher, daß Lemuel die beiden umgebracht hatte«, fuhr Dr. Carson fort, »aber er wurde deshalb nicht zur Rechenschaft gezogen, er hatte großen Einfluß im Ort, und damals war auch eine Ehebrecherin nicht sonderlich hoch angesehen. Die Bürger fanden wahrscheinlich, sie hätte, als sie ermordet wurde, genau die Strafe bekommen, die sie verdiente. Lemuel hat nicht einmal eine Trauerfeier für sie abhalten lassen.«

»Ich habe vermutet, daß die Inschrift auf dem Grabstein etwas mit ehelicher Untreue zu tun hatte«, sagte Corinne. »Ich habe überhaupt viel über Louise Carson nachgedacht. Als ich ein kleines Mädchen war, habe ich mit meinen Freundinnen oft auf dem Friedhof gespielt. Wir haben uns die Inschriften auf den Grabsteinen angesehen.«

»Und außerdem haben Sie nach dem Gespenst Ausschau gehalten, nicht wahr?«

Corinne bejahte.

»Haben Sie das Gespenst denn je zu sehen bekommen?« fragte er.

Corinne dachte lange nach, bevor sie ihm antwortete. Schließlich schüttelte sie den Kopf.

Er sah sie zweifelnd an. »Sind Sie sicher, Corinne?« Er sprach sanft und voller Verständnis für sie.

»Nein, sicher bin ich nicht«, erwiderte sie. Sie kam sich töricht vor. Töricht, weil sie die Erinnerungsfetzen nicht zu greifen vermochte. »Da war etwas«, sagte Corinne. »Es ist nur ein einziges Mal passiert. Ich war mit einer Freundin auf den Friedhof gegangen, ich weiß nicht mehr, wie sie hieß. Als wir zwischen den Kreuzen standen, kam Nebel auf. Nun, Sie können sich ja vorstellen, welche Angst Kinder haben, wenn sie sich auf einem alten Friedhof befinden und Nebel kommt auf. Vielleicht ist damals auch nur meine Fantasie mit mir durchgegangen, aber plötzlich hatte ich das Gefühl, daß es außer uns ein drittes Lebewesen zwischen den Gräbern gab. Nichts, was man hätte berühren können, aber doch ein Wesen. Ich blieb ganz still stehen und spürte, wie es näher und näher kam.«

»Und Sie glauben, das war Amanda?« fragte Dr. Carson.

»Irgendwas war da«, sagte Corinne.

»Sie haben recht«, konterte Dr. Carson mürrisch. »Etwas war da, und zwar Ihre Angst! In Ihrer Vorstellung gab es auf einmal ein Gespenst namens Amanda. Sie waren noch ein kleines Mädchen, es war ein nebliger Tag, Sie befanden sich auf einem Friedhof, wo es ja bekanntlich Geister noch und noch gibt, und außerdem hatten Sie alle möglichen Geschichten über das Geistwesen gehört. Mich wundert nur, daß Sie sich nicht auch noch ausführlich mit Amanda unterhalten haben!«

»Ich habe kein Wort mit ihr gesprochen«, sagte Corinne. Inzwischen ärgerte sie sich, daß sie Dr. Carson auf die Sache angesprochen hatte. »Ich habe sie ja nicht einmal zu sehen bekommen.«

Dr. Carson betrachtete sie aus den Augenwinkeln. »Wie war das denn mit Ihrer Freundin? Hat auch sie plötzlich das Gefühl gehabt, daß es ein drittes Lebewesen zwischen den Gräbern gab?«

»Erstaunlicherweise ja!« Corinne spürte, wie der Ärger sich in ihr staute. Sie konnte vertragen, daß er ihr nicht glaubte. Aber daß er sich über sie lustig machte? Nein. »Und wir waren nicht die einzigen, die so etwas erlebt haben«, fuhr sie fort. »Viele in meiner Klasse haben auf dem Friedhof die gleiche Erfahrung gemacht wie ich. Alles Mädchen übrigens, und alle zwölf Jahre alt. So alt wie Amanda, so alt wie Michelle Pendleton.«

Dr. Carsons Blick wurde hart. »Corinne«, murmelte er, »wissen Sie, was Sie da sagen?«

Und plötzlich verstand Corinne die Zusammenhänge. »Jawohl. Ich behaupte, daß die Geistergeschichten wahr sind, und wenn immer wieder das Gegenteil behauptet wird, dann doch nur, weil niemand bisher Amanda *gesehen* hat, und die einzigen, die Amanda *gespürt* haben, sind zwölfjährige Mädchen. Wer glaubt schon, was ein zwölfjähriges Mädchen sagt? Kinder in diesem Alter haben eine lebhafte Fantasie, das ist bekannt. Onkel Joe, was ist, wenn ich es mir *nicht* eingebildet habe? Was ist, wenn eines von uns Mädchen die Gegenwart dieses Geistwesens *wirklich* gespürt hat? Was ist, wenn Michelle diese Amanda nicht nur gespürt, sondern auch gesehen hat?«

Dr. Carsons Gesichtsausdruck zeigte an, daß sie an den wunden Punkt gerührt hatte.

»Sie glauben daran, daß es dieses Geistwesen gibt«, flüsterte sie.

»Und Sie? Glauben Sie daran?« Es war nicht zu überhören, daß er immer aufgeregter wurde.

»Ich weiß es nicht«, log Corinne. Natürlich wußte sie, daß es Amanda gab! »Aber was Michelle erzählt hat, klingt logisch, nicht? Wenn man einmal davon ausgeht, daß es dieses Geistwesen überhaupt gibt, dann ist es naheliegend, daß nur ein zwölfjähriges Mädchen es sehen kann.«

»Amanda«, sagte Dr. Carson nachdenklich. »Sie hat über einhundert Jahre Zeit gehabt, um einem Menschen zu erscheinen. Warum jetzt? Warum erscheint sie gerade Michelle Pendleton?« Er beugte sich vor und stützte sich mit den Ellenbogen auf der Schreibtischplatte ab. »Corinne«, sagte er mit großer Ruhe. »Ich weiß, daß Sie sich wegen Michelle Sorgen machen. Ich weiß, daß Sie sich über den Namen wundern, den das Mädchen für seine Puppe ausgewählt hat. Sie bildet sich ein, daß ihre Puppe lebt, und zu allem Überfluß gibt es da noch diese Namensgleichheit. Sie halten das nicht für einen Zufall, aber verdammt noch mal, es *ist* ein Zufall. Sie dürfen da nichts hineingeheimnissen!«

Corinne stand auf. Sie war ernsthaft zornig. »Onkel Joe«, sagte sie, und ihre Stimme klang hart und schrill, »Michelle ist meine Schülerin, ich mache mir Sorgen über sie. Ich mache mir ebenso Sorgen über den Rest der Klasse. Susan Peterson ist zu Tode gestürzt. Michelle Pendleton ist infolge eines Sturzes verkrüppelt, sie benimmt sich merkwürdig. Ich möchte nicht, daß sonst noch jemand Schaden nimmt.«

Dr. Carson hielt ihrem Blick stand. Sie blieb vor seinem Schreibtisch stehen, ein Bild aus Wut und Entschlossenheit. Er wollte sie berühren, um sie zu beruhigen, um sie zu trösten, aber noch bevor er sich aus seinem Sessel erheben konnte, hatte sie sich umgewandt und war davongeeilt.

Dr. Josiah Carson ließ sich in den Sessel zurücksinken. Lange saß er so und dachte nach. Die Sache lief nicht richtig.

Nichts lief richtig. Er hatte Susan Petersons Tod nicht gewollt. Michelle hätte sterben müssen, die Tochter dieses Dr. Pendleton.

Auge um Auge, Zahn um Zahn, Kind um Kind. Aber keines *seiner* Kinder.

Jetzt blieb ihm nur noch eine Möglichkeit. Er mußte abwarten. Früher oder später würde das Unglück wieder seine Finger nach dem Haus ausstrecken, wie schon so oft. Wenn das Haus Alan Hanleys Tod gerächt hatte, war alles ausgestanden, dann konnte er davongehen in die Fremde und Paradise Point vergessen. Er goß sich etwas Bourbon nach und spähte aus dem Fenster. In der Ferne waren die schäumenden Strudel von Devil's Passage zu erkennen. Ein passender Name. Seit wie vielen Jahren war der Teufel schon zu Gast im Hause der Familie Carson? Jetzt erst, nach Generationen, hatte ein Carson, der letzte Carson, den Mut, den Teufel für sich einzusetzen. Richtig romantisch, fand Dr. Josiah Carson.

Er hoffte nur, daß nicht allzu viele seiner Kinder für den Versuch einer Rache ihr Leben lassen mußten.

Am späten Nachmittag jenes Tages begab sich Michelle zum alten Friedhof. Sie ging neben dem alten Grabstein in die Hocke. Sie würde auf ihre Freundin warten. Die Gräber waren in Grau getaucht, längst hatte Michelle sich an die Mischung aus Glanz und Düsternis gewöhnt. Als ihr bewußt wurde, daß man sie beobachtete, erhob sie sich und warf einen Blick in die Runde. Sie entdeckte Lisa Hartwick, die nur wenige Schritte von ihr entfernt stand.

»Hast du... Schmerzen?« flüsterte Lisa.

Michelle schüttelte den Kopf. Lisa tat einen Schritt auf sie zu. »Ich habe dich überall gesucht«, sagte Lisa. In ihren Augen stand die Angst. Michelle dachte nach, aber sie fand keine logische Erklärung.

»Du hast mich gesucht? Warum?«

»Ich wollte mit dir reden.«

Michelle betrachtete sie abschätzend. Niemand mochte Lisa. Alle sagten, Lisa sei ein Satansbraten. Was das Mädchen wohl von ihr wollte? Vielleicht war sie ihr auf den Friedhof gefolgt um sie zu hänseln. Aber Lisa machte keine Anstalten, eines der Spottgespräche zu beginnen, die Susan der Klasse so schön vorgeführt hatte. Statt dessen kam sie auf Michelle zu und hockte sich neben sie. Michelle ließ sich erleichtert auf den weichen Boden zurücksinken.

»Ist es wahr, daß du ein adoptiertes Kind bist?« fragte Lisa unvermittelt.

»Na und?«

»Du mußt das nicht falsch verstehen«, sagte Lisa. Dann: »Meine Mutter ist vor fünf Jahren gestorben.«

Michelle wunderte sich nicht schlecht. Warum sagte Lisa das? Wollte sie sich mit ihr anfreunden? Und wenn ja, warum?

»Ich weiß nicht, wer meine Eltern sind«, sagte Michelle. »Ich weiß nicht einmal, ob sie überhaupt noch leben. Vielleicht leben sie noch, vielleicht haben sie mich nur weggegeben, weil sie mich nicht leiden konnten.«

»Mein Vater mag mich nicht leiden«, sagte Lisa ruhig.

»Woher weißt du das?« Michelle war ein Stein vom Herzen gefallen. Das Mädchen war nicht zu ihr gekommen, um sie zu verspotten.

»Ich weiß es, weil er deine Klassenlehrerin liebt. Seit er mit ihr zusammen ist, liebt er mich nicht mehr.«

Michelle dachte nach. Vielleicht hatte Lisa recht. Vielleicht erging es Lisa so, wie es ihr, Michelle, nach der Geburt von Jenny ergangen war. »Mich liebt niemand«, sagte sie.

»Ich kenne das«, sagte Lisa. »Mich liebt auch niemand.«

»Dann laß uns doch Freundschaft schließen«, schlug Michelle vor. Lisas Stirn umwölkte sich.

»Ich weiß nicht... Man erzählt sich so manches über dich.«

Michelle war auf einmal hellwach. »Was denn?«

»Seit du vom Kliff gefallen bist, stimmt's nicht mehr mit dir.«

»Ich bin seitdem auf einem Bein lahm«, sagte Michelle. »Das weiß doch jeder.«

»Das meine ich nicht. Ich habe gehört... na ja, es heißt, du sollst das Geistwesen gesehen haben.«

Michelle atmete auf. »Du meinst Amanda? Das ist aber kein Geistwesen. Sie ist meine Freundin.«

»Ich verstehe dich nicht«, sagte Lisa. »In Paradise Point gibt's kein Mädchen, das Amanda heißt.«

»O doch«, widersprach ihr Michelle. »Sie heißt Amanda, und sie ist meine Freundin.« Lisa hatte sich brüsk erhoben. Sie wich vor Michelle zurück. »Wo willst du hin?« fragte Michelle.

»Ich... ich muß jetzt nach Hause«, sagte Lisa unruhig.

Michelle hatte Mühe, auf die Beine zu kommen. Wütend sah sie Lisa an. »Du hältst mich für verrückt, stimmt's?«

Lisa schüttelte den Kopf. Zu sagen wagte sie nichts.

Plötzlich schwebte die Nebelwand auf Michelle zu. Amandas Stimme war zu hören, sie schien aus der Ferne zu kommen. Amanda rief nach ihr.

»Ich bin nicht verrückt«, sagte sie zu Lisa. Sie war jetzt sehr traurig. »Amanda lebt. Gleich wird sie hier sein, dann kannst du dich überzeugen!«

Lisa ging rückwärts, in panischer Angst. Während sich der Nebel um Michelle schloß, drehte sich Lisa um und begann zu laufen.

Sie lief, wie Susan Peterson gelaufen war.

Einundzwanzigstes Kapitel

Es war Samstag. Die Trauerfeier für Susan Peterson hatte begonnen.

Estelle Peterson, die Mutter, saß in der vordersten Bankreihe der Methodistenkirche und spielte nervös mit dem Taschentuch, das sie zu einem feuchten Ball zusammengeknüllt hatte. Susans Sarg stand nur wenige Schritte entfernt, er war von Blumengebinden eingerahmt. Der Deckel war geöffnet worden. Henry, der Vater des toten Mädchens, saß mit stoischer Ruhe neben seiner Frau. Sein Blick war auf einen imaginären Punkt über dem Sarg gerichtet.

In der Kirche hatte sich ein Gemurmel erhoben. Estelle versuchte das Geräusch aus ihrem Bewußtsein zu verdrängen. Erst als sie inmitten des Stimmengewirrs Constance Bensons Stimme ausmachen konnte, hob sie den Kopf.

Ihr Blick fiel auf Michelle Pendleton, die den Mittelgang entlanggehumpelt kam. Sie trug ein schwarzes Kleid und ging auf ihren Stock gestützt. Hinter ihr schritten ihre Eltern, ihre Mutter trug das Baby. Als June die Mutter des toten Mädchens ansah, senkte diese den Blick. Und wieder war Constance Bensons Flüstern zu hören.

»Daß sie sich traut, hier in der Kirche aufzutauchen...« Sie konnte nicht weitersprechen, weil ihr Bertha Carstairs, die rechts neben ihr in der Bank saß, einen Rippenstoß versetzt hatte. Als die Pendletons in einer der mittleren Bänke Platz genommen hatten, trat der Geistliche vor den Altar. Er hob die Hände.

Michelle konnte die Feindseligkeit, die sie umgab, fast mit Händen greifen. Ihr war, als seien aller Augen auf sie gerichtet. Sie war das Objekt, das man ungestraft anstarren konnte, sie war die Angeklagte. Am liebsten wäre sie aufgestanden und fortgerannt. Aber das konnte sie nicht. Sie war ein Krüppel, es würde auffallen, wenn sie davonhinkte. Ihr Stock würde auf den Boden schlagen, tack-tack-tack-tack, das Echo würde im Kirchenschiff widerhallen, der Geistliche würde in seiner Predigt innehalten, und der Zorn der Gemeinde würde sich auf sie, auf Michelle, richten. Solange sie sitzen blieb, *taten* die Leute wenigstens so, als ob sie nicht zu ihr herüberstarrten. Aber Michelle wußte ganz genau, daß jeder in der Kirche sie aus den Augenwinkeln beobachtete.

June mußte sich zwingen, ruhig sitzen zu bleiben. Ihr Gesicht war zu einer gleichmütigen Maske erstarrt. Endlos schleppten sich die Gebete dahin. Es war Cal, der auf einem gemeinsamen Besuch der Trauerfeier bestanden hatte. June hatte ihm widersprochen, aber das hatte nichts genützt. Er hatte stur argumentiert, Michelle hätte mit Susans Tod nichts zu tun, es gäbe also keinen Grund, warum sie nicht an der Trauerfeier für die Schulkameradin teilnehmen sollten. June hatte vorgebracht, daß es für Michelle ein Spießrutenlaufen werden würde, eine Prüfung. Verstand er denn nicht, daß sie litt, wenn sie inmitten ihrer früheren Freundinnen saß und der Messe für Susan zuhörte? Verstand er nicht, daß es gar nicht auf die Tatsachen ankam, daß in einem solchen Rahmen nur wichtig war, was die Leute *für die Wahrheit hielten?*

Nein, davon hatte Cal nichts wissen wollen. Er hatte sich durchgesetzt, und so waren sie zur Trauerfeier gekommen. June hatte Constance Bensons bösartigen Kommentar sehr wohl gehört, sie war sicher, daß auch Michelle die häßlichen Worte vernommen hatte. Der Blick, mit dem Estelle Peterson sie fixierte, hatte sich ihr eingeprägt. Schmerz, Bestürzung und Anklage.

Und dann war die Feier zu Ende. Die Gemeinde hatte sich von den Plätzen erhoben. Der Sarg mit dem Mädchen wurde durch den Mittelgang getragen, hinter dem Sarg gingen die Eltern. Als sie an der Familie Pendleton vorbeikamen, warf Henry Peterson einen haßerfüllten Blick in Cals Richtung. Cal spürte, wie sich sein Magen zusammenkrampfte. *June hatte recht*, dachte er. Wir hätten nicht kommen sollen. Aber dann, als sich die Kirche bereits zu leeren begann, trat Bertha Carstairs zu ihm. Sie nahm seine Hand.

»Ich möchte Ihnen etwas sagen... meine Familie und ich, es tut uns allen sehr leid, wie es gekommen ist. Ich meine... seit Sie in Paradise Point sind...« Sie verstummte. Mit einem hilflosen Schulterzucken signalisierte sie ihm, was sie fühlte.

»Ich danke Ihnen«, sagte Cal. »Aber Sie brauchen sich wegen dieser Dinge nicht weiter Gedanken zu machen. Jetzt wird alles gut. Es gibt nun einmal Unfälle...«

»*Unfälle!*«

Constance Benson stand da wie eine Viper, die ihr Gift ausspuckt, sie hielt Jeff an der Hand. »Was Susan Peterson zugestoßen ist, war kein Unfall!« Cal war kreidebleich geworden. Mrs. Benson rauschte an ihm vorüber und verließ die Kirche.

Die Pendletons waren allein. June schaute in die Runde, auf der Suche nach Freunden. Es gab keine. Alle Gemeindemitglieder, auch die Carstairs, hatten die Kirche verlassen. June sah, wie Bertha Carstairs ein Gespräch mit den Petersons anknüpfte.

»Gehen wir«, sagte sie zu ihrem Mann gewandt. »Bitte! Wir haben an der Feier teilgenommen, wie du es gewünscht hast. Die Feier ist zu Ende. Gehen wir heim.«

Michelle war aufgestanden. Sie sagte nichts. Die Tränen liefen ihr über die Wangen.

Corinne Hatcher hatte die Kirche verlassen, noch bevor der Gottesdienst zu Ende ging. Sie wurde von Tim Hartwick und seiner Tochter Lisa begleitet. Corinne hatte es sich natürlich nicht nehmen lassen, an der Trauerfeier für ihre Schülerin teilzunehmen. Allerdings hatte sie Vorsorge getroffen, daß sie nach Abschluß der Feier nicht von der einen oder anderen Seite vereinnahmt wurde. Wenn sie sich in die Menge vor der Kirche mischte, würde man sie zwingen, entweder für die Petersons oder für die Pendletons Partei zu ergreifen. Sie wußte, es gab viele Menschen in Paradise Point, die überzeugt davon waren, daß Michelle der verunglückten Susan ›etwas getan‹ hatte. Gott sei Dank war die Feier nun ausgestanden.

»Ich frage mich, ob Michelle Susan umgebracht hat«, sagte Lisa in Corinnes Gedanken hinein. Lisa saß auf dem Rücksitz. Tim steuerte den Wagen, Corinne saß neben ihm.

»Was du da sagst, ist unsinnig...« begann Corinne, aber Lisa fiel ihr sofort ins Wort.

»Ich bin sicher, sie hat Susan umgebracht. Die Kinder haben recht. Michelle ist nicht richtig im Kopf.«

Tim schaltete sich ein, ruhig aber bestimmt. »Ich habe dir schon oft gesagt Lisa, sprich nicht über Dinge, von denen du nichts verstehst.«

»Ich weiß, was mit Michelle los ist«, beharrte Lisa. Ihre Stimme glitt in den weinerlichen Tonfall ab, der Corinne immer schon auf die Nerven gegangen war.

Sie wandte sich um und sah Lisa in die Augen. »Du kennst Michelle doch gar nicht.«

»Und ob ich sie kenne! Ich habe neulich sogar mit ihr gesprochen, und zwar auf dem alten Friedhof.«

»Ich habe dir verboten, auf dem Kliff zu spielen.« Tim sprach, ohne die Stimme zu heben, aber der Tadel war unüberhörbar.

»Ich habe nicht auf dem Kliff gespielt, ich war nur auf dem Friedhof. Ich kann nichts dazu, daß ich Michelle auf dem Friedhof traf.«

»Und wie kommst du darauf, daß sie verrückt ist?« fragte Tim.

»Weil sie Dinge sagt, die nur einem Verrückten einfallen. Sie glaubt, das Geistwesen, das auf dem Friedhof spukt, ist ihre Freundin. Sie hat gesagt, ich kann mich davon überzeugen, daß ihre Freundin lebt. Sie könnte sie mir jederzeit vorstellen.«

»Sie dir vorstellen?« Corinne schüttelte den Kopf. »Demnach hat Michelle also wirklich geglaubt, ihre Freundin befände sich auf dem Friedhof.«

Lisa hob die Schultern in einer Geste der Ratlosigkeit. »Ich weiß es nicht. Gesehen habe ich ihre Freundin jedenfalls nicht. Als ich Michelle sagte, ihre Freundin ist ein Geist, da ist sie fuchsteufelswild geworden.« Lisa begann zu kichern. »Ich sage dir, sie ist verrückt.« Sie trällerte einen Spottgesang. »Verrückt, ver-rückt, verrückt!«

Corinne Hatcher verlor die Geduld. »Das reicht jetzt, Lisa!« schrie sie. Lisa verstummte, als hätte sie einen Schlag auf den Mund erhalten. Tim warf Corinne einen vorwurfsvollen Blick zu, aber er sagte nichts. Sie waren vor seiner Wohnung angekommen und gingen ins Haus. Erst als Lisa sich auf ihr Zimmer zurückgezogen hatte, gab Tim seinen Gefühlen Ausdruck.

»Corinne, wenn meine Tochter zu maßregeln ist, dann mache ich das selbst.«

»Du hast sie verzogen, nach Strich und Faden«, entgegnete Corinne wütend. »Wenn du nicht rechtzeitig gegensteuerst, kriegst du einen unerträglichen Tyrann.« Die Traurigkeit in seinen Augen hieß sie schweigen. Lisa, das war sein wunder Punkt, und ohnehin gab es im Augenblick viel wichtigere Dinge, über die sie mit ihm sprechen wollte. »Ich möchte, daß du dich einmal mit Michelle unterhältst«, sagte sie. »Und zwar über die Freundin, die sie sich einbildet.«

Tim dachte nach. Nach einer Weile nickte er. »Es ist ganz sicher nicht normal, wenn sich ein Kind in diesem Alter noch einen Spielgefährten einbildet. Ich möchte nicht Lisas Ausdruck benutzen, aber es wäre denkbar, daß es sich bei Michelle um ein schwer gestörtes Kind handelt.«

»Tim«, sagte Corinne, »nehmen wir einmal an, Michelle ist *nicht* gestört, sondern normal. Nehmen wir an, es handelt sich bei der Freundin, von der sie spricht, um ein Wesen, das wirklich existiert. Nehmen wir weiter an, daß Amanda ein Geist ist. Was dann?«

Tim starrte sie fassungslos an.

»Aber das ist doch unmöglich!« Die Art, wie er es sagte, machte Corinne klar, daß jede Diskussion zwecklos war.

Michelle klappte ihr Buch zu und legte es zur Seite. Sosehr sie sich auch bemühte, die Trauerfeier aus der Erinnerung zu verdrängen, es gelang ihr nicht. Wie die Menschen sie angegafft hatten! Sie war sich vorgekommen wie eine Mißgeburt. Sie war es leid, als Mißgeburt behandelt zu werden.

Mit einiger Mühe stand sie von ihrem Sessel auf, sie streckte und reckte sich. Sie humpelte zum Fenster. Das Zwielicht hatte die See eisengrau eingefärbt, das Abendrot hatte dem Blau der sinkenden Nacht Platz gemacht. Der Himmel lag wie eine flache Glocke über Land und Meer. Unten, im Garten, war Mutters Malstudio zu erkennen. Michelle betrachtete die Mauern, als wartete sie auf ein ganz bestimmtes Ereignis. Aber was sollte schon passieren? Das Studio war leer. Aus dem Wohnzimmer im Erdgeschoß des Hauses schallten die Stimmen ihrer Eltern zu Michelle herauf, leise, gedämpfte Stimmen, dann und wann von Jennifers fröhlichem Kreischen unterbrochen.

Jennifer.

Michelle dachte den Namen. Jennifer. Wie hatte sie diesen Namen je hübsch finden können? Heute verstand sie das nicht mehr.

Sie sprach den Namen laut aus: »Jennifer.« Sie lauschte dem Klang der Silben. Dann war ihr klar, daß sie den Namen haßte. Plötzlich begann das Kind zu schreien, es war, als sei Michelles Haß in sein Denken eingeflossen.

Michelle lauschte dem Plärren. Als das Geschrei leiser wurde, legte sie sich auf ihr Bett und schlug das Buch auf. Sie suchte und fand das Kapitel, das sie zu lesen begonnen hatte.

Jennifer fing wieder zu schreien an, laut und schrill.

Nachdem sie ihr Buch auf den Nachttisch gelegt hatte, erhob sich Michelle von ihrem Bett. Sie nahm ihren Stock und ging ins Treppenhaus hinaus.

June sah von ihrer Stickarbeit auf, sie hatte das Geräusch des Stocks auf der Treppe vernommen. Sie wandte sich zu ihrem Mann.

»Sie kommt runter.« Cal, der Jennifer auf dem Schoß hielt, ließ sich nicht anmerken, ob er June verstanden hatte.

Das Geräusch des Stockes kam näher und näher, June hatte ihren Stickrahmen wieder zur Hand genommen. Als Michelle in dem Bogen erschien, der die Verbindung zwischen Wohnzimmer und Eingangshalle bildete, mimte June Überraschung.

»Bist du mit deinen Hausaufgaben fertig?« fragte sie.

Michelle nickte. »Ich habe versucht, etwas zu lesen, aber es fällt mir schwer, mich zu konzentrieren. Ich dachte vielleicht, daß ich mit Daddy ein Spiel spielen könnte.«

Cals Züge erstarrten. Ihm fiel das Schachspiel ein – und wie es ausgegangen war. »Nicht jetzt. Ich bringe deiner Schwester gerade bei, wie sie mit ihren Zehen spielen kann.«

Cal entging das schmerzliche Zucken in Michelles Antlitz, June nicht.

»Ist es nicht Zeit, Jenny zu Bett zu bringen?« schlug sie vor. Cal warf einen Blick auf die Uhr, die auf dem Kaminsims stand. »Um halb acht? Wenn wir sie jetzt zu Bett bringen, wird sie die ganze Nacht wachbleiben. Wir werden kein Auge zutun.«

»Sie bleibt so und so die ganze Nacht wach«, entgegnete June. »Cal, ich möchte, daß du sie jetzt raufbringst.«

Es war offensichtlich, daß June nicht nachgeben würde. Cal erhob sich. Er hielt das Baby über seinen Kopf. Das Kleine lachte, und er zwinkerte ihm freundlich zu. »Komm, Prinzessin, deine

Mutti hat gesagt, jetzt geht's ins Bett.« Er wollte das Zimmer verlassen, aber Michelle vertrat ihm den Weg.

»Können wir ein Spiel spielen, wenn du zurückkommst?«

Cal vermied es, sie anzusehen. Er ging um sie herum, auf die Treppe zu. »Ich weiß nicht«, murmelte er. »Ich bin ziemlich müde. Vielleicht an einem anderen Abend.« Er hatte Michelle den Rücken zugewandt, und so sah er die Tränen nicht, die seiner älteren Tochter in die Augen schossen.

Rasch legte June ihre Handarbeit fort. »Komm, Michelle, wir backen ein paar Plätzchen.« Aber es war schon zu spät. Michelle war zur Tür unterwegs.

»Ich habe keinen Hunger«, sagte sie mit matter Stimme. »Ich geh' wieder nach oben und lese noch etwas. Nacht.«

»Möchtest du mir keinen Gutenachtkuß geben?«

Wie im Traum ging Michelle zu ihrer Mutter und küßte sie auf die Wange. June legte ihr die Arme um den Hals. Sie wollte sie an sich ziehen, aber Michelle sperrte sich.

»Es tut mir leid«, sagte June, »aber heute abend ist dein Vater *wirklich* zu müde zum Spielen.«

»Ich weiß.« Michelle löste sich aus der Umarmung ihrer Mutter. June blieb in Ratlosigkeit zurück. Was auch immer sie sagte, Michelle schien sie nicht zu beachten. Nur Cal konnte ihr das Selbstvertrauen geben, das ihr so sehr mangelte, und June war sicher, daß er es Michelle weiterhin vorenthalten würde. Es sei denn, daß sie ihn zum Umdenken zwang.

Eine halbe Stunde verstrich. Als Cal immer noch nicht zurückgekommen war, stand June auf. Sie machte die Runde im Erdgeschoß des Hauses und löschte die Lichter. Dann stieg sie die Treppe hinauf. Sie schaute kurz in Michelles Zimmer hinein und wünschte ihr gute Nacht, dann ging sie den Flur entlang, auf das Elternschlafzimmer zu. Cal lag im Bett, er las. Neben dem Bett stand die Korbwiege mit Jennifer, die Kleine war eingeschlafen. Es war ein rührender Anblick, aber June machte es wütend.

»Du warst nicht müde, Cal«, sagte sie. Er sah auf.

»Was?«

»Ich habe gesagt, du warst nicht müde. Tu nicht so, als ob du mich nicht gehört hättest.« Junes Stimme zitterte vor Zorn, aber Cal gab sich nach wie vor ahnungslos.

»Ich habe sehr wohl gehört, was du gesagt hast. Aber ich verstehe nicht, was du damit sagen willst.«

»Dabei ist es doch so einfach«, sagte June. »Vor einer halben Stunde, als ich dir vorgeschlagen habe, du sollst Jennifer raufbringen, damit du mit Michelle spielen kannst, da hast du gesagt, es ist noch viel zu früh. Du hast gesagt, du bist müde. Und jetzt liegst du im Bett und liest.«

»June...« Cal hatte zu einer Gegenrede angesetzt, aber sie schnitt ihm das Wort ab.

»Erzähl mir doch nichts! Glaubst du, ich merke nicht, was hier vorgeht? Du bist hier im Schlafzimmer verschwunden, weil du dich vor Michelle verstecken wolltest. Du versteckst dich vor deiner eigenen Tochter! Um Himmels willen, Cal, verstehst du denn gar nicht, was du ihr damit antust?«

»Ich tue ihr gar nichts an«, sagte er aufgebracht. »Es ist nur... Ich...«

»Es ist nur, daß du ihr nicht mehr in die Augen sehen kannst. Nun, Cal, du wirst ihr in die Augen sehen *müssen!* Was du vorhin getan hast, war grausam. Michelle wollte mit dir spielen. Sie wollte ein ganz normales Spiel mit dir spielen. Nur ein Spiel, Cal! Mein Gott, wenn du so große Schuldgefühle hast, dann müßtest du dir doch gerade die Finger danach lecken, mit ihr zu spielen, und sei es nur um sie gewinnen zu lassen. Und dann hast du Jenny auch noch ›Prinzessin‹ genannt. Hast du nicht gemerkt, wie sehr du Michelle damit verletzt hast? Das ist ihr Kosename!«

»Sie hat's gar nicht gehört«, sagte Cal eingeschnappt.

»Wie willst du das denn wissen, ob sie's gehört hat oder nicht? Du siehst sie ja nicht einmal an. Und ich sage dir, Cal, sie hat's gehört. Michelle haben die Tränen in den Augen gestanden, als du das gesagt hast. Ich kann dir auch sagen, warum sie nicht wirklich losgeheult hat. Weil sie nämlich glaubt, daß es in dieser Familie niemanden mehr interessiert, ob sie heult oder nicht. Mein Gott, begreifst du denn nicht, was du dem Mädchen antust?«

Ihr Zorn wandelte sich zu Frustration und Verzweiflung. June begann zu schluchzen, sie warf sich aufs Bett. Cal zog sie in seine Arme. Die Beschuldigungen, mit denen sie ihn bombardiert hatte, tanzten in seinem Kopf herum wie Bienen in einem Bienenkorb.

»Nicht weinen, mein Liebling«, flüsterte er. »Bitte nicht weinen.«

Junes Erstarrung wich dem Gefühl der Hilflosigkeit. Und dann kehrte die Hoffnung zurück. Er war ihr Mann. Sie liebte ihn. Was geschehen war, war weder Cals Schuld noch Michelles Schuld. Es war passiert. Sie mußten sich da durchbeißen. Gemeinsam.

Sie setzte sich auf und tupfte sich die Tränen mit einem Papiertaschentuch ab.

»Ich muß dir etwas sagen, Cal. Ich weiß, du wirst es nicht gerne hören, aber ich muß es dir sagen.«

»Was denn?«

»Du kennst doch Corinne Hatchers Freund, den Schulpsychologen. Ich habe einen Termin mit ihm vereinbart für eine Besprechung, zu der wir alle drei hingehen werden.«

»Alle drei?«

June nickte.

»Ich verstehe.«

Wenn vor Sekunden noch Zärtlichkeit und Sorge in seinen Augen gestanden hatten, so waren diese Gefühle jetzt wie weggewischt. Seine Stimme war kalt wie Eis.

»Bist du sicher, daß wir da alle drei hingehen müssen?« fragte er. Sie sah, wie er sich in die Bettdecke einwickelte.

»Warum fragst du das?«

»Weil ich an deinem Verstand zweifle. Du hättest dich gerade mal hören müssen. Einen sehr, nun sagen wir: vernünftigen Eindruck machst du gerade nicht.«

June blieb vor Überraschung der Mund offenstehen. Sie starrte ihm in die Augen. Dachte er wirklich, was er da sagte? Es schien ihr unvorstellbar.

»Cal, das kannst du nicht tun!« Sie spürte, wie sie die Selbstbeherrschung verlor. Dicke Tränen standen in ihren Augen. Die Wut, die sie mit der Erinnerung an ihre Liebe verdrängt hatte, kehrte zurück wie eine zerstörerische Woge.

»*Was* kann ich nicht tun? Ich hab' ja gar nichts getan.« Er sprach ruhig und sachlich. »Ich bin raufgegangen, weil du gesagt hast, ich soll das Kind zu Bett bringen. Ich habe Jennifer in ihre Wiege gelegt. Dann habe ich mich selbst hingelegt, und als nächstes bist du reingekommen wie eine Furie und hast behauptet, ich bin ein Monstrum, das in Behandlung gehört. Findest du das vernünftig?«

June war vom Bett aufgestanden, ihre Augen sprühten vor Zorn. »Wie kannst du es wagen, so einen Unsinn zu erzählen! Bist du denn nicht mehr bei Verstand? Willst du wirklich immer so weitermachen? Willst du einfach immer behaupten, du bist an nichts schuld und mit Michelle steht alles zum besten? Jetzt hör mir einmal zu, Calvin Pendleton! Ich werde das nicht hinnehmen. Entweder du gibst sofort dein Einverständnis, daß wir alle drei zu Tim Hartwick gehen, oder ich schwöre dir, ich nehme Michelle und Jennifer und verlasse dich, und zwar noch heute nacht!«

Sie stand in der Mitte des Raums und wartete auf seine Antwort. Lange Sekunden wechselten sie zornige Blicke. Es war dann Cal, der einlenkte.

Seine Augen flackerten wie erlöschende Kerzen. Er ließ sich in das Bett zurücksinken.

»Also gut«, sagte er leise. »Ich will dich nicht verlieren, June. Ich will Jennifer nicht verlieren. Ich komme mit.«

Michelle humpelte zu ihrem Zimmer zurück, und der Schmerz in der Hüfte war wie eine Flamme, die sich durch ihre Gelenke fraß.

Sie hatte die Eltern streiten gehört. Zuerst hatte sie gar nicht darauf geachtet, aber als die Stimme ihrer Mutter erlosch, war sie erschrocken. Sie war aufgestanden und war den dunklen Flur entlanggetapst. Vor der Tür der Eltern war sie stehengeblieben. Sie hatte gelauscht.

Zu Anfang waren die Stimmen so leise gewesen, daß sie den Sinn der Worte nicht verstand.

Dann aber hatte ihre Mutter zu weinen begonnen. Sie hatte dem Vater gedroht, ihn zu verlassen und die Kinder mitzunehmen. Michelle hatte da gestanden, mit klopfendem Herzen. Der Schmerz in der Hüfte war aufgelodert wie eine verzehrende Fackel.

Und dann hatte ihr Vater gesprochen. Die Worte klangen wie ein mißtönendes Glockengeläut in ihren Ohren. *Ich will dich nicht verlieren, June. Ich will Jennifer nicht verlieren.*

Kein Wort von ihr, von Michelle.

Sie hinkte zu ihrem Bett und legte sich schlafen. Sie zog sich die Decke bis zum Hals. Sie zitterte vor Schmerz und Enttäuschung.

Es war, wie sie die ganze Zeit befürchtet hatte. Er liebte sie nicht mehr. Er hatte sie zu lieben aufgehört an dem Tag, als sie vom Kliff fiel.

An jenem Tag hatte alles Gute zu existieren aufgehört. Das Böse hatte die Herrschaft übernommen.

Nun blieb ihr nur noch Amanda.

In der ganzen weiten Welt gab es nur noch Amanda.

Sie wünschte, Amanda möge zu ihr kommen, mit ihr reden, ihr sagen, daß alles sich zum Guten wenden würde.

Amanda kam. Die dunkle Gestalt, zunächst nur ein Schatten, kam aus der Ecke des Raums auf sie zugeschwebt. Sie hielt die Hand nach Michelle ausgestreckt, berührte ihre Wangen.

Es war ein gutes Gefühl. Michelle erschauderte vor Wonne, als ihre Freundin sie an sich zog.

»Sie haben sich gestritten, Mandy«, flüsterte Michelle. »Sie haben sich meinetwegen gestritten.«

»Nein«, sagte Amanda. »Sie haben sich nicht deinetwegen gestritten. Du interessierst sie überhaupt nicht mehr. Sie lieben nur noch Jennifer.«

»Nein«, widersprach Michelle. »Das kann nicht sein.«

»Es ist, wie ich sage«, flüsterte Amanda. Die Stimme war weich und eindringlich. »Jennifer ist schuld. Wenn es Jennifer nicht gäbe, würden sie dich immer noch lieben, alles wäre wie vorher. Wenn es Jennifer nicht gäbe, wärst du auch nicht vom Kliff gestürzt. Erinnerst du dich denn nicht mehr, wie man dich verspottet hat? Es ging um Jennifer. Es ist Jennifers Schuld. Alles ist Jennifers Schuld.«

»Jennifer ist schuld? Aber sie ist doch noch so klein?«

»Das ändert nichts«, flüsterte Amanda. »Ich werde dir die Sache abnehmen, Michelle. Es wird ganz leicht sein, du wirst sehen. Wenn Jennifer nicht mehr ist, wird alles wieder sein wie vorher. Verstehst du mich?«

Michelle drehte die Gedanken hin und her, und die ganze Zeit lauschte sie Amandas schmeichelnder Stimme, ihren Einflüsterungen. Was Amanda sagte, hatte Hand und Fuß.

Es war wirklich Jennifers Schuld.

Wenn Jennifer nicht gekommen wäre...

Michelle glitt in den Schlaf hinüber. Sie hielt Amanda in den Armen. Als sie eingeschlafen war, erklärte Amanda ihr, was sie zu tun hatte.

Michelle fand das alles sehr einleuchtend.

Und sehr vernünftig.

Zweiundzwanzigstes Kapitel

Zähflüssig verstrich die Woche. June wurde von Tag zu Tag ungeduldiger. Ein paar Mal war June drauf und dran, den Schulpsychologen um eine Vorverlegung des Termins zu bitten. Sie widerstand der Versuchung. Es war wichtig, so sagte sie sich, daß sie jetzt nicht hysterisch wurde.

Als der Freitag kam, war sie schier verzweifelt. Ob es für das Gespräch mit Tim Hartwick nicht überhaupt schon zu spät war? Die vier Menschen, die in dem alten Haus am Kliff lebten . . . June fand, man konnte das nicht mehr eine Familie nennen. Michelle hatte sich noch mehr als früher in ihr Schneckenhaus zurückgezogen. Schweigend verließ das Mädchen morgens die Küche, um zur Schule zu gehen. Schweigend kehrte sie zurück und verschwand gleich darauf in ihrem Zimmer.

Wieder und wieder fand sich June im Flur, vor Michelles Zimmertür, wieder. Sie legte ihr Ohr an die Tür und lauschte.

Michelles Stimme war zu hören, sehr leise. Geflüsterte Worte, deren Sinn June nur ahnen konnte. Dann Pausen, als wenn Michelle jemand anderen sprechen ließ. Aber June wußte, ihre Tochter war allein.

Allein, wenn man von Amanda absah.

Einige Male versuchte June in jenen Tagen, die Kluft zu überbrücken, die sich zwischen ihr und ihrem Mann aufgetan hatte. Aber Cal gab sich taub. Er fuhr in aller Morgenfrühe in die Praxis. Er kehrte erst nach Einbruch der Dunkelheit heim, spielte dann noch ein paar Minuten mit der kleinen Jennifer, worauf er sich zu Bett begab.

Jennifer. – Es war, als hätte das kleine Wesen die Spannungen registriert, die in der Familie zu verzeichnen waren. Vergeblich wartete June jetzt bei ihrer Kleinsten auf das glückliche Kreischen, auf das übermütige Lachen, das sie so liebgewonnen hatte. Jennifer war ein stilles Geschöpf geworden, ein Kind, das darauf bedacht schien, ihren Eltern jede Unruhe zu ersparen.

June hielt sich so oft wie irgend möglich in ihrem Studio auf. Sie versuchte zu malen, aber nicht selten endete das, indem sie eine Stunde lang vor der leeren Leinwand stand. Die Staffelei verschwamm ihr vor den Augen. Einige Male war sie zu dem Schrank gegangen, wo sie auf Rahmen gespannte Leinwände und die Farben aufbewahrte. Sie hatte begonnen, nach der merkwürdigen Skizze zu suchen, von der sie wußte, daß sie nicht von ihrer Hand stammte. Etwas hatte sie veranlaßt, die Suche immer wieder abzubrechen. Die Angst.

Sie hatte Angst, die Skizze anzusehen. Wenn sie jenes Bild lange genug betrachtete, würde ihr einfallen, wer das gemalt hatte. Und eben das wollte June nicht wissen.

Der Freitag kam. June war erleichtert. Heute würden sie mit Tim Hartwick sprechen. Vielleicht würde sich mit der Unterredung alles zum Guten wenden.

Es war zum ersten Mal in jener Woche, daß June während des gemeinsamen Frühstücks das schwere Schweigen brach.

»Ich hole dich heute von der Schule ab«, sagte sie, zu Michelle gewandt.

Michelle sah sie auskunftheischend an. June reagierte mit einem Lächeln, von dem sie hoffte, daß es Zuversicht ausstrahlte. »Ich treffe mich nach der Schule mit Vater. Wir gehen alle drei zu Mr. Hartwick.«

»Zu dem Schulpsychologen? Warum denn?«

»Weil ich's für eine gute Idee finde«, sagte June. »Darum.«

Tim Hartwick begrüßte Michelle mit einem vertrauenerweckenden Lächeln. Er bat sie in sein Büro und bot ihr einen Stuhl an. Sie setzte sich. Sie ließ ihren Blick in die Runde schweifen. Tim wartete, bis ihre Augen zu ihm gefunden hatten.

»Ich dachte, meine Eltern würden bei dem Gespräch dabeisein.«

»Mit deinen Eltern spreche ich nachher. Ich wollte zunächst einmal dich kennenlernen.«

»Ich bin nicht verrückt«, sagte Michelle. »Es ist mir egal, was die anderen über mich erzählt haben, ich bin nicht verrückt.«

»Niemand hat mir etwas über dich erzählt«, versicherte ihr Tim. »Aber du kannst dir ja wohl vorstellen, warum ich dich zu mir gebeten habe.«

Michelle nickte. »Sie glauben, daß ich Susan Peterson etwas getan habe.«

Tim gab sich erstaunt. »*Hast* du ihr denn etwas getan?«

»Nein.«

»Warum sollte ich dann so etwas von dir annehmen?«

»Weil die anderen auch alle glauben, daß ich Susan etwas getan habe.« Sie machte eine kleine Pause. Dann: »Alle glauben das, außer Amanda.«

»Amanda?« fragte Tim. »Wer ist Amanda?«

»Das ist meine Freundin.«

»Ich war sicher, ich kenne alle Schulkinder«, sagte Tim vorsichtig. »Aber ich kenne kein Mädchen mit dem Namen Amanda.«

»Amanda geht nicht in die Schule«, sagte Michelle. Tim Hartwick beobachtete sorgfältig ihr Mienenspiel. Aber Michelles Gesicht war ein Buch, in dem es nichts zu lesen gab. Ihre Haltung war entspannt.

»Warum geht Amanda nicht in die Schule?« fragte Tim.

»Sie ist blind.«

»Blind?«

Michelle nickte. »Sie kann nichts sehen, außer ich bin bei ihr. Sie hat merkwürdige Augen. Weiß wie Milch.«

»Und wo hast du Amanda kennengelernt?«

Michelle dachte lange nach, bevor sie ihm antwortete. »Ich kann mich nicht mehr genau erinnern«, sagte sie schließlich. »Ich glaube, es war in der Nähe von unserem Haus am Kliff. Amanda wohnt dort, wissen Sie.«

Tim beschloß, das Thema zurückzustellen. »Wie geht's denn deinem Bein?« erkundigte er sich. »Tut es sehr weh?«

»Je nachdem.« Sie hielt inne, um nachzudenken. »Manchmal habe ich große Schmerzen, manchmal ist es dann wieder nicht so schlimm. Und dann gibt es Zeiten, wo mir das Bein überhaupt nicht weh tut.«

»Wann denn?«

»Wenn Amanda bei mir ist. Ich... ich glaube, das ist, weil sie mich auf andere Gedanken bringt. Deshalb sind wir auch so gute Freundinnen. Sie ist blind, und ich bin lahm.«

»Bevor du vom Kliff gestürzt bist, war die Freundschaft da noch nicht so eng?« fragte Tim. Er war sicher, daß er dem Grund für Michelles Lähmung auf die Spur gekommen war.

»Nein. Wir hatten uns vorher ein paarmal getroffen, aber so richtig kennengelernt haben wir uns erst nach meinem Unfall. Sie hat mich dann ein paarmal besucht.«

»Hattest du nicht eine Puppe, die Amanda heißt?« fragte Tim rasch. Michelle nickte.

»Die Puppe habe ich immer noch. Aber es ist eigentlich nicht *meine* Puppe. Früher hat die Puppe Mandy gehört, und jetzt gehört sie uns gemeinsam.«

»Ich verstehe.«

»Ich freue mich, daß wenigstens einer mich versteht«, sagte Michelle.

»Du willst damit sagen, daß es Menschen gibt, die dich *nicht* verstehen.«

»Mami zum Beispiel. Sie glaubt, ich bilde mir Amanda nur ein. Sie glaubt das, weil Amanda und die Puppe den gleichen Namen tragen.«

»Daß die beiden den gleichen Namen tragen, ist ja auch etwas verwirrend, findest du nicht?«

»Das stimmt«, sagte Michelle. »Ich habe zuerst auch gedacht, Amanda und die Puppe, das wäre dasselbe. Aber es gibt einen Unterschied. Amanda lebt, die Puppe lebt nicht.«

»Was tust du denn, Michelle, wenn du mit Amanda zusammen bist?«

»Meistens unterhalten wir uns nur miteinander. Aber manchmal machen wir auch gemeinsame Spaziergänge.«

»Worüber sprecht ihr denn?«

»Über alles mögliche.«

Tim beschloß, einen Schuß ins Dunkle abzugeben. »War Amanda bei dir, als Susan Peterson vom Kliff abstürzte?«

Michelle nickte.

»Habt ihr euch auf dem Friedhof getroffen?«

»Ja. Susan war da, Amanda und ich. Susan hat ganz gemeine Dinge zu mir gesagt, aber Mandy hat sie zum Schweigen gebracht.«

»Wie hat sie das denn fertiggebracht?«

»Sie hat sie weggejagt.«

»Du meinst, sie hat sie in den Abgrund gejagt.«

»Ich weiß nicht«, sagte Michelle nachdenklich. Die Idee, daß Amanda das Mädchen über die Felsen hinaus in den Abgrund getrieben haben könnte, war ihr noch nie gekommen. »Kann sein. Ich konnte das nicht mehr sehen, weil es so neblig war. Mami behauptet, an dem Tag war gar kein Nebel, aber das stimmt nicht. Es war so neblig, daß ich die Hand nicht mehr vor Augen erkennen konnte.«

Tim lehnte sich zu ihr. Sein Gesicht war ernst geworden. »Michelle, ist es immer neblig, wenn Amanda zu dir kommt?«

Sie dachte nach. Nach einer Weile verneinte sie die Frage.

»Manchmal ja, manchmal nein.«

Tim Hartwick nickte. »Wie ist das mit deinen anderen Freundinnen? Kennen die Amanda?«

»Ich habe keine Freundinnen außer Amanda.«

»Keine einzige?«

Michelles Antwort kam so leise, daß er sie kaum vernehmen konnte. Etwas wie ein Schleier hatte sich über ihre Augen gesenkt. »Seit ich vom Kliff gefallen bin, will niemand mehr mit mir spielen.«

»Und deine kleine Schwester«, sagte Tim, »ist die für dich denn nicht wie eine Freundin?«

»Das ist ja noch ein Baby.« Schweigen folgte dieser Antwort. Tim zögerte, eine neue Frage zu stellen, er war sicher, daß Michelle noch etwas hinzufügen wollte. So kam es auch.

»Außerdem«, flüsterte Michelle, »außerdem ist sie gar nicht meine richtige Schwester.«

»Wie meinst du das?«

»Ich bin ein adoptiertes Kind, Jennifer ist ein richtiges Kind.«

»Macht dir das Kummer?«

»Ich weiß nicht recht. Amanda sagt...«

»Was sagt Amanda?« drängte Tim.

»Amanda sagt, seit es Jennifer gibt, haben Mami und Daddy mich nicht mehr lieb.«

»Glaubst du, daß sie recht hat?«

Ein trotziger Ausdruck hatte sich über Michelles Miene gebreitet. »Es sieht ganz so aus. Mein Daddy spricht kaum noch ein Wort mit mir, und meine Mami ist die ganze Zeit mit Jennifer beschäftigt, und... und...« Sie verstummte. Die Tränen liefen ihr über die Bakken.

»Michelle«, sagte er leise, »wünschst du dir manchmal, daß Jennifer nicht auf die Welt gekommen wäre?«

»Ich... das weiß ich nicht.«

»Es wäre ganz normal, wenn du so fühlst«, sagte Tim. »Ich weiß noch, wie wütend ich war, als ich eine kleine Schwester bekam. Ich fand das fürchterlich unfair. Bis dahin hatte ich meine Eltern ganz für mich allein gehabt, und plötzlich gab es noch jemanden in der

Familie. Ich habe dann allerdings festgestellt, daß meine Eltern mich noch genauso liebhatten wie vor der Geburt meiner Schwester.«

»Aber bei Ihnen war das anders«, konterte Michelle. »Sie waren kein adoptiertes Kind.« Sie erhob sich von ihrem Stuhl. »Kann ich jetzt gehen?«

»Möchtest du denn nicht mehr mit mir reden?«

»Nein, jedenfalls jetzt nicht, und vor allem möchte ich nicht mehr über Jennifer reden. Ich hasse Jennifer!«

»Also gut«, versuchte Tim sie zu besänftigen, »wir sprechen nicht mehr über Jennifer.«

»Ich will überhaupt nicht mehr mit Ihnen reden!« Michelle maß ihn mit einem feindseligen, verschlossenen Blick.

»Was willst du *denn* tun?«

»Ich will jetzt nach Hause gehen«, sagte Michelle. »Ich will mich mit Amanda treffen!«

»Einverstanden«, sagte Tim. »Du kannst gleich nach Hause. Ich möchte vorher nur noch ein paar Worte mit deinen Eltern reden. Komm, ich gebe dir eine Cola, und wenn du dein Glas ausgetrunken hast, bin ich mit deinem Vater und deiner Mutter soweit fertig, daß ihr losfahren könnt. Was hältst du von dem Vorschlag?«

Michelle wollte ihm widersprechen, aber plötzlich verflog ihre Wut. Sie zuckte apathisch die Schultern. »Na gut.«

Tim geleitete sie hinaus. Er begrüßte June und Cal, die im Vorraum warteten, mit einem ermunternden Lächeln. »Ich besorge Michelle rasch eine Cola«, sagte er. »Sie können schon hineingehen, ich komme gleich zurück.«

»Danke«, murmelte June. Cal schwieg.

Als er in sein Büro zurückkehrte, hatte June auf dem Stuhl Platz genommen, wo wenige Minuten zuvor Michelle gesessen hatte. Cal war ans Fenster getreten, er sah auf den Rasen hinaus. Tim konnte seine Augen nicht sehen, aber er spürte die Feindseligkeit, die von diesem Mann ausging. Er nahm hinter seinem Schreibtisch Platz und öffnete den Schnellhefter, der die Aufschrift ›Michelle Pendleton‹ trug.

»Wie weit sind Sie mit ihr gekommen?« fragte June.

»Wir hatten eine sehr aufschlußreiche Unterredung.«

»Und sind Sie auch der Meinung wie meine Frau, daß Michelle verrückt ist?«

»Cal, das habe ich nie gesagt«, protestierte June.

»Aber das ist das, was du glaubst.« Er wandte sich dem Schulpsychologen zu. »Meine Frau hält Michelle und mich für verrückt.«

In Junes Zügen mischten sich Mitleid und Bestürzung. Tim brauchte sie gar nicht erst zu fragen, was sie von ihrem Mann hielt.

»Mr. Hartwick...« June geriet ins Stottern, sie wußte nun nicht mehr, wie sie ihren Sorgen Ausdruck geben sollte.

Der Psychologe kam ihr zu Hilfe. »Nennen Sie mich einfach Tim, das macht unser Gespräch leichter.« Er sah Cal freundlich an. »Dr. Pendleton, möchten Sie sich nicht setzen?«

»Ich kann stehen«, sagte Cal schroff. Er verharrte am Fenster, als gälte es den Platz gegen böse Feinde zu verteidigen. June zuckte die Schultern, ihr Blick wanderte zu Tim. Er verstand sofort. Er beschloß, fürs erste keinen Druck auf Cal auszuüben.

»Ich habe mich mit Michelle über ihre Freundin unterhalten«, sagte er, zu June gewandt. »Über diese Amanda.«

»Und?«

»Ich habe den Eindruck gewonnen, daß sie Amanda für ein existentes Wesen hält. Nicht notwendigerweise für einen Menschen aus Fleisch und Blut, aber doch für ein Lebewesen, das unabhängig von ihr existiert.«

»Ist das... normal?«

»Bei Dreijährigen kommt so etwas vor, ja. Aber...«

»Ich verstehe«, sagte June. »Michelle ist gestört, oder?«

»Vielleicht ist die Störung gar nicht so schwerwiegend«, begann Tim, aber Cal fiel ihm ins Wort.

»Michelle ist in keiner Weise gestört«, sagte er scharf. »Sie hat sich ganz einfach eine Freundin ausgedacht, weil sie glaubt, daß sie mit solch einer Gefährtin ihre Schwierigkeiten besser bewältigt. Ich verstehe gar nicht, warum Sie davon soviel Aufhebens machen.«

»Ich wollte, ich könnte mich Ihrer optimistischen Diagnose anschließen, Herr Dr. Pendleton«, sagte Tim. Er sprach mit ruhiger, Sicherheit einflößender Stimme. »Aber das kann ich leider nicht. Ihre Tochter durchlebt eine Phase mit sehr ernsthaften Problemen, und wenn Sie, die Eltern, sich diesen Problemen nicht stellen wollen, dann sehe ich nicht, wie ich ihr überhaupt helfen könnte.«

»Probleme«, echote June. »Sie sprechen von Problemen. Meinen Sie damit Dinge, die nichts mit Michelles... körperlicher Behinderung zu tun haben?«

Tim bestätigte ihre Vermutung. »Ich glaube nicht, daß das gelähmte Bein das Hauptproblem ist. Ich bin fast sicher, daß es nicht so ist. Das Problem ist Michelles Schwester.«

»Jennifer«, sagte Cal.

»Oh, mein Gott«, stöhnte June. »Das habe ich befürchtet.« Sie wandte sich zu ihrem Mann. »Cal, ich hab's dir gesagt! Seit Wochen rede ich mit dir über nichts anderes, aber du willst mir nicht glauben!«

Tims Worte klangen bedeutungsschwer. »Herr Dr. Pendleton, Ihre Tochter Michelle glaubt, daß Sie sie nicht mehr liebhaben. Weil sie ein adoptiertes Kind ist, glaubt sie, daß Sie seit der Geburt Jennifers nur noch Ihr leibliches Kind gern haben.«

»Das ist doch lächerlich«, sagte Cal.

»Ist es wirklich lächerlich?« sagte June.

»Es scheint, ihre Freundin Amanda hat ihr das eingeredet«, sagte Tim.

June starrte ihn an wie einen Geist. »Ich fürchte, ich verstehe Sie nicht recht, Tim.«

Tim Hartwick setzte sich bequem. »Es ist nicht so schwer zu verstehen, wie es auf den ersten Blick scheint. Michelle wird derzeit von Gedanken und Gefühlen heimgesucht, die ihr vollkommen fremd sind. Sie mag diese Gedanken und Gefühle nicht. Sie kommt sich vor wie ein Mensch, den man in zwei Stücke auseinanderreißt. Und deshalb hat sie Amanda erfunden. Amanda ist die dunkle Seite ihres Ichs. Auf Amanda überträgt Michelle alle Gedanken und Gemütsregungen, die ihr häßlich und abstoßend erscheinen. Die Dinge, für die sie die Verantwortlichkeit nicht übernehmen will, läßt sie Amanda tun.«

»Nennt man so etwas nicht eine Projektion?« fragte Cal. In seiner Stimme schwang Verachtung für den Psychologen mit. Aber Tim ließ sich davon nicht beeindrucken.

»In der Tat handelt es sich um eine Projektion, allerdings haben wir es hier mit einer extremen Form zu tun. Wir sprechen sonst nur von einer Projektion, wenn jemand die eigenen Probleme auf jemand anderen projiziert. Der andere ist aber eigentlich immer jemand, der wirklich existiert. Ein typisches Beispiel ist der treulose Ehemann, der seine Frau der Untreue bezichtigt, um sich über das eigene Fehlverhalten keine Rechenschaft ablegen zu müssen.«

»Sie brauchen mir nicht zu erklären, was eine Projektion ist«, sagte Cal.

Tims Geduldfaden war zum Zerreißen gespannt. »Herr Dr. Pendleton, ich habe den Eindruck, daß Sie auf meine Ausführungen keinen besonderen Wert legen.«

»Ich bin mitgekommen, weil meine Frau das verlangt hat«, sagte Cal. »Aber inzwischen glaube ich, wir vergeuden hier nur unsere Zeit.«

»Vielleicht haben Sie recht«, räumte Tim ein. Er faltete die Hände und wartete. Die Stille sollte nicht lange dauern.

»Siehst du«, sagte Cal, zu June gewandt, »sogar der Psychologe sagt, daß dieses Gespräch Zeitverschwendung ist. Wenn du dich weiterhin über diesen Unsinn unterhalten willst, mußt du's mit ihm tun. Mir reicht's!« Er ging zur Tür. Er hatte den Türknopf ergriffen und wandte sich um. »Kommst du mit, June?«

June hielt seinem Blick stand. Sie gab ihm ihre Antwort mit fester Stimme. »Nein, Cal, ich komme nicht mit. Ich kann dich nicht zwingen, Mr. Hartwick zuzuhören, aber mich interessiert es sehr, was er zu sagen hat, und deshalb bleibe ich hier. Wenn du willst, kannst du auf mich warten. Wenn nicht, dann fahr schon mit Michelle nach Hause. Ich komme zu Fuß nach.«

Tim hatte Cal, während June mit ihm sprach, aufmerksam beobachtet. Er hatte bemerkt, daß Cal bei dem Namen Michelle zusammenzuckte. Er beschloß zu schweigen. Er war neugierig, was Dr. Pendleton seiner Frau antworten würde.

»Ich warte draußen«, sagte Cal. Er verließ das Büro und schloß die Tür. June wandte sich dem Psychologen zu.

»Es tut mir so leid«, sagte sie. »Mein Mann... er scheint irgendwie nicht fähig, den Tatsachen ins Auge zu sehen. Es ist furchtbar.«

Tim schwieg eine Weile. Es war wichtig, daß seine Gesprächspartnerin ihrem Kummer Ausdruck geben konnte.

»Ich denke, ich werde Michelle helfen können«, sagte er dann. »Sie steht unter großem Druck. Zum einen ist da die Behinderung, das Bein. Ein Kind tut sich sehr schwer zu begreifen, daß es ein Krüppel ist, das ist bei jedem Kind so. Außerdem ist da die Sache mit Jennifer. Und die Schlagsahne auf dem Kuchen ist Ihr Mann, ich meine die Art, wie er sich zu Michelle verhält. Alles zusammen stellt für Michelle eine außerordentliche Belastung dar. Wenn wir nichts unternehmen, treibt das Kind auf eine Katastrophe zu.«

»Dann hatte ich also doch recht mit meinen Befürchtungen«, hauchte June. Ihr war, als sei ihr ein schweres Gewicht von den Schultern genommen worden. »Und jetzt sagen Sie mir bitte, Tim, wie kommt es, daß ich mich jetzt auf einmal besser fühle?«

»Wir fühlen uns immer besser, wenn wir ein Problem verstehen«, erklärte ihr Tim. »Hingegen sind wir völlig verzweifelt, wenn wir nicht wissen, was eigentlich vorgeht. Was Michelle angeht, so meine ich, liegt das Problem jetzt offen zutage.«

Michelle hatte in der Pausenzone des Lehrpersonals gewartet. Sie hatte dagesessen und an ihrer Cola genippt. Sie hatte nachgedacht. Sie mochte diesen Mr. Hartwick. Er hatte ihr zugehört. Er hatte sie nicht ausgelacht, als sie ihm von Amanda erzählt hatte. Er hatte nicht behauptet, bei Amanda handelte es sich nur um einen Geist, um ein Gespenst. Was er jetzt wohl ihren Eltern erzählte? Eigentlich war es egal, was er denen sagte. Ihre Eltern würden sie nie mehr liebhaben, was auch immer der Psychologe machte.

Sie verließ die Pausenzone und ging zur rückwärtigen Veranda. Sie sah auf den Rasen hinaus. Zwischen den Bäumen war Billy Evans zu erkennen. Er saß auf einer Schaukel und versuchte sich mit den Beinen abzustoßen. Außer ihm waren keine Kinder zu sehen. Als er Michelle sah, winkte er ihr zu.

Sie warf den leeren Becher fort und ging, auf ihren Stock gestützt, die Stufen hinunter. Sie überquerte die Rasenfläche.

»Tag«, sagte Billy. »Gibst du mir einen Schubs?«

»Gerne.«

Sie versetzte der Schaukel einen Stoß. Billy kreischte vor Vergnügen. Sie sollte ihm mehr Schwung geben, bat er sie.

»Das ist zu gefährlich«, sagte Michelle. »Eigentlich dürftest du noch gar nicht auf die große Schaukel. Du gehörst auf die kleinen Schaukeln.«

»Ich bin schon groß«, erwiderte Billy. »Ich kann sogar schon auf dem Balken vom Kugelfang balancieren.«

Michelle sah zum Baseballplatz hinüber, wo es einen Kugelfang aus Balken und Maschendraht gab. Das Gebilde war etwa 2,40 m hoch und 6 m lang. Michelle hatte oft zugesehen, wenn größere Jungen, Schüler ihres Alters, das Gerüst erklommen und auf dem Querbalken entlangspazierten. Die kleineren Kinder wagten das nicht.

»Ich habe noch nie gesehen, wie du über den Balken spaziert bist«, sagte Michelle.

»Du hättest eben aufpassen sollen. Warte nur, bis die Schaukel anhält, dann zeig' ich dir, wie gut ich das kann.«

Michelle trat einen Schritt zurück. Der kleine Junge sprang von der Schaukel, er landete ihr zu Füßen, und dann rannte er los, auf den Baseballplatz zu. Er blickte sich im Laufen um und winkte. »Komm!« rief er. Michelle humpelte hinter ihm her, so schnell sie konnte. Als sie den Kugelfang erreichte, krabbelte Billy bereits das Netz hoch.

»Paß auf, daß du dir nicht weh tust«, sagte Michelle.

»Es geht ganz leicht«, prahlte Billy. Er hatte das Netz erklommen und setzte sich rittlings auf den Querbalken. Er strahlte sie an. »Komm rauf«, sagte er.

»Das schaffe ich nicht«, sagte Michelle. »Das weißt du doch.«

Billy hob zuerst den linken Fuß, dann den rechten. Er hielt sich mit beiden Händen am Balken fest und kauerte sich hin.

Schwankend erhob er sich. Er hielt die Arme ausgebreitet.

»Siehst du?«

Immer noch schwankte er. Sie war sicher, daß er vom Balken stürzen würde.

»Billy, komm sofort wieder herunter. Du wirst hinfallen und dir weh tun. Du weißt doch, daß ich dich nicht auffangen kann.«

»Ich werde *nicht* hinfallen. Schau doch!«

Zögernd setzte er einen Fuß vor den andern. Er hätte beinahe den Balken verfehlt, aber dann sah sie, wie sein Fuß auf dem Balken Halt gewann.

»Bitte, Billy!«

Billy wandte ihr den Rücken zu. Seine Schritte auf dem Balken wurden immer mutiger, immer schneller. Er hatte das Gleichgewicht wiedergewonnen.

»Ich falle nicht hin«, prahlte er. Als ihm klarwurde, daß sie ihn nicht loben, sondern ihm Vorwürfe machen würde, beschloß er sie herauszufordern. »Du sagst, ich soll runterkommen, weil du selbst nicht auf dem Balken balancieren kannst. Wenn du kein Krüppel wärst, könntest du's. Aber da du nun mal ein Krüppel bist, kannst du's nicht!«

Er lachte sie aus.

Michelle starrte zu ihm hinauf, sein Lachen gellte in ihren Ohren.

Es klang wie Susan Petersons Lachen. Wie das Lachen der Kinder am Strand.

Der Nebel war näher gekommen, der kalte, feuchte Hauch, der Amanda zu ihr tragen würde. Das Bild des Jungen, der sich auf dem Balken vorwärts tastete, verschwand in den weißen Schwaden. Seine Stimme aber blieb deutlich zu vernehmen. Er lachte, und das Lachen durchschnitt den Nebel wie eine scharfe Klinge. Und dann stand Amanda hinter ihr. Sie spürte den Atem der Freundin auf ihrem Nacken.

»Das darf er nicht tun, Michelle«, flüsterte Mandy. »Er lacht dich aus. Du darfst nicht zulassen, daß er dich auslacht. Sorge dafür, daß niemand mehr über dich lacht.«

Michelle zögerte. Billys Gelächter war lauter geworden. »Wenn du kein Krüppel wärst, könntest du das auch, Michelle!«

»Bring ihn zum Schweigen!« zischte Mandy ihr ins Ohr. Michelle brach in Tränen aus. »Ich weiß nicht, wie«, schluchzte sie. Sie drehte sich um, auf der Suche nach Amanda.

»Ich zeig' dir, wie«, wisperte Mandy. »Paß jetzt gut auf...«

Das spöttische Gelächter des kleinen Jungen erstarb. Gleich darauf ertönte ein entsetzlicher Schrei.

Billy versuchte auf das Netz zurückzuklettern, aber es war zu spät. Der Balken hatte zu schwanken begonnen.

Er verlor die Balance, gewann wieder Halt, verlor dann endgültig das Gleichgewicht. Mit wirbelnden Armen stürzte er in die Tiefe.

Eine Sekunde später senkte sich Grabesstille über den Rasenplatz. Das einzige Geräusch inmitten des Schweigens war Amandas Stimme, nur Michelle konnte das Geräusch hören.

»Hast du gesehen? So leicht ist das. Jetzt wird niemand mehr über dich lachen...«

Die Stimme verhallte, Amanda war fort. Der Nebel hob sich. Michelle stand da und starrte den davonschwebenden Schwaden nach.

Billy Evans lag nur wenige Schritte von ihr entfernt. Sein Hals war verdreht, er starrte sie an aus leeren Augen. Michelle war sicher, daß er sie nie wieder auslachen würde.

Dreiundzwanzigstes Kapitel

Michelle betrachtete den kleinen Körper, sah Billy Evans in das bleiche, leblose Gesicht. Sie zwang sich näher zu gehen.

»Billy?« Ihre Stimme klang zaghaft, unsicher. »Billy, ist alles okay?«

Noch bevor sie die Frage aussprach, wurde ihr klar, er war tot. Sie tat einen weiteren Schritt nach vorn, dann änderte sie ihren Entschluß. Es hatte keinen Sinn, daß sie den Jungen aus nächster Nähe betrachtete.

Hilfe. Sie mußte Hilfe holen.

Sie lehnte sich an den Kugelfang und hob ihren Stock auf. Nach einem letzten Blick auf Billy überquerte sie die Rasenfläche. Auf dem Freigelände war kein einziger Mensch. Niemand, der Billy Evans zu Hilfe eilen konnte.

Niemand, der ihr hätte erklären können, was eigentlich passiert war.

Denn Michelle erinnerte sich nicht, was passiert war.

Sie erinnerte sich nur, daß Billy den Maschendraht hochgeklettert war.

Sie erinnerte sich auch, daß er auf dem langen Querbalken entlangspaziert war. Sie hatte ihm zugerufen, er sollte vorsichtig sein.

Dann hatte er zu lachen begonnen.

Der Nebel war herangeschwebt und hatte Michelle eingehüllt. Mit dem Nebel war Amanda gekommen.

Und dann?

Michelles Gedächtnis war leer wie eine unbeschriebene Seite.

Sie setzte ihren gesunden Fuß auf die erste Stufe und zog das lahme Bein nach.

»Hilfe!« schrie sie. »Bitte! Hört mich denn niemand?«

Sie war auf der vorletzten Stufe angekommen, als das rückwärtige Portal aufging. Ihr Vater erschien auf dem Treppenabsatz.

»Michelle! Was ist passiert? Hast du dir weh getan?«

»Billy ist etwas zugestoßen!« schrie Michelle. »Billy Evans! Er ist gestürzt, Daddy! Er wollte auf dem Balken balancieren, und da ist er gestürzt!«

»Oh, mein Gott!« Cal war es, als wollte ihm jemand die Kehle zuschnüren. Die Gesichter der toten Kinder waren wieder da, jene

Augen, die ihn anklagten. Etwas wie Schwindel umfing ihn. Er zwang sich, zum Spielplatz hinüberzuschauen. Unter dem Kugelfang lag die reglose Gestalt eines Jungen.

Michelle kam auf ihn zugewankt, umschlang ihn mit beiden Armen. In ihren Augen schimmerten Tränen.

»Er ist vom Balken abgestürzt, Daddy. Ich glaube... ich glaube, er ist tot.«

Er mußte nachdenken. Und er mußte *handeln.* So schwer war das alles, so unendlich schwer. »Komm herein«, murmelte er. »Komm herein, deine Mutter wird sich um dich kümmern.« Er löste sich aus ihrer Umarmung und führte Michelle in Mr. Hartwicks Büro. Tim und June sahen ihn erstaunt an. Sie lasen ihm an den Augen ab, daß etwas Furchtbares passiert war.

»Rufen Sie einen Krankenwagen an, Mr. Hartwick«, sagte Cal. »Es hat einen Unfall gegeben. Ein kleiner Junge ist auf den Kugelfang geklettert, er ist heruntergefallen. Ich... ich werde gleich nach ihm sehen.« Seine Stimme brach. »Ich muß... ich werde...« Er wandte sich um und ging hinaus.

Tim Hartwick hatte den Hörer abgenommen. Er wählte die Nummer, als Michelle zu sprechen begann.

»Mami...« Es klang traurig und traumverloren. June schloß ihre Tochter in die Arme.

»Ist schon gut, mein Kleines«, flüsterte sie ihr ins Ohr. »Dein Vater kümmert sich um den kleinen Jungen, und gleich wird auch der Krankenwagen dasein. Wie ist das eigentlich passiert?«

Michelle vergrub ihr Gesicht im Schoß der Mutter und begann zu schluchzen. June hielt sie an sich gedrückt. Sie lauschte dem Gespräch, das Tim Hartwick führte. Beruhigend strich sie ihrer Tochter über den Scheitel. Michelles Schluchzen ebbte ab.

Tim Hartwick hatte das Telefongespräch beendet, als Michelle den Hergang des Unfalls zu erzählen begann. Er hörte ihr aufmerksam zu, zugleich beobachtete er ihren Gesichtsausdruck, versuchte die Wahrheit von ihren Augen abzulesen. Als Michelle mit ihrer Schilderung fertig war, zog June ihre Tochter wieder in die Arme.

»Wie furchtbar«, sagte sie sanft. »Aber mach dir keine Sorgen, Kleines, der Junge wird sicher wieder gesund.«

»Er wird nie wieder gesund«, sagte Michelle hohl. »Er ist tot. Ich weiß, er ist tot.«

Es war wie in einem Alptraum.

Cal überquerte den Platz wie im Halbschlaf. Seine Füße schienen in Treibsand zu versinken. Er brauchte nur ein paar Sekunden, um bis zu Billy Evans zu laufen, aber diese Sekunden schienen ihm lang wie Stunden. Eine düstere Vorahnung beschlich ihn.

Er hatte den Baseballplatz erreicht und kniete vor dem verkrümmten Körper des Jungen nieder. Er sah dem Jungen ins Gesicht. Das Genick war gebrochen. Gewohnheitsmäßig tastete er nach dem Handgelenk.

Ein Puls war zu spüren.

Cal dachte zuerst, das bilde ich mir nur ein, aber dann kam die Erkenntnis, er lebt. Billy Evans hatte den Sturz überlebt.

Warum ist er nicht tot? dachte Cal. *Indem er weiterlebt, lastet er mir die Verantwortung auf.*

Zögernd beugte er sich über den Jungen, um ihn zu untersuchen. Er würde den Kopf des Jungen bewegen müssen.

Er dachte nach. Vor ein paar Wochen hatte er seine bewußtlose Tochter auf die Arme genommen und zum Haus getragen. Jetzt war sie ein Krüppel. Er spürte, wie sich die Panik seiner Gedanken bemächtigte. Den Bruchteil einer Sekunde lang war er wie gelähmt. Aber dann begann sein Gehirn wieder zu arbeiten.

Bald würde der Krankenwagen eintreffen. Die Sanitäter würden den Kopf des Jungen bewegen. Er würde abwarten, bis Hilfe kam.

Andererseits, er war *Arzt*. Er mußte etwas *tun*.

Wenn er nichts unternahm, konnten die Sanitäter nur noch einen Toten abtransportieren. Der Hals des Jungen war verdreht. So wie Billy jetzt lag, mußte er ersticken.

Er spreizte die Finger und brachte Billys Kopf in die natürliche Lage.

Nachdem die Lungen wieder mit Luft versorgt wurden, wich der bläuliche Schimmer von den Wangen. Cal sah, wie die Atembewegungen deutlicher wurden.

Die Spannung wich von Cal.

Billy Evans würde leben.

Aus der Ferne war die Sirene des Krankenwagens zu hören. Für Dr. Calvin Pendleton klang es wie eine Symphonie der Hoffnung.

Als das Sirenengeräusch näher kam, stand June von ihrem Stuhl auf. Sie trat ans Fenster. Sie konnte von dort nur einen Teil des Kugelfangs sehen, der Rest war vom Schulgebäude verdeckt.

»Ich möchte nicht rausgehen«, sagte sie. »Ich ertrage den Anblick nicht. Tim, würden Sie gehen und nachsehen, was passiert ist?«

Tim Hartwick nickte Zustimmung. Er stand auf und ging zur Tür. Im Türrahmen blieb er stehen und wandte sich um, als sei ihm etwas eingefallen.

»Ich habe Mrs. Evans verständigt, sie wird gleich hier sein. Soll ich nicht bei Ihnen bleiben, bis Mrs. Evans kommt?« Er sah Michelle prüfend an. Sie saß auf ihrem steifen Stuhl und starrte in eine unwirkliche Ferne. Ihr Gesicht war vom Schock gezeichnet.

»Wenn Mrs. Evans kommt, bevor Sie zurück sind, Tim, werde ich mit ihr sprechen«, sagte June. »Gehen Sie jetzt und stellen Sie fest, ob der Junge noch lebt.«

Eine halbe Stunde war vergangen. Nur noch Michelle, ihre Mutter und der Schulpsychologe waren in der Schule zurückgeblieben. Der Krankenwagen war zur Klinik unterwegs, Dr. Pendleton kauerte auf dem Schemel neben der Trage. Billys Mutter war mit dem eigenen Auto hinterhergefahren, nachdem Tim ihr versichert hatte, daß ihr Sohn noch am Leben war. Die Menschen, die nach dem Bekanntwerden des Unfalls auf dem Schulgelände zusammengelaufen waren, hatten den Rasen wieder verlassen. In kleinen Gruppen waren sie am Schulgebäude vorbeigegangen. Der eine oder andere hatte verstohlen zu dem Fenster hinaufgeschaut. Die Leute wußten, daß Michelle Pendleton sich in Tim Hartwicks Büro befand.

Tim hatte June bedeutet, ihm in den Flur zu folgen. Als sie unter vier Augen waren, sagte er ihr, daß er mit Michelle sprechen wollte.

»Jetzt schon?« fragte June. »Sie ist doch noch ganz durcheinander.«

»Wir müssen herausfinden, was passiert ist. Ich möchte mit ihr sprechen, bevor sie groß über die Sache nachgedacht hat. Das ist die beste Methode, um die Wahrheit rauszukriegen.«

Junes mütterliche Instinkte diktierten ihr die Antwort. »Sie meinen, Sie wollen mit ihr sprechen, bevor sie sich eine Story ausdenkt.«

»Das habe ich weder gesagt noch gemeint«, verteidigte sich Tim.

»Ich möchte mit ihr sprechen, bevor sie sich selbst eine logische Erklärung für das Ereignis zurechtlegt. Vor allem möchte ich herausfinden, warum sie sich so sicher gab, daß Billy tot war.«

Widerstrebend gab June ihm die Erlaubnis, mit Michelle zu sprechen. »Aber Sie dürfen sie nicht bedrängen. Versprechen Sie mir das?«

»So etwas würde ich nie tun«, sagte Tim freundlich. Er bot June einen Stuhl im Vorraum an und kehrte in sein Büro zurück, wo er von Michelle erwartet wurde.

»Warum warst du so sicher, daß Billy tot wäre?« fragte er sie. Er hatte zehn Minuten gebraucht, um Michelle davon zu überzeugen, daß ihr kleiner Freund den Unfall überlebt hatte, und immer noch war nicht ganz klar, ob sie ihm glaubte. »Er ist doch nicht tief gefallen.«

»Ich wußte, er war tot«, erwiderte Michelle. »So was weiß man.«
»Aber woher wußtest du das?«
»Das... ich... ich wußte es eben.«

Tim faßte sich in Geduld. Er würde warten, bis Michelle von sich aus eine glaubhafte Begründung nachlieferte. Aber er wartete vergebens. Er beschloß, sie noch einmal den Hergang des Unfalls erzählen zu lassen. Er hörte ihr zu, ohne sie zu unterbrechen.

»Und das war alles?« fragte er, als sie fertig war.
Michelle nickte.

»Und jetzt noch einmal«, sagte Tim. »Ich möchte, daß du diesmal ganz sorgfältig nachdenkst. Versuche dich bitte zu erinnern, ob du irgendeine Einzelheit vergessen hast.«

Einmal mehr schilderte Michelle, wie es zu dem Sturz des Jungen gekommen war. Diesmal stellte Tim Zwischenfragen.

»Als Billy auf dem Balken zu balancieren begann, wo hast du da gestanden?«

»Am Ende des Balkens. Dort, wo er raufgeklettert ist.«

»Hast du den Stützbalken mit der Hand berührt? Hast du dich angelehnt?«

Michelle runzelte die Stirn. Sie mußte nachdenken. »Nein«, sagte sie schließlich. »Ich habe meinen Stock benützt. Ich habe mich auf meinen Stock gestützt.«

»Gut«, sagte Tim. »Und jetzt erzähl mir noch einmal, was passiert ist, während Billy auf dem Balken entlangging.«

Sie wiederholte die Schilderung Wort für Wort.

»Ich habe da gestanden und ihn beobachtet. Ich habe ihm gesagt, er soll vorsichtig sein. Ich hatte Angst, daß er herunterfällt. Und dann ist er gestolpert. Jawohl, er ist gestolpert, und gleich darauf ist er abgestürzt. Ich wollte noch hinlaufen und ihn auffangen, aber ich stand zu weit weg, und ich... ich kann nicht mehr so schnell laufen.«

»Über was ist er denn gestolpert?« fragte Tim.

»Ich weiß es nicht. Das konnte ich nicht sehen.«

»Du konntest das nicht sehen? Warum nicht?« Tim kam ein Gedanke. »War es neblig, Michelle? Ist plötzlich Nebel aufgekommen?«

Er sah, wie ihre Wimpern zuckten. Dann schüttelte sie den Kopf.

»Nein, da war kein Nebel. Ich war nur zu klein, um das sehen zu können. Vielleicht... vielleicht war ein Nagel in dem Balken.«

»Das wäre denkbar«, sagte Tim. Dann: »Was ist mit Amanda? Wo war Amanda, als der Junge abstürzte? War sie dabei?«

Michelle war es, als zuckten Blitze vor ihren Augen. Wieder schüttelte sie den Kopf.

»Nein.«

»Bist du ganz sicher?« fragte Tim. »Deine Antwort ist von großer Bedeutung, Michelle.«

Diesmal verneinte Michelle mit großer Leidenschaft.

»Nein!« rief sie. »Nein! Es gab keinen Nebel, und Amanda war nicht da! Billy ist gestolpert! Ich habe es gesagt, wie es war, er ist gestolpert! Glauben Sie mir denn nicht?«

Tim sah, daß sie den Tränen nahe war.

»Natürlich glaube ich dir«, sagte er und lächelte. »Du magst Billy Evans doch gern, oder?«

»Ja.«

»Hat er dich je gehänselt?«

»Mich gehänselt?«

»So wie Susan Peterson dich gehänselt hat, Susan und die anderen Kinder.«

»Nein«, sagte Michelle nach kurzem Zögern.

Tim war sicher, es gab Dinge, die Michelle ihm nicht erzählt hatte, aber er hatte seine Zweifel, ob er das Geheimnis je aus ihr herausbekommen würde. Es gab da eine Hemmung, die sie am

Reden hinderte. Sie wollte jemanden decken. Und Tim ahnte, wer das Wesen war, das geschützt werden sollte.

Amanda. – Amanda, der düstere Teil Michelles, hatte etwas verbrochen, und Michelle wollte Amandas Spuren verwischen. Tim wußte, es würde noch sehr lange dauern, bis Michelle ihre ›Freundin‹ aufgab.

Er dachte gerade darüber nach, was er sie als nächstes fragen sollte, als er ihre drohenden Augen vor sich sah.

»Er wird sterben«, sagte sie leise. Tim betrachtete sie überrascht. Er war nicht sicher, ob er sie richtig verstanden hatte. Aber dann wiederholte Michelle ihre Prophezeiung.

»Ich weiß, Billy wird sterben.«

June lenkte den Wagen, Cal saß auf dem Beifahrersitz, Michelle im Fond. Jeder war in seiner eigenen kleinen Welt. Cal und June dachten an Billy Evans, der im Koma lag. Dr. Carson hatte die Behandlung des Jungen übernommen, er hatte getan, was er konnte. Zum Schluß hatte er Billy ein leichtes Beruhigungsmittel gegeben. Morgen, so hatte er gesagt, würde ein Neurologe aus Boston kommen. Aber Cal und Dr. Carson wußten bereits, was der Spezialist herausfinden würde. Er würde nur bestätigen, was sie bereits wußten. Billys Gehirn war geschädigt. Wie tief der Schaden ging, würde sich erst zeigen, wenn Billy aus dem Koma aufwachte.

Wenn er überhaupt je aus dem Koma aufwachte.

Das Schweigen begann June auf die Nerven zu gehen. Sie war erleichtert, als ihr ein Vorwand für eine kleine Unterhaltung einfiel.

»Ich fahre noch bei Mrs. Benson vorbei. Ich habe Jennifer bei Mrs. Benson gelassen, weißt du.«

Cal nickte und schwieg. Erst als sie in die Einfahrt zum Haus von Mrs. Benson abbog, bequemte er sich zu einer Bemerkung, die dann auch noch ein Tadel war. »Mir paßt es nicht, daß du Jennifer bei fremden Leuten läßt.«

»Ich hätte sie ja wohl schlecht mitbringen können, oder?«

»Du hättest mich anrufen können. Ich hätte euch mit dem Wagen abgeholt.«

»Offen gesagt, ich war nicht einmal sicher, ob du zu dem Termin kommen würdest«, gab June ihm zur Antwort. Dann fiel ihr ein, daß Michelle auf dem Rücksitz saß. »Nächstes Mal rufe ich dich an, oder ich bringe Jennifer mit.« Sie stieß die Tür auf und stieg aus. Sie öffnete Michelle die rückwärtige Tür. Cal war bereits auf Mrs. Bensons Veranda angelangt, als June und Michelle noch die Treppe hochstiegen.

Constance Benson mußte sie wohl erwartet haben. Die Tür schwang auf, noch bevor Cal anklopfen konnte. June hatte den Eindruck, daß Mrs. Bensons Lippen zu einem dünnen, harten Strich wurden, als sie Michelle erblickte. Die Frau schwieg beharrlich. June beschloß abzuwarten. Erst wenn sie im Inneren des Hauses waren, würde sie Mrs. Benson erklären, was vorgefallen war. Aber dann stellte sich heraus, daß diese bereits Bescheid wußte. »Estelle Peterson hat mich angerufen«, sagte sie. »Es ist furchtbar. Wirklich furchtbar.« Ihr Blick glitt zu Michelle, und diesmal hatte June keinen Zweifel mehr: Feindseligkeit glomm in Mrs. Bensons Augen.

»Es war ein Unfall«, sagte June hastig. »Billy hat versucht, auf dem Balken des Kugelfangs zu balancieren, er ist gestürzt. Michelle hat noch versucht, ihn aufzufangen.«

»Hat sie das?« Constance Benson sprach mit gleichmütigem Tonfall, aber June hatte den sarkastischen Beiklang sofort herausgehört. »Ich hole das Baby. Sie ist oben, ich habe sie schlafen gelegt.«

»Ich weiß gar nicht, wie ich Ihnen danken soll, daß Sie so nett auf Jennifer aufgepaßt haben«, sagte June. Sie war der Frau wirklich dankbar. Constance Benson war schon auf der Treppe. Als sie June sprechen hörte, blieb sie stehen und wandte sich um.

»Babys sind sehr leicht zu beaufsichtigen«, sagte sie. »Die Probleme beginnen, wenn die Kinder älter werden.«

Michelle war ins Zimmer gekommen. Sie tat einen Schritt auf ihren Vater zu.

»Die Frau glaubt, ich bin schuld, oder?« fragte sie. Constance Benson hatte den oberen Teil der Treppe erreicht.

Cal schüttelte den Kopf. Er sagte nichts. Michelle sah ihre Mutter an.

»Hat die Frau gesagt, ich bin schuld?« wiederholte sie ihre Frage.

»Natürlich nicht«, antwortete June. Sie ging auf Michelle zu und legte ihr den Arm um die Schulter. Constance Benson war zurückgekommen, sie hielt Jennifer an sich gepreßt. Es war, als zögerte sie, das Kleine June zu überreichen, solange diese Michelle umarmt hielt. Stille stand zwischen den Menschen wie eine Wand. Es war Michelle, die schließlich das Schweigen brach.

»Ich habe Billy nichts getan«, sagte sie. »Es war ein Unfall.«

»Das mit Susan Peterson war auch ein Unfall«, sagte Constance Benson. »Aber versuch das mal ihrer Mutter klarzumachen.«

June spürte, wie der Ärger in ihr hochwallte. Nein, diesmal würde sie zu den ungerechten Vorwürfen, die sich gegen ihre Tochter richteten, nicht mehr schweigen.

»Es ist grausam gegenüber Michelle, wenn Sie so etwas sagen, Mrs. Benson. Sie waren selbst dabei, als das mit Susan Peterson passiert ist, und deshalb wissen Sie auch ganz genau, daß Michelle nichts damit zu tun hat. Und heute hat meine Tochter sogar versucht, Billy Evans aufzufangen. Sie kann nichts dafür, daß sie nicht schnell genug war.«

»Ich weiß nur eines, Unfälle passieren nicht nur so, sie haben alle eine Ursache, und ich lasse mir nicht das Gegenteil einreden!« Sie übergab June das Baby. Unvermittelt wanderte ihr Blick zu Michelle.

»Wenn ich du wäre, dann würde ich dieses Baby mit großer Vorsicht behandeln«, sagte sie. Immer noch starrte sie Michelle an. »Es braucht nicht viel, um ein Kind in diesem Alter zu töten.«

June war so verblüfft, daß ihr keine Antwort einfiel. Erst allmählich dämmerte ihr, was Constance Benson mit ihrer Bemerkung andeuten wollte. Trotzig gab sie die kleine Jennifer an Michelle weiter.

»Trägst du sie bitte schon in den Wagen, mein Liebling?«

Michelle hielt das Baby mit sorgsamer Geste in der Armbeuge, mit dem anderen Arm stützte sie sich auf ihren Stock. June hatte Constance Benson fixiert, sie wartete nur darauf, daß diese Frau eine neue Beleidigung ausspuckte. Michelle war zur Tür unterwegs.

»Gehst du bitte mit ihr«, sagte June, zu Cal gewandt. »Sie kann allein wohl kaum die Wagentür aufbekommen. Ich könnte mir allerdings vorstellen, daß sie es schafft, wenn es keine andere Möglichkeit gibt.«

Cal spürte die Spannung, die zwischen den beiden Frauen entstanden war. Rasch folgte er Michelle auf die Veranda. June blieb mit Constance Benson in deren Wohnzimmer zurück. Sie brauchte ein paar Sekunden, bis sie ihre Fassung wiedergefunden hatte.

»Ich danke Ihnen, daß Sie sich um Jennifer gekümmert haben«, sagte sie schließlich. »Und nun, da ich mich bei Ihnen bedankt habe, möchte ich Ihnen sagen, daß Sie die grausamste und dümmste Person sind, die mir je untergekommen ist. In Zukunft werde ich Sie um keinen Gefallen mehr bitten. Ich werde jemand anderen bitten, auf Jennifer aufzupassen, oder ich werde sie selbst beaufsichtigen. Auf Wiedersehen.«

Sie wollte zur Tür gehen, als Constance Benson zu sprechen begann. »Ich mache Ihnen nicht zum Vorwurf, daß Sie so denken, Mrs. Pendleton. Sie haben keine Ahnung, was überhaupt los ist. Keine Ahnung.«

Michelle ging die Treppe von der Veranda zum Garten hinunter. Sie hielt Jennifer an sich gedrückt, während sie mit dem Stock nach der ersten Stufe tastete. Sie blieb ganz bewußt in der Nähe des Geländers, wenn sie ausglitt, konnte sie dort Halt finden. Als sie am Fuß der Treppe ankam, blieb sie stehen. Ein Seufzer der Erleichterung entrang sich ihren Lippen. »Wir haben es geschafft«, flüsterte sie und strahlte Jennifer an. Das Kleine schien sie verstanden zu haben, Michelle wurde mit einem fröhlichen Gurgeln belohnt. Und dann rann dem Baby ein Bläschen Speichel aus dem Mund. Michelle wischte den Tropfen mit einem Zipfel des Tuchs fort.

Plötzlich war der Nebel da. Die Wand schloß sich. Michelle warf einen Blick in die Runde. Im milchigen Schein erkannte sie ihren Vater, der neben dem Wagen stand. Wie aus weiter Ferne wehte Amandas Geflüster heran.

»Daddy!« rief Michelle.

Sie sah, wie er sich zögernd in Bewegung setzte, aber dann verschwamm seine Gestalt im weißen Dunst.

»Daddy! Schnell!«

Sie wußte, sie würde Jennifer fallen lassen.

Die Gegenwart Amandas war zu spüren. Amanda stand hinter ihr, flüsterte ihr zu, sie müsse das Baby fallen lassen.

Laß Jennifer fallen. Jennifer hat dir die Eltern weggenommen. Laß sie einfach auf den Boden fallen.

Amandas Stimme wurde von Sekunde zu Sekunde eindringlicher, und Michelle spürte, wie ihr Widerstand erlahmte. Es kam der Augenblick, wo sie Jennifer weh tun wollte. Sie freute sich darauf, das Kind zu Boden fallen zu sehen.

Sie lockerte die Muskeln ihres linken Arms.

»Es ist gut«, hörte sie ihren Vater sagen. »Ich habe sie. Du kannst sie jetzt loslassen.«

Sie spürte, wie Jennifer ihr fortgenommen wurde. Der Nebel verflog so schnell, wie er gekommen war. Ihr Vater stand neben ihr. Er hielt das Baby in seinen Armen und maß Michelle mit einem fragenden Blick.

»Was war denn los?« fragte er.

»Ich... mir ist auf einmal der Arm ermüdet«, stotterte Michelle. »Ich konnte sie nicht länger halten. Ich hatte Angst, ich würde sie fallen lassen, Daddy!«

»Aber du hast sie nicht fallen gelassen«, sagte Cal. »Es ist genauso, wie ich es deiner Mutter gesagt habe. Du bist völlig gesund. Du wolltest Jenny nicht weh tun, und du wolltest sie auch nicht fallen lassen.« Aus Cals Stimme war die Verzweiflung herauszuhören. Es war offensichtlich, daß er den Wahrheitsgehalt der eigenen Worte bezweifelte. Aber Michelle war zu verwirrt, um den vorwurfsvollen Unterton zu bemerken.

»Mein Arm ist ermüdet, das ist alles«, sagte sie unsicher. Dann, als sie im Fond des Wagens Platz genommen hatte, kehrte Amandas Stimme zurück.

Amanda war wütend auf sie.

Michelle entnahm das aus den Worten, die Amanda ihr zurief.

Sie wollte nicht, daß Amanda wütend auf sie war.

Amanda war ihre einzige Freundin.

Was immer auch geschah, Michelle würde sich nicht damit abfinden, daß Amanda wütend auf sie war.

Vierundzwanzigstes Kapitel

Corinne war eine Frau mit Geduld. Aber als Tim ihr sagte, daß Michelle zur Beobachtung in eine geschlossene Anstalt eingewiesen werden sollte, ging das Temperament mit ihr durch.

»Wie kannst du so etwas sagen!« herrschte sie ihn an. Sie verschränkte ihre Beine in einer unbewußten Geste der Abwehr. Sie umfaßte ihre Kaffeetasse mit beiden Händen. Tim stand vor dem Kamin und stocherte im Feuer. Er wirkte hilflos.

»Da war so etwas in ihren Augen«, sagte er. Wie oft sollte er es ihr noch erklären! »Ich bin nicht ganz sicher, wie ich es deuten soll, aber eines weiß ich, das Mädchen hält mit der Wahrheit zurück. Es tut mir leid, Corinne, aber ich glaube nicht, daß Billys Sturz ein Unfall war.«

»Du willst damit sagen, Michelle Pendleton hat versucht, den Jungen umzubringen. Warum drückst du dich nicht klar aus? Warum gehst du um den heißen Brei herum?«

»Ich habe mich klar ausgedrückt. Du möchtest wahrscheinlich, daß ich Michelle Pendleton des Mordes bezichtige, um mir dann zu beweisen, daß ich unrecht habe. Ich bin nicht sicher, daß sie eine Mörderin ist, aber ich bin überzeugt, daß sie etwas mit Billys Sturz zu tun hat. Und mit Susan Petersons Sturz vom Kliff ebenfalls.«

»Michelle ist keine Mörderin, aber sie hat Susan umgebracht, ist das deine These?« Sie sprach weiter, ohne seine Antwort abzuwarten. »Mein Gott, Tim, wenn du dein Gespräch mit dem Mädchen nicht heute, sondern vor ein paar Wochen geführt hättest, dann wüßtest du genau, wie abenteuerlich, wie unsinnig deine Anschuldigung ist. Michelle war das bravste und netteste Kind, das du dir vorstellen kannst. Der Charakter eines Menschen verändert sich nicht so schnell.«

»Wirklich nicht? Dann schau dir das Mädchen doch einmal genau an.« Tim strich sich die braunen Locken aus der Stirn, aber das Haar glitt sofort in die alte Lage zurück. »Corinne, wir müssen den Tatsachen ins Auge sehen. Was immer mit Michelle los ist, sie ist nicht mehr das gleiche Mädchen, das im August hierher nach Paradise Point kam.«

»Und deshalb willst du sie hinter Gitter bringen? Ich will dir sagen, warum du das machst. Du willst eine Situation herbeiführen, wo niemand mehr in die Verlegenheit kommt, Michelle ansehen zu müssen. Du willst sie lebendig begraben. Du bist nicht besser als die Kinder in meiner Klasse!«

»Ich will Michelle *nicht* lebendig begraben, das weißt du ganz genau. Ich will ganz etwas anderes. Und du, Corinne, darfst die Augen nicht vor der Wirklichkeit verschließen. Wir wissen nicht genau, wie es passiert ist, aber Susan ist tot, und Billy schwebt in Lebensgefahr. In beiden Fällen war Michelle zugegen, als das Unglück geschah. Wir wissen, daß mit ihr eine merkwürdige Veränderung vorgegangen ist.« Tims Stimme klang niedergedrückt und müde. Seit Stunden unterhielten sie sich über dieses Problem, gleich nach dem Abendessen hatte das Gespräch begonnen. Wie sie die Dinge auch drehten und wendeten, sie waren zu keinem Ergebnis gekommen. Amanda. Der Name der Puppe ging Tim durch den Kopf. Wenn Michelle ihrer Puppe damals doch nur einen anderen Namen gegeben hätte. Irgendeinen Namen, aber nicht Amanda.

Es war, als ob Corinne seine Gedanken gelesen hätte. »Du hast mir immer noch nicht erklärt, was es mit Amanda auf sich hat«, sagte sie.

»Tausend Mal habe ich dir das erklärt.«

»Aber sicher! Du hast mir erklärt, daß es diese Amanda nur in Michelles Vorstellung gibt. Bleibt die Frage, warum Amanda in Paradise Point seit vielen Jahren ein Gesprächsthema ist. Wenn es sich nur um eine Freundin handelt, die Michelle sich einbildet, wie erklärst du dann, daß es Amanda schon gab, bevor Michelle kam?«

»Du sagst, Amanda war das Gesprächsthema. Aber doch nur bei Schulmädchen, die an Gespenstergeschichten Gefallen finden.«

Corinnes Augen waren zu schmalen Schlitzen geworden, so sehr ärgerte sie sich über Tims Entgegnung. Bevor sie ihm antworten konnte, machte er eine beschwichtigende Geste.

»Laß uns mit dem Streit aufhören, bitte. Reden wir nicht mehr über die Sache. Können wir das Problem nicht wenigstens für heute abend vergessen?«

»Ich sehe nicht, wie«, erwiderte Corinne. »Dieses Problem hängt wie eine Gewitterwolke über uns.«

Das Läuten des Telefons hinderte sie daran, ihren Gedanken weiter auszuspinnen. Erst als sie aufgestanden war, fiel ihr ein, es war ja gar nicht ihr Telefon, sie war bei Tim. Er schmunzelte, als er sah, wie sie zögerte. Und dann beschloß er, die kleine Begebenheit zu nutzen, um die Stimmung des Abends in eine neue, angenehmere Richtung zu lenken. »Wenn du mich heiratest, verspreche ich dir, du kannst das Telefon so oft abnehmen, wie du willst.«

Er wollte gerade nach dem Hörer greifen, als das Telefon zu läuten aufhörte. Sie saßen da und warteten. Früher oder später würde Lisa, Tims Tochter, aus ihrem Zimmer kommen. Minuten des Schweigens verstrichen, dann kam Lisa die Treppe herunter.

»Alison hat angerufen. Sie hat mich für morgen zu sich eingeladen. Wir haben vor, nach dem Geist Ausschau zu halten.«

»Auch das noch!« stöhnte Tim. »Jetzt bist du auch schon von dem Gespensterfieber angesteckt.«

Lisas Miene ließ keinen Zweifel daran, daß sie von seiner Skepsis überhaupt nicht beeindruckt war. »Warum denn nicht? Alison sagt, Sally Carstairs hat den Geist schon einmal zu sehen bekommen. Ich stelle mir das sehr interessant vor, so etwas zu erleben. Ich habe ja sonst keine Zerstreuung!«

Tim sah Corinne fragend an. Er wollte seiner Tochter gerade die Zustimmung zu ihrem Treffen mit der Freundin geben, als Corinne sich in das Gespräch einschaltete.

»Laß sie nicht dahin gehen, Tim.«

»Warum nicht?«

»Tim, bitte! Tu mir den Gefallen, und untersage ihr das Abenteuer. Selbst wenn du recht haben solltest und ich unrecht – weißt du, wo die beiden Mädchen hingehen würden? Sie würden auf den alten Friedhof der Familie Carson gehen. Auf den Friedhof, wo sich Amandas Grab befindet.«

»Amanda hat kein Grab«, sagte Lisa spöttisch.

»Sie hat einen Grabstein«, sagte Corinne, ohne lange zu überlegen. Aber Lisa schien ihre Äußerung überhört zu haben, sie wandte sich zu ihrem Vater.

»Darf ich hingehen, Daddy? Bitte!«

Tim war zu dem Ergebnis gekommen, daß Corinne ihn zu Recht gewarnt hatte. Ob es nun ein Grab gab oder nur einen Grabstein, er wollte ganz sicher nicht, daß seine Tochter auf diesen Friedhof ging und in die Umgebung des Pendleton Hauses auch nicht.

»Ich glaube, das ist keine gute Idee, mein Liebling«, sagte er, zu seiner Tochter gewandt. »Sag Alison, daß du sie ein andermal besuchst.«

»Schade, Daddy! Nie läßt du mich tun, was ich will. Immer hörst du auf *sie*, und *sie* ist genauso verrückt wie Michelle Pendleton!« Lisas Worte waren an ihren Vater gerichtet, aber während sie sprach, sah sie Corinne in die Augen. Ihre Lippen hatten sich zu einem Schmollmund geformt. Corinne sah in die andere Richtung. Sie war entschlossen, sich nicht von Lisas Unverschämtheiten provozieren zu lassen.

»Ich lasse dich nicht hingehen, und dabei bleibt es«, sagte Tim. »Ruf jetzt Alison an, und sag ihr, daß du nicht kommen wirst. Danach machst du deine Hausaufgaben, und dann geht's ins Bett.«

Lisa hatte sich zu der Entscheidung durchgerungen, daß sie das Verbot ihres Vaters mißachten würde, aber das sagte sie nicht, sie beschränkte sich darauf, Corinne eine Fratze zu ziehen. Sie verließ das Zimmer. Ein verlegenes Schweigen im Raum. Schade, dachte Corinne, der Abend ist ruiniert. Sie stand auf.

»Es ist schon spät...«

»Willst du wirklich schon nach Hause?« fragte Tim.

Corinne nickte. »Ich ruf' dich morgen früh an.« Sie wollte in Flur hinausgehen, wo ihr Mantel hing, als Tim ihr den Weg vertrat.

»Bekomme ich nicht einmal einen Gutenachtkuß?«

Corinne hauchte ihm einen Kuß auf die Wange. Als er sie in die Arme nehmen wollte, schob sie ihn von sich. »Nicht jetzt, Tim, bitte! Nicht heute abend.«

Enttäuscht gab Tim sie frei. Er blieb in der Mitte des Wohnzimmers stehen und sah ihr zu, wie sie sich den Mantel anzog. Sie kam ins Wohnzimmer zurück und trat zu ihm. Sie lächelte.

»Jetzt weiß ich auch, von wem Lisa ihren schönen Schmollmund geerbt hat: von ihrem Vater. Sei nicht traurig, Tim, daß ich schon so früh gehe. Davon geht die Welt nicht unter. Ich ruf' dich morgen an, oder du rufst mich an. Einverstanden?«

Tim nickte.

»Männer!«

Corinne war auf der Nachhausefahrt. Sie wiederholte den Stoßseufzer. »Männer!« Warum waren Männer eigentlich so stur? Es war ja nicht nur Tim, der sich durch diese Eigenschaft auszeichnete. Cal Pendleton war genauso stur. Die beiden sollten eigentlich dicke Freunde sein. Der eine hatte die fixe Idee, daß alles in Ordnung war, und der andere hatte die fixe Idee, daß sich alles nur in Michelles Vorstellung abspielte.

Aber so war es nicht. Corinne war sicher, daß Michelle sich diese Dinge nicht einbildete. Was konnte sie, Corinne, in dieser Situation tun? Ob sie mit June Pendleton über die Sache sprechen sollte? Jawohl, beschloß sie. Ich werde mit June Pendleton reden, und zwar sofort. Sie wendete mitten auf der Straße und schlug die Richtung zum Kliff ein. Aber als sie ankam, fand sie das Haus dunkel vor. Die Pendletons waren schon zu Bett gegangen. Corinne blieb am Steuer sitzen und dachte nach. Ob sie Mrs. Pendleton herausklingeln sollte? Sie würde zugleich die ganze Familie aufwecken. Und wozu? Um den Pendletons eine Gespenstergeschichte zu erzählen?

Sie beschloß heimzufahren.

Als Corinne Hatcher an jenem Abend einschlief, überkam sie die

Ahnung, daß die Dinge einer Entscheidung zutrieben. Das Ende war nahe.

Sie alle würden die Wahrheit erfahren. Das große Rätsel würde gelüftet werden.

Corinne hoffte inständig, daß bis zur Entscheidung kein Unschuldiger mehr sterben mußte...

Ihre Hüfte schien in Flammen zu stehen. Sie wäre so gern stehengeblieben um auszuruhen, aber sie wußte, das war unmöglich.

Die Geräusche waren lauter geworden. Die Menschen schienen näher zu kommen. Sie konnte ihren Namen hören. Es waren zornige Menschen, die Michelles Namen riefen. Menschen, die ihr weh tun wollten.

Sie würde nicht zulassen, daß sie ihr weh taten. Sie würde fliehen. Weit, weit weg. Irgendwohin, wo die zornigen Menschen sie nicht finden konnten.

Amanda würde ihr bei der Flucht helfen.

Aber wo war Amanda?

Sie rief ihre Freundin mit Namen. Sie bat sie, ihr zu helfen. Aber Amanda gab keine Antwort. Nur die Stimmen der zornigen Menschen waren zu hören. Schreie, die ihr Angst einjagten.

Sie versuchte schneller zu gehen. Sie versuchte ihr linkes Bein zu bewegen. Vergeblich.

Sie würden sie einholen. Sie würden sie fangen.

Sie blieb stehen und blickte sich um.

Jawohl da waren sie. Sie kamen auf sie zugerannt.

Noch waren sie so weit entfernt, daß sie die Gesichter nicht erkennen konnte. Aber sie erkannte die Stimmen.

Mrs. Benson.

Es überraschte sie nicht, daß Mrs. Benson bei den zornigen Menschen war. Diese Frau hatte sie immer gehaßt.

Auch die anderen Stimmen kannte sie.

Die Stimmen ihrer Eltern. Nun, genaugenommen waren das nicht ihre Eltern. Es waren zwei Fremde, die sich jahrelang als ihre Eltern ausgegeben hatten.

Und dann war da noch jemand. Einer, von dem sie angenommen hatte, daß er sie mochte. Ein Mann. Wer er war? Es kam nicht darauf an, wer er war. Sicher war, daß auch er ihr weh tun wollte. Die Stimmen wurden immer deutlicher, die zornigen Menschen kamen immer näher. Vielleicht gelang ihr die Flucht. Sie würde laufen müssen, schnell laufen müssen, das war die einzige Möglichkeit.

Verzweifelt hielt sie nach Amanda Ausschau. Aber ihre Freundin war nirgendwo zu sehen. Sie würde ohne Amandas Hilfe fliehen müssen.

Das Kliff.

Wenn es ihr gelang, bis zum Kliff zu kommen, war sie in Sicherheit. Sie setzte sich in Bewegung.

Das Herz klopfte ihr bis zum Halse. Keuchend schleppte sie sich den Weg entlang.

Das linke Bein war wie ein Mühlstein. Sie konnte nicht laufen! Aber sie mußte laufen!

Und dann stand sie auf der höchsten Erhebung des Kliffs. Tief unter ihr schäumte die See. Hinter ihr die Stimmen. Zornige Menschen, die sie verfolgten, die nach ihr gierten, Menschen, die ihr weh tun wollten. Sie warf einen Blick über die Schulter. Sie waren jetzt sehr nahe. Aber sie würde sich nicht von ihnen fangen lassen.

Mit letzter Anstrengung sprang sie vom Felsen in die Tiefe.

Zu fallen – das war so leicht.

Die Zeit schien stillzustehen.

Sie fiel, streckte sich, fühlte das Rauschen der Luft an ihren Wangen.

Sie blickte nach unten – und sah die Felsen.

Finger aus Stein, hart und spitz wie Dolche. Finger, die ihren Körper aufschlitzen würden.

Ihre Angst wuchs ins Unermeßliche. Sie öffnete den Mund, um einen Schrei auszustoßen. Aber es war zu spät. Der Tod griff nach ihr und ...

Mit einem unterdrückten Schrei wachte Michelle auf. Sie zitterte am ganzen Körper.

»Bist du's, Daddy?« Ihre Stimme verlor sich in der Nacht. Sie wußte, daß niemand ihre Frage gehört hatte. Niemand außer ...

»Ich habe dich gerettet«, flüsterte Amanda. »Ich habe dich vor dem Tode gerettet.«

»Mandy?« Sie war also doch gekommen. Ihre Freundin hatte sie nicht verlassen. Michelle setzte sich auf und stopfte das Kissen in ihren Rücken. Sie spürte Amandas Gegenwart. Amanda würde ihr helfen, würde sie umsorgen. Die Angst wich von ihr. »Mandy, wo bist du?«

»Ich bin hier«, flüsterte Amanda. Sie verließ die dunkle Ecke und trat ans Fenster. Ihr schwarzes Kleid glitzerte im Mondlicht. Sie streckte die Hand aus und winkte. Michelle stand von ihrem Bett auf.

Amanda ergriff sie bei der Hand und führte sie in den Flur. Sie gingen die Treppe hinunter. Erst als sie das Malstudio erreicht hatten, fiel Michelle ein, daß sie ja ihren Stock vergessen hatte. Aber das war nicht so wichtig, Amanda würde ihr Halt geben.

Außerdem tat die Hüfte nicht mehr weh. Sie tat überhaupt nicht mehr weh.

Sie waren kaum im Studio angekommen, als Michelle die Weisungen Amandas vernahm. Es waren keine gesprochenen Worte, und doch war der Befehl unzweideutig. Es war, als wäre Amanda in ihr.

Sie ergriff den großen Skizzenblock und stellte ihn auf die Staffelei ihrer Mutter. Sie begann zu zeichnen, mit schnellen, sicheren Strichen. Ein Bild entstand.

Billy Evans auf dem Balken. Der Junge hielt die Arme ausgebreitet, er hatte das Gleichgewicht verloren. Eine merkwürdige Perspektive. Billy war sehr hoch oben, und unten stand Michelle, entsetzt und hilflos. Der Stock lag am Boden.

Ganz in ihrer Nähe war Amanda, sie hielt den Stützpfosten umklammert. Ihr Blick war auf den schwankenden Jungen gerichtet, und der Widerschein freudiger Erregung glomm in ihren leeren Augenhöhlen.

Michelle starrte ihre Skizze an. Es war düster im Studio. Sie spürte, wie Amanda ihr die Hand drückte. Michelle wußte sofort, was sie zu tun hatte. Sie nahm den Skizzenblock und legte ihn in den Schrank. Sie holte die Leinwand hervor, jenes Bild, das sie in der ersten Nacht für Amanda gemalt hatte.

Sie stellte das Bild auf die Staffelei und ergriff Junes Palette.

Obwohl in der Düsternis der Nacht die Farben nur als unterschiedliche Grautöne zu erkennen waren, wußte Michelle sofort, welche Farben sie mit dem Pinsel aufzutragen hatte.

Sie arbeitete ernst und angestrengt. Amanda stand hinter ihr, Michelle konnte ihre Hand an ihrem Arm spüren. Sie wußte, daß Amanda das entstehende Gemälde voller Faszination beobachtete.

Das Bild war wie eine Geschichte, bald würde Amanda die ganze Geschichte begreifen. Michelle würde ihr alles zeigen, was sie wissen wollte.

Michelle hatte das Gefühl für die Zeit verloren. Als sie schließlich die Palette zur Seite legte, umfing sie ein dunkles Ahnen, daß Stunden vergangen waren, und sie wunderte sich, daß sie sich frisch und ausgeruht fühlte. Sie wußte, das war so, weil Amanda ihr geholfen hatte.

»Ist es gut geworden?« fragte sie scheu.

Amanda nickte, ihre blinden Augen waren auf das Ölgemälde gerichtet. Erst ein paar Sekunden später begann sie zu sprechen.

»Du hättest sie heute töten können«, sagte sie.

Jennifer. Mandy sprach von Jennifer, und sie war wütend auf Michelle.

»Ich weiß«, sagte Michelle ruhig.

»Warum hast du's nicht getan?« Mandys Stimme war wie Seide, die Michelles Schläfen liebkoste.

»Ich... ich weiß nicht«, flüsterte Michelle.

»Du könntest es jetzt tun«, sagte Amanda.

»Jetzt?«

»Sie schlafen alle. Wir könnten ins Kinderzimmer gehen und...« Amanda ergriff Michelle bei der Hand und führte sie aus dem Malstudio hinaus.

Als sie über den Rasen gingen, wanderte eine Wolke über den Mond. Was silbern gewesen war, versank in der Schwärze. Aber das war nicht wichtig.

Amanda, die Freundin, führte sie.

Und der Nebel kam.

Jener wunderschöne Nebel, der Michelle einhüllte und sie der Welt entrückte. Wenn der Nebel kam, war Michelle mit Amanda allein. Sie würde tun, was Amanda ihr sagte...

June war aufgewacht. Sie starrte in die Finsternis. Ein sechster Sinn sagte ihr, daß ihr Kind in Gefahr war.

Ein Schrei.

Der Schrei eines Menschen, dem die Hand auf den Mund gepreßt wird.

Das Geräusch kam aus dem Kinderzimmer. June stand auf und durchquerte das Schlafzimmer.

Die Tür des Kinderzimmers war geschlossen.

Sie erinnerte sich, daß sie die Tür offengelassen hatte. Immer ließ sie die Tür zum Kinderzimmer offen.

Sie warf einen Blick auf Cal. Er schlief. Immer noch lag er in der Stellung, in der er eingeschlafen war.

Wer hatte denn die Tür zum Kinderzimmer geschlossen? Sie stieß die Tür auf und knipste das Licht an. Michelle stand über die Krippe der kleinen Jennifer gebeugt. Überrascht blinzelte sie ins Licht.

»Mutter?«

»Michelle, was tust du denn hier?«

»Ich... ich habe gehört, wie Jenny schrie, und da wollte ich nach ihr sehen.«

Michelle rückte das Kissen zurecht.

Es war ein unterdrückter Schrei gewesen!

Der Gedanke durchschnitt Junes Herz wie ein Skalpell aus Eis, aber sie verdrängte die Schlußfolgerung.

Die Tür war geschlossen, redete sie sich ein. *Deshalb klang Jennifers Geschrei so gedämpft. Die Tür war geschlossen!*

»Michelle«, sagte sie vorsichtig, »hast du die Tür zum Kinderzimmer geschlossen?«

»Nein.« Michelles Antwort klang unsicher. »Ich bin vom Flur aus reingegangen, ich glaube, da war die Verbindungstür zu. Vielleicht hast du deshalb nicht gehört, wie Jennifer schrie.«

»Ich meinte nur so, es ist nicht wichtig.« Aber es war doch wichtig. June wußte, wie wichtig die Beantwortung dieser Frage war. Ein Gedanke nahm Gestalt an, den sie nicht zu Ende zu denken wagte. June ging zur Krippe und hob Jennifer heraus. Das Baby schlief jetzt, ein sanftes Gurren war zu vernehmen. Als sie Jennifer heraushob, hatte das Baby gehustet. Jetzt, in ihren Armen, ging der Atem des Kleinen leise und regelmäßig. June wandte sich Michelle zu und lächelte. »Siehst du, sie spürt genau, daß ich ihre Mami bin.« Sie beugte sich vor, um Michelle aus der Nähe zu betrachten. Das Mädchen sah nicht aus, als ob sie schon geschlafen hätte.

»Du konntest nicht schlafen, wie?«

»Ich habe wachgelegen. Ich habe mich noch etwas mit Amanda unterhalten. Dann fing Jenny zu schreien an, deshalb bin ich ins Kinderzimmer gegangen.«

»Ich lege die Kleine jetzt in ihre Krippe zurück«, sagte June. »Danach möchte ich noch mit dir reden.«

Ein Schatten legte sich über Michelles Augen. June hatte schon Angst, daß ihre Tochter ihr das Gespräch abschlagen würde. Aber dann sah sie, wie Michelle die Schultern zuckte. »Meinetwegen.«

June legte Jennifer in die Klippe zurück. Sie bot Michelle den Arm. »Wo ist dein Stock?«

»Den habe ich vergessen.«

»Das ist ein gutes Zeichen«, sagte June. Sie freute sich.

Aber dann, als sie den Flur entlanggingen, fiel ihr auf, daß Michelle sich nur mit großer Mühe fortbewegen konnte. Sie sagte nichts. Sie wartete, bis ihre Tochter sich zu Bett begeben hatte. »Tut es sehr weh?« Sie berührte Michelles Hüfte.

»Manchmal ja. Jetzt zum Beispiel. Aber manchmal auch nicht. Wenn Amanda bei mir ist, tut es kaum noch weh.«

»Amanda.« June wiederholte den Namen. Sie sprach leise und nachdenklich. »Weißt du, wer Amanda ist?«

»Eigentlich nicht«, sagte Michelle. »Aber ich glaube, sie hat früher einmal in dieser Gegend gewohnt.«

»Wann?«

»Vor langer Zeit.«

»Wo wohnt sie jetzt?«

»Ich bin nicht ganz sicher. Ich glaube, sie wohnt immer noch hier.«

»Michelle, hat Amanda irgendwelche Wünsche?«

Michelle nickte. »Sie möchte etwas sehen. Ich weiß nicht, was das ist, aber sie möchte es unbedingt sehen. Und ich kann es ihr zeigen.«

»Wie denn?«

»Das weiß ich nicht. Aber ich weiß, daß ich ihr helfen kann. Und da sie meine Freundin ist, *muß* ich ihr auch helfen, oder etwa nicht?«

Es hörte sich an wie die Bitte eines Kindes, das von der Mutter Mut zugesprochen bekommen möchte. »Natürlich mußt du ihr helfen, wenn sie deine Freundin ist«, sagte June. »Aber was ist, wenn sie *nicht* deine Freundin ist? Wie würdest du dich verhalten, wenn sie dir weh tun will?«

»Sie will mir nicht weh tun«, sagte Michelle. »Ich weiß, Amanda würde mir nie weh tun. Das würde sie gar nicht übers Herz bringen.« June sah, wie ihre Tochter die Augen schloß. Wenige Minuten später war sie eingeschlafen.

Noch lange blieb June an Michelles Bett sitzen. Sie hielt ihre Hand und beobachtete ihr schlafendes Kind. Als die Blitze der Morgenröte ins Dunkel der Nacht stachen, stand June auf. Sie küßte Michelle auf die Wange und kehrte zu Cal zurück.

Sie versuchte zu schlafen, aber die Gedanken, die sie mit soviel Mühe verscheucht hatte, waren zurückgekehrt.

Sie hatte Jennifer nicht schreien gehört, weil die Verbindungstür geschlossen war.

Aber die Verbindungstür war nie geschlossen.

Michelle hatte die Hand am Kissen gehabt.

June stand auf und ging ins Kinderzimmer.

Sie verschloß die Tür zum Flur und steckte den Schlüssel in die Tasche ihres Morgenrocks.

Sie ging wieder ins Bett. Jetzt erst konnte sie schlafen, und sie schämte sich, daß es so war.

Fünfundzwanzigstes Kapitel

Samstag.

An einem normalen Samstag wäre June ganz gemächlich aufgewacht. Sie hätte sich gestreckt und gereckt. Sie hätte sich auf die andere Seite gerollt. Sie hätte Cal in ihre Arme geschlossen.

Aber es war schon lange her, daß sie ihren Mann in die Arme geschlossen hatte. Es gab keine normalen Samstage mehr.

Sie war von einer Sekunde auf die andere aufgewacht. Sie fühlte sich todmüde und zerschlagen.

Sie warf einen Blick auf die Uhr. Halb zehn.

Sie drehte sich auf die andere Seite. Aber Cal war fort. June setzte sich auf. Sie ließ ihren Blick zum Fenster wandern.

Der Himmel war wie Blei. Die Blätter in den Bäumen hatten ihren Glanz verloren, sie sahen dünn aus, dünn und krank. Bald würden die Bäume kahl sein. June schauderte, wenn sie an den bevorstehenden Winter dachte.

Sie wartete auf die gewohnten Geräusche des Vormittags. Jennifer hätte schreien müssen. Geschirr und Besteck in der Küche hätten klappern müssen, denn das war der Krach, den Cal am Samstagmorgen zu machen pflegte, um sie, June, aufzuwecken.

An diesem Vormittag aber war das Haus von Stille erfüllt.

»Hallo?« rief June. Es war ein erster Versuch, mit den anderen Verbindung aufzunehmen.

Niemand antwortete ihr. Sie stand auf, zog sich den Morgenrock an und ging ins Kinderzimmer hinüber.

Jennifers Krippe war leer, die Tür zum Flur stand offen. June runzelte die Stirn, sie verstand das nicht. Sie ging in den Flur hinaus und trat ans Geländer. Diesmal rief sie, so laut sie konnte.

»Hallo, wo seid ihr alle?«

»Wir sind hier unten!« Das war Michelles Stimme. June war erleichtert. Alles ist gut, dachte sie. Es ist nichts passiert. Es ist alles in Ordnung. Erst als sie schon die halbe Treppe hinuntergegangen war, wurde ihr bewußt, welche Angst sie gehabt hatte. Die Stille im Haus war ihr unheimlich erschienen. Sie betrat die Küche. Wie albern ich doch bin, dachte sie. Ich mache mir Sorgen wegen nichts. Die Traumgebilde der letzten Nacht blieben hinter ihr zurück.

»Guten Morgen! Ihr seid ja alle schon so früh auf. Wie kommt's?«

Cal sah sie zerstreut an, dann wandte er sich wieder der Pfanne mit dem Rührei zu. »Ich hab' dich nicht wachkriegen können«, sagte er. »Du hast geschlafen wie eine Tote. Und irgend jemand mußte das Frühstück ja machen. Michelle hat mir dabei geholfen, das eine oder andere müßte also genießbar sein.«

Michelle war dabei, den Frühstückstisch zu decken. Als June sie anblinzelte, antwortete sie mit einem sanften Lächeln. Offensichtlich war sie glücklich, daß sie ihrem Vater bei irgend etwas helfen durfte, und sei es nur beim Tischdecken.

»Hast du gut geschlafen, mein Liebling?« fragte June.

»In der Nacht hat die Hüfte ganz schön weh getan, aber heute früh geht's besser.«

Eine gute Stimmung beseelte das Haus. June kannte den Grund für das Hochgefühl. Billy Evans hatte den Sturz überlebt. Cal hatte den Jungen vor dem Ersticken gerettet. Cal hatte bei der Behandlung des Verletzten keine Fehler gemacht. June war sicher, jetzt wird alles wieder gut. Sie wollte etwas sagen, wollte Cals und Michelles Aufmerksamkeit auf die angenehme Atmosphäre lenken, die heute früh im Hause herrschte, aber sie hatte Angst mit einer solchen Bemerkung den Frieden zu zerstören. Sie ging zu der Korbwiege und betrachtete die ruhig schlummernde Jennifer.

»Wenigstens bin ich nicht die einzige, die heute morgen verschlafen hat«, scherzte sie. Sie hob das Baby aus der Wiege. Jennifer schlug die Äuglein auf. Sie ließ ein wohlgelauntes Gurgeln hören, dann schlief sie wieder ein.

»Sie war schon eine Zeitlang wach«, sagte Cal. »Vor einer Stunde habe ich ihr die Flasche gegeben. Möchtest du deine Eier auf Toast?«

»Ja, danke«, sagte June geistesabwesend. Sie kam sich so nutzlos vor, so entbehrlich. Cal machte das Frühstück, Michelle deckte den Tisch, Jennifer hatte bereits ihre Flasche bekommen und schlief. June trat hinter ihren Mann. »Laß mich das Rührei fertig machen.«

»Zu spät«, sagte Cal. Er nahm die Pfanne vom Herd und verteilte das Rührei auf drei Teller. Er legte zu jeder Portion einen Streifen gebratenen Speck. Er trug die Teller zum Tisch. Er setzte sich und warf einen Blick auf seine Armbanduhr.

»Mußt du schon fahren?« fragte June.

»Der Neurologe hat sich für zehn Uhr angemeldet. Ich muß dort sein, wenn er kommt.«

»Darf ich mitkommen?« bat Michelle. Cals Miene wurde unwirsch. June schüttelte den Kopf.

»Ich glaube, du bleibst besser zu Hause, Michelle«, sagte sie. Sie vermied es sorgfältig, den Namen Billy Evans zu erwähnen.

»Warum darf ich denn nicht mitkommen?« fragte Michelle. Ihre Augen umwölkten sich. June war sicher, daß es Streit geben würde. Sie spürte, wie das Gefühl von Harmonie und guter Laune in Traurigkeit umkippte. Sie wandte sich zu ihrem Mann.

»Cal, was meinst du dazu? Soll Michelle mitfahren?«

»Ich weiß nicht. Eigentlich sehe ich keinen Grund, warum sie nicht mitkommen sollte. Ich weiß allerdings nicht, wie lange es dauert.« Er sah Michelle an. »Könnte sein, daß du dich langweilst.«

»Ich möchte nur sehen, wie's Billy geht. Danach kann ich ja in die Bücherei gehen. Ich kann auch zu Fuß nach Hause gehen.«

»Also gut«, sagte Cal und nickte. »Aber du kannst nicht den ganzen Tag in der Praxis herumhängen. Ist das klar?«

»Früher durfte ich das«, maulte Michelle.

Cal senkte den Blick. »Das war ... vorher«, sagte er.

»Vorher?«

Er antwortete nicht. Michelle saß da und starrte ihn an. Schließlich ging ihr auf, was er gemeint hatte.

»Aber ich habe Billy doch gar nichts getan«, sagte sie. »Das habe ich auch nicht behauptet«, sagte Cal. »Aber...«

June fiel ihm ins Wort. »Dein Vater hat das nicht so gemeint«, sagte sie. »Er meint nur...«

»Ich weiß schon, was er meint«, schrie Michelle. »Und ich will gar nicht mehr mitfahren! Ich will überhaupt nie mehr deine alte Praxis besuchen!« Sie stand auf, ergriff ihren Stock und humpelte zur Tür. Sie war draußen, ehe sich June und Cal von ihrer Überraschung erholt hatten. June erhob sich, sie wollte Michelle nachgehen. Cal bedeutete ihr zu bleiben.

»Laß sie doch«, sagte er. »Sie muß lernen, mit solchen Dingen allein fertig zu werden. Du kannst sie nicht vor Gott und der Welt beschützen.«

»Aber ich kann sie vor ihrem eigenen Vater beschützen«, sagte June. Bitterkeit schwang in ihrer Stimme. »Cal, warum machst du so etwas? Merkst du denn nicht, daß du ihr mit solchen Worten weh tust?«

Cal gab ihr keine Antwort mehr, und June begriff, daß die Harmonie dieses Morgens zerstört war. Sie nahm den Korb, in dem das Baby lag, und verließ die Küche.

Annie Whitmore saß auf dem Kinderkarussell. Jenseits des Rasenplatzes, der die Schule umgab, war Michelle zu erkennen. Sie ging langsam auf dem Bürgersteig entlang, und Annie fand, Michelle sah wütend aus. Annie warf einen Blick in die Runde, von den anderen Kindern war keines zu sehen. Sie hätte ganz gern mit Michelle gespielt, aber sie wußte, das durfte sie nicht. Erst gestern abend hatte ihre Mutter sie in einem langen Gespräch ganz eindringlich vor Michelle gewarnt. Mit Michelle durfte sie auf gar keinen Fall spielen, sie durfte nicht einmal mit ihr sprechen. Wenn Michelle mit ihr spielen wollte, dann mußte Annie – so lautete die Anweisung ihrer Mutter – sofort nach Hause laufen.

Aber Annie mochte Michelle. Und da ihr die Mutter nicht gesagt hatte, warum sie sich von diesem Mädchen fernzuhalten hatte, würde Annie das Verbot mißachten.

Es gab ja niemanden, der ihr zusah. Niemand würde ihrer Mutter verraten, daß sie ungehorsam gewesen war.

»Michelle!«

Michelle gab keine Antwort. Annie rief lauter. Diesmal schien Michelle sie gehört zu haben. Sie warf einen Blick in Annies Richtung. Das Kind winkte ihr zu.

»He, Michelle, wo willst du hin?«

»Ich geh' nur etwas spazieren«, sagte Michelle. Sie blieb stehen und lehnte sich über den Zaun. »Was machst du?«

»Spielen. Aber ich bekomme das Karussell nicht in Gang, es ist zu schwer.«

»Soll ich dich anschieben?« bot Michelle an.

Annie bejahte. Sie sagte sich, daß sie damit nichts Verbotenes tat. Sie hatte Michelle nicht gebeten, mit ihr zu spielen. Es war umgekehrt, Michelle hatte sich angeboten.

Michelle öffnete das Gatter und humpelte über den Rasen. Annie blieb geduldig auf dem Karussell sitzen. Als Michelle dann vor ihr stand, verzog sie das kleine Gesicht zu einem Grinsen.

»Was machst du eigentlich hier, an einem Samstag?«

»Ich geh' spazieren«, sagte Michelle.

»Hast du niemanden, mit dem du spielen kannst?«

»Doch. Dich zum Beispiel.«

»Aber bis vorhin hattest du noch niemanden. Du warst ganz allein. Hast du keine Freundinnen?«

»Aber natürlich hab' ich Freundinnen. Ich habe dich, und dann ist da noch Amanda.«

»Amanda? Welche Amanda?«

»Sie ist meine Lieblingsfreundin«, sagte Michelle. »Sie hilft mir.«

»Sie hilft dir? Bei was denn?« Annie stieß sich vom Boden ab, das Karussell setzte sich in Bewegung. Die Geschwindigkeit war so gering, daß Michelle eingriff und das Karussell anschob. Die Kreisbewegung beschleunigte sich. Annie zog die Füße hoch. Sie wartete, bis sie wieder an Michelle vorbeikam, dann fragte sie: »Bei was hilft dir Amanda?«

»Bei allem möglichen«, sagte Michelle.

»Bei was denn zum Beispiel?

»Warum willst du das denn wissen?« sagte Michelle. »Das ist doch gar nicht wichtig.« Sie wußte nicht recht, wie sie Annie die

Sache mit Amanda erklären sollte. »Vielleicht lernst du Amanda eines Tages kennen, dann kannst du sie fragen.«

Annie fuhr noch einige Runden, dann sprang sie vom Balken.

»Wie kommt es, daß niemand dich mag, Michelle?« fragte sie. »Ich finde, du bist ganz nett.«

»Ich finde dich auch nett«, sagte Michelle, ohne auf Annies Frage einzugehen. »Was möchtest du jetzt spielen?«

»Ich möchte schaukeln!« schrie Annie. »Schiebst du mich an?«

»Aber sicher«, sagte Michelle. »Wer zuerst da ist!«

Annie rannte auf die Bäume los, wo die Schaukeln hingen, und Michelle folgte ihr, so schnell es das lahme Bein erlaubte. Sie stöhnte und ächzte, um dem kleinen Mädchen das Gefühl der Überlegenheit zu geben. Als sie Annie einholte, wurde sie mit einem stolzen Kichern empfangen.

»Ich hab' gewonnen! Ich hab' gewonnen!«

»Warte nur«, sagte Michelle. »Eines Tages kann ich wieder laufen, dann hast du keine Chance mehr.«

Aber Annie hörte ihr gar nicht mehr zu. Sie saß schon auf der Schaukel und bettelte, Michelle möge sie anschieben. Michelle legte ihren Stock auf den Boden. Sie stellte sich hinter Annie, einen Schritt zur Seite, so daß sie von der schwingenden Schaukel nicht getroffen würde. Sie versetzte dem kleinen Mädchen einen sanften Stoß...

Corinne Hatcher saß an ihrem Pult. Sie korrigierte Hefte. Normalerweise hätte sie mit dieser Arbeit bis Montag gewartet. Normalerweise hätte sie den Samstag mit Tim Hartwick verbracht. Aber Tim hatte heute früh nicht angerufen, und so war Corinne zur Schule gefahren. Sie würde einen Vorwand finden, um Tim anzurufen. Die Aufsätze der Schüler.

Es war wirklich nur ein Vorwand. Corinne hätte so gern den Mut aufgebracht, einfach Tims Nummer zu wählen und mit ihm zu sprechen, ohne den Umweg über die Hefte. Sie verspürte das Bedürfnis, sich zu entschuldigen. Sie würde ihm sagen, daß sie den Streit von gestern abend bedauerte. Sie würde ihn bitten, das Ganze zu vergessen. Aber sie wußte, dazu fehlte ihr der Schneid. Sie konnte Tim nur anrufen, wenn sie einen dienstlichen Vorwand hatte. Sie wußte, daß es ein Selbstbetrug war, Tim würde sich davon nicht täuschen lassen. Er würde ihren Vorwand durchschauen. Aber das änderte nichts daran, sie brauchte eine Entschuldigung vor sich selbst, wenn sie ihn anrief.

Wie feige ich bin, dachte sie. Sie legte den Rotstift aus der Hand und sah aus dem Fenster. Und sie erblickte Michelle.

Der Anblick benahm ihr den Atem. Sie stand auf und trat ans Fenster. Michelle hatte das Gatter passiert, sie kam auf das Rasengelände gehumpelt. Und da war Annie Whitmore. Das kleine Mädchen winkte Michelle einladend zu.

Corinne wurde Zeuge, wie Annie auf das Kinderkarussell kletterte. Sie sah, wie Michelle das Karussell anschob. Sie konnte erkennen, daß die beiden miteinander sprachen, aber die Worte waren auf die Entfernung nicht zu verstehen. Es kam wohl auch nicht darauf an, Michelle und Annie bei ihrem Spiel zu überwachen. Sie sah, wie die beiden lachten.

Wenig später sah sie Annie vom Karussell springen. Das Mädchen ging auf die Schaukeln zu, nach ein oder zwei Schritten begann sie zu rennen. Corinne erschrak. Ob das Kind Michelle wohl foppen wollte? Nein, das Ganze war ein Spiel, ein Wettlauf, und offensichtlich war es Michelle, die den Einfall gehabt hatte, jedenfalls war sie es, die den Wettlauf zu einer kleinen Schau umfunktionierte. Sie ruderte wie wild mit den Armen, sie stöhnte und keuchte. Annie stand neben der Schaukel und lachte aus vollem Halse.

Corinne ertappte sich dabei, daß auch sie lachte.

Und dann fiel ihr ein, sie konnte ihre Beobachtung zum Anlaß nehmen, Tim anzurufen. In Tims Einschätzung war Michelle ein gefährliches Geschöpf. Corinne war gespannt, was er sagen würde, wenn sie ihm von den fröhlichen Spielen berichtete, die sein Sorgenkind mit anderen Schulkindern veranstaltete. Inzwischen war Michelle sogar soweit, daß sie sich über ihre eigene Behinderung lustig machte!

Sie verließ das Klassenzimmer und ging den Flur entlang. Sie betrat das Sekretariat der Schule. Sie wollte gerade Tims Nummer wählen, als ihr eine Idee kam. Es war noch früh. So früh, daß Tim wahrscheinlich noch beim Kaffeetrinken war.

Sie würde ihn nicht anrufen. Statt dessen würde sie zu ihm fahren. Sie würde ihm von Michelle berichten. Sie würden den Tag gemeinsam verbringen. Als Corinne das Schulgebäude verließ, lächelte sie. Inzwischen hatte sie sogar genügend Selbstvertrauen, um sich mit einem Problemkind wie Lisa Hartwick herumzuschlagen. Sie ging zum Parkplatz und bestieg ihren Wagen. Als sie aus dem Schulgelände ausbog, fiel ihr Blick auf die beiden Mädchen. Annie saß auf der Schaukel, Michelle stand hinter ihr. Corinne sah, wie Dr. Pendletons Tochter behutsam die Schaukel des kleinen Mädchens in Schwingung versetzte. Ein schöner Tag, fand Corinne Hatcher. Ein wundervoller Tag.

»Gib mir mehr Schwung, Michelle!«
 Annie saß auf ihrem Brettchen und lehnte sich zurück. Sie stieß ihre kurzen Beine in die Luft, um mehr Schwung zu bekommen. Aber sie machte es falsch. Der Schwung ließ nach. Sie hielt die Ketten umklammert und sah sich nach Michelle um. »Fester! Ich habe überhaupt keinen Schwung mehr!«
 »Das ist hoch genug«, widersprach ihr Michelle. »Und außerdem machst du's falsch. Wenn die Schaukel zurückschwingt mußt du dich zurücklehnen, und wenn die Schaukel nach vorne schwingt, mußt du dich vorbeugen!«
 »Das werde ich gleich ausprobieren«, quietschte Annie. Sie bemühte sich nach Kräften, Michelles Anweisungen in die Tat umzusetzen. »Ich schaff's nicht, Michelle. Gib mir einen Stoß, bitte!«
 »Nein! Wie du schaukelst, ist es viel zu gefährlich. Schau dir doch mal die Ketten an. Wenn du auf dem höchsten Punkt bist, werden die Ketten schlaff, siehst du das? Und wenn die Ketten schlaff werden, verlierst du Schwung.«
 »Du mußt fester machen, dann behalte ich Schwung.«
 Michelle ließ sich nicht beirren. Jedesmal, wenn Annie vorbeischwang, versetzte sie ihr mit der Rechten einen sanften Stoß, gerade so kräftig, daß die Schwingbewegung beibehalten blieb.
 Aber Annie begann ungeduldig zu werden. Sie wollte, daß Michelle ihr mehr Schwung gab. Es mußte doch möglich sein, Michelle rumzukriegen. Und dann hatte Annie einen Einfall. Sie wußte, es war gemein, was sie da vorhatte. Aber es wurde Michelle veranlassen, der Schaukel mehr Schwung zu geben...
 »Du kannst mich nicht fester stoßen, weil du ein Krüppel bist!«
 Ein Krüppel!
 Michelle empfand die Beschimpfung wie einen Schlag ins Gesicht. Ihr Magen krampfte sich zusammen. Etwas wie Schwindel und Müdigkeit überkam sie. Und Zorn.

Der Nebel schien aus dem Nichts zu kommen. Von einer Sekunde auf die andere konnte Michelle nichts mehr sehen. Das feuchte Grau umgab sie wie eine undurchdringliche Wolke.
Dann kam Amanda.
Sie kam aus der grauen Düsternis zu ihr und lächelte. Sie würde ihr Mut machen.
»Zeig ihr, wieviel Kraft du hast, Michelle«, sagte Amanda. »Zeig ihr, wie weit du die Schaukel stoßen kannst.«
Der Schmerz in Michelles Hüfte, jenes Brennen und Zucken, die sie Tag und Nacht verfolgten, ebbte ab. Plötzlich konnte sie ohne Anstrengung gehen. Sie brauchte ihren Stock nicht mehr. Und wenn sie stolperte – Amanda würde sie stützen. Amanda würde ihr helfen.
Sie trat hinter die Schaukel. Als Annie durch den Nebel herangeschwebt kam, war sie bereit. Das kleine Mädchen hatte den Scheitelpunkt erreicht, als Michelle sie mit beiden Händen an der Schulter packte und ihr einen kräftigen Stoß gab.
Annie kreischte vor Vergnügen, als die Schaukel in die Tiefe sauste. Sie hielt die Ketten umklammert, als es wieder hinaufging. So hoch war sie noch nie geflogen. Sie versuchte sich noch mehr Schwung zu geben, indem sie die Beine ausstreckte, aber sie hatte immer noch nicht begriffen, was sie tun mußte, um die Schaukelbewegung zu verstärken.
Sie schwang zurück. Wieder spürte sie Michelles Hände auf den Schultern. »*Mehr!*« schrie sie. »*Gib mir mehr Schwung!*«
Und wieder schoß sie in die Tiefe hinab. Sie erschrak, als sie den Rasen auf sich zukommen sah. Dann begann der Aufschwung. Statt der Grashalme war jetzt der Himmel zu sehen. Was nun?
Mußte sie sich vorbeugen?
Oder sich nach hinten lehnen und die Beine ausstrecken?
Sie lehnte sich zurück. Als die Schaukel nach vorn schwang, geriet Annie aus dem Gleichgewicht. Die Ketten, die sich noch eine Sekunde zuvor so straff und hart angefühlt hatten, hingen locker in ihren Händen. Sie hatte das Gefühl zu stürzen.
Sie stieß einen Schrei des Entsetzens aus, aber die Gefahr war schon vorüber. Die Ketten waren wieder straff, die Schaukel schwang zurück.
»Diesmal nicht so feste«, sagte sie, als Michelle ihr die Hände auf den Rücken legte.

Sie konnte nicht ergründen, ob Michelle sie überhaupt verstanden hatte. Sie bekam keine Antwort. Die Schaukel schien in den Himmel hinaufzuschießen. Und wieder neigte sich Annie, als der Scheitelpunkt der Bahn erreicht war, in die falsche Richtung. Sie spürte, wie die Kettenglieder in ihren Händen erschlafften.

»Halt!« schrie sie. »Bitte, Michelle, hör auf!«

Aber es war zu spät.

Höher und höher flog die Schaukel, und jedesmal dauerte es länger, bis sich die Ketten wieder strafften.

Dann passierte, was passieren mußte.

Die Ketten schienen zu zerfließen. Annie sank zur Seite, sie lag den Bruchteil einer Sekunde lang quer auf dem Brett. Sie hatte in namenloser Angst die Augen geschlossen.

Und dann gab es keine Ketten mehr.

Als sich die Ketten wieder strafften, hatte sich Annie Whitemore bereits das Genick gebrochen.

Ein Schmerz, groß ernst und dunkel, durchzuckte sie, aber bevor sie das Gefühl richtig registrieren konnte, war der Schmerz auch schon wieder vorbei. Sie fiel mit soviel Schwung auf die Erde, daß ihr Schädel barst. Sie zuckte zwei oder drei Mal, und dann lag der kleine Körper, schlaff und reglos, vor Michelle.

»Hast du gesehen?« flüsterte Amanda. »Du hast mehr Kraft als alle anderen. Die Menschen werden sich dran gewöhnen müssen. Sie werden sich dran gewöhnen, und dann werden sie dich auch nicht mehr auslachen.«

Sie nahm Michelle bei der Hand und führte sie vom Spielplatz.

Als sie die Straße erreichten, hatte sich der Nebel aufgelöst.

Aber Michelle ging weiter, ohne sich umzudrehen.

Corinne hatte gar nicht erst angeklopft. Sie öffnete die Tür und betrat den Flur.

»Tim? Wo bist du?«

»In der Küche«, kam seine Antwort.

Corinne eilte den Korridor entlang. Die Tür zur Küche war offen. Tim stand vor dem Spülbecken. Er spülte Geschirr. Er hatte sich die Ärmel hochgekrempelt.

»Rat mal, was passiert ist!«

Tim musterte sie voller Neugier. »Es muß schon was ganz besonderes sein, sonst wärst du nicht gekommen. Und es hat ganz sicher was mit Michelle Pendleton zu tun, denn wegen der haben wir uns ja zerstritten. Traurig schaust du nicht gerade aus, also kann es sich nur um eine gute Nachricht handeln. Und hier die Antwort. Du hast Michelle getroffen und kommst, um mir mitzuteilen, daß es ihr besser geht.«

Corinnes Hochstimmung verflog. Sie goß sich eine Tasse Kaffee ein und nahm am Küchentisch Platz. »Weißt du was? Du kennst mich zu gut.«

»Dann habe ich also recht?«

»Hast du. Ich habe eben erst Michelle gesehen, sie war auf dem Spielplatz an der Schule und spielte mit Annie Whitmore. Und sie hat sich doch tatsächlich über ihre Behinderung lustig gemacht! Tim, das hättest du sehen müssen. Sie hat das Bein nachgezogen und mit den Armen um sich geschlagen. Sie hat gestöhnt und geächzt, und das alles nur, um ihre kleine Spielgefährtin zum Lachen zu bringen. Wie findest du das?«

»Ich finde das wunderschön«, sagte Tim. »Aber ich verstehe nicht, warum du soviel Aufhebens von der Sache machst. Früher oder später mußte die Entwicklung in diese Richtung gehen.«

»Aber ich dachte... gestern abend hast du doch gesagt...«

Tim hatte sich die Hände abgetrocknet. Er kam zu ihr und setzte sich. »Gestern abend habe ich einige wilde Spekulationen angestellt, und vielleicht habe ich dabei auch einiges gesagt, was ich gar nicht so meinte. Dir ist es vielleicht ebenso ergangen. Was meinst du, sollen wir wieder Frieden schließen?«

Corinne schlang ihm die Arme um den Hals. »Oh, Tim, ich liebe dich.« Sie gab ihm einen zärtlichen Kuß, und dann lächelte sie. »Aber ist das nicht furchtbar aufregend? Ich meine das mit Michelle. Es ist das erste Mal, daß ich sie so spielen sehe. Sie war sonst immer sehr fixiert auf ihre Behinderung. Wenn jemand auf ihr lahmes Bein zu sprechen kam, dann hat sie sich in ihr Gehäuse zurückgezogen wie eine Auster. Und vorhin... ich habe es genau gesehen, Tim. Sie hat sich über ihr lahmes Bein mokiert!«

»Das mag ja sein, aber bevor du sie zu einem perfekt angepaßten Kind erklärst, sollten wir die weitere Entwicklung beobachten, meinst du nicht? Vielleicht hast du aus deiner Beobachtung die falschen Schlüsse gezogen. Vielleicht war es nur eine vorübergehende Besserung.« Er grinste. »Und was ist mit Amanda? Hast du die berühmte Amanda vergessen?«

»Nein, das habe ich nicht!« Sie schien nachzudenken. »Am liebsten wär's mir allerdings, wenn wir jetzt nicht von Amanda sprechen würden. Ich reg' mich dann bloß wieder auf, das weiß ich jetzt schon. Es tut mir leid, Tim, mir ist gestern abend die Fantasie durchgegangen. Du hattest vollkommen recht. Amanda ist ein Produkt meiner Vorstellung, mehr nicht.«

»Da wird Lisa aber sehr traurig sein.«

»Lisa?«

Tim nickte. »Weißt du, ich habe mich dazu durchgerungen, sie doch auf den Friedhof gehen zu lassen. Ich meine, du und ich, wir hatten ja immerhin Streit, oder? Jedenfalls hat sie mir heute früh noch einmal mit der Sache in den Ohren gelegen, und ich habe nachgegeben. Sie befindet sich in diesem Augenblick auf Geisterjagd.«

Corinne starrte ihn erschrocken an.

»Oh, nein, Tim, sag, daß es nicht wahr ist!«

Tims Lächeln verschwand, als er das Entsetzen in ihren Augen gewahrte.

»Warum hätte ich sie denn nicht gehen lassen sollen?« sagte er irritiert. »Sie sind zu dritt, Lisa, Alison und Sally. Was kann denn schon passieren?«

Es war der Augenblick, als Billy Evans starb. Der Junge lag in der *Paradise Point Clinic*. Dr. Pendleton, Dr. Carson und der Neurologe, der aus Boston zugezogen worden war, standen vor dem Bett. Sie hatten Billy nicht mehr helfen können.

Hätte einer der Ärzte zum Fenster geblickt, so hätte er Michelle entdeckt, die vor dem Fenstersims stand und in den Raum hineinspähte. Als sie den Toten sah, rann ihr eine Träne über die Wange.

Sie hörte, wie Amanda zu flüstern begann.

»Es ist vollbracht.« Es war eine merkwürdige, einschmeichelnde Stimme.

Michelle hatte verstanden. Sie wandte sich ab und begann den langen, mühsamen Heimweg.

Sechsundzwanzigstes Kapitel

»Wir hätten trotzdem nicht herkommen sollen«, sagte Jeff Benson. Er sah zu seinem Haus hinüber. Irgendwie wartete er darauf, daß seine Mutter am Küchenfenster erscheinen und ihn zu sich beordern würde. Er legte sich schon eine Entschuldigung zurecht. Seine Idee war es ja nicht gewesen, auf den Friedhof zu gehen. Aber als heute früh Sally Carstairs, Alison Adams und Lisa Hartwick auftauchten, da war er eben mitgegangen. Er war sicher gewesen, die drei waren zur Bucht unterwegs.

Aber er hatte sich getäuscht.

Die drei wollten sich auf Geisterjagd begeben. Vor allem Alison und Lisa waren erpicht darauf, Amanda zu Gesicht zu bekommen, obwohl sie doch beide immer behauptet hatten, Amanda existierte nicht. Es war Sallys Idee gewesen, die Suche nach Amanda auf dem Friedhof zu beginnen. Als Jeff Einwände erhob, hatte Sally ihn prompt der Feigheit bezichtigt. Nun, das wollte sich Jeff nicht sagen lassen. Er hatte keine Angst. Er hatte keine Angst vor Geister, wenn man einmal annahm, daß es so was gab. Er hatte auch keine Angst vor Friedhöfen. Wenn überhaupt, dann hatte Jeff Angst vor seiner Mutter. Er wußte, es würde Probleme geben, wenn sie ihn auf dem Friedhof ertappte.

»Wenn ihr mich fragt, wir verschwenden hier nur unsere Zeit«, sagte er zu den Mädchen.

Alison Adams nickte. Sie stand zwischen den Gräbern, die Hände in die Seiten gestemmt. »Diese alten Grabsteine sind ja todlangweilig. Gehen wir runter zum Strand, da ist es doch viel schöner!«

Die vier Kinder verließen den Friedhof. Sie gingen den Weg entlang, der auf das Haus von Mrs. Benson und auf die Bucht zuführte. Plötzlich blieb Lisa stehen. Sie deutete zur Straße hinüber. Jeff erkannte Michelle.

»Da kommt sie«, sagte Lisa. »Michelle, die Wahnsinnige.«

»Sie ist nicht wahnsinnig«, sagte Sally. »Du sollst so etwas nicht sagen.«

»Wenn sie nicht wahnsinnig ist, wie kommt es dann, daß nur sie den Geist sehen kann und niemand sonst?« konterte Lisa.

»Du sollst so etwas nicht sagen!« Sally war jetzt richtig wütend auf Lisa. Sie gab sich keine Mühe, ihre Entrüstung zu verbergen. »Daß du den Geist nicht sehen kannst, bedeutet noch lange nicht, daß es keinen gibt.«

»Wenn es wirklich einen Geist gibt, dann könntest du Michelle ja bitten, daß sie uns den Geist zeigt«, sagte Lisa.

Sally platzte die Geduld. »Ich kann dich nicht ausstehen, Lisa Hartwick! Du bist ja schlimmer als Susan!« Sally löste sich aus der Gruppe und lief auf Michelle zu.

»Michelle! Michelle!« schrie sie. »Warte doch!«

Michelle blieb stehen. Voller Neugier sah sie zu den vier Kindern hinüber. Was wollten die Kinder von ihr? Sie sah, wie Sally näher kam, und dann trug der Wind Jeffs Stimme heran.

»He, Michelle, wen hast du heute umgebracht?« Sally fuhr herum und starrte Jeff wütend an. Und Michelle dachte nach. Was meinte Jeff, wenn er sie so etwas Merkwürdiges fragte? Dann fand sie die Erklärung.

Susan Peterson.

Billy Evans.

Jeff glaubte, sie hätte die beiden getötet. Aber das war eine Lüge. Sie wußte, daß es eine Lüge war.

Sie mußte schlucken, so nahe waren die Tränen. Aber sie beherrschte sich. Niemand sollte sie weinen sehen! Sie hob den Blick. Endlos lang schien die Straße vor ihr. Sie beschleunigte ihren Schritt, soweit es das lahme Bein überhaupt zuließ. Ein bissiger, hungriger Schmerz zerfleischte ihre Hüfte, sie achtete nicht darauf.

Wo war Amanda? Warum kam Amanda ihr nicht zu Hilfe?

Und dann hatte Sally sie eingeholt.

»Es tut mir so leid, Michelle! Ich weiß nicht, warum Jeff das gesagt hat. Er hat es sicher nicht so gemeint!«

»Er hat es so gemeint, wie er's gesagt hat.« Michelles Stimme zitterte, sie hatte alle Mühe, die Tränen zurückzuhalten. »Jeff glaubt, ich hätte Susan und Billy umgebracht. Jeder hier glaubt das! Aber ich hab's nicht getan!«

»Das weiß ich doch, Michelle. Ich glaube dir.« Sally war unschlüssig, was sie jetzt noch sagen konnte. »Komm doch zu mir nach Hause«, bot sie an. »Wir brauchen uns den Unsinn nicht länger anzuhören, den Jeff erzählt.«

Michelle schüttelte den Kopf. »Ich habe selbst ein Haus, und dort gehe ich jetzt hin. Laß mich in Ruhe.«

Sally streckte den Arm aus, sie wollte Michelle berühren, aber Michelle wich vor ihr zurück. »Laß mich bitte in Ruhe!«

Sally stand da und dachte nach. Sie sah zu den drei Kindern hinüber, die in einer Gruppe zusammen standen und auf sie zu warten schienen. Dann wanderte ihr Blick wieder zu Michelle.

»Ich werde Jeff mal die Meinung sagen!« bot sie an. »Er soll ruhig wissen, was ich von ihm halte!«

»Das ändert gar nichts«, sagte Michelle. Grußlos wandte sie sich ab und setzte ihren Heimweg fort.

Sally sah ihr ein paar Sekunden lang nach, dann lief sie zu den drei Kindern zurück. Als sie nur noch wenige Meter von der Gruppe entfernt war, blieb sie stehen. Sie stemmte die Arme in die Seiten. »Das war gemein von dir, Jeff Benson!«

»Das war gar nicht gemein!« gab er zurück. »Meine Mutter sagt, das Mädchen gehört hinter Schloß und Riegel. Die ist doch wahnsinnig!«

»Ich hör' mir das nicht länger von dir an! Ich gehe jetzt nach Hause! Komm, Alison.«

Sally machte auf dem Absatz kehrt und ging den Weg zurück. Einen Augenblick lang zögerte Alison, dann eilte sie ihr nach. »Kommst du nicht mit, Lisa?« rief sie.

»Ich will zur Bucht gehen«, quengelte Lisa.

»Dann geh zur Bucht«, schrie Alison. »Ich gehe mit Sally.«

»Es ist mir egal, was du machst«, fauchte Lisa. »Warum geht ihr nicht zu eurer wahnsinnigen Freundin?«

Die Mädchen antworteten ihr nicht mehr, sie gingen nebeneinander den Weg zurück. Als Lisa sah, daß sie mit den beiden keinen Streit anzetteln konnte, zuckte sie die Achseln.

»Komm«, sagte sie zu Jeff. »Wir laufen den Weg zur Bucht runter. Wer zuerst unten ist, hat gewonnen!«

Michelle humpelte die Stufen zur Veranda hoch. Ihr Gesicht war vom Schmerz gezeichnet. Sie stieß die Haustür auf und lauschte.

Alles still. Nur das Ticken der Standuhr im Flur war zu hören.

»Mami?«

Sie bekam keine Antwort. Michelle ging die Treppe hinauf. Sie sehnte sich nach der Geborgenheit ihres Zimmers.

Dort oben war sie sicher vor Jeff Bensons furchtbaren Beleidigungen.

Sicher vor seinen Anschuldigungen.

Sicher vor den Verdächtigungen, die sie wie eine Wolke aus Gift umwallten.

Jetzt wußte sie auch, warum ihre Mutter sich heute früh dagegen ausgesprochen hatte, daß sie mit Daddy in die Klinik fuhr.

Ihre Mutter dachte genau wie Jeff Benson.

Aber Michelle hatte niemanden getötet. Sie wußte, sie war unschuldig.

Sie war in ihrem Zimmer angekommen. Sie schloß die Tür hinter sich und begab sich zum Fenstersitz.

Sie nahm ihre Puppe hoch und legte sie in ihre Armbeuge.

»Amanda, sag mir bitte, was los ist. Warum hassen sie mich alle?«

»Sie verbreiten Lügen über dich«, flüsterte Amanda. »Sie wollen dich von hier wegbringen, und deshalb verbreiten sie Lügen über dich.«

»Mich von hier wegbringen? Aber warum denn? Warum wollen sie mich wegbringen?«

»Meinetwegen.«

»Das... das verstehe ich nicht.«

»Ich bin der Grund«, sagte Amanda. »Sie haben mich immer gehaßt. Sie wollen nicht, daß ich irgendwelche Freunde habe. Da du meine Freundin bist, hassen sie dich ebenso wie mich. Und sie werden dich wegbringen.«

»Das macht mir nichts aus«, sagte Michelle. »Mir gefällt es hier sowieso nicht mehr.«

Sie konnte Amanda jetzt sehr deutlich erkennen. Sie stand nur wenige Schritte von ihr entfernt. Ihre bleichen Augen schimmerten im Dämmerlicht. Sie schienen Michelle durchbohren zu wollen.

»Wenn du zuläßt, daß sie dich wegbringen, ist unsere Freundschaft zu Ende«, hörte sie Amanda sagen.

»Du könntest ja mitkommen, wenn sie mich wegbringen«, schlug Michelle vor. »Ich nehme dich einfach mit. Wie findest du das?«

»Nein!« Amandas Stimme klang sehr zornig, sehr scharf. Instinktiv wich Michelle einen Schritt zurück. Sie hielt die Puppe an sich gedrückt. Amanda kam auf sie zugeschwebt, sie hatte den rechten Arm ausgestreckt.

»Ich kann nicht mit dir kommen, Michelle. Ich muß hierbleiben.«

Sie ergriff Michelle bei der Hand. »Bleib bei mir. Gemeinsam werden wir es soweit bringen, daß sie uns nicht mehr hassen.«

»Ich will nicht bei dir bleiben«, sagte Michelle. »Ich verstehe nicht, was du eigentlich vorhast. Du versprichst immer mir zu helfen, aber dann passieren die fürchterlichsten Dinge. Und die Leute geben mir die Schuld. Es ist deine Schuld, Amanda, aber die Leute glauben, ich bin schuld. Das ist nicht fair. Warum beschimpfen sie mich für Dinge, die du getan hast?«

»Weil wir einander gleich sind«, sagte Amanda ruhig. »Ist das so schwer zu verstehen? Ich bin wie du, und du bist wie ich.«

»Aber ich will nicht sein wie du«, sagte Michelle. »Ich will ich selbst sein. Ich will sein, wie ich war, bevor du kamst.«

»Sag so etwas nie wieder«, zischte Amanda. Ihr Gesicht war zu einer Grimasse aus Wut und Haß geworden. »Wenn du es noch einmal sagst, werde ich dich töten.« Sie machte eine Pause. Die milchigen Augen erstrahlten in einem Licht, das von innen zu kommen schien. »Ich *kann* dich töten«, fügte sie hinzu. »Du weißt, daß ich das kann.«

Michelle drückte sich in die Ecke des Zimmers, um der schwarzgekleideten Gestalt auszuweichen. Sie wollte fortlaufen, aber sie wußte, Amanda würde das nicht zulassen. Sie wußte, Amanda sprach keine leeren Drohungen aus.

Wenn sie nicht tat, was Amanda von ihr verlangte, würde Amanda sie töten.

»Also gut«, sagte sie. »Was muß ich tun?«

Ein Lächeln stahl sich auf Amandas Züge. »Ich möchte, daß du mich zum Kliff führst«, sagte sie. »Bring mich zum Kliff, bring mich zum Friedhof.« Wieder hatte sie Michelles Hand ergriffen. Sie verließen das Zimmer und gingen den dunklen Flur entlang.

»Das ist das letzte Mal«, sagte Amanda leise. »Danach ist alles vorbei. Dann wird niemand mehr über mich lachen.«

Michelle verstand nicht recht, wovon Amanda redete. Aber es war wohl nicht so wichtig. Sie verstand nur, daß es bald vorbei sein würde.

Das ist das letzte Mal, hatte Amanda gesagt.

Vielleicht wurde doch noch alles gut. Vielleicht war alles wieder gut, wenn sie Amanda erst einmal den Willen getan hatte.

Sie verließ das Haus. Mit langsamen Schritten ging sie auf den Friedhof am Kliff zu.

June stand vor ihrer Staffelei und starrte auf die Leinwand.

Sie wußte nicht, wer das Bild auf die Staffelei gestellt hatte.

Es war ein Bild, das ihr angst machte. Sie war wie in Trance. Seit Minuten betrachtete sie die Linien, die Formen, die Farben.

Es war das Bild, das sie neulich in ihrem Schrank gefunden hatte.

Inzwischen war das Werk zu Ende gemalt worden.

Was abgebildet war, schien June so entsetzlich, daß sie sich weigerte, den Sinn zu begreifen.

Aus der Skizze war ein Gemälde geworden.

Zwei Menschen waren dargestellt, ein Mann und eine Frau.

Das Gesicht des Mannes war nicht zu erkennen, wohl aber das Gesicht der Frau.

Sie war wunderschön, mit ihren hochangesetzten Jochbögen, mit ihren vollen Lippen und einer Stirn, die wie aus Elfenbein gemeißelt schien.

Die Augen waren mandelförmig und von grauer Farbe, sie sprühten vor Leben. Die Frau schien zu lachen.

Es war ein wunderschönes Bild, von zwei Dingen abgesehen.

Die Frau blutete.

Sie blutete aus einer Wunde an der Brust. Sie blutete aus einer Wunde am Hals. Das Blut rann über ihren Körper und tropfte auf den Boden. Die Wunden bildeten einen bizarren Gegensatz zu dem lächelnden Gesicht. Die Frau schien nicht zu wissen, daß sie im Sterben lag.

Quer über das Bild war mit blutroter Farbe das Wort ›Hure!‹ geschrieben.

June hatte eine Weile lang nur das Gesicht der Frau angestarrt, jene Augen, die sie wie magnetisch anzogen. Aber dann fand ihr Blick zum Hintergrund des Gemäldes. Der abgebildete Raum kam ihr bekannt vor.

Es war ihr Malstudio.

Die Form der Fenster war unverkennbar. Der Blick durch die Fenster ging aufs Meer, wie in Wirklichkeit. Der Mann und die Frau lagen auf einem Liegebett. June trat einen Schritt zurück. Sie ging etwas zur Seite. Sie veränderte ihren Standpunkt, bis der Blickwinkel dem des Malers entsprach, der das Bild geschaffen hatte.

Sie ließ den Blick in die Runde schweifen. Sie hatte sich die Stelle gemerkt, wo der Maler das Liegebett plaziert hatte. Das Bett war wahrscheinlich eineinhalb Meter breit gewesen.

Noch bevor sie an der Stelle angelangt war, wußte sie, daß sie dort den Blutfleck vorfinden würde.

Der Fleck.

Der alte Fleck, den sie trotz aller Bemühungen nicht wegbekommen hatte.

Sie zwang sich, den Fleck aus der Nähe anzusehen.

»Nein!«

Ein Schrei entrang sich ihrer Kehle.

»Oh, mein Gott! Nein!«

Der Fleck breitete sich aus. June stand da, sie konnte nichts anderes tun, als den größer werdenden Fleck anstarren.

Es war richtiges Blut.

»Nein!« June nahm ihre ganze Willenskraft zusammen. Sie floh aus dem Studio.

Sie hatte Jennifer vergessen. Das Kind lag in seiner Korbwiege. Es war aufgewacht. Es begann zu schreien, immer lauter...

Dr. Carson und Dr. Pendleton saßen in dem Büro, das dem Sprechzimmer vorgelagert war. Sie warteten auf den Neurochirurgen, der jenseits der Tür die Autopsie machte.

Cal hatte die Verantwortung für Billys Tod auf sich genommen.

»Ich habe den Kopf des Jungen bewegt. Ich hätte den Kopf nicht bewegen dürfen.«

Dr. Carson hatte ihm die Selbstbezichtigung nicht abgenommen. »Sie mußten ihn bewegen, Cal. Sie sind ganz einfach zu spät gekommen...« Seine Stimme verklang wie ein Flüstern in der Schlucht. Er betrachtete den Mann, der ihm gegenübersaß. Ganz sicherlich durchlebte Dr. Pendleton in diesen Augenblicken noch einmal die Panik, die ihn gestern, beim Tode des Jungen, befallen hatte. Als Dr. Carson den richtigen Zeitpunkt für gekommen hielt, spendete er seinem verzweifelten Kollegen weiteren Trost. »Als Sie zu dem Jungen kamen, war das Unglück bereits geschehen. Es ist wirklich nicht Ihre Schuld, Cal.«

Cal wollte antworten, als das Telefon zu läuten begann. Dr. Carson nahm den Hörer ab. June Pendleton war am Apparat. Sie weinte. Ein Unglück hätte sich ereignet.

Sie schluchzte ins Telefon. Er konnte nicht recht verstehen, was sie sagte. Er verstand nur, daß sie, er und Dr. Pendleton, sofort zu dem alten Haus am Kliff kommen sollten.

»June, so beruhigen Sie sich doch«, sagte er. »Ihr Mann ist bei mir, wir kommen zu Ihnen, so schnell wir können.« Er machte eine Pause. Dann: »June, ist jemand verletzt?« Er hörte sich ihre Antwort an. Er sagte ihr, daß sie im Haus bleiben sollte. Er legte den Hörer auf die Gabel zurück. Cal sah ihn fragend an.

»Was ist passiert, Josiah?«

»Ich weiß es nicht«, erwiderte Dr. Carson. »June will, daß wir sofort zu ihr kommen. Niemand ist verletzt, aber irgend etwas stimmt nicht, und es ist wichtig, daß wir sofort hinfahren. Kommen Sie.« Er stand auf. Cal schien zu zögern.

»Und was wird mit...«

»Mit Billy? Aber der Junge ist doch schon tot, Cal. Wir können nichts mehr für ihn tun. Kommen Sie jetzt.«

Cal nahm seinen Mantel vom Haken.

»Hat June denn nicht gesagt, was passiert ist?«

Dr. Carson überhörte die Frage. Er bugsierte Cal aus dem Büro hinaus.

Sie verließen die Klinik, und dann dämmerte Dr. Carson, was passiert war. Das Mosaik fügte sich zu einem Bild zusammen. June hatte etwas gefunden. Er wußte nicht, wie er zu dieser Überzeugung kam, aber er war sicher, daß June etwas gefunden hatte.

Der Fund würde alles erklären.

Oder alles noch schlimmer machen.

June hatte gerade aufgelegt, als das Telefon zu klingeln begann. *Er wird nicht kommen*, dachte sie. *Das ist Cal, und er ruft mich an, um mir zu sagen, daß er nicht kommen kann, weil er so beschäftigt ist. Was soll ich tun?*

Sie nahm den Hörer ab.

»Cal?«

»Hier spricht Corinne Hatcher. Sind Sie dran, June?«

»Ach so«, sagte June verlegen. »Tut mir leid. Es ist nur so, ich hatte gerade mit Cal telefoniert. Ich... ich dachte, er wollte mich noch einmal anrufen.«

»Ich will Sie nicht aufhalten«, sagte Corinne. »Aber haben Sie heute schon Lisa Hartwick gesehen? Ich bin hier mit Tim zusammen, mit ihrem Vater, und wir suchen das Mädchen. Es ist mir peinlich, ich meine, das klingt jetzt albern, aber... die Kinder wollten auf Geisterjagd gehen.«

June hatte von alledem nur verstanden, daß Corinne mit Tim Hartwick zusammen war.

»Corinne, können Sie und Tim zu mir herauskommen?«

Sie war bemüht, ihrer Stimme einen sicheren, vernünftigen Klang zu geben. »Hier ist etwas Merkwürdiges passiert.«

Corinne schwieg. Dann: »Etwas Merkwürdiges? Wie meinen Sie das?«

»Ich kann Ihnen das so nicht beschreiben«, sagte June. »Bitte kommen Sie beide zu mir.«

Erst jetzt spürte Corinne die Panik heraus, die in Junes Worten mitschwang. »Wir kommen sofort«, sagte sie.

Sally Carstairs und Alison Adams hatten die Straße überquert. Sie würden über das Schulgelände gehen, das war der kürzeste Weg zum Haus von Sallys Eltern.

»Wir hätten nicht ohne Lisa losgehen sollen«, sagte Sally. »Wenn meine Mutter das erfährt, macht sie ein Heidenspektakel.«

»Was hätten wir denn machen sollen?« erwiderte Alison. »Du weißt doch, wie Lisa ist. Sie will immer ihren Dickkopf durchsetzen. Wenn du das gleiche willst wie sie, gut. Wenn nicht, hast du Pech.«

»Ich dachte, du magst Lisa.«

Alison rümpfte die Nase. »Es geht so. Im Grunde ist sie ganz okay. Sie ist nur verzogen.« Sie gingen schweigend nebeneinander. Dann fiel Alison etwas ein. »Ich dachte immer, du wärst ihre Freundin.«

»Wessen Freundin?«

»Michelles Freundin. Ich meine, bevor das mit dem Bein passiert ist.«

»Das war ich auch.« Sally lächelte, sie dachte daran, wie Michelle vor ein paar Wochen gewesen war. »Sie war so nett. Sie wäre wahrscheinlich meine beste Freundin geworden, aber seit dem Sturz ist nicht mehr an sie ranzukommen. Sie schließt sich ab.«

»Glaubst du, sie ist wahnsinnig?«

»Das ist sie sicher nicht«, sagte Sally. »Sie ist jetzt nur ... wie soll ich's sagen ... sie ist jetzt anders.«

Alison war wie angewurzelt stehengeblieben. Sie war leichenblaß geworden. »Sally. Schau mal!«

Sie waren vor den Schaukeln angekommen. Sally sah in die Richtung, in die Alison deutete.

Annie Whitmore lag seltsam verkrümmt im Lehm. Unter ihrem Knie war das Sitzbrett der Schaukel zu erkennen.

Und Sally klangen Jeffs Worte in den Ohren, wie ein Echo aus der Zukunft.

Wen hast du heute umgebracht?

Sie dachte an die vergangene Woche, an den Tag, als Michelle mit der kleinen Annie Whitmore gespielt hatte.

Wen hast du heute umgebracht?

Sie meinte Michelle vor sich zu sehen, wie sie die Straße entlanghumpelte. Im Hintergrund waren die weißen Häuser von Paradise Point zu erkennen.

Wen hast du heute umgebracht?

Sally Carstairs hatte ihre Freundin Alison bei der Hand gepackt. Sie rannten über den Spielplatz. Sally würde ihrer Mutter sagen, was sie gesehen hatten.

Siebenundzwanzigstes Kapitel

Mit langsamen Schritten ging Michelle den Pfad entlang, der über das Kliff führte. Es hatte zu regnen begonnen. Der Horizont verschwamm im Grau. Michelle kümmerte sich nicht um den Regen. Sie lauschte Amandas Einflüsterungen.

»Weiter«, sagte Amanda. »Es war noch ein bißchen weiter.«

Sie gingen noch fünf oder sechs Schritte, dann blieb Amanda stehen. Sie schien nachzudenken.

»Es ist alles anders als damals. Es ist irgendwie verändert.« Dann: »Dort hinüber!« Sie zog Michelle ein paar Meter nach Norden. Vor einem großen Stein, der über dem Abgrund zu schweben schien, blieb sie stehen.

»Hier«, sagte Amanda. »Hier war es.«

Michelle trat neben den Findling und sah auf den Strand hinab. Sie erkannte die Stelle wieder, wo sie vor sechs Wochen mit ihren Freunden gepicknickt hatte. Jedenfalls waren sie damals Freunde gewesen.

Der Strand war menschenleer. Es war Ebbe. Die Felsen, glattgespült von den Gezeiten der Jahrtausende, waren wie verendende Wale, auf deren Haut sich die dräuende Düsternis des sinkenden Tages spiegelte.

»Schau«, flüsterte Amanda. Sie deutete auf das Ende des Strandstreifens. Zwischen den natürlichen Wasserbecken, die von der Flut zurückgelassen wurden, waren zwei Gestalten auszumachen. Ein Junge und ein Mädchen.

Trotz der Regenschwaden, die den Blick behinderten, hatte Michelle den Jungen sofort erkannt: Jeff Benson. Wer war das Mädchen? Plötzlich spürte sie, das Mädchen war unwichtig.

Nur Jeff war wichtig.

Amanda hatte es auf Jeff abgesehen.

Wen hast du heute umgebracht?

Seine Worte gellten ihr in den Ohren, und Michelle wußte, auch Amanda konnte die Worte hören.

»Er muß hier vorbeigehen«, gurrte Amanda. »Wenn die Flut steigt, wird er hierherkommen. Und dann...« Michelle konnte nicht verstehen, was Amanda weiter sagte. Aber sie sah das Lächeln in den blinden Augen ihrer Freundin. Amanda hatte Michelle mit dem linken Arm ergriffen. Mit dem rechten tastete sie nach dem großen Stein...

June saß noch vor dem Telefon, als ihr Mann und Dr. Carson eintrafen.

Sie hörte, wie die Vordertür des Hauses geöffnet wurde. Cal rief ihren Namen.

»Ich bin hier«, antwortete sie. »Hier...«

Ihre Stimme klang benommen, das Gesicht war bleich. Er trat zu ihr und beugte sich zu ihr hinab.

»June, was ist passiert?«

»Im Studio... geht ins Studio.

»So sprich doch! Was ist passiert? Wo sind die Kinder?«

June starrte ihn an, ohne zu begreifen. »Die Kinder?« echote sie. Die Erinnerung kam wie eine eiskalte Woge. »Jennifer! Mein Gott, ich habe Jennifer im Studio vergessen!«

Die Erstarrung wich von ihr. Sie stand auf. Sie begann zu schwanken und mußte sich wieder setzen. »Cal, ich kann nicht dort hingehen – ich kann es einfach nicht. Geh bitte ins Gartenhaus, nimm Dr. Carson mit. Hol mir Jennifer.«

»Du kannst nicht ins Gartenhaus gehen?« fragte Cal verwundert. »Warum denn nicht. Was ist passiert?«

»Du wirst es sehen. Geh ins Gartenhaus, und sieh dir's an.« Die beiden Männer waren schon an der Tür, als June ihren Mann zurückhielt. »Cal, eines solltest du vielleicht noch wissen... Das Bild auf der Staffelei, das habe ich nicht gemalt.«

Cal und Josiah sahen sich an. Schwer zu sagen, wer von beiden unsicherer war. Als June nichts weiter sagte, eilten sie in den Garten hinaus.

Sie konnten Jennifers Schreie hören, noch bevor sie das Gartenhaus erreicht hatten. Cal begann zu laufen. Er preschte in das Studio seiner Frau hinein und warf einen Blick in die Runde. Er fand die Wiege, riß die Kleine in seine Arme und preßte sie an sich.

»Alles ist wieder gut, Prinzessin«, sagte er voller Zärtlichkeit. »Dein Daddy ist bei dir, alles ist wieder gut.«

Er wiegte sie in seinen Armen. Das Schreien wurde leiser. Und dann fiel Cals Blick auf das Gemälde, das June, wie er sich erinnerte, einem anderen Maler zuschrieb.

Zuerst begriff er nicht recht, was da überhaupt abgebildet war. Aber dann schälten sich aus den Formen und Farben die Gestalt eines Mannes und einer Frau heraus. Der Maler hatte das Paar in inniger Umarmung dargestellt, das Gesicht der Frau spiegelte höchste Verzückung wider. Aber da war noch etwas anderes in diesen wunderschönen Augen.

»Ich verstehe das nicht«, stammelte er. Er wandte sich um und sah in Dr. Carsons Augen.

Er wollte noch etwas sagen, aber dann bemerkte er den Ausdruck des Verstehens in der Miene des anderen. Plötzlich war sein Hals wie zugeschnürt.

»Das ist es also«, flüsterte jener. »Ich weiß jetzt, was damals passiert ist.«

Cal starrte den alten Arzt an. »Aber Josiah, was haben Sie denn? Ist Ihnen nicht gut?« Er machte einen Schritt auf ihn zu. Der Alte schob ihn mit einer unwirschen Bewegung zur Seite.

»Sie hat es getan«, sagte er. »Amanda hat endlich ihre Mutter zu sehen bekommen. Sie hat sie getötet. Hundert Jahre, nachdem es geschah, hat sie ihre Mutter getötet. Jetzt ist sie frei. Wir alle sind frei.« Er sah Cal an. »Es war richtig, daß Sie nach Paradise Point gekommen sind«, sagte er leise. »Das waren Sie uns schuldig. Sie haben Alan Hanley getötet, und Sie haben dafür bezahlt.«

Cals Blick irrte zwischen Dr. Carson und dem Gemälde hin und her. »Von was sprechen Sie eigentlich?« herrschte er den alten Arzt an. »Was geht hier vor?«

»Das Bild ist die Antwort«, sagte Dr. Carson. »Alles, was Sie wissen wollen, sagt Ihnen das Bild. *Die Frau ist Louise Carson.*«

»Ich... ich verstehe nicht...«

»Ich werde es Ihnen erklären, Cal«, sagte Dr. Carson. Seine Stimme klang gefaßt, aber seine Augen erstrahlten in einem seltsamen Glanz. »Die Frau auf dem Bild ist Louise Carson. Sie liegt auf dem kleinen Friedhof begraben. Mein Gott, Cal, Ihre Frau hat auf Louise Carsons Grab die Wehen bekommen, wissen Sie das denn nicht mehr?«

»Aber das ist doch nicht möglich«, sagte Cal. »June konnte gar nicht wissen, wie Louise Carson aussah...« Er hatte den Satz kaum ausgesprochen, als ihm Junes Worte einfielen: *Das habe ich nicht gemalt...*

Cal trat an die Staffelei und betrachtete die Leinwand aus nächster Nähe. Die Farbe war frisch, sie war noch nicht trocken. Er trat drei Schritte zurück. Erst jetzt fügten sich die Linien im Hintergrund zu Gegenständen zusammen. Das Malstudio, wo sie jetzt standen, war abgebildet, die Fenster, die Wand. Cal erschauderte. Er ließ den Blick durch den Raum schweifen. Wie im Traum nahm er den alten Arzt hinter sich wahr.

»Sie ist hier«, flüsterte Dr. Carson. »Verstehen Sie denn nicht, Cal? Amanda ist hier. Sie benutzt Michelle. Sie ist hier, ich kann sie spüren. *Sie ist hier!*«

Er begann zu lachen, leise zuerst, dann laut und mißtönend. Er lachte, bis Cal es nicht mehr aushalten konnte.

»*Hören Sie auf!*« schrie er den Alten an.

Der Bann war gebrochen. Dr. Carson schüttelte sich, er warf einen Blick auf das Gemälde. In seinen Augen funkelte Triumph. Er ging zur Tür. »Kommen Sie«, sagte er. »Es ist besser, wenn wir jetzt ins Haus zurückkehren. Ich habe das Gefühl, wir sind erst ganz am Anfang.«

Cal wollte ihm folgen, als er den Fleck am Boden sah. »Oh, mein Gott«, flüsterte er.

Der Fleck war wieder, wie er bei ihrem Einzug in die Wohnung gewesen war. Eine dicke, rötlich-braune Schicht, überlagert vom Staub der Jahrzehnte. Cal traute seinen Augen nicht. Seine Frau hatte den Fleck beseitigt. Er erinnerte sich noch ganz genau, wie June auf den Knien gelegen und den Fleck weggeschabt hatte.

Und jetzt war das Blut wieder da.

Cals Blick wanderte zu dem Bild zurück. Er sah das Blut, das aus Louise Carsons Brust hervorquoll, den dunklen Strahl, der aus ihrer aufgeschlitzten Kehle schoß...

Es war, als sei die Vergangenheit wieder lebendig geworden.

Sie kehrten in das große alte Haus zurück, wo sie außer June noch Tim Hartwick und Corinne Hatcher vorfanden. June saß immer noch vor dem Telefon.

»Hast du das Bild gesehen?« fragte June. Ihr Blick war auf Cal gerichtet. Der nickte. »Ich habe dieses Bild nicht gemalt.«

»Wo kommt das Bild her?«

»Ich habe es vor einer Woche im Schrank gefunden, es stand zwischen den anderen Rahmen. Vorige Woche war es noch eine Skizze. Ich habe das Bild in den Schrank zurückgestellt. Als ich heute ins Studio kam, stand es auf der Staffelei.«

»Was denn?« mischte sich Tim Hartwick ein. »Von was für einem Bild sprechen Sie?«

»Von einem Gemälde, das in meinem Studio auf der Staffelei steht«, sagte June sanft. »Gehen Sie hin, und sehen Sie es sich an, deshalb habe ich Sie schließlich hergebeten.«

Tim und Corinne wollten zum Gartenhaus gehen, als das Telefon zu klingeln begann. June starrte den Apparat an, aber sie nahm nicht ab. Es war dann Cal, der den Hörer ergriff. »Wer ist da?«

»Sind Sie's, Dr. Pendleton?« Eine Frau war am Apparat.

»Ja.«

»Hier spricht Bertha Carstairs. Ich... ich würde gern mit Dr. Carson sprechen, wenn er bei Ihnen ist.«

Cal hob ärgerlich die Schultern. »Ja, er ist hier.« Er sah Dr. Carson fragend an. Irgendwie erwartete er, daß der alte Arzt das Gespräch mit der Anruferin ablehnen würde. Aber Dr. Carson schien sich von der Begegnung mit dem merkwürdigen Bild erholt zu haben. Inzwischen fragte sich Cal, ob er das Ganze vielleicht nur geträumt hatte. Er reichte dem Alten den Hörer.

»Hier spricht Dr. Carson.«

»Hier spricht Bertha Carstairs. Herr Doktor, etwas Furchtbares ist passiert. Gerade ist meine Tochter Sally nach Hause gekommen, sie hat Alison Adams mitgebracht. Die beiden sagen, sie haben Annie Whitmore auf dem Spielplatz liegen sehen. Annie ist tot.« Ihr zitternder Atem war zu hören. »Sie liegt unter der Schaukel. Sally sagt, es sieht aus, als ob sie von der Schaukel gefallen wäre. Wahrscheinlich ein Unfall...«

Die Frau begann zu stottern. Dr. Carson spürte sofort, daß sie ihm etwas Wichtiges verschwieg.

»Was noch, Mrs. Carstairs? Da ist doch noch etwas, was Sie mir sagen möchten.«

Bertha Carstairs zögerte. Als sie dann weitersprach, entschuldigte sie sich, daß sie den Herrn Doktor mit Nebensächlichkeiten belästigte.

»Ich glaube, es hat nichts weiter zu bedeuten, aber...« Und dann kam ihre Stimme ganz klar über den Draht. »Sally hat Michelle Pendleton getroffen, auf der Straße am Kliff. Michelle kam aus dem Ort. Und Sally sagt auch, daß Michelle und Annie oft zusammen gespielt haben, und nachdem Susan Peterson... ich meine, nachdem Billy Evans... ich weiß nicht, wie ich es Ihnen sagen soll, Herr Doktor, aber...« Bertha Carstairs verstummte.

»Sie brauchen nichts mehr zu sagen«, beendete Dr. Carson das Gespräch. »Ich danke Ihnen, Mrs. Carstairs.« Er legte auf.

Er wandte sich den vier Menschen zu, die ihn fragend ansahen. »Annie Whitmore scheint etwas passiert zu sein«, sagte er. Er wiederholte alles, was Mrs. Carstairs ihm erzählt hatte.

Als er fertig war, brach June in Tränen aus. »Helfen Sie Michelle, Dr. Carson. Ich bitte Sie, helfen Sie ihr.« Sie kam auf die Beine. Sie sahen ihr nach, wie sie in den Flur wankte. »Michelle! Michelle, wo bist du?«

Sie hörten sie wieder und wieder den Namen des Mädchens rufen. Schließlich stapfte June die Treppe hinauf. Wenig später kehrte sie ins Erdgeschoß zurück.

»Sie ist nicht in ihrem Zimmer, Cal. Sie ist fort.«

»Mach dir keine Sorgen wegen Michelle«, sagte Cal. »Wir werden sie finden.«

»Lisa«, sagte Tim. Er sprach so leise, daß er kaum zu verstehen war. Nur Corinne hatte ihn verstanden.

»Lisa war mit Sally und Alison zusammen«, sagte sie. Sie wandte sich zu dem alten Arzt. »Hat Mrs. Carstairs etwas von Lisa gesagt? Weiß sie, wo Lisa ist?«

Dr. Carson schüttelte den Kopf. Tim ging zum Telefon. »Was hat Mrs. Carstairs für eine Telefonnummer?« fragte er.

Corinne eilte zu ihm. Sie nahm ihm das Telefon aus der Hand. Sie betätigte die Wählscheibe. Drei Mal ging der Ruf durch, ehe Bertha Carstairs abnahm.

»Mrs. Carstairs, hier spricht Corinne Hatcher. Was ist mit Lisa Hartwick? War sie nicht dabei, als Sally und Alison nach Hause kamen?«

»Nein«, sagte Bertha. »Aber warten Sie bitte einen Augenblick...« Schweigen. Und dann war wieder Mrs. Carstairs Stimme zu vernehmen.

»Sie ist auf dem Kliff geblieben. Sie und Jeff Benson wollten noch zur Bucht gehen. Also, ich finde das ja viel zu gefährlich. Die Strömung ist...«

Aber Corinne fiel ihr ins Wort. »Entschuldigen Sie bitte, aber ich kann jetzt nicht weitersprechen. Ich rufe Sie hier aus dem Haus von Dr. Pendleton an. Ich... ich bin zuversichtlich, daß wir Lisa finden werden.« Sie legte den Hörer auf die Gabel zurück. Sie wandte sich zu Tim.

»Sie ist irgendwo draußen. Sie wollte mit Jeff Benson an den Strand gehen.«

»Es ist alles nur wegen der Puppe«, schluchzte June. »Die verdammte Puppe!« Alle starrten sie an. Nur Dr. Carson verstand die Bemerkung. June sah ihren Mann an, sie zitterte vor Wut. »Verstehst du immer noch nicht? Die Puppe ist schuld!« Und wieder rannte June die Treppe hinauf. Sie stürzte in Michelles Zimmer, auf der Suche nach der Puppe.

Amanda!

Alles war Amandas Schuld.

Sie mußte die Puppe vernichten!

Die Puppe saß auf der Fensterbank. Der Blick der gläsernen Augen war auf Devil's Passage gerichtet, auf die Bucht. June lief zum Fenster. Sie hatte die Puppe ergriffen und wollte aus dem Zimmer laufen, als sie draußen, auf dem Kliff, eine Bewegung gewahrte.

Sie legte ihre Stirn an die Scheibe und starrte durch die Regenschlieren.

Dort im Norden, das Kliff. Der Friedhof.
Es war Michelle.
Sie stand an einen rundgeschliffenen Felsen gelehnt und sah auf den Strand hinab.
Und dann sah June, daß sie *nicht* an dem Felsen lehnte.
Was tat sie denn da?
Sie versuchte den Felsen über den Steilhang zu wälzen.
»Nein!« schrie June. »Nein!« Sie nahm die Puppe und rannte den Flur entlang. Zwei und drei Stufen auf einmal nehmend brachte sie die Treppe hinter sich.
»Michelle ist auf dem Kliff«, schrie sie. »Hol sie, Cal! Lauf hin, und hol sie!«

Der Nebel war so dicht geworden, daß Michelle den Strand nicht mehr erkennen konnte. Immer noch war Amanda bei ihr, hielt ihre Schultern umklammert, flüsterte ihr Zärtlichkeiten ins Ohr. Und Warnungen.
»Sie kommen, Michelle. Ich kann sie sehen. Sie kommen immer näher... sie werden gleich hier sein... Jetzt! Du mußt mir helfen, Michelle. Hilf mir!«
Michelle stemmte sich gegen den großen runden Felsen. Der Stein schien unter ihren Fingern zu vibrieren.
»Du mußt dich mehr anstrengen«, zischte Amanda. »Wir dürfen nicht zu spät kommen!«
Und wieder spürte Michelle, wie der Fels sich bewegte. Sie sah, wie der Boden unter der Last nachgab. Der Stein neigte sich. Sie wollte sich von ihm lösen, aber das gelang ihr nicht mehr. Der Fels fiel...

Das Geräusch war so leise, daß es fast im Rauschen der Brandung untergegangen wäre. Aber Jeff hatte etwas gehört. Er hob den Blick. Er sah zum Kliff hinauf.
Das Geräusch war von oben gekommen.
Dann sah er den Felsen.
Er wußte, daß der Brocken ihn zermalmen würde, wenn er nicht sehr schnell reagierte. Er mußte sich zur Seite werfen. Aber er war wie gelähmt. Er spürte, wie seine Lippen zu beben begannen. Sein Magen krampfte sich zusammen. Er wußte, er würde sterben.

Seine Glieder waren wie Eis. Erst in der letzten Sekunde gelang es ihm, die Beine zu bewegen. Es war zu spät.

Der Felsblock, über ein Meter im Durchmesser, traf ihn und quetschte ihn auf den Boden. Er meinte das Knirschen seiner Knochen zu hören, als der Stein ihn zermalmte.

Und noch etwas konnte er hören.

Das Lachen einer Mädchenstimme.

Das Lachen schwebte über ihn dahin, als er starb. Wer das wohl war? Ein kleines Mädchen, das ihn auslachte. Aber warum? Was hatte er ihr denn getan?

Es war Jeff Bensons letzter Gedanke.

Auch Michelle hatte das Lachen gehört. Sie wußte, das war Amandas Stimme. Amanda war zufrieden mit ihr. Wie schön. Michelle war glücklich. Allerdings wußte sie nicht recht, *warum* Amanda so zufrieden mit ihr war.

Der Nebel verflog. Michelle sah auf den Strand hinab.

Zwischen den Felsen stand ein Mädchen, sie betrachtete einen großen, runden Stein. Der Stein hätte dich treffen können, dachte Michelle. Aber er hat dich nicht getroffen.

Warum weinte das Mädchen?

Nicht nur der runde Stein war zu sehen. Irgend etwas schien unter dem Stein hervorzuragen.

Die letzten Nebelfetzen zerstoben. Michelle konnte jetzt erkennen, was da unter dem Stein hervorragte.

Es war ein Bein. Das Bein eines Menschen ragte unter dem großen, runden Stein hervor.

Und Amanda lachte. Amanda lachte, und dann sagte sie etwas zu Michelle. Die mußte sich sehr anstrengen, um ihre Freundin zu verstehen.

»Was zu tun war, ist getan«, sagte Amanda. »Ich gehe jetzt. Auf Wiedersehen, Michelle.« Ihr Lachen, unbeschwert und glücklich, wurde leiser, und dann war Amanda fort.

Andere Stimmen waren zu hören. Stimmen, die Michelles Namen riefen. Harte, zornige Stimmen.

Michelle wußte, was die Menschen vorhatten.

Sie würden sie fangen. Sie würden sie bestrafen. Sie würden sie fortbringen.

Und dabei hatte sie doch gar nichts verbrochen. Amanda war

schuld. Sie hatte immer nur getan, was Amanda wollte. Wie konnte man ihr dann einen Vorwurf machen? Und doch wußte sie, daß die Menschen ihr, Michelle, die Verbrechen anlasten würden.

Es war wie in ihrem Traum.

Sie mußte den Menschen entfliehen. Sie durfte sich nicht fangen lassen. Sie begann zu laufen. Sie zog ihr lahmes Bein hinter sich her. Sie quälte sich vorwärts. Der Schmerz loderte auf in ihrer Hüfte. Sie achtete der Schmerzen nicht.

Die Stimmen waren näher gekommen. Die Menschen hatten sie eingeholt.

Sie blieb stehen, so wie sie im Traum stehengeblieben war. Sie wandte sich um.

Sie konnte ihren Vater erkennen, ihren Vater und Dr. Carson. Außerdem war da Fräulein Hatcher, ihre Lehrerin. Wer war der dritte Mann? Ach ja, Mr. Hartwick. Warum hatte er sich ihren Verfolgern angeschlossen? Sie hatte doch gedacht, er sei ihr Freund. Aber er war ihr Feind, jetzt wußte sie es. Er hatte sie übertölpeln wollen. Auch er haßte sie.

Amanda. Sie hatte nur einen einzigen Freund auf der Welt. Amanda.

Aber Amanda war fort.

Wo war sie hingegangen?

Michelle wußte es nicht.

Sie wußte nur, daß sie vor den Menschen fliehen mußte. Und daß sie ein lahmes Bein hatte.

Allerdings, im Traum war ihr die Flucht gelungen. Verzweifelt versuchte sich Michelle zu erinnern, was sie im Traum getan hatte.

Sie war gefallen.

Das war die Lösung.

Sie war gefallen. Susan Peterson war gefallen, Billy Evans ebenfalls. Auch Annie Whitmore war gefallen.

Sie würde fallen, und dann würde Amanda sich ihrer annehmen.

Als die Stimmen zu einem Kreis wurden, der sich um sie schloß sprang Michelle Pendleton über die Felsnase in den Abgrund hinab.

Diesmal kam Amanda ihr nicht zu Hilfe. Michelle wurde das bewußt, kurz bevor sie auf den Felsen aufschlug.

Amanda würde nie mehr zu ihr kommen. Und dann griffen die

Felsnadeln nach ihr, wie im Traum. Michelle blieb jedoch ganz ruhig.

Sie freute sich darauf, von den Felsnadeln liebkost zu werden.

Es war recht leise im Wohnzimmer der Familie Pendleton. Aber es war eine Stille, die keinen Frieden in sich barg. Vier Menschen saßen im Halbkreis um das knisternde Kaminfeuer. June wirkte gelassen. Sie sah in das Feuer, das sie vor Stunden angezündet hatte, um die Puppe zu verbrennen. Die Puppe war verbrannt. Aus irgendeinem Grunde hatte man das Feuer weiterbrennen lassen.

Sie wußte noch immer nicht, was eigentlich passiert war.

Dr. Carson war fortgefahren, ohne weitere Erklärungen abzugeben. Er hatte sich geweigert, noch einmal auf die Dinge zu sprechen zu kommen, von denen im Malstudio die Rede gewesen war. Cal hatte versucht, die Gesprächsfetzen, an die er sich erinnerte, logisch zu verknüpfen. Ohne Erfolg. Irgendwann im Laufe des Nachmittags war Tim Hartwick noch einmal in das Gartenhaus gegangen. Lange hatte er das seltsame Gemälde angestarrt. Dann hatte er den Schrank durchsucht. Er hätte nicht zu sagen vermocht, wonach er suchte, aber er ahnte, er hoffte, daß irgendwo in diesem Raum sich der Schlüssel des Rätsels finden würde.

Bei seiner Suche war Tim auf die Skizzen gestoßen. Er hatte die Skizzen in das große alte Haus gebracht, und dann sahen die Menschen, wie Susan Peterson gestorben war, wie Billy Evans ums Leben gekommen war.

Einer nach dem anderen war in das Gartenhaus gegangen. Jeder hatte noch einmal das blutüberströmte Gemälde betrachten wollen, die mysteriöse Brücke zu einer Vergangenheit, die niemand verstand.

Es war Corinne, die den Schatten entdeckte.

Auf den ersten Blick schien die dunkle Stelle inmitten der lebhaften, leidenschaftlichen Farben ohne Bedeutung. Aber als Corinne mit den Fingern die Umrisse des Schattens nachvollzog, da sahen sie es alle.

Vor der sterbenden Louise Carson stand ein Mädchen. Sie selbst war nicht abgebildet, nur ihr Schatten.

Es war die Silhouette eines jungen Mädchens. Das Mädchen trug ein altmodisches Kleid und eine Haube. Der Arm war ausgestreckt. Das Mädchen hielt etwas in der Hand.

Allen war klar, daß sie ein Messer umklammert hielt.

Sie wußten, daß Michelle die Skizzen gefertigt hatte, sie hatte auch das Gemälde gemalt. Tim war sicher, Michelle hatte mit diesen Darstellungen der dunklen Seite ihres Ichs Ausdruck gegeben. Sie mußte wohl irgendwo ein Bild von Louise Carson gesehen haben, sie hatte das Bild in Erinnerung behalten. Dann hatte sie ›Amanda‹ erfunden. Die Legenden von jener Amanda, die es einst in Paradise Point gab, hatten sich mit Michelles Träumen zu einem Gespenst verwoben. Für sie war die Existenz des Geistes eine Tatsache. Der Geist existierte nur in ihrer Vorstellung, aber die Vorstellung war Wirklichkeit.

Lisa Hartwick hatte ein Beruhigungsmittel bekommen. Man hatte sie zu Bett gelegt, sie war eingeschlafen. Als sie aufwachte, fand sie sich in Michelle Pendletons Bett wieder. Sie war in dem alten Haus am Kliff.

Sie stand auf und ging zur Tür. Sie legte das Ohr ans Türblatt und lauschte. Stimmen, die von unten zu kommen schienen. Lisa stieß die Tür auf. Sie rief nach ihrem Vater.

»Daddy?«

Tim kam zur untersten Treppenstufe und sah hinauf. »Was ist?«

»Ich kann nicht schlafen.«

»Dann bleib etwas liegen, und ruh dich aus. Ich bring' dich gleich nach Hause.«

»Ich möchte aber *sofort* nach Hause«, sagte Lisa. »Mir gefällt's hier nicht.

»Dann bringe ich dich eben sofort nach Hause«, sagte Tim. »Zieh dich an, und dann fahren wir.«

Lisa ging in das Zimmer zurück und zog sich an. Sie wußte, worüber sich die Erwachsenen dort unten unterhielten.

Über Michelle Pendleton.

Lisa hätte sich auch ganz gern mit jemandem über Michelle Pendleton unterhalten. Sie hätte ihm erzählen können, was sie am Strand gesehen hatte.

Aber sie hatte Angst, über diese Dinge zu sprechen.

Die Menschen würden sie für verrückt erklären.

Sie ging die Treppe hinunter. Sie hatte beschlossen, daß sie niemandem sagen würde, was sie gesehen hatte. Sie war auch nicht mehr ganz sicher, daß sie es gesehen hatte.

Vielleicht hatte dort oben auf dem Kliff nur Michelle gestanden.

Vielleicht hatte es gar kein schwarzgekleidetes Mädchen neben Michelle gegeben, kein Mädchen, das eine altmodische Haube trug.

Vielleicht war das nur Michelles Schatten gewesen.

EPILOG

Jennifer Pendleton feierte ihren zwölften Geburtstag.
Sie war zu einem gutaussehenden Mädchen herangewachsen. Sie war groß. Sie war blond und blauäugig wie ihre Eltern. Sie hatte ein feinziseliertes Antlitz, dessen Alter schwer zu bestimmen war. Wer nicht wußte, daß sie erst zwölf war, hielt sie für fünfzehn oder sechzehn. Jennifer machte es großen Spaß, daß die Menschen sie für älter hielten. Sie bekam Einladungen von jungen Männern, die ihr sieben oder acht Jahre voraus waren. Wenn June und Cal sich wegen solcher Ungereimtheiten Sorgen machten, dann verbargen sie es. Jennifer war nicht nur wunderschön, sie war auch ein aufgewecktes Geschöpf, das kaum in Schwierigkeiten geraten würde.

Aus June Pendleton war so etwas wie ein Sonderling geworden. Es war jetzt zwölf Jahre her, daß die Familie aus Boston nach Paradise Point gekommen war. Sie hatten damals auf ein besseres Leben gehofft, statt dessen waren sie in einen Alptraum eingewoben worden. June hatte nie begriffen, warum ihr das Schicksal solche Prüfungen auferlegt hatte. Während die Jahre sich rundeten, hatte sie sich mehr und mehr ihrer Malerei zugewandt. Es war ihr nicht gelungen, sich in Paradise Point Freunde zu machen. Das lag nicht nur daran, daß sie eine Fremde war. Man sagte es ihr nicht ins Gesicht, aber gewisse Leute im Ort hatten ihr nie vergeben, daß sie einst ihre wahnsinnige Tochter nach Paradise Point gebracht hatte. Zwar war über die merkwürdigen Ereignisse Gras gewachsen, aber sie, die Mutter, lebte in ihren Erinnerungen. Kein Tag verging, wo sie nicht an Michelle und ihre rätselhafte Krankheit dachte.

June hatte damals nach Boston zurückkehren wollen. Aber Cal hatte sich solchen Bestrebungen widersetzt. Bei allem, was passiert war, seine Liebe zu dem alten Haus am Kliff war nie ins Wanken geraten. Er sprach nie darüber, auch zu seiner Frau nicht, aber er hatte nie vergessen, was der alte Dr. Carson an jenem Nachmittag im Malstudio gesagt hatte. Cal fand, es war müßig, darüber nachzugrübeln, ob Dr. Carson die Wahrheit gesagt hatte oder nicht. Er hatte beschlossen, ihm Glauben zu schenken. Endlich fühlte er sich frei von der Schuld, die ihm mit dem Tod Alan Hanleys aufgebürdet worden war. Nicht er hatte den Jungen auf dem Gewissen, sondern Amanda. Sie hatte auch die anderen Opfer getötet, unter ihnen Michelle, seine Tochter. Und so war Dr. Calvin Pendleton in Paradise Point geblieben. Er kümmerte sich nicht darum, was die Leute redeten. Er hatte es zu etwas gebracht.

Dr. Carson war gleich nach Michelles Todessturz aus Paradise Point weggezogen. Die Leute im Ort waren sicher, daß es bei dem alten Herrn im Oberstübchen nicht mehr ganz stimmte. In den letzten Tagen vor der Abreise hatte er etwas von ›Rache‹ gefaselt und von der guten alten Zeit, niemand hatte das so recht ernst genommen. Die Menschen hatten sich dem neuen Arzt zugewandt, Dr. Carsons Nachfolger war allmählich zum allseits geachteten ›Doc‹ geworden. Und es gab ja auch nur den einen im Ort.

Weder Cal noch June waren je wieder auf die Ereignisse vor zwölf Jahren zu sprechen gekommen. Wenn sie von Michelle sprachen, und das war selten, dann war es immer die Michelle ›vorher‹. Die zwei Anfangsmonate in Paradise Point, jene Wochen, als die Familie Pendleton beinahe auseinanderbrach, waren für Cal und June so etwas wie ein weißer Fleck auf der Landkarte, ein Gebiet, das man nicht betreten durfte.

June war ganz froh, daß Cal das Thema mied. Die Erinnerungen waren zu schmerzlich.

Und so verlebten die Pendletons zwölf ruhige Jahre in ihrem Haus auf dem Kliff. Cal ging seiner Praxis nach. June malte ihre düsteren, beklemmenden Seestücke.

Sie hatten Jennifer sorgsam von der Tragödie abgeschirmt, die ihre ersten Wochen in Paradise Point überschattet hatte. Natürlich hatte sie alle möglichen Gerüchte gehört, aber sie gab nichts auf solche Geschichten. Die Eltern hatten ihr eingeschärft, daß man nicht alles glauben mußte, was die Schulkameraden sagten. Es war nun einmal so, sagten Cal und June, daß jeder etwas dazulog, wenn er eine Geschichte weitererzählte.

Es gelang Jennifer nur selten, eine Freundin oder einen Freund zu einem Besuch des alten Hauses am Kliff zu bewegen.

In den ersten Jahren hatte sie sich darüber noch geärgert. Nachher war ihr klargeworden, daß die Zurückhaltung der Leute mit der Tatsache zusammenhing, daß sie sehr weit draußen wohnte.

Als ihr zwölfter Geburtstag herannahte, hatte Jennifer ihre Eltern gefragt, ob sie alle Freundinnen und Freunde zu einer Party ins Haus einladen konnte.

June hatte sich dagegen ausgesprochen. Die Mütter der Kinder, so hatte sie argumentiert, würden nie erlauben, daß die Kinder an einer Feier in dem Haus am Kliff teilnahmen. Aber Jennifer hatte sich damit nicht abspeisen lassen. Wie immer, wenn ihr von der Mutter etwas verweigert wurde, war sie zu ihrem Vater gegangen. Und Cal hatte sich durchgesetzt. Jennifer, so sagte er, müßte ihre Freundschaften pflegen, dazu gehörte, daß sie die Jungen und Mädchen ins Haus einlud.

Der Geburtstag kam. Wer eingeladen war, erschien. Und June fragte sich, ob sie den Menschen in Paradise Point nicht unrecht getan hatte. Es sah so aus, als ob die Leute bereit wären, die Vergangenheit ruhen zu lassen.

Carrie Peterson fand das große alte Haus furchtbar aufregend. Warum eigentlich hatten sich ihre Eltern so schwer getan, ihr die Erlaubnis zum Besuch der Geburtstagsparty zu geben? Es war doch nur ein ganz normales Haus. War es denkbar, daß irgend jemand in Paradise Point die Geschichten glaubte, die ihre Eltern erzählten? Nun, die Eltern waren schon recht betagte Herrschaften. Alte Leute hatten merkwürdige Ansichten, das war bekannt. Carrie fand das Haus großartig.

»Jenny, zeigst du mir mal dein Zimmer?« fragte sie. Jennifer lachte.

»Aber natürlich. Komm.«

Sie bahnten sich einen Weg durch die Freundinnen und gingen die Treppe hinauf. Jennifer führte Carrie den Flur entlang, in das Eckzimmer, das sie ein Jahr zuvor bezogen hatte. »Hier schlafe ich.«

Carrie ging sofort zum Fenster und setzte sich auf die Fensterbank. Sie sah schwärmerisch auf das Meer hinaus und seufzte. »Ich glaube, ich könnte mein ganzes Leben so sitzen und auf die Wogen hinausschauen.«

»Mir gefällt das Zimmer auch sehr gut«, sagte Jennifer. »Kannst du dir vorstellen, daß es ein großer Kampf war, ehe mich meine Eltern hier einziehen ließen?«

»Was war denn das Problem?«

»In diesem Zimmer hat meine Schwester geschlafen.«

»Verstehe.« Carrie Peterson fielen sofort die Geschichten ein, die man ihr über Jennifers Schwester erzählt hatte. »Deine Schwester war verrückt, nicht?«

»Verrückt? Wie meinst du das?«

Carrie sah ihre Freundin kopfschüttelnd an. »Aber Jennifer! Jeder im Ort weiß, daß deine Schwester vier Menschen umgebracht hat. Dann muß sie ja wohl verrückt gewesen sein, oder? Ich meine, entweder sie war verrückt, oder ein Geist hat die vier getötet. Aber an Geister glaubst du ja sicher so wenig wie ich.«

Jetzt erst verstand Jennifer, warum ihre Mutter gegen die Geburtstagsparty gewesen war. Mutter hat es vorausgesehen, daß die Kinder ihrer Tochter Fragen wegen Michelle stellen würden. Wie auch immer, Jennifer hatte wenig Lust, sich über Michelle zu unterhalten. Sie wußte wenig über ihre Schwester, und das wenige, was sie wußte, schien nicht recht zusammenzupassen.

»Können wir nicht von etwas anderem sprechen?« schlug sie vor. Aber Carrie war nicht mehr zu bremsen.

»Weißt du, meine Mutter wollte mich gar nicht herkommen lassen. Sie sagt, das Haus ist verhext. Sie sagt, in diesem Haus werden die Menschen verrückt. Könntest du dir vorstellen, daß da was dran ist?«

»Ich wohne hier seit zwölf Jahren, und ich spüre noch keine Anzeichen, daß ich verrückt bin«, sagte Jennifer gleichmütig. Carries Fragerei ging ihr auf die Nerven, aber sie war entschlossen, sich das nicht anmerken zu lassen.

»Trotzdem, Jennifer, du bist was Besonderes«, sagte Carrie. »Du bist auf einem Grab zur Welt gekommen. Also ich stelle mir das ganz schön unheimlich vor, wenn man auf dem Friedhof zur Welt kommt!«

»Ich bin *nicht* auf einem Grab zur Welt gekommen!« fauchte Jennifer. Mit ihrer Geduld war es jetzt vorbei. Sie kannte die Story, und sie wußte auch, daß nichts Wahres dran war. »Ich bin in der Praxis meines Vaters zur Welt gekommen, wenn du's wissen willst! Zwar hat meine Mutter beim Besuch des Friedhofs die Wehen bekommen, aber das bedeutet ja noch nicht, daß ich auf einem Grab geboren bin.«

»Es ist ja auch nicht so wichtig«, wiegelte Carrie ab. »Obwohl die alte Mrs. Benson sagt, es ist ein böses Omen, wenn eine Frau auf dem Friedhof die Wehen bekommt. Ich meine, irgendwie hat sie ja auch recht, Michelle hat ihren Jungen umgebracht... und all das.«

Jennifers Zorn hatte den Siedepunkt erreicht. »Carrie Peterson, das nimmst du zurück! Was du gesagt hast, ist eine Lüge, und das weißt du ganz genau! Nimm's sofort zurück!«

Aber Carrie stellte sich stur. »Ich nehm's *nicht* zurück«, sagte sie. »Du kannst mich nicht dazu zwingen.«

Die beiden standen da und starrten sich an. Es war dann Jennifer, die den endgültigen Bruch herbeiführte. »Ich möchte, daß du sofort aus diesem Haus verschwindest«, sagte sie. »Deine Freundinnen und Freunde kannst du gleich mitnehmen.«

»Ich bleibe keine Minute länger in diesem Geisterhaus«, sagte Carrie. »Meine Mutter hat wahrscheinlich recht. Wer hier länger wohnt, wird verrückt!«

Sie stapfte aus dem Raum. Jennifer hörte, wie sie die Treppe hinunterpolterte und die Freunde und Freundinnen zusammenrief. Nach einigem Getuschel wurde die Haustür geöffnet. Die Tür fiel ins Schloß. Dann war alles still.

Erst jetzt ging Jennifer nach unten.

Ihre Mutter stand im Vestibül des Hauses. Sie schien völlig perplex.

»Was ist passiert, Jenny? Warum sind deine Freunde so plötzlich verschwunden?«

»Weil ich sie weggeschickt habe«, sagte Jennifer. »Es war eine langweilige Party. Ich habe allen gesagt, sie sollen nach Hause gehen.«

Junes gute Erziehung bewirkte, daß sie sich ihrer Tochter widersetzte. »Das hättest du nicht tun dürfen«, sagte sie scharf. »Du warst die Gastgeberin. Wenn die Party langweilig war, dann war es deine Schuld. Du hättest eben etwas tun müssen, um die Stimmung aufzulockern. Du gehst jetzt in dein Zimmer und bleibst dort bis heute abend. Du kannst darüber nachdenken, was du falsch gemacht hast. Heute abend rufst du dann jedes einzelne Kind an und entschuldigst dich. Habe ich mich klar ausgedrückt?«

Jenny starrte ihre Mutter an. Noch nie hatte sie in dieser Weise zu ihr gesprochen. Und dabei war es doch gar nicht ihre Schuld. Carrie Peterson hatte angefangen! Jennifer brach in Tränen aus. Heulend lief sie die Treppe hinauf.

Sie ging in ihr Zimmer und setzte sich aufs Bett.

Ein Geschenk lag auf dem Bett. Ein Päckchen. Silberpapier, mit einer großen blauen Schleife.

Jennifer wunderte sich.

Das Geschenk war vorhin noch nicht dagewesen. Dann fiel ihr die Lösung des Rätsels ein. Während Mutter ihr die Strafpredigt hielt, hatte sich ihr Vater ins Zimmer geschlichen. Er mußte es sein, der ihr das Geschenk aufs Bett gelegt hatte – als ganz besondere Überraschung.

Jennifer grinste, während sie die Verpackung öffnete, und als der Inhalt zum Vorschein kam, wurde das Grinsen zu einem Lächeln der Bewunderung.

Eine wunderschöne Puppe! Eine Antiquität! Jawohl, das war eine Antiquität, ohne Zweifel. Wo ihre Eltern das kostbare Stück wohl gekauft hatten? So etwas Schönes hatte Jennifer noch nie gesehen.

Die Puppe trug ein blaues Kleid mit Rüschen und Bändern. Der Kopf war aus Porzellan. Das Haar war dunkel, es wurde von einer kleinen Haube gehalten.

Jennifer drückte die Puppe an ihr Herz. »Du bist schön«, flüsterte sie. »Du bist so schön.« Ihr ganzer Ärger war wie weggewischt. Sie setzte die Puppe aufs Bett und rannte die Treppe hinunter.

»Mami! Mami! Wo bist du?«

»Ich bin in der Küche«, rief June. »Was ist?

Jennifer kam in die Küche gelaufen. Sie schlang ihrer Mutter die Arme um den Hals und küßte sie. »Mutter, ich bin dir so dankbar! Danke, danke, danke! Sie ist wunderschön! Sie ist einfach Klasse!«

June war ratlos. Aber sie freute sich, daß die gedrückte Stimmung verflogen war. Sie befreite sich aus Jennifers Umarmung.

»Es ist ja gut, daß dir das Geschenk gefällt«, lachte sie. »Aber kannst du mir jetzt sagen, was es überhaupt ist?«

»Meine Puppe«, rief Jennifer aus. »Meine wunderschöne Puppe.« Und dann hatte sie einen Einfall. »Ich weiß auch schon, wie ich sie nennen werde! Ich werde sie Michelle taufen! Das ist ein ganz fantastischer Name. Weißt du, Mutter, ich habe mir immer gewünscht, daß ich Michelle als Freundin hätte haben können. Sie war doch ein schönes Mädchen, nicht? Mit dunklem Haar und großen, braunen Augen. Du wirst sehen, die Puppe sieht genauso aus wie sie. Und auf diese Weise werden Michelle und ich

Freundinnen. Oh, Mami, ich bin so glücklich. Wo ist Vater? Ich muß mich bei ihm bedanken!«

Und dann war sie fort, lief durch den Garten, suchte nach ihrem Vater.

June blieb in der Küche zurück und dachte nach. Eine Puppe. Was für eine Puppe?

Wovon sprach Jenny überhaupt?

Langsam nahm der Verdacht Gestalt an. June verließ die Küche. Sie ging auf die Treppe zu.

Es ist unmöglich.

Sie wußte, daß es unmöglich war.

Aber Jennifer würde die Puppe Michelle nennen.

June ging die Treppe hoch.

Sie blieb vor Jennifers Zimmer stehen.

Der Raum, den sie Jennifer nicht hatten geben wollen. Aber Jennifer hatte nicht lockergelassen. Und June hatte nachgegeben.

Zögernd öffnete sie die Tür. Sie überquerte die Schwelle.

Die Puppe saß auf dem Bett.

Als June ihr in die dunklen Augen sah, formten sich ihre Lippen zum Schrei.

Sie hatte die Puppe verbrannt. Sie erinnerte sich ganz genau, daß sie die Puppe vor zwölf Jahren verbrannt hatte.

Dort saß sie. Sie war nicht verbrannt. Die blinden Augen starrten June an.

June spürte, wie die Angst jeden Winkel ihrer Seele auszufüllen begann. Aus ihrer Jugendzeit wehte eine Erinnerung heran. Die Erinnerung an ein Gedicht von Milton.

Blind ist die Furie,
Blind und unbarmherzig,
Mit ihrer Schere zerschneidet sie
Den dünngesponnenen Faden unseres Lebens.

June Pendleton begann zu weinen.

JOHN SHIRLEY

Kinder der Hölle

Prolog

Carl Lanyard, 1955

»Vielleicht ist er ein Zigeuner«, sagte der größere der beiden Jungen. Beide Jungen waren blond und pickelig, und beide waren so alt wie Carl, zehn Jahre. Aber sie waren wesentlich größer als Carl. Er sah zu ihnen auf und hoffte, er würde nicht so trotzig wirken, daß sie seinen Blick als Herausforderung aufnahmen. Der kleinere Junge schnippte mit einem Finger unter Carls Nase. Carl glaubte, er würde geschlagen und zuckte blinzelnd zurück.

Die Jungen lachten. Sie kamen näher, beengten ihn.

Carl fürchtete sich, und zugleich dachte er: *Es ist komisch, was man alles bemerkt, wenn man Angst hat.* Er hatte sich auch bei dem Begräbnis seines Onkels gefürchtet. Sich gefürchtet, weil er noch nie eine Leiche gesehen hatte und weil er glaubte, dunkle Dinge zu sehen, die sich in der Luft über dem Sarg wanden, obwohl er wußte, daß dort nichts sein konnte. Sich gefürchtet – und doch hatte er bemerkt, daß einer von Mrs. Gilders Schneidezähnen gelber war als die anderen, und nach welchem Putzmittel die Kapelle roch, und daß Mr. Bruckner wiederholt an seiner eigenen Achselhöhle schnupperte, und daß Sandra Springsteen, obwohl es ein Begräbnis war, mit diesem Earl flirtete, dem der Fahrradladen gehörte, und daß Mr. Connely sich flüsternd mit Mrs. Connely stritt, die sich bemühte, ihn zum Schweigen zu bringen.

Jetzt, kurz nach Schulschluß vor dem Wochenende, als sich die beiden Jungen über ihn beugten und ihn zu Boden schlagen wollten, wurde Carl die Spätsommersonne bewußt, die seinen Nacken wärmte, und er nahm den starken Duft nach frisch gemähtem Gras wahr, der von dem Haus gegenüber der Schule herüberdrang, roch außerdem, daß jemand beim Mähen durch einen Haufen Hundescheiße gefahren war, denn der Geruch mischte sich mit dem des frisch geschnittenen Grases; er nahm wahr, daß ein Vogelschwarm in weiter Ferne in unregelmäßig gezackter Formation flog; er sah einen schwarzen Terrier, der einen der Schulbälle davontrug, dann und wann stehenblieb, den sabbeligen Ball fallen ließ und darauf herumknabberte wie auf einem Knochen...

Ihm fiel auf, daß ihm, wenn er sich fürchtete, alle Einzelheiten auffielen, bis auf die, die ihn erschreckten.

»Ja, ein Zigeuner oder so was«, wiederholte der größere Junge, dessen Name Frank Bonham war, wie Carl plötzlich einfiel, und sein Freund hieß Manny Soundso. Manny zog an einer von Carls schwarzen Haarlocken: Carl riß seinen Kopf frei und versuchte zu lächeln. »Genaugenommen«, sagte Carl impulsiv, »bin ich Engländer mit irischen Vorfahren. Meine dunkle Haut kommt von dem schwarzen, irischen Zweig meiner Familie. Seht ihr, die Überlebenden der Spanischen Armada wurden in Irland an Land gespült, und sie haben sich eingeheiratet und – *au!*«

Manny hatte Carl wieder am Haar gezogen; Franks blaue Augen waren glasig; er streckte die Hand aus und packte ein Büschel Haare auf der anderen Seite von Carls Kopf, zog fest daran, zweimal, und sagte mit der Betonung auf jedem Ruck: »Ich bin *Engländer* mit schwarzen, irischen Vorfahren!«

»Schwarz? Nigger drin. Das erklärt alles«, sagte Manny.

Sie standen am Rand des Schulgeländes und waren von den Fenstern des Schulhauses aus nicht zu sehen. Niemand sah, wie sich Carl loswand und wegrannte; niemand sah die beiden Jungen, die wie Fernseh-Cowboys, die die Herde zusammentrieben, hinter ihm herschossen und ihm ein Bein stellten, so daß er aufs Gesicht fiel. Sie ließen sich auf seinen Rücken fallen, stießen mit den Knien in seine Rippen und Nieren. Er schrie nur deshalb nicht, weil der Schmerz so stark und so stechend war, daß er vor Erstaunen wie gelähmt war.

»Du hast vor Mr. Connelys Haus gestanden und...«

»Laß das, Frank«, fiel ihm der andere Junge ins Wort.

Carl schmeckte Schmutz, und in seinen Ohren dröhnte es. Er glaubte, unter dem Druck auf seinem Rücken in zwei Hälften zu zerbrechen. Frank schlug auf Carls Schädel ein; Carl stellte zu seinem Erstaunen fest, daß er sich Sorgen machte, sie könnten ihm auf einem Stein die Zähne einschlagen und er müßte mit Zahnlücken zur Schule kommen, und alle würden sagen...

Er dachte den Gedanken nicht zu Ende, weil Frank ihm ins Ohr schrie: »Merk dir, daß du nichts zu sehen hast, außer dem Dreck unter deiner Nase, du Niggerzigeuner!« Carl spürte die

Spucke des Jungen auf seiner Backe. »Du siehst nichts! Du hörst nichts!«

»Hast du verstanden?« Manny drehte Carl die Arme auf dem Rücken um; Carl spürte, wie sich seine Handgelenke strafften, kurz vor dem Brechen. »Hast du verstanden?« schrie Manny ihn an.

»Ja, ja, hab' ich«, stöhnte Carl.

Dann war das Gewicht von seinem Rücken verschwunden; der Lärm hatte aufgehört. Er lag allein auf dem Sportplatz. Er hörte das Tapsen ihrer Turnschuhe, als sie fortliefen.

Dann wurde ihm klar – »*Du hast vor Mr. Connelys*« –, daß Mr. Connely ihnen Geld gegeben hatte, damit sie ihn verprügelten. Also würde er niemandem mehr erzählen, daß er Mrs. Connelys Stimme gehört hatte. Mrs. Connely war tot. Mr. Connely sagte, sie sei von der Leiter gefallen. Ein Unfall. Carl hatte dem nicht widersprochen. Nicht Carl. Er hatte nur ein paar Leuten erzählt, was *Mrs. Connely ihm* erzählt hatte, als er an dem Haus vorbeigekommen war, in dem sie kurz darauf gestorben war.

Er würde es nicht mehr tun. Nichts mehr hören, nichts mehr sehen. Bis auf die Einzelheiten, die nichts schaden konnten. Bis auf den Dreck unter seiner Nase. Die Jungen machten sich seit zwei Jahren über ihn lustig. Der Schmerz in seinem Rücken sagte ihm: *Schluß damit!*

Von da an hörte er die Stimmen nicht mehr, sah nicht die flinken Bewegungen in der Luft, die Bewegungen, die er »Zauberhände« genannt hatte, dieses Flattern wie von flimmernden, körperlosen Händen. Keine Stimmen, keine Hände; nichts außer Schmutz. Und die Schulen und die Wege und die Bäume und die Häuser und die Menschen *auf* dem Schmutz.

1

Carl Lanyard: heute

Mit leicht zitternden Fingern drückte Lanyard die Nummer in der Telefonzelle. Seine Nervosität kam teils daher, daß er Trismegestes seinen Mißerfolg melden mußte. Teils war es auch die Nervosität, die ihn immer plagte, wenn er mit Darian Trismegestes sprach. Carl Lanyard hatte seinen Arbeitgeber nie gesehen. Sie hatten immer nur telefonisch oder brieflich in Verbindung gestanden, Lanyards Auffassung nach ein unnatürliches Geschäftsgebaren.

»Kann ich Ihnen behilflich sein?«

Lanyard nannte der Vermittlung seine Kreditkartennummer. Er warf einen Blick auf seine Uhr – es war zehn Uhr morgens.

Als das Telefon am anderen Ende läutete, warf Lanyard einen Blick über die Schulter auf die Menschenströme, die sich durch den Kennedy International Airport wälzten. Er runzelte die Stirn, weil er einen Moment lang glaubte, Madelaine Springer am Informationsschalter gesehen zu haben. Lanyard hatte seine Brille nicht auf; er war sich nicht sicher.

Es war unwahrscheinlich, daß sie hier war. Ein solcher Zufall wäre beunruhigend. Vielleicht konnte er...

»Ja?« ertönte Trismegestes' Stimme. Launisch, leicht quäkend, ungeduldig. »Wer ist da? Und warum rufen Sie mich um diese Zeit an?«

»Lanyard. Ich habe angerufen, um Ihnen zu sagen, daß ich zurück...«

»Wohin zurück?«

»Nach San Francisco. Zur Redaktion. Die nächste Ausgabe geht in den Satz. Ich muß noch eine Spalte schreiben, und ich glaube nicht, daß noch Hoffnung besteht, daß ich...«

»Ohne dieses Interview brauchen Sie nicht zurückzukommen, Lanyard.«

»Sie weigert sich, ein Interview zu geben.«

»Was? Sie ist das heißeste und vielversprechendste Medium an der Ostküste. Es ist in ihrem eigenen Interesse, sich interviewen zu lassen. Was hat sie...«

»Sie verstehen nicht, Mr. Trismegestes. Sie ist nicht daran interessiert, Geld aus ihrer Gabe herauszuschlagen. Sie hat wiederholt Geld zurückgewiesen, und seit einer Weile lehnt sie jede Publicity ab. Sie will auch keine Tests mit sich machen lassen. Sie sagt, sie setzt ihre Gabe ein, wenn sie es für richtig hält. Wir haben uns sehr nett unterhalten. Über vieles. Sie lehnt Abtreibungen ab. Aber auf mediale Phänomene ist nicht die Rede gekommen. Erst ist sie dem Thema ausgewichen, und dann hat sie sich glatt geweigert, darüber zu reden.«

»Das ist bestimmt nur einer ihrer Tricks. Sich scheu stellen, die Unnahbare spielen, Werbung für sich machen, indem man jede Publicity meidet. Also wirklich, Lanyard, bleiben Sie dran. Sie müssen hartnäckig sein.«

»Nein, tut mir leid, aber das geht nicht. Sie können mich feuern. Ich respektiere sie. Ich bin nicht sicher, ob sie medial begabt ist. Ich bin nicht mehr sicher, ob die Leute, über die wir seit zehn Jahren berichten, nicht durch die Bank Betrüger sind. Oder unter Selbsttäuschung leiden. Tut mir leid.«

Er sprach nicht gern mit dem alten Mann. Etwas in Trismegestes' Stimme ließ ihn an seine Kindheit denken. Wenn er mit dem Alten sprach, wenn auch nur am Telefon, glaubte er manchmal Dinge zu sehen, die sich vor seinen Augenwinkeln wanden.

»Ich höre es aus Ihrer Stimme heraus, Lanyard.«

»Was?« Lanyard zuckte. »Was hören Sie?«

»Mit dieser Frau verbindet Sie eine Art Liebesbeziehung. Um es höflich auszudrücken.«

Lanyard war verärgert. Weil es der Wahrheit nahekam. Madelaine und Lanyard beim Abendessen – ihre Blicke hatten sich mehrfach gefunden. Madelaine und Lanyard im Taxi – ihre Knie hatten sich berührt und waren in dieser Stellung verharrt.

»Nein«, sagte er. »Sie täuschen sich restlos.«

»Wirklich?«

»Ich habe nicht die Absicht, diese Frau mit einem Interview zu belästigen. Feuern Sie mich doch.«

»Soll das eine Herausforderung sein?« fragte Trismegestes kichernd. »Warten wir ab. Darüber unterhalten wir uns, wenn Sie wieder hier sind. Versuchen Sie, den Artikel zu schreiben. Sehen

Sie aus dem Fenster, bis Sie eine Vision haben. Suchen Sie Ihre Kindheit in den Wolken. Schließlich schreiben Sie für die Zeitschrift *Visionen*. Liefern Sie uns eine Vision. Spucken Sie was Schönes aus.« Wieder das krächzende Kichern.

Lanyard hatte etwas gegen Trismegestes' Humor.

»Also gut. Auf Wiedersehen.« Lanyard hängte ein und drehte sich um.

Madelaine Springer lächelte ihn an.

»Wie... äh... wie haben Sie mich hier gefunden?« fragte er nach einem Moment.

»Hoffen Sie auf eine Darbietung medialer Fähigkeiten?« Sie schüttelte den Kopf. »Nein. Ich bin hier, weil ich Sie gesucht habe, und ich habe Sie an Ihrer grellrot karierten Krawatte erkannt.«

Lanyard biß sich auf die Lippen, um nicht zu lachen. Er hatte allen Grund, böse auf sie zu sein. »Sind Sie jetzt bereit, mir ein Interview zu geben?«

»Nein. Tut mir leid.« Sie zog seinen Blick auf ihre Augen. »Kein Interview.«

Aus unerklärlichen Gründen war er erleichtert.

»Wissen Sie was, Mr. Lanyard? Ich habe Ihre Zeitschrift heute gelesen, gerade vorhin. Zum ersten Mal. Sie hat mich nie interessiert. Ihr Artikel war grenzenlos skeptisch – fast rotzig –, was das Übernatürliche betrifft. Der Rest der Zeitschrift sprüht vor Enthusiasmus. Mir kam *alles* unecht vor.«

Er nickte versonnen. »Natürlich. Trismegestes mit seinen Sensationsberichten über Schwindler, Eventualitäten und Unwahrscheinlichkeiten! Für mich springt nur ein unbedeutendes Einkommen dabei heraus. Ich glaube, er druckt mein Zeug ab, damit der übrige Schund glaubwürdiger klingt. Wovon leben *Sie*? Ich habe Sie mehr als einmal...«

»Ich bin Tänzerin. Zumindest war ich das. Ich habe in einer zweitklassigen Produktion getanzt. *Nero*. Das war nicht schlecht, und jetzt beziehe ich Arbeitslosenunterstützung bis zum nächsten Engagement. Ich verdiene mein Geld nicht mit Hellsehen, Mr. Lanyard.«

»Ich glaube Ihnen. Sehen Sie – ich würde mich gern noch länger mit Ihnen unterhalten. Das ist mein Ernst. Ganz gleich, worüber. Aber mein Flug wird gleich aufgerufen...«

»Schreiben Sie, solange Sie Aufträge bekommen.« Sie legte zwei

Fingerspitzen auf seine Wange, berührte sie kaum... der Pinselstrich eines Künstlers, der fürchtet, den Bildaufbau durch grobe Arbeit zu zerstören. Ein Ziehen in Lanyards Lenden zeigte ihm seine Erregung. Sie ließ ihre Hand sinken, und er drückte ihr die Hand, wobei er diese Berührung in die Länge zog.

Ihre Haut hatte einen schwarzen Schimmer, ihre Augenbrauen waren braunschwarz, die Wimpern dunkel. Die Augen wurden durch einen pfauenfederblauen Lidschatten betont. Ihre Nase war anmutig geschwungen und setzte sich in feinen Grübchen unter den Backenknochen fort. Ihre vollen, ausdrucksstarken Lippen waren dunkelrot geschminkt, die vollkommene exotische Ergänzung zu ihrem wildgelockten, schulterlangen, blauschwarzen Haar. Sie trug eine gutsitzende schwarze Hose, Pfennigabsätze, einen enganliegenden hellblauen Wollpullover und Skarabäus-Ohrringe aus Jade. Ihre Nägel waren kurz und sorgfältig mit dunkelrotem Nagellack angemalt.

Sie war Lanyards Typ.

Widerstrebend murmelte Lanyard: »Ciao.« Und wandte sich zu Ausgang zwölf.

»*United 256 nach Denver und San Francisco, Ausgang zwölf...*«

»Lanyard?«

»Ja?« Er drehte sich eilig zu ihr um.

»Sie werden heute nicht nach San Francisco fliegen.«

Noch einmal die flüchtige, elektrizitätsgeladene Berührung an seiner Wange. Dann ging sie. Er sah ihr nach. *Werde endlich erwachsen*, sagte er zu sich selbst.

Lanyard starrte den orangefarbenen Polyesterrücken eines Freizeitanzuges an – sah durch ihn hindurch. Er blickte auf, als er Hände auf seinen Oberarmen spürte. Von beiden Seiten. »Hm?« sagte er, als sie ihn nach links aus der Warteschlange drängten. Einer bückte sich, um seine Reisetasche aufzuheben. »Sie sind doch Lanyard?« sagte einer der beiden Männer, die ihn flankierten. Die beiden wirkten ungepflegt, aber stärker als Lanyard. Sie bemühten sich, auf Vorübergehende freundlich zu wirken, während sie Lanyard mit dem bloßen Druck gegen seine Oberarme abführten.

»Klar ist das Lanyard«, sagte der andere Mann. »Ich hab' mir das Bild noch mal angesehen. Das ist einer von denen mit einem Loch im Kinn. Von denen laufen nicht viele rum.«

Lanyard fuhr zusammen. Das ist ein Grübchen, dachte er. Kein Loch. Laut sagte er: »Könnten Sie mir Ihr Vorgehen zufällig erklären?«

»Polizei«, sagte der Kleinere im dunklen Anzug.

»Lieutenant Gribner will Sie sprechen«, sagte der Große und holte mit der freien Hand ein Dienstabzeichen heraus.

»Eine Art Notmaßnahme. Kein Grund zur Panik.« Sein Tonfall drückte allerdings kein wirkliches Interesse an Lanyards Wohlbefinden aus.

»Was soll das heißen: ›Kein Grund zur Panik‹?« fragte Lanyard und versuchte, sich gegen ihr Schubsen zur Wehr zu setzen. Sie zerrten ihn einfach vorwärts, und die Leute gafften. Es war peinlich. Lanyard ließ sich ergeben abführen.

Sie brachten ihn direkt zu einem Streifenwagen, der an einem Taxistand geparkt war. Lanyard setzte sich zwischen zwei Zivilpolizisten auf den Rücksitz.

»Hat einer von Ihnen jemals eine juristische Vorlesung gehört?« fragte Lanyard; er bemühte sich, die Hysterie aus seiner Stimme fernzuhalten. »Denken Sie mal daran zurück. Erinnern Sie sich an etwas, das Verfassung heißt? Die Rechte des Verhafteten?«

Der größere Bulle lachte. »Sie sind nicht verhaftet. Sie sollen nur ein paar Fragen beantworten. Wie sollen wir Sie was fragen, wenn Sie im Flugzeug sitzen, Mann?« Der Bulle zwinkerte ihm wahrhaftig zu.

»Aber Sie können doch nicht einfach einen Mann...«

»Moment mal«, sagte der andere Bulle im Ton eines Komikers, der zu einem Witz ansetzt. »Sie sind in der gleichen Lage wie ein Mann auf der Titanic, der darauf beharrt, daß sie nicht untergehen kann, während er ertrinkt.«

Lanyard war der einzige im Wagen, der nicht darüber lachte.

Geistesabwesend zog er die Brille aus seiner Manteltasche. Er setzte sie auf und sah aus dem Fenster. Sie fuhren durch Queens und an Unmengen von Graffiti vorbei. Lanyard glaubte manchmal, daß man die Zukunft einer Stadt aus ihren Graffiti lesen konnte wie Wahrsagungen aus Kaffeesatz. Er sah hinaus in den nassen Oktobermorgen und versuchte, einen Slogan zu lesen, der mit schwarzer Sprühfarbe auf ein Haus geschrieben war. Dort schien zu stehen:

SIEH DEN UNTERGRUND

Dampf stieg aus Schächten auf, kam in Wolken aus Kanaldeckeln.

»Nicht schlecht«, murmelte der Fahrer und hupte, als ihm Taxis die Kreuzung versperrten.

»Schalt die Sirene ein«, sagte der rotgesichtige Mann.

Die Taxis machten dem Streifenwagen unwillig Platz, als die Sirene durchdringend loskreischte. In diesem Moment identifizierte sich Lanyard mit dem nervösen Gekreisch; er fühlte eine Sirene in sich selbst aufheulen, und um sie zu übertönen, fragte er: »Worum geht es? Was will dieser Lieutenant von mir wissen? Was ist hier los?«

»Ich weiß nur, daß es um einen Mord geht. Und wir sollen Sie zur U-Bahn-Station bringen. Lower East Side. Die Haltestelle Bleeker Street von der Linie Lexington Avenue. Ich weiß nicht, was los ist.«

»U-Bahn-Station? Sie meinen Polizeirevier?«

»Nein, ich meine kein Polizeirevier.« Der rotgesichtige Bulle war gereizt. »Habe ich Polizeirevier gesagt? Ich habe U-Bahn-Station gesagt. Auf dem Weg sind wir benachrichtigt worden. Im letzten Moment hieß es, wir sollen Sie zur U-Bahn bringen, nicht zur Polizei. Die Polizei erwartet Sie in der Untergrund-Station.«

»Um Himmels willen! Wie lange brauchen wir bis dahin? Ich muß ein Flugzeug erwischen. Wie weit ist es von hier aus?«

»Auf der anderen Flußseite. Wohl von außerhalb, was?«

»Was?« sagte der Bulle mit den müden Augen. »Hast du nicht gleich bemerkt, daß der nicht von hier ist? Ist doch klar, Mann. Auf den ersten Blick. Stellt seine Tasche auf den Boden. Kümmert sich nicht drum. Zum Teufel, wenn wir nicht gewesen wären, hätte er sie als gestohlen melden müssen!«

Lanyard ärgerte sich darüber, daß man über ihn sprach, als sei er nicht in Hörweite.

Sie fuhren durch Überführungen und durch Tunnels und kamen an einem puertoricanischen Hot-Dog-Pizza-Barbecue-Café vorbei, auf dessen beweglichem Neonschild ein Mann mit einem Messer ein Schwein jagte. Der Arm des Neonmannes hob das Messer und stach zu, hob es und stach zu...

Sie hielten gegenüber von einem blauen Metallgitter an, das die Treppen zur U-Bahn-Station umgab. Treppen, die nach unten führten. Er fürchtete sich zum ersten Mal. Er wollte nicht nach unten gehen.

»*Lanyard?*«

»*Ja?*«

»*Sie fliegen heute nicht nach San Francisco.*«

Okay, dachte Lanyard, sie hatte also recht behalten. Aber ehe du an Spuk glaubst, solltest du dich fragen, *warum* sie recht hatte. Nicht unbedingt aufgrund medialer Fähigkeiten. Vielleicht hatte sie Insider-Informationen. Sie konnte jemanden von der Polizei kennen. Das konnte ihre geschickte, unaufrichtige Art sein, ihn beeindrucken zu wollen. Trismegestes konnte recht haben.

Doch Lanyard wollte nicht daran glauben.

Die Zivilpolizisten drängten Lanyard die Treppe hinunter. Sie führten ihn durch Dunkelheit und in das graue Licht eines Bahnsteigs. Überall waren Graffiti. Im Halbdunkel fragte sich Lanyard einen Moment lang, ob diese Männer wirklich Bullen waren. Vielleicht brachten sie ihn hierher, um ihn zu töten. Vielleicht.

Ein Aufblitzen von Kunstlicht erschreckte ihn. Es kam von den Blitzlichtern der Polizeifotografen am anderen Ende des Bahnsteigs.

An einer Seite hingen zwei Warenautomaten, die beide aufgebrochen und ausgeräumt worden waren. Ein Gang und die Toilette waren abgeriegelt. Unter der Decke waren die Wände von Sprüngen durchzogen. Wasser tropfte auf die alten Schienen. In den üblichen muffigen Waschraumgeruch von U-Bahn-Stationen mischte sich der Geruch von etwas anderem. Erst, als sie sich der kleinen Menschenmenge am anderen Ende des Bahnsteigs näherten, erkannte Lanyard den Geruch. »Blut«, murmelte er.

Und außerdem roch man frische Sprühfarbe.

Die Männer am Ende des Bahnsteigs machten Lanyard und den beiden Bullen Platz. Lanyard merkte, daß er gar nicht sehen wollte, was dieser Kreis umschloß. Er ertappte sich dabei, daß er zur Ablenkung die Graffiti las. Größtenteils waren es Namen. Kinder, nahm er an, die versuchten, in der Wirklichkeit Spuren zu hinterlassen und die Bedeutungslosigkeit zu überwinden, die die Menschenmassen von New York mit sich brachten.

»Sie sind Lanyard?«

Lanyard konnte nicht mehr wegschauen. Er nickte, und sein

Blick fiel auf die Leiche auf dem Zementfußboden. Es war viel schlimmer, als er erwartet hatte.

Er wäre am liebsten vor dem Anblick davongelaufen. Das Dröhnen der Angst und des Abscheus in seinem Innern drang explosionsartig nach außen und ließ die Luft in einem Maß erbeben, daß Lanyard sich wunderte, warum die anderen sich nicht die Ohren zuhielten. Dann merkte er, daß nicht sein eigenes Entsetzen sich nach außen fortgepflanzt hatte (einen Moment lang hatte er sich gefragt, ob nicht irgendwo eine Ölraffinerie in die Luft flog – das Geräusch war so laut, daß es die Wände zittern ließ). Es war eine U-Bahn, die unter unglaublichem Dröhnen, das die anderen nicht zur Kenntnis nahmen, durch den Schacht gefahren kam. Lanyard war unerfahren mit U-Bahnen. Er hatte ihnen immer mißtraut.

Was er gesehen hatte, war eine junge Frau, die mit abgespreizten Gliedmaßen auf dem Rücken lag. Ihre Bluse war heruntergerissen worden. Die Fetzen ihrer Strümpfe hingen gemeinsam mit blutiger, zerrissener weißer Unterwäsche an ihren Knöcheln. Ihr Rock war bis zur Taille hochgeschlagen. Ihre Brüste waren symmetrisch geviertelt worden wie Fruchtschnitzen für einen Obstsalat. Ihr Solarplexus war säuberlich geöffnet worden und ebenfalls geviertelt, und Därme und andere Eingeweide waren freigelegt. Einige Organe, Lanyard war sich nicht sicher, welche, waren herausgenommen, verunstaltet und wieder eingefügt worden. Das Muster der neu zusammengesetzten Organe erinnerte Lanyard an ein chinesisches Schriftzeichen.

Ihr Brustbein war aufgebrochen worden; ihr Herz lag braun verkrustet und kaum noch kenntlich unter ihrer rechten Wange, fast auf Höhe des Kinns. Ihr Kopf war nach rechts gebogen.

Eine bewußte Anordnung, dachte Lanyard.

Ein Kreuz in einem Kreis war in die Haut ihrer Stirn geschnitten worden. Ihre Augen waren mit roten Wachstropfen geschlossen worden. Dafür war Lanyard dankbar, dankbar, daß ihre Augen geschlossen waren.

Die Kerzen standen noch da, eine an jeder Ecke des Pentagramms, das – seiner Vermutung nach erst kürzlich – mit Sprühfarbe auf den Beton um sie herumgemalt worden war, von einem magischen Kreis umgeben. Das Pentagramm war rot, der Kreis schwarz. Zwischen den fünf Spitzen des Sterns waren recht unbeholfene Zeichen mit einem Filzstift angebracht worden. Mit einem dicken, blauschwarzen Filzstift. Aramäische, griechische, hebräische, altpersische Zeichen – eine seltsame Mischung.

Eine der roten Kerzen brannte noch. Sie flackerte hämisch im Sog der U-Bahn – der Zug fuhr weiter. Gesichter blitzten auf und musterten die Szene mit Interesse.

Das Mädchen hatte Blut im Mund. Ihre Hände waren geöffnet, schlaff. In einer Hand hatte sie einen Zettel, auf dem etwas stand, das Lanyard nicht entziffern konnte.

Er fühlte sich betäubt. Er war jenseits von Schreien und Würgen.

Mein Gott, dachte er, ich hoffe, sie war eine Mörderin. Ich hoffe, daß sie es auf irgendeine Weise verdient hat. Ich hoffe, sie war eine Kindermörderin. Ich hoffe, sie hat es sich selbst zuzuschreiben.

Aber eigentümlicherweise wußte er, daß es nicht so war.

Ein kleiner Mann mit zwei unterschiedlichen Socken fiel ihm auf. Der kleine Mann stellte ihm eine Frage. Er stellte sie immer wieder.

»Was?« sagte Lanyard. »Was haben Sie gesagt?« Der nächste Zug lief ein. Der kleine Mann deutete mit einer Hand auf die Leiche und hielt ihm mit der anderen ein Dienstabzeichen hin. Er war Lieutenant.

»Das!« Er meinte die Leiche. »Das!« wiederholte er und zog die Schultern in einer Geste hoch, die zu besagen schien: *Versteht der Kerl kein Englisch, oder was ist los?* Er wies noch einmal auf den Leichnam. »Was wissen Sie darüber?«

2

Alle sahen Lanyard erwartungsvoll an. Der Zug hielt an; einen Moment lang war es vergleichsweise ruhig. Dann bemerkte Lanyard das Aufheulen einer Sirene, das Dröhnen von Wagen, die monotonen Wassertropfen, die durch die Decke auf den Bahnsteig rieselten.

Der Fahrer der U-Bahn sagte etwas Unverständliches in sein Mikrophon; ein chassidischer Jude mit schwarzem Hut eilte die Treppe hinunter und gerade noch rechtzeitig durch das Drehkreuz, um die Türen des Zuges mit seinem Körper zu blockieren. »DIE TÜREN BITTE FREIMACHEN!« Der chassidische Jude hielt seinen Bart fest und quetschte sich durch die Tür. Der Zug fuhr ab und der Bahnsteig hallte von seinen Fahrgeräuschen wider.

Der Chassidim hatte die Bullen nicht bemerkt, die um die Frauenleiche herumstanden.

Lanyard wandte sich an Gribner. »Sie beschuldigen mich...?« Er zeigte auf die Frauenleiche. Er sah sich vor einem gewaltigen Mißverständnis; jemand, auf den seine Beschreibung paßte, man hatte ihn vom Bahnsteig laufen sehen, ein Messer in der Hand – eine tragische Ähnlichkeit, die Lanyard in die Gaskammer bringen konnte. Verzweifelt murmelte er vor sich hin: »Aber ich war doch gar nicht in der Nähe...«

Er war erleichtert, aber nicht weniger benommen, als Gribner sagte: »Nein, nein... was? Sie? Nein. Wir... als wir gesehen haben, daß es dasselbe Schema wie bei dem letzten Mord war, die U-Bahn-Station, die Symbole auf dem Fußboden, die identischen Schnitte, dachten wir, daß wir es mit einem Teufelsanbeter der alten Schule zu tun haben, und Sie schienen genau der richtige Mann zu sein, der uns beraten kann. Wir wollten Sie nicht kränken. Wir brauchen Rat, Auskünfte über die Denkweise dieser Leute, über die Natur des Symbolcharakters in diesem Kreis, um den Mörder aufspüren zu können. Ich bin Cyril Gribner. Ich leite die Untersuchung. Tut mir leid, daß ich mich mißverständlich ausgedrückt habe.« Er lachte leise. Es klang traurig. Sein Lachen klang immer traurig.

»Ich finde das nicht komisch«, sagte Lanyard.

»Jedenfalls glaube ich, daß sie heute morgen umgebracht worden ist, zwischen vier und fünf. Spätestens um halb sechs. Sie ist aber erst vor einer guten Stunde gefunden worden, weil die Haltestelle gesperrt war – normalerweise ist sie die ganze Nacht über offen, aber der Fahrscheinverkäufer mußte um drei gehen, weil seine Frau überfallen worden ist. Sie lag im Bellevue, in der Intensivstation. Auf die Schnelle war kein Ersatzmann zu finden, und deshalb ist die Haltestelle bis halb zehn geschlossen geblieben. Als sie wieder geöffnet wurde, war das Gitter aufgebrochen – wir glauben, daß der Mörder das Mädchen auf der Straße betäubt, sie hierhergezerrt, das Tor aufgebrochen und sie auf den Bahnsteig gelegt hat...«

»Können Sie sie nicht um Gottes willen endlich zudecken?« Lanyards Blicke wanderten immer wieder zu der Leiche.

»Ich werde mich darum kümmern.« Gribner wandte sich an einen Mann in Zivilkleidung, der nickte und die Leiche mit einem Tuch zudeckte. »Die Aufnahmen sind gemacht. Also: Wie lautet Ihre Theorie über...«

Lanyard platzte zornig heraus: »Wie kommen Sie dazu, mich ohne jede Erklärung hierherzuschleifen, wenn mein Flug gerade aufgerufen wird? Es gibt jede Menge Leute, von denen Sie die gleichen Auskünfte einholen können. Der Kurator des Museums für Naturgeschichte oder...«

»Sicher haben Sie recht, aber meine Frau liest Ihre Zeitschrift; sie läßt sie herumliegen, und manchmal lese ich sie auch. Ich dachte an die Zeitschrift, und ich wußte, daß Sie in New York sind, weil ich Sie in dieser Talkshow gesehen habe. Ich wußte nicht, wo Sie sind, und deshalb habe ich die Redaktion in San Francisco angerufen und bin zu Mr. Trismegestes durchgestellt worden. Er hat gesagt, er habe gerade mit Ihnen gesprochen und Sie seien genau der richtige Mann. Er hat gesagt, ich solle Sie vor Ihrem Abflug abfangen. Sie seien am Flughafen und wollten gerade nach San Francisco fliegen. Wir haben über Funk zwei Streifenpolizisten am Flughafen informiert. Fast hätten sie Sie verpaßt. Ich habe nur Ihr Bild über Telekopierer durchgegeben und vergessen, dazuzusagen, worum es geht. Wahrscheinlich dachten die Männer, Sie würden gesucht... ich...«

»Sehen Sie, es gibt andere Leute, die Ihnen helfen können, bessere Leute. Die Art meiner Behandlung gefällt mir nicht. Eins kann ich Ihnen sagen: die Zeichen im Kreis halte ich für altpersisch, und ich nehme an, daß das Ritual mit dem Dämon Ahriman zu tun hat. Wenn Sie nichts dagegen haben, mache ich mich jetzt wieder auf den Weg zum Flughafen.«

»Eigentlich hatte ich gehofft, Sie würden hierbleiben und uns helfen. Das ist bereits der zweite Mord dieser Art. Ich habe Grund zu der Annahme, daß wir es mit einer Epidemie von...«

»Ich sagte Ihnen bereits, daß ich ungeeignet bin.« Lanyard war wütend über die Art seiner Behandlung, aber in erster Linie wollte er fort von dem, was unter der Decke lag. Seine Hauptangst war, so etwas nochmals ansehen zu müssen.

Er drehte sich um und lief die Treppe zur Straße fast hinauf.

Er blieb auf dem Bürgersteig stehen, lehnte sich an einen Briefkasten und schnaufte. Dort, wo keine Aufkleber und keine Sprühfarbe ihn bedeckten, war der Briefkasten blau. Lanyard griff nach der Ecke eines Plakates und riß es vom Briefkasten. Im Moment fühlte er sich zu nichts anderem fähig. *Ruf ein Taxi*, sagte er zu sich selbst. Aber erst mußte er seinem Zorn Luft machen. Er ging zu einer Telefonzelle und wählte Trismegestes' Nummer. Das Telefon war kaputt. Auf der Suche nach einer anderen Telefonzelle stieg er über einen alten Mann, der dasselbe schmutzige Grau hatte wie der Bürgersteig. *Er ist eins mit dem Bürgersteig geworden*, dachte Lanyard.

Er fand eine funktionierende Telefonzelle, wählte und gab der Vermittlung die Nummer seiner Kreditkarte durch.

»Ja?« Die Stimme war noch höher vor Ungeduld als beim letzten Anruf.

»Trismegestes? Die Polizei hat mich also auf Ihre Empfehlung hin vom Flughafen entführt und mich mit einer zerfledderten Leiche auf einem Bahnsteig aufgehalten?«

Trismegestes lachte. »Sie müssen Lanyard sein. Ich dachte nur, Sie hätten vielleicht Lust, bei der Aufklärung des Verbrechens mitzuhelfen, wie jeder anständige Bürger es tun würde, und außerdem könnte für Sie ein Artikel dabei herausspringen.«

»Ich kündige. Mir reicht's!«

»Schön. Dann arbeiten Sie eben nicht mehr für die Zeitschrift. Dann arbeiten Sie für mich privat an dieser letzten Ermittlung. Ich zahle Ihnen zehntausend Doller, die Hälfte jetzt, die andere Hälfte nach...«

»Nein!«

»Fünfundzwanzigtausend.«

»Nein.

»Fünfzig.«

»Ich lasse mich nicht einfach abführen, bloß weil...«

»Einhundertfünfzig.«

Lanyard zögerte. »Sie bieten mir einhundertfünfzigtausend Dollar an?«

»Ja. Fünfzig jetzt, den Rest, wenn Sie hinter die Sache gekommen sind. Abgemacht?«

»Ich...« Er hatte einen bitteren Geschmack im Mund. Es war ein Haufen Geld, und Lanyard hatte gelernt, daß Geld in genügender Menge Unabhängigkeit bedeutete. Er strebte seine Unabhängigkeit an. Er wollte nicht für andere arbeiten. Dieser eine Job würde ihm genug bringen – hundertfünfundzwanzigtausend könnte er anlegen, und wenn er sich vorsah, könnte er von dem Rest zwei Jahre lang leben.

Gleichzeitig wollte er Trismegestes sagen, er solle das Geld ordentlich zusammenrollen und es sich in den Arsch stecken.

Verschiedene Sprichwörter über verpaßte Gelegenheiten zogen wie die elektronischen Werbungen am Times Square vor seinen Augen vorbei.

»Scheiße«, sagte er.

»Ich fasse das als ein Ja auf. In welchem Hotel werden Sie wohnen?«

»Im...« Er überlegte es sich anders. »Sie zahlen die Spesen zusätzlich?«

Trismegestes lachte zustimmend.

»Also gut. Ich wohne im Hilton. Ich gebe Ihnen die Zimmernummer durch. Sie überweisen mir den Vorschuß. Ich mache mich an die Arbeit. Verflucht noch mal!«

»Lanyard, noch ein Rat. Sagen Sie der Polizei nur, äh..., was Sie ihr unbedingt sagen müssen. Sie wird es an die Presse weitergeben. Wir wollen die Geschichte für uns haben.«

»Ja.« Lanyard entschied sich augenblicklich, der Polizei alles mitzuteilen, was er für nützlich hielt. Vorenthaltene Informationen konnten die polizeiliche Untersuchung verzögern.

Aber warum wollte Trismegestes die Polizei ausschmieren? Die Zeitschrift erschien monatlich. Sie konnte nicht schneller sein als die Tageszeitungen.

Er drehte sich nachdenklich um und trat bestürzt einen Schritt zurück. Gribner stand vor ihm, rauchte und sah in eine unbestimmte Ferne.

»Wie lange hören Sie mir schon zu?« fragte Lanyard.

»Noch nicht lange. Sie sind sehr heikel.«

»Vielleicht macht mich der Anblick von ausgeweideten Leichen reizbar. Aber wenn Sie wollen, helfe ich Ihnen. Ich habe es mir anders überlegt. Ich nehme an, daß ich mich mit Okkultismus ebensogut auskenne wie der Mann vom Museum für Naturkunde...«

»Das klingt, als wollten Sie mir ein Sonderangebot aufschwatzen.«

Lanyard zuckte die Achseln. »Was jetzt?«

»Sie haben gesagt, die Schrift sei persisch?«

»Ein bißchen Griechisch, ein bißchen Aramäisch, aber das Wesentlichste war – meiner Meinung nach – Persisch. Der Name der Gottheit, die angerufen wurde, war in dieser Sprache geschrieben. Ich kann es nicht lesen, aber ich glaube es zu erkennen. Es war ein übles Gemisch, vom westlichen Okkultismus verwässert. Mir ist übel.«

Gribner nickte. »Mir auch.«

»Ihnen? Sie leben doch mit solchen Anblicken.«

»Natürlich.«

»Ich nehme an – man gewöhnt sich nie daran?«

Gribner sagte nichts.

Lanyard saß auf der Kante seines Hotelbetts und wünschte, er hätte das Rauchen nicht aufgegeben. Er holte einen Zettel aus der Tasche, faltete ihn auseinander und drückte die Telefonnummer, die in einer engen, weiblichen Schrift darauf stand. Mit dem Ohr am Hörer wartete er und biß sich auf die Unterlippe.

»Ja?« Madelaines Stimme.

»Ich bin froh, daß Sie nicht abgenommen und ›Guten Tag, Mr. Lanyard‹ gesagt haben.«

»Nein, nein. Ich bin nicht darauf aus, jemanden zu beeindrukken.«

Zu seiner Enttäuschung lachte sie nicht. »Dann reagieren Sie also nicht selbstgefällig darauf, daß Sie recht hatten – weil ich noch hier bin?«

»Bilde ich mir das ein, oder sind Sie mir heute feindlich gesinnt, Mr. Lanyard?«

»Carl. Ich habe Sie Madelaine genannt. Wollen Sie mir das Gefühl geben, ich hätte mich im Ton vergriffen?«

»Carl.«

»Ja, ich bin feindselig. Tut mir leid. Ich bin müde. Heute nachmittag hatte ich eine Art Schockerlebnis. Die Polizei will meine Hilfe bei einem Kultmord – natürlich nicht bei der Durchführung eines solchen.« Auch darüber lachte sie nicht. »Sie haben mich gebeten, ihnen... äh... wegen...«

»Sie sind nervös. Wollten Sie sagen, daß man von Ihnen Informationen über die Arten des Kultes erwartet?«

»Ja. Und nervös bin ich auch, das stimmt. Ich versuche gerade, mich zu einer Abendessenseinladung aufzuraffen. Privater Natur. Ohne Sie interviewen zu wollen. Ich arbeite nicht mehr für *Visionen*. Da habe ich ohnehin nie hingehört. Meine Ausflüchte, meine Zweifel... Manchmal habe ich meine Skepsis offen zum Ausdruck gebracht. Aber überraschenderweise hat man mir nicht gekündigt. Ich bin gegangen. Augenblicklich wohne ich im Hilton.«

»Sie haben gekündigt? Na, so was!«

»Sie wirken nicht überrascht. Was ist mit dem Abendessen?«

»Haben Sie nach diesem Anblick noch Appetit?«

»Woher wissen Sie, daß ich – schon gut. Ich habe eigentlich wenig Appetit und möchte nur etwas trinken. Aber wenn Sie Hunger haben...«

»Ich bin zu einem Abendessen mit Freunden eingeladen, in Joey Minders Club. Er hat das Valencia gerade erst gekauft und will feiern. Sie können gern mitkommen.«

»Sie hätten wirklich nichts dagegen?«

»Im Gegenteil – ich kenne die meisten anderen Leute nicht, die kommen werden.« Ihre Stimme klang zerstreut, weit weg.

Sie verabredeten sich vor ihrer Haustür.

Er legte den Hörer langsam auf die Gabel. Mühsam suchte er in seinem Gedächtnis zusammen, was er über Joey Minder wußte. Schmutzige schwarze Druckerfarbe in den Skandalblättern.

Liederlicher Produzent von Stücken und Filmen; berüchtigt für wüste Gelage und plötzliches Verschwinden in abgelegenen Schlupfwinkeln anderer Kontinente. Madelaine hatte eine Rolle in *Nero* gehabt – eine wie große Rolle? Und wie groß war Minders Interesse an ihr? Und was, zum Teufel, bildete sich Carl Lanyard ein, ihr dreinzureden?

Wer, zum Teufel, *war* Carl Lanyard?

Diese Frage stellte sich Lanyard, weil er gerade fünfunddreißig geworden war. Knapp zehn Jahre lang hatte er für *Visionen* gearbeitet – und was jetzt?

Er hatte eine Scheidung hinter sich gebracht. Jill. Eine kurze und katastrophale Ehe mit einer großen, unzufriedenen Frau. Zu groß für ihn, das stand fest.

Lanyard hatte in der Stadt wohnen wollen, in der Nähe der Universität, in der er damals Vorlesungen über Anthropologie hielt. Jill wollte in der Vorstadt wohnen, Frauenvereinen angehören, Lanyard in eine ›Loge‹ drängen. Daddy war in den Elks, und Mom sagte, dort wolle er bleiben – er hatte immer etwas zu tun, wenn er nicht wußte, was er mit sich anfangen sollte.

»Um Himmels willen, eine *Loge*«, murmelte Lanyard und schenkte sich einen Whiskey ein. Lanyard sah zu den monolithischen Gebäuden im Abendlicht auf und hatte im dreißigsten Stockwerk einen Moment lang das Gefühl, auf unterirdische Kristalle zu schauen. Die Wolken waren dicht und drückend – wie das Dach einer Höhle. Voller Unbehagen versuchte er, eine Vision der Stadt als komplexes, unterirdisches Labyrinth von überlebensgroßen Kristallen abzuschütteln.

Höhle war unter Höhle, dachte er und erinnerte sich an die U-Bahn-Station. Höhle unter Höhle und darunter tiefere, dunklere Orte.

Er grinste, als ihm ein Film einfiel, den er als Kind gesehen hatte. Invasion der Maulwurfsmenschen. Welten innerhalb von Welten.

Er ertappte sich bei Selbstgesprächen über die täuschende Ordnung der Welt. Vielleicht war er zu lange Junggeselle gewesen. Jill hatte ihn verlassen, nachdem er ihr erklärt hatte, daß er sich nicht in einen gesellschaftlichen Rahmen pressen lassen wollte. Sie hatte damit gerechnet, daß er zusammenbrechen, sie anrufen und versprechen würde, sich zu ändern. Statt dessen hatte sein Anwalt sie angerufen. Am meisten hatte sich Jill über seinen mangelnden Ehrgeiz und seine Unlust, dem Geld nachzurennen, aufgeregt. Sie hatte ihn dazu bringen wollen, Jura zu studieren, aber sein Vater war Anwalt gewesen und hatte Verbrecher freigeboxt, von denen jeder wußte, daß sie ins Gefängnis gehörten.

Die Scheidung hatte den Anfang einer zweijährigen Krise für Lanyard bedeutet. Er war damals sechsundzwanzig gewesen und hatte eine Assistentenstelle an der Universität von Kalifornien gehabt. Nach der Scheidung fühlte er sich verloren; er hatte sein Leben um Jill herum geformt, wie sich ein Regentropfen um ein Staubkorn hüllt. Dann war der Regentropfen auf den Boden gefallen. Platsch. Nicht, daß sie viel Gemeinsames miteinander gehabt hätten. In den letzten acht Monaten ihrer zweijährigen Ehe war selbst eine Unterhaltung nicht mehr möglich gewesen.

Zwei Jahre Ehe, zwei Jahre, um darüber hinwegzukommen. Aber es war nicht nur die Ehe gewesen. Seine Mutter war gestorben. Warum hatte es nicht sein Vater sein können? Er zuckte zusammen und rügte sich innerlich für diesen Gedanken. Die langen, unverständlichen Briefe seiner Mutter hatten Lanyard größtes Vergnügen bereitet.

Lanyard hatte seine Stelle an der Uni verloren, als er dem Dekan ins Gesicht gesagt hatte, er sei ein »seniler, halbblinder Demagoge«, weil der alte Mann seine Ankündigung für einen Kurs über »Die Täuschung des Übernatürlichen« nicht gebilligt hatte. Der Kurs wollte mit den »übernatürlichen Manifestationen aufräumen«, sie auseinandernehmen, und der Dekan der Geisteswissenschaften war für seinen Glauben an das Okkulte bekannt.

Kurz vor dem tödlichen Schlaganfall seiner Mutter – der direkt vor Lanyards Scheidung erfolgte und zu der Spannung beitrug, die die Scheidung notwendig machte – hatte sich Lanyards Mutter zunehmend für okkulte Phänomene interessiert. Lanyard wollte *sie* nicht als vergreist abstempeln, und daher bemühte er sich, das Thema etwas weniger engstirnig zu betrachten. Wie Arthur Koestler ging auch Lanyard davon aus, daß zwar nichts endgültig erwiesen war, aber daß es vieles gab, was schwer zu widerlegen war. Und von verflucht vielen »unerklärlichen Zufällen«. In erster Linie, um seiner Mutter einen Gefallen zu tun, hatte Lanyard einen Aufsatz über Synchronizismus geschrieben, in dem er sowohl seine Skepsis als auch die Faszination ausdrückte, die für ihn darin bestand. Trismegestes hatte Lanyards Aufsatz gelesen und ihm angeboten, für ihn zu schreiben. »Ich brauche jemanden, der kühl und objektiv ist«, hatte Trismegestes gesagt. Lanyard würde ein Festgehalt bekommen, um Nachforschungen anstellen zu können, und für jede Spalte, die er schrieb, würde er zusätzlich bezahlt werden. Der Job brachte ihm mehr Geld als seine Assistentenstelle; Lanyard hatte achselzuckend angenommen. Seiner Mutter schrieb er allerdings: »Ich fühle mich immer ein bißchen fehl am Platz, wenn ich für *Visionen* schreibe.«

Lanyard hatte inzwischen den Eindruck gewonnen, sein Leben sei sinnlos, ziellos und hoffnungslos. Er hatte seine Assistentenstelle verloren, er hatte einen Angehörigen verloren, an dem er hing, und seine Ehe bestand auch nicht mehr. Es mußte, so glaubte er, auf einer anderen Ebene, die ihm verschlossen blieb, einen Sinn haben, daß Menschen litten. Das Leben mußte mehr als ein einziges Hindernisrennen sein. Die Welt schien in Stücke zu brechen. Verbrechen häuften sich. Es kam zu Inflationen. Die gelangweilten Reichen gaben sich Ausschweifungen hin. Die Zahl der Rauschgiftsüchtigen nahm erschreckend zu. Neokonservativer Fanatismus. Die Regierung verschacherte ihr Land an die Großkonzerne. Steigende internationale Spannungen. Pakistan und Indien. Rasender Bau von Wasserstoffbomben. Wachsende Kriegsgefahr. Vielleicht war das Chaos nur ein vorübergehender Zustand?

Dem mußte eine verborgene Gesetzmäßigkeit zugrunde liegen. Unter all dem mußte sie zu finden sein.

Er blickte auf die Straßen hinunter. Sein Blick fiel auf eine Dampfwolke, die aus einem Einstiegsloch kam; der Dampf war ein Zeichen für geheimnisvolle Vorgänge unter den Straßen. Vielleicht wurde an einem Dampfkessel ein Druckausgleich vorgenommen. Der Untergrund einer Stadt war methodisch angelegt. New York City hatte die größten und kompliziertesten Wasserleitungen, Abwässerkanäle und Umwälzanlagen der Welt. Allein die Massentransportmittel bildeten eine eigene Stadt unter der Stadt. Meilen über Meilen von U-Bahn-Schächten. So viele U-Bahn-Stationen...

Gribner hatte gesagt, beide Morde seien in U-Bahn-Stationen verübt worden.

Übellaunig sah Lanyard den Dampf aus dem Einstiegsloch aufsteigen.

Ebenso übellaunig versuchte Madelaine Springer, einen Brief an ihren Bruder aufzusetzen. Ihr Bruder Leonard war sechs Jahre älter und so sehr Beschützer, daß sie Seattle verlassen hatte, um seiner ›Führung‹ zu entkommen. Sie liebte Leonard, aber sie wollte sich ihm nicht fügen. Er war altmodisch, wie Daddy. Mit Daddy hatte sie sich gern unterhalten, als er noch am Leben war...

Jetzt war es schwieriger, mit Daddy zu reden.

Ihr Schlafzimmer war so dürftig eingerichtet, daß es streng wirkte. Auf dem Fußboden lag eine Matratze mit einem hellblauen Laken, und sie hatte den Fensterrahmen blau angemalt. In dem kleinen Wohnzimmer standen eine Couch und ein Kruzifix, das sie weiß angemalt hatte; beides war vor der weißen Wand fast unsichtbar. Das Kruzifix gab ihr das Gefühl schützender Harmonie. Es nahm ihr gewissermaßen die Angst vor *Den Stimmen*, die aus der Wand kamen.

Sie hatte keine Bilder an den Wänden hängen. Wenn sie ein Gemälde oder eine Fotografie mehrere Tage hintereinander anschaute, stand es klarer und klarer vor ihrem geistigen Auge und wurde zu einer Art Signal, das ihre Gabe umsetzte, um sie mit dem Maler oder Fotografen in Verbindung zu bringen. Einmal hatte sie einen Druck von Aubrey Beardsley angesehen, und eine Frauenstimme hatte von grotesken, anorganischen Landschaften in schlammigem Wasser erzählt, die durch Chemikalien und physikalische Abläufe entstanden waren.

Sie hatte alles aufgeschrieben, woran sie sich noch erinnerte. Ein gebildeter Freund hatte ihr erzählt, das sei eine Stelle aus Thomas Manns *Doktor Faustus*, und die neueste Ausgabe dieses Buches habe diesen Druck von Beardsley auf dem Einband. Jemand hatte das Buch gelesen, hatte eine Pause gemacht, um den Einband zu bewundern, hatte die mediale Verbindung zu ihr hergestellt und weitergelesen.

Solche Dinge waren für Madelaine alltäglich, und sie schirmte sich nach Möglichkeit dagegen ab.

Wieder beugte sie sich über ihren Brief, strich mit ihren weißen Fingern ihr Haar zurück und schrieb:

... Ich habe über Daddy und die Ähnlichkeit zwischen Euch beiden nachgedacht. Ich spüre seine Anwesenheit nur noch selten. Ich weiß, daß er das gleiche gesagt hätte, wenn es um Joey Minder geht. Ihr macht Euch beide zu viele Sorgen. Joey Minders Ruf darf man nicht ernstnehmen. Journalisten sind nun mal Sensationshäscher. Ich bin keine Berühmtheit, aber auch ich bin ein Opfer. In den beiden Artikeln über die Zeiten, in denen ich noch versucht habe, Menschen zu helfen, klang es so, als wollte ich Geld aus meinen Vorhersagen herausschlagen. Ich habe nie Geld dafür angenommen. Als ich *Die Gabe* dann nicht mehr unter Kontrolle hatte, haben sie so getan, als hätten sie mich ertappt, als sei jetzt erwiesen, daß ich eine Schwindlerin bin. Das sind nur Clowns. Vielleicht lebt Minder ein wenig ausschweifend, aber durch ihn bin ich nie allein, und ich habe nicht vor, bei irgendwelchen Dingen mitzumachen, von denen ich Dad nichts erzählen würde. Ich halte es für wichtig, Leute kennenzulernen. Es ist gut für mich, gut für meine Karriere, und um Karriere zu machen, braucht man Beziehungen. Joey Minder kennt die ganze Stadt. Ich bin fest entschlossen, an meiner Karriere zu arbeiten. Ich muß mich wie ein normaler Mensch fühlen können, um nicht verrückt zu werden. Ich kriege immer noch mehr mit, als mir lieb ist. Ich bin in der letzten Zeit zu der Überzeugung gekommen, daß mir jede psi-Wahrnehmung zuviel ist. Ich würde gern ohne diese Wahrnehmung leben...

Sie seufzte und lehnte sich zurück. Sie konnte sich nicht auf den Brief konzentrieren. Immer wieder schweiften ihre Gedanken zu Carl Lanyard ab. Sie wußte nicht, was sie zu ihm hinzog. Vielleicht war es seine Intelligenz in Verbindung mit seiner Verletzbarkeit. Er war zynisch und sarkastisch, aber er war so überhaupt nicht selbstgefällig. Sie war einem Impuls gefolgt, als sie ihn am Flughafen getroffen hatte, und das war äußerst untypisch für sie. Natürlich hatte sie gewußt, daß er die Stadt nicht verlassen würde. Es war eine der seltenen überdeutlichen Wahrnehmungen gewesen, wie Wachträume, die sie völlig in ihren Bann rissen. Oft waren die Wahrnehmungen nur aufflackernde Bilder, die von einer aufwühlenden Warnung begleitet wurden, die ihr erst sagte, daß es Botschaften waren. Manchmal vergingen drei bis vier Tage ohne übersinnliche Wahrnehmungen.

Das waren die Zeiten, in denen sie am glücklichsten war.

Normalerweise hatte Madelaine nichts mit Männern im Sinn. Nach der Katastrophe mit Benny – sie hätte Benny niemals sagen dürfen, daß sie auf übersinnliche Weise von seiner Affäre mit Sandra erfahren hatte – versuchte sie, Beziehungen aus dem Weg zu gehen. Aber jetzt dachte sie an Lanyard. Sie spielte sogar mit dem Gedanken, ihm das Interview zu gewähren, weil sie hoffte, es würde sie ihm näherbringen. Aber dann wäre sein Auftrag erledigt, und sie würde ihn nie wiedersehen.

Gott sei Dank, daß er nicht mehr für diese gräßliche Zeitschrift arbeitete. Sie fragte sich, ob es ein Fehler gewesen war, ihn zu Joey einzuladen. Vielleicht hätte sie Joey um Erlaubnis bitten müssen. Joey war komisch – manchmal konnten seine Gäste alles tun, und manchmal war er heikel und benahm sich daneben.

Ihr fiel auf, daß sie die Einladung in Joeys berüchtigten Club nicht wegen einer möglichen Karriere angenommen hatte. Seine schlechten Produktionen interessierten sie nicht, und sie hätte jedes andere Engagement lieber angenommen. Nein, sie hatte Joeys Einladung angenommen, weil ihre Gabe in seiner Anwesenheit schwieg. Die Botschaften und die Flashs blieben aus. Sie konnte es sich nicht erklären, aber es erleichterte sie ungemein. Ihre Gabe war ihr meistens nur eine Last. Sie hatte mühsam erlernt, sich in bestimmten Gemütszuständen dagegen abzuschirmen – wenn sie auf der Bühne eine Rolle spielte, war sie nahezu davon verschont. Aber in Joey Minders Anwesenheit...

Nicht das kleinste Flüstern.

Der Mann in der Wohnung neben ihr stellte seinen Fernseher an, wie so oft zu laut. Sie hielt sich die Ohren zu. Trotzdem hörte sie: ».. . Die Polizei berichtet, daß es sich bei dem Mord um den zweiten Kultmord in New Yorker U-Bahnen innerhalb von zwei Wochen handelt. Lieutenant Gribner vom Neunten Bezirk...«

Mehr hörte sie nicht. Der Rest wurde von einem Dröhnen und dem Bild eines kleinen Jungen überdeckt.

Der kleine Junge hielt etwas in der Hand, was man nicht sehen konnte. Etwas Schimmerndes an einer Kette.

Der Junge starrte finster durch den engen Spalt zwischen dem Vorhang, der sein Schlafzimmer vom Wohnzimmer von Onkel und Tante abteilte. Der Junge war zu Besuch. Ihm gefiel es dort nicht. Er wollte nach Hause. Aber zu Hause gefiel es ihm auch nicht. Der Junge war zu mager, hatte braune Augen und ein Muttermal auf der rechten Backe. Er beobachtete den alten Mann im Wohnzimmer; der alte Mann spielte mit zwei Pekinesen. Der Junge mochte die Hunde nicht. Der Kopf Unterhalb sagte ihm, er solle die Hunde töten. In der Küche stand sicher ein Müllbehälter...

Die Vision verblaßte.

Sie spürte das vertraute Pochen hinter den Augen. Sie hörte sich sagen: »Gribner«. Fast hätte sie noch einen Namen gesagt. Den Namen vom Kopf Unterhalb.

Der Kopf Unterhalb sprach mit vielen Stimmen aus den Wänden.

Gribner lächelte, als Randi mit allen vieren in die Luft sprang, um den Gummiball zwischen seinen Fingern zu fangen. Der Ball war reichlich angeknabbert und glitschig von der Spucke des Hundes. Gribner warf den roten Ball hinter den Schaukelstuhl, und die beiden Pekinesen liefen hinterher. Sie stießen gegen den Stuhl, der anfing zu schaukeln, als säße ein Unsichtbarer darin. Cyril Gribner war froh, daß seine Frau nicht zu Hause war. Trudy regte sich ständig unnütz auf. Gribner hätte sich selbst aufgeregt, wenn sämtliche kleinen Nippesfiguren im Wohnzimmer eines Tages kaputt gewesen wären. Sie standen überall, wo Platz war, und Gribner hatte sie früher nicht gemocht, aber im Laufe der Jahre waren die Miniaturen für ihn zum Symbol häuslicher Sicherheit geworden.

Komischerweise machten die Hunde nie etwas kaputt. Everett hatte die Fotografie von Trudys siebzigjährigem Vater im Iran übermalt. Die Ferrotypie zeigte ihren Vater als lächelnden jungen Mann. Trudys Großvater war geschäftlich in Persien gewesen. Er hatte eine Anzahl von Kunstgegenständen für das British Museum mitgebracht – die einzige exotische Begebenheit in Trudys gesamter Familienchronik. Sie war maßlos stolz auf das Bild.

Ihr Neffe Everett hatte einen menschlichen Schädel mit einem Bart auf das Glas gemalt. Mit Rotstift. Zum Glück hatte Gribner den Jungen dabei erwischt, ehe Trudy aus der Küche kam. Er hatte den Totenschädel eilig mit einem Waschlappen abgeschrubbt, und Trudy hatte nichts davon erfahren. Gribner hatte Everett gefragt, warum er die Ferrotypie übermalt habe.

»Das war dahinter, weil es damals so war«, sagte Everett, den seine eigenen Motive zu verwirren schienen.

»Wer war da?« fragte Gribner.

Er wartete vergeblich auf eine Antwort. Der Junge war in sein Zimmer gegangen. Gribner spürte, daß er ihn jetzt beobachtete. Ein seltsamer Junge. War er schüchtern? War er kontaktscheu?

Was auch immer der Grund sein mochte – Everett hatte die beunruhigende Angewohnheit, einen heimlich zu beobachten. Manchmal über Stunden. Gribner hatte anfangs geglaubt, er wolle verstohlen fernsehen, bis er bemerkt hatte, daß der Bildschirm von dort aus, wo der Junge gewöhnlich stand, nicht zu sehen war.

Gribner ging mit einem großen Schritt zum Vorhang und zog ihn abrupt zur Seite. Der Junge stand dort und hielt etwas in der Hand.

»Willst du rüberkommen und mit Randi und Louie spielen?« fragte Gribner.

»Nein. Ich finde sie eklig. Sie sehen aus wie Staubwedel.«

Gribner hatte Everett aufgenommen, weil seine Mutter Alkoholikerin war und sein Vater ihn manchmal etwas zu zärtlich behandelte. »Das arme Kind«, hatte seine Mutter gesagt. »Wenn ihr versteht, was ich meine. Ich dachte, vielleicht würdet ihr ihn für ein paar Wochen bei euch aufnehmen?« Everett schien hier auch nicht glücklicher zu sein. Er spielte meistens allein.

»Was hast du in der Hand, Everett?« fragte Gribner.

Der Junge lief knallrot an und schüttelte heftig den Kopf. Gribner fürchtete, es sei eine von Trudys Miniaturen. »Kann ich es bitte sehen, Everett?«

Everett schüttelte den Kopf und trat einen Schritt zurück. Gribner streckte die Hand aus. Es war ein rostiges Stück Kette mit zersprungener Jade, nicht größer als eine Walnuß, ein Kopf ohne Nase und Augäpfel, fast ein Schädel, mit Schnurrbart und Spitzbart.

»Wer... wo hast du das her?«

»Das hat mir Vater gegeben«, sagte der Junge. Gribner war sicher, daß er log, aber warum sollte der Junge lügen?

Das Telefon läutete. Gribner nahm an, es sei Leibowitz, der ihn nach Abschluß der Autopsie anrufen wollte. Er ging ans Telefon.

»Die Morde sind von zwei verschiedenen Tätern begangen worden«, sagte Leibowitz.

Gribner schüttelte den Kopf und sagte schließlich: »Nein, das kann nicht sein, alles war gleich.«

»Vielleicht haben wir es doch mit einem Kult zu tun, einer Sekte, bei der alle auf dieselbe Weise morden. Aber es war nicht derselbe Mörder. Die gleiche Klinge, ein echtes Skalpell, aber eine vollkommen andere Schnittechnik. Deutlich wie eine Handschrift.«

Gribner mußte ihm widerwillig glauben. »Weitere Ergebnisse?«

»Keine Fingerabdrücke. Sicher Gummihandschuhe. Er muß eine halbe Stunde gebraucht haben. Um die Zeit fahren die Züge selten, aber vielleicht hat ihn jemand gesehen. Sollte man nicht eine Belohnung aussetzen, die den Leuten Mut macht, sich zu melden? Haben Sie die Identität der Toten klären können?«

»Heute nachmittag. Sie hat studiert, wollte Programmiererin werden. Bis auf das Alter hat sie wenig mit der anderen Toten gemeinsam. Sie haben einander nicht gekannt. Ihre Eltern sagen aus, daß sie beliebt war, keine Feinde und keine Probleme mit einem Freund hatte. Alles weist auf ein Zufallsopfer hin. Wahrscheinlich hat sie den Mörder nicht gekannt.«

»Was ist mit dem Zettel, den sie in der Hand hatte?«

»Ist übersetzt worden. Es war Griechisch.«

»Was stand auf dem Zettel?«

»Sinngemäß *Ich gebe dir, auf daß du mir gibst.*«

»Hat man sich sexuell an ihr vergangen?«

»Nein, aber ich sage Ihnen eins: Ihr Mörder hat direkt vor dem Mord eine Tasse Kaffee getrunken, und er hat am Vorabend sein Steak zu schnell gegessen und es nicht gründlich gekaut.«

»Woher wissen Sie das?«

»Er hat sich übergeben. Spuren davon waren mit dem Blut des

Mädchens vermischt. So gut vermischt, daß ich nicht viel über ihn sagen kann – nur, daß es mit Sicherheit ein Er war und daß es sich um sein Erbrochenes handelt. Ich glaube, er war nicht mit ganzem Herzen bei der Sache. Sonst wäre es ihm nicht auf den Magen geschlagen.«

Um Gottes willen, fand Leibowitz das etwa komisch? »Sonst noch was?«

»Im Moment nicht.«

Gribner legte ohne weitere Formalitäten auf. Geistesabwesend steckte er sich seine Pfeife im falschen Winkel in den Mund. Er dachte an Lanyard und fragte sich, ob es ein Fehler gewesen war, ihn in die Sache hineinzuziehen, als er aus dem Augenwinkel sah, daß Everett die Haustür öffnete.

»Everett!« rief er. »Es ist zu spät für...«

Everett schloß die Tür hinter sich.

Trudy kam aus der Küche und ging ins Schlafzimmer, um sich umzuziehen. Sie sah Gribner nicht an. Sie wollte zu ihrem spiritualistischen Seminar gehen. Sie versuchte immer noch, Kontakt mit ihrem Vater aufzunehmen. Das war ihr einziges Laster. »Dein Abendessen steht auf dem Tisch«, rief sie aus dem Schlafzimmer. »Wenn du eher gekommen wärst, hätten wir zusammen essen können.«

Gribner starrte die Tür an, durch die Everett gegangen war. Ein undefinierbares Unbehagen stieg in ihm auf. Er öffnete die Tür. In dem Moment schloß sich die Tür des Fahrstuhls.

Warum nimmt er den Aufzug? fragte sich Gribner. Das eine Stockwerk könnte er zu Fuß laufen.

Die Tafel über dem Aufzug leuchtete auf. Erdgeschoß. Aber zu Gribners Erstaunen hielt der Aufzug nicht an. Er fuhr in den Keller. Er fuhr vorbei. Er hielt in der Etage unter dem Keller an.

Ganz unten.

3

Sie wohnte in einem gepflegten Apartment-Gebäude in der Nähe des Central Parks. Es gab sogar einen Portier, einen Orientalen unbestimmbaren Alters, der nicht viel von Lanyard zu halten schien.

Vielleicht war er – wie meistens – zu salopp gekleidet. Seine Anzugjacke und sein Hemd waren verknittert und die Bügelfalten seiner Hose verliefen im Zickzack. Sein Schnurrbart war gestutzt, aber er hatte vergessen, sich das Kinn zu rasieren.

Es war ein windiger Abend. Die Wolken hingen noch tiefer als sonst und verbargen die oberen Stockwerke einiger Wolkenkratzer. Die dunkle Masse der Bäume im Central Park wurde in der Ferne vom Wind geschüttelt; Lanyard stellte sich vor, daß sich etwas Riesiges, Schuppiges durch die Bäume drängte.

Geh bei Nacht nicht in den Central Park, hieß es in Manhattan. Die Leute klagten über Steuern und Wohnungsknappheit und über Fahrpreiserhöhungen der U-Bahn und der Taxis, aber nichts konnte sie in der Überzeugung erschüttern, daß New York die einzige Stadt auf Erden war, in der man als vernünftiger Mensch leben wollte.

Er glaubte fast selbst daran, als Madelaine auf die Straße trat. Sie trug ein elegantes, seitlich geschlitztes Abendkleid aus rotem Satin; ein Schal aus demselben Material verhüllte ihre bloßen Schultern. Sie sah nach Geld aus, und in Manhattan versuchten die meisten Leute, nach mehr Geld auszusehen, als sie hatten, und sie mieteten um des Scheins willen Wohnungen in Häusern, die sie sich eigentlich nicht leisten konnten. Madelaine kämpfte offensichtlich auch um Anerkennung. Vielleicht fühlte sie sich durch ihre Gabe absonderlich und vereinsamt. »Sie sehen bezaubernd aus«, sagte er, »und selbst das wird Ihnen noch nicht gerecht.«

»Ich fürchte, Sie sehen wie ein Schriftsteller aus«, erwiderte sie. »Das trifft sich gut. Man wird es ergreifend finden.«

In der Columbus Avenue hielten sie ein Taxi an. Das Taxi, das in die Gegenrichtung fuhr, kehrte um, fuhr quer über drei Fahrspuren, schnitt dabei einen Bus und zwei Limousinen und fuhr schwungvoll im Rückwärtsgang vor. Lanyard hielt ihr die Tür auf.

»Die verschiedensten Leute werden dort sein«, sagte sie, als sie eingestiegen waren. »Joey hat die Angewohnheit, einen wüst gemischten Haufen einzuladen.«

Ihre Nähe, ihr zartes Parfum und die Tatsache, daß sie nicht rückte, um mehr Platz zwischen sich und ihn zu legen, erregten ihn.

Madelaine nannte eine Adresse, und der Taxifahrer, ein dunkeläugiger Kerl mit gewaltigem Schnurrbart, sagte: »Ich bring' Sie hin, wir kommen bestimmt an, aber Sie müssen mir bitte die Richtung sagen. Ich bin erst seit zwei Monaten in den Vereinigten Staaten. Okay?«

Madelaine seufzte und murmelte: »Typisch!« Die nächsten zwanzig Minuten verbrachte sie damit, dem Fahrer unter Mühen ihre Richtungsangaben verständlich zu machen.

Lanyard war erstaunt, als sie vor einer Reihe von Wohnhäusern aus dem neunzehnten Jahrhundert anhielten. Sie waren im East Village, in der Nähe der Universität. Auf einer rosa und weiß gestreiften Markise, die vom Haus bis zum Randstein reichte, stand in verblaßten Goldbuchstaben das eine Wort VALENCIA.

Lanyard bezahlte den Fahrer und gab in seiner Nervosität zuviel Trinkgeld. Ein großer, kräftiger Schwarzer in einem orange-grüngeblümten Hemd kam ihnen an der Glastür entgegen. »Privatclub«, sagte er monoton, »heute abend geschlossene Veranstaltung. Einladungen?« Er sah sie beim Sprechen nicht an, aber er verstellte ihnen massiv den Weg und sah über Lanyards Schulter auf die leere Straße.

Madelaine zeigte ihm ihre Einladung. Sie schien die grobe Unhöflichkeit des Türstehers nicht zu bemerken. Der Mann trat zur Seite und wies mit einem Daumen auf eine breite Treppe, die nach unten führte. Madelaine hängte sich bei Lanyard ein.

Sie gingen eine gewundene Treppe mit einem synthetischen rosa Teppich hinunter. Lanyard sah zweimal hin, ehe er es glaubte: Ja, bei Gott, der Teppich war rosa. Die Wände des Treppenhauses waren kunstlose Mosaiken aus Spiegelglas. Von der Decke hingen nachgeahmte Glaskronleuchter herab. Lanyard sah sich verwirrt um. Er hatte gerade einen Artikel gelesen, in dem Minders Haus als ›geschmackvoll opulent‹ bezeichnet worden war. Das paßte nicht zu der Schäbigkeit seines Privatclubs.

Der Raum am Fuß der Treppe wirkte auf den ersten Blick unübersichtlich. Das Zentrum bildete ein riesiger Swimmingpool. Von der Oberfläche des Chlorwassers stieg Dampf auf, und das seichte Ende war unter einem künstlichen Wasserfall verborgen. An der verspiegelten Decke hingen nachgeahmte Kristallkugeln, die sich drehten und in Rot und Blau psychedelische Lichteffekte auf das Wasser warfen. Als nächstes fiel Lanyard der funkelnd gekachelte Tanzboden der Disco auf. Zu seiner Erleichterung waren die riesigen Lautsprecher stumm, und die Kabine des Disc-Jockeys war nicht besetzt. Hinter der Tanzfläche standen Sofas, und auf dem Boden lagen Sitzkissen. In der rechten hinteren Ecke war ein Kamin in die Ziegelwand eingebaut, in dem künstliche Scheite aus gepreßtem, mit Chemikalien getränktem Papier brannten.

Madelaine führte Lanyard am Swimmingpool vorbei. Junge Frauen in knappsten Bikinis ordneten heiße Speisen auf dem Buffet an.

Die zusammengerückten eckigen Kaffeehaustische und die Stühle waren leer. Die Leute, die aus durchsichtigen Plastiktassen Cocktails tranken, wirkten auf Lanyard, als hätten sie alle eins gemeinsam – Selbstbewußtsein.

Lanyard ließ sich von Madelaine herumführen und sich vorstellen – Kulissenmalern, Schauspielerinnen, Kunsthändlern, noch mehr Schauspielerinnen, Komponisten, reichen Staatsanwälten und Lokalpolitikern. Madelaine stellte ihn ausnahmslos als: »Carl Lanyard – Carl ist Schriftsteller«, vor. So, als würde das seine krumpeligen Sachen erklären. Sie ließ seinen Arm nicht los, als wolle sie jedem gegenüber klarstellen, daß er ihr angemessen war. Erst in diesem Moment gestand er sich ein, daß er sie haben wollte, ja, er begehrte sie.

Die Party-Atmosphäre belebte sie, als habe man eine drückende Ablenkung von ihr genommen. Lanyard stand neben ihr, nippte an seinem Sherry, lachte, wenn es angebracht erschien, bewunderte die Vielfalt ihrer Ausdrücke und ihr beredtes Gestikulieren.

Nur einmal flog ein Schatten über ihr Gesicht – als sie flüsternd von einer nervösen, jungen Frau, die Unsicherheit ausstrahlte, um eine ›Wahrsage‹ über ihre Karriere gebeten wurde.

In diesem Augenblick tauchte Minder auf, platzte in die Unterhaltung hinein und erlöste Madelaine. Sein Auftreten vollzog sich mit entwaffnender Plötzlichkeit. »Maddy! Du Gegenstand meiner feuchten Träume!« rief er und zog Madelaine an sich.

Lanyard stand mit eingefrorenem Lächeln daneben.

Minder war groß, pausbäckig und rundlich. Lanyard hatte den Eindruck, daß Minder fröhlich, clownesk, sinnlich und grob wirken wollte. Minder zog seine Show ab und beobachtete genau die Reaktion seines Publikums. Er trug eine schwarze Hose, ein bernsteinfarbenes Seidenhemd und eine schwarze Fliege; seine Kleidung war so geschnitten, daß sie seinen beträchtlichen Bauch und seinen runden Hintern überspielte.

Madelaine spottete freundlich über Minders Unflätigkeiten. »Was soll denn das, für Fantasien über *mich* hast du doch gar keine Zeit, Joey! Du kannst dir die besten feuchten Träume engagieren; ich eigne mich höchstens zum flüchtigen Tagtraum.«

»Maddy, hast du je das Lied gehört ›Leb deine Tagträume nachts aus‹? Da geht's lang.«

Lanyard mochte ihn nicht, aber Minders Grinsen war ansteckend. Lanyard mißtraute ihm, aber er ertappte sich dabei, daß er über Minders schlechte Witze lachte.

Minder führte Madelaine zum Buffet. Beim Essen setzte sich Madelaine dicht neben Lanyard. Minder saß ihnen gegenüber. Lanyards Blick fiel über Minders Schulter auf einen Raum, vor dem ein Vorhang aus durchscheinenden rosa Perlen hing; der Vorhang war zurückgezogen, und bis auf Gymnastikmatten, die mit rosa Tüchern bedeckt waren, war der Raum dahinter leer. »Was ist das?« fragte er Madelaine. »Dieser Raum? Werden hier Amateur-Ringkämpfe aufgeführt?«

Madelaine lachte, als habe Lanyard einen Witz gemacht.

Manchmal lauschte Minder dem Geplauder und ließ seine Augen von Gesicht zu Gesicht gleiten, als wolle er ein mysteriöses Potential einschätzen. In diesen Momenten irritierte Lanyard etwas Räuberisches in Minders tiefliegenden, trüben, blauen Augen. Lanyard beobachtete Minder so, wie Minder Madelaine beobachtete. Lanyard gefiel Minders spekulierender Gesichtsausdruck nicht.

Madelaine erzählte eine Anekdote. Minder lachte übermäßig und schlug mit der Faust auf den Tisch. Lanyard lächelte und trank Rotwein.

Ein ernster junger Mann mit dicker Brille und Smoking fragte Madelaine unvermittelt: »Sind Sie nicht die Dame mit Erfahrung in medialen Phänomenen?«

Madelaine versuchte, ihr Unbehagen unter einer ausholenden Handbewegung zu verbergen. »Nein, wirklich nicht. Ich bin Schauspielerin, wenn auch nicht mit viel Erfolg. An mir ist nichts Exotisches.«

»Ganz im Ernst«, fuhr der junge Mann fort. »Sind Sie nicht...«

»In der Tat«, fiel Lanyard ihm zu Madelaines Rettung ins Wort, »sind mediale Phänomene ein Gebiet, auf dem niemand Erfahrung für sich beanspruchen kann. Niemand weiß genug darüber, um Fachmann auf diesem Gebiet zu sein. Zuwenig ist erwiesen.«

»Wenn ich mich nicht täusche«, sagte Minder, »ist unser Mr. Lanyard mit dem Carl Lanyard identisch, der für *Visionen* schreibt.«

»Geschrieben hat«, sagte Lanyard. »Ich habe aufgehört. Ich glaube nicht mehr an das Hauptanliegen dieser Zeitschrift. Ich habe nie einen Beweis dafür gesehen, daß es das Übernatürliche gibt. Ich weiß noch nicht, was ich jetzt machen werde.«

»Meines Wissens beziehen Sie *ein Honorar*...« Er machte eine Pause und lächelte dreckig. »Als Berater bei den U-Bahn-Morden.«

Köpfe wandten sich um. Lanyard spürte, wie sich auf seiner Stirn Schweißperlen bildeten. Die sachliche Nüchternheit in Minders Stimme stand in erschreckendem Gegensatz zu seinem bisherigen fröhlichen Krächzen. Lanyard spürte, daß Minder ihn beobachtete.

Woher wußte Minder von der Sache? Und von dem Honorar? Gribner hatte gesagt, er werde nichts über Lanyard an die Presse weitergeben. Hatte Gribner ihn belogen? Es gab etliche Leute bei der Polizei, die über Lanyards Mitarbeit informiert waren. Minder war dafür berüchtigt, gute Beziehungen mit der Polizei zu unterhalten. Er verteilte großzügige Spenden.

»Tja... äh...« setzte Lanyard an. Er fragte sich, wie er die Lage erklären sollte, ohne zuviel zu sagen. Erst hatte er alles abstreiten wollen, aber dann hatte er sich entschlossen, nur teilweise zu leugnen, nämlich in bezug auf das Honorar. »Es ist wahr, daß ich mich damit befasse, welche Richtung des Okkultismus hier zugrunde liegt.«

»Aus reiner Sorge um das Gemeinwohl?« fragte ein Mann, der rechts neben Minder saß. Er war klein und fast kahlköpfig und trug einen grellen Anzug und etliche Goldringe. Seine Gesichtshaut war zu straff und bläulich; er schien sich einem Lifting unterzogen zu haben. Er war Lanyard bereits aufgefallen, als er sich mit anderen Leuten unterhalten hatte; dieser Mann wies ein typisch amerikanisches Syndrom auf: Er brachte jedes Gespräch auf Geld und Einfluß.

Da sich der Mann an ihn gewandt hatte, lächelte Lanyard höflich und sagte: »Ich glaube nicht, daß wir uns kennen...«

»Das ist George Tooley«, sagte Minder. »Mein Sekretär.«

»Das ist so, George«, sagte Lanyard. Ein kleiner, goldener Kokslöffel, den Tooley an einer Kette um den Hals hängen hatte, fiel ihm auf. »Es geht hier nicht um meine Sorge um das Gemeinwohl. Die Polizei hat mich geradezu gezwungen. Sie hat mich sozusagen vom Flughafen entführt. Und das eher unsanft. Ich möchte sogar behaupten, daß mehrfach gegen meine staatsbürgerlichen Rechte verstoßen worden ist. Der Kriminalbeamte, der den Fall leitet, scheint allerdings freundlicher zu sein.«

»Gribner?« sagte Tooley. Seine goldenen, diamantenbesetzten Ringe funkelten, als er eine Zigarette in seine Zigarettenspitze steckte und sie mit einem Platinfeuerzeug mit seinen Initialen anzündete.

»Ich kenne den alten Gribner«, sagte Minder laut. »Für einen Bullen ist er ein anständiger Kerl.«

»Wie sehen Sie diesen Fall?« fragte Tooley und sah Lanyard an. In seinem Blick lag etwas eigentümlich Vibrierendes.

Lanyard fühlte sich unwohl. Alle Anwesenden erwarteten seine Antwort.

Madelaine hatte sich auf einen Ellbogen gestützt und rührte versonnen mit einem Plastiklöffel ihren Kaffee um.

»Ich würde sagen«, setzte er an, »daß die Leute, die es getan haben, Neulinge des Okkultismus sind, mit dem sie herumpfuschen. Der magische Kreis war amateurhaft gezeichnet, die Worte, die fremdländischen Schriftzeichen...« Er räusperte sich. »Ich hatte den Eindruck, daß alles von einem Stück Papier abgeschrieben wurde.«

»Wie meinen Sie das?« Tooley wirkte verblüfft.

»Als hätte jemand aus einem Buch oder einem Diagramm abgeschrieben, ohne die eigentliche Bedeutung der Worte zu kennen. Aber die magischen Symbole kommen gewöhnlich nicht in westlichen okkultistischen Texten vor. Daher würde ich sagen, daß ein Eingeweihter einen unwissenden... äh... Lakaien beauftragt. Das weist auf einen Kult, oder zumindest auf zwei Menschen hin. Vor allem wenn man bedenkt, daß es sich bei den Worten in dem Kreis um eine Bitte um Macht und *materiellen Gewinn* handelt. Wir stecken in einer Phase des wirtschaftlichen Rückgangs. Die Arbeitslosen brauchen dringend Geld. Viele Leute könnten sich einem solchen Kult anschließen, wenn sie dumm genug sind, daran zu glauben. Menschenopfer für den Dämon Ahriman, der ein Aspekt des Ahura Masda, des zweiköpfigen persischen Gottes ist. In gewissen Masda-Kulten werden Ahriman Unschuldige geopfert, um ihn wohlgesonnen zu stimmen und daraus materiellen Gewinn zu ziehen. Er war die Personifikation des Geld- und Machtstrebens. Er...« Lanyard unterbrach sich. Er spürte, daß er rot wurde. Er trank einen Schluck Wein. »Es scheint«, sagte er, während er sein Glas abstellte, »ich habe zu weit ausgeholt...«

»Keineswegs!« rief Minder und schlug auf den Tisch. »Jeder Mensch hat das Recht, das zu predigen, worüber er am meisten weiß! Sie sollten einmal hören, was Jerry über Kulissengestaltung von der Kanzel predigt!« Das Gelächter löste einen Teil der Spannung im Raum.

Eine Stunde später gingen die ersten Gäste. Als Lanyard Madelaine ihr Schultertuch umhängte – überflüssigerweise, aber es war ein Anlaß, ihre Schultern zu berühren – kam Tooley auf sie zu. Er spielte mit seinem Kokainlöffel und sagte leise: »Es wäre Joey eine Ehre, wenn Sie bleiben würden. Der Club öffnet jetzt. In Kürze treffen viele interessante Leute ein. Und Sie sind bereits hier – Sie kommen umsonst rein.« Er lächelte. »Hier können Sie viele einflußreiche Leute kennenlernen.«

»Der Club *öffnet* jetzt? War er denn bisher nicht offen?«

Madelaine sah ihn ungläubig an. »Oh... ich dachte, du wüßtest, was das Victoria Hotel ist – es ist ziemlich bekannt. Es ist kein Hotel mehr. Es ist ein Swinger-Club.«

Lanyard lachte überrascht und drehte sich zu dem Raum mit den Gymnastikmatten um. »Und das ist...?«

»Für die Orgien«, sagte Madelaine und nickte.

Tooley schüttelte lächelnd den Kopf. »Hier steht niemand unter dem Zwang, etwas *tun* zu müssen. Ein paar spezielle Freunde, eine intime Atmosphäre. Es gibt einen beheizten Swimmingpool, heiße Wannenbäder, Musik, Gratiserfrischungen – und Unterhaltung.« Er spielte mit dem Kokslöffel zwischen seinen Zähnen.

Lanyard sah Madelaine unschlüssig an. Sie schüttelte andeutungsweise den Kopf.

Lanyard sagte: »Nein, danke, heute nicht. Es klingt allerdings vielversprechend. Aber Madelaine muß früh aufstehen. Ich...« Er zuckte noch einmal verlegen die Achseln.

»Wie Sie wünschen«, sagte Tooley mit sarkastischem Grinsen.

Lanyard spürte, daß Tooley ihnen nachsah.

Im Taxi sagte Madelaine: »Wissen Sie, es ist komisch, aber wenn Joey Minder da ist, nehme ich keine Phänomene wahr. Nichts Mediales. Ich weiß nicht, warum, aber er wirkt wie eine Droge, die mich davor abkapselt. Deshalb sehe ich ihn gern.«

»Ist das der Grund? Nicht seine Beziehungen?« fragte Lanyard. Er bereute seine Worte augenblicklich, als sie die Augen zusammenkniff.

Sie sagte: »Sie halten mich also für eine dieser Nutten, die sich ihre Filmrollen im Bett holen?«

»Nein, entschuldigen Sie bitte, so war es nicht gemeint.«

Sie lächelte. »Gut, dann begraben wir das Thema. Da Sie nicht mehr für *Visionen* schreiben, kann ich mich ja unbefangen über psychische Phänomene mit Ihnen unterhalten. Vorausgesetzt, Sie schreiben nichts darüber.«

»Über Ihre Gabe? Keine Sorge. Deshalb bin ich nicht hier.«

Das Taxi hielt vor dem Haus, in dem sie wohnte. Er zahlte, und sie stiegen aus. Er blieb verblüfft auf dem Bürgersteig stehen. »Oh, entschuldigen Sie. Ich bin einfach mit Ihnen ausgestiegen, als ob – ich meine, es war anmaßend von mir...«

»Keineswegs. Es erscheint mir auch als das einzig Natürliche.«

Vier Gläser Wein pro Kopf. Eine zweistündige Unterhaltung. Eine Haschischzigarette. Und jede Menge Blickkontakt.

Dann kam das unbeholfene Schweigen. Das übliche Hindernis.

Sie legten ein Band auf, und er nahm sie in die Arme. Sie kam ihm entgegen. Er war erleichtert, als er feststellte, daß ihre Art, sich an ihn zu schmiegen, besagte, daß sie mehr als platonische Unterhaltung von ihm wollte. Ihre Küsse waren lang und naß. Seine Erektion war ihm peinlich, bis sie sich wohlig daran schmiegte. Zwei weitere Gläser Wein. Zwanzig Minuten Geflüster. Und jede Menge Blickkontakt.

Im Schlafzimmer zog er sie aus, während sie sich küßten. Sie lagen nebeneinander, berührten sich gegenseitig, und er flüsterte ihr Fragen ins Ohr.

»Ich kann nicht mit dir schlafen, wenn du sprichst«, sagte sie. »Wir sind einander zu nah, und wenn einer von uns spricht, lebt *Die Gabe* auf. Ich sehe Dinge, die dir passieren werden.«

Lanyard zitterte innerlich. Es lag nicht daran, daß sie unterbrochen worden waren. Es lag daran, daß er ihr glaubte.

Sie sprachen kein Wort mehr, nur noch Zärtlichkeiten, sachtes Tasten und feuchtes Forschen. Sie schliefen im Lauf der Nacht dreimal miteinander, dreimal so oft, wie Lanyard es durchschnittlich tat.

Aber als sie sich matt und erschöpft aneinanderkuschelten, sagte sie etwas, was ihm das Einschlafen erschwerte.

Sie war schon am Einschlafen. Aber zum ersten Mal seit Stunden sagte sie etwas, murmelte halb im Traum: »Als du vorhin etwas gesagt hast, mußte ich aufhören, weil ich dich gesehen habe und ein kleines Kind, das dir in einen Tunnel gefolgt ist. Das kleine Kind, sein Kopf hat sich verändert, ist zum Kopf einer Mumie geworden, mit einem langen Schnurrbart. Vielleicht habe ich etwas aufgeschnappt, was du geträumt hast. Aber ich hatte ein schreckliches schlechtes Gefühl, als – ach, ich weiß es nicht. Aber geh nicht in den – ich weiß es nicht...« Sekunden später war sie eingeschlafen.

Aber jetzt war Lanyard hellwach.

Er wachte um zehn Uhr nach etwa fünf Stunden Schlaf auf und rief in Gribners Büro an. »Er ist nicht da«, sagte jemand, »aber er läßt Ihnen ausrichten, daß Sie sofort zu Fairbright Arms in der Belecker, Ecke Siebte Avenue kommen sollen. Er erwartet Sie im Keller. Das ist alles.«

»Scheiße«, sagte Lanyard, als er eingehängt hatte. »Aus dem Frühstück wird nichts.« Er wollte nicht von ihr fortgehen, und er wollte nicht zu seiner Verabredung erscheinen.

Es ist absurd, dachte er. Es ist, als würde man Flitterwochen ausfallen lassen, um eine Führung im Schlachthof mitzumachen.

Er küßte sie flüchtig, verabschiedete sich und ging zum Aufzug.

Lanyard versuchte, hinter den Grund seines wachsenden Unbehagens zu kommen. Er hatte das sichere Gefühl, daß etliche Leute in die Morde verwickelt waren. Vielleicht eine Organisation. Sie würde sich verteidigen. Sie konnte in Lanyard eine Bedrohung sehen.

In dieser Stadt konnte man nie wissen, wer einen an der nächsten Ecke erwartete. Oder vor dem Aufzug, wenn sich die Türen öffneten.

Die Türen öffneten sich. Im Kellergeschoß.

Er sah in einen dampfenden, dunstigen, unterirdischen Raum. Lanyard mußte sich zwingen näherzutreten. Er hatte ein Gefühl im Magen, als hätte er lebendige Aale verschluckt.

Er sah sich um und lachte. Er stand vor einer Waschküche. Der Nebel war Dampf, der aus dem kaputten Schlauch eines Trockners aufstieg. Die weißen Umrisse waren Waschmaschinen und Trockengeräte, die bei den schleudernden Umdrehungen zitterten. Er lachte noch einmal über sich selbst und hoffte, seine Angst würde verfliegen.

Es war nur ein kurzes, gezwungenes Lachen. Seine Angst verflog nicht. Er wandte sich von der Waschküche ab und ging nur widerstrebend durch den betonierten Korridor auf das Geräusch der Männerstimmen zu.

Die Stimmen kamen aus einer offenen Tür auf der rechten Seite. Kurz vor der Tür blieb Lanyard stehen. Ein Scheinfüßchen aus Dampf kringelte sich aus der Waschküche, kringelte sich auf ihn zu. Er fühlte sich klein und verloren und bedrückt. Er hörte deutlich, wie nicht weit hinter der Wand eine U-Bahn näher kam; wie ein großes Tier kam sie knurrend durch die Unterwelt. Er holte tief Atem, ging auf den Heizungskeller zu und blieb stehen.

Jemand, der nicht zu sehen war, stieß einen Leichnam aus dem Raum. Der Leichnam lag auf dem Rücken auf einer Bahre. Durch die Bewegung der Bahre rutschte das Tuch zur Seite und enthüllte ein grinsendes, blutleeres Gesicht.

Warum grinst er?

Ein weißgekleideter junger Mann fuhr die Leiche auf einem Handkarren durch den Gang. Der schwankende Kopf wandte sich Lanyard zu. Es war ein etwa zwölfjähriger Junge. Ein Junge, der nie dreizehn werden würde... Das Gesicht des Jungen war ein gräßlicher Hohn auf die Freude.

Lanyard wandte sich ab. Der junge Krankenwärter grinste Lanyard an, und sein Gesichtsausdruck war dem der Leiche erschreckend ähnlich. Lanyard war sicher, daß er stoned war. »Verdammte Scheiße, dauernd vergesse ich, daß ich ziehen und nicht schieben muß.« Er ging um die Leiche herum, ohne das Gesicht zu bedecken, und zog die Bahre durch die Halle.

»Lanyard!«

Lanyard drehte sich um. Es war Gribner, dessen Pfeife beim Reden zwischen seinen Zähnen auf und ab schwankte. »Lanyard, wo haben Sie sich bloß versteckt? Ich habe Sie überall gesucht und...«

»Bringen wir die Sache hinter uns«, sagte Lanyard entschlossen. Er eilte in den Heizungskeller. Seit er wußte, daß das Opfer nicht mehr da war, fiel es ihm leichter.

»Ich habe versucht, die Leiche zu behalten, damit Sie sie ansehen können, aber...«

Lanyard blickte auf das sternförmig verspritzte Blut auf dem Fußboden. Der asymmetrische Stern verdeckte zum Teil das symmetrische Pentagramm, das mit Sprühfarbe direkt unter den Ölkessel gemalt war, von dessen Torso wie Gliedmaßen Rohre abzweigten.

Der Raum war heiß und stickig. Lanyard legte sich seine zitternde Hand auf die Stirn, um sich den Schweiß abzuwischen. Vielleicht war es gar nicht heiß im Raum. Er fühlte sich fiebrig. Der Tag war ihm warm erschienen, ein freundlicher Nachsommertag. Zu warm, um eine Heizung anzustellen.

»Furchtbar heiß hier«, sagte einer der Männer, die mit Gribner auf der anderen Seite des Pentagramms standen.

Gribner beugte sich herunter. »Die Heizung ist nicht an. Vielleicht war sie an und hat den Raum aufgeheizt, und jemand hat sie abgestellt.« Er fuhr über den Kessel. »Er ist kalt. Ich wette, daß er heute nicht angestellt war.«

Niemand sprach es aus, aber alle dachten dasselbe: *Wie kommt es dann, daß es so heiß hier ist?*

Lanyard war eigentümlich zumute. Seine Haut prickelte, und er spürte einen anomalen Druck hinter dem Nasensteg, zwischen den Augen. Er legte seine Hand auf die Stelle zwischen den Augen, um sie zu massieren. Seine Augen brannten. Das Bild wurde unnatürlich körnig, und die Luft wirkte getönt, als schaute er durch einen Blaufilter. Er schloß die Augen.

Und machte sie sofort wieder auf.

»Ist was mit Ihnen, Lanyard?« fragte Gribner. »Ich dachte schon, Sie würden ohnmächtig. Ihnen ist's zu heiß hier, oder?«

»Hm... nein, ich..., vielleicht habe ich nicht genug geschlafen.« Er drehte sich um und sah die Heizung an. Aus dieser Richtung war es gekommen. Er hatte die Augen geschlossen, und durch die Dunkelheit schien etwas auf ihn zuzuspringen – die Dunkelheit, die hinter den Augenlidern wartet. Es war etwas Animalisches gewesen, mit durchbrochenen, rotweißen Umrissen, als sei es aus Lichtbogen gemacht. Er holte tief Atem und schloß wieder die Augen.

Er sah durch die Dunkelheit hinter seinen Lidern, als sähe er aus einem erleuchteten Zimmer in die dunkle Nacht. Er sah Schwärze, durchsetzt wie bei einem vulkanischen Ascheregen mit beweglichen Flecken aller Farben. Durch die ascheartige Landschaft kam etwas auf vier Füßen gesprungen, außergewöhnlich wegen seiner scharfkantigen Form, einem klaren Umriß in vollkommener Gestaltlosigkeit. Es war mit roten, berstenden Neonstrichen umrissen und doch in seiner fleischfressenden Gegenwart sehr gegenständlich vorhanden. Es bewegte sich so schnell, daß man es nicht deutlich erkennen konnte – er glaubte, vier riesige Klauen, einen aufgerissenen Kiefer, Rattenaugen und den Körper eines großen, hundeähnlichen Wesens zu sehen – es sprang auf ihn zu, wie ein zum Angriff dressierter Hund, der gerade zum letzten Satz ausholt, die Kiefer klaffend aufgerissen...

»Lanyard!« Gribner schüttelte ihn und schrie ihm in die Ohren. Er öffnete die Augen und sah sich um. Es waren nur drei Männer und die Heizung da – keine roten Neonhunde, die sich auf ihn stürzten. Aber er stand erstarrt und schweißtriefend da.

Lanyard murmelte: »Tut mir leid... Habe ich geschrien?«

»Sie haben gerufen und mit den Händen vor Ihrem Gesicht gewedelt!« sagte einer der Zivilpolizisten laut und anklagend. Lanyard erkannte in ihm den großen, rotgesichtigen Bullen, der ihn am Flughafen angesprochen hatte.

»Ja... also...«

Gribner trat zurück und beobachtete Lanyard aufmerksam. »Ich fühle mich hier auch ganz merkwürdig... Was tun Sie da, Lanyard?«

»Hm?« Lanyard blieb stehen. »Ich wollte hinter den Heizungskessel sehen.«

Von dort war es gekommen.

»Wir haben schon nachgesehen. Da ist nichts. Ist dieser Kreis Ihrer Ansicht nach von derselben Person gemalt worden wie der andere, den Sie gesehen haben?« Gribner deutete auf den Fußboden.

Lanyard sah sich den verschmierten Fußboden an. Die Blutlache fing an zu trocknen und wurde an den Rändern braun. In der Mitte war sie dunkelrot, fast purpurn; die beiden Glühbirnen, die von der Decke hingen, spiegelten sich darin. »Nun«, sagte Lanyard, »zumindest ist es dieselbe Anrufung, soweit ich das aus den Buchstaben entnehmen kann. Dieselben Namen werden angerufen. Ich bin kein Experte für Handschriften; ich bin nicht sicher, ob es dieselbe Person ist. Ich zweifle daran. Ich halte es für eine Kulthandlung, und ich glaube, daß der Mörder ein anderer und der Kult derselbe ist.«

Lanyard kauerte sich unter ein Rohr und sah auf die Schatten hinter dem Heizkessel. Er konnte nichts erkennen und zwang sich, gegen seine Furcht anzugehen.

Einen Meter über dem Boden sah er eine Betonplatte, die ihm als Öffnung eines Schachts vorkam. Die Platte war einen Meter hoch und einen halben Meter breit. Ein rostiger Eisenring war in die Platte eingelassen. Lanyard zog, und die Platte zerbrach auf dem Boden in drei Teile. Der Schacht war offen, dunkel, übelriechend – und heiß.

Lanyard schlug sich den Kopf an einem Rohr an, als er sich zu schnell aufrichtete, weil er sich plötzlich fürchtete, allein vor der Öffnung zu kauern. Er hielt sich den Kopf und trat zurück. Gribner stellte sich neben ihn.

»Großartig«, murmelte Gribner. »Sie haben ein Loch in die Wand gebrochen.« Sein Tonfall war nicht wirklich vorwurfsvoll. Gribners Interesse schien geweckt zu sein.

Lanyard blinzelte, aber er hütete sich davor, seine Augen länger zu schließen. »Gribner, glauben Sie, daß der Mörder in diesem Gebäude wohnt?«

»Wenn ja, dann ist er dumm. Falls es ein Er ist. Wer aus Wahn mordet, ist gerissener und tut es nicht in seiner nächsten Umgebung. Der Junge, der umgebracht worden ist, wohnte in diesem Haus. Soweit wir wissen, besteht keine Verbindung zwischen ihm und den beiden Frauen. Er hat Wäsche für seine Mutter abgehängt – nach Mitternacht. Sie sagt, daß sie nachts arbeitet. Ich vermute, das Kind war die halbe Nacht lang auf. Hat also nachts hier das Zeug abgehängt. Der Hausmeister hat ihn heute morgen gefunden – in der Waschküche sind Spuren eines Kampfes zu erkennen. Es sieht aus, als hätte jemand das Kind gepackt. Das Kind muß sich gewehrt haben. Einige Rohre sind zerschlagen worden. Der Mörder hat dem Jungen den Schädel eingeschlagen – in der Waschküche waren kleine Blutspuren – und hat ihn hierher geschleift, vielleicht, um nicht gestört zu werden. Dann hat er Schlachter gespielt, wie bei den anderen.«

Lanyard konnte seinen Blick nicht von dem klaffenden Spalt in der Wand losreißen.

»Die Wächter sagen aus, daß niemand nach Mitternacht das

Haus betreten hat. Der Eingang vom Dach her ist schon seit langer Zeit verbarrikadiert, und vor den Fenstern sind Eisenstäbe. Vielleicht ist der Mörder schon tagsüber ins Haus gekommen und hat stundenlang hier unten gewartet.«

»Vielleicht ist er durch diese...« Lanyard deutete auf das dunkle Loch in der Wand.

»Das war früher für die Dampfzufuhr da. Mein Vater hat da gearbeitet«, sagte der rotgesichtige Polizist.

»Glauben Sie, daß diese Hauptleitung mit anderen Versorgungstunneln verbunden ist?« fragte Gribner.

»Gut möglich. Sie meinen, daß der Kerl vielleicht einfach durch ein Einstiegsloch oder durch einen U-Bahn-Tunnel hierhergekommen ist?«

»Ja, das halte ich für eine Möglichkeit«, sagte Gribner. »Diese Tür hat sich zu leicht öffnen lassen.«

»Zu leicht...« Lanyard nickte träumerisch.

»Und alle drei Morde sind unter der Erde begangen worden.«

»Drei?« fragte Lanyard.

»Ja, das sagte ich Ihnen doch schon. Wir haben Sie erst bei dem zweiten Mord hinzugezogen und den ersten vorläufig geheimgehalten. Lanyard, bei diesem Kult, von dem Sie sprechen – könnte es einen Grund dafür geben, daß die Morde unterirdisch begangen werden?«

Lanyard nickte bedächtig. »Ahura Masda hatte zwei Priester, einen für die gute und einen für die böswillige Seite der Gottheit. Die Priester der böswilligen Seite hatten ihre Tempel unter der Erde.«

»Näher an der Hölle«, murmelte Gribner.

Lanyard glaubte, einen Moment lang ein rotes Licht in dem horizontalen Schacht aufflackern zu sehen. Aber selbst, als Gribner Männer mit Taschenlampen in den Tunnel schickte, wußte er, daß sie nichts als Rohre und Rattennester und weitere Tunnel finden würden, endlose Tunnel, die in Keller unter Kellern führten.

Gribner legte die Füße auf den Tisch und wartete auf Leibowitz' Anruf. Lanyard und er hatten einen anstrengenden Tag hinter sich. Sie hatten verschiedene Okkultisten, zwei Anthropologieprofessoren und einen Dozenten für vergleichende Religionswissenschaft aufgesucht. Niemand hatte eingestanden, jemals Kontakt mit Anhängern der von Lanyard beschriebenen Religion gehabt zu haben.

Was hatte Lanyard gesagt? *Voraussetzung ist nur, daß die Opfer jung sind und unter das fallen, was die Kultanhänger als ›Ackerland‹ ansehen.* Jeder, der nicht ihrer Religion angehörte.

Somit gab es Millionen von möglichen Opfern.

Gribner wurde aus seinen Grübeleien aufgerissen. Durch ein Geräusch? Nein, durch das Ausbleiben von Geräuschen. Er hatte Everett in die Badewanne geschickt. Der Junge war seit zwanzig Minuten im Bad, und bis jetzt war das Geräusch von laufendem Wasser noch nicht zu hören. Wieder einmal war der Junge völlig verschmutzt nach Hause gekommen. Er hatte im Keller gespielt. Wo konnte er sich da unten so rußig gemacht haben?

Gribner hörte ein Tier im Bad knurren. Louie zog den Schwanz ein und wich von der Badezimmertür zurück. Gribner hörte ein Quietschen, dann das Klatschen nackter Haut gegen Porzellan.

Und dann wieder dieses Knurren.

Vielleicht war es auch ein Stöhnen. Vielleicht war der Junge hingefallen und hatte sich verletzt. Gribner überwand seine Hemmung gegenüber dem Jungen, den er als Gast empfand, und öffnete unter dem Vorwand, besorgt zu sein, die nicht abschließbare Tür zum Bad.

Er hörte ein Knarren. Es klang, als schwinge etwas in einer großen Angel aus Eisen, und ein heiserer Unterton der Warnung schwang mit.

Everett hockte auf seinen Knien und Händen in der Wanne und starrte gebannt in den Abfluß der Badewanne.

Er bemerkte Gribners Eintreten nicht. Gribner sah etwas Rotschimmerndes im Abfluß. Vielleicht ein Käfer.

Everett saß angespannt in der knochentrockenen Badewanne. Er hatte eine Erektion, die ihm kein Vergnügen machte. Das Knurren drang wieder aus dem Abfluß. Es wurde beantwortet. Die Antwort kam aus Everetts leicht geöffneten Lippen, auf denen Schaum stand.

Gribner zog sich voller Entsetzen geräuschlos zurück und schloß die Tür. Dann klopfte er an. Das nächste Knurren brach mitten im Ton ab.

Als im nächsten Moment das Geräusch laufenden Wassers durch die Tür drang, konnte Gribner wieder atmen.

Das Telefon läutete. »Wollen Sie den Bericht hören?« fragte Leibowitz. »Die Schnitte waren fast die gleichen. Nur dieses Knabbern...«

»Das was?«

»Sie haben nicht allzu genau hingesehen, oder? Die Bißspuren an den Genitalien... Der Kerl muß einen Hund haben. Es sind aber nicht direkt Hundezähne. Weder Menschenzähne noch Hundezähne. Ein großes Tier. Mehr weiß ich nicht.«

Gribner legte auf.

Er war nicht sicher, aber er glaubte, das Knurren noch einmal aus dem Bad zu hören. Das Knurren eines großen Tieres.

4

Eine der Jahreszeit nicht gemäße Hitzewelle brach über die Stadt herein. Es war eine klebrige Hitze, und die Luft hatte die Farbe toter Haut angenommen. Lanyard spürte das Klebrige, wenn er Daumen und Zeigefinger aneinander rieb. Die Luft war so ölig wie Insektenschutzmittel, die Klebestreifen, die von der Decke hingen.

Lanyard hatte im Revier des Neunten Bezirks eine Verabredung mit Gribner. Er bereute es, zu Fuß gegangen zu sein. Er war müde und durcheinander und hatte den Verdacht, sich verlaufen zu haben. Er hätte sich die Adresse aufschreiben sollen.

Lanyard kam durch Gegenden, in denen er von starken, gutgekleideten Männern um Kleingeld angeschnorrt wurde. Frauen verkauften verkratzte Schallplatten der sechziger Jahre und abgetragene Schuhe. In einem ausgebrannten Gebäude stocherten zwei Kinder, ein Weißer und ein Puertoricaner, mit Stöcken herum. Die Sonne fiel auf das Gesicht des weißen Jungen mit den roten Haaren, und Lanyard sah die roten und blauen Striche, die mit Fingerfarben in das Gesicht des Jungen gemalt waren, fast eine kubistische Variante der Kriegsbemalung der Indianer. Zumindest hielt Lanyard die Farbe zu diesem Zeitpunkt noch für Kriegsbemalung.

Auf dem Gesicht des Kindes stand ein Ausdruck, den Lanyard einmal auf dem Gesicht eines Frettchens gesehen hatte, das ihn aus seinem Bau am Ufer eines gewissen Teichs vor langer Zeit angefaucht hatte – eines Teichs, in dem er später fast ertrunken wäre, weil ihn ein gespenstisches Gesicht aus der Fassung gebracht hatte, das er im schlammigen Wasser zu sehen glaubte.

Eine Wolke zog vor die Sonne, und die Gesichter der Kinder waren nicht mehr deutlich zu erkennen. Die Kinder stachen mit ihren Stöcken in eine Pfütze unter dem Gehäuse eines Fernsehers. Lanyard bildete sich ein, etwas Bleiches, Gummiartiges zu sehen, das aus dem Wasser griff und den Stock packte, um fast spielerisch daran zu ziehen. Die Kinder sprangen kichernd zurück. Lanyard entschied sich, daß seine Augen ihm einen Streich gespielt haben mußten. Er wandte sich ab.

Das Gedrängel und Getümmel auf der Straße, das ihm normalerweise zugesagt hätte, kam Lanyard heute ungesund vor, wie Küchenschaben, die auseinanderlaufen, wenn überraschend spät nachts das Küchenlicht eingeschaltet wird. Wie etwas, das von unten heraufgekrochen war...

Hinter einem Holzzaun hackte ein Trupp von Straßenarbeitern die festgetretene Erde auf. Sie legten Rohre frei, und daneben führte ein Schacht in pechschwarze Dunkelheit. Über dem Schacht flimmerte die Luft vor Hitze. Aber kein Dampf stieg auf. Was gab diese Hitze von sich?

Lanyard dachte an die Hitze, die aus dem Schacht hinter dem Heizkessel gekommen war.

Einen Moment lang blieb er stehen und starrte in die dunkle Grube neben dem Bürgersteig. Diese unnatürliche Hitze – das ganze Klima – wurde das unterirdisch erzeugt? Wie ein Fieber im Körper der Stadt. Eine untergründige Krankheit.

Er schüttelte den Kopf und lächelte.

Lanyards Blick fiel auf ein verlassenes Gebäude. Etwas hatte sich bewegt – hatte sich hinter einem der leeren Fenster des zweiten Stocks auf seltsame Weise bewegt.

Es war ein altes Gebäude, so alt wie ein Dampflokomotive, und Koboldsfratzen starrten ihn von der Fassade an. Im Eingang türmte sich Abfall, hauptsächlich Schnapsflaschen. Die Fenster im ersten Stock waren mit Pappkartons ausgestopft, und auf dem Bürgersteig häufte sich abgebrochenes Gesims. Lanyard betrachtete fasziniert eines der Fenster im Parterre, bei dem der Pappkarton überlappte. Die Pappe bewegte sich, bog sich nach außen. Die Hand eines Mannes tauchte zwischen den beiden Pappdeckeln auf und tastete um sich. Es folgten eine weitere Hand, Handgelenke, Arme, und dazwischen wand sich ein matter Kopf, in dem Versuch, den Spalt zu verbreitern. Es war ein alter Mann – oder ein junger Mann, der vorzeitig gealtert war –, der sich mit dem Kopf zuerst hinauszwängte. Er zog sich ins Freie und ließ sich auf allen vieren zwischen die Blech- und Glasabfälle fallen. Lanyards Spannung ließ nach. Der Mann war ein gewöhnlicher Penner. Drei weitere Penner folgten ihm, und sie torkelten unter betrunkenem Grölen über die Straße. Sie lehnten sich aneinander, und alle zehn Meter blieben sie stehen, um zu pinkeln.

Lanyard lachte erleichtert auf. Er warf noch einen letzten Blick auf das Gebäude. Er nahm die Graffiti in roter Sprühfarbe nicht bewußt wahr, aber viel später, nachts im Bett, blendete sich eins der Graffiti über die Landschaft hinter seinen Lidern: eine grobe Annäherung an ein altes, mystisches Zeichen. Das Zeichen für Ahriman.

»Tut mir leid, die Klimaanlage ist kaputt«, sagte Gribner, dessen Krawatte im Wind des Ventilators flatterte. »Komisch, diese Hitze, finden Sie nicht?«

Lanyard murmelte etwas Zustimmendes. Er merkte, daß Gribner in Gedanken keineswegs bei dem Wetter war.

»Haben Sie Kinder?« fragte Gribner unvermittelt. Er stützte seine Ellbogen auf den Schreibtisch. Er trug ein verschwitztes weißes Hemd mit hochgekrempelten Ärmeln.

»Kinder?« Lanyard sah ausdruckslos auf. »Nein. Wieso? Ach ja, ich habe ein paar Neffen. Gelegentlich habe ich mich um sie gekümmert.«

Gribners fischblaue Augen suchten Lanyards Blick. »Ist es nicht ziemlich verbreitet, daß sich Kinder direkt vor der Pubertät eigentümlich benehmen? Mit zehn oder elf ungefähr.«

»Ich bin kein Experte für Kinderpsychologie. Soweit ich weiß, *kann* es zu Eigentümlichkeiten kommen, wenn sich die Chemie ändert. Wieso?«

»Ich kümmere mich selbst gerade um einen Neffen. Er macht komische Sachen. Das hat wohl nichts zu sagen.«

»Sind Sie auf etwas gestoßen, was die Opfer miteinander gemeinsam haben?«

Gribner sah kopfschüttelnd auf den Bericht. »Nein, ganz und gar nicht, und ich kann Ihnen sagen, daß es langsam brenzlig wird. Der Druck nimmt zu. Wir müssen die Mörder finden. Wir sind relativ sicher, daß es mehrere Mörder sind. Und diese Mörder hinterlassen keine Fingerabdrücke, und niemand hat sie gesehen.«

Lanyard sah auf. Sein Blick fiel auf einen der uniformierten Polizisten ohne Hut und Jackett, der die *New York Post* las. Die größte Schlagzeile schrie heraus: JUNGE IM KELLER ABGESCHLACHTET. Eine kleinere Schlagzeile über einem anderen Artikel besagte: RAUSCHGIFTPROZESS GEGEN MINDER EINGESTELLT.

»Sie haben den Artikel in der *Post* gelesen?« fragte Lanyard.

Gribner fiel ihm mit ungewohnter Heftigkeit ins Wort. »Ja, klar hab' ich das gelesen! Das macht einen fertig, in welchem Ton die immer behaupten, daß die Polizei sich nicht bemüht – ganz unverblümt, verstehen Sie? –, und um Geld zu machen und jedem ihre Zeitung zu verkaufen, sorgen sie für Panik, tun so, als stünden die Mörder vor der Tür, um auf irgendein...«

»Nein – ich wollte wissen, ob Sie den Artikel über Minder gelesen haben. Was hat das zu bedeuten? Ich war gerade kürzlich bei ihm zum Abendessen. Weder er noch sonst jemand hat etwas von Rauschgiftprozessen erwähnt. Allerdings kam er darauf zu sprechen, daß er *Sie* kennt.«

»Joey Minder?« Er machte eine vage Handbewegung. »Soweit ich mich erinnere, hat bei der Razzia im letzten Jahr jemand eine kleine Menge einer harmlosen Droge bei ihm gefunden. Die Anklage ist zurückgezogen worden, weil der Hausdurchsuchungsbefehl nicht...«

»Razzia? Was für eine Razzia?«

»Ach... nur eins von Joeys wüsten Gelagen.« Gribner lächelte nachsichtig. »Eines der Mädchen wollte sozusagen nicht mitspielen, und ich nehme an, daß einer von Joeys Freunden etwas zuviel getrunken hatte, und er hat versucht, sie zu zwingen. Sie hat es als Vergewaltigungsversuch bezeichnet – obwohl er nicht weit bei ihr gekommen ist – und ihre Eltern sind mit dem Bezirksstaatsanwalt befreundet, der es ohnehin seit einer Weile auf Joey abgesehen hat, weil sich Joey mit mir gemeinsam gegen ihn gestellt hat. Der Staatsanwalt ist einer von der ganz prüden Sorte, und als ich noch bei der Sitte gearbeitet habe, hatten wir uns über einen Pornographen in den Haaren. Der Staatsanwalt wollte ihn gerichtlich verfolgen, und ich habe gesagt, daß wir uns lieber um die größeren Fische kümmern sollten. Es gab einen gewissen Rauschgifthändler und einen Kerl, der Pornographie mit Kindern machte. Aber aus irgendwelchen Gründen hat der Staatsanwalt sich nur für diesen Kerl interessiert, der in mein Gebiet gefallen ist und ein Freund von Joey war. Joey hat die Anwälte seines Freundes bezahlt, und er ist davongekommen. Jedenfalls hat der Staatsanwalt daraufhin eine Razzia bei Joey gemacht, angeblich wegen eines Gerüchtes, daß Joey ein Mädchen gekidnappt hätte und sie dort verborgen hielte. Das hat sich als reiner Blödsinn erwiesen. Man hat winzige Mengen Opium und Haschisch gefunden. Ganz wenig. Keine größere Sache.«

»Was hat es mit diesen ›wüsten Gelagen‹ auf sich?«

»Nichts, was mit dem zu tun hat, womit wir uns befassen müssen, Lanyard. Wenn ich ein reicher Playboy wäre, würde ich auch wüste Gelage feiern. Ich habe eine Alte zu Hause sitzen, die völlig meschugge ist und zu Spiritualisten läuft. Und zwei Hunde. Joey hat es bedeutend besser. Die Leute sind neidisch, und aus Neid erfinden sie Geschichten und setzen Gerüchte in Umlauf. Mir liegen keine Beweise vor, daß er jemals ein Mädchen vergewaltigt oder sonst was hat.«

»Ich habe gehört, daß er sich gut mit der Polizei steht und bei jedem Anlaß großzügige Spenden...«

»He, Boxell!« Gribner rief einen Polizisten hinzu. Die beiden tauschten freundliche Belanglosigkeiten aus, und Lanyard merkte, daß Gribner Boxell hinzugerufen hatte, um seiner Frage auszuweichen.

Lanyard dachte an Madelaine und fragte sich, ob sie inzwischen mit dem Vorsprechen fertig war. Höchstwahrscheinlich. Plötzlich hatte er es eilig, sich von Gribner loszureißen.

Lanyard stand auf, und Gribner wandte sich ihm wieder zu. Sein Lächeln verflog. »Hier ist der Bericht, Lanyard. Wenn Sie uns wirklich eine Hilfe sein wollen, dann nehmen Sie dazu Stellung.« Er schob die Papiere über den Schreibtisch. »Wir haben diesen Tunnel überprüft. Nichts. Absolut nichts.«

Lanyard knickte die Papiere in der Mitte. »Ich werde mein Bestes tun.« Dabei dachte er: *Eine Kopie davon an Trismegestes schicken.* Bei diesem Gedanken zuckte er zusammen. Er hatte keine Lust, sich mit Trismegestes in Verbindung zu setzen.

Aber es ging um viel Geld.

»Es ist zu heiß«, klagte Buddy Rolinstein. »So heiß hat es um diese Jahreszeit nicht zu sein.«

Everett stand hinter Buddy. Everett war acht; Buddy war neun. Everett stand im Schatten. Buddy wußte, daß er da war, aber er ignorierte ihn. Er sprach mit seinem Hund Shag-Rug. Shag-Rug war es auch zu heiß. Buddy redete mit Shag, weil keine anderen Kinder auf der Straße waren. Wahrscheinlich saßen sie alle drinnen und sahen fern. Buddy mochte keine Zeichentrickfilme. Er fand sie doof.

Everett war natürlich draußen. Er machte Buddy nervös. Buddy redete nicht gern mit ihm. Everett sagte komische Sachen.

»Ich wünschte, meine Wasserpistole wäre nicht kaputt«, sagte Buddy. »Sonst würde ich Paco holen. Mit ihm eine Wasserschlacht machen.« Er war sich darüber bewußt, daß er gesagt hatte: *Ich würde Paco holen.* Er wollte nicht mit Everett spielen. Er hoffte, Everett sei beleidigt und würde gehen. Everetts Augen wurden kleiner. Das war alles. Das war alles, was man äußerlich erkennen konnte. Aber bei jemandem wie Everett war es schwer zu sagen, was er wirklich dachte. Sein Gesicht veränderte sich kaum.

Everett trat blinzelnd aus dem Schatten. Er schirmte seine Augen gegen die späte Nachmittagssonne ab. Shag-Rug trottete davon, als Everett näher kam. Das tat er immer. Buddy wäre Shag-Rug gefolgt, wenn Everett nicht gesagt hätte: »Wenn du dich abkühlen willst, können wir den Feuerlöscher anstellen.«

Buddys Neugier erwachte. »Ich wünschte, das könnten wir«. sagte er sehnsüchtig. »Aber jetzt sind neue Deckel auf den Feuerlöschern, die man nicht mehr mit einem Schraubenschlüssel aufmachen kann. Man braucht Werkzeug, das nur die Feuerwehrmänner haben.«

»Das ist nur für die, die nichts wissen«, sagte Everett.

Jetzt kommt schon wieder dieses Zeug, dachte Buddy.

»Zisch doch ab«, sagte Buddy, aber diese Worte waren an Everett verschwendet.

»Soll ich es für dich aufmachen, damit du im Wasser spielen kannst?« fragte Everett.

Buddy ging in sich. Vielleicht konnte Everett das Ding wirklich aufmachen. Niemand wußte viel über ihn. Er wohnte erst seit zwei Wochen hier. Er war Mr. Gribners Neffe, und aus irgendwelchen Gründen war er von der Schule freigestellt worden.

»Wieso mußt du nicht in die Schule gehen?« frage Buddy neiderfüllt.

Everett ging auch darauf nicht ein. »Willst du, daß der Feuerlöscher Wasser sprüht?«

Buddy nickte zögernd. »Ja..., aber ich weiß nicht, ob das Wasser gut ist. Ich mag kein schmutziges Wasser.«

»Was soll mit dem Wasser aus Feuerlöschern nicht stimmen?«
»Ich weiß es nicht. Meine Mutter sagt, daß das Wasser manchmal nicht gut ist. Sie benutzt kein Wasser. Sie sagt, daß es komisch schmeckt. Sie kauft Wasser in Flaschen. Mein Vater sagt, daß in manchen Feuerlöschern Schmutzstoffe sind Ich weiß es nicht. Kannst du den Deckel abmachen?«
»Warte hier. Geh nicht zu nah ran. Ich komme gleich wieder.«
Buddy sah sich nach seinem Hund um. Es war eine der schöneren Straßen der Lower East Side. Es war sauber, und der Abfall war in den Mülltonnen und lag nicht auf der Straße herum. Die Feuerlöscher und die Zäune waren leuchtend gelb angemalt und gaben der Straße etwas Heiteres. Kleine Bäume warfen ihr grünes und braunes Laub ab. Die Blätter waren bereits überwiegend braun, aber es kam einem nicht vor, als sei es Oktober. Man kam sich vor wie im August.

Everett war ins Haus gegangen. Wahrscheinlich holte er Werkzeug. Shag-Rug war nicht zu sehen. Buddy wartete und fragte sich, ob ihm Everett einen Streich spielte. Vielleicht würde er gar nicht mehr kommen. Schließlich war Everett erst acht. Kleine Kinder logen ständig und erfanden Sachen. Buddy war aus diesem Alter herausgewachsen, sagte seine Mutter. Aber Everett erfand immer noch Geschichten. Wie das Zeug mit *Dem Kopf Unterhalb*.

Es wurde dunkler. Die Sonne ging unter, und obwohl die Hitze nicht nachließ, fröstelte Buddy.

Sein Frösteln verstärkte sich, als der langgezogene, hallende Knurrlaut aus dem Feuerlöscher drang. Buddy sah den Feuerlöscher an und wich zurück. Die Kappe drehte sich ganz von alleine quietschend um. Plötzlich fiel sie runter, und Buddy machte einen Satz. Die Metallkappe fiel auf das Pflaster und rollte im Kreis auf den Rinnstein zu. Als er den Feuerlöscher wieder ansah, tropfte etwas von den Rändern – etwas, das kein Wasser war. Es war roter Schaum. Dicker, pappiger roter Schaum. Er zog sich noch weiter zurück, als der rote Schaum auf eine Weise, die ihm nicht gefiel, auf den Bürgersteig plätscherte. Direkt anschließend sprudelte klares Wasser heraus, und Köpfe wandten sich um. Buddy fiel auf, daß er in dieser Straße noch nie gesehen hatte, wie ein Feuerlöscher geöffnet worden war. Da, wo Paco wohnte, hatte er gesehen, wie die Kinder im Wasserstrahl spielten, während ihre Eltern gutgelaunt zusahen. Hier fände dieses Spiel wahrscheinlich nicht die Billigung der Erwachsenen.

Das konnte Ärger geben. Er wollte ohnehin nicht mehr in dem Wasser spielen. Nicht, nachdem er den roten Schaum gesehen hatte.

Er drehte sich um, lief ins Haus und prallte fast mit Everett zusammen, der gerade ins Freie kam. Everetts Augen glühten, und seine Backen waren fiebrig gerötet. »Hast du es gesehen?« fragte er. »Kommt Wasser raus oder nicht?«

Buddy nickte und sah Everett ehrfürchtig an. »Wie hast du das von innen getan?«

»Die Gesegneten Leute.«

»Was?«

»Nichts. Im Keller, wollte ich sagen. Im zweiten Untergeschoß ist ein Kontrollschalter. Es steht leer. Früher war es ein Kohlenkeller. Für andere Leute fährt der Aufzug nicht runter. Für mich fährt er ganz unten hin.«

Buddy war ganz aufgeregt. »Ihr könnt die Feuerlöscher vom Keller aus anstellen?«

»Soll ich es dir zeigen? Willst du mitkommen?«

Buddy zögerte einen Moment. Er hatte wieder das Gefühl im Magen, das er gehabt hatte, als das eklige Zeug aus dem Feuerlöscher gekommen war. *Was war das bloß?*

Wahrscheinlich Rost im Wasser.

Vor dem Aufzug zögerte Buddy noch einmal. Auf Everetts Gesicht stand ein Ausdruck, den er in *Bonanza* auf dem Gesicht eines Schurken gesehen hatte, der Little Joe mit einer Schlinge in der Hand aufgelauert hatte.

Buddy schüttelte sich, und seine Abenteuerlust gewann wieder die Oberhand. Buddy kicherte, als er in den Aufzug trat, der sie unter die Erde brachte, aber sein Kichern erstarb, als Everett ernst blieb. Das Licht im Aufzug flackerte und ging aus.

Buddy schrie auf, aber er schwieg verblüfft, als sich die Aufzugtüren öffneten und in der Dunkelheit vor ihm ein Rechteck aus rotem Licht lag.

»Schon gut, Buddy. Siehst du, hier unten ist Licht.«

Everett sagte es wie ein Erwachsener, der geduldig alles erklärt. Buddy ärgerte sich.

Buddy stellte überrascht fest, daß es heiß im Keller war. Kein Heizungskeller. Warum war es heiß hier? Die Hitze und das rote Licht schienen zusammenzugehören.

Es war so dunkel, daß man nur wenig erkennen konnte, und in der Ferne erklang ein Rumpeln, ein rasselndes Brüllen, das ihm den Schweiß auf die Stirn trieb. Er wußte, daß es eine U-Bahn war, aber dieses Wissen half ihm nicht. Er war froh, als das Geräusch abebbte.

Die ganz normale U-Bahn, sagte er zu sich selbst.

Buddy hatte noch nie einen so alten Keller gesehen. Er kam sich vor, als lebe er nicht mehr in seiner eigenen Welt. Er war in der Zeit zurückgegangen, in eine andere Welt. Die Art von Welt, in der sich Menschen in Kellern wie diesem verborgen hielten, um nicht gefangen zu werden. Und nie herauskamen, weil sie sich fürchteten. Dort starben, in der Dunkelheit verborgen.

Er wollte raus.

Everett starrte ihn gebannt an. Die linke Hälfte seines Gesichts lag im Schatten, die rechte Hälfte im roten Licht. Das karoförmige Muttermal leuchtete auf, als sei es eben mit Wachsmalkreide gemalt worden. Wie Kriegsbemalung.

Buddy ging zur Lampe, einer Stehlampe, die vermutlich Everett gehörte, und hob sie hoch. In seinen verschwitzten Fingern fühlte sie sich glitschig an. Er hörte sein eigenes Keuchen. War das nur er? Er hörte andere Keuchlaute. Vielleicht kamen sie von Everett.

Buddy trug die Lampe mit ausgestrecktem Arm vor sich her und suchte den Schalter, den Everett benutzt hatte, um den Feuerlöscher zu öffnen. Er wollte ihn selbst finden. Er wollte nicht, daß Everett sich für gescheiter hielt.

Everett hielt sich außerhalb des Lichtkreises. Warum kam er nicht ins Licht? Jeder andere wäre ins Licht gekommen. Buddy ging mit hocherhobener Lampe auf Everett zu – er hielt die Lampe wie ein glühend heißes Schwert zwischen sich und Everett. Jetzt war Everett vom Lichtschein der roten Birne angestrahlt. Everetts Schatten schwankte vor und zurück, denn die Lampe zitterte in Buddys Hand. Dann teilte sich der Schatten in zwei Hälften, die sich wie zwei flatternde Flügel zu öffnen und zu schließen schienen, die an Everetts Schultern angebracht waren. Jemand hatte seltsame Dinge an die Wand hinter ihm gekritzelt. Buddy stand jetzt einen Meter vor Everett, dicht vor dem Holzzaun in der Ecke.

Aus dem Boden innerhalb der hölzernen Umzäunung kam ein leises Husten. Buddy blickte auf den Boden. »*Was?*« (Das war Buddys Stimme, aber er wußte es nicht.)

Auf dem Boden waren zwei kleine Köpfe, die mit drei winzigen Tieraugen zu ihm aufsahen. Auf den Köpfen war schmutziges braunes Fell. Nur Köpfe mit spitzen Ohren und ohne Körper, aufgerissene Mäuler, weiße Zungen, die keuchten und keuchten. Die winzigen Mäuler waren ausgetrocknet und gesprungen. Es waren die Köpfe kleiner Hunde. Die Köpfe von Pekinesen. Ihm wurde übel bei dem Gedanken, daß es Gribners Hunde sein mußten. Buddy hatte oft gesehen, wenn Mr. Gribner sie ausführte. Sie waren bis zu den Hälsen im Lehmboden begraben. So dicht nebeneinander, daß sie einander die Köpfe hätten abbeißen können. Einem der Hunde fehlte ein Auge; der andere hatte es ihm ausgebissen.

Es war der häßlichste Anblick, den Buddy je gesehen hatte. Doch im nächsten Moment sah er etwas Häßlicheres, als er Everett wieder ansah. Everetts Lächeln.

Buddy ging schockartig auf, daß er Everett noch nie hatte lächeln sehen. Everett sah lächelnd die Hunde an. Eine Hand steckte in seiner Hosentasche.

»Hol sie raus!«, sagte Buddy. Er wandte seinen Blick von den Hunden ab. »Laß die Hunde raus!« Seine Stimme war schrill.

»Willst du wissen, wie ich den Feuerlöscher aufgeschraubt habe, Buddy? Ich weiß, daß du es wissen willst.« Er holte seine Hand aus der Hosentasche. Sein Lächeln war verflogen. Er hielt etwas Grünes in der Hand, das im roten Licht schimmerte. Es war ein winziger Kopf, der aus grünem Stein geschnitzt war, nicht größer als eine Walnuß. »Der Kopf Unterhalb tut mir gefallen. Er hat den Feuerlöscher aufgemacht. Mit dem hier kann ich mit ihm reden. Ich höre ihn in den Mauern. Ein Mann hat mir das gegeben. Er hat vor der Schule auf mich gewartet. Er hat gesagt: ›Du bist gut. Du bist genau richtig. Ein Freund wird zu dir kommen und bei dir bleiben.‹ Dann hat er mir das da gegeben.«

»*Laß sie raus!*« Buddy hatte seine Stimme nicht mehr unter Kontrolle, als benutze ihn die Furcht nur, um aus ihm zu sprechen. Sein Mund war trocken; er fühlte sich lebendig begraben. Er empfand, was die Hunde empfinden mußten. Es war zu heiß...

Everett beobachtete ihn. Buddy brach in Tränen aus.

Buddy ließ die Lampe fallen und grub mit seinen Fingern unter den Köpfen der Hunde. Der Lehm war trocken und fest, und die Hunde schnappten nach seinen Händen. Als er sich über sie beugte, gab einer der Hunde ein Schnaufen von sich, bellte kurz hintereinander dreimal – und sein Kopf fiel zur Seite. Er war tot. Der andere Hund fing an zu bellen. Buddy konnte in dem schwachen Krächzen die Verzweiflung hören, die letzte Kraft, die Trokkenheit der Kehle. Er schöpfte den Verdacht, daß Everett die Hunde nicht nur begraben hatte. Als er tiefer in der Erde grub, stieß er auf eine blutdurchtränkte Schicht und wußte, daß Everett die kleinen Hunde aufgeschlitzt hatte.

Mit tränen- und schweißverklebtem Gesicht stand Buddy wieder auf. Er sah sich nach Everett um. Everett war fort.

Er hatte das Gefühl, daß der Raum sich dichter und dichter um ihn schloß (er wußte, daß es nur Einbildung war, aber das half ihm nicht – er war sogar sicher, daß eine starke Einbildung bewirken konnte, daß das Böse eintraf), und Buddy lief auf den Aufzug zu. Die Türen waren geschlossen. Er fand keinen Knopf, auf den man drücken konnte. Wiederholt trommelte er gegen die Türen. Er rief: »Everett!« Und: »Everett!«

Dann verstummte er. Er blieb ganz stumm und lauschte.

Ein gräßliches Knurren drang aus dem Aufzug. Es klang nicht nach Everett. Dann hörte er aus weiter Ferne Everetts Stimme. Er war nicht sicher, aber er glaubte, Everett sagen zu hören: »*Wenn ich ihn dir gebe, wirst du mich dann mit dir gehen lassen?*«

Zur Antwort kam ein tieferes, widerlicheres Knurren.

Der Hund, der noch am Leben war, kläffte rasend. Buddy schlug die Hände über den Mund und drehte sich um. Einer der Hunde hatte keinen Kopf mehr. Blut sickerte aus einem Loch im Boden. Sonst konnte Buddy bis auf eine Staubwolke nichts erkennen. Es war ein Luftzug, der Kohlenstaub und Erde aufwirbelte, die um den Kopf des anderen Hundes flogen. Doch noch während er hinsah, verschwand der andere Kopf wie Kohl, den eine unsichtbare Hand aus dem Boden rupft und dann in einer unsichtbaren Faust verbirgt. Aus einem zweiten Loch kam rote Nässe.

Die Luft zitterte, und er spürte die Hitze in surrenden Wellen aus der Ecke auf sich zukommen. Er drückte die Augen fest zu.

Er sah es hinter seinen Augen.

Das Schließen der Augen war wie das Öffnen eines dunklen Fensters. Durch diesen Spalt zur Welt sah er etwas, das wie das verzerrte Spiegelbild war, das man auf einer glänzend schwarzen Farbschicht sehen kann. Die Gestalt kam näher, und er konnte sie deutlicher erkennen. Es war ein Tier, das aus roten Funken bestand. So kam es Buddy vor. Wie das Feuerwerk am vierten Juli, das die Form eines vierfüßigen Tieres angenommen hatte..., rote Umrisse, die Form nicht klar erkennbar, ein Umriß, der in Bewegung war und sich veränderte..., aber er wußte, daß es die Hitze erzeugte. Er wußte, daß es der Diener des Kopfes Unterhalb war. Und er wußte, daß es die Hundeköpfe gegessen hatte. Und er wußte, daß es noch hungrig war.

5

»Trismegestes?« Der Name aus seinem Mund kam ihm komisch vor. Zu viele Silben.

»Sind Sie's, Lanyard? Ich warte schon.«

»Ich schicke es per Eilbrief. Die Verbindung ist nicht gut.«

»Was?«

»Das meine ich doch. Sprechen Sie lauter.« Stimmen im Hintergrund, Stimmen, die aus Störgeräuschen bestanden. Lanyard fürchtete sich davor, ihnen zu lauschen.

»Was wollen Sie?« schrie Trismegestes, aber seine Stimme klang hohl und fern.

»Ich bin umgezogen«, sagte Lanyard. »Ich wohne in der Sechsten Straße Ost, Nummer 507, fünfter Stock rechts. Madelaine hat mir die Wohnung durch eine Freundin besorgt. Ich hatte das Hilton satt.«

»Wiederholen Sie die Adresse noch einmal. Ich kann Sie nicht verstehen. – Ich habe schon drei Gespräche mit New York geführt, die Verbindung war jedesmal schlecht.«

Lanyard wiederholte die Adresse, gab seine Telefonnummer durch und hängte ein, ohne sich zu verabschieden.

Er saß auf der Couch einer fremden Wohnung, deren Besitzerin er nie gesehen hatte. Madelaine hatte sie ihm von Melissa Wickett besorgt, die volles Vertrauen in sie setzte und für mehrere Monate nach Europa gefahren war.

Er warf einen Blick auf die Schreibmaschine, die auf dem Holztisch zwischen den beiden Wohnzimmerfenstern stand. Vor den Fenstern brach die Dämmerung herein. Er hatte sich entschlossen, ein Buch über seinen Anteil an den Nachforschungen zu schreiben. Selbstverständlich würde er Trismegestes nichts über dieses Buch erzählen. Das war Lanyards Chance, den Durchbruch in eine andere Richtung des Journalismus' zu schaffen. Vorausgesetzt natürlich, daß er etwas Schlüssiges entdeckte.

Er holte einen Block vom Tisch und machte sich Notizen.

Die Wohnung war ihm unvertraut, und die Temperaturen waren gesunken, aber es war immer noch ungewöhnlich warm. Beim Händewaschen hatte er sich beide Hände mit rostigem Schaum beschmutzt, denn der Wasserdruck war sehr gering.

Das Telefon läutete. Lanyard hob den Hörer ab. Gribners Stimme.

»Hören Sie, Gribner, ich habe heute abend eine Verabredung...«

Gribner schien ihn nicht gehört zu haben. »Lanyard, ich äh... ich will Ihnen etwas zeigen. Es war schlimmer als bisher. Ohne Pentagramm, aber Zeichen an der Wand – von derselben Sorte..., von dem Kind ist nicht viel übrig. Meine Hunde. Das Kind.«

»Was, zum Teufel, ist mit Ihnen los, Gribner? Allzu zusammenhängend drücken Sie sich nicht aus.«

»Es war in dem Haus, in dem ich wohne, Lanyard. In meinem Haus!«

»Schreien Sie nicht so ins Telefon. Ich komme rüber.«

»Mein Neffe ist verschwunden. Ich habe ihn im Keller gesucht. Ich mußte die Kontrollfunktion des Aufzugs aufbrechen, um runterzukommen. Keine Ahnung, wie er runtergekommen ist. Es ist nur ein Kohlenkeller. Er ist gestern verschwunden. Den Jadekopf hat er hiergelassen. Den müssen Sie sich auch ansehen, Lanyard. Ich will, daß Sie...«

»Schon gut, schon gut!«

»Haben Sie einen Stift greifbar?« Lanyard schrieb sich die Adresse auf, hängte ein und ging fluchend zur Tür.

»Ich mußte die Kameras heute verkaufen. Na ja, verpfänden«, sagte Billy Krupp. Er stand in einer der altmodischen, hölzernen Telefonzellen und hörte, wie sich jemand in der angrenzenden Zelle zu schaffen machte, während er darauf wartete, daß sein Bruder Reggie etwas sagen würde. Am liebsten so was wie: »He, kein

Problem – ich kann dir Bargeld vorschießen, bis du den nächsten Film im Kasten hast.«

Aber Reggie sagte nur: »Ein ganz schöner Hammer. Hör mal, ich muß weg. Die Kerle sehen mich am Telefon und hängen mir was an, verstehst du?«

Er legte auf.

Krupp knallte den Hörer auf die Gabel. Zwanzig Minuten lang hatte er Reggie seinen finanziellen Horror ausführlich auseinandergesetzt. Reggie hatte fast wortlos zugehört.

»Scheißkerl«, sagte Krupp vor sich hin. »Als wenn er an meinen Pornostreifen nichts verdient hätte!«

Krupp ging zur nächsten Bar, um seine letzten zwanzig Dollar auszugeben.

Billy Krupp war in einer Serie von Porträts vertreten, die ein Fotograf am Times Square aufgenommen hatte. Das Schwarzweißbild – Billy Krupp hatte es nie gesehen und wußte auch nicht, daß es jetzt in einer namhaften Fotogalerie in Soho hing – trug den Titel *Der Pornograph*. Es zeigte Billy Krupp in einer charakteristischen Pose: über das Bett gekrümmt, das von der Sechzehnmillimeterkamera wie von einem Raubvogel bewacht wurde, die den Mann und die Frau auf dem Bett bis auf die Füße und Knöchel erforschte, die als einziges von den beiden auf dem Bild zu sehen waren. Krupps dickliche Arme waren ausgestreckt; er war in der Taille abgeknickt, und das betonte die Fettrolle, die über seinem Gürtel hing. Sein blondes Toupée, das den Ton seiner Haarfarbe nicht ganz traf, war leicht verrutscht. Seine runde Brille saß ganz unten auf der Nase und sein Mund mit der zu dünnen Unterlippe und dem Überbiß war geöffnet, während er Anweisungen krächzte.

So ähnlich sah er auch aus, als er versuchte, die Aufmerksamkeit des Barkeepers auf sich zu ziehen, der ihn nicht hörte, weil er angespannt einem Baseballspiel im Fernsehen folgte.

Außer Billy waren nur zwei Gäste in der Bar. Er sah sie sich genau an. Die zahnlose Alte und der Sportzuschauer wirkten harmlos. Krupp behielt die Tür im Auge. Er hatte noch zwölf Stunden Zeit mit den achthundert, die er Ponti schuldete, aber es war durchaus möglich, daß der Buchmacher einen starken Mann losschickte, um den armen, vergeßlichen Billy zu *erinnern*. Dem wollte Krupp entgehen. Er behielt die Tür im Auge und ging seine Möglichkeiten der Reihe nach durch.

Eunice konnte er nicht anpumpen. Er zahlte seine Alimente nicht. Seine Alter hätte einen Hunderter ausspucken können. Aber mehr keinesfalls.

Krupp brauchte achthundert Dollar. Für's erste.

Zweihundert könnte er für das Auto bekommen, aber...

Jemand setzte sich neben ihn, obwohl alles frei war. Er war ihm vollkommen fremd, und er hätte sich nicht neben Krupp gesetzt, wenn er nicht etwas von ihm gewollt hätte. Entweder ein Gauner, oder Ponti hatte ihn geschickt. Aber der Kerl war klein. Fast ein Zwerg. Ein kleiner, kahlköpfiger Zwerg. Mit brauchbarem Anzug. Goldener Uhr. Ringen. Sah nicht nachgemacht aus.

»Sie heißen Billy, nicht wahr?« Eine freundliche Stimme, aber eine Stimme, die etwas wollte.

Krupp entschied sich, höflich zu sein. »Ja, Billy. Kennen wir uns?«

»Nicht direkt.« Der kleine Mann lächelte. »Um die Wahrheit zu sagen – und ich sage immer nur die reine Wahrheit – ich habe Ihr Gespräch mit Ihrem Freund Reggie mitangehört. Ich stand in der Nebenzelle und habe in meinen Taschen eine Telefonnummer gesucht. Ohne sie zu finden. Vielleicht habe ich etwas Wichtigeres gefunden – einen Geschäftspartner. Sie.«

Er lächelte wie ein Versicherungsvertreter.

»So?« fragte Krupp vorsichtig. »Wie kommen Sie darauf?«

»Ich habe mich noch gar nicht vorgestellt«, sagte der kleine Mann. »Ich bin George Tooley.«

Sie tauschten einen Händedruck aus. Tooleys Hand fühlte sich trocken und fiebrig heiß an.

Er wirkte nicht mehr so klein. Seine grauen Augen schienen zu wachsen. Krupp fiel es schwer, seinen Blick von diesen Augen zu lösen. Sie hatten die Farbe eines Banktresors. Während der kleine Mann weitersprach, schien er unablässig zu wachsen. Etwas in seiner Stimme ließ *Die Chance* und *Pack zu* und *Verpatz dir das nicht* anklingen.

In Krupp läutete eine Alarmanlage, die nur dann erklang, wenn etwas zu gut aussah. Aber Tooley strahlte etwas unendlich Beruhigendes aus.

»Geld ist eine Art von Energie, Billy. Das ist schwer zu erklären. Aber wenn man damit umgehen kann, kann man dafür sorgen, daß es wie Elektrizität in einem Stromkreis bleibt und zu einem zurückkommt. Man kann Menschen als Transistoren benutzen, um den Strom zu verstärken. Aber man muß an den richtigen Stellen einstöpseln. Verstehen Sie, was ich meine?«

»Das können Sie wetten«, sagte Krupp entgegen der Wahrheit.

»Meine Organisation sucht jemanden, in den man einen Teil dieser Energie leiten kann. Man sucht sich den richtigen Menschen aus – man steckt Geld in ihn und bekommt gutes Geld – guten Strom – direkt durch ihn zurück. Wenn man alles richtig macht. Ich glaube, daß Sie einer dieser Menschen sein könnten. Der Richtige. Es ist komisch, wie man manchmal über diese Menschen stolpert.«

Krupp nickte in dumpfer Faszination.

»Haben Sie sich je gefragt«, fuhr Tooley langsam und philosophisch fort, »wie man das macht? Ich meine das große Geld. Man fragt sich – ist das Grips? Oder ist es etwas anderes? Ist es nicht vielleicht einfach Glück...«

»Ja, das habe ich mir auch schon gedacht. Es gibt Typen, die haben einfach Glück. Die, die drüber stolpern. Viele gibt's nicht, aber es gibt sie, das steht fest.«

»Sie haben recht. Nur ist ein Trick dabei. Die, die Glück haben, mußten es *lernen*.« Tooley legte eine dramaturgische Pause ein.

Krupp wartete mit schlecht verhohlener Ungeduld.

»Glück im Materiellen ist eine Form der Energie. Denn, wie ich schon sagte, ist Geld Teil eines Energieflusses. Geld ist der Blutstrom der Gesellschaft. Sagen wir mal so: Sie wollen eine andere Art von Energie auffangen, wie Radiowellen. Was tun Sie dann?«

»Äh... man kauft sich ein Radio.«

Tooley kicherte. »Stellen Sie sich vor, das könnte man nicht kaufen. Dann bauen Sie sich ein Radio. Um die Signale zu empfangen, brauchen Sie die richtige Ausrüstung, müssen Sie nach den richtigen Diagrammen arbeiten. Mit dem Wohlstand ist es dasselbe: Man braucht die richtige Ausrüstung und muß nach den richtigen Diagrammen arbeiten. Man muß für die richtigen Leute arbeiten. Für die richtige Macht.«

Krupp dämmerte es langsam.

Tooley legte seine Hand an die Kehle, und der goldene Kokslöffel war zu sehen. Ein goldener Kokslöffel an einer goldenen Kette.

»Wer... äh...«, fing Krupp an. »Für wen würde ich eigentlich arbeiten? Ich meine... ich habe den Eindruck, daß Sie mir einen Job anbieten.«

»Gewissermaßen ja. Ich biete Ihnen eine *Chance*.«

»Sagen wir mal so: Angenommen, ich bin einverstanden, alles zu lernen, was einem Reichtum bringt – was tue ich damit für Sie? Ich meine, wieviel... äh, Prozente verlangen Sie?«

»Das ist ganz einfach. Sie wären einer von uns. Je mehr wir sind, desto stärker sind wir. Das werden Sie später verstehen. Nach der Zeremonie.«

Zeremonie?

Krupp fragte sich allmählich, ob man ihn in eine Sekte hineinziehen wollte. Vielleicht auch Jesus People. Aber Moonies mit Kokslöffeln? Jesus People, die materiellen Reichtum versprachen? »Wieviel müßte ich investieren?«

»Keinen Penny. Keine Unterschrift. Keine Organisation, an die man Beiträge abführt. Es handelt sich auch nicht um einen religiösen Kult, falls Sie daran gedacht haben. Auch kein Betrug. Es ist die seltenste aller Perlen: eine echte Gelegenheit.«

»Man bekommt nichts umsonst«, sagte Krupp. Krupp war längst weich. Tooley erzählte keinen Blödsinn. Er sagte es nur, um mehr zu erfahren.

»Nein, nichts ist umsonst«, sagte Tooley. »Sie müssen etwas tun, Ihnen entstehen keine Kosten. Sie müssen nur die Diagramme für Glücksenergie auslegen. Das zeigen wir Ihnen. Denn je mehr Leuten wir helfen, desto mehr wird uns geholfen. So funktioniert das. Können wir gehen?«

Krupp hörte sich sagen: »Ich bin dabei.«

Draußen war es stürmisch. Krupp sah sich erstaunt um. »Sieht aus, als sei die Hitze endlich vorbei. Diese verrückte Hitze. Und dann plötzlich Sturm.«

»Die Hitze wird wiederkommen«, sagte Tooley und hielt Krupp die Beifahrertür eines blauen Mercedes auf. Krupp stieg ein und bewunderte die Ledersitze, das Holz um den Tachometer, den Geruch des Neuen. Tooley stieg ein und ließ den Wagen an. »Was glauben Sie, wieviel mich das Dingelchen gekostet hat Billy?«

»Ich darf gar nicht daran denken! Wohl um die dreißigtausend?«

Tooley schüttelte den Kopf. »Wert ist er das leicht. Er hat mich zwölfhundert Mäuse gekostet. Ein Freund von mir mußte ihn verscheuern. Aus steuerlichen Gründen. Mußte ihn unter Preis verkaufen. Die Chance habe ich natürlich sofort am Schopf gepackt.«

Tooley legte eine Kassette auf. Eine Version des Beatles Songs

›Baby You're a Rich Man‹. Nutten standen auf dem Bürgersteig; Krupp nahm sie professionell unter die Lupe. Er dachte daran, welche zu engagieren und auf fünfunddreißig Millimeter umzusteigen, sobald er zu Kohle gekommen war.

Krupp merkte, daß er sich – nun ja, *anders* fühlte. So wie damals, als man ihm im Krankenhaus Medikamente verpaßt hatte. Als laufe alles wie geschmiert, als sei alles lustig. Er hatte die vage Ahnung, daß sein Gefühl des Wohlbehagens mit Tooley zusammenhing. Daher fragte er Tooley nicht, wohin sie eigentlich fuhren. Es erschien ihm nicht richtig, zu viele Fragen zu stellen. Er versuchte, so zu wirken, als höre er nicht mit, als Tooley eine Klappe unter dem Armaturenbrett öffnete, ein Telefon rauszog und einen Anruf tätigte. »Hier spricht Tooley. Wir wollen an der Zweiten Avenue, Ecke Houston Street einsteigen. Um halb drei. Um Punkt halb. Die anderen Züge diesmal über Monitor. Wir wollen keinen Pfusch... Keine Sorge, wir übernehmen das schon. Ja. Wunderbar. Bis später.«

An der Kreuzung, an der die U-Bahn-Haltestelle war, stiegen sie aus. Als ihm der Wind ins Gesicht blies, hatte Krupp das Gefühl, aus wohligen Träumen zu erwachen.

Zwei Penner schlurften auf sie zu, um darum zu wetteifern, wer von beiden mehr von ihnen schnorren konnte – und sie blieben gleichzeitig stehen. Krupp sah sie verblüfft an. Die Penner sahen Tooley an und murmelten miteinander. Sie wichen zurück. Krupp warf einen Blick auf Tooley. Tooley ging auf einen Eingang der U-Bahn zu; er machte einen liebenswürdigen Eindruck. Er wedelte auch nicht mit einer Knarre – warum also waren die Penner vor ihm zurückgewichen?

Krupp holte Tooley auf der Treppe ein. »Mann, ist das ein Wind«, sagte er.

Tooley nickte nur.

»Wir fahren mit der U-Bahn weiter?« fragte Krupp.

»Ja, sozusagen mit einer privaten U-Bahn.«

»Was? Wollen Sie mich auf den Arm nehmen?«

Der Bahnsteig war verlassen, und selbst hier war es windig. Der Wind mußte durch einen Lüftungsschacht kommen. Krupp unterdrückte ein Frösteln.

Tooley sah auf die Uhr.

Krupp stand neben ihm und dachte duselig: *Vielleicht ist der Kerl verrückt. Hat Halluzinationen. Private U-Bahnen gibt es nicht.*

Seine Einwände waren schwach, und Krupp ergab sich seinem Schicksal. Er kam sich vor wie ein Stück Papier, das im Luftstrom eines Wagens gefangen ist und in seinem Sog die Straße hinuntertreibt.

Zwei helle Lichter leuchteten im U-Bahn-Tunnel auf. Tooley sah noch einmal auf seine Uhr. Er nickte. »Da kommt unser Zug.«

Der Zug fuhr so schnell ein, daß Krupp sicher war, er würde nicht anhalten. Es war eines der alten Modelle, die aus dem Verkehr gezogen worden waren. Der Zug hielt so an, daß sie am hinteren Ende standen. Die Türen des letzten Wagens öffneten sich. Nur die Türen dieses Wagens. Die Fenster des letzten Wagens waren geschlossen und mit schwarzer Sprühfarbe gegen jeden Einblick abgesichert. Krupp fühlte sich wie ein Einbrecher, als er nach Tooley einstieg.

Die Türen schlossen sich hinter ihnen.

»Sieht aus wie eine alte Eisenbahn... wie sie die Wirtschaftshaie hatten... eine private...«, murmelte Krupp und sah sich benommen um. Wie war das möglich? Das konnte nicht erlaubt sein.

Er stand auf einem dicken roten Teppich, der aussah wie reine Wolle.

Die Originalsitze waren herausgerissen worden. Die Haltegriffe und die Gepäcknetze fehlten. Die dunkelgetäfelten Wände waren von niedrigen schwarzen Plüschsofas gesäumt, die in den Boden geschraubt waren. An der Decke klimperten kleine Kronleuchter. Tooley übertönte die Fahrgeräusche. »Darf ich Ihnen einen Drink anbieten?«

Krupp nickte dumpf vor sich hin. Er ließ sich auf ein Sofa sinken. Es war weich.

Tooley öffnete eine Holztür, hinter der reihenweise bester Fusel stand. Trotz des Wankens des Zuges gelang es Tooley, perfekte Drinks zu mixen, ohne einen Tropfen daneben zu schütten. Er brachte Krupp einen Whiskey Sour, setzte sich neben ihn und nippte an seinem Martini in einem Kristallglas.

Wieder schlich sich bei Krupp das Gefühl ein zu träumen, medikamentös gedämpft zu sein. Und wieder verlor er jedes Zeitgefühl, bis der Zug – anscheinend einen Atemzug später – anhielt.

Sie traten auf einen dunklen Bahnsteig. Krupp schwankte in der Dunkelheit. Die Türen des Wagens schlossen sich zischend, und der Zug fuhr grollend in den Tunnel. Das einzige Licht kam jetzt von einer einzigen roten Glühbirne in einem leeren Fahrkartenschalter. In diesem Licht hatte der Bahnsteig die Farbe verwässerten Blutes.

Krupp merkte, daß er das Whiskeyglas immer noch in der Hand hielt. Er stellte es auf einer Bank ab. Als er es abstellte, huschte etwas unter der Bank heraus. »Eine Maus«, murmelte Krupp. Der Name der Haltestelle war auf allen Schildern unlesbar ausgestrichen. Der Ausgang zur Straße war durch Gitter versperrt. Die Haltestelle war vollkommen menschenleer. Tooley mußte einen Schlüssel zu den Gittertoren haben. Er ging den Bahnsteig entlang und in die Dunkelheit hinein.

Krupp tastete sich nervös vorwärts. Die Schatten verdichteten sich um ihn herum. Er stieß gegen eine Bierflasche und stolperte. Fluchend ging er weiter.

Er holte Tooley ein. Seine Augen gewöhnten sich langsam an die Dunkelheit.

Sie kamen am Ende des Bahnsteigs an. Glatte, gekachelte Wände. Kein Durchgang. Tooley mußte in die falsche Richtung gelaufen sein.

Dann sah er, daß Tooley auf Metallsprossen auf die Geleise hinabstieg.

Vierzig Jahre lang hatte sich Krupp alle Gefahren dieser Geleise ausgemalt und sie sorgsam gemieden. Jetzt folgte er Tooley. Tooley schaltete eine Taschenlampe ein, und Krupp erkannte gerade soviel, daß er sich fragte, wie diese alten Geleise mit den morschen Trägern und Stützbalken auch nur eine Woche halten konnten.

Krupp blieb stehen, um zu lauschen.

Hinter ihm nahte ein Donnergrollen.

»Tooley... ein Zug kommt!«

Tooley sagte nichts. Er ging mit gleichmäßigen Schritten weiter.

»Tooley...« Krupp merkte, daß er flüsterte. Er fragte sich, warum.

Das Dröhnen wurde lauter.

Krupp blickte über die Schulter zurück. Ganz hinten im Tunnel funkelten zwei weiße Augen, die wuchsen.

Er drehte sich wieder zu Tooley um. Aber Tooley war fort. Der Strahl der Taschenlampe war fort. Vor ihm und hinter ihm lag nichts als Dunkelheit – bis auf die Lichter des nahenden Zuges. Er spürte, wie die Geleise rechts neben ihm vibrierten, obwohl der Zug noch weit entfernt war.

»Jesses«, murmelte Krupp, aber er fürchtete sich nicht halb so sehr, wie er sich hätte fürchten müssen. Ihm war danach zumute, sich hinzulegen und...

»Krupp!« Tooleys Stimme. »Was tun Sie, mein Freund? Kommen Sie her!«

Tooley stand neben einer Nische in der Wand. Er war in die Nische getreten, als Krupp sich umgesehen hatte.

Krupp eilte näher, und beide traten in die Nische. Sie führte in einen schmalen Durchgang, der zur Hälfte von Rohren blockiert war, aus denen rostiges Wasser tröpfelte. Tooley ging seitlich an den Rohren vorbei; Krupp folgte ihm.

Tooley beugte sich über einen Metallkasten und schloß ihn auf. Er holte einen grauen Overall heraus und gab ihn Krupp. »Ziehen Sie das über. Und das.« Ein Paar Gärtnerhandschuhe.

Tooley zog sich das gleiche über, und sie kletterten rostige Metallstufen an einer feuchten Betonwand hinauf.

Krupp hatte Herzklopfen. Je höher sie stiegen, desto wärmer wurde es. Eine klebrige, prickelnde Wärme. Über ihnen wurde es heller. Das Licht war schwefelgelb und drang aus einem rechteckigen Spalt, der Öffnung eines horizontalen Schachtes, die einen dreiviertel Meter auf einen Meter breit war. Sie mußten drei Meter auf Händen und Knien kriechen. Krupp tröpfelte der Schweiß am Rückgrat herunter, aber mit jedem Zentimeter näherte er sich der Lichtquelle. Aber je näher er dem Licht kam, desto mehr wuchs die süße Erregung an. Es war die Art von wohliger Erregung, die nur durch Suff oder durch Beruhigungsmittel hervorgebracht werden konnte. Sie traten in einen runden Raum mit einer Falltür in der Mitte.

Etwas kam auf Händen und Knien auf sie zu.

Es war ein Penner mit einem Schuh und blutigen Zehennägeln am anderen Fuß; sein linkes Auge war violett, verquollen und entzündet, das Weiß seiner Augäpfel war gelb, und es bereitete ihm Mühe, auf die Füße zu kommen. Er hustete vor jedem Wort.

»Weiß nich'... äh... ich will kein' Ärger machen. Die äh...«

»Ich habe euch gesagt, daß ihr hier nichts zu suchen habt«, sagte Tooley mit metallischer Schärfe.

»Niemand hat mir...«

»Es hat sich rumgesprochen. Jeder weiß es. In diesem Winter hat niemand was im Untergrund verloren.«

Krupp sah Tooley überrascht an. Die Penner hatten schon immer in der Kanalisation und in U-Bahn-Stationen außer Betrieb Unterschlupf gesucht. Wie hätte Tooley sie alle von dort fernhalten können? Und wozu sollte das gut sein? Krupp räusperte sich. »Was macht das für einen Unterschied, ob...«

»Das zieht den Pirscher frühzeitig an«, sagte Tooley beiläufig. Zu dem Penner sagte er: »Du warst gewarnt. Du wartest hier.«

Er gab Krupp ein Tuch aus schwarzer Seide. »Sie müssen sich die Augen verbinden.« Krupp zog das Tuch mit zitternden Händen vor seine Augen. Dann senkte er es wieder und sah den Penner an.

Der Penner vollführte einen eigentümlichen Tanz.

Er taumelte rückwärts und vorwärts und krallte seine Hände in die eigene Haut. Es sah aus, als sei er in einen Bienenschwarm geraten, unsichtbare Insekten, die auf ihn zuschossen, um ihn gemein zu stechen. Wahrscheinlich hatte der alte Mann einen Anfall. Delirium Tremens.

Doch die Schreie des Penners drückten reinstes Entsetzen aus. Es waren die Laute einer Maus, die lebendig von einer Schlange verschluckt wird – dieselben Laute, aber in einer Echokammer.

Aus den Hosenaufschlägen des alten Mannes tropfte Blut. Und aus den Ärmeln und aus dem Loch, das sich – während Krupp hinsah – plötzlich in seiner Backe bildete. Er hatte die Wunden nicht selbst verursacht. Krupp war sich dessen sicher, denn er sah weitere Wunden aufplatzen. Streifen wurden aus der Kehle des Penners gerissen.

Der alte Mann war nicht allein auf dem runden, schwarzen Metallfußboden. Krupp schloß die Augen, um nichts mehr zu sehen.

Dadurch sah er es. Als seien die Umrisse verbrannt – so sah das Geschöpf aus, das er hinter seinen Lidern sah...

Er öffnete die Augen und sah, wie der Penner durch einen Stoß umgeworfen wurde, mit dem Gesicht nach unten. Dann wurde der Körper davongezerrt, von nichts, von gar nichts, auf den anderen Eingang zu.

Im nächsten Moment war der Raum leer, und es war still, und nur die Blutflecken auf dem Boden erinnerten noch an den Penner.

Krupp bemerkte sein eigenes Schreien und Zittern erst, als es aufhörte. Es hörte auf, und Furcht und Anspannung verließen ihn augenblicklich, als Tooley einen Arm berührte. In diesem Augenblick verstand Krupp.

Er verstand etliches zugleich. Er merkte, daß seine Empfindungen – süße Erregung, Ruhigstellung, Duldung – von Tooley ausgeströmt wurden. Von Tooley persönlich, durch seine Gegenwart, seine Stimme, seine Berührung.

Und er merkte, daß Tooley magische Kräfte besaß. Er verstand außerdem, daß das, was dem Penner zugestoßen war, angebracht und unvermeidlich war. Penner waren Personifikationen des Unglücks. Tooley war eine Personifikation des Glücks. Der Penner war Tooley, der über die Macht des Glücks befehligte, ungehorsam gewesen. Tooley hatte alles Glück aus dem Penner herausgesaugt, das ihm noch geblieben war, und somit war der alte Mann gänzlich der Gnade der Abscheulichkeit ausgeliefert, die das Unglück war. Und diese abscheuliche Energie hatte ihn in Stücke gerissen.

Das wußte Krupp, weil er Tooley in die Augen sah; dort stand all das geschrieben.

Tooley war der Vertreter der Macht des Guten. Krupp sah auf den goldenen Kokslöffel, eine Art Henkelkreuz in der Farbe des Versprechens.

Das war das Letzte, was er sah, ehe Tooley ihm die Augenbinde anlegte und sie gründlich zurechtrückte.

Nach langen, niedrigen Gängen ließ er sich in einen Raum führen, der ein Aufzug sein mußte. Schließlich strömte ihm der Geruch öligen Leders, brennender Holzscheite und teurer Zigaretten entgegen.

Tooley nahm ihm die Augenbinde ab.

Tooley führte ihn zu einer Ledercouch, vor der ein Fernsehschirm stand. Im Hintergrund knisterte ein Kaminfeuer.

»Hallo, Billy«, sagte der Bildschirm.

Krupp beugte sich vor. Er konnte nur ein rundes Gesicht mit mittellangem Haar erkennen.

»Wie fühlst du dich, Billy?« erklang wieder die Stimme aus dem Lautsprecher unter dem Bildschirm.

»Recht schläfrig. Irgendwie komisch. Aber gut.«

»Billy – könntest du ein paar Fragen beantworten?«

»Wollen Sie meine Lebensgeschichte hören?« Krupp kam sich albern vor. Er war zum Spaßen aufgelegt.

»Nein. Die kennen wir bereits. Wir würden dich gern zu deiner

Einstellung befragen. Um zu sehen, ob du soweit bist. Du mußt jetzt ganz ehrlich sein. Angenommen, du wärest in einem brennenden Haus und das Baby des Nachbarn wäre im selben Haus, und wenn du ins Nebenzimmer gehen würdest, um das Baby auf die Straße zu tragen, wäre die Gefahr groß, daß du bei dem Brand dein Leben verlierst – tätest du es?«

»Aber ich allein käme leicht noch raus?«

»Genau.«

»Dann würde ich das Kind drin lassen. Es ist doch nicht mein Kind. Ich bin genauso wichtig wie das Kind.«

»Vollkommen richtig. Angenommen, du wärst mit deiner Exfrau, der letzten, in einem Haus gefangen, und die Leute, die euch dort gefangenhalten, Leute mit schweren Knarren, würden zu dir sagen, daß sie deine Frau und dich umbringen, wenn du ihnen die Frau nicht überläßt...«

Krupp kicherte so, daß er kaum reden konnte. »Ich würde sie eigenhändig auf die Straße setzen. Und mich noch dafür bedanken!«

Der Schatten auf dem Fernsehschirm lachte in sich hinein.

»Jetzt laß mich noch eins fragen: Ist dir manchmal einfach danach zumute, aufzugeben und zu sterben? Oder dein Leben bei einem Banküberfall zu riskieren? Weil du verzweifelt bist und man es dir so schwermacht?«

»Ja«, sagte Krupp leise. »Manchmal. Sie machen es einem aber auch teuflisch schwer. Jeder will das Geld sofort. Oder zu früh.«

»Natürlich. Ich weiß genau, was du meinst. Du hast es dir recht gutgehen lassen. Du hast viel Geld verdient, und deshalb bekommst du heute selbst von der Fürsorge keine Unterstützung. Aber die Nigger – die kriegen was von der Fürsorge, einfach so, stimmt's? Wenn du mich fragst: Ich finde das nicht gerecht.«

»Nicht gerecht...«

»Kein Erfolg – in Gelddingen – ist eine Frage von Leben und Tod. Es geht mehr um Auge-um-Auge als jemals zuvor. Vonwegen der Inflation und des Wirtschaftsrückgangs und... na ja, wegen Leuten wie dem Buchmacher, der dir ans Leder will. Glaubst du, daß das stimmt?«

Krupp nickte. Diese Wahrheit war nicht zu leugnen. »Leben und Tod.«

»Entweder du oder die anderen. Man muß sich seiner Haut wehren. Man muß kämpfen.«

Krupp nickte. Das Sprechen fiel ihm schwer. Der Raum war voller Rauch. Dabei wußte er, daß der Rauch gar nicht wirklich da war. Die Gestalt auf dem Bildschirm schien zu wachsen.

»Das war alles, was ich dich fragen wollte. Du wirst dich an die Fragen und an die Antworten erinnern.«

Das Bild auf dem Fernsehschirm hatte sich jetzt verändert. Es waren Winkel und Linien. Dann zeichnete sich ein weiterer Umriß ab. Eine weibliche Gestalt. Gute Figur. Sehr hübsch. Ohne jede Hüllen. Er konnte sie nicht deutlich erkennen, aber das, was er sah, gefiel ihm. Die Frau kniete neben dem Sofa. Ihre Hände zogen seinen Reißverschluß auf.

Er blieb regungslos sitzen. Es mußte ein Traum sein.

Sie umschmeichelte ihn, und er genoß es, aber seine Aufmerksamkeit blieb auf den Bildschirm gerichtet. Bis sich der Nebel verdichtete, schwarz wurde und alles um ihn verschwand.

Verschwunden. Verschwunden die Frau, der Fernseher, das Sofa, der Kellerraum. Tooley verschwunden. Die Stimmen verschwunden (viele Stimmen, die in fremden Sprachen redeten... ein Kauderwelsch, das er selbst in New York noch nie gehört hatte).

Er saß in seiner Wohnung, in seinem Schlafzimmer, und sein Schädel dröhnte. Er wimmerte auf. Er war verkatert. Er erinnerte sich lebhaft an seinen Traum. Er hatte geträumt, er sei in einer Bar. Ein Mann mit einem Kokslöffel...

Etwas Goldenes baumelte an seinem Bettpfosten. Er blinzelte gegen den letzten Rest seiner Umnebelung an und sah auf das glänzende Ding. Ein winziger, goldener Kokslöffel. Darunter, auf dem Nachttisch mit der Spiegelglasplatte, lag ein Gramm von etwas, was wohl Kokain sein mußte. Es war zu säuberlichen Straßen ausgestreut. Daneben lag ein Hundertdollarschein, zusammengerollt und auf den Nachttisch geklebt. Neben dem Geldschein stand eine schwarze Lederkiste, so groß wie eine Zigarrenschachtel.

Mit zitternden Händen öffnete er die Kiste. Auf rotem Samt lagen zwei glitzernde chirurgische Messer.

6

Im selben Augenblick, in dem Krupp mit Tooley die Treppe zur U-Bahn hinuntergestiegen war, war Lanyard aus dem Aufzug ins zweite Untergeschoß des Hauses getreten, in dem Gribner wohnte. Ein ekliger Geruch ließ ihn die Nase rümpfen. Etwas Totes. Unter etlichen anderen Polizisten entdeckte er schließlich Gribner, dessen niedergeschlagener Gesichtsausdruck alles und jeden anzuklagen schien, als habe ihn die ganze Welt betrogen.

»Lanyard!« rief Gribner. »Sagen Sie mir, wer ich bin, daß mir sowas passieren muß... hier! Sagen Sie mir, was das... Lanyard, sehen Sie sich das an.« Er zog einen Zipfel von der Decke weg, die einen ovalen Haufen am Boden bedeckte.

»Verdammt noch mal, Gribner, ich will keine...«, setzte Lanyard an. Er wollte sich umdrehen, aber seine Augen wandten sich unfreiwillig der Gestalt am Boden zu. »Verdammt noch mal, Gribner.« Es sah aus wie ein enthäutetes Lamm.

Lanyard wandte sich würgend ab.

Es war kein gehäutetes Lamm. Es war ein kleiner Junge. Die Überbleibsel eines kleinen Jungen. Er mußte schlucken, um seinen Brechreiz zu unterdrücken. Er warf einen Blick über die Schulter auf die Zeichen an der Wand und trat sofort in den Aufzug.

»Lanyard, kommen Sie zurück und...«

Die Türen schlossen sich.

Lanyard schloß die Augen und atmete tief ein. Er öffnete die Augen sofort wieder. Diesmal sah er nichts in der Dunkelheit hinter seinen Augen. Nichts außer der Dunkelheit. Aber das reichte schon. Er wollte nicht in die Dunkelheit sehen. Der Junge war gespleißt worden.

Lanyard ging in die ukrainische Bar an der Ecke. Zwölf alte und zwei junge Männer redeten in einer Sprache, die Russisch sein mußte. Lanyard genoß die Tatsache, daß er kein Wort verstand. Es gab ihm das Gefühl, isoliert zu sein. Er wollte mit seinem Drink allein sein, und er ärgerte sich, als Gribner in die Bar kam und auf seinen Tisch zustürzte.

Gribner setzte sich wortlos hin, ohne Lanyard anzusehen. Er bestellte einen Bourbon, und die beiden tranken schweigend.

Gribner rieb sich nur ab und zu die Nase. Lanyard merkte, daß Gribner sich bemühte, nicht zu heulen.

Als nach der dritten Polka aus der Jukebox Frank Sinatra »New York, New York« sang und beide das zweite Getränk geleert hatten, sah Gribner Lanyard grimmig an.

»Ich erinnere mich, Lanyard, daß Sie gesagt haben, ich müßte so was gewohnt sein. Mir ginge es ohnehin nicht nahe.«

Lanyard zuckte die Achseln. »Ich glaube, das stellt sich nach einer Weile von selbst ein. Aber diesmal waren Sie persönlich betroffen. Sicher machen Sie sich große Sorgen um Ihren Neffen.« Lanyard mußte sich zu diesen Worten zwingen. Er wollte nicht darüber reden.

»Wenn ich diesen elenden Halunken erwische, schicke ich ihn in ein Heim.«

Lanyard sah überrascht auf. »So?«

»Ich glaube, daß er meine Hunde umgebracht hat. Louie und...« Er mußte sich unterbrechen. »Ich rede von meinen Hunden, wenn da unten ein totes Kind liegt.«

Lanyard zuckte die Achseln. »Weshalb glauben Sie, daß Ihr Neffe die Hunde umgebracht hat?«

»Er war ein sadistischer, kranker Junge. Bauchrednerei muß es gewesen sein. Da sieht man, wie krank dieser Scheißkerl ist. Bauchrednerei. Dieses Knurren. Lanyard! Haben Sie die Zeichen an der Wand gesehen?«

»Die übliche Mischung. Wenn auch ohne Pentagramm.«

»Lanyard, glauben Sie, daß diese Leute – die Sektierer das getan haben, damit ich den Fall abgebe? Wir kommen keinen Schritt weiter.«

»Das glaube ich nicht. Die Taktik wäre zu offensichtlich. Sie meinen, daß... äh... daß man an Ihren Neffen herangetreten ist? Ihn in die Sache hineingezogen hat?«

»Lanyard, wissen Sie etwas über ein religiöses Symbol, einen Schädel mit einem langen Schnurrbart?«

Lanyard zwinkerte. Er hatte einmal etwas Derartiges gesehen. Irgendwo. »Ich glaube... es gibt persische Amulette, von denen es heißt, sie könnten die heilenden Kräfte eines bestimmten persischen Mystikers hinzurufen. Eines Zauberers, von dem es heißt, er sei im Besitz des Geheimnisses, wie Glück und ewiges Leben zu erlangen sind. Er hat Ahriman beschwichtigt und dabei angeblich

Ahura Masda gedient. Darum geht es bei diesem Kult; die Personifikation des Bösen mit Opfern zu beschwichtigen, aber im übrigen das ›Leben des Gerechten‹ zu leben. Eine in hohem Maß über die Ratio eingebaute Scheinheiligkeit.«

»Was ist mit dem Schnurrbart auf dem Schädel?«

»So sieht das Amulett aus, von dem ich gesprochen habe.«

Gribner stand auf und warf dabei fast den Tisch um. Er enthält mir Informationen vor, dachte Lanyard. Um so besser. Dann brauche ich ihm auch nicht alles zu sagen. So ist es Trismegestes am liebsten. Und Trismegestes ist der Mann, der verführerisch mit dem großen Geld winkt.

Aber Lanyard dachte nicht wirklich an das Geld. »Wie ein gehäutetes Lamm«, murmelte er vor sich hin. Seine Augen brannten vor Müdigkeit. Dennoch schloß er sie nie länger als nötig.

Madelaine war froh, daß der Empfang nicht in Minders Privatclub stattfand. Das Valencia machte sie nervös; es war wie Minder selbst mit verborgenen Erwartungen beladen.

Der Autor wurde in Minders Theater empfangen. Minder war der Produzent, und er hatte angedeutet, daß Madelaine zwar nicht die Hauptrolle, aber eine der wichtigsten Rollen bekommen könnte.

Charlton Buckner, der Autor, dem der Empfang galt, war Madelaine auf den ersten Blick unsympathisch. Endlich konnte sich Minder von Buckner lösen. Er kam auf Madelaine zu.

»Soll ich dir was sagen? Tooley soll die Sache für eine Weile in die Hand nehmen. Mein junger Autor schmeichelt sich ohnehin bei jedem ein. Hättest du vielleicht Lust, dir meine neueste Abschußrampe anzuschauen – ein hübscher kleiner Stadtsitz am Gramercy Park? Privatpark – man braucht einen Schlüssel, um in den Park zu kommen. Ganz schön elitär, was? Sehr stilvoll. Hast du Lust?«

»Ich bin hingerissen«, sagte Madelaine, obwohl das Wort ihre Gefühle nicht beschrieb. *Erleichtert* wäre treffender gewesen. Sie konnte nicht auf diesem Empfang bleiben. In Minders Gegenwart war ihre Gabe normalerweise betäubt oder stumm, aber je mehr Leute kamen, desto mehr spürte sie einen zunehmenden seelischen Druck auf sich lasten. Das Flüstern hatte begonnen.

Allein mit Minder würde sie sich leichter mit ihm über eine Rolle in dem Stück unterhalten können.

Zwanzig Minuten später parkte der Wagen vor dem russischen Renaissancehaus, obwohl Minder gesagt hatte, sie würden es sich »nur im Vorbeifahren« ansehen.

»Zum Teufel«, sagte Minder. »Gehen wir doch kurz rein.«
Ganz beiläufig, versteht sich.
Verdammt noch mal, dachte sie.

Er erzählte von dem kolumbianischen Heroin, das sie unbedingt ausprobieren müsse, und sie folgte ihm ins Haus. Für Ausflüchte ist es zu spät, sagte sie sich.

Laut sagte sie nur: »Oh, besten Dank, mein galanter Ritter«, als er ihr die Tür aufhielt. Sie trat ins Haus.

Lanyard lag auf dem Rücken und sah den Wasserflecken an der Decke über dem Sofa an, der Ähnlichkeit mit einer japanischen Dämonenmaske aufwies. Diesmal wußte er, daß es nur Einbildung war.

Er schaltete den Fernseher ein, erwischte die Nachrichten über die U-Bahn-Morde, hörte dabei, daß die U-Bahn die Fahrpreise um dreißig Prozent gesenkt hatte, und schaltete einen anderen Sender ein. Als dort ein Vortrag über die neueste Entwicklung des Horrorfilms ausgestrahlt wurde, der psychische Subtilität vernachlässigte und nur noch auf Grausamkeiten, vor allem auf Kultmorde, aus war, schaltete er den Fernseher wieder aus.

Er holte sein Notizbuch vom Schreibtisch und machte sich Aufzeichnungen über den Synchronismus, mit dem ihn die U-Bahn-Morde verfolgten. Probehalber stellte er den Fernseher noch einmal an. »Alle zehn Minuten wird eine Frau vergewaltigt. Das ist statistisch erwiesen«, kam es ihm entgegen. Er zuckte zusammen und schaltete den Fernseher wieder ab.

Dann schlug er die *Village Voice* auf. Das erste, was ihm in die Augen sprang, war: »... die vier Schwarzen wurden in den Kellerraum des Polizeireviers gebracht, einzeln verhört und nacheinander bedroht...«

Keller, dachte er. Unterirdisch. Sämtliche Morde sind unterirdisch begangen worden.

Er ließ seine Augen nach dem Zufallsprinzip über die Seite schweifen und las als nächstes:

BEZAHLEN SIE UNS NICHT

Es sei denn, wir fördern etwas Nützliches zutage! Dieses Angebot macht Ihnen Data Digs, Manhattans kultivierteste Datenvergleichsstelle. Eine Seminararbeit? Informationen, die notwendig sind, um ein Stipendium zu beantragen? Detektivarbeit? Wissenschaftliche Studien des menschlichen Verhaltens? Verbraucherkreiserweiterung? Unser Computer wird mit Zeitungsberichten, Polizeiakten, Medienverlautbarungen aller Art und mit weiteren Quellen gefüttert, die wir nicht ausplaudern werden. Wir können Daten zu jedem Thema für Sie vergleichen. Rufen Sie...

Lanyard riß die Anzeige aus der Zeitschrift und legte sie neben das Telefon.

Dann ging er in die Küche und mixte sich einen Drink. Er wußte, daß ihm eine lange, schlaflose Nacht bevorstand. Weil er Angst hatte, die Augen zu schließen.

Wie es so kam, schlief Lanyard um etwa vier Uhr morgens mit dem Glas in der Hand ein. Um neun wachte er auf, auf dem Rücken liegend, auf der Couch, und bis auf die Schuhe angezogen. Das Glas lag auf seiner Brust. Seine Brust fühlte sich klebrig an. Sein Kopf hämmerte. Aber nach ein paar Anläufen, wieder einzuschlafen, gab er es auf. Er stand verdrossen auf, kratzte sich und ging ins Bad. Dort zog er sich aus, badete, nahm anschließend fünf Aspirin und trank zwei Tassen Kaffee. Er zog sich an und sah dabei aus dem Fenster. Es war wieder windig, und die Wolken rasten wie erschrockene Nilpferde vorbei, fett und grau.

Er ging zum Telefon, rief bei Data Digs an und machte einen Termin aus. Dann rief er Madelaine an. Sie war nicht zu Hause. Er sprach auf ihren Anrufbeantworter und bat sie, sich Zeit für ein gemeinsames Abendessen zu nehmen. Dann legte er auf, aber ehe er den Hörer losgelassen hatte, klingelte das Telefon, und seine Hand prickelte. Er brachte es kaum über sich, den Hörer ans Ohr zu heben. Er fürchtete sich, aber er war sich keineswegs sicher, wovor er sich fürchtete. War es Gribner? Mit Gribner mußte er sich früher oder später befassen. Vielleicht hatte Gribner etwas Entscheidendes herausgefunden. Lanyard zwang sich, den Hörer abzunehmen.

»Lanyard?« Die Stimme klang fern. Schrill. Trismegestes. Lanyard stöhnte innerlich auf. »Ja?«

»Lanyard, ich dachte mir, es sei gut, wenn wir uns persönlich kennenlernen.«

»Was?« Lanyard war überrascht. Er richtete sich auf. »Kommen Sie hierher?«

»Ich bin bereits da.«

»Hier?« Lanyard fröstelte. »Von der Verbindung her klingt es wie ein Ferngespräch.«

»Ich rufe von einem Autotelefon aus an. Können Sie zum Mittagessen in mein Hotel kommen? Ich bin im Waldorf. Um eins. Abgemacht? Suite 32 y.«

»Ich...«

Trismegestes legte auf.

Lanyard seufzte und ging in die Küche. Er schlug zwei rohe Eier in ein Glas, fügte einen halben Teelöffel Cayenne hinzu, Pfeffer, Tomatensaft und einen Fingerbreit Wodka. Dann schüttelte er die Mischung, gab sich einen Ruck und trank das Glas leer. Er verzog das Gesicht. Dann zog er seinen Mantel über und machte sich auf den Weg zu Data Digs. Er war entschlossen, auf dem Weg eine Morgenzeitung zu lesen, ganz gleich, wie krank sie ihn machte.

Die Tür zu Trismegestes' Suite öffnete sich. »Mr. Trismegestes, bitte. Sagen Sie ihm, ich bin Carl Lanyard...«

»Ich bin es selbst«, erwiderte der kleine Mann. Lanyard hatte ihn für einen Diener gehalten.

»Oh«, sagte Lanyard verlegen. »Entschuldigung.« Trismegestes war gut und teuer gekleidet, aber er wirkte auf den ersten Blick schüchtern und unbeholfen, ganz im Gegensatz zu seiner Persönlichkeit am Telefon. Daher die Verwechslung. Vielleicht war das der Grund, aus dem er seinen Angestellten im allgemeinen nicht persönlich gegenübertrat. Und erst das Gesicht!

»William Burroughs!« entfuhr es Lanyard.

Trismegestes zog eine weiße Augenbraue hoch. »Wie bitte?« flötete er mit seiner hohen Stimme. »Ich habe nicht die geringste Ähnlichkeit mit diesem Menschen.«

»Nein, wohl kaum«, sagte Lanyard unbeholfen. Er fand die Ähnlichkeit beachtlich. Das faltige, verbissene Gesicht war aschfahl, die Lippen schmal, die Augen wie Steine eines versunkenen Tempels, die gerade ans Licht gekommen sind. Blaßblaue Augen voller Distanz.

Er war wesentlich älter, als Lanyard ihn sich vorgestellt hatte.

Er war gebeugt, und seine weißen Hände zitterten leicht, als er Lanyard bedeutete einzutreten.

Aber seine Bewegungen waren energisch, und als er die Tür schloß und sich an den Wohnzimmertisch setzte, wirkte er keineswegs tatterig. Lanyard setzte sich Trismegestes gegenüber an den gedeckten Tisch. »Greifen Sie gleich zu, Junge, ehe Ihr Magen mir Grobheiten zuknurrt.« Da haben wir es ja, dachte Lanyard. Der rauhe Humor des alten Mannes. Lanyard war sauer.

Er hatte Hunger, aber sein Magen flatterte nervös. Das Essen war gut, aber er konnte sich nicht darauf konzentrieren. Lanyard spürte Feindseligkeit in sich aufsteigen, und er wollte sie an Trismegestes auslassen. Bei genauerer Betrachtung war seine Feindseligkeit verständlich. Dieser Mann hatte ihn dazu überredet, in New York zu bleiben, als er sich entschlossen hatte, nach San Francisco zurückzukehren, hatte ihn mehr oder weniger bestochen, Nachforschungen anzustellen, die ihm widerwärtig waren, und außerdem betrachtete Trismegestes ihn eindeutig als Angestellten im Gegensatz zu einem Gleichgestellten.

Lanyards übernächtigte Augen brannten. Alle Lichter im Raum waren eingeschaltet. Am liebsten hätte er geschrien: »Um Gottes willen, können Sie nicht wenigstens ein paar Lichter ausschalten!« Aber er warnte sich stumm: *Behalte deine Feindseligkeit für dich, sonst bist du den Auftrag los. Das ganze Geld. In Amerika bedeutet Geld Freiheit.*

Andere Sorgen nagten an ihm. Er hatte nichts von Madelaine gehört, und wenn er sie anrief, war sie nie zu Hause. Er traute Minder nicht; dieser Mann war ein geborener Ausbeuter. Sie verbrachte viel zuviel Zeit mit Minder.

Trismegestes war beim Nachtisch angelangt. Er hatte immer noch kein Wort gesagt.

Was, zum Teufel, will er von mir? fragte sich Lanyard. Aber der Chablis tat langsam seine Wirkung, und er fühlte sich wohler und lockerer.

Daher zuckte er auch kaum zusammen, als Trismegestes, ohne von seinem Nachtisch aufzusehen, plötzlich sagte: »Und wie geht es unserer alten Freundin Madelaine?«

Lanyard sagte nicht: *Sie haben sie nie gesehen, sie ist keine alte Freundin von Ihnen.*

»Als ich das letzte Mal von ihr gehört habe, ging es ihr gut. Ich habe im Moment keinen Kontakt zu ihr.«

»Sie sind mit ihr ausgegangen.« Es klang nicht anklagend.
»Woher wissen Sie das?« Das klang anklagend.
»Ich habe Informanten, die für Joey Minder arbeiten. Minder weiß nicht, daß sie auch für mich arbeiten. Man hat mir erzählt, daß Sie kürzlich als Madelaines Begleiter in Minders Club waren.«
»Informanten? Wieso? Ist Minder eine Konkurrenz für Sie? Will er ins Verlagswesen einsteigen?«
»Nein. Und ich habe auch nichts mit Theaterproduktionen oder Nachtclubs im Sinn. Minder und ich waren schon immer Gegenspieler. Wir... äh... mögen einander einfach nicht.«
»Ich würde ihm nicht mal soweit trauen, mir unter der Dusche den Rücken von ihm schrubben zu lassen«, sagte Lanyard in sein drittes Glas Wein.
Seine müden Augen spielten ihm Streiche. Er glaubte eine Art fliegende Aale aus dem Augenwinkel zu sehen. Als er sich umdrehte und genauer hinsah, fand er nichts.
Trismegestes setzte sich auf die Couch, Lanyard auf einen Sessel. Er sehnte sich schrecklich nach einer Zigarette und haßte den alten Mann fast, als er sagte: »Zigarette?«
Lanyard schüttelte den Kopf und beobachtete neiderfüllt, wie sich Trismegestes eine Zigarette anzündete. Der purpurblaue Rauch duftete nach feinstem türkischen Tabak. Lanyard betastete nervös das Grübchen an seinem Kinn.
»Ich frage mich, ob Sie so freundlich wären, Carl, mir etwas über sich zu erzählen.« Trismegestes sprach gedehnt und starrte an die Decke.
Lanyard sah unbewußt auch an die Decke. Wieder glaubte er einen Moment lang, eine längliche Form durch die Luft gleiten zu sehen. Er hatte mehr als einmal mit psychedelischen Drogen experimentiert; vielleicht war es ein Flashback.
Seine Augen tränten; er wandte sich ab. Da oben war nichts.
»Was wollen Sie wissen? Sie wissen, daß ich geschieden bin, und alles, was in meinen Akten steht. Ich...«
»Zum Beispiel, mit welcher Religion Sie aufgewachsen sind.«
Lanyard erinnerte sich daran, daß mehr als hunderttausend Dollar auf dem Spiel standen, und daher sagte er nicht: *Warum, zum Teufel, wollen Sie das wissen?*
»Ich bin als Methodist erzogen worden«, antwortete er. »Ein wirklich äußerst liberales Klima. Seit ich dreizehn bin, sind wir

nicht mehr regelmäßig zur Kirche gegangen. Meine Mutter war Malerin. Bei den Wohltätigkeitsveranstaltungen der Kirche war sie immer ein bißchen fehl am Platz. Und mein Vater war ein trübsinniger, antisozialer alter Nichtsnutz. Er hat Jura an der Universität von Californien gelehrt. Wahrscheinlich weiß ich deshalb so wenig über Jura.«

»Ihr Vater ist noch am Leben?«

»Ja. Wir haben eigentlich keinen Kontakt. Ich bin nie in die Praxis gegangen, und er hat mich immer als einen Verräter angesehen. Meine Mutter ist gestorben, und...« Er zuckte die Achseln.

Trismegestes fragte aus heiterem Himmel: »Haben Sie in der Art der medialen Phänomene etwas Neues bei Madelaine Springer bemerkt?«

Lanyard bemühte sich zu lächeln und fragte: »Sind das alles Ablenkungsmanöver, um mich zu überrumpeln?«

Trismegestes gab ein krächzendes Kichern von sich. Lanyard lief ein Schauer über den Rücken.

»Nein, Carl. Es war reine Neugier. Berufliche Neugier. *Sie* haben bei der Zeitschrift aufgehört, nicht ich. Ich glaube fest daran, daß man psychische Phänomene wahrnehmen kann, wenn man mit Mrs. Springer zusammen ist. Wie ich schon sagte, habe ich meine Quellen. Und wenn es Ihnen gelingt, diese Phänomene wahrzunehmen, könnte es sein, daß Sie sich nicht mehr sperren. Und wenn Sie sich nicht mehr sperren, könnte es sein, daß Sie auf die Weise wahrnehmen, auf die es von Ihnen erwartet wird, und das würde uns helfen, die Quelle...«

»Entschuldigen Sie«, sagte Lanyard barscher als beabsichtigt, »aber mir kommt es vor, als würden Sie mit jemandem reden, der nicht anwesend ist. *Ich* weiß jedenfalls absolut nicht, wovon Sie reden.«

»Gut«, sagte Trismegestes lächelnd. »Dann sind wir eben beide verwirrt. Wie nett. Verwirrung macht alles erst interessant. Gerade kürzlich habe ich erst gesehen, wie ein verwirrter Mann gegen eine Wand gelaufen ist. Es sah reichlich komisch aus, und ich mußte darüber lachen. Das hat den ganzen Tag interessanter gemacht.«

Lanyard wartete schweigend ab.

»Ich habe«, sagte Trismegestes, »von einem Bericht gesprochen, den ich über Sie gelesen habe. Ein alter, vergilbter Bericht aus Ihrer Schule, in dem es heißt, Sie klagten darüber, Stimmen zu hören.

Stimmen zu hören und Dinge zu sehen. Sie haben auf Dinge gezeigt, die nicht da waren. Die Schulleitung war der Meinung, daß Sie damit die Aufmerksamkeit auf sich lenken wollten. Als man Ihnen das vorwarf, sind Sie außer sich geraten. Man hat Sie angeschrien, und Sie mußten nachsitzen. Im selben Ordner findet sich ein wütender Brief Ihrer Mutter, in dem sie schreibt, Sie könnten nicht in die Schule gehen, da diese nicht sicher genug überwacht sei und Sie nach der Schule von zwei großen Niggerjungen zusammengeschlagen worden seien.

Lanyard zuckte zusammen. »Wenn Sie nichts dagegen haben, hätte ich jetzt gern eine Zigarette.« Lanyards Ruhe war geschwunden.

»Ich weiß nicht, wen sie bestochen haben, um an diese Akten zu kommen, und ich kenne die rechtliche Lage nicht. Aber das war ein Eingriff in meine Privatsphäre. Soviel weiß ich.«

»Tut mir leid, mein Junge. Sehen Sie, ich bin eben gründlich in meinen Nachforschungen. Ich mußte Ihre Kindheit erforschen, sowie ich Verdacht geschöpft hatte. Ich bin der Herausgeber einer Zeitschrift, die sich schließlich...«

»Ich weiß beim besten Willen nicht, was das mit Psi-Phänomenen zu tun haben soll. Ich fürchte, ich kann Ihnen nicht ganz folgen.« Lanyard hatte aufgehört zu denken. Er ging in die Defensive. Er fühlte sich in einem Maß angegriffen, als habe man ihn physisch bedroht.

»Ich würde es als sachdienlicher ansehen, wenn wir uns über die Morde unterhielten. Sie haben mich aufgefordert, Nachforschungen anzustellen. Sie haben noch kein Wort dazu gesagt. Ich habe einiges an Arbeit in die Sache gesteckt. Was alle Morde miteinander gemeinsam haben, ist, daß sie unter der Erde begangen wurden – und außerdem verbindet sie eine fast identische Methode miteinander. Diese Methode weist darauf hin, daß der Kult daran interessiert ist, Ahriman versöhnlich zu stimmen und Lebensenergie im Austausch gegen Reichtum, Glück oder Ähnliches zu opfern. Dieser Kult hat seinen Ursprung in einer persischen Tradition, die festlegt, daß ihr Tempel unter der Erdoberfläche liegen muß. Daher bin ich zu einer Datenforschungsstelle gegangen, die gegen Bezahlung alles zusammenträgt, was mit dem Untergrund der Stadt zu tun hat... alles, einschließlich U-Bahnen, Keller und...«

Er unterbrach sich. Er konnte nicht weiterreden, während Trismegestes ihm schallend ins Gesicht lachte.

»So, und jetzt mache ich da weiter, wo Sie mich vorhin unterbrochen haben, Lanyard. Wo waren wir doch...«

Lanyard, der wütend aufgesprungen war, fühlte sich plötzlich vollkommen erschlafft. Er ließ sich auf den Stuhl fallen.

Trismegestes sagte: »Ich glaube, wir waren bei meinem Verdacht stehengeblieben. Meinem Verdacht in bezug auf Sie. Mir hat sich der Verdacht aufgedrängt, daß Ihre Skepsis gegenüber dem Okkulten in all seinen Ausprägungen darauf hinweist, daß Sie sich davor fürchten. Ähnlich wie ein Mann, dem die Homosexualität ein ganz besonderes Greuel ist, meistens ein Homosexueller ist, der seine eigene Sexualität unterdrückt. Sie haben sich vor dem Okkulten, vor psychischen Phänomenen gefürchtet. Sie sind bei der Zeitschrift geblieben, weil Sie darin eine Möglichkeit gesehen haben, mit dem Okkulten aufzuräumen. Damit abzurechnen und Sicherheit zu gewinnen. Weil Sie als Junge *Die Gabe* besessen haben. Sie haben diese Gabe unterdrückt, weil man Sie ihretwegen verfolgt hat. Eine solche Gabe ist unter allen erdenklichen Lebensumständen eine entsetzliche Last. Sie haben die ›Halluzinationen‹ Ihrer Knabenzeit verdrängt. Es war ein Trauma – und wir alle versuchen, die Traumata unseres Lebens zu vergessen.«

Lanyard starrte ihn betroffen an. »Sie Schurke«, sagte er schwer atmend.

»Ja«, sagte Trismegestes versonnen. »Das bin ich. Trotzdem will ich Ihnen begreiflich machen, daß Ihnen die Phase der Selbsterkenntnis bevorsteht. Sie müssen erkennen, daß Sie sich zumindest teilweise deshalb zu Madelaine hingezogen fühlen, weil Sie ihren Seltenheitswert bemerkt haben. Sie ist eines der wenigen echten Medien. Ihre Gabe versucht, in Ihnen aufzusteigen, sich gegen die Unterdrückung zur Wehr zu setzen. Durch Madelaine. Das ist nur eine Theorie«, sagte er vage. »Sie sind ein Medium, Lanyard. Aber Ihre Gabe ist anders als die Madelaines. Weil Sie Die Andere Welt nur gelegentlich hören können. Sie sehen sie dafür häufiger.«

Lanyard hörte ihn kaum. Er war abgelenkt. Er konnte seinen Blick nicht von den schwarzen, gewundenen Formen lösen, die sich in der Luft über Trismegestes' Kopf krümmten.

Fast hätten sie Gestalt angenommen. Dann waren sie fort.

»Dieser Prozeß hat gerade erst eingesetzt«, sagte Trismegestes gerade.«»Wenn ich mich nicht täusche, wird es Sie in schlagartigen Wellen überrumpeln. Wenn es anfängt, sich deutlicher in Ihnen zu zeigen, können Sie es einsetzen, um die Kraftströme aufzuspüren. Wenn Sie die Kraftströme aufspüren können, wird einer dieser Ströme Sie zu dem Tempel der Leute führen, die Sie suchen. Sie sehen also, daß dieses Thema zur Sache gehört.«

»Ich bin der Meinung, daß Sie ein seniler alter Mann sind, der an Halluzinationen leidet«, sagte Lanyard betont ruhig. »Ich selbst scheine auch welche zu haben. Ich habe nicht lange genug geschlafen.« Er stand auf. »Ich gehe jetzt nach Hause und hole den Schlaf nach. Wenn Sie mich für das feuern wollen, was ich eben gesagt habe, so steht Ihnen das frei. Falls Sie es nicht tun sollten, stelle ich weiterhin Nachforschungen an, und zwar – in aller Aufrichtigkeit – weil ich das Geld gebrauchen kann.«

»Ihre Meinungen sind mir jederzeit willkommen, Lanyard«, sagte Trismegestes.

Lanyard mußte erbost feststellen, daß der alte Mann sich schon wieder über ihn lustig machte.

»Und außerdem«, fügte Trismegestes hinzu, »sind Sie nicht gefeuert. Nein, ich habe Sie hierher geholt, um Sie über Ihre Lage in Kenntnis zu setzen. Um Ihr Drittes Auge einen Spalt zu öffnen. Ich glaube, Sie werden selbst sehen, daß...«

»Danke, kein Interesse. Bleiben Sie noch eine Weile hier?«

»Ja, auf unbestimmte Zeit. Genau hier.« Trismegestes lächelte.

Lanyard nahm sich noch eine Zigarette, zündete sie an und wandte sich mit den Bewegungen eines Roboters ab.

Im Aufzug mußte er gegen ein aufsteigendes Schluchzen ankämpfen. »*Ich werde die Nachforschungen fortsetzen*«, hatte er gesagt, »*weil ich – in aller Aufrichtigkeit – das Geld gebrauchen kann.*«

Dabei wußte er genau, daß es ihm nicht mehr um das Geld ging. Mehr denn je sehnte er sich danach, mit Madelaine zu sprechen.

Gribner schrieb seinen Bericht ins reine.

»Ich kann keinen Beweis dafür finden, daß außer den geopferten Hunden ein Tier irgendwelcher Art bei dem Geschehen anwesend war. Der Boden des Kellers, der bloße Erde ist, war vollkommen frei von Fußabdrücken. Ich bin als erster mit einer Taschenlampe hinuntergegangen, und das war das erste, wonach ich mich umgesehen habe. Zum Teufel, ich...«

Er hörte auf zu schreiben und sah verblüfft auf seinen Bericht. In einem offiziellen Bericht für den Kommissar hatte er *Zum Teufel, ich* geschrieben. Mit zitternden Händen radierte er es aus. »Ferner«, fuhr er fort, »ist bei der medizinischen Untersuchung keine Spucke in den Wunden des Kindes festgestellt worden.« Er zögerte. Sollte er schreiben, daß der Gerichtsmediziner dennoch darauf bestanden hatte, daß die Wunden von tierischen Zähnen und Fängen stammen mußten? Oder von einer Nachahmung dessen? Gribner entschloß sich, es wegzulassen.

Gribner erklärte in dem Bericht an den Kommissar, was eine Elektrophorese war. Das hatte ihm der Kommissar einmal erklärt. Er konnte sich einfach nicht auf den Bericht konzentrieren.

Weil er sich nicht auf die offiziellen Untersuchungen konzentrieren *wollte*.

In diesem Moment traf er die Entscheidung, darum zu bitten, den Fall übergeben zu dürfen. Er war nicht der richtige Mann. Er hatte sich schon etliche Ausreden ausgedacht, um den Fall abzugeben.

Er entschloß sich, den Bericht trotzdem zu Ende zu schreiben. Er beugte sich über die Tasten... und richtete sich wieder auf. Verblüfft schüttelte er den Kopf. Jahrelang hatte er vergeblich versucht, sich selbst zu verstehen. Er hatte sich gefragt, weshalb er ausgerechnet Trudy geheiratet hatte. Es hatte eine Weile gedauert, bis er die Antwort gefunden hatte: Sie sah jemandem ähnlich, einem Mädchen, das er als kleiner Junge aus der Ferne geliebt hatte. Einem Mädchen, mit dem er nie ein Wort geredet hatte. Er hatte sich gefragt, warum er Bulle geworden war. Weil seine Mutter gesagt hatte, die Nazis seien »ein Haufen Strolche«, die Deutschland an der Kehle gepackt hätten; und die Alliierten seien die »Polizisten«, die man hinzugerufen habe, um die bösen Nazis zu verhaften.

Und jetzt fragte er sich, warum er darum bitten wollte, von dem Fall zurückgestellt zu werden.

Die Antwort fiel ihm ein, als er zu dem Garderobenständer in der Ecke aufsah, an dem der Halfter mit seiner Waffe hing. Er wollte den Fall abgeben, um ihm nachgehen zu können. Um seinen eigenen, inoffiziellen Nachforschungen privat nachgehen zu können. Um Everett zu finden. »Du bist es, du kleiner Schurke«, murmelte er, »du bist einer von denen.«

Er sah seine Dienstwaffe an und schnaubte vernehmlich. Er war ein alter Mann mit runden Schultern, grauer Haut und einem Schmerbauch. Mit dieser Waffe an der Hüfte würde er albern aussehen. Fehl am Platz. Er stellte den Verbrechern nicht nach, weil er Übeltäter verachtete. Sie hatten Randi getötet. Und Louie.

»Zwei blöde Hunde«, murmelte er.

Aber es waren nicht nur die Hunde. Er erinnerte sich an das, was von dem kleinen Jungen übriggeblieben war. Niemand sollte als ein solcher Anblick enden. Auf dem Lehmboden eines Kellers. Als solcher Anblick.

»Nein. Miß Chancery«, sagte Tooley, »es ist kein Hypnotismus. Es ist eine Art... äh...«

»Sie wollen mir einreden, daß sei keine Hypnose? Ich habe das Gefühl, alles tun zu sollen, was Sie mir suggerieren... Ich erinnere mich gar nicht wirklich daran, hierhergekommen zu sein. Und dann wollen Sie, daß ich mich hinsetze und auf diesen Bildschirm schaue, und ich schaue hin, und also, wenn das keine Hypnose ist, was ist es dann?«

»Es ist«, sagte Tooley, »nichts weiter als eine harmlose und preiswerte Methode, komplizierteste Dinge in kürzester Zeit zu übermitteln.«

»Das klingt nach einer beschönigenden Umschreibung für ›Gehirnwäsche‹.«

»Nein, Miß Chancery. Wir sind keine Hypnotiseure, aber wir haben es mit denselben Einschränkungen zu tun: Wir können niemanden dazu bringen, etwas zu tun, wozu er andernfalls unfähig wäre. Wir können nur das potentiell Mögliche suggerieren. Oder Verborgenes freilegen.«

Die beiden waren allein in dem Kellerraum, und der Fernseher. der ohne Bild flimmerte, stand zwischen ihnen. Lily war einsneunundsiebzig, und ihre Augen waren eisblau. Ihr Gesicht war sorgfältig geschminkt.

Sie war umwerfend. Sie war ein gescheitertes Fotomodell.

Das Aussehen hatte sie. Aber sie war zu kalt.

Sie hatte Aufnahmen sausenlassen, weil der Fotograf darauf bestanden hatte, sie anzufassen. Er war schwul und stellte keine Bedrohung für sie dar. Und obwohl er ihr genau erklärte, daß es nur darum ginge, ihre Verkrampftheit zu lösen, bis sie natürlichere Posen einnehmen konnte, ertrug sie seine Hände nicht – sie ertrug von niemandem eine Berührung, es sei denn, sie war sehr, sehr stoned.

Aber sie entspannte sich so gut wie nie.

Sie hatte auf der Party steif in der Ecke gesessen und mit ihrer selbstgefälligen nüchternen Art fast die Party verpatzt, als Tooley zu ihr gesagt hatte: »Entschuldigen Sie, aber sind Sie nicht Lily Chancery? Das Fotomodell? Joey Minder und ich haben uns gerade darüber unterhalten, wie sehr Sie unterschätzt werden. Ich habe mich schon gefragt, warum man Sie in letzter Zeit nicht mehr sieht. Beruflich, meine ich. Wollen Sie zum Film gehen, oder...?«

Wie war sie von dieser Party aus hierhergekommen?

Sie konnte sich nicht daran erinnern. Ein Zug – unter der Erde, dann ein Aufzug, nach unten.

Es mußte eine Möglichkeit geben, herauszukommen. Sie sah sich nach allen Seiten um und fand keine Tür. Es war zu dunkel, um mit Sicherheit zu sagen, daß es keine Türen gab, aber instinktiv hatte sie das Gefühl, nur von hier fortgehen zu können, wenn sie sich ihnen auslieferte.

Wenn sie nicht nachgab – würde sie *nie* von hier fortgehen.

Sie ließ sich auf das Sofa vor dem Fernseher sinken. »Wenn es keine Hypnose war«, wiederholte sie »was war es dann?«

»Wir holen die Instinkte aus den Menschen heraus, die dann die Oberhand gewinnen, wenn das Leben eines Menschen bedroht ist. Wenn nur vollkommener Egoismus ihn noch retten kann. Manchmal funktioniert es nicht, und die Leute opfern sich füreinander. Aber es ist da, es schlummert unterdrückt in dem Opfernden. Und wenn es freigelassen wird, gewinnt man eine neue Sicht der Menschen. Sie verlieren ihre sogenannte Menschlichkeit. Sie werden zu Dingen, die man zur Seite schiebt. Benutzt. Oder tötet. Oder mit denen man auf häßlichste Weise spielt. Es bedeutet eine grandiose Befreiung! Es ist das reinste Vergnügen. Das braucht man, wenn man mit der Macht in Berührung kommt, die den Menschen Dinge zustoßen läßt... mit der Kraft, über die wir vorhin gesprochen haben... der Essenz des *Glücks*. Es ist erforderlich, diesem Aspekt einer Persönlichkeit die absolute Vormacht einzuräumen. Der Prozeß führt außerdem den ganz bestimmten geistigen Zustand herbei, in dem man für die Information aufnahmefähig ist, die wir weitergeben wollen. Was wir eigentlich wollen, ist, daß Sie sich selbst erkennen. Sich. Sich. Sich.«

»*Ist sie da?*«

»Ja«, sagte Tooley zu den Schatten. »Sie ist in Trance.«

Lily Chancery sah gebannt auf den Bildschirm. Das Ritual in allen Einzelheiten. Die Worte, die geschrieben, die Worte, die gesprochen werden mußten. Die Zeichen, die auf dem Körper des Erwählten angebracht werden mußten. Die Schnitte, die innerhalb dieser Zeichen nötig waren. Das Öffnen. Das Zusammensetzen. Einfache, wenn auch nasse Arbeit. Nicht viel komplizierter, als einen Eintopf zu kochen, wirklich. Und irgendwie ähnlich.

Davon konnte sie sich ernähren.

Ihre Lippen teilten sich, und sie fuhr sich mit der Zunge über die Lippen.

»*Sie ist dazu geschaffen. Ich spüre es.*«

»Ja, Sir.«

»*Du hast ihr gut zu geredet. Viel sauberer als deine Überzeugungskünste bei Krupp.*«

»Danke, Sir. Aber bei ihr war es leichter, weil sie mehr versteht. Sie reagiert auf gebildetere Weise. Wie sie schon sagten: Sie ist dazu geschaffen.«

»*Ich glaube, sie kann uns wertvolle Dienste leisten. Die Art von Energie, die wir gebrauchen können. Sie kann auf den höheren Ebenen eingesetzt werden.*«

»Ja, Sir. Und ich glaube, ihre Arbeit wird ihr Spaß machen.«

7

Lanyard erreichte einmal mehr nur Madelaines Anrufbeantworter. Während er eine Nachricht auf das Band sprach, wurde die Verbindung durch den Automaten unterbrochen.

Sieben Uhr abends und starker Wind. Er war ruhelos und entschloß sich, etwas trinken zu gehen. Auf der Straße sah er einen Penner, der aus einem leerstehenden Haus kam, und im ersten Moment war er versucht, schnell zur Seite zu sehen. Man lernte nur zu schnell, solche Gestalten zu übersehen, aber er zwang sich, den Mann anzuschauen. Der Mann kam auf ihn zu, und Lanyard zog einen Dollarschein aus der Tasche. Statt des üblichen Danks holte der Mann zu einem Monolog über sein Leben aus. Er war Vorarbeiter auf der Farm einer häßlichen Witwe gewesen, die schließlich doch wieder einen Mann gefunden und ihn auf die Straße gesetzt hatte.

Der Mann steckte das Geld ein und hielt Lanyard die Hand hin, diesmal zu einem Händedruck. »Finley heiß ich.«

»Finley?« Lanyard schüttelte die Hand und wischte sich seine Hand an der Hose ab. »Es wird kalt, Finley. Sie sollten sich einen Unterschlupf suchen. Vielleicht in der U-Bahn oder in einem der leerstehenden Gebäude...«

»Die Gebäude sind gefährlich. Lauter Kinder in den leeren Häusern, böse Kinder. Und die U-Bahn – das ist ja auch vorbei. War toll letzten Winter, aber jetzt geht niemand mehr hin...«

»Wieso nicht?« Lanyard stellte fest, daß er aufmerksam zuhörte.

»Man läßt uns nicht. Wenn man doch runtergeht, kommt man vielleicht nie mehr wieder. Ein großes Tier da unten hat Dusty umgebracht.«

»Ein großes Tier? Eine Ratte?«

Der Penner schüttelte den Kopf. Er wandte sich ab und ging.

Lanyard ging weiter. Vor einer halben Stunde hatte er in sein Notizbuch geschrieben:

Ich bin zu der Überzeugung gekommen, daß das Tier aus rotem Stacheldraht – so sehe ich es inzwischen – das ich im Keller des Wohnhauses zu sehen geglaubt habe..., ich bin überzeugt, daß es eine halluzinatorische Projektion meines eigenen Entsetzens und/oder meiner Feindseligkeit war...

Und jetzt sagte er sich: Wenn die Penner unter der Erde angefallen werden, dann hat wahrscheinlich ein Hund seinen Weg in die Schächte gefunden und ist verwildert.

Noch zwei Wochen bis Halloween. Wie kam er jetzt bloß darauf? Es war fast so, als hätte eine Stimme diese Worte in sein Ohr gesprochen.

Sein Kopf war ein Karussell der Ängste. Wenn eine Angst sich vorübergehend legte, wirbelte die, die nach ihr auf dem Karussell saß, durch seine Gedanken. Madelaine. Madelaine und Minder. Minder und Trismegestes. (In welcher Beziehung stand Trismegestes zu Minder?) Gribner. Die Überbleibsel des Kindes im Keller.

Eine Meldung, die er im Fernsehen gehört hatte: Die Vermißtenanzeigen stiegen in der ganzen Stadt zu ungewöhnlichen Anzahlen an, speziell bei Kindern. In der letzten Woche waren allein in Manhattan fast zehn Kinder spurlos verschwunden.

Er geriet in eine Gruppe von Punkern, die über etwas lachten; Lanyard bildete sich ein, sie lachten über ihn. Er spürte, wie seine Ohren rot wurden. Als der Straßenlärm nachließ, hörte er: »Lanyard... in Garten-Cañions laufen und...« und etwas, was klang wie: »Lanyard, Santaria und M'Jimbo, die...« Die Stimme verklang. Lanyard blieb stehen und sah sich erbost um. Jemand, der ihn kannte und ihm einen Streich spielen wollte? Er sah niemanden, den er kannte. Wahrscheinlich hatte er sich nur eingebildet, seinen Namen zu hören; jemand hatte etwas gesagt, was ähnlich klang, und sein Gehirn hatte die naheliegendste Analogie daraus gemacht: Lanyard. »Santaria« und »M'Jimbo« waren Namen von Woodoo-Kulturen. Er hatte einen Artikel darüber geschrieben. Sie hatten nicht das Geringste mit den Beschwichtigern Ahrimans zu tun. Abgesehen davon, daß auch diese Kulte Opfer brachten, um die Götter wohlmeinend zu stimmen, wobei im allgemeinen nur kleine Tiere umgebracht wurden.

Er sah sich noch einmal um. Dann eilte er achselzuckend weiter.

Das ist die Einsamkeit, sagte er sich. Ich muß mit jemandem reden. Diese Unterhaltung mit Trismegestes spukt durch meinen Kopf. Das war wohl, was der alte Schwindler beabsichtigt hat.

Wieder glaubte er, eine Gestalt in der Luft zu sehen, aber er drehte sich nicht um. Statt dessen trat er eilig in eine Bar. Er sah sie sich gar nicht erst von außen an und las auch nicht den Namen. Als er die Tür öffnete, hörte er das Klappern von Flaschen und das Klirren von Gläsern. Mehr zählte nicht.

Ihm kam dumpf zu Bewußtsein, daß er einen Teil von sich ausgeschaltet hatte. Er bekam nicht viel mit. Einzelheiten erschienen ihm qualvoll zu sein, ganz gleich, was. Er versuchte auch seinen Magen zu ignorieren. Aber das Karussell der Ängste, das er aus seinem Kopf vertrieben hatte, hatte sich in seinen Därmen niedergelassen; sie verkrampften und lösten und verkrampften sich wieder. *Psychosomatisch*, dachte er. Mit ungewohnter Grobheit bahnte er sich mit den Ellbogen einen engen Spalt durch die Menge und murmelte: »Psychosomatisch...«

Der Barkeeper mißverstand ihn. »Was? Sickoso? Haben wir nicht. Das einzige japanische Bier, das wir haben, ist Asahi...«

»Nein... äh... ich... ach was, schon gut, geben Sie mir ein Asahi. Und einen Wodka pur. Das Bier nur zum Runterspülen.« Er sprach in die Luft. Er sah den Barkeeper nicht. Es war eine Art von selektiver Blindheit. Er sah nur, was nötig war. Eine Flasche und ein Schnapsglas mit einer durchsichtigen Flüssigkeit kamen in seinen Sichtbereich. Er war nur zu bereit, sich auf die Flasche und das Glas einzustellen. Mechanisch zog er einen Geldschein aus der Brieftasche.

»Sie sollten das nicht so offen herzeigen«, sagte der Barkeeper leise und nahm den Zwanziger, um herauszugeben.

Lanyard runzelte die Stirn. Was herzeigen?

Dann wurde ihm klar, daß der Barkeeper die Brieftasche meinte. Er hielt sie noch offen in der Hand. Man konnte viel zuviel Geld sehen. Fast vierhundert Dollar. Er hatte Reiseschecks eingelöst. Einen Teil hatte er bei der Bank in der Nähe seiner neuen Wohnung deponieren wollen.

Er starrte das Bündel Geld an. In der offenen Brieftasche ähnelte es etwas Grünem in einer unbehandelten Wunde. Er zuckte bei diesem Gedanken zusammen, aber er konnte seinen Blick nicht von dem Geld losreißen. Ich bleibe in New York, dachte er, und ich will nicht hierbleiben. Ich will fort von diesen Morden. Aber wegen *dieser* Dinger bleibe ich hier: wegen des Geldes. Trismegestes zahlt mich. Hundertfünfzig Riesen. Oder bleibe ich auch wegen Madelaine?

Er richtete seine Aufmerksamkeit ausschließlich auf das Glas und die Flasche *(Die Flasche, führ sie an deine Lippen, schmecke sie, sonst nichts)*. Trismegestes hatte gesagt *(Stell sie wieder hin)*, daß er sich für Madelaine interessierte, weil *(Das Glas! Trink es aus!)* –

Er brauchte jemanden, mit dem er reden konnte. Am besten ein Mädchen. Er wollte eigentlich mehr als nur reden. Er wollte eine tiefergehende Art der Vergewisserung. Aber um ein Mädchen zu finden, mußte er sich umsehen.

Es war nicht vorauszusagen, was er sehen würde, wenn er sich umsah. Man sollte sich nicht umsehen. Nicht einfach alles ansehen.

Er hob das Glas an seine Lippen, aber er konnte nicht trinken. Er würde kotzen. Und er konnte auch mit niemanden reden, obwohl er von Menschen umgeben war. Er war vollkommen isoliert. Jemand bot ihm einen Ausweg. »He, Mann, wozu willst du trinken? Kriegst du nur 'n Kater davon«, flüsterte ihm jemand ins Ohr. »Probier lieber die Blauen, beste Ware!«

Blaue? Lanyard war versucht. Das war ein Ausweg. Er wollte nicht eingestehen, daß er nicht wußte, was für eine Droge Blaue waren, und auch der Preis war zu hoch, aber er kannte sich in der Szene nicht aus und wußte nicht, wie man handelt. Also zahlte er anstandslos vier Blaue, ließ zwei in seine Tasche gleiten und schluckte die beiden anderen. Der Barkeeper wandte ihm gerade den Rücken zu, aber wahrscheinlich hätte es keine Rolle gespielt, ob er es sah oder nicht.

Eine Viertelstunde später summte Lanyard vor sich hin und warf Geld in die Jukebox.

Die Jukebox schimmerte wie ein unirdisches Ei aus Kristall. Lanyard sah sich endlich in der Bar um. Es war die Art von Bar, in der der Barkeeper die Augenbrauen hochzieht, wenn man ein Trinkgeld gibt.

Sein Blick fiel auf ein Schild:
PRIVATCLUB – NUR FÜR MITGLIEDER.

Lanyard erschrak im ersten Moment; er besaß keinen Mitgliedsausweis.

Eigentümlich. An der Bar standen überwiegend Frauen. Viele schienen ohne Begleiter da zu sein. Ehe Lanyard dazu kam, nähere Schlüsse zu ziehen, sagte eine Frau: »Darf ich eine Nummer aussuchen, Schätzchen? Sie haben Geld eingeworfen und nichts gedrückt.«

»Hm? Oh, zum Teufel, ja – drücken Sie, was Sie wollen.«

»Können Sie für mich drücken? Drücken Sie: ›I'm Loneley Tonight‹.«

Eifrig suchte er die Nummer und drückte sie. Sie blieb stehen und fragte ihn: »Haben Sie eine Zigarette für mich übrig?«

Er gab ihr eine Zigarette und zündete sich auch eine an.

»Ich habe ein Jahr lang nicht geraucht«, sagte er in seinem Bemühen, Konversation zu machen. »Bis gestern.«

»Ach wirklich? Was ist passiert?« Es schien echtes Interesse zu sein. Er hatte den Eindruck, daß sie ihm helfen wollte. Sie lächelte. Sie war der Inbegriff der Mädchen, die an der Bar standen. Ein hochgeschlitztes, enges, rehbraunes Kleid, hochhackige, rehbraune Schuhe, ein enger, pfirsichrosa Pullover (fast fleischfarben, dachte Lanyard); sie hatte welliges, schulterlanges, blondgefärbtes Haar. Ihre Augen waren dunkel, ihre Haut oliv. Vielleicht war sie zur Hälfte Puertoricanerin.

Irgendwo in seinem Hinterkopf wußte Lanyard, daß sie wahrscheinlich eine Nutte war. Es fiel ihm leicht, diesen Verdacht aufzugeben. Die Wirkung von Alkohol und Valium nahm mit jedem Moment zu, und sie sah zunehmend besser aus. Wenn er genau hinsah, konnte er die aufgekratzten Pickel auf ihren Wangen erkennen; sie kamen ihm bezaubernd vor. Ihre Zähne waren krumm, aber er fand sie reizend.

Er lud sie auf einen Drink ein, und sie stellte sich als Julie vor. Sie setzten sich in eine Nische, und er hörte eine große Schwarze zu einem Mann sagen: »Julie kriegt immer die...« Das letzte Wort hatte er nicht verstanden. Er hörte, daß der Mann sagte: »Das ist Julies Spezialität.«

Als er sich unbeobachtet fühlte, schluckte er die beiden anderen Valium.

Er merkte kaum, daß er angefangen hatte zu reden (zwischendurch unterbrach er sich, weil er glaubte, einen Schatten in der Luft gesehen zu haben, der eine unmögliche Form annahm, oder weil er sich einbildete, unter den Gesichtern, die am Tisch vorbeizogen, Madelaine gesehen zu haben); sein Mund war zum Abfluß eines Stausees geworden. »Man kann in der Welt sehen, was man darin sehen will, wirklich, Julie, hast du dir das jemals überlegt?«

»Oh, ich weiß genau, was du meinst«, sagte sie.

»Ob achtziger Jahre oder nicht, wir leben immer noch im Ich-Jahrzehnt. Daher sehen wir den Tod anderer als natürliche Auslese an, stimmt's! Ich nehme an, man kann nur noch so tun, als ob es einen Gott und eine Art von Moralkodex gäbe, selbst, wenn es nicht so ist..., ich stecke mitten drin in diesem gräßlichen Projekt..., ich meine, diese Menschen bringen andere Menschen um, weil sie hoffen, durch dieses Opfer an Geld zu kommen. Natürlich ist Käuflichkeit nichts Neues, aber...«

»Das deprimiert dich also?« fragte sie, und ihre Augen wurden groß und größer. Er glaubte, in diese Augen fallen zu können und in ihrer Dunkelheit Ruhe zu finden.

»Also, zum Teil liegen diese Halluzinationen an... äh..., ich hätte da lieber nicht einsteigen sollen. Aber das Geschäft mit Trismegestes. Er hat mich dazu gebracht, einen Job zu übernehmen, der mit sich bringt, daß ich mir abgeschlachtete Kinder ansehen muß...«

»Mhm«, sagte sie und nickte.

Erst wesentlich später ging ihm auf, daß er nicht laut gesprochen hatte, daß sie ihn nicht deutlich verstanden haben konnte, daß sie nur Interesse vortäuschte.

Erst am nächsten Morgen, als er wach wurde und sie nicht mehr da war.

Es war in seiner Wohnung. Seine Brieftasche war weg. Sein Radio war weg. Er erinnerte sich vage daran, sie in seine Wohnung mitgenommen zu haben. Er erinnerte sich nicht daran, was gewesen war, nachdem sie angekommen waren. Nur daß sie ihn gestreichelt und ihm Dinge ins Ohr gegurrt hatte, als sie auf dem Bett lagen.

Er war vollständig angezogen auf der Bettdecke aufgewacht. Er war sicher, daß es nicht zu Sex gekommen war. Sie hatte ihn in der Bar nicht auf Geld angesprochen, sondern sein Unglück erkannt und ihren Nutzen daraus gezogen. Sie hatte sich vierhundert Dollar bar geholt, und mit Hilfe eines männlichen Freundes würde sie inzwischen auf seine Kreditkarte einige kostspielige Dinge gekauft haben. Dann würde sie die Karte wegwerfen und die Pelze verkaufen, die Schuhe, die...

Er dachte: *O Gott, Madelaine, wo bist du?*

Krupp hatte Angst, ans Telefon zu gehen. Es konnte die Telefongesellschaft mit ihrer letzten Mahnung sein. Es konnte der Buchmacher sein. Es konnte seine Exfrau mit ihren Forderungen sein. Es...

Es konnte die Polizei sein. Er hatte das Messer in den Fluß geworfen und die Hose mit dem Blut des Mädchens verbrannt, und am nächsten Tag war er mit geschlossenen Augen an den Zeitungskiosken vorbeigegangen und hatte trotzdem gewußt, daß Tausende von Menschen lasen: NEUER U-BAHN-HORROR: DAS ACHTE OPFER DER KULTMÖRDER.

Er ging trotzdem ans Telefon; Tooley hatte gesagt, er solle seinen Anruf erwarten.

Es war nicht Tooley, auch nicht die Bullen, und nicht seine Frau. Es war nicht sein Buchmacher. Es war sein Bruder Reggie.

»Hol dir deinen blöden Lotterieschein ab; ich kann ihn schließlich nicht einlösen.«

»Um Gottes willen«, sagte Krupp, »wieviel habe ich gewonnen?« Pause. »Vierundsiebzigtausend, wie findest du das?«

»Vierundsiebzigtausend Dollar?« Krupps Enttäuschung konnte sich mit seiner Freude messen. Aber es war genug, natürlich war es genug, ja. *Ja.* Genug, um nicht von Lydia Backstrom ausgelacht zu werden, wenn er sie fragte, ob sie den Film mit ihm machen wolle. Es war sogar genug, um den Buchmacher auszuzahlen, und...

Reggie bat Krupp um Geld. Krupp freute sich. Endlich konnte er seinem Bruder die Meinung sagen, diesem ekelhaften Kerl. Jetzt hatte er Geld und brauchte nicht mehr nett zu ihm zu sein. Aber noch lag der Lotterieschein bei seinem Bruder. Wenn er Stunk machte, konnte sein Bruder den Schein vernichten.

Während sein Bruder weiterredete, dachte Krupp: Ich besorge mir ein Gramm – nein, drei Gramm – Koks und vielleicht einen Toyota, hole meine Kameras im Pfandhaus ab, drehe den Streifen und kümmere mich um die Verteilung, und... *o Gott, was ist, wenn die Polizei kommt, was, wenn sie es rausfindet, was, wenn Tooley anruft, was will er als nächstes von mir?*

Er murmelte eine Entschuldigung, sagte, daß er gleich käme, um den Lotterieschein abzuholen, und legte auf.

Er starrte den Kokslöffel auf seinem Nachttisch an. Seine rechte Hand klammerte sich an die imitierte Zebrabettdecke. Seine linke Hand griff zitternd nach dem goldenen Spielzeug. Er dachte: *Was werden sie als nächstes von mir wollen?*

Er nahm den Löffel in die Hand, und die Kühle des Metalls schien durch seine Fingerspitzen in die Adern seiner Hand zu wandern, in seine Knochen, am Arm hoch und in die Schulter, dann ins Rückgrat, bis sein Rücken unter der Kühle des Goldes prickelte, unter der Farbe des Goldes. »Gold«, murmelte er, »ist ein kaltes Zeug.«

Er wußte, daß die Kälte Angst war.

Was ihn ängstigte, was ihm wirklich Sorgen machte, war, daß das Ritual Wirkung gehabt hatte. Es hatte Glück erzeugt, indem er getötet hatte. Bei der Ausführung des Rituals hatte er Das Ding gespürt. Den Kopf Unterhalb. Er hatte gespürt, daß es sein Tierchen ausschickte, und er war schweißüberströmt durch die kalte Nachtluft davongelaufen. Er war aus der U-Bahn-Station gerannt. Niemand hatte ihn gesehen. Er hatte noch einmal über die Gleise auf das menschliche Wesen geschaut – das einst menschliche Wesen, das keines mehr war, ein Stück Fleisch in verrückten farbigen Mustern – und er hatte das rotflackernde Tier gesehen, das da war und doch nicht da war. Das Tier hatte das Fleisch beschnüffelt wie ein Hund.

Jetzt ist es zu spät für mich, dachte er. Weil es klappt. Das bedeutet, daß es überall sein könnte. Es hat große Macht. Und es weiß von mir. Jetzt bin ich Teil davon.

Ich habe keine Wahl. Ich muß tun, was es sagt.

8

»Man hat immer die Wahl«, sagte Gribner und stach mit dem Zeigefinger in die Luft, »vor allem, wenn er keine Waffe zieht.«

»Ich hatte keine Wahl«, beharrte Freeberg. »Ich mußte schießen, es war nun mal so. Sie waren nicht dabei, Lieutenant. Wenn Sie das Gesicht des Verdächtigen gesehen hätten, wüßten Sie es selbst. Ich mußte es töten, weil es mich sonst getötet hätte.«

»*Es?* Was soll das heißen, *es*, Freeberg? Wir reden über ein Kind. Höchstens vierzehn Jahre alt. Ein Junge. Ein menschliches Wesen. Ein Er. Kein Es. Geht Ihnen das in den Kopf?«

Gribner schrie.

»Regen Sie sich ab, Lieutenant«, sagte Captain Lubskol zu ihm. »Ich habe es Ihnen doch gesagt – Sie werden *nicht* von diesem Fall freigestellt, und Sie brauchen nicht zu glauben, daß ich meine Meinung ändere, weil Sie während einer Einsatzbesprechung schreien. Glauben Sie, ich wüßte nicht, was Sie tun? Sie behalten diesen Fall, Lieutenant. Hören Sie auf, Ärger zu machen; dadurch werden Sie den Fall nicht los. Haben Sie verstanden? Niemand hat Sie gebeten, zu dieser Einsatzbesprechung zu erscheinen. Sie sind von sich aus gekommen. Verstanden?«

Gribner schnaubte und sah zur Seite. *Er glaubt, ich tue nur so. Aber ich glaube, ich verstehe zum ersten Mal in meinem Leben Schützen, die jemandem auf dem Dach auflauern.*

Die vier anderen Männer im Büro des Captain bedachten Gribner mit demselben ungläubigen Blick, mit dem sie Freeberg vor einer Stunde bedacht hatten.

Vor einer Stunde, um sechs Uhr abends, hatte Officer Freeberg mündlich seinen Bericht über eine Schießerei gegeben. Er hatte einen Jungen erschossen, der bisher noch nicht identifiziert werden konnte. In den Versorgungstunneln unter der Grand Central Station. Freeberg war auf seiner Streife gerade am Grand Central vorbeigekommen, als ein stämmiger, ›stark wirkender‹ Schwarzer, ein Penner, schreiend aus der U-Bahn-Station gerannt war. Die linke Hälfte seines Gesichts war weggerissen. Blut verströmend und schluchzend war er vor Freebergs Füßen zusammengebrochen.

Freeberg rief mit seinem Walkie-talkie den Streifenwagen hinzu. Der Streifenwagen hatte den Penner, dem aus einer klaffenden Wunde im Hals und aus dem Gesicht das Blut strömte, in ein Krankenhaus gebracht. Im Krankenhaus hatte man sie eine halbe Stunde warten lassen, und in dieser Zeit war der Penner an seinem Blutverlust verstorben; die Bullen hatten nichts getan, um seine Wunden zu verbinden und das Blut zu stillen. Währenddessen hatte sich Freeberg in die U-Bahn-Station gestürzt.

Seit zwei Wochen versuchte er, ein Team von jugendlichen Brieftaschendieben zu fassen; »Kinderrotte, verlauste Spinner, in den tieferen Tunneln«, hatte der Penner gesagt. Die unteren Tunnel waren sieben Ebenen unter der Straße, und in ihnen verliefen hauptsächlich Starkstrom- und Dampfrohre. Sie waren dreckig und rattenverseucht, aber für überwinternde Landstreicher ein relativ warmer Unterschlupf. Freeberg hätte den Bullen des Verkehrsverbandes seinen Verdacht mitteilen müssen, aber ihm war langweilig, und er wollte die Kerle selbst einlochen.

Als kleiner Junge hatte er mit einem Freund die Tunnel erforscht – Ratten hatten sie vertrieben. Aber er konnte sich noch an den Weg erinnern.

In dem Bericht des Beamten hieß es:

Ich sah auf die Uhr. Es war acht Uhr abends. Ich ging durch die Tür. Niemand war zu sehen. Ich finde, man sollte einen Posten vor die Tunnel stellen. Es war zu leicht, hineinzukommen. Man sollte sie abschließen. Dann wäre das vielleicht nie passiert. Innen war eine Art Baustelle, lauter Leitern und Farbeimer. Gegenüber war eine Treppe. Ich ging hinunter und stieg über die Bierflaschen – man sollte wirklich abschließen, Vandalen könnten da hineingeraten und einen Brand verursachen. Ich laufe jedenfalls durch diese Tunnel, und da sind diese Oberlichter und... ich hatte keine Taschenlampe bei mir, und jedes dritte Licht war aus. Mir ist aufgefallen, daß keine Penner unten waren, und soweit ich weiß, hätten welche da sein müssen. Ich dachte mir, daß die Kinder sie vertrieben haben. Jedenfalls ging ich durch eine Stelle, an der es wieder ganz dunkel war, und ich habe echt geflattert. Ich konnte die Ratten hören, die auseinandergelaufen sind, und ich bin leicht gebückt gegangen, weil die Decke so niedrig war und in dem dicken Rohr die Stromleitungen verliefen. Einmal habe ich unter das Rohr geschaut, das neben mir verlief, und da habe ich diese Augen gesehen. Also bin ich zurückgewichen, und diese Kinder, die kommen unter dem Rohr heraus und auf mich zu, so verdammt verdreckt, daß es einfach unglaublich ist. Ich hatte keine Taschenlampe dabei, und es war wirklich eng da unten, und die einzige Lichtquelle – vor mir lag eine Biegung – war etwa zwölf Meter hinter mir. Deshalb gehe ich rückwärts, und die kleinen Biester gehen auf mich los – manche waren so um die sieben Jahre alt. Der Älteste ist vor den anderen hergegangen und auf mich zugekommen. Sein Gesicht war mit irgendwelchen Zeichen bemalt, ich kann nicht sagen, was das war. Er hat in irgendeiner Sprache Sachen gesagt und dann hat er Englisch gesprochen..., ich sollte Ihnen wohl sagen, was er gesagt hat, um zu erklären, warum ich ihm gegenüber so empfunden habe..., aber ich kann nicht. Ich kann es Ihnen im Moment einfach nicht sagen. Ich darf gar nicht daran denken. Er hat Sachen gesagt, auf die hin ich den Wunsch hatte, ihn zu töten, damit er solche Sachen nie mehr zu jemand anderem sagen kann. Aber das ist nicht der Grund dafür, daß ich ihn erschossen habe. Ich... ich zwinge mich dazu, von ihm zu reden, als sei er ein menschliches Wesen, aber er – zu dem Zeitpunkt habe ich ihn als ein Es gesehen. Er hatte zwar die Gestalt eines Menschen, aber er hat sich verhalten wie ein Es. Die Art, wie er auf mich zugekommen ist, mich angefaucht hat und diese Sachen gesagt hat. Er ist gebückt auf mich zugekommen, und sein Kopf ist von einer Seite auf die andere geschwankt. Auch, wie er seine Hände bewegt hat, wie Kobras, fast so, als sei er ein Tänzer..., er hat meine Waffe ignoriert, hat mir direkt in die Augen gesehen, und ich bin zurückgegangen, bis genug Licht war...

GRIBNER: Genug Licht für was, Freeberg?

Genug Licht zum Schießen. Ich wußte, daß ich ihn erschießen mußte. Das war kein kleiner Brieftaschendieb. Er war – ich hatte keine Wahl! Wenn Sie ihn gesehen hätten, wüßten Sie es, wenn Sie gesehen hätten, wie er sich verhalten hat ..., ich hatte keine Wahl.

Das war der Moment, in dem Gribner gesagt hatte: »Man hat immer eine Wahl.«

»Sie waren ihm zahlenmäßig überlegen«, sagte Leibowitz etwas später in seinem Büro. »Wahrscheinlich hatten sie Messer.«

»Ich weiß besser als ihr alle, daß dieses Kind gefährlich war«, sagte Gribner. »Aber ich finde, Sie hätten es nicht erschießen sollen, Freeberg. Der Mann aus Ihrem Revier, der mich angerufen hat, der mir von der Sache erzählt hat, der wußte, daß ein Zusammenhang besteht, daß die kleinen Schurken, auf die Sie gestoßen sind, mit den U-Bahn-Morden zu tun haben. Möglicherweise haben Sie den einzigen erschossen, der uns auf die Spur hätte bringen können. Außerdem wußte dieser Junge nicht, was er tat – er war nicht er selbst. Sie haben seinen Körper erschossen, und ein anderer, derjenige der über ihn wacht, derjenige, der diesen Kult aufgebracht hat, kommt ungestraft davon.«

»Um Himmels willen«, sagte Leibowitz, »jetzt fängt er schon wieder von dem mystischen Zeug an. ›Über ihn wacht‹, Gribner?«

Freeberg starrte Gribner voller Entsetzen an.

Der Captain seufzte und sagte: »Lieutenant Gribner... nehmen Sie für den Rest des Tages frei. Das ist ein Befehl. Es besteht kein Grund zu der Annahme, daß dieser Vorfall mit den U-Bahn-Morden zu tun hat.«

Gribner ging die Treppe herunter.

»Sind Sie Gribner? Ein Gespräch für Sie...«

»Gribner? Man hat mir gesagt, daß Sie unter dieser Nummer zu erreichen sind. Ich hoffe, es stört Sie nicht, daß ich hinter Ihnen her telefoniere. Ich habe zweimal im Neunten Revier angerufen.«

»Was wollen Sie, Lanyard? Sie reden zu schnell, lassen Sie mir einen Moment Zeit. Wie es mir geht, das glauben Sie gar nicht, bloß weil ich erreichen will, daß etwas geschieht, aber diese Menschen – was?«

»Ich habe gesagt, daß ich Minders Adresse von Ihnen haben möchte.«

Gribner zögerte. »Weshalb?«

»Weil...«, sagte Lanyard mit aufgesetzter Blasiertheit, »weil... das ist eine lange Geschichte, aber ich bin bei ihm zum Abendessen eingeladen, und ich muß mich dort mit Madelaine treffen, aber ich habe die Einladung verloren, auf der die Adresse steht.«

Gribner hatte das sichere Gefühl, daß Lanyard log. »Ich sage Ihnen was, Lanyard, ich glaube Ihnen diese Geschichte und gebe Ihnen die Adresse, wenn Sie mit diesem Typ sprechen, den ich hier habe... er soll Ihnen ein paar Symbole beschreiben – nein, warten Sie, hier ist der Bericht. Er hat sie bereits aufgezeichnet. Also, eins ist ein umgekehrtes Pentagramm mit einem Schädel in der Mitte, und auf dem Schädel sind Schmierer, die eine Art Antenne sein könnten, oder... oder ein Schnurrbart.«

»Diese Symbole stammen aus demselben kulturellen Umfeld wie die, die wir in der U-Bahn und im Keller gesehen haben«, sagte Lanyard ungeduldig. Dann sagte er langsamer: »Unter welchen Umständen sind diese Symbole aufgetaucht?«

Gribner berichtete ihm von Freebergs Begegnung unter der Grand Central Station.

»Gribner...« Lanyards Stimme klang weit entfernt. »Vielleicht sollten Sie mit den Leuten von den Stadtwerken reden. Mit Kanalisationsarbeitern, den Leuten von der Stromversorgung und mit U-Bahn-Technikern. Vielleicht hat das Ganze mehr mit Tunneln zu tun, als wir geglaubt haben. Ich meine, ich habe bisher immer angenommen, daß die Mörder einfach in U-Bahnen und Keller gehen. Aber vielleicht *leben* sie da unten – jedenfalls manche.«

»Der Junge hat ganz danach ausgesehen. Die anderen – als Freeberg die Schüsse abgefeuert hat, sind sie wie verängstigte Ratten davongelaufen. Er hat die Leiche des Jungen ans Tageslicht getragen und... ich habe sie mir angesehen. So verdreckt, als hätte der Junge da unten gelebt. Und Farbe. Wie Graffiti.«

»Ja. Ich habe einige Nachforschungen angestellt, Gribner. Ich bin überzeugt, daß diese Sache gewissermaßen in der Unterseite der Stadt verwurzelt ist. Ich meine das buchstäblich. Sie haben vom Grand Central gesprochen: sieben Ebenen darunter. Ein Gebiet von vierzig Morgen, zum größten Teil unterirdisch. Das Abwassersystem ist sechstausendfünfhundert Meilen lang. Es gibt Abflußrohre, Telefon- und Elektrizitätsleitungen, Wassertunnel und die verfluchte U-Bahn allein diese U-Bahn zieht sich über zweihundertdreißig Meilen hin! Und all das kann als Versteck dienen. Hunderte von verlassenen Tunneln, die nicht mehr in Gebrauch sind. Stillgelegte, geschlossene U-Bahn-Stationen. Zweihundertfünfundsechzig Stationen sind in Benutzung, aber...«

»Ja, schon gut, und New York produziert täglich dreißigtausend Tonnen Abfall! Auch das ist eine Tatsache. Na und?« Dann verstand Gribner. »Sie wollen damit sagen, daß wir unter Umständen dieses gesamte Areal systematisch durchsuchen müssen? Wenn diese Menschen da unten leben...«

»Könnte ich die Adresse jetzt haben?«

»Gramercy Square. Nummer sieben. Kurz unter der Ecke Lexington und Dreiundzwanzigste Straße. Ein Privatpark mit verschlossenem Tor. Villen. Ohne Einladung werden Sie...«

»Danke.« Lanyard legte auf.

Unerklärlicherweise beschloß Gribners Unbewußtes – als er gerade an seine Frau dachte, die zu Hause vor dem Fernseher saß und versuchte, nicht zu weinen –, es sei der rechte Moment, undicht zu werden.

Er schluchzte laut los.

Lanyard zahlte den Taxifahrer, gab in seiner Nervosität wieder zuviel Trinkgeld und stieg aus. Er blieb auf dem Bürgersteig stehen und sah zu dem Haus auf. Das Haus war eingezäunt, wie fast alles in New York, einschließlich mancher Kirchen.

An der Ecke befand sich eine Telefonzelle. Vielleicht funktionierte sie. Er brachte es nicht über sich, bei Minder hereinzuplatzen, ehe er noch einen Versuch gemacht hatte, Madelaine zu erreichen. Vielleicht war sie nach Hause gekommen, während er mit dem Taxi hierher gefahren war. Er ging an Minders Haus vorbei und versuchte, durch die Jalousien vor den Fenstern etwas zu sehen, ohne sich zu offensichtlich den Hals zu verrenken. Das Haus lag stumm da; keine Partygeräusche, kein heller Lichtschein in den oberen Fenstern. Aber schließlich hatte das Gebäude fünf Stockwerke. Wahrscheinlich gab es auch einen Keller.

Er zuckte zusammen, als ein Feuerwehrwagen eine Ecke weiter durch die Lexington raste; die Sirene erschallte mit einem Lärm, als wolle die Erdkruste zerspringen. Sein Kater war wie ein Inkubus, der auf seinem Kopf thronte und sich mit unsichtbaren Klauen in seinen Schädel grub.

Der Inkubus grub seine Klauen tiefer in seinen Kopf, als er die Nummer wählte und hörte: »Sie haben Madelaine Springer erreicht. Es ist mir im Moment nicht möglich, ans Telefon zu kommen...«

Er legte auf, stellte seinen Mantelkragen hoch, ballte die Fäuste in den Taschen und drehte sich zu Minders Haus um.

Lanyard... Carl... »*Und ich konnte nicht mit dem Dämon lachen, und er verfluchte mich, weil ich nicht lachen konnte...*«

Er ignorierte die Stimme.

Doch er hörte sie, und sie hob sich deutlich von der Geräuschkulisse im Hintergrund ab. Aber er weigerte sich, sie anzuerkennen. Eine meuternde Gehirnzelle informierte ihn: Die Stimme hatte Edgar Allan Poe zitiert.

Er machte sich nicht die Mühe, der meuternden Gehirnzelle zu antworten. Er hätte entgegnen können: *Das Poe-Zitat ist meinem eigenen Gedächtnis entsprungen. Die Stimme, die ich zu hören scheine, kommt aus meinem Unterbewußtsein. Mehr nicht.*

»*Niemals... sollst mehr den Raben du zitieren... Niemals mehr...*«

Auch das ignorierte er, und wie er auch schielte, um die aalförmigen Gestalten auszublenden, die er um die Dachvorsprünge des Hauses spielen sah; er wurde sie nicht los.

Er blieb vor dem schmiedeeisernen Tor stehen, legte die Hände auf das kalte Metall und blickte zum Haus. Es war nicht wirklich abstoßend. Es war nicht gotisch und machte auch keinen düsteren Eindruck. Die Fensterrahmen waren hellblau, die Jalousien meergrün. Die Rosen zu beiden Seiten des Eingangs mußten im Sommer fröhlich wirken.

Dennoch überkam ihn ein eigentümliches Gefühl, als er das Haus ansah.

Es war ein unfaßbares Gefühl. Er hatte es nicht zum ersten Mal. Es ist das Gefühl, das man hat, wenn man auf der Autobahn fährt, und wenn die Horizontale vor dem geistigen Auge vertikal wird, und wenn man einen Moment lang das Gefühl hat, nicht mehr übers Land zu fahren, sondern kopfüber in einen erleuchteten Schacht zu fallen, eine tiefe, tiefe Grube, deren Wände unerklärlicherweise die Markierungen einer Autobahn haben...

Es ist das Gefühl, das man bei Vollmond bekommt, wenn man

den Mann im Mond sieht, das Gesicht auf dem Mond sieht und darüber nachdenkt, was dagegenspricht, daß sich in der Topographie der Mondoberfläche zufälligerweise eine erkennbare menschliche Gestalt bildet.

Es ist das Gefühl, das man hat, wenn man einen alten Mann sieht, der vollkommen allein im Vorraum eines verwanzten Hotels sitzt, mit schlaffem, zahnlosem Mund, während er zusieht, wie die Welt draußen gleichgültig vorbeizieht, und wenn man sich fragt, warum er sein ganzes Leben leben mußte, um dort zu landen.

Es ist das Gefühl, das man hat, wenn man merkt, wenn man zum ersten Mal wirklich *weiß*, daß, ja, eindeutig, man eines Tages STERBEN wird.

Lanyard hatte das Gefühl zum ersten Mal als kleiner Junge gehabt. So war es ihm gegangen, kurz bevor er versucht hatte, Leuten zu erzählen, was ihm Mrs. Connely aus dem Anderswo erzählt hatte – nein, verbesserte er sich: das, wovon er sich eingebildet hatte, Mrs. Connely habe es ihm erzählt.

Dann hatte er dieses Gefühl nach einem Traum noch einmal gehabt. Im Traum hatte er eine Flasche mit einem Kokon darin gesehen. Während er hinschaute, sprang der Kokon auf, und ein winziger Mann mit goldener Haut kroch heraus. Der kleine Mann hatte zwei schillernde Flügel auf dem Rücken. Flügel aus durchbrochenen, schwarzen Funken, wunderhübsch gezeichnete Federn. Die Augen des kleinen Mannes versprühten Lichtstrahlen. Der kleine Mann war aus dem Kokon entkommen, aber er war immer noch in der Flasche gefangen. Er pochte an das Glas der Flasche. Ungehalten versuchte er, auszubrechen. Die Flasche war entkorkt, aber der Hals war so eng, daß dem winzigen Mann der Zutritt zur Welt versagt blieb. Der kleine Carl hatte gewußt, daß er den kleinen Mann versehentlich verletzen konnte, wenn er die Flasche zerbrach, um ihn rauszulassen. Der kleine Mann war offensichtlich zerbrechlich. Aber Carl fiel nichts anderes ein. Er konnte die Aufmerksamkeit des kleinen Mannes nicht auf sich ziehen, der wie verrückt in der Flasche herumflatterte, hysterisch, weil er gefangen war. Das Mitleid überwältigte ihn, und Carl versuchte, die Flasche an einem Ende mit einem Stein aufzubrechen. Aber er ging bei seinen Bemühungen zu unsanft vor; die gesamte Flasche zersprang, und der kleine Mann wurde von Glassplittern aufgespießt. In dem Moment war Carl mit diesem Gefühl erwacht... diesem eigentümlichen, schwer definierbaren Gefühl des...

Er schüttelte den Kopf. Er konnte das Gefühl noch immer nicht definieren.

Jede Sekunde, die du lebst, bringt dich dem Zeitpunkt näher, an dem du sterben wirst, Carl...

Du hörst keine Stimmen, sagte er zu sich selbst. Das sind akustische Halluzinationen, die du dieser schlimmen Nacht zu verdanken hast, und dieser Hure, dieser Nutte, dieser Schnalle, dieser Diebin, dieser ›Julie‹, und außerdem nagt die Sorge um Madelaine an dir.

Er öffnete das Tor und legte sich seine einleitenden Sätze zurecht. Eine Lüge, in der Hoffnung, daß sie mitspielte.

Es war schließlich auch möglich, daß sie gar nicht hier war. Vielleicht war sein Verdacht aus der Luft gegriffen. Sie konnte auch mit Minder ausgegangen sein.

Aber irgendwie wußte er, daß sie hier war. Als ihm das klar wurde, überkam ihn wieder dieses eigentümliche, undefinierbare Gefühl.

Er zog eine Zigarette aus der Manteltasche, steckte sie in den Mund – und überlegte es sich anders. Es war nicht angebracht, zu rauchen, während er sich bemühte, eingelassen zu werden. Möglicherweise ging das gegen die Spielregeln. Er steckte die Zigarette wieder ein, holte tief Atem und drückte auf die Klingel.

Lange wartete er und überlegte sich, ob er gehen solle.

Schließlich ging die Tür auf. Der Mann, der ihm gegenüberstand, hätte von seiner Aufmachung her ein Chemiestudent sein können. Seine Neugier zeigte sich nur auf neutralste Weise. Er schien darauf zu warten, daß sich Lanyard als *Typ A* oder *Typ B*, wovon auch immer, auswies. Er war groß und kräftig. Er hätte Lanyards Schädel unter seiner Armbeuge eindrücken können. Er sagte nichts; er wartete ab.

»Lanyard, Carl Lanyard«, sagte Carl Lanyard mit einem geschäftsmäßigen Lächeln. »Ich soll... äh... Madelaine Springer hier abholen. Mr. Minder hat mich angerufen...«

Anscheinend hatte der Mann, der in der Tür stand – eindeutig ein Leibwächter –, Lanyard auf *Typ B* abgestempelt: Kein Zutritt. »Das glaube ich kaum«, sagte er. »Meines Wissens soll Mrs. Springer nicht gestört werden. Sie lernt ihre Rolle für Mr. Minders Produktion.«

»Sie haben Ihre Rolle gut einstudiert«, sagte Lanyard. Die Tür wurde ihm vor der Nase verschlossen. Er hörte, wie sich die Schritte des kräftigen Mannes entfernten.

Lanyard war beleidigt. Der Mann hätte wenigstens bleiben können, um sicherzugehen, daß Lanyard wegging. Nach dem Geräusch zu urteilen, hatte er die Tür nicht abgeschlossen. Für New Yorker Verhältnisse eine erschreckende Vertrauensseligkeit. Lanyard drückte die Klinke nieder. Die Tür ging auf. So leise wie möglich trat er ein und schloß die Tür hinter sich – dabei sah er sich schon wegen Hausfriedensbruch im Gefängnis.

Er stand auf einem gebohnerten Parkettboden. Er trat in einen Raum mit hoher Decke, der mit Antiquitäten eingerichtet war; der naturfarbene Wollnoppenteppich sank tief unter seinen Füßen zusammen. Die alten Möbel waren in bestem Zustand, frisch abgestaubt und nicht in Benutzung. Alles war zu konsistent, stand zu genau am richtigen Platz. Ein Mann, der seinem eigenen Geschmack entsprechend Antiquitäten sammelt, läßt Idiosynkrasien erkennen, und er beschränkt sich bestimmt nicht auf eine Periode. Die Einrichtung, die vergilbten Ölbilder, die antiken Uhren, die Bronzeskulpturen – alles von einem Dekorateur ausgesucht.

Auch das Eßzimmer machte einen unbenutzten Eindruck. Diese Räume schienen ausschließlich zum Vorführen da zu sein, und Lanyard fragte sich, vor *was* diese Fassade eigentlich stand.

Eine Großvateruhr tickte. Ihr Ticken wirkte zu langsam, so träge, daß man verrückt werden konnte.

Lanyard hielt unbewußt den Atem an. Als ein totes Blatt raschelnd gegen den Rolladen geweht wurde, erstarrte er, bis er hinter den Ursprung des Geräusches gekommen war. Er ging weiter, ein paar Stufen hinunter zur Küche, die im Souterrain lag.

In einem Topf auf dem Herd kochte etwas; es roch nach italienischem Essen. Der Koch konnte jeden Moment zurückkehren. Lanyard fühlte sich zum ersten Mal als Einbrecher. Als Eindringling.

Doch das Gefühl, daß Madelaine in Gefahr war, überwog, und daher schämte er sich nicht wirklich. Trotzdem wußte er, daß er zu einer tollkühnen Taktik gegriffen hatte. Er war in der Patsche. Das Wasser reichte ihm bis zum Hals. Er steckte tief in der Scheiße. Er...

Er starrte eine Tür am anderen Ende der langgestreckten Küche an. Aus irgendwelchen Gründen wußte er, daß die Tür in den Keller führte.

Er eilte auf die Tür zu, ließ sie nicht aus den Augen und sah nichts anderes mehr. Dabei übersah er den verchromten Freßnapf auf dem Fußboden; er sprang zurück und biß sich auf die Lippen, um sich nicht laut zu beschimpfen, als er mit dem rechten Fuß gegen das Metall stieß. Klappernd rollte das Ding gegen die Wand, so laut wie jede Alarmanlage, und das Hundefutter verteilte sich in hohem Bogen unappetitlich über den Fliesenboden.

»Scheiße«, murmelte er. Er eilte auf die Kellertür zu, als er das Bellen eines großen Hundes aus dem Flur hörte. Er hörte die Nägel dieser Pfoten auf dem Holzboden, und das Bellen wurde lauter, kam näher. *Gottverdammte Scheiße*, dachte er. *Eine reißende Bestie.*

Er rüttelte an der Kellertür. Die Klinke bewegte sich nicht. Geräuschvoll schnaufend sah er sich um. Er hörte laute Stimmen im Eßzimmer.

»Ich weiß nicht, ich...«, sagte der Chemiestudent.

»Du Trottel, du hast die Haustür nicht abgeschlossen.«

»Ich kenne mich hier nicht aus. Ich dachte, sie geht von allein zu, wenn...«

Lanyards Finger schlossen sich um etwas Kleines, Metallisches unter der Klinke. Ein Schlüssel im Schloß. Er drehte ihn um, und die Tür ließ sich in dem Moment öffnen, in dem der Hund in die Küche stürzte. Er sah den Hund nicht; er spürte das Vibrieren des Fußbodens und hörte ein aggressives Fauchen. Er glitt durch die Tür und warf sie zu. Sein Herzklopfen war fast lauter als der dumpfe Aufprall des Hundes, der immer wieder gegen die Tür sprang.

Er dachte an den Hund, der kein Hund war, das Ding aus rotglühenden Drähten, das er in einem Heizungskeller hinter geschlossenen Lidern gesehen hatte.

Aber die Laute, die durch die Tür drangen, stammten von einem gewöhnlichen Hund. Von einer reißenden Bestie. In jeder reißenden Bestie steckte etwas von dem Vieh, das aus rotglühenden Drähten gemacht war.

Er drehte sich um und ging die Treppe hinunter. Die Betonstufen waren kürzlich hellblau angemalt worden. An der Decke hingen Teppiche. Warum? Um Geräusche zu schlucken? Aus helleuchtenden Glühbirnen kam genügend Licht.

Die Wände waren mit Holz getäfelt. Es war ein vollkommen normales Treppenhaus – abgesehen davon, daß es viel, viel weiter in die Tiefe führte als gewöhnlich.

Lanyard war noch nicht unten angekommen, als die Tür über ihm aufging. Er sprang die letzten Stufen hinunter und rief: »Madelaine!«

Jemand polterte hinter ihm die Treppe hinunter. Er hörte den Hund winseln und schnüffeln.

Er sprintete durch einen kurzen Korridor mit verspiegelten Wänden und bog um die Ecke – und blieb abrupt stehen.

Madelaine saß auf einer roten Plüschbank in einer schwach beleuchteten Nische; sie lehnte an der silbernen Samttapete. Auf der kitschigen Tapete waren Cherubime abgebildet. Die Vorhänge aus Korallenschnüren wiegten sich schwach, als sei gerade jemand durch sie hindurchgegangen.

Madelaine wirkte erschöpft, und ihr Haar war nur flüchtig gebürstet und zurückgebunden. Sie trug einen schwarzen Kimono, sonst nichts.

Lanyard störte sich nicht an ihrem Gesichtsausdruck. Ein Blick, der sagte: »Oh, toll. Nach allem, was ich durchgemacht habe. Und jetzt auch noch du!«

»Ich... äh... ich dachte, du würdest vielleicht gern...«, fing Lanyard an. Seine mühsam zurechtgelegten Ausreden zersprangen wie spröder Nippes, als er von dicken Eisenrohren unter den Achseln gepackt und vom Boden gezogen wurde. Die Rohre waren die Arme des Chemiestudenten. Diese Arme bogen Lanyards Kopf in die gewünschte Richtung.

Lanyard sah sich einem schwarzen Dobermann gegenüber, der aussah, als wolle er zum Sprung ansetzen. Lanyard wand sich vergeblich in den Armen des Leibwächters. Der Hund geiferte, seine Augen glühten und die Zähne waren entblößt – eine Dämonsfratze. Er sprang Lanyard an und nagte an den Füßen, mit denen Lanyard um sich trat. Er schien zu verstehen, daß er Lanyard nicht in Stücke reißen durfte, ehe der Leibwächter ihm ein Zeichen gab. Der Hund hätte ihm mit einem Satz an die Kehle springen können.

Der Hund nahm seine Urform wieder an; seine runzlige Schnauze drückte den unverfälschten Drang aus, zuzubeißen.

Er war zu dem Vieh aus rotem Draht geworden, dem Tierchen Des Kopfes Unterhalb. In das Bellen und Fauchen des Hundes, den lauten Atem des Leibwächters und Madelaines Rufe »*Hör auf damit, und hau ab!*« mischte sich noch etwas. In diese groteske Geräuschkulisse eingewebt war Die Stimme – nicht notwendigerweise dieselbe Stimme – die Lanyard lachend beriet: »Du weißt alles über Den Kopf Unterhalb. Unterhalb wird gemordet, an den dunklen Orten unter der Stadt, weil sie der Hölle näher sind...«

Zehn Sekunden zwischen der Ergreifung durch den Leibwächter und den letzten Worten Der Stimme: *weil sie der Hölle näher sind...*

Dann noch zwei Sekunden, bis die Erinnerung in ihm aufflakkerte. Er war zehn Jahre alt und rannte über einen menschenleeren Sportplatz, bis: *Carl Schmutz schmeckte und es in seinen Ohren dröhnte. Er glaubte, unter dem Druck auf seinem Rücken in zwei Hälften zu zerbrechen. Frank schlug auf Carls Schädel ein... Nichts mehr hören, nichts mehr sehen, bis auf den Dreck unter seiner Nase...*

Das Bellen des Hundes übertönte jetzt alles, stellte alle gräßlichen Geräusche der Welt gleichzeitig dar. Er hörte augenblicklich auf, als Minders Stimme dem Hund dröhnend zurief: »Sitz, Ronnie! Sitz!«

Der Hund gehorchte, und der Leibwächter setzte Lanyard auf Minders Aufforderung hin wieder auf dem Boden ab.

Lanyard lehnte sich keuchend an die Wand. »Sind Sie das nicht, Lanyard?« sagte Minder. »Ich habe gehört, Sie seien heute schon mal hiergewesen, um Madelaine zu besuchen. Dabei haben Sie nicht erwähnt, daß Sie notfalls in mein Haus einbrechen würden, um sie zu finden.«

Lanyard sagte: »Wenn man es genaunimmt, war es...« Er unterbrach sich, um Atem zu holen und einen Blick auf Madelaine zu werfen. Sie hatte den Kopf auf die Hände gestützt. »Ah... es war Hausfriedensbruch, aber ich bin nicht sicher, ob der Versuch Ihres Leibwächters, mich an dieses entartete Geschöpf zu verfüttern, das Sie als Hund bezeichnen, ein legales Mittel ist, sich mit...«

Er unterbrach sich wutschnaubend, denn Minder lachte ihn aus.

»Lanyard! Sie tun so, als wollte ich Sie der Polizei übergeben. Nein, und« – das nächste schien eine Antwort für den Leibwächter zu sein, der Minder forschend ansah – »ich habe nicht vor, Sie auf die eine oder andere Weise zu bestrafen. Im Gegenteil, ich bin froh, daß Sie vorbeigekommen sind. Das gibt mir Gelegenheit zu einem Gespräch mit Ihnen. Und es spart mir die Mühe, einen Wagen für Madelaine zu besorgen. Ich wollte sie gerade nach Hause schicken.«

Sein Blick schweifte in die leere Luft zwischen seiner linken Hand und der Wand.

Aber die Luft war nicht leer.

Lanyard starrte dieselbe Stelle an, und Minder hatte seinen Blick bemerkt.

»Haben Sie ein Versäumnis meiner Haushälterin bemerkt, Mr. Lanyard?« fragte Minder vorsichtig.

Lanyards Blick war schweißgetrübt, und seine Augen konnten sich nicht auf einen Punkt scharfstellen. Daher sagte er sich, daß er die aalähnlichen Formen wohl nicht sah, die durch die Luft wirbelten und ihre eigenen Schwänze zu fangen versuchten.

Lanyard schüttelte den Kopf und richtete seinen Blick wieder auf den Hund. »Nein, ich sehe nichts.«

»Komm, Ronnie, ich glaube, du machst den Mann nervös.« Minder drehte sich um, und der Hund folgte ihm auf den Fersen die Treppe hinauf. Der Leibwächter beugte sich herunter und flüsterte Lanyard ins Ohr: »Nie mehr, niemals mehr! Viele kleine Stücke nächstes Mal... Lassen Sie sich nie mehr hier blicken! Egal, warum. Und jetzt hauen Sie ab.« Er kletterte die Treppe hinauf.

Lanyard wartete, bis sich Madelaine umgezogen hatte. Sie war ungewöhnlich schnell fertig. Sie wirkte wacklig auf ihren hohen Absätzen. Ihr Make-up war immer noch verschmiert.

Die Atmosphäre zwischen ihnen war leicht angespannt. Er entschied sich, im Moment lieber nichts zu sagen, obwohl er sie gern gefragt hätte: *Hast du wirklich die ganze Zeit über geprobt?* Und: *Warum hattest du außer einem Kimono nichts an? Liegt es nur daran, weil du dich gerade für eine Kostümprobe umziehen wolltest?*

Er ging vor ihr her die Treppe hinauf. In der Küche war niemand. Aus dem angrenzenden Zimmer kamen Stimmen. Er wartete am oberen Absatz der Treppe auf Madelaine und sah ihr zu, wie sie hinaufstieg. Es war, als sähe er in einen Schlund, der sie verschlang und ihre Bemühungen, ihm zu entkommen, vergeblich machte; die Treppe schien endlos zu sein, und einen Moment lang glaubte er, sie würde es nicht schaffen. Sie ging so langsam, als täten ihr die Beine weh.

Ihr Gesicht war vor Anstrengung weiß, als sie oben ankam. Sie lächelte ihn an, blinzelte winzige Tränen mit ihren Wimpern zur Seite und zwängte sich an ihm vorbei.

Als sie auf der Straße standen, nahm er Madelaine an der Hand – die Hand wirkte schlaff, und in ihrer Berührung war keine Erwiderung seiner Zuneigung zu erkennen.

Er hielt ein Taxi an, aber der Fahrer ignorierte sie. Er hielt das nächste an, das stehenblieb; der Fahrer schüttelte auf rätselhafte Weise den Kopf und fuhr wieder an. Ein drittes Taxi hielt vor ihnen an.

»Ich möchte nach Hause«, sagte Madelaine zu Lanyard. »Ich brauche eine Nacht für mich allein. Ich bin wirklich müde. Und ich glaube, allein kann ich leichter schlafen.«

»Natürlich«, sagte er: Das Vakuum zwischen ihnen beiden verwirrte ihn. Sie wirkte, als sei sie kaum *da*.

Sie nannte dem Fahrer ihre Adresse. Die Fahrt verlief schweigend. »Wir sind da«, sagte Madelaine zu dem Fahrer. »Mein Freund fährt weiter. Er fährt von hier aus nach Hause.«

Als sie ausgestiegen war, beugte sie sich noch einmal in das Taxi und sagte zu Lanyard: »He, danke für alles.« Dann schloß sie die Tür.

Aber während sie die Tür schloß, fiel das Licht einer Straßenlaterne auf eine kleine Blutlache auf dem Sitz. Sie war an der Stelle, auf der Madelaine gesessen hatte. Die Tür wurde zugeschlagen, und das Blut verlor sich in der Dunkelheit des Taxis. Aber als er seine Adresse genannt hatte und der Wagen anfuhr, spürte Lanyard, daß das Blut auf ihn zukroch, dicke, rote Finger ausstreckte, um sein Hosenbein anzufeuchten und ihm Schauer über die Haut zu jagen.

9

»Ein Sonderkurier«, sagte die blecherne Stimme durch die Haussprechanlage.

»Von wem?« fragte Lanyard, der Minders Rache fürchtete.

»Von Data Digs«, lautete die gereizte Antwort. »Sie müssen runterkommen.«

»Fauler Sack«, murmelte Lanyard. »Geben Sie das Zeug einfach unten ab. Ich hole es gleich.« Er entschloß sich, mindestens eine Viertelstunde vergehen zu lassen.

Er sah sich in der Wohnung um. Das absolute Chaos. Dann blickte er wieder auf die Uhr. *Noch zehn Minuten*, entschied er. Er ging auf und ab. »Zum Teufel damit.« Selbst, wenn es Minders Jungen waren! Schließlich besaß er eine Waffe, die er auf der Straße gekauft hatte. Wenn er damit herumlief, konnte ihn das für ein Jahr ins Gefängnis bringen. Aber seit ihn der Leibwächter hilflos und gedemütigt über dem Hund hatte baumeln lassen, brachte er es nicht mehr über sich, ohne Waffe aus dem Haus zu gehen. Er holte sie aus der Kommode und achtete darauf, sie nicht anzusehen. Der Anblick stieß ihn ab. Das Ding war so widerlich *spezialisiert*. Er zog sein Jackett an und steckte den kalten stupsnäsigen Revolver in seine Jackettasche.

Er ging zur Tür – und zögerte.

Lanyard fürchtete sich vor mehr. Er hatte Angst, verrückt zu werden. Die Stimmen konnten nicht das sein, was sie zu sein schienen. Wenn er Stimmen hörte, dann waren das Symptome einer klassischen paranoiden Schizophrenie. Ein paranoider Schizophreniker sollte keine Waffe bei sich tragen.

Er sagte sich: *Du wirst einen Therapeuten aufsuchen. Du wirst es dir von der Seele reden, Dampf ablassen, und dein Geist wird gesunden. Du wirst nicht überschnappen. Aber bis dahin mußt du dich schützen.*

Er machte die Tür auf und lief die Stufen hinunter. Er fühlte sich benommen, als er zum ersten Mal seit vierundzwanzig Stunden nach unten ging. Es kam ihm wie eine Ewigkeit vor; er fühlte sich auf einer endlosen Treppe gefangen. Ein endloser Abstieg. Er zählte die Stockwerke. Vierter Stock. Dritter. Und – erstarrt vor Entsetzen sah er die Nummer über dem Treppenabsatz an. 4. Aber den vierten Stock hatte er schon hinter sich. Den dritten. Das hätte der zweite sein müssen.

Es würde ewig so weitergehen. Er wollte schreien. Fast wäre er vor Schreck über das Geländer gesprungen, als er hinter sich das hohe Kichern hörte. Er drehte sich um; seine Hand schloß sich um den Revolver in seiner Tasche. Kinder schmutzige, kleine Kinder mit merkwürdig angemalten Gesichtern – verschwanden in Apartment 2a.

Aber 2a war im zweiten Stock. Er streckte die Hand aus und berührte die Nummer an der Wand; sie war nur leicht angeklebt und fiel auf den Boden. Die Kinder hatten ihm einen Streich gespielt. Das war alles. Er war im zweiten Stock.

Lanyard ging zitternd vor Erleichterung weiter. Er nahm den Umschlag mit nach oben, schloß sich in der Wohnung ein und fand, es sei spät genug für einen Cocktail. Er goß sich einen Bourbon on the rocks ein und setzte sich an den Tisch, um den Inhalt des Umschlags zu untersuchen.

Er enthielt Fotokopien von Polizeiberichten. Wie war Data Digs an diese Berichte gekommen? Außerdem enthielt der Umschlag Kopien von Zeitungsmeldungen und Statistikbögen (woher entnommen?), die er nicht gleich verstand.

Er warf einen Blick auf einen der Zeitungsartikel. Dann runzelte er die Stirn und las den Artikel durch. Er empfand eine Erregung, die erschütternd und euphorisch zugleich war. Lanyard holte sein Notizbuch und schrieb eine Zusammenfassung des Artikels für seinen Bericht an Trismegestes hin:

Eine dreiköpfige Familie: Mario Escondido, Sally Escondido, beide zwanzig, und ihre Tochter Julie Escondido, zwei Jahre alt. Gewissermaßen noch ein vierter: Sally war im dritten Monat schwanger. Sie fuhren in einer Pontiac-Limousine Baujahr 1958 durch die Avenue B, auf dem Weg zur Messe, in welcher Kirche ist nicht bekannt. Der Wagen mußte ausweichen, weil ein Müllsack, ein riesiger Plastiksack, aus irgendwelchen Gründen mitten auf der Straße lag. Laut Zeugenaussagen passierte es, als Escondido wieder in seine eigene Fahrspur einscherte, daß die Straße ›unter ihm aufbrach... wie wenn Eis unter jemandem aufbricht, der über einen zugefrorenen Fluß läuft‹. Unter Quietschen und metallischem Klirren stürzte der Wagen mit dem vorderen Ende voran augenblicklich in ein Loch, das sich bei anschließenden Ausmessungen als drei Meter breit und sechs Meter lang erwies. Das Motorengeräusch des Pontiac verstummte. Die Leute auf der Straße hatten im ersten Moment Angst, näherzutreten, Angst, etwas könnte explodieren – vielleicht eine Gasleitung – oder die Straße könnte noch weiter aufbrechen. Während sie zusahen, sank der Wagen tiefer in die Straße ein, bis auch die Hinterräder den Blicken entzogen waren; ein schmerzhaft lautes, malmendes Geräusch kam aus dem Loch ›als würde der Wagen in einem Zementmixer vollkommen zermahlen‹. Die Schreie der Wageninsassen waren schwach zu hören. Rauch und Gasdämpfe stiegen auf. Dann ein leises, dumpfes Geräusch, auf das Flammen folgten; der Tank des Wagens mußte explodiert sein. Der Rauch wurde dichter und stieg in großen Schwaden aus dem Loch auf. Die Schreie verklangen.

Zwei Stunden später wurde der Wagen mit einem Drehkran aus dem Loch gezogen. Das deformierte Wrack war leer. Keine Spur von menschlichen Überresten, abgesehen von einem kleinen Fleck verbrannten Blutes auf dem Armaturenbrett, neben der Uhr, die stehengeblieben war. Sonst nichts.

Die Straße war in ein Einstiegsloch gebrochen, das nicht mehr in Benutzung war und ›aus unbekannten Gründen von unbekannten Personen‹ erweitert worden war. Gerade so, als solle es einen Gegenstand von der Größe eines Wagens aufnehmen. Ein Durchgang führte zu einem Schacht, in dem eine unbenutzte Wasserleitung verlief. ›Es ist anzunehmen, daß die Escondidos von dem Einstiegsloch aus den Weg in die leere Wasserleitung gefunden und sich in den Tunneln verlaufen haben.‹ Die Suche nach ihnen ist bisher erfolglos geblieben.

Beim Lesen seiner Zusammenfassung merkte Lanyard, daß er den Bericht unbewußt so abgefaßt hatte, als sei er Teil eines Exposés über den *Kult der Unterstadt New Yorks:* das Sachbuch, das er gegen einen sechsstelligen Vorschuß schreiben würde, wenn er den Rest von diesem Dreck zusammengetragen hatte.

Einen Moment lang hinterfragte er die Ethik, eine verlegerische Goldgrube aus der Sensationshascherei mit den U-Bahn-Mördern zu machen. Aber warum auch nicht? Das Geld gut anlegen, zusätzlich zu den hundertfünfzig Riesen, die Trismegestes ihm versprochen hatte. Dann hatte er für den Rest seines Lebens ausgesorgt. Für sich und für Madelaine.

Madelaine? Wirklich? Jetzt? Jetzt nicht. Er hätte nicht in ihre Proben platzen dürfen. Der Gedanke an diese Szene war ihm äußerst peinlich.

Trotzdem hatte er das Gefühl, Madelaine sei nicht wütend auf ihn gewesen, obwohl er auf solche Weise eingedrungen war. Weil er wußte, daß sie nicht geprobt hatte. Und sie wußte, daß er es wußte.

Wenn das Blut auf dem Taxisitz Menstruationsblut gewesen wäre, hätte sie es merken müssen.

Er trank noch einen Schluck Bourbon, hustete und ging zum Telefon. Er wählte Madelaines Nummer, und zu seiner großen Erleichterung nahm sie das Gespräch entgegen.

»Halli-hallo«, sagte sie. Sie wirkte wesentlich alberner als sonst. »Hier spricht keine Maschine. Hier spricht eine Madelaine. Guten Tag.«

Er lächelte. »Guten Tag. Ich habe mir gerade überlegt, daß ich froh bin, daß du keine Maschine bist.«

»So, wen haben wir denn da?«

Es verletzte ihn, daß sie seine Stimme nicht erkannte. »Carl Lanyard, Madelaine. Denk mal nach. Erinnerst du dich? He – geht es dir gut? Ich meine körperlich.«

»Klar..., wieso?«

»Ach, ich weiß nicht, ich... als ich dich das letzte Mal gesehen habe, hatte ich den Eindruck, daß es dir nicht allzugut geht.«

»Ich war nur müde. Und wütend, weil dieser Wächter so grob zu dir war. Verstehst du, Joey muß vorsichtig sein, es gibt so viele verrückte Schauspieler, die ihm mit Harakiri auf seinem Rasen drohen, wenn er ihnen keine Rollen gibt und solche Sachen.«

»Dann findest du es wohl richtig, daß sein Leibwächter mich verfüttern wollte, an dieses...«

»Nein, der Kerl ist ein Arschloch, aber er behauptet, daß er dich nur erschrecken wollte.«

»Ja, sicher. Fürs erste.«

»Du hast es dir doch selbst zuzuschreiben, Carl... ich meine, ich weiß zu schätzen, daß... äh... es hat ohnehin keinen Sinn, es zu erklären. Ein häßliches Mißverständnis. Ich muß jetzt einhängen, Carl, ich muß hart an meiner Rolle arbeiten.«

»Hat er dir eine gute Rolle gegeben? Was für eine? Er...«

»Ja, die Rolle ist gut, aber ich muß jetzt wirklich gehen. Danke für deinen Anruf, wir hören voneinander.«

Lanyard stöhnte innerlich auf. »Sieh mal, Madelaine, es tut mir leid, wenn ich...«

»Es klingelt. Ich muß los.«

Lanyard schloß die Augen. »Okay, wir sprechen uns später.« Er legte auf und wählte die Nummer des Neunten Reviers. Er las Gribner die Geschichte über die Escondidos vor.

»Glauben Sie etwa, davon wüßte ich nichts? Ich glaube nicht, daß ein Zusammenhang...«

»Soll das ein Witz sein? Kein Zusammenhang? Jemand hat die Straße unterminiert. Da unten leben Leute, die heimtückische Spiele mit uns spielen. Es könnte eine ganze Gemeinschaft sein. Sie schaffen eine Atmosphäre des Terrors, weil es ihren Plänen...«

»Lanyard, verschonen Sie mich mit diesem Blödsinn. Ich habe keine Zeit. Meine Frau ist außer sich – wegen des Jungen. Wir haben ihn noch immer nicht gefunden. Sie fühlt sich für ihn verantwortlich. Und unsere Hunde... Ich habe meine Frau zu ihrer Schwester geschickt. Ich arbeite seit sieben, und jetzt muß ich sie besuchen.«

»Hören Sie doch – in einem anderen Bericht steht, daß in einer Gegend, in der es kaum Ratten gibt, eine Frau von mehr als zweihundert Ratten angefallen worden ist, die sich aus einem Loch im Boden geradezu *ergossen* haben. Ein Feuer oder ein verwilderter Hund muß sie aus den unterirdischen Tunneln vertrieben haben. Und zwei Penner sind von ›wilden Hunden‹ verstümmelt worden.«

»*Lanyard!* Vergessen Sie es! Schreiben Sie einen Bericht! Aber ich will nichts davon hören! Damit müssen Sie selbst fertig werden! Ich...« Gribners Stimme war rauh. »Auf Wiedersehen.« Klick.

Mein Gott, dachte Lanyard. *Jeder, den ich kenne, zerbricht in Stücke.*

Nachdem sie mit Lanyard gesprochen hatte, starrte Madelaine das Telefon mit leerem Blick an. Sie hätte ihn gern zurückgerufen, aber das hätte bedeutet, *alles* erklären zu müssen.

Es gab Dinge, an die sie nicht denken wollte.

»Ich glaube, ich bin einfach nicht der Typ dazu«, hatte sie gesagt und die vier nackten Männer und die drei nackten Frauen auf dem riesigen, fast ozeanischen Wasserbett in Minders Keller entschuldigend angelächelt.

Zu dem Zeitpunkt war sie noch ganz angezogen gewesen. Minder hatte sie in den Keller gebracht, hatte sie den sieben Menschen auf dem Wasserbett vorgestellt wie in einem Restaurant und nicht so, als seien sie nackt und spielten aneinander herum. Sie hatte versucht, gelassen und gleichgültig zu wirken, als lehne sie eine Zigarette ab: *Oh, nein, danke, ich rauche nicht; aber rauchen Sie ungestört.* Sie wollte nicht zimperlich wirken. »He«, hatte Minder gesagt, »hier zwingt dich niemand zu etwas. Komm mit, du brauchst nichts zu tun. Wir zwei hüpfen einfach in die heiße Wanne und äh... entspannen uns und...«

»Das kann ich schon tun«, sagte sie. Mit Minder hatte sie es schon gemacht. Es war wie Sex mit einem riesigen Schwamm, aber es war nicht unerträglich. Er konnte manchmal sogar ein gewisses Flair ausstrahlen...

Nach der Badewanne hatte er ihr drei Straßen bestes Kokain gegeben. Und ein kleines bißchen Heroin, um dem Kokain die Spitzen zu nehmen. Anschließend hatte sie sich in ein Handtuch gewickelt und war ganz selbstverständlich mit ihm in den Raum für Orgien gegangen. Sie hatte sich große Mühe gegeben, nicht zu denken, nur nicht zu denken. Als sie den Raum betraten, sahen alle auf, und alle schauten sie mit demselben Blick an. Der Gesichtsausdruck auf diesen sieben Gesichtern war absolut identisch gewesen, wie sieben Fleischauswucherungen eines einzelnen Geschöpfes. Der Ausdruck war *wissend*. Keiner hatte sie je berührt, und doch sahen sie sie an, als wüßten sie alles, hätten ihre Eileiter auf Röntgenbildern gesehen.

Später hatte sie sich gesagt, daß das Koks, das Heroin und die Cocktails schuld sein mußten, daß sie geschmolzen waren, als alle sieben sich erhoben und sie umringt hatten.

Aber in Wirklichkeit war es dieser Ausdruck des Wissens gewesen, obwohl sie keinen der Anwesenden außer Joey Minder jemals vorher gesehen hatte. Und aus irgendwelchen Gründen wußte sie die ganze Zeit über, daß dieser Tooley durch einen Spiegel zusah, zusah und onanierte.

Sie hatte es mit jedem einzelnen gemacht. An die Namen konnte sie sich nicht erinnern.

Noch mehr Koks, und die beiden dunkelhäutigen Frauen mit den oliven Augen hatten den kleinen Italiener an einen Stuhl gebunden und ausgepeitscht. Sie war in Tränen ausgebrochen, aber der kleine Mann hatte es genossen. Eine der Frauen drückte eine Zigarette auf seiner Backe aus.

Noch mehr Koks und Heroin, und der Unterschied zwischen Vorstellung und Tun war aufgehoben. Restlos aufgehoben. Die zwei dunkelhäutigen Schwestern hatten Madelaine angebunden und die dritte Frau hatte mit dem Griff ihrer Reitpeitsche sondiert, dann gebohrt, gestemmt. Am Anfang hatte es nicht weh getan; Madelaine war vollkommen zu.

Erst wesentlich später, als Carl gekommen und sie nach Hause gebracht hatte, hatte sie das Blut gesehen. Komisch, daß sie es nicht gespürt hatte. Sie sah, wie es an ihren Beinen herunterlief, aber es hätte ebensogut das Blut eines anderen sein können, der Schenkel eines anderen. Es erwies sich als Gebärmutterblutung, und bis zum nächsten Abend war der Schmerz zu einem leichten Pochen geworden.

Andere Dinge schmerzten sie jetzt. Einsamkeit und Angst. Sie vermißte Lanyard. Sie konnte nicht mit ihm reden, ohne Erklärungen abzugeben. Und sie konnte ihm nichts erklären. Die Angst? Sie fürchtete sich vor jedem Flashback, vor jeder Erinnerung an diesen Abend. Sie fürchtete sich vor PSI-Wahrnehmungen.

Joey hatte gesagt, das Kokain würde sie von ihren Wahrnehmungen befreien, und er hatte recht. Er hatte ihr ein Gramm in die Handtasche gesteckt, und sie hatte es über den Tag verteilt nach und nach geschnupft.

Er hatte ihr Koks gegeben, aber bisher keinen Vertrag für eine Rolle, kein Drehbuch. Sie bedauerte es, Lanyard bezüglich des Drehbuchs angelogen zu haben, aber sie war sicher, daß Minder ihr bald, vielleicht schon morgen, die Rolle geben würde.

Sie saß deprimiert da und hörte das Fauchen des Ausgusses in der Küche, als die verdammten Rohre zu klagen begannen. Sie hatte dem Vermieter zweimal geschrieben und sich über die geräuschvollen Wasserrohre beschwert. Der Hausmeister hatte gesagt, das sei ein Problem des Wasserdrucks, das sich nur durch eine neue Pumpe beheben lasse, die der Vermieter zahlen müsse. Die Wahrscheinlichkeit war gering. Aber das Wimmern der Rohre war manchmal so laut, daß sie davon erwachte. Sie ließ das Wasser eine Weile laufen und starrte in den Ausguß. Sie spülte die vielfarbigen, aufgeweichten Essensreste eilig durch den Ausguß. Dabei erinnerte sie sich an etwas.

Sie und ihr Bruder Leonard hatten sich um ihren mongoloiden Cousin Roman gekümmert. Romans Mutter, Tante Cindy, war mit Mutter einkaufen gegangen. Leonard war vierzehn, und Madelaine war acht. Roman war dreizehn, aber er war auf der Entwicklungsstufe eines Dreijährigen stehengeblieben. Es war Samstag nachmittag, und sie sahen fern. Bei einem eingeblendeten Werbespot über Hundefutter hatte Leonard gesagt: »Oh, jetzt fällt es mir wieder ein; ich muß die verdammten Hunde füttern.« Dann hatte er die Hunde ins Haus gelassen, die Dose mit dem Hundefutter geöffnet, und Roman hatte vor dem Fernseher gesessen. Bei der Werbung für Hundefutter war ihm ein winziger, vollkommen durchsichtiger Tropfen Spucke aus dem Mund gelaufen; sie hatte die Spucke mit einem Kleenex abgetupft.

Als Leonard zurückgekommen war, war Roman aufgestanden und in die Küche getrottet.

»Du solltest lieber nachsehen, was er tut«, sagte Leonard.

Sie hatte Roman auf Händen und Knien zwischen den beiden Hunden vorgefunden; sein Gesicht war ihr zugewandt. Roman schnupperte begierig an den Freßnäpfen; die Hunde knurrten ab und zu, wenn er mit dem Kopf ihre Schnauzen zur Seite stieß, aber sie schienen ihn zu akzeptieren.

Er sah auf und blinzelte sie an, als sie ihn rief; sein weit offen stehender Mund war mit aufgeweichtem, vielfarbigem Hundefutter verschmiert, und sein Gesichtsausdruck war mit dem der Hunde identisch – wie bei den sieben nackten Männern und Frauen in Minders Keller, deren Blick dasselbe Wissen ausdrückte.

Sie wich würgend zurück. Dann stellte sie einen Teller auf den Abfluß, und das Wasser prasselte auf das Porzellan.

Der Abfluß. Er führte nach unten, durch alle Stockwerke des Hauses und noch tiefer in den Keller und dann noch tiefer; er führte in die geheimen Orte unter der Haut der Stadt, dorthin, wo Unendlichkeiten von Rohren voller verflüssigter Zivilisation gurgelnd durch bröselnde Rohre gepumpt wurden.

Sie kannte die Gefahren, aber sie schnupfte wieder, ohne zu zögern. Dann machte sie das Bett, räumte auf und putzte ihre Wohnung. Wegen der spärlichen Einrichtung dauerte es nicht lange. und sie war fast enttäuscht, als sie fertig war. Dann fand sie noch eine Staubschicht – auf dem weißen Kruzifix an der weißen Wand. Sie suchte einen sauberen Lappen, hob ihn zu dem winzigen Gesicht des gekreuzigten Jesus und schrie auf. Die Wahrnehmungen kamen durch ihre Fingerspitzen, die das Kruzifix berührten. Ein verborgenes Kaleidoskop in ihrem Gehirn setzte sich mit so rasender Geschwindigkeit in Bewegung, daß sich die Bilder überlappten.

Sie sah Bilder, die man auf keinem Fernsehschirm zugelassen hätte, und sie war machtlos dagegen. Die Bilder wollten nicht vergehen. Ihr Kopf drohte unter diesem inneren Druck zu zerspringen.

Sie lag auf den Knien und schrie, als sich die Tür öffnete. Sie wußte genau, daß sie die Tür verschlossen hatte. Joey Minder und Tooley traten ins Wohnzimmer und halfen ihr auf die Füße. Als Joey sie berührte, stoppten die Bilder in ihrem Kopf. Ihr Schrei sank zu einem erleichterten Wimmern ab.

Sie ließ sich von ihm in seine weichen, starken Arme nehmen; sein Rasierwasser war so beißend, daß sie glaubte zu ersticken. In ihren Ohren dröhnte es, und ihre Schläfen pochten. Sie stand nicht mehr am Rande des Abgrunds. Minder hatte sie zurückgezogen. Sie würde lernen, sein Rasierwasser zu mögen.

»He«, sagte Minder, »was ist los? Was hast du? Wir wollten gerade zu dir kommen, und dann haben wir deine Schreie gehört.« Er war untypisch ernst.

Wie hatte er den Pförtner umgehen können?

Sie war zu erschöpft, um sich mit ihm anzulegen. Sie hatte Angst, er könne sie loslassen und das Aufheulen in ihrem Kopf könne wiederkommen. Das Aufheulen und die Bilder von Menschen in Nöten. *Ein Mädchen in Gewahrsam in einem Irrenhaus, das seine eigene Schulter zerkaute; eine alte Dame, die in einer unbeheizten Wohnung verhungerte, weil sie sich fürchtete, auf die Straße zu gehen; zwei Fahrer eines Krankenwagens, die eine Frau mit einem gebrochenen Bein vergewaltigten und sie in eine dunkle Gasse warfen.* Aus unerklärlichen Gründen wußte Madelaine, daß die Dinge, die sie gesehen hatte, *wahr* waren.

Was für ein Gott konnte solches Leid zulassen? Immer wieder, immer, immer wieder?

Ein kleiner Junge, der an ein Bett gefesselt war und an Tollwut starb. Anästhesie hilft bei Tollwut nicht. Und nach zwei Wochen unsäglicher Qualen lag der Junge in Todeskrämpfen.

Was für ein Gott...

Sie schluchzte und begrub ihr Gesicht an Minders Brust. Die Bilder kamen nicht mehr, aber die Erinnerung daran war noch frisch.

»Du solltest am besten mitkommen«, sagte Joey Minder. »Was meinst du dazu?« Seine Fröhlichkeit kehrte langsam wieder. Er half ihr in ihren Mantel und ging mit ihr zur Tür.

10

Sie versucht, sich selbst dazu zu überreden, daß sie bei uns mitmacht, dachte Krupp.

Sie saßen zu fünft in dem aufpolierten U-Bahn-Wagen, der in einem verlassenen Seitentunnel stand, in dem man früher eilige Reparaturen ausgeführt hatte.

Madelaine Springer sprach das aus, was Krupp empfand und niemals in Worte hätte fassen können, die Zweifel, die ihn plagten, seit er gemerkt hatte, wer ihn besaß.

Die übrigen waren Minder, Tooley und ein blondes Fotomodell. *Warum ausgerechnet wir?* fragte sich Krupp. Es gab mehr als ein Dutzend Blutgeweihte. Warum hat Minder uns zusammengerufen, uns drei?

Vielleicht hat er Zweifel an uns.

Madelaine sprach Dinge aus, mit denen er sich vollkommen identifizieren konnte. »Es gilt für jeden Menschen, die langfristigen Konsequenzen zu bedenken. Das ist es doch, was einen auf die Dauer einholt, Mann«, sagte Madelaine. Ihre Stimme war monoton, und ihr Gesichtsausdruck war der, der immer Krupps Vorstellung von einem Zombie entsprochen hatte. Aber er wußte, daß es nur Erschöpfung und eine Art von Verzweiflung war. »Andererseits«, fuhr sie fort, »halte ich es kaum noch aus. Das Kreischen in meinem Gehirn.«

»Geht es wirklich darum?« Tooleys Stimme klang beschwichtigend. »Legen wir die Karten auf den Tisch. Deine Karriere ist dir wichtig. Du willst Schauspielerin werden. Du willst eine große Schauspielerin werden. Das ist nie leicht. Du brauchst jede Art von Erfahrung, die man nur haben kann.«

»Nicht die Art«, sagte sie etwas feuriger, »die diese Dinge mit sich bringen..., das Töten.«

»Über Amerikaner, die über egoistisches Töten klagen, kann ich nur lachen«, sagte Minder kichernd. »Ganz zu schweigen von Vietnam und Hiroshima... In diesem Moment verhungern in verschiedenen Ländern dieser Erde Menschen. Warum schicken die aufrechten Moralapostel nicht zwei Drittel ihres Einkommens an die Verhungernden? Mit dem restlichen Drittel kann man auskommen. Ohne einen Zweitfarbfernseher, tägliche Taxikosten, Super-

Stereoanlagen und Wochenendflüge. Niemand kommt auf die Idee, seinen Luxus für die Hungernden aufzugeben.«

»Kein Mensch kann die Verantwortung für die ganze Welt auf sich nehmen, aber man kann zumindest versuchen, es nicht schlimmer zu machen«, sagte Madelaine matt.

Minder schüttelte lächelnd den Kopf. »Offen gesagt, glaube ich nicht, daß man die Situation verschlimmern kann, wenn wir die atomare Katastrophe einmal außer acht lassen. Denk nur daran, wie viele Menschen in den letzten zwei Jahren in Kambodscha verhungert sind! An die Opfer von Gewaltverbrechen in New York im letzten Jahr – das Leben ist billig. Es ist wahrhaft billig, Madelaine. Die Menschen haben so wenig Bestand wie Seifenblasen, und sie treiben durch ein feindliches Universum. Auge um Auge ist meistens gar nichts dagegen. Kürzlich ist eine junge Frau erschossen aufgefunden worden, und als man ihre Familie von ihrem Tod unterrichtet hat, wurde erwähnt, daß sie offensichtlich hochschwanger war. Ihre Mutter beharrte darauf, daß keinesfalls eine Schwangerschaft vorgelegen habe, und bei näherem Hinsehen stellte sich heraus, daß der Mörder einen Kopf – den ihres Bruders – in ihren aufgeschlitzten Leib gesteckt hatte. Dann hat er sie wieder zugenäht. Solange sie noch am Leben war. *Dann* erst hat man sie erschossen.«

Madelaine holte tief Atem und schloß die Augen.

»Und das ist die Welt, in der wir leben, Madelaine«, fuhr Minder leise fort. »Wir in Der Bruderschaft glauben nicht daran, Menschen etwas anzutun, solange es nicht für die Rituale notwendig ist.«

Madelaine schüttelte den Kopf. »Du kannst es rational erklären, wie du willst. Davon wird es nicht besser. Es führt ohnehin alles zu nichts...«

»Zu nichts?« Tooley richtete sich auf. »Nimm nur diesen Wagen. Glaubst du, das Geld würde Joey bei seinen Geschäften verdienen? Er ist uns gegeben worden. Durch Die Stärke. *Er* ist so stark, und *Er* ist noch stärker. Was glaubst du, warum keiner von uns erwischt worden ist? Weil Er die Stärke, die wir ihm durch die Rituale geben, vervielfacht und sie nutzt, um die Ereignisse in der oberen Welt zu kontrollieren. Glück kann man manipulieren. Und allein das sollte dir deine letzten unreifen Vorstellungen von ›Gerechtigkeit‹ nehmen. Die einzige Gerechtigkeit liegt in Der Stärke. Diejenigen, deren Stärke größer ist, *machen* die Dinge gerecht – für sich selbst.«

»Weißt du, was Soziobiologie ist, Madelaine?« fragte Minder plötzlich.

Madelaine nickte. »Soziobiologie... ich habe in der *Times* darüber gelesen. Es geht um die Vorstellung, daß fast alles, was wir tun, unser gesamtes Verhalten... äh... auf Instinkt basiert. Verhalten ist genetisch programmiert. Selbst heroische Verhaltensweisen, weil sie für das Überleben der Gesellschaft notwendig sind, und für uns ist es von Vorteil, wenn die Gesellschaft gedeiht. Alle Liebe, alles, was dem zugeschrieben wird...« Sie verstummte.

Minder nickte. »Siehst du, jeder Verhaltensimpuls hat mit dem Überleben zu tun – dem Überleben der Spezies oder dem des Individuums. Die Natur selbst gibt uns das ein. Und was ist diese ›Natur‹? Sie ist Das Leben Selbst. Sie ist DNS, ja – aber das ist nur die Grundlage Des Lebens Selbst. Und was sonst gibt es, was Gott sein könnte, wenn nicht Das Leben Selbst? Wenn du also die Stimme leugnest, die dir sagt, daß du um jeden Preis überleben sollst, dann widersetzt du dich dem Edikt Des Lebens Selbst. Und du widersetzt dich Gott. Das Leben ist Gott.«

»Aber wenn man um des eigenen materiellen Nutzens willen tötet, dann nimmt man einem anderen Das Leben. Und du hast gesagt, Das Leben sei Gott.«

Minder lächelte. »Ein netter Winkelzug, aber das nutzt nichts. Das Leben will, daß man mit anderen konkurriert, sie vernichtet und von ihnen profitiert – das nennt sich Natürliches Ausleseverfahren, und somit erhöht sich die Qualität der Organismen, die Das Leben leben. Das ist Evolution.«

»Das Leben ist eine unsichere Angelegenheit«, fiel Tooley ein. »Je mehr Geld und Macht man hat, desto wahrscheinlicher ist es, daß man überlebt – man kann zu den besten Ärzten gehen, Leibwächter engagieren, das beste Essen essen und in den sichersten und saubersten Häusern leben, und man hat weniger Sorgen und weniger Streß. Man ist einfach freier und glücklicher. Die reicheren Leute sind im allgemeinen die glücklicheren Leute. Und je glücklicher man ist, desto gesünder ist man. Und desto größer ist die Chance zu überleben.«

Wie groß ist meine Chance zu überleben? fragte sich Krupp und sah Madelaine an. Er bewunderte den welligen Fall ihres dunklen Haares und fragte sich, warum soviel Traurigkeit in ihr war; er konnte sehen, wie ihre Verteidigung in sich zusammenbrach, obwohl ihr Gesicht vollkommen ausdruckslos blieb.

Der Kronleuchter klirrte. Ein Zug rumpelte in der Nähe vorbei, aber für Krupp war es die Stimme Des Kopfes Unterhalb, die eine Warnung durch ihr Reich ausstieß. Ein Laut, halb Schluchzen, halb Seufzen, entrang sich Krupp, und er schloß die Augen und schluckte. *Du bist ein reicher Mann, und du hast mächtige Freunde*, sagte das abnehmende Grollen.

Als er die Augen wieder öffnete, sahen ihn alle an. Spannung herrschte im Raum. Krupp wußte nicht, vor wem er sich am meisten fürchtete, vielleicht vor Miß Chancery, in deren Augen keine Wärme stand.

»Stimmt etwas nicht, Mr. Krupp?« fragte sie plötzlich und lächelte ihn ohne jede Freundlichkeit an.

»Äh... ich habe nur gerade über das nachgedacht, was hier gesagt worden ist. Ich konnte oft nicht ganz folgen. Aber... es ist interessant.«

»So, es ist also interessant?« sagte sie, und er glaubte, sie würde gleich lauthals loslachen.

In dem Moment wurde ihm bewußt, daß er sie haßte.

»Das Ritual«, sagte Minder leise an Madelaine gewandt, »findet um Punkt halb zwölf statt. Die Vorbereitungen sollten um elf Uhr abgeschlossen sein.«

»Mir liegt nichts daran, dabeizusein, danke«, sagte Madelaine.

Das Grollen ging wieder durch den Wagen. Aber diesmal fuhr kein Zug vorbei.

Die Stärke ist wirklich vorhanden, dachte Krupp. Ich muß tun..., was sie sagt.

Aus Nervosität beschloß er, etwas zu essen. Minder wollte eine Kleinigkeit mitessen. Krupp ging zum Kühlschrank und versuchte, die Wurst aufzuschneiden. Die stumpfe Klinge wollte sich nicht durch die Haut bohren. In diesem Moment überkam ihn eine gräßliche Erinnerung. Er zuckte zurück, als hätte er sich einen Stromschlag geholt.

Zitternd stand er da, und in seinen Augen brannten Tränen.

Er wußte, daß die anderen ihn anstarrten. Er brauchte sich nicht durch einen Blick zu vergewissern. Er wußte es.

»Haben Sie sich einen Stromschlag geholt?« fragte Minder ruhig.

Krupp nickte. »Ja, muß wohl ein lockerer Draht im Kühlschrank sein.«

»Ich werde es richten lassen.«

Krupp stellte ein Tablett zwischen sich und Minder. Keiner von beiden rührte das Essen an.

Zum ersten Mal wandte sich Miß Chancery an Madelaine. »Ich nehme an, Sie halten sich für zu unverdorben, um zu dem Ritual zu erscheinen?« sagte Miß Chancery. »Sie waren nicht allzu unverdorben, als wir in der Nacht...«

»Kein Anlaß zu Gemeinheiten, Miß Chancery«, sagte Tooley in seinem freundlichsten Tonfall.

Miß Chancery zog eine Augenbraue hoch, aber sie lächelte und nickte. »Tut mir leid, aber ich halte es für albern, wenn sich jemand vormacht, er täte nicht alles nur für sich. Heilige hungern und kasteien sich selbst im Namen der Tugend, weil sie Anerkennung wollen, von den Menschen und von Gott. Auch das ist ein eigennütziges Motiv.«

»Leute, die Strafe für ihre Taten fürchten, fürchten sich entweder vor der Gesellschaft oder vor der Rache Gottes«, sagte Tooley.

Madelaine starrte totenbleich an die Decke.

»Wir haben Die Stärke«, fuhr Tooley fort. »Vor der Gesellschaft brauchen wir uns nicht zu fürchten. Aber was ist mit Gott? Ich möchte dir eine Frage stellen, Madelaine: Glaubst du an Gott? Glaubst du an ein Gericht und eine Bestrafung der Sünden? Oder vielleicht an Karma?«

Warum lassen sie sie nicht in Ruhe? dachte Krupp. Er hätte Madelaine gern geholfen.

»Ich weiß es nicht«, sagte Madelaine. »Als die Leute herausgefunden haben, daß ich *Die Gabe* besitze, haben sie mich Dinge gefragt wie: ob ich mit Gott gesprochen hätte. Ich konnte es gar nicht glauben, daß man mich solche Dinge fragt. Ich habe nie Gott oder höhere Sphären gesehen. Es waren andere Dinge, andere Zeiten, das Denken anderer... Geschöpfe, die nicht wirklich von dieser Welt sind. Was sie sind, weiß ich nicht. Aber ich glaube nicht, daß sie göttlich sind. Ich glaube sogar...«

Sie wollte weinen.

Minder nahm sie in die Arme. Sie schluchzte an seinen breiten Schultern.

Miß Chancery verdrehte die Augen und zündete sich eine Zigarette an. Sie wirkte erschreckend gelangweilt.

Madelaine griff als erste zum Kokain.

Krupp fühlte sich besser, als das Kokain seine Wirkung tat. Ein grenzenloser Optimismus durchströmte ihn.

Die Wirkung verflog so abrupt wie sie eingesetzt hatte. Krupp wollte mehr Kokain, aber er hatte Angst, darum zu bitten.

Die U-Bahn hatte sich in Bewegung gesetzt. Sie waren auf dem Weg zum Ritual.

Die Lichter gingen an und aus. Krupp stöhnte und schloß fest die Augen.

Die Fahrt dauerte zehn Minuten. Krupp nutzte diese Zeit, um sich so zu betrinken, daß er gerade noch stehen konnte. Alles um ihn herum reizte ihn. Der Alkohol beruhigte seine zerrütteten Nerven, aber er wurde zusehends deprimierter.

Sie gingen in eine außergewöhnlich saubere Herrentoilette, in deren gekachelter Wand unpassenderweise ein Aufzug war. Dort wurden sie von Jerry Bourbon vom Verkehrsverband herzlich begrüßt.

Krupp fragte sich, was wohl aus den Arbeitern geworden war, die diesen Aufzug installiert hatten – er wirkte sehr neu. Wer hatte diesen Aufzug eingebaut? Minder hatte diese Arbeiter doch sicher nicht am Leben gelassen? Es sei denn, sie *gehörten dazu*.

Die ganze Sache weitete sich zu sehr aus. Es gab bereits zu viele Tote. Je mehr Leute umgebracht wurden... desto mehr mußten umgebracht werden. Um sie zum Schweigen zu bringen. Verfluchter Minder. Verfluchter Tooley. Und Billy Krupp. Verfluchter Billy Krupp?

Krupp stand im Aufzug so dicht hinter Madelaine, daß er hörte, wie Minder ihr ins Ohr flüsterte: »Wir brauchen dich, Madelaine. Durch deine Gabe kannst du uns eine besondere Hilfe sein. Wir brauchen dich, und wir wollen dich nicht als Feind ansehen. Wir können dich nicht zwingen, mitzumachen. Du mußt dich uns aus freiem Willen anschließen – soweit es freien Willen gibt. Wenn wir versuchen würden, dir zu drohen, wäre deine Bekehrung nicht echt. Und wir könnten dir auch nicht trauen. Dann, nun ja... dann würde Er Seine Stärke einsetzen und dir etwas tun. Dir etwas tun, bis du tot bist. Dich langsam verletzen, bis zu einem widerwärtigen Tod. Es gibt keinen Gott, von dem du weißt, das hast du zugegeben. Wer also soll dich dafür richten, daß du zu uns kommst? Wer wird sagen, daß es falsch ist? Niemand wird je davon erfahren, dafür kann ich dir garantieren.«

Laßt sie um Gottes willen in Ruhe, schrie Krupp innerlich auf. Ein Schrei, der sein Rückenmark erbeben ließ, aber nie über seine Lippen kam.

»Wir können dich nicht zwingen«, sagte Minder, »aber wir werden dich Seinem Tierchen heute zum Geschenk bringen, wenn wir dich nicht für uns gewinnen können. Du mußt wirklich in dich gehen und deine Einstellung ändern, denn wenn du versuchst, zu heucheln, *wird Er es wissen*.« Sein Tonfall war der eines freundlichen Anwalts, der die Konditionen einer Hypothek auseinanderlegt. Rein geschäftlich, nichts Persönliches. Aber...

Die Aufzugtüren öffneten sich, und sie standen in dem Raum mit der Ledercouch und dem Bildschirm, den Krupp bereits kannte. Auf den Betonboden war ein Pentagramm gemalt worden, die verrückte Schrift, die sie ihm beigebracht hatten.

In Rot.

Mehr als ein Dutzend Leute stand um den Kreis herum. Sie standen an festgelegten Stellen und wiegten sich leicht in einem langsamen Tanz. In der Altarnische stand die Jadevase. Krupp hoffte, heute keinen Platz in der Nähe der Vase zugewiesen zu bekommen. Er haßte es, in ihrer Nähe zu sein. Feierlich legten Minder, Tooley, Miß Chancery und Krupp die Farben auf und benutzten die Duftstoffe. Tooley mußte Krupp beim Ausziehen helfen. »Sie sollten vor solchen Anlässen weniger trinken«, murmelte Tooley, während er die Zeichen auf Krupps eingefallenes Brustbein malte.

Miß Chancery bewegte sich wie ein Geist. In ihren Augen stand Wildheit, und der Hohn war von ihren Lippen gewichen.

Als Krupp aus der Garderobe in den Raum trat, in dem das Ritual stattfand, schlug es ihm entgegen. Die Stärke war in der Luft. Er spürte, wie sie ihn zum Kreis zog. Aus der Urne drang das Rascheln von Papier, das Schreien und dann ein leises, kehliges Knurren.

Die Menge murmelte fremde Worte, die sie subverbal verstand, und Krupp wußte, daß sie ihn anziehen würde, aber er war fest entschlossen, diesmal...

Er sah auf, als ein Grollen durch die Wände drang. Tooley, dessen Umrisse im Kerzenlicht schwankten, eine Personifikation der Macht, stand mit einer Hand auf der Urne da. In diesen Augenblikken hatte es mit seinem Kopf etwas auf sich – man sah ihn an, und er sah aus wie gewöhnlich, und dann war es für einen Sekundenbruchteil ein anderer Kopf, fast übergangslos, der Kopf eines knurrenden Hundes – eines Hundes mit Menschenaugen. Dann war der menschliche Kopf wieder da. Man fragte sich – die Vision war so schnell vorübergegangen – ob man den anderen Kopf überhaupt gesehen hatte.

Krupps Augen gewöhnten sich an das Dämmerlicht; er sah einen großen Mann, in dem er Minders Leibwächter erkannte, der Madelaine – sie wehrte sich kein bißchen, verdammt noch mal – auf den Armen trug wie eine Ertrunkene. Aber sie war am Leben. Sie öffnete die Augen, als er sie auf den Rücken in die Mitte des roten Kreises legte, inmitten der verführerischen Symmetrie der Gemeinde, die sich um seine Ränder wiegte.

Sie werden sie aufschneiden, dachte Krupp. Sie hat sich gegen sie entschieden. Deshalb wird sie es sein.

So *ist* es eben. Das ist alles.

Sie drückten sie auf den Boden, und der große Mann hob den Silberschläger mit dem Tierkopf auf dem Knauf, um sie zu betäuben, damit sie sich dem rituellen Schneiden nicht widersetzen würde.

Er hielt mit dem erhobenen Schläger in der Bewegung inne, als sie anfing zu kichern und den Kopf zu schütteln, sich aufsetzte und wie eine Schauspielerin lächelte, die den Faden verloren und den Regisseur erbost hat. Ihr Lachen war fröhlich und keineswegs verrückt.

»Nein, jetzt kommt alles zusammen«, sagte sie mit einem leichten Nicken. Sie wirkte nicht, als suche sie verzweifelt nach einem Ausweg. »Ich habe mich entschieden. Ich bin dabei und mache mit. Ich habe es satt, immer außenzustehen. Ich will leben, und ich will es *schaffen*.«

Der Leibwächter warf Minder einen fragenden Blick zu. Minder bückte sich und sah Madelaine in die Augen. Sie sah ihm direkt ins Gesicht.

Minder nickte. »Laß sie los«, sagte er mit dem Lächeln eines stolzen Vaters. »Und hol die andere.«

Als das Ersatzopfer geholt worden war, das kleine Mädchen der Escondidos (man hatte es in dem geheimen Wasser angekettet, dem Gewässer, in dem Er ruhte, verschlafen und träumend), hatte sich Krupp davongeschlichen. Er hatte sich nur das Nötigste angezogen.

Auf dem Weg durch den Raum, in dem das Ritual vollzogen wurde, achtete er sorgsam darauf, Blicke auf den Kreis und die Urne aus Jade zu vermeiden. Vor der Tür zu dem Raum mit dem Aufzug blieb er einen Moment lang zaudernd stehen; er spürte, wie Die Stärke und die Stimmen der Gemeinde ihn zurückziehen wollten. Sie waren in Trance; niemand sah ihn an. Bis auf Tooley. Tooley wußte immer, was los war, und Krupp spürte seine Blicke auf sich, als er durch die Tür ging. *Er wird das Ritual nicht verderben wollen*, dachte Krupp. *Er wird mich gehen lassen. Vielleicht habe ich Zeit...*

Er eilte zum Aufzug. Die Türen waren noch offen. Vielleicht ließen sie sich schließen, vielleicht auch nicht. Er drückte auf den Knopf. Fünf Sekunden lang geschah nichts.

Die Türen glitten vor den Aufzug. Er hielt den Atem an und drückte den Knopf, von dem er hoffte, er würde ihn in die stillgelegte U-Bahn-Station bringen. Wieder zehn Sekunden lang nichts. *Auf mich reagiert es nicht!*

Dann ein leises Klicken – der Aufzug fuhr nach oben.

Irgendwie war es ihm gelungen, damit fertig zu werden, daß er das Mädchen aufgeschnitten hatte. Und mit dem, was sich bei den Gruppenritualen abgespielt hatte. Es war ihm nahezu gelungen, den Anblick dessen, was in dem roten Wasser unter dem Ritualraum lebte, aus seiner Erinnerung zu verbannen. Aber darin, wie Minder Madelaine manipuliert hatte, lag etwas unüberbietbar Brutales. Minder hatte in sie gegriffen und zwischen seinen Fingern ihre Seele deformiert. Und das war wesentlich schlimmer, als sie in einen Kreis zu legen und sie zu zerschneiden.

Damit konnte Krupp nicht fertig werden.

Ich bin dabei und mache mit, hatte sie gesagt. »Dahin bringen sie mich nicht«, murmelte er und schloß die Augen.

Fünfundvierzig Minuten später. Wo? Im Neunten Polizeirevier. Ein junger Neuling meldete Gribner: »Lieutenant, hier ist jemand, der sagt, daß er was über Sie gelesen hat, und er will mit Ihnen und sonst mit niemandem sprechen. Er sagt, er weiß, wer der U-Bahn-Mörder ist.« Der junge Polizeibeamte zuckte die Achseln.

»Der nächste Geisteskranke«, murmelte Gribner, ohne von dem

Bericht aufzuschauen, den er gerade las. Er versuchte, seine aufkeimende Hoffnung zu unterdrücken. »Name?«

»Er behauptet, William Krupp zu heißen. Ausweisen kann er sich nicht.«

»Schon gut, ich spreche gleich mit ihm«, sagte Gribner, der sich vor wachsender Erregung zittrig fühlte.

Er steckte seine Hände lässig in die Taschen seiner zerknitterten braunen Anzugsjacke und schlenderte so unbeteiligt wie möglich in das Verhörzimmer. Die Tür ließ sich von innen nicht öffnen, aber von außen brauchte man nur den Knopf zu drehen. Der Raum hatte graue Wände, einen Abfluß im Betonboden und war mit einem Schreibtisch und einem Stuhl aus Stahl eingerichtet – ausschließlich um Autorität auszudrücken – und mit einem Klappstuhl. Auf dem Klappstuhl saß der Mann, der William Krupp sein mußte. Bei seinem Anblick schwanden Gribners Hoffnungen. Der Mann wies alle Symptome eines gestörten Menschen auf. Er trug Schuhe, aber keine Socken; den Pullover hatte er mit der Innenseite nach außen angezogen. Sein blondes Toupée war leicht verrutscht. Er war klein, dick und nervös und machte den Eindruck eines Menschen, der mit sich selbst nicht zurechtkommt. Genau der Typ, der sich wichtigmachen will, indem er vorgibt, mit einer Serie von berüchtigten Morden in Zusammenhang zu stehen.

Er war schon der dritte in dieser Woche.

»Na, dann schießen Sie mal los«, sagte Gribner seufzend und setzte sich hinter den Schreibtisch.

Er sah auf. Krupp umklammerte mit den Händen seine Knie. Er zitterte sichtlich und schnaufte wie nach einem Dauerlauf. Auf seinem Gesicht waren rote Schmieren und über seine Stirn rann Schweiß. Gribner roch seine Fahne und sah selbst auf eineinhalb Meter Entfernung die Spuren des weißen Pulvers, das die Nasenlöcher des Mannes verkrustete. Wahrscheinlich betrunken und vollgekokst. Gribner zuckte die Achseln.

Der kleine Mann räusperte sich. »Äh ... Sie sind doch nicht Lieutenant Gribner, oder?« Er wirkte enttäuscht.

»So, etwa nicht? Klar bin ich das. Wen haben Sie denn erwartet? Vielleicht Kojak?«

»Tut mir leid ...« Krupp sah nervös zur Tür. »Ich weiß, wo sie sind. Ich weiß, wer es war. Jedenfalls das meiste. Einmal war ich es selbst. Vor etwa vier Tagen. Im Zwischenstock der U-Bahn-Station

Vierte Straße West. Da habe ich sie ohnmächtig geschlagen und dann runtergezerrt. Es war vier Uhr morgens, niemand in der Nähe. Ich hatte eine Strumpfmaske über dem Gesicht. Die Maske habe ich auf die Schienen geworfen...« Stotternd herausgesprudelt, und alles aus – in zehn Sekunden.

Gribner richtete sich auf seinem Stuhl auf. »Warum... warum haben Sie sie weiter nach unten gezogen, ehe... äh...«

»Er sagt, wir müssen eine bestimmte Tiefe erreichen...«

Die Polizei hatte die Presse bezüglich des Schauplatzes dieses Verbrechens belogen. Krupp hatte den richtigen Ort angegeben. Sogar von der Strumpfmaske wußte er. Auch das hatte man den Reportern verschwiegen, um Fehlmeldungen überprüfen zu können.

Gribner sprang nicht auf und schlug auch nicht auf den Tisch. Er lehnte sich zurück und zündete seine Pfeife an.

»Wo«, sagte Gribner, und seine Stimme bebte nur ansatzweise, »werden die Zusammenkünfte abgehalten?«

Krupp fuhr sich mit der Zunge über die Lippen. Er drehte sich um und sah den Abfluß im Fußboden an.

»Und wer ist in die Sache verwickelt?« fuhr Gribner fort. Er fragte sich, ob er einen Sergeant holen und das Geständnis auf einem Videoband aufzeichnen lassen sollte. Oder einen Stenographen. Aber es war ein heikler Augenblick. Wenn er weitere Menschen hinzuzog, konnte es ihm passieren, daß Krupp sich in die Defensive gedrängt fühlte. Gribner brauchte Namen.

Krupp starrte gebannt den Abfluß an und schüttelte den Kopf. »Nicht, ehe... ich brauche Schutz. Ich will zwei bewaffnete Männer zu meinem Schutz haben. Und einen Priester. Ich weiß nicht, ob der Priester mir helfen kann, aber ich muß es versuchen. Ich habe nämlich gesehen, was Die Stärke tun kann. Ich habe gesehen, wie sie aus normalen Typen Gesegnete Leute macht.«

»Was?«

»Der Kopf Unterhalb sieht einen an und entscheidet, ob man Ihm in der oberen Welt oder in der unteren Welt nützlicher ist. Manche Leute, die *ändert* Er, Mann – Er... soweit bin ich nicht gekommen. Ich bin nicht zu Ihm gebracht worden, damit Er entscheidet. Aber der Boß hat gesagt, daß ich in der oberen Welt arbeiten soll. Deshalb habe ich mir nie Sorgen gemacht, daß...«

»Wer ist der Boß?«

Krupp schüttelte heftig den Kopf. »Könnte ich ein Glas Wasser haben? Ich...«

»Sowie Sie mir den Namen genannt haben.«

Krupp schluckte. »Erst, wenn die Wächter und der Geistliche da sind. Ich weiß, daß es blöd klingt, aber ich bin hier nicht sicher. Ich kann es Ihnen nur in einem Raum ohne Abfluß sagen.«

»Warum?« Vielleicht war der Kerl doch verrückt. Das hieß aber noch nicht, daß er nicht doch einer der Mörder sein konnte. Um das zu tun, mußte man verrückt sein.

»Weil Er mich auf diesem Weg holen kann. Mann, die wissen, wenn ich sie verrate. Ganz gleich, mit wem ich spreche, sie wissen es. Und jetzt telefonieren Sie, Mann. Einen Anwalt will ich auch. Ich muß meinen Bruder anrufen. Der kennt gewitzte Füchse.«

Krupp spielte den starken Mann, weil er Angst hatte. Gribner ertappte sich dabei, daß er ebenfalls den Abfluß anstarrte. Er erinnerte sich an Everett, der in der Badewanne gekauert hatte, an sein Knurren als Antwort auf die gräßlichen Geräusche, die aus dem Abfluß drangen.

Gribner schloß die Tür auf. Er steckte den Kopf in den Flur und rief: »He, schicken Sie mir zwei Beamte, und bringen Sie mir ein Telefon. Das da, das hat eine lange Schnur. Und bringen Sie uns ein Glas Wasser. Und einen Geistlichen. An der obersten Schublade meines Schreibtisches klebt eine Nummer, unter der man einen Geistlichen herbestellen kann.«

»Einen Geistlichen, Lieutenant?«

»Genau. Einen katholischen...« Er drehte sich zu Krupp um, der den Abfluß anstarrte. »Mr. Krupp?«

»Ja?«

»Einen katholischen Geistlichen?« fragte Gribner. »Oder einen episkopalen?«

»Ja, klar, ganz egal. Irgendeinen christlichen Geistlichen.«

Gribner wandte sich wieder an den jungen Polizisten, der ihm Krupps Kommen gemeldet hatte. »Also gut. Einen katholischen Geistlichen. Aber bringen Sie mir als erstes ein Telefon.«

Krupps Kehle war ausgetrocknet, aber er fürchtete sich, das Wasser zu trinken. Er saß allein in dem kleinen Raum. Gribner war es bisher nicht gelungen, zwei überschüssige Polizeibeamte aufzutreiben. Einen Geistlichen auch nicht. Er hatte das Wasser und ein Telefon.

Aber das Wasser hatte er nicht angerührt.

Es war Leitungswasser, aus einem Wasserhahn. Von unter der Stadt. Sie kannten alle Leitungsrohre, jede Wasserleitung. Sie konnten an die Wasserversorgung jedes einzelnen heran. Und inzwischen wußten sie, was Krupp getan hatte.

Er wußte genau, was man tat, wenn man einer von ihnen geworden war.

Erst jetzt dämmerte es Krupp: Seine Überlebenschancen waren die eines Tautropfens in einem Hochofen.

Es sei denn, er könnte sich von Gribner ausbedingen, außerhalb der Stadt verhört zu werden. Weit außerhalb. Selbst dann standen seine Chancen nicht gut. In seiner Trunkenheit und unter Drogen war er wegen der kleinen Springer sentimental geworden. Vielleicht konnte er einfach Minder anrufen, ihm alles erklären und um Vergebung bitten. Dann würden sie ihn hier herausholen, ehe ihn jemand zum Sprechen gebracht hatte.

Aber selbst dann würden sie ihn umbringen. Sie würden ihn an das Tierchen verfüttern oder ihn bestenfalls zu einem der Gesegneten Leute machen. Seit der Nacht, in der er nach einem Gruppenritual einen der Gesegneten Leute gesehen hatte, hatte sich Krupp alle Mühe gegeben, zu vergessen, was er gesehen hatte.

Ihm war übel, und er fühlte sich schwach. Am liebsten hätte er sich hingelegt, aber er konnte nicht schlafen, ehe die Wächter da waren. Nein, selbst dann nicht. Erst mußte er Gribner überreden, ihn weit wegzubringen.

Krupp rief seinen Bruder an. »Reggie, ich sitze im Neunten Revier. Ich bin angeklagt, jemanden abgemurkst zu haben. Du kannst Geld von mir haben, aber besorg mir einen Anwalt!«

»Ach was! War es... war es Eunice?«

»Eunice? Warum, zum Teufel, sollte ich Eunice umbringen? Ich zahle ihr keine Alimente und wir leben nicht zusammen...« Er unterbrach sich. »Wieso? Ist Eunice etwas zugestoßen?«

»Ich habe schon versucht, dich zu erreichen. Sie hat vor zwei Tagen von deinem Lottogewinn gehört und ist völlig durchgedreht. Es heißt, sie hätte sich in der Badewanne ertränkt. Selbstmord. Ihr Freund hat sie gefunden und... na ja, er mußte Hilfe holen, um ins Bad zu kommen, weil es kein Fenster hat und von innen abgeschlossen war. Aber ich...«

»Sie ist *tot*?«

Reggie antwortete nicht. Einen Moment lang sprach keiner von beiden.

»Wieso bist du sicher, daß es kein Unfall war?« fragte Krupp. »Ich meine – weshalb sollte sie sich umbringen? Vielleicht ist sie ausgerutscht und hingefallen.«

»Na ja, sie hat sich völlig wahnsinnig benommen und dauernd gesagt: ›Das Leben ist einfach nicht lebenswert, wenn man ständig diesen Ärger hat, diese Leute, die versuchen, mir etwas zu tun.‹ Solches Zeug. Und sie hat dreimal ihren Freund und zweimal die Polizei angerufen und gesagt, daß jemand in ihrem Keller ist. Sie hat gesagt, daß sie da unten quiekende Laute hört. Und Knurrlaute im Abfluß. Sie war sicher, daß man versucht, sie zu vergiften. Sie wollte kein Leitungswasser mehr trinken. Und was ich noch vergessen habe: Als man sie in der Badewanne gefunden hat, war sie auf den Knien und hatte das Gesicht über dem Abfluß, und sie hat einen Handtuchhalter in der Hand gehabt. Den hat sie aus der Wand gerissen und in den Abfluß gerammt. Gar nicht so leicht für eine ausgewachsene Frau, in einer Badewanne zu ertrinken – aus Versehen. Schließlich mußte sie den Kopf unter Wasser behalten. Oder jemand anderer hat ihren Kopf unter Wasser gehalten. Sie hat ja gesagt, im Abfluß sei was. Vielleicht war wirklich was da. Vielleicht hat es aus dem Abfluß gegriffen und sie runtergedrückt, und sie hat versucht, es mit dem Handtuchhalter zu erschlagen...« Er war jetzt ausgesprochen sarkastisch. »Aber in der Wanne war Wasser, obwohl kein Stöpsel im Abfluß war. Etwas hat den Abfluß verklebt. Als sie gefunden worden ist, hatte sie die Hände um den Handtuchhalter geklammert. So was Verrücktes!«

»Ich habe nichts mit Eunices Tod zu tun, und auch nichts mit dieser anderen Sache«, sagte Krupp. »Man hält mich nur fest, damit es so aussieht, als ob...«

»Keine Sorge, Bruder, ich beschaffe dir einen Anwalt.«

»Aber gleich, sonst siehst du keinen Pfennig von dem Geld! *Du* bist nämlich zu Eunice gegangen und hast ihr von dem Gewinn erzählt. Dafür wolltest du einen satten Schnitt machen. Schick sofort jemanden her.«

Er legte auf.

Tooley hat gesagt, daß sie mich beschützen, dachte er. *Sie haben Eunice umgebracht, weil sie mir das Geld abnehmen wollte, das sie mir zugedacht haben.*

Er lief zur Tür. »He!« schrie er. »He, holt mich hier raus!« Diese Schurken hatten ihn eingeschlossen. Er hämmerte gegen die Tür. Dann erstarrte er und horchte.

Er hörte einen Laut. Das Geräusch klang wie das Quietschen der Räder eines Zuges, der anhält. Oder wie ein Omnibus, der mit zu wenig Bremsflüssigkeit eine Vollbremsung einlegt. Ein Laut, der eine Mischung aus Quietschen und Schleifen war, mit einem Knurren unterlegt.

Das Geräusch kam aus dem Abfluß hinter ihm.

Er versuchte seine Ruhe wiederzufinden, um denken zu können, um Entscheidungen treffen zu können.

Aber der einzige Gedanke, der ihm durch den Kopf schoß, war: Das Tierchen Des Kopfes Unterhalb werden sie nicht schicken. Ich bin zu weit über dem Boden. So hoch kann es nicht kommen. Aber Die Gesegneten Leute konnten kommen. Bruchstücke des Gesanges fielen ihm ein:

Jene sind Gesegnet, denn sie sind Teil von Ihm geworden...

Das Knurren aus dem Abfluß wurde zu einem Brüllen. Krupp hämmerte wiederholt gegen die Tür und schrie: »Was, zum Teufel, tut ihr da draußen?«

...Teil von Ihm geworden; Ahim Ahriman Mas; jene sind Gesegnet, die essen, wenn Er ißt, denn sie sind Seine Münder...

Ein blubberndes Geräusch ertönte, und Krupp drehte sich und und sah hin. Aus dem Abfluß sprudelte roter Schaum. Rostiges Wasser? Aber die Konsistenz war schleimig, und die Flüssigkeit wurde in schäumenden Klumpen ausgestoßen. Nein, kein Rost. Jetzt waren es schon ganze Eimer, die wie ein geplatztes Wasserrohr sprudelten, immer höher, eine Säule aus blubberndem Rot, die ihm bis zur Taille reichte und ein anderes Geräusch mit sich brachte, ein Geräusch, das klang wie ein Tonband, das mit hoher Geschwindigkeit zurückgespult wurde....

...denn sie sind Seine Münder, und sie sprechen, was Er spricht, und durch Seine Hand werden sie umgestaltet, sie, die einst nichts als Menschen waren...

Der karmesinrote Geysir fiel in sich zusammen; auf dem Fußboden stand drei Zentimeter hoch schleimige, rote Flüssigkeit. Die

Luft erstickte ihn mit dem Gestank von tausend toten Ratten. Würgend fiel er auf die Knie und versuchte, sich an den Wortlaut der Anrufung zu erinnern, um Gunst zu erbitten. Er konnte sich an rein gar nichts erinnern. »Ich habe ihnen nichts gesagt!« rief er.

Das eklige, rote Zeug auf dem Boden gerann in Sekunden, während er hinsah, und es wurde zu einer Art Gelatine; unter Würgen und wortlosem Schreien versuchte er, auf den Schreibtisch zu klettern.

Es gelang ihm nicht, den Schreibtisch zu erreichen; er konnte sich keinen Zentimeter von der Stelle rühren. Das Zeug war hart geworden. Es hielt seine Schuhe fest und griff nach seinen Knöcheln.

Er schrie auf und versuchte seine Füße loszureißen.

Krupp kippte vornüber. Das Zeug fühlte sich an seiner Backe und unter seinen Fingern ganz grauenvoll an, wie Haut aus Gelatine. Er hielt den Atem an, um den Gestank der roten Membrane nicht riechen zu müssen. Sein Kopf war nur einen halben Meter von dem Abfluß entfernt; sein Körper zeigte auf den Abfluß wie eine Kompaßnadel auf einen Magneten. Seine Arme lagen ausgestreckt vor ihm, dicht nebeneinander, als wolle er in den Abfluß tauchen; er blieb flach liegen, rührte sich einen Moment lang gar nicht, keuchte und lachte ab und zu (*warum* und *worüber* wußte er nicht).

Seine rechte Gesichtshälfte war in den roten Schleim gepreßt, in den lebenden Klebgummi; er konnte sich nicht losreißen; die Berührung mit dieser Substanz brannte, und er spürte, daß seine Haut an den Stellen zischte, an denen sie mit der Säure in Berührung kam.

Die Membrane bewegte sich.

Er wurde zum Abfluß hingezogen. Er versuchte den Kopf zu heben; er schaffte es einen Zentimeter weit und spürte, wie bei diesen Bemühungen Teile seines Gesichtes weggerissen wurden. Die Membrane zog sich gleichmäßig in das Loch im Boden zurück und ließ in der Mitte eine runde Lücke zurück, wie der weibliche Teil einer Blume. Eine große, stinkende Blume aus Fleisch, die ihn zu ihrem Stengel hinzog, als wolle sie sich für die Nacht schließen. Wie eine Blase, die von innen heraus wächst, erschien die glänzende Spitze eines Kopfes im Abfluß. Krupp wußte, daß es die Spitze eines Kopfes war, weil er Die Gesegneten Leute gesehen hatte.

Biegsam, fast durchsichtig, haarlos und glitschig wie der Kopf einer überdimensionalen Kaulquappe.

... sie, die einst nichts als Menschen waren, sie bewegen sich wie Quecksilber, um Sein Werk auszuführen, sie zwängen sich geschmeidig durch die Adern der Stadt...

Krupp konnte einen Moment lang die Augen des Dings sehen, ehe die Membrane ihn wieder flach auf den Boden sog und über sein Gesicht strömte, um seinen Atem verstummen zu lassen. Krupp kannte die Gestalt der Einst-Menschen, Der Gesegneten Leute, die wie Quecksilber auseinanderrieseln konnten, die knochenlosen, durchsichtigen Körper, die sich wie Peitschenschnüre bewegten, schlängelnde Köpfe auf dehnbaren Hälsen, Hälse, die sich weiter und immer weiter aus dem Körper strecken konnten, die Finger, die sich unabhängig voneinander bewegten, sich nach hinten krümmten, jeden Knöchel in jede Richtung abbiegen konnten, unmögliche knochenlose Windungen...

Die rote Membrane bebte und richtete sich über dem Abfluß auf; Krupp stand mit ausgestreckten Armen auf dem Kopf, und seine Füße zeigten zur Decke. Die Membrane wickelte sich um ihn. Von da an wußte er nicht mehr, wie ihm geschah, denn die Schmerzen betäubten ihn fast, als die rote Haut, deren Struktur zwischen künstlichem Plastik und natürlicher Haut lag, straffte sich und schloß sich, drückte zu, fester, fester, fester, wand sich selbst wie ein ausgewrungenes Handtuch und zog sich nach unten zurück. Und brach alles Harte in ihm. Er hörte einen Laut, mit dem Opernsänger Glas zerspringen lassen können.

Die rote Membrane zog sich in den Abfluß zurück und nahm die breiigen, verflüssigten Überreste von Billy Krupp mit sich.

»Äh... ja, Sir, es war ein unglaublicher Tumult. Erst habe ich das plätschernde Geräusch gehört, und dann ein Stöhnen. Ich dachte mir, daß er kotzt. Es gibt schließlich einen Abfluß, und deshalb habe ich mich nicht weiter darum gekümmert, weil ich gerade einen Anruf entgegengenommen habe – jemand hat einen Einbruch gemeldet, der gerade begangen wird. Tja Lieutenant, dann habe ich diese Information an die Streifenwagen weitergegeben, und als ich am Verhörraum vorbeikam, hab' ich dieses lange, irre Quietschen und Knurren gehört, eine Art... na ja, es klang einfach nicht normal. Deshalb wollte ich nachsehen. Aber die Tür ging nicht auf. Jemand hat sie von innen zugehalten.« Er zuckte verlegen die Achseln.

»Zugehalten«, sagte Gribner. »Sie sind doch viel stärker als der kleine Mann da drin. Er hätte die Tür nicht zuhalten können, wenn Sie von außen aufmachen wollen.«

»Nicht nur ich, Sir. Ich habe Windy und Leibowitz gerufen, und wir haben uns alle mit den Schultern dagegengestemmt, aber wir konnten die Tür zu dritt nicht öffnen. Und, dann kamen die anderen Geräusche. Anschließend ging die Tür ganz normal auf, und er war weg.«

Der junge Polizeibeamte fuhr sich mit den Fingern durchs Haar. Er war knallrot angelaufen.

Gribner hielt sich ein Taschentuch vor sein Gesicht, um sich gegen den Gestank zu schützen, der sich aus dem Verhörraum wälzte. Dann ging er in den Raum. Seine Augen tränten, als er sich umsah. Bis auf den Gestank hatte sich nichts im Raum verändert, seit er gegangen war. Krupp war fort. Doch, noch etwas: Etwa drei Zentimeter über dem Boden zog sich ein roter Rand an den Wänden entlang, wie ein Schmutzrand in einer Badewanne; er war leicht feucht und verkrustet. Eine Art Hochwassermarkierung.

Der Raum hatte nur eine Tür. Keine Fenster. Keinen Ausweg außer dem Abfluß. »Rufen Sie im Labor an«, sagte Gribner langsam. »Diese Flecken an der Wand müssen untersucht werden. Ich will wissen, ob es Blut ist. Falls sich ärztliche Gutachten über diesen Krupp auftreiben lassen, muß die Blutgruppe verglichen werden. Wenn das Blut ist... Wir haben gehört..., ach ja, noch etwas: Durchsuchen Sie das Revier. Fragen Sie, ob jemand ihn rausgelassen hat. Und die Tür hat geklemmt. Natürlich. Klar.«

Gribner verließ eilig den Raum. Er wollte gerade seinen Mantel holen, als ihn der junge Beamte einholte. »Sir...«

»Was ist?« Gribner drehte sich bebend vor Zorn zu ihm um. Er wußte genau, daß der junge Mann nicht für Krupps Verschwinden verantwortlich war. Etwas hatte die Tür von innen zugehalten. Ja, Gribner glaubte daran. Aber er brauchte dringend jemanden, dem er die Schuld zuschieben konnte.

Der junge Mann rieb sich mit einer Hand die Schläfen und sagte: »Äh... ich dachte, ich sollte Ihnen noch sagen, was ich gesehen habe, als die Tür sich endlich öffnen ließ. Ich meine, wahrscheinlich war es gar nichts, oder vielleicht habe ich auch nur komische Sachen gesehen, weil ich mich angestrengt habe, um die Tür aufzudrücken...«

»*Was, zum Teufel, haben Sie gesehen?*«

»Es... es hat ausgesehen wie Gummihandschuhe.«

Gribner starrte ihn erwartungsvoll an.

»Ich meine... Sir, wie ein Paar Gummihandschuhe mit etwas Schwerem, Nassem darin. Die durch den Abfluß verschwunden sind. Die Finger standen zum Teil nach oben. Und dann sind sie einfach weggesaugt worden. Dann habe ich diesen riesigen Krach gehört. Aus dem Abfluß, Sir.«

»Und was wollen Sie damit sagen?«

Er zögerte. »Nichts.« Er wurde zornig. »Ich dachte nur, ich müßte Ihnen davon erzählen.«

»Ich komme heute nicht mehr«, sagte Gribner. »Ich habe es satt, für diesen Scheißdreck Überstunden zu machen. Auf mich hört niemand. Ich habe genau gesagt, wo man suchen muß.« Seine Wut war verflogen. Jetzt sprach reines Selbstmitleid aus ihm, und das wußte er selbst.

»Ja, Sir. Soll ich Bescheid geben, daß man Sie zu Hause anruft, wenn dieser Krupp auftaucht?«

»Er wird nicht auftauchen... und ich gehe nicht nach Hause. Ich gehe in den Tempel.«

»Wohin?« Der Neuling blinzelte.

»In die Synagoge, Schmok.«

Und vielleicht würde er nicht mehr ins Revier zurückkommen, nie mehr.

11

Lanyard wartete, während der Pförtner es zum dritten Mal über die Haussprechanlage probierte. »Ich weiß, daß sie da ist«, sagte Lanyard zu dem kleinen Orientalen in der Uniform mit den Messingknöpfen. »Ich habe sie gerade angerufen. Sie hat gesagt, sie sei da.«

»Sie ist nicht da«, sagte der kleine Mann und fügte stilistisch einwandfrei hinzu: »In der Tat bezweifle ich, daß sie heute nachmittag überhaupt zu Hause war.«

Lanyard verlor die Ruhe. »Wenn Sie es noch einmal probieren, gehe ich«, sagte er mit gepreßter Stimme. Es gelang ihm nur mit Mühe, seine Wut zu zügeln. *Ich mache mich zum Narren*, dachte er. Es ging ihm besser, obwohl er nicht viel geschlafen hatte. Er war fast optimistisch gewesen. Die Stimmen waren nicht mehr gekommen; er hatte keine Halluzinationen gehabt. Er war triefäugig, aber gutgelaunt. Er hatte Madelaine angerufen. Seine Stimmung hatte sich noch mehr gehoben, als sie sich einverstanden erklärt hatte, ihn zu sehen. Und jetzt das.

Der Portier zuckte die Achseln. »Diese Angelegenheit geht mich nichts an«, sagte er. »Ich werde es noch einmal versuchen.« Er drückte einen Knopf und sprach in die Haussprechanlage. »Miß Springer?«

»Ja?« Madelaines Stimme. Lanyards Herz überschlug sich.

»Ein Mann wünscht Sie zu sprechen. Sein Name ist Lanyard...?«

»Oh. In Ordnung. Schicken Sie ihn rauf.«

Der Pförtner seufzte. Vielleicht war er enttäuscht, weil sie nicht gesagt hatte: »Ich kenne keinen Lanyard.«

»Sie muß unter der Dusche gestanden haben«, sagte Lanyard, »vollkommen naß, und das Wasser hat das Läuten übertönt.« Er verstummte, als er den vorwurfsvollen Blick des Portiers bemerkte. Er schien es keineswegs zu billigen, daß sich männliche Besucher die Badegewohnheiten der Damen ausmalten, die in *seinem* Gebäude wohnten.

Lanyard sah routinemäßig in den kleinen Spiegel in der oberen Ecke des Aufzugs, der angebracht worden war, damit man sehen konnte, ob sich jemand im Aufzug versteckte. Lanyard erstarrte. Spiegelte sich dort nicht eine Gestalt? Jemand preßte sich neben den Drucktasten für die Etagen an die Wand. Eine schmale Gestalt, fast geschlechtslos, die einen Gummianzug oder einen Plastikumhang trug. Der Kopf war kahl und hatte die Farbe eines schon lange toten Fisches. Die Kopfform erinnerte ihn an Munchs Gemälde *Der Schrei*. Die Gestalt war eindeutig nicht menschlich. Wahrscheinlich war es eine Einbildung, eine täuschende Lichtspiegelung, oder vielleicht hatte auch jemand einen Regenmantel und einen Hut an einem Haken im Aufzug hängen lassen und...

Aber jetzt hob die Gestalt die Arme, und die Finger an ihren Händen bewegten sich knochenlos, wie Würmer.

Lanyard trat zurück. Die Türen des Aufzugs schlossen sich wieder. Er war keineswegs überrascht, als auf der Leuchtanzeige über dem Aufzug das zweite Untergeschoß aufleuchtete. Der Aufzug war in den Keller gefahren.

Ich bin unausgeschlafen, dachte Lanyard. Ich träume im Wachen. So geht es den Menschen: Wenn sie zu wenig Schlaf bekommen, verzerren ihre Augen das, was sie sehen.

»Stimmt etwas mit dem Aufzug nicht?« fragte der Portier.

»Nein, es war nur jemand im Aufzug, der nach unten fahren wollte.«

Der Aufzug hielt wieder an, und seine Türen öffneten sich quitschend. Lanyard sah prüfend in den Spiegel. Nichts. Er drückte Madelaines Stockwerk. Der Aufzug ging nicht auf ihn ein: Er fuhr nach unten.

»Mist!« murmelte Lanyard. Er nahm an, daß jemand, der im Keller Wäsche gewaschen hatte, nach oben fahren wollte und den Knopf direkt vor ihm gedrückt hatte.

Seine prickelnde Furcht ließ sich daher wirklich nicht mit Logik erklären.

Der Aufzug sank. Er brauchte länger als gewöhnlich. Nein – das war nur Einbildung; wenn man sich fürchtete, zog sich die Zeit in die Länge. Und wenn man sich fürchtete, fiel Lanyard gleichzeitig ein, nahm man eigenartige Einzelheiten wahr. Wie die rote Kruste, die sich dicht über dem Boden des Aufzugs an den Wänden entlangzog. Und der Abfluß im Boden. Wozu brauchte ein Aufzug einen Abfluß? Wegen des Putzens? Nein, für einen Abfluß war die Öffnung zu klein. Aus dem Abfluß drangen eigentümliche Laute. Ein Gurgeln.

Seine Fäuste waren geballt.

Er hörte ein Surren, ein fernes Flüstern. Er wollte es nicht hören. Die Stimmen, die wiederkamen.

Der Aufzug bewegte sich nicht mehr. Saß er zwischen zwei Etagen fest?

Die Türen öffneten sich zum Keller. Ein sauberer, weißgekachelter Korridor; Deckenbeleuchtung.

»Hallo?« rief Lanyard versuchsweise. »Will jemand nach oben fahren?«

Seine Stimme hallte durch den Korridor. Er hörte keine Waschmaschinengeräusche. Er glaubte, von rechts ein Schnarren zu hören, die Art von Geräusch, die ein Heizkessel macht, wenn sich der Thermostat einschaltet.

Es hätte ein wohlig beruhigendes Geräusch sein müssen, aber es gefiel ihm nicht. Er drückte wieder auf den Knopf für Madelaines Etage. Der Aufzug reagierte nicht. Er wartete fast drei Minuten. Die Türen schlossen sich nicht. »Diese verfluchten klapprigen, alten Aufzüge«, sagte Lanyard und trat in den Korridor. Er sah nach beiden Seiten. Rechts waren zwei Türen, fast gegenüber. Er ging auf die Tür zu, hinter der er das Treppenhaus vermutete. Die Tür zum Heizungskeller stand halb offen.

Die Geräusche, die er hörte, stiegen zu einer röhrenden Brandung an. Er glaubte sogar, Stimmen zu hören.

»Carl!«

Madelaines Stimme. Ganz deutlich, als stünde sie hinter ihm. Er war schon am Heizungskeller vorbeigegangen.

Eine kalte Hand schloß sich um sein Handgelenk. Er wirbelte herum, riß sich los.

Madelaine war da. Sie stand wirklich da. Sie trug ein kurzes, weißes Leinenkleid. Keine Schuhe; ihre Füße hoben sich ungewöhnlich dunkel gegen den weißen Fließboden ab. Ihr Haar war schlampig hochgesteckt, ihre Augen blickten matt aus ihren violetten Höhlen. Sie hatte abgenommen. Ihr Gesicht war rosig; sie atmete schwer. War sie die Treppe heruntergerannt?

»Wie... wie hast du mich gefunden?« fragte Lanyard mit zitternder Stimme.

Wieder legte sie ihre feuchte Hand auf sein Handgelenk. »Du bist nicht gekommen. Ich habe den Portier angerufen, und er hat gesagt der Aufzug sei nach unten gefahren und im Keller steckengeblieben. Ich bin die Treppe runtergelaufen.« Sie deutete mit dem Daumen über ihre Schulter. Er hatte die Tür am anderen Ende des Ganges nicht bemerkt.

»*Da* ist also die Treppe!«

Sie sah an ihm vorbei durch die halb geöffnete Tür des Heizungskellers.

Ihre Augen wurden immer größer.

Er wollte sich umdrehen, um nachzuschauen, was sie hinter ihm sah. Vermutlich eine Ratte.

Sie umklammerte sein Handgelenk und zog ihn zur Treppe in den Schatten, fort vom Heizungskeller. Er kam nicht dazu, sich umzusehen. »Stimmt was nicht?« fragte er.

»Was? Nein, ich fühle mich hier unten einfach nicht wohl.« Sie lächelte, und einen Moment lang war sie wieder die Madelaine, die er kannte. Sie legte den Kopf schief und sagte grinsend: »Hier spuuuuukts!«

Er lachte. Immer die Schauspielerin, dachte er. Aber diese Überlegung verstörte ihn.

Sie atmete immer noch schwer, und er fragte: »Bist du die Treppe etwa runter*gerannt*? Du warst schnell da.«

»Ja, natürlich«, sagte sie leise. Sie war plötzlich wieder ganz ernst. »Ich hatte es eilig. Ja.«

Sie stiegen die Treppe hinauf zu Madelaines Wohnung. Madelaine warf mehrfach Blicke über die Schulter. Sie ließ Lanyards Handgelenk nicht los.

»In dem Haus, in dem ich wohne«, murmelte sie. »In meinem eigenen verdammten Haus.«

»Was? Ach, du meinst den kaputten Aufzug?« fragte Lanyard verwirrt.

»Ja. So könnte man es sagen.«

Sie hatte die Wohnungstür angelehnt gelassen. Sie nahm ihm weder den Mantel ab, noch bot sie ihm einen Drink an. Das war ein für sie untypisches Verhalten. Sie wirkte niedergeschlagen. Die Wohnung war, wenn möglich, noch sauberer als beim letzten Mal und kahler, als er sie in Erinnerung hatte. Das weiße Kruzifix hing nicht mehr an der Wand.

Sie schloß die Tür hinter Lanyard ab und hängte sogar die Kette vor. Sie setzten sich auf das Sofa, und er fragte sie nach der Rolle, die ihr Minder gegeben hatte.

»Die Rolle?« Sie sah ihn mit einem Blick an, der von einem Ort zurückkehrte, der dunkel und kalt und tief unter der Erde sein mußte. »Die Rolle, ach ja. Sehen wir doch mal...« Sie riß einen Umschlag auf. »Ich weiß nicht, er hat was gesagt, aber ich muß es wohl vergessen haben.«

Sie hatte es *vergessen*? Ihre erste größere Rolle, und sie hatte noch keinen Blick ins Drehbuch geworfen?! Er schüttelte verwundert den Kopf. »Bist du sicher, daß du okay bist, Madelaine?«

Ihre Mundwinkel zuckten. Das war die einzige Reaktion auf

seine Frage. Sie zog einen Stapel Papier, der an einer Ecke zusammengeklammert war, aus dem Umschlag. »Das Stück heißt *Shake 'Em Down!!* Mit zwei Ausrufungszeichen. Ich soll die Schwester des Künstlers sein, die er beraubt, weil er nicht weiß, daß sie seine Schwester ist.« Sie zuckte die Achseln. »Alles Gefasel.«

Sie saßen mit großem Zwischenraum auf der Couch. An ihrer Haltung konnte er erkennen, daß sie nicht angefaßt werden wollte. Er sehnte sich maßlos danach, sie zu berühren. Plötzlich fühlte er sich müde. Er gähnte. »Tut mir leid...«, sagte er. »Ich schlafe fast ein. Ich habe schlecht geschlafen.«

Sie schnaubte. »Nicht nur du.«

Er setzte sein wärmstes Lächeln auf und sagte: »Ich muß gestehen, daß ich hoffe, einer der Gründe zu sein, die dich um den Schlaf gebracht haben. Hast du mich ein bißchen vermißt?«

Sie rieb sich die Augen, zog die Nase hoch und nickte. »Klar. Ich habe dich vermißt.« Wie das Eingeständnis an den Elektriker, daß sie an dem Tag nicht zu Hause war, an dem ihr Telefon angeschlossen werden sollte.

Dann bemerkte er, daß ihr Haar trocken war. Sie hatte verschmierte Make-up-Reste im Gesicht, die noch von gestern sein mußten. Sie hatte also nicht unter der Dusche gestanden. »Ich... ich nehme an, mit deiner Klingel stimmt etwas nicht?«

»Ja.« Sie zog eine leichte Grimasse und nickte dann heftig. »Das glaube ich auch.«

Diese Erklärung ist so gut wie jede andere, dachte sich Lanyard.

»So«, sagte sie, wie um sich zu sammeln, »laß uns Musik hören.« Sie stellte das Radio an.

Lanyard stand auf, und als Madelaine wiederkam, schloß er sie impulsiv in die Arme. Als er spürte, wie steif sie blieb, glaubte er im ersten Moment, sie würde ihn von sich stoßen. Aber sie ließ sich an seine Brust fallen und schlang ihre Arme um ihn. Sie ließ passiv zu, daß er sie an sich drückte; pflichtbewußt legte sie den Kopf zurück, um sich küssen zu lassen. Sie reagierte auf seinen Kuß, aber ihre Lippen waren so klamm wie ihre Hände, und von ihr ging keine Wärme aus.

»He«, sagte sie, »Joey hat mir ein kleines Geschenk gemacht.« Sie machte sich sacht von ihm los und ging ins Schlafzimmer. »Komm.« Sie zeigte ihm einen kleinen Berg Kokain und einen goldenen Kokslöffel an einer dünnen Kette.

»Oh... nein, danke«, sagte Lanyard. »Ich mache mir nicht viel aus Kokain. Ich mag das Gefühl nicht, wenn man runterkommt und mehr will. Es macht zwar nicht wirklich süchtig, aber...«

Sie lachte. »Das ist doch gar nicht wahr«, sagte sie. »Du hast nichts gegen Kokain, aber viel gegen Joey Minder, und das Zeug kommt von ihm. Du hast keinen Grund zu Eifersucht. Wir flirten ein bißchen, aber das ist alles.«

»Nein, wirklich, ich würde mich lieber nur unterhalten. Ich habe lange keine Gelegenheit mehr gehabt, dich zu sehen, und...«

»Jetzt komm schon, Carl, das hilft uns beim Reden.« Sie lachte, lachte zu laut. »Wir werden sogar zuviel reden.«

Lanyard seufzte. Er war zu allem bereit, um ihr näherzukommen. »Okay.«

Lanyard schnupfte und fühlte sich augenblicklich besser. Künstlich hervorgerufen, dachte er. Doch im nächsten Moment warf er alle Zweifel über Bord. Er schloß Madelaine in die Arme, die anschmiegsam und willig darauf einging.

Er wollte etwas sagen, aber sie verschloß seine Lippen mit einem Kuß, ungeachtet ihres Versprechens, daß sie mit dem Koks leichter würde reden können. Sie verhielt sich im Bett aggressiver, als er sie in Erinnerung hatte, und er hatte den Verdacht, daß sie den Sex nur benutzte, um eine Unterhaltung zu vermeiden. Aber sie riß sich recht abrupt von ihm los, als im Radio die Nachrichten kamen und ohne Namensnennung von Krupp berichtet wurde. Sie wechselte den Sender schneller, als man die Taste für Feueralarm drückt.

Sie kam zurück und forderte ihn auf, sie zu beißen, brutal zuzustoßen, ihr weh zu tun. Er tat es, erst zögernd und merkte dann, daß er es genoß, seiner Feindseligkeit ihr gegenüber freien Lauf zu lassen, seiner Verärgerung darüber, daß sie für ihn erkaltet war. Er ging brutal mit ihr um, mißhandelte sie und erschöpfte sich vollends. Als er schlaff auf ihr lag, überwältigte ihn eine übermächtige Verlegenheit. So hatte er noch nie mit einer Frau geschlafen. Sie hatte sich bewegt, als sei es genau das, was sie wollte, aber sie war nicht gekommen.

Lanyard fürchtete sich vor dem Augenblick, in dem er etwas mit der Hose machen mußte, die an seinen Füßen hing, sie an- oder ausziehen mußte. Er zog sie an.

Fünf Minuten später saßen sie beide angezogen auf dem Sofa. »Wo möchtest du Halloween mit mir verbringen?« fragte Lanyard.

»Mir ist jedes Kostümfest recht, solange es nicht bei Minder stattfindet. Was ist?«

»Oh, nichts.« Sie zuckte die Achseln. »Ich bin schon immer ein bißchen manisch-depressiv gewesen. Und am Samstag kann ich nicht mit dir ausgehen. Ich habe einen Termin. Einen geschäftlichen Termin.«

»Am Samstagabend?«

»Ja, ein Geschäftsessen.« Sie wechselte schnell das Thema.

Lanyard fiel auf, daß Madelaine bei ihrem letzten Gespräch gesagt hatte, daß sie nicht reden konnte, weil sie ihre Rolle einstudieren mußte. Heute äußerte sie sich so, als sähe sie das Drehbuch zum ersten Mal. Er wollte sie daraufhin ansprechen, entschied aber, daß es für eine Konfrontation zu früh war.

Lanyard fragte statt dessen: »Hat deine ›Gabe‹ dich in letzter Zeit wieder belästigt?« Er war in Versuchung, ihr von den Stimmen zu erzählen. Von seiner Jugend. Von Trismegestes. Er setzte gerade dazu an, als sie sagte:

»Nein!« Sie sah ihn verärgert an, stand auf und riß ihm das Glas zu abrupt aus der Hand. »Ich fülle die Gläser nach.« Sein Glas war noch halbvoll.

Das Klirren und Scheppern zerbrochener Gläser drang aus der Küche. Lanyard sprang sofort auf und eilte zu Madelaine.

Sie kauerte mit angezogenen Knien auf dem Küchenboden und quetschte ihre Brüste. Ihr Gesicht war verzerrt wie das eines Säuglings, der gerade in einen schrecklichen Heulkrampf ausbrechen will, aber die Tränenfluten stürzten nicht los. Sie schien zu versuchen, etwas in sich zu halten und gleichzeitig etwas anderes von sich abzuhalten. Sie wippte in ihrer hockenden Stellung; ihr lockiges, schwarzes Haar verbarg teilweise ihr Gesicht. Die Cocktailgläser lagen zerschmettert in einer kleinen, braunen Pfütze unter dem Ausguß. Der Ausguß klapperte leise vor sich hin.

»Madelaine... Soll ich... Äh... Soll ich einen Krankenwagen rufen? Hast du zuviel Koks erwischt, oder...?« Aber er wußte selbst, daß es nicht das Kokain war.

Er berührte ihre Schulter und zog seine Hand augenblicklich zurück; ihre Haut war heiß, so heiß, daß seine Fingerspitzen schmerzhaft prickelten, und ihr Fleisch war so hart wie geschnitztes Holz.

Bei seiner Berührung fuhr ihr Kopf krampfartig und ruckhaft herum, und sie starrte ihn in hochgradigem Entsetzen an; sie war im Augenblick nicht hübsch, das Gesicht durch verängstigten Unglauben und Verwirrung entstellt, der Mund schlaff, ein Kinn, das heruntersackte und sich wieder hob, eine gerunzelte Nase und Augen, die abwechselnd weit aufgerissen und fast zugekniffen waren. »Carl wollen sie auch«, sagte sie, und in dem Augenblick wußte er, daß sie ihn nicht sah. Sie blickte auf etwas, das hinter ihm war, über ihm, jenseits von ihm. Er machte sich nicht die Mühe, sich umzusehen; er hatte das Gefühl, daß er nichts als die Küche sehen würde.

»*Carl wollen sie auch* ...«

Lanyard unterdrückte den Impuls, die Wohnung zu verlassen und um sein Leben zu laufen.

Madelaine sah zwei Männer vor einem Club stehen. Die Bullen kamen. Die beiden liefen weg. Sie hörte den Schuß des Bullen, spürte den Aufprall der Kugel, die Schmerzen, so, wie der getroffene Brizzy es empfand.

Sie nahm es durch ihn auf. Warum nannten sie das bloß eine ›Gabe‹?

Brizzy rollte sich auf den Rücken. Er wußte, daß es heißen würde: »Die Verdächtigen versuchten zu entkommen.« Brizzy hörte Schüsse und Schreie. Von den zwei kleinen Jungen, die die Bullen abgeknallt hatten, würde es heißen, daß sie »versehentlich in die Schußlinie gelaufen waren«.

Brizzy lag im Krankenwagen. Er hörte, wie die Bullen zu dem Fahrer sagten: »Nein, das ist ja gleich um die Ecke. Fahr sie in ein Vorstadtkrankenhaus. Wir sagen dann, die verwundeten Nigger seien auf ihren persönlichen Wunsch hingebracht worden. Gib ihnen Zeit zum Bluten, Mann, ich will mir nicht anhören, wie diese Arschlöcher im Zeugenstand Lügen erzählen...«

Und das war das Letzte, was Brizzy hörte...

Madelaine schrie wieder auf, und diesmal hielt sie sich die Ohren zu.

...denn anschließend lauschte Brizzy nur noch auf das Dröhnen, das seinen Kopf erfüllte, als sein Herz unter mangelnder Blutzufuhr aussetzte und er versuchte, nach seiner Schwester Tess zu rufen, weil sich Tess um ihn gekümmert hatte, seit sein Vater eingelocht worden war, und...

Madelaine riß sich die Kleider vom Leib, um an die Wunden zu kommen, von denen sie wußte, daß sie ihr Leben ins Nichts verbluteten, obwohl sie nicht blutete, und inzwischen war Brizzy in einem anderen Stadtteil bereits tot...

»Joey, sorg dafür, daß sie draußen bleiben... Draußen!« gurgelte Madelaine. Ihr Kopf war in dem Kleid verborgen, das sie sich über ihr Gesicht gezogen hatte.

»Na gut, wenn du dich ohne Kleider wohler fühlst, dann helfe ich dir eben beim Ausziehen«, sagte Lanyard. Er zog ihr das Kleid über den Kopf. »Du bleibst jetzt still liegen, und ich rufe einen Krankenwagen.«

Sie schrie entsetzlich auf und fuhr mit den Nägeln über die Haut ihres Bauches, über die Rippen.

Lanyard stand über ihr, gelähmt von seiner Erkenntnis.

Ihre Hände beschrieben ein bestimmtes Muster, krallten sich immer wieder mit den Nägeln in ihren Bauch und zogen dieselben Linien nach. Das Rot trat wie verschmierter Lippenstift auf ihren Bauch und vollzog die Zeichen der Schnitte nach.

Der Schnitte, die Lanyard immer wieder auf den Opfern der U-Bahn-Morde gesehen hatte. Bäuche, die nach dem gleichen Muster aufgeschlitzt waren.

Joey, hatte sie gesagt, Joey, sorg dafür, daß sie draußen bleiben.

Lanyard nickte langsam.

Sie lag auf dem Boden und wechselte ständig zwischen zwei Positionen – starr ausgestreckt, die Beine zusammengepreßt, die Füße zur Tür weisend, über der Brust gekreuzte Arme, zitternd vor Anspannung; dann zog sie wieder die Knie an die Brust, hielt sich die Hände über die Ohren und die zugepreßten Augen, wobei sie schrie: »Raus, RAUS!«

Lanyard beugte sich über sie und versuchte sie festzuhalten, weil er Angst hatte, sie könnte sich verletzen. Er versuchte, ihren mahlenden Kiefer aufzustemmen, um einen Gegenstand zwischen ihre Zähne zu stecken, falls sie doch einen epileptischen Anfall haben sollte.

Ganz plötzlich sackte sie schlaff in seinen Armen zusammen. Die Anspannung wich aus ihr, ihre Lippen teilten sich, die Augen blieben geschlossen und ihr Gesicht wurde ruhiger. Ihr Atem ging flach, und auf ihrer weißen Haut waren rosige Flecken. Er zog sie

dicht an sich, und seine Angst um sie entlud sich in einem Schluchzen. Während er ihr auf die Füße half, flüsterte er:
»Bist du okay, Madelaine? Kann ich dir Medikamente besorgen? Was ist passiert, mein Liebling?«
Er half ihr ins Wohnzimmer und setzte sie auf die Couch.
»Ich rufe jetzt einen Krankenwagen«, sagte er mit fester Stimme und sah sich nach dem Telefon um.
Sie schüttelte wild den Kopf. Dann holte sie tief Atem und zwang sich zu einem Lächeln. »Nein, nein, mir geht es schon wieder besser. Ich habe schreckliche Visionen gehabt. Meine Gabe... quält mich manchmal mit gräßlichen Bildern. In letzter Zeit sind es nur noch schreckliche Bilder. Und so deutlich, deutlicher als..., ich frage mich, warum sie mir das antun. Um mich zu zwingen, ihnen näherzukommen?«
Sie war jetzt ruhiger, aber sie wirkte verwirrt, fast im Delirium.
»Du brauchst einen Arzt.«
»Nein, bitte nicht. Nein. Aber weißt du, was ich brauche? Einen Drink. Wirklich! O Mann, mehr denn je. Okay? Einen Cognac. In der Küche, in dem Regal über dem Kühlschrank.«
»Klar!« Er wischte sich die Nässe aus den Augenwinkeln. Auch er fühlte sich schwach. Einen Moment lang hörte er die zischenden Laute im Hintergrund, die dazu führten, daß er Die Stimmen hörte, das Flüstern, und die sich windende Dunkelheit sah. *Ignoriere es*, sagte er sich. *Es ist nicht da.* Es ließ nach. Wenn er mit Madelaine zusammen war, unterdrückte er es mit aller Macht. Er versuchte sich nicht die Frage nach dem Warum zu stellen, und er ging in die Küche. Seine Verwirrung ließ ihn blinzeln. Wo stand der Kühlschrank? Er war immer noch erschüttert, zitterte innerlich und konnte nicht klar denken. Da, und darüber war ein weißes Holzregal. Er stieg über die Glasscherben vor dem Ausguß und nahm die viertelvolle Flasche Courvoisier aus dem Regal über dem Kühlschrank.
Er schenkte ein Glas ein und trat damit ins Wohnzimmer. Sie war fort.
Der Schrank im Flur stand offen, einer ihrer langen Mäntel fehlte, und die Wohnungstür war angelehnt. Ihre Handtasche war weg. Seine Schritte hallten durch das Zimmer. Mit zitternden Händen kippte er das Glas aus, ließ es auf den Boden fallen und rannte aus der Wohnung. Er wartete vor dem Aufzug, bis ihm wieder einfiel,

daß er kaputt war, und dann lief er die Treppe hinunter, nahm drei Stufen gleichzeitig.

»Wo ist sie?« rief er dem Portier zu.

»Sie ist aus dem Haus gegangen. Mit einem Mantel, aber ohne Schuhe.

Auf dem Bürgersteig sah er sie nicht. Es herrschte dichter Verkehr.

Lanyard fragte sich, was er tun sollte.

Er dachte sich Ausreden zu ihrer Rechtfertigung aus. Der Anfall war ihr peinlich. Vielleicht war sie doch Epileptikerin und schämte sich, weil er einen ihrer Anfälle beobachtet hatte. Ihr war nichts anderes übriggeblieben, als zu gehen, um sein Mitleid oder seine Abscheu zu meiden.

Nee.

Dann hatte sie wohl zuviel Kokain geschnupft; wahrscheinlich hatte sie schon einiges intus gehabt, als er zu ihr gekommen war. Ein durch das Rauschgift hervorgerufener Impuls hatte sie aus der Wohnung getrieben – sicher hatte sie vergessen. daß er da war. Vielleicht hatte sie auch nur den Drang verspürt, ins Freie zu gehen, einen Spaziergang zu machen

Möglich.

Wahrscheinlicher war, daß sie zu Minder geflohen war.

Lanyard stand mit versteinertem Gesicht an der Kreuzung und dachte: Es ist nicht ihre Schuld. Wenn sie mich wie ein Nichts behandelt, mich sitzenläßt und so tut, als wäre gegen die Art, in der man mich bei Minder behandelt hat, nichts auszusetzen, dann liegt das nur am Rauschgift; es hat sie in Abhängigkeit von Minder gebracht.

Ja, klar.

Irgendwie greifen sie in sie ein. Minder macht etwas mit ihr – denn es war einfach nicht möglich, daß sie *eine von ihnen* geworden war.

Nein?

Er dachte an Trismegestes. Trismegestes kannte Minder. Es war ohnehin an der Zeit, Trismegestes Bericht zu erstatten.

Lanyard fuhr nach Hause, holte seine Papiere und versuchte ein Taxi zu finden. In der Ferne verdichtete sich der Dunst zu Nebel. Lanyard rief von einer Telefonzelle aus bei Minder an.

»Ich muß dringend Madelaine Springer sprechen, falls sie da ist.«

Pause. »Tut mir leid, Sir. Sie probt.«

Lanyard knallte den Hörer auf die Gabel und stürzte sich, einem Impuls folgend, in den U-Bahn-Eingang. Im Stoßverkehr würde er Trismegestes schneller mit der U-Bahn erreichen.

Lanyard sah aus dem Fenster. Am Grand Central glaubte er an einem Zeitungsstand Madelaine zu sehen. Sie war zu weit weg und stand mit dem Rücken zu ihm. Er war nicht sicher, ob sie war.

Lanyard bahnte sich einen Weg durch die Menschenmenge. Die Frau – Madelaine? – war nicht mehr am Zeitungsstand. Er sah sie auf der Treppe; sie war nur eine Gestalt in einer endlosen Kette von anderen, die die Stufen erstiegen, Teil der nach oben strömenden Menge und kaum von ihr zu unterscheiden. Er konnte sich immer noch nicht sicher sein.

Er lief ihr nach, doch eine dichte Menschenmenge trennte ihn von ihr. Als er das obere Ende der Treppe erreicht hatte, stand er vor einer Weggabelung. Er hatte Madelaine aus den Augen verloren.

Lanyard ließ sich von der Menge treiben und irrte ziellos durch die Grand Central Station.

Da – er glaubte Madelaine wieder gesehen zu haben. Er stürzte auf sie zu und schrie: »Madelaine!« Seine Stimme ging im Geräusch der Schritte unter. Die Frau blieb stehen – aber es war nicht Madelaine.

12

Lanyard stand am Fenster. In der linken Hand hielt er eine von Trismegestes' teuren Zigaretten, in der rechten ein Glas Chablis; er nippte an dem Wein, um seine Nerven zu beruhigen.

Wenn er durch die Klüfte zwischen den hohen Gebäuden auf die dunstverhangene Straße sah, kam es Lanyard vor, als blicke er in einen Schacht, der in die Eingeweide der Erde führte.

Manchmal wandte er sich von dem Anblick ab, wenn er hörte, daß Trismegestes eine Seite umblätterte. Manchmal dachte er, daß Trismegestes selbst dieses Rascheln verursachte, weil er derart ausgetrocknet und papieren wirkte.

Lanyard hielt es durchaus für möglich, daß Trismegestes seine

Aufzeichnungen und die Unterlagen von Data Digs zur Seite legen und ganz platt sagen würde: »Carl, Ihre Schlußfolgerungen sind totaler Quatsch.«

Daher drehte er sich abrupt auf dem Absatz um, als Trismegestes sagte: »Also, Carl...«

Als er die angespannte Erwartung in Lanyards Blick bemerkte, lachte Trismegestes. »Nehmen Sie es leicht, alter Knabe, lassen Sie Ihre Augen wieder in die Höhlen zurücksinken.« Er lachte wieder – im Gegensatz zu Lanyard.

»Nun?« fragte Lanyard, drückte seine halbgerauchte Zigarette aus und zündete sich augenblicklich die nächste an.

»Ich glaube, Sie sind auf der richtigen Spur. Was Minder angeht, haben Sie natürlich recht. Er ist es, das stimmt.«

Lanyard starrte ihn an. »Was soll das heißen: Natürlich haben Sie recht? Das klingt, als hätten Sie es schon längst gewußt.«

Trismegestes ging nicht darauf ein. »Ich habe einige Papiere gefunden, die ich verloren geglaubt hatte... Briefe, die Joey Minder als ganz junger Mann geschrieben hat. Er hat diese Briefe an mich geschrieben. Joey und ich kennen einander gut. Ich war wesentlich älter als er, fast zwanzig Jahre, und ich war für ihn eine Zeitlang eine Art Vaterfigur. Er war noch keine zwanzig, als wir uns zum ersten Mal getroffen haben. Es war in San Francisco. Ich habe damals die Zeitschrift *Mystik* herausgegeben, und das war wirklich ein Schundblatt, mit dem Arglosen das Geld aus der Tasche gezogen wurde. Der junge Joey war ein Abonnent, und er hat mich aufgesucht, als er mit seiner Truppe in der Stadt war. Er reiste mit einer Schaustellertruppe, die eine Art Vaudeville-Programm und Zirkusnummern brachte. Ich mochte ihn, und ich erkannte, daß er intelligent und ernsthaft war, und plötzlich habe ich ihm gestanden, daß die meisten angeblichen Mystiker nur Pfuscher waren, die es auf Geld abgesehen hatten. Wenn nicht sogar ein Großteil aller Kulte der reine Schwindel war. Er war entsetzt. Dann wurde er wütend. Er hat mich gefragt, ob ich an das glaubte, was er als die ›ernsthafte Erforschung des Paranormalen‹ bezeichnete.«

Trismegestes lachte und wurde dann plötzlich feierlich. »Ich sagte ja, im Prinzip würde ich daran glauben. Aber ich würde niemanden kennen, der das wirklich ernsthaft betriebe. Er beschuldigte mich, Mummenschanz zu unterstützen und zum schlechten Ruf der Seelenforschung beizutragen, und er ist praktisch in Tränen ausgebrochen. Ich gestehe, daß ich tief bewegt war. Man hatte mir eine andere Stellung angeboten, die Sonntagsbeilage einer Zeitung herauszugeben, und in diesem Augenblick entschloß ich mich, das Angebot anzunehmen. Natürlich habe ich vorgegeben, daß Joeys Appell an meine Rechtschaffenheit mein einziges Motiv war, nicht mehr für die Zeitschrift zu arbeiten.«

Er lächelte betrübt. »Damals war er noch idealistisch. Davon ist natürlich das meiste verlorengegangen. Jedenfalls blieb dieser Kontakt bestehen, und ich habe einen Artikel veröffentlicht, den er geschrieben hat – ich mußte ihn allerdings weitgehend umschreiben. Es ging um ein Institut für parapsychologische Forschung, eine Organisation, die Joey sehr ernst nahm. Mir kam das Ganze etwas dubios vor, weil sich das Institut auf ›die Forschung okkulter Artefakte‹ spezialisiert hatte, was heißen soll, daß das Interesse Gegenständen galt, von denen angenommen wird, daß sie mit übernatürlichen Einflüssen ausgestattet sind. Wie das Schweißtuch von Turin und der Kristallschädel und die Splitter des ›Echten Kreuzes‹, denen Heilkräfte nachgesagt werden, Kristallkugeln und so weiter, darunter auch Gegenstände, die gleichzeitig einen hohen Geldwert besaßen. Es stellte sich heraus, daß mein Instinkt mich nicht getäuscht hatte – die Organisation borgte die Gegenstände für ihre Forschungen von den Sammlern. Dann hat sie sich über Nacht aufgelöst, und man hat nie mehr von ihr gehört. Die gestohlenen Gegenstände sind in europäischen Sammlungen wieder aufgetaucht und von nicht namentlich bekannten Händlern zu hohen Preisen verkauft worden. Aber während seiner Beschäftigung mit dieser Scheinorganisation hatte sich bei Joey eine Besessenheit entwickelt. Er war von einer Urne aus Jade besessen, der man nachsagte, sie enthielte den Kopf eines alten persischen Priesters. Eines Priesters des Kultes um Ahriman...«

»Was?« Lanyard hatte sich gestattet, seine Gedanken abschweifen zu lassen. Jetzt beugte er sich mit gespannter Aufmerksamkeit vor.

»Ich habe hier die Fotokopie eines Briefes, den Joey mir geschrieben hat. Hier, lesen Sie die Stelle, die rot umrandet ist. Er war zu jener Zeit natürlich noch bei seiner Wandertruppe, aber während sie in New Orleans auftraten, erfuhr er von dieser Organisation, die ihren sogenannten Hauptsitz dort hatte.«

»Ich kann nicht konzentriert lesen, wenn gleichzeitig jemand redet«, murmelte Lanyard gereizt und sah von dem Brief auf. »Vor allem keine solche Handschrift – und jedes dritte Wort ist falsch geschrieben.«

»Dann lesen Sie es in Ruhe«, sagte Trismegestes. Er lehnte sich zurück und zündete sich eine Zigarette an.

Lanyard las:

Hermes, die Ödnis der Straße ist mehr, als ich ertragen kann. Ich sage vorher, daß ich sehr bald dieses schmierige, schäbige Leben transzendieren und meinen Weg durch Die Verborgenen Pforten finden werde...

Lanyard hielt inne und sah mit gerunzelter Stirn auf. »Soll das ein Witz sein, oder was? Das klingt nicht nach dem Joey Minder, den ich kenne.«

»Sie müssen daran denken, daß dieser Brief vor vielen Jahren geschrieben worden ist, Carl. Er war ein dummer Junge, und er hatte die Angewohnheit, hochtrabende theosophische Texte zu lesen. Für seine Kontakte im... äh... Showbusineß hat er einen neuen Stil entwickelt. Machen Sie einen Sprung zu dem, was ich rot umrandet habe.«

Lanyard zuckte die Achseln und las die umrandete Stelle.

Die Artefakte, die ich untersucht habe, haben mich mit einer Ausnahme enttäuscht. Der einzige Kultgegenstand, der tatsächlich eine Art numinoser Anwesenheit besitzt, war eine Urne aus Jade, auf der in Reliefform der persische Gott Ahura Masda in seiner zweifachen Manifestation abgebildet ist, ferner ein Dämon mit einem Hundekopf, den ich für den persischen Dämon Ahriman halte. Ich fühlte mich fast augenblicklich von der Urne angezogen, und – aber das kann auch auf Einbildung beruhen – ich glaubte ein Flüstern zu hören, das mir galt. Die Urne ist versiegelt, und der Archäologe, der sie gefunden hat, ein Mr. Soames, behauptet, daß sie seit dem Jahrhunderte zurückliegenden Zeitpunkt, zu dem sie versiegelt wurde, nicht mehr geöffnet worden ist. Was dieses Datum betrifft, so gibt es widersprüchliche Schätzungen, aber es herrscht die übereinstimmende Ansicht, daß die Urne um das Jahr 200 nachchristlicher Zeit angefertigt worden ist. Es handelt sich um ›Smaragd‹-Jade mit butterfarbenen Sprenkeln. Sie scheint aus einem einzigen Stück geschnitzt zu sein, und sie ist einen Dreiviertelmeter hoch. Soames weigert sich, sie zu öffnen, und daher können wir nicht mit Sicherheit sagen, ob sie tatsächlich den ernstlich verletzten Kopf eines Priesters des Kultes um Ahriman enthält...

Blinzelnd beendete Lanyard seine Lektüre. Seine Augen schmerzten vor Schlafmangel. Er sah die Worte, als lösten sie sich von der Seite, blaue Schriftzüge, die in der Luft schwebten; und zwischen den Zeilen der krakeligen Schrift schwammen schwarze Miniaturwürmer, die sich in die Schrift und wieder aus ihr hinaus wanden.
Lanyard schloß die Augen und schüttelte heftig den Kopf.
»Ich will nicht weiterlesen«, sagte er.
»Sie sehen nicht gut aus, Junge.«
»Ich fühle mich auch nicht direkt wohl.«
»Sie machen sich Sorgen um Madelaine. Sie wird gebraucht – und deshalb wird man ihr nichts tun.«
»Ihr nichts tun?« Lanyard warf Trismegestes, der sich im allgemeinen nicht einschüchtern ließ, einen Blick zu, auf den hin sich der alte Mann erschrocken zurücklehnte. »Trismegestes, sie hat auf dem Fußboden gelegen und ihre Nägel in ihre eigene Haut gekrallt, verflucht noch mal! Und Sie versuchen mir einzureden, sie sei in guten Händen?«
»Was haben Sie vor? Wollen Sie zur Polizei gehen? Die Polizei könnte Minders Haus vom Keller bis zum Dachboden durchsuchen, ohne etwas zu finden. Wenn sie sich überhaupt zu einer Hausdurchsuchung bereit erklären würde. Er steht auf gutem Fuß mit der Polizei. Ein einflußreicher Mann. Ein begüterter Mann. Jetzt wissen Sie, wie er zu seiner Macht gekommen ist.«
Trismegestes pochte auf den Brief, der zwischen ihnen auf dem Tisch lag. »In den folgenden Briefen steht absolut alles. Er wurde zunehmend besessener von dieser Urne. Als sich die Scheinorganisation auf und davon gemacht hat, hat er die Spur der Urne verloren, aber er hat ständig Ausschau nach ihr gehalten. Währenddessen hat er seine Studien betrieben. Er hat einen Mann kennengelernt, der durch Persien gereist war, selbst Okkultist war, und von ihm ist er in die Rituale eingeweiht worden. Dieser Herr hieß Daniel Oswald. Vor zehn Jahren ist die Urne auf den Markt für Sammler gekommen. Ich habe mich persönlich darum bemüht, sie zu kaufen – ich dachte, wir könnten in *Visionen* einen Beitrag darüber bringen

467

– aber ein anderer ist mir zuvorgekommen. Jemand, der alles daransetzte, anonym zu bleiben. Ich habe dennoch Grund zu der Annahme, daß es sich um Minders Verbündeten Daniel Oswald handelt, daß er die Urne gekauft hat. Oswald war Erbe großer Reichtümer, und er konnte sie sich leisten. Bald darauf wurde Oswald tot aufgefunden, in seiner Badewanne ertrunken. Vermutlich ein Unfall. Ich glaube, daß Minder ihn umbringen hat lassen, um die Urne in seinen Besitz zu bringen. Die Urne ist ein Projektionsgegenstand, wenn nicht mehr. Sie ist ein Bindeglied zwischen unserer Welt und dem Dasein als solchem. Sie könnte sogar...«

Lanyard schnaubte. »Blödsinn. Madelaine ist ein Opfer der Hysterie. Und des Drogenmißbrauchs. Und vielleicht sogar der Gehirnwäsche.«

Trismegestes lächelte herablassend. »Gewiß, Carl. Glauben Sie, was Sie wollen. Aber seit Minder diese Urne in seinen Besitz gebracht hat, hat sich sein Los gewendet. In weniger als einem Jahr hat er monumentale Erfolge erzielt. Gehen wir einmal gar nicht von der Vorstellung aus, daß seine übernatürliche Wesenheit denen beisteht, die ihr opfern. Gehen wir statt dessen davon aus, daß diejenigen, die das Ritual vollziehen, deshalb Erfolg erlangen, weil sie wirklich daran glauben, daß sie Erfolg haben werden – vielleicht handelt es sich um eine Art Sieg des Geistes über die Materie. Das menschliche Gehirn erzeugt elektrische Ströme – das ist eine wissenschaftlich erwiesene Tatsache. Vielleicht können diese Kräfte dazu eingesetzt werden, Ereignisse in der äußeren Welt zu beeinflussen. Hm? Ist das so ausgeschlossen? Vielleicht handelt es sich um reine Willenskraft, und vielleicht ist es auch der Einfluß der böswilligen Wesenheit ›Ahriman‹. Aber was es auch ist – es repräsentiert eine Macht, von der ich Ihnen versichern kann, daß sie äußerst real ist.«

»Wie kann etwas derart Diffuses, wie diese ›geistige Energie‹ es sein müßte – wie könnte sie Ereignisse beeinflussen? Einen Menschen reich machen... äh...«

»*Falls* es sich um mentale Energie handelt – stellen Sie sich den Verlauf des Lebens eines Menschen in seinem Zeitablauf doch einfach wie eine Kugel in einem Flipper vor. Man kann sie beeinflussen, welchen Weg die Kugel nimmt, indem man gezielt und strategisch richtig den Flipper tillt, um zum besten Schuß zu kommen. Mehr als das tut die Macht nicht, von der wir reden: sie tillt den

Flipper, die *Ebene*, das subjektive Kontinuum, durch das wir uns bewegen, um uns in die bevorzugte Bahn zu lenken. Sie rollt uns ein wenig nach links oder nach rechts. Sie kann aber auch bewirken, daß der eine oder andere von uns unten durchfällt... falls jemand seinen feindlichen Einfluß gegen uns einsetzt. Und das ist einer der Gründe, aus dem die Mörder nie erwischt werden, daß niemand den wenigen Hinweisen erfolgreich nachgeht – durch die Macht der Opfer werden die Ereignisse zu Gunsten der Mörder getillt.«

Lanyard sah ihn an. Er fragte sich, ob der alte Mann das im Ernst meinte. »Daher ist anzunehmen, daß inzwischen längst bekannt ist, daß ich Argwohn gegen Minder hege – zumindest, seit ich in sein Haus eingedrungen bin.«

»Das Wissen dieser Leute ist nicht das übliche Wissen. Sie *spüren*.«

Lanyard wäre am liebsten aufgesprungen und hätte geschrien: *Sie lügen, Sie sadistischer alter Schurke!*

Aber er fürchtete sich vor jeder Bewegung. Er hatte Angst, Die Stimmen könnten wiederkommen, wenn er seine Selbstkontrolle verlor. »Warum haben sie mich dann mit ihrer ›Macht‹ noch nicht umgebracht?«

»Bei Ihnen kann man die Ebene nicht so leicht kippen. Es ist schwierig für diejenigen, an Sie ranzukommen, weil Sie belastet sind.«

»Was bin ich?«

»Ich sagte es Ihnen bereits. Sie besitzen Die Gabe, so sehr sie auch unterdrückt sein mag. Sie können Sehen. Wenn diejenigen versuchen würden, Sie zu berühren – ich meine, psychisch –, könnten sie einen bösen Schock bekommen. Aber es ist gut möglich, daß man sich entscheidet, Sie umzubringen. Einfach auf Sie zuzukommen und...« Er legte eine Pause ein. Trismegestes schien seine gräßliche Verkündigung zu genießen. »Und mit einer dicken, fetten, schwarzen Knarre ihr Hirn über die Wand zu spritzen.«

»Und was hält diejenigen davor zurück?«

»Menschen mit Der Gabe sind ihnen nützlich.«

»Ich nehme an, Sie kommen mir immer wieder mit dieser ›Gabe‹, um mich zu... äh... manipulieren. Sie haben mich bezahlt, und ich arbeite für Sie. Das reicht.«

»Was schlagen Sie also vor?«

»Wir müssen ihren Tempel finden. Sie inmitten einem ihrer Rituale erwischen. Fest steht, daß die Rituale unterirdisch stattfinden. Unter der Stadt. Vielleicht in einer stillgelegten U-Bahn-Station.«

»Und wenn wir sie erst gefunden haben, rufen wir die Polizei? Das ist eine Möglichkeit. Er hat sie sorgsam verborgen. Ich kann nicht die leiseste Ausströmung aufnehmen...«

»Jetzt hören Sie doch mit diesem pseudomystischen Klimbim auf...«

Trismegestes sprach weiter, als spräche er, um die Stimmen eines plappernden Kindes zu übertönen. »Daher müssen wir denjenigen auf andere Weise auf die Spur kommen. Ich sage Ihnen jetzt den Namen eines Herrn, von dem ich möchte, daß Sie ihn aufsuchen. Sein Name ist Jesus.«

»Wie bitte?«

»Jesus Merino. Er wohnt in der Clinton Street, gleich südlich der Houston. Der Supermarkt der Lower East Side für Heroin. Er ist Rauschgifthändler. Aber außerdem ist er oder er war es zumindest – ein spiritistisch mächtiger Mann. Er praktiziert Santaria-Voodoo. Um ihn zu sehen, werden Sie einige Vorwände vortäuschen müssen – er zieht es vor, seine ›Religion‹ nicht mit Weißen zu erörtern. Um zu ihm vorgelassen zu werden, müssen Sie ostentativ darauf bestehen, Rauschgift kaufen zu wollen. Und dann müssen Sie mit Fingerspitzengefühl vorgehen... Falls überhaupt jemand weiß, wo man Minders Tempel findet, dann wäre er das. Er kann die Dinge spüren, die sich an dunklen Orten bewegen. Hier haben Sie seine Adresse und den Namen eines Mannes, der Sie ihm vorstellen wird. Diesem Mann kann man trauen. Im Gegensatz zu Merino.«

Lanyard hatte einmal einen Artikel über eine Band geschrieben und war aus Neugier mitgegangen, als einer der Musiker Drogen kaufen wollte.

»Du darfst nicht auf der Straße kaufen«, hatte ihm sein Freund Locust erklärt. »Wenn du in einer Wohnung kaufst, wissen die Verkäufer, daß du sie drankriegen kannst, wenn sie dir Dreck verkaufen. Du mußt nur immer an die Droge denken. Dann kommt schon jemand auf dich zu und spricht dich an.«

Das war in San Francisco gewesen, und genauso war es jetzt in New York. Lanyard und Jo-Jo, der Mann, den Trismegestes empfohlen hatte, gingen die Avenue B entlang und dachten: *Wo kriegen wir Dope her?* Es war keine Telepathie, die den Kontaktmännern auf der Straße mitteilte, hinter was sie her waren. Es war etwas, das sich in Körpersprache ausdrückte, das Gefühl vermittelte, daß man in einer Gegend etwas suchte, in der es nichts anderes gab. Nicht einmal Huren gab es hier.

Es war ein feuchter Nachmittag, drei Tage vor Halloween. Vom East River kam ein schneidend kalter Wind. Lanyard zitterte in seiner Lederjacke. Jo-Jo, der Puertoricaner, hatte seine Jacke offen und schien den Wind überhaupt nicht zu spüren. Er sprach, ohne sich umzudrehen. »Hier is' ne Knarre nich' so angebracht, verstehste?«

»Ich dachte, man sieht sie nicht«, sagte Lanyard.

»So, wie du die Hand in der Tasche hast, sieht man das von der andern Straßenseite. Klar kommt keiner, wenn die glauben, du willst sie um das Dope prellen.«

»Ich dachte, in der Gegend sei man ohne Waffe nicht sicher.«

»Ohne ist sicherer. Sogar die Bullen machen dir nur Ärger, weil das Ding illegal is'.«

»Woher weißt du, daß es illegal ist?« fragte Lanyard verwundert. »Meinst du, die Sache ist damit verpatzt?«

»Weiß nich', glaub' nich', nee. Aber sei cool bei Papa Merino, okay?«

»Okay.« Lanyard zuckte die Achseln. Die Straßen waren unbevölkert; wer herumlungerte, der stand vor dem Wind geschützt in den Eingängen namenloser Krämerläden, chinesischer Restaurants, chinesisch-spanischer Restaurants und Restaurants, in denen eine Kombination aus chinesisch-spanischer und ostindischer Küche angeboten wurde. Auf jedes Geschäft, das offen war, kamen drei, die ganz geschlossen hatten; an jedem Haus waren Ladenschilder angebracht. Die Scheiben zahlloser jüdischer Restaurants waren eingeworfen, und auf den Theken waren Glassplitter und aufgeweichte Pappdeckel verteilt. Jedes dritte Gebäude stand leer und war baufällig. Weinflaschen türmten sich vor leerstehenden Häusern und Bauplätzen. Sie überquerten die vierspurige Houston Street, ohne sich nach der Ampel zu richten; in der jenseitigen Fortsetzung der Avenue B tat sich einiges. Überall standen Gruppen zusammen, die sich die Hände an einem Feuer wärmten. Manchmal wurde Lanyard auf eine Weise angesprochen, die klar erkennen ließ, daß man in ihm den dummen Weißen sah, der leicht übers

Ohr zu hauen war. Aber Jo-Jo schüttelte den Kopf auf eine Weise, die besagte: *Der gehört mir.*

Sie blieben vor einem Gebäude stehen. »So«, sagte Jo-Jo, »da oben ist er, Papa Merino. Der Alte« – Trismegestes – »hat gesagt, was wir tun sollen: Da oben wird auch gefixt, verstanden? Wir gehn also rauf, dann wird was gekauft, und dann gehn wir zu den Fixern und jubeln uns was rein; dann gehören wir dazu. Dann sehn die, daß wir okay sind, daß wir keine Bullen sind, daß wir selbst fixen. Und wenn ich dann mit der dicken Kohle rausrücke, kommen wir vielleicht zu Papa vor. Mit den anderen rede ich, da hältst du dich raus. Du redest dann mit Papa.«

»Ich muß mir einen Schuß machen?« flüsterte Lanyard. »Das kann ich nicht. Ich habe es noch nie getan, und außerdem muß ich klar denken können.«

»Ganz ruhig. Ich setz' dir den Schuß, und von mir kriegst du nur Wasser, sonst nichts. Tut auch nich' weh. Kein Dope drin. Aber das merkt keiner. Die fixen sich hier dauernd gegenseitig das Zeug, das fällt nich' weiter auf. Du kannst nur hoffen, daß keiner deine Einstiche sehn will. Ich zeige meine vor. Manchmal wollen sie so was sehen, wenn sie glauben, du bist nicht clean, verstehste?«

»Na gut, dann bringen wir es hinter uns.«

»Komm schon«, sagte Jo-Jo und führte ihn abbröckelnde Stufen hoch. Lanyard sah endlose Serien von Katastrophen vor seinem inneren Auge abziehen: Er tätigte mit Jo-Jo den Kauf, und im selben Moment kommt eine Polizeirazzia – die Polizei macht nur Razzien, wenn ein Puscher den zuständigen Bullen nicht geschmiert hat – und Lanyard kommt wegen Rauschgiftbesitzes ins Gefängnis: durch eine ungeschickte Bewegung fällt ihm die Knarre aus der Tasche, und die nervösen Junkies halten ihn für einen Killer und gehen mit Stöcken und Stangen auf ihn los; jemand besteht darauf, daß Lanyard sich vor den Augen aller den Schuß setzt, damit sie wissen, ob er in Ordnung ist, und man zwingt ihn, eine üppige Dosis Heroin zu schießen, auf die er kotzt und alles ausplaudert; man stürzt sich auf sie, raubt sie aus und ermordet sie, dann werden sie in den East River geworfen. Alles glaubwürdige Möglichkeiten.

Jo-Jo und Lanyard traten in den Eingang, vor dem keine Tür war. Das Treppenhaus war nur durch eine Glühbirne beleuchtet, die ohne Lampenschirm von der Decke am oberen Treppenabsatz herunterbaumelte. Es stank nach Pisse, und der Fußboden sackte unter den Füßen ein; ein Mann mit Bart und dicken Brillengläsern – das rechte war gesprungen – kam aus dem Schatten unter der Treppe und vertrat ihnen den Weg. Sein Mund hing herunter und legte geschwärzte Zähne frei; in einer Hand hielt der Mann eine halbleere Coca-Cola-Flasche. Lanyards Finger schlossen sich dichter um die Waffe in seiner Tasche.

Jo-Jo sagte: »Na, was läuft denn so?« Dann sprach er im Telegrammstil auf spanisch weiter. Die beiden unterhielten sich drei Minuten lang; der bärtige Mann wies ab und zu auf Lanyard und stellte Fragen. Dann zuckte er die Achseln und streckte die Hand mit der Handfläche nach oben aus. Es trat eine peinliche Pause ein, in der Jo-Jo darauf wartete, daß Lanyard das Geld rausholen würde, während Lanyard die Aufforderung dazu erwartete, das Geld herauszuholen. War das jetzt der richtige Moment?

Jo-Jo wandte sich an ihn und sagte: »Was'n mit der Kohle, Mann?«

»Äh... wieviel?«

»Vierzig für zwei Beutel voll und sechs für zwei Schüsse jetzt.«

»Ja.«

Lanyard zog das Geld aus seiner linken Jackentasche und zählte sechsundvierzig Dollar in Jo-Jos klebrige Hand ab.

Der Bärtige klopfte an die Tür der einzigen Wohnung im Erdgeschoß. In die Tür war auf Augenhöhe ein Loch von der Größe eines Apfels geschnitten. Eine Klappe wurde geöffnet, und jemand sah durch das Loch; ein weiterer Wortwechsel auf spanisch. Dann reichte der bärtige Mann das Geld durch das Loch. Die Klappe schloß sich. Sie warteten zwei Minuten lang. Weiter oben im Treppenhaus hörte man das Geräusch tropfenden Wassers. Das Treppenhaus war unbeheizt und feucht; Lanyard hörte jetzt Geräusche aus den oberen Stockwerken; lateinamerikanische Musik, Gelächter, das Schlurfen von Füßen, eine Frau, die jemanden anschrie, und eine mürrische, männliche Stimme, die zurückschrie.

Die Klappe glitt wieder zur Seite; zwei Säckchen mit Folie, die mit grünem Klebeband verschlossen waren, wurden dem bärtigen Mann durchgereicht. Er wartete, und dann kamen noch zwei in Papier gewickelte Spritzen durch die Offnung.

Wortlos führte der Mann mit dem Bart Lanyard und Jo-Jo die Treppe hinauf; manchmal mußten sie über breite Ritzen in der hölzernen Treppe steigen – dort, wo Stufen hätten sein sollen, führten rechteckige Löcher ins Dunkel. Lanyard hatte nur ein paar Stunden geschlafen. Einen Moment lang glaubte er, das Dunkel in den Lükken zwischen den Stufen verdichte sich und steige in Ranken auf, die sich um seine Beine winden wollten.

Er schüttelte sich, als sie den dritten Absatz erreicht hatten. Erschöpfung übermannte ihn. Er kam sich vor, als kämpfe er sich durch Schichten lauwarmen, flüssigen Wachses.

Am Ende des Ganges wurden sie durch ein Loch in einer Metalltür gemustert. Der bärtige Mann sagte etwas auf spanisch, was soviel wie »Sesam, öffne dich« heißen mußte, und die Tür schwang nach innen auf. Lanyard widerstand dem Impuls, seine Hand auf die Waffe zu legen, als sie eintraten. Hinter der Tür stand eine hagere Frau mittleren Alters, die sie genau musterte und dann zur Seite trat. Lanyards Erscheinen schien sie nicht zu überraschen, obwohl er der einzige Fremde war.

Durch einen kärglich eingerichteten Gang in einen kärglich eingerichteten, großen Raum, nach rechts durch eine Tür und in ein langes, schmales Schlafzimmer – der ›Schießstand‹. *Du weißt nicht, wo du dir die Fixe verpassen sollst, Mann? Für zwei Dollar mehr kannst du's bei uns tun.* Wo? Ein splittriger Holzfußboden. Keine Einrichtung. Verrammeltes Fenster. Im Raum nur einer, eine Frau, die auf einer Decke saß und an der hinteren Wand lehnte; ihr Gesicht war hinter ihren angezogenen Knien verborgen. Sie hatte ihre vernarbten Arme um ihre Schienbeine geschlungen und wiegte sich leicht. Sie trug eine rote Strumpfhose und schwarze Stöckelschuhe. Ihre Gerätschaften, die Spritze, die wie ein Insekt, das zugestochen hat, in dem Wasserglas hing, standen neben ihrem linken Fuß auf dem Boden. Die rosa Babydecke war an einer Ecke durch eine Pfütze getrockneter Kotze auf den Boden geklebt. Lanyard war erleichtert, daß sonst niemand im Raum war. Sie kauerten sich in eine Ecke, die dem Mädchen gegenüberlag. Die hagere Frau ging wieder. Mit nur leicht zitternden Händen und Geschick durch Übung riß Jo-Jo die Päckchen auf und holte eine Wasserflasche, einen Löffel und ein Stück dreckiges Leinen aus der Tasche. Er warf den dreckigen Lappen neben sich und sah zur Tür, um sich zu vergewissern, daß sie nicht beobachtet wurden. Das Mädchen bekam nach wie vor nichts mit. Daher ließ Jo-Jo ein Säckchen Heroin in seine Tasche gleiten und füllte Lanyards Spritze mit Wasser; er drückte Lanyard die Spritze in die Hand. »Halt das Ding so, daß keiner sieht, daß nur

Wasser drin ist«, flüsterte er. Lanyard nickte, zog seine Jacke aus und nahm die Spritze.

Während Jo-Jo mit einem Feuerzeug das weiße Pulver mit den gelben Sprenkeln in seinem rußigen Löffel auflöste, beobachtete Lanyard das Mädchen, das ihnen gegenüber saß; sie lehnte sich immer weiter nach rechts und sah aus, als würde sie vollständig zusammenbrechen. Vielleicht war sie mehr als nur voll drauf. Sie konnte eine Überdosis erwischt haben. Lanyard spielte mit dem Gedanken, einen Krankenwagen zu rufen. Aber sein Treffen mit Jesus stand auf dem Spiel. Jesus ›Papa‹ Merino. Dabei ging es um eine weitaus größere Anzahl von Leben, die in Gefahr waren. Falls Trismegestes recht hatte, falls das Ritual Erfolg hatte – oder wenigstens so wirkte, als käme etwas dabei heraus –, dann gab es zahllose Menschen, ganze Horden und verborgene Heere von Menschen, die gewillt wären, einen Fremden zu opfern, wenn sie glaubten, damit ihr Los wenden zu können. Mehr Menschen als nur die, die es zugeben würden. Es konnte zu einer nationalen Seuche werden, wie es das Nazitum zu anderen Zeiten für ein anderes Land gewesen war.

Jo-Jo hatte seine Spritze gefüllt, hatte sich mit einem Stück Lampenkabel, das zu eben diesem Zweck auf dem Boden lag, den Arm abgebunden, und jetzt blubberte ein winziger, roter Tropfen in die Spritze, als er die Nadel in eine der wenigen nicht vernarbten Venen seines Unterarms steckte.

Lanyard sah das rote Blut an und dachte an das Blut, das er auf den Bahnsteigen der U-Bahn-Stationen und in den Kellern gesehen hatte, Blut auf Frauen und kleinen Mädchen, und er fragte sich, worin der Zusammenhang bestand; aus unerfindlichen Gründen wußte er, daß ein Zusammenhang mit dem Blut in der Fixe bestand.

Jo-Jo drückte. Lanyard wandte den Blick ab. Er empfand diesen Vorgang als zu persönlich, um ihn zu beobachten. Er saß auf dem kalten Boden und spürte, wie die Kühle sein Rückgrat hinaufkroch, während er wartete. Wenn die Kälte nicht gewesen wäre, hätte er einschlafen können.

Er hörte Wasser aus einem Leitungsrohr vor dem verrammelten Fenster tropfen, und aus einer anderen Wohnung drangen Geräusche: Musik und Gelächter. Hier war alles so kahl... alles, was käuflich war, war bereits erstanden.

Jo-Jo nickte vor sich hin, sprach murmelnd mit sich selbst, und sein Kopf hing herunter. Er kratzte sich das Gesicht, kratzte sich mit trägen Bewegungen seiner dreckigen Fingernägel die Eier. Aus tiefliegenden Augen schielte er Lanyard an. »Gleich«, beantwortete er Lanyards unausgesprochene Frage. Und dann: »Nimm die Schnur. Bind ab.«

Lanyard versuchte nicht zimperlich zu wirken und gar nicht daran zu denken, während er die Schnur von Jo-Jos Arm wickelte und den Bizeps seines eigenen Armes damit abband. Er zog die Schnur zu und pumpte, bis die Venen hervortraten. Mit langsamen, bedachten Bewegungen nahm Jo-Jo Lanyard die Spritze aus der Hand, entfernte die kleine Kappe von der Nadel, schüttelte die Spritze, bis Blasen aufstiegen, spritzte einen Wassertropfen aus der glitzernden Nadelspitze und befühlte Lanyards Arm. Lanyard spürte den Einstich kaum. Jo-Jo lächelte. Er ließ sich Zeit und schien sich über Lanyards Blut in der Spritze zu freuen.

Schritte näherten sich im Gang. Die verhärmte Frau sah zu, wie Jo-Jo Lanyard den Schuß gab. Lanyard schauderte vor dem kalten Wasser in seinen Venen. Er wartete ängstlich ab, ob Jo-Jo nicht doch etwas in das Wasser geschüttet hatte und vielleicht war er sogar ein bißchen enttäuscht, als feststand, daß sich nichts tat. Er ließ den Kopf leicht zur Seite fallen und war bemüht, nicht zu übertreiben.

Die Frau ging wieder.

Jo-Jo holte das zweite Päckchen aus der Tasche.

Lanyard warf einen Blick auf die Frau am anderen Ende des Raumes. Sie war auf die Seite gefallen, mit der linken Wange auf den Arm, und ihr Gesicht war zu sehen. Ein finsteres Gesicht, vernarbt, vertraut.

»Julie«, murmelte Lanyard. Die Frau, die ihm das Geld abgenommen hatte. Die Frau, die sich an ihn herangemacht hatte, als er einsam und von Tabletten benommen war. Die ihm freundschaftliches Interesse vorgespielt hatte. Ihn ausgenutzt hatte. Ihn gewissermaßen geopfert hatte. Sie hatte ihn benutzt, um sich das Geld für die Droge zu beschaffen.

Der Zorn, den er seit einer Woche in Schach gehalten hatte, stieg in Lanyard auf. Er zog seine Jacke an und tastete nach seiner Waffe. Dann stand er auf und ging direkt auf sie zu und zischte: »Julie – erinnerst du dich noch an mich?«

Was hätte er getan? Hätte er sie getreten? Hätte er die Waffe gezogen und sie bedroht, ihr vielleicht eine Kniescheibe durchschossen? Hätte er sie geschlagen? Hätte er versucht, sie die Treppe herunterzuschleifen und sie zur Polizei zu schleppen? Hätte er sie einfach nur angeschrien, versucht, sie zu demütigen, um sie die Demütigung spüren zu lassen, die er empfunden hatte, als er beim Aufwachen feststellen mußte, daß sie ihn ausgeraubt hatte?

Was hätte er getan, wenn er nicht festgestellt hätte, daß sie tot war?

Sie war blau angelaufen: Eines ihrer Augen stand offen und verkrustete sich, während er hinsah; das andere war geschlossen und verklebt. Blut und Kotze quollen langsam aus ihrem halbgeöffnetem Mund.

Lanyard schämte sich. Als sie ihn bestohlen hatte, war sie nichts weiter als eine Maschine gewesen, die vom Rauschgift programmiert war und keine Bedenken kannte. Auch nur ein Opfer. Und er hatte ernsthaft daran gedacht, ihr in die Nieren zu treten.

Würgend wandte er sich ab und stand Jo-Jo gegenüber, der gerade seinen nächsten Schuß Heroin aufkochte. Lanyard ging durch den Raum und trat das Dope zur Seite. Er zog die Waffe und legte einen Finger seiner anderen Hand auf die Lippen. »Du fixt *mein* Geld«, flüsterte er. »Und wenn du das tust, bist du nicht mehr in der Lage, mir zu helfen. Trismegestes hat gesagt, daß man sich auf dich verlassen kann. Ich muß annehmen, daß er dich kennengelernt hat, als du noch nicht an der Nadel gegangen hast.«

Jo-Jo starrte den Löffel auf dem Boden an, das Heroin, das in einen Ritz im Holzboden versickerte. In seiner Kehle stieg ein Laut auf. Er sah blinzelnd zu Lanyard auf; sein Gesicht zuckte. Langsam stand er auf. Lanyard trat einen Schritt zurück.

Jo-Jo wankte und holte tief Atem. Mechanisch rollte er sich die Hemdsärmel herunter. Er kratzte sich das Gesicht, die Arme, die Eier, wieder das Gesicht und sagte: »Steck das Ding weg, weil wir jetzt zu Papa gehn.«

Lanyard ließ die kleine Pistole wieder in seine Jackentasche gleiten, und der Winkel, in dem sein Handgelenk abgebogen war, machte deutlich, daß er die Waffe bereithielt. »Bring mich zu ihm. Wieviel brauchen wir, um ihn zu bestechen?« Er mußte die geflüsterte Frage wiederholen. Jo-Jo hörte im Moment nicht gut.

»Bestechung, Mann? Eintrittsgebühr, das ist es, Mann. Dreihundert.«

»Quatsch. Trismegestes hat gesagt, daß hundert langen.«

»Mal sehen. Hundert.« Er streckte die Hand aus.

Lanyard schüttelte den Kopf. »Nein, du verhandelst, und ich zahle das Geld direkt.«

»He, du weißt, daß ich besser...«

»Vergiß es.«

»Mist, soll mir auch egal sein.« Er kratzte sich die Nase. Die Backe. Den Hals. Die Eier. Die Nase.

Dann schlurfte er durch die Tür. Lanyard tat sein Bestes, um wie ein Rauschgiftsüchtiger zu wirken, und ging ihm nach; er warf keinen Blick mehr auf Julies Leichnam, aber aus dem Augenwinkel glaubte er, aalförmige Gestalten zu sehen, die über ihr in der Luft wirbelten, zu einem Strudel zusammenliefen...

Die verhärmte Frau in dem formlosen Kleid saß in einer Ecke und las eine spanische Zeitung; ihre fetten Arme waren entblößt, und Lanyard konnte keine Einstiche erkennen. Er nahm an, daß sie nicht hier lebte, daß sie nicht an der Nadel hing. Sie war nur eine Angestellte. Wessen Angestellte?

Jo-Jo redete listig auf sie ein und wies mit einer Kopfbewegung auf Lanyard. Sie schüttelte den Kopf und sagte ein Wort, das auf spanisch, englisch und französisch dasselbe ist: No.

Lanyard seufzte und zog fünf Zwanziger aus der Hosentasche. Er kauerte sich auf den Boden, um ihr das Geld vorzuzählen. Sie spitzte die Lippen und dachte nach, und zum ersten Mal bemerkte er ihren grellroten Lippenstift und die baumelnden Muschelohrringe. Sie grunzte, las das Geld auf und ließ die Zeitung fallen. Sie zog Schlüssel aus ihrem Kleid, die an einem Lederband um ihren Hals hingen. Dann zeigte sie auf die Tür, durch die sie gekommen waren. Sie wartete im Flur, bis sie die Tür abgeschlossen hatte. Die Frau führte sie die Treppe hinunter und murmelte dabei unverständliches Zeug vor sich hin.

Sie gingen ins Freie und von da aus in den Keller. Im Keller klopfte die Frau an eine Tür. Die Tür öffnete sich einen Spalt weit. Zwischen Tür und Türrahmen baumelte eine Vorhängekette. Die Frau sprach mit jemandem, den Lanyard nicht sehen konnte, und sie reichte das Geld durch den Spalt. Die Tür schloß sich wieder.

Lanyard dachte an Julie.

Als sich die Tür wieder öffnete, trat Lanyard allein ein. Er stand einer schlanken, jungen Frau gegenüber, die so schwarz war wie das schmiedeeiserne Geländer des Treppenhauses. Sie trug eine Art Sari, der indigofarben war; ein roter Schal war über ihre schwarzen Kruselocken gebunden, und sie trug keine Schuhe. Sie sprach zu ihm in einer Sprache, die er für die Haitis hielt. Mit einer Geste drückte er aus, daß er sie nicht verstand. Er lächelte und fragte: »Papa Merino? Kann ich ihn sehen?«

Sie sagte wieder etwas Fremdklingendes zu ihm und deutete den Gang entlang. Nach dem, was er in den oberen Stockwerken gesehen hatte, war es ein Schock. Die Wände waren ordentlich in einem stumpfen Goldton, der mit Rot abgesetzt war, gestrichen. Die Deckenlampen wirkten neu, der Teppich dicht und sauber. Lanyard ging den Gang entlang auf die leise Musik zu, und das Mädchen huschte dicht hinter ihm her. Sie führte ihn in einen Raum, in dem ein Radio lief, und bedeutete ihm, hier zu warten. In dem Raum gab es keine Stühle, keine Sitzgelegenheit, außer dem Fußboden.

An den Wänden reihten sich Bücherregale aneinander, die mit Taschenbüchern, Leinenbänden und auch ledergebundenen Büchern gefüllt waren. Die ledergebundenen Bücher trugen eine Aufschrift in Buchstaben, die er nicht kannte und die so fremd wie Sanskrit wirkten.

Das einzige Möbelstück im Raum war ein Schreibtisch, der an der Wand stand. Neben dem Schreibtisch stand eine Stahllampe; die Bücherregale waren aus Stahl, und die Wände dahinter hatten eine Korkverkleidung. Der nackte Betonfußboden war weiß gestrichen. An manchen Stellen befanden sich rote Schmierer, als seien Kreidelinien hastig weggewischt worden. Der Fußboden wies eine leichte Schrägung auf, und am niedrigsten Ende war ein weiß angemalter Abfluß. Um Blut aufzufangen? Im Santaria-Kult wurden Tiere geopfert, vor allem Hühner und Kaninchen, und das brachte den Mitgliedern häufig Ärger mit dem Tierschutzverein ein.

Der alte Mann, der in den Raum trat, war wesentlich kleiner, als Lanyard ihn sich vorgestellt hatte. Er hätte einen Zwerg kaum einschüchtern können. Er schien wie aus schwarzem Walnußholz geschnitzt, und das setzte sich kleidsam von seinem cremefarbenen Anzug, der weißen Seidenkrawatte und den weißen Schuhen ab. Der Alte humpelte mit seinem leichten Aluminiumstock auf Lanyard zu, betrachtete ihn unheilvoll aus Augen, die so vergilbt waren wie alte Buchseiten, humpelte nochmals ein, zwei Schritte näher und blieb wieder stehen, um den Fremden eingehend zu mustern. Sein Gesicht war langgezogen, die Unterlippe hing herunter, die Backen fielen nach unten, seine Ohrläppchen baumelten lose herunter, und unter seinen Augen befanden sich ausgeprägte Tränensäcke. Aber seine Stimme war äußerst melodisch. »Sie haben einigen Ärger auf sich genommen, um mich zu sehen, Sir.«

»Mein Name ist Lanyard. Trismegestes hat mich zu Ihnen geschickt. Er scheint zu glauben, daß Sie uns vielleicht helfen könnten...« Lanyard suchte nach den richtigen Worten und fuhr dann fort: »...die Leute zu finden, die unser aller Feinde sind. Damit wir ihr Tun beenden können.«

»Sie sind ein äußerst direkter junger Mann. Außerdem stehen Sie nicht unter Drogen. Man hat mir gesagt, daß Sie unter Drogeneinfluß stehen und daß daher anzunehmen ist, daß Sie nicht von der Polizei sind. Eine Dummheit, einfach davon auszugehen, daß die Polizei keine Drogen nimmt.« Er sprach mit einem leichten Akzent, der die Südsee verriet. »Sind Sie derselbe Lanyard, der den Artikel ›Tierriten in Kamerum‹ für *Visionen* geschrieben hat?«

»Ja!« platzte Lanyard heraus, der sich trotz seines Mißtrauens geschmeichelt fühlte.

»Dann wissen Sie wahrscheinlich ein bißchen über mich und mein Volk Bescheid. Es hat daher keinen Sinn, es zu verhehlen.«

»Was zu verhehlen, Mr. Merino?«

»Daß Sie glauben. Ich spüre den fanatischen Skeptiker in Ihnen. Aber Sie werden von uns angezogen – über Leute wie uns zu schreiben – und das hat seinen Grund. Ich erkenne einen Mann, der glaubt und nicht glauben will.«

Der alte Mann musterte ihn wie ein Biologe, der eine Spezies niederer, menschenähnlicher Art identifiziert.

»Trismegestes hat mit Ihnen gesprochen«, sagte Lanyard, der im Moment laut dachte. »Er hat mir gesagt, er könne nicht mit Ihnen sprechen. Sie beide ständen nicht auf gutem Fuß miteinander, und man könne Sie nur auf die Weise erreichen, auf die ich zu Ihnen vorgedrungen bin. Aber was Sie sagen, könnte von ihm sein. Sie und er wollen mir dasselbe einreden.« Sein Kopf surrte schmerzhaft, und das Flüstern im Hintergrund erwachte wieder zum Leben. Er nahm alles um sich herum nur noch distanziert wahr, als sähe er den kleinen schwarzen Mann und diesen Raum zu Hause auf einem Fernsehschirm, unbeteiligt und zweidimensional. Merinos Stimme drang aus weiter Ferne zu ihm.

»Sie sollten wirklich keine übereilten Schlüsse auf eine Verschwörung ziehen«, sagte Merino und sah ihn spöttisch an. »Es ist nur so, daß Ihr Mr. Trismegestes und ich dasselbe in Ihnen sehen, weil wir beide die Wahrhaftigkeit in Ihnen wahrnehmen. Es gibt echte Skeptiker, die keine Mühe scheuen, um mit jedem Schwindel aufzuräumen; dann gibt es Skeptiker, die auf anthropologische Wahrheiten aus sind und überall gern Mythen sehen und dann gibt es solche Skeptiker wie Sie, die in ihrem tiefsten Innern glauben.«

Lanyard fiel das Atmen schwer. Durch die Luft schwirrten Bänder, die an bestimmten Stellen des Raumes vorgegebenen Mustern folgten, und in respektvollem Abstand um Merino tanzten, als wollten sie nach ihm greifen. Sie wurden zurückgewiesen und kamen im nächsten Augenblick wieder näher, doch nur, um wieder vertrieben zu werden.

»Sie sind mehr als nur ein Gläubiger«, sagte Merino. »Sie sind belastet. Jetzt sehe ich es.«

In Merinos Stimme schwang Angst mit. Er wandte sich wankend ab. »Ich habe Ihnen nichts zu sagen. Ich würde Trismegestes niemals helfen, ganz gleich, gegen wen ich ihm helfen würde. Es ist alles dasselbe. Außerdem sind sie zu stark. Zu tief verwurzelt.« Er drehte sich wieder zu Lanyard um. »Eins werde ich Ihnen sagen: *Verlassen Sie die Stadt.* Ich kann *Ihn* nachts atmen hören. Sein Atem geht schnell. Er ist erregt. Er ist gut genährt. Sie ernähren Ihn, um sich selbst zu ernähren. Aber Er bekommt den Rachen nie ganz voll.« Er wandte sich wieder zur Tür.

Aber jetzt war die Tür geschlossen.

Der alte Mann hob eine zitternde Hand zum Türknopf. Die dunklen Dinge, die durch die Luft zogen, drängten sich um den Türknopf. Die Tür wollte sich nicht für ihn öffnen. »Ryonna!« rief er und pochte mit seinem Stock gegen die Tür. »Mach auf!« Dann rief er Dinge in einer anderen Sprache. Von der anderen Seite der Tür kam ein langgezogenes, tiefes Rumpeln, das an Lautstärke zunahm und in der Tonlage anstieg, bis es zum Schrei eines wild-wütenden Tieres wurde. Der knurrende, malmende Laut, der folgte, übertönte gemeinsam mit dem Flüstern in Lanyards Kopf beinahe den Schrei von Ryonna.

Carl... Meine Tochter... Madelaine unter... Madelaine unterhalb...

Lanyard hielt sich die Ohren zu, aber Die Stimmen hallten von seinen Schädelknochen wider – eine Resonanz der gleichstimmigen Frequenz des Knochens in tausend fleischlosen Schädeln, Schädeln, die leer unter Felsen und Schmutz und in Höhlen lagen und aus denen Stimmen hallten.

Er schloß die Augen, und ein Luftzug strich über sein Gesicht. Er riß die Augen sofort wieder auf, als der dumpfe Laut ihn durchfuhr. Der Raum hatte sich nach einer Seite geneigt. Dann merkte er, daß er hingefallen war, daß er auf der Seite lag und sich immer noch die Hände auf die Ohren preßte. Er lag direkt unter einem Bücherregal; er versuchte, näher an die Wand zu rutschen, sich in dem flachen Spalt unter dem Regal vor dem lebenden Dunkel zu verstecken, das Besitz von der Luft ergriffen hatte. Er war fast blind. Es sah aus, als fräßen schwarze Maden Löcher in Das All, durch die sie ein- und auskrochen, aber ihre Schwärme waren so dicht, daß er die gegenüberliegende Wand des kleinen Raumes kaum noch erkennen konnte.

Carl, voilà, chéri . . . je t'ai délivré de tout ce qui te genait . . . Il faut dormir . . . Demain . . .

Lanyard fragte sich, ob er nicht doch unter Rauschgifteinfluß stand. Er zog es vor zu glauben, daß er unter Halluzinationen litt, als er die Nässe an seinem Arm spürte und aufblickte. Der rote Schaum, den der Abfluß im Fußboden ausspie, stieg auf wie eine karmesinrote Faust und ein Unterarm, schmaumig und zugleich galertartig, breitete sich aus, überflutete in wenigen Sekunden den Boden und verströmte dabei einen Geruch, den er wie Galle in seiner Kehle schmeckte.

Er war fast blind durch das schwarze Getümmel; den alten Mann konnte er nicht sehen. Aber er konnte seine Rufe hören. Über das Surren, das Flüstern und das Krächzen seines eigenen schweren Atems konnte er hören, wie der alte Mann schwächere Gottheiten anrief.

Der rote Schaum bedeckte inzwischen den gesamten Fußboden, bis auf die Stelle, auf der Lanyard lag. Der rote Schaum berührte ihn – und wich zurück.

Er wurde hart wie Teig in einer heißen Form, und es war so heiß im Raum, daß die Hitze jede Kraft aus ihm sog; von Licht konnte kaum noch die Rede sein. Die Bewegungen der aalförmigen Gestalten wirkten nicht zufällig. Die Schwärze kroch durch die Luft, floß in Kanäle, die sich durch den Raum zogen, tunkte ein, um dies und das zu schmecken, zog sich zurück, formte sich und formte sich um... und kam zurück, schwebte über Lanyard, griff mit ihren Ranken nach ihm und prallte zurück.

Die Kraftströme umkreisten den spuckenden Abfluß; der Abfluß war das Auge des Orkans.

Lanyard konnte durch die dichte, dunkle, rauchige Luft den alten Mann erkennen. Merino lag auf den Knien in dem dickflüssigen, glitzernden roten Schlamm. Vor seinem Gesicht verdichtete sich das schwarze Getümmel; Lanyard sah, daß er heftig zitterte und sich von der Taille aufwärts ruckartig bewegte, vorwärts und rückwärts, um gegen etwas Unsichtbares anzukämpfen. Eine derartige Beweglichkeit hatte er bei einem so alten Mann kaum für möglich gehalten.

Der Alte bewegte sich auch horizontal; ganz langsam, als ziehe jemand an einem Teppich. Auf den Abfluß zu. Der rote Springbrunnen war versiegt. An seiner Stelle stieg eine einzige glänzende Blase aus dem Loch im Boden auf. Je weiter sie aus dem Abfluß aufstieg, desto klarer wurde ihre Form. Die Blase war geformt wie ein Kopf. Oder es war ein Kopf, der die Konsistenz einer Blase hatte. Aber er zersprang nicht wie eine Blase. Der Körper sprang hervor wie eine Spielzeugschlange, die durch eine Feder hochgeschnellt wird. Die Gestalt stand in Mannesgröße über dem Abfluß. Sie hätte gar nicht in den Abfluß passen dürfen, dachte Lanyard und lachte. Es mußte ein großes Spielzeug aus einer Art Gummi sein.

Du bist Carl Lanyard, vergiß nicht, wer du bist, gib nicht nach...

Diese Stimme erkannte er. Die Stimme seiner Mutter. Ruhe senkte sich über ihn, und er nahm wieder die Rolle des außenstehenden Beobachters ein. Alles spielte sich nur auf einem Bildschirm ab. Er hatte nichts damit zu tun. Die rote Membrane auf dem Fußboden zog sich zusammen und schloß sich um den alten Mann wie eine Seeanemone – aber das gehörte zu diesem Traum. Das gummiartige Ding, dessen Finger sich unabhängig voneinander in alle Richtungen bewegten, in die sich kein Knochen und kein Knöchel bewegen kann – dieses Ding ging jetzt auf Lanyard zu, blieb über ihm stehen und öffnete den Mund... aber *nur*, weil sich das im Film besser machte.

Nicht, weil es ihm widerfuhr. Nicht Carl Lanyard.

Es widerfuhr einem anderen.

Ich bin bei dir, Carl. Es ist alles in Ordnung. Aber du mußt wieder rausgehen und in der Welt leben, wenn sie weggegangen sind.
Die Gesegneten Leute, sagte eine andere Stimme. *Dies ist einer Der Gesegneten.*

Der Gesegnete stand über ihm wie ein Skelett, das aus dem Schleim der Schnecken geformt worden war. Er war nahezu durchsichtig, und wie bei exotischen Fischen in Aquarien konnte man alle Innereien sehen. Ein schlagendes Herz, das wirkte, als sei es aus Gelee gemacht, eine Speiseröhre wie ein Reagenzglas, die zu einem Magen aus Rosenquarz führte, in dem sich eine Silhouette abzeichnete: ein beschädigter, menschlicher Kopf.

Die Genitalien Des Gesegneten waren farblos, unmenschlich und sie spreizten sich viergeteilt wie die Schnurrhaare eines Katzenfischs, tröpfelnde Fühler, aus denen gelblicher Schleim triefte.

Wie eine schwerelose Schlangengrube ballte sich der Schwarm des Schwarzen hinter Dem Gesegneten. Wie ein neunäugiger Mund. Wie ein wirbelnder Sog.

Ganz im Hintergrund drang »Schickt die Clowns herein« aus dem Radio.

Der Gesegnete spielte mit seinem gespreizten Plattfuß mit den Schwimmhäuten; er stellte seine Füße zu beiden Seiten von Lanyards Kopf; der Eiter tropfte aus seinen zuckenden, viergeteilten Genitalien und spritzte auf Lanyards Wange. Er lag auf der linken Seite und sah wie gelähmt zu Dem Gesegneten auf.

Der Gesegnete blieb steif aufrecht stehen – aber sein Kopf – nur der Kopf, kam auf Lanyard zu.

Um ihm einen kleinen Besuch abzustatten, kicherte eine Der Stimmen.

Laßt ihn in Ruhe, laßt ihn sich zurückziehen! Wieder die Stimme seiner Mutter.

Der Hals des Gesegneten streckte sich eineinhalb Meter lang, und der Kopf beugte sich zu Lanyard herunter. Schwarze Knopfaugen, lippenloser Mund, eine Nase, die sich wie die Finger und die Genitalien krümmte – und diese Nase näherte sich seiner Nase auf zwei Zentimeter. Die kalten Augen ohne Lider sahen ihm in die Augen. Diese fremden Augen...

Nicht fremd genug. In diesen Augen lag ein Wiedererkennen, das ihm den Wunsch eingab, sich so zu verstecken, daß er nie mehr sehen oder denken mußte – er wollte nichts mehr sehen als ›den

Schmutz unter seiner Nase«. Lanyard zog sich innerlich zurück. Als er sich zurückzog, wich Der Gesegnete zurück und verschmolz mit dem kleinen Mann, der von dem Rot umschlungen war und systematisch zerquetscht wurde, während es ihn zum Abfluß zog. Auch das schwarze Getümmel in der Luft ließ nach; der Raum schrumpfte zusammen zu einem Bild von der Größe einer Münze vor einer weiten Fläche Nacht. Und war schließlich ganz verschwunden.

Ihm blieb nur noch Zeit für einen Gedanken: *Wenn das der Tod ist, dann hoffe ich, daß er endgültig ist.*

Das Letzte, was er hörte, ehe er das Bewußtsein verlor, war die Musik im Radio.

13

Gribner hatte sich mit Morty Abramowitz, einem der Kommissare des Sicherheitsstabes der Stadtwerke, in einer Bar verabredet. Man hatte Gribner den Fall endlich offiziell entzogen, und Gribner wollte den Polizeidienst endgültig quittieren. Er erzählte Morty seine Theorien, bis hin zu den Geräuschen, die aus Abflußrohren kamen, und auch die roten Ränder, die zurückblieben, wenn Menschen spurlos verschwanden, ließ er nicht unerwähnt.

»Die Leiche des Kindes, das einer unserer Beamten in dem Schacht erschossen hat, konnten wir uns leider nicht genauer ansehen«, sagte er. »Sie ist aus dem Leichenschauhaus verschwunden. Auf dem Abfluß und kurz über dem Boden haben wir eine rote Kruste gefunden – das gleiche Zeug, das wir gefunden haben, als dieser Krupp aussagen wollte und uns plötzlich durch die Lappen gegangen ist – Sie haben davon gehört?«

»Ja.«

»Das Zeug an den Wänden war Blut – aber das Blut vieler verschiedener Menschen, vermischt, eingetrocknet, und es war noch etwas anderes drin – eine Art organischer Suppe...«

Morty zuckte die Achseln.

»Es war *menschliches* Blut«, sagte Gribner.

»Dafür gibt es viele Erklärungen«, sagte Morty. Er wirkte ausgesprochen bedrückt.

»Morty«, sagte Gribner freundlich, »Sie wirken wie jemand, der einem Freund etwas zu sagen hat, was er ihm nicht sagen will. Wie ›Cyril, du wirst senil‹ oder ›Cyril, du bist überarbeitet. Bei dir hat es ausgehakt.‹«

»Etwas Ähnliches habe ich mir gedacht«, sagte Morty. »Bis diese Geschichten bei uns eingelaufen sind. Von den beiden Neuen im Verkehrsverband und...«

»Moment! Ich dachte, seit einem Jahr sei dort dicht?«

»Hollins und Bourbon hatten beide eine ganz unglaubliche Pechsträhne. Es ist... einfach unnatürlich. Und beide gleichzeitig. Hollins ist die Frau gestorben, sein Sohn ist rauschgiftsüchtig, seine sämtlichen Wertpapiere sind auf Null gefallen und er hat einen Nervenzusammenbruch erlitten. Er mußte aus dem Dienst ausscheiden und wieder Immobilien verkaufen. Und Jerry Bourbon hat versucht, sich zu erschießen. Die Presse weiß nichts davon. Fast über Nacht ist er so depressiv geworden, daß er Selbstmord begehen wollte. Jedenfalls sind jetzt diese beiden neuen Typen da, und die beiden kennen einander zu gut. Einer von beiden hat auch nicht die geringsten Qualifikationen. Tooley heißt er. Und außerdem haben wir Nachforschungen wegen dieser Sache mit dem Sonderzug angestellt...«

»Machen Sie mal halblang. Ich verstehe kein Wort.«

»Es handelt sich um einen Zug, der gar nicht fahren dürfte. Sämtliche Fenster sind schwarz angemalt, und dieser offiziell nicht existente Zug bekommt auf irgendwelche Weise ständig Fahrgenehmigung, und sie tun so verflucht unschuldig, daß man einfach *weiß*, daß das Spiel abgekartet ist. Wenn man den Geschichten glaubt – ich meine, vielleicht ist alles auch nur Blödsinn –, dann fährt der Zug die East Side rauf. Er führt ständig zu Verspätungen und Fahrplanänderungen. Das, und dann noch die Schädlingsplage...«

Gribner sah ihn erwartungsvoll an.

»Davon haben Sie auch noch nichts gehört? Ratten oder Hunde oder so was ähnliches beißen sich durch die Stromleitungen. Das Licht geht ständig aus, und ganze Linien sind zweimal lahmgelegt worden. Die Leute haben noch nicht viel gemerkt, weil sie daran gewöhnt sind, daß U-Bahnen zu spät kommen, aber es wird zunehmend schwieriger, die Stellen zu finden und die Stromleitungen rechtzeitig zu reparieren.«

»Kommen wir noch mal auf diesen Sonderzug zurück, wo ist er gesehen worden?«

»Hauptsächlich zwischen Delancey und Grand Central, in der East Side. Ein *alter* Zug.«

Gribner nickte. »Das ist genau der Bereich, den ich durchsucht haben möchte.«

»Darum ging es also...«

»Vor allem um die Strecke zwischen dem Gramercy Square und der Grand Central Station. Die Versorgungsschächte, die Kanalisation, die U-Bahn-Tunnel, alles, was in Frage kommt, und besonders die Schächte und Tunnel, die kaum benutzt werden. Alte Keller, sogar alte Minenschächte, falls es dort welche gibt. Höhlen, falls es einen Zugang zu ihnen gibt, – eine systematische Suche.«

»*Wir* sollen das machen?« fragte Morty. »Wir haben keine Leute, kein Geld, kein...«

»Erklären Sie es mit den Stromausfällen. Konzentrieren Sie unter einem Vorwand alle Leute auf diese Strecke.«

»Ich tue, was ich kann. Aber wenn dieser Tooley davon erfährt, sitze ich in der Scheiße. Er ist ständig bemüht, unsere Kontroll- und Inspektionsgänge auf ein Minimum zu beschränken. Er will Leute entlassen.« Morty schnaubte verächtlich. »Und das, wenn gerade alles zusammenbricht. Ist das logisch?«

Gribner erwiderte nichts.

Er dachte an seine Frau. *Es ist besser, wenn sie eine Weile nicht mit der U-Bahn fährt,* dachte er. *Ich gebe ihr das Geld fürs Taxi. Und wenn ich ihr das Geld gebe, kriegt sie vor Schreck einen Herzinfarkt.*

Er lächelte matt.

Lanyard kämpfte vergeblich darum, wach zu werden. Er konnte seine Glieder nicht bewegen.

Er konnte die Augen nicht öffnen.

Als er sah, wie das Tier aus den rotglühenden Drähten durch die aschfahle Landschaft auf ihn zustürzte – die dunkle Welt hinter seinen geschlossenen Lidern – strengte er sich an, seine Augen zu öffnen. Entsetzen packte ihn. *Diesmal holt es mich.*

Er spürte, daß etwas riß, und einen Moment lang hob sich das schwere Gewicht von ihm. Seine Augen gingen auf.

Von der Asche ins Weiße: weiße Wände, weiße Türen, weiße Decke.

Ein unangenehmes Geräusch, ein schrilles *ah-ah-ah-ah-ah-ah* drang zu ihm durch. Bis er merkte, daß dieser Laut durch seine eigenen Lippen kam. Er sah sich um. Er lag im Krankenhaus.

Er riß sich den Tropf vom Arm. Die gummiartige, durchsichtige Flüssigkeit in dem Schlauch ließ ihn nur schlimme Dinge assoziieren.

Lanyard lag vollständig angezogen unter einem Laken und war ans Bett geschnallt. Weshalb war er hier? Und wenn man ihn als Patienten betrachtete, warum hatte man ihn dann nicht ausgezogen?

Wo war er überhaupt?

Er wußte, wo er war. Er war nach unten geholt worden. Sie hatten ihn in die Hölle geholt. Davon war er ernsthaft und vollständig überzeugt. Er glaubte wirklich daran. Das war die Hölle, die christliche Hölle, oder vielleicht auch eine modernere.

Eine Krankenschwester trat ein. Auf ihrem Namensschild stand es.

BELLEVUE HOSPITAL.

Er lag im Bellevue.

Er schrie.

Die Krankenschwester rief einen Pfleger hinzu, der Lanyards Arm wieder ans Bett band. Dann gab sie ihm gegen seinen Willen eine starke Spritze. Als Lanyard versuchte, sich zu wehren, schlug ihm der Pfleger ins Gesicht. »Na klar«, murmelte Lanyard, als es wieder dunkel um ihn wurde, »wie konnte ich vergessen, daß ich in der Hölle bin.«

Er fiel in seine Bewußtlosigkeit zurück, und der Traum stieg aus der klebrigen Schwärze auf wie ein aufgescheuchtes Unterwasserwesen, das die Nase nach oben richtete und den Mund öffnete, um ihn zu verschlingen.

Kinder auf dem Bahnsteig einer U-Bahn. Kinder auf dem Bahnsteig einer U-Bahn am frühen Abend. Kinder auf dem Bahnsteig der U-Bahn-Station Battery am frühen Abend auf der Rückkehr nach Hause von einem Klassenausflug zur Freiheitsstatue. Begleitet von einer großen, dürren Lehrerin.

Lanyard beobachtete sie als unsichtbarer Zuschauer. Er war da und doch nicht da. Es war ein Traum von der Sorte, bei der man ständig weiß: Du träumst, aber du kannst nichts dagegen tun.

Es waren neun Kinder, vermutlich Erstkläßler. Er versuchte, die

Lehrerin anzusprechen. Sie konnte ihn nicht hören. Vielleicht brachte er auch keinen Laut heraus; er war sich nicht sicher.

Sie sahen in den Tunnel, dem Zug entgegen. Die Kinder waren müde und übellaunig. Sie traten einander ans Schienbein und stellten der Lehrerin alberne Fragen. Wiederholt rief die Lehrerin die Kinder vom Rand des Bahnsteigs zurück.

Eine große Menschenmenge staute sich hinter ihnen und drückte sie auf die Gleise zu.

Der Zug lief ein, unter lautem Dröhnen. Es war nicht das Geräusch, das ein einlaufender Zug gewöhnlich macht, aber es war ähnlich. Es klang nur schriller und animalischer. Die Kinder sahen die Lichter des Zuges schon im Tunnel. Wie die Augen eines Tieres, das finster aus seinem Loch im Boden blickt. Komisch, aber die Scheinwerfer des Zuges waren nicht so weiß wie sonst. Sie waren eher rotgold. Der Zug brachte einen übelriechenden Luftzug mit sich und fuhr so schnell, daß man keine Einzelheiten erkennen konnte. Der Zug schien runder als sonst zu sein, wohl eins dieser neuen, stromlinienförmigen Modelle. Aber wo waren die Fenster und die Räder?

Türen öffneten sich, ohne zur Seite zu gleiten. Die Türen irisierten. Irisierten feucht. Und drinnen war es dunkel. In den Türen hingen ein Art Spinnweben, die sich bewegten, wenn der Zug atmete.

Die Kinder wichen wimmernd zurück. Aber die Menge hinter ihnen, die den Zug noch nicht deutlich sehen konnten, drängte gewohnheitsmäßig nach vorn und preßte die Kinder und die Lehrerin auf die Türen mit den feuchten Rändern und auf das rote Dunkel zu.

Die Kinder wurden in den Zug gestoßen.

Es war kein Zug. Der Riesenwurm, der so groß wie eine U-Bahn war, schloß sein halbes Dutzend Münder in der glitzernden Haut und kroch davon, legte Geschwindigkeit zu, glitt den Tunnel hinunter und hatte die Kinder und die meisten Menschen, die auf dem Bahnsteig gestanden hatten, gefressen. Lanyard versuchte zu rennen, aber er besaß keinen Körper, mit dem er hätte rennen können...

Es war nur ein Traum.

Kinder auf dem Bahnsteig einer U-Bahn. Kinder auf dem Bahnsteig einer U-Bahn am frühen Abend. Kinder auf dem Bahnsteig der U-Bahn-Station Battery am frühen Abend auf der Rückkehr nach Hause von einem Klassenausflug zur Freiheitsstatue. Begleitet von einer großen, dürren Lehrerin.

Es waren neun Kinder. Mrs. Chilroy, die Lehrerin der ersten Klasse, war geschieden. Aber die Frau mit dem Knoten, der spitzen Nase und den grünen Augen ließ sich immer noch als ›Frau‹ ansprechen, weil sie nicht wollte, daß die anderen Lehrer erfuhren, daß ihr Mann sie verlassen hatte.

Mrs. Chilroy ärgerte sich darüber, daß der kleine Junge, der ihnen schon seit einer Weile folgte, auch auf dem Bahnsteig wartete. Er war schmutzig und fiel nicht unter ihre Verantwortung, und am liebsten wäre ihr gewesen, wenn er weggegangen wäre. Er hatte sich geweigert, ihre Fragen zu beantworten, und hatte nur gesagt: »Ich bin auch auf dem Heimweg.« Aber er war die ganze Zeit über bei ihrer Gruppe geblieben, direkt hinter den anderen Kindern auf dem Bürgersteig getrottet, ihnen auf den Bahnsteig gefolgt, als würde er bei diesem Ausflug mitmachen.

Mrs. Chilroy rief Rocky und Nancy vom Rand des Bahnsteigs zurück und schauderte bei der Vorstellung zusammen, was alles passieren konnte.

So vieles konnte schiefgehen.

Der Zug lief ein, ein alter Zug, dessen Fenster so verschmiert waren, daß man kaum durchsehen konnte. Mrs. Chilroy konnte nur erkennen, daß die Wagen sehr voll waren. Die Kinder reihten sich vorschriftsmäßig hinter ihr auf, und sie führte sie in den leersten Wagen am Ende des Zuges. Dreimal mußte sie zählen, ehe sie sicher war, daß alle eingestiegen waren. Warum gab es bloß für Ausflüge keine Schulbusse mehr? Sie wünschte, sie hätte den Linienbus genommen, aber sie hatte es eilig gehabt. Es gab keinen Sitzplatz, und man konnte kaum stehen. In der dichten Menschenmenge konnte sie die Kinder nicht im Auge behalten.

Als der Zug an der nächsten Haltestelle anhielt und Mrs. Chilroy ihren Haltegriff losließ, um sich einen Weg durch den Wagen zu bahnen, war nur noch eins der Kinder da. Rocky, ein kleiner blonder Junge mit dicken Brillengläsern und krumpligen Kleidern, in die er noch hineinwachsen mußte, sah zu ihr auf. »Wo sind die Kinder?« fragte sie mit aufgeregter Stimme.

»Im letzten Wagen. Dieser Junge hat gesagt, daß ein Bankräuber Geld dort liegengelassen hat, und dann hat der Junge ihnen Geld gezeigt. Hundert Dollar hat er in der Hand gehabt! Deshalb sind alle nach hinten gegangen. Dieser Everett! Aber ich kann ihn nicht leiden. Er riecht schlecht und...«

»Komm!« Sie zerrte Rocky hinter sich her, der unerklärlicherweise in Tränen ausbrach.

Der letzte Wagen war fast leer. Außer den Kindern war niemand dort. Donny, das Mädchen, das die Erste Klasse wiederholte, weil sie nur Unfug im Sinn hatte, hörte dem dreckigen, kleinen Jungen – Everett? – gebannt zu. Der Junge stand mit dem Rücken zu Mrs. Chilroy, und über die Fahrgeräusche konnte sie nur verstehen: »... wenn es das ist, was du willst, dann wird *Er* es dir geben, und wenn Er mit uns spielt, ist es so, als würde uns alles gehören...«

Donny erwiderte: »Ich will einen verdammten Farbfernseher mit Kabelfernsehen und Fernbedienung.«

Sie sah die Kinder verwundert an. Sie hielten wirklich Geld in den Händen. Auf dem Boden lag Papiergeld. Das Geld sah wie echtes Geld aus.

Ihr erster Gedanke war, einen Polizisten zu suchen.

Sie drehte sich um und sah, wie der Zug sich entfernte und die Lichter kleiner und kleiner wurden... Dann ging das Licht aus. Die Kinder fingen an zu schreien.

Der Wagen hatte sich vom Rest des Zuges gelöst.

Er bewegte sich immer noch, rollte, wurde langsamer und legte sich stärker in die Kurve als gewöhnlich. *Hinter uns wird die nächste U-Bahn kommen*, dachte sie. *Man wird uns nicht rechtzeitig sehen. Es gibt einen Zusammenstoß.*

Der Zug stand, und sie waren im Dunkel des Tunnels allein.

Dieser Junge, dachte sie. *Irgendwie hat er den letzten Wagen abgehängt. Aber er ist noch so klein. Jemand muß ihm geholfen haben.*

Der Wagen bewegte sich wieder. Ganz langsam.

Sie versuchte, die Kinder zu beruhigen, die sich dicht um sie scharten; manche hielten sich auch an ihr fest. Sie verbargen ihre Gesichter in Mrs. Chilroys Rock, als sie die blauweißen Gummimänner vor dem Fenster sahen. Nackte Männer. Es gab Dutzende von ihnen. Auch Kinder waren da, und man konnte sie schwach erkennen – die Gummimänner schienen im Dunkeln zu leuchten.

Man konnte durch sie hindurchsehen, und ihre Finger bewegten sich unabhängig voneinander. Wie Würmer.

Sie schoben den Wagen in einen Seitentunnel.

Und jetzt machten sie die Türen auf. Öffneten sie mit ihren Glühwurmfingern gewaltsam, und die Kinder schrien. Aber Donny schrie nicht, und auch nicht Ben, und dieser – wo war er nur? – dieser Everett schrie auch nicht. Donny, Ben und Everett halfen, die Türen zur Seite zu schieben.

Und dann stiegen diese alptraumhaften Gestalten mit den anderen Kindern in den Wagen.

Die Kinder, die sie mitbrachten, scharten sich um Mrs. Chilroys Kinder und trieben sie nach draußen. Einige ihrer Schulkinder fingen an zu kichern, andere schrien weiterhin, und manche keuchten vor Entsetzen, als sie die durchsichtigen Gummimänner aus der Nähe sahen, ganz aus der Nähe sahen und ihre klebrige Berührung spürten.

Sie sah in die schwarzen Knopfaugen der Gummimänner, und sie sah auf die totenbleiche Haut der schmutzigen Kinder, die mit geometrischen Symbolen bemalt war. Manche Kinder waren nackt, andere trugen Lumpen, und ihre Finger waren mit Blut verkrustet – wessen Blut? – und sie spürte, wie die Kinder sich um sie drängten, an ihr zerrten und sie zur Tür zogen, und ein tiefverwurzelter Instinkt – etwas, was durch das Halbdunkel des U-Bahn-Tunnels geweckt worden war, wie in einem Grab, wie in einem Ort, an dem ihre Vorfahren gekauert und geopfert und gebetet hatten – sagte ihr, daß sie in die Schlinge der Urgründe alles Teuflischen geraten war, und daß all das wirklich Everetts Schuld war, daß man niemand anderem einen Vorwurf machen konnte. Und ehe sie sich ins Fantasieren verlor, tastete sie in ihrer Tasche nach einer langen, scharfen Nagelfeile. Und kurz bevor sie auf den Schotter zwischen den Schienen gezogen wurde, sah sie noch eines der Kinder, ihren Liebling, die rothaarige Marlene, die Sängerin werden wollte, wenn sie groß war. Marlene, die rannte, die versuchte davonzulaufen, und die Kinder mit den bemalten Gesichtern, die sie packten, sie auf das dritte Gleis stießen und Kriegsgeschrei anstimmten und in die Hände klatschten, während sie sie in Krämpfen und Zuckungen sahen, zusahen, wie sie Funken sprühte, rauchte und verkohlte – ihre Hand schloß sich fest um die Nagelfeile, und sie stieß den glänzenden Metalldorn tief in eins von Everetts lachenden Augen. Er stürzte, und sie nahm an, er sei tot, und darüber war sie froh. Doch dann empfand sie etwas anderes, denn die Gummimänner taten etwas mit ihr.

Reden wir nicht davon, was sie mit ihr taten.

14

Als Junge – zwei Wochen, nachdem er aufgehört hatte, auf die Stimmen zu hören – war Carl Lanyard mit seinen Eltern zu Onkel Bert auf Berts und Mandys Farm gefahren. Seit dem Vorfall auf dem Schulhof war der Junge trübsinnig und redete kaum noch. Daher hatte seine Mutter diesen Ausflug vorgeschlagen, um Carl aufzumuntern. Es war ein heißer Tag, und alle waren zum Teich gefahren, um zu baden.

Carl saß verdrossen am Ufer, als sein jüngster Cousin Clemmy hinter ihm auftauchte. »In dieses Wasser würde ich auch nicht gehen«, sagte er. Clemmy war sieben.

»Warum würdest du nicht reingehen?« fragte Carl. Das Wasser machte einen freundlichen Eindruck, und Carl war es viel zu heiß. Er hätte sich liebend gern ins Wasser getunkt, aber schwimmen und planschen vertrugen sich nicht mit seiner Keiner-versteht-mich-Rolle. Die meisten introvertierten Kinder machen diese Phase durch, aber der Unterschied bei Carl war, daß er recht hatte. Niemand verstand ihn. Er besaß *Die Gabe*, und das verstand niemand. Jetzt hatte er sie mit aller Kraft unterdrückt.

»Ich würde nicht in diesen Teich gehen«, sagte Clemmy, »weil da meine Mutter drin ist.«

Carl drehte sich um und starrte ihn an. Dann fiel ihm wieder ein, daß Mandy verschwunden war. Allgemein hieß es, sie habe Bert wegen eines Ranchers weiter oben im Tal verlassen, der bankrott gemacht und den Schmuck seiner eigenen Frau verkauft hatte, um nach Mexiko zu gehen. Mandy hatte er mitgenommen. Keiner wußte, daß Carl diese Geschichte kannte. Aber vielleicht war die Geschichte gar nicht wahr. Vielleicht hatte Clemmy selbst gesehen, wie sie in dem Teich ertrunken war.

»Wie kommst du darauf, daß sie da drin ist?« fragte Carl vorsichtig.

»Da ist ein schleimiges Ding drin, das dich packt und nach unten zieht. Es hat sie geholt und gegessen.« Clemmy wirkte nicht bekümmert. Die Vorstellung schien ihm zu gefallen. Mandy war eine berüchtigt schlechte Mutter gewesen.

Carl sah den Teich jetzt mit neuerwachtem Interesse an.

Einen Moment lang war er versucht, in sich zu horchen, um zu sehen, ob er Mandys Stimme hören konnte. Vielleicht spukte sie in dem Teich.

Aber er spürte sofort das Gewicht der beiden gemeinen Jungen auf seinem Rücken und schüttelte den Kopf.

Mit einem kleinen Floß paddelte Carl zur Mitte des Teiches. Ohne zu zögern holte er tief Atem, schloß die Augen und tauchte ins Wasser. Das Wasser war erstaunlich kalt. Die Sonne hatte es nur an der Oberfläche angewärmt. Je tiefer er kam, desto kälter wurde es. Kälter und dunkler. Er tauchte, bis das Wasser den letzten Strahl des Sonnenlichts geschluckt hatte, und als der Druck seinen Kopf fast platzen ließ, öffnete er die Augen.

Seine Bewegungen mußten etwas aufgeschreckt haben, denn Blasen strömten nach oben, krochen an seinen Beinen entlang und saugten entsetzlich an seinen Genitalien. Plötzlich fürchtete er sich, wirklich in eine unterirdische Grotte gezogen zu werden, die mit dem Teich verbunden war. Er brauchte Luft, brauchte Licht. Er spürte etwas Glitschiges an seinen Knöcheln. Nur eine Qualle. Nur ein Frosch. Nur ein Fisch. Nur Seegräser. Nur Tante Mandy, deren verfaulte Finger zum Leben erwachten, um ihn herunterzuziehen, damit sie nicht allein sein mußte.

Jetzt glaubte er aus dem anderen Dunkel, dem Dunkel in seinem Kopf, zu hören: *Carl, gib uns, und wir werden dir geben. Komm zu uns. Jetzt oder später. Ob, indem du uns opferst, oder als Opfer: Du wirst kommen.*

Dann sah er das Gesicht. Einen Moment lang glaubte er, die tote Tante Mandy zu sehen. Die aufsteigenden Blasen wollten ihn zwingen, den Mund zu öffnen, und er trat Wasser, um an die Oberfläche zu kommen – seine Glieder waren taub vor Kälte, und seine Arme und Beine waren bleiern.

Er sah noch einmal nach unten. Diesmal konnte er das Gesicht deutlicher erkennen. Es saß auf einem phosphoreszierenden bläulich-weißen Körper, war fast durchsichtig, die Augen ohne Lider. Knochenlose Hände griffen nach ihm.

Wasser zwang sich durch seine Lippen.

Er kam ans Licht und an die Luft. Er hustete Wasser und planschte keuchend auf das Floß zu. Jeden Moment konnten sich die gallertartigen Finger um seinen Knöchel schließen und ihn wieder nach unten ziehen. Er erreichte das Floß.

Er fragte seine Mutter, die ihn beobachtet hatte. Er war nur zehn Sekunden unter Wasser gewesen.

Als er wieder in der Sonne lag, redete er sich ein, das Gesicht sei nur eine Wasserspiegelung gewesen.

Zwanzig Jahre später kämpfte Carl Lanyard wieder gegen den kalten Dämmer der Tiefe an. Diesmal spielte sich alles in seinem Kopf ab. Wieder einmal versuchte er zu erwachen und wurde auf geheimnisvolle Weise zurückgehalten. In seinen Kampf, zu Bewußtsein zu kommen, mischten sich Bilder des Entsetzens, das er damals als kleiner Junge in dem Teich empfunden hatte. Er erinnerte sich an das Gesicht, an das glibberige, gummiartige Wesen, während er darum kämpfte, die Augen zu öffnen, um sich in dem Krankenhausbett aufzusetzen und einmal mehr keuchend nach Luft zu schnappen. Dem kalten, dunklen Wasser zu entkommen...

Er kam ans Licht und an die Luft. Aber anstelle des blauen Himmels sah er diesmal Joey Minder und seinen Leibwächter.

Er lag nicht mehr in der Aufnahmestation, sondern in einem Einzelzimmer mit Fenster. »Wie spät ist es?« fragte er mit verkniffenen Augen; sein Kopf drehte sich.

Er setzte sich auf. Er war nicht mehr ans Bett gebunden. Sein Magen schmerzte wie nach einem Hieb, aber die Stimmen schwiegen, und er sah keine schwarzen Formen in der Luft.

»Sieben Uhr morgens«, sagte Joey. »Wir waren die ganze Nacht auf. Es ist noch nicht Besuchszeit. Wir mußten das Krankenhauspersonal bestechen.« Er kicherte. »Sie sehen aus, als seien Sie fast ertrunken, Junge.«

Lanyard zuckte zusammen. Wie kam Minder ausgerechnet auf *ertrunken?*

»Man hat mich zusammengeschlagen«, sagte er.

Minder, der wie ein alter Freund neben dem Bett saß, sagte: »Sie haben bei Merino das Bewußtsein verloren – ich nehme an, es liegt daran, daß die Kraftströme zu dicht waren. Das kann lähmend sein. Niemand hat Sie zusammengeschlagen. Das liegt an den Beruhigungsmitteln, deren Wirkung jetzt nachläßt. Ich kann Sie meines Mitgefühls versichern.« Er legte seine großen Pranken auf die Knie, verlagerte seinen überdimensionalen Hintern auf dem Stuhl und sah Lanyard in die Augen. »Lanyard – in dem Raum, in dem Sie mit dem verstorbenen Reverend Jesus Merino zusammengetroffen sind, war noch etwas anderes. Haben Sie es gesehen?«

Lanyard nickte ruckhaft.

»Der Gesegnete hätte Sie natürlich getötet«, sagte er beiläufig, wenn auch mit dem Enthusiasmus eines Sportsmannes auf dem Fußballplatz, »wenn Madelaine es nicht verhindert hätte. Und, zu Ihrer Information, es war übrigens Madelaine, die uns gesagt hat, wo Sie waren und was Sie vorhatten. Sie sagt, daß Sie *Die Gabe* besitzen, Lanyard. Sie hat Sie für uns überwacht.«

»Der Alte hätte mir nichts gesagt. Er hat sich geweigert.« Lanyard hatte das Gefühl zu träumen. Minder kam ihm nicht wirklich vor, und im Moment fürchtete er sich nicht vor ihm.

»Er hätte es sich anders überlegen und mit Ihnen reden können«, sagte Minder lächelnd. »Und jeder, der die Kraftströme kontrolliert und nicht unser Verbündeter ist, ist unser Feind. Es gibt keine Neutralität. Sie haben gesehen, was passiert ist, Lanyard. Sie wissen, daß es keine Halluzinationen waren. Jetzt sind Sie gläubig.«

Allmählich wurde Lanyard bewußt, daß es kein Traum war. Es geschah wirklich. Und Minder konnte mit ihm tun, was er wollte.

Lanyard spannte sich an, vergaß einen Moment lang seine Schmerzen und fragte sich, ob die Tür wohl abgeschlossen war. Wo waren seine Kleider? Würde es ihm gelingen, an dem Leibwächter vorbeizukommen?

Minder erschreckte ihn. Aber eine andere Feststellung erschreckte ihn noch mehr: *Minder hatte recht. Er glaubte jetzt.* Die Stimmen waren wirklich vorhanden.

»Wo ist Madelaine?« fragte Lanyard leise und sah beide Männer möglichst freundlich an.

Minder lächelte. »Sie erwartet Sie im Tempel. Sie brauchen nur zu mir zu kommen, zu mir nach Hause, und mir ernsthaft zu sagen, daß Sie einer von uns werden wollen – Sie haben Talent, Carl, Sie könnten uns eine große Hilfe sein. Wir werden wissen, ob es Ihnen ernst ist, und wenn ja, dann bringen wir Sie zu ihr. Wenn nein, werden wir Sie auf andere Weise zu ihr bringen, und Sie werden das Tageslicht nie wieder sehen. Und wenn Sie nicht zu uns kommen – nun ja, ob als Opfernder oder als Opfer: Sie werden kommen.«

Lanyard starrte ihn an.

Minder stand auf. In der Tür drehte er sich noch einmal um und sagte: »Man wird Sie aus dem Krankenhaus entlassen, sobald es Ihnen bessergeht. Wir haben alle sachdienlichen Informationen zu Ihrer Person gegeben. Wir haben sogar Ihre Rechnung bezahlt. Sehen Sie? Wir kümmern uns um Sie.« Er grinste, und einen Moment lang strahlte er grenzenlose Liebe zu Carl Lanyard aus.

»Ich werde über das, was Sie gesagt haben, nachdenken«, murmelte Lanyard.

»Wie Sie sich auch entscheiden, Carl«, sagte Minder freundlich, »wir werden es wissen. Und falls Sie eine falsche Entscheidung treffen sollten – dann kommen Sie nicht aus dieser Stadt raus...« Minder strahlte unverändert tiefstes Mitgefühl aus. »Ich weiß, daß Sie die richtige Entscheidung treffen werden.«

Er blieb allein in dem weißen Krankenhauszimmer zurück.

Sie spürte, daß die Hitze zunahm. Die Steine selbst strahlten die Hitze aus. Der Herbstritus nahte, und Sein Tierchen, das hungrige, das pirschende, ging ruhelos auf und ab; es war vom Aufwallen der Kraftströme erwacht.

Sie nahm die Verrückten wahr, die gefesselt und in Zellen gesperrt in den Irrenhäusern der Stadt oben drüber ruhelos auf und ab gingen; das Aufwallen der Kraftströme hatte sie nervös gemacht, und sie ahmten den Pirscher nach. Auch die Verrückten konnten es spüren.

Sie wußte auch von den Kindern, die sich im Keller ihrer Volksschule in diesem Augenblick versammelten, um neun Uhr abends am Tag vor Halloween; es waren dreizehn Kinder, die von Donny, einem achtjährigen Mädchen, und einem blauäugigen Jungen angeführt wurden, der draußen in Jersey seine Eltern umgebracht hatte, um hierher zu kommen, sich das Gesicht anzumalen und an verborgenen Orten zu spielen.

Über sich spürte sie die dreizehn Kinder im Keller, wie Ratten auf dem Dachboden.

Madelaine hatte Tooley einmal gefragt: »*Wozu will Er die Kinder haben? In der oberen Stadt scheint er sie nicht einzusetzen. Sie vollziehen die Rituale nicht*...«

Tooley hatte erwidert: »*Er liebt Kinder. Sie stehen Ihm von Natur aus näher. Er spielt mit ihnen; Er genießt ihre Spiele. Er findet, daß sie leicht zu erziehen sind, wenn sie erst unten sind und mit Ihm gespielt haben. Er liebt Kinder. Er ist ja Selbst auch ein verspieltes Kind.*«

Jetzt fragte sie Tooley nichts mehr, denn beim Ritus hatte er seinen Schein fallenlassen, und sie hatte sein wahres Gesicht gesehen. Jetzt glaubte sie, es immer in seinen Zügen zu sehen, wenn sie das Gesicht ansah, das ›Tooley‹ genannt wurde.

Sie stellte niemandem Fragen. Sie sprach nicht. Sie empfand, was sie empfinden mußte, und im übrigen versuchte sie, so wenig wie möglich zu empfinden, eine Isolierschicht um sich herum aufrechtzuerhalten.

Sie saß nur noch im Höhleneingang unter den Räumen, in denen die Riten vollzogen wurden. Sie hielt ihre Knie umschlungen, hatte die Augen halb geöffnet, verweigerte Nahrung, verweigerte Wasser, verweigerte Wein und erwartete Ritus. Sie trug nur den schwarzen Seidenkimono, den ein Band um die Taille geschlossen hielt; keine Unterwäsche, keine Schuhe.

Minder brachte ihr Fruchtsaft. Sie sagte nichts. Sie trank nicht.

Es war eine künstliche Höhle, die Immigranten gesprengt hatten, bis sie auf den verborgenen See gestoßen waren. Den Weg zum See verschloß jetzt eine schwere Tür aus rostfreiem Stahl in dem unbeleuchteten Tunnel, links neben Madelaine.

Minder drückte ihre Hand. Keine Reaktion. Er ließ sie fallen. In seinem Zorn zerschmetterte er die Saftflasche auf dem Steinboden. Madelaine zog ihre Zehen nicht zur Seite, als sich der Saft amöbenartig über den Boden ausbreitete. Ebensowenig reagierte sie darauf, daß Tooley sie ins Gesicht schlug. »Komm da raus, Frau! Hör auf zu spielen!«

»Du hast sie nicht zu schlagen, Tooley!«

»Sie verbirgt sich vor uns. Und vor Ihm!«

»Vor Ihm? Direkt vor seinem Tor?« Minder schüttelte den Kopf. »Ich glaube, daß sie auf ihre Weise mit Ihm kommuniziert.« Beide Männer wußten, daß dem nicht so war. »Gegen meinen Willen hast du sie nicht anzurühren!«

»Ich tue Sein Werk. Ich tue das, wovon ich...«

»Du hast gehört, was ich gesagt habe. Ich habe gegeben, und ich habe Ihm gegeben. Er hat *dich mir* gegeben. Damit du tust, was ich sage. Mehr brauchst du nicht zu wissen. Wenn ich von dem, was richtig ist, abweiche, wird Er mich strafen... Laß sie in Ruhe, solange ich dir keine gegenteiligen Anweisungen gebe.«

Tooley sah zur Seite und zuckte die Achseln. »Im Moment bin ich dein Diener.«

Sie hörte, daß Minder dachte: *Was will er damit sagen? Schließlich werde ich nach dem Ritus nicht mehr auf dieser Welt sein. Nach meiner Transzendenz wird er die Leitung übernehmen. Von mir aus kann er den ganzen Mist haben.*

»Mir ist zu heiß hier«, sagte Minder. »Oben werden sie es auch wieder spüren. Ich lasse Madelaine nur ungern hier, aber es muß wohl sein. Hast du Ihn nach ihr befragt...?«

»Er schweigt, wenn ich frage.«

Die beiden gingen. Madelaine war froh, daß sie fort waren. Aber sie war nicht allein. Sie war nie allein; sie konnte nie mehr allein sein, in ihrem ganzen Leben nicht mehr. Die Lautstärke der Stimmen konnte ab- oder zunehmen, aber sie waren immer da. Auch die Bilder konnte sie nicht mehr steuern. Nichts hielt sie mehr von ihr fern, auch Minders Berührung nicht. Es war immer da. *Beobachte, ohne zu empfinden: Nur so kannst du überleben.* Daher sah sie zu und empfand nichts, als die Kinder den Säugling, den sie geraubt hatten, im Keller der Schule verbrannten.

Sie versuchte nicht mehr einzugreifen; sie warnte niemanden. Selbst Carl nicht.

Sie sah zu und empfand nichts, als sie sah, wie Carl Lanyard die Stufen zu seiner Wohnung hinaufstieg; Carl Lanyard wußte nichts über diejenige, die ihn in seiner Wohnung erwartete.

Fast unhörbar kamen Die Stimmen wieder, und die aalförmigen Gestalten wanden sich in der Luft, als Carl Lanyard sich im dritten Stock der Treppe zum vierten Stock zuwandte.

Nimm es nicht ernst, dachte er. Es wird vergehen.

Lanyard, flüsterten die Stimmen. *Vorwärts ist hinten... Angriff ist Rückzug.*

Er fing an zu verstehen, daß es möglich war, diese aalförmigen Gestalten zu entziffern, aus ihren Formationen zu lesen.

Sie sammelten sich, ballten sich vor seiner Wohnungstür und schlüpften hinein, als sei keine Tür da.

Lanyard starrte die Tür an. Er fürchtete sich, in seine Wohnung zu treten.

Er hatte die Stimme seiner Mutter gehört – in dem Raum, in dem Merino gestorben war. Er war sicher. Erst jetzt machte sich das Vorgefallene in ihm spürbar. Seine gesamte Weltanschauung hatte sich – buchstäblich über Nacht – gewandelt.

Er war wütend. Minder hatte ihm gedroht. Madelaine war für ihn verloren. Der Zorn trieb ihn vorwärts, und er schloß seine Wohnungstür auf. Die schwarzen Ströme wurden von etwas im Wohnzimmer angezogen.

Er steckte seine Hand in die Tasche, schloß sie um die Pistole und trat ins Wohnzimmer.

Sie war fast von den Aalen verborgen, bis sie wie ein Vorhang zur Seite wichen und sie auf der Bühne zeigten.

Ein Fotomodell, das die Beine züchtig übereinandergeschlagen hatte, aber ihr Rock war bis zum Oberschenkel geschlitzt. Sie trug schwarze Strümpfe und rote Strumpfbänder.

Sein Puls überschlug sich.

»Das ist nur der Anfang«, sagte sie und verdarb sich damit jede Wirkung. Sie war eine schlechte Schauspielerin. In ihrer Stimme schwang keine Überzeugung mit, aber er wollte ihr glauben, dem Versprechen, das in ihrer ganzen Pose lag.

Die Stimmen schwiegen, als seien sie vor Ehrfurcht verstummt.

Er kannte sie. Er mußte sie in einer Zeitschrift gesehen haben. Selbst ihr Lächeln war nicht überzeugend. Ihre Augen wirkten tot.

Aber Carl Lanyard wollte diese Frau haben. Alle Einsamkeit, der aufgestaute Hunger nach Haut, das Gefühl, von Madelaine betrogen worden zu sein – alles kam zusammen. Er wollte sie haben.

»Joey Minder hat Sie geschickt«, sagte Lanyard. »Sagen Sie mir, was Sie wollen, und dann hauen Sie ab.«

»Warum sind Sie so feindselig? Ich bringe Ihnen Geschenke. Wir sind Verbündete. Sie haben Talent. Sie sind im wahrsten Sinne einer von uns.«

»Sie«, sagte er aus Überzeugung, »sind eine Mörderin. Oder zumindest die Komplizin von Mördern. Von Metzgern. Sie gehören zu den Leuten, die sich darauf spezialisiert haben, andere Menschen ihrer Menschlichkeit zu berauben, damit sie zu Opferschweinen werden. Sie sind selbst ein Schwein.« Es erregte ihn, so mit ihr zu reden. Wann hatte man schon die Gelegenheit, ein derart hübsches Mädchen mit Worten zu demütigen? Er erkannte die Perversion seiner Erregung. Er erwog seine Chancen, sie beim ersten Schuß zu treffen. Seine Chancen standen gut.

Seine Erektion war nach wie vor da.

»Kommen sie, setzen Sie sich neben mich«, sagte sie.

»Wer sind Sie?« fragte er. Er kämpfte mit sich selbst. Er *wollte* sich neben sie setzen.

»Ich heiße Lily Chancery. So heiße ich wirklich. Sie sehen, daß ich offen zu Ihnen bin. Sie können mich alles fragen. Absolut alles.«

»Sie werden mir alles sagen?«

»Gewiß. Sie werden mich fragen, wo unser Tempel ist. Nur wenige wissen es genau. Wir übrigen werden mit einem Sonderzug hingefahren. Wir wissen nicht, wohin wir fahren, aber ich kann Sie jederzeit in den Tempel bringen. Weil Sie mit niemandem darüber reden werden. Wenn Sie es doch versuchen, werden wir Sie umbringen. Daher brauchen wir uns nicht zu fürchten. Fragen Sie.«

Sie schlug die Beine auseinander. Sie trug keine Unterwäsche. Er sah ihre glattrasierten Geschlechtsteile.

Er riß gewaltsam seine Augen von dem rosa Spalt zwischen den roten Strumpfbändern los.

»Wo ist Madelaine? Sie ist im Tempel?«

»Sie haben Ihre Frage gerade selbst beantwortet. Ich werde Sie zu Madelaine bringen. In letzter Zeit sondert sie sich ein wenig ab. Vielleicht sind Sie genau das, was sie braucht. Nächste Frage?«

»Was erhofft sich Minder? Macht? Geld?«

»Er will Den Tod besiegen.«

»Er sucht die Unsterblichkeit?«

»Nein, er will Den Tod besiegen, den man ständig im Leben erlebt. Die Müdigkeit, die Langeweile, das Ende einer Verliebtheit, das Tief nach Drogen. Um das zu erlangen, muß man an einen Ort außerhalb dieser Zeit transzendieren.«

»Und wie will er das erlangen: indem er kleine Kinder abschlachtet?«

Sie ging nicht auf seinen Tonfall ein. »Joey gibt die Macht, die er dadurch erlangt, an Ihn weiter. Und Der Kopf Unterhalb, der im geheimen See lebt, wird in Die Zeit eingreifen und sie verwandeln, damit Joey transzendieren kann und damit das, was Joey im Moment der Transzendenz erlebt, nie nachlassen wird. Aber jetzt reicht es von diesem trockenen Zeug.« Als sexuelles Betören unpassend und albern. Und geradezu bezaubernd naiv.

Carl stellte weitere Fragen, und sie erklärte ihm das Prinzip der Energiefelder und der Kraftströme. Dann sah sie ihm in die Augen. Sein Atem ging schwer. »Carl, komm her. Sieh nur, was ich dir mitgebracht habe.«

Sie öffnete die schwarze Kiste auf ihrem Schoß, traf alle Vorbereitungen, fand sofort die richtige Vene.

Lanyard wandte sich ab. »Ich habe schon lange nicht mehr gefixt«, sagte sie, »weil man die Einstiche sieht. Es wird guttun... oooh... es tut gut... ja, und wie...«

Welle auf Welle reinsten Vergnügens durchströmte sie. Sie sagte mit klappernden Zähnen: »Es ist fantastisch, Carl. Probier es! Es hat nichts mit dem Schnupfen zu tun. Völlig anders. Ein Orgasmus und mehr. Einfach unbeschreiblich...«

Sie hatte die Beine weit gespreizt und spielte an ihrer Klitoris. »Carl, ich habe etwas für dich. Ich möchte, daß du es anfaßt. Auch das ist eine Seiner Gaben... Carl..., komm her, komm in mich...«

Jetzt spielte sie nicht mehr. Alles Unterdrückte strömte aus ihr heraus. Es war ihr ernst.

Mit zitternder Hand zog er seine Waffe. »Ich glaube, ich sollte Sie töten. Wenn ich Sie gehen lasse, werden Sie nur helfen, einen anderen zu opfern. Es ist wohl richtig, Sie zu töten und zu hoffen, daß die Polizei mir glaubt.«

Sie lachte. »Sieh doch deine Waffe an – sogar die ist schlaff!«

Seine Pistole war völlig verbogen und zeigte mit der Mündung nach unten. Wie ein Spielzeug fiel sie auf den Boden.

Er fühlte sich ausgelaugt, geschlagen. Aber seine Erektion hatte ihn immer noch nicht verlassen. Er ging einen Schritt auf sie zu und zögerte. Er dachte: *Warum nicht? Madelaine gehört auch dazu. Sie hat mich betrogen. Die Gabe wird mich ohnehin um den Verstand bringen. Trismegestes ist ein Schurke, der mich ausbeutet. Gribner ignoriert meinen Rat. Die Bullen sind korrumpierbare Halunken. Jeder sieht, was er kriegen kann. Warum nicht?*

Dennoch zögerte er, horchte in sich. Die Stimmen blieben stumm.

Sie lag auf dem Rücken und zog ihre Schamlippen einladend mit den Fingern auseinander. »Wir brauchen kein Vorspiel. Komm zu mir, Carl, fick mich, komm schnell...«

Er knöpfte sein Hemd auf und trat näher. Erstarrt blieb er stehen.

Die schwarzen, sich windenden Linien nahmen wieder Gestalt an. Sie schienen alle aus ihrer Möse zu kommen.

Aber sein Blick war auf etwas anderes gerichtet, und vor Übelkeit drehte sich ihm der Magen um.

Aus ihrer Vagina griffen vier glitzernde, durchsichtige gummiartige Ranken, aus denen schleimige, gelbe Flüssigkeit tröpfelte.

Er wollte schreien, aber seine Kehle war wie zugeschnürt. Zitternd wich er vor ihr zurück. Es gelang ihm, sich umzudrehen, die Tür zu öffnen und die Treppe hinunterzutaumeln...

Eine halbe Stunde später stand er in der Telefonzelle einer Bar, und ein Hotelangestellter am anderen Ende sagte zu ihm: »Mr. Trismegestes ist ausgezogen und hat eine Nachricht für einen Mr. Lanyard hinterlassen... Sie sind doch Mr. Lanyard?«

»Ja, der bin ich, und wie zum Teufel lautet die Nachricht?«

Der Hotelangestellte gab ihm Trismegestes' neue Adresse. »Sie sollen ihn so bald wie möglich aufsuchen.«

Lanyard legte auf und ging.

Die Leute in der Bar taten so, als merkten sie nicht, daß Lanyard weinte wie ein kleines Kind. Er dachte: *Lily Chancery haben sie etwas Gräßliches angetan. Was tun sie Madelaine?*

Gribner war allein in seiner Wohnung. Er packte die Porzellannippes seiner Frau ein, um sie ihr zu bringen, als Morty anrief.

»Hören Sie, Cyril, Sie müssen herkommen. Dieser Tooley, von dem ich Ihnen erzählt habe – einige von uns haben versucht, ihn wegen seiner Privatinteressen abzuschieben. Gaddis von der *Times* wollte uns mit einem Artikel unterstützen. Heute abend ist Gaddis tot aufgefunden worden. Im Keller des Hauses, in dem er wohnt. Gehäutet und ausgenommen wie ein Tier. Wissen Sie was? Man vermutet, daß es sein Kind war. Sein neunjähriger Junge. Das Kind ist spurlos verschwunden, und seine Schwester sagt...«

»Morty, jetzt beruhigen Sie sich erst mal. Fürchten Sie um Ihr Leben?«

»Darauf können Sie wetten, Cyril. Ich bin allein zu Hause. Ich gehe also zur Tür, um den Müll rauszubringen, und als ich die Tür aufmache, geht auf der Straße das Licht aus. Und dann sehe ich diese kleinen Kinder, die alle vor meiner Tür lauern. Ihre Gesichter sind angemalt. Und ich höre diese wahnsinnigen Geräusche aus allen Abflüssen in meiner Wohnung. Sie können lachen, aber...«

»Ich lache nicht, Morty. Haben Sie die Polizei gerufen?«

»Was soll ich denn den Streifenpolizisten erzählen? Daß ich mich vor ein paar kleinen Kindern fürchte? Jedenfalls habe ich mich heute abend mit ein paar Kriminalbeamten über Gaddis' Tod unterhalten – sie tun schlicht gar nichts, Cyril. Aber auch gleich überhaupt nichts. Ich glaube, die stecken auch mit drin, Cyril. Mir ist klar, wie das klingt.«

»Sie fürchten sich, auf die Straße zu gehen?«

»Ja, allein schon. Ich komme mir selbst wie eine alte Frau vor, aber ich möchte, daß Sie kommen und daß wir gemeinsam rausgehen. Vielleicht können wir einige der Kinder schnappen.«

»Ich komme. Jetzt gleich.«

»Cyril...«

»Ja, Morty?«

»Cyril, kommen Sie nicht mit der U-Bahn. Auch wenn es schneller geht. Nehmen Sie ein Taxi.«

»Abgemacht, Morty. Bleiben Sie im Wohnzimmer. Gehen Sie nicht in die Küche oder ins Bad. Oder ins Freie. Halten Sie sich von jedem Abfluß fern.«

Gribner machte sich sofort auf den Weg. Es war Halloween, halb acht abends. Es war so heiß wie in einer Augustnacht. Man konnte dieser seltsamen Hitze förmlich anmerken, daß sie von unten kam.

Auf den Straßen selbst. Wenn nicht gar von einem Ort unter den Straßen.

Lanyard saß Trismegestes gegenüber. Auf dem Tisch zwischen ihnen war ein Stadtplan ausgebreitet. Lanyard war fast nüchtern. Er trank schwarzen Kaffee und spürte die ersten Ansätze zu Kopfschmerzen.

»Es muß heute nacht soweit sein, Carl«, sagte Trismegestes. »Sie haben soviel Energie angesammelt, daß wir sie nicht aufhalten können. Sie können die Ereignisse in jede beliebige Richtung beeinflussen. Dazu sind die Kraftströme da. In genügender Konzentration können sie Menschen direkt manipulieren, wie Marionetten...«

»Sie sind dabei, Ihre Maske fallenzulassen, Alter«, fiel ihm Lanyard scharf ins Wort. »Ich werde erst bei Ihrem Begräbnis wieder lachen.«

»Wundern Sie sich nicht, wenn ich mich im Sarg aufsetze und mitlache!« erwiderte Trismegestes strahlend.

Lanyard schluckte. »Sie müssen vorher gewußt haben, was passieren wird, als Sie mich zu Merino geschickt haben. Dieser alte

Mann ist unnötigerweise ums Leben gekommen. Ich hätte ebenfalls umgebracht werden können.

»Der Alte war ein Heroinpuscher und ein äußerst erfolgreicher Mörder. Dieser Tod war eine zu glimpfliche Strafe für ihn. Sie kennen ihn nicht so gut, wie ich ihn gekannt habe. Und Sie waren nicht wirklich in Gefahr. Minder tut Ihnen nichts. Er will Sie. Sie können die Kraftströme so verflucht gut erkennen – besser als ich. Sie können den Tempel finden, den ich nicht finden kann. Mit Ihren Seherkräften. Begeben Sie sich in den Bereich, den ich umrandet habe.«

Er deutete auf den Stadtplan, auf dem mit gepunkteten blauen Linien die Straßen von Manhattan eingezeichnet waren. Die roten und schwarzen durchgezogenen Striche stellten die benutzten und die unbenutzten U-Bahn-Tunnel und die Wasserleitungen dar. Orange Linien standen für Abwasserkanäle.

»Sie müssen nur den Sprengstoff zur rechten Zeit am rechten Ort hochgehen lassen – das ist so einfach, wie wenn man nach einem Rezept einen Kuchen backt, Carl – und die Straßen fallen Ihnen auf den Kopf.«

»Einige Gebäude stürzen vielleicht auch dabei ein. Es kann zu Bränden kommen. Gasleitungen könnten explodieren. Soll ich etwa den Tod von...«

»Ja, mag sein. Das ist bedauerlich.« Trismegestes nickte feierlich. »Aber das ist immer noch besser, als die anderen weitermachen zu lassen. Haben Sie von diesem Gaddis gehört? Er war ein bekannter Zeitungsreporter. Auch das hat sie nicht zurückgehalten. Niemand wird den Jungen erwischen. Seit zwei Wochen sind keine U-Bahn-Morde mehr verübt worden, Carl. Wissen Sie auch, warum? Sie warten auf Halloween. Heute nacht erreicht ihre Macht den Höhepunkt – sie haben sie auf ein Höchstmaß angestaut. Als würden sie auf der Börse im richtigen Moment kaufen und verkaufen, um die höchsten Gewinne einzustreichen...«

Lanyard studierte den Stadtplan. »Wieso ausgerechnet einen Abwasserkanal?«

»Die größten Abwasserkanäle laufen genau in diesem Gebiet zusammen. In dem Gebiet, in dem *irgendwo* der Tempel liegt. Das Ritual erfordert eine ganz bestimmte Tiefe unter der Oberfläche. Diese müßte exakt unter den Abwasserkanälen liegen. Das Abwasser fließt mit vielen hundert Stundenkilometern durch diese Rohre – mit einem Druck, der den der Niagara-Fälle übersteigt. Wenn diese Strömung einen Menschen direkt trifft, würde sie ihn in Stücke zerschmettern. In weniger als fünf Minuten kann das Wasser einen gewaltigen unterirdischen Raum füllen. Sie müssen die Bomben nach Ihrem gesunden Menschenverstand und nach diesem Stadtplan legen und so schnell wie möglich nach oben kommen – sowie Sie die Urne haben.«

»Sie sagten, daß Sie die Urne wollen, um sie zu zerstören. Warum soll sie nicht gleich durch die Explosion zerstört werden?« Lanyard beobachtete den Alten genau.

»Weil sie die Explosion überstehen würde. Sie wüßte sich zu schützen. Sie muß nach einem festgelegten Ritual zerstört werden. *Bringen Sie mir die Urne.*

»Woher, zum Teufel, haben Sie den Sprengstoff?«

»Eine der obersten Regeln für das Leben in diesen Vereinigten Staaten lautet, daß Reiche fast unbegrenzten Zugang zu den Werkzeugen haben, mit denen man Unheil stiftet, Carl.«

Lanyard lehnte sich zurück und versuchte, eine vertraute Stimme unter Den Stimmen von Der Anderen Seite zu finden. Eine uralte papierene Stimme flüsterte: »*Mein Witz ist ein Eisen, und der Witz geht auf deine Kosten*«, und dann: »*Morte du Metal Huriant...*« Lanyard zuckte die Achseln. Von dort kam keine Hilfe. Die Kraftströme waren im Moment nicht sichtbar. Trismegestes hatte ihm gezeigt, wie man sie zuließ – und abwehrte.

»Ich werde eine Dummheit begehen«, sagte Lanyard mehr zu sich selbst, langsam, gedehnt. »Ich werde eine Dummheit begehen, weil mir nichts Besseres einfällt. Ich werde tun, was Sie wollen.«

15

Die Straße lag im Dunkeln, und im Taxi roch es nach dem Joint, den der Fahrer ausgedrückt hatte, als Gribner eingestiegen war.

Die Uhr stand auf zwei Dollar neunzig. Gribner gab dem Fahrer einen Fünfer und einen Einer und sagte: »Wenn Sie hier warten, gebe ich Ihnen den doppelten Fahrpreis als Trinkgeld, wenn wir ankommen. Ich will nur jemanden abholen.«

Der Fahrer sah sich nervös um. »Es ist so verflucht dunkel hier, Mann. Ich weiß nicht so recht.«

Gribner seufzte und gab ihm weitere fünf Dollar. »Okay?«

Der Fahrer zuckte die Achseln. »Okay, Mann. Ich warte. Bleiben Sie nicht zu lange.«

Gribner machte die Tür auf und stieg aus. Die Schatten tanzten in den Hitzewellen, die von der Straße aufstiegen. Gribner spürte, daß sein Hemd an ihm klebte. Schweiß. Eine unnatürliche Hitze. Und seltsamerweise ließ diese Hitze ihn frösteln.

Die Straße war menschenleer. Er sah keins der Kinder, von denen Morty gesprochen hatte.

Gribner stieß die Haustür auf. Die Wohnungstür war von Taillenhöhe an verglast gewesen. Das Glas war eingeworfen worden; es lag auf dem Teppich. Er drückte die Klingel. Mit zugeschnürter Kehle wartete er; Schweiß rann über seine Backen und kroch wie Spinnenfüße über seinen Rücken.

Keine Reaktion.

Er griff durch die eingeworfene Glasscheibe, drückte von innen auf die Türklinke und trat ein. An den Rändern mancher Glasscherben klebte frisches Blut.

»Morty!« rief er.

In der Wohnung war es dunkel. Mortys Zweiundzwanziger lag vor Gribners Füßen auf dem Teppich. Er hob die Pistole auf. Sie war warm. Es war daraus abgefeuert worden. Morty war nicht da. Der Seiteneingang seiner Wohnung war nicht abgeschlossen. Auf dem schwarzweißen Fliesenboden schimmerte etwas. Wie die Fährte einer Schnecke, nur breiter. Sie war andeutungsweise phosphoreszierend und führte durch die Küchentür.

Gribner öffnete die Tür zu der kleinen Gasse. Von der Straße her hörte er Huptöne. Das Lachen von Kindern. Zersplitterndes Glas.

Gribner rannte auf das Taxi zu.

Der Fahrer wurde von acht Kindern im Volksschulalter aus dem Taxi gezerrt. Zwei schwarze Kinder, die übrigen weiß. Ein Kind trug einen Rock aus Lumpen; die anderen waren nackt und ihre Haut war grell bemalt – mit Zeichen, die er aus gewissen Kellern und von den Wänden gewisser U-Bahn-Stationen kannte. Der Fahrer wirkte leblos, und sein Gesicht war blutverschmiert. Gribner schlich sich geduckt auf das Taxi zu. Er hoffte, daß die Kinder ihn noch nicht gesehen hatten. Auf dem Fahrersitz lag ein Block Schlacke. Die Windschutzscheibe war zertrümmert, die Tür hing in den Angeln. Einen Meter vor dem Taxi war ein offener Kanaldeckel

- er war vorher nicht offen gewesen. Gribner sah, daß die Kinder den bewußtlosen Taxifahrer zu diesem Einstiegsloch zogen. Er rannte zum Taxi. Als er es erreichte, hatten die Kinder den Mann mit dem Kopf voraus in das Einstiegsloch geworfen.

Er blieb erstarrt stehen und lauschte.

Auch die Kinder waren still. Sie kauerten um das Einstiegsloch herum und horchten. Ein geisterhaft blaues Licht, das von unten kam, strahlte ihre Gesichter an.

Aus dem Einstiegsloch drang ein tiefes Knurren, dann ein Fauchen, dann knirschende und malmende Laute.

Die Kinder brachen einstimmig in hysterisches Gelächter aus. Sie nahmen sich an den Händen, tanzten um das Einstiegsloch herum und sangen in einer Sprache, die kein Lebender verstehen sollte.

Gribner hob seine Waffe mit dem festen Entschluß, sie alle abzuknallen, hier und jetzt.

Aber er hörte einen Ruf und drehte sich um. Er hatte Mortys Stimme gehört.

Er drehte sich um und sah eine Silhouette, die sich dunkel gegen das Licht an der nächsten Straßenecke abhob. Die Maße konnten zu Morty gehören. Aber die Gestalt hatte sich nach hinten zurückgebeugt, und so konnte niemand stehen. Als er genauer hinsah, erkannte Gribner den Umriß des Dings, das Morty hochhielt. Hochhielt, damit Gribner ihn sehen konnte.

Ein gummiartiges, schillerndes Ding, so dürr wie ein Skelett. Der Kopf war unförmig. Das Ding war so durchsichtig, daß es kaum zu sehen war.

Gribner drehte sich um und lief darauf zu. Der Gesang der Kinder verstummte. Gribner sah über die Schulter zurück. Unter Kriegsgeschrei kletterten sie in das Loch, eins nach dem anderen.

Er drehte sich wieder zu der Straßenkreuzung um, an der er Morty gesehen hatte. Morty war verschwunden. Der Gummimann war ebenfalls verschwunden. Aber er entdeckte die Schleimspur auf dem Asphalt, mitten auf der Straße. Er folgte ihr. Sie führte zur Kreuzung der erleuchteten Straße und bog nach links ab. Er folgte ihr. An der nächsten Kreuzung bog die Spur wieder nach links ab. Gribner rannte inzwischen.

Zehn Minuten später entdeckte er den Gummimann auf der anderen Seite einer breiten Straße. Er eilte ihm in den unbeleuchteten Park nach und verlor ihn aus den Augen. Er fand Morty, der wie ein

Gekreuzigter auf einem hohen Zaun aus spitzen Stäben hing. Die Stäbe hatten sich durch seinen Körper gebohrt. Unter dem Zaun hatte sich eine Blutlache gebildet.

Mortys Augen waren aus ihren Höhlen gerissen worden. Sie waren unversehrt, aber sie waren von der Stelle bewegt worden. Beide Augen sahen jetzt aus Mortys halb geöffnetem Mund.

Gribner fiel auf die Knie und schluchzte tonlos. Er wiegte sich auf den Knien und sang ein Gebet, das er als kleiner Junge gelernt hatte. Seine Augen waren zugepreßt, und er umklammerte mit beiden Händen seinen Revolver, wie ein Trauernder eines anderen Glaubens seinen Rosenkranz umklammert hätte.

»Cyril...« Eine Frauenstimme von rechts. Die Stimme seiner Frau.

Er holte tief Atem, öffnete die Augen und sah nach rechts. Ein Licht leuchtete aus dem Boden auf.

Er richtete sich schwankend auf und taumelte auf das Licht zu. Das phosphoreszierende blaue Licht flackerte über dem Eisengitter eines Schachtes.

Zitternd trat er näher und hielt mit Mühe sein Schluchzen zurück. Er fürchtete sich, den Blick zu senken.

»Cyril, hilf uns!« Es war ihre Stimme. Er beugte sich vor, um zu schauen. Der Schacht war nur etwa zwei Meter fünfzig tief. Sie war da. Sie – und die zwei Hunde. Randi und Louie. Die Pekinesen, lebendig und wohlauf. Everett, dieser Mistkerl, mußte sie gestohlen, aber andere Hunde getötet haben, damit es so aussah, als hätte er Gribners Freunde umgebracht, weil..., Gott sei Dank, sie waren da! Aber wie war Trudy in diesen Schacht gekommen?

Die Hunde hockten auf ihren Schultern. Sie trug ihr übliches Hauskleid. Ihr Gesicht konnte er nicht allzu deutlich erkennen. Seine Augen schmerzten bei diesem Licht. Das Licht ging von ihr aus. Er fiel auf die Knie. »Hilf mir!« rief sie. Er sah, wie sich ihr Mund bewegte. Aber die Lippen bewegten sich einen Sekundenbruchteil später, als er die Worte hörte, wie in einem schlecht synchronisierten Film. »Cyril!«

»Ich...ich hole dich raus, ich hole Hilfe. Ich hole dich da raus...« Er konnte nicht sehen, worauf sie stand. »Wie bist du...?« Es war ganz gleich. Er mußte Hilfe holen.

»Cyril..., warte..., geh nicht weg..., reich mir einfach deine Hand runter..., ich fürchte mich so...« Er hörte das Entsetzen in ihrer Stimme, die sich überschlug. An zwei Stellen waren die Gitterstäbe so weit auseinandergebogen worden, daß die Arme eines erwachsenen Mannes durch die Ritzen paßten. Er warf seine Pistole zur Seite und ließ sich flach auf den Rost fallen. Ohne zu denken griff er durch die Gitterstäbe. Seine Tränen fielen auf sie herunter, auf seine Hunde, seine Babys, seine Trudy. Er streckte seine Arme zu ihr herunter. Sie streckte die Hände aus und schloß ihre Finger um seine Handgelenke.

Und zog.

Und *veränderte* sich.

Aber er hatte gewußt, daß sie es nicht war, nicht wirklich war, sobald sie ihn berührt hatte. Sobald *es* ihn berührt hatte. Der Nebel löste sich vor seinen Augen auf, und er sah das Ding, das ihn an den Handgelenken hielt. Der Gesegnete. Gummiartig. Die knochenlosen, durchsichtigen Finger besaßen eine ganz unglaubliche Kraft. Er schrie auf und versuchte sich loszureißen.

Mit den schwarzen Knopfaugen sah es zu ihm auf. Die Hunde auf seinen Schultern nahmen Gestalt an – grobe Ratten, die seine Arme abnagen wollten.

Ein Penner, der im Park geschlafen hatte, erwachte von Gribners Schreien. Er beobachtete, wie Gribner durch die Gitterstäbe gezogen wurde. Mal wieder im Delirium tremens, dachte er. Zeit, sich mal wieder auszunüchtern. Er lachte über diese Halluzination. Erst, als die Kinder aus den Büschen stürzten, ihn niederschlugen und ihn zu den nassen roten Stäben zerrten, an denen noch die Reste des Mannes hingen, verging ihm das Lachen.

Lanyard konnte die Kraftströme deutlich sehen. Er folgte ihnen. Es war eine wahnwitzig heiße Nacht, und die Menschen standen in dichten Gruppen auf der Straße. Die Kinder waren kostümiert und trugen Masken.

Die Kraftströme flossen auf einer Höhe von etwa zwei Meter zehn. Sie hielten sich mehr oder weniger über der Menschenmenge, und um manche Menschen herum bildete sich ein Wirbel.

Lanyard vermutete, daß die Kraftströme manche Menschen manipulierten; an anderen zogen sie vorbei. Doch sie flossen alle in eine Richtung. Er folgte ihnen mit dem Wissen, daß sie ihn zu Minder führen würden. Zu Madelaine. Zum Kopf Unterhalb.

An der Zweiten Avenue fiel der Strom flatternder, aalförmiger

Gestalten nach unten ab und führte in die U-Bahn. Lanyard folgte ihnen auf den Bahnsteig.

Am Ende des Bahnsteigs holte er eine Taschenlampe heraus. Ohne sich an den neugierigen Blicken der wenigen Menschen zu stören, die auf dem Bahnsteig standen, sprang er auf die Geleise und ging in den Tunnel.

Er folgte den Kraftströmen zu ihrem Ausgangspunkt.

Madelaine spürte, wie sie sich da oben bewegten. Sie spürte Lanyard näher kommen, der den U-Bahn-Tunnel verlassen hatte und den Kraftströmen auf dem Weg folgte, den Krupp einmal eingeschlagen hatte. Lanyard erkletterte Leitern, kroch durch schmale Rohre, schwitzte in der zunehmenden Hitze und zitterte bei seinem Ringen um Selbstbeherrschung: Er fürchtete sich bis ins Mark. Sie wußte es, und sie spürte es – aber sie blieb unbeteiligt. Sie konnte sich keine Gefühle leisten.

Sie saß im Eingang der Höhle und fuhr sich gelegentlich mit der Zunge über ihre aufgesprungenen Lippen. Sie rührte sich nicht.

Tooley trat in den Tunnel. Allein. Gebeugt. Er ging an ihr vorbei und schloß die Stahltür auf. Dann trat er auf sie zu und packte sie am Handgelenk. Sie ließ sich von ihm an tiefere Orte ziehen. Der Tunnel machte eine Biegung nach links und öffnete sich zur Höhle.

Der Teich und die tröpfelnden Stalaktiten schimmerten blau.

Es war eigentümlich, daß das Licht blau war, denn es ging von dem unterirdischen See aus, und dieser See war rot. Rostrot, und an den Ufern von Schaum umgrenzt. In der roten, gummiartigen Haut des Sees steckten die Köpfe jener, die sich der Verwandlung unterzogen, deren Bestimmung es war, Gesegnete zu werden. Ihre Körper waren unter der Oberfläche des Sees verborgen. Es waren sieben Männer und zwei Frauen in verschiedenen Stadien der Verwandlung; eine der Frauen war beinahe durchsichtig; ihre Nase war fast verschwunden und das Haar war ihr weitgehend ausgefallen. Zwei der Männer, Männer mittleren Alters, die früher teure Anzüge getragen hatten und in teuren Wagen gefahren waren und hinter teuren Schreibtischen gesessen hatten, baten mit kläglichen Schreien darum, befreit zu werden. Tooley und Madelaine ignorierten sie.

Aber Madelaine ignorierte inzwischen ohnehin alles; sie sah, und sie nahm wahr, aber sie reagierte auf nichts.

In der Mitte des Teiches hatte sich keine Haut gebildet. Dort ragte Sein Kopf auf. Er war zwölf Meter groß. Er saß auf Seinen Hinterbeinen und hatte Seine plumpen Arme über Seiner Brust gekreuzt; Seine unfertigen Hände spielten wie immer mit Seinen überdimensionalen männlichen Geschlechtsteilen, die ständig erigiert waren und fast bis zu Seinem kinnlosen Kiefer reichten. Sein Kopf war ebenfalls überdimensional. Er war ein Embryo. Er war ein Embryo, der äußerlich auf gewisse Weise menschlich und so groß wie ein Haus war. Seine Augen waren fast geschlossen, aber die Augäpfel bewegten sich hinter den durchscheinenden Lidern mit den ausgeprägten, rotblauen Adern.

Da, wo ein menschlicher Embryo im siebten Monat eine Stirn gehabt hätte, hatte Er ein großes gelbes Furunkel. In dem Furunkel konnte man undeutlich Millionen von sich schlängelnden und sich windenden Umrissen sehen. Würmer. Eine bestimmte Art von Würmern. Das Furunkel schien ständig aufplatzen zu wollen.

Von diesem Furunkel gingen die Kraftströme aus, die aalförmigen Gestalten in der Luft, die sich für Madelaine manifestierten – und dann verschwanden, als sie sich diesem Anblick mit aller Willenskraft widersetzte. Sie wollte sie nicht sehen.

Tooley sah ihn verzückt an und fauchte.

Sie brauchte Tooley nicht anzuschauen, um zu wissen, daß er sich der Verwandlung unterzogen hatte. Sein Kopf war nicht länger menschlich. Es war der Kopf eines wilden, tollwütigen Hundes mit Menschenaugen. Der Dämon, den sie ›Tooley‹ nannten, fauchte wieder. Der Kopf Unterhalb öffnete seinen lippenlosen Mund, und das langgezogene Grollen, das klang, als wolle es ein drohendes Erdbeben ankündigen, hallte durch die Höhle.

Tooley drehte sich zu Madelaine um. Sein Kopf hatte wieder sein menschliches Äußeres angenommen. »Er sagt, daß du noch eine Weile lebst. Er sagt, daß ich einen neuen Herrn bekommen werde. Er sagt, daß du ein Geschenk für den neuen Herrn bist.«

Er erwartete eine Antwort. Sie schloß die Augen. Das war alles.

Er nahm sie an der Hand und führte sie durch den Tunnel, durch die Stahltür und hinauf in den Tempel.

Unentwegt spürte sie, daß Lanyard näherkam. Jemand half ihm. Ein alter Mann. Trismegestes. Dieser Trismegestes. Die Gedanken dieses Mannes waren ihr verschlossen. Dennoch konnte sie seinen

Einfluß spüren. Er bog die Kraftströme, um Minder die Kontrolle darüber streitig zu machen. Er benutzte sie, um Lanyard zu beschützen. Und Lanyard kam näher.

16

Lanyard hatte sein Hemd ausgezogen. Im Tunnel dampfte es. Er lief gebückt über das dicke Abwasserrohr, das die untere Hälfte des Tunnels einnahm. Das Rohr vibrierte unter dem Druck seines Inhalts. Er suchte einen angemessenen Platz für den letzten Rest Sprengstoff, der ihm noch geblieben war.

Mit einer geschwärzten Hand wischte sich Lanyard den Schweiß aus den Augen und sah sich im Dampf um; hier waren die Kraftströme schwerer zu erkennen. Er fand sie wieder und schwankte schweißverklebt durch den schmalen Tunnel.

Die Ströme setzten sich bis zu der Stelle fort, an der sich der Tunnel gabelte; von dort aus wanden sie sich nach rechts. »*Die Ströme können durch Türen, aber nicht durch Wände dringen*«, hatte Trismegestes gesagt. »*Sie können nur einen Weg nehmen, den auch ein Mensch nehmen könnte; schließlich werden sie von einem Menschen ausgestrahlt. Sie folgen dem Weg des geringsten Widerstands, jedenfalls meistens.*«

Lanyard setzte sich zum dutzendsten Mal und holte tief Luft. Die heiße, faulig stinkende Luft erstickte ihn fast. Er lauschte, und wieder hörte er es: hohes Lachen, das von hinten kam. Er sah sich um.

Im Schein der Taschenlampe sah er sein Hemd dort in der Luft baumeln, wo er es zurückgelassen hatte. Zwei riesige Albinoratten saßen in seinem Hemd. Albino? Nein, ohne Fell, mit grauer, gummiartiger, fast durchscheinender Haut. Minders Spielzeug, Ratten, die größer als ausgewachsene Katzen waren.

Die Ratten hielten sich mit ihren winzigen, sonderbarerweise menschlichen Armen das Hemd über die Köpfe, wie Schamanentänzer ein Tierfell. Sie hopsten auf ihn zu, und ihre Münder öffneten sich rosa und feucht wie Lily Chancerys...

»Haut ab!« schrie er und zog die Waffe aus der Tasche, die Trismegestes ihm gegeben hatte. Die Ratten kamen näher.

Er feuerte viermal ab. Die Schüsse dröhnten durch den Tunnel, und eine der Ratten bespritzte die grauschwarzen Wände des Tunnels mit ihrem dicken gelben Blut – *gelb?* – und fiel hintenüber vom Rohr.

Die andere Ratte drehte sich um und verschwand mit seinem Hemd.

Trismegestes hatte versprochen, ihn zu beschützen. Je näher Lanyard dem Tempel kam, desto mehr ließ dieser Schutz nach. Bald würde vielleicht das Tierchen Des Kopfes Unterhalb auf ihn zukommen...

Lanyard kroch auf die Stelle zu, an der sich der Tunnel gabelte. Im Schein der Taschenlampe sah er an dieser Stelle ein bleiches, vorpubertäres Gesicht, das ihn angrinste.

Ein vielleicht sechsjähriger Junge. Seine gelblichen Augen waren weit aufgerissen, und sein Mund grinste so breit, als hätte er Maulsperre. Das Gesicht des Jungen war schmal und rattenartig – war es immer rattenartig gewesen?

Er hielt etwas in den Händen.

Er hielt es hoch – »Guck mal da!« – damit Lanyard es sehen konnte. Es war kein Hemd. Es war ein Teil eines menschlichen Kopfes. Die Haut hing noch an dem Schädelfragment, die Augen waren fort, aber es reichte noch aus, um Gribners Gesicht zu erkennen.

Er richtete den Strahl der Taschenlampe zur Seite; der Junge lachte aus der Dunkelheit.

Lanyard wurde sich der Dunkelheit bewußt, der spürbaren Dichte der unterirdischen Stadt, die ihn umgab, des endlosen Labyrinths aus Tunneln.

Und es war so verflucht heiß. Kichern aus der Dunkelheit.

»Laß mich in Ruhe!« brüllte er.

In Ruhe..., Ruhe..., Ruhe..., hallte seine Stimme durch die Tunnel.

Elektronische Musik im Hintergrund. Die Lichter flackerten schwach. Es war heiß im Raum.

Sie stand an ihrem Platz im magischen Kreis und sah unbeteiligt zu, wie sich Minder und Lily Chancery gegenseitig mit den Zeichen bemalten – mit dem Blut der Frau, die schreiend zu ihren Füßen gelegen hatte, als sie sie aufschnitten. Die Gesegneten Leute waren da, und die Kinder, die Buchhalter und die Werbeleute, die Rockstars...

Der Tempel lag im flackernden Zwielicht des Kerzenscheins. Sie waren fast fünfzig, die sich zum Herbstritus versammelt hatten, summend, nackt, grell mit geometrischen Geheimzeichen bemalt; im Kerzenschein waren ihre Gesichter bestialisch, die Körper, alle Arten von Körpern, waren schweißglitzernd; der Boden war schweißverklebt, und im Raum hing schwer Seine Hitze. Der Pirscher, das Tierchen, das Vieh aus den roten Drähten, labte sich geräuschvoll am Körper der Geopferten.

Sie sah zu, nahm es wahr und empfand nichts.

Selbst dann nicht, als Lanyard von hinten kam, sie am Arm packte und sie fortführte. Niemand schien es zu bemerken; alle Augen waren auf Minder und Lily gerichtet, die jetzt in der Mitte des Kreises Kokain ausstreuten – eine Vorbereitung für den Augenblick der Transzendenz, die Minute Der Zeit, die sich für sie in die Ewigkeit ausdehnen würde...

Auf dem Altar über dem magischen Kreis stand die Urne aus Jade.

Lanyard steckte sie sich in die Armbeuge. Niemand sah auch nur auf. Madelaine wunderte sich nicht. »Es wird einen neuen Herrn geben«, hatte Tooley gesagt.

»Trödel nicht so. Beeile dich!« flüsterte ihr Lanyard eindringlich zu. »Trismegestes hat irgendwie Verwirrung gestiftet – niemand sieht uns. Aber wir müssen uns eilen, wir haben zwei Minuten Zeit...«

Sie sah ihn ausdruckslos an, und er kniff die Lippen zusammen und zog sie am Handgelenk weiter. Sie kam mit, ohne jede Eile. Fast belustigt über das Ganze.

Sie konnte spüren, wie sich die Kraftströme über dem magischen Kreis hinter ihnen sammelten. Sie konnte Spüren, wie Das All Selbst in seinen Bögen knarrte; sie konnte das Quietschen hören, als Die Zeit die andere Bahn einschlug. Minder erhielt seine Belohnung. Er hatte seine Beiträge gezahlt – in reiner Lebensenergie, die er Dem Kopf Unterhalb dargebracht hatte, der irdischen Manifestation Ahrimans. Jetzt zahlten sich seine Investitionen aus. Minder erlangte die Transzendenz, stieg zu einem Ort außerhalb des Zeitflusses auf, einem Ort, der dazu bestimmt war, einen Moment in Minders Leben zu reproduzieren, immer wieder und ohne Unterlaß. Und diesen Moment hatte sich Minder selbst ausgewählt: Er hatte alles so geplant, daß die Transzendenz sich in der folgenden

Minute vollziehen mußte, in dem Moment, in dem das Kokain wirkte und er mit Lily Chancery kopulierte. Diese Minute würde sich zu einer Ewigkeit ausdehnen.

Eine Minute seines Lebens – und in einer Minute von jetzt an gerechnet, würde diese Minute sein.

Durch den Raum hallte das ekstatische Grölen der Kultanhänger; die Kraft baute sich auf, stieg zu dieser einen Minute der Transzendenz an.

Madelaine ließ es passiv mit sich geschehen, daß Lanyard sie am Handgelenk vorwärtszerrte. Die Urne aus Jade hatte er unter dem anderen Arm. Er zog sie aus dem Tempel, durch den Empfangsraum, an der Ledercouch und der Leinwand vorbei und in den Aufzug. Er zog sie dicht an sich und drückte auf den Knopf. Die Türen glitten leise zu; der Aufzug stieg.

Sie waren gerade aus dem Aufzug in die Herrentoilette der stillgelegten U-Bahn-Station getreten, Lanyard ohne Hemd und Madelaine in ihrem Kimono, als die Detonation den Boden erbeben ließ.

Sechs Explosionen. Gipsstaub fiel von der Decke, als Lanyard auf den Ausgang zulief.

Madelaine rannte mit ihm. Körperlich. Aber innerlich zeigte ihr *Die Gabe* gegen ihren Willen, was in dem Saal unter ihnen geschah, und wenn sie nicht so viele Stunden daran gearbeitet hätte, sich abzusondern und bei keinem Anblick etwas zu empfinden, hätte sie geschrien.

Sie sah es durch die Augen eines der Kinder. Der Junge tanzte. Er hörte die Musik kaum, die aus den verborgenen Lautsprechern drang. Er tanzte zu dem Pochen, das er in seinen Eingeweiden spürte, und Der Kopf sang in ihm selbst: *Ich-bin-bei-dir, Meine-Stärke-in-dir, Nimm-und-trink-und-fühle.*

Er fühlte es nahen, den Sog des unglaublichen Vergnügens in seinem Rückgrat und in seiner Kehle und am allermeisten an der Stelle zwischen seinen Beinen, das Vergnügen, das ihn mit dem Pochen Des Kopfes durchflutete, das Singen des anderen, den Rhythmus des Tanzes.

Er lachte, als er sah, wie die komischen Gesegneten zitterten, symmetrisch im Raum verteilt. Sie tanzten nie, sondern sie zitterten mit ihm.

Der Junge fühlte sich blendend.

Er fühlte sich wohl. Er hatte die Krämpfe und die Qualen der Frau genossen, als sich das Messer in sie gegraben hatte – tatsächlich gegraben, nicht nur ein bißchen geritzt, wie sie es im Spiel auf der Straße getan hatten, ehe er nach unten gekommen war – und am meisten hatte er die Tatsache genossen, daß alle anderen ihre Qualen ebenfalls genossen. Sie billigten sein Vergnügen, denn sie teilten es. Und das tat gut. Es bedeutete, daß alles in Ordnung war – daß absolut alles richtig war. Solange Der Kopf Unterhalb es ermöglichte, war es *richtig*.

Er brauchte sich keine Sorgen zu machen. Er war froh, daß sein Vater aufgeschnitten worden war. Bob Gaddis, der Spitzenreporter. *Du Mistkerl, du hast mir mein Messer weggenommen, als du gesehen hast, daß ich diese Buchstaben in die Möbel geritzt habe, und du hast gesagt, daß ich das Mofa nicht kriege.*

Nichts war böse, und das tat gut.

Überall um ihn herum tat sich etwas. Es war bunt, und Leute lagen an den Rändern des Kreises auf anderen Leuten, Männer spießten Frauen mit ihren steifen Schwänzen auf, und alles ging...

Alles ging auf ihn herunter.

Die Decke kam runter. Krachen und Staub und schlechte Gerüche.

Große Brocken fielen auf Derwisch und Wer-wohl und Packer und Schneidsab und auf Die Gesegneten und zerquetschten sie zu Gelee.

Etwas brachte seine Leute um, aber *Er* lachte. Der Junge taumelte, fiel und schrie, aber er spürte, daß *Er* sie alle auslachte, *genoß* wie sie zerquetscht wurden, Knochen brachen und das Geräusch des Wassers.

Eine große, graue Faust stieß in den Raum, und um ihn herum hüpften Leute wie Spielzeugsoldaten, die man mit Feuerwerkskörpern in die Luft sprengt. Sie bewegten sich so schnell, daß er nichts mehr voneinander unterscheiden konnte. Dann wurde es dunstig, und der graubraune Schlamm, der überall war, bedeckte alles, schlug die Leute zu Boden und füllte den Raum. Er übergab sich. Es reichte ihm über den Kopf. Er...

Madelaine wimmerte leise. Fast hätte sie geschrien. Es gelang ihr, nichts zu empfinden. Sie zog sich zurück. Aber erst, als sie gesehen hatte, was Lily Chancery und Joey Minder zugestoßen war.

Eine Minute. Eine Minute der sexuellen Ekstase und des Drogenrauschs, die sich in die Ewigkeit ausdehnen sollte. Das Ritual würde vollzogen werden, und ganz gleich, was Minder in dem Moment tat, in dem das Ritual seinen Höhepunkt erreichte – er würde diesen Moment bis in alle Ewigkeit wiedererleben.

Aber er hatte nichts von dem Sprengstoff auf den Abwasserrohren über dem Tempel gewußt. Die Decke stürzte ein, und Hunderte von Tonnen dieses Abwassers stürzten mit der Macht der Niagara-Fälle herunter, preßten die versammelte Gemeinde gegen die Wände, ließen Gehirne verspritzen und ertränkten diejenigen, die den Aufprall des Wassers überlebt hatten.

Minder gehörte zu denen, die den Aufprall überlebt hatten. Aber er ertrank langsam. Seine Lunge füllte sich mit all den Dingen im Abwasser, die man am besten vergißt, und das in der einen Minute, die ihm Der Kopf Unterhalb zugewiesen hatte. In der einen Minute, die sich zu einer Ewigkeit ausdehnen sollte, *ganz gleich, was in diesem Moment geschah.* Und so ging es immer weiter. Während ihn das Kokain alles *intensiver* empfinden ließ.

Joey Minder und Lily Chancery ertranken im Abwasser, bis in alle Ewigkeit. Und noch länger.

17

»Mann, ist das nicht ein verrücktes Wetter?« sagte der griechische Taxifahrer. »Da versteht man ja gleich, daß Sie so wenig anhaben.«

Taxifahrer sehen alles. In New York sind die Driver nicht so leicht durch den Anblick einer Frau, die nur einen Kimono aus schwarzer Seide trägt, zu schockieren. Auch nicht durch ihre glasigen Augen und das Schweigen in ihrem Gesicht. Oder durch einen dreckigen Mann mit freiem Oberkörper, der in einem Arm eine Urne aus Jade und unter dem anderen besagtes Mädchen hat. Vor allem dann nicht, wenn der Mann das Taxi mit einem Zwanzigdollarschein heranwinkt.

Zum Teufel damit, solange der Typ zahlt. Vielleicht ärgerte sich der Taxifahrer auch nur darüber, daß Lanyard nichts sagte, kein Wort, als er ihn fragte: »Wie finden Sie das denn?«, als im Radio durchgegeben wurde, daß ein Teil der U-Bahn-Tunnel eingestürzt waren. Und das Abwassersystem der East Side, die gesamte Kanalisation, war »anscheinend durch eine bisher nicht bekannte Terroristengruppe sabotiert worden«. Zwei Züge waren entgleist – alles das Ergebnis von Sprengungen unter der Stadt, gleich südlich der Zweiten Avenue, Ecke Houston. »Das soll erst mal einer nachmachen«, sagte der Driver. Das war sein letzter Anlauf zu einem Gespräch mit dem dreckigen Mann auf dem Rücksitz.

Lanyard hatte nicht viel von den Radiomeldungen mitbekommen. Er war restlos erschöpft. Sein Kopf ruckte bei jedem Schlagloch in der Straße auf und nieder. Die Urne stand zwischen seinen Füßen. Madelaine lehnte teilnahmslos in seinem rechten Arm.

Als sie bei Trismegestes eintrafen, sah Lanyard auf, gähnte, gab dem Fahrer den Zwanziger und murmelte: »Behalten Sie das Wechselgeld. Das bringt Glück.«

Lanyard nahm die Urne unter den Arm, zerrte Madelaine hinter sich her und trat mit ihr aus der klebrig-schwülen Halloween-Nacht in das Treppenhaus mit Klimaanlage. Er stellte die Urne auf dem Teppich ab und versuchte den Pförtner anzulächeln.

Der Pförtner musterte Lanyard von Kopf bis Fuß und schüttelte den Kopf. Dann sagte er: »Sie müssen Lanyard sein. Er hat gesagt, daß ich Sie reinlassen soll, ganz gleich, wie Sie aussehen. Gehört das zu Ihrer Halloween-Kostümierung? Mr. Trismegestes hat gesagt, das soll ich Ihnen geben.«

Ein weißer Umschlag.

Lanyard riß den Umschlag auf.

HABE ZWEI WOHNUNGEN ERWORBEN. DIE ZWEITE IST IM KELLER, 1b. DORT FINDEN SIE MICH. TRISMEGESTES.

Lanyard schleifte Madelaine in den Aufzug. Er hielt die Urne fest, ließ sich gegen die Rückwand des Aufzugs fallen und wünschte sich, nicht in den Keller zu müssen. Er schloß die Augen.

Als sich die Türen öffneten, machte er die Augen wieder auf. Als erstes nahm er die Kraftströme zur Kenntnis, die in der Luft über Trismegestes wirbelten und hinter ihm nach rechts in den Korridor strömten. Die schwarzen Wirbel streckten zarte Finger nach der Jadeurne aus und streichelten sie; andere flatterten um Lanyard herum. Von Madelaine zogen sie sich zurück. Er unterdrückte das Bedürfnis, sie mit einem Hieb zu zerteilen.

Trismegestes starrte die Urne an. »Das ist sie«, sagte er staunend. »Ich kann es gar nicht glauben. Ich hätte nie gedacht..., na ja, das wäre es also.« Er lächelte Lanyard an. »Sie wirken recht kaputt, mein Sohn. Sie, und auch die Dame. Gestatten Sie, daß ich die Dame stütze? Ich nehme an, es handelt sich um Madelaine Springer? Sind Sie das, meine Liebe?« fragte er und legte seine Hand auf ihren Arm. Sie sah ihn an und sagte nichts. »Aha«, murmelte Trismegestes. Er trug einen schwarzen Nadelstreifenanzug mit Weste und eine schwarze Krawatte.

»Sie sehen aus, als hätten Sie sich für ein Begräbnis angezogen«, sagte Lanyard.

Trismegestes ging nicht darauf ein. Er führte Madelaine durch den Gang, ihre zarten, weißen Arme zwischen seinen trockenen, blaugeäderten Händen. Er gurrte fast unhörbar.

Lanyard hob fluchend die Urne auf und folgte den beiden.

Seit er die Tunnel hinter sich gelassen hatte, war Lanyard benommen; ihm schwindelte vor Triumph und Erschöpfung. Die Stimmen waren fast verstummt, seine Gabe schwieg segensreich. Er lief durch die Welt, ohne viel wahrzunehmen, und sah nur noch das Ziel vor sich, die Urne ihrem Exorzismus zuzuführen, Madelaine zu einem Arzt zu bringen und sich von jeder Verantwortung zu befreien. Aber jetzt musterte er seine Umgebung forschend und horchte auf die Stimmen.

Vielleicht lag es an dem Gefühl, in der schweren Urne aus Jade, die er unter seinem Arm trug – groß genug, um den Kopf eines Mannes in einem Stück aufzunehmen –, rühre sich etwas. Außerdem hinterfragte er die Natur von Trismegestes' Kraftströmen, die soviel Ähnlichkeit mit den Strömen hatten, denen Lanyard zum verborgenen Tempel gefolgt war.

Trismegestes führte sie durch einen geräumigen Korridor. Sie kamen an den Türen anderer Wohnungen vorbei, von denen einige offenstanden und eindeutig nicht bewohnt waren. Es war ein neues Gebäude, und die meisten Wohnungen waren noch nicht verkauft. Es roch überall nach frischer Farbe.

Aus dem Fenster von Apartment 1b sah man auf den Bürgersteig. In beide Richtungen zog eine endlose Parade von Waden und Füßen.

»Ein interessanter Ausblick, nicht wahr?« fragte Trismegestes, während er die Tür hinter ihnen schloß.

»Warum haben Sie sich eine zweite Wohnung genommen?« fragte Lanyard und setzte die Urne auf dem Betonfußboden ab. Er fragte sich, warum kein Teppich auf dem Boden lag – selbst im Korridor war ein Teppichboden gewesen. »Und wozu ist dieser Vorhang da?« Er wies mit einer Kopfbewegung auf den dunkelroten Vorhang, der das Wohnzimmer in der Mitte teilte.

»Ich habe«, sagte Trismegestes nicht ohne Vorwurf in seinem Tonfall, »aus persönlichen Gründen eine zweite Wohnung gekauft. Der Vorhang ist Teil eines Experiments. Entschuldigen Sie, daß der Raum so unmöbliert ist, und setzen Sie sich bitte, Carl.«

Lanyard spürte prickelnden Argwohn in sich aufsteigen, aber gleichzeitig war er vor Schwäche wacklig auf den Beinen. Er ließ sich auf den einzigen Stuhl fallen, richtete sich aber sofort wieder starr auf, als Trismegestes Madelaine zu dem Vorhang führte. »Wohin...«

»Sie soll sich auf das Sofa legen. Carl, so beruhigen Sie sich doch. Sie sind überreizt. Die junge Dame hat offensichtlich einen gräßlichen Schock erlitten...« Madelaine ließ sich fügsam und ergeben von ihm führen. Ihr Gesichtsausdruck war unverändert; ihre Lippen waren gesprungen, ihre Hände und Füße staubig. »Hier ist es angenehm dunkel und kühl. Sie kann sich ausruhen, während wir beide uns unterhalten.« Sie traten durch den Spalt zwischen den Vorhängen und verschwanden aus Lanyards Sicht.

Lanyard warf einen Blick auf die Urne; die geschnitzten Figuren schienen sich zu bewegen, sich aufzubäumen. Er wandte den Blick ab.

Lanyard hätte gern geduscht, aber er brachte es nicht fertig das Wohnzimmer zu verlassen, solange Madelaine hinter diesem blutroten Vorhang war. Nervös rutschte er auf dem Stuhl herum.

Er hörte Trismegestes' Murmeln – als sei Madelaine ein Kind, das er zu Bett brachte.

Lanyard suchte nach den Kraftströmen. Er konnte sie im Moment nicht sehen. Unerklärlicherweise erschrak er darüber, daß sie verschwunden waren.

»Trismegestes...«, rief er leise, um Madelaine nicht zu wecken. Warum war der Alte schon so lange weg? »Trismegestes!« rief er lauter. »He, sind Sie noch da?«

Keine Antwort. Das heißt, zumindest nicht aus dieser Welt. Eine andere Stimme antwortete ihm fast tonlos.

Carl... Die Stimme seiner Mutter.

Eine freudige Erregung durchzuckte ihn. »Mutter?«

Carl, sie...

Die Verbindung riß ab, als Trismegestes die Vorhänge teilte durch den Spalt trat und sie eilig wieder hinter sich zuzog.

»Was ist los, Carl?« fragte er. Dabei sah er auf die Urne aus Jade.

»Ich... ich habe mich nur gefragt, warum Sie mich solange allein lassen.« Was stimmt hier nicht? Er war sich nicht sicher.

»Sie haben heute viel durchgemacht, Carl. Ihre Nervosität ist verständlich.« Trismegestes kniete sich neben die Urne. Er strich über die geschnitzten Figuren, bis seine zitternde Hand auf dem Dämon mit dem Hundekopf ruhte. »Man kann es spüren...«, murmelte er.

Noch nie hatte Lanyard Trismegestes so bewegt erlebt. »Wissen Sie, was dieses Kunstwerk enthält, Carl?«

»Ich weiß, was *angeblich* darin ist.«

»Nein, es ist wirklich da. Der Kult, den Minder wieder ins Leben gerufen hat, war einst, vor Jahrhunderten, sehr mächtig. Auch sein Priester war sehr mächtig. Ein gewisser König fürchtete sich vor der Macht dieses Priesters. Er fürchtete den Sturz seiner Monarchie zugunsten einer Gottesherrschaft. Daher ließ er den Priester töten und seinen Kopf in diese Urne stecken, die er als Fußschemel benutzte.« Trismegestes lächelte Lanyard an; in seinen Augen glitzerten Tränen. Tränen des Glücks. Die Art von Freudentränen, die man manchmal bei Familientreffen findet. »Er war... dieser Priester, er war eine Art Vorfahre von mir... So vieles, woran ich mich nicht mehr erinnere...«

Trismegestes richtete sich auf und wandte Carl den Rücken zu. »Zigarette?«

Lanyard genoß die Tatsache, daß Trismegestes sich nicht setzen konnte. Einmal mehr wunderte er sich über seine Feindseligkeit gegenüber dem alten Mann.

Er sah auf den Vorhang. »Was ist los mit ihr? Ich spüre, daß sie mich hört, aber sie reagiert nicht. Sie sagt nichts. Ist sie... gewissermaßen hypnotisiert worden?«

»Ich glaube eher, Carl, daß sie sie in die Nähe des Wahnsinns getrieben haben. Ich weiß mit Gewißheit, daß sie sich ihnen nie wirklich angeschlossen hat. Sie hat so getan als ob, aber sie ist eine gute Schauspielerin, und Joey ist darauf reingefallen. Sie hat sich einfach in sich selbst zurückgezogen. Sie wird wieder aus der Sache rauskommen...«

Lanyard warf einen argwöhnischen Seitenblick auf den Vorhang. »Sie... hat nie teilgenommen? Wie können Sie sich dessen so sicher sein?«

»Ich bin sicher. Sie ist unschuldig.«

Lanyard wäre dieser Frage genauer auf den Grund gegangen, aber Trismegestes unterbrach das Gespräch. »Carl, ich habe den Verdacht, daß Sie mit dem Gedanken gespielt haben, ein Buch über die ganze Geschichte zu schreiben. Eine Art Exposé gibt es sicher schon. Haben Sie das immer noch vor?«

Lanyard war im ersten Moment schockiert. Würde er noch darüber schreiben? »Nein, ich wüßte nicht, wie ich das machen sollte... schließlich habe ich diese Rohre gesprengt, und ich...« Er lachte. Das Blut wich aus seinem Gesicht. »Ich muß einen Schaden in Millionenhöhe angerichtet haben.«

Es war, als ließe die Wirkung einer Droge nach. Voller Entsetzen und äußerst peinlich berührt, erinnerte er sich daran, was er getan hatte. Und mit Angst. Seine Eingeweide zogen sich zusammen.

»Ja«, sagte Trismegestes fröhlich. »Es sieht ganz danach aus, als bekämen Sie *großen Ärger*.«

»Sie haben mich doch zu allem angestiftet. Angefangen mit Merino. Sie wußten...«

»Ich mußte Ihnen einen Anstoß geben, damit Sie *Die Gabe* akzeptieren. Damit Sie die Wahrheit akzeptieren. Es war...«

»Alles nur zu meinem Besten? Stimmt. Und Sie haben mich losgeschickt, um...«

»Ich habe, offen gesagt, nicht damit gerechnet, daß Sie lebend zurückkommen. Natürlich habe ich Sie beschützt. Ich wollte die Urne haben. Das erleichtert alles.«

Als Ausdruck der Verachtung warf Lanyard seine Zigarette auf den Boden. Eine Reaktion von Trismegestes blieb aus. Plötzlich fröstelte Lanyard mit seinem nackten Oberkörper in dem klimatisierten Raum. Lanyard ging auf den roten Samtvorhang zu.

Trismegestes hob warnend seine schmale Hand. Lanyard hätte ihm die Hand mit Leichtigkeit brechen können, aber Trismegestes war in den Gesten der Autorität geübt. Lanyard zögerte.

»Carl... wir sind uns wohl darüber einig, daß Sie Ärger bekommen können. Ich könnte Sie der Polizei übergeben, ohne selbst in die ganze Sache verwickelt zu werden. Glauben Sie mir – ich habe alles bis ins Kleinste durchdacht. Ganze Stadtteile sind geradezu verseucht, und dazu kommt die Tatsache, daß dort unten viele

Menschen ums Leben gekommen sind. Ich weiß, daß sie tot sind. Eine gräßliche Geschichte. Ich habe sie von meinem Ende aus mitverfolgt.«

Lanyard schüttelte verwundert den Kopf. »Sie wußten, wo der Tempel war?«

»Aber ja. Trotzdem habe ich Sie gebraucht, damit Sie die Urne holen. Ich habe einen meiner Leute auf den Kult angesetzt, aber es ist mir nur mit knapper Not gelungen, ihn vor der Entdeckung zu bewahren. Sie konnten einfach ganz selbstverständlich mit der Urne weggehen. Niemand hat Sie aufgehalten. Das war Sein Wille – denn Er wollte, daß Sie mir die Urne bringen. Deshalb konnte Ihnen niemand etwas tun. Das heißt aber noch lange nicht, daß Sie unantastbar sind.«

Lanyard blickte auf den roten Vorhang. »Worauf wollen Sie hinaus?«

»Ich kann Sie stark machen. Ich kann Ihnen beibringen, wie Sie Ihre Gabe wahrhaft einsetzen können. Ich kann Sie reich machen. Ich...«

»Sie werden die Urne gar nicht zerstören?«

»Unter keinen Umständen. Das wäre doch das Dümmste, was ich tun könnte.«

»Ich werde Ihnen nicht helfen. Das Ding da unten – mir ist gleich, *was* passiert, welche Folgen es hat – das Ding ist da unten gewachsen. Minder hätte mit der Zeit die ganze Stadt durch einen Fleischwolf gedreht. Ich kann jederzeit *erklären*, warum...

»Soll das ein Witz sein? Wenn Sie versuchen, das zu erklären, kommen Sie vielleicht mit einer Gummizelle im Bellevue davon. Etwas Besseres steht für Sie nicht zu hoffen.«

»Ich habe gespürt, wie dieser Kopf da unten gewachsen ist, und ich werde Ihnen nicht helfen, etwas dergleichen zu erzeugen.«

»Der Kopf lebt noch. Seine körperliche Manifestation ist unter Tonnen von Stein begraben, aber *Er* kann nicht getötet werden. Er wird an einem anderen Ort wieder auftauchen. Er gedeiht überall, wo die Habgier und der Egoismus gedeihen.«

»Ich werde Ihnen nicht helfen.«

»Lanyard – Sie haben keine Chance. Wir sind genetisch auf Egoismus programmiert. Die Natur hat sich gegen alles ›Gute‹ in uns verschworen. Wir sind durch die Natur bestimmt, und wir müssen nach unserer Natur bestimmen, was ›gut‹ ist. Und die Natur – unsere Instinkte – sagt uns, daß Selbsterhaltung gut ist. Daß sie über allem und jedem steht. Wenn Sie mit mir zusammenarbeiten, werden Sie nicht nur überleben und vor der Polizei sicher sein, sondern Sie werden in jeder Hinsicht Erfolg haben. Dafür werden wir sorgen. Geben Sie Ihm, und Er wird Ihnen geben.«

»Sie haben von Anfang an dazugehört!« Lanyard starrte den alten Mann an.

»Nein, nein, wirklich nicht. Nein, nicht zu denen. Das waren Betrüger. Minder war ein Emporkömmling. Er ist über diese Urne gestolpert, und das hat ihm die Macht gegeben, das Ding heraufzubeschwören, das er ›Tooley‹ genannt hat. Außerdem hat die Urne ihm ermöglicht, die Tür zu Ahriman zu öffnen. Aber er war ein Stümper. Was seine gegenwärtige Lage nur beweist – es war ein zauberhafter Anblick. Wir haben das Bild schrecklich genossen. Mein Sohn und ich haben es beide gesehen: Minder, der *ewig* im stinkigen Abwasser ertrinkt. Und nie *ganz* stirbt. Was für ein Pfuscher! Was für ein Stümper! Und was für ein Betrüger!« Sein Tonfall war wieder vollkommen ernst, als er sagte: »Ich bin der rechtmäßige Priester des Ordens Ahrimans.«

»Ich werde Ihnen nicht helfen. Wenn sich die Menschen so verhalten, als zähle ausschließlich ihr eigenes Wohlergehen, dann wird das Leben für jeden zur Hölle. Früher oder später holt einen die Hölle ein. Vielleicht gibt es keinen Gott und keine Gerechtigkeit und keine wahre Moral – aber wir müssen uns so verhalten, als gäbe es sie.«

Trismegestes lachte gezwungen. »Die typischen Worte eines Verlierers.« Er sah Lanyard mit Augen an, die so alt waren wie die Steine auf dem tiefsten Grund des Meeres. Er sah Lanyard von diesem tiefen, dunklen Ort aus an, als überlege er gerade, was er tun würde, wenn Lanyard über Bord fiele, in seine Reichweite käme...

Carl, lauf, sieh zu, daß du von hier fortkommst. Die Stimmen. Die Stimme seiner Mutter. *Carl, eil dich, lauf...*

Lanyard bebte vor Zorn. »Ich werde Ihnen nicht helfen!« schrie er und stieß Trismegestes zur Seite. Er riß den Vorhang auseinander.

Minders Leibwächter stand dort. Er schlug Lanyard bewußtlos.

»Es ist immer noch möglich«, sagte Trismegestes, als Lanyard das Bewußtsein wiedererlangte, »daß wir unseren Freund Lanyard vor dem Untergang bewahren können. Wir müssen ihn gewaltsam zur Vernunft bringen. Sein Selbsterhaltungstrieb wird uns dabei helfen. Leg ihn wieder hin, Harold. Der arme Mann ist ganz schlapp und völlig harmlos. Besorg uns ein paar Müllsäcke für das Mädchen, bitte. Ich will nicht, daß man ihre Überreste findet. Der Portier hat sie gesehen, als sie gekommen ist.«

Lanyard verspürte Übelkeit und Verzweiflung, und als er endlich die Augen öffnete und sah, was sie mit Madelaine gemacht hatten, übergab er sich.

»So ein Mist«, sagte Harold. »Er kotzt sich selbst voll. Das tropft noch auf ...«

»Das spielt keine Rolle mehr. Das Ritual ist vollzogen. Du kannst jetzt gehen. Die Müllsäcke müssen in der Küche liegen. Ich weiß nicht genau, wo – du mußt wohl wühlen.«

Harold verließ das Zimmer.

Lanyard zwang sich die Augen zu öffnen.

Das Tierchen Des Kopfes Unterhalb war hier gewesen. Ihre Brüste waren abgenagt, und auch andere zarte Stellen ihres Körpers wiesen Bißspuren auf. Trismegestes hatte ihren Körper mit geübter Hand säuberlich aufgeschnitten. Madelaines Überreste waren blauweiß und blutverschmiert. Sie lag mit gespreizten Beinen da.

Lanyard fühlte sich gefriergetrocknet. Das Blut in seinen Adern schien zu Kristallen zu gefrieren. Die Zeichen, der Kreis, das Pentagramm. Nichts fehlte. Lanyard hörte keine Stimmen und sah keine Kraftströme. Er fühlte sich wie ein Blinder.

Zwischen ihren Schenkeln stand die Urne aus Jade.

»Harold«, sagte Trismegestes, »ist mein Sohn. Ich sagte Ihnen vorhin, daß ich jemanden auf Minders Organisation angesetzt habe. Natürlich war er nicht dabei, als Sie heute abend die Bomben gelegt haben. Ich wollte sein Leben nicht überflüssigerweise aufs Spiel setzen. Er ist mir sehr teuer. Wir stehen einander sehr nahe. Sie dürfen mich nicht für herzlos halten, Carl. Ich bin sogar ziemlich gefühlsduselig. Meinen Freunden halte ich die Treue. Tooley und Minder hatten bei Harold bereits Verdacht geschöpft – es ist schwer, etwas vor Tooley zu verbergen. Selbstverständlich wird Tooley jetzt für mich arbeiten. Er ist so schnell nicht umzubringen.«

Lanyard sah das Messer, mit dem das Ritual vollzogen worden war. Es lag rechts neben Madelaine. Er stand auf und fachte seine aufkeimende Stärke mit seinem Zorn an.

Carl. Die Stimme seiner Mutter. In seinem Kopf. Verbunden mit einem stechenden Schmerz. Er hörte sie kaum. *Carl, zerstöre diese Urne!*

Lanyard holte tief Atem und sammelte Kraft.

»Carl«, sagte Trismegestes väterlich, »ich wollte, daß Sie ihren Körper sehen und sich an diesen Anblick gewöhnen. Sie leidet nicht, Carl. Es ist nur noch eine Ansammlung von Zellen. Sonst nichts. So schrecklich ist das doch gar nicht.«

Lanyard zitterte. Er trat einen Schritt vor und griff nach der Urne. Lanyard lief zum Fenster. Trismegestes schrie nach Harold. Lanyard hob die Urne über seinen Kopf und zögerte für einen Sekundenbruchteil, als er einen Knurrlaut aus der Urne aufsteigen hörte und die Kraftströme sah, die die Dämonengestalten aus Jade streichelten. Er lauschte auf die widersprüchlichen Stimmen in seinem Kopf. *Zerschmettere sie! Eil dich!* und *Stell sie sorgsam ab, hör auf den Priester, denn was du uns gibst, geben wir dir doppelt zurück* und *Lauf! Eil dich!* Und war das nicht Madelaines Stimme? Ja. *Zerschmettere sie!*

Er warf sie gegen das Fenster. Sie zersplitterte das Glas und traf auf die Eisenstangen. Die Urne zerbrach in zwei große Stücke, die zwischen dem Fensterrahmen und den Eisenstäben steckenblieben.

Dort, wo die Urne gesprungen war, triefte eine gelblichbraune Flüssigkeit aus dem Spalt, die einen grauen Klumpen von der Größe einer Grapefruit mit sich schwemmte; einen menschlichen Kopf, verdorrt, aber unglaublich gut erhalten und zum größten Teil noch von Haut und Haaren bedeckt. Die Augen fehlten; ein langer grauer Schnurrbart hing zu beiden Seiten des verbittert zusammengekniffenen Mundes herunter. Der Kopf lag auf der Seite und sah Lanyard blicklos durch das ausgezackte Loch im Glas an.

Harold und Trismegestes vergaßen Lanyard. Sie rannten an ihm vorbei zum Fenster, um den Kopf und die Teile der Urne zu retten. Carl drehte sich um und ging mit steifen Bewegungen auf den Kreis auf dem Boden zu, in dem Madelaines aufgeschnittener Leichnam lag. Zum Messer.

Ich kann immer noch diesen Schurken umbringen, dachte er.

Der Straßenlärm drang laut durch das Loch im Fenster. Jemand rief von draußen: »Scheiße, sieh dir das an, das ist verdammt noch mal der Kopf eines Menschen! Ruf einen Bullen – he, da ist einer...«

Lanyard griff zu dem bluttriefenden Messer.

Ein Schatten erschien hinter ihm. Er drehte sich um. Harold war über Madelaine gestiegen und streckte die Hand nach ihm aus. Im Hintergrund sah Lanyard Trismegestes, der den beschädigten mumifizierten Kopf weinend in eine Plastiktüte steckte.

Harolds Finger schlossen sich um Lanyards Kehle. Lanyard hob das Messer hoch über seinen Kopf und stieß es mit aller Kraft in die Kehle des Muskelpakets. Er riß die Klinge sofort wieder zurück.

Harold schrie auf, gurgelte Blut und griff nach seiner Wunde, aus der das Blut sprudelte. Lanyard lachte und stieß das Messer in Harolds Brust. Als sich das Fleisch zerteilte, empfand er eine tiefe Befriedigung.

Er zog das Messer wieder heraus, und der kräftige Mann taumelte rückwärts. Harold fiel quer über die Überreste von Madelaine. Er starb sofort.

Lanyard blickte auf. Er suchte Trismegestes. Der alte Mann war nicht mehr im Raum. Wahrscheinlich hatte er das Zimmer verlassen, um das Ding zu verstecken, das er aus der Urne geholt hatte.

Die Wohnungstür wurde aufgebrochen. Zwei junge Bullen mit frischer Gesichtsfarbe kamen herein. Sie schwenkten ihre Waffen.

Sie sahen Lanyard über den Leichen stehen. Einer der beiden würgte.

Sein Partner deutete auf die Symbole auf dem Fußboden. Sie sahen Orden und Beförderungen auf sich zukommen. Sie sahen, wie Lanyard sich zu ihnen umdrehte. Von dem erhobenen Messer tropfte Blut, Blut tropfte auf seine nackte Brust, sein Mund öffnete sich zu einer Erklärung – aber sie wußten nicht, daß er ihnen etwas erklären wollte. Alles, was sie wußten, war, daß er blutbespritzt war und ein Messer in den Händen hielt, daß bereits zwei Opfer zu seinen Füßen lagen und daß in seinem Blick der Wahnsinn stand. Und als sie ihre Waffen auf ihn richteten, hörten sie Trismegestes, der von hinten aus dem Korridor auf sie zukam, rufen: »Um Gottes willen, halten Sie ihn davon ab, noch jemanden umzubringen! Schießen Sie!« Jeder der beiden feuerte drei Schüsse auf Lanyard ab.

»Danke«, sagte Trismegestes mit zitternder Stimme, als ihm einer der Bullen zur Tür half. »Er hatte die Wohnung von mir gemietet. Mein Sohn und ich haben seltsame Geräusche gehört. Deshalb sind wir gekommen, um nachzusehen, was – nun ja, Sie haben es schließlich selbst gesehen. Wir... wir hatten von nichts eine Ahnung. Und er – *mein Sohn?* Er hat meinen Sohn umgebracht.« Trismegestes schluchzte.

»Das wird alles wieder gut. Mister«, sagte der jüngere Bulle zu ihm. Er war gerührt. »Wir haben den Mann geschnappt, der Ihren Sohn umgebracht hat. Er ist tot. Er wird niemandem mehr etwas antun.«

»Gott sei Dank«, sagte Trismegestes schwach. Er hatte die Hände vor sein Gesicht geschlagen und schluchzte überzeugend. »Gott sei Dank, daß Sie diesen Irren getötet haben.«

JOHN FARRIS

Der ungeladene Gast

Welch ein Meisterwerk ist der Mensch!
Wie edel durch Vernunft! Wie unbegrenzt an Fähigkeiten!
In Gestalt und Bewegung wie bedeutend und wunderwürdig!
Im Handeln wie ähnlich einem Engel! Im Begreifen
wie ähnlich einem Gott! Die Zierde der Welt!
Das Vorbild der Lebendigen!

WILLIAM SHAKESPEARE,
Hamlet, Zweiter Aufzug, zweite Szene

What is mind? Doesn't matter.
What is matter? Never mind.

BERTRAND RUSSELL

*Für Ron Preissman,
den Freund und Partner beim Schattentheater
und in Sachen Laterna magica*

HINWEIS: *Tuatha de Dannan* wird wie »Tutha-de-Danan«
ausgesprochen und *Daoine Sidh* wie »Thiena-schie«.

Der Unfall

1.

Claude Copperwell hatte ein Antiquitätengeschäft an der Hauptstraße von Anatolia im Bundesstaat New York. In einem Hinterzimmer machte er außerdem Rahmen für die Künstler aus der Gegend. Wenn Thomas Brennan ein Bild fertig hatte, das verkauft werden sollte (was nicht öfter vorkam als zwei- oder dreimal im Jahr), brachte Tom oder irgend jemand, der gerade von der Farm in die Stadt fuhr, das neue Werk zu Claude. *Greene House* wurde kurz nach dem Erntedankfest vollendet. Tom beachtete das Bild eine Weile nicht – ging zur Jagd, spielte Pool-Billard, reparierte einen Traktor. Dann strich er noch ein paar Tage um sein Werk herum, betrachtete es prüfend, hatte aber keine Lust mehr, zum Pinsel zu greifen. Und damit wußte er, daß er alles gegeben hatte, was in ihm steckte. An einem Tag Anfang Dezember verstaute Toms Tochter Barry gegen fünfzehn Uhr das in eine alte Decke gewickelte Temperagemälde im Volvo-Kombi der Familie Brennan und fuhr die knapp achtzehn Kilometer nach Anatolia. Der Himmel war silbergrau. Es schneite ein wenig.

Seit fast dreißig Jahren ließ Thomas Brennan seine Bilder von Claude Copperwell rahmen. Nichts Neues also. Aber es mußte jedesmal ein kleines Ritual beachtet und vollzogen werden. Barry parkte vor der Hintertür. Inzwischen herrschte Schneetreiben. Dicht fielen die Flocken, prickelten kalt auf Barrys Wangen, wirbelten über die Straße hin. Barry ging nach drinnen und holte Claude. Claude trug das Bild – 76,2×152,4 cm, auf Holz gemalt – in seinen Arbeitsraum und stellte es auf eine alte, von Farben überkrustete Staffelei, die früher einmal Rockwell Kent gehört hatte.

»Das ist Greenes Haus, nicht wahr?« Tom Brennan hatte dieses Farmgebäude aus dem 18. Jahrhundert (oder Teile davon) schon oft gemalt.

»Ja.«

»Aber so was hat Tom, glaube ich, noch nie gemacht. Er hat ein paar Motive kurz vor oder kurz nach Sonnenuntergang gemalt –

dieses späte Licht, nicht wahr. Aber das Bild hier ist richtig dunkel.«

»Unheimlich«, meinte das Mädchen.

Claudes Frau brachte ein Tablett mit Sherrygläsern und einer Karaffe und umarmte Barry.

»Es ist schon eine Ewigkeit her, seit wir dich das letztemal gesehen haben, Kind!«

»Ich war lange nicht mehr in der Stadt. Auf der Farm gibt's so viel zu tun.«

»Und ich dachte, du wärst auf dem College wie die anderen Mädchen auch.«

Barry zuckte die Achseln. »Nächstes Jahr vielleicht.«

»Meine Güte«, sagte Millicent, »das ist aber ein großes Format.« Sie betrachtete das Bild, kurz allerdings und fast scheu, ließ es bloß auf sich wirken und versuchte, es nicht vorschnell zu kategorisieren. Sie goß Sherry ein, und die drei lächelten sich an: zwei Zwerge und ein hochgewachsenes Mädchen. Claude hatte keinen Hals und keine Haare, die Augenbrauen ausgenommen, so buschig und schwarz, als seien sie geteert. Sein Gesicht sah gemeißelt aus, dabei wächsern und mit großen Poren in den Wangen – wie unvollendete Augen. Millicent war Engländerin, eine rosige und vergnügte Person. Sie engagierte sich gern für unpopuläre Dinge, nahm sich mit Begeisterung der Unterprivilegierten und Bedürftigen an; ihre Freundinnen, Freunde und Bekannten nannten sie »Wohlfahrtsmäuschen«.

Nun tranken die drei ihren Sherry und widmeten ihre Aufmerksamkeit Tom Brennans neuestem Werk. Barry kannte es bereits in- und auswendig. Sie hatte die Entstehung von *Greene House* vom Frühsommer an in allen Phasen miterlebt; erst die Tusch- und Bleistiftzeichnungen in einem Skizzenbuch, dann eine Reihe kleiner Aquarelle, einige davon in trocken-realistischer Manier – zwanzig oder mehr Versionen gipfelten in diesem eindrucksvollen Werk. Barry bewunderte das Bild ihres Vaters. Und gleichzeitig hatte sie das Gefühl, sie müsse davor zurückweichen.

Es war wie alle seine Gemälde (abgesehen von den Portraits) kühn in der Komposition und von ziemlich gedämpfter Farbigkeit und hatte die gewöhnlichen und unscheinbaren Dinge eines sehr kleinen Bereichs des Bundesstaates New York zum Gegenstand – jenes Bereichs, den Tom Brennan zu Fuß von seiner Farm aus durchmessen konnte. Das einzig Auffällige an Greenes Haus (es lag, fast völlig eingeschlossen von einem trostlosen Waldstück, in einer Senke zwischen zwei Hügeln) war ein sämtliche Proportionen sprengender, klobiger Anbau aus dem 20. Jahrhundert: eine vor den Unbilden der Witterung geschützte Veranda. Tom Brennan hatte diese Veranda mit ihrem kalten Licht hervorgehoben und das dunkle Haus in starker perspektivischer Verkürzung dargestellt, was einen Anschein von Bewegung schuf, von Fahrt; die kreidig weiße fast grell wirkende Ecke der Veranda, die leicht diagonal ins linke Drittel des Bilds hineinragte, erinnerte an den Bug eines Schiffes. Der Mond stand tief am Himmel, späte Stunde und spät im Jahr: in dem Waldstück lag Schnee, ein unregelmäßiges Streifenmuster.

In einem Armstuhl auf der Veranda saß eine Frau, die einen dikken Strickpullover trug. Sie saß auf der Kante und würde vermutlich gleich aufstehen – jedenfalls hielt sie mit beiden Händen die Armlehnen des Stuhls umfaßt. Auf den ersten Blick sah sie bloß müde aus. Sie hatte das Gesicht zum Haus gedreht, als wollte sie jetzt nach drinnen gehen. Doch für Barry drückte die ganze Körperhaltung der Frau (und besonders der eine so seltsam vorspringende Ellenbogen) Furcht aus. Was erfüllte sie mit Schrecken? Ein Gedanke, der sie eben überfallen, ein Geräusch, das sie gerade gehört hatte? Etwas Natürliches? Oder nicht?

»Das ist ja Edie!« sagte Millicent. Sie meinte die Frau auf dem Bild. Dann blickte sie Barry an und merkte, daß Barry noch gar nicht darauf gekommen war. Millicent sah eine kurze Verwirrung und gleichzeitig die Gesichtszüge, die Edie ihrer Tochter vererbt hatte: die hohe Stirn, die blassen, aber hinreißenden Wimpern, die etwas auf Himmelfahrt ausgerichtete Nasenspitze. Haut-, Haar- und Augenfarbe dagegen hatte sie von ihrem Vater. Sie war rotblond und jetzt auch rotgesichtig vom winterlichen Wetter und hatte königsblaue Augen, die so empfindlich waren, daß sich bei jeder Helligkeit eine Art Dunstschleier über sie legte.

»Weiß nicht«, sagte Barry und schaute noch einmal hin. »Kann schon sein.«

Edith Brennan war bei einem Autounfall ums Leben gekommen. Barry war damals neun Jahre alt gewesen, und darum mangelte es ihrer Erinnerung sozusagen an Tiefenschärfe und an Genauigkeit. Es gab zu Hause einen ganzen Stapel Familienfotos, den sie manchmal zu Rate zog, wenn sie sich verloren fühlte auf ihrem doch recht einsamen Weg – achtzehn und ohne Mutter – und Orientierung suchte. Außerdem hatte sie in den Skizzenbüchern ihres Vaters viele, viele Studien von Edie in jüngeren Jahren gesehen: eine magere, ja hagere Irin, schwarzbraun und schlicht, aber mit einer angeborenen munteren Frechheit, mit Mutterwitz und jenem gutmütigen, nachsichtigen Lächeln, für das so mancher Mann einen Mord begehen würde. Und Edie war »unpraktisch«, weil sie zuviel von dieser Welt und von vergangenen Welten wußte. Sie lebte in ständiger Anspannung vor lauter Intuition, setzte sich unermüdlich für andere ein, verzehrte sich, da sie immer die Grenzen ihrer schwachen Leibeskräfte mißachtete.

Barrys Augen brannten. Wie alle Mitglieder ihrer Familie ließ sie sich zu schnell von Gefühlen überwältigen. Sie trank ihren Sherry aus, lehnte nicht ab, als ihr noch ein Glas angeboten wurde, und bezwang das Selbstmitleid. Doch der Alkohol wirkte sich auch auf ihre Konzentration aus. Sie konnte jetzt nicht mehr so klar denken, ihr wurde kurz schwindlig, und überhaupt schwebte sie nun irgendwie im Ungewissen. Sie kehrte dem Bild ihres Vaters den Rücken und schlenderte zu der halboffen stehenden Tür, die zum Laden führte. Ein matter Schimmer von alten Spiegeln und dunklen Möbeln war zu sehen. Barry hörte Stimmen. Ein Mann und eine Frau unterhielten sich über Kunstgegenstände.

»Ich nehme an, das Bild ist bereits verkauft«, sagte Claude, sein Blick ruhte nach wie vor auf dem neuen Gemälde.

»Käufer gibt's massenweise«, meinte Millicent, »aber leider nicht genügend Brennans.«

Claude drehte sich um und schaute Barry an. »Sag der Galerie, Samstag in einer Woche ist das Bild gerahmt und kann abgeholt werden.«

Barry gab keine Antwort. Sie hatte einen jungen Mann im Laden gesehen. Er beugte sich gerade über einen Schaukelstuhl. Er hatte strohblonde lange Haare und trug eine orange und schwarz karierte Wolljacke. Barrys Herz machte einen Sprung, ihr rechter Arm hob sich in reflexartig jäher Bewegung. Sie verschüttete Sherry aus dem Glas, das sie in der Hand hielt, aber sie achtete nicht darauf. Zu dem jungen Mann trat nun seine Frau oder Freundin. Die Frau sprach leise mit ihm, deutete auf etwas Interessantes. Noch hatte er den Kopf nicht von dem Schaukelstuhl abgewandt. Barry konnte nach wie vor nicht sein Gesicht sehen.

»Barry?« sagte Millicent.

Barry hörte ihren Namen durch das tönende Rauschen des Blutes in ihren Ohren. Sie drehte sich um und wäre beinah gestolpert, bekam gerade noch mit ihrer freien Hand den Türrahmen zu fassen und verschüttete wieder etwas Sherry.

Millicent blickte Barry an. Dann das Paar im Laden.

»Ned hatte auch so eine Jacke«, erklärte Barry mit sachlich-schwacher Stimme.

»Ach, Kind.«

»Selbst der blödeste Jäger könnte ihn nicht für ein Reh halten. Sagte er.« Barrys Schultern hoben sich ein wenig. Sie lächelte, traurig allerdings. Ihre Wangen brannten. Sie schaute Millicent starr an und mußte sich das Stottern verbeißen: »Fü-für was haben sie ihn gehalten, als sie ihn einfach über den Haufen geschossen haben?«

Millicent ging zu ihr (es sah nicht sehr schnell aus), schloß flink die Tür, legte ihren Arm um Barrys Taille. Barry war niedergeschlagen. Der Aufschlag ihres Parka war voll Flecken.

»Ich habe mit Sherry gekleckert. Tut mir leid.«

»Du mußt drüber wegkommen. Wirklich.«

Barry nickte. »Ich weiß. Lag nur an der Jacke – und ein paar Sekunden sah er so aus wie Ned. Mehr war nicht.«

Millicent und Claude begleiteten sie zum Volvo. Binnen einer halben Stunde war die Stadt fast vollständig weiß geworden – abgesehen von den Glitzerketten und den pseudogoldenen Sternen an den Laternenpfählen. Die Erinnerung an Ned hatte Barry in die Abgründe ihres Kummers zurückgestoßen. Sie suchte nach ihren Schlüsseln, hatte sie zwischen den Fingern, ließ sie auf den kalten weißen Teppich ihr zu Füßen fallen.

Claude hob sie auf. »Fahr vorsichtig, ja? Laut Wetterbericht schneit es nämlich weiter. Sollen fünfzehn bis zwanzig Zentimeter werden heute nacht.«

»Und richte Tom viele Grüße von uns aus«, sagte Millicent. »Ihr beiden müßt euch ja nicht immer wie die Eremiten aufführen. Kommt uns doch mal besuchen!«

»Machen wir. Ich versprech's.«

»Im Krankenhaus fragen schon alle: Wann gibt Barry wieder mal eine Vorstellung für uns?«

Barry zwang sich zu einem Lächeln. »Weiß ich noch nicht. Bald jedenfalls.«

Sie fuhr los. Nicht gerade übervorsichtig. Sie wollte bloß eins: weg aus der Stadt. Die Copperwells warteten im Schneetreiben, bis der Wagen nicht mehr zu sehen war.

»Sie hat immer noch diesen ganzen Kummer in sich«, sagte Millicent. »Richtig in sich reingefressen. Und das ist eine größere Tragödie als Neds Tod. Ich weiß nicht – warum kann Tom ihr nicht irgendwie helfen?«

»Künstler sind alle gleich. Tom lebt in einer anderen Welt. In seiner.«

»Vielleicht fahre ich mal am Nachmittag rüber und rede mit Barry.«

»Jetzt laß uns reingehen. Ich habe kalte Füße.«

Barry sehnte sich nach der Abgeschiedenheit der Farm, nach ihrem Zimmer mit dem milden Lampenschein. Sie fuhr zu schnell, verließ sich darauf, daß ihr die neuen Winterreifen an dem Kombi alle Scherereien ersparen würden.

Noch vor einer Stunde waren die Bäume an der Straße dürr und kahl wie Skelette gewesen. Jetzt hatten sie weiche Formen vom Schnee, der dicht und wild aus Nordwest gewirbelt kam. Die Scheibenwischer häufelten ihn am Rand der Windschutzscheibe zu halb durchsichtigen Platten auf.

Die zweispurige Landstraße, die von Anatolia zur Farm führte, verlief selten mehr als hundert Meter gerade. Es lagen Hügel am Weg, viele Hügel, und keinerlei nennenswerte Ansiedlungen. Ein paar Kilometer stadtauswärts führte die Straße mitten durch einen Staatspark mit einem kleinen, hübschen See, einem alten Abflußkanal und einer überdachten Brücke in einer Talmulde. An dieser Stelle kam eine Haarnadelkurve: zur Brücke hinunter und wieder steil hinauf zwischen Felsen und hohen Bäumen.

Barry kannte den Weg wie im Schlaf. Sie war diese Straße schon bei jedem Wetter gefahren. Bis zur Brücke begegneten ihr nur zwei Autos. Die Scheinwerfer des Volvo waren voll aufgeblendet. Barry hatte Kopfschmerzen. Sie fühlte sich ausgehungert, deprimiert, zum Hadern aufgelegt. Aber sie hatte niemand, mit dem sie sprechen, niemand, mit dem sie rechten konnte – zum Beispiel darüber, wie *sinnlos* Neds Tod gewesen war, einfach nur grausam und absurd. *Hatten das die anderen alle schon vergessen?* Ihr war es noch gegenwärtig; ein winziger Anstoß genügte, und sie hatte es wieder vor Augen. Trotzdem konzentrierte sie sich voll und ganz aufs Fahren. Es war keineswegs so, daß sie – wie Mrs. Prye häufig und boshaft bemerkte – ihren Kopf gleichsam unter dem Arm trug.

Später wurde Barry gefragt, was der junge Mann ihrer Meinung nach auf der Straße gemacht habe, wo es doch das einzig Vernünftige (oder sogar vom Selbsterhaltungstrieb Gebotene) gewesen wäre, aus dem Schneetreiben zu fliehen, auf der überdachten Brücke Schutz zu suchen und auf Rettung zu warten. Doch natürlich war nichts, aber auch gar nichts an Dravens Auftauchen vernünftig oder gar logisch, und er selbst konnte danach ebenfalls nicht erklären, was er getrieben hatte, bevor Barry ihn anfuhr.

Sie kam aus dem peitschenden, wirbelnden Schneesturm in die polternde Dunkelheit der Brücke mit ihrer einen Fahrspur. Hier segelten nur ein paar Flocken durch die Ritzen der Seitenbretter. Barry ging wohlweislich mit der Geschwindigkeit herunter und gab dann auf der anderen Seite wieder Gas, damit sie die Kurve und die Steigung schaffte.

Als sie die Brücke hinter sich hatte, sah sie ihn kurz im Scheinwerferlicht durch den sausenden Schnee. Ein unheimlicher Anblick: Er stand am Rand der Straße und hob die Hände. Entweder war es eine abwehrende Geste oder eine Gebärde der Überraschung, beides gleichermaßen mitleiderregend. Doch sein Gesicht war – soweit Barry das im Bruchteil einer Sekunde erkennen konnte – völlig ausdruckslos. Hätte er sich nicht bewegt, sie hätte ihn für eine Marmorstatue gehalten, eine griechische Plastik an einem grotesk falschen Ort, verwackelt und verwittert, leere Löcher anstelle der Augen. Aber er lebte, ein Mensch aus Fleisch und Blut. Und er hatte nichts an.

Barry riß das Lenkrad herum, trat kurz auf die Bremse, schleuderte seitwärts. Sie spürte, wie der rechte Teil der hinteren Stoßstange den Mann traf. Ihm auszuweichen war unmöglich. Sie hatte nur die Chance, ihn nicht zu töten. Und dann versuchte sie, den Volvo wieder unter ihre Gewalt zu bringen, indem sie in die Richtung der Schleuderbewegung steuerte. Sie war so sehr darauf bedacht, einen bösen Zusammenstoß zu vermeiden, daß der Unfall sie zunächst gar nicht richtig schockierte.

Der Volvo kam gute sechzig Meter weiter mitten auf der Steigung zum Stehen, etwas schräg, die vordere Stoßstange an dem Drahtseil zwischen der Straße und der Böschung, die steil zum Abflußkanal hin abfiel. Im Wagen befand sich eine rote Warnlampe. Man konnte sie anstelle des Zigarettenanzünders einstöpseln. Barry schloß sie an und stellte sie aufs Wagendach, damit jeder sie sah, der den Hügel hinauf- oder hinunterfuhr.

Und nun begannen ihre Hände zu zittern. Alles Blut wich aus ihrem Kopf. Die Knie gaben unter ihr nach. Sie mußte sich wieder setzen. Wie betäubt saß sie da, den Kopf fast auf den Knien, die Wagentür offen. Schnee wehte herein. Der Gedanke an das, was sie getan hatte, bestürzte sie. Obwohl es sicher nicht nur ihre Schuld war.

Aber er war irgendwo da unten im Schnee. Bestimmt hatte er sich etwas gebrochen. Und wenn sie ihm nicht schleunigst half, hatte er keine Chance.

Barry griff zum Mikrophon des Autofunks. Ihr Bruder Dal hatte die Anlage auf dem Höhepunkt des allamerikanischen CB-Fiebers in den Wagen eingebaut. Sie wußte in – etwa aber nur in etwa –, wie man damit umging.

»*Breaker breaker*... hier Barry. *Barry*. Hört mich jemand? Ich bin bei der überdachten Brücke im Tremont-Park. Ich – ich hatte einen Unfall. Es ist jemand verletzt. Ich brauche Hilfe. Es soll sich bitte jemand melden.«

Sie hielt das Mikrophon in der Hand, blickte die Steigung hinunter, blickte zum Straßenrand, versuchte, etwas zu erkennen. Aber sie konnte nicht viel sehen. Ihre Reifenspuren, in den Schnee eingefräst bis auf die schwarze Teerdecke, wurden schon wieder weiß. Tränen liefen heiß über Barrys kalte Wangen. Es war fast so, als hätte es den Mann nie gegeben. Aber sie wußte, daß sie sich den dumpfen Anprall des schleudernden Volvo gegen lebendiges Fleisch nicht nur eingebildet hatte.

Eine Stimme quäkte ihr undeutlich entgegen. Barry fingerte hektisch am Tuner herum, sprach wieder ins Mikrophon.

»Bitte noch mal. Ich – ich hab's nicht ganz –«

Diesmal war die Stimme klarer, aber immer noch schwach.

»Äh, Barry Barry, hier Tidewater Lefty, zirka fünf Kilometer westlich von Brewster. Bitte *ten-twenty* angeben. Dann sag ich der Staatspolizei Bescheid.«

Barry nahm an, daß der Mann sich nach ihrem Standort erkundigt hatte, und gab ihn nochmals an.

»Äh, *ten-four*, Barry Barry. Halt die Ohren steif. Ich hol sofort Hilfe.«

»*Die Polizei soll meinen Vater anrufen!*« schrie Barry ins Mikrophon. Doch es kam keine Antwort. Sie tat das Mikrophon an seinen Platz zurück. Ihre Finger kribbelten in den Autohandschuhen. Sie hatte nicht mehr das Gefühl, der Kopf werde ihr gleich von den Schultern purzeln. Adrenalin durchschwemmte sie und machte sie wach.

Barry schnappte sich die alte Decke aus dem Laderaum und ging die Steigung hinunter, oder, genauer gesagt: sie stolperte, glitschte, fiel zu Tal, rutschte auch ein Stück auf dem Hintern bis zu der Stelle, wo der Volvo den Mann gestreift hatte. Wie kam er eigentlich dazu, sich bei *dem* Wetter splitterfasernackt im Freien herumzutreiben? Ein Irrer vermutlich, dachte Barry. Und jetzt war sie beunruhigt. Aber nachdem sie ihn angefahren und fast *über*fahren hatte, konnte er ja wohl keine Gefahr für sie sein.

Er lag ein gutes Stück seitab von der Straße, auf halber Höhe der Böschung. Seine Haut war so weiß, daß sie sich kaum vom Schnee abhob. Er lag auf dem Gesicht. Sein Fall war von einem kleinen Weißdornbaum gebremst worden – ein Arm hing schlaff im niedrigen Gezweig. Von Barrys Blickpunkt aus ähnelte er einem Stück Strandgut. Er wirkte so verloren wie ein Fisch an Land.

Barry stieg nach unten, zog die zusammengerollte Decke hinter sich her, hielt sich an Büschen und vorragenden Felsen fest. Unmittelbar oberhalb von dem Mann glitt sie aus, taumelte, prallte gegen ihn. Sie hörte ein leises Ächzen. Rührte er sich? Nein. *Aber wenigstens lebte er noch.* Barry betrachtete sein Gesicht, von dem sie nur einen Teil sehen konnte, seinen glatten muskulösen, jugendlichen Körper. Es gab ihr einen Stich, als sie feststellte, daß er ungefähr so alt war wie sie.

Er hatte schimmernde schwarze Haare, sehr dicht über den Ohren und im Nacken. Auf den ersten Blick vom Auto aus hatte es so ausgesehen, als habe er viel weniger Haare. Oder überhaupt keine. Seine Unterarme und Beine waren allerdings haarlos. Seine Fußsohlen hatten eine leicht purpurne Tönung. Weit konnte er nicht gelaufen sein. Keine Spur von Dreck an seinen Füßen. Es war freilich auch denkbar, daß der Schnee alles abgewaschen hatte. Barry sah kein Blut, keine Verunstaltung, die auf einen Knochenbruch hingewiesen hätte. Sie streifte einen Handschuh ab und befühlte vorsichtig seinen Nacken, dann sein Kreuz. Es bekümmerte sie, daß sein Körper nicht warm war, ja blutleer zu sein schien. Aus der Nähe betrachtet, begann sich seine Haut bläulich zu verfärben. Barry hatte an der High School ein bißchen Erste Hilfe gelernt. An ein paar Dinge konnte sie sich noch erinnern. Handelte es sich hier um einen Schockzustand oder um Unterkühlung? Egal, der Mann mußte jedenfalls sofort ins Warme. Doch mochte er auch transportfähig sein, es war ein hoffnungsloses Unterfangen, ihn ohne Hilfe in den Volvo zu kriegen. Das merkte Barry gleich. Er war über einen Meter achtzig groß und wog, seinem athletischen Körperbau nach zu schließen, mindestens achtzig Kilo.

Barry rollte die Decke auf, breitete sie neben ihm aus, zögerte, biß sich auf die Unterlippe. Dann schob sie ihre Hände unter ihn und drehte ihn behutsam auf den Rücken. Sein rechter Arm löste sich aus dem Gezweig. Seine Augen waren geschlossen, seine Lippen leicht geöffnet. Barry legte ihre kalten Finger auf seine Halsschlagader. Ja, sie spürte einen Puls, aber sein Gesicht war so ausdruckslos, daß es sie ängstigte. Barry ließ kurz ihren Blick über ihn schweifen. Eine Prellung am linken Schenkel oberhalb des Knies, rötlichfleckig verfärbt. Dort hatte der Volvo ihn gestreift und ihn zum Glück nach rechts umgestoßen. Barry drückte vorsichtig gegen seinen Brustkorb, dann gegen seinen Unterleib. Hatte er innere Verletzungen? Sickerte Blut in die Bauchhöhle? Barry erinnerte sich an einen Freund aus Kindertagen. Eine Kuh hatte ihn getreten, und er war beinah an einem Milzriß gestorben. Doch Barry fühlte nirgendwo eine Schwellung. Der Hodensack des Mannes war blau vor Kälte und zusammengeschrumpelt. Sein stattlicher Penis lief spitz zu wie der von Michelangelos *David*.

Barry richtete sich auf, nestelte ihren Parka auf und zog ihn aus. Sie war höchstens zehn Zentimeter kleiner als der Mann und sie hatte lange Arme. Sie schaffte es, ihn in den mit Pelz gefütterten Parka zu zwängen. Dann wickelte sie ihn in die Decke, steckte sie um seine Füße herum fest. Reichen würde das allerdings nicht...

»Hallo! Ist da jemand?«

Barry streckte sich, blickte zur Straße empor. Sie sah den roten Schein der Warnlampe auf dem Kombi. Es dunkelte, und offenbar war es auch kälter geworden. Barry wischte sich Schnee von den Wimpern und schauderte; sie trug nur einen leichten Baumwoll-Sweater.

Aus dem Sturm tauchte eine Gestalt auf. Ein Mann. Er hatte eine Taschenlampe in der Hand.

»Hier unten!« rief Barry. »Ich brauche Hilfe!«

Der Lichtkegel der Taschenlampe fiel aufs Gezweig des Weißdorns und auf das Gesicht des bewußtlosen jungen Mannes. Der Neuankömmling betrachtete einige Sekunden lang die Szenerie. Dann verschwand er plötzlich.

Barry setzte sich mutlos in den Schnee und fragte sich unter Zähneklappern, ob der Fremde jetzt einfach wieder wegfahren würde. Doch nach einer Minute war er zurück und stieg vorsichtig die Böschung hinunter mit seinen dickbesohlten Stiefeln. Über dem einen Arm trug er eine Seilrolle, unter den anderen hatte er eine zusammengefaltete Plastikplane geklemmt. Barry erkannte ihn, sprang auf, rutschte aus und konnte sich gerade noch fangen.

»Albert!«

Albert Tweedy hob den Kopf. »Barry?« Er war ein ungeschlachter junger Mann von zwanzig Jahren, ein Schulkamerad von Barry. Die erste Klasse hatten sie noch gemeinsam besucht, aber dann war er sitzengeblieben und immer weiter zurückgefallen. Vor einem Jahr war er von der High School abgegangen, um ein heimatloses Mädchen mit zwei kleinen Kindern zu heiraten. Seine Familie regte sich jetzt noch darüber auf. Aber Barry hatte gehört, daß es ganz gut klappte mit dieser Ehe – Albert war nett zu den Kindern.

Er kniete sich neben den anderen jungen Mann. Dann wandte er seinen Blick zu Barry. »Was ist denn passiert?«

»Ich – ich weiß nicht, wo er hergekommen ist. Auf einmal war er da, auf der Straße, und ich – ich hab ihn einfach nicht rechtzeitig gesehen, ich...«

Wieder kamen ihr die Tränen. Sie mußte einige Male die Augen fest zusammenkneifen, um nicht loszuheulen. Albert betrachtete sie, dachte nach über das, was sie ihm zu sagen versuchte, nahm sich reichlich Zeit dafür. Er hatte extrem vorstehende, mit Pickeln gesprenkelte Kiefer und Schweinsäuglein. Jedermann hielt ihn für hoffnungslos dumm. Barry dagegen war schon vor langer Zeit zu dem Schluß gekommen, daß Albert gesunden Menschenverstand habe und guten Willens sei – er war nur ein bißchen langsam und unbeholfen in Gesellschaft. Aber wenn man etwas Geduld und Verständnis für ihn aufbrachte, zahlte sich das aus (wie bei den meisten Leuten).

»Hast du ihn überfahren?«

»Nein. Nur angefahren. Aber sein Bein – überm Knie – das sieht bö-böse aus. Ge-gebrochen vielleicht.«

Albert schlug die Decke auseinander. Als er entdeckte, daß der andere junge Mann nackt war, nahm er die Unterlippe zwischen die Zähne und hielt die Luft an. Aber er sagte nichts. Nach einer Weile wickelte er den anderen wieder in die Decke, drehte sich um, betrachtete die Böschung und überlegte.

»Ka-kannst du ihn tragen?« fragte Barry.

Albert schüttelte den Kopf. »Lieber nicht. Der ist zu groß.« Er entfaltete die Plastikplane, die an den Rändern metallene Ösen hatte. Dann begann er, das Seil durch die Ösen zu ziehen. Barry erriet, was er vorhatte, und blickte bewundernd zu ihm auf. Sie zitterte wie Espenlaub.

Albert merkte es sofort. Er zog seine wattierte Jacke aus und gab sie ihr.

»Da-danke, es geht schon.«

»Na, nun nimm sie ruhig – mir macht die Kälte nichts aus.« Und tatsächlich schien er sogar ein wenig zu schwitzen bei seiner Arbeit. Barry schlüpfte in die alte Jacke, die dringend reinigungsbedürftig war.

»Was machen wir jetzt?«

»Also, das ist wie eine Hängematte, ja? Wir können ihn hier raufziehen, und er ist ganz fest eingewickelt. Er wird nicht geschüttelt und nichts. Ich meine, falls er sich was gebrochen hat.«

»Ich weiß nicht, was ich gemacht hätte, wenn du nicht vo-vo-vorbeigekommen wärst, Albert.«

»Schon gut. Jetzt halt mal seinen Kopf fest, und ich zieh ihn auf die Matte.«

Gemeinsam schnürten sie den jungen Mann in die Plastikplane ein, bis seine Arme eng am Körper anlagen und seine Hände gegen die Oberschenkel gedrückt waren. Dann stieg Albert rückwärts die Böschung hinauf, keuchte vor Anstrengung, tastete hinter sich nach Büschen und Felsen, die seinen Händen Halt geben konnten. Das Seil hatte er um seine Leibesmitte geschlungen. Barry folgte ihm und betätigte sich sozusagen als Bremse: Wenn Albert stehenblieb, um sicheren Tritt zu fassen, hielt sie den Verletzten fest.

Sie waren fast oben, als sie eine Sirene hörten. Aus dem Tunnel der Brücke kam ein Polizeiauto. Albert hatte seinen Lieferwagen mit laufendem Motor auf der anderen Straßenseite stehenlassen. Er winkte den Polizisten mit seiner Taschenlampe her.

2.

Der Gesetzeshüter hieß Mix. Er war Mitte Dreißig, trug einen Mongolenschnurrbart und hatte vorquellende braune Augen, was ihm einen Ausdruck ständiger Angestrengtheit verlieh – so, als fände er selbst die alltäglichsten Routineangelegenheiten verteufelt kompliziert. Er wollte Barrys Führerschein sehen. Dann stotterte Barry (Albert stand hinter ihr, seine Unterlippe zwischen den Zähnen) eine kurze Erklärung der Ereignisse zusammen.

Mix beugte ein Knie, ließ sich nieder, holte eine bleistiftgroße Taschenlampe aus seiner Hemdtasche, öffnete das rechte Augenlid des Verletzten und leuchtete in die erweiterte Pupille. Sie zog sich zusammen. Freilich ein wenig langsam. Mix wickelte den jungen Mann aus seiner Umhüllung, betrachtete ihn ein paar Sekunden von oben bis unten, erhob sich und stemmte beide Hände in die Hüften.

»Sie sind Zeuge, oder wie?« fragte er Albert.

»Er ist erst vo-vor ein paar Minuten vorbeigekommen«, teilte Barry dem Polizisten mit.

»Und Sie wissen nicht, wen Sie da angefahren haben?«

»Ich habe den Mann noch nie gesehen«, erwiderte Barry und wußte, daß Mix ihr kein Wort von dem glaubte, was sie ihm gesagt hatte.

»Okay. Ein Unbekannter also. Unfallschock vermutlich. Das Schlaueste ist, wir bringen ihn ins Krankenhaus. Und zwar mit Ihrem Kombi. Wenn wir jetzt noch auf den Krankenwagen warten – das dauert zu lang. Sind Sie einigermaßen okay? Ich meine, können Sie fahren?«

»Mhm.«

»Dann holen Sie den Wagen mal her.«

Dank Albert, der vorne anschob, bekam Barry den Volvo wieder auf die Straße. Drunten bei der Brücke warf Mix einen gründlichen Blick ins Wageninnere. Diesmal leuchtete er mit seiner großen Taschenlampe. Er studierte die Wagenpapiere, die Versicherungskarte. Und dann – es war zum Verrücktwerden – schnüffelte er weiter. Barry kam zu dem Schluß, daß er nach Rauschgift oder nach Kleidern suchte. Oder nach beidem. Er dachte also... Das Blut schoß Barry in die Wangen, und weil ihr so entsetzlich kalt war, begann sie wieder zu stottern.

»E-e-er ist nicht mit mir im Wagen gefahren«, sagte sie verärgert.

Mix gab keine Antwort. Er und Albert hoben den Verletzten in den Volvo. Albert erbot sich, mitzufahren und ein Auge auf ihn zu haben. Barry war dankbar dafür, daß er ihr Gesellschaft leistete. Sie fühlte sich immer noch reichlich flau. Aber vielleicht war jetzt das Schlimmste ausgestanden.

Mix fuhr voraus, dem Krankenhaus von Anatolia entgegen, Sirene an, die Blinklichter auf dem Dach desgleichen; blau und rot liefen sie um und um in der zunehmenden Dunkelheit, im Schneegestöber. Albert hockte hinterm Fahrersitz, hielt den Kopf des Verletzten fest, denn er sollte nicht hin- und herrollen. Mix hatte betont, wie wichtig dies sei, falls die Halswirbelsäule lädiert wäre. Barry hatte die Heizung voll aufgedreht, was ihre Kopfschmerzen noch vermehrte. Ihr war schlecht, aber sie war fest entschlossen, nicht dem Drang nachzugeben, an den Straßenrand zu fahren und sich von Albert ablösen zu lassen.

»Na, wie sieht's aus?«

»Er ist nicht mehr so kalt.«

»Gut.«

»Weißt du, was ich glaube?« fragte Albert zögernd, denn es pflegte niemand zu interessieren, was er glaubte.

»Nein. Was glaubst du denn, Albert?«

»Daß er irgendwo hier draußen gezeltet hat.«

»Ohne was an?«

»Vielleicht wollte er zum Schwimmen.«

»Bei *dem* Wetter?«

»Mein Onkel geht jedes Wochenende in Coney Island zum Schwimmen. Sogar im Januar. Und er ist schon dreiundsechzig. Ist so 'ne Art Verein, zu dem er gehört. Er sagt, eiskaltes Wasser ist gut für den Kreislauf. Und er ist topfit. Echt. Bloß 'n bißchen taub auf einem Ohr.«

Barry hatte eine andere Idee: »Vielleicht war das eine von diesen saudummen Mut-, Bewährungs- und sonstigen Proben.«

»Du meinst, von so 'ner Studentenverbindung?«

»Ja. Wäre nicht das erste Mal, daß sie hier in den Wäldern jemand praktisch ausgesetzt haben. Vielleicht wußten sie nicht, daß Schnee angesagt war.«

Als sie das Krankenhaus erreichten, war der Verletzte immer noch bewußtlos. Ein Arzt und zwei Schwestern warteten vor der Notaufnahme auf ihn. Dann schoben sie ihn auf einer Bahre mit Rädern nach drinnen. Barry und Albert standen herum und fühlten sich etwas überflüssig. Mix gab einer Schwester Tips zum Ausfüllen der Formulare. Viel konnte er ihr allerdings über den jungen Mann nicht sagen.

Dann wandte Mix sich an Barry: »Ein Kollege ist auf dem Weg hierher. Er möchte gern ein paar Worte mit Ihnen reden.«

»Ich verdrücke mich schon nicht. Aber ich möchte meinen Vater anrufen. Und was ist mit Albert? Er hat seinen Lieferwagen bei der Brücke stehenlassen.«

»Albert kann jederzeit gehen.«

Barry blickte Albert an und zuckte entschuldigend die Achseln. Aus der Notaufnahme hörte sie, wie eine Schwester den Blutdruck angab, einen äußerst niedrigen Wert. Ein Monitor piepte regelmäßig und rhythmisch. Offenbar der Herzschlag. »*Können Sie mich hören?*« fragte der Arzt mit lauter Stimme. »*Wie heißen Sie? Nennen Sie mir bitte Ihren Namen.*« Barry, die ganz kribbelig war vor Neugier, ging langsam auf die Notaufnahme zu. Die aufsichtführende Schwester schüttelte streng den Kopf. Und so ging Barry dann mit Albert in die Eingangshalle und schaute sich nach einem Telefon um.

Mrs. Aldrich, die Haushälterin der Farm, teilte Barry mit, ihr Vater sei vor zehn Minuten von der Polizei benachrichtigt worden. Er sei auf dem Weg in die Stadt.

»Soll ich mit dem Abendessen warten?«

»Ja, bitte, Mrs. Aldrich. Ist Dal schon da?«

»Nein, noch nicht. Aber soviel ich weiß, hatte er fest vor, mit seiner Freundin zu kommen. Ach, und jetzt steht Ethan schon draußen und hupt – wenn wir jetzt nicht gleich losfahren, kommen wir bei uns zu Hause heute nicht mehr den Berg rauf. Es ist jedenfalls alles soweit fertig. Sie brauchen es nur noch in den Ofen zu schieben.«

»Vielen Dank, Mrs. Aldrich.«

In dem kleinen Laden in der Eingangshalle kaufte Barry Geschenke für Alberts Stiefkinder: einen Trommelaffen zum Aufziehen und eine Stoffpuppe mit schlottrigen Locken und einem aufgestickten Lächeln von Ohr zu Ohr. Sie hatte noch genügend Geld für eine Zeitschrift, die auf dem Titelblatt eine Freundin ihres Bruders zeigte, ein Fotomodell, und für ein Doppelstück Schokolade mit Füllung, eine Marke, der Barry seit Kindertagen geradezu süchtig die Treue hielt. Sie schlang den einen Riegel Schokolade gierig hinunter, aber ihr Magen protestierte. Also wickelte sie den anderen wieder ein und steckte ihn in ihre Handtasche.

»Jessie holt mich ab«, sagte Albert, als Barry zu ihm trat.

»Gut. Mein Vater ist auch auf dem Weg hierher. Albert, du hast diesem Mann wahrscheinlich das Leben gerettet. Allein hätte ich überhaupt nichts machen können. Die Sachen hier sind für die Kinder – okay?«

Barry ging zur Notaufnahme zurück, warf einen Blick durch die Tür. Der Patient lag noch drinnen. Barry sah ihn kurz. Er rührte und regte sich nicht. Auf dem Vorhang, der teilweise um den Behandlungstisch herumgezogen war, zeichneten sich drei Schatten ab: ein Arzt, eine Schwester, ein Mann mit Mantel. Und da war noch etwas. Auf dem Boden. Ein Bündel Stoff oder irgendwelche Fetzen, schwarz und orange und blutverschmiert. Reichlich unerwartet. Zu erinnerungsträchtig. Zu gegenwärtig. Barry war plötzlich, als streiften sie dunkle Schwingen, als käme ein Fieber über sie. Sie trat zurück und kniff sich in den Arm, um wenigstens teilweise ihr inneres Gleichgewicht wiederzufinden. Dann knöpfte sie sich die aufsichtführende Schwester vor, die abweisend zu ihren Fragen lächelte.

»Wie schlimm sind seine Verletzungen?«

»Das ist schwer zu sagen.«

»Warum ist er immer noch bewußtlos?«

»Sie brauchen sich wirklich nicht aufzuregen.«

»Ich brauche mich wirklich nicht aufzuregen? Was soll das denn heißen, bitteschön? Ich bin schließlich diejenige, die...«

Der Mann mit Mantel trat aus der Notaufnahme und lächelte Barry an. Er trug große runde und ungewöhnlich dicke Brillengläser. Seine Statur, sein schleichender Gang und seine leicht manische Art erinnerten an Fritz the Cat.

»Sie sind Barry? Ich bin Stewart Ivorson. Sie hatten früher Klavierstunden bei meiner Mutter.«

»Ja, stimmt. Wie geht es ihr?«

Er zog die Finger der rechten Hand krumm. »Sie hat Arthritis. Kann jetzt natürlich nicht mehr soviel Stunden geben. Wollen wir uns schnell da rübersetzen? Ich muß Sie ein paar Sachen zu dem Unfall fragen.«

Sie gingen auf eine Reihe von blauen und orangen Schalensitzen aus Plastik zu, die Barry an den Kindergarten erinnerten. Ivorson blätterte sinnend in seinem Notizbuch.

»Wissen Sie, wer er ist?« erkundigte sich Barry.

»Nein, noch nicht. Im Park sind ein paar Kollegen und versuchen herauszufinden, wo er gezeltet hat. Falls er gezeltet hat.«

»Was sagt der Arzt?«

»Der ist verhalten optimistisch. Ja, schauen wir uns mal den Befund an. Ein Mann also, zirka zwanzig Jahre alt und in guter körperlicher Verfassung. Temperatur bei der Einlieferung knapp 35 Grad. Keine Erfrierungen, keine Unterkühlung. Pupillen reagieren, die anderen Reflexe sind auch normal. Offenbar kein Schädeltrauma. Ziemlich happige Quetschung am linken Bein zwischen Hüfte und Knie, möglicherweise Fraktur des Oberschenkels – der Patient wird in ein paar Minuten geröntgt. Die Atmung war zunächst flach, jetzt ist sie normal. Der Blutdruck ist ziemlich niedrig, sinkt aber nicht. Das heißt, er hat höchstwahrscheinlich keine größeren Blutungen. Aber er ist bewußtlos. Reagiert nicht, wenn man ihn anspricht, reagiert auch sonst nicht auf Sinnesreize. Wissen Sie, um welche Zeit der Unfall passiert ist?«

Barry teilte Ivorson mit, wann sie von Anatolia losgefahren war.

»Wenn wir die Straßenverhältnisse in Rechnung stellen, können wir also sagen, daß der Unfall ungefähr um zehn nach vier passiert ist. Für die Brücke gilt eine Geschwindigkeitsbegrenzung von 40 km/h. Kann es sein, daß Sie etwas schneller gefahren sind?«

»Ein bißchen, ja«, gab Barry zu.

»Also sagen wir, Sie sind knapp 50 km/h gefahren. Ich nehme an, Sie haben noch nicht daran gedacht, Ihre Versicherung zu benachrichtigen?«

»Heiliger Gott, nein! Ich hab's total verschwitzt! Aber vielleicht hat Vater...«

»Machen Sie's so bald wie möglich. Sie oder Ihr Vater. Okay, Barry, würden Sie mir dann bitte noch mal den genauen Hergang erzählen?«

Barry schloß für ein paar Momente die Augen. Sie versuchte, den Nebel aus ihrem Kopf zu vertreiben, sich den Unfall klar und deutlich ins Gedächtnis zurückzurufen. Eigentlich hätte sie dringend aufs Klo gemußt, aber sie wollte diese Befragung jetzt hinter sich bringen.

Sie konzentrierte sich und sah alles wieder vor sich: den dunklen Schacht der überdachten Brücke, den wirbelnden Schnee am anderen Ende, dann plötzlich die Gestalt auf der schmalen Straße, lebensgroß mit einem Mal und viel zu nah, den Kopf gedreht, die Hände erhoben... Aber nun war die Gestalt ein wenig anders, nun erinnerte sie irgendwie an Ned Kramer.

Barry erstarrte, hörte auf zu sprechen, blickte offenen Mundes und mit einem Ausdruck der Angst die Wand gegenüber an.

»Er wird am Leben bleiben. Er *muß* am Leben bleiben.«

»Nur keine Bange«, meinte Ivorson, Barrys Gesichtsausdruck mißdeutend. »Die Sicht war schlecht, und Sie hatten fast keine Zeit zu reagieren. Ich würde sagen, Sie haben sich bemüht, sein Leben zu retten, und Sie haben Ihre Sache gut gemacht.«

Barry drehte ihren Kopf erschöpft zu Ivorson.

»Ich sitze nicht in der Tinte, oder?«

»Sieht nicht so aus, würde ich sagen. Ich habe jetzt alles, was ich fürs erste brauche. Also – warum fahren sie nicht nach Hause und ruhen sich ein bißchen aus?«

»Ich warte lieber auf Dad. Ich glaube, ich kann im Moment nicht fahren.«

Die Stationsschwester kam aus der Notaufnahme und brachte Barry ihren Parka wieder. Barry riß ihn der Schwester fast aus der Hand, denn ihr war kalt vor Schreck. Doch obwohl der junge Mann ihn beinah eine Stunde am Leib gehabt hatte, war das wie nie gewesen – er hatte nicht die kleinste Spur hinterlassen. Den Parka anzuziehen, war schlimmer, als zu erblinden; es war, als träte man in die schale Ewigkeit einer Gruft. Barry reagierte heftig. Sie schüttelte den Parka ab und ließ ihn auf einen Stuhl fallen.

Zwei Krankenpfleger rollten den jungen Mann aus der Notaufnahme. Jetzt deckte ihn vom Kinn bis zu den Knöcheln ein Laken zu. Seine Augen waren geschlossen, seine Hände über der Brust gefaltet. Er war sehr hübsch, aber leblos. Er kam Barry verzaubert vor, ein verwunschener Prinz.

Barry erhob sich, wie um der Bahre zu folgen. Sie wollte seine

Augen offen sehen, wollte ihn atmen hören. Sie taumelte ein wenig, spürte an ihrer linken Schläfe – einem Schlag nicht unähnlich – einen hart pochenden Puls.

Und dann griff eine Hand nach ihr und stützte sie. Barry drehte sich um. Ihr Vater war da. Sie hatte ihn nicht kommen sehen. Er starrte den jungen Mann auf der Bahre an. Die Bahre wurde weitergerollt, verschwand. Ein Muskel in der Umgebung von Tom Brennans linkem Auge zuckte – wie meistens, wenn er aus seinem Atelier weggeholt oder aus schöpferischen Träumereien gerissen und mit einer Krise konfrontiert wurde. Er paßte sich nur langsam (und manchmal heftig grollend) an die Realität der Welt an. Und Krankenhäuser hatte er immer schon gehaßt.

Barry empfand es als Wohltat, sich eine Weile einfach mit geschlossenen Augen an ihn zu lehnen. Tom Brennan legte die Arme um sie. Sie konnte sich denken, was ihm durch den Kopf ging. Erinnerungen. Edie war nach ihrem Unfall hierher gebracht worden. Ein paar Minuten, ehe der Krankenwagen vor der Notaufnahme vorfuhr, war sie gestorben. Und der Fremde, der mit Edie im Wagen gesessen hatte, hatte sie bloß um eine halbe Stunde überlebt.

Tom drückte Barry an sich. »Bist du okay?« fragte er.

»Ja. Einigermaßen. Mir wird nur hin und wieder ein bißchen flau.«

»Und wie geht es *ihm*?«

»Weiß nicht. Niemand sagt einem was Genaues. Aber immerhin – er lebt. Und ich darf jetzt nach Hause.« Sie blickte Ivorson Bestätigung heischend an. Ivorson nickte und streckte ihrem Vater die Hand entgegen.

»Mr. Brennan? Ich bin Stewart Ivorson von der Staatspolizei. Es ist mir eine Ehre und ein Vergnügen, Sie kennenzulernen, Sir. Ich war immer schon ein großer Bewunderer Ihres Werks.«

»Danke. Wird Anklage gegen Barry erhoben?«

»Das ist äußerst unwahrscheinlich.« Ivorson lächelte Barry beifällig an. »Ein Pfundskerl, Ihre Tochter. Also – ich lasse von mir hören.«

»Nichts wie weg hier«, sagte Barry dankbar.

3.

Tom war mit einem Chevrolet-Kleinlaster gekommen, einem Fahrzeug mit äußerst stabiler Radaufhängung, mit Reifen, die sich durch zwanzig Zentimeter Neuschnee fressen konnten, und mit einem Schneepflug, der das Gröbste beiseite räumte. Ein zehn Jahre alter Bluthund – er litt an Verdauungsstörungen und hatte eine Stimme wie Donnerhall – machte Barry Platz und legte sich dann wieder hin, wobei er den Kopf in Toms Schoß bettete. Eigentlich hieß der Hund Kipper, aber Barry hatte ihn seiner regen Darmtätigkeit wegen »Gemeinheit« getauft, und dieser Name war ihm geblieben.

Sie ließen den Volvo auf dem Parkplatz des Krankenhauses stehen und machten sich auf den Weg nach Hause. Aus Gemeinheits Darm drang einer seiner berüchtigten Winde. Barry ächzte und kurbelte das Fenster herunter.

»Er hält wohl nicht Diät, wie?« sagte Barry anklagend.

»Der muß im Wald irgendwas mit Hautgout aufgegabelt haben.«

»Äh.«

Tom trug seine alte Kordsamtjacke, verschossene Kürbisfarbe, Lederflicken auf den Ellenbogen. Er war lang, dünn und blond, hatte eine sommersprossige Stirn und sprach mit einem leichten irischen Akzent, den er vor gut vierzig Jahren in die Vereinigten Staaten mitgebracht hatte. Er blickte Barry über den Rand seiner Augengläser an (zum Fahren brauchte er eine Brille).

»Möchtest du – oder kannst du – über den Unfall reden?«

»Ja. Aber laß uns warten, bis wir bei der Brücke sind.«

Tom nickte. Barry machte einen gefaßten Eindruck auf ihn – ein bißchen müde, das schon, aber sie schien nicht in eine von ihren stummen Grübelphasen abzudriften, die ihn so sehr störten und beunruhigten.

Am westlichen Ende der Brücke gab es eine kleine Parkbucht. Tom und Barry stiegen aus, ließen Gemeinheit im Wagen (der sich darüber bitter beschwerte) und gingen durch den langen, hallenden Schacht der Brücke. Tom hatte eine große Taschenlampe mit dabei.

Barry erklärte, was und wie es passiert war. Sie standen da, blickten den Abhang hinunter. Weiße Flocken tanzten im Lichtkegel.

»Komisch, daß er von der Brücke wegging, mitten ins Schneetreiben hinein«, sagte Tom.

»Wenn ich bloß wüßte, was er hier draußen gemacht hat!«

»Ich schließe mich Alberts Meinung an – ich glaube kaum, daß er von hier ist.«

»Vielleicht ist er aus dem Heim für schwer Erziehbare abgehauen«, vermutete Barry.

»Aus dieser Besserungsanstalt in Cairnstown, meinst du? Aber das ist doch über dreißig Kilometer weg!«

»Stimmt. Ist zu weit.« Barry drehte sich um und kniff die Augen zusammen, denn der Wind hatte sich gedreht und wehte ihr Schnee ins Gesicht. »Ich muß an was ganz Bestimmtes denken. Es geht mir nicht aus dem Kopf.«

»Was denn?«

»Neds Wolljacke. Du erinnerst dich sicher – sie war orange und schwarz kariert.«

»Ja. Aber wie kommst du gerade auf diese Jacke?«

»Ich habe bei Claude Copperwell im Laden einen Mann gesehen, der so eine Jacke trug. Genau wie die von Ned. Und dann habe ich im Krankenhaus einen Blick in die Notaufnahme geworfen und sie noch mal gesehen, ganz kurz – Ehrenwort! Sie lag auf dem Boden, blutverschmiert von oben bis unten – genau da, wo sie hingeschmissen wurde, nachdem sie ihn in die Notaufnahme gebracht hatten.«

»Wen? *Ned?*«

»Ja.«

Tom legte seine Hand auf ihre Schulter, wie er es manchmal tat, um sich selbst zu beruhigen. Warum er das nötig hatte, wußte er allerdings nicht. »Und was hat das zu tun mit...«

»Ich versuch's gerade. Ich versuche, mich darauf zu besinnen, was mir heute nachmittag durch den Kopf ging, als ich über die Brücke fuhr.«

Er spürte, daß sie zitterte.

»Du frierst ja wie ein Schneider. Wir können uns doch auch in den Wagen setzen.«

»Nein, lieber nicht. Ich kann besser denken, wenn mir kalt ist. Du mußt mich bitte nicht drängen, Dad. Das ist wichtig.«

»Laß dir nur Zeit.«

Barry machte für eine halbe Minute die Augen zu. Ihr Kopf

drehte sich langsam in Richtung Brücke. Ein Abglanz vom Licht der Taschenlampe fiel fahl auf ihr Gesicht. Tom spürte die Macht ihrer Konzentration als Prickeln auf seiner Stirn, als Kribbeln in seinen Fingerspitzen. Und eigentlich wäre er gern vor ihr zurückgewichen – gerade so, als verberge sich hinter ihren geschlossenen Lidern etwas Ehrfurchtgebietendes und leise Bedrohliches. Hier hatte er es, dieses Anderssein, das ihm die Liebe zu seiner Tochter hin und wieder schwer machte, Edies problematisches Erbe.

»Genau. So war's«, sagte Barry schließlich. Sie drehte den Kopf, blickte ihren Vater ziemlich ausdruckslos an und wischte sich ein paar Schneetränen ab. »Was ich vor Augen hatte, was ich *sah*, war Ned. Er drückte beide Hände vor den Bauch, war blutüberströmt, taumelte, fiel fast hin, versuchte, auf die Straße zu kommen, Hilfe zu erhalten. Und dann sah ich diesen anderen Mann im Scheinwerferlicht, und der verhielt sich – ja, also...«

»Wie?«

»Weiß nicht. Verstört. Als wäre er bereits verletzt, als wüßte er nicht, wo er ist. Dann habe ich gebremst, und dann – *zack!*«

»Und was bedeutet das deiner Meinung nach?«

Barry seufzte und schüttelte den Kopf. »Keine Ahnung. Erklären tut's ja nicht viel, oder?«

Sie waren nur noch knapp zwei Kilometer von zu Hause entfernt, als Tom vorsichtig fragte: »Glaubst du, daß Mrs. Prye etwas dazu zu sagen hätte?«

Barry wurde aus einer Träumerei herausgerissen, aus einem Musikstück, an dem sie seit einigen Tagen im Kopf komponierte. Ekkig-abwehrend hob sie die Schultern.

»Ich habe schon lange nichts mehr von Mrs. Prye gehört. Und ich will auch nichts mehr von ihr hören.«

»Nein?«

»Nein. Sie – sie geriet definitiv außer Kontrolle.«

»Gelinde gesagt.«

»Du hattest völlig recht, als du meintest, wir müßten sie verbannen. Die kommt auch nicht wieder.«

Tom seufzte wohlig. Es freute ihn, daß Barry von diesem Tick kuriert war. »Wird schon gut sein. Ich habe mir eben nur überlegt, was du so denkst – im Hinblick auf Mrs. Prye, meine ich. Es hat keinen Sinn, noch mal mit ihr anzufangen. Bloß wegen ein paar Fragen, auf die sie wahrscheinlich keine Antwort weiß.«

Er blickte seine Tochter Bestätigung heischend an, aber Barrys Gesicht war ausdruckslos. Sie wollte kein Wort mehr über Mrs. Prye verlieren.

Tom betätigte den Mechanismus, der das große Eisentor öffnete, bog von der Straße ab und fuhr auf Tuatha de Dannan zu.

Sie haßten es alle, dieses schwarze Tor. Alte Mauern und hohe Bäume friedeten hier das Gelände der Farm ein, und in dieser gewachsenen Landschaft war es ein Fremdkörper. Doch als Toms Ruhm immer mehr zunahm, war es nötig geworden, um die Ungestörtheit zu erhalten, die er für sein Schaffen brauchte. Und auch jetzt kreuzten noch viel zuviel Bewunderer und selbsternannte Freunde unangesagt auf, glaubten steif und fest, daß sie hochwillkommen seien, und wollten einen Tag oder gleich ein Wochenende mit ihrem Lieblingsmaler verbringen. Sie kletterten über Mauern, schlüpften durch Hecken, latschten durch Beete und schossen Fotos von Tom, wenn er versuchte, bei der Mühle oder am Teich zu skizzieren.

Tuatha de Dannan, benannt nach dem zweiten Stamm, der sich in Irland ansiedelte (Abkömmlinge der römischen Göttin Diana, jedenfalls der keltischen Mythologie zufolge), hatte sich seit über hundert Jahren im Besitz von Edith Brennans Familie befunden. Als sie Tom geheiratet hatte, war die Farm Erbe und Mitgift in einem gewesen (Tom gehörte damals noch nicht zu den Großen unter den Malern). Das Gelände umfaßte 350 Morgen einschließlich eines Teichs von etlichen tausend Quadratmetern Fläche, der stellenweise mehr als sieben Meter tief war. Etwa die Hälfte des verbleibenden Grundes bestand aus Waldungen und Obstgärten; der Rest wurde – mit Hilfe von Pächtern – kommerziell genutzt und warf leicht verkäufliche Landbauprodukte ab.

Der Mittelpunkt von Tuatha de Dannan, knapp dreihundert Meter von der Straße entfernt auf einer Anhöhe gelegen, war ein mit Schindeln gedecktes Wohnhaus. Seit das Anwesen bestand, hatte jedes Jahrhundert seine Umbauten und Vergrößerungen daran vorgenommen. Die Nordwestseite des Hauses – dies die neueste Hinzufügung – war vom Dachfirst bis zum Boden mit 28 Spiegelglasplatten verkleidet, eine verblüffende Abweichung von der ansonsten traditionellen Architektur des Gebäudes. Diese Spiegelwand sorgte für Licht in Toms Atelier.

Auf der Anhöhe stand außerdem ein Stall, in dem Reitpferde und

Hühner gehalten wurden. Ein Stück vom Haus entfernt lag eine Mühle an einem Bach. Sein Lauf senkte sich in Stufen zum nordöstlichen Rand des Teichs ab.

In der Mitte des Hauses befanden sich zwei säulenartige, gemauerte Schornsteine. Mehrere Räume im Erdgeschoß und im ersten Stock hatten offene Kamine. In dem in der Küche hatte Mrs. Aldrich ein Feuerchen am Glimmen gehalten. Barry schob vorgebackenes Brot und eine Pastete mit Fleisch und Pilzen in den Ofen und machte einen gemischten Salat an. Gemeinheit bettelte unter großem Gewinsel um sein Abendfutter. Tom gab ihm einen Suppenknochen aus dem Kühlschrank, und der Hund zog sich damit auf eine faltenreiche Fransendecke vor der Tür zur Waschküche zurück. Tom goß sich und Barry ein Bier ein. Dann wetzte er ein paar Messer.

Barry sagte nachdenklich: »Ob er wohl irgendwo eingesperrt war die meiste Zeit seines Lebens?«

»Wie Kaspar Hauser?«

»In einem düsteren Gelaß ohne Tageslicht?« Barry fand Gefallen an dieser Vorstellung. »*Wow!*« sagte sie.

Tom lächelte sie an und schnitt aus dem Holzvorrat vor dem Kamin Kienspäne zurecht.

»Nein«, fuhr Barry desillusioniert fort. »Nein. Dafür sah er zu gut aus. Ich meine, zu kräftig. Ein Brocken von Mann. Wenn er eingesperrt gewesen wäre in einem finsteren, engen Gelaß, wäre er bloß Haut und Knochen. Und ein paar nässende Schrunden hätte er wohl auch noch. Und er wäre krumm und bucklig.«

Sie drehte sich von der Spüle weg, eine Schulter steil hochgezogen, die Hände zu Krallen verformt, den Mund weit offen. Dazu gab sie unartikulierte Jammerlaute von sich. Gemeinheit blickte argwöhnisch von seinem Suppenknochen auf.

»Bildschön«, sagte Tom, der sich vom Feuer abgewandt hatte, um ihre Darbietung zu beobachten. »Kannst du diese Pose noch einmal nach dem Essen einnehmen?«

Wie so oft hatte Barry schon nach dem ersten Bissen keinen Appetit mehr. Sie sprachen über den neuesten Bericht von Toms Manager zur Finanzlage. Er hatte ein paar Aktien mit Gewinn verkauft und auf Auktionen zwei weitere rare Sammlerstücke für die Familie Brennan erworben: einen tadellos erhaltenen Armeerevolver von 1881 und einen Kupferstich von Dürer. Die Gewinnanteile an zwei

Kunstbänden über Toms Werk waren eingegangen, recht stattliche Summen. Die Eigentumswohnungen in Paris und in Manhattan halfen Steuern sparen, ebenso die Aufwendungen für den Land- und Obstbau auf der Farm.

»Hast du Les schon angerufen?« fragte Barry. Les war der Agent ihres Vaters. Gemeinsam mit seinem Bruder betrieb er die Galerie Mergendoller mit Sitz in New York und Washington.

»Nein. Ich hab's vergessen. Ich rufe ihn morgen an. Wann ist das neue Bild gerahmt?«

»Samstag in einer Woche, sagt Claude.«

»Was haben Claude und Wohlfahrtsmäuschen denn von dem Bild gehalten?«

»Die waren hin und weg.«

»Und du?«

Barry trank ihr Bier aus und fragte sich, wie sie präzise zum Ausdruck bringen sollte, was sie empfand.

»Es ist so, als hättest du das Ende der Welt gemalt«, sagte sie. Tom hatte die Augen zwar auf seinen Teller gerichtet, aber Barry bemerkte trotzdem ein Aufleuchten der Genugtuung in ihnen. Und damit wußte sie, daß sie haargenau richtig lag.

»*Gefallen* hat mir das allerdings nicht. Häuser sollten doch eigentlich was Sicheres sein, was Geborgenes. Wo findest du das sonst?« Sie blickte zum Fenster – es war voll Eisblumen – und hörte den auffrischenden Wind. »Hast du dich so gefühlt nach Moms Tod?«

»Ja.«

»Ich mich auch. Aber ich mag nicht daran erinnert werden.« Sie merkte, daß sie ihn verletzt hatte – sie war zu ehrlich gewesen. »Was *ich* für ein Gefühl dabei habe, ist ja egal. Es ist jedenfalls ein großartiges Bild. Man wird davon sprechen. Les kriegt dafür... weißt du, was ich glaube?«

»Nein.«

»Eine halbe Million. Neuer Rekordpreis für einen Brennan.«

Tom pfiff durch die Zähne und stand auf, um sich noch ein Bier einzuschenken.

»Hab ich dir mal erzählt, was ich bei meiner ersten Ausstellung anno dreiunddreißig verdient habe? Alle Bilder verkauft seinerzeit.«

»Ja, du hast mir's mal erzählt. Und ich weiß es noch ganz genau. Zweitausenddreihundert Dollar nach Abzug der Prozente für den Galeristen.«

»Eine halbe Million?« sagte Tom. »Glaubst du?«

»Die Sharmans und die Kameos werden sich gegenseitig an die Kehle gehen, um es zu haben. Aber wenn du meine Meinung hören willst – ich sähe es lieber in einer öffentlichen Sammlung. Für eine Privatsammlung ist es nämlich zu gut.«

»Iß was, du bist ja dünn wie eine Bohnenstange.« Er reagierte auf Lob immer mit Kritik an ihr. Barry überhörte das inzwischen – es war bloß eine Macke von ihm –, aber früher hatte diese Angewohnheit sie tief gekränkt und zu traurigen Mißverständnissen geführt. »Und schau nicht dauernd nach dem Telefon.«

Barry war überrascht. »Hab ich das getan?«

Tom nickte. »Das ganze Abendessen über, ja.«

»Und – was ist schon dabei?«

»Nun sei nicht gleich sauer.« Tom setzte sich wieder an den Tisch. Gemeinheit stand auf und kam zu ihm getappt. Tom ließ eine Hand lose baumeln; der Hund leckte sie ihm. Barry schüttelte sich. Dann schaute sie wieder das Telefon an. Sehr nachdenklich.

»Vielleicht sollte ich mal das Krankenhaus anrufen. Kann ja sein, daß er inzwischen wieder bei Bewußtsein ist.«

»Barry...« Tom rubbelte mit einem Fingerknöchel abblätternde Haut von der Oberlippe. »Egal, wer dieser Knabe ist – und ob du ihn nun angefahren hast oder wie auch immer –, ich will nicht, daß du deswegen Schuldgefühle hast.«

»Hab ich ja gar nicht.«

»Dann häng hier nicht so melancholisch rum.« Er nahm ein Stück Brot, tupfte Fleischsaft damit auf und gab es Gemeinheit.

»Nein, Dad, nicht! Er soll doch Diät halten! Und wenn er so was frißt stinkt er uns das ganze Haus voll!«

Tom lächelte reumütig.

»Naja, dann läßt du ihn eben heute nicht oben schlafen.«

Jetzt war Barry ziemlich verstimmt. Sie erhob sich und räumte den Tisch ab, kippte Essensreste in den Abfalleimer.

»Ich hänge hier nicht melancholisch rum. Davon kann überhaupt keine Rede sein. Aber das begreifst du wohl nicht. Vielleicht stirbt er, und wir erfahren nie, wer er war.«

Ihr Ton machte Tom gereizt. Er dachte über den unbekannten jungen Mann im Krankenhaus nach. Wahrscheinlich war er nur leicht verletzt. In ein, zwei Tagen würde man ihn entlassen. Und Barrys Interesse würde abnehmen, bevor es sich zur fixen Idee auswachsen konnte. Also brauchte er sich eigentlich keine Sorgen zu machen. Es gab eine Menge, für das er dankbar sein konnte: Wenn Barry die Herrschaft über den Wagen verloren hätte und der Volvo von der Straße abgekommen wäre, wäre der Unfall vermutlich sehr viel böser ausgegangen. Doch, am besten war er dankbar und dachte nicht mehr an das Ganze, dachte auch nicht mehr an *seine* fixe Idee. Die hatte er zwar begraben, aber sie konnte jederzeit wiederauferstehen mitsamt den alten Schrecken, die ihn zwei Jahre lang arbeitsunfähig gemacht, ihn in eine Art Totenstarre zu Lebzeiten versetzt hatten.

Tom holte aus diversen Hemdtaschen Pfeife, Zündhölzer und Tabaksbeutel. »Soll ich dir beim Abspülen helfen?«

»Nein danke. Aber Schnee räumen könntest du. Dal hat sich für heute abend angesagt, und wenn der Weg nicht frei ist, kommt er nicht bis zum Haus.«

4.

Stewart Ivorson kehrte kurz nach 21 Uhr ins Krankenhaus von Anatolia zurück, um sich danach zu erkundigen, wie es dem Patienten ging, und um mit dem Chef der Neurologie zu sprechen, mit Dr. James Edwards, einem Mittvierziger mit streichholzkurzen Haaren und der drahtigen Figur eines Marathonläufers. Edwards nahm den Polizisten mit auf die Intensivstation im zweiten Stock. Dort konnte er den Patienten besichtigen.

»Wissen Sie schon, wie er heißt?« fragte Edwards.

»Nein, noch nicht. Es deutet nichts darauf hin, daß er im Park gezeltet hat. Aus der näheren Umgebung liegen keine Vermißtenanzeigen vor. Wir haben alle Schulen und Colleges hier in der Gegend durchgecheckt, aber es hat sich niemand aus dem Staub gemacht und es hat niemand unentschuldigt gefehlt. Und was haben Sie zu bieten?«

»Widersprüche«, sagte Edwards. »Ganz erhebliche Widersprüche.«

Sie blieben am Bett des Patienten stehen. Er war an einen Elektrokardiographen und an einen Elektroenzephalographen angeschlossen, die seine Herzfrequenz beziehungsweise seine Hirnströme auf Endlospapier aufzeichneten.

Die Augen des jungen Mannes waren geschlossen; er war bewußtlos. Und er hing am Tropf, Kanülen in beiden Armen. In seine Blase war ein Katheter eingeführt worden. Sein Urin war makellos gelb. Herz- und Atemfrequenz waren merklich verlangsamt. Er bekam Sauerstoff zugeführt. In der Luftröhre hatte er einen endotrachealen Tubus. Auf Ivorson wirkte dieses friedliche Gesicht irgendwie unfertig; glatt, elegant geformt, das ja. Aber keine einzige zu groß geratene Pore, keine Ader, keine Pickel, keine Spur von Leben. Dieses Gesicht machte Ivorson mehr als nervös. Er wandte den Blick von ihm ab.

»Wie lange ist er jetzt schon weggetreten?«

»Eingeliefert wurde er um 16 Uhr 35. Also vor knapp fünf Stunden.«

»Und was fehlt ihm?«

»Im Prinzip eigentlich nicht viel. Alles funktioniert, wenn auch langsam. Keine Alkoholvergiftung, keine Schlafmittelvergiftung, keine Überdosis von Tranquilizern.«

»Diabetes vielleicht?«

»Das ist das erste, woran ich gedacht habe. Aber nichts da. Es ist auch kein Leberkoma und kein Koma aufgrund von Hypothyreose. Sein Urin ist normal. Er hat keine inneren Blutungen. Auch keine Knochenbrüche. Wir haben die Wirbelsäule geröntgt und ein Angiogramm gemacht. Alle Wirbel sind unverletzt. Das Hirn ist gut durchblutet. Temperatur nach wie vor zu niedrig – inzwischen bei 30 Grad. Außerdem ist die Senkung nicht erhöht. Also scheidet auch eine Infektion aus. Keine Meningitis, kein Rocky-Mountains-Fieber. Und es gibt ja auch sonst noch eine lange Latte von Viren – das entfällt alles. Ich würde ihn gern mal unter den Scanner schieben, aber wir haben leider keinen.«

Der Neurologe zog ein Reflexhämmerchen mit Gummikappe aus einer Tasche seines Arztkittels.

»Schauen Sie.«

Er drückte das metallene Ende des Hämmerchens gegen die rechte Ferse des Patienten und zog es am Rist entlang. Der Fuß zuckte. Die Zehen rollten sich ein. Nun wiederholte der Arzt das Ganze am linken Fuß. Mit dem gleichen Ergebnis.

»Und was beweist das?« fragte Ivorson.

»Wenn Lid-, Pupillen-, Kniesehnen-, Bauchdecken- und Fußsohlenreflex normal sind, müßten wir ihn eigentlich aufwecken können. Und genau das können wir nicht.«

»Der Knabe hält sich also nicht an die Regeln.«

»Das kann man wohl sagen.«

»Also liegt er doch im Koma?«

»Nein, eigentlich nicht. Ein Koma entsteht infolge bestimmter Krankheiten, eines Hirntumors oder dergleichen. Aber es deutet nichts im EEG auf Narbengewebe, Hirnblutungen oder Funktionsstörungen hin.«

Edwards nahm eine Handvoll EEG-Aufzeichnungen und betrachtete sie stirnrunzelnd. Dann blickte er zu dem Polizisten auf. Mit einem Kugelschreiber deutete er auf die Linien auf dem Millimeterpapier. »Das Hirn produziert ständig elektrische Energie. Indem wir Elektroden am Kopf anbringen, können wir die verstärkte Aktivität der Neuronen aufzeichnen, und zwar in Wellenform. Diese etwas zackigen Gebilde hier sind Alphawellen. Sie treten im Verein mit Augenbewegungen auf und verschwinden im allgemeinen im Wachzustand. Und das sind Deltawellen. Sie deuten auf Tiefschlaf hin. Ich habe vor zweieinhalb Stunden angeordnet, daß ein EEG gemacht wird. Und er liegt seit zweieinhalb Stunden mehr oder weniger im Tiefschlaf. All diese Wellen flachen jetzt ziemlich stark ab, weil die Hirnaktivität abgenommen hat. Und bis dato haben wir noch keine Spur von Beta- oder Thetawellen.«

»Was sind das für Wellen?«

»Die treten bei Phantasie- und Denktätigkeit auf, bei Angstzuständen und bei Träumen. Selbst Neugeborene produzieren solche Wellen. Er nicht.«

»Mit anderen Worten, geistig läuft überhaupt nichts bei ihm.«

»Wenn das noch ein paar Stunden so weitergeht, glaube ich's vielleicht auch. Jedenfalls ist das ein Schlafzyklus, den ich nicht kenne.«

Der Arzt betrachtete nun die Lichtpunkte auf dem Oszilloskop, die die Herztätigkeit anzeigten. Zweiunddreißig Schläge pro Minute. Etwas weniger als bei der Einlieferung, dachte Edwards. Er legte die Handvoll Millimeterpapier in den Sammelbehälter. »Wenn wir bloß wüßten, wer er ist, wenn wir eine Anamnese hätten...«

Ivorson schüttelte bedauernd den Kopf.

»Es ist fast so, als würde er schnurgerade auf den Exitus zusteuern«, sagte Edwards. Er starrte dem jungen Mann ins Gesicht. »Und wir können nichts dagegen machen.«

5.

Es schneite immer noch heftig, als Dal Brennan eintraf. Sein Mercedes-Coupé sah im Schein der Hofbeleuchtung wie ein weißer Pilz aus. Barry hatte es sich in ihrem Lieblingsohrensessel im Wohnzimmer gemütlich gemacht und ein altes Album von den Beatles gehört, *Rubber Soul* – sie brauchte gerade ein paar Anregungen für ihre eigenen Kompositionen. Sie legte ihre Gitarre beiseite und ging in Toms Zimmer. Er schlummerte vor dem Kamin, die Hausschuhe ausgezogen und ein Buch auf dem Schoß. Barry nahm ein Schlückchen von seinem Whisky. Dann weckte sie ihn.

»Dal ist da.«

Dal betrat das Haus mit zwei kleinen Gucci-Koffern und einem Mädchen, das einen Lambswool-Mantel mit Kapuze trug. Sie war ungemein blond, blauäugig und blaublütig und hatte zweifellos eine glanzvolle Ausbildung in den exklusivsten Schulen der Schweiz und der Vereinigten Staaten genossen. Sie besaß ein weitherziges Lächeln und Grübchen, kostbarer als alles, was man bei Cartier an Preziosen erwerben konnte.

Dal grinste seine Schwester an, müde nach der langen Fahrt, und nahm seine Brille ab. »Barry, das ist Tinker Botsford.«

»*Hi!* Also mir kommt es so vor, als würde ich dich schon kennen. Dal hat soviel von dir erzählt. Und ich finde, Barry ist ein *süßer* Name für ein Mädchen.«

Barry zählte von eins bis zehn, lächelte derweil und schwieg. Wohl ein bißchen zu lang. Dal wurde jedenfalls unruhig und warf ihr einen nicht übermäßig freundlichen Blick zu.

»Tinker auch«, sagte Barry schließlich.

»Eigentlich heiße ich Eunice. Aber was soll's?«

»Stimmt. Auf welche Uni gehst du?«

»Columbia-Universität.«

»Toll.«

»Ja, nicht? Mir gefällt's da auch *irrsinnig* gut.« Tinker blickte in die Runde, ließ sich nichts entgehen und bedachte alles, was sie sah, mit einem beifälligen Nicken. »Ach Gott, ist das *gemütlich* hier!« Dann schaute sie wieder Barry an. »Malst du auch?«

»Nein. Ich komponiere. Manchmal.«

»Ich bring mal schnell die Koffer nach oben«, sagte Dal.

»Ich glaube, ich komme auch mit«, meinte Tinker und zeigte erneut ihre Grübchen. »Es ist schon so lange her, seit wir das letztemal Pause gemacht haben. Oh, das hat *geschneit*, kann ich dir sagen! Ich habe nicht geglaubt, daß wir's noch bis hierher schaffen. Ich dachte schon, wir müßten in *Port Chester* übernachten oder in irgendeinem anderen gräßlichen Kaff.«

»Ich mache Kaffee in der Zwischenzeit«, sagte Barry und unterdrückte ein sperrangelweites Gähnen. »Schön, daß man dich mal wieder sieht, Dal. Warum kommst du nicht öfter nach Hause?«

Dal und Tinker blieben fast zwanzig Minuten in Dals Zimmer. Tom nickte wieder ein, als er mit Barry im Wohnzimmer auf die beiden wartete. Normalerweise ging er immer schon eine Stunde früher zu Bett. Aber er wurde wieder munter – Barry wußte das bereits im voraus –, als er Tinker erblickte. Sie konnte kaum verbergen, daß sie dem Geniekult frönte, was Tom Brennan betraf. Dal saß mit gekreuzten Beinen daneben und trank Whisky. Er grinste und sagte wenig und fuhr sich nervös mit den Fingern durchs Haar, das sich jetzt schon gewaltig lichtete. Dabei war er erst fünfundzwanzig. Er war kleiner und stämmiger als sein Vater und hatte ein sehr viel komplizierteres Naturell: er konnte so finster und ungemütlich sein wie eine Höhle im Wald, ein entsetzlicher Saufaus mit papierdünnen Nerven. Aber wenn er in Hochform war, hatte er geradezu lyrische Aufschwünge. Er hatte eine lange Ahnenreihe, die aus Pläneschmieden und Gauklern, Heiligen und Spinnern bestand. Manchmal konnte Dal einen glauben machen, daß er imstande sei, aus ordinärer Hundescheiße leuchtende Sterne zu zaubern. Er war der geborene Weiberheld.

»Ich promoviere in Kunstgeschichte«, sagte Tinker zu Tom. »Und zwar über Pieter Brueghel den Älteren. Die Parallelen zwischen seinem und Ihrem Werk sind verblüffend. Ich glaube, da ist noch niemand draufgekommen. Dieses Gespür für das Mysterium des Historischen im ganzen Ambiente – also das haut mich echt um. Sind Sie von Brueghel beeinflußt?«

»*Jäger im Schnee* ist eines der Bilder, auf das ich immer wieder zurückkomme.«

»Wußte ich's doch!«

»Es hat wohl niemand so gute Winterszenen gemalt wie er. Ich habe versucht, dieses Licht hinzukriegen, das er hatte, aber ich glaube, er hatte wirklich so was wie göttliche Eingebungen.«

»Ein Genie.«

»Wir übrigen«, sagte Tom bescheiden, »wir bemühen uns bloß darum. Mögen Sie noch ein bißchen Kaffee?«

»Nein danke.« Tinker beugte sich eifrig in ihrem Sessel vor, die Wangen mit hektischem Rot gefleckt. Sie befeuchtete ihre Lippen und klemmte beide Hände zwischen die Knie. Ja, sie sprach hier mit einem *hochbedeutenden* Maler über KUNST. Das war eine sehr, sehr ernste Sache. Barry fragte sich, ob Tinker wohl gleich wieder aufs Klo rennen würde. Dal lehnte sich weit zurück, entspannt, weil er schon einiges gepichelt hatte, mit schweren Lidern und einem nach wie vor höflichen Lächeln, das eigentlich nicht mehr so ganz zu seiner Stimmung paßte. Tinker sagte: »Die Unfreiheit des Menschen – das war Brueghels Thema, Brueghels *Obsession*. Es ist soviel offener Raum in vielen von seinen Landschaften, aber es ist *unwirtlicher* Raum. Seine Menschen sind immer wieder zurückgeworfen auf ihr eigenes Leben, gehen ins Nirgendwo, ins Nichts.«

»Sie war schon großartig, die Renaissance«, sagte Tom. »Und dennoch hat es wenig Zeiten gegeben, in denen die Menschen soviel gelitten haben. Der Hundertjährige Krieg. Der Bauernkrieg. Religiöse Verfolgung. Und so hat Brueghel denn *Die Blinden führen die Blinden* gemalt.«

»Und den *Sturz des Ikarus*. Sie haben übrigens auch einen *Ikarus* gemalt. Wissen Sie, welches Bild ich meine?«

Heiliger Gott, was geht sie ihm um den Bart, dachte Barry. Es amüsierte und erboste sie zu gleichen Teilen. In einer Stunde würde Tinker nicht nur pflichtschuldigst, sondern überaus eifrig mit Dal bumsen und sich wünschen, es wäre Tom – und beide Männer wußten das bereits. Wieder ein Kreuz, das Dal zu tragen hatte. Aber warum hatte er sie auch mitgebracht.

»Hm. Äh – nein«, sagte Tom in Erwiderung von Tinkers Frage.

»*Edgar Valence*. Dieser wundervolle alte Schwarze auf seinem Sitz hinten in diesem Lieferwagen. Kopf etwas schiefgelegt, ein bißchen Sonne auf der Stirn, Aufblick zum Himmel. Und seine *Augen*!

Lieber Gott! Als hätte er alle Weltalter durchlebt, den Kosmos in seiner ganzen Totalität durchmessen. Mein Vater hat sechs Aquarelle von Ihnen, aber für dieses Bild würde er buchstäblich zum *Mörder* werden.«

»Da wird er sukzessive den ganzen Vorstand der Met hinmeucheln müssen«, warf Barry ein.

»Ich war früher jeden Samstag in der Met. Bloß um *Edgar Valence* zu sehen. Dann bin ich wieder gegangen.«

»Tinker«, sagte Dal fast gütig, »ich bin ziemlich kaputt, und ich muß ein paar Minuten mit meinem alten Herrn reden. Jetzt mach mal 'ne kleine Führung mit Barry und laß dir von ihr zeigen, was du noch nicht gesehen hast, ja?«

Tausend Dank, Dal.

»Einen Blick in Ihr Atelier darf ich wohl nicht werfen?« fragte Tinker, zu Tom gewandt.

»Doch, doch.« Tom bedeutete Barry mit einer Handbewegung, sie möge sich erheben. Tinker stand ebenfalls auf.

»Es war wirklich eine Offenbarung, mit Ihnen zu sprechen. Ich habe so ein Gefühl wie damals, als ich zum ersten Mal in die Kathedrale von Chartres trat.«

»Wir sind ganz stinknormale Leute«, sagte Barry zu Tinker. »Unsere Vorfahren waren durchschnittlich-miese Iren. Wir wollen nur, daß du dich hier wie zu Hause fühlst, Binky.«

»*Tinker.*«

»Ach ja«, sagte Barry strahlend. »*Tinker.* Es war mir entfallen.«

Tinker war, wie vorauszusehen, tief beeindruckt von dem hohen Atelier-Anbau mit der Fensterfront aus Spiegelglas. Das grelle Licht des Sommers konnte mit Hilfe von Jalousien ausgesperrt, seine Hitze dank Kühlrippen gemildert werden. Und jetzt war es trotz des Schneesturms durchaus behaglich im Atelier, was sich gespeicherter Sonnenwärme verdankte. Tom hatte das Atelier seit ein, zwei Tagen nicht mehr betreten und infolgedessen auch nicht aufgeräumt. Und außer ihm durfte hier niemand Hand an etwas legen. Die Vorstudien zu *Greene House* – Zeichnungen und Aquarelle – flogen noch auf diversen Tischen und Sammlungsschränken herum. Ein paar lagen sogar in der Nähe der Staffelei auf dem Boden.

»Ich würde alles dafür geben, wenn ich Tom bei der Arbeit an einem Bild zuschauen könnte«, meinte Tinker versonnen.

Barry schüttelte den Kopf. »Er ist eben erst mit einem fertig geworden – wahrscheinlich macht er jetzt eine Weile gar nichts. Und er mag niemand in der Nähe haben beim Malen. Nicht mal mich. Er zieht einen magischen Kreis um sich, wenn er arbeitet. Und wenn du in diesen Kreis trittst, verwandelt er sich zum Werwolf.«

»Oh«, sagte Tinker. Sie zog an ein paar Schubladen. Aber die waren alle abgeschlossen. Es standen mehrere Sammlungsschränke im Atelier. Mit insgesamt mindestens fünfzig Schubladen. »Was ist da drin?«

»Studien von Dad zu seinen Bildern, Zeichnungen, Aquarelle und so weiter. Von anno Tobak bis heute.«

»Die müssen ja ein Vermögen wert sein!«

Barry zuckte die Achseln. »Wir haben genug Moneten.«

»Hat Dal hier auch ein Atelier?«

»Bevor er den Loft in New York kaufte, hat er in einem Anbau neben dem Stall gearbeitet. Jetzt liegt zuviel Schnee, sonst würde ich's dir zeigen.«

Tinker wandelte durch das Atelier, betrachtete prüfend Requisiten und Kuriositäten: in der Sonne gebleichte Knochen von Tieren, eine Wetterfahne in Form eines Stiers, eine kleine Sammlung von Nestern, eine alte Puppenbühne und einen hochbetagten Flipperautomaten.

»Funktioniert der?« fragte Tinker.

»Na klar. Dad flippert gern, wenn's mit der Malerei nicht so läuft, wie es soll.« Barry schaltete den Automaten ein und spielte ein bißchen. »Den haben wir aus einem Vergnügungspark, der pleite gegangen ist. Und wir haben noch einen Haufen anderes Zeug. Eine alte Popcorn-Maschine in der Küche, ein elektrisches Klavier – was du willst. Das meiste steht auf dem Speicher. Ein paar Sachen davon holen wir immer, wenn wir eine Party geben, aber seit Dal nach Soho gezogen ist, haben wir keine mehr gefeiert.«

Während Barry flipperte (und fluchte), trat Tinker an einen anderen Automaten heran. Er stand in einer Ecke des Ateliers und war nur teilweise zu sehen, weil eine Decke drüberlag.

Auf der Vorderseite des Automaten – ein scharlachroter Kasten mit etlichen abgestoßenen Stellen, gut anderthalb Meter hoch – stand in einstmals weißer Zierschrift: MRS. PRYE BLICKT FÜR SIE IN DIE ZUKUNFT. Oben auf dem Kasten befand sich eine Tastatur, und darüber wölbte sich eine arg zerkratzte Glocke aus Glas. Tinker sah etwas Schattenhaftes unter dieser Glocke. Es erinnerte an einen Frauenkopf. Behutsam zog sie die Decke zur Seite. Auf dem Glas lag dicker Staub. Sie wischte einen Teil davon weg.

»Was ist das denn?«

Barry blickte sich um und runzelte voll Unmut die Stirn.

»Das? Das ist Mrs. Prye. Sie funktioniert nicht.«

Mrs. Prye war als Hellseherin aus dem Rokoko gestaltet. Ein Edelstein zierte ihre Stirn. Sie trug eine kunst- und prachtvolle Perücke, hatte ein Schönheitspflästerchen auf der rosigen Wange und dichte lange Wimpern aus Marderhaar. Der Kopf war ungefähr so groß wie der eines mittleren Affen oder wie die Faust eines vierschrötigen Mannes. Er war ein wenig geneigt, als ruhe die Dame. Sie hatte die Augen geschlossen.

»Lieber Gott, die ist ja richtig *gespenstisch*! Was macht sie?«

Barry hörte verärgert auf zu flippern und zog den Stecker des Automaten aus der Steckdose.

»Sie ist bloß eine Illusion. Und sie redet nicht mehr. Aber vielleicht gehst du doch lieber mal weg da, Tinker.«

Tinker wunderte sich ein wenig über Barrys Ton. Doch sie entfernte sich folgsam von Mrs. Prye.

»Und deck sie zu«, sagte Barry. »Bitte.«

Tinker sah Barry ins Gesicht. Ihre Lippen waren dünn geworden wie Striche. Sie schien nicht Tinker anzublicken, sondern irgend etwas ziemlich weit jenseits der Mauern dieses Ateliers. Tinker zuckte die Achseln, drehte sich um, ging zurück und griff nach der Decke, an der da und dort angetrocknete Farbe klebte. Sie schaute noch einmal kurz den Kopf unter der Glasglocke an. Dann machte sie einen Satz, wobei sie es gerade noch schaffte, die Decke über den Automaten fallen zu lassen.

»Was ist denn?«

»Sie hatte plötzlich die Augen auf! Sie hat mich angesehen!«

Barry schüttelte den Kopf und bemerkte verächtlich: »Ich sagte dir doch, sie ist bloß eine Illusion.«

»Ach, du meinst – so was wie 3-D oder wie? Hängt bloß davon ab, wo man gerade steht und so, ja?«

»Genau«, sagte Barry. Sie lächelte, aber sie machte einen völlig geistesabwesenden Eindruck. »Komm.«

»Ich bin richtig *verliebt* in dieses Haus«, meinte Tinker, als sie das Atelier verließen. »Hat es einen Namen?«

»Ja. Tuatha de Dannan. Die Tuatha haben vor langer, langer Zeit in Irland geherrscht. Dann wurden sie besiegt und verwandelten sich in Feen und Kobolde. Sie waren große Zauberer und Künstler. Und sind es wohl auch heute noch.«

»Heute noch?« echote Tinker und zeigte wieder einmal ihre Grübchen. »Glaubst du etwa an Feen und Kobolde? Nein, nicht?«

»Doch«, sagte Barry ernst.

»Hast du mal welche gesehen?«

»Nein. Die bleiben immer da, wo sie zu Hause sind. Sie reisen nicht gern. Aber ich habe schon ein paar Gespenster gesehen.« Tinker riß die Augen auf. Barry war angeödet und müde. Und so beschloß sie denn, Tinker ein bißchen zu quälen. »Wir haben ein Hausgespenst männlichen Geschlechts. Hört auf den Namen Enoch. Er ist im Unabhängigkeitskrieg gefallen, aber niemand hat ihn bisher davon überzeugen können. Falls er bei dir reinschaut und Abigail sucht, sag ihm, er soll auf die Landstraße gehen und auf die Postkutsche warten. Auf die Art wird man ihn immer ein paar Tage los.«

Tinker hatte ein überraschend derbes Gelächter. »Ist das ein herrlicher Blödsinn! Barry, du hast einen wunderbaren Humor.«

Barry lehnte sich mit verschränkten Armen gegen einen Schrank.

»Du hoffentlich auch. Wir Brennans sind hin und wieder etwas mühsam zu verkraften.«

6.

Tom Brennans Studierzimmer war der kleinste Raum im Haus. Die Tür und das Fenster waren förmlich eingekeilt zwischen Bücherregalen aus Nußbaum. Die beiden anderen Wände waren in einem warmen Cremeton gehalten. Hier hingen ein paar Bilder von den Malern, die Tom am meisten bewunderte: Albrecht Dürer, Winslow Homer, Edward Hopper, Andrew Wyeth. Außerdem zwei gerahmte Plakate von Toms ersten wichtigen Ausstellungen, eine Federzeichnung – Edie im Alter von 21 Jahren – und eine Vergrößerung von einem Titelblatt der *Times*: es zeigte ein Selbstporträt des Künstlers. Toms Lesesessel vor dem Kamin war ein altes Erbstück. Den Zeitungsständer daneben hatte Dal mit fünfzehn als Geburtstagsgeschenk für seinen Vater gebastelt. Zur Ausstattung des Raums gehörten überdies eine Stehlampe und ein wiederaufpolierter Erdnußspender, der vor dem Zweiten Weltkrieg in einer New Yorker U-Bahn-Station für Knabbervorrat gesorgt hatte.

Dal hatte sich ein bißchen mit einem *Space-Invaders-Spiel* beschäftigt. Jetzt stand er auf, nahm sich eine Handvoll Erdnüsse und schwenkte die schmelzenden Eiswürfel in seinem Glas herum. Dann ließ er sich auf ein kleines Sofa plumpsen, das mit herbstlichen Jagdszenen bedruckt war: auffliegende Fasane und bellende Hühnerhunde.

»Barry trägt es, scheint's, mit Fassung.«

»Es könnte ja auch kein vernünftiger Mensch behaupten, daß sie an dem Unfall schuld war. Aber Sorgen macht sie sich schon.«

»Was vom Krankenhaus gehört? Wie geht's ihm?«

»Ich habe angerufen. Sie haben mir bloß verraten, daß er auf der Intensivstation liegt. Und sie waren etwas bang wegen der Behandlungskosten. Weil man ja nicht weiß, wer der junge Mann ist. Ich habe ihnen gesagt, daß ich alles zahle.«

»Und wie hat sich Barry in letzter Zeit aufgeführt?«

»Durchaus manierlich. Wenn auch einzelgängerisch – du kennst sie ja. Sie hat mir gesagt, daß sie gerade eine Pop-Oper komponiert. Sie sitzt fast jeden Tag am Klavier.«

»Spricht sie von Ned?«

»Selten«, sagte Tom.

»Das ist okay. Aber noch lange nicht gut.«

Gemeinheit winselte vor der Tür. Dann kratzte er am Holz. Dal langte nach der Klinke, machte die Tür auf und ließ den Hund herein.

»Glaubst du, daß sie Ned geheiratet hätte?« fragte Dal seinen Vater.

Tom lächelte. »Wir hätten sie wohl kaum daran hindern können.«

»Sicher, er war ein feiner Kerl. Solid und alles. Aber sie wäre doch noch viel zu jung gewesen zum Heiraten – sie weiß ja noch gar nicht, was in ihr steckt. Wie lange ist das jetzt her? Ein Jahr? Barry reagiert einfach nicht normal, Dad. Erste Liebe, tragisches Ende und so weiter – schon klar. Aber inzwischen müßte sie sich doch eigentlich wieder gefangen haben. Weitermachen mit ihrer

Ausbildung, unter Mädchen sein, die so alt sind wie sie, sich mit Jungs treffen...«

»Ich kann sie nicht zwingen, Dal.«

»Na schön, aber sie ist hier doch sicher beschissen einsam. Und daß sie, milde formuliert, ein bißchen exzentrisch ist, brauche ich dir ja nicht zu sagen. Es kann jederzeit weiß der Teufel was passieren.«

»Ich glaube, sie hat alles unter Kontrolle«, meinte Tom gelassen.

Dal zuckte die Achseln. »Sie könnte doch nach New York kommen, dort aufs College gehen und bei mir wohnen. In keiner Stadt auf der ganzen Welt hat man soviel Möglichkeiten – Partys, Kontakte und so weiter. Geistige Anregung ebenfalls. Und die könnte ihr ja auch nichts schaden.«

»Hast du sie schon gefragt?«

»Gefragt? Gelöchert hab ich sie! Sie kommt übers Wochenende, findet es toll und zischt wieder ab – zurück auf die Farm. Es liegt einzig und allein bei dir, Dad. Das weißt du ja.«

Tom schwieg. Er stocherte in der Glut im Kamin herum. Funken stoben knisternd, landeten auf seinem Ärmel. Er schüttelte sie trübsinnig ab.

»Ich glaube nicht, daß ich einer von den Vätern bin, die ihre Töchter mit allen Mitteln an sich binden wollen. Sie ist erst achtzehn, das darfst du nicht vergessen. Manche Mädchen sind in diesem Alter schon flügge. Andere brauchen noch ein Jährchen im Nest.«

Dal erhob sich, etwas wacklig auf den Beinen, ließ den Blick über ein paar Regalfächer schweifen, nahm ein Buch zur Hand, ein seltenes Stück: *The Coming of the Fairies* von Arthur Conan Doyle, ein vom Autor signiertes Exemplar mit Widmung für Edies Vater, der ein inbrünstiger Folklorist gewesen war. Dal blätterte die Fotos durch, Fotos von »kleinen Leuten« – ein paar hatten hauchdünne Flügel und spitze Ohren –, geknipst von zwei jungen Engländerinnen in einem engen Tal in Yorkshire. Die Platten hatte Doyle selbst mit Zeichen versehen, um Fälschungen auszuschließen.

»Tust du was, Dal?« fragte Tom.

»Ja. Ich habe die ganze Zeit gemalt. Vielmehr – ich hab's versucht. Es ist schwierig.«

»Und es wird leider auch nie einfacher, wenn es dir ernst ist mit deiner Arbeit.«

»Ich kann mich nicht konzentrieren«, gestand Dal. »Ich – meine Einfälle taugen nichts. Irgendwie bin ich völlig fertig. Beschissen, wie?«

»So weit können einen Kritiker schon treiben. Mich haben sie so miesgemacht, daß ich jahrelang fast selber geglaubt habe, ich brächte nicht mehr zustande als Illustriertentitel.«

»Die Kritiker kaufen deine Bilder immer noch nicht. Aber die Museen. Und alle Leute, die was von Kunst verstehen.« Dal betrachtete sein leeres Glas, kämpfte ein paar Sekunden lang mit sich und griff dann wieder zur Whiskyflasche. Tom sah zu, wie sein Sohn sich nachgoß und nachgoß, und schaute schließlich weg.

»Du hast gemeint, ich sollte noch keine Ausstellung machen, es sei noch zu früh«, sagte Dal. »Und wahrscheinlich hattest du recht. Ich hätte auf dich hören sollen.«

»Die Erwartungen waren einfach zu hochgespannt. Deine und die von allen anderen Leuten. Wenn du ausstellst, riskierst du nun mal Verrisse.«

Dal explodierte. »*Klar* male ich noch so ähnlich wie du! Was wollen die denn eigentlich von mir? Ich hab's doch bei dir gelernt! Aber ich kopiere nicht bloß – und das war noch das Schmeichelhafteste, was sie über mich geschrieben hatten, diese Knacker.«

Tom versuchte, ihn zu beruhigen. »Ich habe auch ein paar schlimme Jahre mitgemacht. Aber dann merkte ich: es tut sich was. Du machst Anleihen bei anderen, du nimmst dir von ihnen, was du brauchen kannst. Aber eines Tages kommt der Durchbruch. Das ist so, als wärst du dein ganzes Leben lang kurzsichtig gewesen und würdest zum ersten Mal die Brille aufsetzen, die das korrigiert.«

»Auf den Tag warte ich«, sagte Dal düster.

»Dal, du verplemperst deine Zeit in New York. Du meinst vielleicht, du tust was, aber in Wirklichkeit tust du nichts. Ich kenne das doch: Kneipen, Lofts, Vernissagen, Rummel. Immer lenkt einen was ab. Und die Leute sind auch nicht viel anders als zu meiner Zeit. Spendabel und großzügig, solange was für sie dabei rausschaut. Aber sonst nicht. Bloß die Groupies haben heutzutage etwas mehr Format, das ist alles. Mach deinen Loft dicht, häng ein Schloß davor und komm wieder nach Hause. Von allen Leuten, denen ich was beigebracht habe, hast du das meiste Talent. Nur kommst du bloß mit rein technischem Können nicht weiter.«

»Ich bin mir nicht so sicher wie du, daß ich weiterkomme, daß ich eine Zukunft habe, daß es sich lohnt.« Dal lächelte seinen Vater an. Doch der Ausdruck seiner Augen verriet Frustration und Wut.

»Du hast Angst davor zu leiden«, meinte Tom. »Aber glaub mir – ohne das geht's nicht.«

7.

Barry, Barry – Oh Herrin, wie befindest du dich?

Das einzige Licht in Barrys Zimmer kam vom Fernsehapparat in der Ecke. Es lief gerade »Tonight«. Der böse Don Rickles schwitzte wie ein Schwein und zog Grimassen wie ein Frosch und brachte Johnny zum Lachen. Barry hatte sich vor einer halben Stunde in zwei warme Steppdecken gewickelt und war eingedöst. Den Fernseher hatte sie leise gestellt. Die Stimmen der Personen auf dem Bildschirm waren kaum zu verstehen. Man hörte nur das Gelächter.

Laß mich wiederkehren, mein Engel, schmeichelte Mrs. Prye. *Denn ich ertrag' sie nicht, die Hölle, in die du mich geworfen hast.*

Ich muß wohl träumen, dachte Barry. Aber sie konnte nicht die Carson-Show und Mrs. Prye zugleich träumen. Sie regte sich, ächzte und zog ein Kissen über ihren Kopf.

»Hebe dich hinweg, Mrs. Prye.«

Ihr zu antworten war ein Fehler. Das machte ihr nur Mut.

Nein, du bist zu gestrenge. Es sei kein Zwist mehr zwischen uns. Ich für mein Teil gelobe, mich aller Arglist zu enthalten und eine Zier zu sein für die Gesellschaft deiner Freunde.

Barry versuchte, sich noch tiefer in ihrem Bett zu vergraben. »Du redest zuviel. Du sagst den Leuten Sachen, von denen sie besser nichts erfahren. Und dann geben alle mir die Schuld. Du kannst nicht zurückkommen. Das ist mein letztes Wort.«

Plötzlich war das Bild im Fernseher weg. Nur noch ein wüster Wellensalat. Barry spürte das, was vom Bildschirm ausstrahlte, als unangenehmes Kribbeln im Nacken. Sie wußte, daß sie gelackmeiert war. Sie setzte sich auf. Draußen schneite es nach wie vor.

Verschmäh mich nicht, mein Täubchen. Sag, ist's der junge Mann, der solche bittre Leidenschaft in dir erweckt? Gewiß, schön ist er von Gestalt und Angesicht. So dulde es, daß ich dir mehr berichte. Ich kenne seinen Namen.

Barry blickte zum Bildschirm, auf dem inzwischen Mrs. Prye erschienen war. Sie lächelte geziert und klimperte albern mit ihren langen Wimpern.

»Nein, den kennst du *nicht*!« sagte Barry heftig.

Nun, nun, so darf ich dir jetzt dienen? So steht dir jetzt der Sinn danach? Mrs. Prye war recht zufrieden mit sich. Sprach ihre Herrin doch wieder mit ihr.

»Du weißt nichts von ihm. Überhaupt nichts. Du bildest es dir bloß ein.«

Du dreistes Kind! Mir eignet doch die Gabe der Prophezeiung! Dies ist dir wohlbekannt.

»Du machst mir keinen Ärger mehr!« sagte Barry. Entschieden zu laut. Sie hatte Angst, die anderen aufzuwecken. Wenn ihr Vater zu ihr ins Zimmer käme, würde er sich ganz schön aufregen. Schließlich hatte sie ihm versichert, Mrs. Prye sei jetzt kein Problem mehr. Barry senkte ihre Stimme. Aber was sie sagte, klang darum nicht weniger bedrohlich: »Ich kann dafür sorgen, daß du verschwindest.«

Mrs. Prye ließ das gelten und ging jetzt taktisch klüger vor.

O ja, du kannst. Doch tu es, und dir wird vielleicht nie wieder Kunde über ihn.

Barry betrachtete das Gesicht auf dem Bildschirm. Ihr Herz schlug schneller. Als sie eingedöst war, hatte sie an den jungen Mann im Krankenhaus gedacht. Und jetzt war sie neugierig, das ließ sich nicht leugnen.

»Na schön. Weih mich in dein großes Geheimnis ein. Wie heißt er denn?«

Mrs. Prye ließ völlig unerwartet ein schallendes Gelächter los.

NedKramerNedKramerNedKramerNedKramer

»So was Blödes hab ich noch nie gehört!« sagte Barry. Ihr Gesicht ging aus den Fugen vor lauter Entrüstung. Sie begann zu schluchzen.

Mrs. Prye verschwand sofort vom Bildschirm, nun lief wieder »Tonight«, und von ihrem Gewieher war nichts mehr zu vernehmen. Dafür lachte sich Johnny schief und krumm. Er fiel fast vom Stuhl. Der Ton war jetzt lauter. Rickles grinste wie ein schelmischer

Kobold. Der Drummer der Band drosch auf sein wehrloses Schlagzeug ein. Ed McMahon – so typisch amerikanisch wie Uncle Sam – erschien, um Hundefutter anzupreisen...

Mürrisch und wütend wischte Barry sich ihre Tränen ab. Sie zitterte am ganzen Leib, was öfter vorkam nach Begegnungen mit Mrs. Prye.

Dann hatte sich Barry wieder gefangen und knipste die Lampe am Bett an. Sie stand auf einem Mahagonitischchen. Daneben Neds gerahmtes Bild. Es war eine der letzten Aufnahmen von ihm, jener idyllische August vor seinem Tod: Da saß er, mit nacktem Oberkörper, und ließ sich eine Melone schmecken. Neben dem Foto eine Statuette der brennanschen Familienheiligen Veronika, ein uraltes keltisches Kreuz und ein Rosenkranz, den Barry von ihrer Mutter geerbt hatte. Das Kreuz war vor unvordenklichen Zeiten im Besitz von Priestern aus der Familie gewesen, sehr heiligmäßigen Männern, und das verlieh ihm besondere Kräfte. Hatte Edie zumindest behauptet.

Barry sah ihr gedehntes Gesicht im schräggestellten Glas des Fotorahmens. Neds Haar – so lang wie das von Prinz Eisenherz – war weizenblond, sein Nasenrücken breit und gebogen. Doch natürlich hatte Mrs. Prye nicht gemeint, der junge Mann sei *tatsächlich* Ned. Ihre Verlautbarungen waren manchmal präzis, meistens aber orakelhaft verschwommen.

Es war Freitagnacht und fast 0 Uhr 30. An Schlafen war jetzt nicht mehr zu denken. Es fröstelte Barry. Ereignisse waren in Gang gekommen und drohten außer Kontrolle zu geraten. Sie wollte ins Krankenhaus. Sie hatte Angst, aber sie wollte. Nein, sie *mußte*.

Barry zog Liebestöter an, dicke Wollhosen und einen Norwegerpullover, schlüpfte in pelzgefütterte Stiefel und ging über den Flur zu Dals Zimmer. Er hatte nicht abgeschlossen. Sie lauschte kurz, hörte ihn schnarchen, trat ins Zimmer und ließ die Tür halb offen, damit etwas Licht aus dem Flur aufs Bett fiel.

»Dal! Dal!«

Er rappelte sich mühselig hoch, triefäugigen Blicks. »Was?«

»Ich bin's – Barry.«

Tinker setzte sich plötzlich neben Dal auf und schaute bestürzt drein. Sie trug ein durchsichtiges, pfirsichfarbenes Nachthemd. Barry betrachtete kurz ihren Donnerbusen. Na, da hat Dal ja ordentlich was zum Grabschen, dachte sie.

»Wie? Wer?« sagte Tinker, die Augen weit offen, aber anscheinend nicht richtig eingestellt.

»Hallo, Tinker. Ich wollte dich wirklich nicht aus dem Schlaf reißen. Tut mir leid. Hör zu, Dal. Ich muß dich um einen großen Gefallen bitten. Fahr mich zum Krankenhaus.«

»Wieso? Fehlt dir was?«

»Frag mich jetzt bitte nicht tausend Sachen – du mußt mir helfen. Es ist wichtig. Wirklich.«

»Muß ich auch mit?« erkundigte sich Tinker. »Ich bin nämlich echt keine Nachteule.«

»Barry, um Gottes willen –«

»Nun komm schon – wir haben nicht viel Zeit. Gute Nacht, Tinker.«

Tinker schloß die Augen und sank leise seufzend in die Kissen zurück.

»Barry, es ist scheißkalt und es schneit – und hör dir mal an, wie's draußen weht!«

»Dal«, sagte Barry streng, »wir haben uns mal einen heiligen Eid geschworen. Daß der eine dem anderen nie was abschlagen wird, das in seiner Macht steht.«

Dal saß da und massierte behutsam seinen Kopf.

»Barmherziger Gott. Es sollte wirklich ein Gesetz über die Verjährung von heiligen Eiden geben.«

8.

Sie fuhren mit Dals Mercedes. Obwohl Dal Kopfschmerzen hatte, bestand er darauf zu chauffieren. Es schneite nach wie vor, aber die Räumfahrzeuge der für Anatolia und Umgebung zuständigen Straßenmeisterei hatten immerhin schon das Gröbste beseitegeschoben. Die schlimmsten Rutschbahnen auf den Hügeln waren außerdem gesandet. Barry suchte im Radio nach Musik, die sie beide anhören konnten, gab es jedoch auf, nachdem Dal sie dreimal angeschnauzt hatte, was für einen Mist sie da denn eingestellt habe. Er bevorzugte schwermütig-sonore Cellomusik. Barry saß stumm da, die Hände in den Schoß gelegt, blickte geradeaus und fragte sich, ob Dal sie wohl noch mal rüffeln würde.

»Du könntest Tinker wirklich eine Chance geben.«
Barry seufzte.
»Ich habe sie bloß übers Wochenende mitgebracht, weiter nichts. Ich weiß nicht, warum du sie so niedermachen mußt.«
»Ich? Was hab ich denn getan? Ich habe hoch und heilig versprochen, daß wir uns nie mehr über deinen Frauengeschmack streiten, und das war mein voller Ernst.«
Nach ein paar Sekunden blickte Dal sie vorwurfsvoll an.
»Du lachst.«
»Aber nein. Ich habe meine Lippen total unter Kontrolle. Siehst du? Eine schnurgerade Linie.« Sie schaute aus den Augenwinkeln nach ihm, erstickte ein Kichern bereits im Keim und sah derart bestürzt drein, als hätte sie in der Kirche gefurzt.
»Und schon geht's wieder los!«
»Nein, Dal. Ehrlich. Ich kann durchaus verstehen, warum du sie attraktiv findest.«
»Ja?«
»Ja. Sie sah wirklich süß aus in ihrem Rutsch-mal-schnell-drüber-Nightie.«
Dal trat scharf auf die Bremse; Barry hob beschwichtigend die Hände.
»Nein, setz mich nicht an die frische Luft! Ich bin ja schon ganz artig!«
Alle Eingänge zum Krankenhaus waren zu. Nur der zur Notaufnahme war offen. Ein Krankenwagen stand davor. Die Schwestern und Ärzte, die Nachtdienst in der Notaufnahme hatten, waren beschäftigt und damit abgelenkt: Irgendein Mensch hatte auf einer vereisten Treppe den Boden unter den Füßen verloren und einen bösen Sturz gebaut. Barry führte Dal am leeren Schwesternzimmer vorbei und einen Korridor entlang.
»Wo gehen wir hin?«
»Dad sagte, er liegt auf der Intensivstation. Und die ist doch im zweiten Stock, oder?«
»Ich glaube schon. Aber würdest du mir bitte noch verraten, was wir da eigentlich sollen?«
»Ich muß ihn wiedersehen. Ich glaube nicht, daß ich später noch einmal Gelegenheit dazu haben werde.«
»Geht's ihm *so* schlecht? Ich dachte, du hättest ihn nur leicht verletzt?«

»Ich wollte, ich könnte es logisch erklären, Dal. Kann ich aber nicht. Ich habe nur ein ganz furchtbares Gefühl.«

Sie stiegen eine Treppe hinauf, liefen einen Flur entlang, an einem Labor und an einem Sitzungssaal vorbei – beide Türen waren zu –, an einem Mann vorbei, der den Boden wischte. Er hatte ein Transistorradio am Gürtel festgehakt, einen Hörknopf im Ohr und blickte nicht einmal auf, als Barry und Dal vorübergingen.

»Barry, weißt du mehr über diesen Knaben, als du uns verraten hast?«

»Nein, Dal«, sagte Barry. Sie hatte es so eilig, daß sie ein paar Schritte vor ihrem Bruder herlief.

Im Schwesternzimmer des zweiten Stocks stand eine Frau, die einen rosa Pullover über ihrer Tracht trug und eine Fieberkurve studierte. Jetzt drehte sie sich um und schaute Barry an. Sie hatte graues gekräuseltes Haar und bauchig hervortretende Kinnbacken. Sie sah so aus, als sei mit ihr nicht gut Kirschen essen. Auf ihrem Namensschildchen stand E. MAYO.

»Ja?«

Barry setzte zu einer Erklärung an. Sie kam nicht sehr weit, denn der Mund der Schwester schnappte auf und zu wie eine Schere und schnitt ihr das Wort ab.

»Ich kann Ihnen keine Informationen über den Patienten geben. Und Sie haben hier beide nichts zu suchen. Und schon gar nicht mitten in der Nacht.« Sie sprach mit irischem Akzent.

»Aber ich will ihn doch nur ein paar Minuten sehen!«

»Wenn Sie nicht mit ihm verwandt sind, sind Sie hier fehl am Platz.«

»Gerade das ist der springende Punkt«, sagte Barry erbittert. »Er hat ja niemand!«

Die Augen der Schwester wurden ganz schmal; sie drückte das mächtige Kinn gegen die Brust. Dal lächelte müde und trat zwischen die beiden Damen, wobei er kurz den Kopf abwandte, damit die Schwester nicht sehen konnte, daß er Barry zuzwinkerte.

»Barry, du entschuldigst mich für ein paar Minuten, ja? Wart mal da drüben.«

Barry zog sich verärgert zu einem Behälter mit Eiswasser zurück und gönnte sich einen Schluck. Dal wandte sich wieder der Schwester zu. Er sah jetzt nicht mehr verkatert aus, seine Augen strahlten geradezu und seine Wangen waren auf äußerst ansprechende

Weise gerötet. Er beugte sich verbindlich ein wenig vor. E. Mayo betrachtete ihn voll Gleichmut.

»Schwester Eileen, ja?« fragte Dal. Auch er sprach nun mit irischem Akzent.

»Elizabeth.«

»Unsere Mutter – Gott hab sie selig – hieß mit dem zweiten Vornamen Elizabeth. Und ich bin Dal.«

Er streckte die Hand aus. Schwester Elizabeth war verdattert. Um ein Haar hätte sie ihm selbst die Hand gegeben.

»Es tut mir leid – aber Sie müssen jetzt gehen.«

Dal seufzte, schüttelte den Kopf. Verstohlen schaute er Barry an. Dann wandte er den Blick wieder zu Schwester Elizabeth. Flehend.

»Liebe Schwester Elizabeth, die arme Barry kommt fast um vor Schuldgefühlen.«

»Vor Schuldgefühlen?«

»Ja. Sie saß am Steuer des Wagens, der heute nachmittag diesen armen Jungen angefahren hat.«

»Oh.« Die Schwester starrte Barry an, die auf erschrecklich trübselige Weise den Kopf hängen ließ.

»Sie war zwar nicht schuld an dem Unfall. Aber trotzdem. Wenn er nicht durchkommt, wird sie für den Rest ihres Lebens gezeichnet sein. Sie hat heute abend *sechs Stunden* in St. Bonifaz auf den Knien gelegen und gebetet.«

»Tz!«

»Nicht einmal Pater Tim konnte sie trösten. ›Dal‹, sagte er zu mir, ›bring das arme Kind nach Hause.‹ Aber ich hatte das Gefühl, daß ihr Schmerz vielleicht irgendwie gelindert wird, wenn sie den jungen Mann sehen kann. Sie verstehen, was ich meine, Schwester Elizabeth? Ja?«

Barry schniefelte fast unhörbar, riß sich tapfer zusammen, ballte die schlaff hängenden Hände zu Fäusten.

Schwester Elizabeth schürzte die Lippen, schaute zu Barry, warf dann einen Blick nach rückwärts auf die Uhr an der Wand.

»Also...«

»Zwei Minuten. Ich bitte Sie nur um zwei Minuten. Ach, und ihre Mutter ist jetzt schon neun Jahre tot, ja – Dad und ich, wir tun, was wir können, aber...«

»Nein, sagen Sie nichts mehr.« Schwester Elizabeth legte die Fieberkurve aus der Hand, öffnete die Tür zur Intensivstation und winkte der ungläubigen Barry. »Kommen Sie, mein Kind. Aber leise bitte, ganz leise.«

In der Intensivstation nahm eine schmächtige jamaikanische Krankenschwester ein paar Daten auf, die anschaulich das langsame und stetige Verdämmern des jungen Mannes belegten. Barry sah ihn von der Tür aus und mußte einige Male kräftig schlucken. Das Herz schlug ihr bis zum Hals. Behutsam näherte sie sich dem Bett, blieb stehen, blickte wie betäubt auf den Patienten nieder. Er atmete zwar, aber sein Brustkorb hob und senkte sich kaum.

»Acht Herzschläge in der Minute«, flüsterte die Jamaikanerin Schwester Elizabeth zu. »Ich wußte nicht, daß so was möglich ist.«

Dal war schockiert. »Was ist eigentlich los mit ihm?«

Schwester Elizabeth schüttelte den Kopf. »Ich habe sie kommen und gehen sehen. Die meisten waren sehr viel schwerer verletzt als der Junge hier und haben es überstanden. Aber er hat anscheinend kein Fünkchen Lebenswillen mehr.«

Barry war ein paar Sekunden lang nicht imstande zu atmen. Sie hätte sich keinen schlimmeren Anblick denken können als dieses blitzblanke kleine Zimmer mit seinem gedämpften Licht und seinen Apparaturen, mit dem schlangengleichen Gewirr von Drähten und Schläuchen – Sauerstoff, Infusionsflüssigkeiten –, das zu seinem Körper führte. Nun sah sie das alles durch Tränenschleier. Sie schluchzte, hielt die Luft an, als die Schreibstifte des Elektrokardiographen plötzlich drauflosskritzelten wie Geisterfinger und das Oszilloskop einen weiteren vereinzelten Herzschlag registrierte.

Barry griff nach der Hand des jungen Mannes. Seine Finger waren so kalt, daß sie unwillkürlich zurückzuckte. In diesem Moment war es völlig offen, ob sie sich umwenden und fliehen oder ob sie ihren ganzen Mut zusammennehmen und ihn noch einmal berühren würde. Sie warf Dal einen gehetzten Blick zu. Ihr Bruder runzelte die Stirn. Dann schickte er sich an, den Kopf zu schütteln. Barry fuhr zusammen, drehte sich um, faßte wieder nach der beinah leblosen Hand des Patienten. Sie hielt die Hand fest, senkte den Kopf und sprach ein stilles Gebet. Es war kurz. Zögernd ließ sie die Hand los. Schlaff entglitten die Finger ihrem Griff. Er schien nichts gespürt zu haben. Sein Körper blieb reglos. Er verging einfach, verging wie eine Eisscholle, die langsam in wärmere Gewässer treibt. Barry wollte, daß Alarmglocken schrillten, Lichter kreiselten, Ärzte ins Zimmer strömten; sie wollte Aktion, und zwar möglichst dramatische.

Sie drehte sich um, richtete das Wort an Schwester Elizabeth.

»Aber das geht doch nicht! Warum will er nicht leben? Da muß doch jemand was machen!«

Dal legte den Arm um Barrys Schultern und führte sie nach draußen. Schwester Elizabeth sagte: »Die Doktoren haben es mit Stimulantien versucht, direkt in den Herzmuskel. Es hat sich nichts gerührt.«

»Aber – aber er...«

»Er wird die Nacht nicht überleben, fürchte ich. *Sie* brauchen sich deswegen wirklich keine Vorwürfe zu machen, mein Kind.«

»Tu ich ja gar nicht. Es geht um ganz was anderes.«

»Okay, Barry«, sagte Dal. »Wir können jetzt wohl nichts mehr machen.« Er übte mit seinem Arm diskret etwas Druck auf sie aus. Barry sträubte sich, blickte ihn rotäugig an, inständig bittend, piepste mehr, als daß sie sprach.

»Ich kann jetzt nicht einfach nach Hause fahren, Dal. Ich kann ihn nicht allein lassen. Er hat niemand. Und es ist schrecklich, so einsam zu sein. Verstehst du das denn nicht?«

»Doch, aber...«

»Meinetwegen brauchst du dir keine Gedanken zu machen. Ich halte hier bloß Nachtwache, bis...« Sie blickte Schwester Elizabeth an. Die Schwester hatte mißbilligend die Lippen geschürzt. »Das geht doch, oder? Ich paß schon auf, daß ich niemandem im Weg bin.«

»Sie sollten lieber schlafen, mein liebes Kind.«

Dal versuchte, mit seinem Arm noch etwas mehr Druck auf seine Schwester auszuüben, aber Barry riß sich von ihm los. »Gut. Ich *werde* schlafen. Ich kann immer schlafen«, sagte sie flehentlich zu ihrem Bruder und zu Schwester Elizabeth. »Aber ich will hierbleiben.«

Schwester Elizabeth richtete den Blick auf Dal. Der verzog das Gesicht, schaute Barry kurz an und zuckte die Achseln. Die Entscheidung lag jetzt bei Schwester Elizabeth.

Sie überlegte und überlegte und druckste herum und hatte schließlich eine Idee. Barry könne ja im Aufenthaltsraum der Schwestern bleiben und da auf dem Sofa schlafen. Mit ein paar

Decken und Kissen sei das fast so bequem wie ein richtiges Bett. Und in den frühen Morgenstunden benutze niemand den Aufenthaltsraum. Barry war sofort Feuer und Flamme.

Sie tranken Kaffee im Aufenthaltsraum. Die Jamaikanerin brachte Bettzeug. »Zustand unverändert«, sagte sie zu Schwester Elizabeth und ging wieder.

»Sie bekommen doch hoffentlich keine Schwierigkeiten meinetwegen, Schwester?« fragte Barry.

»Nein. Es sei denn, jemand kriegt's raus. Na, und wenn schon – das ist mir egal. Ich führe meine Station schon seit dreiundzwanzig Jahren so, wie ich es für richtig halte. Und ich möchte mal sehen, was die ohne mich machen. So, Kind, und jetzt ab in die Federn.«

Dal trank seinen Kaffee aus. »Ich muß nach Hause in mein warmes Bett.«

»Du hast mein volles Verständnis«, sagte Barry.

Er gluckste, schlug ihr leicht mit einem Kissen auf den Kopf, küßte sie auf die Wange.

»Vielen Dank, Dal«, sagte Barry und umarmte ihn.

»Du hast ein gutes Herz, Kind. Ruf mich an, wenn du mich brauchst.«

9.

Je näher er der Farm kam, desto mehr zweifelte Dal daran, daß es richtig gewesen war, seine Schwester im Krankenhaus bleiben zu lassen. Diese Bedenken machten ihn griesgrämig. Und darum brauchte er jetzt einen Drink. Zu seiner Überraschung entdeckte er, daß Tom noch auf war – es war mittlerweile kurz nach zwei – und offensichtlich auf ihn gewartet hatte.

»Wo bist du mit Barry hingefahren?«

Dal blickte seinen Vater an, zog den Mantel aus und hängte ihn in den Garderobenschrank unter der Treppe.

»Sie ist im Krankenhaus.«

»Heiliger Gott, Dal, mit was denkst du eigentlich? Doch wohl nicht gar mit dem Kopf?«

In die Defensive gedrängt, sagte Dal: »Du weißt doch, wie sie ist. Im Krankenhaus kann ihr nichts passieren. Da ist sie gut aufgehoben. Also – warum sollte ich lang mit ihr streiten?« Er ging ins Wohnzimmer, klappte den Barschrank auf, langte sich eine volle Flasche Whisky heraus. Tom war ihm gefolgt. Er stand hinter seinem Sohn, die Hände in den Taschen seines Bademantels.

»Ich glaube, wir holen sie lieber mal weg da.«

»Wieso?«

»Weil es mir überhaupt nicht gefällt, wie sie sich aufführt.«

»Aber es ist alles okay mit ihr! Nur daß ihr der Junge eben leid tut – Dad, er stirbt, verstehst du. Er wird die Nacht nicht überleben, so mies geht es ihm.«

»Bist du sicher?«

»Ja. Ich hab ihn gesehen.«

»Ich dachte, er sei nur leicht verletzt.«

»Das schon. Aber es ist eben irgendwas mit ihm passiert. Weiß der Teufel, was. Jedenfalls geht alles in den Keller – Puls, Herzschlag, Atmung und so weiter. Möchtest du einen Drink?«

»Nein.« Tom setzte sich. Er sah nach wie vor besorgt aus. Dal lehnte sich gegen die Bar.

»Hoffentlich hast du recht«, sagte Tom.

»Womit? Daß er stirbt? Sicher stirbt er. Aber ›hoffentlich‹ – wie kann man so was nur sagen? Was ist dir denn für 'ne Laus über die Leber gelaufen?«

»Keine Laus. Barry.«

»Und – was ist mit ihr?«

»Ich weiß es nicht, Dal. Es ist nur eigenartig, wie das alles passiert ist. Wo kam er zum Beispiel her?«

»Ist doch egal. Irgend jemand wird sich letztlich schon melden und sagen: ›Das ist mein Sohn‹ – oder so. Es war eben ganz einfach ein Unfall, dessen nähere Umstände bislang nicht völlig geklärt sind und... Warum beschäftigt dich das eigentlich so?« Dal trank, setzte sein Glas ab, verzog das Gesicht. Tom drehte den Kopf zu ihm und blickte ihn an.

»Ich habe von Edie geträumt.«

»Oh.« Die beiden Männer schwiegen eine Weile. Dal kaute an einem seiner Daumennägel und goß sich noch mehr Whisky hinter die Binde.

»Dad, das ist reiner Zufall.«

»Ich wollte, ich wäre mir da so sicher wie du.«

»Ich weiß genau, was du denkst. Es ist meschugge, weiter nichts.«

»Wir haben auch nie rausgekriegt, wer *er* war. Wo er herkam. Was er in Edies Auto machte. Und was er mit dem Unfall zu tun hatte, der sie das Leben gekostet hat.«

Dal stieß hörbar den Atem aus. Es klang verärgert und verzweifelt.

»Ach, Dad. Was soll das denn. Mom hatte Liebhaber. Das ist alles. Und damit mußt du dich abfinden. Den im Auto und die anderen, mit denen sie manchmal gesehen wurde. Wer *die* waren, wußte auch niemand. Zufallsbekanntschaften eben. Irgendwo unterwegs aufgelesen. Sie war einsam. Hatte vielleicht auch was mit dir zu tun, mit deiner Art Leben. Aber was soll's. Das gibt's nun mal. Ich habe Mom auch geliebt, Dad. Wirklich. Aber so war das eben.«

Tom erhob sich, ging mit unbewegtem Gesicht zur Bar, blieb einen halben Schritt vor seinem Sohn stehen und blickte ihm tief in die Augen.

»Deine Mutter war mir treu bis zu dem Tag, an dem sie starb.«

»Dad, warum erzählst du mir das? Jeder weiß doch, daß...«

»Ja, sicher. Sie wurde mit Fremden gesehen. *Das* weiß jeder. Man hat gesehen, daß sie mit Männern geredet hat. Aber nicht... Sie hat nur mit ihnen geredet, Dal. Und wer sie waren, wußte nie jemand, weil – weil sie aus einer anderen Welt kamen. Edie kannte diese Welt gut, wir dagegen werden nie etwas über sie erfahren.«

Dal hatte plötzlich einen trockenen Mund. Sein Magen krampfte sich vor Ärger zusammen. Er drehte sich um und goß sich wieder einen Drink ein.

»Darüber will ich nicht reden und davon will ich nichts hören! Du kennst meine Einstellung. Du weißt, was ich von dem ganzen spiritistischen Scheißdreck halte, mit dem Barry und ich aufgewachsen sind. Mein Leben lang habe ich versucht, davon wegzukommen! Gesichter am Fenster, seltsame Geräusche in der Nacht, Mom läuft tagelang mit diesem gottesjämmerlichen Ausdruck in den Augen durch die Gegend und ist total weggetreten... Laß mich bloß in Frieden, Dad.«

»Das kann ich leider nicht. Denn Barry hat möglicherweise ganz erhebliche Probleme.«

»Warum? Schön, sie ist kein Nullachtfünfzehn-Mädchen – sie ist ein sensibles Pflänzchen und vielleicht auch ein bißchen so wie

Mom. Aber keineswegs so extrem. Und du tust so, als wäre sie dem Untergang geweiht.«

»Weißt du noch, was passiert ist, als wir Mrs. Prye bekamen?«

»Ja. Manche Leute können mit so was nicht umgehen und sollten darum die Finger davon lassen. Sie macht doch nicht mehr rum mit Mrs. Prye, oder?«

»Nein. Ich habe sie in mein Atelier gestellt.«

»Gut. Noch besser, du schmeißt sie auf die Müllkippe.«

»Das werde ich tun. Ich will nicht behaupten, daß Barry dem Untergang geweiht ist – aber wir müssen vorsichtig sein.« Tom legte Dal die Hand auf die Schulter. »Verstehst du?«

»Ja doch. Ja.« Dal lachte. Es klang nicht sehr glücklich. »Barry hat es Tinker heute abend wirklich dick eingetränkt. Ihr einen Abriß der okkulten Geschichte von Tuatha de Dannan gegeben. Tinker hat darauf bestanden, daß ich unters Bett schaue, bevor wir...« Er schüttelte den Kopf, blickte auf, sah überallhin, bloß nicht Tom in die Augen. »Herrgott noch mal! Ich weiß nicht, warum ich mich nicht von diesem Haus lösen kann, warum ich immer wieder zurückkomme.«

»Weil du hier arbeiten kannst.«

»Oder mich totsaufen. Wenn ich Glück habe, male ich vielleicht noch ein paar Meisterwerke, bevor meine Leber total kaputt ist.«

»Jetzt geh mal lieber schlafen.«

»Du aber auch.«

»Ich glaube, ich geh noch ein Weilchen ins Atelier. Und dann fahre ich vielleicht zum Krankenhaus.«

»Mit Barry ist alles *okay*, Dad. Ich hätte sie nicht dagelassen, wenn...«

»Ich glaub's dir ja, Dal. Aber ich muß ihn mir wohl selber anschauen. Ich habe ihn heute nachmittag nur sehr flüchtig gesehen.«

10.

Die Tür zum Aufenthaltsraum der Schwestern war zu, ein Lämpchen brannte, und Barry saß vor einem kleinen TV-Gerät und sah noch ein bißchen fern. Sie wurde jedoch nicht schlau aus dem Film

– eine Spionageklamotte, in der die Helden ewig und drei Tage durch malerische Straßen in den malerischsten Städten Europas wandelten. Barry zog ihre Stiefel aus, löschte das Licht, legte sich hin und kuschelte sich zurecht. Als sie die Augen schloß, sah sie das Oszilloskop vor sich. Sie hielt den Atem an, bis der Lichtpunkt kam – *blip*. Um sich von den laufenden Ereignissen abzulenken, zog sie die Decke über ihren Kopf, drehte dem Fernseher den Rücken zu – es war gerade eine nicht enden wollende, überaus mäßig gefilmte Verfolgungsjagd mit Autos im Gange – und durchlebte noch einmal mit voller Absicht die Fahrt am Nachmittag, jeden Kilometer von der Stadt bis zur Brücke im Schnee.

Seit ihrer Kindheit glaubte sie, wenn sie sich nur genügend konzentrierte, könnte sie bereits eingetretene und ihr nicht genehme Ereignisse rückgängig machen. Der Lieferwagen würde ihr gedankenlos auf der Auffahrt abgestelltes Rad nicht überrollen, ihre Mutter würde nicht erstarrt zum Abschied auf immer lächeln, der Fremde würde am Straßenrand auftauchen, in sicherem Abstand, und per Anhalter mit Barry mitfahren wollen. Über dieser harten geistigen Arbeit pflegte sie dann immer einzuschlafen. Und sie war sicher, daß sie frisch und munter erwachen würde und die widrigen Ereignisse ganz einfach nicht passiert waren: Ihr Rad stand da, wo es hingehörte, neben der Veranda, ohne einen einzigen Kratzer; Edie war wie stets am Morgen in der Küche, rauchte zuviel und rührte mit einem großen hölzernen Löffel Pfannkuchenteig in einer gefetteten Schüssel.

Blip.

In Barrys Traum tauchte er zunächst als geisterhafte Erscheinung auf, dann als Schneemann mit einem Stück Kohle als Herz. Auch jetzt streifte ihn der schleudernde Volvo. Und als Barry sich auf den Weg machte, um ihn zu retten, blieben ihre Füße im Schnee stecken. Der Schnee wurde höher, immer höher. Erst reichte er ihr bis zu den Knöcheln, dann bis zu den Knien. Aber sie strengte sich an und sie kämpfte sich durch. Sie hörte seinen lauten Herzschlag. Der Schnee war mit Blut befleckt. Sie kugelte in Purzelbäumen den Abhang hinunter, allerdings langsam, und drohte an ihm vorbeizurollen und in einen Abgrund zu stürzen. In Panik griff sie nach einem seiner nackten Füße, packte ihn, hielt sich fest. Der Fuß begann sich im Uhrzeigersinn zu drehen wie ein Propeller. Sie glaubte kurz, er schrie, doch als sie ihm dann ins Gesicht blickte, war es buchstäblich gefroren – es lag unter einer zwei Zentimeter dicken, spiegelglatten Eisschicht. Nun brach die Sonne durch die Wolken, brannte herunter, und das Eis schmolz langsam, wurde gleichsam pockennarbig. Überall rann Wasser. Sie leckte hektisch an dem auftauenden Gesicht. Seine Zunge – überraschend menschlich und durchaus nicht unempfänglich – ragte steif aus seinem Mund. Barry berührte sie mit ihrer Zungenspitze und bekam schockierenderweise einen Orgasmus.

Sie erwachte in einem Gewurstel von Decken, schwitzend, eine Hand zwischen den Schenkeln. Sie drehte sich auf die rechte Seite, fiel vom Sofa und tat sich am Knie weh. Rechts von ihr flimmerte der Bildschirm des Fernsehgeräts. Dann war die Sicht blockiert. Lautlos hatte sich etwas davorgeschoben, und ein paar Sekunden später hörte Barry keuchende Atemzüge.

Sie blickte auf. Entsetzen durchfuhr sie wie ein Blitzstrahl. Sie sah ihn. Groß türmte er sich vor ihr auf. An seinem einen Unterarm waren Schläuche festgeklebt, aus denen es rot tropfte. In der apfelähnlichen Eichel seines halb erigierten Penis stak ein Katheder. Von seiner Stirn und von seiner Brust baumelten dünne Elektrodrähte. Er stand keine zwei Meter vom Sofa entfernt, zitterte heftig, hatte die Augen weit aufgerissen. Schwarz stierten sie Barry an. In ihnen lag ein Ausdruck völligen Nichtbegreifens.

Barry wollte aufstehen, aber ihr Körper gehorchte ihrem Willen nicht. Es war, als sei sie schlaf- und alkoholtrunken. Als sie sich schließlich doch bewegte, erhob er langsam die Hand gegen sie. Später sagte man ihr, sie habe gellend genug geschrien, um Tote aufzuwecken, aber in diesem Moment merkte sie nicht einmal, daß sie Laut gab.

Ihr Schrei blieb nicht ohne Wirkung auf ihn. Sein Kopf schnellte ruckartig nach oben, als hätte sie ihm einen Kinnhaken versetzt. Seine Lippen bebten einen Moment. Und dann schwanden ihm die Sinne. Er taumelte kurz und stürzte wie ein gefällter Baum. Die Sofakissen dämpften die Wucht seines Aufpralls. Dann rollte er langsam zur Seite, in Barrys Arme. Und so fand Schwester Elizabeth die beiden, als sie ein paar Sekunden später in den Aufenthaltsraum gerannt kam: engumschlungen auf dem Boden, in der Travestie einer Liebesumarmung.

11.

Das Telefon klingelte Dr. Edwards um zehn nach zwei aus dem Schlaf. Er brauchte nicht einmal acht Minuten für den Weg von der Wendover Street (wo er wohnte) bis zum Krankenhaus. Der erneut bewußtlose Patient war von den beiden Schwestern und von der über die Maßen aufgeregten Barry in sein Bett zurückgeschleppt worden. Eine Infusionsflasche war zerklirrt, ein Urinbeutel ausgelaufen, und die Jamaikanerin wischte die Schweinerei auf. Als Edwards die Intensivstation betrat, glitzernde Schneekristalle im Haar, hatte Schwester Elizabeth bereits gemessen, was an Lebenszeichen zu messen war. Der Puls des jungen Mannes zum Beispiel war auf ermutigende 72 Schläge in der Minute geklettert. Er atmete rascher, flach allerdings, weil er unruhig schlief. Hin und wieder durchliefen ihn Zuckungen. Edwards blickte Barry befremdet und verärgert an, ließ sich von Schwester Elizabeth das Krankenblatt geben, überflog es kurz, betrachtete den EEG- und den EKG-Apparat – von beiden hatte sich der Patient losgerissen. Edwards beugte sich über den Patienten und prüfte seinen Pupillenreflex. Der junge Mann schwitzte etwas, lag mit ausgebreiteten Armen und gespreizten Beinen auf dem Bett, über dem flachen Bauch einen Infusionsschlauch, halbvoll mit rückgestautem Blut – es sah aus wie ein frischer Striemen von einem Peitschenhieb. Edwards hörte das Herz ab. Dann richtete er sich auf. Er machte einen leicht gereizten Eindruck.

»Was ist passiert?« fragte er Schwester Elizabeth.

»Er ist aufgestanden und *gewandelt*«, sagte Barry.

»Wer sind Sie eigentlich, verdammt noch mal?« knurrte der Arzt. Barry verzog sich in eine Ecke des kleinen Zimmers. Edwards sah Schwester Elizabeth an und hob fragend die Augenbrauen. Schwester Elizabeth wirkte zwar sehr gefaßt, aber besonders glücklich war sie nicht. Mit diesem unordentlichen Gang der Ereignisse hatte sie nicht gerechnet.

»Das ist Barry Brennan«, sagte sie.

»Aha.« Edwards würdigte Barry keines Blickes. »Er ist also gelaufen, ja? Als ich heute abend das Krankenhaus verließ, war dieser Patient dem Tode nah. Ich habe alles in meiner Macht Stehende getan, um ihn wiederzubeleben. Das ist doch völlig *unlogisch!*«

»Nun regen Sie sich nur nicht auf, Herr Doktor«, meinte Schwester Elizabeth.

»Er ist zu mir gekommen«, sagte Barry, mit kleiner Stimme zwar, aber mit Nachdruck.

Edwards drehte sich um, wickelte den Gummischlauch seines Stethoskops um die Faust. »Und wo waren Sie?«

»Im Aufenthaltsraum der Schwestern. Ich habe dort geschlafen.«

Schwester Elizabeth zuckte zusammen. Edwards sprach zu ihr, hielt jedoch den Blick auf Barry gerichtet. »Schwester Elizabeth, und wo waren *Sie*, als er plötzlich so weit genesen ist, daß er beschloß, einen kleinen Rundgang durch den zweiten Stock zu machen und das Gestell mit dem Tropf gleich mitzuschleifen?«

»Es ist was verkehrt gelaufen mit dem Respirator von Mrs. Schaefer in Zimmer 23 am Ende des Flurs. Schwester Tillie und ich hatten alle Hände voll zu tun.«

»Sie haben nichts gehört?«

»Nein, nichts. Bis das Mädchen geschrien hat. Dann bin ich in den Aufenthaltsraum gerannt. Und da lag er bewußtlos auf dem Boden – so ähnlich wie jetzt.«

»Tun Sie mal die Elektroden und Schläuche von ihm weg und machen Sie ihn sauber.«

Edwards ging aus dem Zimmer und winkte Barry. Sie folgte ihm in sicherem Abstand zum Aufenthaltsraum. Beiden lief eine Spur von Bluts- und Urintropfen voraus, die noch nicht aufgewischt worden war. Der Aufenthaltsraum befand sich in einem anderen Teil des verwinkelten Gebäudes. Von der Intensivstation aus war er nicht zu sehen. Der Arzt öffnete die Tür, betrachtete die zerknautschte Decke auf dem Sofa, die Kissen, den Fernsehapparat. Er drehte sich um und schaute Barry an.

»Die Tür war zu, ja?« raunzte er.

»Wenn Sie mir Unannehmlichkeiten machen wollen, beantworte ich keine Fragen mehr. Ich möchte jetzt meinen Vater anrufen.«

Edwards schlug einen freundlicheren Ton an. »*Ich* bin hier derjenige, der Unannehmlichkeiten hat, Barry. Also – fangen wir nochmal von vorne an. Ich frage Sie nicht mal, wie Sie auf die Idee gekommen sind, daß Sie hier zu dieser späten Stunde etwas zu suchen hätten. Haben Sie ferngesehen?«

»Nein, geschlafen. Ich – ich hatte einen komischen Traum.« Sie wurde rot und rieb sich so heftig die Stirn, als fürchte sie, das letzte

Bild ihres Traums sei dort eingebrannt. »Und als ich aufwachte, stand er im Zimmer.«

»Aber woher wußte er, daß Sie im Aufenthaltsraum waren? Warum stieg er aus dem Bett und lief schnurstracks auf diese Tür zu?«

»Keine Ahnung. Es ist irgendwie unheimlich, finden Sie nicht?«

»Es ist, als...«

»*Herr Doktor!*«

Edwards wirbelte herum, rannte los, an Barry vorbei, zurück zur Intensivstation. Barry ihm nach, diesmal ohne sicheren Abstand.

Der junge Mann hatte die Augen offen. Er war hellwach, machte Anstalten, sich aufzusetzen, und gab Laute von sich, die vermuten ließen, daß ihm dies Mühe bereitete. Schwester Elizabeth und Schwester Tillie hielten ihn fest. Aber er war zu stark für sie. Edwards rauschte ins Zimmer und packte den Patienten mit schraubstockartigem Griff beim rechten Ellenbogen, ehe er aus dem Bett springen und sich womöglich wehtun konnte. Adern traten am Hals des jungen Mannes hervor. Aus seinem Mund drangen unartikulierte Laute. Dann drehte er langsam den Kopf und starrte Barry aus dunklen Augen an, was tragisch hätte wirken können, wäre in seinem Gesicht auch nur die Spur eines Ausdrucks von menschlicher Not, von menschlichem Leiden gewesen.

Ihr Anblick schien ihn zu beruhigen. Er atmete mit geöffnetem Mund und wandte die Augen nicht von ihr ab.

Edwards sagte zu der Jamaikanerin, er wolle dem Patienten ein Beruhigungsmittel spritzen. Und zu dem jungen Mann sagte er: »Okay, okay, niemand tut Ihnen was. Entspannen Sie sich. Sie sind hier in einem Krankenhaus. Sie hatten heute nachmittag einen Unfall, aber Sie haben keine schweren Verletzungen. Würden Sie mir bitte sagen, wie Sie heißen?«

Keine Reaktion. Nicht die kleinste. Der junge Mann starrte weiterhin Barry an, die jetzt ein paar Schritte näher an das Bett herantrat. Sie versuchte zu lächeln.

»Wie heißen Sie?«

Anscheinend verstand er kein Englisch. Oder er war stocktaub. Edwards schnalzte direkt vor dem Ohr des jungen Mannes mit den Fingern. Die schwarzen Augen hefteten sich kurz auf ihn und ruhten sogleich wieder auf Barry.

»Hören kann er. Daran liegt's also nicht.«

»Und wenn Sie es mal mit einer anderen Sprache versuchen?«
Edwards beherrschte nur eine Fremdsprache: Deutsch. Er redete einige Worte. Der junge Mann betrachtete ihn aufmerksam, gab jedoch keine Antwort. Barry hatte auf der High School Spanisch gelernt. Sie stoppelte ein paar Sätze zusammen. Auch das führte zu nichts.

»Was machen wir jetzt?«

»Eins steht fest. Er hat Sie gern in seiner Nähe. Man hört sein Herzklopfen ja fast im Zimmer. Und jetzt schauen Sie mal, ob Sie ihn dazu kriegen können, daß er sich flachlegt.«

Schwester Tillie kam mit einer Spritze und mit einer Ampulle. Barry trat direkt ans Bett. Der junge Mann betrachtete sie wie gebannt. Sie berührte ihn leicht. Sie spürte seine Erregung wie Wellen unter seiner Haut. Jetzt war er nicht mehr kalt. Er schwitzte. Sein Blut raste. Er schien nichts gegen das Angefaßtwerden zu haben. Manchmal konnte Barry Signale von den Menschen empfangen, die sie berührte, Bruchstücke von Offenbarungen, Geheimnisse. Doch jetzt war sie zu nervös dafür. Sie mußte ruhig sein, ganz ruhig, fast ohne Gedanken, sonst ging es nicht. Nichts strömte von ihm zu ihr. Seine Vorgeschichte war wie ein unbeschriebenes Blatt.

»Leg dich hin«, riet sie ihm. »Das ist besser.« Er rührte sich nicht. Er machte den Eindruck, als sei er vollauf damit zufrieden, bloß dazusitzen und sie anzuschauen. Barry fühlte sich äußerst seltsam: schwermütig und doch leichten Sinns und kribblig von Kopf bis Fuß. Sie hoffte, die Verständigungsschwierigkeiten waren nur darauf zurückzuführen, daß er kein Englisch konnte. Und wenn nicht – ja, dann war er vielleicht geistig behindert, zurückgeblieben auf irgendeine Art. Doch sie hatte mit Schwachsinnigen gearbeitet, mit Hirnverletzten, hatte Schattentheater für sie gespielt. Und er hatte keine Ähnlichkeit mit ihnen. Seine Augen waren klar und wach. Intelligent. Er versuchte, sie zu verstehen. Ansonsten hatte sein Gesicht eine gleichsam gefrorene Unbeweglichkeit. Doch wenn Barry lächelte, bekam er einen weicheren Zug um den Mund – Ansatz zu einer Muskelzuckung oder -bewegung, als wollte auch er lächeln, ohne es freilich zu können. Paralyse? Barry hob die Hand und legte die Finger auf seine Lippen. Fasziniert fuhr sie die Konturen seines Mundes, seines Kinns nach. Er seufzte fast unhörbar. Seine Augen schlossen sich halb. Dann standen sie wieder weit offen.

Während er abgelenkt war, machte Schwester Tillie ein Stück

Haut an seiner Hüfte steril. Schwester Elizabeth verpaßte ihm die Spritze mit dem Beruhigungsmittel. Entweder merkte er nichts davon oder es war ihm egal.

Edwards nahm die EEG-Aufzeichnungen zur Hand, um zu sehen, was sich mit den Hirnströmen des jungen Mannes getan hatte, bevor er aufgewacht war.

»Heiliger Gott«, sagte er völlig verdattert.

»Was denn?«

Edwards blickte Barry an, ohne sie richtig wahrzunehmen. »Eine Stunde, bevor er aus diesem Bett aufgestanden und gelaufen ist, war seine Hirnstromkurve auf null.«

»Und was heißt das?«

»Hirntod. Keine Kurven mehr, sondern eine flache Linie, weil keine Ströme mehr da sind, die aufgezeichnet werden könnten. Und dann ging's plötzlich von neuem los. Sein Hirn wurde wieder lebendig.« Edwards machte einen fast gequälten Eindruck.

»Ist das denn unmöglich?«

»Eigentlich schon. Ich habe von ein paar Fällen *gehört*, bei denen Leute wieder aufgewacht sein sollen, nachdem ihre Hirnstromkurve längere Zeit auf null war.«

Barry schauderte – das klang ja wie eine Geschichte von Edgar Allan Poe. Die beiden Schwestern hatten dem Patienten eine Bettpfanne untergeschoben und ihn festgebunden. Das Beruhigungsmittel begann zu wirken. Der Kopf wurde ihm schwer, seine Augenlider klappten langsam zu. Er legte sich zurück. Barry half ihm dabei. Bald schlummerte er wieder seinen unruhigen Schlaf.

Edwards gab den Schwestern Weisungen. Sie sollten alle fünfzehn Minuten Puls und Atmung kontrollieren und jede halbe Stunde seine Temperatur messen. Außerdem sollte er wieder an den Tropf. Und es sollte jemand ständig bei ihm im Zimmer sein.

»Das kann ich ja machen«, sagte Barry.

Edwards zögerte. Sein Instinkt lag im Widerstreit mit seinem ärztlichen Urteil.

»Ich glaube, er hat Vertrauen zu mir«, führte Barry aus. »Ich weiß nicht, warum. Aber wenn er wieder aufwacht, werde ich mit ihm sprechen und versuchen, ihn zu beruhigen, falls das nötig ist.«

»Wird wohl nicht nötig sein. Er ist ja vollgepumpt mit diesem Beruhigungsmittel, aber – kann sicher nichts schaden. Vielleicht kapiert er nicht, was mit ihm passiert ist und wo er gerade ist, aber immerhin weiß er die Anwesenheit eines hübschen Mädchens zu schätzen.« Er lächelte Barry an. Dann unterdrückte er ein Gähnen.

»Glauben Sie, daß er irgendeinen ernstlichen Defekt hat?«

»Keine Ahnung, Barry. Ein solcher Fall ist mir noch nie untergekommen. Vielleicht sitzt er morgen putzmunter im Bett und frühstückt mit gutem Appetit. Vielleicht ist er auch wieder komatös. Ich weiß es nicht.«

Dann fuhr Edwards nach Hause, und Barry half Schwester Elizabeth, den bequemsten Sessel ins Zimmer zu tragen, den sie finden konnten. Barry polsterte ihn mit Kissen aus. Dann lieh sie sich noch von Schwester Tillie ein Transistorradio und stellte einen Sender mit leiser Musik ein. Barry setzte sich in den Sessel, der dicht neben dem Bett stand. Sie war hellwach. Sie sah zu, wie der junge Mann atmete, beobachtete seine Augenbewegungen unter den geschlossenen Lidern. Na, endlich träumt er, dachte sie. Hin und wieder regte er sich immer – ein Zusammenfahren oder ein plötzliches Zucken – und stöhnte. Wenn er Laut gab, stand sie auf, beugte sich über ihn und hoffte, er werde im Schlaf sprechen.

Einmal wandte er ihr den Kopf zu und blickte sie ein paar Momente lang an. Barry lächelte, redete leise auf ihn ein. Sie wußte nicht genau, ob er wirklich wach war, aber sie glaubte, daß er sie wiedererkannte. Ihre Gegenwart beruhigte ihn – vielleicht auch die Musik. Er entspannte sich sichtlich. Trotz der Schläuche, die mit einer Schiene an seinem Arm befestigt waren, damit er sich nicht noch einmal losriß, konnte er sich auf die rechte Seite drehen und die Beine anziehen unterm Überschlaglaken und der dünnen Decke. Mit der linken Hand tastete er nach etwas Unsichtbarem. Er ballte sie zur Faust, öffnete sie wieder, legte sie aufs Bett.

Kurz vor Tagesanbruch döste Barry ein Stündchen. Sie war zufrieden. Er würde sich erholen. Bald würde es ihm wieder gutgehen.

12.

Die Pressekonferenz sollte am 22. Dezember um 11 Uhr vormittags stattfinden, achtzehn Tage nach dem Unfall. Der Verwaltungsdirektor des Krankenhauses von Anatolia, ein Mann namens Jacobs, merkte zu spät, daß das Interesse an dem unbekannten Patienten sehr viel größer war, als man gedacht hatte. Schon eine halbe Stunde vor Beginn der Pressekonferenz quoll der Sitzungssaal buchstäblich über vor Vertretern der Massenmedien, darunter ein gutes Dutzend Korrespondenten von ausländischen Zeitungen und Fernsehanstalten. Journalisten ohne Sitzplatz und Kamerateams ohne Raum für ihre Gerätschaften schlugen Krach. Also wurde die Kantine für ihre sonstigen Benutzer dichtgemacht, so lästig das auch war, und zum Konferenzsaal umfunktioniert. Und nun zog die ganze Horde um. Ihr Lärm und ihr Tumult scheuchten den Laienchor auf, der sich in Kostümen aus dem 19. Jahrhundert in der Eingangshalle versammelt hatte, um für die Patienten und deren Familien Weihnachtslieder zu singen. Der Solosopran – die Gattin eines prominenten Förderers des Krankenhauses von Anatolia – geriet völlig außer sich und floh. Dr. Edwards wurde aufgehalten, und die mittlerweile in der Kantine wartenden Journalisten schlugen wieder Krach, zumal als ruchbar wurde, daß sie Herrn Unbekannt nicht in eigener Person zu Gesicht bekommen würden.

»Tolle Pressekonferenz, das muß man schon sagen«, beschwerte sich ABC bei CBS.

»Dilettantismus ist gar kein Ausdruck«, grollten die *Daily News*.

Es trat eine weitere Verzögerung ein, weil es so aussah, als könne niemand die Fotos von dem jungen Mann finden, die an die Journalisten ausgeteilt werden sollten. Um 11 Uhr 42 betrat Edwards schließlich, gefolgt von Jacobs, die Kantine und nahm vor elf Mikrophonen Platz, zunächst ein Stückchen zu weit von ihnen entfernt: er mußte sich etwas vorbeugen, weil seine ersten Worte kaum zu verstehen waren. Die Fernsehscheinwerfer betonten seine Hagerkeit und seine tief in den Höhlen liegenden Augen.

»Guten Morgen, meine Damen und Herren. Ich bin Dr. James Edwards, Chef der neurologischen Abteilung dieses Krankenhauses. Ich werde jetzt ein kurzes Statement verlesen, auf das Mr. Jacobs und ich uns geeinigt haben. Und danach stehe ich Ihnen gerne für Fragen zur Verfügung.«

»*Wo ist der Unbekannte? Bekommen wir ihn wirklich nicht zu sehen?*«

Für diese aus verschiedenen Teilen der Kantine vorgebrachten Fragen stand Edwards nicht zur Verfügung. Er ignorierte sie und schaute mit starrem Blick auf das Papier in seinen Händen.

»Am Freitag, dem 4. Dezember, wurde von der Polizei ein Unfallverletzter ins Städtische Krankenhaus Anatolia eingeliefert. Er war in der Nähe der überdachten Brücke im Tremont-Park von einem Automobil angefahren worden. Bei der Einlieferung befand er sich in einem stabil zu nennenden körperlichen Zustand. Er schien keinerlei schwere Verletzungen zu haben, war jedoch bewußtlos und verblieb so annähernd elf Stunden. Seine Identität konnte bei der Einlieferung nicht geklärt werden. Wir wissen bis zum heutigen Tage nicht, wer er ist.«

Barry hatte sich in die Kantine gestohlen, während die Journalisten dem Doktor lauschten und die Fotos von Herrn Unbekannt betrachteten, die ausgeteilt wurden, als Edwards noch sprach. Als er innehielt, wurden ihm gleich drei Fragen auf einmal gestellt.

»Bitte immer schön der Reihe nach, sonst gibt's bloß ein großes Tohuwabohu«, sagte Edwards. Dann beantwortete er die Frage eines Illustriertenreporters. »Herr Unbekannt ist 181,6 cm groß und wiegt derzeit 79,3 kg. Er hat schwarzes Haar und schwarze Augen und ist ungefähr 21 Jahre alt. Ja?«

Die junge Frau vom *National Enquirer* hatte sich erhoben. Sie war eine rothaarige, aggressive und ziemlich penetrante Person, die schon seit einigen Tagen ihre Kreise im Krankenhaus zog. Sie war rasch auf den Zusammenhang zwischen Barry und dem jungen Mann gestoßen und hatte Barry bereits etliche Male mit der Bitte um ein Interview genervt.

»Könnte nicht vielleicht der zahnmedizinische Befund zur Klärung seiner Identität beitragen?«

»Fehlanzeige«, sagte Edwards. »Er hat vollkommen gesunde Zähne. Seine Fingerabdrücke sind bei der Polizei nicht registriert. Er hat weder eine Narbe noch sonstige unveränderliche Kennzeichen, die uns bei der Klärung seiner Identität behilflich sein können. Nicht einmal eine Impfnarbe.«

Diese Aussage hatte ein allgemeines Geraune zur Folge. Edwards wartete, bis sich die Unruhe gelegt hatte, und erteilte dann einem anderen Fragesteller das Wort.

»Soviel ich weiß, gibt es doch gar keine totale Amnesie?«

»Wir sollten das wohl besser als globale Amnesie bezeichnen, aber wie wir es auch nennen wollen – diese Art von umfassendem Gedächtnisschwund ist äußerst selten, und von einem Fall wie dem unseren habe ich noch nie gehört. Wir haben guten

Grund zu der Annahme, daß es sich hier nicht um eine Amnesie im landläufigen Sinne handelt.«

»Stimmt es, daß er noch nicht sauber ist?« fragte ein schäbig aussehender Mann in einer Weste mit Schottenmuster, so laut er nur konnte.

Edwards ignorierte ihn und fuhr fort: »Nach Anwendung aller einschlägigen Tests, nach ausgiebiger Beobachtung und nach Rücksprache mit mehreren Experten auf diesem Gebiet sind wir zu dem Schluß gekommen, daß Herrn Unbekannts derzeitige Verfassung weder auf strukturelle noch auf metabolische Veränderungen des Gehirns zurückzuführen ist.«

»Sie meinen, er hat keinen Hirnschaden?« erkundigte sich die *Times*.

»Genau das meine ich.«

Die *Times* ließ nicht locker: »Aber er leidet doch an Aphasie?!«

»In Herrn Unbekannts Fall lautet der korrekte Begriff Mutismus. Der Effekt ist freilich derselbe. Sein Verständnis für Sprache – in Wort wie in Schrift – ist praktisch gleich Null. Allerdings haben wir hier in den letzten zwei oder drei Tagen gewisse Veränderungen bemerkt.«

»Ist es möglich, daß er nur irgendeine exotische Fremdsprache versteht?« fragte ein Medienmulti.

»Das haben wir natürlich auch in Erwägung gezogen«, antwortete Edwards. »Meine Tochter hatte im Zusammenhang mit einem Kurs über internationale Beziehungen an der High School die Aufgabe, soviel lebende Sprachen wie möglich in Kurzbeispielen auf Tonband aufzunehmen. Meines Wissens kann man in New York City an jedem x-beliebigen Tag theoretisch mehr als 65 verschiedene Sprachen und Dialekte hören. Ich habe mir das Tonband ausgeliehen, das sie und ihre Klassenkameradinnen im UNO-Gebäude aufgenommen haben, und es Herrn Unbekannt dreimal vorgespielt. Keine Reaktion seinerseits.«

Der Journalist, der gefragt hatte, ob es stimme, daß Herr Unbekannt noch nicht sauber sei, saß in Barrys Nähe. Er studierte das Foto des jungen Mannes und sagte zu einem Kollegen: »Der Knabe könnte auch Schauspieler sein. Schlecht aussehen tut er ja nicht. Und vielleicht setzt sein Gedächtnis plötzlich wieder ein, wenn er sein Bild in der Zeitung sieht.« Barry hätte den Menschen erwürgen können.

»Wie ist es – leidet er vielleicht an einer Geistesstörung?«

Bei dieser Erkundigung spitzte Barry die Ohren. Das hatte sie sich und Edwards auch oft gefragt, und sie wußte, was er antworten würde.

»Das wäre eine mögliche Erklärung, die allerdings von Tag zu Tag unwahrscheinlicher wird.«

»Warum?« wollte der *Christian Science Monitor* wissen.

»Bei der Behandlung von Herrn Unbekannt haben wir uns von einigen der Forschungsergebnisse leiten lassen, die im Zusammenhang mit Fällen von schwerer Amnesie erzielt worden sind. Wir haben ihm Vasopressin und Benzedrin verabreicht, ohne zu Resultaten zu gelangen, die uns weitergeholfen hätten. Vielleicht wird in näherer Zukunft Natriumamytal positive Wirkungen zeitigen, doch momentan lassen sein Geisteszustand, seine Gemütslage und sein Verhalten keinerlei Anomalien im Sinne der klassischen psychiatrischen Syndrome erkennen. Der Patient hat sich gut an seine Umwelt angepaßt, er macht einen aktiven und motivierten Eindruck. Er lernt rasch, entwickelt komplexe motorische Fähigkeiten und behält sie bei, was auf eine überdurchschnittliche Intelligenz hindeutet. Wir glauben, daß er keinerlei Erinnerungen an die Vergangenheit hat. Das ist typisch für globale Amnesie. Andere wichtige Indikatoren dagegen sind völlig atypisch.«

Ein Reporter, der all dies mitzuschreiben versucht hatte, stöhnte auf. Edwards lächelte sparsam und entschuldigte sich für die, wie er sagte, leider unumgängliche Erklärung.

»Ich möchte hier noch einmal betonen, daß es sich um einen äußerst komplizierten Fall handelt. Patentlösungen oder Antworten auf alle Fragen haben wir darum nicht zu bieten.«

»Könnten Sie uns ein Beispiel für eine komplexe motorische Fähigkeit nennen?« bat der *Paris-Match*.

»Ja. Jonglieren. Er sieht gerne fern, und er muß das mal auf dem Bildschirm beobachtet haben. In einer Obstschale in seinem Zimmer lagen ein paar Orangen, und als eines Morgens – das war vor etwa einer Woche – eine Schwester in den Raum kam, war er gerade dabei, mit vier Orangen zu jonglieren, als hätte er das sein ganzes Leben lang getan.«

»Vielleicht war er mal beim Zirkus«, meinte die *Newsday*.

Edwards lächelte. »Auch das werden wir überprüfen.«

Barry raffte die Tüten mit Weihnachtseinkäufen auf den letzten

Drücker zusammen, die sie an diesem Vormittag gemacht hatte, und verließ die Kantine so unauffällig, wie sie gekommen war. Es war kurz vor zwölf. Der junge Mann würde gleich von einem Langzeit-EEG zum Mittagessen auf sein Zimmer zurückkehren.

Vor dem Schwesternzimmer im zweiten Stock stand Alexandra Chatellaine. Sie unterhielt sich gerade mit einem Gichtpatienten namens Simmons, nickte Barry jedoch freundlich über die Schulter des alten Herrn hinweg zu. Alexandra war vor zehn Tagen ins Krankenhaus gekommen, um sich wegen Komplikationen einer Beinverletzung behandeln zu lassen, die sie sich bei einem Mopedunfall zugezogen hatte. Sie hatte das Bett hüten müssen, bis sich ein Blutgerinnsel aufgelöst hatte. Aber nun durfte sie schon wieder gehen, und sie tat es mit Hilfe eines derben und fantastisch krummen Spazierstocks. Ihr Unfall war nicht weiter bemerkenswert. Mit einer Ausnahme: daß sie überhaupt auf einem Moped gesessen hatte. Alexandra war nämlich fast 80 Jahre alt.

Einem Menschen wie Alexandra war Barry noch nie begegnet. Sie sah aus wie Mitte fünfzig. Sie ging sehr aufrecht – stabile Knochen plus innere Haltung –, hatte ein wohlgeformtes, energisches Kinn, eine Haut wie feines altes Porzellan, darunter ein Netzwerk kaum fadendünner Adern, hohe und breite Backenknochen und Augen, die glänzten wie japanischer Lack. Sie hatte noch ihre eigenen Zähne und üppiges Haar, am Hinterkopf zu einem dicken, an Heu erinnernden Buschen zusammengesteckt. In ihrem Zimmer machte sie komplizierte Jogaübungen (unter Aussparung des verletzten Beins). Das Krankenhausessen rührte sie nicht an. Und sie nahm nur die Medikamente, die nötig gewesen waren, um das Blutgerinnsel aufzulösen.

Alexandra hatte großes Interesse für Barry und für den jungen Mann gezeigt, allerdings nicht viel darüber mit Barry geredet: Alexandra war weder aufdringlich noch übermäßig gesprächig. Sie verhielt sich stets bescheiden. Freilich konnte sie auch etwas Entnervendes haben: sie war still und gelassen auf eine Weise, die weit über gewöhnliche Ruhe und Selbstbeherrschung hinausging. Ihre Neugier, ihre suchende und forschende Intelligenz waren wie etwas Großes, Leichtes, Schwebendes, wie Dunstschleier vor einer Landschaft, wie eine olympische Wolke.

Barry lächelte Alexandra zu und ging weiter zu Herrn Unbekannts Zimmer. Sein Mittagessen stand bereits da – ein Tablett mit einer Folie drüber. Barry kramte in einer ihrer Plastiktüten und fischte einen kleinen Weihnachtsbaum aus Kunststoff heraus, der bereits geschmückt und mit winzigen Elektrokerzen versehen war. Sie stellte ihn aufs Fenstersims und schloß ihn an. An die orangefarbene Wand klebte sie einen ausgeschnittenen Weihnachtsmann, die heiligen drei Könige und Norman Rockwells *Christmas Trio* – die Abbildung hatte sie vom Titelblatt einer alten *Saturday Evening Post*.

Aus einer weiteren Plastiktüte förderte sie zwei Geschenke zutage: einen wetterfesten Popelinemantel mit schräg aufgesetzten Reißverschlußtaschen an den Ärmeln und einem großen Reißverschluß in der Mitte und Schaftstiefel mit breitköpfigen Schuhnägeln.

Schwester Elizabeth erschien in der Tür. Sie schob den Rollstuhl, in dem Herr Unbekannt laut Krankenhausordnung sitzen mußte, obwohl er ohne weiteres hätte gehen können.

»Oh, schauen Sie! Eine Überraschung! Frohe Weihnachten! Und ein Weihnachtsbaum ist auch da!«

Sobald sie im Zimmer waren, erhob sich Herr Unbekannt aus dem Rollstuhl. Er haßte dieses Möbel. Er trug die Sachen, die Barry für ihn besorgt hatte (man hatte nämlich beschlossen, daß es das Beste sei, ihn statt Schlafanzug und Bademantel normale Kleidung anziehen zu lassen): ein weißes Hemd, einen rostbraunen Pullover und beige Cordhosen. Erst schaute er alles an, was Barry mitgebracht hatte, dann wandte er fragend den Blick zu ihr. Er lächelte langsam. Sein Lächeln war geradezu bestürzend schön. Es stand in seltsamem Gegensatz zu seiner sonstigen ruhigen Ausdruckslosigkeit. Barry hatte sich schon abgerackert für dieses Lächeln – gekaspert und geplappert –, aber sie sah es nach wie vor nur selten.

»Wo warst du denn den ganzen Vormittag?« fragte sie ihn.

Er blieb mehrere Sekunden lang reglos und beobachtete sie nur. Das Lächeln war verpufft wie ein Feuerwerk, zurückgenommen in die schwarze Tiefe seiner Augen. Dann hob er die Hand und deutete auf seine Schläfen, an denen seine dunklen Haare mit weißer Elektrodenpaste festgeklatscht waren. Und nun bewegte er die Hand in Barrys Richtung.

»Sie haben dir wieder die Drähte an den Kopf gemacht, ja?«

Schwester Elizabeth sagte: »Es ist verblüffend, wie er auf Sie reagiert, Barry. Ich glaube, er fängt an, Sie zu verstehen.«

Barrys Laune besserte sich schlagartig. Bei dieser Pressekonferenz mit all den kabbelnden Journalisten und ihrem Zynismus, der einen so unangenehmen Nachgeschmack hinterließ wie saure Milch, hatte sich ihr der Magen umgedreht. Aber jetzt sah alles schon viel rosiger aus. Barry wandte sich zum Bett und zeigte Herrn Unbekannt den Popelinemantel, hob ihn hoch, bot ihn geradezu dar – er sollte ihm ja gefallen.

»Ich habe mit Dr. Edwards gesprochen. Er meint, du solltest jeden Tag ein Stück laufen. Draußen an der frischen Luft. Na, was hältst du davon? Möchtest du nach dem Mittagessen einen Spaziergang machen?«

Wie immer lauschte er ihr hingerissen. Aber er reagierte nicht. Barry deutete auf das Fenster. Sie sagte langsam und überdeutlich: »Draußen. Wir gehen zusammen.«

Ohne zu zögern, trat er ans Fenster, schaute den Baum auf dem Sims an und die winzigen Lichter. Er berührte eines mit der Fingerspitze, blickte auf, sah hinaus in die smoggetrübte Helligkeit des Mittags, aufs Krankenhausgelände und auf eine Schar von grauen Tauben, die pickend über den Boden liefen. Dann drehte er sich um, einen Ausdruck in den Augen, den Barry als Interesse deutete.

Doch zunächst mußte er essen. Geboten waren ein Sandwich, Suppe, Kekse, Kompott und Kakao. Wie jede Krankenhausmahlzeit sah auch diese auf den ersten Blick recht verlockend aus, hatte aber so wenig Geschmack wie ein wochenalter Kaugummi. Herr Unbekannt aß alles auf. Er bediente sich eines Löffels, mit dem er noch etwas unbeholfen umging. Mal hielt er ihn in der rechten, mal in der linken Hand – er schien da keine Präferenzen zu haben. Essen, Sich-Anziehen, die Zähne putzen, aufs Klo gehen: das mußte er alles neu lernen. Es war, als sei der Teil des Hirns, in dem diese Errungenschaften aus Kindertagen gespeichert werden, einfach ausgefallen. Doch wenn man ihm zeigte, wie etwas gemacht wurde, wiederholte er es fast mühelos. Er ahmte alles genau nach, und das bis ins kleinste Detail. Wenn Schwester Elizabeth die Lippen schürzte, während sie ihm die Schuhe zuband, schürzte er ebenfalls die Lippen.

Barry ärgerte sich ein bißchen darüber, daß sie keine Plätzchen für ihn gekauft hatte –, sie war nicht dazugekommen, selbst welche zu backen. In den ersten beiden Wochen hatte sie ihm oft Milchshakes und Kuchen spendiert und dabei des Guten ein wenig zuviel getan: er hatte ein Bäuchlein angesetzt. Dr. Edwards hatte sie freundlich ersucht, sie möge den jungen Mann nicht wahllos mit Kalorien vollstopfen.

Während des Essens sah Herr Unbekannt fern. Er wollte das Gerät ständig laufen haben, wenn er im Zimmer war. Es kam gerade eine Schnulze in Fortsetzungen mit sich endlos hinziehender, aber dramatischer Handlung. Herr Unbekannt verstand nicht, was die Personen sagten, doch ihre Gefühle begriff er wohl: Kummer, Verzweiflung, Bosheit. Oft schien er sich am Rande von etwas Unergründlichem zu befinden. Dann war er sehr still, manchmal auch ängstlich, und hin und wieder hatte er offenbar Anwandlungen von Sehnsucht oder dergleichen.

Die Pressekonferenz war schon geraume Zeit vorbei, als Barry und der junge Mann mit dem Aufzug ins Erdgeschoß fuhren und nach draußen gingen, aber es begleitete sie jemand vom Krankenhauspersonal für den Fall, daß irgendwo noch ein paar Reporter lauerten und auf eine Chance warteten. Spazierengehen konnten sie nur auf einem Hof, an dessen einem Ende sich ein Parkplatz befand. Die Sonne gab grelles Licht ohne Wärme, der angetaute Schnee erinnerte an Schimmel.

»Dr. Edwards hat bei der Pressekonferenz Bilder von dir verteilt«, sagte Barry. Manchmal war sie um Einfälle verlegen, fiel es ihr schwer weiterzusprechen, da doch die Worte von ihm abglitten wie Wasser von einer Fettschicht. Aber er war so wach und aufmerksam und willig; er verstand sie schon ein bißchen, wie Schwester Elizabeth gemeint hatte. Ihre Bemühungen waren keine Zeitverschwendung, nein, der Tag würde kommen, an dem er sie nicht nur anlächeln, sondern auch das Wort an sie richten würde. Sie empfand so etwas wie ein kindliches Weh – als warte sie auf einen strahlenden Geburtstag, der noch fern war und unerreichbar schien. »Heute abend kommst du im Fernsehen in den Nachrichten, und morgen stehst du in allen Zeitungen. Ist jetzt schon fast drei Wochen her. Eine lange Zeit, wenn jemand vermißt wird. Irgendwelche Leute werden dich sicher erkennen – schließlich bist du ja nicht einfach aus dem Nichts aufgetaucht.«

Und was dann? dachte sie trübsinnig. Irgend jemand würde ihn für sich beanspruchen: Eltern, eine Freundin, vielleicht sogar eine Ehefrau. Ihre Finger verkrampften sich klauenartig, als hätte sie Angst davor, Hals über Kopf in den Abgrund seines ihr nicht bekannten Lebens zu stürzen.

»Wenn ich nur deinen Namen wüßte – das wäre mein größter Wunsch. Weil ich sicher bin, daß alles hundertprozentig okay wird mit dir. Das spüre ich einfach.«

Barry spürte auch, daß er nicht mehr an ihrer Seite ging. Rasch blickte sie um sich. Er war zehn Schritte hinter ihr stehen geblieben. Er schaute ein paar Jungen zu, die sich auf dem Parkplatz eine Schneeballschlacht lieferten. Es war eine der wenigen Gelegenheiten, bei denen Barry seine Aufmerksamkeit verloren hatte. Sie merkte, daß ihn die Aggressivität der Jungen faszinierte. Ganz impulsiv packte sie eine Handvoll von dem spärlichen, matschigen Schnee zusammen, zielte, warf und traf ihn am rechten Oberarm.

Herr Unbekannt betrachtete sie verblüfft. Barry stemmte die Hände in die Hüften.

»Wenigstens kannst du mir Gesellschaft leisten, wenn ich schon Selbstgespräche führen muß.«

Er wischte an dem Schnee herum, der an seinem Mantel hing, schaute wieder zu den Jungen, bückte sich und kratzte seinerseits eine Handvoll Schnee zusammen, eine sehr viel größere freilich. Er formte einen Schneeball, wie er es bei Barry gesehen hatte, und schmiß ihn nach ihr. Sie lachte und duckte sich – gerade noch rechtzeitig. Er konnte nämlich mit ziemlicher Wucht werfen und auch recht gut zielen. Nun machte er ein Pokergesicht, aber sie hatte in seinen Augen ein Fünkchen Übermut gesehen, da war sie sicher.

»Du möchtest spielen, wie?«

Barry formte einen neuen Schneeball, aber er war schneller. Sie witschte hinter einen zugedeckten Brunnen, ging in Deckung, zielte, traf ihn genau in die Mitte der Stirn. Herr Unbekannt blickte entgeistert drein.

»Volltreffer!« rief Barry. Aber gleich darauf hielt sie den Atem an und fragte sich, wie er wohl reagieren würde.

In der Ausdruckslosigkeit seines Gesichts lag etwas Bedrohliches, etwas, das gefährlicher war als Zorn. Er bückte sich. Dann richtete er sich wieder auf. Doch nicht mit einer Handvoll Schnee, sondern mit einem Steinbrocken – groß genug, um Barrys Schädel zu zerschmettern. Wo er gelegen hatte, sah man nun, als sei es Hexerei, eine plattgedrückte, aber hübsche kleine blaue Blume.

Barry wich instinktiv zurück. Sie brachte kein Wort über die Lippen. Er machte einen Schritt auf sie zu, hielt den Stein höher.

»He – nein...«

Barry stolperte, fiel auf den Rücken. Da lag sie nun mit etwas roter Nase im kalten Schnee, Arme und Beine von sich gestreckt, wehrlos, und ihr Herz versuchte, sich von allen Bindungen zu lösen. Sein blasser Schatten fiel über sie. Ihr Magen krampfte sich zusammen. Sie hob angstvoll die Hände, aber jetzt lächelte er, immer noch den Stein zwischen den Fingern und den Arm hoch in der Luft.

Barry stand langsam auf. Er rührte sich nicht. Sie lächelte ebenfalls, wenn auch leicht nervös, streckte beide Hände aus, nahm ihm den Stein ab.

»Das ist nicht fair.«

Sie warf den Stein weg, so weit sie konnte. Er versank im Schnee. Die Hände des jungen Mannes waren kalt und feucht gewesen, doch als Barry sie wieder berührte, waren sie warm, beinah heiß, und fast völlig trocken. Sie blickte ihn verwundert an und spürte zum ersten Mal den Andrang seines Denkens, Kommunikation ohne Worte – eine Frage, die sie nur verwirrte.

Ich bin ich, du bist du. Wir sind wir?

13.

Alexandra Chatellaine trat vom Fenster zurück, von dem aus sie mit wachsender Anteilnahme Barry und den jungen Mann beobachtet hatte. Sie hatte sich an der Peripherie dieser beiden Leben niedergelassen wie ein großer grünäugiger Nachtfalter, der ungesehen mit den Flügeln schlägt. Daß sie alt war und tatsächlich weise, hatte ihrer Wißbegierde nichts anhaben können. Die war – immer und ewig, wie es schien – über Berge gehüpft und durch Stromschnellen gesprungen, hatte Mogule und Wesire und erhabene Mystiker in ihren Bann geschlagen, Gauner und Asketen, ungestüme und lammfromme Menschen. Ihre Schönheit war verblaßt, die verrückte Wanderlust ihrer Jugend dahin; sie rieb sich auch nicht mehr bis zum halben Wahnsinn an den Begrenzungen auf, die Geist und Körper nun einmal auferlegt sind. Aber etwas Geheimnisvolles – dieser Versuchung konnte sie nie widerstehen.

Alexandra hatte sich gelangweilt während der Zeit, in der sie abwarten mußte, ob sich das Blutgerinnsel unter ihrem Knie auflösen ließ, bevor es unbemerkt als Pfropf zum Hirn oder zum Herzen wanderte und ihrem Leben ein jähes Ende setzte. Und so hatte sie denn ihre Aufmerksamkeit auf Barry gewandt – das Mädchen hatte tagtäglich etliche Stunden und viele Nächte obendrein im zweiten Stock verbracht, in dem normalerweise nur schwerkranke oder zwischen Leben und Tod schwebende Patienten lagen. Alexandra sah sich selbst in diesem lebhaften Mädchen. Barry merkte nichts von alledem, sie war zu sehr von ihren selbstauferlegten Pflichten in Anspruch genommen, von ihrer Rolle als Hüterin des jungen Mannes, der den banalen Verrichtungen des menschlichen Lebens so entfremdet war, daß er sein Hemd nicht alleine zuknöpfen konnte und – diese Auskunft stammte von einer Schwester – den Verwendungszweck von Toilettenpapier nicht zu kennen schien.

Was Alexandra im Hinblick auf die beiden am reizvollsten fand, war die Möglichkeit, daß der Verfassung des jungen Mannes eine noch seltenere Ursache zugrunde lag als das Krankheitsbild der Amnesie.

Alexandra sann über Beweise dafür oder dagegen nach, goß sich Tee ein, der aus Hagebutten und Kräutern bereitet war, tat etwas Butter und Salz dazu. Dann aß sie einen aus Gerste und Hafer gebackenen Fladen zur Hälfte auf. Auch jemand, der jünger war als sie, hätte sich gut und gerne die Zähne daran ausbeißen können – der Fladen war so hart wie der Puck beim Eishockey –, sie aber kaute mühelos. Sie hatte aus dem ohnehin schon nüchternen Krankenhauszimmer (eine Wand scheußlich avocadogrün, die anderen Wände weiß) einen Raum gemacht, der für ihre langen Meditationen geeignet und ihrem kargen, geordneten, einem strengen Rhythmus unterworfenen Leben gemäß war. Von der Nichte ihres verstorbenen Mannes hatte sie sich eine schlichte Matte für den Boden bringen lassen. Dazu einen Klapptisch, etwa vierzig Zentimeter hoch und mit einem Blumen- und Rankenmuster von solcher Feinheit geschmückt, daß man erst unter der Lupe sah, wie kunstvoll es geschnitzt war. Der Tisch war aus Ebenholz, Elfenbein und Rosenholz gefertigt. Darauf standen eine zierliche Teeschale aus chinesischem Porzellan und ein Gebilde, das so ähnlich aussah wie eine Untertasse, aus Silber war und einen mit Korallen und Türkisen besetzten Deckel in Form eines Pagodendachs hatte. Dies war ein Weihrauchgefäß. Alexandra verbrannte Weihrauch, damit ihr die Krankenhausgerüche (die sie haßte) nicht in die Nase stiegen.

Neben dem Tisch lagen ihre Gebetsmühle und einige von ihren tibetischen Büchern – lange Bogen Reispapier, auseinandergeschnitten und in Seide eingeschlagen. Den Fernseher stellte sie nie an. Aber sie hatte einen Kassettenrecorder, nicht viel größer als ihre Hand, der religiöse Musik spielte, Klagelieder dargebracht von tibetischen Trompeten, Oboen und Pauken. In ihrem Zimmer trug sie das geistliche Gewand eines Lama; sie war eine der wenigen Frauen in der Geschichte, denen diese Ehre zukam.

Alexandras Vater war britischer Kolonialoffizier in Indien gewesen. Sie hatte seinen Vorstellungen von einer Tochter nie ganz entsprochen. Und wenn er versuchte, ihr die traditionelle Frauenrolle aufzuzwingen, war sie immer äußerst störrisch gewesen. Schon in sehr jungen Jahren hatte sie sich glühend für Geographie interessiert. Und das Leben faszinierte sie in allen seinen Ausprägungen. Doch am meisten fesselte sie das Übermenschliche. Ein Sommeraufenthalt in Sikkim – damals war sie fünfzehn – gab ihrer Neigung zu den Geheimnissen des Denkens und Wahrnehmens neue Nahrung. Und zwei Jahre später brach Alexandra zum Dach der Welt auf. Als Vorkehrung für das, was auf der mühsamen Reise nötig war, hatte sie nur den von ihrer Mutter ererbten Schmuck.

Die nächsten einunddreißig Jahre verbrachte sie mit dem Studium des Lamaismus in Lhasa und in Klöstern wie Tashilunpo. Zwischendurch unternahm sie Reisen nach Nepal, Burma und China. Zwei Jahre lang lebte sie als Einsiedlerin in einer Höhle, um einem bekannten Wundertäter nahe zu sein und von ihm zu lernen. Nachdem sie ihre Bestrebungen kannte und wußte, was zu ihrer Verwirklichung erforderlich war, beschloß sie, daß sie sich von dem Wespennest der männlichen Sexualität fernhalten und Jungfrau bleiben würde. Trotz ihres asketischen Lebens war sie attraktiv und entging darum etliche Male nur mit knapper Not Anschlägen auf ihre Tugend – wollüstige Mönche, reisende Händler und Prinzen; kritisch wurde es auch bei der Eroberung von Schensi und nach einem Überfall von Straßenräubern auf eine Karawane, die über den Jongsong-Paß nach Nepal zog.

Schließlich heiratete sie doch noch, spät im Leben. Ihr Mann war ein französischer Gelehrter, der dem Buddhismus anhing und jenseits des Atlantiks einige superreiche Cousins und Cousinen hatte. Und so war Alexandra nach Amerika gekommen.

Ihr Arzt, ein junger, gestreßter Mann namens Bovard, machte

um 14 Uhr Visite bei ihr. Das Blutgerinnsel war keine Gefahr mehr; sie konnte gehen, wenn sie sich auch zunächst noch mit einem Stock behelfen mußte; eigentlich wurde es Zeit, sie aus dem Krankenhaus zu entlassen. Der Doktor war nur etwas besorgt, weil sie eine leichte – freilich chronische – Anämie hatte. Er hatte ihr bereits geraten, sich in ihrer Ernährung umzustellen.

»Können Sie Fleisch essen?« fragte er sie.

»Ja.« Alexandra lächelte. »Aber bloß, wenn ich über die Natur des Tieres nachgedacht habe, von dem es stammt, und weiß, auf welche Weise die seelisch-geistigen Elemente dessen, was ich esse, für mich von Nutzen sein werden.«

»Mageres Rindfleisch und Kalbsleber«, sagte der Arzt. »Nicht zu stark durchgebraten.«

Eine Krankenschwester hatte Alexandras Temperatur gemessen. Sie war tagelang normal gewesen. Nun war sie auf 38,4 Grad gestiegen. Bovard traute seinen Augen nicht. Er legte die Hand auf Alexandras Stirn. Sie war heiß.

»Wie kommt denn das auf einmal?«

»Heißt das, ich kann nicht entlassen werden?«

»Nicht mit diesem Fieber. Tut mir leid, Alexandra.« Er blickte sie verwundert an. »Sie konnten es seit Tagen kaum erwarten, hier rauszukommen. Und jetzt protestieren Sie nicht einmal?«

»Ich bin natürlich enttäuscht«, sagte Alexandra heiter. Sie war ein paar Minuten vor der Visite zu dem Schluß gekommen, daß ein geheimnisvolles Fieber das beste Mittel zur Verlängerung ihres Krankenhausaufenthalts sei. Die erhöhte Temperatur hatte sie mit Leichtigkeit zustande gebracht – mit Hilfe der Disziplin, die es den Eingeweihten ermöglicht, sogar bei Frostwetter nackt unter freiem Himmel zu schlafen.

»Wir machen jetzt mal ein Blutbild und eine Senkung. Und Sie geben ihr alle vier Stunden unser Hausmittel gegen Fieber«, sagte Bovard zu der Krankenschwester. Und zu Alexandra sagte er streng: »Rumgelaufen wird jetzt nicht mehr. Ab ins Bett mit Ihnen.«

»Ja, Herr Doktor.« Dieser Trick, dachte Alexandra, war noch für drei, vier Tage gut. Sie wußte, daß deswegen kein wirklich behandlungsbedürftiger Patient auf ein freies Bett zu warten brauchte: Die Weihnachtsfeiertage nahten, und in einigen Zimmern auf ihrer Station lag schon kein einziger Kranker mehr. Der verlängerte Aufenthalt würde Alexandra Gelegenheit zur näheren Bekanntschaft mit den jungen Leuten geben, die ihr Interesse geweckt hatten.

Bovard griff zu seinem Taschentuch und schneuzte sich; der Weihrauch störte ihn.

»Ich weiß – Sie sind jetzt schon fast zwei Wochen hier, aber bei Ihrem Alter können wir kein Risiko eingehen. Fassen Sie sich in Geduld. Oder versuchen Sie's zumindest.«

Alexandra hätte beinah wieder gelächelt. Er war jung, ernst, tief von sich beeindruckt. Er wußte so viel und doch so wenig. Ein Lebewesen, das war keine Einheit, sondern eine Vielheit. Dies gehörte zu den ersten Dingen, die ihre Meister sie gelehrt hatten. Sie konnte wochenlang für sich leben, durchaus zufrieden, fast losgelöst von der Welt. Sie hatte über ein Rätsel nachzudenken. Es gab viele Naturgesetze, die man bereits kannte, und ebenso viele, die man noch nicht kannte. Alexandra hatte ein langes Leben hinter sich; sie hatte die Welt gesehen; sie hatte ihren Körper verlassen und war wieder in ihn zurückgekehrt. Es würden sich Antworten auf ihre Fragen ergeben. Überraschende vielleicht. Doch das bezweifelte sie. Sie hatte bereits, wenn auch nur flüchtig, das wahre Wesen des jungen Mannes erspürt, seine ungeklärte Identität.

Jetzt mußte nur noch eines entschieden werden, und zwar so bald wie möglich.

Ließ sich im Hinblick auf ihn etwas machen?

14.

Am Abend des 22. Dezember schmückten Tom und Barry den Weihnachtsbaum, dieses Jahr ein paar Tage später als sonst, weil Barry so sehr von Herrn Unbekannt in Anspruch genommen war. Dal hatte versprochen, mit dabeizusein, war aber nicht mit dabei. Barry brodelte leise vor Groll. Aber sie sagte nichts. Ihr Vater hätte Dal ja doch nur verteidigt.

Um 20 Uhr 30 waren sie beinah fertig mit dem Schmücken des Baums. Sie hatten fast vier Stunden dafür gebraucht. Der Baum – er stand vor einem der Fenster im Wohnzimmer – war ein Prachtexemplar, fast zwei Meter fünfzig groß und mit einem

Stern auf der Spitze. Und der Schmuck daran war alt, handgemacht, sehr schön und sehr zerbrechlich.

Zwischendurch hatten Tom und Barry kurz die Nachrichten von CBS und NBC gesehen. Beide Programme hatten einen Bericht über den jungen Mann und Ausschnitte von der Pressekonferenz gebracht.

»Mach dir nicht zuviel Hoffnungen«, sagte Tom, als Barry Mutmaßungen darüber anstellte, wie die Öffentlichkeit wohl reagieren würde. »Ich erinnere mich noch an diesen Großbrand in einem Zirkus – anno vierundvierzig in Hartford. Siebentausend Leute waren im Zelt, als das Feuer ausbrach. Hundertsechsundachtzig kamen um, darunter ein kleines Mädchen. Vielleicht starb es an Rauchvergiftung, vielleicht ist es auch in der ganzen Panik totgetrampelt worden. Jedenfalls meldete sich niemand, der dieses Mädchen vermißte. Sämtliche Zeitungen brachten Fotos von ihm. Sogar in der Wochenschau wurde das Mädchen gezeigt. Aber es meldete sich immer noch niemand, um es zu identifizieren. Und man weiß bis heute nicht, wer das Mädchen war.«

Barry blickte ihren Vater finster an. »Das ist *eine furchtbare* Geschichte. Und wir haben bald Weihnachten, Dad.«

Sie machten das Licht im Wohnzimmer aus und bewunderten den Baum im Feuerschein des Kamins. Kurz nach neun hörte Barry ein Auto vor dem Haus. Sie ging ans Fenster.

»Dal hat jemand mit dabei.«

Dal segelte herein mit einer meterlangen Punschfahne und klitzekleinen glasigen Augen. Er sang ein wehmütiges Lied. Seine Begleiterin war langbeinig und zeigte dies auch deutlich, hatte mordsmäßig geschminkte Mandelaugen und einen leichten Überbiß, was man erst sah, wenn sie lächelte. Sie trug knallrote Cowboystiefel mit goldenen und silbernen Schmetterlingen drauf.

»Oh, ist das ein toller Baum!« sagte sie.

»Dad, Barry – das ist JoJo.«

»*Hi!*«

Dal legte den Arm um seine Schwester. »Laß uns zu 'ner Party gehen, Barry. Es steigt heute eine. Da können wir alle hin.«

Barry rückte ein Stück von ihm ab. »Nein danke. Ich wollte, ich könnte. Ich kann aber nicht.«

Dal ging zum Barschrank und goß sich einen Whisky ein.

Seine Hände zitterten. JoJo hatte die Arme in die Hüften gestemmt und betrachtete den Schmuck am Weihnachtsbaum.

»Der ist ja richtig *kostbar!*«

Dal plierte seinen Vater durch Bernstein und Kristallglas an. »Möchtest du auch einen Drink, Dad?«

»Ich hatte eben schon einen. Aber es schmeckt dir ja sicher auch ohne mich.« Tom holte seine Pfeife aus der Tasche und blickte zu Barry, die das Kinn gereckt hatte und einen leeren Fleck an der Wand anstierte. Vielleicht fragte sie sich gerade, ob da – kunstgerecht präpariert natürlich – Dals Kopf hinpassen würde. Dal wandte sich ihr voll Überschwang zu.

»Na, nun komm schon, Barry. Du mußt doch auch mal ein bißchen Spaß haben. In letzter Zeit erkennt man dich ja kaum wieder, so angespannt bist du!«

»Ehrlich?«

»Ich kann dich mit einem süßen Jungen verkuppeln«, sagte JoJo. Barry zuckte die Achseln. Sie lächelte zwar, aber sehr überzeugend sah das nicht aus.

»Ich muß mir die Haare waschen. Und danach wollte ich eigentlich noch auf einen Sprung ins Krankenhaus.«

Dal versuchte, sie in die Arme zu nehmen. »Barry, ich bin hier, um dich vor dir selbst zu retten. Wir gehen jetzt alle auf diese Party und amüsieren uns königlich, und damit basta.«

»Du bist auch so schön genug«, sagte JoJo beruhigend zu Barry.

»Dal, mir ist einfach nicht danach.« Dal trat zwei Schritte zurück, betrachtete seine Schwester ziemlich abschätzig und hob sein Glas an die Lippen. Barry meinte sanft: »Sieh mal, ihr seid schon in Stimmung. Und bis ich soweit bin – ich kann da einfach nicht mithalten.«

Dal rülpste unflätig. JoJo wirkte eher besorgt als schockiert. Dal war ganz fleckig im Gesicht und auch nicht übermäßig gut rasiert. Barry überlegte sich, wie lange es wohl noch dauern würde, bis er auf die Nase fiel und die nächsten achtundvierzig Stunden in dieser Position verblieb. Wir wünschen Ihnen ein frohes und friedliches Weihnachtsfest. Ja doch.

»Möchtest du lieber mit Herrn Unbekannt reden? Da kannst du dich auch gleich mit den Tauben im Park unterhalten. Wie 'ne olle Schrulle, die die armen Tierchen füttert.«

»Dal...«

Dal ignorierte Barrys warnenden Ton. Er grinste sie breit und boshaft an. »Ich hab gehört, du hättest ihn beim Schwänzchen nehmen und ihm zeigen müssen, wie man es hält, wenn man nicht neben, sondern ins Klo...«

Barry drehte sich um und verpaßte Dal eine kurze Gerade, mitten ins Gesicht. Die Brille flog ihm von der Nase. Das Whiskyglas fiel ihm aus der Hand. JoJo hielt die Luft an. Dal geriet ins Taumeln. Aber er ging nicht zu Boden. Tom fing ihn auf. Blut und Rotz tropften aus Dals linkem Nasenloch.

»Wie kann man nur sowas Hundsgemeines sagen!« tobte Barry.

»Oh, er blutet ja!«

Barry drehte sich noch einmal um und herrschte JoJo an. »Jetzt hör mir mal gut zu. Wenn wir Brennans uns schlagen, ist es unser Bier und nicht deines. Warum gehst du nicht nach draußen und schlitterst ein bißchen auf dem Eis?«

»Jetzt reicht's aber, Barry!« Tom erregte sich nicht besonders über den Boxhieb, den sie Dal versetzt hatte (der war wohlverdient, wie er fand), doch daß sie rüde zu Gästen war – das hatte sie nicht von ihm und das paßte ihm nicht. Barry reagierte sofort.

»Entschuldige bitte«, sagte sie zu JoJo. Alles Blut war aus ihrem Gesicht gewichen.

Dal nahm die verbogene Brille ab und säuberte seine Nase mit einem Taschentuch. Er funkelte seine Schwester an.

»Du bist diesem Knaben ja geradezu hörig. Komm, JoJo, wir verziehen uns lieber.«

Das Taschentuch vor der Nase, geleitete er verdrossen seine neueste Liebste aus dem Haus. Barry drehte sich von ihrem Vater weg.

»Okay, okay, ich weiß schon! Ich habe mich benommen wie ein Idiot.«

»Es hat nicht viel Sinn, daß du *mir* das sagst.«

Barry nickte, den Tränen nahe. Sie rannte zur Haustür, die Dal eben zugeknallt hatte, rief ihm nach.

»Dal!«

Er war gerade dabei, JoJo in den Mercedes zu helfen. Jetzt wandte er sich um. Barry rannte nach draußen und flog ihm schluchzend in die Arme.

»Ich weiß nicht, was mit mir los ist... ich bin ekelhaft zu allen Leuten... es tut mir so wahnsinnig leid...«

»Und mir gefällt's halt nicht, was momentan mit dir passiert. Warum bist du so nervös? Was macht der mit dir, dieser Knabe?«

»Nichts! Es ist bloß – na ja, es ist bloß Weihnachten, und er weiß nicht, wer er ist. Ich habe mich entschuldigt, Dal. Gib mir eine Chance. Bitte.«

Sie berührte vorsichtig seine Nase. Die Nase war geschwollen und blau angelaufen. Dal lächelte, leicht gequält allerdings.

»Ach Gott, ich hab dir wirklich weh getan.«

»Ich werd's überleben.«

»Bin ich immer noch eingeladen?« fragte Barry leise und warf JoJo einen scheuen Blick zu.

»Sicher«, sagte Dal. »Schnapp dir deinen Mantel.« Barry eilte ins Haus zurück, überprüfte ihr Aussehen im Badezimmerspiegel, nahm einige Notreparaturen an ihrem Gesicht vor und griff sich einen dicken Anorak aus dem Garderobenschrank.

»Barry?« sagte Tom von der Tür aus. »Du fährst.«

Da seine Brille leicht demoliert war, konnte Dal ohnehin nichts sehen. Er verkroch sich auf den Rücksitz und wies von dort aus den Weg zur Party. Barry bemühte sich wild entschlossen, möglichst munter mit JoJo zu plauschen, die in Manila geboren war und als zweisprachige Sekretärin bei einer Import-Export-Firma in Manhattan arbeitete. Als sie in Pound Ridge eintrafen, war Barry zu der Überzeugung gelangt, daß sie sich auf der Party ganz köstlich amüsieren würde.

Das Haus in der Butternut Lane war ein alter Landsitz im Kolonialstil. Auf der Gartenseite befand sich eine große gefliste Terrasse mit Blick auf einen überdachten Swimmingpool und ein kilometerlanges Waldtal. Die Räume, in denen die Party stieg, waren voll, überheizt und verräuchert. Barry trank zum Einstand drei Gläser Scotch und kam dann mit einem Knaben namens Egon ins Gespräch. Er studierte an der Yale-Universität, stammte aus Ungarn oder von sonstwoher, sah sehr gut aus und hatte eine fantastisch hohe Meinung von sich. Trotzdem war er nicht unamüsant, und da er Barry schon zehn Minuten kannte, wäre er gern mit ihr ins Bett gesprungen. Es machte ihr Spaß, sich ein bißchen zu entspannen und ihn ein bißchen Süßholz raspeln zu lassen, aber mit Sex auf die Schnelle hatte sie nichts im Sinn. Nachdem es ihr gelungen war, ihn davon zu überzeugen, bat Egon höflich, er möge sie entschuldigen, und versuchte es bei der Nächsten. Barry trank ihren vierten

Scotch und nahm dann einen Zug von Dals Marihuanazigarette. Sie hatte ihn in einer finsteren Ecke im Clinch mit JoJo erspäht. Seine Augen gingen überzwerch, seine Knie waren so weich wie Pudding – lang würde er es nicht mehr machen. Seine Nase war immer noch geschwollen und sah wirklich so aus, als täte sie weh. Barry kam sich ganz mistig vor. Die Musik – Brutalo-Rock – war auch nicht sehr munter; genauer gesagt, sogar deprimierend. Schließlich ging Barry nach draußen, auf die Terrasse.

Sie trank Alkohol, seit sie vierzehn war, und vertrug ihn auf recht seltsame Weise. Es gab Zeiten, da schmiß sie schon ein Glas leichter Weißwein um. Doch wenn ihre Gemütslage eher verworren war, konnte sie (vorausgesetzt, sie teilte es sich ein und kippte das Zeug nicht auf ex hinunter) eine halbe Flasche Scotch wegputzen, ohne etwas zu merken. Und im Augenblick war sie leider stocknüchtern und hatte trotzdem einen verkleisterten Kopf.

Über bereiften Hügeln stand der Vollmond und fand gewissermaßen sein Pendant in einer weißen Kugellampe am Hauseck. Barry suchte sich ein halbwegs geschütztes Plätzchen an der Mauer, denn es wehte ein schneidend kalter Wind, und ließ ihre Atemfahne flattern.

Wie treff' ich dich an heut', du holdesch Geschöpf? Hat es uns denn hier in ein Tollhausch verschlagen?

Mrs. Pryes Stimme verblüffte Barry. Sie hörte sich heiser an, und die Worte klangen so undeutlich, als habe sie vor lauter Eile vergessen, ihr Gebiß einzusetzen. Barry blickte zu der weißen Kugellampe auf. Der Kopf der Wahrsagerin war verdreht, ihre Perücke auf lachhafte Weise verrutscht. Und nun kam Barry ein Gedanke, bei dem sie ungläubig lächeln mußte.

»Läßt du mir nicht mal meine Ruhe, wenn ich artig bin?« fragte sie in gespielter Verzweiflung.

Aber du warsch nicht artig! Das wissen wir beide – und am besten weisch ich esch.

»Mrs. Prye, du bist bezecht«, protestierte Barry.

Die Wahrsagerin kicherte, entzückt über ihre Ausschweifung.

»Findest du nicht, daß du erst mal ausnüchtern solltest?«

Tschunächst will ich dir neue Kunde von deiner verschiedenen Mutter bringen – und frohe Kunde fürwahr. Sie ist jetzt eine Printschessin bei den Daoine Sidh, den zaubrischen Leuten.

Barry hatte taube Lippen vor Kälte. Sie schauderte zusammen.

»Ich weiß. Seit dem Tag, an dem sie uns verlassen hat, weiß ich, wo sie hingegangen ist.«

Sie ist betschaubernd schön. Doch ihre Augen sind rotgeweint. So viele Tränen hat sie vergossen ob der Narrheit ihrer Tochter.

»Was soll das heißen? Ich hab doch gar nichts getan!«

Auf mein Wort, du hasch schon mehr getan, als der Menschen Verstand zu faschen vermag. Doch ehe aus Narrheit Sünde wird, steht es dir zu Gebot, dem ein Ende zu machen. Und zög're damit nicht über Gebühr.

»Ich weiß nicht, wovon du redest«, sagte Barry feindselig.

Ich hab' eine Prophezeiung für dich, magst du auch noch so sehr schmollen. Du freust dich doch stets der Prophezeiungen aus meinem Munde – hab' ich nicht recht?

»Allmählich gehst du mir auf den Wecker, Mrs. Prye.« Diesmal war die Stimme der Wahrsagerin klarer; sie blickte Barry unverwandt an, obwohl sich ihr Gesicht von den Rändern her langsam aufzulösen begann.

Das Auge trügt
Das Herze lügt
Bis am Abend vor der Mittsommernacht
Die Wahrheit erwacht
Mit Blut und mit Macht:
Was Gedanken weben
Kann nicht lange leben.

Es dauerte eine ganze Weile, bis Barry merkte, daß hinter ihr eine Schiebetür aus Glas aufgegangen war. Sie hatte einen steifen Hals vom langen Aufblicken. Sie sah, daß JoJo ein paar Meter von ihr entfernt auf der Terrasse stand. Der Wind peitschte die Lebensbäume im Garten dahinter, und ihre Äste warfen unruhige Schatten auf das kahle Stück Mauer zwischen den beiden Mädchen.

»Jemand hat mir gesagt, du seist auf der Terrasse«, erklärte JoJo. Sie hatte die Hände in Höhe der Gürtellinie gefäßartig aneinandergelegt, als bitte sie um Almosen. »Dal ist umgekippt, und ich weiß nicht, was ich mit ihm machen soll.«

»Wird wohl Zeit, daß er nach Hause kommt«, meinte Barry mit rauher Stimme.

JoJo blickte großäugig in die Runde. »Mit wem hast du denn geredet? Ich sehe niemand.«

»Es war aber jemand da«, sagte Barry heftig. »Ich führe keine Selbstgespräche.«

15.

Gleich nach den Fernsehnachrichten am 22. Dezember ging es los mit den Anfragen und Erkundigungen nach Herrn Unbekannt. An Weihnachten waren die Telefonanschlüsse des Krankenhauses dann total überlastet. Binnen fünf Tagen gingen mehr als sechshundert Anrufe ein, darunter etliche R-Gespräche.

Eine junge Frau – sie redete sehr leise – meldete sich aus Balmer's Gap in Nordcarolina und offenbarte, sie sei die Sekretärin eines spirituellen Bundes, der Himmelsarche. Herr Unbekannt, so sagte sie, sei in Wirklichkeit Ra-Mel, ein Mitglied dieser ihrer Gemeinschaft. Er müsse unbedingt und auf schnellstem Wege nach Balmer's Gap zurückkehren. Das Große Geschehen sei jetzt nämlich eingeleitet, und Ra-Mels Gruppe solle an Silvester plangemäß zu einem Planetensystem in einer ein gutes Stück Wegs entfernten Sterngruppe der Milchstraße aufbrechen.

Eine wohlhabende Dame, die über ihren Verwandtschaftsgrad nicht zu sprechen wünschte, erbot sich, alle angefallenen Rechnungen zu begleichen. Dafür sollte ihr Herr Unbekannt unverzüglich frei Haus zugestellt werden – es handelte sich dabei um eine Villa in Palm Beach. Etwaige Fragen verbat sie sich.

Ein erzürnter älterer Herr behauptete, er sei vor drei Monaten in der Nähe des Naturwissenschaftlichen und Industrie-Museums in Chicago von Herrn Unbekannt a) überfallen und b) ausgeraubt worden. Und nun werde er das FBI verständigen.

Ein querschnittsgelähmter Teenager aus Bedmidji (Minnesota) wollte einen Herr-Unbekannt-Fanclub gründen.

Maisie de Hart, ihres Zeichens Schlammcatcherin und wohnhaft in Manhattan Beach (Kalifornien), konzedierte, daß sie sich für seine gegenwärtige Identität nicht verbürgen könne; in einem früheren Leben jedoch, und zwar in Marblehead (Massachusetts), seien sie und Herr Unbekannt wegen Ehebruchs an den Pranger gestellt worden.

Einige Kirchengemeinden teilten dem Krankenhaus mit, sie würden Nachtwachen abhalten und darum beten, daß Herr Unbekannt bald sein Gedächtnis wiedererlange. Ein weibliches Mitglied des belgischen Königshauses, das in seiner Jugend auch eine Weile an Amnesie gelitten hatte, ließ Herrn Unbekannt freundliche Worte und Grüße übermitteln. Repräsentanten dreier Talkshows fragten an, ob Herr Unbekannt verfügbar sei.

Journalistische Freibeuter aller Art umlagerten das Krankenhaus. Barry mußte mit Mietwagen vorfahren und sich verkleiden. Wachleute wurden im zweiten Stock postiert.

Der große Durchbruch schien gekommen zu sein, als am Tag nach Weihnachten Mr. und Mrs. Wallace Umber eintrafen, todmüde, weil sie den Weg von ihrer Farm im westlichen Iowa bis nach Anatolia in einem Stück zurückgelegt hatten.

Wallace trug einen zu engen, verknitterten, hoffnungslos altmodischen Anzug, der etwa so kleidsam war wie eine lange Unterhose, und dazu eine reichverzierte Krawatte mit faustgroßem Knoten. Seine Frau Cis hielt sich an einer Handtasche aus Strohgeflecht fest. Diese Tasche war voll mit Fotos von Wally junior, der vor über zwei Jahren – damals siebzehn – von Zuhause verschwunden war.

Der Junge auf den Fotos sah Herrn Unbekannt geradezu unheimlich ähnlich. Jacobs, der Verwaltungsdirektor des Krankenhauses, sprach fast eine Stunde mit dem Elternpaar und erkundete dabei die medizinische und zahnmedizinische Lebensgeschichte des Knaben Wally. Er hatte Masern und Mumps gehabt, war wie jedes Vorschulkind im Staat Iowa gegen Pocken geimpft worden und hatte sich im Alter von elf Jahren eine böse Fraktur des Fußknöchels zugezogen. Auch hatte er keine besonders guten Zähne. Jacobs mußte den beiden zu seinem Bedauern sagen, er könne sie nicht zu Herrn Unbekannt lassen, der makellose Zähne besitze und keine Impfnarbe am linken Arm habe. Die Umbers waren verzweifelt und verbittert.

»Wir nehmen ihn!« rief Cis. »Wenn niemand ihn haben will – wir nehmen ihn!«

Alexandra Chatellaine manipulierte derweil nach Lust und Laune ihre Körpertemperatur und trieb ihren Arzt schier zum Wahnsinn. Die Zeit, die sie auf diese Weise gewann, nutzte sie, um mit Barry Freundschaft zu schließen. Außerdem beobachtete sie Herrn Unbekannt und meditierte. Barry war fasziniert von Alexandras buntem Wanderleben und von ihrem Wissen um die tibetische Mystik. Sie gestand dem Lama weiblichen Geschlechts, daß sie sich immer schon für Feen interessiert habe, für das Übernatürliche und Unerklärliche – diese Vorliebe habe sie von ihrer Mutter.

Feen, so erzählte ihr Alexandra, spielten auch im Lamaismus

eine bedeutende Rolle. Auf Sanskrit hießen sie *dâkinî*. Sie seien mütterlich und lehrten Geheimnisse, aus grauer Vorzeit überkommenes Wissen. Oft erschienen sie in Gestalt alter Frauen, aber man erkenne sie gleich an ihren leuchtend roten oder grünen Augen.

»So wie meine«, sagte Alexandra lächelnd und mit einem verschwörerischen Zwinkern.

Im Krankenhaus hatte Barry zufällig Wohlfahrtsmäuschen getroffen, die sich in mehreren für gute Werke zuständigen Gruppen betätigte. Wohlfahrtsmäuschen bestürmte sie, ein bißchen von ihrer Zeit abzuzweigen. Nur einmal Schattentheater für die armen Kinder, die über Weihnachten in der pädiatrischen Abteilung des Krankenhauses hätten bleiben müssen, nur ein einziges Mal! Der Weihnachtsmann und die Weihnachtssänger seien bereits bei ihnen gewesen, und nun langweilten sie sich schrecklich und hätten nichts, worauf sie sich freuen könnten.

Barry brachte von Zuhause ihren Diaprojektor, einen Kassettenrecorder und eine Tasche voll Requisiten mit und lud Alexandra zu der Vorstellung ein – sie solle sich einfach aus ihrem Zimmer wegstehlen und auf die Kinderstation kommen.

Dort hängte Barry dann im Aufenthaltsraum einen provisorischen Vorhang auf, richtete den Lichtstrahl des Diaprojektors auf eine kahle Wand und verdunkelte die Fenster, so gut es ging. Der Lichtstrahl fiel durch ein Loch in der Decke, die Barry als Vorhang diente. Ein Dutzend Kinder zwischen vier und zwölf Jahren kamen in den Aufenthaltsraum, teils zu Fuß, teils im Rollstuhl. Barry saß hinter dem Vorhang, links vom Projektor, und zwar so, daß sie ihre Hände ins Licht halten konnte. Alexandra nahm in der Nähe der Tür Platz. Die Schwestern, die schon einmal eine Vorstellung von Barry gesehen hatten, waren fast vollzählig versammelt; es kamen auch etliche von anderen Stationen.

Barry machte den Kassettenrecorder an. Er spielte wehmütige irische Weisen, und sie erzählte ihre Geschichte und formte geschickt ihre Schattenfiguren mit Fingern und Händen und Requisiten wie ausgeschnittenem Karton, Federn und Zweigen.

»Dies ist eine Sage, die mir meine Mutter erzählt hat, als ich acht oder neun war. Ich habe sie nie vergessen. Weiß jemand von euch, wo die Feen wohnen?«

Ein Junge mit eingegipster Hüfte murmelte schüchtern zwei Worte.

»Könntest du das noch mal sagen? Ich glaube, es haben dich nicht alle verstanden.«

»Im Wald.«

»Ja, die meisten. Einige wohnen allerdings auf Inseln im Meer oder sogar unter Wasser. Aber das Feenvolk, von dem ich euch erzählen will, lebte tief im Wald in einem verzauberten Hügel, auf dem Dornsträucher wuchsen. In Irland wissen die meisten Menschen, daß ein Hügel, auf dem Dornsträucher wachsen, ein sicheres Zeichen für ein Feenkönigreich ist. Und wenn sie klug sind, meiden sie solche Orte, vor allem bei Nacht, wenn die Feen ihre Lustbarkeiten veranstalten...«

»Was iss'n das?« fragte ein Mädchen und kicherte. Sie betrachteten alle gespannt den Hügel und den hohen Dornbusch, den Barry an die Wand gezaubert hatte.

»Lustbarkeiten? Das ist eine Art Party mit Speise und Trank, mit Musik und Tanz. Die Feen feiern nämlich gern. Und die Kobolde auch.«

Der Hügel verschwand, und an seiner Stelle erschien nun ein Kobold mit Hängebauch und großen Ohren, der eine Kappe mit einer Feder dran trug.

»Und manchmal laden sie auch ganz normale Menschen wie euch oder wie mich zu ihren Lustbarkeiten ein. Aber das kann gefährlich werden. Wißt ihr, warum?« Barry legte eine kurze Pause ein, wartete auf Antwort – aber niemand hatte eine parat. »Weil die Feen ihre Gäste verzaubern, wenn sie nicht aufpassen. Und dann müssen sie mit den Feen tanzen, bis sie tot umfallen, oder sie verwandeln sich plötzlich in uralte Leute.«

Der Kobold war auf einmal weg, und jetzt stand da ein hoch aufgeschossener Mann mit ungewöhnlich langer Nase und spähte nach dem Feenhügel. Alexandra beobachtete Barry kurz durch einen Schlitz im Vorhang und bewunderte die Geschicklichkeit, mit der sie ihre Finger bewegte – alle zehn auf einmal, wie es schien – und ihre Requisiten handhabte.

»Es war einmal ein Mann, der hieß Jemmy Rilehan. Er glaubte, er könnte die Feen überlisten und alles Gold an sich bringen, das in ihrem verzauberten Hügel lag.« An der Wand schlich nun Jemmy Rilehan auf das Feenreich zu. »Er lief bei Vollmond neunmal um den Hügel und entdeckte schließlich den Eingang. Eine Pforte wurde ihm aufgetan, und das strahlende Licht des Feenreichs schien ihm entgegen.« Barry versuchte, diesen Effekt zu erzielen, indem sie die Hände wölbte und zwischen ihren Fingern den auseinandergebündelten Strahl des Diaprojektors durchließ. »Er hörte die Stimmen der Feen. Sie hießen ihn eintreten.«

Ein Junge erinnerte sich noch an die Maße Jemmy Rilehans und des verzauberten Hügels, so wie Barry sie dargestellt hatte, und fragte: »Aber war er denn nicht zu groß dafür?«

»Du hast völlig recht«, sagte Barry. Sie ließ Jemmy Rilehan wieder an der Wand erscheinen, doch diesmal auf allen vieren. »Er mußte durch einen niedrigen Gang kriechen. Aber als er dann in dem Hügel war, kam er in einen wunderbaren Palast mit einer langen, langen Tafel, an der Hunderte von Feen und Elfen aßen und tranken. Und am Ende der Tafel saßen der Feenkönig und die Feenkönigin.« Barry zeigte Jemmy Rilehan im Profil, wie er den Kopf mal hierhin, mal dorthin drehte. »Sie waren alle so schön, daß er dastand, als sei er geblendet. So herrliche Edelsteine und kostbare Gewänder hatte er seiner Lebtage nicht gesehen. Die Feen boten ihm Speise und Trank, aber Jemmy wußte, daß er nichts davon anrühren durfte, denn wenn er es tat, behexten sie ihn. Doch einem konnte er nicht lang widerstehen, und das war ihre Musik. Und so verlockten sie ihn zum Tanz. Und kaum daß er tanzte im Feenreigen, zeigten die Feen ihr wahres Gesicht...«

Es geschah etwas wirklich Bemerkenswertes, als Barry zum Höhepunkt ihrer Geschichte kam. Alexandra beobachtete sie interessiert. Barry ließ langsam die Hände in den Schoß sinken. Während sie sprach, schaute sie in die Lichtquelle, den blendend hellen Strahl des Diaprojektors. Und an die Stelle der notgedrungen etwas primitiven Schattenfiguren, die sie mit ihren Händen geformt hatte, traten nun kunstvoll, ja vollendet gebildete Gestalten. Sie tanzten im Reigen über die ganze Wand. Dann verwandelten sie sich allmählich in bocksfüßige, gehörnte Teufel und bucklige Gnome, in Hexen und Werwölfe, und sie wirbelten wie rasend um den armen Jemmy Rilehan herum, der sich vor lauter Angst geduckt hatte. Die Musik – grelle Fiedeln und Pfeifen – steigerte sich zu einem gewaltigen Crescendo. Die Kinder waren fasziniert. Ebenso Alexandra, die zwar schon einiges gesehen hatte in ihrem Leben, aber so etwas noch nicht.

16.

»Morgen werde ich sicher entlassen«, sagte Alexandra beim Kaffee in der Cafeteria. »Ich bin seit mehr als vierundzwanzig Stunden fieberfrei.«
»Wo wohnen Sie denn?« fragte Barry.
»Auf dem Kinbote-Gut.«
»Dann sind Sie ja eine Nachbarin von uns!«
»Das Gut gehört mir nicht. Die Kinbotes sind nur angeheiratete Verwandte. Mein verstorbener Mann und ich haben unsere letzten gemeinsamen Jahre in einer Art buddhistischem Kloster am Saranac-See verbracht. Dort gingen wir unseren Studien nach. Als er starb, fühlte ich mich, ehrlich gesagt, einsam und fand die Aussicht auf weitere endlos lange und strenge Winter nicht besonders verlockend. Die gegenwärtigen Besitzer des Guts waren so freundlich, mir ein Häuschen zu überlassen, das zum Anwesen gehört.«
»Und wie lange wohnen Sie schon dort?«
»Nicht ganz ein Jahr. Ich habe gelegentlich Ihren Vater mit seinem Skizzenblock durch die Gegend spazieren sehen. Eigentlich wollte ich mich vorstellen, aber dann dachte ich mir, ich mag ihn lieber doch nicht stören. Ich habe vor seinem Bedürfnis nach Einsamkeit ebensoviel Respekt wie vor seiner Kunst. Malen Sie auch?«
»Ich hab's eine ganze Weile versucht. Aber ich habe nicht das geringste Talent zum Malen.« Barry öffnete eine Packung Aspirin, die sie eben gekauft hatte, nahm zwei Tabletten und spülte sie mit Kaffee hinunter. Sie war blaß um die Nase und hatte blutunterlaufene Augen.
»Dafür haben Sie ein anderes Talent, nicht weniger bemerkenswert als das Ihres Vaters. Ein visionäres Talent – so natürlich und so undiszipliniert wie der Wind. Vielleicht ist es sogar ein einzigartiges Talent.«
»Sie meinen das Schattentheater?« Barry lächelte geringschätzig. »Das habe ich immer schon gekonnt. Was ich denke, sehen die anderen. Aber ich mache es nicht gern. Jedenfalls nicht allzu oft. Weil ich danach immer so eine Art Kater habe.«
»Vielleicht sollten Sie sich mal überlegen, wie Sie Ihr Talent zügeln, in geordnete Bahnen lenken können.«
»Warum? Es schadet doch niemand was.«

»Der Wind auch nicht – bis er zum Orkan wird. Ich verstehe ein bißchen was von der Materie. Ich bin nicht abergläubisch, und ich glaube auch nicht ans Okkulte. In Tibet hat man mich gelehrt, das Universum sei bloß eine Idee, ein Wunsch, ein Bedürfnis, das sich eine kosmische Vorstellungskraft erfüllt, ein Ergebnis der ungeheuren Macht des Denkens. Eine gewaltige unbewußte Energie bringt die ›Realität‹ hervor, so wie wir sie kennen. Und doch hat jeder von uns die latente Fähigkeit, innerhalb seines Bereichs die Realität zu beeinflussen und sogar zu verändern. Auf diese Weise haben Sie ja heute Ihr Publikum unterhalten. Aber wenn sich nun Ihre Schattenfiguren von der Wand abgelöst hätten und plötzlich in den Kreis dieser faszinierten Kinder gehüpft wären – was dann?«

Die Frage klang eher beiläufig, weder streng noch übermäßig ernst; die Lachfalten an Alexandras Augen traten ein bißchen hervor, und ihr Gesichtsausdruck war wie immer aufmerksam und freundlich. Barry entsetzte sich freilich über diese Vorstellung.

»Das hätte doch niemals passieren können!«

»Weil Sie und die Kinder es nicht wollten.«

Barry und Alexandra saßen fast eine Minute lang schweigend da. Alexandra war an die Stille gewöhnt, an die Kontemplation. Barry nicht. Schließlich zwang sie sich zu einem Lächeln.

»Ich muß die Idee von einer Schmerztablette geschluckt haben statt zwei Aspirin. Meine Kopfschmerzen sind jetzt noch schlimmer.«

Alexandra sagte mitfühlend: »Ich wollte nur einen Keim in Sie pflanzen – den der Behutsamkeit.«

Barry war kurz davor, Alexandra alles von Mrs. Prye zu erzählen, aber sie wußte nicht, wie sie das anstellen sollte, ohne ein bißchen arg meschugge zu klingen, besonders wenn sie von Mrs. Pryes befremdlichem Auftritt auf jener Terrasse berichtete.

»Ich – ich glaube, ich spiele kein Schattentheater mehr.«

»Ich habe Sie durcheinandergebracht. Das tut mir leid.«

»Nein. Es – es ist schon okay. Ich bin nur noch nie einem Menschen begegnet, der so war wie Sie. Sie haben soviel gemacht, sind soviel rumgekommen...«

»Was ich weiß, kann ich weitergeben. Vorausgesetzt Sie sind daran interessiert. Vielleicht können Sie mich ja irgendwie brauchen.«

»Wir laden Sie mal ein«, sagte Barry. »Bald. Ganz bestimmt.«

Doch noch während sie sprach (wobei sie es vermied, Alexandra in die Augen zu schauen), wußte Barry, daß es nur so dahingeredet war. Sie hatte Angst – nicht direkt vor Alexandra, aber vor irgend etwas Unbestimmtem. Zum ersten Mal seit ihrer Kindheit kam sie sich verrückt vor und schuldbeladen, und das war jetzt viel schlimmer, weil ihre Mutter nicht mehr da war, um sie vor solchen Anwandlungen zu bewahren und ihre Furcht zu lindern.

17.

An Silvester sprach er die ersten Worte zu Barry. Sie hatte eine Flasche eisgekühlten Champagner mit auf die Station geschmuggelt – an diesem Abend wachte allerdings niemand mit Argusaugen über die Einhaltung der Hausordnung. Das Fernsehen zeigte die Szenen, die es immer zeigte, wenn wieder einmal ein Jahr zu Ende ging, das sich wie üblich durch menschliche Missetaten, Fehlhandlungen und Unterlassungssünden ausgezeichnet hatte. Auf dem Times Square und auf von allerlei Berühmtheiten beehrten Partys im ganzen Land feierte und fieberte man dem neuen Jahr entgegen, sehnte man sich danach, das alte Jahr zu begraben. Während Barry mit dem Sektkorken kämpfte, zog der junge Mann die Nachttischschublade auf und fischte etwas heraus, das unbeholfen in von Weihnachten übriggebliebenes Geschenkpapier eingewickelt war. Der Korken schob mit einem gewaltigen *Plopp* aus der Flasche, knallte gegen Wand und Decke und fiel dann auf den Boden. Barry hielt rechtzeitig ein Glas unter die überschäumende Flasche, kostete vom Champagner. Dann drehte sie sich um und betrachtete den jungen Mann mit fragendem Blick. Er hatte auf einmal etwas so seltsam Verbindliches und zugleich Verlegenes. Und er versteckte die eine Hand hinter seinem Rücken.

»Was hast du denn da?«

Mit schwungvoller Gebärde hielt er ihr ein rotes Päckchen entgegen. Das muß er in einer von seinen TV-Schnulzen gesehen haben, dachte Barry. Aber gerührt war sie trotzdem.

»Oh, ein Geschenk!«

»Für Barry. Für dich.« Das sagte er so einfach mir nichts, dir nichts. Ein bißchen robotermäßig zwar, aber auch auf eine Weise zögernd, ja stockend, die Barry zu Herzen ging. Sie schaute ihn ein paar Sekunden lang fast ehrfürchtig an. Dann brach sie in Tränen aus.

Er hatte aus Apfelsinenschalen und -kernen, Baumwollfäden und sonstigem Krimskrams, an den er herankam, eine Karikatur von Schwester Elizabeth gemacht.

Barry zeigte sie überall stolz herum, und am darauffolgenden Nachmittag sagte sie zu Dr. Edwards: »Er gehört jetzt nicht mehr ins Krankenhaus. Er ist doch kein Fall für den Psychiater, oder?«

»Barry, wir sind noch nicht in der Lage, das mit letzter Gewißheit sagen zu können.«

»Aber gefährlich ist er doch nicht! Er ist aufgeweckt und auffassungsfähig und sanft. Und er fängt an zu sprechen! Er muß jetzt mehr unter Leuten sein, er darf nicht in seinem Zimmer auf der Intensivstation vom Leben ausgeschlossen bleiben. Ich mache jede Wette, daß ich ihm wieder das Leben beibringen kann.«

»Sie haben gerade erst die High School hinter sich und sind eigentlich nicht dafür qualifiziert, ihm...«

»Sie haben selbst gesagt, daß er keine so großen Fortschritte gemacht hätte, wenn ich nicht so oft bei ihm gewesen wäre! Und wenn er bei uns wohnt, kann ich noch mehr für ihn tun. Ich weiß, Sie wollen noch eine Menge Tests mit ihm veranstalten, aber...«

»Das geht auch auf ambulanter Basis«, ließ Edwards gelten. Er kratzte an einem Tropfen eingetrocknetem Ketchup auf seinem Verbindungsabzeichen. Dann lehnte er sich in seinem quietschenden Drehstuhl zurück, verschränkte die Arme hinter dem Kopf und blickte gegen die Decke.

»Haben Sie schon mit Ihrem Vater gesprochen?«

»Noch nicht.« Barry lächelte einnehmend. »Ich dachte, es wäre viel schwieriger, Sie rumzukriegen.«

»Sie müssen nicht denken, daß ich keine Vorbehalte hätte. Die habe ich durchaus. Aber Sie haben bei seiner Genesung zweifellos eine wichtige Rolle gespielt. Und das zählt meines Erachtens eine ganze Menge. Ihr Vater soll mich bitte anrufen, wenn Sie mit ihm über Ihren Plan gesprochen haben.«

18.

Tom und Dal wußten schon, daß es auf sie zukommen würde, und als Barry dann beim Abendessen Herrn Unbekannts weiteren Verbleib zur Sprache brachte, waren sie beide einmütig und eisern dagegen.

»Nennt mir einen wirklich triftigen Grund«, sagte Barry wütend.

»Wir wohnen nicht bloß hier, Barry, wir arbeiten hier«, sagte Dal. »Zumindest *versuche* ich, wieder zu arbeiten, und dabei kann ich keine Ablenkung brauchen.«

»Er wird dich schon nicht stören.«

»*Er* vielleicht nicht. Aber was ist mit den Reportern, die hinter ihm her sind wie der Teufel hinter der armen Seele?«

»Die haben irgendwie das Interesse an ihm verloren«, entgegnete Barry.

»Gestern abend ist was über ihn in den Nachrichten gekommen.«

»Dal, bloß weil du nicht arbeiten kannst und unglücklich bist, brauchst du nicht auch noch andere Leute unglücklich zu machen. Dies ist nicht nur *dein* Haus, es ist auch meines. Dad? Dad!«

»Ich habe bis jetzt nicht viel gesagt, Barry. Weil ich immer gehofft habe, du würdest das langsam hinter dich bringen, diesen...«

»Diesen was? Ich versuche lediglich, einem Menschen zu helfen, der mich braucht. Und ich glaube doch, das ist eine anständige, humane Regung. Ihr seid beide so egozentrisch, daß euer Horizont nicht über eure Staffelei hinausreicht. Es ist einfach ekelhaft.« Sie fing an zu weinen. »Was willst du denn von mir, Dad? Warum magst du ihn nicht? Was hat er dir getan – oder Dal oder sonst jemand? Ich habe ihn umgefahren, und ich bin daran schuld, daß er jetzt so ist, wie er eben ist. Lieber Gott, seid doch nicht so stur!«

Tom blickte Dal an, und Dal meinte: »Wir finden, daß du es mit deinen Schuldgefühlen ein bißchen übertreibst, Barry.«

»Aha. Und um wen hast du dich je geschissen in deinem ganzen Leben? Du wechselst doch die Weiber wie die Hemden. Du vögelst sie durch und dann vergißt du sie sofort. So ist es doch, Dal, oder? Aber mir liegt eben zufällig ein bißchen mehr an Menschen und an ihren Gefühlen.« Sie stand auf und schmiß dabei ihren Stuhl um. »Ihr könntet es doch wenigstens eine Woche mit ihm versuchen!

Eine Woche! Ist das zuviel verlangt? Haltet ihr das nicht mal aus, wenn er eine Woche hier ist? Er *haßt* das Krankenhaus. Und wem ist damit gedient, wenn er die ganze Zeit mit Kranken zusammengesperrt ist?«

»Barry, jetzt komm mal runter von deinem hohen Roß«, empfahl Tom.

»Gehöre ich nun zur Familie oder nicht? Behandle mich doch nicht wie eine Zehnjährige! Ich lade einen Freund für ein paar Tage nach Hause ein, das ist alles.«

»Ich glaube«, sagte Tom ruhig, »daß du dich damit möglicherweise in ganz erhebliche Schwierigkeiten bringst.«

»Laß dich bloß nicht von ihr rumkriegen«, sagte Dal zu seinem Vater.

»Halt's Maul, Dal, verdammt noch mal!« schrie Barry.

»Soll ich dir mal kurz in den Arsch treten, Schätzchen?«

»Jetzt haltet gefälligst beide den Rand«, sagte Tom zornig. Während Dal und Barry sich gegenseitig anfunkelten, saß er gedankenverloren da. Die Idee behagte ihm immer noch nicht. Er wandte den Blick zu Barry.

»Was für Schwierigkeiten meinst du denn?« fragte sie ihn. »Er ist nicht schwachsinnig, falls du das befürchten solltest. Das kannst du dir von Dr. Edwards bestätigen lassen. Er ist x-mal getestet worden. Er ist wirklich intelligent! Und er lernt ständig dazu. Meinst du vielleicht, daß er uns im Schlaf ermordet, oder was?«

»Und schon geht sie wieder an die Decke«, sagte Dal verzweifelt.

»Meinst du das, ja? Hast du Angst, daß er gefährlich ist? Das ist doch das Albernste, was...«

»Nein, Barry, ich habe keine Angst«, sagte Tom. »Vor nichts.« Er zögerte. »Vielleicht hast du recht. Wir leben hier draußen wirklich ein bißchen zu abgekapselt, sind zu sehr mit uns selbst beschäftigt. Und darum – jetzt setz dich bitte hin, ja?«

Barry hob ihren Stuhl auf und nahm Platz. Sie wischte sich die letzte Träne aus dem Augenwinkel und lächelte erwartungsvoll. Tom erwiderte ihr Lächeln. Dal verschränkte die Arme hinter dem Kopf und schwieg verbissen.

»Ich möchte doch gar nicht so sein, Dad. Nicht mehr jedenfalls. Ich weiß schon, wie ich gewesen bin, seit Ned gestorben ist – total daneben, unerträglich. Manchmal hab ich's selber nicht ausgehalten mit mir. Aber jetzt kann ich was machen. Was Positives. Ich kann jemand helfen, statt immer nur rumzuhängen und depressiv zu sein.«

»Versuchen können wir's ja mal«, sagte Tom nach einer Weile. Barry machte einen halben Ausfall über die Tischplatte und gab ihm einen Kuß auf die Wange.

»Dr. Edwards möchte, daß du ihn gleich anrufst«, sagte sie. Dann schaute sie Dal an, ganz sachlich und nüchtern. Sie wollte ihren Triumph ihm gegenüber nicht auskosten, obwohl sie da schon sehr an sich halten mußte, weil sie innerlich fast platzte. Er blickte ihr in die Augen und zuckte die Achseln.

»Vielen Dank, daß du's versuchen willst, Dal«, sagte sie. »Du wirst ihn mögen. Bestimmt.«

»Wir werden sehen«, sagte er.

19.

An einem Nachmittag in der ersten Januarwoche wurde Herr Unbekannt aus dem Krankenhaus entlassen. Barry fuhr ihn mit dem Kombi zur Farm. Einer momentanen Regung folgend, hielt sie bei der überdachten Brücke an. Es hatte wieder geschneit. Der Tag war kalt und klar – eine trockene Kälte, die einem im Kopf wehtat und im Hals brannte. Sie gingen am Rand der geräumten Straße entlang. Der Schnee knirschte unter ihren Füßen.

»Hier ist es passiert«, sagte Barry.

Der junge Mann blickte zur Brücke zurück, zu ihrem schrägen Schatten auf den Schneeverwehungen. Ein fragender Ausdruck stand in seinen Augen. Sie kamen auf Barrys Gesicht zu ruhen.

»Hier ist es passiert«, wiederholte er. Aber diese Worte hatten offenbar keine Bedeutung für ihn. Er wartete geduldig auf eine Äußerung von ihr.

Barry lächelte traurig. »Du erinnerst dich an nichts mehr, nein?« Er lächelte ebenfalls. »Ich erinnere mich an nichts mehr.« Dann überkam ihn anscheinend eine innere Regung. Das Lächeln verschwand. Barry ahnte, daß er versuchen wollte, etwas auszudrücken – einen Gedanken, der wirklich von ihm stammte –, daß er sie nicht bloß nachahmen wollte. Und das war natürlich schwierig.

»Ich möchte mich erinnern.«

Sie nickte ermutigend.

»Das klappt schon irgendwie. Eines Tages wird dir alles wieder einfallen – wer du bist und woher du kommst.«

Nun sprach er wieder. Und so schnell, daß er kurzatmig wurde. »Wer ich bin. Wer ich bin. Wer ich bin. Ich habe keinen Namen. Eigentlich müßte ich einen haben. Jeder hat einen Namen.«

Sie hängte sich bei ihm ein, drückte sich mit ihrem ganzen Gewicht an ihn, als stünde es für eine Beteuerung, ja für eine Gewißheit.

»Du auch. Das kommt alles wieder. Du mußt nur noch ein bißchen warten.«

Das Gästezimmer im Haus lag neben dem von Barry. Der junge Mann und sie würden das Bad gemeinsam benutzen. Während sie seine Sachen in einem Schrank verstaute, sah er sich im ersten Stock um. Tom und Dal arbeiteten. Mrs. Aldrich war in der Küche beim Backen. Der junge Mann lief vom einen Ende des Flurs zum anderen, betrachtete die große Pendeluhr, die gerahmten Skizzen und Familienfotos, den Picasso aus der Blauen Periode. Dann ging er in Barrys Zimmer.

Dort fand sie ihn. Er stand neben ihrem Bett und studierte das Foto von Ned Kramer.

»Ich habe dein Rasierzeug ins Bad getan. Dein Zimmer kühlt nachts ein bißchen aus – ich sage Mrs. Aldrich nachher, daß sie noch eine Steppdecke für dich hinlegen soll.«

Er schaute sie fragend an.

»Das ist – das war – ein Junge, den ich... Er ist bei einem Jagdunfall gestorben.« Barry wandte sich zum Gehen, hängte ein Bild neben der Tür gerade (es war von Mary Cassat) und holte dann tief Luft: was ihnen jetzt bevorstand, würde wohl nicht ganz einfach werden. »Komm mit nach unten – wir wollen mal allen Guten Tag sagen.«

»Barry.« Er blickte wieder das Foto von Ned an.

»Ja?«

»Er ist bei einem Jagdunfall gestorben.« Der junge Mann hatte vor lauter Konzentration die Augen zusammengekniffen. »Gestorben, das heißt...«

»Er ist nicht mehr da.« Diese Aussage schockierte sie nicht so sehr, wie sie befürchtet hatte. »Und er wird auch nie wieder da sein.«

»Was ist mit seinem Namen passiert?«

»Wie? Ach so, du meinst – das ist eine komische Frage.« Barry war in Versuchung, sie lachend abzutun, ihn bei der Hand zu nehmen und aus ihrem Zimmer zu führen, wo er sie doch etwas nervte. Aber wenn sie ihm weiterhelfen wollte, wenn sie zu seiner endgültigen Genesung beitragen wollte, durfte sie keine Frage unbeantwortet lassen, egal, wie schwer ihr das auch fallen mochte.

»Sein Name – sein Name ist nicht mit ihm gestorben. Namen sind unsterblich. Sie gehören den Menschen auf immer, selbst wenn diese Menschen tot sind – nicht mehr da.«

Barry hatte ihr Bestes versucht, aber angesichts seiner derzeitigen analytischen Fähigkeiten – kaum mehr geboten als eine schattenhafte Abstraktion. Er machte einen angespannten Eindruck. Offenbar dachte er nach, erkannte, daß hier ein Widerspruch vorlag, kam jedoch nicht damit zurecht. Er blickte Barry hilflos an, bekümmert, zutiefst enttäuscht.

»Wollen wir mal schauen, was es im Fernsehen gibt?« schlug sie vor. Dann ging sie mit dem jungen Mann nach unten.

Sie hatte gehofft, ihr Vater werde von seinem Nachmittagsspaziergang zurück sein und im Wohnzimmer Feuer machen und der Hund werde müde vor dem Kamin liegen, aber sie traf in dem dämmrigen Raum nur Dal an. Er knallte Eiswürfel in ein Glas und war nervös. Man sah es an seiner ganzen Körperhaltung.

Barry knipste eine Lampe an und sagte zum Rücken ihres Bruders: »Hallo, Dal – na, wie war der Tag?«

»So lala.« Er füllte sein Glas zur Hälfte mit Whisky und tat ein bißchen Soda dazu. Barry klappte die Kiste mit dem Brennholz auf.

»Jetzt wollen wir aber mal Feuer machen! Sollen wir heute abend ins Kino gehen, Dal? DeNiro.«

»Ich bin mit 'ner Frau verabredet. Sie holt mich nachher ab.«

Nun drehte er sich um und musterte Herrn Unbekannt.

»Ei, wen haben wir denn da«, sagte Dal näselnd – es machte die ganze Stimmung kaputt, die Barry so verzweifelt zu schaffen versuchte.

Sie hob lächelnd den Kopf und sagte zu dem jungen Mann: »Das ist mein Bruder Dal.«

»Hallo«, sagte Dal, trank, gaffte unverschämt.

»Hallo.«

Der junge Mann streckte Dal zaghaft die Hand entgegen. Dal war einen Moment lang unschlüssig, dann hielt er es für das Beste, die Geste einfach zu ignorieren. Er drehte sich wieder in Richtung Bar um, tat so, als habe er den finsteren Blick seiner Schwester nicht gesehen, und fragte: »Magst du ein Glas Wein, Barry?«

»Nein danke.«

»Und er?«

Barry richtete sich kerzengerade auf, ein dickes Stück Feuerholz in der einen Hand. Sie hob es hoch und warf es auf den Kaminrost.

»Das weiß *ich* doch nicht. Er ist unser Gast. Also könntest du *ihn* ja fragen, ob er einen Drink will.«

Der junge Mann blickte neugierig von Barry zu ihrem Bruder und wieder zurück. Er merkte, daß hier nicht die große Harmonie herrschte. Dal sah ihn über die Schulter hinweg an.

»Möchtest du was trinken? Wie sollen wir dich übrigens nennen?«

Barry stieß hörbar den Atem aus. Der junge Mann schaute leicht beunruhigt drein.

»Ich habe keinen Namen.«

Dal schnippte mit den Fingern. »Richtig. Hatte ich ganz vergessen. Bißchen Schwierigkeiten mit dem Gedächtnis. Wir nennen dich einfach Mr. X.«

»Mr. X«, wiederholte der junge Mann beflissen.

»Dal, mußt du dich wirklich so aufführen wie das letzte Arschloch?«

»Arschloch«, sagte der junge Mann so prompt und mühelos, daß sich Barry das Lachen nicht verkneifen konnte. Dal lief vom Hals bis zu den Haarwurzeln rot an.

»Paß ja auf, was du sagst, Freund.«

Barry packte Dal beim Ellenbogen und marschierte mit ihm zu den Fenstern am anderen Ende des Wohnzimmers. Auf ihren Wangen brannten zwei rote Flecken. Dal machte sich von ihr los, lehnte sich gegen die vertäfelte Wand und zog ein sauertöpfisches Gesicht. Barry trat ganz nah an ihn heran.

Sie sagte, so ruhig sie konnte: »Ich werde hier nicht an die Decke gehen und mich nicht mit dir krachen, aber ich warne dich, Dal. Nimm dich zusammen, verdammt noch mal, und sei wenigstens *ein bißchen* nett zu ihm!«

»Hast du gehört, was er zu mir gesagt hat?« fragte Dal störrisch.

»Ach, Dal! Er wiederholt alles, was er hört! Das ist seine Art zu lernen – und er macht wirklich verblüffende Fortschritte. Vor einer

Woche war sein Wortschatz noch fast Null. Aber mittlerweile hat er sich schon ein paar hundert Wörter angeeignet. Er ist echt intelligent und er kann nichts dafür, daß er so ist, wie er ist – und er ist kränkbar wie alle anderen Menschen auch, Dal!«

Sie blickten beide in seine Richtung. Der junge Mann achtete nicht auf sie. Er hatte den Fernseher eingeschaltet und es sich in einem Sessel gemütlich gemacht, um »Sesamstraße« anzuschauen.

»Als hätte man einen Fünfjährigen im Haus«, brummelte Dal. »Ist das wirklich nötig?«

»Stört er dich denn so wahnsinnig, daß du dermaßen eingeschnappt sein mußt? Du hast Schwierigkeiten mit ihm, schon klar – aber welche, Dal?«

»Okay, okay. Es tut mir leid, ich – er hat irgendwas, und das – also ich kann nicht erklären, warum, aber die Vorstellung, daß er hier ist, paßt mir einfach nicht.«

»Dal, du mußt doch zugeben, daß ich mehr für ihn getan habe als alle anderen! Er gehört jetzt einfach nicht mehr ins Krankenhaus. Von den Kosten ganz zu schweigen. Ich möchte ihm wieder das Lesen beibringen. Dr. Edwards glaubt, das kann ihm eine sehr, sehr große Hilfe sein, sein Gedächtnis wiederzufinden. Bitte hab ein bißchen mehr Verständnis. Versuch's wenigstens.«

Sie gab ihm einen Kuß auf die Wange und nahm verstohlen einen Schluck von seinem Drink. Sie lächelte, damit er ein Gleiches tat. Und schließlich lächelte er auch, freilich eher grimmig als glücklich. Nun betrachtete er wieder den jungen Mann. Und seufzte.

»Hör zu. Während du was fürs Geistige tust, werde ich an seinem Liebesleben arbeiten. Ich nehme doch an, daß es ein paar Dinge gibt, die man nicht vergißt. Und ich kenne ein paar Mädchen, die...«

Barry verpaßte ihm einen nicht nur scherzhaft gemeinten Rippenstoß.

»Nur über meine Leiche«, sagte sie.

20.

Es gab nichts im Hinblick auf die Farm und auf das tägliche Leben der Brennans, das Herrn Unbekannt nicht interessiert hätte. Eine Maus im Schnee, ein Falke im Wind, die Wärme eines frischgelegten Eis in einem Nest im Hühnerstall, die Beschaffenheit von Ölfarben und Marderhaarpinseln – er war vollauf beschäftigt von dem Moment an, in dem er bei Sonnenaufgang erwachte, und blieb es, bis er am Abend erschöpft in halb narkotischen Schlummer sank. Aber er brauchte nicht mehr soviel Ruhe wie im Krankenhaus. Er wurde kräftiger und ausdauernder von Tag zu Tag. Es lag viel Schnee in diesem Winter, und Barry lehrte ihn Skifahren – Langlauf. Die Abstimmung seiner Bewegungen war erstklassig. Schlittschuhlaufen lernte er binnen eines Tages. Als Dal vierzehn war und an der High School Football spielen wollte, hatten er und sein Vater in einer Ecke der Scheune ein Heimtrainergerät aufgestellt. Inzwischen waren die Eisengewichte rostig, aber durchaus noch brauchbar. Herr Unbekannt trainierte mindestens eine Stunde am Tag, arbeitete sich in Schweiß trotz der Kälte. Dal zweigte hin und wieder ein paar Minuten ab, um ihm einige Tricks beim Stoßen und Drükken von Gewichten zu zeigen. Dal war drahtig gebaut, aber stark, und obwohl er außer Form war, konnte er im Liegen immer noch an die hundert Kilo stemmen. Nach einer Woche Training schaffte der junge Mann fünf und dann zehn Kilo mehr als er. Von nun an blieb Dal dem Heimtrainer fern.

In seinem Atelier holte Tom mehrere eselsohrige Skizzenbücher mit Darstellungen von Dörfern, Menschen und ländlichen Szenen in Irland aus einer der vielen Schubladen und zeigte sie Herrn Unbekannt.

»Diese Zeichnungen habe ich gemacht, als ich elf oder zwölf Jahre alt war.«

Der junge Mann saß auf einem Hocker und blätterte langsam und bedächtig die Skizzenbücher durch. Feuer prasselte in einem Kanonenofen; vor der Fensterwand blinkten Eiszapfen in der Sonne wie stumpfe Dolche. Gemeinheit lag auf dem Boden und döste. Tom träumte vor seiner Staffelei und werkelte ein bißchen an einem Bild herum. Es hatte noch nichts endgültig Gestalt angenommen; man sah die Umrisse eines Dachs, einen Mann im Profil, der Körper skelettartig, verschwommen, ohne Füße, kaum abgehoben von der nackten Erde darunter. Tom pinselte, übermalte, pinselte wieder.

Nach einer Stunde gönnte er sich eine Pause, zündete seine Pfeife an und betätigte sich am Flipper, der mit Palmen sowie Badeanzugschönheiten mit kirschroten Lippen aus dem Hollywood der 40er Jahre geziert war. Der junge Mann gab Tom die Skizzenbücher zurück.

»Wie machst du das?«

»Ganz einfach«, erwiderte Tom. »Mit dem Bleistift.«

Er nahm einen leeren Skizzenblock und einen Bleistift von seinem Arbeitstisch, zeichnete mit ein paar flotten Strichen ein Porträt von Herrn Unbekannt und zeigte es ihm.

Der junge Mann war überwältigt. Er suchte und fand einen Spiegel, betrachtete sein Bild darin, starrte die Zeichnung an. Dann blickte er Tom an – bewundernd und sehnsüchtig.

»Lehre mich das.«

»Das kann man nicht lehren.«

Der junge Mann ließ nicht locker. »Ich möchte zeichnen«, sagte er.

Tom nickte, reichte ihm Bleistift und Skizzenblock, dachte kurz nach, ging dann zu einem Schrank und wühlte in den Fächern.

»Normalerweise lasse ich Anfänger was weniger Schweres machen als Porträts«, erläuterte er. »Schauen wir mal...«

Er entschied sich für eine alte Handglocke und einen großen Holzlöffel, ordnete die beiden Gegenstände vor einem grauen Hintergrund auf dem Arbeitstisch an und richtete Punktstrahler auf die Komposition, um ihr Tiefe zu verleihen. Herr Unbekannt sah ihm dabei zu, den Skizzenblock unter den Arm geklemmt. Den Bleistift hielt er unbeholfen in seiner linken Hand. Tom zeigte ihm, wie er sich hinsetzen sollte, korrigierte den Ansatz des Bleistifts, arbeitete geduldig mit dem jungen Mann, bis er den Bleistift einigermaßen locker zwischen den Fingern hatte und mit langen, zügigen Strichen zeichnen konnte. Herr Unbekannt war entzückt. Tom leistete ihm Hilfestellung bei einer Umrißzeichnung der Glocke. Dann schlug er ein neues Blatt auf.

»Und jetzt versuch's mal allein. Zeichne einfach, was du siehst.

Als Barry kam, um den beiden zu sagen, sie sollten jetzt zum Abendessen kommen, war es dunkel im Atelier bis auf die

Punktstrahler, die das Stilleben auf dem Tisch beleuchteten. Herr Unbekannt war über seinen Skizzenblock gebeugt und reagierte nicht.

Barry trat in den Bannkreis seiner Konzentration und berührte ihn leicht an der Schulter.

Er drehte sich um mit einem Gesichtsausdruck, den sie bisher noch nie bei ihm gesehen hatte, bei dem es sie eiskalt überlief. »Nein!« schrie er. Und dann kehrte er ihr den Rücken und machte sich wieder an die Arbeit. Gekränkt und verwirrt verließ sie das Atelier.

Tom war derweil mit Gemeinheit in die Küche gegangen. Als Barry eintrat, blickte er sie prüfend an und wölbte eine Augenbraue.

»Was ist denn?«

Barry stieß hörbar den Atem aus. »Ach – nichts. Ich hab's schon erlebt, daß er sehr intensiv mit etwas beschäftigt war, aber *so* noch nie. Da hast du ja einen richtigen Jünger.«

Tom brach das Brot und lächelte. »Kann schon sein.«

»Hat er Talent?«

»Ich fürchte, nein.«

»Oh«, sagte Barry enttäuscht.

»Ich dachte mir, es ist einen Versuch wert – er war geradezu versessen darauf, und es hätte ja sein können, daß er irgendwo eine regelrechte Ausbildung genossen hat und daß man das noch merkt trotz des Gedächtnisschwunds. Aber ich würde sagen, er ist ein ziemlich hoffnungsloser Fall. Er zeichnet noch schlechter als du.«

Barry mußte lachen. »Dann ist er wirklich ein hoffnungsloser Fall.« Sie knickte ein bißchen in sich zusammen und betrachtete den Platz am Tisch, an dem Dal sonst saß. Ihr Bruder war seit fast zwei Tagen verschwunden.

»Du vermutest völlig richtig«, sagte Tom und tat sich einen Schlag Irish-Stew auf den Teller.

»Naja – er hat eben gearbeitet wie verrückt und ist nicht weitergekommen. Er hat eine Pause gebraucht. Und – wie heißt sie?«

»Helga. Vielleicht auch Heidi.«

»Wie ist sie?«

Tom blickte in die Weite, führte sich ihre Erscheinung vor Augen, zielte sozusagen über Kimme und Korn. Er hatte eine Schwäche – und ein beachtliches Geschick – für Porträtskizzen in Worten, die er als eine Art Vervollständigung seiner Malerei sah.

»Dekorativ und knusprig süß wie feines Gebäck aus Wien.«

»Bravo«, sagte Barry. Sie schenkte sich ein Glas Bier ein, nahm einen Schluck, aß ein bißchen Salat. Nun dachte sie wieder an Herrn Unbekannt. »Er strengt sich doch an, oder? Er strengt sich wahnsinnig an, um uns zu gefallen?«

»Hast du dich heute mit Edwards getroffen?«

»Ja. Edwards ist ein bißchen sauer, weil ich ihn nicht jeden zweiten Tag ins Krankenhaus kutschiere, aber was soll ich machen, Dad? Er mag das Krankenhaus nun mal nicht, und ich kann ihn ja nicht zwingen. Ich glaube, Edwards ist einfach neidisch – er spricht immer von *seinem* Patienten und von der Einzigartigkeit dieses Falls. Mir kommt es so vor, als wollte er, daß ein Syndrom nach ihm benannt wird und daß er auf diese Weise in die Geschichte der Medizin eingeht.«

Barry begann nun, Fingernägel zu kauen, statt zu essen; Tom klopfte ihr leicht aufs Handgelenk.

»Die Therapeutin aus Cornell war auch da«, fuhr Barry fort. »Sie fand, daß ich meine Sache wirklich gut mache.« Barry zappelte nervös auf ihrem Stuhl herum. »Ich hoffe, er verliert die Lust am Zeichnen, bevor er todmüde ist. Ich möchte ihn nämlich heute abend von den Bildern wegbringen und sein Interesse für Worte wecken.«

Nachdem sie und ihr Vater mit dem Essen fertig waren, hielt Barry das Irish-Stew noch eine Dreiviertelstunde lang warm. Dann ging sie zum Atelier und warf behutsam einen Blick nach drinnen. Er saß nicht mehr vor dem Stilleben, hatte Skizzenblock und Bleistift aus der Hand gelegt. Er stand in einer dunklen Ecke, stand neugierig vor dem Wahrsageapparat, von dem er die Decke heruntergezogen hatte.

Barry warf einen Blick auf seine Zeichnungen und sah gleich, daß ein begabter Sechsjähriger es besser gekonnt hätte.

»Möchtest du denn nichts essen?« fragte sie ihn.

»Barry. Was ist das?«

»Das? Ach, das ist aus einem Vergnügungspark. Funktioniert nicht mehr.«

»Aber was ist es?«

Barry trat zu ihm und legte ihre Finger leicht auf die Tastatur. Unter der Glasglocke war Mrs. Pryes Kopf zu erkennen, leblos, auf immer und ewig gebeugt. Es hatte wenig Sinn, ihn in die Geheimnisse um Mrs. Prye einzuweihen, aber Barry versuchte stets, seine Fragen vollständig zu beantworten, egal, ob er es nun verstand oder nicht.

»Das ist eine elektronische Wahrsagerin. Du tippst dein Geburtsdatum ein und bekommst Informationen über deine Zukunft – Gesundheit, Geld und so weiter. In den Apparat ist eine Kassette mit ungefähr fünfzig vorfabrizierten Antworten eingebaut. Mrs. Prye erwacht dann scheinbar zum Leben – das Licht geht an und ihr Mund bewegt sich. War so 'ne Art Gruseleffekt, wenn es dunkel war im Zimmer – na ja, eben ein richtiger Jux für Partys. Bis...«

Barry wußte nicht, warum sie die Geschichte weitererzählte (Herr Unbekannt betrachtete sie nämlich völlig verständnislos), aber sie fuhr fort: »Bis sie eines Abends keine vorfabrizierten Antworten mehr gab, sondern anfing, Gedanken zu lesen. Sie sagte den Leuten Sachen, die außer ihnen eigentlich niemand wußte. Einer unserer Gäste war Direktor bei einer Sparkasse in Anatolia. Er hatte sich bis dahin bemüht, irgendwelche Defizite zu vertuschen, die ziemlich happig waren. Das Gesicht hättest du sehen sollen, als Mrs. Prye den Mund aufmachte! Es gab nichts, was sie nicht wußte. Als sie fertig war, hatte sie seine sämtlichen Geheimnisse ausgeplaudert – und auch noch die von ein paar anderen Leuten im Raum. Natürlich dachten alle, ich hätte was damit zu tun – es sei ein bösartiger Trick von mir oder so –, aber ich bin nicht neugierig und ich kann auch keine Gedanken lesen. Ich habe keine Erklärung dafür, wie das passiert ist. Ich hatte genausoviel Schiß wie alle anderen. Und daran hat sich wohl bis heute nichts geändert.«

Es überlief sie kalt. Sie drückte sich unwillkürlich an den jungen Mann. Sie bekam Herzklopfen. Dann zog sie das Tuch wieder über den Automaten.

»Komm. Ich bin nicht gern in der Nähe von Mrs. Prye. Ich wollte, Dad würde den Apparat hier rausschmeißen, aber er hebt solche Sachen immer auf.«

In der Küche verdrückte Herr Unbekannt einen randvollen Teller Irish-Stew. Nachdem sie abgespült hatte, ging Barry ins Wohnzimmer und schaltete den Fernseher aus, vor dem der junge Mann schon eine Weile wie gebannt saß. Sie hatten das Haus für sich. Tom war wie jeden Dienstagabend nach Anatolia gefahren, um in einer Wirtschaft Pool-Billard zu spielen. Der junge Mann blickte sehr unglücklich drein, als das Bild einfach weg war, aber Barry kochte geradezu vor Aufregung. Sie nahm ihn bei der Hand, führte ihn zum Spieltisch und holte das Scrabblekästchen aus einem Schrank.

Sie legte auch ein Buch vor ihn hin, einen Krimi von Agatha Christie. Bücher faszinierten ihn. Er hatte schon viel Zeit damit verbracht, Seiten umzublättern und Druckzeilen anzustarren. Allerdings begriff er kein einziges Wort. Barry mußte ihm vorlesen. Und nun würde er wieder lernen, wie man Wörter bildete und was sie bedeuteten.

Barry kippte die Spielmarken mit den Buchstaben auf den grünen Tischüberzug und mischte sie. Dann suchte sie die fünf Buchstaben heraus, aus denen ihr Name bestand, und legte sie nebeneinander hin.

»Das bin ich«, sagte sie. »B-A-R-R-Y.«

Er blickte die Spielmarken ein paar Sekunden an und lächelte leise. Er berührte jede und blickte zu Barry auf. Sie nahm die Buchstaben wieder weg, tat sie zu den übrigen, mischte erneut.

»Und jetzt buchstabierst du's mal. *Barry*. Genauso, wie ich es gemacht habe.«

Er zögerte, blickte die Spielmarken gründlich an, wählte dann die richtigen Buchstaben. Er sann einen Moment lang über ihre Reihenfolge nach, legte sie nebeneinander hin. Fehlerlos. Barry fühlte sich erhoben.

»Prima! Du begreifst wirklich sagenhaft schnell. Okay, jetzt versuchen wir's mal mit *Dal*...«

Sie buchstabierte den Namen ihres Bruders. Dieses Wort war einfacher, und nachdem sie die Buchstaben wieder gemischt hatte, legte er in Sekundenschnelle die richtigen Spielmarken nebeneinander: D-A-L.

»Also bei *dem* Tempo kannst du Ende nächster Woche schon *Romeo und Julia* lesen. Und jetzt buchstabieren wir *Dad*...«

Sie verbrachten eine spannende halbe Stunde damit, Wörter zu bilden. Er wurde immer sicherer und rascher. Sein Gedächtnis war – zumindest in dieser Zeitspanne – beinah perfekt. Und Barry zitterte fast vor Stolz, während sie sich immer wieder neue Wörter überlegte. Er machte inzwischen einen etwas gelangweilten Eindruck, und allein schon deswegen traf es sie unvorbereitet, daß er sie plötzlich beim Handgelenk packte.

»*Ned Kramer*«, sagte er.

»Warum?« fragte sie verwirrt.

Er ließ nicht locker. »Buchstabiere *Ned Kramer.*« Barry begann schmerzhaft die Kraft in seinen Fingern zu spüren. Sie hatte ein bißchen Angst – eigentlich grundlos. Aber die Stille ringsum... und sie waren allein im Haus... und er war eigentlich noch nie aggressiv gegen sie gewesen. Sie zwang sich zu einem Lächeln. Doch er hatte ihre Angst gespürt. Er ließ sie los und lehnte sich in seinem Sessel zurück.

»Bitte«, sagte er sanft.

»Na schön.« Sie empfand kurz ein Kältegefühl, so schneidend scharf wie ein Messer. Das Handgelenk tat ihr weh. Er wußte nicht, wie stark er war. Sie beugte sich über den Tisch, suchte Buchstaben aus. Er rührte sich nicht und hielt den Blick starr auf den grünen Überzug geheftet.

Der Name gewann Gestalt.

NED KRAMER

Plötzlich fegte sie die Buchstaben weg und stand abrupt auf.

Er schaute sie überrascht und frustriert an.

»Ich hab jetzt keine Lust mehr«, sagte Barry. »Du kannst ja noch fernsehen, wenn du willst. Ich geh ins Bett.«

»Barry. Was ist denn?«

»Ich mag einfach nicht mehr reden. Gute Nacht.« Sie gab ihm einen flüchtigen Kuß auf die Wange – das war ein Ritual geworden, ja ein Zwang –, aber jetzt waren ihre Augen glasig. Sie sah ihn eigentlich gar nicht.

Er wollte ihr folgen. Doch dann hielt er auf halbem Weg an. Barry rannte die Treppen hinauf und blickte sich nicht nach ihm um.

Herr Unbekannt stand an die drei Minuten wie zur Salzsäure erstarrt. Es war, als hätte Barry im Weggehen sein Lebenslicht ausgelöscht. Die Pendeluhr im ersten Stock schlug die Stunde. Das schien ihn aus seinem Bann zu lösen. Er wandte sich wieder zum Spieltisch, hob zwei Buchstaben auf, hielt sie in der hohlen Hand und betrachtete sie fassungslos.

»Was habe ich getan?«

Wind pfiff ums Haus. Der junge Mann hörte ein Geräusch aus der Küche am anderen Ende des Gebäudes: Gemeinheit tappte über den Fliesenboden. Im Kamin gloste unter Ascheschichten noch etwas rote Glut. Der junge Mann schritt durchs Wohnzimmer, unruhig und unsicher, trat dann auf den Flur hinaus und öffnete die Tür des Garderobenschranks. Er zog seinen Parka an, machte ihn aber nicht zu, ging nach draußen, ins Freie. Schwarze Bäume kehrten ihm die vereisten Stämme zu, Frost überkrustete den Fahrweg, Wind schlug ihm ins Gesicht, Schnee wuchs an einer Mauer empor wie eine Brandungswoge, die einen Wellenbrecher unter sich begräbt. Er blickte zur Mondsichel auf, zu den Sternennebeln, den unwirtlichen Bereichen der Unendlichkeit.

Er blickte in den unermeßlichen Raum und empfand eine grenzenlose Leere, ein Gefühl der Verlassenheit, das ihm wehtat. Er zitterte und wimmerte; seine Augen brannten, doch es kamen keine Tränen. Er drehte sich um, schlug mit der Faust gegen den Türpfosten, und nichts änderte sich. Aus seinem Schmerz wurde Höllenqual.

Nach wie vor zitternd, trat er wieder ins Haus. Gemeinheit bellte kurz hinter der Küchentür. Dann knurrte er nur noch ein wenig. Der junge Mann kehrte ins Wohnzimmer zurück, blieb vor dem Spieltisch stehen und starrte auf das Durcheinander der Buchstaben auf dem grünen Überzug. Der Raum war dunkel bis auf eine am Tisch festgeschraubte Arbeitslampe. Herr Unbekannt zog den Schirm näher heran, schwenkte ihn so, daß das Licht direkt auf die Spielmarken fiel. Dann buchstabierte er NED KRAMER.

»Nein, der gehört ihm«, sagte er zu sich selbst. »Sein Name ist nicht mit ihm gestorben.«

Er mischte die Buchstaben, suchte auf gut Glück vier aus, schüttelte sie in der hohlen Hand, legte sie in einer Reihe auf den Tisch.

RKAM

Interessiert betrachtete er dieses Werk des Zufalls. Er versuchte, die Buchstabenfolge auszusprechen. Ohne Erfolg.

Langsam und geduldig machte er sich wieder ans Werk, spielte mit den Buchstaben, von neuem fasziniert, legte sie mal so und mal so, hielt inne, um jedes Ergebnis nachdenklich und mit traurigem, aber festem Blick zu betrachten.

21.

Ich bitte dich, Herrin, wach auf! Was ist dein Begehr?
Barry fuhr mit einem Ruck hoch. Ihr Gesicht war schweißnaß. Dunkel lag das Zimmer da. Draußen auf dem Gang tickte die Pendeluhr. Barry hatte schlecht geträumt. Sie war benommen und verwirrt.
»Ich habe dich nicht gerufen!«
Ei, freilich tatest du's, und dies wie toll. Es ist gar manches faul, erschrecklich faul. Und größrer Jammer noch: du rufst mich und verschmähst doch meinen Rat, du achtest überaus gering, was ich dir prophezeie – kurz, du verfährst mit mir auf schnöde, schnöde Weise.
Barry drehte sich alles im Kopf; außerdem war ihr übel. Und so hörte sie denn kaum auf Mrs. Pryes Gequengel. Sie schlug die Decke zurück.
Oh, Herr im Himmel! Grauser Tod! Des Pudels Kern ist in dem Schwanz des Salamanders, abgetrennt durch einer alten Dame Hand...
»Mrs. Prye«, sagte Barry auf dem Weg ins Bad, den sie stolpernd zurücklegte, »du redest noch wirrer als sonst.« Im Bad erbrach sie sich, würgend, keuchend, unter Krämpfen. Ihr wurde entsetzlich schwach; ihre Haut war kalt und feucht und kribbelte widerlich. Mrs. Prye – wo immer sie auch sein mochte – hatte wenigstens den Anstand zu schweigen, solange Barry sich buchstäblich auskotzte.
Danach sackte sie auf den Boden, saß benebelt da, hielt sich den Kopf, stank nach Erbrochenem und haßte es. Sie hatte ihre Periode noch nicht, war ein paar Tage drüber... Das muß es sein, dachte sie dumpf. Doch im Hinterkopf hatte sie nach wie vor diesen Alptraum und wurde ihn nicht los. Sie hatte von einem Spiel geträumt, das Dal und sie als Kinder gespielt hatten. Sie rechten das Herbstlaub immer zu großen Haufen zusammen – ein Dutzend oder mehr auf dem geräumigen Hof. Und dann versteckten sie sich im Laub, mal Dal, mal Barry. Wer mit Suchen dran war, durfte nur dreimal raten. In Barrys Traum hatten sie und ihr Vater dieses Spiel gespielt. Und er hatte sich versteckt, er war an der Reihe. Barry empfand ein Grauen, das ihr die Kehle zuschnürte, denn es wurde dunkel, und sie hatte ihn vergeblich gesucht. Sie durchwühlte jeden Haufen, scharrte im welken, modrig riechenden Laub. Um ihn dann im letzten Haufen zu finden, Arme und Beine von sich gestreckt, tot, ei-

nen fahlen Schein um sich verbreitend, bereits in Verwesung übergegangen...

Sobald sie die Kraft dazu fand, streifte sie ihr Nachthemd ab und stieg, nein, kroch in die Badewanne, zog den Duschvorhang ganz zu. Schuddernd brauste sie sich, lauwarm, das Wasser voll aufgedreht.

Des Pudels Kern ist in dem Schwanz des Salamanders...

»Lieber Gott!« sagte Barry zähneknirschend. »Mir geht's gut, alles ist okay, jetzt laß mich doch endlich in Frieden!«

Sie trocknete sich gerade ab, als die andere Tür zum Badezimmer aufging und der junge Mann auf sie zukam mit seinen schönen schwarzen Augen und mit bebenden Lippen. Sie erschrak fast zu Tode.

»Barry! Barry!«

»Was ist denn? Warum kommst du hier rein – ich dusche gerade!«

Mit einem Wonnelaut nahm er sie beim Oberarm. Das Handtuch entglitt ihr. Einen Moment lang stand sie nackt vor ihm. Dann bückte sie sich nach dem Handtuch und verhüllte sich wieder. Sie war blaß vor Schreck.

»Komm mit! Schau's dir an!« rief er und warf nur einen kurzen Blick auf ihre Brust. »Mein Name!«

»*Was?*«

»Mein Name«, wiederholte er freudig. Er versuchte, sie einfach hinter sich herzuziehen. Barry rutschte auf der Matte vor der Wanne aus. Dann stolperte sie hinter ihm drein mit wild pochendem Herzen, innerlich durcheinander und äußerlich durcheinander: das Handtuch rutschte, ihre Haare hingen wirr und halb naß.

»Lieber Gott! *Er ist dir wieder eingefallen?*«

»Ja! Ja! Komm mit! Ich will's dir zeigen!«

»Zeigen?« Barry blieb stehen. »Ja – okay –, aber ich hab doch nichts an – ich muß –, jetzt warte hier mal einen Moment, ich gehe bloß schnell in mein Zimmer. Bin gleich wieder da!«

Er ließ sie los, und sie drehte sich um, ließ das Handtuch fallen, stürzte in ihr Zimmer und kam ein paar Sekunden darauf wieder. Jetzt hatte sie einen Bademantel an.

Er führte sie nach unten ins Wohnzimmer, eilte, ja rannte. Gemeinheit, den die plötzliche Unruhe aufgeschreckt hatte, bellte in der Küche. Als Barry den jungen Mann einholte, stand er vor dem Spieltisch. Atemlos. Zitternd vor Erregung.

»Da! Mein Name!«

Fast zögernd trat Barry näher. Sie blickte ihm ins Gesicht, dann auf die weißen Kärtchen mit den schwarzen Buchstaben, die er säuberlich nebeneinandergelegt hatte, ausgespielt hatte wie einen Trumpf: den Trumpf seiner Identität.

»Mark... Draven«, sagte sie leise.

»Ja.« Er stand direkt neben ihr. Sein Atem streifte ihre Wange. »Das bin ich. Barry. Ich habe. *Einen Namen.*«

Sie wandte sich ihm voll Sehnsucht zu, weinte fast, legte ihm den Arm um die Schulter.

»Ich kann's nicht glauben.«

»Ich bin's. Ich weiß es. Mark.« Er sprach abgehackt. Es war, als verlöre er die Fähigkeit zu reden, obwohl sich die Perspektiven seines Lebens erweiterten.

»Hallo, Mark.« Die erste Träne floß die zweite. »Ich bin so glücklich, daß ich dich kenne.« Barry blinzelte. Es war sinnlich, wie ihr die heißen, salzigen Tränen über die Wangen rannen, es erregte sie – Feuchtigkeit, Nähe. Und auch er war erregt, aber von seinem Fund, von dieser Anwartschaft auf Gewißheit und Dauer. Überwältigt vor Glück, konnte er nur immer wieder begeistert nicken.

Sie tranken Kakao und aßen Krapfen und saßen Knie an Knie im Wohnzimmer und redeten zwei Stunden lang, bis das Feuer, das Barry im Kamin gemacht hatte, nur noch müde flackerte, ein paar blasse Flammen. Die Uhr schlug drei. Ihm fielen kurz darauf die Augen zu, und Barry breitete eine Decke über ihn und ließ ihn im Ohrensessel schlafen.

Um 3 Uhr 30 kam ihr Vater nach Hause. Er hatte etwas trübe Augen und war ein bißchen langsam zu Fuß, aber er ging auf Barrys Begeisterung ein. Er war erfreut und erleichtert über diesen Durchbruch. Sie machte in der Küche Kaffee für ihn. Er schüttete einen Schluck Whisky in seine Tasse.

»Ist ihm sonst noch was eingefallen?« fragte Tom. »Wo er herkommt zum Beispiel oder was er im Park gemacht hat?«

»Nein.«

Er kratzte sich am stoppelbärtigen Kinn. »Nachdem wir jetzt seinen Namen kennen, wird die Polizei ja wohl bald noch mehr über ihn herausfinden.«

»Bestimmt nicht«, sagte Barry.
»Woher willst du das so genau wissen?«
»Dad, die Polizei hat *sechs Wochen* an diesem Fall gearbeitet. Marks Bild war in der Zeitung, im Fernsehen, überall. Und es ist nichts dabei herausgekommen.«
»Vielleicht waren seine Eltern im Ausland. Es gibt da noch tausend Möglichkeiten.«
»Niemand hat ihn vermißt – niemand hat sich um ihn gekümmert«, sagte Barry. Sie fuhr mit dem Finger über die Tischplatte, als unterzeichne sie eine Vormundschaftsurkunde.

Tom goß noch etwas Whisky in seinen pechschwarzen Kaffee. Irgendwie ärgerte er sich über seine Tochter und wußte selbst nicht genau, warum. Aber sein Künstlerauge war liebevoll und versöhnlich: sie sah sehr jung aus in dieser Stunde, bei diesem Licht. Ihre Nasenspitze glänzte ein wenig, was daran lag, daß Barry sie immer wieder am Ärmel ihres Frottee-Bademantels rieb. Die Geschichte ihres kurzen Lebens war abzulesen an fast vergessenen Schrammen und Narben: die Stelle zum Beispiel, wo eine Biene sie im Alter von sechs Jahren gestochen hatte; die Schwellung hatte sich allmählich verhärtet und war geblieben. Ein markantes, ovales, ja fast spatenförmiges Gesicht. Lange Linien vom Halsansatz bis zum Kinn. Ziemlich weit auseinanderstehende Augen, was ein gutes Gegengewicht zum Kinn bildete, das ein bißchen klein, ein bißchen unausgeprägt war. Einiges stimmte perfekt – etwa der Abstand zwischen ihrer Nase und dem hübschen Jochbogen ihrer Oberlippe. Anderes war nicht ganz so harmonisch. Sie hatte richtige Fledermausohren: zu groß auch – paßten sie nicht zu ihrer Kopfform. Es war ein Gesicht, das er so sehr liebte, daß er es nicht lange betrachten konnte, ohne es als Künstler zu sehen. Heute schockierten ihn freilich ihre Augen. Sie waren umflort, und in ihrer dunstigen Bläue meinte er eine geradezu unmenschliche Besessenheit wahrzunehmen.

Er wandte den Blick von ihrem Gesicht. »Manchmal«, sagte er, »manchmal glaube ich, du wolltest, er wäre ein Waisenknabe.«

Sie hob abwehrend die Schultern. »Er ist kein Waisenknabe. Er hat ja uns.«

Tom kämpfte mit einem gewaltigen Gähnen und ordnete seine Gedanken.

»Und eine Geschichte hat er auch. Bislang noch unbekannt, gewiß. Aber sie wird ans Licht kommen, Stück für Stück. Barry, ich möchte einfach nicht, daß...«

Gemeinheit winselte vor der Küchentür. Sie hatten ihn vor einer Weile nach draußen gelassen, damit er sein Geschäft verrichtete. Tom erhob sich, machte seinem Hund die Tür auf und drehte sich wieder um. Barry schaute ihn an.

»Was denn, Dad?« fragte sie ruhig.

»Ich dachte, du wüßtest es. Ich könnte es nicht ertragen, wenn du dich wieder voll engagieren würdest und wenn das dann noch einmal ein jähes Ende nimmt.« Barry schüttelte stumm den Kopf, lächelte schließlich: sie hielt die Besorgnis ihres Vaters für absurd. Sie war wie eine wiedergeborene Gläubige, durch das Blut des leidenden Heilands geläutert, befestigt im unerschütterlichen Glauben und Mut der Neubekehrten. Tom fragte sich, warum er nicht dankbar dafür war.

»Eins ist unvermeidlich. Entweder wird Mark gefunden oder er findet sich selbst. Und in beiden Fällen wird er gehen.«

»Nein, das wird er nicht! Er gehört mir. Und er wird mich nie verlassen.«

»Ach, Barry.«

»Wenn du das nicht glauben magst – bitte. *Ich* glaube es jedenfalls.«

»Du drehst es so hin, als wollte ich dich tadeln, aber...«

Sie war aufgestanden. Sie lächelte milde.

»Aber das tust du natürlich nicht.«

Sie kam zu ihm und küßte ihn, legte ihre Hand für einige Momente auf seinen Arm. Er hatte ihr heiteres Lächeln noch vor Augen, als sie ihm längst Gute Nacht gesagt und die Küche verlassen hatte.

Tom ging ein paar Minuten in sein Atelier. Er wollte bloß eine Bildidee festhalten, die in ihm rumorte. Mit Pinsel und Tusche warf er sie auf das Papier. Auf Genauigkeit kam es ihm vorerst nicht an; er versuchte auch nicht, das Gefühl dahinter zu ergründen. Dann klappte er beruhigt und schläfrig sein Skizzenbuch zu und machte das Licht aus.

Auf dem Weg ins Bett schaute er noch kurz ins Wohnzimmer. Mark schlief im Licht des knisternden Feuers, das Gesicht zur Seite gedreht, mit tiefen Atemzügen – ein kantiges, wohlgeformtes Profil. Barry saß ihm zu Füßen. Sie hob sich schärfer gegen die Helligkeit ab. Den Kopf hatte sie gegen Marks Knie gelegt, nicht entspannt, sondern mit einem gewissen Trotz. Sie sah Tom mit festem, wachsamem Blick an. In ihren Augen war etwas Quecksilbriges, Huschendes.

Er nickte ihr zu, konnte aber nicht sprechen. Die Uhr schlug vier, die letzte Stunde der Nacht. Die Stunde der Versöhnung und des Abschieds. Als Tom langsam zu seinem Zimmer hinaufstieg, kamen ihm die verzogenen Stufen und das krumme Geländer der alten Treppe gigantisch verzerrt vor, gesteigert gleichsam zu einer Unstetigkeit von Licht und Schatten, und dann schien ihm auch die Stabilität der Winkel und Kanten, der Böden und Wände über und unter ihm gefährdet. Er fühlte sich so bedroht, als könnte das Gebäude jeden Moment wie ein Kartenhaus zusammenfallen. Eine triviale Halluzination – aber das Entsetzen darüber zitterte lange in ihm nach. Er war immer noch halb betrunken und tief betrübt seiner Tochter wegen, der von Liebe betörten Jungfrau, die nun aus dem Mittelpunkt seines Lebens verschwunden war.

Draven

22.

Am zweiten Dienstag im Mai verließ Dr. James Edwards zeitig das Krankenhaus und fuhr mit seinem Porsche nach Tuatha de Dannan. Die Forsythien kümmerten schon dahin, aber nun blühten Hartriegel und Azaleen, Wellen von Rosa und Weiß und flammendem Rot an der Straße durchs hügelige Land. Oberhalb der überdachten Brücke (sie hatte einen neuen Anstrich bekommen) sprudelte silbern der hohe Wasserfall. Im Vorbeifahren betrachtet, schien er stillzustehen und zu klingen wie eine unendlich lange ausgehaltene Note.

Das Tor von Tuatha de Dannan war offen. Edwards fuhr bis vors Haus und parkte hinter einem Chevrolet-Kleinlaster. Mit penetrantem Läuten brachte er Mrs. Aldrich dazu, daß sie die Eingangstür öffnete, wenn auch nur einen Spaltbreit. Die Haushälterin hatte eine scharfe Nase und ein energisches Gebaren. Sie trug eine Schürze. Sie roch nach Küchendünsten. Und sie hatte eine hohe, heisere Stimme.

»Barry ist nicht da – sie ist in der Stadt, beim Einkaufen. Tom ist oben und schläft. Wie, sagten Sie, war doch noch mal Ihr Name?«

»Dr. James Edwards. Ich habe Mark im Krankenhaus behandelt. Ich wollte ihn nur mal kurz sprechen.«

»Das wird sich wohl machen lassen. Er ist da hinten im Garten.« Mrs. Aldrich holte zu einer ausgreifenden Handbewegung aus, deutete in die entsprechende Richtung und entschwand dann wieder in die Küche, aus der hallend und schallend die Titelmelodie einer schmalzigen Familienserie drang.

Edwards ging ums Haus. Er blieb kurz stehen, um die streng unterteilte Spiegelwand des Ateliers zu bewundern, in der die heitere Landschaft, der blaue Himmel, die weißen Wolken surrealistisch verdoppelt waren. Edwards (er liebte die Malerei) mußte an Magritte denken.

Die Kuppe, auf der das Haus und die Scheune standen, senkte sich ab zu Feldern und Weidengehölzen. Dahinter ein Teich. In der

Nähe des Hauses befand sich ein Stück unbebautes Land, eine sanft geneigte Hügellehne – gerade zog ein Wolkenschatten darüber –, eingezäunt mit nagelneuem, in der Sonne funkelndem Maschendraht. An einem Zaunpfahl hing ein Kassettenrecorder und dröhnte Vivaldi.

Gemeinheit erhob sich sofort, als Edwards nahte. Mark, der zerlumpte Shorts trug (einstmals eine lange Bluejeans), pflanzte Tomatenstauden. Er reagierte nicht so schnell wie der Hund, drehte erst nach einer Weile den Kopf. Sein Rücken war rot und verschwitzt, sein Haar lang im Nacken.

»Mark? Jim Edwards.«

Der junge Mann richtete sich geschmeidig auf, und Edwards, der ihn seit Ende Februar nicht mehr gesehen hatte, empfand eine gewisse Nervosität, eine Art Knick in der Optik, das Gefühl, nicht klar zu sehen im grellen Licht. Marks Körperbeschaffenheit verblüffte ihn. Er war immer schon gut gebaut gewesen, athletisch wie ein Sportler. Doch jetzt traten die wichtigsten Muskelgruppen noch deutlicher, ausgeprägter, massiver hervor. Und die Leibesmitte glich einem Band aus Stahl. Offensichtlich hatte er mit Gewichten trainiert. Er schien auch größer zu sein, obwohl er keine Schuhe anhatte – sieben bis zehn Zentimeter größer.

Mark kam Edwards entgegen. Und nun merkte der Arzt, daß er sich nicht geirrt hatte: der Junge war tatsächlich größer. Edwards fühlte sich ziemlich verwirrt. Als hätten ihn die Krankenhauswände, der Anblick leidender oder zumindest noch nicht gesunder Menschen allzu lange beengt. Dieser Tag mit seiner Weite, der Frühling, der Geruch der umgegrabenen Erde – all das hatte eine benebelnde Wirkung. Der Doktor schüttelte den Kopf, wie um etwas Unangenehmes loszuwerden. Mark kam ihm nicht mehr wie ein Junge vor. Sein Gesicht war um zehn Jahre gealtert, ein wenig gezeichnet sogar, aber auf eine gute, männliche Art – es entwickelte Charakter. Er hätte Edwards' älterer Bruder sein können: viel reifer allerdings als Edwards, und seine schwarzen Augen waren wie Brunnen der tiefsten Erfahrungen und Erkenntnisse, die ein Mensch machen kann.

»Dr. Edwards? Was ist?«

Sein Lächeln war strahlend und hinreißend wie immer. Edwards gewann sein inneres Gleichgewicht wieder.

»Nichts weiter. Sie – Sie sehen sehr gut aus.«

»Ich fühle mich auch so.« Mark hielt die lehmigen Finger hoch. »Kann Ihnen leider nicht die Hand geben – ich habe den ganzen Tag im Garten gearbeitet. Könnten Sie mir mal bitte den Schlauch da reichen?«

Edwards griff nach dem Gartenschlauch, der an einem Leitungshahn vor der Scheune angeschlossen war und sich in langen Windungen von dort bis zum Zaun ringelte. Mark richtete den Wasserstrahl auf sich, wusch seine Hände, Beine und Füße. Er zog ein T-Shirt über und bog ein Stück Zaun zurück. Durch diese Lücke waren er und Gemeinheit in den Garten geschlüpft.

»Wie geht's?« fragte er den Doktor mit einem raschen Seitenblick. Es klang ungezwungen, ja familiär. Bei ihrer letzten Begegnung war er noch hie und da über ein Wort gestolpert, hatte so behutsam formuliert wie jemand, der eine ihm fremde Sprache zu meistern versucht. Eine gewisse Zurückhaltung hatte Mark freilich nicht aufgegeben – Vorsicht vielleicht. Es war sein Wunsch gewesen, nicht mehr ins Krankenhaus zu kommen, keine Tests mehr mit sich durchführen zu lassen, auch solche nicht, die ihm möglicherweise zur Erinnerung an seine Vergangenheit verholfen hätten. Edwards hatte widerwillig zugestimmt und insgeheim gehofft, sein Patient werde es sich bald anders überlegen.

»Danke«, sagte Edwards. »Mir geht es gut. Ich war gerade hier in der Gegend – und ich wollte ja mit Ihnen in Kontakt bleiben. Wie läuft's mit dem Lesen? Kommen Sie voran?«

Mark nahm den Kassettenrecorder vom Zaunpfahl und schaltete ihn aus. »›Ein schweres Wetter im Leib/Ist feucht und trocken; die Lebenden, die Toten/Sie huschen wie Gespenster vor dem Aug'.‹«

»Hört sich an wie Dylan Thomas.«

»Genau.«

»Ihr Gedächtnis scheint also einwandfrei zu funktionieren. Bis auf einen Punkt.«

»Ja, bis auf einen Punkt«, bestätigte Mark gleichgültig. »Kommen Sie mit ins Haus – zischen wir ein Bierchen. Barry wird bald zurück sein. Ich weiß, daß sie Sie gern sehen würde.«

Mark ließ Edwards und den Hund im Wohnzimmer zurück, rief Mrs. Aldrich etwas zu, ging pfeifend die Treppe hinauf und erschien nach ein paar Minuten wieder. Er hatte sich die Haare gebürstet und ein frisches, gestreiftes Hemd angezogen. Und er forderte den Doktor sofort zu einem Darts-Match auf. Er schien wirklich zu bersten vor Vitalität. Mit flüssigen, natürlichen Bewegungen warf er seine Pfeile und traf viermal ins Schwarze. Dann sank er zufrieden in einen Sessel an einem Lesetisch, auf dem stapelweise Bücher lagen. Die Fenster waren offen, eine leichte Brise wehte herein, die ganze Üppigkeit eines Maiennachmittags. Gemeinheit tappte zu Mark und legte sich ihm zu Füßen. Mark kraulte ihn hinter seinen großen, wie ausgefranst wirkenden Ohren. Gemeinheit ließ zufrieden einen fahren.

»Oh dieser Hund!« sagte Mark gutmütig.

»Haben Sie Ihrem Arzt etwas zu berichten?« erkundigte sich Edwards. »Wie steht's mit dem Appetit? Schlafen Sie gut?«

»Aber sicher. Zwei Stunden pro Nacht.«

»Was? Sie schlafen nur zwei Stunden?«

»Mehr brauche ich nicht. Als wir uns das letzte Mal gesehen haben, habe ich noch mein halbes Leben verpennt. Und ich will so viel machen, daß ich nicht weiß, woher ich die Zeit nehmen soll.«

Mrs. Aldrich brachte ein Tablett mit zwei Krügen und zwei Flaschen Bier mit Schnappverschluß.

Edwards vermerkte staunend, daß sie lächelte. »Mark, mögen Sie gegrillte Pilze? Wenn Sie Hunger haben, mach ich welche.«

»Das wäre riesig.« Er drehte die Augen zu ihr, dann den Kopf, spielerische Maniriertheit eines Bilds von Mann, aber da war auch noch etwas anderes – eine gerissene Art von beiläufigem Sexappeal, und sie schien richtig dafür zu schwärmen. »Danke, Mrs. Aldrich.«

»Wenn Sie sonst noch was brauchen«, meinte sie, öffnete eine Flasche und schenkte den beiden Männern Bier ein, »dann sagen Sie mir Bescheid.«

Edwards stand gegen den Kaminsims gelehnt und hob sein Glas auf Marks Wohl. Mark prostete ihm zu und nahm einen tiefen Schluck.

»Da sieht man mal wieder, wie man sich irren kann«, sagte der Doktor. »Ich hatte befürchtet, daß ich Sie vielleicht in einer etwas depressiven Verfassung antreffen würde.«

»Wieso?«

»Weil Menschen, die an Gedächtnisschwund leiden, oft eine Art zweites Trauma erleben, die sogenannte Depersonalisation.« Mark runzelte die Stirn. »Das ist ein Gefühl der Unwirklichkeit, die Anmutung, nicht zur Welt zu gehören.«

»Aha.« Mark stand auf, stieg über den Hund, schnappte sich unruhig die Pfeile und warf sie wieder nach der Zielscheibe. »Es stört mich nie«, sagte er nach einem kurzen Schweigen. »Ich meine, daß ich nicht weiß, wer ich war und woher ich komme. Ich weiß, wo ich *jetzt* bin, und das genügt mir.«

Als er keine Pfeile mehr in der Hand hatte, beugte er sich über den Lesetisch und ging die Bücher durch, die mit Merkzeichen – von Notizblöcken abgerissenen Papierstreifen – gespickt waren. Schließlich hatte er gefunden, was er suchte. Er schlug das Buch auf, ließ den Blick über die Zeilen wandern, die er schätzte, und las eine von ihnen vor.

»›Ich lebe nicht in mir, jedoch ich werde/ein Teil von dem was um mich ist.‹« Er legte das Buch aus der Hand und lächelte Edwards an. »Barry und ich haben neulich Byron gelesen. Der helle Wahn. Mögen Sie die Romantiker?«

»Ja. Aber ich bin in letzter Zeit kaum zum Lesen gekommen. Nun – äh –, ich habe von einem neuen Verfahren gehört, bei dem es unter anderem um die Synthese von Gehirnproteinen geht. Und das könnte vielleicht in Ihrem Fall zur Anwendung gelangen –«

Mark schüttelte den Kopf. »Nein. Das ist vorbei. Ich möchte keine Tests mehr machen. Warum sollte ich auch? Ich bin ja schließlich nicht krank.«

»Wir wissen so gut wie nichts über die Art Amnesie, die Sie haben. Wir wissen auch nicht besonders viel über das menschliche Gehirn. Und ich möchte es wirklich nicht versäumen, einen kleinen Beitrag zu diesem schmalen Wissen zu leisten. Sie, Mark, könnten der Medizin möglicherweise die Antwort auf eine hochinteressante Frage liefern.«

»Auf welche denn?«

»Ob der Geist eine Funktion des Gehirns ist oder etwas völlig anderes – so wie die Seele zum Beispiel. Die Fortschritte, die Sie gemacht haben, sind phänomenal. Sie sprechen fließend und drücken sich gut aus, Sie können wieder lesen, Sie haben einen Sinn für die philosophischen Tiefen des Lebens. Und doch gab es vor fünf Monaten einen Punkt, da hat Ihr Gehirn überhaupt nicht funktioniert, da war Ihre Hirnstromkurve auf Null.«

»Ich bin aus dem Nichts gekommen«, sagte Mark ironisch. »Und ich war ein Nichts.«

»Das dürfte kaum zutreffen. Irgendein physiologischer Mechanismus, den wir noch nicht kennen, hat die Erinnerung an Ihre gesamte Vergangenheit blockiert. Ich wüßte gern mehr darüber. Und Sie – Sie interessieren sich doch sonst für alles. Warum wollen Sie gerade das nicht wissen?«

Mark nahm einen tiefen Schluck aus seinem Bierkrug und seufzte wohlig. Trotzdem wirkte er ein kleines bißchen unsicher, ja verwirrt.

»Sie haben einen Namen«, fuhr der Doktor fort. »Gut, aber wie sind Sie dazu gekommen? Woher wollen Sie wissen, daß ›Mark Draven‹ nicht ein Zufallsprodukt ist, eine Buchstabenkombination, auf die Sie unversehens beim Scrabblespielen gestoßen sind?«

»Der Name paßt jedenfalls zu mir. Und mir gefällt er.« Mark starrte Edwards an. »Ich möchte Spaß am Leben haben, nichts weiter. Und – was ist schon dabei? Barry versteht das.«

»Ich dachte mir doch, daß jemand da ist – ich habe Stimmen gehört«, sagte Tom Brennan von der Tür her.

Edwards drehte sich um. Er hatte mit Tom schon am Telefon gesprochen, aber begegnet war er ihm bisher noch nie. Der Maler sah krank aus, älter, als er es sich vorgestellt hatte. Seine Haare waren ungepflegt. Er trug einen ausgeleierten Pullover, Hauslatschen und ungebügelte Hosen.

»Gut geschlafen, Tom?« fragte Mark.

»Zu lange«, sagte Tom. Er fuhr sich übers Haar. »Wie spät ist es?«

»Kurz vor drei. Tom, das ist Dr. Edwards.«

Tom nickte. Edwards schüttelte ihm die Hand, die trocken und kalt war und mehr an eine Klaue erinnerte. Der Maler hatte eingefallene Wangen. Unter seinem Adamsapfel befand sich eine Kerbe von der Größe eines Golfballs.

»Nett, Sie auch mal persönlich kennenzulernen«, sagte Tom und fing an zu husten.

»Nicht so ganz auf dem Damm?« erkundigte sich der Doktor.

»Ich – ich habe mir gegen Ende des Winters so 'ne verdammte Grippe geholt«, erklärte Tom. »Und ich bin sie einfach nicht mehr losgeworden.« Er wandte den Blick zu seinem Hund. »Da bist du ja, Gemeinheit. Wo warst du denn den ganzen Tag? Na komm mal her.«

Er schnippte mit den Fingern. Der Hund hob den Kopf, rührte sich aber nicht von seinem Platz zu Marks Füßen. Tom schaute fast bestürzt drein.

»Was sind denn das für neue Sitten? Sonst kann man kaum einen Schritt machen, ohne auf ihn zu treten.«

Das Sprechen schien ihm Mühe zu bereiten. Seine Stimme wurde zunehmend leiser – ein heiseres Flüstern. Mark gab dem Hund einen aufmunternden Klaps auf das Hinterteil.

»Los, Gemeinheit. Geh zu Tom.«

Der Hund stellte sich auf die Pfoten und tappte zu seinem Herrn.

»Soll ich dir einen Whisky bringen, Tom?«

»Ich könnte schon einen vertragen«, meinte Tom. »Und Sie, Doktor?«

»Danke, mir nicht«, sagte Edwards und nahm einen kleinen Schluck von seinem Bier. Er betrachtete Tom unauffällig, aber gründlich. Nichts deutete auf Fieber hin. Sein Händedruck war zwar nicht fest gewesen, doch gezittert hatte die Hand auch nicht. Tom Brennan sah erschöpft aus, merkwürdig verbraucht, und Edwards dachte an andere Erklärungsmöglichkeiten als die Grippe.

»Wer ist Ihr Hausarzt?«

»Dr. Kesselring in Pound Ridge.«

»Den kenne ich. Ein sehr fähiger Mann. Und – was sagt er?«

»Daß ich da einen Grippevirus erwischt habe, bei dem man nicht viel machen kann. Ist zwar selten, sagt er, aber das gibt's ab und zu. Er meint, ich würde allmählich wieder zu Kräften kommen. Bloß geht das jetzt schon über einen Monat so, und ich fühle mich einfach nicht besser, verdammt noch mal! Eher schlechter. Und ich bin so müde, daß ich dauernd schlafen könnte.«

»Behalten Sie Ihr Essen bei sich?«

»Schon. Aber ich habe nur selten Appetit.« Tom blickte dem Doktor zum ersten Mal direkt in die Augen. Es war, als hätte er bisher Angst davor gehabt. »Sagt Ihnen das was?«

Edwards lächelte unverbindlich. »Haben Sie vielleicht irgendwelche Symptome noch gar nicht erwähnt? Rückenschmerzen? Oder Schmerzen in der Brust? Kommt da Blut mit, wenn Sie husten?«

»Nein.«

»Haben Sie Schwierigkeiten beim Wasserlassen?«

»Nein.«

»Wenn Sie mal zu einem anderen Arzt gehen wollen – ich kann Ihnen die Adresse eines guten Internisten geben.«

»Vielleicht sollte ich das wirklich machen. Ich glaube, Kesselring hat es als selbstverständlich betrachtet, daß sich so was bei mir wieder ganz von alleine legt. Schließlich bin ich vor dieser Geschichte zwanzig Jahre lang nicht krank gewesen – nicht *einen* Tag. Aber jetzt hat's mich richtig umgehauen.«

»Wann hast du das letzte Mal Urlaub gemacht?« fragte Mark und stellte Tom ein Glas Whisky hin.

»Ich brauche keinen Urlaub«, sagte Tom unwirsch. Er setzte sich in einen Sessel, ließ sich so langsam und vorsichtig nieder, als sei er sehr viel älter und gebrechlich obendrein. Etwas beschämt wegen seiner rätselhaften Schwäche, senkte er den Kopf und betrachtete den Whisky in seinem Glas.

»Vielleicht ist das die Lösung«, meinte Edwards. »Tapetenwechsel.«

Tom stärkte sich mit einem Schluck Whisky. »Ich weiß nicht. Wenn ich wieder arbeiten könnte – das wäre mir eine große Hilfe. Mehr habe ich eigentlich nie gebraucht.«

Mark zog ein Skizzenbuch unter seinem Arm hervor. »Schaust du dir die Sachen mal bitte an, Tom?«

Tom nahm noch einen Schluck Whisky, behielt ihn eine Weile im Mund und schlug das Skizzenbuch auf. Edwards sah ihm neugierig über die Schulter. Viele Porträts – hauptsächlich von Barry. Offenbar war das Skizzenbuch die Frucht von mehreren Wochen Arbeit. Die ersten Zeichnungen konnte man schwerlich gelungen nennen. Sie waren unoriginell, banal gemacht, und bei keiner stimmte die Perspektive. Aber dann wurden die Formen allmählich besser, keimte Leidenschaft auf, entwickelte sich Stil: und die letzte Zeichnung sprang einen richtig an, beschwor die seltsame Schönheit dieses Mädchens. Sie zeigte Barry im Profil, die Lidränder geschwärzt, die Haare fließend. Die Darstellung war verschmolzen mit der mithraischen Form eines Stiers: faszinierend genug, um den Puls zu beschleunigen. Die späteren Zeichnungen waren mit einem großen und schwungvollen, ja gewalttätigen *M* signiert.

»Haben Sie die gemacht, Mark?« fragte der Doktor.

»Ja.«

»Du kommst voran«, murmelte Tom und fuhr sich mit den Fingern über die Lippen, als müsse er verhindern, daß sie zu beben begannen; seine Geste hatte etwas Angstvolles. Er blickte zu Edwards auf. »Bei Mark habe ich mich geirrt wie noch nie. Als er die erste Zeichnung gemacht hat, sagte ich mir, der Junge hat keinen Funken Talent.«

»Und wann war das?«

»Im Januar«, antwortete Mark. Er hatte sich in einen Sessel gelümmelt, die Arme verschränkt, und lächelte strahlend.

»Das nenne ich Fortschritt«, sagte Edwards. Er staunte über das Talent, das sich in diesem Skizzenbuch offenbarte.

»Ich habe eben gearbeitet. Weiter nichts. Und ich zeichne gern. Sehr gern.« Tom legte das aufgeschlagene Skizzenbuch in seinen Schoß und ließ die Augen darauf ruhen.

»Du bist jetzt soweit, daß du was Neues versuchen kannst. Gouache vielleicht. Oder Öl.«

»Ich habe mit einer Landschaft in Tempera angefangen«, sagte Mark selbstsicher.

Tom schüttelte den Kopf. »Nein, nein. Für Anfänger ist das eine zu schwierige Technik. Ich habe Jahre gebraucht, bis ich wirklich das Gefühl dafür hatte.«

»Barry hat mir gezeigt, wie man das Ei und die Pigmente mischt. Ich habe viel gearbeitet. Nachts. In deinem Atelier, Tom. Du hast gesagt, du hättest nichts dagegen.«

Es war offenkundig, daß diese Vorstellung Tom schockierte. Anscheinend versuchte er, sich an das fragliche Gespräch zu erinnern, an seine Einverständniserklärung. Doch nach einer kleinen Weile gab er es achselzuckend auf.

»Nein, ich habe auch nichts dagegen. Überhaupt nicht. Ich muß bloß wieder anfangen, selber was zu machen, aber ich...«

Er schlug eine leere Seite in Marks Skizzenbuch auf und griff nach einem Bleistift, der mitsamt einem Bündel anderer Stifte in einer Vase stand. Mrs. Aldrich brachte ein Körbchen gegrillte Pilze. Mark und der Doktor bedienten sich; Tom winkte ab. Zusammengekrümmt saß er da, gleichsam um Inspiration bettelnd, die Augen nachdenklich auf das weiße Papier geheftet. Er unternahm einen Zeichenversuch, hielt inne, verzog das Gesicht, merkte sehr wohl, wie dürftig seine Hervorbringung war. Was er vorgehabt hatte, ließ sich nicht erkennen. Er blickte auf, und einen Moment lang stand die nackte Panik in seinen Augen.

»Früher gab es keinen Tag, an dem ich nicht einen Bleistift oder einen Pinsel in der Hand hatte und was gezeichnet habe. Und jetzt – es ist wirklich ein saublödes Gefühl.«

Mit der linken Hand faßte er sich an den Kopf. Dann tippte er leicht gegen die Bleistiftspitze.

»Es läuft einfach nichts von da nach da. Komisch, wie?«
»Alle Künstler sind doch von Zeit zu Zeit blockiert, oder?«
»Ich denke schon.« Tom legte den Bleistift weg, gab Mark das Skizzenbuch zurück und langte nach seinem Whiskyglas, das Mark zuvorkommend wieder aufgefüllt hatte.

»Tom«, sagte Mark, »ich habe die Tomatenstauden jetzt fast alle eingepflanzt. Morgen fange ich mit den Bohnen an.«

»Und mit den Kürbissen. Vergiß die Kürbisse nicht. Morgen – verdammt noch mal, ich könnte ja auch den Hintern aus dem Bett lüpfen und dir helfen.«

»He, super!«

Tom trank einen Schluck Whisky. Sein Körper straffte sich, als wollte er ein Kältegefühl von innen abwehren, einen Schmerz, der eher geistiger als leiblicher Art war.

»Ziemlich frisch hier. Vielleicht geh ich jetzt mal ein bißchen nach draußen, an die Sonne.«

»Warte. Ich komme mit.« Tom hatte sich bereits zum Aufstehen angeschickt. Doch nun sank er gehorsam in seinen Sessel zurück. Mark warf Edwards einen raschen Blick zu.

Der Doktor verstand den Wink sofort. »Ich muß auch los«, sagte er.

»Ich bringe Sie zum Wagen. Bin gleich wieder da, Tom.«
»Nein, nein, laß dir nur Zeit«, meinte der Künstler ausdruckslos.

Auf dem Weg zur Haustür fragte Mark mit gedämpfter Stimme: »Glauben Sie, daß irgendein Grund zur Besorgnis besteht?«

»Schwer zu sagen. Es gibt tatsächlich Grippeformen, die sehr hartnäckig sind. Und dann braucht der Körper eben seine Zeit, um damit fertig zu werden.«

»Das habe ich Barry auch gesagt.« Er ging mit Edwards nach draußen, schaute einer Hummel nach, die im Zickzack über blühendes Springkraut flog. Und plötzlich schnellte er hoch, um die Flügelspitze des Bronzeadlers oberhalb der Lampe über der Tür zu berühren – vom Boden bis dort waren es mehr als drei Meter. Locker landete er wieder auf den Füßen, brummte zufrieden, betrachtete das rot und schwarz lackierte Auto hinter dem Chevrolet.

»Ihr Wagen, ja? Was ist das für einer?«
»Ein Porsche.«

»Die sind schnell, nicht? Barry bringt mir gerade das Fahren bei. Und was ich mag, das ist Tempo.« Seine rechte Hand schoß vor, Handfläche nach unten. »Wrrumm.«

Edwards war erheitert. Mark hatte etwas Einschüchterndes – seine mächtige Gestalt, seine geistige Leistungsfähigkeit, sein Talent. Doch daneben – in der hin und wieder banalen Wortwahl zum Beispiel (»He, super!«) – hatte er etwas fast Pubertäres.

»Vielen Dank für das Bier, Mark. Und falls Sie es sich doch noch anders überlegen –«

»Nein. Sicher nicht.« Mark schüttelte Edwards die Hand. Es tat weh. Anscheinend keine Absicht seinerseits. Dann sagte er verbindlich, aber kühl: »Barry und ich würden Sie bitten, nicht mehr hierher zu kommen.«

Wieder hatte Edwards dies verwirrende Gefühl der Ablösung von der Realität: als spräche er mit einem etwas unheimlichen Fremden, der da plötzlich im Garten aufgetaucht war, um an Herrn Unbekannts Stelle zu treten. Er bog und streckte unauffällig seine schmerzende rechte Hand.

»Na schön. Aber vergessen Sie bitte trotzdem nicht, daß ich immer für Sie da bin, wenn Sie mich brauchen.«

Mark sagte nichts mehr. Er stand nur gegen den Türpfosten gelehnt und betrachtete Edwards mit leicht desinteressiertem Blick. Er fuhr sich mit der Hand durchs üppige Haar. Hinter ihm tauchte nun Gemeinheit auf, legte sich hin und winselte. Mark lächelte, ging nach drinnen. Der Hund stand auf, und Mark faßte ihn bei den Vorderpfoten und tanzte mit ihm im Kreis herum.

Edwards blieb vor seinem Porsche stehen, zog eine Visitenkarte aus der Tasche, schrieb auf die Rückseite: LIEBE BARRY, TUT MIR LEID, DASS ICH SIE NICHT ANGETROFFEN HABE, machte einen Kreis um seine neue Telefonnummer und lief zur Haustür zurück. Er steckte die Visitenkarte hinter das Schild über der Klingel. Dann wollte er sich zum Gehen wenden, aber nun hörte er Tom Brennan weinen.

Und Mark sagte in scharfem Ton: »Laß das, Tom!«

Was Tom unter Tränen antwortete, war nicht zu verstehen.

»Es beunruhigt Barry, wenn sie dich weinen sieht. Und du möchtest sie doch nicht unglücklich machen, oder?«

»Nein.«

»Barry ist *sehr* glücklich. Wir wollen beide, daß sie es auch bleibt.«

»Ich bin krank. Ich bin krank. Ich weiß nicht, was mit mir los ist. Warum fühle ich mich so mies?«

»Das hört schon wieder auf, Tom. Bald.«

»Glaubst du?«

»Ja. Ich bin sicher.«

Edwards spürte ein Kribbeln im Nacken, als kröchen dort Würmer. Er hatte Ärzte, die er nicht gerade bewunderte, genau diesen Ton anschlagen hören, wenn sie mit todgeweihten Patienten sprachen.

»Ich wollte – ich wollte, ich könnte wieder mal einen ganzen Tag malen. Gut malen. *Warum kann ich das nicht mehr?* Gott im Himmel, ich wünsche mir nur eins: wieder malen können oder sterben!«

»*Wünschen allein führt zu nichts*«, erwiderte Mark, und für Edwards klang das wie ein Zitat, etwas Aufgeschnapptes, Angelesenes. »Na, nun mach schon, Tom. Hoch mit dir. Wir gehen spazieren. Du mußt ein bißchen an die frische Luft. Dann kannst du auch besser schlafen.«

»Ich will aber nicht schlafen!« schrie der Künstler. »Weil mich das Aufwachen so hart ankommt!«

Marks Stimme war jetzt beschwichtigend, geduldig. »Barry ist bald wieder da. Komm mit und schau dir den Garten an. Das wird der tollste Garten, den wir je hatten.«

Edwards hatte das Gefühl, entschieden zu lange geblieben zu sein. Er trat von der Tür zurück, denn sie stand ein Stück weit offen, wenn auch in einem solchen Winkel, daß man ihn vom Wohnzimmer aus nicht sehen konnte. Dann drehte er sich um und ging über den knirschenden Kies zu seinem Wagen, der ihm soviel Freude machte. Im Augenblick war seine Freude allerdings getrübt, störte ihn sogar die Pracht dieses strahlenden Frühlingstages. Herr Unbekannt hatte ihm die Laune verdorben. Der arme Herr Unbekannt ohne Zuhause, der sich jetzt hier wie zu Hause fühlte, und mehr als das – mit einem neuen Namen und der satten, selbstzufriedenen Attitüde eines in vermögende Verhältnisse hineingeborenen Mannes, mit einer Besitzerhaltung, die weit über bloße Unverschämtheit hinausging.

Vielleicht wußte Mark Draven mehr von sich, als er preisgab. Und vielleicht hatte er beschlossen – sei es der Bequemlichkeit halber oder aus anderen, triftigeren Gründen –, sich nicht erinnern zu *wollen*.

Edwards öffnete die Wagentür, sah im Seitenspiegel kurz sein Gesicht (ein etwas schmieriges Grinsen), dann im Hintergrund das schöne alte Haus mit seinen Schindeln und seinen gemauerten Steinen, mit seinen mächtigen Kaminen und seinen soliden Balken. Er hatte gehört, einige Teile des Gebäudes seien an die dreihundert Jahre alt. Und die Eichen auf dem Grundstück hatten einen Umfang, der auf ein ähnliches Alter schließen ließ. Doch, dieses Haus hatte mit Würde und Charakter die Zeiten überdauert. Auch ließ sich eine gewisse Heiterkeit in der Umgebung nicht leugnen: Sonnenstrahlen, blühende Obstbäume, und munter zwitschernde Vögel.

Der Doktor war deprimiert und verärgert über sich selbst und die verzerrte Sicht der Dinge, die er diesem Hauswesen aufzupfropfen versuchte. Vielleicht handelte es sich nur um gekränkte Eitelkeit. Denn er wußte sehr wohl, daß die erstaunlichen Fortschritte, die der vormalige Herr Unbekannt in den vergangenen vier Monaten gemacht hatte, nicht sein Verdienst waren. Und wenn er schon glaubte, hier stimme etwas nicht, dann lag das wohl an einer schrulligen Fehlinterpretation seinerseits. Tom Brennan war durch eine hartnäckige Grippe geschwächt, nichts weiter – Mark arbeitete im Garten und las die romantischen Dichter, Mrs. Aldrich litt mit dem Publikum der TV-Schmonzetten im Nachmittagsprogramm und bereitete in der Küche herrliche Gerichte zu.

Und Barry – Mark hatte es ja gesagt – Barry war glücklich. Sehr glücklich.

23.

»Sind Sie das, Barry? So trifft man sich wieder!«

Barry hatte gerade in der Milch-und-Käse-Abteilung des Supermarkts versonnen einen Einkaufszettel betrachtet und Mrs. Aldrichs schleifenreiche Handschrift zu entziffern versucht, deren Buchstaben fast alle gleich aussahen. Wie sollte man da *o* und *e* auseinanderhalten und auch noch *d* von *l* unterscheiden? Sie drehte sich verwirrt um, aber niemand blickte oder kam ihr entgegen. Nun wandte sie sich in die andere Richtung und sah Alexandra Chatellaine, einen Einkaufskorb über dem bloßen, gebräunten Arm, die durch den Gang mit den Fertigprodukten auf sie zusteuerte. Ihre klugen Augen waren so grün wie die hinter ihr auf einem Kasten aufgeschichteten Hülsen voll frischem Mais.

»Hallo, Alexandra.«

Sie lief ohne den gewohnten und vertrauten schwarzen Spazierstock, hielt den Kopf so aufrecht wie immer. Und sie vereinigte viele Blicke auf sich dank einer Aura von geheimnisvollem und ungewöhnlichem Wohlbefinden, das durch göttliche Gnade ihr Alleinbesitz zu sein schien.

»Sie sehen gut aus, Barry. Und Farbe haben Sie ja auch schon, viel sogar für diese Jahreszeit!«

»Ich bin seit einem Monat jeden Tag draußen. Hoffentlich bleibt das Wetter so schön. Und wie geht es Ihnen?«

»Ich bemühe mich immer noch, das Klassenziel in der Schule des Lebens zu erreichen.« Barry lächelte höflich. »Wollen wir zusammen einkaufen? Ich brauche sehr wenig, aber alleine ist es so langweilig, und alle sehen sie hier gleich aus – ganz benommen von den Preisen und von dieser Dauerberieselung mit sanfter Musik.« Alexandra langte an Barry vorbei nach einem halben Pfund Butter und legte es in ihren Korb. »Wie geht es Ihrem jungen Mann? Macht er Fortschritte?«

»Und wie! Sie sollten ihn jetzt mal sehen! Übrigens – er heißt Mark. Mark Draven.«

»Das ist wirklich ein Fortschritt. Und an was erinnert er sich?«

»An nichts.«

»Bemerkenswert. Eine *Tabula rasa*, der eine völlig neue Persönlichkeit – wie ich vermute – aufgeprägt worden ist.«

»Er ist einer der intelligentesten Menschen, die ich kenne. Und er ist *sehr* begabt. Er wird Maler werden. Das wünscht er sich mehr als alles andere.«

»Und natürlich sieht er immer noch so gut aus wie im Krankenhaus, wo er ja deswegen der Hahn im Korb war.«

»Mmhmm«, sagte Barry mit kaum verhohlener Begeisterung. Sie tat Milch und Eier in ihr Einkaufswägelchen. Dann ging sie mit Alexandra zum Fleisch. Alexandra nahm ein halbes Pfund Kalbsleber, Barry ein Dutzend Lammkoteletts und zwei Brathähnchen.

»Ich hoffe, Ihrem Vater geht es auch gut.«

»Nein, in letzter Zeit gar nicht.«

»Das tut mir aber leid.«

»Es ist eigentlich nichts Schlimmes – er hatte Grippe, und jetzt ist er immer noch etwas wacklig auf den Beinen. Und – und er war auch irgendwie deprimiert in letzter Zeit. Er weiß nicht, was er mit sich anfangen soll, wenn er nicht arbeitet. Für Samstagabend habe ich ein paar Freunde von ihm zum Essen eingeladen – das wird ihn sicher aufheitern.« Mit einiger Verspätung (Alexandra tat so, als hätte sie es überhaupt nicht gemerkt) fügte Barry hinzu: »Sie müssen natürlich auch kommen, wenn Sie nichts anderes vorhaben.«

»Gern.«

Eine Packung brauner Reis, eine große Flasche Mineralwasser ohne Kohlensäure, etwas Frischgemüse und ein paar Toilettenartikel – Alexandra hatte ihre Einkäufe rasch erledigt. Aber sie ging noch mit, bis Barry mit ihren fertig war, stand mit ihr an der Kasse an, begleitete sie nach draußen und redete und redete, als habe sie wochenlang mit keiner Menschenseele gesprochen. Barry hörte mit halbem Ohr zu, nickte geduldig und begriff allmählich, daß Alexandra mehr vorhatte, als bloß ihre Zeit zu verplaudern. Ihre nicht gerade beiläufigen Fragen zu Mark und zu ihrer Beziehung grenzten an ein Verhör. Barry war unangenehm berührt; sie begann ausweichend zu antworten – oder gar nicht.

»Hört sich so an, als sei er der ideale Mann für Sie«, meinte Alexandra schließlich summarisch und verabschiedete sich von Barry.

Alexandra trug ihre paar Sachen zu dem Moped, mit dem sie die fünfzehn Kilometer von zu Hause bis zum Supermarkt gefahren war. Barry verstaute ihre Tüten im Volvo. Es war kurz vor vier. Barry hielt sich schon seit Mittag in der Stadt auf. Erst war sie beim Zahnarzt gewesen, dann bei den Copperwells. Und jetzt wollte sie wirklich nach Hause und mit Mark zusammen sein.

Doch als sie langsam auf die Ausfahrt des Parkplatzes zurollte, sah sie Alexandra völlig konsterniert neben ihrem Moped stehen; sie fuhr zurück und fragte, was denn los sei mit dem Moped.

»Es springt nicht an«, sagte Alexandra.

Barry ließ den Motor des Kombis laufen und stieg aus. Sie hatte mit vierzehn ein Mofa gehabt, es aber bei einem ziemlich gefährlichen Unfall zu Schrott gefahren; und danach hatte sie allen Zweirädern abgeschworen. Sie probierte es mit sämtlichen Tricks, die sie kannte. Das Moped sprang trotzdem nicht an.

»Vielleicht kein Benzin mehr.«

»Meinen Sie? Könnte sein, ja – es fährt ewig und drei Tage mit vier Litern, und ich vergesse oft nachzutanken.« Der Benzinstandsanzeiger funktionierte nicht. Also steckte Alexandra einen Selleriestengel in den kleinen Tank. Er war halbvoll.

»Ach je. Da muß irgendwas Größeres kaputt sein.«

Alexandra konnte natürlich nicht mit dem Moped nach Hause strampeln, das war Barry klar, und obwohl sich ihre Rückkehr nun noch mehr verzögerte, wäre es gemein gewesen, die alte Dame einfach hängenzulassen.

»Wir können das Moped wohl in den Volvo packen. Ich fahre Sie nach Hause. Aber wer repariert es Ihnen?«

»Das ist kein Problem. Der Sohn des Gärtners ist ein technisches Genie. Er hat schon mal etwas für mich repariert, meinen Toaster, und ich habe ihn dafür gelehrt, wie man richtig atmet – er hat Akne, und diese Atemtherapie hat wahre Wunder gewirkt.«

Jemand vom Supermarkt half Barry beim Einladen des Mopeds. Es war nicht besonders schwer, aber ziemlich sperrig, und es brauchte einiges an Platz im Wagen, der erst freigeräumt werden mußte.

Das Kinbote-Gut bestand aus dreißig Morgen botanischer Eleganz, mittendrin eine 65-Zimmer-Villa aus getüpfeltem grauen Granit (er erinnerte Barry an Grabsteine). Auf dem Gelände befanden sich mehrere Häuschen. Und in einem von ihnen, einen Katzensprung von eben dem Bach entfernt, der auch durch das Brennansche Anwesen floß, wohnte Alexandra. Barry zerrte das Moped aus dem Volvo und rollte es in den Vorraum des Häuschens. Dort stellte Alexandra es meistens ab. Das Häuschen hatte einen spitzen Giebel, ein kleines Schlafzimmer, ein Wohnzimmer mit hoher Decke und eine Küche, in der man sich kaum umdrehen konnte, ohne sich irgendwo die Ellenbogen aufzuschürfen.

Alexandra wollte unbedingt Tee kochen, und Barry ließ sich nicht lange um eine Ausdehnung ihres Aufenthalts bitten: es gab hier auf engem Raum eine Menge zu sehen, eine reiche Fülle von asiatischer Kunst. Brokatvorhänge sperrten die Sonne aus und schufen ein Licht wie im Inneren einer Kirche – ein Kronsbeerenrot, in dem goldene Stäubchen tanzten. Alexandra hielt etliche kleine Vögel in üppig verzierten Käfigen und ein paar Katzen mit grauem Fell, das soutanenähnlich locker saß. In flachen Kohlenpfannen brannte Weihrauch und verursachte Barry ein fast schmerzhaftes Nasenjucken.

Aber der Tee war gut, von rötlicher Farbe, säuerlich und belebend – er schien jede Zelle ihres Körpers wohltuend zu durchströmen. Aus einem lackierten Schrankkoffer mit soviel Geheimfächern wie das Bühnenzubehör eines Zauberers holte Alexandra Erinnerungsstücke aus den Jahren, die sie in Barry kaum dem Namen nach bekannten Gegenden verbracht hatte: Bhutan, Sikkim, Kham. Sie zeigte ihrer Besucherin eine Maske aus Leder, darauf aufgemalt die Züge einer sinnlichen Frau mit leicht schräg gestellten Augen. Diese Maske war als Gesichtsschutz bei langen Ritten durch Steppen gedacht, in denen peitschende Winde Sand und Staub aufwirbelten. Barry verliebte sich geradezu in ein Paar hohe, schneeweiße Stiefel aus tibetischem Filz mit dicken roten Sohlen und kunstvollem Schnurbesatz. Und ebenso gut gefielen ihr eine Art Bolerojacke aus Leder und eine seidene Bluse von ungewöhnlich sattem Purpurton; sie besaß ein Auge für Farben und hatte dergleichen noch nie gesehen. Dies sei, so sagte ihr Alexandra, die Farbe des Himmels in den höchsten Regionen der Welt.

Dann lenkte sie Barrys Aufmerksamkeit auf etwas anderes, auf ein Amulettäschchen, das sie ihr in die Hand fallen ließ. Es war verblüffend schwer, ein Geschenk des Dalai Lama, aus purem Gold. »Es ist aus 181 Goldfäden gewirkt – eine heilige Zahl. Ich glaube, ich habe noch ein Foto, '21 oder '22 aufgenommen. Ja, da ist es – meine Audienz beim Dalai Lama. Er bestärkte mich in meinem Vorhaben, den Lamaismus zu studieren. Seine Astrologen hatten ihm bestätigt, daß ich dessen würdig sei. Bei dieser Gelegenheit legte er mir eine *khata* um den Hals, ein seidenes Tuch. Und er zeigte mir seine Handflächen, eine höchst ungewöhnliche Ehre. Die Tibeter glauben, daß man das ganze Leben eines Menschen aus seinen Handflächen ablesen kann – vorausgesetzt natürlich, man versteht sich darauf, zu deuten, was dort eingegraben steht. Und wenn man jemandem seine Handflächen zeigt, ist das ein Vertrauensbeweis, ein Zeichen inniger Freundschaft.«

Alexandra förderte noch mehr Fotos zutage – von Festen, Prozessionen, Würdenträgern, Bettlern. Und Landschaften von sonnenschwerer, bedrohlicher Schönheit.

»Tibet ist eines der unwirtlichsten Länder auf dieser Erde«, sagte Alexandra. »Nur die körperlich und geistig Starken können hier überleben. Sie müssen lernen, die extreme Höhe und die ebenso extremen Temperaturschwankungen auszuhalten: im Sommer zum Beispiel große Mittagshitze und Temperaturen um null Grad, wenn der Mond aufgeht. Die Frauen waren dort – vielleicht wegen der unwandelbaren Naturgesetze – stets den Männern gleichgestellt; eine Gleichheit, von der die Frauen im Westen noch weit entfernt sind. Die tibetischen Frauen – oft allein oder in kleinen Gruppen – reisen häufig durch die einsamsten Gegenden des Landes, etwa durchs nördliche Chantang. Ich habe Nonnen gesehen, die als Einsiedlerinnen in gottverlassenen Wüsteneien lebten.«

Ein Kater sprang auf den Rahmen eines Gongs und schimpfte einer unbekannten Kränkung wegen mit Alexandra. Sie hob ihn herunter und schimpfte zurück. Barry fragte: »Wie lange ist es her, daß Sie in Tibet waren?«

»Vierundzwanzig Stunden vielleicht«, antwortete Alexandra, und Barry mußte zweimal hinschauen, bevor sie merkte, daß Alexandra sie ein bißchen aufzog.

»Wie meinen Sie das?«

»Rein körperlich habe ich meine Wahlheimat vor mehr als zwanzig Jahren verlassen – als die chinesischen Kommunisten das Land überfielen. Aber Tibet lebt noch ganz und gar in meinem Geist. Wenn ich es mir vergegenwärtige – und ich habe die Vergegenwärtigung ein halbes Jahrhundert lang geübt –, kann ich aus der Tür dieses Häuschens treten und in Lhasa sein, im Labyrinth des Potala, im Gewirr der Gassen mit ihren Läden und Marktbuden in der Nähe des Jo-Kang-Tempels. Oder vielleicht beschließe ich auch, einen Tag zwischen den Rhododendronbüschen und Zwergapfelbäumen von Norbu Linga zu meditieren.« Sie blickte Barry über den seltsam geformten Kopf des Katers hinweg an. »Ich glaube, wenn ich mich ein bißchen mehr anstrengen würde, könnten Sie sehen, was ich sehe, könnten Sie an meinen Erfahrungen teilhaben.« Ihre Augen waren verblüffend im weinroten Licht des Spätnachmittags: die Augen des Siamkaters, den sie auf dem Schoß hatte, genauso intensiv wie ihre, aber verwaschener in der Farbe, mehr grau als blau, schienen Spiegelungen der ihren zu sein, nur daß sie nicht in Wasser schwammen, sondern in Luft.

»Sie haben eine unglaubliche Vorstellungskraft.«

»Die haben wir alle. Unsere Götter, unsere bösen Geister, der ganze Kosmos – das sind bloß Visionen, die in unserem Geist leben, vom Geist erschaffen und vernichtet werden.«

»So was Ähnliches haben Sie schon mal gesagt.«

»Das ist die Wahrheit des Lamaismus, aus der sich alle Wahrheiten ableiten. Jeder von uns hat die Macht, das Reich der Erfahrung zu verändern, Magie zu bewirken. Bewirkt wird sie meistens erst nach langer Übung und dank straffer Disziplin, doch es gibt auch Fälle von spontaner Veränderung durch nicht eingeweihte, aber mit besonderer Kraft begabte Menschen. Das ist alles eine Frage der richtig gelenkten Energie – wir nennen das *angkur*. Selbstbefähigung. Die Meister in der Hervorbringung sichtbarer und greifbarer Phantome und von Welten, die sie bewohnen können, sind gottähnlich – Bodhisattvas, erhabene spirituelle Wesen. In Tibet liebt man die Sage vom König Gesar von Ling. Er erschuf aus sich eine Vielzahl von Menschen, wohlversehen mit Pferden, Zelten, Bedienten. Um eine Schlacht schlagen zu können, ersann er Phantom-Soldaten, die seine Feinde gleichwohl vernichteten, als wären sie aus Fleisch und Blut.«

»Aber das ist wirklich nur eine Sage.«

»Dem Wesen eines Volkes gemäß, das in einem Märchenland lebt und überlebt, wie es sich keine Einzelgottheit hätte ausdenken können, einem Land der Luftspiegelungen und der Stürme und des Schweigens der Ewigkeit. Ich habe selbst Erfahrungen mit Phantomen gemacht – oder *tulpas*, wie wir sie nennen –, den Geschöpfen der Meister unter den Magiern. Und auch ich habe einmal ein Phantom ins Leben gerufen.«

»Wie?«

»Indem ich all meine Gedanken konzentrierte und bestimmte vorgeschriebene Rituale wiederholte, konnte ich nach einigen Monaten – die ich in völliger Abgeschiedenheit verbrachte – ein Phantom erschaffen, einen Mönch von rundlicher Statur und angenehmem Wesen. Ich strengte mich noch mehr an, ganz erheblich sogar, und schließlich wurde er sehr lebensecht und war auch recht aktiv in meinen Räumlichkeiten. Meine Freunde haben ihn damals richtig liebgewonnen.«

»Die haben ihn auch gesehen? Na ja – vielleicht ist das gar nicht so ungewöhnlich. Wir haben bei uns zu Hause auch ein Gespenst.«

»Ach, tatsächlich?«

»Ja. Er heißt Enoch. Und er spukt seit dem Unabhängigkeitskrieg im Haus herum. Er kann nicht glauben, daß er tot ist – das ist sein Problem.«

Alexandra nickte. »In der Villa hier gibt es auch ein paar so arme Seelen. Aber sie tun niemandem was.«

»Enoch auch nicht. Mein Vater hat ihn schon gesehen. Mein Bruder ebenfalls. Mrs. Aldrich wehrt sich mit Händen und Füßen dagegen, ihn zu sehen. Egal. Ich weiß jedenfalls nicht, wie wir ohne sie zurechtkämen.« Barry lachte und schaute auf die Uhr. »Apropos Mrs. Aldrich – sie wartet auf die Lammkoteletts. Ich muß mich jetzt wohl langsam auf den Weg machen.«

Barry machte mit Alexandra aus, daß sie sie am Samstagabend abholen würde. Sie hatte jetzt eine ungezwungenere Einstellung der alten Dame gegenüber. Alexandra war zweifellos exzentrisch, aber man konnte sie nicht einfach als Angeberin abtun, und man langweilte sich gewiß nicht in ihrer Gesellschaft. Barry wußte, daß ihr Vater, den eine Tante in den Siebzigern aufgezogen hatte, eine kluge und völlig unabhängige Frau, sofort auf Alexandra und ihre Geschichten ansprechen würde.

Sie fuhr in etwas mehr als vier Minuten nach Hause, hielt hinterm Tor an, holte die Post aus dem Briefkasten. Dann schloß sie das Tor per Fernsteuerung, warf einen Blick auf eine riesengroße Ansichtskarte aus Griechenland, deren Rückseite mit Dals mikroskopisch kleiner Schrift vollgekritzelt war, und fuhr weiter in Richtung Haus.

Auf halbem Weg – sie rollte gerade über eine Holzbrücke in einer kleinen, von wilden Rosen und weißen Birken gesäumten Lichtung – sah sie plötzlich Alexandra. Die alte Dame schritt durchs Gehölz, hinter sich die sinkende Sonne.

Barry trat so heftig auf die Bremse, daß sie fast von der Fahrbahn abkam und gegen die Feldsteinmauer neben der Straße knallte.

Alexandra war vielleicht fünfundzwanzig Meter von ihr entfernt und lief, ungefähr parallel zur Straße, in Richtung Haus. Barry nahm zumindest an, daß es sich um Alexandra handelte. Ihr gesunder Menschenverstand sagte ihr allerdings, dies sei völlig ausgeschlossen. Als sie vom Kinbote-Gut weggefahren war, hatte Alexandra in der Tür zu ihrem Häuschen gestanden, den Kater auf dem Arm, und zum Abschied gelächelt. Daß sie in so kurzer Zeit zu Fuß von dort nach hier gelangt sein konnte, war ein Ding der Unmöglichkeit. Barry war auf der Landstraße fast 80 km/h gefahren und hatte etwa vier Kilometer zurückgelegt. Um das Ganze noch verwirrender zu machen, trug Alexandra (oder wer immer das sein mochte) all die Sachen am Leib, die Barry bewundert und Alexandra Stück für Stück aus ihrem Schrankkoffer geholt hatte: die seltsam erotische Ledermaske, die purpurfarbene Bluse, die kurze rote Jacke, einen wadenlangen schwarzen Rock und die makellos weißen Filzstiefel. Unterm Arm hatte sie ein Kästchen aus Leder mit einem Schloßbeschlag und Scharnieren aus leuchtendem Gold; das Kästchen war ungefähr so groß wie ein Laib Brot.

Barry stieg rasch aus dem Volvo.

»Alexandra!«

Die Frau drehte sich um, als erstaune es sie, ihren Namen zu hören. Das Licht der sinkenden Sonne fiel auf das Ledergesicht mit dem aufgemalten Lächeln. Trotz der Entfernung meinte Barry, hinter den diagonalen Sehschlitzen der Maske eine Augenbewegung wahrzunehmen.

Sie stieg durch den Morast in der Nähe der Brücke, lief hügelan auf den Rand des Gehölzes zu, wo die Gestalt der Frau nun zu zwei Dritteln im Schatten stand. Nur ein Ärmel der Bluse und die eine um das Kästchen gelegte Hand schimmerten im späten Licht. Barry war atemlos, entgeistert, bestürzt. Doch sie mußte zu der Frau gehen. Es war wie ein Zwang.

»Aber – aber wie sind Sie so schnell –«

Die Augen. Es waren Alexandras Augen. Grün wie Minze. Und sie blickten so durchdringend, daß Barry stehenblieb. Alexandra sagte kein einziges Wort. Langsam reichte sie Barry das Kästchen. Es schien sehr alt zu sein. Und es trug Zeichen in einer Schrift, die Barry noch nie gesehen hatte.

Wie betäubt schickte sie sich an, das Kästchen entgegenzunehmen. Ihre Hand streifte Alexandras Hand.

Barry spürte etwas, das weder Fleisch noch Knochen war; ihre Finger sanken in dieses Etwas ein. Sie prallte zurück, schrie auf vor Angst, sah die Frauengestalt zerfließen wie Rauch. Die starken Farben, das aufgemalte Lächeln verschwanden im Zwielicht.

Zäh und klebrig troff Ektoplasma von Barrys Fingern. Sie kniete nieder, steckte die Hand in lockere Humuserde, rieb sie wie verrückt an einem Stein. Ihr wurde übel. Sie hatte Angst, in Ohnmacht zu fallen. Nur die noch größere Angst, bei völliger Dunkelheit in diesem nicht ganz geheuren Gehölz zu erwachen, ließ sie Vernunft bewahren.

Das Ektoplasma löste sich auf wie nie gewesen. Barrys Hand zitterte, ihre Fingernägel waren schwarz gerändert, auf ihren Wangen brannten Tränen der Demütigung.

Warum? dachte Barry. *Warum hat mir Alexandra das angetan?* Sie schleppte sich zum Kombi zurück und schloß sich schaudernd ein. Die Fenster waren zu. Jetzt hätte sie gellend schreien können. Aber es ging nicht. Die Kehle war ihr wie zugeschnürt. Sie machte das Radio an. Rockmusik, die sie sonst liebte. Sie tat ihr in tiefster Seele weh. Nach ein paar Minuten fand sie die Kraft, den Rest des Wegs bis zum Haus zu fahren. All ihre Freude war dahin. Hilfloser Zorn erfüllte sie. Er schmerzte wie ein Pfahl im Fleisch.

24.

Dal hatte Tuatha de Dannan in der letzten Februarwoche verlassen, um ein paar Tage in Paris zu verbringen und bei der Hochzeit eines mit ihm befreundeten Malers dabei zu sein. In Paris hatten ihn andere Freunde und Bekannte zu einer kleinen Tour in den Süden verlockt: nach Marbella an der Costa del Sol. Und dann war Dal auf der Jacht eines Freddy Soundso mit übers Mittelmeer gefahren, von Insel zu Insel, und schließlich auf Korfu gelandet, wo das Fernsprechwesen trotz der neuesten Nachrichtensatelliten, die die Erde umkreisten, zu den ehrwürdigen Antiquitäten zählte.

Es war kurz vor 22 Uhr 30, als es Tom Brennan endlich gelang, mit seinem Gespräch nach Griechenland durchzudringen und seinen Sohn an die Strippe zu bekommen. Tom lag in Schlafanzug und Bademantel müde auf seinem Bett, dicke Kissen im Rücken, das Telefon neben sich. Den Hörer ans Ohr zu halten, war ihm fast zuviel Mühe. Über den Bildschirm gegenüber vom Bett flimmerte gerade *Casablanca*, eine Filmkassette, altvertraut, Humphrey Bogarts sorgenvolle und dekorative Männlichkeit, das Gesicht der Bergmann in Großaufnahme, sanft wie eine Wolke, den Tränen nahe.

»Hallo? Hallo – Dal? Hier Tom! Kannst du mich verstehen?«

»*Hi, Dad!*«

Als Tom die Stimme seines Sohnes hörte, die dünn durch eine Wand von metallischem Lärm drang, mußte er plötzlich weinen. Er zitterte und konnte vorübergehend nicht sprechen.

»*Dad, bist du noch dran?*«
»Ja – wie spät ist es bei euch?«
»*... Rufst du mich bloß an, um nach der Uhrzeit in Griechenland zu fragen?*«
»Nein, natürlich nicht. Seit einem Monat ist kein Brief mehr von dir gekommen. Und da hab ich mir eben überlegt, wie's dir wohl gehen mag.«
»*Alles okay. Ich habe ein bißchen was gearbeitet. Vor ein paar Wochen war hier ein Erdbeben.*«
»Ein Erdbeben?«
»*Ja. Und da ist 'ne Mauer auf mich gefallen.*«
»Um Gottes willen, Dal!«
»*Waren nur Ziegelsteine. Paar Hautabschürfungen und Schrammen, weiter nichts. Dad, du klingst irgendwie komisch.*«
»Ich – mir geht's nicht gut. Ich hatte die Grippe.«
»*Die Grippe? Aber das ist doch schon zwei Monate her! Ist sonst was nicht in Ordnung?*«
»Ich weiß nicht. Ich fühle mich so schwach. Ich komme einfach nicht mehr aus dem Bett. Und ich hab Angst –«
Schweigen am anderen Ende der Leitung. Tom hörte das Rauschen der Entfernung, dann eine andere Stimme im Hintergrund, die in irgendeiner fremden Sprache unverständliche Worte brüllte.
»*Angst wovor, Dad?*«
Tom schluchzte. Er konnte es nicht verhindern. Und er zitterte wieder. Seine Haut sah im Licht, das vom Flur her ins Zimmer fiel, so kupferartig aus wie verdorbener Fisch. Die Sommersprossen darauf erinnerten an Blutflecken.
»Barry – sie ist so restlos vernarrt in ihn – und sonst zählt überhaupt nichts –«
»*Meinst du Mark?*«
»Ja. Er – er macht mir angst. Er – ich habe noch nie so was erlebt wie ihn.«
»*Warum ist er denn immer noch da? Warum schmeißt du ihn nicht endlich raus? Oder kannst du ihn dir nicht wenigstens irgendwie vom Hals halten?*«
»Nein. Er – er ist in meinem Atelier. Die ganze Zeit.«
»*Und was macht er da?*«
»Er malt. Ich – ich wollte, du kämst nach Hause. Wir brauchen dich.«

Die Leitung war plötzlich tot.

Tom blickte auf. Starr vor Schreck. Mark war im Zimmer, hob die Telefonschnur auf. In der anderen Hand hatte er ein Tablett mit einem Glas Milch. Er war völlig lautlos ins Zimmer gekommen. Tom hatte keine Ahnung, wie lange er schon da war.

»Tom«, sagte Mark, »es tut mir leid. Ich habe die Telefonschnur nicht gesehen. Ich habe sie mit dem Fuß aus der Wand gerissen.«

Tom hielt den jetzt nutzlosen Hörer in der Hand und begann wieder zu schluchzen. Mark blickte ihn verdutzt an.

»Wie gesagt, es tut mir leid. Mit wem hast du gesprochen? Mit Dal?«

Auf dem Bildschirm sangen als französische Soldaten gewandete Schauspieler die Marseillaise. Mark schloß das Telefon nicht wieder an. Er setzte sich neben Tom aufs Bett, das Tablett auf den Knien. Er nahm Tom den Hörer aus der Hand. Dann hielt er ihm das Glas Milch entgegen.

»Barry möchte, daß du das trinkst«, sagte er.

Toms Bademantel und Schlafanzugjacke standen offen. Sämtliche Knochen seines eingesunkenen Brustkorbs waren zu sehen. Er atmete durch den Mund, ein trockenes, rasselndes Geräusch. Er machte keine Anstalten, nach dem Glas zu greifen. Mark hielt es Tom an die Lippen und stützte mit der anderen Hand seinen Hinterkopf. Tom würgte nach zwei Schlucken und spuckte die Milch wieder aus.

Mark stellte das Glas auf den Nachttisch und nahm Tom in die Arme. Es war eine kühle Umarmung. Keine Zärtlichkeit drückte sich darin aus, keine Sorge um den Künstler. Eher eine Inbesitznahme dessen, was von ihm noch übrig war.

Nach langer Zeit löste Mark seinen Griff. Tom hatte die Augen geschlossen. Mark sprach leise zu ihm, bettete ihn in die Kissen.

»Ich muß jetzt an die Arbeit. Ich werde die ganze Nacht arbeiten. Jede Nacht. Bis ich so gut bin wie du. Und ich *werde* so gut sein wie du. Bald.«

25.

»Wie geht es Dad?« erkundigte sich Barry, als Mark ins Atelier kam. Mark lächelte sie an. »Er schläft.«
»Hat er seine Milch getrunken?«
»Ein bißchen was. Ich habe das Glas auf dem Nachttisch stehen lassen – vielleicht trinkt er's ja später noch aus.« Mark trat vor eine der Staffeleien und machte sich sofort ans Werk. Er arbeitete an mehreren Bildern gleichzeitig in mehreren Techniken: Tempera, Öl, Pastell. Er war unersättlich, er erlernte sein Handwerk mit phänomenaler Geschwindigkeit. Barry sah ihm bei der Arbeit an einer Landschaft zu, die beinah fertig war: ein vertrauter Hügel auf dem Farmgelände, der außergewöhnlich wurde durch einen geborstenen Einmachtopf im Vordergrund. Der Einfall hätte von ihrem Vater sein können: kühne Verkürzungen, grünliches Sonnenlicht in dem Gefäß, darüber die aufplatzenden Knospen einer Weide. Das Ölbild von Barry in Ganzfigur dagegen war vorläufig noch eine aus wenigen Strichen bestehende Skizze.

Barry zog sich in ihre Ecke neben dem Kanonenofen zurück, wo ein dicker Vorleger aus nachgemachtem Fell auf dem Boden lag. Sie streifte ihre Mokassins von den Füßen, öffnete den Gürtel ihrer Jeans, zog sie aus, legte sie zusammen, hängte sie über die Lehne eines Stuhls. Dann entledigte sie sich noch des leichten Baumwollpullovers, den sie getragen hatte. Und nun stand sie nur noch in BH und Höschen da. Sie hatte schon einen Anflug von Bräune; ihre Oberschenkel und ihr Gesicht waren ein wenig gerötet, weil sie zu lange in der Sonne gelegen hatte. Barry hängte sich einen goldenen Ohrring ans linke Ohr und ging barfuß zu einem Platz im Atelier, der unverstellt war und einen neutralen Hintergrund hatte – etwa drei Meter von der Staffelei mit ihrem angefangenen Bild entfernt. Dort stellte sie sich hin – ihr gegenüber eine Tageslichtlampe, die sie gleichmäßig von Kopf bis Fuß beleuchtete –, verschränkte die Arme vor der Brust und wartete darauf, daß er mit der Arbeit an der Landschaft aufhörte und mit ihr weitermachte. Sie schwiegen beide.

Barry wartete fünf Minuten, zehn Minuten. Dann trat Mark plötzlich von der Landschaft zurück, näherte sich Barry, griff nach den Tuben mit Ölfarben und legte eine Palette an.

»Warum warst du beim Essen so nervös?« fragte er. Er mischte Farben, machte die ersten Pinselstriche. »Du hast überhaupt nichts gegessen.«

»Ach«, seufzte sie, »das war wegen einer Geschichte, die heute nachmittag passiert ist.«

»Im Supermarkt?«

»Nein, später. Auf dem Heimweg. Ich habe etwas gesehen, das ich lieber nicht gesehen hätte.«

»Und was war das?« erkundigte sich Mark. Er blickte von seiner Leinwand auf. Er malte selbstsicher, energisch und mit einem Tempo, das nicht einmal Barrys Vater überbieten konnte.

»Ich habe Alexandra Chatellaine besucht – erinnerst du dich an sie?«

Er dachte nach. »Die alte Dame, die damals auch im Krankenhaus war?«

»Ja. Sie hat ein Häuschen auf dem Kinbote-Gut. Ich bin von ihr weggefahren – direkt nach Hause. Und kurz hinter unserem Tor sah ich sie plötzlich im Gelände. Aber ich habe von ihr bis zu uns nicht mehr als fünf Minuten gebraucht, Mark! Bestimmt nicht! Und das sind ungefähr vier Kilometer! Ich weiß nicht, wie sie... Ich habe darüber nachgedacht. Alexandra ist eine Mystikerin. Sie hat lange in Tibet gelebt. Ich habe bei ihr Tee getrunken, von dem mir ganz seltsam wurde, und sie hat Weihrauch verbrannt. All das muß mich irgendwie in eine komische Stimmung versetzt haben.«

»Was hast du denn gesehen?«

»Einen Geist. Und ich habe geglaubt, das sei Alexandra. Ich weiß natürlich, daß du nicht an Geister glaubst –«

Mark sagte sachlich-nüchtern: »Zeig mir einen, dann glaub ich's.«

»Enoch traut sich aus irgendeinem Grund nicht, vor dir zu erscheinen. Egal. Ich habe jedenfalls geglaubt, es sei Alexandra. Ich bin aus dem Wagen gestiegen und ihr nachgegangen. Und als ich sie berührt habe, war nichts da. Ich meine, was da war, zerfloß wie Rauch, und ich hatte nur noch so klebriges kaltes Zeug an den Fingern.«

Mark hörte auf zu malen. Langsam und ungläubig schüttelte er den Kopf.

»Verrückt, wie?« sagte Barry mit einem tapferen Lächeln.

»Vielleicht solltest du dich von ihr fernhalten.«

»Richtig. Nur habe ich sie leider schon für Samstagabend zum Essen eingeladen. Aber da werde ich mich schon irgendwie rauswinden.«

Sie schwiegen eine Weile. Dann meinte Mark: »Also, wenn ich's mir recht überlege – ich finde doch, sie soll kommen. Ich würde gern mit ihr reden. Was du von ihr erzählt hast, hört sich interessant an.«

Barry verlagerte ihr Körpergewicht um eine Nuance; ein Muskel hatte zu schmerzen begonnen. Bei ihrem Vater spielte es keine Rolle, wie oft sie die Stellung veränderte – er hatte die wesentlichen Dinge dank langer Übung im Kopf. Aber sie wollte Mark, der ja über keine solche Praxis verfügte, die Arbeit nicht unnötig sauer machen. Er schien im Augenblick ohnehin ein wenig Schwierigkeiten mit ihren Proportionen zu haben.

Nach einer weiteren Viertelstunde hörte er auf zu malen, legte die Pinsel aus der Hand, wusch sich die Finger. Er trat vor Barry hin und betrachtete sie von oben bis unten, stirnrunzelnd und gedankenverloren. Dann ging er in die Knie, tastete mit den Fingerkuppen ihre Füße ab, ihre Knöchel, las gleichsam wie ein Blinder die Struktur der Knochen unter der Haut, des Spanns, des Fußgewölbes, der straffen Sehnen und der herrlich geformten Waden. Mit beiden Händen folgte er den langen Schwüngen des rechten Beins, empor bis zum Knie, befühlte die Kniescheibe, das ganze Gelenk.

Eine pulsende, blutvolle Wärme hatte Barry überlaufen, von den Oberschenkeln über die Lenden bis zum Bauch; sie war rosig wie die Morgenröte. Er stand auf und trat zurück.

»Ziehst du alles aus?«

»Ja«, sagte sie leise.

Ihre Hände zitterten, als sie das Dreieckshöschen abstreifte. Schließlich lag es auf dem Boden. Sie schob es mit dem Fuß beiseite. Dann machte sie den BH auf und ließ ihn fallen. Und nun blickte sie Mark an, die Hände gegen die Schenkel gelegt, die Füße nicht ganz zusammen. Mark trat hinter sie. Barry errötete noch tiefer. Ihre Haut kribbelte lustvoll. Es dauerte ihr viel zu lang, bis sie seine Hände wieder spürte: er hob ihre samtigen Hinterbacken an, dann bog er sie weit auseinander, um die bebenden Halbmonde ihres Fleisches zu erkunden bis zur größeren Härte des Venusbergs. Die halbverborgenen Lippen ihres Geschlechts öffneten sich feucht.

»Aahh«, sagte Barry. Er ließ die eine Hand liegen, wo sie war, aber reglos, nur den Daumen angehoben, den sie umschloß, die andere Hand wanderte allmählich über den Brustkorb zum Busen. Dann nahm Mark abrupt beide Hände weg, stand auf, begann, langsam um Barry herumzugehen. Er studierte ihre Muskeln, den Nabel, die Andeutung der Beckenknochen unter ihrer schimmernden Haut. Offenbar merkte er kaum, wie erregt sie war. Als er sie viermal umkreist hatte, blieb er stehen, blickte sie an, legte die Hände auf ihre festen Hüften. Sie war wie von Sinnen. In ihren Lenden raste eine schier unerträgliche Leidenschaft. Sie konnte kaum schlucken. Der Raum schien sich zu neigen, zu kippen.

Barry sah Mark an in seinen mit Farbe bekleckerten Shorts. Stumm. Dann zerrte sie heftig atmend an seinem Gürtel. Er war verwundert.

»Ich möchte dich auch anschauen«, sagte sie mit schmalen Augen, in denen es wild flackerte. Ihr ganzer Leib war wie in Flammen. Sie machte den Gürtel auf, streifte ihm die Shorts ab, herunter über die muskulösen Schenkel, griff wie in Trance nach seinem Slip, zog ihm auch den aus – und nun war er fast so nackt wie sie. Nur mit einem wesentlichen Unterschied. Er war nicht erregt.

Barry hätte weinen mögen. Sie betrachtete seinen langen Penis – schlaff hing er da, wohlgeformt, wie aus Marmor gebildet, aber auch so leblos wie Marmor, ein prächtiges Glied, das sie und ihn nicht bediente. In der kurzen Zeit ihrer Beziehung mit Ned hatte sie dreimal Liebe mit ihm gemacht, unerfahren er, unerfahren sie, und sie war bei ihm nie zum Orgasmus gekommen – aus Unwissenheit oder aus Zurückhaltung oder einfach aus Angst. Sie hatte Ned geliebt, ja vergöttert, aber sein Glied hatte sie nie gemocht: dick, ungeschlacht, mit einem wahren Auswuchs von Vorhaut, eine schlabbrige, fleischerne Kapuze über der Eichel. Es war in ihren Augen ein monströs häßlicher Schwanz gewesen. Marks Penis dagegen war ästhetisch, begehrenswert und alles – sie wollte ihn und sie konnte ihn nicht haben.

Sie streichelte ihn im Knie, die Wange gegen Marks Schenkel gepreßt, streichelte ihn wie ein eigensinniges Tier, von dem sie schlecht behandelt worden war und das sie trotzdem mochte.

»Ach, Mark! Alles andere stimmt doch und ist wunderschön! Warum schaffen wir *das* nicht?«

Sie wußte, daß sie nichts hätte sagen sollen. Eine solche Äußerung konnte seine Impotenz nur noch schlimmer machen. Zeit und

Geduld – das war die Lösung. Sie weinte vor Frustration. Ihre Tränen fielen auf seine nackten Beine. Er umarmte sie. Er hob sie hoch, setzte sich, nahm sie auf den Schoß.

»Du willst mich doch, oder?«

»Ich will dich malen«, sagte er. Vor ihren Tränen schien er immer Angst zu haben.

»Das kannst du ja. Ich bin gleich wieder okay. Du machst mich nur so – ich liebe dich von ganzem Herzen, und ich brauche eben – aber das wird schon. Eines Tages passiert's ganz einfach! Ich weiß schon, ich sollte nicht so ängstlich sein. Streichelst du mich? Da, ja... und da auch? Danke. Danke. Und *da*, ja! Nein, hör nicht auf. Bleib. Das ist schön. Tiefer. *O Gott!* Und jetzt bring mich ins Bett. So, wie ich bin. Ich will nichts anziehen. Keine Bange, Dad sieht uns schon nicht. Schlaf heute nacht bei mir. Ja, Mark? Halt mich ganz, ganz fest. Was täte ich ohne dich? Mein Liebster. Mein Liebster.«

26.

Die Komplikationen dieser Seite ihrer Beziehung hatten für Barry eine gewisse Qual zur Folge. Doch obwohl das sexuelle Verlangen oft unerfreulich und lästig war wie ein Plagegeist und sie manchmal auch tief verdüsterte, gab es einen Ausgleich, der wie Balsam wirkte: Marks offenkundige Zuneigung und seine Passion, Barry wieder und wieder gleichsam zu erschaffen in seinen Skizzenbüchern und auf dem großen Bild, das in Toms Atelier langsam Gestalt annahm. Sie waren sich eine absolute Erfüllung; sie brauchten sonst niemand.

Von Tag zu Tag wurde seine Kunst vollkommener, wurde sein Körper verführerischer. Er nahm sich die Zeit, seine Kraft zu steigern; er trainierte mit Gewichten, sprintete, zeigte eine Beweglichkeit, die Barry staunen machte: er konnte springen wie ein junger Hirsch, auf den Händen gehen, lässig mit scharfen Küchenmessern jonglieren, ohne sich auch nur die Haut zu ritzen. Er brachte sie zum Lachen, mochte ihr Herz noch so angstvoll schlagen, mochte ihr noch so flau im Magen sein. Seine Vorliebe für das kühne Spiel grenzte nicht selten an Waghalsigkeit – als hätte er, wie ein sehr kleines, aber frühreifes Kind, kein Gefühl für seine Grenzen und für seine Sterblichkeit. Er kam immer besser mit Dals Mercedes zurecht, auch bei hohen Geschwindigkeiten, aber er fuhr ihn zweimal fast zu Schrott auf der verlassenen Straße in den Hügeln, wo er das Fahren übte. Beim zweiten Mal hatte Barry mit im Wagen gesessen, und es stand ja auch ihr Leben auf dem Spiel (ganz davon zu schweigen, daß das Auto ein Vermögen kostete). Sie hatte ihn angeschrien, mehr aus Furcht als aus Zorn, und Mark war reumütig, fuhr deswegen aber nicht langsamer. Barry mußte jetzt hin und wieder tagsüber ein Nickerchen machen, um den Forderungen gewachsen zu sein, die er mit seiner überschäumenden Vitalität an sie stellte.

Manchmal hatte sie das Gefühl, all das sei eine Art Tanz. Ein wilder Tanz, der ihren Blick und ihre Sinne trübte. Und sie bedauerte, daß sie nicht die Kraft besaß, dem Verrinnen der Zeit etwas entgegenzusetzen. Sie hätte gern die schönsten Momente, die sie miteinander verbrachten, viel länger genossen.

Nach Gewittern am Morgen wurde der Freitag doch noch heiter. Mit hohen Kumuluswolken freilich und huschenden Wolkenschatten über dem Teich, auf dem Mark und Barry in einem verbeulten Ruderboot aus Aluminium zwischen Inseln aus dichtem Riedgras dahinschaukelten. Gemeinheit fuhr mit, stand am Bug und verbellte eine täppische, den Schnabel auf- und zuklappende Wasserschildkröte, bis sie in die teefarbenen Tiefen vor dem Boot abtauchte. Mark hatte sein Hemd ausgezogen und ruderte. Er war unermüdlich: sie drehten bereits die vierte Runde um den nicht eben kleinen Teich. Barry hatte sich am Heck ein richtiges Nest aus Kissen gebaut, wo sie sich dösig räkelte, laut zu lesen versuchte, eingelullt vom angenehmen Ton der durchs Wasser gezogenen Riemen. Sie trug aus einem Band Yeats vor. *In Bann geschlagen von dieser sinnlichen Musik...*

Von Zeit zu Zeit legte Mark die Riemen ein, griff nach seinem Skizzenbuch und zeichnete etwas, das seine künstlerische Intuition beflügelte.

»Wer war eigentlich Dionysos?« fragte er nebenher, bei einer Gedichtzeile einhakend.

Barry gähnte und legte das aufgeklappte Buch in ihren Schoß. Sie waren jetzt bei einer der drei Ecken des wie ein Triangel geformten Teichs angelangt, etwa einen Kilometer von der Mühle entfernt.

Hier gab es Felsgesimse und Weiden, in denen die Sonne stand wie das Licht in japanischen Lampions. Niedrige, mit Kiefern bewachsene Hügel erhoben sich am Ufer des Teichs. Jenseits von ihnen verlief die Grenze zwischen Tuatha de Dannan und dem Kinbote-Gut.

»Dionysos? Ach, so 'n griechischer Gott. Der Gott des Weins und – Moment mal – des Dramas. Da war doch noch was... Ja, der Fruchtbarkeit.«

»Die Griechen hatten viele Götter, und jeder war für etwas Bestimmtes zuständig. Die Iren haben nur einen einzigen Gott.« An Ostern war sie mit ihm in der Kirche gewesen; sie hatte auch schon versucht, ihm ihre Religion zu erklären. Aber der Katholizismus war für ihn immer noch ein Buch mit sieben Siegeln.

»Die Griechen hatten Honig und Wein; die Iren haben Bier und Kartoffeln, Sommersprossen und die Sünde.«

»Wenn du nur einen Gott hast und der dich nicht mag, bist du, glaube ich, ziemlich übel dran. Was bedeutet *Sünde*?«

»Das, was Gott ein Greuel ist und seinen Geboten zuwiderläuft. Sagte jedenfalls mein Religionslehrer.«

Gemeinheit bellte wieder und war so unruhig, als wolle er über Bord gehen. Barry setzte sich auf, hielt das Buch über die Augen wie einen Mützenschirm, blickte zu den Hügeln. Enttäuschung und Groll machten sich in ihr breit.

»Ach Gott – alles, bloß das nicht!«

Mark schaute sie verwirrt an. »Was ist denn?«

»Da kommt Alexandra. Ich glaube, sie sieht uns. Laß uns doch wegrudern, bevor sie...«

Doch das Boot war bereits am Ufer angelangt. Mark drehte sich um auf seiner Ruderbank und blickte ebenfalls zu den Hügeln: Alexandra Chatellaine schritt energisch mit ihrem schwarzen Stock aus, stieg den Abhang herunter auf einem vollgenadelten Pfad zwischen dicken Bäumen. Sie hob den Stock und winkte damit, munter und fröhlich. Sie trug einen breitkrempigen Strohhut mit etwas dran, das wie ein Imkernetz aussah.

»Warum sollen wir wegrudern?« fragte Mark.

»Das weißt du doch. Ich habe mich immer noch nicht vom Dienstag erholt.«

»Ach so, der Geist. Aber du hast selber gesagt, daß das vermutlich ein Phantasiegebilde von *dir* war.«

»*Vermutlich*, ja. Es würde mich nicht wundern, wenn sie mir irgendeine Droge in den Tee getan hätte. Ich glaube, ich mag sie nicht, Mark. Laß uns wegrudern.«

»Nein.«

Sie merkte schon, daß er nicht nachgeben würde – nichts zu machen. Gemeinheit war derweil auf einen Felsvorsprung gehüpft. Und dort stand er und zitterte. Er hatte eine exzellente Nase, er konnte bellen wie kaum ein zweiter Hund, aber die Kampf- und Angriffslust war nicht seine starke Seite. Mark stand auf, griff nach der Leine am Bug und stieg damit ans Ufer. Barry brodelte still vor sich hin. Es war ein so schöner, ruhiger Nachmittag gewesen – ansonsten verlief ihr Leben ja eher hektisch –, und der sollte nun plötzlich zu Ende sein. Sie hatte das abergläubische Gefühl, daß ihnen nie wieder ein solcher Nachmittag vergönnt sein würde.

Alexandra ging nun unter den leuchtenden Weiden dahin und lüpfte den Schleier, der ihre milchweiße Haut vor der Sonne schützte. Mark hielt ihr die Hand entgegen und Alexandra nahm sie dankbar, bewegte sich zentimeterweise über den Fels zu dem Vorsprung ein Stückchen oberhalb vom Boot und blickte währenddessen unverwandt Mark ins Gesicht. Er lächelte – geradezu hold.

»Sie haben sich sehr verändert, seit ich Sie das letzte Mal gesehen habe! Jetzt wirken Sie richtig ausgefüllt und vital. Und was für schöne dicke Haare! Die dürfen Sie sich nie schneiden lassen. Dann werden Sie wie Samson.«

»Wie wer?«

»Hallo, Alexandra«, sagte Barry eisig vom Boot aus.

»Hallo, Barry.« Alexandra klang etwas erschöpft. »Ich glaube, ich bin doch sehr viel weiter gelaufen, als ich eigentlich vorhatte.« Sie hob die Hand ans Herz und betrachtete den Teich, die flächigen Zusammenballungen der Wolken darin, die Spiegelbilder der Bäume. Die Landschaft im Wasser kräuselte sich und verschwand in der Dunkelheit des Teichgrunds, dann war der Wind abgeflaut, und sie erschien zitternd wieder. »Und Sie sind hier ein bißchen rumgepaddelt? Macht sicher Spaß.«

»Fahren Sie doch mit«, schlug Mark vor.

»Nur wenn ich Sie bestimmt nicht störe.«

»Nein, Sie stören nicht. Bestimmt nicht.« Das war nicht nur

Höflichkeit; Mark schien wirklich eingenommen zu sein von Alexandra. Sie war alt, aber kokett, und Barry kochte kurz vor lächerlicher Eifersucht.

Und so stieg denn Alexandra mitsamt Gemeinheit ins Boot, und sie fuhren los. Mark ruderte. Ihm gegenüber Alexandra, die sich in sein Skizzenbuch vertiefte. Barry betrachtete das Muskelspiel von Marks keilförmigem Rücken, streckte hin und wieder die Hand aus, um eine Stechmücke zu verscheuchen oder um ihre Finger zärtlich sein Rückgrat entlangwandern zu lassen. Libellen schwirrten neben dem Boot. Der Wind frischte auf. Alexandras Sonnenschleier flatterte, hob sich aber nicht. Ihr Gesichtsausdruck war nicht genau zu erkennen – lächelte sie vielleicht? –, doch man sah deutlich die Intensität ihres Blicks.

»Ich zeichne und male gern«, sagte Mark zu ihr. »Sehr gern. Ich möchte so gut sein wie Tom.«

Alexandra klappte das Skizzenbuch zu. »Wenn ich Sie so sehe, habe ich keinen Zweifel daran, daß Sie alles verwirklichen werden, was Sie anstreben.«

Der Wind riß ihr plötzlich den Hut vom Kopf, fegte den Schleier weg. Sie blickte verdutzt drein. Der Hut flog vier, fünf Meter weit und landete auf der Oberfläche des Teichs. Rasch sog sich der Musselin mit Wasser voll. Und jetzt sah es ganz so aus, als würde der Hut gleich sinken.

Mark legte hastig die Riemen ein und stand auf, was das Boot gewaltig ins Schaukeln brachte. Bevor Barry sich klarmachte, was er tun würde, hatte er es getan: er sprang ins Wasser, dem Hut nach.

»Mark!«

Er ging unter wie ein Stein. Sie befanden sich hier in dem Bereich, wo der Teich am tiefsten war, und obwohl sich Barry so weit aus dem Boot lehnte, daß es fast kenterte, sah sie Mark nicht. Nur Blasen und Schaum.

»Kann er schwimmen?« fragte Alexandra besorgt.

»Ich weiß es nicht!« jammerte Barry. Sie zog ihre Schuhe aus, schickte sich an, Mark aus dem Wasser zu fischen. Sie hatte einmal einen Kurs in Rettungsschwimmen mitgemacht und wußte, was zu tun war. Es sei denn, er hatte sich im Grund in Schlingpflanzen verheddert. Dann wurde die Sache riskant und der Ausgang völlig ungewiß.

Sie öffnete gerade den Gürtel ihrer Jeans, als Mark wieder auftauchte, drei Meter vom Boot entfernt. Er mußte sich ziemlich abquälen und sah auch reichlich schockiert aus, aber er lachte, sobald er den Kopf über Wasser hatte. Gemeinheit begann, tief zu knurren, ja fast zu röhren – ein Geräusch, bei dem man eine Gänsehaut bekommen konnte.

»*Mark, bist du verrückt geworden?*«

»Alexandras Hut«, blubberte er und schaute sich nach dem Hut um.

»Aber du kannst doch nicht schwimmen!«

»Stimmt«, sagte er. Er trat Wasser, schaufelte wild mit den Händen, hielt das Kinn hoch. Aber er ging nicht wieder unter, und richtig Angst schien er auch nicht zu haben. »Mensch, ist das kalt!«

»Klar ist das kalt – du bist ja auch rein, ohne dich abzukühlen! Schaffst du's bis zum Boot?« Er schaffte es nicht. Barry nahm eines von den Rudern, streckte es ihm entgegen. Er hielt sich mit beiden Händen daran fest, machte sich ganz locker, und sie konnte ihn durchs Wasser ziehen. Als Mark neben dem Boot war, half sie ihm, ein Bein über die Bordkante zu kriegen, und er ließ sich ins Boot rollen, ohne es zum Kentern zu bringen.

»Tut mir leid«, sagte er atemlos zu Alexandra, deren Hut inzwischen untergegangen war.

»Da brauchen Sie sich wirklich nichts dabei zu denken. Das Ding war schon uralt.«

»Mark, hier ist es über sieben Meter tief!« sagte Barry. Die Sonne war hinter den Wolken verschwunden. Mark klapperten die Zähne. Er schaute Barry an und schüttelte den triefnassen Kopf.

»Ich habe einfach nicht nachgedacht. Du – du mußt mir bi-bitte das Schwimmen beibringen.«

»Ja. Aber erst, wenn es wärmer ist. Und jetzt laß uns losfahren, bevor du zum Eisklotz gefrierst.«

Mark bestand darauf zu rudern. Und das war auch das Beste für ihn, denn auf diese Weise wurde ihm bald wärmer. Zwischendurch brach die Sonne durch die Wolken und trocknete vollends seine Haut. Seine Shorts waren und blieben allerdings naß. Sie hatten Dals Auto bei der Mühle stehenlassen. Barry setzte Mark zu Hause ab, damit er sich heiß duschen und trockene Sachen anziehen konnte. Dann fuhr sie Alexandra heim.

»Er ist so höflich«, sagte Alexandra. »Und so männlich. Und so ausgesprochen vital.«

»Ja«, bestätigte Barry. Sie fuhr wesentlich schneller als sonst, um Alexandra möglichst bald los zu sein.

»Sie haben da ein Wunder gewirkt, das muß man schon sagen.«

»Danke.« Barry versuchte, mit ihrer Verbitterung an sich zu halten, aber sie schaffte es nicht. »Ich dachte, wir seien befreundet oder zumindest gut miteinander bekannt. Warum haben Sie mir das angetan?«

Alexandra schwieg eine ganze Weile.

»Vielleicht war es tatsächlich nicht das Klügste«, meinte sie schließlich mit einem Seitenblick auf Barrys grimmig vorgeschobenes Kinn.

»Wie haben Sie das gemacht? Was habe ich da gesehen?«

»Ich bin unter anderem ein *Gyud*-Lama, recht gut bewandert in magischen Ritualen. Es ist nicht schwierig, eine Doppelgängerin zu schaffen. Natürlich war es keine buchstäbliche Doppelgängerin – ich habe sie aufgetakelt. Als Blickfang sozusagen. Nennen Sie es meinetwegen Effekthascherei.«

»Aber *warum* haben Sie das gemacht?« wollte Barry wissen.

»Um Sie in Ihrer Entwicklung zu fördern. Die Wirklichkeit ist in jedem Fall und in jedem Augenblick Ihres Lebens so, wie Sie sie haben wollen.«

»Die Heil- und Pflegeanstalten dürften voll sein von Leuten, die das glauben.«

»Die Geistesgestörten, diese armen Menschen, haben ihr *angkur* ganz oder teilweise verloren.«

»Also ihre Selbstbefähigung, wie Sie das nannten.«

Alexandra strahlte. »Sie haben gut aufgepaßt, Barry. Wenn kein organischer Schaden im Gehirn vorliegt, können diese Menschen alle wieder geheilt werden. Das ist freilich eine Kunst für sich. Dafür wären Ärzte mit einer ganz speziellen Vorbildung nötig, und die gibt es kaum.«

»Warum haben Sie – nein, warum hat sich Ihre Doppelgängerin einfach aufgelöst, als ich sie berührte?«

»Weil ich es so wollte. Das ist das Angenehme an Doppelgängerinnen oder Doppelgängern: sie dienen einem wirklich, sie tun, was man ihnen befiehlt. *Tulpas* sind da wesentlich komplizierter. Sie verhalten sich nicht immer so fügsam. Sie entwickeln ein Eigenleben und geben es manchmal nur widerwillig auf. Ich habe Ihnen doch von meinem kleinen Mönch erzählt.«

»Ja.«

»Nachdem er wirklich lebensecht war, seiner Wege ging und auch von anderen gesehen wurde, veränderte er sich. Er wurde größer und dünner. Sein Gesicht bekam einen diabolischen Ausdruck. Sein Gebaren wurde herrisch, seine Erscheinung unheimlich. Er begann, sich meiner Kontrolle zu entziehen und über mein Leben zu verfügen. Wenn er mich anblickte, hatte ich oft das Gefühl, daß er mich beseitigen wollte. Um völlig unabhängig zu sein.«

Barry schauderte fast zusammen. »Das waren doch sicher Halluzinationen.«

»Nein. Denn genaugenommen spielen sich Halluzinationen ja nur im eigenen Kopf ab. Und Sie erinnern sich vielleicht noch, daß andere, die nicht wußten, daß er buchstäblich meines Geistes Kind war, ihn für echt hielten, ganze Tage mit ihm verbrachten und ihn in jeder Hinsicht reizend fanden. Also beschloß ich – um der Rettung meines eigenen Lebens willen –, dieses ungebärdige Phantom zu vernichten.«

»Und wie haben Sie das gemacht?«

»Mein Geist war stärker und besser geschult als seiner. Da er meines Geistes Kind war, ahnte er natürlich, was ich mit ihm vorhatte, und so mußte ich denn zu mancher List greifen und viele krumme Wege gehen.«

»Das ist ja gespenstisch.«

»Ich kann Ihnen sagen – das waren ein paar äußerst bange und anstrengende Monate, bis er verschwand.«

»Verschwand?«

»Ja. Geplatzt wie eine Seifenblase – so ähnlich. Vom einen Moment auf den anderen war er plötzlich weg wie nie gewesen. Ich mußte ein paar Tage das Bett hüten, um mich von diesem Kampf zweier Intelligenzen zu erholen.«

»Das erinnert mich irgendwie an imaginäre Spielgefährten«, meinte Barry nachdenklich.

Alexandra strahlte wieder. »Solche Geschöpfe gibt es in der Kindheit sehr oft. Aber zum Glück werden diese kleinen *tulpas* nicht so stark imaginiert, daß andere sie sehen können. Und sie überdauern nicht, wenn die Kinder aus Fleisch und Blut heranwachsen und sich mit den Forderungen der Gesellschaft und ihrer Altersgenossen auseinandersetzen. Es ist eine interessante Frage, was alles passieren könnte, wenn auch diese Phantomkinder her-

anwüchsen. Die *tulpas,* von denen ich gehört habe, sind völlig hemmungslos und von einem unersättlichen Machthunger besessen. Fortpflanzen müßten sich solche Wesen freilich durch eine Art geistige Jungfernzeugung. Das ist eines von den Mankos der *tulpas.* Sie sind asexuell, so geschlechtslos wie kastrierte Tiere.«
»Wir sind da.« Barry hielt vor dem Häuschen auf dem Kinbote-Gut. Alexandra stieg aus, stützte sich dabei auf ihren Stock, blieb stehen, die Hand auf der Wagentür.
»Ich hoffe, Sie verzeihen mir, wenn ich sage, daß ich in Ihrer Beziehung mit Mark sehr viel Kummer spüre.«
»Da irren Sie sich. Es ist alles okay. Könnte gar nicht besser sein.«
»Gut. Wahrscheinlich hat meine Intuition mit dem Alter etwas nachgelassen. Er ist wirklich das, was Sie immer gewollt haben. Der Mann Ihrer Träume.«
»Ja«, sagte Barry und erwiderte unbewegt Alexandras grünen, intensiven Blick.
Alexandra nickte lächelnd. »Ich kann Ihnen gar nicht genügend danken. Bis morgen abend. Ich freue mich schon darauf, Ihre Familie kennenzulernen.«
Barry fuhr weg und empfand Alexandra gegenüber wieder einmal ambivalente Gefühle. Die alte Dame konnte wirklich eine Landplage sein. Aber eben auch eine faszinierende Frau. Unmöglich, sie längere Zeit kühl oder häßlich zu behandeln. Alexandra lächelte nur auf nicht unterzukriegende Weise, freundliche Fältchen um die Augen, ein Lied im Herzen, und schon kam sich Barry klein und unbedeutend vor.
Sie war eine Hexe, eine Philosophin, eine Zauberin – und das schätzte Barry gar nicht an ihr, obwohl sie Geister und ähnliche Phänomene immer akzeptiert hatte. Das gehörte zu ihrem Erbe und zu ihrer Erziehung: die respektvolle Einstellung ihrer Mutter zur übersinnlichen Welt, der starke, schöpferische Geist ihres Vaters, seine Liebe zur Natur und zu den verborgenen Kräften, die den Kosmos bewegen.
Was Barry wirklich störte (und vermutlich auch weiterhin ein Problem bleiben würde), war Alexandras Hang zur Schnüffelei, ihr neugieriges Interesse an Mark – Barry war oft um eine Antwort verlegen und stand hilflos da mit ihren Gefühlen. Sie seufzte. Nichts zu machen. Sie waren Nachbarinnen, und so ließ es sich

denn nicht vermeiden, daß Barry und Alexandra einander noch des öfteren begegnen würden.

Wenigstens schien Mark nichts gegen sie zu haben.

27.

Der Mercedes fuhr mit dem vorletzten Tropfen Benzin und war außerdem ziemlich dreckig. Barry brachte ihn zu der Tankstelle, bei der die Brennans Stammkunden waren, und ließ ihn schnell waschen. Als sie nach Hause kam, parkte auf dem Hof ein fremder Wagen. Barry dachte, daß er wahrscheinlich Niels Finnstadter gehörte, der sich um ihre Obstgärten kümmerte, oder dem Bauern, der Ackerland von ihnen gepachtet hatte.

»Dal ist wieder da«, sagte Mrs. Aldrich, als Barry in die Küche trat.

»Ja?! Wann ist er denn gekommen?«

»Vor einer halben Stunde – kurz nachdem Sie weggefahren sind. Ich hoffe nur, daß ich die grünen Bohnen etwas strecken kann.«

Nun erschien Dal. Er kam aus der Waschküche, hinkte leicht, trug ungebügelte Sachen und eine griechische Fischermütze. Er hatte sich eine ganze Weile nicht rasiert. Seine Augen sahen so aus, als würden sie gleich anfangen zu bluten. Seine Lippen waren weiß, seine Nasenspitze hatte sich unter der Sonne des Mittelmeers ein paarmal geschält. Und seine Hände zitterten. Barry lief ihm entgegen und wollte ihn umarmen, aber er blickte sie derart finster an, daß sie stehenblieb.

»Wie bist du denn hergekommen?« fragte sie, immer noch voll Wiedersehensfreude.

»Mit dem Flugzeug. Von Athen aus. Hör zu, Barry, ich muß mit dir sprechen. Sofort.«

»Tu das. Was ist denn? Du schaust so – ist Dad –.« Dal deutete mit dem Kopf in Richtung Atelier. »Da ist er.«

»Er ist doch okay, oder?«

»Wie du meinst. Ich würde das allerdings anders sehen. Heiliger Gott, Kind – warum habt ihr mich nicht früher gerufen?«

Nun bekam Barry es mit der Angst zu tun. Sie rannte an ihrem Bruder vorbei ins Atelier.

»Dad!«

Er stand vor der Fensterwand, als sie hereinplatzte. Mit schlaffer Hand hielt er ein kleines Bündel Skizzen. Die Fülle des Lichts im Atelier ließ ihn blaß und klein erscheinen. Barry lief auf ihren Vater zu. Dal folgte ihr.

Tom regte sich erst, nachdem sie ihn flehentlich berührt hatte; aber es war eine karge und ziellose Bewegung – wie der Rest von Schwung in einem aufziehbaren Spielzeugauto, das eben ausläuft. Unter der einen seiner eingefallenen Wangen zuckte ein Muskel, was ihm den Anschein eines nervösen Lächelns verlieh. Er hielt das Bündel Skizzen in die Höhe.

»Das war meine Idee«, sagte er ausdruckslos und ohne die Stimme zu erheben. Trotzdem wuchs in Barrys Brust ein böses Vorgefühl.

»Ich verstehe euch beide nicht! Was ist eigentlich los hier?«

Dal zog sie zu den Staffeleien, auf denen mehrere unvollendete Arbeiten von Mark standen. Er deutete auf ein Ölbild: Barry in Ganzfigur.

»Malt Mark da gerade dran?«

»Ja. Ist er nicht gut? Dal, du machst dir keinen Begriff davon, wie hart und intensiv er –«

»Du hast nackt für ihn Modell gestanden?«

»Allerdings. Und? Seit wann ist gegen Aktstudien was einzuwenden?«

Dal lachte höhnisch, sagte: »Und was machst du sonst noch mit ihm?«

»Wie kommst du dazu, mir eine solche Frage zu stellen?« Und dann, die Hände in die Hüften gestemmt, beantwortete Barry sie: »Was ich mit Mark mache? Alles, was ich will, Dal. Ich bin kein kleines Kind mehr. Und *ich* mische mich nicht in deine Angelegenheiten ein. Also misch *du* dich gefälligst auch nicht in meine ein.«

»Das hat mit Einmischen nichts zu tun, Barry. Hier geht etwas sehr Bedenkliches vor. Diese Landschaft zum Beispiel.«

»Die ist doch großartig! Könntest du das auch? Das möchte ich mal sehen!« Inzwischen war es ihr gleichgültig, ob und wie tief sie Dal verletzte.

Tom stand hinter den beiden. »Diese Landschaft ist nicht von Mark«, sagte er.

Barry drehte sich um und blickte ihren Vater entgeistert an.

»Dad! Ich habe doch mit eigenen Augen gesehen, wie er daran gearbeitet hat!«

»Das ist nicht der springende Punkt«, widersprach Dal. Er holte tief Luft. Es klang wie ein Zischen. »Hör dir wenigstens an, was Dad dazu zu sagen hat.«

Barry ließ die beiden einfach stehen. Tom kam ihr nach mit seinen Skizzen, hielt sie ihr entgegen. Seine Augen waren müde.

»Das Bild, die Bildidee ist von mir. Ich habe sie vor knapp zwei Jahren konzipiert. Und er hat sie mir gestohlen.«

Barry funkelte ihren Vater an. Sie glaubte ihm nicht. Dann nahm sie die Skizzen, blätterte sie durch.

Es waren größtenteils Aquarelle, Bildideen, wie Tom selbst gesagt hatte, flüchtige Notizen, Stenogramme, gewissermaßen. Sie hielten einen kurzen Blick fest, einen Gedanken, ein Gefühl, aus dem eines Tages ein sorgfältig angelegtes, minutiös gemaltes Bild werden konnte. Barry hatte diese Entwürfe schon als Kind betrachtet; sie kannte die Verfahrensweise ihres Vaters gut. Nun blickte sie zu der Landschaft auf, die Mark gemalt hatte. Doch, es gab ein paar Gemeinsamkeiten, eine gewisse Eleganz der Linienführung zum Beispiel. Freilich hätte anhand der Skizzen niemand sagen können, wie das vollendete Bild aussehen würde. Das war immer eine Frage der Erfahrung, der Intuition, des Ausschöpfens aller Möglichkeiten, der genialen Erleuchtung, die sich manchmal einstellte und manchmal auch ausblieb.

»Angenommen, er hat diese Skizzen gesehen. Ja, was dann? *Ich* könnte daraus kein Bild machen – genausowenig, wie ich aus einem Kuheuter eine Kuh machen könnte. Mark hat ein fantastisches –«

»Barry«, sagte Tom, »dieses Bild auf der Staffelei ist genau das, was mir durch den Kopf ging, als ich den geborstenen Einmachtopf zum ersten Mal auf einem Acker sah; ich habe das Ganze kurz vor mir gesehen und dann wieder aus meinen Gedanken verbannt, ganz bewußt verbannt, nachdem ich ein paar Striche gezeichnet hatte, wie ich es immer mache – als Anhaltspunkt. Danach hatte ich die Idee sozusagen im Hinterkopf. Aber ich habe mich mit voller Absicht lange Zeit nicht mehr mit ihr beschäftigt. Die späteren Skizzen kann Mark nicht gesehen haben, weil sie mehrere Monate in einer abgeschlossenen Schublade lagen. Und da steht das Bild – genauso, wie ich es gemalt hätte!«

Diese herausgesprudelte Erklärung schien ihn erschöpft zu haben. Mit halboffenem Mund setzte er sich auf einen Liegestuhl, lehnte sich zurück, entfernte sich dadurch aus dem Licht und tauchte in den Schatten eines Schranks ein, der eine kohlenartige Schwärze hatte. In diesem Dunkel erinnerte Tom an ein Stück Schlacke, an etwas Ausgeglühtes, Totes.

»Also gut, es ist unheimlich«, sagte Barry mit einem besorgten Blick zu ihrem Vater. »Aber was werft ihr Mark eigentlich vor? Und wo ist er überhaupt?«

»Ich habe ihm gesagt, es wäre 'ne gute Idee, wenn er mal die Hühner füttern würde«, antwortete Dal.

»Ich will ihn aber hier haben! Das ist nämlich nicht fair. Mark und ich wissen, wie hart er an dieser Landschaft gearbeitet hat. Ein paar hundert Stunden! Und er hat nichts geklaut, verdammt noch mal – ich weiß es genau, ich habe die Entstehung dieses Bildes von Anfang an mitverfolgt. Er ist eben ein ungeheuer begabter –«

»Aber woher kommt diese Begabung, Barry?« fragte Dal.

»Wie soll ich das wissen?«

»Er konnte keinen Strich malen, als ich vor zweieinhalb Monaten von hier abgereist bin.«

»Er lernt eben sehr schnell.«

»Aber Barry, das ist doch schlicht unmöglich! Ich habe mit der Ausbildung zum Maler angefangen, als ich vierzehn war. Und Dad hat *zwanzig Jahre* arbeiten müssen, um ein Bild malen zu können, das so gut ist wie diese Landschaft.«

»Mozart –«

»Den kannst du vergessen. Die Musik ist ganz was anderes. Da *gibt* es Wunderkinder – aber in der Malerei nicht. Diese Landschaft ist nicht nur technisch gut, sie ist phänomenal! Das ist Thomas Brennan in Höchstform, da steckt sein ganzes Talent drin –«

»Ein Talent, das ich nicht mehr habe«, sagte Tom mit vor Erregung fast überschnappender Stimme. »Er hat es mir gestohlen.«

»Das ist doch lächerlich! Ihr habt einer Flasche den Hals gebrochen, bevor ich nach Hause gekommen bin. Gebt's zu.«

»Nein, Barry«, sagte Dal. »Wir sind nüchtern und wir haben Schiß. Weil wir Künstler sind und weil wir beide nicht kapieren, wie so ein Bild einfach aus dem Nichts entstehen kann.«

Barry blickte ihren Vater und ihren Bruder an. Eigentlich liebte sie die beiden, aber jetzt empfand sie für den einen wie für den an-

deren nur Verachtung. Und ihr war nach einem Wutanfall zumute
– genau von der Sorte, mit der sie in ihrer Kindheit die ganze Familie erschreckt hatte, mit Zu-Boden-Fallen und Schaum vor dem
Mund... Recht geschähe es ihnen ja. Aber damit hätte sie sich
auch selbst die Reife abgesprochen, die sie Dal gegenüber proklamiert hatte. Und es hätte sich nichts an der absurden, unguten Situation geändert. Barry wußte, was zu tun war. Was sie zu sagen
hatte. Sie unterdrückte alle Gefühle. Sie lächelte.

»Ich kann es euch erklären.«

»Ach ja, tatsächlich?« fragte Dal müde.

»Diese Bilder sind nicht aus dem Nichts entstanden. Mark ist Künstler, und er war nie etwas anderes. Er hatte immer schon ein phänomenales Talent. Seine Eltern waren ebenfalls Künstler. Sie merkten sehr früh, was in ihm steckte, und so hielten sie ihn denn zur Arbeit an. Er mußte hart arbeiten, sehr hart. Er – er ist nie zur Schule gegangen. Er durfte keine Freunde haben. Die eiserne Disziplin war ihm verhaßt, aber er hatte Angst zu versagen, irgendwelchen Anforderungen nicht zu genügen. Denn dann bekam er Prügel von seinem Vater.«

Tom hob langsam den Kopf.

»Woher weißt du das, Barry?«

»Mark kann sich doch noch an einiges erinnern. Aber das möchte er nicht jedem sagen. Ist ja auch sein gutes Recht, nicht wahr?«

»Seine Eltern sind Künstler? Maler, ja?« fragte Dal. »Draven – Draven? Nie gehört.«

»Sie *waren* Künstler. Sie kamen bei einem Lawinenunglück in der Schweiz ums Leben. Ein ganzes Dorf wurde verschüttet. Schrecklich. Und Draven ist nicht sein Familienname, sondern der Mädchenname seiner Großmutter. Mark hat seine Großmutter sehr geliebt. Aber sie lebt auch nicht mehr. Seine Vergangenheit ist wirklich traurig. Er verläßt sich darauf, daß ich niemand was davon erzähle. Und mehr kann ich tatsächlich nicht verraten.«

Tom betrachtete die famos gemalte Landschaft. Ersichtlich weniger entrüstet als zuvor.

Dal meinte zögernd: »Barry – das erklärt einfach nicht genug. Wie kann er sich denn so schnell ändern in ein paar –«

»Ich möchte nichts mehr davon hören! Ich habe euch die Wahrheit gesagt!«

Und nun brachen sich die Gefühle Bahn, die sie hinter einer Fassade der Ruhe und Gelassenheit versteckt hatte.
»Ihr macht alles kaputt!« schluchzte sie. Mit hoch erhobenem Kopf verließ sie das Atelier.
Sie fand Mark in der Scheune. Er hockte in einer breiten Bahn Sonnenlicht und skizzierte einen Bantamhahn. Als sie kam, legte er Block und Bleistift aus der Hand. Der Hahn ergriff hektisch die Flucht.
Barry wischte sich mit der Hand über die Augen und setzte sich neben Mark auf einen Strohhaufen.
»Die wollen mich hier nicht haben«, sagte er.
»Das ist mir egal! Sie haben kein Recht, sich so zu verhalten. Ich weiß, daß mein Vater eigentlich gar nicht so verbiestert war, aber heute nachmittag hat er sich so aufgeführt, als hätte er sie nicht mehr alle.« Sie rückte näher an Mark heran. »Ich habe ihnen erzählt, daß du dein Gedächtnis teilweise wiedergefunden hast.«
»Warum denn das?«
»Es ging nicht anders. Sie haben mich praktisch dazu gezwungen. Und es ist auch gut, daß ich ihnen das erzählt habe. Jetzt haben sie dir gegenüber nämlich nicht mehr ganz soviel Vorurteile.«
»Und was hast du gesagt?« fragte er mit einem etwas verwirrten Lächeln.
Barry erzählte ihm von seinen bösen Eltern, von seinem Wunsch, den Namen seiner Großmutter anzunehmen.
»Ich weiß, daß das alles Quatsch ist, aber du brauchst jetzt einfach eine Geschichte, Mark, ich bin immer noch dabei, mir ein paar Sachen auszudenken. Bis jetzt ist mir folgendes eingefallen: Du bist voriges Jahr in die Staaten gekommen, per Anhalter durchs ganze Land gefahren und dann an zwei schräge Typen geraten, zwei Lastwagenfahrer. Die haben dir irgendeine Droge verpaßt, die verheerende Auswirkungen auf dich hatte. Sie haben dir deine Kleider gestohlen, dein Geld, deinen Paß – alles. Außerdem hast du durch diese Droge dein Gedächtnis verloren. Du kannst dich auch jetzt nicht an sehr viel erinnern. Nur an die harten Zeiten in deinem Leben.«
»Und das soll ich ihnen also sagen? Aber warum?«
»Meinem Vater zuliebe. Und damit Dal nicht mehr so mißtrauisch ist.«
Barry saß im Schneidersitz da und blickte Mark kummervoll an.

Manchmal konnte er sehr still und unergründlich sein, und das beunruhigte sie immer schon nach kurzer Zeit.

»Ist dir jetzt wohler?« fragte Mark ruhig.

»Darum geht es mir doch gar nicht! Ich habe dir immer wieder gesagt, daß ich nicht wissen muß, wer du warst. Mir kommt es nur darauf an, wer du bist. Ich liebe dich, Mark. Und ich liebe Thuata de Dannan und meine Familie und ich möchte, daß wir hier alle glücklich sind. Und daß du mit dazugehörst.«

Mark nickte. »Das möchte ich auch.« Doch dann seufzte er und stocherte unter seinen Fingernägeln nach ein paar Kreideresten. »Ich werde ihnen sagen, was du willst. Aber helfen wird das nichts. Dal mag mich einfach nicht. Er hat mich nie gemocht. Als er weg war, war alles besser. Ich bedaure, daß er wieder da ist.«

»Ach, der ist doch bloß neidisch. Sein Problem. Deswegen brauchst du dir keine Gedanken zu machen. Ich will jetzt bloß, daß wieder Friede ist. Vielleicht regen sie sich ab, wenn wir ein anderes Atelier für dich finden. Die Mühle hat gutes Licht.«

Mark schwieg.

Barry stand auf, klopfte sich etwas Stroh vom Hosenboden ab und legte die Arme um ihn. »Na, dann wollen wir uns mal in die Höhle des Löwen wagen. Hab keine Angst.«

»Nein.« Mark wußte, daß sie geküßt werden wollte; er drückte seine Lippen gegen ihre. Arm in Arm verließen sie die Scheune und gingen langsam auf das Haus zu.

Beim Abendessen herrschte eine gespannte bis unerfreuliche Atmosphäre. Dal aß bereits, als Mark und Barry kamen – anscheinend wollte er die gemeinsame Mahlzeit möglichst rasch hinter sich bringen. Neben seinem Teller stand ein Glas Whisky. Tom saß am einen Ende des Tisches, eines Zeichentischs auf Böcken, und sah ziemlich verhungert aus, hatte aber weder Interesse am Essen noch am Gespräch.

Barry eröffnete es schwungvoll. »Du hast überhaupt noch nichts erzählt«, sagte sie zu ihrem Bruder. »Wie war's denn in Griechenland?«

»Heiß.«

»Und eine Mauer ist auf dich gefallen.«

»Mhm.«

»Hat deine Schönheit nicht gesteigert.«

Dal kratzte mit der Gabel auf seinem Teller herum – ein entnervendes Geräusch. »Soll das ein Witz sein?«

»He, Dal, gibst du uns 'ne Chance?«

Dal nahm einen Schluck von seinem Whisky, worauf ihm der Schweiß ausbrach. Er schaute Mark an, der schweigend aß und beunruhigt aussah. Ihre Blicke begegneten sich.

Mark sagte ruhig: »Ich möchte dein Freund sein, Dal.«

»Kannst du ohne weiteres.«

»Wie?«

Dal legte seine Serviette auf den Tisch, schob seinen Stuhl zurück.

»Da Dad momentan nicht in der Verfassung ist, Entscheidungen für die Familie zu treffen –«

»Nein, Dal«, sagte Barry warnend, »laß das.« Aus den Augenwinkeln sah sie Mrs. Aldrich – die Küchentür stand offen –, und Mrs. Aldrich war ganz Ohr.

»– werde ich die Verantwortung übernehmen müssen«, fuhr Dal fort, als hätte er die Worte seiner Schwester nicht gehört. »Bringen wir es also möglichst schnell hinter uns. Mark, ich glaube, es ist nicht im Interesse der Familie, daß du hier wohnen bleibst.«

»Dal, du bist ein Scheißkerl!«

»Halt die Klappe, Barry. Oder verzieh dich in dein Zimmer, bis wir hier alles besprochen haben.«

»Ach ja, und ich habe da überhaupt nicht mitzureden, oder wie?«

»Barry«, sagte Mark, »streite dich nicht mit deinem Bruder.«

Dal witterte kooperatives Verhalten. »Sieh mal«, fuhr er fort, »ich will ja kein Unmensch sein. Du hattest es 'ne Weile ziemlich schwer, wir waren entgegenkommend und sind es auch jetzt noch – ich habe jedenfalls nicht die Absicht, dich hier auf der Stelle vor die Tür zu setzen. Du kannst dir ruhig noch eine Woche Zeit lassen und deine Zukunft planen. Wir werden dir helfen. Ich kann dir Geld leihen –«

»Wenn Mark geht, gehe ich auch!«

Mark wandte sich Tom Brennan zu, der bis jetzt nur mit gesenktem Kopf dagesessen und zugehört hatte.

»Was sagst du, Tom?«

Tom blickte ihn nicht an. »Ich will dich nicht mehr in meinem Atelier haben.«

Mark nahm das Verdikt hin, ohne seinen Gesichtsausdruck zu

verändern. »Ich male gern«, sagte er, aber mit dieser Äußerung stieß er bloß auf Gleichgültigkeit. »Ich möchte nur so gut sein wie du.«

Und dann schwiegen sie alle – auch Barry, der die Zornestränen in den Augen standen. Mark erhob sich langsam von seinem Platz. Das Licht der untergehenden Sonne füllte den Raum, dick wie Orangenmarmelade. Die Decke des Eßzimmers war niedrig, was Marks Körpergröße betonte. Dal wirkte schmächtig daneben auf seinem Stuhl.

»Ich möchte über deine Worte nachdenken«, sagte Mark zu Dal. »Ich werde jetzt einen Spaziergang machen.«

Barry schickte sich zum Aufstehen an. Mark hob abwehrend die Hand. »Nein. Komm bitte nicht mit, Barry.« Dann ging er rasch aus dem Eßzimmer und durch die Küche, an Mrs. Aldrich vorbei. Er blickte sie kurz an und zuckte die Achseln. Sie lächelte ihm verkniffen zu. Barry hörte, wie er draußen auf dem Hof Gemeinheit herpfiff.

Mrs. Aldrich trug den Nachtisch auf: Erdbeeren und Eis.

»Ich kann nur eines sagen«, meinte sie. »Das ist einer der nettesten Jungen, denen ich in meinem ganzen Leben begegnet bin.«

Dal zündete sich eine Zigarette an und blies heftig Rauch durch die Nasenlöcher. Tom zog seine Pfeife aus der Tasche. Barry erhob sich wortlos und ging in die Küche. Sie stellte sich ans Fenster und schaute Mark nach. Mit flottem Schritt lief er den Hügel hinunter in Richtung Teich, den Hund zur Seite, eilte über Lichtungen im milden Abendschein, verlor sich schließlich zwischen Bäumen, die schon dunkel dastanden bis auf ein paar im Licht der untergehenden Sonne aufflammende Blätter. Sie ließ auch den Hartriegel vor dem Küchenfenster erstrahlen – in einem so satten und leuchtenden Rosa, daß Barry die Augen weh taten.

»Barry?« rief Dal vom Eßzimmer aus.

Sie schüttelte den Klang seiner Stimme gleichsam von sich ab: wie ein Pferd, das mit zuckenden Ohren eine Fliege vertreibt.

28.

»Gemeinheit, wo soll ich denn hin?«
Am dunklen Teich, an der Stelle, wo eine Uferböschung eingebrochen und mit ihr eine junge Weide halb im Wasser versunken war, hatte Mark den biegsamen, aufgewölbten Stamm erklommen – kaum breiter als sein Fuß und auslaufend in ein rutendünnes Ende, das unter seinem Gewicht fast ins kühle Naß eintauchte. Es war ein exzellenter Balanceakt, ausgeführt mit der Präzision eines Seiltänzers und beinah mühelos. Der ganze Baum bewegte sich nach Marks Willen mit jedem langsamen Atemzug. Fledermäuse flatterten in Bahnen, die wie verhext wirkten, von größeren Höhen herab, Fische schnellten seidig glänzend aus modrigen Tiefen empor, Zikaden machten ihre helle Musik. Gemeinheit hatte im Morast die Fährte einer Bisamratte aufgespürt, fand den Weg durch den Schlamm jedoch zu beschwerlich und kehrte wieder um, tappte dem Klang von Marks Stimme nach, den Blick nach oben gerichtet, das verdrehte Auge rötlich wie der aufgegangene Mond. Der Hund schüttelte den Kopf und knabberte begeistert an einem von Flöhen zerstochenen Ohr.
»Ich muß bleiben«, sagte Mark, schaute nach dem Haus auf dem Hügel, wo in einem beleuchteten Fenster im ersten Stock dann und wann eine Gestalt auftauchte, undeutlich, aber pulsierend vor Leben wie ein Keimbläschen in einem warmen Dotter. Es war Barry. Natürlich.
»Ich muß malen«, sagte Mark. In diesem Moment war er verzweifelt. »Dal ist wirklich ein Scheißkerl.« Er blickte auf, völlig abrupt, weidete sein Auge am riesigen Schwarm der Sterne, verlor um ein Haar das Gleichgewicht. Und nun schien sein Körper – plötzlich etwas gebeugt, leicht schwankend – so hilflos zu sein, als hinge er an einem unsichtbaren Galgen. Ein tiefer Atemzug weitete seine Brust, verschaffte ihm Erleichterung. Er sammelte sich, lief leicht und behende den Baumstamm hinunter und landete mit einem dumpfen Laut auf beiden Füßen, neben dem alten Hund.
»Du bist mein Hund, mein Hund, mein guter Hund«, sagte Mark in singendem Tonfall und kraulte Gemeinheit hinter den Ohren. »Du willst doch, daß ich bleibe, nicht? Barry auch. Ich bin hier zu Hause. Wenn ich also bleibe, Gemeinheit –«

Er hielt den Hund bei den Ohren gefaßt und blickte ihm ins Auge. Er gab ein leises, tiefes, kriegerisches Knurren von sich. Gemeinheit zuckte zusammen und versuchte zurückzuweichen.

Mark lachte und ließ den Hund los, lachte über sein plötzliches Freiheitsgefühl, schwelgte in der Gewißheit, die er sich verschafft hatte, indem er zu einer für ihn befriedigenden Lösung des Problems gelangt war.

»Wenn *ich* bleibe, werden *sie* gehen müssen.«

29.

Barry hätte das Essen am Samstagabend am liebsten ausfallen lassen, doch am nächsten Morgen wachte Tom auf und meinte, er fühle sich so gut wie schon seit Wochen nicht mehr. Er nahm ein – wenn auch bescheidenes – Frühstück zu sich und zeigte keine Neigung, bis mittags im Bett liegenzubleiben. Und er sagte zu Barry, daß er sich darauf freue, zur Abwechslung mal ein bißchen Gesellschaft zu haben.

Er verhielt sich sogar Mark gegenüber versöhnlich. Mark wiederum schien keinen Groll gegen ihn zu hegen und die unerfreuliche Szene beim Abendessen am Tag zuvor vergessen zu haben. Die beiden arbeiteten im Garten, bis die Sonne hoch am Himmel stand. Barry ging mit Mrs. Aldrich und deren Cousine die Speisenfolge für den Abend durch. Diese Cousine war groß und kräftig, bereits über siebzig, und trug einen extravaganten alttestamentarischen Namen, weshalb sie der Einfachheit wegen jeder Tante Sparky nannte. Sie arbeitete rasch, aber etwas sprunghaft, weil sie Arthritis in der Hüfte hatte.

Dal verschwand schon früh mit einer Mappe voll Aquarellen und Zeichnungen in seinem Atelier. Sie waren die Ausbeute seiner Mittelmeerreise, und er zeigte sie nicht her – nicht einmal Tom durfte sie sehen. Er hielt geheim, was er mit ihnen vorhatte. Wenn Barry ihren Bruder erblickte, und sei es auch noch so kurz, hatte sie das Gefühl, es werde ihr Salz in eine offene Wunde gestreut. Aber sie erkannte durchaus, daß es fürs erste klüger war, einen häßlichen Wortwechsel zu vermeiden. Mark hatte – auf reichlich selbstherrliche Weise – noch eine Gnadenfrist bekommen, und der ganze

Quatsch (so sah es Barry) würde sich vermutlich in Wohlgefallen auflösen, wenn Dal wieder drin war in der Malerei und sich auf seine Arbeit konzentrierte. Jetzt herrschten erneut Ruhe und Frieden. Man konnte sich am Leben freuen, und es wurde wieder ein schöner Tag mit ziehenden Wolken und sanftem Wind. Für den Abend war freilich Regen angesagt.

Eine Suchaktion in ihrem Kleiderschrank brachte Barry zu der Überzeugung, daß sie nichts Passendes zum Anziehen habe. Außerdem fand sie, ihre Haare seien zu lang und die Spitzen zu zottelig. Also fuhr sie nach White Plains, ließ sich die Haare waschen, schneiden und legen und kaufte anschließend noch eine Bluse, die einer Gastgeberin würdig war, und pseudogoldene, überaus elegante Schuhe.

Am Nachmittag kehrte sie nach Hause zurück. Mark hatte es sich in einer großen, zwischen zwei Eichen ausgespannten Hängematte bequem gemacht. In ihrem Schatten ruhte Gemeinheit. Barry beugte sich über Mark, küßte ihn und lugte nach dem Buch, das offen auf seiner Brust lag. Eine Biographie von Mary Shelley.

»Ich war beim Friseur«, sagte sie und führte ihre flotten Locken vor.

»Mhm.«

»Über was habt ihr gesprochen, als ich weg war, Dad und du?«

»Über den Garten.«

»Hat er nicht gesagt, daß es ihm leid tut oder so?«

»Hättest du das denn von ihm erwartet?«

»Na ja – nein, eigentlich nicht. In Wirklichkeit ist es Dals Schuld. Aber ich will nicht schon wieder damit anfangen.« Sie küßte ihn noch einmal – jetzt aufs Ohr.

»Das kitzelt«, sagte Mark leutselig. Er freute sich, sie zu sehen. Er liebte ihre Aufmerksamkeiten. Er hielt ihre Hand.

»Ich könnte dich fressen«, sagte Barry und klickte wild mit den Zähnen. Sie war mehr als nur ein bißchen erregt. Unter der Trokkenhaube hatte sie von Mark geträumt, beim Schuhkauf hatte sie ihn in jedem breitschultrigen und schmalhüftigen Mann gesehen. Sein Hemd war aufgeknöpft; sein dickes Haar ringelte sich gegen ihre Lippe. Sie seufzte.

»Möchtest du Liebe machen?« fragte Mark, da ihm alle einschlägigen Zeichen ihrerseits komplett zu sein schienen.

Barry richtete sich auf und blickte ihn zärtlich an. Sie nannte das so, und es war ein Ritual, das sie vollzogen – Mark tat sein Bestes, aber es fehlte immer noch eine ganze Menge. Mit seinem Herzen und seiner Seele war er freilich dabei, das glaubte Barry sicher zu wissen. Ansonsten hätte sie nicht mit ihm zusammen sein können, wäre es trotz Barrys heißem Verlangen letztlich demütigend und erniedrigend gewesen. Sie kam zu was beim »Liebe machen«, das mußte Barry zugeben. Sie hätte sich nur noch ein bißchen mehr gewünscht. Aber sie hörte nicht auf zu hoffen. Eines Tages – es konnte schon morgen sein.

»Später, ich muß jetzt mal sehen, ob Mrs. Aldrich und Sparky alles haben, was sie brauchen. Habe ich den Barmixer angerufen? Ja. Und die Blumen –«

»Die sind vorhin gekommen.«

»Gut.«

»Wieviel Leute sind denn da beim Essen?«

»Zwölf. Und dann noch du und ich. Nicht viele.«

Mark schien erleichtert zu sein. Er war im Grunde seines Herzens schüchtern und hatte eine Scheu vor großen Ansammlungen von Fremden; im Kino saß er sogar ungern in einer Reihe mit anderen.

»Und du probierst jetzt vielleicht mal den Blazer an, den wir gekauft haben, und schaust, ob er dir noch paßt«, sagte Barry. »Kann ja sein, daß du größer oder breiter geworden bist durch das Training mit den Gewichten.«

»Okay.«

»Ach, und kannst du Alexandra abholen? Wollte eigentlich ich machen, aber ich komme einfach nicht dazu. Ich sage dir dann, wie du fahren mußt.«

Um sieben Uhr hatte sich der Himmel verdüstert. Schwarze Wolken waren aufgezogen. Das Licht war dämmrig, die Luft regenschwer. Wind ließ die Bäume aufrauschen: sie kehrten die hellen Unterseiten ihrer Blätter hervor. Barry war mit den Kleinigkeiten beschäftigt, die man immer in letzter Minute erledigt – sie stellte Platzkarten hin, zündete Kerzen an auf den runden Tischen für je sechs Leute, die nun anstelle des Zeichentisches im Eßzimmer standen, entfernte ein Glas mit angeschlagenem Rand (außer ihr war das niemandem aufgefallen), tat Weißwein in den Kühlschrank, öffnete den roten Bordeaux, damit er seine Blume entfalten konnte. Sie überredete ihren Vater mit viel guten Worten zu einem Jackenwechsel – er zog eine von Dal an, weil seine eigene um ihn herumschlotterte und auf diese Weise betonte, wie sehr er in den vergangenen Wochen abgenommen hatte. Tom hatte etwas Farbe von der Arbeit im Garten und strahlende Augen – Vorfreude auf das Gespräch mit lieben alten Freunden.

Die ersten Gäste, die mit einem dicken Wagen aus Manhattan eintrafen, waren Les Mergendoller, eine von ihm umbuhlte Broadway-Schauspielerin und Dals allerneueste Freundin, eine Eurasierin namens Tepei, angetan mit einem hautengen, jadegrünen Kleid. Tepei hatte warme dunkelbraune Augen, eine Haut wie ein Schälchen Sahne plus zwei Tropfen Kaffee und mittelbraunes Haar von solcher Dichte und Üppigkeit, daß sie es vermutlich regelrecht striegeln mußte. Barry hatte zweieinhalb Stunden darauf verwandt, sich schön zu machen, aber wenn sie sich mit Tepei verglich, kam es ihr so vor, als trüge sie die Art Sachen am Leib, die Versandhäuser als Sonderangebote in die Welt hinausschicken.

Les war groß und breit, hatte einen watschelnden Gang, ein dickes Gesicht und eine Brille mit blitzenden kleinen Gläsern. Seine Schauspielerin hieß Stacey. Sie war eine von den unablässig Kalorien zählenden Frauen, die nur aus Backenknochen und matt glänzendem, schmachtendem Mund zu bestehen scheinen. Sie hatte im Moment kein Engagement und war soeben von einem dreiwöchigen Urlaub auf Barbados zurückgekehrt, wo sie sich in der Sonne hatte braten, ja fast verschmoren lassen. Ihre Augen weiteten sich vor Staunen, als sie Mark sah. Den Rest des Abends verbrachte sie dann damit, ihm eine Probe ihrer Sprechkünste einschließlich Mimik und Gestik zu geben. Barry hatte das Gefühl, daß sie im Hinblick auf den Möchtegernübergriff gegen Marks Person Großzügigkeit walten lassen konnte.

Claude und Millicent Copperwell trafen ein, als die ersten Tropfen fielen; Mark lief geduckt in den Regen hinaus, um Alexandra abzuholen, und kehrte in einem rauschenden Wolkenbruch mit ihr zurück.

Alexandra hatte ein Paket dabei, eingewickelt offenbar in Papiertüten aus dem Supermarkt, die sie aufgehoben hatte. Sie überreichte es Tom und Barry. Barry wickelte das Geschenk aus und ließ es fast fallen vor Verblüffung und Bangigkeit.

»Vorsicht, Barry«, mahnte Tom und griff nach dem schweren Lederkästchen. Gemeinsam stellten sie es auf einen Tisch im Wohnzimmer. Barry war sicher, daß es sich um dasselbe Kästchen handelte, das sie vor ein paar Tagen unter dem Arm von Alexandras Doppelgängerin gesehen hatte.

»Fantastisch«, hauchte Stacey. »Das muß sehr, sehr alt sein.«

»Etwa tausend Jahre«, bestätigte Alexandra. »Es stammt aus dem Besitz eines sehr reichen Mönchs, der der Regierung von Tibet angehörte und eine der maßgeblichen Persönlichkeiten im Kabinett war. Sein Haus an der Straße nach Lingkor barg viele solche Schätze. Leider haben nur einige wenige von ihnen den chinesischen Überfall heil überstanden.«

»Unbezahlbar«, sagte Les und leckte sich die Lippen. Dal und Tepei waren zunächst völlig sprachlos.

Dann fragte Dal schließlich: »Kannst du diese Inschriften lesen?« Tepei war mehrsprachig.

»Nein. Ich weiß nicht einmal, was für eine Sprache das ist.«

»Sanskrit«, klärte Alexandra sie auf.

»Das können wir unmöglich annehmen«, sagte Tom.

»Sie müssen! Ich habe noch viele Sachen zu Hause, und nichts macht mir mehr Freude als das Wissen, daß dieses Kästchen von Ihren Freunden und Bekannten gesehen und gewürdigt wird – von Menschen mit Geschmack und Urteilsvermögen.«

Barry starrte Alexandra an. Alexandra lächelte und zog den Schlüssel für das goldene Schloß aus der Tasche.

»Machen Sie es auf?«

Barry zitterte ein bißchen, aber der Schlüssel ging leicht ins Schloß und das Schloß funktionierte perfekt, so alt es auch war. Der Deckel des Kästchens klappte auf. Drinnen lagen auf oranger Seide mit feinen Noppen zwei längliche Gegenstände, in pergamentartiges Papier gewickelt, das ebenfalls Inschriften in Sanskrit trug.

»Was ist das?« fragte Barry.

Alexandra wickelte die beiden Bronzedolche aus, achtete jedoch darauf, die papierene Hülle nicht ganz zu entfernen.

»Oohh!« seufzte Stacey.

»Das sind sogenannte *phurbu* – rituelle Zauberwaffen.«

»Meisterhaft gearbeitet, einfach meisterhaft!« sagte Les, dem geradezu der Mund wässerte. »Etwas ähnlich Qualitätvolles habe ich noch nie gesehen – gewiß, ein paar entfernt vergleichbare Dinge in Topkapi und im Museum von Kairo, aber längst nicht so gut.«

»Diese Dolche haben übrigens auch eine sehr interessante Geschichte.«

Alexandra blickte langsam in die Runde und merkte schon, daß sie auf volle Aufmerksamkeit zählen konnte. Ihre Augen verweilten bei Mark. Er lächelte ihr aufmunternd zu.

»Diese Dolche gehörten einem Großlama, berühmt für seine Magie, der sie oft bei seinen Ritualen verwendete. Auf diese Weise erlangten sie erhebliche Kraft, ja sie wurden besessen – wie Menschen, beseelte Geschöpfe, besessen werden können. Als der Lama verschied, blieben die Waffen im Kloster. Doch ohne seinen lenkenden Einfluß wurden sie, sagen wir einmal, problematisch. Sie begannen, von allein durch die Luft zu fliegen, Gebete zu stören, Verheerung zu bewirken. Ein Mönch, der einem jener schwebenden *phurbu* entgegentrat, wurde angegriffen und so schwer verletzt, daß er starb. Die ganze Mönchsgemeinschaft war nun in Angst und Schrecken versetzt. Gebete wurden ersonnen, die den Geist des Großlama beschwören sollten, und die Mönche sammelten sich, dicht zusammengedrängt, drei Tage und drei Nächte lang um die Fahne des Segens auf dem Hof. Das Innere des Klosters hatten sie den fürchterlichen *phurbu* überlassen.

Schließlich erhob sich im Kloster ein entsetzliches Geschrei, ein schauerliches Geheul wie von Dämonen. Die Mönche erzitterten und beteten lauter. In der Frühe, beim ersten Morgenstrahl, wagte sich der Tapferste von ihnen ins Kloster, um zu erkunden, was geschehen war. Er fand die *phurbu* in das Papier gewickelt, das Sie hier vor sich sehen. Der Geist des Großlama hatte Zauberformeln darauf geschrieben. Sie bannten die Dolche, machten sie unschädlich auf immer. Doch wer weiß, was geschehen mag – selbst heute noch! –, wenn sie aus ihrer Umhüllung herausgelöst werden?«

Das Rauschen des Regens und der gleichmäßige Fluß von Alexandras Erzählung hatten sie alle ein wenig eingelullt. Dann zuckte ganz in der Nähe ein Blitz, krachte ein Donner, und sie fuhren alle zusammen und lachten nervös.

Alexandra blickte nicht auf. Ihre Lippen bewegten sich leise, als spräche sie einen kurzen, geheimnisvollen Zauber. Sie wickelte die *phurbu* wieder in das alte, schon brüchige Papier. Der Barmixer kam mit Getränken. Barry betrachtete die Dolche. Man sah nur noch ein Eckchen Bronze. Dann klappte Alexandra den Deckel des Kästchens zu.

»Jahrhunderte sind seitdem vergangen«, sagte sie und warf einen fatalistischen Blick auf die Runde der Gäste. »Es ist nicht sehr wahrscheinlich, daß die *phurbu* noch einen großen Bewegungsdrang entwickeln oder böse Absichten haben. Aber man kann wohl nicht vorsichtig genug sein. Ja, einen kleinen Schluck Weißwein – danke.«

»Alexandra«, sagte Tom, »das ist wirklich sehr freundlich von Ihnen. Dabei wären wir mit der Geschichte schon reich beschenkt gewesen.«

»Und wenn sie auch noch wahr wäre – wäre das nicht toll?« sagte Barry leise und ironisch zu Mark. Er drückte ganz leicht ihren Arm und sah amüsiert aus.

»Ich mag sie. Sie ist lustig.«

Barry hatte Mark möglichst weit von Dal weggesetzt, und zwar neben Alexandra, damit er jemanden am Tisch hatte, den er kannte. Sie hatte den Fehler gemacht, diesen Tisch auch Les und dem Broadway-Star Stacey zuzuweisen. Sei es darum. Barry saß am anderen Tisch, zusammen mit ihrem Vater, Tad Kameo und Frau (er war einer der ersten begeisterten Sammler und Propagandisten der Bilder von Tom und kaufte auch jetzt noch alles von ihm, was er kriegen konnte) sowie einem Bildhauer namens Harry Ott Frankel, einem Freund ihres Vaters, den sie einfach entsetzlich fand. Frankel war etwa 60 Jahre alt und ein ausgesprochenes Ekelpaket. Er färbte sich die Haare rabenschwarz, trug sie – mit Hilfe von Pomade – aus der Stirn gekämmt und hatte bei Tag und bei Nacht eine dunkle Brille auf, vielleicht weil er allzu unvorsichtig mit seinem Schweißbrenner umging. Aus einiger Entfernung sah er so aus wie der Held eines Halbstarkenfilms aus den 50er Jahren. Er führte auch gern eine derbe Sprache und nahm dabei nicht die geringste Rücksicht auf die Leute in seiner Umgebung. Vom »Ficken« redete er bei jeder passenden und unpassenden Gelegenheit. Frauen waren für ihn »Fotzen«. Und so weiter. Er schuf für gewaltige Preise gewaltige Metallplastiken, die überwiegend vor protzigen Büro- und Verwaltungspalästen Aufstellung fanden.

Frankels Frau hieß Estelle. Sie war so alt wie er, aber im Gegensatz zu ihm zeigte sie das auch. Ungepflegte Haare, die Zotteln teils schwarz, teils weiß, eine Nase wie mit dem Hammer gebildet, eine Warze, vielleicht auch zwei oder drei, aus der Haare sprossen, ein formloser Körper im einzigen Kleid, das Barry sie je hatte tragen sehen: nicht vom Allermodernsten, bedruckter Kattun mit großen blauen Dahlien über und über. Um ihre Meinung wurde sie von ihrem Gatten nie gebeten. Wenn er sie nicht vollständig ignorierte, nörgelte er an ihr herum. Das Paar war seit fünfundzwanzig Jahren verheiratet. Barry hatte gehört, Estelle habe eines schönen Tages in einem Flur ihres gemeinsamen Heims mit einer Kleinkaliberpistole auf Frankel gefeuert und nur um Haaresbreite seinen Hosenboden verfehlt. Sie hoffte, daß dies nicht nur ein Gerücht war – und sie bedauerte, daß Estelle nicht gut genug gezielt hatte.

Chalyce Kameo, die links von Barry saß, blendete sich kurz aus dem Kunstklatsch aus und fragte: »Blickt Mrs. Prye heute für uns in die Zukunft?«

»Leider nicht. Mrs. Prye ist – äh – kaputtgegangen.«

»Ach Gottchen. Kann sie denn repariert werden?«

»Ich glaube kaum.«

Chalyce rückte etwas näher an Barry heran. Ihr bläulich getöntes Haar war in komplizierten Windungen und Wirbeln angeordnet und schaute so hart aus wie glasierte Keramik.

»Tom sieht aber gar nicht gut aus.«

»Es geht ihm schon viel besser.«

»Arbeitet er?«

»Bald.«

»Ihr junger Mann ist eine Augenweide. Ist das derjenige, der –«

»Ja.«

»Das muß wirklich ein echtes Trauma für ihn gewesen sein. Er sagte da so was – er sei Maler oder dergleichen?«

»Er ist phänomenal begabt. Und sicher bald ausstellungsreif.«

»Tatsächlich? Also Barry, Sie wissen ja, wie sehr es Tad und mich interessieren würde, einmal Arbeiten von einem von Toms Schützlingen zu sehen.«

»Ich werde es Mark sagen. Da freut er sich bestimmt.«

Barry blickte zu Mark. Sie war leicht berauscht vom Wein und von diesem bisher nur fried- und wonnevoll verlaufenen Abend – das vorzügliche Essen von Mrs. Aldrich und lauter angenehme Gesellschaft bis auf Harry Ott Frankel, dessen einzige gute Eigenschaft in Barrys Augen sein Hang zum Nuscheln war: man verstand nur die Hälfte von dem, was er sagte. Tom schien sich bestens zu halten, obwohl er letztlich mehr zuhörte als sprach. Dal war vollauf mit der kultivierten und schönen Tepei beschäftigt und betrug sich manierlich. Draußen vor dem Fenster rauschte der Regen ohne Unterlaß auf die Terrasse nieder – ein schöner, silbriger

Laut. Barry stellte sich vor, daß Mark berühmt war, gefeiert wurde für sein Talent und für die Bilder von seinem Lieblingsmodell, und das war, wie der Zufall so spielte, Mrs. Barry Draven. Sie genoß es sehr.

Die Party endete früh, gegen 23 Uhr. Mark holte den Volvo – es goß immer noch – und fuhr vor der Haustür vor. Barry, einen großen Regenschirm in der Hand, brachte Alexandra nach draußen zum Wagen.

»Ich habe wirklich ein schlechtes Gewissen – jetzt müssen Sie sich meinetwegen soviel Umstände machen.«

»Mark fährt Sie gern nach Hause.«

Mark stieg aus, ging um den Wagen herum, um Alexandra beim Einsteigen behilflich zu sein. Anscheinend fröstelte es Alexandra auf einmal. Jedenfalls geriet sie ins Zittern und ließ ihre Handtasche fallen. Die Handtasche landete vor ihren Füßen und ging auf; ein paar Sachen daraus kullerten unter den Volvo.

»Ach Gott, wie dumm von mir!«

»Warten Sie, ich helfe Ihnen«, sagte Barry leicht gereizt. Sie würden alle pudelnaß werden. »Mark, im Handschuhfach liegt eine Taschenlampe.«

Barry ließ Alexandra den Schirm halten und bückte sich. Sie hob die Handtasche, einen Kamm und eine Lesebrille auf. Mark beugte sich ins Wageninnere, stützte sich mit der linken Hand am Türrahmen ab, öffnete das Handschuhfach. Er reichte Barry die Taschenlampe. Barry leuchtete damit unter den Wagen. Mark stand neben der offenen Tür, die Hand nach wie vor am Türrahmen.

»Ist das jetzt alles?« erkundigte sich Barry bei Alexandra und leuchtete noch einmal unter den Volvo.

»Mein goldener Zerstäuber fehlt noch.« Alexandra versuchte, in ihrer Tasche zu kramen und gleichzeitig den Regenschirm zu halten.

»Ich glaube, ich –«, begann Barry. Sie ging in die Hocke, langte unter den Wagen.

»Soll ich dir helfen, Barry?« fragte Mark.

In dem Moment, in dem er abgelenkt war, schlug Alexandra mit aller Kraft die Tür zu, klemmte Marks linke Hand ein.

Mark schrie. Barry sprang auf, richtete den Strahl der Taschenlampe auf ihn. Sie sah sofort, was passiert war. Alexandra war wie gelähmt. Barry drängte sie beiseite und machte die Wagentür auf.

Mark zog die blutige Hand zurück, steckte sie unter den rechten Arm, sank auf die Knie. Dal kam aus dem Haus gerannt, gefolgt von Tepei und Tom und den Gästen, die noch auf einen Abschiedsschluck geblieben waren.

Barry kniete jetzt auch, hielt Mark in den Armen, der vor Schmerzen weinte.

»Barmherziger Gott«, sagte Barry. »Zeig mal, Mark.«

Langsam zog er die linke Hand unter der Achsel hervor, bis sie alle im Licht der Taschenlampe sehen konnten, daß der kleine Finger abgetrennt war.

»Das ist meine Schuld«, sagte Alexandra. »Ich weiß nicht, wie das passiert ist. Es tut mir unsagbar leid –«

Dal nahm Barry die Taschenlampe aus der Hand und leuchtete in den Wagen. Tom und Barry stellten Mark auf die Füße. Alexandra stand bloß da wie versteinert, mit offenem Mund. Dal fand den abgetrennten Finger und wickelte ihn in sein Taschentuch.

Sie brachten Mark in Toms Atelier und setzten ihn in einen Sessel. Er war grau im Gesicht und atmete schwer.

Tepei übernahm das Kommando. »Barry, habt ihr irgendwo ein paar saubere Mullbinden?« sagte sie. »Und heißes Wasser brauchen wir auch.«

»Was soll ich damit machen, Tepei?« fragte Dal und zeigte ihr das blutige Taschentuch mit dem abgetrennten Finger drin.

»Den kann man wieder annähen – glaube ich doch. Tu ihn gleich auf Eis.«

»Mach du das. Ich rufe jetzt mal das Krankenhaus an, damit alles für die Operation vorbereitet ist, wenn wir ihn bringen.«

Tom blieb allein mit Mark zurück, der durchnäßt und stöhnend und zitternd in Toms Lieblingssessel saß. Marks Augen standen offen, aber er blickte ins Leere. Tom war ziemlich mit den Nerven herunter. Er goß sich und Mark einen Whisky ein.

»Da, trink das, Mark. Dann tut's nicht mehr so weh.«

Mark blickte langsam auf. Die Zähne klapperten ihm. Er sah derart leidend und hilflos aus, daß Tom – was selten vorkam – ein tiefes Mitgefühl für ihn empfand.

Um so weniger war er auf den Zorn gefaßt, der nun plötzlich in den Augen des Jungen aufflackerte. Ja, es traf ihn so völlig unvorbereitet, daß er in keiner Weise reagieren konnte, als Mark

Kraft aus seinem Schmerz schöpfte, aus dem Sessel hochfuhr und Tom auf dem Weg zur Tür brutal ins Gesicht schlug.

In der Küche sah Barry apathisch zu, wie Dal und Tepei Marks Finger in einen kleinen Plastikbehälter mit Eiswürfeln packten. Der Finger, inzwischen in Mull eingewickelt, war dunkel von verkrustetem Blut und am einen Ende ausgefranst. Barry schaute rasch weg und dachte immer wieder: *Die linke Hand, die linke Hand.* Mark war mit beiden Händen gleich geschickt, malte aber meistens mit der rechten.

Alexandra erschien in der Küchentür, bleich und durchnäßt. Sie blickte Barry an, griff nach einem Stuhl und setzte sich.

»Er ist fort«, sagte sie.

»*Was?*«

»Ja. Er ist weggerannt. Ich habe ihn gesehen.« Alexandra machte eine vage Handbewegung. »In diese Richtung. In Richtung Wald.«

Als Barry und Dal ins Atelier kamen, trafen sie ihren Vater auf dem Boden sitzend an. Er wirkte total benommen. An seinem Mund klebte etwas Blut. Bei Marks brutalem Schlag hatte ein Zahn seine Unterlippe geritzt.

»Ich weiß auch nicht, was da passiert ist«, sagte Tom. »Er ist einfach aufgestanden und weggerannt. Und als er an mir vorbeikam, hat er mir eine reingehauen.«

»Aber wo ist er hin?!« schrie Barry. »Er wird verbluten!«

Tepei, die ein wenig von Krankenpflege und Medizin verstand, legte dar, daß er kaum verbluten könne. Doch immerhin sei das Eintreten eines Wundschocks möglich, und in diesem Fall werde Mark ziemlich hilflos sein da draußen im Regen. Also mußten sie ihn finden.

»Sollen wir nicht lieber die Polizei rufen?« sagte Tepei.

»Heute ist Samstag«, entgegnete Dal. »Und es ist schon nach elf. Da haben nur ein paar Bereitschaftsdienst. Kann leicht 'ne halbe Stunde dauern, bis hier jemand eintrudelt.«

Millicent Copperwell erbot sich, Alexandra nach Hause zu fahren. Inzwischen war auch Mrs. Aldrichs Mann eingetroffen. Er wollte eigentlich seine Frau abholen, aber nun erklärte er sich bereit, bei der Suche nach Mark mitzuhelfen. Auch Tom bestand darauf. Zwei Gruppen wurden gebildet. Barry machte sich mit ihrem Vater und Ethan Aldrich auf den Weg; Claude Copperwell tat sich mit Dal und Tepei zusammen.

Barry hatte Gemeinheit ungefähr um 22 Uhr 30 nach draußen geschickt, damit er sein Geschäft verrichtete; nun rief sie ihn, aber er war unauffindbar. Der Regen ließ nach. Trotzdem war es dunkel und gefährlich im Wald. Die Gruppen gingen getrennte Wege. Eine Weile hörten sie sich gegenseitig nach Mark rufen. Keine Reaktion. Und keine Spur von ihm.

Dal, Tepei und Claude Copperwell waren jetzt bei der Mühle. Sie betraten das Gebäude. Dal leuchtete mit der Taschenlampe. Da er aus Toms Atelier verbannt worden war, hatte Mark seine unvollendeten Bilder und sein Malmaterial in die Mühle geschafft und dort in einer Ecke deponiert.

Tepei legte die Hand auf Dals Arm. »Schau mal. Da drüben. Was ist das?«

Dal richtete den Lichtkegel der Taschenlampe auf eine Staffelei mit dem Bild von Barry in Ganzfigur, das allmählich Gestalt annahm. Mark mußte vor kurzem daran gearbeitet haben: man sah den Glanz von frischer Ölfarbe. Er erinnerte an trocknendes Blut. Barry hatte sich stark verändert. Ihre Pose war lüstern und zynisch. Ihre Nacktheit hatte etwas Exhibitionistisches. Ihre Augen waren von dämonischer Undurchsichtigkeit. Und sie hatte einen ordinären Zug um den Mund.

»Soll das Barry sein?« fragte Claude.

»Warum stellt er sie so dar?« verwunderte sich Tepei.

Dal schüttelte den Kopf, rang nach Atem. Er war bedrückt von dieser Verzerrung des ganzen Wesens seiner Schwester. Der verletzte Junge, nach dem sie suchten, tat ihm kein bißchen mehr leid.

»Ich weiß es nicht. Ich weiß nichts von Mark Draven, überhaupt nichts. Ich will nur, daß er ein für allemal von hier verschwindet.«

30.

Alexandra – sie trug ihr safrangelbes Priestergewand – stellte eine kleine, zusammenklappbare Aluminiumleiter auf und stieg sie empor, um die Käfige ihrer Vögel für die Nacht zu verhängen. Sie hatte alle Lampen in ihrem Häuschen ausgeschaltet; nur das Weihrauchbecken gab einen schwachen Schein. Das genügte. Alexandra brauchte kein Licht, um auf dem Boden zu sitzen und zu meditieren, und ihr inneres Auge war allumfassend und hell vor Erwartung.

Etwa eine Stunde, nachdem sie sich gesammelt hatte und so still geworden war, daß man hätte meinen können, sie atme nicht mehr, hörte sie, wie das Rauschen des Regens ein wenig lauter wurde: eine Tür öffnete sich und ging wieder zu. Schritte. Alexandra blieb reglos, und das Geräusch des Eintretens wiederholte sich nicht.

Nach einer kleinen Weile drehte sie den Kopf ganz leicht in Richtung Küche – wie als Antwort auf eine unausgesprochene Frage.

»Ich weiß, daß Sie da sind. Ich habe Sie erwartet. Zeigen Sie sich.«

Mark Draven erschien. In seinen Augen und auf seinem nassen Gesicht spiegelte sich der Schein des Weihrauchbeckens. Der Rest seines Körpers war dunkel, verschattet, drecküberkrustet. Den linken Arm hatte er vor der Brust, die Hand unter seinem durchweichten Blazer. Seine Augen lohten Zorn. Er stierte die Priesterin an.

»Warum haben Sie mir den Finger abgeklemmt?«

»Es gab keine andere Möglichkeit zu beweisen, wer Sie sind und woher Sie kommen.«

»Wie meinen Sie das? Was wissen Sie von mir?«

»Ich weiß, daß Sie leben und atmen und menschliche Gelüste haben. Sie sind ein fast vollkommenes Kunstwerk. Barrys Werk.« Er verlagerte sein Gewicht, wie um einem Schlag auszuweichen; ein Dielenbrett knarrte. Alexandra sprach gelassen weiter: »Barry hat Sie in einem Moment der äußersten Angespanntheit aus dem Chaos erschaffen, das uns alle umgibt. Wir alle bemühen uns Tag für Tag, mit unserem Geist und mit unserer Willenskraft über das Chaos zu gebieten. Doch Barrys Fähigkeiten sind größer als die der meisten.«

Er kam mit zwei langen Schritten näher, kniete nieder. Er zitterte.

»Ich bin ein Mensch aus Fleisch und Blut! Sie haben mir eine schwere Verletzung zugefügt – meine Hand –«

»Dann lassen Sie Ihre Hand mal sehen.«

Es war ein naheliegender Vorschlag, aber er fletschte die Zähne. Und er wollte wegschauen, doch Alexandras grüne Augen bannten seinen Blick, als hätte sie ihm ein Messer an die Kehle gesetzt. Er drehte und wand sich, er wünschte nur eins: die Wahrheit ihrer

Worte zu leugnen. Aber die Wahrheit ergriff Besitz von ihm. Er hing in der Schwebe zwischen Qual und Verzückung. Plötzlich zog er seine linke Hand unter dem Blazer hervor und hielt sie hoch. Die Hand war heil. Nicht eine Schramme.

Alexandra blickte sie nicht einmal an. Sie nickte leicht, und er schrie. Es war ein entsetzlicher Schrei, kaum menschlich zu nennen. Und schließlich wurde daraus ein schauriges Freudengeheul. Alexandra konnte sich nicht eines bangen Zitterns erwehren, und sie spürte, wie ihre Kraft abnahm.

»Sie haben Barrys Erwartungen in allen Punkten erfüllt. Bis auf zwei: Sie haben keine Seele und kein Gewissen. Und darum muß Ihnen das Leben versagt werden, an dem Sie mit solcher Leidenschaft hängen, bevor Sie diese Familie zugrunde richten.«

Er ballte die wieder unversehrte linke Hand zur Faust. Sie vibrierte vor Kraft über seinem Kopf.

»Können Sie mich aufhalten?« fragte Draven. »Können Sie mich auflösen wie Ihren Mönch?«

»Ich bin nicht mehr jung. Ich habe nicht mehr die Energie. Aber sie stehen jetzt alle unter meinem Schutz. Barry, ihr Vater, Dal.«

»Ihre Magie«, sagte er verächtlich.

»Sie wird hinreichen.«

»Gehen Sie nach Tuatha de Dannan. Holen Sie das Kästchen wieder.«

»Nein«, sagte sie. Sie wußte, daß er die Hand zur Faust geballt hatte, aber sie blickte ihm nur in die Augen. Unverwandt.

»Dann kommen Sie mir nicht in die Quere. Verschwinden Sie.«

»Ich muß versuchen, den dreien zu helfen.«

»Ich gebe mein Leben nicht auf! Und niemand kann es mir nehmen. Es braucht ja niemand zu erfahren, was Sie sagen und was Sie denken.«

Er war durchdrungen von Selbstvertrauen, von animalischer List. Alexandra lächelte leise, aber es überfiel sie wieder ein Zittern. Sie fuhr fort, sich ihm mit all ihrer Gelassenheit und Stärke entgegenzustellen. Doch sie erkannte mit fast schmerzender Klarheit: das genügte nicht in diesem Fall. Sie hatte sich übernommen.

Draven streckte die Hände aus. Seine rechte streifte ihre Wange, hinterließ dort eine Spur von Dreck. Alexandra stählte sich innerlich und versuchte, ihn mit der Macht ihres Geistes zurückzuzwingen. Er zögerte, die Zähne zusammengebissen, schwer atmend.

Sie spürte ein Nachgeben seinerseits, einen Moment der Unsicherheit. Doch ihre Kräfte schwanden, sie stand am Rande einer dunstigen Schwärze, sie wurde der Lage nicht völlig Herr.

Die eine seiner großen Hände faßte ihre Schulter, die andere ihren Hinterkopf. Ihr Geist war in Aufruhr. Dann flackerte er auf wie ein sterbender Stern. Draven sah das Licht in ihren Augen brechen, brüllte triumphierend auf und drückte ihren Kopf mit einem scharfen Ruck nach vorn. Etwas knackte – ihr Körper schien sich ein, zwei Zentimeter vom Boden zu erheben. Ein dünner Faden Blut rann ihr aus der Nase, ihr Kopf baumelte lose, drehte sich, bis er fast einen Halbkreis beschrieben hätte.

Er saß da und hielt sie noch ein paar Sekunden fest, verdutzt darüber, daß es so leicht gegangen war. Seine Feindin war vernichtet. Er schluckte kurz und ließ sie los. Alexandra sank zurück. Ihr Kopf streifte ein seidenes Kissen, blieb schräg liegen. Und Stille, Stille, Schweigen. Nun war er nutzlos, dieser Körper, konnte sich nicht mehr wie einst erneuern. Draven erhob sich in einer stürmischen Aufwallung, die ihn wie auf Flügeln aus dem Haus trug. Er rannte zurück in den Regen, ins Dunkel der Nacht.

31.

Um ein Uhr morgens hatten sie alle Möglichkeiten ausgeschöpft. Dal hatte sämtliche Krankenhäuser in der Gegend angerufen. Barry saß mit glasigen Augen in der Küche von Tuatha de Dannan, trank starken Tee und nickte von Zeit zu Zeit fast ein, so sehr hatten sie der Unfall und Marks unerklärliches Verschwinden mitgenommen. Der Regen hatte nachgelassen. Es nieselte nur noch. Tepei saß neben Barry, sprach leise mit ihr, wollte sie dazu überreden, daß sie sich zu Bett legte. Doch Barry zog ins Wohnzimmer um und verkündete, dort werde sie bleiben, in nächster Nähe des Telefons. Dal gähnte, nahm Tepei bei der Hand, und sie gingen gemeinsam nach oben.

Es brannte nur eine Lampe im Raum, aber ihr Licht tat Barry in den Augen weh. Sie knipste die Lampe aus. Regenwasser tropfte von einer verstopften Dachrinne überm Fenster herab. Dann brach der Mond durch die Wolken und machte den Raum plastischer mit seinem Licht. Alles warf plötzlich tiefe Schatten. Die goldenen Beschläge an dem Kästchen, das Alexandra mitgebracht hatte, schimmerten im nächtlichen Schein.

Es machte Barry nervös, das Kästchen anzuschauen, an die verzauberten Dolche darin zu denken. Omen und Aberglaube. Die Frau war eine Hexe, sonst nichts, dachte Barry. All dieser Kummer war *ihre* Schuld. Barry stand auf und deckte das Kästchen mit einer Zeitung zu. Dann setzte sie sich wieder in ihren Schaukelstuhl.

Die Pendeluhr auf dem Korridor im ersten Stock schlug zwei. *Mark, Mark, wo bist du?* Barry schlief ein und träumte, er ginge auf seinen Händen den Dachfirst des Hauses entlang. Dann fuhr sie plötzlich hoch. Sie schwitzte und hatte trotzdem ein unangenehmes Kältegefühl. Sie hatte etwas Seltsames gehört. Nun lauschte sie angespannt. Vielleicht kam das Geräusch ja noch einmal. Vor lauter Nervosität klangen ihr die Ohren, und ihr Orientierungssinn ließ sie im Stich.

Kratz, kratz.

Einen Augenblick dachte sie, das Geräusch sei ganz nah, hier im Zimmer. Mäuse hinter der Tapete. Aber sie hatten ja deswegen erst zu Beginn des Frühlings eine Firma für Schädlingsbekämpfung bemüht.

Kratz.

Es war, als knabberte oder grübe da etwas. Zähne, Klauen ...

Barry atmete tief aus und erhob sich. Das konnte nur Gemeinheit sein, Gemeinheit an der Küchentür. Sie kam zu dem Schluß, daß ihre Wahrnehmung aufgrund ihrer Müdigkeit und der Stille im Haus verzerrt war. Sie hatte den Hund total vergessen. Er war stundenlang draußen gewesen. Gewiß, es gab da ein paar Plätzchen, wo er Unterschlupf vor dem Regen hätte finden können. Aber trotzdem mußte er inzwischen ein armer, nasser Hund sein.

Barry machte sich auf den Weg zur Küche und bemerkte im Vorbeigehen, daß die Zeitung, mit der sie das Kästchen zugedeckt hatte, nun auf dem Boden lag. Zugluft vermutlich. Sie hatte den fast unwiderstehlichen Drang, das Kästchen zu nehmen und in den Brunnen hinterm Stall zu schmeißen. Aber dann hätte ihr Vater getobt. Und wenn man Les Mergendollers Urteil trauen durfte, war Alexandras Geschenk ganz ungemein wertvoll.

Barry schaltete das Licht in der Küche ein und öffnete die Tür, die nach draußen führte. Gemeinheit saß nicht wie erwartet davor.

Vielleicht hatte er eine Weile versucht, ins Haus zu kommen, und sich dann schmollend verzogen.

Kratz, kratz, kratz!

So laut diesmal, daß Barry zusammenzuckte und um sich blickte. Ein Ast, der gegen das Dach oder gegen eine Außenwand schlug? Doch so dicht stand kein Baum beim Haus. Nein, das mußte irgend etwas *in* einer der Mauern sein – vielleicht auch in einem eng begrenzten und geschlossenen Raum, einem Speise- oder Wandschrank zum Beispiel –, das sich hartnäckig bemühte, da rauszukommen.

Barry verzog das Gesicht, weil sie wieder an Mäuse denken mußte. Sie füllte ein Glas mit Leitungswasser und trank es langsam aus. Und sie lauschte wieder auf das Geräusch. Ihre Nerven waren bis zum Zerreißen gespannt. Aber sie hörte es nicht mehr.

Einer augenblicklichen Regung folgend, ging sie ins Atelier ihres Vaters. Doch nichts wies darauf hin, daß Mark hier gewesen war. Mondlicht fiel durch die hohen Fenster. Barry drehte sich zögernd um und blickte nach der Ecke, in der, verhängt mit einer alten Decke, Mrs. Pryes Wahrsageautomat stand. Schaudernd und mit verhaltenem Schritt ging sie darauf zu.

»Mrs. Prye, hilf mir. Bitte. Ich muß Mark finden. Sag mir, wo er ist.«

Sie wartete mit geballten Fäusten. Unter der Decke drang kurz ein schwacher Schein hervor. Aber dann war er verschwunden. Und sonst passierte nichts. Mrs. Prye schwieg.

»*Sag was!* Warum ist das passiert? Wo ist Mark? Du weißt es doch! Du mußt es wissen! Du weißt alles von mir!«

Kratz, kratz.

Das Geräusch kam aus einiger Entfernung, aber es ließ einem das Blut in den Adern gefrieren. Barry wirbelte herum. Durch die Fenster sah sie den Mond, den weiten Weltraum. Und dann sah sie Gemeinheit. Er tappte bergauf, kam aus der Richtung, in der der Teich lag, und war vielleicht noch hundert Meter vom Haus entfernt.

Barry vergaß die launische Mrs. Prye, rannte in die Küche, machte die Tür auf und pfiff. Bald erschien auch Gemeinheit und drückte sich an ihr vorbei nach drinnen. Er schnupperte an seinem leeren Futternapf und blickte Barry enttäuscht an. Sie gab ihm ein paar Hundekuchen.

»Wo hast du dich denn rumgetrieben?« Und nun sah Barry, daß

Gemeinheit fast völlig trocken war. Nur an seinen großen Pfoten und an seinen Schlappohren klebte ein bißchen Dreck. Sein scheckiges Fell war da und dort staubig. Barry bückte sich, tätschelte ihn und untersuchte, was an ihrer Hand hängenblieb. Es war Spreu, Spreu vom Boden der Mühle. Aber die war doch zugesperrt und völlig dicht – für ihn gab es keine Möglichkeit da reinzukommen.

Es sei denn, jemand hatte ihn nach drinnen gelassen.

»Mark!« sagte sie und rannte aus der Küche, auf den Hof.

32.

Dal und Tepei standen am Sonntagmorgen um halb neun auf. Nachdem Dal geduscht und sich rasiert hatte, schaute er in Barrys Zimmer. Es war sonnig und leer. Ihr Bett war gemacht. Dal ließ Tepei Zeit, sich anzuziehen – sie probierte dies und das und summte stillvergnügt vor sich hin –, und ging in die Küche.

Tom stand in seinem abgetragenen karierten Bademantel da und machte Kaffee. Die Küchentür war offen, man blickte ins Grüne: Rasen und Garten und noch ein wenig dunstige, vom Regen feuchte Luft. Tom sah nach wie vor halbverhungert aus, aber auch ausgeruht und gefaßt. Sein Husten war beinah verschwunden. Dal vermerkte es mit Genugtuung. Gemeinheit schlief so geräuschvoll auf seiner Fransendecke, als hätte er eine durchzechte Nacht hinter sich.

»Wo ist Barry?« fragte Dal seinen Vater.

»Ich habe sie nicht gesehen.«

Dal strich über seine glattrasierten Wangen und goß sich Kaffee ein. »Wahrscheinlich ist sie draußen und sucht nach Mark.«

»Wirklich saudumm, was er da gemacht hat«, meinte Tom. »Warum haut er denn einfach ab?«

Nun kam auch Tepei nach unten. Sie trug eine aquamarinblaue Seidenbluse und gestreifte Hosen von St. Laurent. Ihre Haare hatte sie so gebürstet, daß sie wie ein eleganter Vorhang über der einen Gesichtshälfte hingen. Sie nahm am Küchentisch Platz, faltete die Hände und blickte Dal an.

»Sollten wir nicht mal schnell bei Alexandra anrufen?« schlug sie vor. »Vielleicht ist Barry zu ihr gegangen. Oder vielleicht weiß sie was Neues.«

Tepei hatte sich am Abend zuvor Alexandras Nummer notiert. Nun läutete sie bei ihr an, aber es meldete sich niemand.

»Und jetzt?« fragte Dal, der gerade Eier mit gehackten Zwiebeln und kleinen Happen Cheddarkäse verrührte.

»Tja – jetzt benachrichtigen wir die Polizei«, meinte Tepei.

Dal dachte nach und schüttelte den Kopf. »Was soll die groß machen? Die kommt hier raus, stellt ein paar Fragen, nimmt das Ganze zu Protokoll und ruft dann noch mal alle Krankenhäuser an.«

Tom trank genüßlich von seinem Kaffee und streckte wie eine lichthungrige Pflanze seinen Kopf den Sonnenstrahlen entgegen, die durch die Jalousie vor dem Fenster fielen.

»Und was ist mit Edwards?«

»Wenn Mark sich bei ihm gemeldet hätte«, sagte Dal, »hätte er uns sofort angerufen. Überhaupt – wenn Mark irgendwo aufgetaucht wäre, hätten wir es erfahren. Aber ich glaube auch nicht, daß er bewußtlos im finsteren Wald liegt. Was ihm passiert ist, war ganz schön scheußlich, aber tödlich war es nicht.«

Sie aßen ihr Frühstück. Tepei mußte um 19 Uhr in San Francisco sein, also kutschierte Dal sie mit seinem Mercedes nach New York zum Kennedy Airport. Auf der Rückfahrt geriet er in ziemlich dichten Ausflugsverkehr; kurz vor zwei war er wieder zu Hause.

Keine Spur von Barry. Tom hatte sie nicht gesehen. Es schien ihn nicht besonders zu beschäftigen. Er saß wieder in seinem Atelier. Marks Sachen waren verschwunden. Ausnahmslos. Auf der Staffelei stand ein Bild, an dem Tom gearbeitet hatte, bevor er krank und schwach geworden war. Er hatte in kleinen Schalen Farben aus den großen Töpfen auf seinem Arbeitstisch zurechtgemischt. Er rauchte Pfeife, trimmte Rotmarderpinsel mit einer Rasierklinge und strahlte Zufriedenheit und Ruhe aus.

Barry hatte sich nicht telefonisch gemeldet. Es hatte auch niemand Marks wegen angerufen. Dal klemmte die Sonntagszeitungen unter den Arm und zog sich mit ihnen und einer Flasche Bier in sein Zimmer zurück. Er stellte den Fernseher an. Sport. Eine New Yorker Baseballmannschaft spielte in Toronto. Er konnte sich weder für die Direktübertragung noch für den Artikel in der *Times* über die Mark-Rothko-Retrospektive begeistern. Barrys Abwesenheit störte ihn. Und dann machte sie ihm Sorgen. Es war einfach nicht ihre Art zu verschwinden und niemandem Bescheid zu sagen.

Er schaltete den Fernseher aus, legte sich barfuß aufs Bett und schloß die Augen. Er hatte sich immer noch nicht ganz an die Zeitdifferenz zwischen Griechenland und den Staaten gewöhnt und auch nicht besonders gut geschlafen – trotz Tepeis beruhigender Gegenwart, trotz ihrer beachtlichen Qualitäten im Bett. Das Knie, an dem er sich bei diesem Erdbeben auf Korfu verletzt hatte, tat etwas weh. Ja, er wußte schon: er mußte da mal einen Orthopäden aufsuchen. Aber wo, zum Teufel, war Barry?

Kratz, kratz.

Es begann unaufdringlich, aber nach einer Weile ging es einem auf die Nerven. Dal konnte das Geräusch weder identifizieren noch lokalisieren. Fingernägel, Krallen – irgendwas, das im oder am Haus herumgrub.

Dal stand auf und trank die Neige des inzwischen lauwarmen Biers aus. So mochte er es nun wirklich nicht. Am liebsten hatte er sein Bier so gut gekühlt, daß es fast gefror. Der Nachmittag war lang, und eigentlich hätte er jetzt Lust auf einen Schluck Whisky und einen eiskalten Schnaps zum Nachspülen gehabt.

Er schlurfte in die Küche, und da stand doch wahrhaftig Barry und schmierte Sandwiches. Sie sah sich überrascht um.

»Hi, Dal!«

»Hi, Barry. Was machst du denn da?« Auf dem Hackblock neben ihr stand eine braune Tragetasche, die bereits voll war mit lauter leckeren Sachen. Ein Sandwich hatte Barry schon fertig. Nun bestrich sie das nächste mit Mayonnaise.

»Ich mach mir nur was zu essen. Ich habe den ganzen Tag noch nichts gegessen – und jetzt hab ich wirklich Hunger.«

Sie hatte Spreu an ihren Bluejeans und im wirren Haar und dunkle Ringe unter den Augen. Dal betrachtete sie gründlich im Vorbeigehen, öffnete die Kühlschranktür, griff nach einer Flasche Bier und stellte sie ins Gefrierfach.

»Wo ist Tepei?«

»Auf dem Weg nach Frisco. Sie muß da 'ne Reportage machen. Ich hab dich heute morgen vermißt, Kind.«

»Ich bin früh aus dem Haus.«

»Sorgen, ja? Wegen Mark?«

»O Gott! Ich weiß wirklich nicht, wo mir der Kopf steht! Keine

Ahnung, was mit ihm passiert ist. Ich habe schon überall nachgeschaut.«

»Sieht ihm eigentlich nicht ähnlich, daß er sich überhaupt nicht bei dir meldet.«

Barry seufzte, tat die Sandwiches in Plastikbeutel und packte sie in die braune Tasche. Auf dem Bord neben der Spüle stand eine Thermosflasche. Barry holte sie runter und fummelte tapsig am Schraubverschluß herum. Manchmal war sie so ungeschickt, daß Dal grinsen mußte. Aber heute gingen ihm Barrys Nervosität, ihre mühsam gebändigte Hektik durch und durch wie ein Schlag in die Magengrube.

»Gibst du mir mal die Milch, Dal?«

»Sieht aus, als wolltest du ein Picknick machen. Kann ich mit?«

»Ich – ich will bloß ein bißchen rudern. Nur so für mich. Ich bin wirklich deprimiert. Ich muß jetzt allein sein. Vielleicht kommt Gemeinheit mit – er ist irgendwo draußen.«

»Bist du noch sauer auf mich?«

»Ja. Aber ich will nicht streiten.«

»Ich auch nicht.« Dal sah sich im Kühlschrank nach dem Plastikbehälter mit dem abgetrennten Finger um. Er war fort. Dal holte tief Luft und klappte die Kühlschranktür zu. »Hier ist die Milch.«

»Danke.« Barry füllte sie in die Thermosflasche und goß einen guten Teil daneben.

»Hast du das eigentlich auch gehört?«

Barry drehte ihm ruckartig den Kopf zu. »Nein. Was meinst du? Ach so – dieses kratzende Geräusch. Ja, ich habe es gehört. Gestern nacht. Ziemlich spät. Es war grausig.«

»Sag mal, Barry – wo ist Mark?«

Sie fuhr zusammen. »Ich weiß es nicht!«

»Dein Pech ist nur, daß ich's immer schon gemerkt habe, wenn du versucht hast, mich anzulügen – schon als du ein kleines Kind warst. Du kriegst dann immer so komisch gekräuselte Lippen. Und ich hab dich noch nie so nervös erlebt. Und noch was – soviel Essen könntest du nicht mal in einer Woche wegputzen.«

Barry klemmte die Thermosflasche unter den Arm. Die Tasche nahm sie in die andere Hand. Dann ging sie rückwärts zur Tür. Sie blickte Dal argwöhnisch an. Sie hatte einen Ausdruck in den Augen – irgendwie krankhaft –, der Dal zu denken gab. Er konnte kaum atmen.

»Ich kriege keine komisch gekräuselten Lippen und ich lüge dich nicht an und ich weiß nicht, was mit dir los ist, seit du aus Griechenland zurück bist. Wenn dich 'ne Ratte beißen würde, würde es dir nichts ausmachen, aber *sie* würde eingehen – so giftig bist du.«

»Was hast du denn für Probleme? Sag's doch! Was macht Mark Draven mit dir, verdammt noch mal?«

»Nichts!« Barry schüttelte so heftig den Kopf, daß sich ihr Gesicht rötete. »Es ist alles okay. Mir geht's gut!«

»Nein, dir geht's nicht gut. Du bist deprimiert – hast du eben gesagt.«

»Okay. Bin ich also deprimiert. Steht mir ja wohl auch zu.«

»Und Schiß hast du außerdem. Was ist bloß mit dir los, Barry?«

»Dal, kannst du mich nicht ganz schlicht und einfach in Ruhe lassen? Hör auf, hier den großen Bruder zu spielen. Hör auf, mich zu bevatern oder was weiß ich – ich habe nicht darum gebeten und ich hab's vor allen Dingen nicht nötig!«

Barry ging aus der Tür und entfernte sich rasch vom Haus. Dal wollte ihr eigentlich folgen, aber er war barfuß und sein Knie tat weh; er hätte nicht mit ihr Schritt halten können. Statt dessen rannte er hinkend die Treppe hinauf, ignorierte die Schmerzen und vergaß auch völlig das Bier, das er ins Gefrierfach gestellt hatte.

In seinem Zimmer mußte er beide Schränke und eine Truhe voll Besitztümern aus seiner noch nicht sehr lange zurückliegenden Jugend durchwühlen, aber schließlich hatte er ihn: den Feldstecher. Er ging damit in Barrys Zimmer. Von dort hatte man nämlich eine bessere Aussicht auf den Teich – die hohe, lange Scheune war nicht dazwischen. Barry lief mittlerweile unter den Bäumen dahin, Gemeinheit tappte ihr nach, aber Dal verlor sie dank seinem Feldstecher nicht aus den Augen. Sie hielt tatsächlich auf den Steg und auf das Ruderboot zu. Sonnenstrahlen querten wie Pfeile das zitternde Bild, das Dal im Feldstecher hatte; Barrys Kopf ganz nah herangeholt, bewegte sich so entkörperlicht wie ein Luftballon im Himmel, ihr rötliches Haar flog im Wind und schien Funken zu sprühen.

Etwa dreißig Meter vor dem Teich blieb sie stehen, blickte um sich – gründlich und ziemlich lange, als fürchte sie, es sei ihr jemand gefolgt. Dann schlug sie einen anderen Weg ein, den zur Mühle.

Dal legte den Feldstecher aus der Hand, nahm seine Brille ab und rieb sich die überanstrengten Augen. Nach einer halben Minute sah er wieder klarer. Und nun versuchte er erneut, Barry in seinen Feldstecher zu kriegen. Sie war verschwunden. Doch jetzt tauchte Gemeinheit auf. Er scheuchte Waldschnepfen aus einem Gestrüpp neben dem Mühlgerinne. Und das Boot lag nach wie vor festgemacht am Ende des Stegs, knapp achtzehn Meter jenseits des morastigen Ufergürtels mit Teichkolbenbewuchs.

Dal kehrte in sein Zimmer zurück, holte aus dem Kleiderschrank ein paar jagdgerechte Sachen – Stiefel, eine Tarnjacke, eine nicht zu eng sitzende Hose – und zog sich um. Er steckte den Feldstecher in das dazugehörige Futteral und hängte ihn über die Schulter.

Als er die Treppe hinunterstieg, hörte er wieder dieses aufdringliche, kratzende Geräusch.

Irgend etwas – er wußte nicht, was – zog ihn ins Wohnzimmer.

Und dann war das Geräusch plötzlich nicht mehr da. Gerade so, als sei seine Gegenwart bemerkt und das Kratzen daraufhin eingestellt worden. Sein Herz schlug schneller.

Dal konnte den Blick nicht von dem Lederkästchen wenden, das Alexandra gestern abend mitgebracht hatte. Ihm ging vieles durch den Kopf. Doch paradoxerweise fühlte er sich zu dem Kästchen hingezogen, als zähle jetzt nur das.

Eine unerwartete Kälte hing im Raum. Wie ein Äthernebel, in den er unversehens geraten war. Er wollte sich aus dem Zimmer entfernen. Aber er konnte nicht. Und seine Hände schienen plötzlich nicht mehr ihm zu gehören. Ihm war auf einmal schlecht vor Angst; doch seine Hände wollten das Kästchen öffnen.

Es war abgeschlossen. Dal konnte den Deckel nicht bewegen. Erleichterung durchflutete ihn. Der Schlüssel war nirgendwo zu sehen. Barry mußte irgendwas mit ihm gemacht haben, aber Dal konnte sich um alles in der Welt nicht mehr darauf besinnen.

Kratz, kratz.

Das Leder des Kästchens war so hart wie Pflastersteine. Dal dachte an die Seide darin, an die brüchige Pergamentumhüllung der Dolche. Und nun meinte er, neben dem ständigen Gekratze auch noch ein Rascheln von Papier zu vernehmen – als rumorten die Dolche in dem Kästchen herum, als versuchten sie, sich einen Weg nach draußen zu bahnen.

Sein Nackenhaar sträubte sich.

Dal hatte im Gegensatz zum Rest der Familie nie viel von Sagen und Märchen gehalten, von der geheimnisvollen und mystischen

Welt seiner Vorfahren. Barrys seltsame Talente galten ihm allerdings als Tatsache, an der nicht zu rütteln war. Damit konnte er auch leben. Aber das hier fiel aus dem Bereich des Feenvolks und des Schattentheaters heraus, das war etwas Entzaubertes, Böses, und es bedrohte ihr Haus mit dem Tod. Dieses Gefühl hatte er zumindest. Er war leichenblaß; sein Puls jagte; er fürchtete, einen Herzanfall zu bekommen. Er drehte sich um, verließ das Zimmer – bloß weg von dieser unheilschwangeren Atmosphäre, die immer drückender wurde – und ging seiner Schwester nach.

Er folgte nicht dem Weg, sondern lief querfeldein zur Mühle, näherte sich ihr vom Hügel her: auf dieser Seite hatte sie keine Fenster. Dann bewegte er sich weiter zum Mühlgerinne. Humpelnd, weil er sein lädiertes Knie zu stark beansprucht hatte. Nach all dem Regen floß ein richtiger kleiner Strom über die Steine, die sonst trocken und von Flechten gesprenkelt dalagen. Nun waren sie ein paar Zentimeter unter Wasser. Das Mühlrad ragte fast bis zu den oberen Rahmen der Fenster im ersten Stock auf. Sie waren so dreckig und so voll von Spinnweben, daß sich das Sonnenlicht nicht in ihnen spiegelte.

Weiter unten fand Dal ein kleines Fenster, durch das er schauen konnte. Er blickte an einer Staffelung von dunklen Kanten und Ecken vorbei und sah dahinter, wie im Zentrum eines Kaleidoskops, Barry und Mark als kleine, helle Figuren. Sie saßen sich vor den Mühlsteinen gegenüber, aßen, was Barry in der Küche eingepackt hatte, und redeten friedlich miteinander.

Dal zerrte nervös den Feldstecher aus dem Futteral, verlagerte sein Gewicht, damit das wehe Knie nicht mehr ganz so wehtat, und spähte durchs Fenster. Etwas Kaltes und Stumpfes schob sich ihm zwischen die Beine und ließ seine Hoden schrumpeln. Es war bloß Gemeinheit, aber Dal hätte beinahe geschrien vor Schreck.

»Troll dich«, sagte er streng zu dem Hund. »Mach, daß du nach Hause kommst!«

Der Hund schaute ihn an, ein paar Zähne gebleckt, was dadurch kam, daß sich seine Lefzen auf der einen Seite der Schnauze nicht ganz schlossen. Es war eine milde Form von Spott. Dann nahm Gemeinheit Platz und schickte sich an, mit großer Pfote einem Floh nachzustellen. Von Erfolg gekrönt war das nicht. Er schaufelte eigentlich nur mit komischer Zwecklosigkeit in der Luft herum. Dal machte keinen weiteren Versuch, Gemeinheit loszuwerden, sondern setzte wieder den Feldstecher an. Zunächst sah er Barry. Sie sprach mit vollem Mund, verscheuchte eine Fliege. Dann visierte er Mark an.

Dals Hände begannen so heftig zu zittern, daß er kaum den Feldstecher halten konnte. Mark lächelte. Da kein Arzt seine Wunde versorgt hatte, hätte er eigentlich halb rasend sein müssen vor Schmerz, hätte ihm so übel sein müssen, daß er keinen Bissen hinunterkriegte.

Mark griff nach der Thermosflasche und goß sich einen Becher Milch ein. Die Flasche hielt er in der rechten Hand, den Becher in der linken. Vier Sekunden lang konnte Dal die linke Hand von Mark Draven klar und deutlich sehen. Keine Schwellung, kein Blut. Alle fünf Finger waren dran. Und völlig heil. Nichts wies darauf hin, daß diese Hand in eine Autotür eingeklemmt gewesen war.

Es stieß Dal bitter auf. Er würgte an der Magenflüssigkeit, schluckte sie hinunter, setzte den Feldstecher einen Moment ab, hob ihn dann wieder vor die Augen und versuchte, seine Hände stillzuhalten.

Barry wandte sich ab, räumte auf. Mark stand von dem breiten, flachen Stein auf, auf dem er gesessen hatte. Er streckte und reckte sich, gähnte, stäubte seinen Hosenboden aus. Spreu schwirrte im Licht wie Insekten. Er kehrte zu seiner Staffelei zurück, zu dem Bild, an dem er gerade arbeitete und das Dal nicht sehen konnte.

Dann drehte Mark sich plötzlich um. Er blickte zu dem Fenster, durch das Dal lugte, als wisse er von Dals Anwesenheit, und dies schon eine ganze Weile.

Dal sprang bestürzt vom Fenster weg, ließ fast den Feldstecher fallen; und da sich durch diesen Satz der größte Teil seines Gewichts auf das lädierte Knie verlagerte, stöhnte er auf. Er war in Panik, er begann zu fliehen, hinkend und lahmend – er hätte auch nicht schneller gekonnt, wenn er hätte fürchten müssen, daß alle Ausgeburten der Hölle in der Mühle versammelt seien und jeden Moment auf ihn losgehen würden. In Marks hübschem, hochmütigem Gesicht hatte er nichts gesehen. Aber zuvor hatte er genug gesehen, das unheimlich, unerklärlich, ja entsetzlich war.

Schwitzend schleppte sich Dal, von Gemeinheit begleitet, die letzten Schritte zum Haus hinauf. In der Küche holte er eine Flasche irischen Whisky aus der Speisekammer, gönnte sich großzügig etwa ein Achtel, spülte mit Leitungswasser nach, kam wieder zu Atem und überlegte sich, was er seinem Vater sagen sollte. Er ließ sich einiges einfallen, aber das klang alles nicht überzeugend, weil er nicht genügend wußte – noch nicht.

Dal humpelte durchs Haus und aus der vorderen Tür und zu seinem Mercedes. Den Zündschlüssel hatte er stecken lassen. Er fuhr wie angesengt zum Kinbote-Gut. Das Tor stand offen. Über den Rasen vor der Villa ritten zwei Mädchen auf prächtigen Pferden. Dal bog in die Abzweigung ein, die von der Auffahrt nach rechts führte, zu Alexandras Häuschen.

Die vordere Tür war abgesperrt. Alexandra reagierte nicht auf sein Klopfen und Rufen. Er wartete. Zwischendurch klopfte er immer wieder. Fünf Minuten verstrichen. Dal ging um das Häuschen herum, spähte durch schmale verbleite Fenster. Es war nicht viel zu erkennen. Und was er sah, schien in Dunkel getaucht wie das Innere eines im Meer versunkenen Hauses.

Die Mädchen zu Pferd hatten sich in leichtem Galopp genähert. Dal rief ihnen ein paar Worte zu. Sie sagten ihm, sie hätten Alexandra den ganzen Tag nicht gesehen.

Eine rautenförmige Scheibe in einem der Wohnzimmerfenster war genau in der Mitte entzweigegangen und vor langer Zeit von innen mit Klebeband notdürftig repariert worden. Die Vorhänge waren zu. Die kaputte Scheibe ließ sich leicht eindrücken. Dal langte durch die Öffnung und zog den schweren Vorhang beiseite.

Über seine Schulter hinweg drang Sonnenlicht mit der Intensität eines Lasers in den Raum. Vögel zwitscherten in hochgestellten Käfigen. Es roch nach Katzenfutter und Weihrauch. Im Lichtstrahl blickte Alexandra vom Boden zu Dal auf – mit stählerner Gelassenheit und hartem, smaragdgrünem Blick, das eine Auge mehr zusammengekniffen als das andere. Das Licht war gleißend hell. Ihre Pupillen reagierten nicht. Trotzdem brauchte Dal noch einen Moment, um wirklich zu begreifen, daß sie weder meditierte noch in irgendeiner mystischen Trance war. Sondern tot.

33.

Dal gelangte ohne weiteres in das Häuschen: er faßte einfach durch die Öffnung nach dem Griff des Flügelfensters und drehte ihn auf. Dann schob er die Vorhänge auseinander und stieg über das niedrige Fensterbrett ins Zimmer. Er betrachtete die Leiche und trat beinah auf eine von Alexandras Katzen, die mit fürchterlichem Gekreisch vor ihn hinsprang. Die Vögel in ihren Käfigen spielten verrückt. Federn stoben. Dal hörte die klaren Stimmen der beiden Mädchen, die mit ihren Pferden über den Rasen trabten.

Er berührte Alexandra. Sie war steif und kalt. Vom einen Nasenloch bis zum Kinn lief ein schmaler Streifen verkrustetes Blut. Sie lag auf dem Rücken in der Nähe einer kleinen Aluminiumleiter. Dal vermutete zunächst, daß Alexandra bei dem Versuch, an die hochgestellten Vogelkäfige heranzukommen, von der Leiter gefallen war. Und dabei hatte sie sich offenbar das Genick gebrochen.

Dann sah er neben Alexandras ausgestreckter Hand einen Fußabdruck: Schmutz von der Sohle eines Männerschuhs. Er betrachtete den Boden genauer. Da waren noch einige Spuren von trockenem Dreck. Und von Spreu.

Dal richtete sich auf. Sein Herz schlug wild. Alexandras Tod schien plötzlich weniger leicht zu erklären zu sein.

Während sie nach Draven gesucht hatten, war er hier gewesen.

Eine von Alexandras Katzen kratzte in der Kiste mit Streu neben dem leise brummenden Kühlschrank herum. Dal schaute nach weiteren Fußabdrücken, folgte ihnen bis zur Küchentür. Dann nahm er ein nasses Papierhandtuch und begann, sämtliche Spuren zu verwischen. Er arbeitete sorgfältig. Bei der Toten angekommen, ging er in die Knie und sammelte alle Spreu auf, die er finden konnte. Er tat sie in ein Taschentuch, faltete es zusammen, steckte es in die Gesäßtasche.

Dann trat Dal aus der vorderen Tür. Das Sonnenlicht in seinen Augen war wie ein Messerstich. Er lief um das Häuschen herum und winkte den beiden Mädchen.

Sie kamen zu ihm geritten. Er sagte ihnen, daß Alexandra tot war. Sie galoppierten zur Villa.

Dal setzte sich auf die offene Veranda und wartete. Er hatte die Tür aufgelassen, und die Katzen wanderten nach draußen.

Ein paar Minuten später näherten sich von der Villa her Bob und Ellen Kinbote. Dal kannte sie schon seit Jahren, wenn auch nur flüchtig. Sie waren beide Anfang Fünfzig, unbeschreiblich reich, aber ohne jeden Dünkel. Bob hatte eine Halbglatze und eine Abneigung gegen Toupets. Ellen hatte lange Zeit Geld für medizinische Einrichtungen in der Dritten Welt beschafft und im Alter von 47 Jahren beschlossen, Ärztin zu werden. Inzwischen arbeitete sie als Praktikantin in einer Klinik in der Stadt.

Die beiden gingen sofort ins Häuschen und nahmen die Leiche in Augenschein. Dal blieb draußen. Er war so angespannt, daß er das Gefühl hatte, seine Lungen erstarrten zu Stein. Bob führte drinnen ein paar Telefongespräche. Ellen kam wieder nach draußen. Sie weinte nicht, aber sie sah sehr traurig aus.

»Die arme Alexandra«, sagte sie. »Wir hatten alle soviel Freude an ihr.«

»Was glauben Sie – wie ist das passiert?« fragte Dal.

»Sie muß von der Leiter gefallen sein. In ihrem Alter –«

Dal nickte.

»Wie kommt es, daß Sie Alexandra gefunden haben?« erkundigte sich Ellen.

Dal hatte sich eine Geschichte einfallen lassen. Alexandra war gestern zum Abendessen bei ihm zu Hause gewesen. Sie hatten sich für heute verabredet: er wollte sich ihre Kunstsammlung anschauen. Er hatte an ihre Tür geklopft. Keine Reaktion. Dann hatte er ihre Katzen schreien hören und sich allmählich Sorgen gemacht. Er hatte eine kaputte Fensterscheibe gefunden, einen Blick nach drinnen geworfen und sie auf dem Boden liegen sehen. Ellen Kinbote akzeptierte all das ohne einen Hauch von Argwohn.

»Wenn ich irgendwas tun kann –«, sagte Dal. »Ich weiß, daß Barry sie wirklich gern mochte.«

»Wir werden in ein paar Tagen eine schlichte Trauerfeier veranstalten. Ich rufe Sie dann an.«

Dal fuhr nach Hause. Ihm war so übel vor Angst, daß er sich kaum auf die Straße konzentrieren konnte. Als er das Haus betrat, war es 17 Uhr 15. Der Himmel bedeckte sich.

»Barry! Barry!«

Tom Brennan trat aus der Küche. Er hatte sich gerade ein Brot gestrichen und es mit kaltem Braten von gestern belegt.

»Was ist denn, Dal?«

»*Ist sie da?*«

»Nein, ich glaube nicht. Ich hab sie nicht gesehen. Ich war den ganzen Nachmittag im Atelier.«

»Gießt du mir bitte einen Drink ein?« sagte Dal. »Ich bin gleich wieder da.«

Er schleppte sich nach oben in sein Zimmer. Sein Gesicht glühte. Er machte den Waffenschrank auf, holte eine Schrotflinte heraus, lud sie. Er nahm sie mit in die Küche und kippte den Whisky, den ihm sein Vater eingeschenkt hatte.

»Was willst du denn mit dem Gewehr?«

»Barry ist mit Mark zusammen. In der Mühle. Vielleicht brauche ich das Gewehr, um sie von diesem Drecksack wegzukriegen.«

»Dal, bist du verrückt geworden?«

Dal lachte äußerst unfroh.

»Vermutlich, ja. Gibt wohl keine andere Erklärung. *Weil so was einfach nicht möglich ist.*«

Er verstummte abrupt, hob den Kopf, lauschte.

Kratz. Kratz.

»Da. Hörst du's?«

»Ich hab's den ganzen Nachmittag gehört.«

»Das kommt von dem Kästchen, das Alexandra uns mitgebracht hat – von innen raus«, sagte Dal mit unnatürlich hoher Stimme. »Weiß der Teufel, warum sie es uns mitgebracht hat. Ich hab schon Schiß davor, es noch mal anzuschauen.« Er setzte sich plötzlich, die Flinte quer über seine Knie gelegt, und begann zu weinen.

»Dad, ich glaube – als Draven gestern abend von hier abgehauen ist, rannte er zur Mühle. Aber da – da blieb er nicht lang. Er ist rüber zu Alexandra, bevor wir uns auf die Suche nach ihm gemacht haben. Sie – sie ist tot – Genickbruch. Und ich bin sicher, daß Draven sie umgebracht hat.«

»Um Gottes willen!« sagte Tom, fast ebenso entsetzt über Dals Tränen wie über die Beschuldigung, die er vorgebracht hatte.

»Nein, hör mir zu! Ich weiß nicht, wer oder was Draven ist. Aber Alexandra muß es gewußt haben. Und was ich mir nicht erklären kann – also, das Entsetzliche daran ist, daß Barry es vermutlich auch weiß. Und es läßt sie völlig kalt.«

»Wie meinst du das mit Mark? Jetzt versuch mal, dich zu beruhigen. Und erklär mir alles – aber so, daß ich's kapiere.«

Dal mußte ein paarmal mühsam nicken, bevor er weitersprechen konnte.

»Ich war heute nachmittag drunten bei der Mühle. Ich habe seine linke Hand gesehen – die Hand, auf die gestern die Wagentür draufgeknallt ist. *Aber es war nicht mal 'ne Schramme dran.* Völlig heil, die Hand. Und ich frage dich: Wie ist so was möglich?«

Tom blickte seinen Sohn schweigend an, zweifelnd; Dal erhob die Stimme, schrie fast: »Wir haben doch den Finger gesehen, der ihm abgeklemmt wurde! Wir haben diesen Finger in den Kühlschrank getan. Aber jetzt ist er nicht mehr da! Also gibt es keinen Beweis dafür, daß der Unfall überhaupt passiert ist!«

Dal zog das zusammengelegte Taschentuch aus der Hose und breitete es auf dem Tisch aus; es war voll Spreu.

»Das kommt aus Alexandras Haus. Mark muß an seinen Kleidern und an seinen Schuhen Spreu aus der Mühle gehabt haben. Als er Alexandra tötete, ist einiges davon auf den Boden gefallen. Ich – ich habe seine Fußspuren beseitigt und die ganze Spreu aufgesammelt. Denn wie sollen wir der Polizei erklären, wer er ist, wenn ich es nicht mal selber weiß?«

Dal hielt inne. Er hatte das Gefühl, in Stücke zu gehen: seine Nerven zerrissen, seine Rippen brachen auseinander, sein Herz würde gleich auf den Boden fallen wie ein Ei aus einem Vogelnest. Er schielte nach der Whiskyflasche, zwang sich jedoch, die Finger davon zu lassen.

Tom sann über die wirren Erklärungen seines Sohnes nach. Dann sagte er zögernd: »Also seine Hand – bist du sicher, daß du auch richtig –«

»Ja, ich bin sicher! Ich habe richtig gesehen! *Es ist ihm über Nacht ein neuer Finger gewachsen!* Oh Gott, heiliger Gott. Mark konnte auf einmal so gut malen, und du bist so furchtbar krank geworden. Wenn ich nicht nach Hause gekommen wäre – vielleicht wärst du dann eine Woche später auch tot gewesen.« Dal blickte seinen Vater an, voll Liebe und voll Entsetzen. Die Zunge klebte ihm wie gelähmt am Gaumen. Er wischte sich Tränen von den Wangen ab.

Kratz, kratz, kratz.

»Was sollen wir bloß machen, Dad?«

Tom schüttelte den Kopf. Er konnte Dals Angst immer noch nicht ganz begreifen. Die Küchentür ging auf, und Barry kam hereingeweht wie ein frischer Wind, die Wangen gerötet und ein paar

Schweißtropfen auf der Stirn. Es sah so aus, als sei sie einen Teil des Wegs zum Haus hinauf gerannt.

Sie steuerte auf die Hintertreppe zu, schaute ihren Vater und ihren Bruder kaum an.

»Hallo.«

»Barry!« rief Tom. »Wo gehst du hin?«

»Ich will bloß schnell mal baden. Tschüs, ich hab's eilig.«

»*Barry!*«

Ihr Bruder hatte das dermaßen gebrüllt, daß sie etwas verschreckt in die Küche zurückkam. Sie sah ihn an. Dann die Schrotflinte.

»Was willst du denn damit?«

»Barry, wo ist Mark?«

Sie warf störrisch den Kopf in den Nacken und kratzte sich an einer Stelle unterhalb des Ohrs, wo eine Mücke sie gestochen hatte.

»In der Mühle. Das weißt du doch. Schließlich hast du uns ja heute nachmittag nachspioniert.« Sie blickte ihren Bruder und ihren Vater einen Moment lang grimmig an. Dann lächelte sie. »Mark wird auch bald da sein.«

»Der kommt mir nicht ins Haus«, knurrte Dal.

»Ach wirklich? Dal, er hat genauso gut das Recht, hier zu sein, wie du.«

»Warum ist er gestern abend abgehauen? Warum hat er sich in der Mühle versteckt?«

»Versteckt? So ein Quatsch! Er darf nicht mehr in Dads Atelier! Das ist ihm ausdrücklich verboten worden – oder habt ihr das schon vergessen? Also arbeitet er jetzt in der Mühle. Zumindest versucht er's. Dal, du bist unmöglich. Ich habe keine Lust mehr, mit dir zu reden. Ich will jetzt baden.«

»Er versteckt sich, weil ihr beide nicht wißt, wie ihr das mit seinem neuen Finger erklären sollt, stimmt's?«

Barry reckte das Kinn, holte tief Luft, stieß sie mit zusammengebissenen Zähnen fast unhörbar wieder aus.

»Was für ein neuer Finger? Er ist so, wie er immer war. Ein Bild von Mann. Nichts ist passiert.«

»Barry, wir haben doch gesehen, daß –«

»Es ist nichts passiert! Niemand kann das Gegenteil beweisen! Oder?«

»Kind Gottes. In was für einen Mist hast du dich da bloß verrannt?«

»In gar keinen! Mir geht's gut. Ich war noch nie so glücklich. Und jetzt laß mich gefälligst –«

»Barry, Alexandra ist tot. Draven hat ihr gestern nacht das Genick gebrochen.«

Und nun wurde Barry doch etwas unsicher, schien sie nicht mehr weitermachen zu können mit dem Theater, das sie ihrem Vater und ihrem Bruder vorgespielt hatte. Dal ahnte jetzt, wie verzweifelt seine Schwester war, wie weit sie gehen würde, um Mark Draven nicht zu verlieren. Doch er empfand keinen Zorn. Statt dessen überfiel ihn wieder die Angst. Und dann war er vorübergehend völlig gelassen.

»Aber das weißt du ja bereits«, meinte er. »Mark hat dir heute nachmittag alles erzählt – beim Essen.«

Barry zuckte die Achseln und sagte weder ja noch nein. »Er hat mir erzählt, daß sie einen Unfall hatte. Niemand war daran schuld! Mark könnte keiner Fliege –«

»Alexandra muß die Wagentür mit Absicht zugeknallt haben. Weil sie irgendwas von ihm wußte, weil sie was beweisen wollte.«

Barry starrte ihren Bruder böse und verbiestert an. »Es fällt dir sicher noch mehr dummes und irrationales Zeug ein. Aber ich habe nicht die Absicht, mir das anzuhören.«

»Bleib trotzdem hier, Schätzchen.« Dal stand auf und legte die Schrotflinte auf den Tisch. Er blickte Tom an. »Dad, ich fürchte, daß niemand in diesem Haus die Wahrheit über Mark Draven erfährt, bis es zu spät ist. Es sei denn, Mrs. Prye hilft uns.«

Plötzlich sauste Barry flink wie ein Wiesel auf die Küchentür zu. Aber damit hatte Dal bereits gerechnet. Er packte sie von hinten beim Oberarm, zerrte sie zurück, drehte sie um, drückte noch fester zu, als sie versuchte, sich seinem Griff zu entwinden und gegen sein lädiertes Knie zu treten.

»*Laß mich los!*«

»Ich meine es nur gut mit dir, Barry. Du hast dir lange genug in die Tasche gelogen!«

»*Mark!*« schrie Barry. »*Mark, hilf mir!*«

Dal legte ihr seine Hand über den Mund. Barry biß hinein, grub die Zähne in seinen Daumenballen. Er schüttelte sie ab, indem er ihr mit der anderen Hand einen gewaltigen Schlag vor die Stirn versetzte. Barry flog quer durch die Küche, knallte gegen die Tür zur Speisekammer und brach schluchzend zusammen. Dal humpelte zu seiner Schwester und hielt sie am Boden fest.

»Los, Dad, jetzt bringen wir sie zu Mrs. Prye!«

Tom betrachtete seine Tochter, die sich mit Händen und Füßen wehrte, den Kopf angehoben, Zornesröte im Gesicht; Tom betrachtete seinen verzweifelten Sohn. Er zögerte nur einen Moment. Dann half er Dal, Barry hochzuzerren. Sie stöhnte und fluchte, aber sie kam nicht an gegen die beiden, die sie halb mit sich zogen, halb mit sich schleiften – an der Hintertreppe vorbei, durch die Waschküche, in Toms Atelier. Dal hatte Barry inzwischen so fest gepackt, daß sie aufschrie vor Schmerz.

»Dal, sei gefälligst nicht so saugrob!«

»Steck Mrs. Prye ein, Dad«, bat Dal.

Sie waren jetzt bei dem Wahrsageautomaten angelangt. Er stand in einer Ecke des Ateliers, die der hohen Fensterwand gegenüberlag. Draußen war es fast dunkel. Barry sagte nichts mehr. Sie atmete nur heftig, trat um sich, sträubte sich mit aller Gewalt, kalkweiß im Gesicht bis auf ein paar hektische Flecken Zornesröte. Tom ging mit der Leitungsschnur auf die Knie, um an die nächste Steckdose heranzukommen. Nun war der Automat eingestöpselt und leuchtete auf, aber nur schwach. Barry schnaubte verächtlich. Dal versetzte ihr einen Stoß und dem Automaten einen Tritt. Er sirrte kurz, und es wurde hell unter der Glasglocke. Lichtwellen waberten: oszillierendes Gelb, metallisches Blau, elektrisches Grün. Und nun hob sich inmitten dieses Gewoges Mrs. Pryes Kopf wie ein seltsamer Fisch, der aus dem Meer auftaucht. Starr heftete sie die Augen auf ihre Kundschaft. Barry gab erneut einen Laut von sich – er konnte Verachtung bedeuten oder Mißvergnügen – und nahm ihren Kampf mit Dal wieder auf, der deutlich schwächer wurde.

»Sie wird euch nichts sagen. *Ich lasse sie nicht!* Laß mich los!«

»Dal, was machen wir jetzt?« sagte Tom.

»Welcher Tag war das?« fragte Dal seinen Vater. »Ich meine, an dem Herr Unbekannt im Park aufgetaucht ist?«

»Das war ein Freitag – äh – ja, der 4. Dezember.«

»Nein!« jammerte Barry.

»Tipp das ein«, sagte Dal. »Irgendeinen Geburtstag wird Draven ja haben. Und ob es nun der 4. Dezember ist oder nicht – Hauptsache, wir kriegen Mrs. Prye zum Reden.«

Tom bediente die Tastatur. Barry versuchte, ihn wegzudrängen, aber es gelang ihr nicht. Das Datum war eingetippt, und nun begannen unter der Glasglocke sternähnliche Lichter zu funkeln. Mrs. Pryes Lippen verzogen sich unnatürlich, und es ertönte eine mechanische Stimme, die entfernt an die einer Frau erinnerte:

»Sie sind im Zeichen des Schützen geboren. Dieses Zeichen des Tierkreises wird von dem Planeten Jupiter regiert. Sie sind ein Abenteurer mit der Seele eines Künstlers, Sie haben einen ausgeprägten Sinn für das Dramatische –«

»Das ist nicht das, was wir brauchen«, sagte Dal zu dem Automaten. »Was wir brauchen, ist nicht auf deinem Tonband, Mrs. Prye. Jetzt sprich mal mit deiner eigenen Stimme, ja? Also los, Mrs. Prye.«

Die Tonbandstimme verstummte. Mitten im Wort schien der Kopf gleichsam zu gefrieren. Es kam noch ein quengeliger elektronischer Nachhall. Flimmerndes Licht erfüllte die Glasglocke. Barry gab ein hohles Stöhnen von sich und erschlaffte ein wenig in Dals Händen. Sie hatte sich auf die Unterlippe gebissen; Blut sickerte.

»*Laßt mich – laßt mich in Ruhe!*«

Der Kopf der Puppe löste sich auf. Eine Weile sah man nur gestaltloses Geflacker. Dann bildete sich langsam ein neues Gesicht. Eine hochaufgetürmte Lockenperücke, ein herzförmiges Schönheitspflästerchen, ein lächerlich dick angemaltes, kokettes Mündchen. Mrs. Prye war stark gealtert; sie hatte tausend Falten, die sich nicht mehr verbergen ließen; ihre Wimpern waren derart mit Wimperntusche verkleistert, daß sie die Augen kaum offenhalten konnte. Aber ihr Elan war, nun da sie wieder mit von der Partie sein durfte, gänzlich ungebrochen.

Guten Tag, Euer Gnaden! Guten Tag, Herrin. Was muß ich seh'n? Ist dies ein Anfall, eine Ohnmacht? Daß Gott bewahr', mein süßes Täubchen! 's ist niemand schuld an dieser Wendung als du selbst mit deinem grillenhaften Wesen.

Barrys Kampfeswille war nun erlahmt. Schlaff hing sie in Dals Händen. Er konnte fast die Gänsehäute spüren, die sie überliefen. Ihre Körpertemperatur nahm besorgniserregend ab. Ihr Mund stand offen, und ihre Stimme klang seltsam – sie hörte sich nicht richtig nach Barry an und bediente sich derselben Sprechweise wie die Puppe. »Sag's ihnen nicht, meine gute Frau, um Himmels willen, sag's ihnen *nicht!*«

725

Nun redete wieder die Puppe: *Ich scheue keine Lüge, wenn es gilt, der Herrin mein zu dienen. Doch diesmal ist die Pflicht zu ernst. Ein furchtbar Werk steht uns bevor.*

»Dann erzähl uns was von Draven«, sagte Dal. Er blickte in Barrys glasige Augen.

Geduld, mein Herr! Die Stimme von Mrs. Prye drang nun aus Barrys Kehle, obwohl sich ihre Lippen und ihre Zunge nicht bewegten – es war, als sei sie eine Bauchrednerin, die ihrer selbst nicht mehr mächtig, die besessen war. Speichel lief ihr übers Kinn. Sie zuckte ein- oder zweimal, begehrte aber nicht auf, sondern war vollkommen fügsam. *Verstattet mir noch einen Augenblick. Ich will Euch gerne Zeugnis geben von dem, was Euch den Sinn und das Gemüt so sehr verwirrt hat. Doch pflichtvergessen wäre ich, bät' ich Euch nicht um Nachsicht gegen meine Herrin. Denn sie ist ganz verfallen dem, was sie geschaffen hat. Nicht schuldlos, nein, jedoch ein Opfer auch des Sehnens tief in ihrem Herzen.*

»Wer ist Draven?« fragte Tom.

Ein Rohling, dem es an Gewissen und Skrupel auch gebricht. Schmarotzerisch in seinem Wesen wie jene Kreaturen, welche sich vom Fleisch und Blute derer nähren, die ihnen Obdach geben.

»Wo kommt er her?« fragte Dal. Inzwischen ahnte er allerdings die fantastische Wahrheit.

Draven ist nicht des Himmels noch der Hölle Werk. Geschaffen ward er durch die Kraft des Sehnens meiner Herrin in einem einzigen mächtigen Akt aus jenem Chaos, das Eure Welt und meine trennt. Sie wünschte ihren Liebsten sich zurück, doch in vollkomm'nerer Gestalt – gar schön an Haupt und Gliedern, von hohem, edlem Wuchs. Dereinst bedurfte ihrer dies Geschöpf – doch nun hat es sein eig'nes Leben und trüge nicht Bedenken, sich ihrer zu entledigen.

Barry schauderte zusammen, schrie verzweifelt auf und verdrehte die Augen. Dal wartete bang, schaute nach der Wahrsagerin unter der Glasglocke. Mrs. Prye war noch da. Sie blickte Dal und Tom streng an. Dann redete sie wieder.

Ich bitte, sputet Euch. Meine Minuten sind gezählt.

»Dann ist er also kein menschliches Wesen«, sagte Tom zitternd.

Gebunden ist er nicht an der Natur Gesetze.

»Wußte Alexandra Chatellaine über ihn Bescheid?« erkundigte sich Dal.

Ja. Sie trennte ihm den Finger mit Absicht von der Hand. Barry indes, das törichte Kind, schuf einen neuen. Und die alte Dame bezahlte ihren Argwohn mit dem Leben.

»Wenn Barry ihn gemacht hat«, sagte Dal, »kann sie ihn dann auch vernichten?«

Möglich wär's. Doch Draven ist nun fast so stark wie sie, und über seine Stärke kann sie nicht gebieten.

»Wie können *wir* ihn dann loswerden?«

Ein Zucken – ähnlich wie ein Blitz – lief durch Mrs. Pryes Gesicht und löste es beinah auf. Sie schnitt eine Grimasse.

O Herrn, Ihr könnt nichts tun. Denkt nicht an einen Fallstrick, Hinterlist und Ränke – dies führte nur alsbald zu Eurem eig'nen Ende. Verteufelt ist er wie die Pestilenz, und mühelos erahnt er Eure heimlichsten Gedanken.

»Barrrrrrrryyyyy.«

Tom sagte mit gedämpfter, heiserer Stimme: »Dal, hör mal – er ist irgendwo draußen vor dem Haus.«

»Ach du lieber Gott!«

Verzaget nicht – es mag wohl sein, daß Euch ein Zauber der alten Dame schützt.

»Mrs. Prye!«

Das Gesicht der Wahrsagerin war undeutlicher geworden. Und nun verflackerte es allmählich zu einem Wirbel von schillerndem Licht.

O meiner Treu. So lang darf ich nicht harren. Flieht, flieht vor dem Geschöpf!

»Barrrrrrrryyyyy.«

Dal schüttelte seine Schwester. Mrs. Pryes Stimme schien jetzt aus großer Tiefe zu dringen. Sie erinnerte an ein Donnergrollen.

Nun betet drum, Ihr Herrn, daß dieser Zauber stark genug ist, die Untat abzuwenden. Möcht' ich doch nicht mein Täubchen, mein süßes Kind verlieren –

»Heiliger Gott! Dal!«

Dal blickte über die Schulter nach dem Wahrsageautomaten. Unter der Glasglocke tauchte nun anstelle von Mrs. Prye Dravens Kopf auf. Kein Gesicht, sondern eine schmale, grinsende, böse Fratze.

Dal ließ Barry zu Boden sinken und war mit einem Satz bei der Steckdose. Er zerrte an der Leitungsschnur. Nichts rührte sich. Dann riß er noch einmal mit aller Kraft daran, und sie brach mitsamt der Steckdose aus der Wand. Gleißende Funken sprühten. Alle Lichter gingen aus. Kurzschluß. Und nun fanden sie sich in fast vollständiger Dunkelheit wieder. Der aufgehende Mond war von Wolken verfinstert.

»Barrrrrryyy!« rief Draven. Es hörte sich so an, als sei er ganz in der Nähe des Ateliers.

Barry setzte sich auf, die Haare zerzaust, legte die Hände an die Schläfen und begann zu zittern.

»Laß uns nach oben gehen«, sagte Dal. »Rasch!«

Er versuchte, sie mit sich zu ziehen. Aber Barry machte sich schwer. Die großen Fenster auf der Nordseite des Ateliers waren von warmem, wolkigem Grau, bildlos wie Träume, die noch nicht begonnen haben.

»Sie rührt sich nicht vom Fleck. Hilf mir!« sagte Dal zu seinem Vater. Barry wurde auf dem Hosenboden durchs Atelier geschleift und gab Geräusche von sich wie ein Kätzchen, das in einen Sack gesteckt und ersäuft werden soll.

Sie hatten die Hälfte des Wegs bis zur Tür zurückgelegt, als Tom erstarrte und nach der Fensterwand deutete. »Dal! Da ist er!«

Dal blieb keuchend stehen und blickte auf den dämmrigen Hof hinaus. Draven stand unter dem blühenden Kirschbaum. In der Hand hatte er etwas, das wie ein Prügel aussah. Die Fenster waren aus Spiegelglas – er konnte nicht nach drinnen schauen. Aber er mußte trotzdem wissen, wo sie sich aufhielten. Ihre Stimmen hatte er ja hören können.

Draven hob den Prügel mit beiden Händen. Dal gefror das Blut in den Adern. Ein schwaches Aufblinken von Metall und Dal wurde schlagartig klar, daß Draven mit der Schrotflinte zielte, die er unbedacht auf dem Küchentisch hatte liegenlassen.

Orangerotes Mündungsfeuer flammte auf. Dann ein Knall, ein Prasseln, und ein Teil der Fensterwand zerklirrte. Glassplitter flogen durchs Atelier, breite Risse fraßen sich in die heilen Scheiben, die Wand erbebte und begann einzustürzen. Die ersten großen Scherben fielen, andere folgten nach.

Dal fand irgendwie die Kraft, Barry vom Boden hochzureißen und aus der Tür zu ziehen. Tom folgte ihnen. Dal warf rasch noch einen Blick zurück: Draven schritt auf das Haus zu. Kaltes Entsetzen kam über ihn; sein lädiertes Knie war plötzlich weich wie Butter. Er schob seinen Vater auf die Hintertreppe zu.

»Geh schon mal nach oben, Dad. Ich versuche inzwischen –«
Barry entwand sich ihm wie ein Aal. Sie hastete in Richtung Küche. Zu Dals Verblüffung war Tom mit drei Schritten bei ihr und umklammerte sie mit beiden Armen, bis Dal ihm zu Hilfe kam. Die Küchentür stand offen. Dal hörte, wie die Schrotflinte nachgeladen wurde: mit leisem Klacken glitt eine neue Patrone in den Lauf. Aus dem Wohnzimmer drangen wilde Kratzgeräusche.

Dal blieb nur ein Moment Zeit, um seine Pläne zu ändern. Nach oben gehen – das hatte keinen Sinn. Dort saßen sie in der Falle. Die Vordertür – das war die einzige Lösung. Er schob und drängte und trieb seinen Vater und seine Schwester durchs Eßzimmer, durch den Vorraum.

Sie waren nur noch ein paar Meter von der Haustür entfernt, als Barry eine Hand freibekam, herumwirbelte und ihre Fingernägel wie Krallen in Dals Gesicht schlug. Er taumelte zurück. Blut strömte von seiner Stirn. Barry rannte lautlos ins Eßzimmer, und Dal konnte sie nicht aufhalten.

Eine Hand streckte sich Barry entgegen. Sie ließ sich dankbar von Draven in den Arm nehmen. Er führte sie langsam zu ihrem Vater und zu ihrem Bruder zurück. Mit der anderen Hand hielt er die Schrotflinte. Das dunkle Auge der Mündung war direkt auf Dal gerichtet.

Ein paar Sekunden sprach niemand. Man hörte nur das Ticken der Pendeluhr im ersten Stock und das *Kratz, kratz* im Wohnzimmer.

Barry lehnte sich gegen Draven. Ihre Augen glichen der Mündung des Gewehrs. Sie waren dunkel und ihrem Vater und ihrem Bruder fremd. Dal, halb blind, außer sich vor Zorn und vor Angst, sah Barry und Draven kurz wie ein altmodisch-heroisches Bild: Mann und Weib verteidigen tapfer die Heimstatt. Barry gehörte hierher, gemeinsam mit ihm, und sie – ihr Bruder, ihr Vater – waren Eindringlinge. Draven hatte nichts von einem Monstrum an sich. Er war nicht der Dämon, den sie unter der Glasglocke des Automaten gesehen hatten. Nein, er wirkte wie ein solider, verantwortungsbewußter, souveräner junger Mensch, Herr der Lage, einer heiklen Lage. Hätte Dal eine Mannschaft zu bilden gehabt und noch einen Sportskameraden gebraucht – hier war er. Er dachte mit wachsendem Entsetzen, das ihn langsam einhüllte wie eine zweite Haut: Egal, wie er's macht, gleichgültig, was uns passiert, jeder wird ihm seine Darstellung glauben. Und bevor ein Tag um ist, werden auch Barry und er sie für bare Münze nehmen.

34.

Dieses Gedankenspiel kostete Dal um ein Haar das Leben. Er löste sich zähnefletschend von der Wand, gegen die er sich gedrückt hatte, um närrisch der auf ihn gerichteten Flinte zu trotzen. Doch im letzten Moment ließ ihn eine plötzliche Eingebung innehalten. *So hundertprozentig sicher ist er gar nicht. Noch weiß er nicht, wie er das deichseln soll.* Es blieb also Zeit für eine Bitte, die Dal an Barry richtete.

»Um unseretwillen – um deiner Mutter willen –, um Gottes willen und um des Himmels willen, reiß dich los von ihm, Barry, solang du es noch kannst!«

Kratz, kratz, kratz!

Ein kurzes Stirnrunzeln verdüsterte vorübergehend Dravens gelassenes Gesicht; er blickte rasch nach der Tür zum Wohnzimmer.

»Noch hast du kein wirkliches Unheil angerichtet«, sagte Tom, und Dal staunte über die Kraft in seiner Stimme. »Du kannst alles wieder gutmachen. Wenn dir an uns noch etwas liegt.«

Draven schloß den Arm noch fester um Barry. Sie schmiegte sich noch enger an ihn und blickte mit einer solchen Inbrunst und Ergebenheit zu ihm auf, daß Dal schrie:

»*Er braucht dich auch nicht mehr lange, Barry! Du bist als nächste dran!*«

Draven hob den Gewehrlauf an – eine Insel Helligkeit im dunklen Vorraum – und zielte auf Dals Brust.

»Barry«, sagte Draven ruhig, »hol mal das Kästchen aus dem Wohnzimmer.«

»Und was soll ich damit machen?«

»Tu's weg. Neben die Mauer an der Auffahrt. Leg einfach Steine drauf. Einen Haufen Steine.«

»Ja, Mark.«

Sie ging in Richtung Wohnzimmer, blieb aber vor der Tür stehen, irritiert durch die wilden Kratzgeräusche. Sie schien mehr als nur ein bißchen Angst zu haben. Dal drehte sich vorsichtig um und beobachtete sie.

»Na los«, sagte Draven.

Barry betrat das Zimmer, als hätte ihr jemand einen Schubs gegeben. Dal verlor sie kurz aus den Augen. Dann tauchte sie wieder auf, das Kästchen mit beiden Händen gefaßt. Sie trug es hastig zur Haustür. Und dabei stolperte sie offenbar – genau konnte man das nicht erkennen, das Licht war zu schwach. Jedenfalls schrie sie auf, das Kästchen fiel zu Boden, und Barry drehte sich mit angstvollem und gequältem Blick um. Blut quoll aus ihrer rechten Handfläche.

Tom und Dal gingen fast gleichzeitig auf Draven los.

Tom bekam den Lauf der Flinte zu fassen, und es gelang ihm beinah, sie Draven zu entwinden. Dal rammte Draven von der Seite, die Schultern vorgeschoben, den Kopf gesenkt wie ein Stier. Dann verpaßte er Draven noch einen kräftigen Rippenstoß mit dem Ellenbogen, und die drei stolperten miteinander verknäuelt und ringend zur Treppe.

Draven war so stark und flink, daß sie keine Chance gegen ihn hatten. Mit einer einzigen Handbewegung nahm er die Flinte wieder an sich, hielt sie beim Pistolengriff des Schafts, knallte Tom den Lauf über den Kopf. Tom sackte lautlos zusammen und blieb vor Draven liegen. Dal drosch auf Draven ein und bediente sich dabei eines Kampfstils, der ihm früher viele Siege bei Raufereien mit größeren Jungen eingetragen hatte: dicht am Feind, Kopf eingezogen, kurze schnelle harte Magen- und Nierenschläge.

Und tatsächlich hing Draven einige Augenblicke durch. Er war geschwächt; er hatte der Wildheit von Dals Attacken nichts entgegenzusetzen. Er war es nicht gewohnt, sich zu schlagen, wußte nicht recht, wie er's anfangen sollte, aber letzten Endes trugen seine Kraft und seine Kondition wieder den Sieg davon. Er ließ die Flinte los und griff sich Dal einfach, wuchtete ihn übers Treppengeländer. Dal landete linkisch auf den Stufen und polterte abwärts. Eine Geländersäule war schon vor geraumer Zeit herausgebrochen. Draven packte Dal beim Kragen und zerrte ihn durch die Lücke. Dals Arme lagen eng am Körper an, er war regelrecht eingekeilt. Und nun begann Draven, mit beiden Händen Dals Kopf zu drehen. Er versuchte, ihm das Genick zu brechen.

»Barry!« schrie Dal, denn er hatte sie kurz gesehen, wie sie gegen die Wand gedrückt dastand und zuschaute mit dem verstohlenen, faszinierten Blick eines Passanten, der zufällig Augenzeuge einer Schlägerei wird; und er hatte auch noch etwas anderes gesehen: den schwachen Schein der Dolche aus dem Kästchen, das Barry hatte fallenlassen. Er hatte das Gefühl zu ersticken. Blutrote Punkte tanzten vor seinen Augen. Die Perspektive war verzerrt durch die qualvolle Drehung seines Kopfes. Doch bevor ihm die Sinne schwanden, sah er seine Schwester nahen.

»Mark –«

»Hau ab«, sagte Draven zu Barry.

»Nein, du bringst ihn doch um –«

Sie zerrte mit beiden Händen an Draven. Blut rann aus Dals Mund, und er spürte, daß trotz seines verzweifelten Widerstands gleich Knochen knacken würden. Hilflos blickte er in die Augen seiner Schwester.

»Du sollst ihm jetzt nicht mehr weh tun!« sagte Barry ungehalten. »Warum mußt du ihm weh tun?«

Draven ließ Dal plötzlich los. Die entsetzliche Zwinge war fort. Draven drehte sich um und schlug Barry ins Gesicht – so heftig, daß sie ein paar Schritte zurücktaumelte. Sie schrie auf vor Schmerz. Dal konnte sich nicht aus der Klemme befreien, und in Sekundenschnelle war Draven wieder bei ihm und versuchte erneut, ihm den Hals umzudrehen.

Barry tastete am Boden entlang, bekam einen Dolch zu fassen. Sie richtete sich auf. Unsicher stand sie da, zitternd, die Hand mit dem Dolch hoch erhoben.

»Mark!«

Er wirbelte herum und schielte nach dem Dolch. Barry schlotterte am ganzen Leib.

»Ich – ich wi-wi-will das nicht! Warum können wir nicht –«

»Barry!« sagte Draven beunruhigt. »Tu das weg!«

»Ich kann nicht!«

Sie machte einen zögernden, unkontrollierten Schritt auf ihn zu. Aber die Hand, die den Dolch hielt, war ruhig und sicher. So schnell wie eine Schlange schoß sie vor. Der Dolch durchbohrte die Hand, die Draven schützend erhoben hatte, durchbohrte sie mit solcher Gewalt, daß sie gegen seine Brust genagelt wurde. Und die Klinge drang weiter vor, ins Herz. Draven fiel auf die Treppe. Seine Augen wurden glasig. Er versuchte aufzustehen, stürzte vor Barry hin.

Entsetzt ging sie neben ihm in die Knie. Sie jammerte. Sie rollte Draven auf den Rücken, umklammerte mit beiden Händen das Heft des Dolches, zog daran, stöhnte vor Anstrengung. Sie hatte die Kraft einer Besessenen, aber der Dolch blieb unverrückbar stekken. Dal befreite sich aus der Lücke im Treppengeländer, setzte sich auf, hielt seinen Kopf. Er konnte ihn nur unter furchtbaren Schmerzen bewegen. Er hatte Angst, ohnmächtig zu werden. »Barry«, sagte er heiser. Er konnte auf einem Auge nichts sehen. Der Kehlkopf tat ihm weh. Er hatte Blut im Hals und auf der Zunge. Ein Teil davon tropfte von seinem Kinn. »Laß das, Barry. Geh weg von ihm.«

Ihre Hände waren jetzt glitschig von Dravens Blut, rutschten vom Heft des Dolches ab. Sie schluchzte verzweifelt. Sie verfluchte Alexandra.

»Hör auf, Barry.« Dal rappelte sich mühsam hoch und hinkte die Treppe hinunter. Das lädierte Knie versagte ihm fast seinen Dienst. Sein Kopf war wie verbogen. Er wollte, er hätte das alles nur geträumt. Er sank neben Barry nieder. Sie würdigte ihn keines Blickes und bemühte sich nach wie vor, Draven von dem tödlichen Dolch zu befreien.

»Sieh dir an, was sie ihm angetan hat. Diese alte Schlampe. Ich hasse sie! Ich hätte sie nie ins Haus lassen sollen. Das wußte ich von Anfang an. Sie wollte uns immer schaden. Sie hat uns nie unser Glück gegönnt. Ihr wart alle gleich. Eifersüchtig auf Mark. Und neidisch.«

»Nein, Barry. Nein. Schau mich an. Schau Dad an. Draven hätte uns beinah umgebracht. Er hat dich total vereinnahmt. Und uns wollte er erledigen.«

Ihre Hände flogen in die Luft empor wie weiße Vögel von einem Opferstein. Sie troffen vor Blut.

»Ich schaff's nicht! Ich kriege den Dolch nicht raus!«

»Weil es vorbei ist. Aus und vorbei. Du wirst ja sehen.«

Barry erhob sich, wischte die Hände an ihrer Bluse ab. Sie zitterte und schluchzte. Ein Schluckauf schüttelte sie. Ihr Körper zuckte grotesk.

»Ich brauche deine Hilfe«, sagte Dal. »Ohne dich kann ich nichts machen, und wir müssen ihn von hier fortschaffen. Er – er muß verschwinden, als hätte es ihn nie gegeben. Verstehst du mich, Barry?«

Doch nun hatte sie wieder etwas Gewalt über ihren Körper, und sie ging einfach weg, taub gegen seine Bitten. Sie hielt vor dem zweiten Dolch an, der aus dem Kästchen gefallen war, und blickte auf ihn nieder. Ihr Mund stand offen. Aus ihrem Schluchzen wurde ein trockenes, hohles Geräusch – wie Wind in einer Höhle –, das Dal völlig entnervte. Kalter Schweiß trat auf seine Stirn. Dal zog sich an der Wand hoch, stellte sich hin.

Aus Barrys Richtung hörte er die etwas melancholische Stimme von Mrs. Prye, obwohl sich die Lippen seiner Schwester auch jetzt nicht bewegten.

Je nun. Es hat ein Ende all dieser eitle Tand. Doch trödle nicht, mein schönes Kind, mein vielgeliebtes Närrchen.

Barry bückte sich rasch und hob den Bronzedolch auf, hielt ihn senkrecht vor ihr Gesicht, vor ihre Kehle.

»Nein, Barry!« Doch als sie sich umwandte und aufs Wohnzimmer zuschritt, den Dolch gesenkt, aber immer noch gefährlich nah an ihrem Leib, merkte Dal, daß Barry ihn nicht hörte. Er stürzte los, um ihr den Weg abzuschneiden, fiel hin, verrenkte sich den Hals und verlor das Bewußtsein.

Barry drehte sich in der Tür um. Ihr Gesicht war jetzt ruhig; ihr Körper zitterte nach wie vor, aber nicht mehr so heftig; ihre Augen waren kummervoll bis zur Ausdruckslosigkeit. Sie starrte ihren Bruder eine Weile an. Dann trat sie ins Wohnzimmer und machte die Tür hinter sich zu.

35.

Dal wurde dadurch wach, daß sein Vater ihn schüttelte. Er schrie auf vor Schmerz. Seine Augen füllten sich mit Tränen. Die Pendeluhr im ersten Stock schlug die Stunde, aber Dal hatte keine Ahnung, welche.

»Dad – bist du okay?«

»Mir tut der Kopf so weh wie noch nie in meinem Leben. Was ist passiert? Hast du ihn getötet?«

»Nein. Heiliger Gott! Wo ist Barry?«

»Weiß ich nicht.«

»Sie – hilf mir mal hoch.«

Tom tat wie geheißen. Vater und Sohn lehnten aneinander, benommen vor Schmerzen, außer Gefecht gesetzt. Dal roch Verbranntes.

»Was ist das?«

»Der Kamin. Im Wohnzimmer.«

Dal drehte sich langsam um und sah durch die Ritze unter der geschlossenen Tür das Licht eines ungeheuren Feuers.

»Barry«, stöhnte Dal. »Oh Gott, bewahre sie davor, daß sie irgendwelchen Blödsinn macht!«

Er humpelte zur Wohnzimmertür, stieß sie auf, stand schwankend im Raum, tastete mit einer Hand an der Wand entlang, suchte Halt. Die Hitze war so groß, daß ihm sofort der Schweiß ausbrach. Der Flammenschein tat ihm in den Augen weh.

Barry saß im Schneidersitz auf dem Boden, nackt und so nah beim Kamin, daß das Feuer sie fast versengte. Sie hatte den Dolch in der rechten Hand. Sie starrte in die fauchende Lohe, schnitt sich strähnenweise das Haar ab und warf es auf den Scheiterhaufen, den sie aufgeschichtet hatte. Die linke Hälfte ihres Kopfes hatte sie bereits geschoren – ein rötliches, unregelmäßiges, nicht einmal streichholzlanges Stoppelgebilde.

Dal sah sofort, daß er Barry nicht Einhalt gebieten konnte; begriff auch, ungeheuer erleichtert, daß dies gar nicht nötig war. Sie würde sich mit dem Dolch nicht verwunden und nicht töten, das spürte er. Ein Sühneopfer wurde hier vollzogen, eine Austreibung der Dämonen, der ungeladenen Gäste.

Als die Pendeluhr wieder schlug – zwölfmal, wie Dal mit leisem Entsetzen feststellte –, war Barry fertig. Sie lag auf der Seite, den Dolch noch in der schlaffen Hand. Dal brachte ihr neue Kleider; die alten, die mit Dravens Blut besudelten, hatte sie verbrannt. Er half ihr beim Anziehen. Sie jammerte ein bißchen, ließ es sich aber gefallen. Das Feuer loderte jetzt nur noch halb so hoch wie zuvor. Dal nötigte Barry, etwas Brandy zu trinken. Beim ersten Schluck würgte sie. Dann wollte sie mehr. Ihre Augen wurden klarer – es war, als wische Regen verkrusteten Dreck von einem Stein.

Dal hatte zwei starke Schmerztabletten genommen, und während Barry ihr Ritual am Feuer vollzog, war er vollauf beschäftigt gewesen. Tom, der eine gewaltige Beule über dem rechten Ohr hatte und sich darüber beklagte, daß er doppelt sehe, hatte ihm zwischendurch geholfen.

»Wo ist er?« wollte Barry wissen, sobald sie wieder sprechen konnte. Sie schmiegte sich an ihren Bruder.

»Draußen.«

Gemeinheit heulte schon seit einigen Minuten: es klang wie eine schauerliche Totenklage. Barry lauschte bang.

»Was – was machst du mit ihm?«

»Ich versenke ihn im Teich.«

»*Nein!*«

»Barry – es geht doch nicht anders. Wir sind hier alle des Mordes schuldig. Kein Mensch wird uns glauben, was er in Wirklichkeit war und was heute abend passiert ist. Er ist eines Tages aufgetaucht. Und jetzt verschwindet er eben wieder. Wer soll uns da groß mit Fragen löchern? Barry, du mußt mir helfen. Alleine schaffe ich's nicht, und Dad ist verletzt.«

»Nein, bitte nicht!«

»Ich habe ihn in Segeltuch gepackt und Steine dazugetan. Das Ganze ist so schwer, daß wir es nicht mal zu zweit in den Kombi heben können. Ich binde ihn an die Stoßstange und ziehe ihn runter zum Steg. Der Mond scheint nicht. Niemand wird uns sehen. Also los.«

Er hielt sie beim Ellenbogen fest. Aber sie kam auch so mit, ganz von allein. Tom saß am Küchentisch, den Kopf zwischen seinen Händen. »Geh ins Bett, Dad«, sagte Dal. Er trat mit Barry auf den Hof hinaus. Gemeinheit war nirgendwo zu sehen. Man hörte ihn nur heulen.

Barry machte beinah kehrt und rannte davon, als sie das mit Plastikseil verschnürte Bündel sah. Dal setzte sie auf den Beifahrersitz des Volvo und ging nach hinten, um die Leiche in ihrer Segeltuchhülle an der Stoßstange festzubinden. Fast im Schrittempo fuhr er zum Teich hinunter, zerrte das Bündel nach.

Dann kam das Schwierigste: die gut zwei Zentner auf den nicht allzu stabilen Steg und ins Boot zu kriegen. Die Leiche nahm soviel Platz weg, daß man nicht wie gewohnt rudern konnte. Statt dessen hockten sie sich hin wie die Indianer – Dal vorn, Barry hinten – und paddelten über den dunklen Teich. Dal steuerte das Boot zwischen den vielen kleinen Inseln durch. Die Frösche verstummten, wenn es sich näherte, und fingen wieder an zu quaken, sobald es vorbei war. Gleichmäßig tauchten die Ruder ins Wasser, gleichmäßig glitt das Boot dahin, und Dal kam fast um vor Schmerzen trotz der Tabletten, die er genommen hatte und die derart stark waren, daß er sich wie benebelt fühlte. Einmal lehnte er sich ziemlich weit in die falsche Richtung und wäre beinah in den Teich geplumpst.

»Wo, Dal?«

Er konnte nicht mehr; er zog sein Ruder aus dem Wasser. »Hier.« Aber Dal wußte nicht genau, wo sie waren. Er dachte zwar, sie müßten an einer der tiefen Stellen sein, doch es war sehr dunkel und er konnte sich nicht an den Lichtern des Hauses orientieren – zuviel Bäume davor. Dann schlurrte der Bug über eine Ablaufrinne aus Beton, die nur ein kleines Stück unter Wasser lag. Bis zu dieser Stelle hatte der Teich ursprünglich gereicht, bevor er in den 20er Jahren ausgebaggert und vergrößert worden war. Doch, hier würde es gehen.

Als das Boot aufgelaufen war, stellte sich Dal auf die Rinne. So bekam man die Leiche besser aus dem Boot. Barry drückte mit aller Kraft dagegen und setzte sich weinend zurück, als das sperrige Bündel ins Wasser klatschte. Dal wurde naß. Das Bündel sank sofort.

Dal schob das Boot an. Es löste sich knirschend von der Ablaufrinne. Dal sprang hinein. Dann saß er atemlos da, den Arm um seine Schwester gelegt.

»Dal, es tut mir leid – es tut mir so wahnsinnig leid!«

»Jetzt ist's vorbei.«

»Ich habe versucht, ein Gebet zu sprechen. Aber es ist mir im Hals steckengeblieben.«

»Ein Gebet hätte ihm auch überhaupt nichts bedeutet. Sprich lieber eins für uns.«

»Vielleicht bin ich in einem Kloster am besten aufgehoben. Da kann ich wenigstens keinen Schaden anrichten.«

»Am besten aufgehoben bist du bei Dad und mir«, versicherte Dal seiner Schwester.

Sie ließen sich eine Weile treiben, fühlten sich herrlich leicht ohne ihre Last, bis Dal schließlich die Kraft fand, sich in die Riemen zu legen und langsam nach Hause zu rudern.

Am Abend
vor der Mittsommernacht

> *Eine jede Regung, sei's im Gefühl*
> *sei's im Gedanken, rüstet im Dunkel*
> *kraft ihrer Klarheit und Zuversicht*
> *ihren eigenen Scharfrichter zu.*
>
> WILLIAM BUTLER YEATS,
> »Per Amica Silentia Lunae«

36.

Die Zeit heilte alle Wunden. Oder fast alle.
 Die Stichverletzung an Barrys rechter Hand, verursacht durch einen der Dolche, der das Lederkästchen durchbohrt hatte, als sie es zur Haustür trug, war oberflächlich. Es blieb nur eine kleine Narbe quer über der Herzlinie. Dal hatte Muskelrisse am Nacken und Überdehnungen am Hals und mußte vier Wochen lang eine Stützkrause tragen. Sein Knie sprach gut auf Wärmebehandlung an. Toms Kopfschmerzen dauerten einen Tag, die Beule war nach einer Woche verschwunden, und er konnte bald wieder scharf genug sehen, um erneut seine Arbeit im Atelier aufzunehmen. Die Ersatzfenster mußten eigens geordert werden – Spezialanfertigung. Geliefert wurden sie erst nach eineinhalb Monaten. Bis dahin hielt durchscheinendes Wachstuch die Unbilden der Witterung fern und ließ trotzdem genügend Licht in den Raum.
 Am zweiten Tag nach der Versenkung Dravens im Teich lud Dal den Wahrsageautomaten mit Hilfe eines Jungen aus der Nachbarschaft auf einen Mietlastwagen. Sie fuhren den Apparat ein paar Kilometer weit zu einer Schlucht, in der haufenweise verrostete alte Kühlschränke und Autowrackteile lagen, und kippten ihn dazu.
 Vor der Party hatte Mrs. Aldrich um eine Woche Urlaub gebeten: ihre älteste Tochter, die in Mechanicville, bekam wieder einmal ein

Kind, ihr viertes. Bei ihrer Rückkehr fand sie das Hauswesen durchaus wohlgeordnet vor. Schockiert war sie bloß über Barrys Punkfrisur, die ihre hübsche Kopfform sehr vorteilhaft betonte, aber leider auch ihre Ohren und die waren nun mal nicht das Schönste an ihr. Barry kam sich ein wenig so vor wie Dumbo, der fliegende Elefant, und ging dazu über, Spiegel zu meiden und Dals griechische Fischermütze zu tragen, wenn sie (selten, zum Glück) in die Stadt mußte.

Die Erdbeeren wurden reif, Nestlinge schlüpften tolpatschig und wuchsen rasend schnell, die Bäume standen in dichterem, satterem Grün. Hummeln brummten ihres Wegs, der Klee blühte, wilde Rosen wucherten üppig. Die Tage wurden lang: trockene Hitze, Wohlgerüche in der Luft, Wärmegewitter, bei denen der Himmel einer düsteren Kuppel glich. Das Licht des Tages lag fast bis neun Uhr abends auf der Oberfläche des Teichs.

Mrs. Aldrich war enttäuscht, als sie erfahren mußte, daß Draven ganz plötzlich seine Sachen gepackt und das Weite gesucht hatte. Mehrere Tage lang stellte sie heikle Fragen. Die Geschichte, auf die sich die Brennans geeinigt hatten, war simpel genug: ein Anruf aus Europa, Erkundigungen und Fragen, teilweise Rückkehr von Dravens Gedächtnis, was – fast über Nacht – eine freudenreiche Wiedervereinigung mit seiner Familie zur Folge hatte. Natürlich würde er schreiben. Natürlich würde er anrufen, sobald sich die Aufregung über seine glückliche Heimkehr ein bißchen gelegt hatte. Und eines Tages würde er auch wieder in die Staaten kommen und sie alle besuchen. So dämpften die Brennans Mrs. Aldrichs Wißbegier, verzichteten weitgehend auf Ausschmückungen der Geschichte und hofften, daß ihr Interesse an Draven mit der Zeit abflauen würde.

Barry kam gut mit Mrs. Aldrich aus, wenn sie auch selten lächelte und ihr geschorenes Haar und ihr melancholischer Blick an eine Überlebende der Nazigreuel erinnerten. Mrs. Aldrich hatte volles Verständnis. Barry war erst achtzehn Jahre alt und hatte bis jetzt nur Pech in Herzensangelegenheiten gehabt.

Dal versuchte, wieder zu arbeiten. Doch die meiste Zeit hatte er ein Auge auf Barry. Er gab seine sonstigen Kontakte fast völlig auf und wurde ihr ständiger Begleiter. Der Mercedes erinnerte sie an Draven, also ging er los und kaufte einen neuen Wagen, einen gelben Lamborghini. Sie machten viele lange Fahrten. Dal versuchte, seine Schwester mit Europa, Marokko, Sao Paulo zu locken. Sie schüttelte nur den Kopf. Noch sei sie nicht so weit. Später. Vielen Dank, Dal.

Es war nicht so, daß sie nichts aß – aber sie magerte seltsamerweise immer mehr ab, bis sie kaum noch Fleisch auf den Knochen hatte. Sie nahm Bücher zur Hand und legte sie wieder weg, konnte sich nicht konzentrieren, auch im Gespräch nicht, bei dem sie an Klippen vorbeizusteuern schien, an ganzen Kontinenten von psychischen Schwierigkeiten: tiefe Niedergeschlagenheit, Schuldgefühle, etwas Morbides wurden im gequälten Ausdruck ihrer Augen und um ihren Mund herum sichtbar.

Eines Abends kehrten Dal und Barry in einer Kneipe an der Grenze zwischen New York und Connecticut ein. Sie hatten nach Lime Rock gewollt, zu einem Autorennen, dann aber beschlossen, es sich doch nicht anzuschauen. Sie tanzten zu Hillbilly-Musik aus der Juke-Box, legten einen texanischen Two-Step hin, der gerade bei der schlaffen besseren Jugend des Ostens der letzte Schrei war. Dal bestellte humpenweise Bier. Barry bekam einen leichten Schwips, und am Ende war sie ziemlich illuminiert und begann, auf eine Art munter zu werden, die ihr Bruder in lieber Erinnerung hatte. Trotzdem hatte ihre Fröhlichkeit im bläulichen Licht und in den Panoramaspiegeln der Kneipe etwas Dissonantes, ja fast Unheimliches: die leichte Röte ihrer Wangen war die von Rosen an einem Grab.

Dann lenkte sie ihre Aufmerksamkeit immer mehr auf den Teich. Zunächst freilich aus einiger Entfernung, so daß es Dal verborgen blieb. Bei Sonne und bei Regen, bei Tag und bei Nacht betrachtete sie die dunkle, sich stets wandelnde Wasseroberfläche. Dann begann sie, Spaziergänge in Richtung Teich zu machen. Schließlich wagte sie sich bis zur Mühle vor.

»Barry, laß das doch«, sagte Dal, als er sie eines Tages unter einer Gruppe Kiefern am Mühlgerinne antraf.

»Das ist das Böse in mir«, sagte sie ernst. »Ich kann's nicht wegschlafen oder ablaufen. Es ist einfach da. Aber warum? Und warum soviel Böses? Es lag nicht an ihm. Der richtige Horror – das war nicht er. Hast du keine Angst vor mir, Dal?«

»Nein, Kind. Ich mag dich. Sehr. Und du wirst drüber wegkommen.«

»Er ist da unten und malt mich im Kopf.«

»O Gott.«

»Ich will, daß er damit aufhört. Was sollen wir machen?« Sie blickte ihren Bruder hoffnungslos an.

Dal sprach mit Tom Brennan, legte ihm nahe, Tuatha de Dannan zu verkaufen. Sie könnten ja woanders hinziehen. Tom wollte nichts davon hören.

»Aber diese Umgebung hier ist für sie praktisch versaut. Schlimmer noch. Es ist eine Art *Einfluß* – ich kann's nicht genau erklären. Das Haus, der Grund und Boden drumherum, das ist alles durchsetzt mit keltischen Bannflüchen, mit Zwielicht und Spuk, mit armen Seelen, die keine Ruhe finden mit dem ganzen Zauberkram eben, den wir als Kinder in uns aufgenommen haben. Ich habe mich inzwischen davon gelöst, aber Barry kann das nicht – sie ist behext.«

Tom hatte wieder Appetit, konnte wieder arbeiten, hatte auch seinen Hund zurück. Und er war weniger besorgt, als er es nach Dals Meinung hätte sein sollen.

»Vielleicht kann ein Psychiater –«

»Es gibt keine psychiatrische Schule, die mit so was umgehen kann.«

Barry war bei dem Gespräch nicht mit dabei gewesen. Aber irgendwie bekam sie Wind von Dals Absicht. Und nun begann sie, ihm auszuweichen, was ihn nervös und gereizt machte.

Im ersten Stock der Mühle fand sie ein ruhiges Plätzchen für sich, einen geschlossenen Raum mit staubigem Boden und schlechter Belüftung – es zog nur ein bißchen von den schlampig eingesetzten Fenstern her, die nach allen Himmelsrichtungen gingen und so den ganzen Tag Ausblick auf die Sonne gewährten. Barry begab sich in diese Abgeschiedenheit vor der Sommersonnenwende, in einer Woche mit warmem und heiterem Wetter. Zum Sitzen hatte sie nur verbogene Dielenbretter. Zur Gesellschaft Wespen in einem Nest in der Ecke. An der Decke Reflexe von gekräuseltem Wasser. In den Wandbrettern Nägel mit rostigen Köpfen wie Überreste von giftigen roten Beeren. Die Reflexe des Wassers beruhigten ihren Geist, in ihrem Gesicht spiegelte sich die Sanftheit, Milde und Spannungslosigkeit von unbewegtem Wasser, nur ihre Augen glichen manchmal wilden Strudeln. Ob sie saß oder lag oder ging – es lastete ein Gewicht auf ihr. Unentrinnbar. Die Sonne war eine gigantische Maschine, surrend wie Wespen, und dann eine Eiterbeule auf der Oberfläche des Geistes, die sich rötete, schwoll bis zum gräßlichen Aufplatzen. Doch sie platzte nicht auf, obwohl sich Barry manchmal darum bemühte, drückte und drückte. Öfter aber saß sie einfach nur da. Völlig leer. In den ersten Tagen ging sie ein-, zweimal nach draußen, dann nicht mehr, pinkelte durch ein großes Astloch, wenn es nötig war – der Geruch verflüchtigte sich schnell, weil die Sonne den Urin binnen kurzem trocknete. An einem Donnerstag fummelte Barry aus Neugier am Wespennest herum und brach ein Stück davon ab. Die Wespen schwärmten aus, taten ihr aber nichts. Das nahm sie als Beweis für irgend etwas – sie wußte nicht, wofür. Doch die meiste Zeit wartete sie in endloser Eintönigkeit, wartete darauf, daß die Macht der Fantasie – wie ihr irischer Lieblingsdichter es formuliert hatte – ihrer Müdigkeit zu Hilfe kam.

37.

Am späten Nachmittag des 20. Juni kam Dal vom Arzt nach Hause zurück: er hatte ihm die Halsmanschette entfernt und ihn für topfit erklärt. Dal hatte Lust, ein Mädchen anzurufen. Vielleicht auch zwei.

Auf dem Hof stand ein Fremder. Dal kannte ihn jedenfalls nicht. Der Mann war offenbar soeben eingetroffen und hatte noch nicht an der Haustür geklingelt. Er wartete darauf, daß Dal aus seinem gelben Lamborghini stieg.

»Ich bin Dr. Edwards.«

»Ah ja«, sagte Dal und beschloß, auf der Hut zu sein. Er stellte sich dem Doktor vor, machte aber nicht einen Schritt in Richtung Haus. »Was kann ich für Sie tun?«

»Mark erwartet mich.«

Dal bewegte vorsichtig den Kopf. Er hatte Angst vor einem plötzlichen stechenden Schmerz. »Tatsächlich? Und woher wissen Sie das?«

»Er hat mich angerufen.«

»Heute?« fragte Dal entgeistert.

Edwards blickte ihn recht sonderbar an. »Ja.«

»Sie haben heute am Telefon mit Mark Draven gesprochen?«

»Nein, gesprochen nicht. Am Samstag bin ich nur bis elf Uhr erreichbar. Danach schalte ich den Auftragsdienst ein. Und über den hat er es mir ausrichten lassen. Der Anruf kam heute nachmittag um 14 Uhr 30.«

»Ich kann mir das nicht erklären. Mark ist seit über einem Monat nicht mehr hier.«

»Ach? Wo ist er denn?«

Dal tischte dem Doktor die Geschichte auf, mit der sie Mrs. Aldrich abgespeist hatten, aber nun, unter anderen Umständen, klang sie nicht nur albern, sondern überaus suspekt. Und Edwards lauschte ihr denn auch, die Arme verschränkt, wie jemand, der sicher ist, daß er nach Strich und Faden belogen wird.

»Wann haben Sie das letzte Mal von Mark gehört? Kann ja sein, daß er wieder da ist. Ist es möglich, daß er mich von New York City oder vom Flughafen aus angerufen hat?«

»Weiß ich nicht. Aber ich glaube es nicht. Ich bin sicher, daß er uns über seine Pläne informiert hätte.«

»Wie dem auch sei. Er *hat* mir etwas ausrichten lassen. Klar und unmißverständlich. Er wollte mich sehen, und zwar möglichst schnell. Sobald ich's nach hier raus schaffe.« Edwards drehte sich um, blickte nach dem Haus. »Darf ich auf einen Sprung mit reinkommen? Vielleicht weiß Barry ja Näheres.«

Dal wußte nicht, wie er diese Bitte auf schickliche Weise abschlagen sollte.

»Aber natürlich. Kommen Sie. Ich rufe Barry.«

Barry war nicht da; Dal vermerkte es ausnahmsweise mit Dankbarkeit. Mrs. Aldrich hatte am Samstagnachmittag frei. Tom arbeitete in seinem Atelier. Dal erklärte, als er wieder zu Edwards ins Wohnzimmer kam, sein Vater würde nicht gerade begeistert sein, wenn sie ihn bei der Arbeit störten.

Der Doktor hatte nach wie vor die Arme verschränkt. »Und keine Spur von Mark?«

»Nein. Tut mir leid. Nein. Ich verstehe das auch nicht, aber offenbar ist er ganz einfach nicht hier. Wenn er später noch kommt –«

»Er soll mich auf jeden Fall anrufen«, sagte Edwards. Er machte kein Hehl aus seiner Enttäuschung.

»Mögen Sie einen Drink?«

»Nein danke. Tut mir leid, daß ich Sie gestört habe.«

»Aber ich bitte Sie.«

Sie wechselten noch ein paar banale Worte übers Wetter (das

Wetter in Dals Hirn wurde derweil von Sekunde zu Sekunde schlechter); dann ging der Doktor zu seinem Wagen und brauste davon. Als er außer Sicht war, eilte Dal ins Wohnzimmer zurück. Er brauchte einen großen Whisky zur Beruhigung seiner heftig strapazierten Nerven.

Dann machte er sich auf die Suche nach Barry. Die Sonne war fast schon untergegangen, aber ihr Licht blieb noch eine Weile, ein warmer Glanz im Wald, der aus gewöhnlichen Dingen Trugbilder schuf: aus Stämmen und Zweigen und Abendstrahlen wuchsen Gestalten und Körper wie im Traum.

Barry kreuzte zufällig seinen Weg, als Schatten unter Schatten. Sie zuckte zusammen, rannte davon, und er setzte ihr nach, holte sie ein nach anstrengendem Lauf, packte sie, zwang sie zu Boden.

»Hast du Dr. Edwards angerufen?« fragte er wütend.

Sie war binnen einer Woche richtiggehend verwildert. Gelegentlich hatte sie sich durch die Küchentür ins Haus gestohlen, um etwas zu essen. Sie hatte unter freiem Himmel geschlafen, mal da und mal dort, sie hatte sich selten gewaschen. Es mußte etwas getan werden, und zwar sofort. Er saß auf ihr, hielt sie bei den Handgelenken fest, nötigte sie, ihn anzusehen. Barry rang nach Luft. Sie versuchte, sich aufzubäumen. Ihr Körper rieb sich an seinem – es hatte etwas Scharfes, Wildes, unvermerkt Inzestuöses.

»Mark hat es mir befohlen!«

»Was soll das heißen?« fragte er. Ihr fatalistischer und faszinierter Gesichtsausdruck verursachte ihm eine leichte Übelkeit.

»Er ist nicht tot. Alexandras Zauber wirkt nicht mehr. Er kommt wieder, Dal!«

»Erzähl mir doch keinen Quatsch. Er liegt in sieben Meter Tiefe im Dreck – da, wo er hingehört!«

»Aber da bleibt er nicht, Dal! Da hält ihn nichts und niemand, keiner von uns!«

»Du *willst* ihn also wiederhaben? Du willst ihn wirklich wiederhaben?« Voll Abscheu zog er sie hoch und schüttelte sie, bis ihre Zähne aufeinanderschlugen. Doch der Ausdruck von Unvernunft in den Augen seiner Schwester blieb.

»Dann hole ich ihn wieder rauf!« schrie Dal. »Ich werde dir zeigen, was nach einem Monat im Wasser noch von ihm übrig ist! Und vielleicht glaubst du dann endlich, daß er wirklich krepiert ist!«

Er hielt Barry mit eisernem Griff beim Handgelenk gepackt,

zerrte sie aus dem Wald, zerrte sie zum Steg und zum Bootsschuppen. Sie wehrte sich kaum noch. Ihr Blick ruhte auf dem dämmrigen Teich.

Im Bootshaus nahm Dal von einem der Dachbalken eine rostige Kette mit Kreuzhaken – damit wurden sonst allzu üppig wuchernde Wasserlilien beseitigt. Er legte sie hinten ins Boot und sagte zu Barry, sie solle sich nach vorn setzen, ihm gegenüber. Er werde rudern. Die Riemen tauchten ins Wasser. Es war hellgrün an den seichteren Stellen in der Nähe des Stegs. Dann wurde es tiefer und lavendelfarben mit rosigen Streifen; aber hinter dem Boot schloß es sich schwarz und undurchdringlich zusammen. Barry hielt sich mit beiden Händen am Dollbord fest, blickte um sich, blickte nach den Ufern, nach dem verblauenden Himmel, und schließlich ins Wasser, sah ihr Spiegelbild gleiten, schwanken, zerfallen. Dal plackte sich an den Riemen ab, atmete schwer, ruderte an Baumstümpfen vorbei, an Inseln mit schwankendem Boden, nicht fest genug, um einen Menschen zu tragen. Ein großer Wasservogel flog am Ufer dahin, ließ einen lauten Ruf ertönen und schwang sich mit mächtigem Flügelschlag über Kiefernwipfel in den Himmel empor.

»Dal, laß uns umkehren!«

»Nein!«

Es war noch so hell, daß er auf Anhieb die Stelle bei der Ablaufrinne fand, wo die in Segeltuch gehüllte und mit Steinen beschwerte Leiche im Teich versunken war.

Das Boot lief auf, lag fest. Dal kletterte nach vorn und stieg aus. Das Wasser über der Ablaufrinne reichte ihm bis zum Knöchel. Stechmücken kamen angeschwirrt und machten sich über ihn her. Er schlug um sich und fluchte und zog das Boot noch ein Stück höher auf den Beton, damit es sicheren Halt hatte.

»Gib mir die Kette«, sagte er.

Barry beugte sich über die Ruderbank und hob die Kette mit den Haken vom Boden auf. Als sie sich ihrem Bruder zuwandte, zitterte sie.

»Hilf mir«, sagte er.

»Nein, ich will das nicht.«

»Es muß aber sein. Sonst schnappst du noch über. Jetzt steig aus dem Boot.«

Dal hielt ihr die Hand entgegen. Barry schlüpfte aus den Mokassins, die sie an den Füßen trug, kletterte aus dem Boot, rutschte aus und fiel um Haaresbreite ins Wasser. Dal legte den anderen Arm um sie. Sie schwankten beide ein paar Momente. Dann hatten sie sich gefangen.

»Immer mit der Ruhe«, sagte Dal.

Er nahm Barry die Kette ab, lief vorsichtig einige Meter in Richtung Ufer, den Blick gesenkt. Dann blieb er stehen, ließ Haken und Kette ins Wasser gleiten. Barry kniete, wusch ihr schweißnasses Gesicht und schaute ihrem Bruder zu.

Die Haken waren jetzt beinah am Grund. Dal lief wieder ein Stück auf die knapp hundert Meter entfernten Hügel zu. Er schien sich vor diesem dunklen Hintergrund zu verlieren, und als Barry ihn fast nicht mehr sehen konnte, blieb er stehen. Die Kette war straff.

»Dal? Hast du's?«

»Weiß ich noch nicht. Abwarten.«

Barry fühlte sich zu allein und verlassen neben dem Boot; sie näherte sich ihrem Bruder, fuhr zurück vor dem Sirren der Stechmücken, zuckte zusammen, wenn sie stachen, ächzte leise. Dal zog mit aller Kraft. Zentimeter für Zentimeter hob sich die nasse Kette aus dem Wasser, glitt durch seine Hände, häufte sich hinter ihm auf der Ablaufrinne.

»Was ist das?«

»Werden wir gleich sehen. Moment, ich –«

Zwischen den Bäumen stand nun der Mond. Milchigblasser Schein umfloß Barry und Dal, lag auf der Wasseroberfläche.

Plötzlich tauchte das Ding empor, schwarz und unförmig, mit einer triefenden Pflanzenperücke, was das Ganze noch leichenhafter aussehen ließ. Dal machte vor Schreck fast einen Satz nach rückwärts ins tiefe Wasser. Doch dann merkte er, daß es nur ein dicker, knorriger, gebogener Ast war. Er hielt inne und holte tief Luft. Wild schlug sein Herz. Dann hievte er den fast zwei Meter langen Ast vollends hoch, räumte ihn beiseite, löste die Haken vom schlammigen Holz, ließ sie mitsamt der Kette wieder ins Wasser gleiten. Barry stand neben ihm, die dünnen Arme vor der Brust. Sie reagierte nicht mehr auf die Stechmücken. Dal suchte den Grund ab und stieß Verwünschungen aus. Tränen liefen über Barrys Wangen.

»Er ist in meinem Kopf – da müßtest du deine Haken ansetzen. Er liegt in meinem Kopf, Dal, nicht da unten. Und deswegen werde ich ihn nie mehr los.«

»Möchtest du ihn denn loswerden?«

»Ich weiß es nicht – ich weiß nicht, wie.«

Die Kette straffte sich erneut. Dal beugte den Rücken, zog. Barry schaute apathisch zu. Dal zerrte verzweifelt an der Kette, stöhnte, hatte keinen allzu sicheren Stand im seichten Wasser, das die Ablaufrinne bedeckte.

»Barry!« rief er. »Ich – ich schaff's nicht alleine. Hilf mir!«

Sie stellte sich neben ihn, langte mit zu. Sie zogen gemeinsam. Hinter ihnen geriet das Ruderboot ins Schaukeln, wie von einer unsichtbaren Strömung bewegt. Dann scharrte es fast unhörbar über den Beton, tauchte ins Wasser ein und fing langsam an zu treiben.

Die Last war schwer und sperrig, und Barry wußte, daß diesmal genau das an den Haken hing, was sie suchten.

Nur – wie sollten sie ihn nach oben kriegen? Schon drei starke, ausgeruhte Männer hätten damit ihre liebe Not gehabt. Aber Dal war inzwischen wie besessen – er würde ziehen, bis ihm irgendwo eine Ader platzte oder bis seine Hände so aufgeschürft und glitschig waren, daß er die Kette nicht mehr halten konnte.

»Los, du Dreckssack, du – Dreckssack, rauf mit dir!«

Die Last an den Haken ließ sich leichter bewegen, als sie aus dem dicken Schlamm am Grund heraus war. Jetzt stieg sie, noch unsichtbar, durchs kalte Wasser der mondbeschienenen Oberfläche entgegen. Dal zitterte an allen Gliedern, aber er triumphierte.

»Wir haben's geschafft, wir haben's geschafft!«

Man hätte meinen können, er sei hinter einer Schatzkiste her und nicht hinter einer Wasserleiche, die sich allmählich in eine unförmige, seifige Masse verwandelte. Barry drehte sich der Magen um, als das grünliche, nach wie vor fest mit dem Plastikseil verschnürte Segeltuch sichtbar wurde. Sie ließ beinah die Kette los, aber Dal fauchte sie an, und sie zerrte ein letztes Mal mit aller Kraft. Dal bückte sich und griff mit beiden Händen nach dem Seil. Er wuchtete das Bündel auf die Ablaufrinne. Dann setzte er sich. Er war bereits klatschnaß vor Schweiß und das Wasser, das ihn jetzt bis zur Hüfte umspülte, tat ausgesprochen gut.

»Siehst du?« sagte er. »Siehst du? *Da* ist er. Alexandras Zauber wirkt noch. Und du brauchst keine Angst mehr zu haben.«

»Irgendwas ist schiefgelaufen«, jammerte Barry. Sie hatte eine Gänsehaut. Ihr Mund war trocken.

»Lieber Gott, Barry, was soll ich denn noch alles machen, damit du's mir glaubst? Okay —«

Dal zog ein Taschenmesser aus seiner Hose, beugte sich vor, klappte die scharfe, fast acht Zentimeter lange Klinge auf. Er sägte und säbelte an der Verschnürung herum. Schließlich hatte er das Seil an mehreren Stellen durchtrennt. Er klappte das Messer zu und riß im Knien das Segeltuch auf.

Barry drückte beide Hände vor den Mund, aber zu spät: sie kotzte sich vor Entsetzen von oben bis unten voll.

Dal blickte auf, drehte die Augen bestürzt zum fernen Mond. Seine Hände griffen noch ein wenig tiefer zwischen die Steine, griffen in den Schlamm, der zäh aus dem Segeltuch quoll. Nicht ein Kleiderfetzen, nicht ein Knochen, nicht ein Zahn.

Barry drehte sich um. Ihr Hals war wie verätzt, der ekelhafte Geschmack im Mund verursachte ihr einen neuen Brechreiz. Und nun sah sie, daß das Boot fast zwanzig Meter von der Ablaufrinne entfernt war. Langsam, langsam schien es außer Sicht zu treiben – und sie saßen hier fest, beinah hundert Meter vom nächsten Ufer entfernt.

»Dal – das Boot —«

Er stand langsam auf, und sie ahnte, was er vorhatte.

»*Laß mich nicht allein!*«

Und schon setzte er zum Kopfsprung an, schnellte ins Wasser, verschwand. Doch ein paar Sekunden später tauchte sein Kopf wieder auf. Dann hob er den Arm und gestikulierte.

»Spring rein, Barry! Los! Wir schwimmen zum Boot!«

»Nein! Wo ist er, Dal – wo ist Draven – *was hat er mit uns vor?*«

»Ich hole das Boot!«

»Beeil dich, um Gottes willen!«

»Er existiert nicht mehr, das ist alles – er existiert einfach nicht mehr!«

»*Du irrst dich!* Bitte hol das Boot!«

Obwohl der Mond schien, konnte sie es kaum mehr erkennen. Dal holte tief Luft und kraulte dem Boot nach. Er war ein guter schneller Schwimmer. Doch für Barry hatten sich die Sterne verschworen, ihre Flucht zu vereiteln, war die Nacht so dunkel geworden, daß keine Hoffnung auf Licht winkte. Dal würde wie in einem

Alptraum ohne Sinn und Verstand bis an die Grenzen des Universums kraulen.

Barry taumelte. Aber sie wurde nicht ohnmächtig. Sie schloß die Augen. Irgendwie war es eine Erleichterung, nichts zu sehen; nur zu spüren, wie eine Stechmücke ihre Haut streifte, nur das Wasser zu riechen, das sie umgab.

»Barry!«

Er klang völlig gelassen. Sie blickte über den Teich hin, konnte ihn aber nicht sehen.

»Dal? Wo ist das Boot?«

»Keine Sorge, ich hab's schon – ich komme.«

Nun hörte sie das Geräusch der Riemen, sah ihre Bewegung im Wasser.

»Alles okay?« fragte er ruhig. Seine Stimme trug gut.

»Ja. Aber beeil dich trotzdem.«

Dann machte sie irgendwie einen falschen Schritt und trat gegen die aufgerollte Kette mit den Haken. Die Kette rasselte plötzlich von der Ablaufrinne herunter. Und Barrys anderer Fuß verwickelte sich in die Kette. Sie bekam ihn nicht wieder heraus. In Panik schrie sie auf, als es sie ins Wasser riß. Sie tastete nach der Seitenfläche der Ablaufrinne, versuchte, sich daran festzuhalten, so veralgt und glatt sie auch war. Ihr Gesicht hatte es unter Wasser gedrückt, sie konnte nicht nach Dal schreien. Festhalten, festhalten. Das war alles, was sie tun konnte, um nicht vom Gewicht an ihrem Knöchel auf den Grund gezogen zu werden.

Sie wußte, daß die Haken und die Kette an sich so schwer nicht waren. Irgend etwas zerrte an ihnen.

Sie hörte, wie das Metallboot gegen die Ablaufrinne schlurrte. Sie hatte ein rostiges Stück Armierung gefunden, an das sie sich klammern konnte. Doch die ziehende Bewegung von unten war jetzt stärker und die Kette schnitt ihr ins Fleisch.

Barry fühlte Dals tastende Hand. Sie streckte ihm ihre Hand entgegen, und er packte sie beim Arm. Gleichzeitig zerrte es nicht mehr so heftig an ihrem Fuß, und Dal konnte sie hochziehen.

»Was ist passiert?«

Sie konnte nicht sprechen. Sie wollte ins Boot klettern, schaffte es nur halb, und er sah das Gewirr aus Haken und Kettengliedern, das an ihrem Fuß hing. Er langte über den Bootsrand, befreite Barry von der Kette, ließ sie fallen.

»Dal! Dal!« sagte sie und begann zu würgen.

»Was hast du denn da wieder gemacht?«

»Das – das war kein Zufall. Ich hab Angst. Wir müssen weg von hier, Dal. Schnell!«

»Jetzt beruhige dich, Kind, du –«

»*Er will uns umbringen!*« Barry streckte die Hand aus, halb blind vor Angst, bekam das nasse Hemd ihres Bruders zu fassen. »Er ist hier! Hier im Wasser! Nein! Schau nicht hin. Du mußt nur rudern, rudern. Weiter nichts.«

Dal starrte sie einen Moment lang an. Dann betrachtete er die Wunde an ihrem Knöchel, wo sich die Kette ins Fleisch gegraben hatte. Ungläubig, aber durch ihre Panik gleichwohl angetrieben, griff er nach den Riemen und ruderte los, weg von der Ablaufrinne.

»Ich weiß nicht, Kind, was wir jetzt machen sollen. Ich weiß es einfach nicht. Ich bin schon die ganze Zeit richtig krank vor Sorge um dich.«

Die Haare klebten Barry am Kopf. Sie hatte blaue Lippen.

»Dal, in was habe ich uns da reingeritten! Entsetzlich! Am liebsten würde ich mich umbringen.«

»Solche Sprüche kannst du dir schenken. Wir – Scheiße!«

Barry erstarrte. Ein Riemen war seiner Hand entglitten – der rechten – und ins Wasser gefallen.

»Wie ist das passiert?!«

»Na, nun reg dich mal nicht auf. Ich bin mit dem Ding gegen 'nen Baumstumpf geknallt oder so – aber ich komm schon ran – Moment –«

Er beugte sich aus dem Boot, streckte die Hand nach dem Ruder aus, das keine fünfzig Zentimeter außerhalb seiner Reichweite war, als das Wasser in diesem Zwischenraum aufbrodelte und Draven emporschoß wie vom Grund heraufkatapultiert, in der Rechten den Dolch, der sein Herz durchbohrt hatte.

Draven stieg zu furchterregender Höhe auf. Seine Füße waren fast auf einer Ebene mit Dals erstaunten Augen. Drei oder vier Sekunden hing er in der Luft. Und dann war er im Boot und bohrte Dal den Dolch in die Schulter. Dal schrie auf vor Entsetzen.

Das Boot schwankte wild, und bevor Barry reagieren konnte, war sie im Wasser gelandet.

Sie schlug mit dem Kopf gegen irgend etwas – vielleicht das andere Ruder –, war kurz benommen, schluckte Wasser. Instinktiv schwamm sie an die vierzig Meter unter der Oberfläche des Teichs. Dann tauchte sie auf, schnappte nach Luft und hörte wieder die Schreie ihres Bruders. Rasch drehte sie den Kopf und sah Dravens große, dunkle Gestalt mit dem blitzenden Dolch in der Hand, Dal auf dem Rücken, mit den Füßen tretend, aber schon ermattet. Wieder und wieder stach Draven mit der Waffe auf ihn ein, mit der Alexandra die Brennans vor dem irren und gegen Vernichtung gefeiten *tulpa* hatte schützen wollen.

Jetzt hatte Draven Barry erspäht. Drohend erhob er den Dolch gegen sie. Dal gab keinen Laut mehr von sich. Barry wandte den Kopf und schwamm davon, so schnell sie konnte.

»Ich krieg dich schon noch«, sagte Draven. Seine Stimme hallte weit über das Wasser hin.

Barry hörte seine Worte. Ihr Entsetzen wandelte sich zu Verzweiflung und dann zu einer kleinen, aber langsam höher lodernden Flamme Zorn in ihrem Herzen.

38.

Nach ihrem Vater sehen und dann Hilfe holen – das war Barrys erster Gedanke, als sie aus dem Wasser stieg. Aber wer konnte ihnen helfen? Und sie hatte Angst davor, zum Haus zurückzugehen. Draven würde das vorausahnen. Sie mußte sich irgendwo verstecken, über mögliche Maßnahmen nachdenken.

Das Baumhaus. Ja. Das war vor vielen, vielen Jahren ihr Versteck gewesen, tief im Wald. Dal hatte ihr geholfen, es zu bauen. Und nun war es ein Ort der Zuflucht. Sie hatte Draven alles gezeigt, bloß das Baumhaus nicht, weil sie es selber vergessen hatte. Der Eingang zum Baumhaus war eine Falltür, zu der man sich zwischen zwei Ulmenästen durchzwängen mußte. Barry fand das ziemlich schwierig, obwohl sie jetzt so mager war.

Drinnen war es gemütlich und trocken. Ein kleines Fenster, das zum Teich hinausging – so dreckig, daß kaum Licht hereinkam. Aber sie fühlte sich geborgener, weniger verletzlich, wenn der Mond nicht ins Baumhaus schien.

Sie hatte nicht viel dagelassen seinerzeit. Eine Schachtel mit Spielzeug und mit einem alten Schlafsack. Sie rollte ihn auf, schüttelte ihn gründlich aus für den Fall, daß Spinnen drin waren, zog ihre nassen Sachen aus und schlüpfte zähneklappernd in den Schlafsack, um sich trocknen zu lassen. Trotz oder wegen ihrer Angst schlief sie ein. Sie wurde wach vom Schrei einer Eule.

Barry setzte sich mit einem Ruck auf, lauschte auf andere Geräusche, Schritte unterm Baum vielleicht.

Barrryyyy.

Sie schauderte zusammen, war nicht sicher, ob sie ihn tatsächlich hatte rufen hören. Vielleicht versuchte er auch, wo immer er sein mochte, wieder in ihren Kopf zu kommen. Ihr Herz schlug nun langsamer, aber sie war zu nervös, fühlte sich zu beengt, um noch lange im Baumhaus zu bleiben.

Was war mit Dal geschehen? War er tot?

Die Hoffnungslosigkeit ihrer Lage traf sie wie ein Schlag. Sie konnte zu niemandem gehen. Nicht einmal gute Freunde wie die Copperwells würden ihr ihre Geschichte glauben. Natürlich würden sie mitfühlend sein. Und besorgt. Und vermutlich würden sie einen Arzt rufen, damit er ihr eine Beruhigungsspritze verpaßte. Und während sie hilflos in einem Krankenhausbett lag, würde Draven kommen...

Nein. Dieses Risiko durfte sie nicht eingehen. Außer ihr konnte niemand etwas gegen Draven unternehmen. Sie war völlig allein und sie hatte keine Ahnung, was sie jetzt tun sollte.

Die Jeans und die Bluse, die sie angehabt hatte, waren klatschnaß. Es würde noch Stunden dauern, bis man sie wieder tragen konnte. Ihre Mokassins hatte sie im Boot gelassen; ihre Füße waren bereits wund und aufgeschürft von der Herumstolperei im Wald, und am linken Fuß war ein Nagel eingerissen und sie hatte geblutet. Barry durchwühlte die Schachtel mit dem Spielzeug und fand ein Paar alte Mokassins mit schon sehr dünnen Sohlen. Sie waren eng und steif, aber Barry konnte sie noch tragen. Sonst allerdings nichts.

Barry öffnete die Falltür zentimeterweise, hielt immer wieder inne, um zu lauschen. Sie war halb wahnsinnig vor Angst, und sie wußte, daß sie das in den Griff kriegen mußte, sonst war sie geliefert. Sie brauchte jetzt Bewegung, irgendeine zweckgerichtete Aktion. Vielleicht würde sie das zum Denken anregen. So sehr sie sich auch fürchtete – Barry war sich der gefährlichen Macht ihres Geistes bewußt.

Aber Draven war noch stärker.

Sie hatte ihn getötet. Nein, *getötet* war nicht das richtige Wort. Sie hatte mit einer Gewalttat die Verbindung zu ihm durchtrennt, und so hatte er für eine Weile zu leben aufgehört. Hatte er in diesen Wochen im Wasser gelegen, sicher und unverweslich, und auf ihre Rückkehr gewartet? Oder hatte sie ihn aus Verlangen von neuem erschaffen? Ja, aus einem perversen Verlangen diesmal – für alles bestraft zu werden, was sie an sich selbst für böse hielt.

Barry kletterte den Baum hinunter. Sie zitterte in der milden Nachtluft. Der Schlag ihres Herzens dröhnte ihr so laut in den Ohren, daß sie nichts anderes hören konnte. Nun da sie festen Boden unter den Füßen und notfalls auch Raum zum Davonrennen hatte, war sie ruhiger, aber immer noch unentschlossen.

Ich habe ihn erschaffen, ich habe ihn vernichtet, ich habe ihn wiedererschaffen.

Warum und wie – sie wußte es nicht. Sie würde sich nicht wieder in seine Nähe wagen, nicht einmal mit Alexandras Dolch. Sie hatte nicht die Kraft und wohl auch nicht den Mut.

Barry ging ziellos dahin. Sie hatte keine Ahnung, wo sie war. Es kümmerte sie nicht. Vielleicht lief sie auch im Kreis. Es kümmerte sie ebensowenig.

Irgendeine Möglichkeit mußte es geben, ihn aufzuhalten, zu verhindern, daß er immer wiederkehrte wie ein Nachtmahr. Aber Dal war bereits tot – ihr blieb nur noch wenig Zeit. Und ihrem Vater auch.

Sie kam zu einer Schlucht, die verunstaltet war von Autowracks, kaputten Maschinen, abgefahrenen alten Reifen. Zwischen Brombeersträuchern und Schrott blinkte etwas wie das Auge eines gefallenen Riesen. Sie starrte hin, fand es vertraut, kletterte mit Herzklopfen über Wracks und Maschinenteile nach unten.

»Mrs. Prye! Mrs. Prye!«

Die Glasglocke hatte Risse. Aber geborsten war sie nicht. Die Augen der Puppe, aufgegangen durch den Sturz des Wahrsageautomaten in dieses Massengrab von ausgeschlachteten Wagen, blickten sie stier an.

»Mrs. Prye, hilf mir. Was soll ich machen?«

Barry hörte nichts. Schlimmer noch. Sie fühlte auch nichts. Sie versuchte, die Wahrsagerin wieder zum Leben zu erwecken. Tränen stiegen ihr in die Augen. Verzweifelt drückte sie die Lippen gegen einen Riß im Glas und blies ihren Atem in die Glocke.

Ein Flackern, ein schwacher Lichtschein.

»Ja!«

Er ist zurückgekommen, hab' ich recht? Mrs. Pryes Stimme klang müde und wie von fern. *O weh. In welcher traurigen Verfassung befinden wir uns hier.*

»Was soll ich bloß machen?«

Ich darf dir nicht mehr raten, Herrin.

»Aber du weißt es doch! Du mußt es wissen!« Barry schluchzte vor lauter Frustration. »Sag mir, wie ich ihm den Garaus machen kann.«

Möglich wär's, daß Wissen nicht genügt.

»Sag's mir!«

Wohlan. Im Anfang, Herrin, ist sein Ende.

Barry starrte die Puppe an. Das Licht unter der Glasglocke verblaßte.

»Was soll das denn heißen?«

Mußt drüber sinnen, empfahl Mrs. Prye.

»Nein, bleib da!«

In zappeliger Ängstlichkeit lehnte sich Barry mit etwas zu viel Vehemenz gegen den Wahrsageautomaten. Er geriet ins Rutschen, dann ins Kippen und fiel tief in die Schlucht hinunter. Die Glasglocke knallte gegen einen Motorblock und zersprang in tausend Stücke.

Barry hielt sich den schmerzenden Kopf.

Im Anfang ist sein Ende.

»Aber das hat doch überhaupt keinen Sinn!«

Und dann hatte es plötzlich einen. Sozusagen. Nur – wie sollte das funktionieren? Barry wußte es nicht.

Sie hatte das Zeitgefühl verloren. Es schienen ein paar Stunden vergangen zu sein. Aber die Nacht war noch nicht ganz um. Leicht bestürzt hörte Barry die ersten Vögel, sah sie am östlichen Himmel die Dunkelheit ein wenig weichen. Es war freilich noch kein richtiges Licht da.

Barry machte sich auf den Weg zum Teich. Sie hörte Gemeinheit winseln. In ziemlicher Nähe. Sie blieb stehen, lauschte, versuchte, das Geräusch zu lokalisieren, sah den Teich durch die Bäume. Aus Angst vor Draven wagte sie es nicht, den Hund zu rufen. Und dann hörte sie einen anderen Laut, einen schwachen, menschlichen.

Sie näherte sich dem Teich, verhielt häufig den Schritt, horchte aufmerksam auf jedes Geräusch, bedachte es und ordnete es ein. Was sie dem ungeschützten Ufer entgegengehen ließ, war Hoffnung, nicht Mut. Gemeinheit schien jetzt ganz nah zu sein, und er klang nun anders – als habe er ihren Schritt gehört oder Witterung von ihr bekommen.

Als sie das aufs Ufer gelaufene Ruderboot sah und daneben den Hund, mußte sie sich zwingen, nicht Reißaus zu nehmen.

Gemeinheit bellte. Nicht laut, das Maul nur ein bißchen geöffnet.

Eine Hand hob sich langsam übers Dollbord des Boots, fiel wieder zurück in die Dunkelheit. Barry hörte Dal stöhnen.

Sie schlug alle Vorsicht in den Wind und rannte ans Ufer.

Dal war in einer fürchterlichen Verfassung. Das sah sie auf den ersten Blick. Überall Blut – im Gesicht, auf seinen Kleidern. Aber er lebte. Er schlug die Augen auf, als sie ihn flüsternd ansprach.

»Ich bin's – Barry.«

»Paß – auf.«

Sie küßte ihn zärtlich, unter Tränen. »Ja. Keine Sorge. Ich muß dich jetzt ins Krankenhaus bringen, Dal. Meinst du, daß du gehen kannst? Nur den Hügel rauf bis zum Haus.«

»Probieren wir's.«

»Komm.«

Gemeinheit leckte ihre nackten Beine. Barry legte die Arme um ihren Bruder und half ihm aus dem Boot. Dals Wunden waren inzwischen zum größten Teil verkrustet, aber seine Lippen begannen wieder zu bluten, und das machte Barry mehr Angst als seine ganze sonstige Erscheinung. Er murmelte zusammenhangloses Zeug. Sein Steh- und Gehvermögen war nicht nennenswert, doch mit Barrys Hilfe fand er die Willenskraft, sich in Bewegung zu setzen.

Als sie beim Haus angelangt waren, erhellte ein fahler Schein den Himmel. Die Luft war sehr ruhig. In Tom Brennans Atelier brannte Licht. Barry hatte bereits vermutet, daß Draven dort sein würde. Vollauf beschäftigt wie sie hoffte.

Sie legte Dal auf den Rücksitz des Volvo-Kombi. Die Wagenschlüssel steckten wie immer im Zündschloß.

»Ich bin gleich wieder da.« Aber Dal gab keine Antwort, rührte und regte sich nicht. Die Mühe, bis zum Wagen zu kommen, hatte ihn weiter geschwächt – Barry hatte Angst, er werde sterben.

Sie wollte nicht ins Haus, sie wollte Draven nicht noch näher sein. Doch sie mußte herausfinden, was mit ihrem Vater geschehen war.

Tom Brennan war in seinem Zimmer. Er lag mit eingefallenem Gesicht im Bett. Als sie ihn schüttelte, öffnete er kurz die Augen. Sonst keine Reaktion.

Erst Dal, jetzt ihr Vater. Barry wußte: wenn es ihr nicht gelang, Draven aus dem Haus zu locken, würde auch ihr Vater sterben.

Sie zog sich etwas an und wechselte die Schuhe, nahm sich eine Minute Zeit dafür.

Bevor sie dann ihre Furcht verhängnisvoll schwächen konnte, eilte sie die Hintertreppe hinunter und rannte zum Atelier. Sie holte tief Luft und riß die Tür auf.

Draven drehte sich um. Er stand vor einer Staffelei, hatte gemalt. Ein Selbstporträt nahm Gestalt an – er mußte seit Stunden daran gearbeitet haben. Das Gesicht war das eines Mannes, den Barry nicht mehr kannte. Hübsch, aber grausam. Erbarmungslos.

»Du wolltest mich doch kriegen«, sagte Barry. Und rannte los.

Sie saß bereits hinterm Steuer des Volvo, als Draven in der Haustür erschien. Als sie wußte, daß er ihr folgen würde, startete sie voll durch. Kies spritzte. Sie sah im Rückspiegel, wie Draven auf Dals Lamborghini zulief.

Das Licht am Himmel war jetzt nicht mehr grau, sondern von mattem Goldgelb. Das Tor von Tuatha de Dannan öffnete sich vor ihr.

Egal, wie schnell sie fuhr – Barry wußte, daß er schneller sein würde mit Dals Lamborghini. Aber das ging in Ordnung. Sie wollte, daß er da war, wenn es passierte. Er mußte einfach da sein.

Zu dieser frühen Stunde war die Straße nach Anatolia wie ausgestorben. Dunkel standen die Wälder. Nur am Himmel war es hell.

Barry hatte noch keine zwei Kilometer zurückgelegt da war er schon bis auf hundert Meter an sie herangekommen. Und der Abstand verringerte sich rasch.

Achtzig, neunzig, hundert. Barry nahm die scharfen Kurven, so schnell sie nur konnte, ging bis an die äußersten Grenzen ihrer Fahrkünste.

Und gleichzeitig konzentrierte sie sich auf das, was gewesen war: auf den Anfang.

Sie hatte das Fenster auf ihrer Seite ein Stück heruntergekurbelt. In der Luft lag plötzlich eine frostige Kühle – der Eishauch des Winters.

Vielleicht ahnte Draven bereits, was Barry vorhatte. Auf einer geraden Strecke versuchte er, sie zu überholen, aber sie ließ ihn nicht vorbei; Reifen quietschten, sie stießen zusammen, er fiel zurück. Sie sah den Zorn in seinem Gesicht.

Er würde alles tun, um sie aufzuhalten, auch vor den gemeinsten Mitteln nicht zurückschrecken – was kümmerte es ihn? Er würde sich aus dem Staub machen.

Es sei denn *Im Anfang ist sein Ende.*

Ein paar Schneeflocken sprenkelten die Windschutzscheibe.

Draven versuchte wieder, sie zu überholen und sie gleichzeitig von der Straße abzudrängen. Barrys Herz klopfte wild.

Ein Schild witschte vorbei: *Tremont-Park.*

Jetzt fielen die Flocken dichter; Schneetreiben setzte ein. Barry mußte mit der Geschwindigkeit heruntergehen, um überhaupt noch etwas sehen zu können. Sie stellte die Scheibenwischer an. Draven hing mit dem Lamborghini fast an ihrer Stoßstange und hupte wütend.

Der Himmel schien einzustürzen, eine wahre Sintflut von Schnee brach los; Schnee bedeckte die Straße, Schnee lag auf den Bäumen im Park. Aus dem Sommer war mit einem Schlag Winter geworden; durch das offene Fenster peitschte eisiger Wind in Barrys Gesicht. Atemwolken standen ihr vor dem Mund, verwehten. Der Volvo – ohne Winterreifen – schlingerte gefährlich trotz des verminderten Tempos.

Draven rammte sie von hinten; durch den heftigen Stoß geriet der Volvo fast ins Schleudern. Doch es drohte Schlimmeres: Barrys Geist wurde müde.

Wie lange halte ich das noch durch?

Dann der letzte Hügel; die Serpentinen, die zur überdachten Brücke hinunterführten. Barry hatte jetzt die Scheinwerfer angemacht, aber sie konnte nichts sehen – die Welt war ein einziger Wirbel Schnee.

Noch hundert Meter bis zur Brücke.

Und dann tauchte es auf wie ein Lichtpunkt im Auge des Sturms, nahm rasch Gestalt an, feste Form. Da stand es, das Wesen, nackt und hilflos, starrte in die Scheinwerfer des Volvo, die Hände in rührender, verschreckter Geste erhoben.

Nein, Barry! Nicht!

Fast hörte sie auf den stummen Schrei aus dem Wagen hinter ihr. Noch blieb Zeit, das Steuer herumzureißen, den eigenen Tod zu riskieren, damit das arme, verwirrte Wesen auf der Straße gerettet war.

Statt dessen grub sie die Zähne in ihre Unterlippe, gab Gas und fuhr frontal dagegen.

Der Aufprall war gewaltig, viel entsetzlicher, als sie gedacht hatte, und sie hörte es schreien, das Wesen, ein wildes, entmenschtes Gekreisch, das hinter ihr nachhallte, als sie mit hohem Tempo über die Brücke sauste.

Unmittelbar hinter ihr scherte der Lamborghini scharf aus, prallte gegen die Plankenwand der Brücke, durchbrach sie, stürzte neun Meter tief und fiel ins Wasser.

Barry stoppte ein gutes Stück hinter der Brücke, parkte den Volvo mit letzter Kraft neben der Straße und drückte die Stirn gegen das Lenkrad: explosionsartige Kopfschmerzen – wie Feuerräder. Der leere Magen hob sich ihr vor Übelkeit.

Die Sonne brach durch die Wolken. Barry blickte müde auf.

Die Straße war naß und schwarz. Der letzte schmelzende Schnee rutschte von der Windschutzscheibe herunter. Es tropfte von den Bäumen an der Straße.

Barry öffnete die Tür und stieg aus. Sie taumelte vor Kopfschmerzen. Aber sie mußte Gewißheit haben.

Der Lamborghini lag im neunzig Zentimeter tiefen Wasser, die rechte Seite nach oben. Sie mußte da runter.

Die Böschung war rutschig von schmelzendem Schnee. Barry kletterte vorsichtig nach unten, zwischen grünen Sträuchern und dunklem Weißdorn durch, und stieg ins Wasser. Es war kalt. Ihr klapperten sofort die Zähne. Sie watete weiter bis zum Lamborghini. Ihr war immer noch schwindlig vor Kopfschmerzen – sie konnte nicht besonders gut sehen.

Sie stützte sich auf die Seitenscheibe, beugte sich vor und warf einen Blick in den Wagen.

Es war niemand drin.

Draven ade, dachte sie und kicherte, doch es wurde ein schluchzender Laut daraus.

Von hinten griffen Hände nach ihr.

»Nein!«

»Barry! Lieber Gott!«

Barry drehte sich zitternd um und erblickte ihren Bruder. Er stand bis zu den Hüften im Wasser und sah blaß und schockiert aus.

Er war unversehrt. Die gräßlichen Verletzungen, das getrocknete Blut waren verschwunden wie Draven in dem Moment, in dem sie sein Ebenbild auf der Straße über den Haufen gefahren hatte. Barry lehnte sich gegen den Kotflügel. Morgensonne glänzte durchs Laub der Bäume. Es war wieder Sommer. Ringsum und in Barrys Kopf. Keine Verwirrung mehr. Ruhig strömte die Zeit. Die Angst war fort.

»Verdammt noch mal, wie kommt mein Wagen in dieses Scheißgewässer hier?« wollte Dal wissen.

Barry schaute nach dem Loch in der Brücke und dann ins Gesicht ihres Bruders, das sich jetzt – ein vertrauter Anblick – rötete vor Zorn. »Ich glaube«, sagte Barry mit schwacher Stimme, »ich muß dir das alles mal kurz erklären.«

39.

August.

Tom Brennan hatte sein erstes größeres Bild seit dem Herbst des vorigen Jahres vollendet, und nachdem er beschlossen hatte, es aus den Händen zu geben, wickelte Barry es, dem Brauch gemäß, in die alte Decke, verstaute es im Volvo und fuhr es zu Claude und Millicent Copperwell, wo sie ein Glas Sherry trank und gemeinsam mit ihren Freunden das neue Werk bewunderte.

Wohlfahrtsmäuschen hatte einen Rokokostuhl im Laden stehen, für den sich Barry interessierte; sie sprachen auch über den Preis, aber Barry konnte sich jetzt noch nicht entscheiden und verschob es auf ein anderes Mal.

Der Nachmittag war schwül und drückend gewesen, und als Barry von Anatolia nach Hause fuhr, wetterleuchtete es im Westen. Der Himmel hatte, wie oft vor Gewittern, ein bläßliches Grün angenommen. Der Wind frischte auf.

Dal rief aus New York an – er war zu einer stinkfeinen Vernissage in der Galerie eines Freundes hingefahren –, und sie plauderten ein paar Minuten. Die Leitung war gestört, sicheres Zeichen für gewaltige Regengüsse mit Blitz und Donner.

Nachdem sie mit Dal gesprochen hatte, klimperte Barry eine Weile auf dem Klavier herum und versuchte zu komponieren. Gemeinheit döste, aber das Wetter machte ihn unruhig. Er tappte zur Haustür, kam zurück, bellte. Barry wußte, was er ihr sagen wollte. Sie hatten Besuch.

Der Himmel war regenschwer; Blätter flogen durch die Luft. Barry trat ans Fenster und warf einen Blick nach draußen.

Jemand stand auf dem Fahrweg, etwa dreißig Meter vom Haus entfernt. Ein junger Mann. Er trug ein Buschhemd mit kurzen Ärmeln, Jeans und Stiefel. Und er war blond. Viel mehr ließ sich nicht von ihm sagen. Der Wind kämmte ihm das Haar aus der Stirn.

Während Barry den jungen Mann betrachtete, verdüsterte sich der Himmel. Ganz in der Nähe zuckte ein Blitz, der ihre Aufmerksamkeit fesselte. Als sie dann wieder den jungen Mann anschaute, erhob er sich gerade aus kniender Stellung und hielt sich den Kopf.

Barry rannte nach draußen.

»Was ist passiert? Hat dich der Blitz getroffen?«

Er starrte sie an, sprachlos, betäubt vielleicht. Er schien etwas benommen zu sein. Er schüttelte den Kopf.

»Bist du okay?«

»Ich glaube schon. Das war knapp.« Er lächelte nervös.

»Wo bist du denn hergekommen?«

Er wandte den Kopf. »Von da – von der Straße. Ich – ich glaube, ich hab mich verlaufen.« Ein paar große Regentropfen klatschten auf seine Stirn. Er blickte zum Himmel auf. »Na, das kann ja heiter werden.«

Er war gewiß nicht umwerfend, aber er hatte ebenmäßige Gesichtszüge und eine angenehme, freundliche Art.

Barry lächelte ihn an. »Komm lieber mit rein. Bevor wir beide naß werden wie die getauften Mäuse.«

»Danke.« Sie gingen auf die Haustür zu, hinter der Gemeinheit stand und schnupperte.

»Ich bin Barry.«

Er war offenbar immer noch ein wenig benommen von dem Erlebnis mit dem Blitz. Seine Stimme klang etwas belegt.

»Und ich bin Fred. Fred Wade.«

Der Name gefiel ihr. Er paßte zu ihm. Ein Mitschüler von ihr in der ersten High-School-Klasse, derselbe Jahrgang wie sie, hatte Wade Blasingame geheißen – stellvertretender Klassensprecher, stellvertretender Kapitän der Leichtathletikmannschaft. Ein solider, zuverlässiger Junge. Sie hatte ihn tief bewundert. Fred Wade war haargenau der gleiche Typ.

Barry hielt die Haustür auf und gab Gemeinheit einen kleinen Schubs, damit er aus dem Weg ging.

»Komm rein, Fred.«

»Danke, Barry. Schönes Haus.«

Sie fing an, seine Kopfform zu mögen. Sie mochte auch seine hellen, dichten Augenbrauen und seine Sommersprossen, die sie zuvor noch nicht gesehen hatte. Fred merkte, daß sie ihn interessiert betrachtete. Er mochte sie auch, das war zu spüren. Es sprang sofort ein Funke über. Nichts Sensationelles, aber angenehm. Er lächelte. Ein bißchen schüchtern.

»Setz dich ins Wohnzimmer«, sagte sie. »Magst du 'ne Cola?«

»Ja, gern. Vielen Dank.« Fred ging ins Wohnzimmer, schaute sich um, und Barry eilte in die Küche. Sie summte vor sich hin.

Der Regen trommelte leise aufs Dach.

Was Männer betraf, hatte Barry alle Fehler gemacht, die sie hatte machen wollen.

Diesmal – da war sie sicher – würde es einfach ideal werden.

Clive Barker

»Ich habe die Zukunft des Horrors gesehen, sie heißt Clive Barker.« Stephen King

»Er gehört zu jenen literarischen Ausnahme-Talenten, die anspruchsvoll schreiben und packend unterhalten.«
FRANKFURTER ALLGEMEINE ZEITUNG

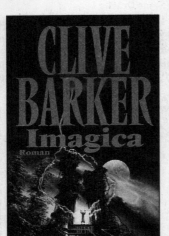

Heyne Jumbo 41/49

Außerdem lieferbar:

**Das Tor zur Hölle
»Hellraiser«**
01/8362

Cabal
01/8464

Jenseits des Bösen
01/8794

Gyre
Heyne Jumbo 41/35

Wilhelm Heyne Verlag
München